龍宇純著

唐寫全本王仁昫刊謬補缺切韻校箋

靜農題

本著作初由香港中文大學出版社出版，
今承同意納入全集，謹此致謝。

目次

序言

戰勝之第三年，唐寫全本王仁昫刊謬補缺切韻重見於故都，為韻學中一大事。蓋傳世切韻系韻書，年代早者如切一、切三，悉為殘卷，全帙如廣韻，則晚出，去陸書規模已遠，不若此書之既全且早也。曩者李榮君據以考訂切韻音系；余為例外反切研究，（載中央研究院歷史語言研究所集刊第三十六本，紀念董作賓董同龢兩先生論文集，上冊）推求初期反語之結構，亦大抵取材於此書。故人或以瓌寶二字稱之，洵非過譽也。

然此書雖為王氏所作，頗經後人改易，署抄之誤，猶其餘事。分別言之，則有改之者，有增之者，有刪之者。

“鎋韻下刮反舌下云口中肉”此字於說文作𠯑，故王一、切三並云塞口。此因淺人誤以為口舌字而改之。“尤韻市流反訓下云又時又反”王一、切三並云又之又反，此因宥韻職救反無此字，別見於承秀反而改之；殊不知之又反呪字與此同。“質韻姞下云姓一曰燕姓”姓下不得云一曰燕姓，燕下姓字疑姞之誤。燕姞見宣公三年左傳。惟王一云一曰女字，切三、王二、廣韻並云一曰字，則作燕姞者亦出後人改之。他如侯韻邱豆反奪豧字，遂改作下三字為二。咍韻落哀反增逨字，遂改來下十八為十九。又陸氏切韻注文不用也字，此書仍之。凡今本有也字而其義不同於王一、切三者，悉出後人所改作。此一事也。

“至韻地下云古作埊”埊字制於武后之世，此書作於神訖二年，其間十餘歲，豈得云古。王一無此三字，明出後人所增。「沒韻胡骨反搰下云穿去樹皮」。王一無去樹皮三字，此因正文相誤作搰而增之。微韻居希反饑下云穀不熟，紐末出飢字云同饑；魚韻強魚反璩下云玉。紐末出璩字云玉名，自為後人所增，故並與反語下所注數字不合。又韻書之作，重音不重義，故陸書於習見字類無訓釋。後世視韻書如字書，而此字有義，故凡此書習見字訓解不同於王一，而為切三所無者，如玉下一

云寶玉，一云昭華，羽下一云鳥語，一云五音，當並由後人增之，故不能相合。他若鍾韻末之觸字，魂韻末之饙字，尤韻末之裒字，出之一人之手，而與全書字跡不同，此書據云吳彩鸞所書，是則又出吳書之後矣，此二事也。

王一阮韻言下云：「言言，脣急。陸生載此，言言二字，列于切韻，事不稽古，便涉字祆，當不削除，庶覽者詳其謬」。又屑韻徒結反凸下云：「陸云高起，字書無此字，陸入切韻，何考研之不當」。洽韻烏洽反凹下亦云：「案凹無所從，傷俗尤甚」。名之切韻，誠曰典音，陸采編之，故詳其失」。並王氏刊謬之言，而此書無之，當出後人刪削。又如王一怪韻古拜反有儿字，注云仁人奇字人。集韻同。此書無有，蓋亦後人以為奇字人不得讀此音而刪之。此三事也。

支韻劑字音觜隨反，與厜字音姊規反無以異，廣韻、集韻劑字音遵為切，「為」與「規」異類，此劑厜二字讀音之所由分。切二、切三並與此書同，是劑之下字用「隨」、「為」切韻之疎。

而王氏沿襲未覺。廣雅釋詁云：「剾、剜、剮、刓也。」此書屋韻廋屋反剾下云剾剜足筋，又刻〻。刻〻疑當从王一作剜刻。筋或作觔，與剮作觔者形近。此筋字即剮之誤，足字不當有，切三亦云剾剜足筋，是云足筋者，自陸氏誤之如此，王氏未審，又加刻剜一訓耳。說文：「灦，豆汁也，从水，顯聲。」又：「絭，纕臂繩也，从糸，𢍏聲。」此書感韻古禫反灦下云豆汁，燭韻居玉反絭下云纕臂繩，並与說文合。然顯聲之字不得入感韻，𢍏聲之字不得入燭韻。此因灦字俗書作灦，與灨字俗書作灨形近，絭字與絭亦形近，遂誤讀灦如灨，集韻感韻灦字正作灨，讀絭如絭。切三並同，此亦襲陸氏之誤也。故此書雖以刊謬切韻為名，陸書之誤所不勝訂正者，固不可一二數。

然此書之誤，又不盡由於沿襲，中多王氏所自為。

「侯韻胡溝反骺下云骺骨」，此字不詳所出。說文䯏，骨耑也。字隸定作䯏。䯏與骺形近，骺即䯏字之訛，非果有骺字也。故集韻云骨端謂之䯏骺。又說文骭，骹也。骭䯏一語之轉。此書翰韻骭下云骺，與覺韻⿰骨隺下云骭骺，骺並䯏字之誤，尤此為誤之證。「獮韻於蹇反⿺辶鳥下云走」，⿺辶鳥不成字，集韻阮韻隱幰切⿺走焉下云走皃，與此字形音義俱近，⿺辶鳥當為⿺走焉之誤。然⿺辶鳥字亦不詳所出，廣韻、集韻此字作邊，字見說文。然臱聲之字又不得讀影母。二書邊字又見先韻布玄切，音與形合。此蓋邊誤為⿺辶鳥，遂从焉聲讀之。切三無骺與⿺辶鳥字，是當並由王氏所增。此王氏誤收之例也。

說文䈰下云宋魏箸筩爲䈰，从竹捎聲。此書銑韻蘇典反䈰下云箸筩又所交反。䈰从捎聲，故有所交之音，然捎聲之字不得入銑韻。此因廣雅釋器云䈰謂之筅，遂誤讀䈰如筅。旨韻跽字一音暨几反，一音暨軌反，暨几反下且云又暨軌反，實則「暨軌」以上字定開口，與「暨几」之音無殊，蓋並前人見成反語，王氏不審，而兼收並採。他如鍾韻於容反灉下云又以隹反，誤灉爲濰，宵韻甫遙反橐下云又公混反，誤橐爲𣝔，紙韻池尒反廌下云又子見反，誤廌爲薦，陷韻於陷反淊下云又他刀反，誤淊爲滔。並王氏誤音之例也。

用韻房用反捀下云灼龜觀兆。因史記「捀策定數，灼龜觀兆」而誤解。侵韻鯵下云大魚，寑韻式稔反及感韻徂感反同。說文：「鯵，鮺也，一曰大魚爲鮺，小魚爲鯵」。是鯵本小魚、鮺之稱，故廣雅「鯵，鮺也」見於釋器。此誤爲魚名，又誤小爲大。S六一八七侵韻鯵下云大魚曰鮓，小魚曰鯵，一曰北方曰鮓，南方曰鯵（案後一訓見說鮺字注文。鮓與鮺同）。此殘卷最近陸書，是以鯵爲大魚之稱，自本書誤之如此。他如冬韻先恭反倯下云轉語，誤方言庸倯轉語之說。齊韻湯稽反謕下云轉語相誘，度嵇反下亦云轉語，亦誤解方言詀謕與支註爲語轉之義。青韻古螢反冋下云象遠界，禡韻霍霸反匕下云倒人，並誤讀說文。尤韻縛謀反裒下云減，誤裒爲衰。混韻徒損反盾下云視，誤盾爲省。並王氏誤釋之例也。

韻書之作，陳陳相因，至有前書之譌誤，後人據之不疑，或更傳會遷改，求為圓融，而變亂之迹以泯。於是後作雖出之前，作轉可為前作之徵驗，遂使前書之譌誤，莫由辨識。昔人校理韻書，每於此忽之也。此書譌誤為他書採擇者，不勝枚舉。如：「齊韻度嵇反，⿰忄虒下云：怍。」⿰忄虒、怍為⿰巾虒、⿰巾乍之誤，廣雅釋器：「懱⿰巾虒謂之⿰巾乍」，即此所本也。集韻於⿰巾虒下引廣雅之外，別出⿰忄虒字云：「楚人謂慙曰懱⿰忄虒」，又於陌韻郝格切增懱字，注文與⿰忄虒同，即由此書之譌誤而傳會為說。「尤韻許尤反，脙下云：脊腹。」脊腹為瘠膄之誤，膄與瘦同。集韻遂云「腹脊之間謂之脙」。「侵韻於吟反，⿰酉音下云：聲。」又於林反⿰酉音即周禮典同「微聲韽」之韽字，蓋俗誤如此。鄭玄云：「聲小不成」，故此書覃韻烏含反，韽下云：「聲小」，又於林反。廣韻誤以⿰酉音字从酉从音，於聲上加一醉字。集韻韽、⿰酉音二字別出，韽下云：「小聲」，⿰酉音下云：「醉謂之⿰酉音」，則儼然一从酉之新形聲字矣。「腫韻息拱反，㩳下云：執；亦推。」推為擭字之誤，謂㩳字亦書作如此。猶之說文愯字从雙省也。集韻既收擭為㩳或體，又注云推也。則據此書之誤字又誤解其意矣。「蟹韻烏解反，⿸广奇下云：座。」⿸广奇、座為⿸疒奇、痤之誤，廣雅釋詁云：「痤、⿸疒奇，短也」是也。痤與矬同，⿸疒奇即今矮字。廣韻作者不達於此，改注文為「坐倚皃」；集韻則⿸疒奇字而外，又收⿸广奇字云：「倚坐」。「寘韻娷下云：竹恚反，飢。」娷與諈同，飢為鈍之誤。說文娷下云：諉。列子釋文云：「諈諉，鈍滯」，是其證也。集韻收娷為諈或體，又別出⿰食垂字云：「飢」。後者即據此書嚮壁虛造。"怗韻他協反蝶下云"小蜡"為"蝶，小蜡"之誤。五刊據之，改小字為重文，廣韻、集韻遂於蝶字而外，別收蝶字云"蝶蜡。"緝韻熠下云"熠燿螢火虫"注文熠上奪羊入反三字，淺人因改昱下注文二字作三，而隸此字於為立反，廣韻熠字遂除見於羊入切，又收之為立切下。集韻雖知熠燿之熠不得讀喻三，案二字双声連語亦遂附會為為立切下曅字或體。致知者此之類，不能究本探源，必至本末不辨，援後作以證前書。古人云校書難，校韻書亦不易易耳。

校箋為余任職中央研究院歷史語言研究所時所作。大抵自一九五九年秋始業，至一九六一年夏蔵事。當時曾獲國家長期發展科學委員會之資助。謄寫工作，原書部份得同事潘阜民先生相助，校箋部份則本系畢業同學徐興澤君任其勞。並於此謹誌謝意。

一九六八年三月九日

龍宇純序並書於
香港中文大學
崇基書院中國
文學系

凡例

一、唐寫全本王仁昫刊謬補缺切韻一書，以下簡稱全王，有後人誤寫誤衍誤奪之處，亦有後人改易增删之處；有王氏沿襲前人韻書誤收誤音誤釋之處，亦有王氏誤收誤音誤釋之處。今並為之校訂箋識，顏其書曰唐寫全本王仁昫刊謬補缺切韻校箋。

一、本書以相關韻書為主要校勘材料。

一、相關韻書為：

a. 王國維寫本倫敦藏敦煌切韻殘卷三種，原編號為S二六八三、S二○五五、S二○七一。从王氏簡稱切一、切二、切三。並參姜寅清瀛涯敦煌韻輯所錄。

b. 十韻彙編寫本德國普魯士學院藏吐魯番發現切韻殘卷。簡稱德切。

c. 劉復敦煌掇瑣鈔刻本巴黎國民圖書館藏王氏刊謬補缺切韻殘卷。原編號為P二○一一，从十韻彙編簡稱王一。並參姜寅清瀛涯敦煌韻輯摹本，簡稱姜書P二○一一。

d. 延光室景印唐蘭寫本故宮藏王氏刊謬補缺切韻殘卷，从十韻彙編簡稱王二。

e. 國粹學報館景印本吳縣蔣氏藏唐寫本唐韻殘卷，簡稱唐韻。並參王國維校勘記。

f. 十韻彙編所寫五代刊本切韻殘卷，簡稱五刊。

六、姜寅清瀛涯敦煌韻輯所寫巴黎國民圖書館藏殘卷：P五五三一、P二一二九、P二六三八、P二〇一七、柏刊之三、柏刊之四。

七、日本景印英倫藏敦煌殘卷：S六一八七、S五九八〇、S六一七六。並參龍宇純校記。見中央研究院歷史語言研究所集刊外編第四種，慶祝董作賓先生六十五歲論文集下冊。

八、澤存堂本廣韻，並參周祖謨廣韻校勘記。

九、姚氏咫尺進齋刻本集韻，並參方成珪攷正。

一、諸相關韻書中，P二〇一一與全王同底本，故凡異必錄。如誤在P二〇一一文顯而易見者，亦不一一闌入。字體之不同（如聽之與听）及劉氏姜氏二本之差異而無與於全王之校訂者，並不及。王二雖號稱刊謬補缺切韻，其實並非王書。王書既在有目共睹，可供參攷，未足與P二〇一一等量齊觀也。

一、切一為陸氏原作，切三亦最近陸書。凡全王、王一之異而王一同於切一、切三者，以為王氏原作；如其字、其音、其義今不習見，則必稽之其字所從出，以為論斷。不然，既無切一、切三之參驗，又無其他有力憑信，則存而不論，以俟達者。

一、稱引諸相關韻書，例列舉其名。如所見諸書情形一致時，或以「諸書」二字概括言之，以省繁重。

一、又切未見別出者，如其前或同時書收之，一一列舉；晚出書收之，第舉其最早所見。因前者足以證其音之固有，而後者或即本之全王，無轉相因，無關重要也。

一、原書間有漫漶殘損，故改用摹本，摹本一仍原式。原書因誤衍以"、"識者，因誤倒以"√"識者，及漏書補之於側者，並不改。

一、原書不清晰，然可以辨見者，逕書其字，不更為校語。一字略有損壞，即補足，並匡郭之以資識別，加校語與否，視其損壞程度定之。如其殘泐過甚，雖可依他書補足，亦從闕，但以"△"識其處，別詳於校箋。

一、凡字之有校箋者，於其右端以"△"為識。如為奪文，即於其上或下一字加"△"識之。

一、摹本於下端加注行數，以一韻之起迄計之。讀者見加"△"之處，視其所屬韻目及行數，翻檢校箋，可循次求之。如為注文之校語，而其正文在前行末，注文在次行首，即依正文所在之行檢尋。

一、原書因製版未晰，有唐蘭手寫者數頁，又有唐氏跋文，並附錄之於摹本之後，以利讀者參考。

刊謬補缺切韻序（刊謬者謂刊正訛謬 補缺者謂加字及訓） 六萬三百七十六字（舊三万三千九百二十二言 新二万六千四百五十三言） 一

朝議郎行衢州信安縣尉王仁昫字德温新撰定 二

大唐龍興廉問寓縣有江東道巡察黜陟大使侍御史平侯（嗣先）者燕國鼎 三

族京兆冠盖博識多才智周鑒遠觀風察俗政肅令清即持斧埋輪而 四

鶚逐隼擊古雖銓異今也何殊爰届衢州精加采訪昫祗務守職絶私奉公 五

每日以退食餘閑莫不以修書目悦所撰字樣音注律等謬承清白之譽叨眷註 六

撰之能蒙索書看曲垂幽旨遂顧謂昫曰陸法言切韻時俗共重以爲典規然若字 七

少復闕字義可□□□補缺切韻削舊濫俗添新正典幷各加訓啓導愚 八

蒙救俗切須斯便要省既字該樣式乃備應危疑韻以部居分別清切舊 九

本墨寫新加朱書兼本闕訓亦用朱書其字有疑涉亦略注所從以決疑謬使 十

各區析不相雜廁則家〻競寫人〻習傳濟俗救凡豈過斯甚昫沐承高議 十一

課率下愚謹依切韻增加亦各隨韻註訓仍於韻目具數云爾（所有新加字並朱書 其訓即用墨書或 十二

朱有正體及通俗者皆於本字下朱書若有數字同所從者唯於通字下注 其正及通一字餘類所從皆准此其正通等既非韻數並不入韻數之限也） 陸詞字法言撰切韻序 十三、一

昔開皇初有劉儀同（臻）顏外史之（推）盧武陽（思道）李常侍（若）蕭國子（該）辛諮議（德源） 二

薛吏部（道衡）魏著作（彥淵）等八人同詣法言宿夜永酒闌論及音韻古今聲調既 三

自有別諸家取捨亦復不同吳楚則傷輕淺燕趙則多涉重濁秦隴則去 四

聲爲入梁益則平聲似去又支（章移反）脂（旨夷反）魚（語居反）虞（語俱反）共爲不韻先（蘇前反）仙（相然反）尤（雨求反）侯 五

（胡溝反）俱論是切欲廣文路自可清濁皆通若賞知音即須輕重有異呂靜韻 六

集夏侯該韻略陽休之韻略李季節音譜杜臺卿韻略等各有乖互江東 七
取韻與河北復殊因論南北是非古今通塞欲更捃選精切除削踈緩顏外史 八
蕭國子多所決定魏著作謂法言曰向來論□難疑處悉盡何爲不隨口記 九
之我輩數人定則定矣法言即燭下握筆略記綱紀後博問辯殆得精華 十
於是涉餘學兼從薄宦十數年間不遑修集今返初服凡訓諸弟有文 十一
藻即須聲韻屏居山野交遊阻絕疑惑之所質問無從亡者則生死路殊 十二
空懷可作之歎存者則貴賤禮隔已報絕交之旨遂取諸家音韻古今字 十三
書以前所記者定爲切韻五卷剖析毫釐分別黍累何煩泣玉未可懸 十四
金藏之名山昔怪馬遷之言大持以蓋醬今歎揚雄之口吃非是小子專 十五
輒乃述羣賢遺意寧敢施行人世直欲不出戶庭于時歲次辛酉大隋仁 十六
壽元年也 十七

刊謬補缺切韻卷第一　　　　平聲五十四韻 一

右卷一万二千六十三字 二千九百八舊韻四千九百七十訓一十六或亦四文古一文俗一千一百廿二補舊缺訓一千六十八新加韻二千三百五十三訓三百卌二或卌四正卌七通俗二文 二

一東德紅反　二冬都宗反無上聲陽與鍾江同韻呂夏侯別今依呂夏侯　三鍾職容反　四江古雙反 三

五支章移反　六脂旨夷反呂夏侯與之微大亂雜陽李杜別今依陽李杜　七之止而反　八微無非反 四

九魚　十虞語俱反　十一模莫胡反　十二齊祖嵇反 五

十三佳古膎反　十四皆古諧反呂陽與齊同夏侯杜別今依夏侯杜　十五灰呼恢反夏侯陽杜與咍同呂別今依呂　十六咍呼來反 六

十七真職鄰反呂與文同夏侯陽杜別今依夏侯陽　十八臻側詵反無上聲呂陽杜與真同夏侯別今依夏侯　十九文武分反　廿殷於斤反陽杜與文同夏侯與臻同今並別　七

廿一元愚袁反陽夏侯杜與魂同呂別今依呂　廿二魂戶昆反呂陽夏侯與痕同今別　廿三痕戶恩反　廿四寒胡安反　八

廿五刪所姦反李與山同呂夏侯陽別今依呂夏侯陽　廿六山所閑反陽與先仙同夏侯杜別今依夏侯杜　廿七先蘇前反夏侯陽杜與仙同呂別今依呂　廿八仙相然反　九

廿九蕭相彫反　卅宵相焦反　卅一肴胡茅反陽與蕭宵同夏侯杜別今依夏杜　卅二豪胡刀反　十

卅三歌古俄反　卅四麻莫霞反　卅五覃徒含反　卅六談徒甘反呂與銜同陽夏侯別今依陽夏侯　十一

卅七陽與章反呂杜與唐同夏侯別今依夏侯　卅八唐徒郎反　卅九庚古行反　卌耕古莖反　十二

卌一清七精反　卌二青倉經反　卌三尤雨求反夏侯杜與侯同呂別今依呂　卌四侯胡溝反　十三

卌五幽於虯反　卌六侵七林反　卌七鹽余廉反　卌八添他兼反　十四

卌九蒸諸膺反　五十登都滕反　五十一咸胡讒反李與銜同夏侯別今依夏侯　五十二銜戶監反　十五

五十三嚴語驗反　五十四凡符芝反　十六

一東德紅反木方二　凍凌水從〻音冰　同徒紅反二十二　童古作僮今為童子非　僮古作童子今為僕失　銅赤金　桐木　峒崆〻　狪獸名似豕出泰山或從豸作狪　硐磨　筒竹筒　舸名　一

船　瞳〻目　甋〻瓦　罿車上網又尺容反從网　潼水名關名又他紅昌容二反　筩竹〻　犝牛　橦木名花可為布又卓江反　曈〻曨日欲明又他孔反　衕通街　烔〻旱氣皃　𧞣襩飾　二

中陟隆反景正又陟仲反四　衷裏　忠讜言　节草　蟲直隆反蜫類五　沖和　种稚　盅器虛又勅中反　爞旱氣又徒冬反　終職隆反卒十一　眾多又之仲反　潨水名在襄陽　三

潀小水入大水又在冬反　殏〻歿　螽秋蟲亦作螺　[illegible]小雨　鼨豹文鼠　蔠〻葵蘩露　柊木名　[illegible]龜又徒冬反　忡勅中反忡〻之憂二　盅器虛　崇鋤隆反亦作崈二　[illegible]　四

鍾　㔶　嵩息隆反中嶽亦作崧通俗作嵩三　娀有娀契母　菘〻菜　戎如隆反西戎四　茙〻葵　㭜木名　駥馬八尺　弓居隆反射具四　躬身亦作躳　宮室　涫縣名在涌泉　融　五

餘隆反明通俗作融二　彤祭名又勅林反從舟音職由反　雄羽隆反壯二　熊獸似羆而小　瞢莫中反目不明三　夢草澤又武仲反　鄸邑名在曹　穹去隆反四　芎〻藭亦作营　悺憂　蘢　六

〻龍又去龍反　窮渠隆反三　藭芎〻　竆邑羿所封　馮扶隆反人姓又從冫音冰五　汎浮又孚劒反亦作渢　芃草皃　酆姬姓之國　梵木得風又防欠反　豐敷隆反多正作豐六　酆　七

邑名 豐 蕪菁 灃 水名在咸陽 寷 大屋 犫 犫麥芳風反 風 方隆反氣二 楓 木亦作欇 窾 處隆反滿五 珫 珫耳 茺 茺蔚草 𧆪 黃色 忱 心動 隆 力中反高三 八

瘽 病亦作癃 𪔝 鼓聲 空 苦紅反虛七 箜 箜篌 崆 崆峒山名 硿 青色 椌 椌桿 涳 涳濛 埪 土 公 古紅反九 功 功勳 工 巧 疘 下病 蚣 蜈蚣虫名 玒 玉名 九

釭 車釭又古雙反 愩 愩愩 攻 擊又古冬反又作玫 蒙 莫紅反草家又覆十七 濛 小雨 朦 大兒 矇 瞽 艨 艨艟戰船 又武用反 饛 盛食滿兒 鬕 鬕子 驩 檬 似槐黃色 十

醿 麴生衣兒亦作䗊 冡 覆或作冢 醓 酒濁 幪 巾 鸏 鸏鳩 盝 器 霧 零雨 籠 盧紅反篝通俗作籠十八 豅 大谷 櫳 房 聾 大聲 巃 巃嵸山高 十一

兒又力董反 瓏 玲瓏 龓 馬 瀧 瀧凍沾漬 聾 耳閉 轆 軸頭 龏 斷 嚨 喉嚨 襱 泰 蘢 草名 甋 瓦 襱 袴又力董反直襱反亦作裥字 蠪 蠪蛭 十二

洪 胡籠反大十四 訌 讃 鉷 弩牙 紅 色 虹 蝃蝀又古巷反 鴻 鳥 洚 水 烘 大 䲨 草 谼 谾 豇 江 仜 大兒 紅 草名 肛 身肥 阦 坂 翁 飛聲 洚 水不遵其道一曰洚下又江反 十三

叢 徂紅反或作藂草木聚生一 翁 烏紅反老父五 蝓 蝓蝎 鰯 魚 鶲 鶲又烏孔反多 䨴 䨴毛 頁 頸下 悤 倉紅反古作怱速十三 蔥 葷菜 樬 樬檑 轗 轗車戟冏 聰 審正作聰 十四

緫 色青黃又細絹 瑽 石似玉 驄 馬色 鍯 大鑿 鑁 中木 熜 熅又子孔反 葱 屋中會又子孔反 蟌 青蛉 通 他紅反徹四 蓪 蓪草藥名 侗 大 恫 痛 葼 子紅反木細枝十九 椶 十五

析 樹 緵 緵緵 騣 馬鬣 鬷 釜 嵏 九嵏山名 翪 嵏山名 猣 犬生三子 豵 豕生三子 鯼 石首魚 椶 椶 㚇 飛而斂足又則貢反吳人音 鬉 毛 㚇 種又楚江楚絳二反 崆 嵷 龍嵷 十六

作孔反 䟫 數 艐 船著沙不行 翪 竦翅上下 蹤 蹤蹤 稯 十莒 蓬 薄紅反草反□ 䒠 船篷 鬔 鬔亂 髼 船車帳亦作芃 韸 車韸上 烘 呼紅反二 十七

二

魟 河魚似鼈 樬 蘇公反小籠又先孔反 冬 都宗反時二 苳 草名 彤 徒冬反亦從丹音□十五 疼 痛 佟 姓 炵 火盛兒又他冬反 鵵 鳥名出山海經 鼕 鼓聲 十八、一

爞 憂 忪 惶 痋 動病 㹅 豸 殻 擊宮聲 錝 大鉏 爞 旱熱又徐中反 絿 作絿□又 鼨 鼨又之戎反 賨 在宗反西戎 琮 玉名 悰 慮一曰樂 潨 小水入大水又 二

職隆反 淙 水聲 慒 謀又似冬反 鬃 髻高兒 農 奴冬反業田正作辳亦作㮜四 儂 我乃公漢高祖猶有此稱 震 亦濃多露 恭 駒冬反恪六 龔 姓 供 祇命 三

珙 辭又居勇反 烘 峋 𢁇 竦手又渠龍反 蜙 先恭反蜙蝑蟲亦作蚣四 淞 水名出吳郡 淞 凍落又詳容反 倯 倯語 樅 七容反木名松葉柏身曰樅四 鏦 短矛亦作錝 從 容緩步兒 四

鬆 亂髮 攻 古冬反伐二 釭 燈又古雙反 碚 戶冬反在石聲□ 㽿 家反 瞠 戶又胡隆 □□□□ □□ 鼕 鼓聲 宗 作琮反尊一 五

三

鍾 職容反酒器十 鐘 樂器 蚣 虫動 忪 心動 笖 竹 筇 長節 妐 夫兄 衳 □□ 松 征□ □□ □ □□□□□ 伀 忠反眾 龍 力鍾反寵通俗作龍四 瓏 主為龍反 蘢 一

蹝小行兒 鷟 鳥名 舂 書容反杵擣 摏 擣 蹖 蹋 鵖 鵖鳥名 □□ □□ 惷 愚丑江反 松 詳容反榫道亦作樒三 訟 爭獄又徐用反 凇 凍落又先窓反 衝 二

又容反觸八 罿 網 幢 往來兒 輼 陷陣車 艟 艟艑船 潼 關名又□□ □□ □ □□□ □ □□ 容 餘封反形 溶 水兒 滽 水名出□□□ 傭 用 墉 垣亦 三

作墉似牛領有肉 鎔鑄 鏞鐘大 鄘國名 傭〃賃又丑凶反 鱅鳥名 谾 鱅魚名又蜀容反 蓉芙〃 獷猛獸 褣襌〃 頌形容又似用反 讚 搈動 槦 四

葑 封府容反壃土二 犎野牛 胷許容反亦作肖八 凶不吉 銎斧孔 恟懼 洶水勢 兇惡 詾眾語 匈〃奴 顒魚容反大兒亦作顒三 鰅魚名 喁〃唅 五

邕於容反和十二 雍睦 嗈雝鳥鳴 鴊〃多兒 灉水名在宋又以僕反 罋汲器 廱辟〃 饔熟食 鸎鳥 鶅〃渠 癰疽 壅又於隴反 甕玉器 醲女容反厚酒四 六

䙴毬 濃厚 穠花兒又而容反 重直容反又□□五 種晚 鶇鶇〃鳥 穜複亦作種 蝩蝩蠬 從疾容反一 蹱丑凶反蹱行三 傭均直亦作傭又餘封反 𨅯行不 逢 七

符容反遇俗作夆音降誤 縫紩 逢水澤 夆拖又敷恭反 䗦〃䗦 峯敷容反山尖 鋒刃亦作鏠 丰〃茸又伏風反 妦好亦作姱 蜂毒虫 葑菜又敷陸反 桻 八

木夆粤夆掣曳上字音㷭反 烽〃火 䗬使 縱即容反又子用反 蹤迹 䡯車迹亦䡯 磫〃礲 毴毴 茸而容反草生兒八 鞲鉼 髶髮多 䇯竹 九

有穠花兒又 揖〃擣 䌊〃縫 襛厚 蛩渠容反蛩蟬十一 邛臨邛縣 從印非 舼小船 笻竹名 輁輁軸所以支棺 䒙莫賈 鬆亂髮 桏桓石 十

〃 岩水島石 槑稍又渠龍反 駒冬反 鱅蜀容反魚名二 慵懶亦嬾 䑢船 十一

四

江古雙反水港七 扛對舉 杠旌旗飾一曰牀前橫木 茳

〃 缸燈又古紅反 玒玉名又古紅反 舩舉角 庬莫江反厚大□ 駹黑馬白面 狵犬名 浝水名 哤語雜亂曰〃 牻牛黑白雜 娏神女名 䵨暗 蛖蠖〃 䴳女江 二

〃 䚎反目中聲四 鬞髮亂 䰅鬞髮亂 饢食 窻楚江反正作窻亦作牎 㩳〃種又楚降反亦作㧐 樅打鐘 鏦予亦作鏦 邦博江反國一 栙下江反栙雙帆五 三

跭〃蹡 降伏又古巷反亦作夅 缸甖類 洚胡巷反 胮肨脹又匹江反 䄝聲鼓 瀧呂江反南人名 雙所江反耦四 䉶帆 䨇 四

㦬左傳曰駟氏㦬 龐薄江反又皮江反 胮肛大腹 肛許江反大二 舡 腔苦江反羊腔五 控打 悾信兒 跫蹋地聲 涳直流 幢宅江反幢幢三 撞突 五

橦木名又徒東反花可為布 憃丑江反愚又丑龍反丑用反三音二 覫直視兒目不明又丑巷反 椿都江反橛一 六

五

支章移反計十五 巵酒器 枝條 疲病 衹適 一

渠脂反 跂 衼衹〃胡衣 肢體 禔福 榹〃子 菭菭作 椸林蘭 榰拄 馶馬強 鳷〃鵲觀名 𨿅〃雜 多〃文得何反 移弋支反廿五 暆東暆縣在樂浪 二

遮〃遠 獸名似犬見則有兵 移扶移木名 㔟〃敧手相弄又以遮反敧字以爾反 醨酒 匜林匜似榼又羊氏反 椸衣架 移〃離 螔〃蝓 袘袖 蛇詩云委蛇古云𡱈蛇 三

是畏音柬 庱遮反亦作庬 㒆嫌 恀愛又渠支反 傂又餘枳反 謻意 䚾 傂〃榆亦作傂 簃閣連邊小屋 移〃 姿萎 蟡蟡又蟡俗作二 四

漪水名出新陽 婍君嬀反姓二 潙水出新陽 麾許嬀反指五 撝謙一曰手指 嗎口不正 隋鄭地一又嬀詭反 鰞大魚名 逶於嬀反八 矮死 萎萎 萋 五

細 器 覣好視 䰎猪 蝸水精名 倭慎兒又烏和反 縻靡嬀反又作縻 糜五 䅏穄 縻〃爵亦作 䊳羊𥻘 䡅乘輿金耳又文彼反 靡 䉬乘輿金耳上是〃爛 隨許 六

反毀六 眭々盱健皃盱字旭俱反 觿角錐童子佩之又胡圭反 隵相毀 蘳果實見皃 睢仰目又許葵反 䰐直垂反髮落三 錘八銖又馳僞反 甀甖又馳累反 垂是為反下七 七

巾又芳髮反 陲邊 倕重 甀小口罌 䳠雅又時惴反 箠笓亦國又之橤反 𦶜華木蘂懸 羸力為反瘦劣一 吹昌為反又尺僞反三 炊火氣 籥習管又尺僞反 鈹敷羈反戟八 帔 八

鮍魚々 披散衣曰々 𤱏耕外蓋場亦作被字 旇旗 𢻫器破又皮美反 被水祖 陂彼為反塘或作坡七 詖辯辭 碑行記 羆々 鑼猳屬 鏊鋸鉏 九

蘢草又碑賜反 隨旬為反從二 隋國名 虧去為反損通俗作虧一 闚去隨反亦作窺一 奇渠羈反異又居宜反通俗作奇九 琦玉名 騎乘馬 鵸似烏三首六尾 鬾小兒 十

兒又渠寄反 碕曲岸又巨機反 岐山名又巨支反亦作㟚 錡釜屬又魚倚反三足 敧木別生 祇巨支反從示十五 秖々秖 岐山名又渠羈反 郂邑 跂々路合從山從止非 馶勁 疧 十一

病詩云俾我疧兮 軝靭 蚔蚕亦作蟁蠀 忯愛又弋支反 跂行皃又墟豉反亦作䟓 芪々母 軝長轂 鴟鷄 汥水都 犧許羈反牲十二 羲々帝号 嚱々歌貪者見食皃 十二

桸杓 巇々險 羛地名在魏 㵥水名在新豐 𡓹毀 櫶擊 欥歎 曦々赫 𢻶蠡 𢻵不正々八 崎々嶇 觭角一俯一仰又居倚反 踦 十三

脚跛 犄武犄 倚減又去倚反 徛石橋 碕弃又九奇九紙二反 攲々器 宜魚羈反當々五 儀容 𨛱地名在徐 鸃鵕々 轙車上環 皮符羈反膚五 疲 十四

之 郫々氏縣在蜀 椑上木交 犤牛又蒲佳反 提是支反飛又弟泥八 匙々匕 堤々封又丁奚反 眡々役目 𦰶黃々屬 䓋藥名 柢名 抵挑 肥如移反俗作兒反一 十五

離呂移反別六 籬呂移反柵 醨酒薄 罹心憂 璃々瑠 䍦陣 驪馬 䶊小鼠相銜行 樆山梨 鸝々黃鳥或作鸝 縭婦人香纓 蘺江々 䕻草木 十六

附地生皃 穲々黍穲行皃 蠬蚰蜒又山奇反 䅻杷二 斄力又脂反 攡張 𣪠引又力脂反 㦡多端 謧弄言又言泥反 漓水入地 劙分割 鵹鶬々 黐黏 十七

䍦幕 疵疾移反病七 骴殘骨 玭玉病 鴜水鳥又即知反 餈嫌或作𩜿 胔人子腸 枇榆 貲即移反貲財亩 髭口上毛 鴜水鳥又疾移反 𪕮 十八

訾思 鮆魚名 鄑々城縣在北海 姕婦人皃又且紫反 觜星名 㰣歔 鈭斧又千支反 㠿細布 𨛜谷名在西縣 媊明星又子踐反 羈居宜反絡頭七 十九

畸殘田 羇寄 掎々角 攲々取物 奇不偶 踦弃又立知反九紙二反 畀府移反下八 鵯々居鳥 椑木名似柿 箄取魚 裨益 鞞牛鞞縣名在蜀 二十

顊頔顊 錍鍪錍又普啼反 陴符支反城上女牆六 脾々心 𪌾麴々餅 埤附或作裨 𪌭々𪌭 蜱蛸或作螵蛸 絁式支反繒似布五 施鳶亦作敁 葹草名 廿一

拔心不死 䚖誘尔面柔 䵹蟾蠩 斯息移反此廿二 磃館名亦作虒 虒似虎有角能入水行 𩅰小雨 榹桃 㴲涯 凘々養 凘淩 𤹬疲病痛又斯齊反 廿二

傂々祁地名在平陽 纚經緯不同又尺移反亦作縄 鼶鼠 𢖒役賤 𩕂鷈々子庭反 謕謕 𤮿甖破聲 螔守宮 蟴蚣蝑 𦺗草生水中花可食 燍 廿三

焦臭 磃 摩 差 楚宜反。不齊一 犄 丑知反。布七 螭 龍 謻 不知 魑 魑魅 黐 所以黏鳥 熇 火 離 歎 弥 武移反。甚十 鸍 鳥 欐 山名 獼 獼猴 麛 廿四

縣名在交阯 罙 深入 窔 齊人呼母 鍪 鍊青州去 璽 玉名 蓩 亦作蘲 竹篾從蒡 雌 七移反 此 北五 呰 鵬 訾 小 訾 鉀 姕 婦人兒又子兒反 筆 羊 知 陟移 廿五

反恚 四 蜘 蜘蛛 智 酒 賜 貨 漪 於離反水波八 猗 美 椅 木名 禕 美兒 陭 氏縣在河東 䕒 美容 欹 歎詞 掎 長 馳 直知反驅十三 池 水 簃 廿六

連閣 篪 樂器 踟 踟蹰 褫 奪衣 齹 齒 謻 別又舒紙反亦作誃 匜 施黃 龥? 帝樂龠作笓 虒 竹堰亦虎 趍 除子反 傂 佹又 趍 說文趍趙又玉篇爲趨字失後人行之久不考趍從多音趨從芻聲 傂 廿七

輕薄 眭 息爲反姓今作眭又下圭反一 危 魚爲反不安三 㔖 厜㕒又 池 水名在南郡 詑 香支反又自多兒一 眵 叱支反目汁凝二 纚 粗細又息移反亦作纚 釃 所宜反又山尒反四 簁 下物 廿八

籭 簁亦作篩又所佳反亦篩 蠡 力支反 蚰蜒又 鸝 山垂反黃鸝一曰垂兒一 痿 人垂反又於佳反濕病一曰兩足不能相及二 銃 小鐵又始銃反 厜 山巔狀五 觜 姊規反 星 纗 細繩 廿九

心 善又垂 心 果反 䦆 蠡 居隨反又木可 規 圓 鬹 三足釜有柄 雟 雟鵤別名 摫 裁 櫷 小 頍 頭 劑 在細反三 觜 紫 騰 子兒反 三十

六
衰 楚危反減 腄 竹垂反瘢胝也二 箠 節 脂 旨夷反膏正作脂六 祗 敬正作祇 砥 石 胑 四胑或作䏯 疷 病 積血 栺 木 桋 以脂反 姨 母之姊 卅一

妹通俗 姨十五 彝 倫或作䬯 寅 卯上通正作寅 夷 平 痍 瘢 恞 悅樂 陾 陾 荑 苐 桋 木名 蛦 蛦 胰 夾脊骨 睇 熟視下言又大奚反 侇 尸 椸 木 二

洟 洟 師 疎脂反可範通作師二 鰤 老魚 魮 房脂反魚魮十六 比 相次又必履婢四四扶必三反 琵 琵琶 枇 枇楯又方奚 芘 蔡芘荊蕃 沘 水名 貔 獸亦作豼 膍 牛百葉亦作肶 蚍 三

虫 蚍蜉 枇 枇杷 仳 仳惟醜女 䏢 比腹 䑍 比萬 魮 魚 毘 算 咨 即夷反嗟十二 資 取 粢 祭餅 或作粢 齍 亦作 諮 請問 姿 儀 四

盦 黍稷在器 濱 水名在邵陵郡 齎 持又子奚反 差 薺實 礥 雨聲 飢 居脂反 餓二 饑 饉 肌 膚 肉 鴟 處脂反 鳥 亦作鵄五 胵 鳥胃 䱥 魚名 諸 恕 鵄 五

、夷 草蒙 絺 丑脂反細葛三 䩇 笑兒又勑展反 郪 人姓 郪 取私反縣名在廣陵六 趑 趑趄 行兒 輂 却車拉陏又士諧反疾脂士佳三反 覗 視盜 屌 赼 食卒 茨 茅含十 六

資 又漢 秦反 餈 餅餅亦作鑇粢 垐 以土增道又才即反亦作㙈瓷 齌 、蠐又在奚反 秶 稷 絧 補又同 輂 次又連車又士諧士佳取私三反 貲 資或 又日 涔 蠐 七

尼 女脂反 止四 柅 木名 怩 忸怩 蚭 蚭 墀 直尼反 丹墀十 坻 小渚曰坻 亦作沶坻 泜 水名陳餘死處 或作泜 遲 緩又直利反亦作迟 蚳 蟻卵 彽 徊又直連反 岻 山名 眡 黃貨白點 八

荎 著菋 謘 語謘 私 息脂反 不公五 鋖 平木器 珆 石似玉 厶 姦 莃 芓莠 尸 式脂反 主四 鳲 鳲鳩 屍 柩 蓍 筮草 鬐 渠脂反 馬項上八 耆 老 鰭 九

衡軸鐵 鰭 魚脊上骨 鮨 鮓 祁 盛兒又縣名在太原又市支反 覩 視 䅲 麥下種 伊 於脂反 是四 咿 喔咿 蛜 蛜蝛 黟 黑木 梨 力脂反 果十五 劙 破 穚 禾二把長沙云 十

秜 稻來年死更生 蜊 蛤 蔾 蒺蔾 刺草 黎 牛駁文 黧 黑 鑗 金屬 黎 悅 黎 䵩 蟍 蟍蛛 蜘蛛 黎 恨 黎 徽 畫 葵 渠佳反 菜 正作芹七 十一

七

郟〻丘地名在陳留又地名在河東漢祭后土處 楑楑〻 鯚魚名 睽〻 矒 悸悸又祇癸反 鶟鳩 追陟隹反縋三 䨨靁出韓詩 娺疾悍 龜居追反內肉外骨正作龜俗作龜二 跰 十二

脚曲 ⿺辶委儒隹反䔮〻或作〻五 緌纓〻 桵白〻木桵木名 檽漆又而樹反 桵推又而專反 衰所追反三 榱榱屋橑 ⿸疒衰病 惟以隹反思十 旞旌 壝〻埒 維 十三

〻繫 琟石似玉 遺夫 灘水名在瑯瑯 唯獨又水反 誰孰又十隹反 蠵蛇見則大旱 灅力追反水名出鴈門十三 櫐索 欙山行所乘 虆〻蔓 欙求子牛 十四

嫘〻祖黃帝妻 㠥嵔㠥力又罪反 瓃玉器又力遂反 儽嬾懈皃又力罪反或儽 䁂視 鸓飛鸓生 縲落 綏息遺反安七 雖不定 荾胡荾香菜 浽〻微小雨亦作濉 十五

睢水名在梁郡又許葵反 䅗禾四把長沙云 葰薑屬可以香口 逵渠追反道亦作馗十 夔〻龍俗作𧵑 騤馬行皃 戣兵名 踦脛曲 ⿰亻癸視 ⿰亻歸左右使 頯小頭又居隋反 十六

𧡀淫視又飢位反 ⿱夕亓持 眉武悲反正作睂十一 湄水〻亦作瀿 瑂石似玉 䁅伺視亦作𥉻 黴〻黧垢腐皃又莫背反〻筆 𥱊竹名又無非反 麋麞 蘪〻蕪 鶥 十七

鴟 睂〻䕷 悲府眉反哀一 錐職維反鋒鐵七 隹鳥 ⿸鹿隹鹿一歲曰〻 騅〻鵻鵻鳩 萑木名似桂 ⿰鼠隹鼠名 誰視隹反何二 睢坐處又之流又 帷洧悲反幔一 邳 十八

符悲反下邳郡四 岯不山大 魾大鱗 ⿰丕頁短鬚髮皃 丕敷悲反大七 伓有力 秠黑黍二米 ⿰丕頁大面 駓桃花馬色 豾貍 倠許維反仳倠醜女四 睢水名 眭〻盱皃 ⿸广隻 十九

怌亦作⿸疒隹 鎚直追反打四 槌〻鼜持又馳累反 顀頸埵 椎椎〻 推尺隹反一 胝丁私反皮厚俗作胑亦作疷 秪穀始熟 紕匹夷反繒欲壞一 嶉醉唯反高皃二 欈以木有所擣舂 二十

秋越敗吳於欈李 狋生肌反犬怒皃又巨貟反一 巋丘追反小山而眾又丘誄反二 衰減又所追反 之止而反往又詞三 芝瑞草 至到又如一反 飴与之反餹亦作飼飤十九 怡悅又作熙 圯 廿一

橋名 貽遺 頤頷亦作𦣝 詒〻言 珆石玉 宧室東北隅 泜水名 䐚豕息肉 鮐魚名 姬王妻別稱 䫀 瓵小甖 扅 柂船 鉇戟無刃 异已又 二

餘使反 洍水名詩云江有洍 時市之反辰三 塒鑿垣栖鷄 鼭鼠 疑語基反三 嶷九嶷山名 觺〻岳〻又五刀反 思息茲反念十一 司署 罳罘〻 絲蠶 伺候 三

緦〻麻 楒相思木 葸竹有毒傷人即死 禗神不安欲去意 覗〻覰 ⿰犭思相察 輜楚持反又側持反車二 颸風 其渠之反語第古作丌□一 期指信 旗旂 萁 四

豆莖 騏〻如馬不角 蜝蟚蜞似蟹而小 琪玉 綦履飾亦綨〻木嫁女所服 麒〻麟 淇水名 鶀鳥名 綦紫綦似蕨 錤〻鎡 碁弈 璂弁飾 鯕鯿魚 祺 五

福祥 綨白倉色 ⿰齒其齧 䑴〻艃舩 异舉又渠記反 詩書之反志二 ⿰而阝地名 而如之反詞十三 栭木名子似栗而細一曰梁上短柱 檽木耳 陑地名又峻阪 輀柩車亦作轜 六

輀 臑煑熟亦作胹𦠦 洏漣洏涕流皃 鮞魚子 耏多毛說文爲而今用各別通俗作髵 咡吻 ⿺九而九數 誀誘 荋草多葉 欺去其反六 娸姓一白醜 䫏大頭 ⿰其頁 七

方相 僛舞皃 鵋鵋鳥 姬居之反周姓七 朞晬古作其今通俗作稘 基始 箕簸器 萁菜似蕨 𥬻可以取蟣 諆〻詩云周爰咨謀 詞似茲反文言五 祠祭 八

柌鎌柄亦作枱 辭獄訟亦作辞 辝ㇾ訟 釐理之反理一曰福十二 貍似貓 氂毫十 斄無夫 剺ㇾ剝 犛牛又莫交反 艃 九

䄏毛起又 秏ㇾ力臺反 犛ㇾ又犛生 慈憂愁 漦龍吐沫 甾側持反不耕田或作菑十一 菑一歲田 淄水ㇾ 輜ㇾ 錙鉢 緇黑色亦作紂 鶅東方雉名 椔木立死 十

鯔魚名 鄑鄉名 僖許其反樂十五 歖喜 熙和 嬉美一曰遊 禧福 譆痛聲亦作誒 熹盛 炘 瞦目精 焟火盛 嘻嘻 歖笑 十一

娭ㇾ戲 譆熱 毉於其反俗通醫 噫恨聲 癦瘢又乙齊反 癡丑之反騃四 齝牛吐食或作詞 笞撻 痴ㇾ瘵不達 瘵子直康反又勅慮反 十二

治直之反理又帝諱二 持執 蚩尺之反虫名六 嗤笑亦作欺 蚩又乃經反 翁羽盛 媸妍ㇾ 妛侮 慈疾之反孝三 礠石 鶿鸕ㇾ 鶿鳥名 兹子慈反此 十三

孳息兹反二十 嵫ㇾ山 孜篤 滋多或作滋 嗞ㇾ嗟 憂聲 黺黑染 鎡鎡鉏之別名 鼒小鼎 鰦魚名 孖雙生 仔克 茬士之反茬平縣名一 漦俟淄反龍次又 十四

八

順流一 微無非反妙通俗作微五 溦小雨 薇竹名又武悲反 薇菜 鐖懸物鉤 煇許歸反光亦作輝暉十 揮奮 徽美 翬飛兒 禕后祭服 一

徽魚有力 潿鋸 楎動 楎犂頭 幑幟 幃王非反香囊十二 闈宮中 圍周合 韋皮 韓束 違乖 湋水名 戾 褘重衣 𩏃 二

衰ㇾ 裛東 霏芳非反雪或作霏七 妃女官又普佩反 菲芳又芳尾符未二反 䨽細毛兒 斐ㇾ往來兒一曰醜 騑驂馬 朏大目又方巾反 斐匪肥反斐豹見左傳八 飛 三

翔ㇾ 扉戶 緋赤色 非是 猆似牛一曰白首 鯡魚名 騑飛ㇾ兔馬而兔走 肥符非反豐或作肥八 腓脚腨 腓腸 䈈竹 痱風病或作疿 淝水名 𨛘聚名在河東聞喜 四

蟦蠐ㇾ螬 蜰負蠜虫 威於非反可畏七 葳ㇾ蕤 隈山ㇾ隈又於鬼於罪二反 隇ㇾ陝數危 蝛ㇾ蛜虫 媁美 楲決塘 祈渠希反求十二 頎長 旂旗 畿 五

王ㇾ或作圻 崎山圻水傍曲岸亦作圻又渠羁反 刉以血塗門 蘄縣名 𧯈ㇾ危又公哀反 璣頰肉又居希反又古哀二反 肵俎 蟣大生三子 機居希反織具十四 譏誹 蘄縣名在譙 六

郡今者祈 嘰小食 璣珠不圓 幾ㇾ微 蘮菹蘮草 磯大石激水 𩣟騰馬 饑穀不熟 禨祥 鐖血祭 𨯂鉤 刏斷 飢同饑 希虛機反少八 七

晞日氣乾 莃莬蔡 鵗雉名北方 睎視 豨ㇾ 趍ㇾ走 桸木汁可食 依於機反倚六 衣ㇾ服 譩痛聲 㕒大㕒縣在酒泉 㤅痛念 郼殷國 沂魚機 八

又水名一 歸丘韋反馬髮似麥而大一 歸俱韋反還亦作歸一 巍語韋反闕二 犩牛又牛畏反 魚語居反水虫六 漁水名在漁陽 𩶉補魚或作魰 齬齒不相值 九、一

舉又魚 鋙鉏ㇾ可以止樂 [目魚]目白馬二 初楚魚反始一 書傷魚反文ㇾ七 鵨鳥名似梟 琭玉 舒散 紓緩 鄃地名在廬江 舒齊魚 居舉魚反或作凥九 据 二

手病詩云予手拮据 裾衣下 琚玉 腒貯 鶋鶢ㇾ馬 涺水名 崌草蒩落草 腒乾雉又鉅於反 渠強魚反水溝廿 蝶ㇾ軥 𣝝 璩玉 磲硨磲石次玉 三

蕖〻芙 蘧〻篨 𥳫牛匡 渠〻渠 醵合錢飲酒 腒鳥腊又九魚反 鶋鶢鶋鳥 蟝獸 榢〻拵落籬 蘧菜 蘧〻麥 趣小跳 𧄼 四

蕖似菜蘇 蟝〻蟝蜉蝣 豦豕又居御反 璩姓又璩玉名 余与魚反我亦作予同廿 蜍蜘蛛 餘殘 輿車又与庶反 旟旂 鵌鵌鳥同穴 璵璵魯寶玉 艅〻艎 畬 五

四二歲 澳水名 歟詞未盡亦同與 譽美稱又以據反 嬩女字 舁對舉亦作擧 妤婕〻女官 𪊲山驢 驀馬行皃 悆謹敬皃 趣安行亦作忌 籅〻簝 雒 六

蜀雞 胥息魚反相通俗作胥九 鯖魚名 簀竹名 湑〻露 稰木名 蝑虫 揟取水 諝才有之稱又相旅反亦作惰 疽七余反癰十三 岨石山戴土亦或作宜 趄趑〻 苴履中 七

籍 沮水名在北地又慈与反亦作濇 狙〻猨 雎〻鳩 胆虫在肉中俗作蛆又子魚反 蒩苞 𨛫鄉名在鄠縣 坥蟥場又七慮反 覰相伺視又七慮反 虘〻此 鋤助魚反大斵三 鉏 八

䶥又士舉反 豠豕屬 櫖勑居反舒三 樗惡木 荼蕵 疎色魚反遠九 練〻葛之〻 蔬菜 梳〻櫛 疏條亦作綻又所去反 䟽青蹠 延通 釃下酒又所宜反亦 九

作麗 疋詩古文為雅字又山舉反 虛許魚反空亦作虗通俗作虛五 驉驅驉畜生 歔〻欷 嘘吹 魖〻耗 徐似魚反緩步四 郐地名 稌野羊 俆人姓 於央魚反俗作於又哀都反 十

五 菸竹名 淤〻泥 菸〻熟之皃 𠯌〻笑皃 豬陟魚反豕正作豬畜生三 䐗揭豬所表識 瀦水所停正豬 臚力魚反皮臚通作臚十 鬣〻毛 閭〻閈 廬 十一

舍 蘆漏蘆藥名 驢下馬 櫚〻栟 蘆〻蒿 藺〻菴 爐大燒山家 諸章魚反衆六 櫧木名 瀦水名在北岳 藷〻蔗甘蔗 礑礛礑攻玉礪石 藷 十二

著芋又直閭反 除直魚反去十 躇躊躇進退亦作𨇜 儲副貳 涂水名在堂邑又直胡反水名在建寧 篨籧〻 藸薵藸菍名 宁門屏間又直旅反 藷著芋又章魚反 十三

著𦬁著又張慮張略除略三反 㾷〻瘵 如汝魚反然六 蒘〻藘 洳水名在南郡又人慮反在晉 鴽鴽或作翟 郍地名 癘假寐又乙疾如与二反 且子魚反詞 砠 十四

山又七余反 蛆蝍蛆食蛇虫 墟去魚反丘落八 筀飲器 袪袖 阹依山谷為牛馬圈 椐木名 樝〻櫫 胠脅又却據反 抾〻极 葅側魚反三 稌藥名 袽女余反易 十五

曰衣有袽又奴下反亦作絮緼四 帤幡布 挐大多毛 蒘〻藸草 虞語俱反防通俗作虞十七 愚〻癡 娛〻樂 澞齊藪名又水名在襄陽 堣〻夷日所出處 十六一

十

鸆鳥名見則大旱 嵎山名在吳 禺番禺縣在南海 髃骨名 隅〻屋 鸆鳥似鶬鶖 鰅魚名有文出樂浪 齵齒重又側遊反 澞陳夷水曰澞 鍝鋸 鸆〻鶚 蝺〻螻 二

芻測愚反草俗作蒭一 無武夫反有無十五 毋止之 膴無骨腊又荒烏反 膴〻膢 蕪〻穢 誣〻詐 巫事神曰巫男子師為覡女師曰〻 莁〻荑 璑三采玉 𨻙地名在弘農 三

墲〻家 鷡〻鳥 无〻虛 憮〻空 于羽俱反於正作亐十二 盂大盌 迂曲又憶俱反 邘地名在河南 雩祭名又況于反 竽〻笙 玗玉名 骬髑骬缺盆骨 四

謣妄言 雩草木盛皃 靬〻鞍 衰褒亦作衧 訏況于反大十三 吁歎 肝〻胎 雩〻婁縣在盧江 欨吹欨又呼禹反 疞病 盱舉目亦作盱 衧大袑衣 欤 五

〻樂 禀巫 虖虎吼 忓憂 杅杅指麾又憶俱反 欨其俱反勤亦作劬廿五 衢街 軥車軛 氍〻毹 朐脯一屈又地名出東海 陓地名在河東 臞少肉 痀傴頭飾亦作絇 六

鴝鴝鵒 灈水名在汝南 躣行皃又作欋 鸜鳥名足白 鼩鼱鼩小鼠 钁兵器書云執钁於西垂 蘧蘧麥又巨居反 斪斪斸 蚼蚼蟓蚍蜉又呼口反 氍□氍亦作毹 蒟蒟醬又俱 七

羽反 欋四齒杷 姁姁然相樂又況羽反又香句二反 趯走顧反 痀曲脊 葋芳 絇絲救 臞瘠亦作臒 儒日朱反碩德九 獳朱獳獸名 濡濡溺 襦衣 懦弱又乃亂反 嚅 八

囁嚅多言 鱬朱鱬魚名魚身人面 顬顳顬耳前動 𩴵鬼魅不止 鬚相俞反頷下毛古作須十 鑐待亦作𩓼ㄑ 須古從彡俗從水誤 繻繻傳 𦈅頭ㄑ 媭女須屈原姉 需 九

卦 麢麢鹿子 蕦蕦蕪 隃陵名又羊朱反又名式注二反 株陟輸反木根 誅殺 邾邑 蛛蜘蛛 跦行皃又直朱二反 鴸鳥名 黐黏 貙勑俱反獸名一 殊市朱反異八 十

銖十分 洙水名在魯 茱茱萸 粠小罌 殳杸詩云伯也執殳 杸執羽之杸 䏭ㄑ膢 逾羊朱反越亦作踰通俗作逾三十 窬門邊小竇 臾須臾 楰木名 腴肥 隃 十一

ㄑ麋縣在扶風又作隃 鄃地名在漆郡 覦覬覦 闟窺 俞然又恥呪反人姓 諛諂 愉悅亦作歈 歈巴歈哥 揄揶揄手相弄皃或作邪揄 褕衣 瑜玉 崳ㄑ山汝山在雁門 十二

㥚ㄑ喜 羭黑羖 蝓蛞蝓又神朱反 萸茱ㄑ 堬冢 榆木名 牏築垣短板 𧖵變色豆 𩜹餅 蕍茒蕍又庾句亦作蕍 渝變亦作𣴨 𠧆翼又州反 踰過ㄑ 十三

區氣俱反垣院六 嶇崎嶇亦作𡽹 鰸魚名出遼東 驅馳亦作駈 摳褰衣又苦侯反 軀身ㄑ 朱止俱反丹七 珠圓 侏侏儒 咮喌咮言也 鴸鳥似鴟人首 絑縮色 十四

袾衣身又充朱反 趨七朱反疾行俗作趍 慺力朱反敬正作慺十二 蔞ㄑ蒿又力矢反 氀毛布 瞜ㄑ 鏤魚名 婁山頂 鷜鵱鷜野鵝 摟曳 貗猪求子 膢膢 十五

所以遍求 膢祭又落侯反亦作𧞣 𡗐空 扶附夫反持十六 芙芙蓉 颫風 符竹ㄑ 鳧野鴨 榑海外大桑日所出之 扶ㄑ疎盛皃 蚨青蚨青色小虫子母不相離 夫語端又苦夫反 十六

𦯈草季房 坿白石英又芳付反 蚨小 蔦ㄑ鴀子 澓水名出桂陽 泭水中草茂又扶留反 𥢩士乎穫穰俗作稃二 𩿧鶵子又作雛 敷撫扶反布 麩麥皮亦作麱 孚 十七

信 郛郭亦作垺 鄜縣名在馮翊俗誤作數州 鋪設又普胡反 莩織縛者 俘四 痡病又普胡反 殍餓死曰殍 怤思 𦐭翮下羽又音鋪 敷ㄑ花 孵卵化 紨 十八

廣細 庯石間見 𣮫毛解 蔀ㄑ蓊 稃秠亦作粰 𥠵穳又扶用二反 豧豕息又妨豆反 鄌亭名在汝南上蔡又方主反 鬚須亦作鬚 苻花盛 罦罬又扶尤 諏子于反謀又子侯反 十九

六 㖩噉㖩不廉 𡽗ㄑ嵎 娵ㄑ訾星名 嶕高皃 掫繫 跗甫于反足跗亦作趺十三 膚體肌亦作肤 邞縣名在瑯瑘 鈇ㄑ鉞 袪袍襦之類前襟亦作祛 玞珷玞 二十

美石次玉 𪅭鶘鵂鳥名三首六足六目三翼 蕮地蕮藥名 簠ㄑ簋祭器又方羽反 夫周制以八寸為尺十尺為丈故曰丈夫 鴂鴩 鮇鯃 柎欄足 紆憶俱反縈十 靬服靬 廿一

陓陽陓澤在冀州 杅持又口孤反 蓲草又烏侯反 𢓭服 鞰胡矛 醧能者飲不能者止 虷蚰蜒 迂曲 輸式朱反送納二 鄃縣名在清河 樞昌朱反扇臼三 姝 廿二

好亦作袾 䇶䇶ㄑ 廚直朱反庖室二 蹰踟ㄑ 拘舉隅反執十一 駒馬子 岣ㄑ嶁衡山別名 瞿左右視 鄓挹 梂盛土詩云梂之濡ㄑ 跔手足寒 鮈鮍鮈魚名 廿三

十

俱偕 礭碓礭礪石 䀠目邪又許力反 毹氍毹山羌反毹毛三 𢄐繒裂 欆車轂內孔 模莫胡反法九 摸以手摸又毛博反摸摸 嫫嫫母黃帝妻 𢃳車衡上衣 廿四

蕕ㄑ腧揄子蕕 謨謀亦作慕 撫覬度墓地又音無 墓䤈 篻竹 匍薄胡反七 芀ㄑ蘆被亂草 餔大飲酒 㯷ㄑ剸縣在武威 菩ㄑ薩 蒱 二

魚脯 蒲大脯又作蒲 胡戶吳反何十九 壺酒器正作壼 狐狼屬 瓳瓿ㄑ 餬寄食亦作䬸 瑚璉ㄑ 頡牛頸下垂或作咕 鶘鵜鶘鳥名食魚 猢猢猻獸名似猴猢字士咸反 三

醐醍ㄑ 麯黏麯亦作糊 弧弓 乎詞 葫竹ㄑ 瑚瘦ㄑ 楜棗大 糊被 湖陂 鶘鷉 孤古胡反單廿二 菰彫胡 姑父姊妹曰ㄑ 辜罪ㄑ 四

呱啼聲 罛船上網 泒水名在鴈門 酤買酒又胡鼓古護二反 瓳酒器 蛄螻ㄑ 箛竹ㄑ 鴣鷓鴣鳥名 樟木名 帖漢書越巂郡在雲陽 沽水名在高密 嫭保任 五

膵大脯 胍ㄑ肚 𧤢ㄑ息 觚程ㄑ 瓠瓜ㄑ 柧棱ㄑ 徒度都反空又或作迖步行廿三 屠害 瘏病 塗泥ㄑ又丈如反泥飾 途道与塗通 峹山ㄑ 酴酒ㄑ 駼 六

騊駼獸名 𤛓黃牛ㄑ 鵌鳥名与鼠同穴 涂水名在益州又真魚反 梌木名 荼苦菜又丈加反 酴醑ㄑ 啚度 圖畫 瘏ㄑ麻草庵 虤虎名 鄌亭名在馮翊 七

稌引又他胡反 𪏾穗又弋蛇反 蒤虎杖 奴乃胡反下人六 砮礪 駑駘 帑藏 孥子 笯籠鳥又女如反 呼荒烏反嘆八 膴無骨腊又武夫又肝肉二反 幠 八

大葫蒜別名 侉怯 䰧鬼皃 謼大叫又呼故二反 虍虎文 吾五胡反我十二 吳國名又姓俗作吴 鼯似鼠亦作鼯 浯水名 䓊草名 𤜵ㄑ 珸琨珸美石似玉 九

蜈ㄑ蚣虫 部鄉名在東莞 梧桐 鯃ㄑ魚 魚魚大 租則胡反田稅 葙茅藉封諸侯葙以茅 盧落胡反器通俗作盧廿三 鑪火炭又錢弓 壚黑ㄑ田 籚 十

竹籚葦 顱頭ㄑ亦作髗 鱸魚名 攎斂取 櫨柱ㄑ黃ㄑ木名 爐火盛 轤圓轉木曰轆轤 黸黑甚 獹韓獹犬名 鸕ㄑ鷀鳥名 艫舳後 纑 十一

布纑 壚碧玉 鬣ㄑ鬚 甾䍃器 薔樂器名 廬廡 歔音皷 蠦蜰 楉木名又力祖反 蘓息吾反荏ㄑ 穌更生 蘇ㄑ 殂昨姑反死 徂 十二

往亦作迋 虘虎不柔又才他反 烏哀都反鳥十五 杇泥墁ㄑ 洿水不流 鰞ㄑ鰂魚 釫鏝ㄑ 歍口相就 鎢ㄑ錥溫器 弙滿弓有所向又口孤反 瑦石似玉又於古反 㮹ㄑ椑青柿 十三

䴘鶘鷉 蝸蝸蠑 𢘫引又口孤反 於ㄑ戲又央魚反 嗚ㄑ呼 逋博孤反賒懸八 鋪設又普故反 餔歠 晡申時 庯平屋 抪展舒又補路反 𨆪ㄑ趁 鵏鵏鴂 十四

枯苦胡反死木亦作𣏕七 刳剖破 郀地名 圩楊又於娛反 弙張弓又於孤反亦作怀 軲車 㯷木四布又古胡反 麤倉胡反米不精三 麤麤行路遠 麤麤草履 𪏾他胡 十五

反美 稌稻又地古反五 瑹ㄑ瑹 捈銳又遠胡反 𨒫伏地 都丁姑反大邑反四 鄌竹名 闍闍又時遮反 醏醐醏醬名 稃普胡反豆稃六 鋪設 鯆魚名 踊 十六

齊徂奚反中七 臍腸臍亦作齌 蠐ㄑ狼獸名似麋 蠐ㄑ螬或作𧐖 齎好兒 鋉利又子奚反 齋等又子兮反 黎落奚 十七

十二

馬跡 痡病 隋褒 一

反眾亦作𥎃 黎十五 犂耕具 麗ㄑ屢綺窗 藜藋 𥟖竹ㄑ又力底反 𥠖ㄑ花織荊 黧黑而黃 𧇜縩緯縩 盠以𧰲為飲器 邌徐行 𩂁亭名在上黨 𠐠謑 二

三 謕弄言又 騠駃騠馬 䳇ㄑ黃鳥 鮷魚似鮎而黃 妻七嵇反齊九 萋草盛兒 淒雲兒 凄寒詩云淒其以風 悽悽 霋雨止 鶈怪鳥 緀文章

四 齊炊疾又即嵇反 低當嵇反下正作低十七 氐丘正作氐羌通俗作 袛短衣 磾漢書金日磾 鞮革ㄑ 䏲胵ㄑ腹胵字胡嵇反 羝羊 腥膍 䬶飽ㄑ 剠ㄑ

五 氐至又丁計反 䱥不紙正作 綈細ㄑ 隄防亦作堤 𪆳大 䮘不能行為人所引ㄑ 啼號聲四十 蹄足名亦作蹏 䮘竹名 提持 謕訶又丁礼反 瑅玉

六 梯木名 題頭 媞好 題視又徒計 綈厚繒色綈亦作 罤兔網 䌢 綈結又徒帝反 稊ㄑ子草或作苐 鍗鍗錦 醍酒又天礼反亦醍醐

七 騠駃騠馬名 䞶 緹衣服 鵜ㄑ鶘 鶗鳥名 苐 銻 䧅 厗唐厗石 鶗ㄑ鴂鳥又反亦作鴂 鶗 蝭蟟小蟬 瞪直視又尸支反

八 䏲迎視又他奚反 謕轉語又 䫁 鞮ㄑ禨四夷樂名 𩋭 䱱 鍗ㄑ魚四足 徲久 禔福又章移反 䚦方奚反 䚦豆十三 幌車簾

九 𧕅牛 榹小樹 䑐又樹栽 䶏麻 綎ㄑ綠又或作蹏 箆眉 梐門外行馬又防陛反 鞞ㄑ䩐短兒 䩦誤 猑 䠳 鞞牛 䩦冠飾 奚胡鷄反何十四 嵇山

十 兮詞從八丂音考俗作兮非 鼷鼠 豯豕生三月 傒有所望又胡礼反待 嫨女好 蹊ㄑ徑 螇ㄑ蠑似蟬 榽ㄑ蘇木 騱馬前足白又騱驒野馬 䏲䑐又古郎反里名

十一 䵣水虫 鷄古嵇反司晨鳥正作雞 稽久從禾音雞古今從禾尤ㄑ 𣓪ㄑ楓木扶柎木 枅乘桁木 笄簪 蚈螢火又口妍反 鎑ㄑ堅 卟卜以疑問 鷖烏鷄反鳧鷖十 翳翻詡

十二 譩相然詞 嫛嫛婗 瑿美石黑色 𣪠埃 嫕ㄑ撕 繄赤黑色繒 黳小黑 黳黑木 倪五嵇反孩正作倪十二 齯齯齒更生 蜺雌虹老人 蜺雌虹又五結反五計反亦作霓

十三 婗小兒 輗車轅端 猊狻猊 鯢雌鯨 郳ㄑ城在東海 㹸ㄑ殹又五礼反 麑麛或作貎 䘊衣褍 兒ㄑ寬 醯呼鷄反俗作䤈醋酸五 𦪍痛聲 𦪍病色 忚

十四 欺謾 榓木名 西素雞反十二 棲日入或作栖 甈瓦破聲 犀牛 嘶ㄑ馬 撕ㄑ提 𤸇瘦痛 楴椑楴小樹 𨾆瓠 澌病 誓悲 剸剩

十五 梯湯稽反木階七 睇視又徒計反 鷈鸊ㄑ小鳥皮可瑩刀刃 匽匾匽薄扁字方典反 䖙虎息 𩀃燬 謕轉語相誘又徒奚反 㗅唾聲 笑聲 鼙鼓聲 椑蓐述反

十六 圛膍ㄑ膪 瓿瓶 鸊人兮反又奴兮反一 批普鷄反擊四 錍斧又方支反 刔斫 鶓名鳥ㄑ鴆 齎即黎反持又子斯反亦賫八 齏擣薑蒜為 櫅ㄑ榆木堪作車轂

十七 紕ㄑ綼 訾茲此反詩云訾ㄑ即此字別義同漢書訾字如此也 鈽利又似奚反 齎炊疾又祚𢤱反 迷莫奚反失方五 㜛齊人呼母 麛鹿兒 醯醯醢醓字怖僕反 䁵上白

十八 病人視 泥奴低反土三 屔水立頂受 䳁人兮反 醯有骨又 谿苦嵇反亦作溪磎三 盰直視又 䁯小下圭反 由畚 圭古攜反十三為一合十二 珪玉 邽上邽下邽縣在馮翊 閨門

十九 袿婦人上衣 鴝駒 胵腣 款郎又紆往反 麆 鮭鮭 桂田器可穫麥 甐或窐又戶圭反 睽苦圭反異又古攜反十 奎星名 溪泉出通川又古比反 刲割刺

二十 茥缺盆草 䝿六畜項中肉 䤙鹹亦作瓯鹹 畫ㄑ 蓋 蛙䗂 桂中鉤亦作劃 攜戶圭反十五 蠵大龜 鑴大錐 蜀人姓 畦ㄑ下孔或作窐 畦菜田ㄑ 巂

似馬而一角亦作驨 酈離心 嵐姓亦作嵐 䧢 盱〻然能視又口奚反 眭深目不脊規反 劙削 栘戍西反棠棣木〻名又余氏以支二反 眭呼圭反目瞢一 烓烏攜反行竈一

十三 佳古膎反美二 街道 膎戶佳反脯五 鞵偏亦作鞋 慀腨慀心不平 㩗扶 𧞣袖 牌薄佳反膀五 鯶魚名 箄大桴日箄 郫縣名在蜀又符羈反 犤

牛又蒲池反 媧姑柴反七 緺青緺綬 諣譋情 騧馬色 蝸〻牛小螺 腡手理 歄妸〻 蛙烏緺反蝦蟇屬三 絓惡絲 喎口戾 柴士佳反薪俗作𣗥七 祡祭天 齹〻𪘏

齹不正皃 茈〻胡藥名又茲尔反 瘵疵〻 𢫬積〻 輦連車又士諧反 釵楚佳反婦人歧笄六 靫鞴靫鞴字薄布反也 叉兩支 𦝫瘕 劄 㼮甄〻 竵火媧反不正三 喎

口偏 華外錯 𦍧姊佳反羠〻胡羊二 誽言不正 崖五佳反山崖六 啀大鬪 涯水際 𪘏鸞〻 震雨聲又牛林反 厓山邊 娃於佳反美女兒四 洼水名 哇淫聲又烏

瓜反 唲嘔 崽山佳反呼彼之稱又山皆反二 籭簁又山綺反 𤮓大佳反笑二 欪歎吹氣逆 扠丑佳反以拳加人亦作搋〻音丑皆反一 䁹莫佳反視兒二 𩌐鞵 諰所柴反語一

十四 皆古諧反皆正作皆十四 偕俱 𪐺麻稈 喈鳥聲〻 階級 腊〻瘦 薢〻苦藥名決明子是 荄草根又古哀反 痎瘧 堦砌 𤭛北 䬏疾風 鍇九江謂鐵

又古駭反 鶛鶛鶛鳥 諧戶皆反和七 湝風雨不止 骸骨 瑎黑石 騔馬性和 龤樂名 裉〻襬 排步皆反推五 𨍰車箱 俳優從人亻是俳佪字 牌〻膀 頄曲頤

又蒲來反 乖古懷反背亦作乖一 懷戶乖反又胡來反八 褱〻夾 櫰木又古迴反 𪉛戎狄鹽 褢〻歲 獲似牛四角 淮水名 孃和 匯苦淮反澤名又胡罪反三 擓

摩〻 𠢐勉 豺士諧反狼四 儕等 輂次又卻車廂又士佳取私疾離三反 𡸣山在五林 差楚皆反簡二 赼起去 虒呼懷反虺馬病一 埋草皆反藏亦作薶三 霾風而

雨土 懇〻慧 齋側皆反齋一 崴乙乖反不平狀三 溾〻涹濊濁 𪉜亦作醜 齛卓皆反齧一 揩客皆反揩揩摩拭二 緖大絲 搱諾皆反揩〻一 俙呼皆反訟一

十五 灰呼恢反俗作厌四一 𧌒豕掘地 豗黃白色 瘣馬病 恢苦回反大亦作㤕六 詼〻嘲 悝病一日悲聲 魁師一日北斗星 𥳐箭竹又苦懷反 䫯醜又口猥二反 隈烏恢反水

曲 煨塘煨火 𦄙五色絲飾 椳樞 偎國名 𩘓風伍又乃罪反 鰃角曲中 回戶恢反旋九 洄逆流 佪〻徘 迴覆轉 瑰玫瑰大齊珠 槐守宮槐木名 蚘人腹中虫

邳鄉名在睢陽 𤇗光色 枚莫盃反一箇十二 媒妁 玫瑰〻 梅似杏而酸亦作楳 煤炱〻 脢胎經二月又苦背反 脄背肉又亡代反 腜孕始兆 禖求子祭 𦋐雉網

鋂大環 毐〻美盛兒 瓌公迴反瑋四 傀大兒 蒐菜又胡罪反 櫰木食多力又蒍乖反 雷路回反小霆正作靁八 罍酒器或作鑘 儡〻同 𠡍勉 畾田間 𤮚

櫑又救反 轠轤〻不絕 瓃玉名 穨杜回反暴風十一 㿉陰病 墤下墜 魋以熊而小又人名 膭膗膭破狀 頹秃 撴棺覆 蹪蹪〻仆 讉誺 蕢〻牛

𢈟麞或作隤字 崔此回反人姓又子雖反三 催促期 縗喪衣 磓都回反落五 䭔餅 堆土聚 頧冠名 槌擿亦作搥 摧昨回反折四 崔〻嵬与人姓崔者同音呼别

廿 一 二 三 四 五 一 二 三 四 五 一 二 三 四 五 六

悈〻 檇木檇又子泜反 㩗素回反積三 桵擊 䳡鞘 裴薄恢反人姓七 徘〻徊 培益 陪廁 𨛓鄉名在河東聞喜 頧曲頤 𩍐箱 杯布回反盃一

肧芳杯反肧胎一月五 坏瓦未燒 㾱弱 醅酒未漉 衃不凝血又匹尤反 鮠五回反魚名似鮎三 桅船上檣 嵬崔〻 䨜他回反亦作䨨四 蓷草名益母一名鵻 䞨 矮廆〻

十六 推進 䊤乃回反古之善塗者又奴回反二 捼摩 脧子回反赤子陰亦作㞘峻見老子二 㞘粗者 咍呼來反笑亦作欸二 䧅笑聲 開苦哀反張或作闓三 敱〻䧅 鍰

多亦作僉 哀烏開反悲五 埃〻塵 唉慢應又於其反 欸歎 㶸熱 臺徒哀反高九 擡舉 詒魚衣濕者曰濡落 臭〻煤 嬯鈍劣 薹蕓〻

跆蹋 箈竹萌 苔水衣 該古哀反市十六 孩 豥豕四蹄白 垓八極又垓下隄名 荄草根又古諧反 郂鄉名在陳留 殪羊胎 剴大鐮一曰摩又五哀反 陔殿階之次

序 姟數十萬曰姟 餩餡 祴〻夏樂章 鹽牙亦作䥂 絯挂 胲足大指肉毛 賅奇非常又改胡改反亦作侅 眩備 裁昨來反製七 纔僅 財貨 材物好

𧺝麴 茅〻蔽 才能 來落哀反往十九 萊藜又東萊郡在青州 郲〻地名在蜀 騋馬高七尺 崍〻山 嵦 䅘鄉名在扶風又力之反 秝毛起又力沓反亦作練 鵣

鶆鳩 鯠 䅘 貍別名 麳小麥亦作秾 棶椋 琜瓄 睞〻耕外土畬 徠〻黑大黑 庲舍 淶水名出北 逨至又力代反 灾祖才反禍正作烖災五 栽種

哉詞俗作𢦏 睵 䞯 溨水名 猜倉來反疑作猜三 偲才 䞟疑 胎湯來反孕三月亦殆四 鮐魚 台三台星 邰地名在始平 孩胡來反始生小兒八 咳小兒笑

皚長兒 頦頦車又胡乃反 㱯 䁗留意 鎧 豥豕白蹄又五哀反 鰓魚頰四 愢〻 粞碎米 䚡角中骨 皚五來反白雪七 嵦〻峽 敱有所

料理 殪殺羊出胎一曰疑公哀反 剴大鐮 䁗肥 隑長 能年來反獸又奴代反又作能二 㾤病 㾯扶來反皎二 棓人姓 𪐺丁來反大黑一

十七 眞職鄰反俗作真十三 甄姓又居延反 振震又之忍反 禛以真受福 田 畛塲又之忍反俗作畛字 唇驚亦作唇 𣄃鼓 敂 𩐁首 薽豕 蒖節 桭扶振亦作桭 磌

嗔又徒賢反 帪馬囊 稹穊又之忍反 春昌脣反首時一 脣食倫反口〻三 䔭牛蒼草名似蘭 漘水際 勻羊倫反遍一 淪力屯反沒十二 倫等理 論語又盧昆

反 掄 艙舩 輪車 崘山 鯩魚 蜦神蛇能興雲雨 棆木名 綸〻絲 惀思又力衮反亦作侖 踚行 屯陟倫反三 窀〻穸下棺 恂布帊又丈句反 純常倫

反又充允反緣十 蓴〻補秀 菇水葵 蒓菜 醇醲酒 鶉鶴鶉鳥名 恂憂 錞所以和鼓 淳清〻俗淳 漘小阜 奄〻丈 犉七尺三 瞤目動或作眴 䳭䳭雛

因於鄰反十六 茵〻褥 禋祭宗 闉〻城上闉門 駰馬又又於巾反 烟〻熅天地氣 湮沉 氤〻氳 堙塞 諲敬 姻婚 𢇕就 茵車中重席 裀

衣身 絪〻縕元氣 洇水名 珎陟鄰反寶三 塡塵又徒堅反 鎮戌又陟刃反 新思鄰反初三 莘〻 薪木 辰植鄰反十一 晨早 宸屋天子所

七 八 九一 二 三 四 五 六 七 八 九 一 二 三 四 五 六

宮鷐〻風鷐 麎牡麖 臣罪稱 辰重辰 茵草 殿聲擊 郥姓 邱地名又之刃反 仁如鄰反能三 人〻為人 杒屋上 申書鄰反舒十 伸展 娠 七

孕又脂刃反 紳大帶 呻〻吟 身己 胂脢 傜妊 㑛引 魌神山 神食鄰反精氣二 晨平旦又時真反通俗作晨 獜丑珎反三 縯狂一曰欲仆 鄰力珎 八

反俗轔十六 轔車聲 嶙〻峋深 山崖狀 粼水在石間 粦田田壠 麟麒〻獸亦作麐 驎大馬鹿色 鱗木蠋 翷飛兒 鱗魚名 粦鬼火又力展反 燐瓏〻 九

鏻健兒又力丁反 繗〻紹 䕲似豕黃身 墐臣巾反又巴陵三 堇黏土 魿虫連行又力丁反 陳直珎反布五 鶇獸名似羊目在耳後 塵土埃 敶〻列 趁〻𨇾 津 十

將鄰反際三 璡美石次玉 瀒氣液 瞋昌鄰反怒亦作謓秘書作賊字三 旗肉脹起 縝〻纑 秦匠鄰反從禾俗秦字三 螓蜻虫 榛牛 親七鄰反近屬一 殯下珎 十一

反又下憐反一 夤余真反敬四 寅平旦又以脂反 臏〻脊 黃瓜草 銀語巾反白金十 犾犬聲又作信 齦獸多力西國人家養之亦作兩虎爭 檭木名白色 鄞縣名在會 十二

䭡又牛斤反 圁〻陽縣在西河又語斤反 誾和或作言 珢石次玉又公恨反 垠涯 嚚愚 紉女人反單繩一 巾居鄰反一 民弥鄰反文帝諱四 闅視伯目 泯沒又武忍反今作泯 十三

賓必鄰反客作賔七 濱水際或作瀕 檳〻榔 顮頭憤〻 矉恨悵 觀〻觀兒又匹刃反 荀相倫反人姓十五 郇地名在河東 詢〻諮 眴眩 峋嶙〻 十四

珣玉 槆木名 栒〻邑縣在扶風 洵水名又詳遵反 恂信心 欨逆氣 楯〻枕 檈〻圜 眴田又徐均反 姰狂又胡館反 遵將倫反承二 跧蹴又阻圓二反 逡 十五

七旬反逡巡退 竣止一曰改 皴細皮起 㕙東郭㕙古之狡兔也 墫儛兒 蹲喜兒 踆追亦作匐 夋〻倨 捘〻扪 旬詳遵反十日十三 巡行 馴擾習 循 十六

善 揗摩從又 犉牛行遲 紃圜采條又食倫反 畇〻墾田辟又蘊均反 𤰈田力均反 泉線三泉又俱選反 絢繞 趨夫兒 楯欄檻 頻〻符鄰反十一 嬪九嬪 十七

一曰妻死曰〻正作嫔 蘋大萍又作蘋 櫇木名 玭珠 蠙珠母 獱獺名 顰〻 嚬蹙眉笑 矉蹙兒 覾鬼兒又必鄰反 繽繽紛數賓反亦 翸 十八

飛兒亦作翻 幩蔽兒 均居春反平勻三 鈞卅斤 袀服 鶞昨勻反西方名雉一 椿勑屯反木名五 輴載柩車亦作輴 櫄似樗 杶〻幹 䣓美二 帩布陟倫反 十九

䲠勑屯反䳕上枝遺一 諄之純反至二 肫面頰又子罪反 鼘於巾反又於玄反一 贇於倫反美好五 奫水兒 頵頭曲兒 蝹〻龍兒 氳鬱又於芬反 囷去倫反廩三 箘 二十

桂又渠隕反 箟箭竹 斌口口反口質九 玢文采 邠地名美陽亭即邠 彬文 虨〻虎文又方閑反 份文質備 䀼大目又匹非反 汃西極國 攽分 珉武巾反十五 岷山 廿一

山名江水所出 閩〻越又武云反 罠網 緡錢貫又曰絲緒釣魚綸 鴖鳥名似翠赤喙亦作鶻字同 笢竹皮 旻天 旼和 痻病 鍲稅亦作的 㨉撫 廿二

忞忞勉強 敃視兒 貧符巾反之貧一 筠王匐反竹心二 縜繩細 麕麏居筠反亦麏麐三 頵大又於筠反 汮水名 廿三

十八

臻側詵反至五 蓁草盛 榛琴瑟音 溱水名在河南 亲〻栗 莘疏臻反地名在鄣國十三 𧩐有莘國氏名 扲從上取物 駪馬名 䑣牝馬 驂 一

九 衆盛 生皃 甡衆多 𨒅進 詵衆人言亦作𧩬 侁侁行聲 瘁寒病 縩 阡八陵名又息晉反 榛仕臻反木叢一 文武分反畫采十二 聞有知 二一

蚊虫亦作蟁 彣青與赤雜 紋綾 駇馬赤鬣縞身目如黃金文王以獻紂 鳼鳥能吐蚊 閺閺鄉縣名在弘農 汶水名黏唾 鼤鼤鼠斑 閺閺越又武中反 𢿎摩上 雲王分反氣十六 二

芸香草可以死復生或作蕓 蕓蕓薹 鄖鄖鄉名 妘女字 紜紛紜 澐江水大波 溳水名在美陽 篔篔簹竹名 云言 耘除草 耺耳中聲 愪悅動 沄轉 三

鳻亂 䢵邑 熅於云反煙氣八 氳氤氳 緼亂麻又於粉反 馧香 輼輼輬兵車又於粉反 蒕蒕積束草 𥁕又於神反 蒀蒀蒀 汾符分反水名在太原 四

墳廿三 氛氛氳 鼖大鼓 轒轒輼 濆水際 焚燒亦作燓 羒羊 豶豕 頒魚大頭又布還反 羵土中怪羊 鷬似鵲白身赤尾六足 枌木名 五

蕡草木多實 黂麻實亦作萉 棼屋棟 黺黺黺 朌大首 盆盆盛皃又蒲昆反 𧮛谷在臨汾 鐼鐵類 橨梓 幩飾 分府文反兩俘四 坌掃弃 六

饙一蒸飯亦作餴 毴毛 羣渠云反衆五 裠裳亦作帬 䐃羣居又九文反 瘒瘴 㪊侵多 薰許云反香十一 曛日入 纁三染絳 勳功 熏火氣 七

勛放 醺醉著酒 葷臭菜 臐晩 薰大煙止山 獯獯北方胡名 君舉云反尊五 軍戎伍 皸足坼又居運反坼字丑格反 桾桾櫏木名 宭羣居又渠云反 芬 八

廿 雰撫云反霧氣香九 紛紛紜 帉巾 毴毛落 翂翂飛或作紛 氛祲妖氣又符文反 岎草初生香芬布 棻香木 殷於斤反盛三 慇慇懃 濦 九一

水名在潁川 勤其斤反勞字亦從心四 懃懃懃 芹菜生水中 厪少劣居 慬憂又居近反 斤舉斤反十六兩二 筋說文從竹肉從力竹之多 欣許斤反或作忻悵三 昕日欲出 邟 二

鄞縣名在 虓語斤反虎聲十 犾大相吠亦作犷 齗齒根 圻圻鄂亦作垠 沂又語斤反 䜣亭名在江夏 麐歡如 齗大鯱 圁縣名在西河又冝巾反 鄞縣名在會稽又 三

語巾反 斦二斤 元愚袁反始十七 原本原 源泉始亦作厵 杬木名一曰藏卵 嫄姜嫄 沅水名在牂牁 騵赤馬白腹 羱羱羊 黿似鼈又五丸反 蚖蠑蚖蜥蜴 四一

廿一 別名又五丸反 芫芫花藥名 䖠晚蠶 邧地名 謜測量 蒝草葉布 榞木實甘核味亦如之 犦獸如牛 袁羽元反人姓十 爰於 垣墻亦作䡈 園圃 二

援引 榬絡絲籆亦作簑 轅車轅 猿猴 鶢鶢鶋鳥 超易田亦作爰 翻孚袁反亦作飜六 旛旗 番番數又疋袢反 幡幡帑 藩大波又匹袢反 瀿 三

汱米汁 暄況袁反煖十五 喧語多 萱萱草 暖大目目 諼詐 塤塤亦作壎 鴅鴅鴅鳥名 吅喚聲又和全反 喛恚又呼亂反 愋恨亦作愃 讙囂又呼丸反 四

觛牛角一俯一仰 螳蠙蟳 翾飛來 䧹角揮 煩附袁反閑卅四 繁多 蘩似莎而大 樊樊籠 繙繙亂取字於元反 燔炙 膰祭餘肉 瀿 五

水 犡羊黃腹 蹯熊掌 蘩百合蒜 鷭鷭鳥似班頸 蟠蟠蛸又扶干反 薠 䙪 蘩蒿 礬石藥 鼢鼠 羳京兆 鐇廣斧 六

璠璵璠魯之寶玉 𧤼生 橎藩屏 䋣馬飾亦作緐 藩如韭□□ 墦冢 𧢄觀 蹞足有文 㵗大波 旛桃 蕃草盛陸以爲蕃屏失 騴 七

上袢紹 襎帊褫ㄑ 鴛於袁反鳥十三 寃屈又寃句縣名在濟陰 夗ㄑ 帵緒 鴛ㄑ寃鴉 涴水名 惌ㄑ杜 鋺鉏頭 宛屈草自覆又宛縣在南陽 婉娩 餫ㄑ貪 八

莞遠志 葱敗 輐莞量物亦作輐 言語軒反文四 琂石似玉 甗無底甑又語戰反又魚埠反通俗作甗 菅草 攑丘言反二 搴走兒又虛言反 軒虛言反車六 九

掀高舉 騫飛舉兒 韗車前輕 軒ㄑ芋草 蹇走兒又丘言反 攑居言反 捷蒲采名 軒下呂反 鞬馬上盛矢器 犍以刀去牛勢或作揵通 揵筋肉一曰 十

筋頭 健犍鬻餐 鬻亦作飦 鬻古 蔫謁言反蔫菸草一 蕃甫煩反屏三 藩籬此是藩屏字 轓車箱 籧渠言反筋鳴二 赶舉尾去 十一

廿

魂戶昆反神氣十二 楓大木未剖 驒ㄑ駭野馬 猑似犬人面 餛ㄑ飩 麩麥不破又胡綰反 鼲鼠名出丁零 樺三斤犂一曰犂上曲木 渾濁又胡本反 僤女字又牛昆反 一

轋還 堚里名在雜陽 昆古渾反兄正作昆第一衷十 崐香草 褌褌衣亦作幝 崐ㄑ崙山名 琨ㄑ瑶玉名 鶤ㄑ鷄三尺曰亦鷄 鯤北溟大魚 蜫ㄑ虫亦作蚰 騉秦時有騉騠苑 二

歐不可知 温烏渾反煖四 轀ㄑ車 薀ㄑ藻節中生細葉 騙ㄑ驪駿馬 門莫奔反大戶十 捫以手撫持 樠木名又無袁反 亹粟 璊玉赤色亦作璊 悗ㄑ悗不悔 三

顉頭多殟 鸒鶤又之 趧行遲 樠亂髮亦作鬗 孫思渾反子之子五 蓀香草亦作薞 飧餅ㄑ 搎捫 飱烏蓀 尊即昆反又所敬三 樽酒器或作罇 嶟 四

山存徂尊反兒生二 蹲坐 敦鄉名都昆反俗敦四 惇厚 孰器似甂歃 獞弓又子孫又或張 暾他昆反日出兒亦作旽七 焞火色 涒ㄑ灘歲在申灘字他丹反 黗黃黑 五

黂禮曰鵝子黂之喪 啍口氣又徒孫反 蜳蠕ㄑ 屯徒渾反聚十三 肫豕子亦作豚 窀大見穴中 豚坐處 軘兵車 飩餛ㄑ 豛撈 忳悶ㄑ 屍尻 黗黃色 六

毛齘爪 芼菜 哼口氣又勅孫反 村此尊反一 僤牛昆反女字又戶昆反一 盆蒲昆反大盆四 湓覆蓋草名又扶云反 溢水名在尋陽一曰水涌兒 鴿鳩又補蚤反 奔博昆 七

反疾走正作犇三 賁勇亦人姓又扶非反 鵞如鶉六尺 論盧昆反說文力句又盧鈍三反三 崘ㄑ崐 崙ㄑ蕃 坤苦昆反地或作巛四 髡去髮 頋ㄑ顐禿無髮田兒又苦鈍反 髖髀上又九官反作亦 八

廿

腕昏呼昆反七 惛不明 婚親 棔木名朝舒暮卷 閽守門人 歡不可知 殙病亦作殙 磨昔有□ 痕戶恩反瘢 根急引 靻車ㄑ革前 搞所以平量 九一

茴

根古痕反草木本二 跟足後亦作垠 恩烏痕反愛二 袞燴亦作熅 吞吐根反咽又吐蓮反一 垠五根反又語巾反一 寒胡安反冰ㄑ 韓井垣一曰國名 蓒ㄑ蕁草 二一

翰飛又胡旦夕 邯ㄑ鄲縣名 鞬白雉又何旦反 豻貙屬又牛翰反 桓胡官反卄六 完全 麑麇一歲 鳩ㄑ鴨鳥名 丸一小圓 瓛圭名 紈生綃 雈ㄑ蓕 萑木兒 二

烏洹水名 汍ㄑ瀾泣兒 絙ㄑ緩 芄ㄑ蘭草名 獂豕屬又獂道縣在天水 梡木名出蒼梧子可食 峘山ㄑ 羦ㄑ羊 䵑病皮 貆鶩 垸又如之反 垸漆和骨 三

寏周垣或院 莧小蒲席 萈蒲又胡混反 荁ㄑ葦 綄候風羽又胡管反 剜一丸反削陵ㄑ字當苟反四 眢井無水曰目精 豌ㄑ豆 婠好兒 鑾落官反車十一 鸞 四

鳥 巒山小而銳 欒木名又姓 灤南燕縣名在鉅俗誤作欒 灓水清 歡米或不解 羉𦀌網 虊皃葵一曰芀詩云言採其蕌 曫日旦 岏五丸反巑岏小山皃七 刓削亦

作 黿似鼈而大又愚袁反 髋䯇 羱野羊又語園反 䖘鼂 餇ㄟ餌 攢聚 巑在丸反木ㄟ岏 小山 欑補亦作纂 寬苦官反大二 髖兩髂 臗關 歡

囦 呼丸反 樂九 貛馬 貆貉 鸛ㄟ鸛如鵲短尾射之銜矢射人亦作鳮 鶤鳥名人面鳥喙 鄞邑名在魯郡 腨四山名 獾狼亦作犴 湍他端反急瀨五 貒ㄟ豚似豕而肥又吐亂反

媏漢太上后皇妃 䵎黃色 𪏺上同 酸素丸反醋四 狻ㄟ猊西國猛獸日行五百里亦發 痠ㄟ疼痛 霰小雨 端多官反首九 褍衣長又衣正幅 剬齊 觽角ㄟ獸名

耑正ㄟ 鄟亭又都兗反 篅竹 鍴鑽 穑禾垂又丁果反 鑽借官反又子玩反二 轒曲轅 官古丸反公九 莞草名可以為席 棺小椁 觀視又古玩反

貫像俗作貫 冠首飾又古玩反 涫沸又樂涫縣在酒泉 悹憂無吉 毌穿物持 團度官反九 篿圓竹器 剸截又之兗反 摶ㄟ風 慱詩云勞心慱ㄟ 漙

詩云零露漙兮 鄟又之緣反 霻零露 鷻感 單都寒反八 襌ㄟ衣 鄲邯鄲縣名 丹赤 殫盡 簞小筐 䏙大腹 匰器名 安

烏寒反 盦ㄟ盤大盂 鞌馬ㄟ 郊地名 侒宴 干古寒反求十一 乾燥古作乾 竿竹 肝ㄟ腸 奸以淫犯 鳱ㄟ鵠鳥知來事 玕美石次玉 邗

泰五 越列名又胡干反江名 盂ㄟ盾 䣕地名 壇徒干反封土祭處 檀木名 鸇ㄟ鸇 癉風在手足又都𤺺反 撣觸太玄經云撣其名 彈擊又徒旦反 驒連錢驄馬一曰青驪白文

又丁年反驒騱匈奴畜似馬而小也 眹軍法矢貫目 嘽ㄟ延ㄟ歎 貚貙屬 盤薄官反盂亦作槃十七 瘢ㄟ痕 磐大石 磻ㄟ磻溪 鬆ㄟ頭屈髮為之 般樂又博干反數 蹣ㄟ跚 搫

ㄟ獛 婉轉 鞶帶 䰉ㄟ番 瞞轉目視 𥳑箕 槃ㄟ曲 䑽黑下色 鵥ㄟ鵥宵飛 蟠ㄟ木 看苦寒反視五 靬弓衣又呼旦反 刊削 栞槎ㄟ木 𢿌

堅又閒口耕反 瞞武安反目不明十五 顢ㄟ頇 謾ㄟ欺慢言 饅ㄟ餅 懣ㄟ忘 鏝所以泥壁 蔄無穿孔狀 鞔覆又莫阮反 鬗髮長 鰻魚名 悗惑 鏝ㄟ谷亭名

在上 酇相當又 苐古弥反 飡倉干反進食正作餐一 蘭落干反香草從柬音蘭從東非九 瀾大波 闌木階際 讕謾言又言誕誣讕 闌妄入宮門 籣盛弩夫人所負

艾 亦作讕 㘓ㄟ咾 讙ㄟ 殘昨干反餘六 戔亦作殘 殘ㄟ食餘 戔易曰束帛戔ㄟ 盞殘盡 𢼄穿亦作㪔 怴狀 嘽他單反馬喘八 嘆長息 攤ㄟ蒲 灘

名 水 嬗緩 譠ㄟ謾誕 瘡力極又馬病又託何反 譂ㄟ不正 儃言 潘普官反人姓五 𤄶ㄟ胡大飄 番ㄟ禺縣在交阯 拌弃又蒲㳬反 磻居時 難乃干反但解一

冊稀千反 胕脂五 跚ㄟ蹣行皃 珊ㄟ瑚又先肩反 姍醜 籌竹器 頇許安反又胡安反一 䖭北潘反三 般別又薄干反樂 畢器具又卑蜜反

廿五 刪所姦反除五 訕ㄟ謗 姍單于名 狦狼 潸悲涕又數板反 關古還反三 瘝病 絲織貫杼 彎烏關反引弓三 灣水曲 潫ㄟ澴 還胡關反旋十二 環

玉 ㄟ 在武威 鬟ㄟ髻 寰王者封畿內縣又玄見反 闤闠市門 糫粔籹 鍰六兩 鐶ㄟ指 䮝馬一歲又音懸 戾屋北下 䝠獸名似羊無口又胡慢反

五 六 七 八 九 十 十一 十二 十三 十四 十五 十六 十七 十八 十九 二十 一 二

斑布還反又百闌反亦作班辯八 鳻鳻鳩大 肦瓜瑞 盤盤毒虫 班分瑞 鬊半白 䘶事 班亦 頒布 蠻莫還反南夷三 鸞似凫一目足一翼相得乃飛 獌狼屬又武　三

頒反 姦古顏反詐三 菅草名 𦯬香草名亦作蕑 顏五姦反色一 攀普班反引或作扳二 眅目多白皃 奻女還反訟一 𡟰五還反一 豩呼關反豩豕一 擭几馬反擭又所山反一　四

廿六

山所閒反宣三 疝疝腹病 屾地名 鰥古頑反又魚名一 閒古閑反二 艱艱難 閑胡山反安九 嫺雅 癇小兒癇病 騆馬目白 蝒虫名 矙人目白 鷳白鷳鳥　一

𩕊莖餘又保辦反 僩靜 慳苦閒反悋七 覸人名出孟子亦很視或作覵 𩕳苦班反少髮又 掔固又卻賢反 羥羊名 攼又口旰反又口耕反 擊堅 戲昨閑反虎淺文　二

皃 鬜髮禿 潺水聲 孱小 孱弱 𨵿門 轏軒 羴許閒反羊臭又失然反一 𤡮獸 訮爭訟 虥虎淺 𡅅作𡅅　三

圁縣名又宜巾反 湔吳鰥反鉏一 黰深黑三 黫黑 羥羊 殷文殷反赤黑色 斒方閑反文斒色不純二 彪虎文又南介反 斕力閑反又力蠻反一 㘓女閑反語聲二 羅殘　四

廿七

獮充山反嗹一 窀徐𧄼反六中見犬一 譠謾一 嫚於鰥反婠一 先蘇前反又蘇見反三 躚蹁躚 跣石次 王 前昨先反進正作歬或作前四　五一

湔湔胡樂草又子賤反 莦似藜又 箈龍又子田反籤白 騸 千倉先反六 阡阡陌亦作俗 又且見反 汘水名 仟仟人長 芊草盛皃 戔則前反賤表亦作籛　二

藺 瀳水名 幟小兒 韉 箈又才田反 韆草□ 天他前反上玄二 𩕦不正 吞咽又吐根反 祆呵憐反胡神二 訮訶 堅　三

七 古賢反 堅剛 掔縣名在東萊 𢥞 幵羌別名 肩髆亦作肩 鳽鳥名又五革反 豣大豕一曰豕三歲亦作豜 菺蜀葵 麉鹿有力 虈龍鬐 鵳鶮　四

固十 鰹大鮦 緊堅 賢胡千反聖十三 弦弓弦 舷船邊 絃琴絃 蚿馬蚿虫 胘胘肝 𤵸有守 刻到 礥難 趯急走 蜆呼典反 縊女又 弦急 𢐀　五

地名又古賢反 煙烏前反火氣五 燕國名又作鄢又於見反 咽咽喉亦作咽 𣖈𣔻香草 燕竹 蓮路賢反芙蕖實五 憐愛俗作怜 嗹嗹嘍 聯連或作謰 纏纏寒具　六

𪍑字勑走反 𪍑餅𪍑 田徒賢反地十三 佃佃作 畋畋獸 畇地名在絳 填塞又陟陳反又壓亦作寘 闐車聲亦嗔作 跙踏地 蟬蜒蟬又時延反 鈿金花 滇汙大水皃　七

搷擊 磌聞又之忍反 鷏鳥 年奴賢反載正作秊二 郱鄉名在馮翊 顛都賢反十一 巔山 瘨病 驒馬項白 槇木上 滇池在建寧 趙　八

走 傎殞 蹎仆 驒驒騱馬又徒何反 眞家 牽苦賢反引又作𤛓八 縴縴繩 字落哲反 汧水名在安定又苦見反 掔厚又苦閑反 雃鳺鳥 揅耕　九

二 反 邢周公所封 麉鹿絕有力又五年反 蚈螢火又古奚反 妍五賢反淨六 鳽鶄鳽 研摩或作揅 俓急又牛耕反 盜 汧手 眠莫賢反臥亦作瞑五　十

矈目旁薄密 瞑聽 髩燒烟畫眉 𥃝不見 蹁蹁田反七 蠙蠙珠 骿骿胁 軿四面屏蔽婦人 駢駕二馬猶羅列 扁黄瓜亦作蔂 𥄕盲　十一

淵烏玄反武帝諱八 痟骨節疼 弲弓勢 鼘淵鼓聲又於中反 削曲剪 𨘋行兒 雔流鳥羣 蜎撓又濊反 涓古玄反水流六 蠲除 肙草 稍麥莖 十二

鵑杜鵑鳥 睊視兒 銷大玄反銅銚五 駽青驪馬 矎直視 梋椀 圓規又辭沿反 邊布玄反十二 籩竹器 甂小瓫 蝙ㆍ蝠虫 編次又甫連步爾反 十三

猵獺屬 稹蘺上豆又垂爾反 萹ㆍ竹菜又北爾反 傷身不正 蹁足不正 邊水名 牑牀上板 玄胡涓反天七 懸垂 眩ㆍ目亂 ⿰馬玄馬一歲 玹漢有瑄玹 十四

廿八 眴目大兒 胘牛百葉 仙相然反神壽八 鮮竹名 茈草名似莞 蹮舞兒 秈秔稻 鮮生魚 𣭈ㆍ毛 硟以石衦繒 錢昨仙反帛貨一 遷七然反徙一 櫏ㆍ椐 十五、一

煎子仙反熟煮二 湔洗一曰水名在蜀又子先反 然如延反是ㆍ 燃燒上從火 ⿰犭然猓獸名質黑文 ⿰女然ㆍ姓 肰犬肉 𥳕ㆍ竹 ⿱艹難ㆍ草 延以然反引九 埏墓道 二

筵ㆍ席 延ㆍ名地 綖冠上覆 蜒蚰蜒虫 ⿰衤延帑綖牛項上衣 鋋小矛又市延反 趄相顧視 ⿱衍食諸延反正作饘亦作𩞯六 旃之亦旜 襢ㆍ旌 栴ㆍ檀香木 氈毛席 三

鸇晨風鳥亦作鸇 甄居延反姓一 邅張連反又直連、持戰二反三 驙馬載重行難又安反白馬黑脊 鱣黃魚亦作鱓 潺士連反流兒六 虥虎淺文白又士限二反 ⿰金孱小鑿 孱ㆍ弱 四

墠門聚 輾軒 羶式連反羊臭六 挻打瓦又柔挻又丑連反二 煽熾火兒 脠生肉醬 鯅魚醬 ⿰衤延帑 脡丑連反又式連反 梴木長 鏈鈆朴又力延反 辿緩步又丑連反 五

鋋市連反小矛又以然反六 單ㆍ于 蟬虫ㆍ正作蟬 嬋ㆍ媛牽引 儃ㆍ能 禪ㆍ靜 纏連直反繞通俗作纏八 躔日月行或踐 瀍水名在河南 廛一畝半曰城市內空地 鄽 六

市俗作廛郭鄽作廛從省作鄽字 𧽯移又除善反 ⿰虫廛守宮 嘕許延反笑兒四 嫣長好兒又於建反又於遠反 ⿰亶羽ㆍ飛 仚輕舉兒 連力延反十 聯ㆍ綿不絕 漣風動水 翴 七

ㆍ翩飛相及兒 鰱魚似鱅 鏈鈆朴又丑連反 ⿰氵聯水名出王屋山 ⿱聯齒齒露 㥃泣血 槤ㆍ籍 篇芳便反札又六 偏不正 翩ㆍ飛 媥身輕便兒 ⿸疒扁身輕 萹筑菜又補弥反 便 八

房連反又正作便六 緶ㆍ縫 箯竹輿 楄木不啗 蝙沙蝨亦作蝙 諞巧言論語云侫人也 綿武連反繫也正作緜十 棉屋聯棉梠 謾欺出漢書 矊瞳子黑 蝒馬蝒 ⿰臱頁雙生 九

⿰忄臱忘 ⿰木丏木名 ⿰虫丏ㆍ名 宀深屋 全聚緣反具亦作全四 泉水源 葲ㆍ草 ⿰虫泉白質黃文貝 宣須緣反吐四 揎手發衣或揎 愃泄吳人云又況晚二反 ⿰亘頁圓面或作圞 十

鐫子泉反鑽鑿亦作鐫通俗作鐫二 剶剔又旦全反 翾許緣反小飛七 儇知 弲角弓 ⿺走睘疾走 蠉虫行 ⿰氵頁妍又有矩反 ⿰縣系童子又下犬反 壖而緣反又奴亂反三 ⿰礻而 十一

促衣 ⿰木閏攉亦作擕接又而為乃知二反 穿昌緣反穴過三 川谷俗作巛 灥三泉 沿与專反從流而下又作㳂十一 鉛ㆍ錫通俗作鈆 櫞枸櫞可作粽 捐ㆍ棄 鳶鴟正作鳶 緣ㆍ歷 十二

蝝蝗子曰蟻子 蔫ㆍ屋射干 阭高 ⿰魚彖ㆍ魚 ⿰月旋ㆍ短 旋似宣反還十 檈圓案 璿玉名 漩回流 琁美石次玉 亘炫奠ㆍ ■旋貞鑪又四絹反 暶好亦作嫙 蜁 十三

蝡蠕蝡亦作蠕 圓規又於沿反 娟於緣反好兒三 嬛身輕便 悁ㆍ悒憂 船緣川反舟通俗作舩一 鞭卑連反撾馬杖五 鯾魚名 編次又布千反又方爾反 箯竹ㆍ輿 揙 十四

擊又符善反 涎敘連反口液正作次亦作㳄一 詮此緣反平十六 銓ㆍ衡亦作銓 痊病瘳 佺偓佺仙人 悛改ㆍ 駩白馬黑脊 荃香草 筌竹ㆍ取魚 絟細布 譔 十五

善言又士卷反 諺言語和悅 悛謹 遵ˋ薄 剝剝又先全反 峑山巔 栓ˋ丁 專職緣反精俗作專字六 甎燒墼 顓ˋ項 篿竹器 鄟邾襄邑又徒桓 十六

二 嫥好兒 遄市緣反速六 圌倉或作篅又時規反 輲無輻車 耑木名 諯相讓又充絹反 歂口氣又視兗反 負王權反官數三 圓ˋ團 湲ˋ潺 栓山負 十七

反木 篿ˋ車軸又所眷反 鐉丑專反所以鉤門二 剶去 乹渠焉反乹坤天地六 虔敬 揵ˋ為縣在益州置 鰬魚名 鄽聚名在河東聞喜縣 騝騮馬黃脊 十八

愆去乹反罪俗愆五 褰ˋ衣 騫虧少一曰馬腹縶又許言反 攓又已偃反 謇齊魯言矜反 趧蹇足根 權巨員反ˋ常道禾亦作權十九 拳手屈 觠曲角 狋 十九

ˋ氏縣名在代郡氏字即盈反同 顴頰骨 婘美兒 躍曲脊行 踡ˋ跼ˋ不行 痽病 捲手屈 犈牛黑耳又居万反 蠸食瓜美虫 鼜齒曲 䳓䳓鴝 蜷虫形詘詰 二十

巻盌 鬈好髮 䞶曲脊 臡ˋ腝ˋ䐄兒 椽直緣反屋椽二 傳又持戀反俗傳 孿目緣反亦作攣四 癵病 欒南蠻縣在鉅鹿又 蠻ˋ蜷 劵去員反縣 廿一

名在埶陽五 巹小情 棬屈似升盂木為之 䠐曲 鬈髮好 焉於乹反矣乹又已聲三 𢦅ˋ音彎 嬛於權反娥眉兒一 跧居負反曲卷伏三 勬強健 ⿰目全 廿二

廿九

目助 蕭蘇彫反草名又縣名在沛郡三十 簫ˋ管 彇弓彇ˋ弰 蟰蠨ˋ蛸ˋ虫名 橚ˋ椮樹長兒 潚水名 ⿰風肅涼風 綃生絲綃又相焦反 撨擇又先鈎 一

反 箾舞前又山草反 儵ˋ然 鮹魚名 翛羽翼亦作翛 祧吐彫反遠祖廟亦作庣九 佻ˋ輕 挑ˋ撥 朓月見西方 恌薄輕 聎耳病 趒雀行又他弔反 蓧ˋ苗 貂都聊 二

九 髫小兒髮 彫刻俗作雕誤非 刀姓 琱琢 凋落亦作彫 貂短尾反 鯛魚名 鵰鴉鳥別名亦作雕 蛁ˋ蟟茅中小虫也 ⿰目鳥熟視 苕葦花亦作 三

苕又音迢 弴天子弓又丁昆反 刟取穗亦作釗 鵰大亦作鵰 鷯ˋ鷯又作聊反 列同上 袠棺中衣 迢徒聊反迢遰十七 條枝ˋ 髫小兒髮 跳躍 鋚 四

糾頭銅飾 鯈似蛇魚翼見則大旱 蜩大蟬亦作蜩 佻獨行詩云佻ˋ公子 苕ˋ菜 芀葦花又音彫 調正 嬥獨行兒又徒了反 ⿱髟周髮名 卣草木實卣ˋ然 五

樤柚 鯈魚又直流反 ⿰召毛毲又許幺反 驍古堯反驍武九 梟鳥名梟鳥 県倒懸首 澆ˋ浚 憿ˋ幸或作儌倖亦作僥 邀遮又於宵反 釗弩機又周 六

康王名又指遙反 蟂似蛇四足水居能食人 僥僬又五聊反 ⿰耳翏耳中鳴俗作聊 郿落蕭反誠然三十二 膋腸間脂廿一 飂風ˋ 遼遠又水名 憀無情賴ˋ 寥空室 寮穿ˋ 料 七

ˋ理 ⿰土尞周垣 橑周短椽又垣力道反 撩取物 擽擊ˋ 廖左氏有辛伯廖 僚同官為僚字或作寮 鐐有孔鑪 ⿰谷翏空谷 嶚ˋ嶤山兒 簝宗廟盛肉 八

方竹器 鷯鷦ˋ 笷竹名 璙玉名 嫽相戲又力弔反嫽庆性自是 漻水清 瞭明目 ⿱艹燎草器又力弋反 蹽草木踈莖 癆痛又力到反 嵺虛ˋ 蟧馬蟧亦作蟟 九

寮ˋ寀 堯五聊反或作垚五 嶢僬僥短人 垚土高兒 顤頭長 膮許幺反豕羹六 嘵ˋ聲ˋ ⿰羔頁額大又去遙反 膘ˋ膫 ⿱大焦肥大又去遙反 ⿰召羽毲亦作鴞毲 十

卅

幺於堯反幺〻小二 怮〻憂又於流反 鄡苦聊反鄡陽縣名在鄱陽郡三 鄡縣名在鉅鹿正作鄡 皢擊又五交口的二反 宵相焦反夜十五 消〻滅 霄近天 十一

赤氣 捎搖捎動 逍〻遙 痟〻渴病 綃生絲又蘇彫反 銷鑠亦作焇 硝〻石 蛸蠨蛸虫 揱長皃又史學反 踃跳 莦惡草又所交反 鮹煎鹽 二

奞毛張羽 超勑宵反越三 怊〻悵 昭口昭鳴 朝知遙反又直遙二反旦朝五 晁姓直遙反 潮水潮亦作淖 鼂[illegible] 朝參覲 囂許高反宣或作囂又五高反十 枵 三

玄〻 歊熱氣 嚻大聲 獢猲獢短喙 貓大黃白色 囂白芷別名 僑〻驕 嚻氣炊 歊草木盛肥又許交反 樵昨焦反柴亦作樵十一 劁草刈 僬〻僥南方 四

星名 短人 䁐耳中聲又才高反 憔〻悴或作顦 譙國名 嶕〻嶢 巢〻藥菜 山高皃 醮面焦枯皃 摧取 蕉草 驕舉喬反馬高六尺八 嬌〻姿 憍矜〻 五

穚禾秀 蕎大管 鷮似雉而小 蕎草又上 撟舉手 焦即遙反火焦亦作𤈞十二 𩦠毛上飾 蕉芭〻 膲人之三膲 鷦〻鷯鳥名似鳳 椒木名亦作茮 六

噍噍喝 噍鳥聲 鐎溫器三足有柄 龜灼龜不兆 維生糸 鴵〻鳥都聊反 醮面焦枯小 饒如招反多十二 襓劍衣 橈楫又女校反 犪牛馴伏又而紹反 蟯 七

人腹中短虫又伊消反 蕘芻〻 燒式招反火然二 䌛瓜 遙余招反遠卅八 媱美好 傜役亦作繇由或作僋 颻飄〻 歗氣出皃 窯燒瓦竈 䔄薾葉草名 銚〻茂 八

裊 珧玉珧蜃甲 鰩鳥翼能飛夜東海過南海 銚燒器又徒弔反 姚〻娧美好皃又人姓 搖動 瑤美石次玉 謠〻歌 軺〻車名又以焦反 愮憂 恌情理 䠛跳 繇相隨 九

行又翼州反 蘨茂亦作蒻 旟旗 䌛弓利 嗂樂 榣木名 姚兒 褕〻翟 㢗座 韶市招反舜樂一曰美 佋廟佋穆或作昭又市沼反 柖牀 卲 十

卜 鄡擊 邵高又時耀反 軺使車 昭止遙反明七 鴟鸙鳥名似斑鳩 鉊淮南人呼鎌 招〻呼 盄器 弨弛 釗周康王名 颾風十一 摽擊或 十一

作穀又扶小反 猋群犬走 杓北斗柄星又撫略反 瘭〻疽病名 幖頭上幟 熛飛火 髟長髮又所銜反 標木末又扶小扶表二反 膘目睛 旚旌旗飛皃 鑣馬銜四 儦 十二

行 瀌雪皃 穮蕆除田 瓢符遙反 飄風亦作飆四 薸萍 藨䔸又公混反 蜱無遙反小虫名 蛸蟁初生 薸江東呼萍 篻竹名 鷯工雀 苗武儦 十三

反亦 苭二 貓獸名食鼠又莫交反 腰於宵反 葽十 要勒又於笑反約 葽秀葽草名 螻蛇名 褸〻襻 紗小意急戾 鷂山鵲 蟯腹中虫又如消反 邀遮又古堯反 鴞子嬌反二 十四

鷸 鄡鄉名在育陽 喬巨嬌反木高通俗作喬十一 橋〻梁 趫寄 鐈似鼎長足 嶠山銳而高又其廟反 鷮雉又舉喬反 窯客 蕎大馨 轎軺又奇召反 盉 十五

孟 鍫七遙反鍫亦作鏫四 幧斂髮謂之幧頭亦作帑 犨麻若雨生壞 篍吹筒又且周反 妖於喬反訞詐四 祆〻亦作祅 祆盛皃亦夭 妖巧 蹻去遙反又其略反六 繑又綺遙 乘 十六

反 顤大額 趬〻起 𩐁肥大 趫善走 帽 弨尺招反又勑朝反 弨弓 漂撫遙反浮十七 杓北斗 飄吹皃 飆〻風 嫖身輕便 旚旌旗動 犥牛色 十七

鏢刀劍鞘下飾 僄輕 翲鳥飛 飄颻〻 瞟〻眇明視 螵〻蛸 嘌疾 慓急 蹎輕行亦作趭 膘膟〻 票火烈 翹去遙反鳥尾五 荍草名荊葵 十八

九 嚆不知 翹側飛 胗几 燎力昭反庭火又力㸌反二 髎髖正作髎 趫去遥反又巨朝反三 蹺踏趫行又去遥反亦蹻又子銚綿蹺二反摘音竹華反作蹻 憍紆

廿一

一 肴胡茅反乾肉亦作餚十五 崤山名在弘農又下高反 蔱茅根 敿溷雜 洨水名又縣名在沛郡 筊竹索 姣々淫 猇虎聲 𣖾々桃梳子 爻易卦 倄痛聲 怓快

二 絞黄色 酵沾 淆渾 交古肴反枝過亦作这道十四 蛟龍々 茭乾草 鵁鶄々鳥名 鮫魚名皮有文可飾刀劍 膠々黏 郊邑外 咬鳥聲 嘐々鷄鳴又古包反

三 詨鳥鳴又訶教反 笅竹索 轇々輵長遠 孝挍胄子 殽襄 巢鋤肴反鳥巢又居巢縣在廬江六 轈兵車 勦輕捷又子小反 [illegible]陽田在聊城 鄛鄉名在南郡

四 窼鳥穴居 鐃女交反鐃鼓七 呶喧 譊諍 怓心亂 鵃鳴鵃鳥名 虓鳴鴞鳥名 獿乃勞反犬多毛又 梢所交反船上梢木十六 捎蒲梢良馬名又芟

五 髾髮尾 輎兵車 旓旗旒 弰弓々 箾飾帚 筲々斗 鞘鞭頭 蛸蠨蛸似喜子小 鮹魚名 莦惡草又胥遥反 䘯袑 娋小々女侵 嫂呼姊々 稍木名

六 茅草交反草似蘭六 蟊盤蝥虫毒 貓獸食鼠又莫儦反 犛牛名又力之反 媌好皃又莫佼反 鷍々鴞 虓許交反虎聲亦作虓十二 髇々箭 歊禾傷肥 窙高氣

七 嗃高々暴恚 䬙々風 髐々髑髏 涍水名在河南 灱々熇 庨々豁又呼教反 猇虎聲亦作虖 包布交反裹俗作勹二 胞胎衣又正交反 胞匹交反又布交反八 郇邑名又博毛反

八 罞口々 脬腹中水府 拋々擲 泡水上浮漚 僇々盛 苞藥 敲口交反擊七 骹脛骨近足細處亦胶 䁘䁖䁘面不平䏧字於交反 怮々恷伏能皃 磽石地亦作墽

九 頝不媚 墝地肥 聱五交反勞反又魚幽反六 謷不肖又五勞反 摮擊々 嶅山多大石 敫擊又口彫口的二反 䎌側交反耳中聲三 罺杪四又楚筲楚絹二反 抓

十 稲 嘲張交反言調三 䞴々趙跳趙字竹音反 鳭々鷯黄鳥 䜈楚交反代人說五 抄略又初聲反亦作鈔 摷々取 訬々擾 䫲々疾 庖廚薄交反十二 咆虎聲 匏

十一 瓟 炮合毛炙肉一曰裹衣物燒 瓟以瓠為飲器 麃似鹿 棓々手 䴐赤黑之春 𩨏脛相交 狍獸羊身人面 鉋々刷今音白教反 嘐々不實事而大語 𩓐於交反頭凹五 吆

廿二

十二，一 々昨多聲 眑々䁘面不平皃 覞捐祠 坳地不平 豪胡刀反俠亦作豪通俗作豪十一 號々哭 毫々毛 嗥熊虎聲亦作𠸍 濠々城 崤山名又胡交反 鄗鄉名在南陽

二 敎俊々 𧇊木名 [illegible]城下道 獋大聲 高古勞反或作高十九 膏脂々 羔羊々 皐九々 餻々糜 嵲山崒山古亭 櫜弢一曰車上大囊々 斜々繇

三 鼛鼓長丈二尺 鷎鳥名 槔桔々 篙棹竿 [illegible]毀 [illegible]見 㤇局知 [illegible]食之不飢 [illegible]鄉名在范陽 麔北麢 勞盧刀反勳 澇水名在京

四 北 牢養牛馬 簩竹名一枝百葉有毒 [illegible]野豆 醪濁酒 撈取 [illegible]玉名 嫪姡又力報反 [illegible]耳鳴又力彫反 哰嘮哰傜挐 簝肉籠又落蕭反 窂磽窂深谷

五 栁木名 蒿呼高反蓬蒿五九 撓々攪 薧死人里 薅耘亦作茠鎒 [illegible]䃸々深谷 毛莫袍反膚毫 髦髮又髦俊 芼々菜 [illegible]水名 旄々鉞 犛々牛

六 又莫交反 堥前高後下汝周反亦作嵍 楙冬桃亦作[illegible] 饕吐高反貪十九 洮水名在安定 韜藏 謟〻疑又[illegible]舟反 滔水流皃 叨〻濫 弢弓衣 [illegible]行皃 [illegible]牛無子羊無子

七 又高來元宰二反 [illegible]牛行遲 槄〻擖周書云師乃搯擖字烏活反 掏 慆悅樂 絛編絲 [illegible]目通白 叏滑 謏諂 夲進趣 匋古器 䈱牛籠 刀都勞反〻劒刀

八 五 魛魚名 忉憂心 裯襌被又逐抽反 舠小舟 騷蘇刀反摩動皃八 搔爬刮 繅絡繭取絲 臊腥臊亦作鱢 鱢魚名 慅愁狀 溞淅米 艘船數 袍

九 薄褒反綿衣二 軳戾 褒博毛反褎二 郘地名 陶徒刀反瓦器正作匋十九 [illegible]多言 咷號〻 桃〻果 綯似帳草繩 燾〻覆 逃〻走 鼗鼓亦作鞀 掏搯出

十 檮〻杌 騊〻駼似馬善陛獻 祹福 蜪〻蝗子有翅又韜高反 駣馬四歲又徒活反 [illegible]牛羊無子 翢羽幢又吐高反 萄蒱萄或作陶 糟作曹反酒滓亦作醩八 遭須

十一 熷火餘木 槽果花實相半 𣩡殘又祀牛反 [illegible]日出遣東日明 褿襪又才勞反 慒〻籍 敖五勞反遊俗作遨廿 翱〻翔 聱不聽又五交反 謷不省語又五交反

十二 驁駿馬 獒犬高四尺 熬煎 滶水名 鷔鳥身白赤口 鼇海中大鼇 螯似蟹 蔜蘩縷蔓生細草 [illegible]解 顤〻頿高皃 嚻喧又許驕反

十三 [illegible]戈鋒 [illegible]大 獒〻衛犬犬名 嗸〻衆口愁 鏊釜〻 爊於刀反埋火令熟二 鏖銅盆 曹昨勞反姓十一 槽木櫪 螬蠐螬蟲 嘈喧〻 鐰鐵剛析

十四 [illegible]祭豕先 艚船〻 [illegible]耳鳴又在宵反 蓸草〻 褿棧又旦勞反 鷎〻高 • • • 猱奴刀反猴四 獿深毛犬又了交反 巎山名亦作猛

十五 瓇貪獸 尻苦勞反一 操七刀反持又千到反亦作𢿌二 懆所以裹髻又七遥反

卅三

一 哥古俄反音曲亦作謌通俗作歌八 柯〻枝 [illegible]〻法 滒澤名在山陽

二 牫所以係舟 牂牂牁郡名或作牱 渮多汁 牁同 和胡過反諧四 [illegible]棺材頭版 禾穀 龢〻管合或作和字 過古和反經七 渦水名在淮陽 戈〻戟 鍋溫器

三 輠車盛膏器亦作[illegible] 鴰鳥名 蝸蝸螺又古卧反 [illegible]落過反鳥翼十三 裸理 騾〻馬或作驘 螺水虫亦作蠃 [illegible]木名堪爲箭笴 蘿草名生水中 蠃

四 穀積或作稞 鑹鑹小釜或作鍋 覼〻縷委曲或作覶 腡手裏文 斗亦作鑼〻公科反 蔂盛土器又力隹反 [illegible]飛 莎穌禾反草名八 魦魚名 桫〻欏 挲按〻 [illegible]題

五 縣名在涿郡 趖〻疾 蓑草名可爲雨衣与莎別 梭織梭亦作㯉 唆〻唱 痤昨和反癤三 矬〻短 銼〻鑹釜又倉卧反 脞小目 [illegible]李 訛五和反謬亦作吪六

六 鈋〻角 囮又余周反細鳥者媒 [illegible]節 蔿草又于彼反 譌動亦作訛 科苦和反段十一 窠窟〻 薖草名 稞青稞麥 萪〻藤生海邊葉朝可爲羹用 蝌〻蚪

七 牠牛無角亦作[illegible] [illegible]竹名 痾病 課差又苦卧反 簻馬策 倭烏和反東海中女王國四 過迴 渦水坳又人姓又古禾反 涹濁 蹉七何反跌六 瑳玉名

八 搓〻碎 磋〻 傞〻舞不正 鹺鹹 多得何反二 [illegible]漢書群盜[illegible]宗 婆薄何反老女稱四 鄱〻陽 皤白頭 [illegible]人姓漢[illegible]延壽

九 摩莫何反〻挲六 麼〻 魔鬼 [illegible]偏病 [illegible]病 盉杯又莫加反 駝徒何反駱駝此獸出北道有肉鞍日行三百里負千斤知水脉十六 鼉〻鼈類又徒寒反

袉裾又達何反 沲滂〻 䶀鼠〻 㼠瓦瓮 乾疾皃 驒連錢驄又丁年反 䡐負〻 絁繳數 鮀魚名 陀坡 羝似羊四耳九尾 踻馬蹉尾〻 鞑 十

馬尾 鼉神〻 醝昨何反白酒十三 𤰝田歳 瘥病 鄌縣名在沛郡 𤸷小疾病 鹺鹹〻 嵯峨〻 蒫薺實 𧼨擣亦作蹉 酇縣名又子旦子管二反 十一

䰈虎不信又在都反 齹齹 蹉踏亦作蹉 莪五歌反草名似斜蒿十 哦吟〻 峨嵯〻 鵞鴨〻 蛾蠶〻 俄頃〻 䳘〻 誐善〻 涐 十二

水出蜀汶江 娥美好 他託何反非己四 拕曳 㾯馬病又他單反 它蛇害人 羅盧何反五 蘿蔦〻 籮篩〻 儸儺〻 欏欏木 那諾何反六 難 十三

獸名 𤛗似牛白尾 㮕〻多 𪆰麋鹿亦作𪆰 罝除疫人俗作儺 何韓柯反閒六 河水〻 荷蓮〻 苛政煩 魺鮀〻 蚵蟒作蚵 訶虎何反責或作呵 十四

頙頭傾 婀女字又於何反 抲擔〻 波博何反水汝四 皤人老色白皃又薄波反 紴錦類又補靡反 嶓家山名在隴西 頗滂何反語第二 坡坂 珂苦何反馬 十五

珮飾二 軻轗軻又苦賀反 阿烏何反五 㛠婀〻不決 痾病亦作疴 鈳鉘〻 䋍細繒 詑吐和反欺四 涶水名在西河 誂譎詑又吐谷反譎字他擊反 讉 十六

慧〻 挼奴和反㨹一 牠徒和反牛無角亦作䳊二 碢碾輪 鞾〻鞋無反語大戈反又希波反陸無反語古今一 抁撝 隓丁戈反又丁果反小堆亦墮梁一 呿墟迦反張口二 㰦去 十七

迦居呿反佛名一 伽求迦反法一 虵夷柯反又吐何食遮二反一 𠿈于戈反一 脞食和反脆二 㛗訬疾又子和反 侳子過反二 挫小又倉和反 十八

茜

麻莫霞反枲四 摩牛〻 蟇蝦〻 𥂰杯又莫柯反 車昌遮反居二 硨〻磲寶名 奢式車反侈三 賒不交 畬田〻 耶以遮反鄉耶郡九 斜褒中谷名 一

又似嗟反 釾鏌鋣劍人 椰木名 䈊竹名生臨海 擨〻歋手相弄歈字以朱反 葥菜〻 倻梟蜀 𥟍穗又達胡反 遮止奢反斷三 奓吳人呼父 𠎷〻儸 二

嗟子邪反亦作謎六 罝网亦作羅同 𡡉驕亦作怚 祖縣名又似与反 𣨼小瘦 䛖詠〻 蛇食遮反虫一 華戶花反茂七 驊〻騮周穆王馬 䳸鳥似雉 蟌 三

虫名似蛇 鋘鋘〻 鏵鍤 釫兩刃臿武菜 瓜古華反蓏屬五 騧馬名 緺青綬 蝸〻牛小螺女侍又於果反 抓引 花呼瓜反樹榮二 譁諠〻 誇苦瓜 四

反大言四 䠸〻躭以體柔人 姱奢〻 䯞髂上骨 拏女加反牽六 詉譇詉語譇字張家反 拏絲絮相牽亦作誽設 笯鳥籠又拏胡反 蒘藸蒘 袈衣 五

嘉古牙反善十九 家室 加增 葭〻蘆 笳〻捲蘆葉吹之 麚鹿 豭牡豕 痂〻瘡 鴐〻鵞鳥名 枷〻瑣又連枷打穀 袈〻裟胡人衣 六

𧊅米中黑虫 茄荷莖 迦釋迦又居呿反 珈婦人首飾 𨘈不得進 猳牛絕有力 𤞔獦 瘕病 遐胡加反遠十一 蝦水中虫 鍜錏〻 霞赤雲 七

瑕玉〻 騢馬色 鰕大鰕 蹳腳下 䪗䫂〻言語不節 碬礪石 䩖履根亦作緞 葩普巴反草花俗作䓈二 蚆百加反蠃屬 鴉烏加反鵶四 錏鍜〻 亞 八

﹅奓婆態皃 奓字宅加反 㓊自 巴伯加反六 鈀兵車 笆有刺竹 豝牝豕 蚆蠃屬 芭芭蕉 叉初牙反六 釵婦人笄 靫𥼶靫𥼶字音步 䶩瑕 劉劗 九

﹅甂﹅甋 砂所加反或作沙六 鯊魚名 裟袈裟 桬木名在崑崙山 紗﹅絹一 鯊鱸 靸履 牙五加反大齒四 衙縣名在馮翊 芽萌 齖 十

﹅騙蟲 樝側加反似梨而酢 蒩菜楚葵生水中 皻似指按 皻皰鼻或作齇 齇牙齒不正 柤取又子野二反 摣取 溠汁 䆛宅加反痉䆛九 十一

蹅跰行難皃 荼苦菜又度胡反 鄌亭名在邵陽 榇春藏草可為飲用 𨻺丘 梌刺木 衺不正二又似嗟反 秅二秭 斜斜﹅ 闍視奢反德又胡反城上 十二

重門 窊烏瓜反一 洼深又於佳反 髽莊花反婦人喪冠一 撾陟瓜反捶二 苿華 爮蒲巴反或作杷三 杷枇杷木名 琶樂器 楂鋤加反亦作槎四 十三

齇﹅牙 䕌欲壞 鄌地名又昨歌反 侘勑加反傺失志皃二 𠎝緩 奓陟加反張七 譇譇﹅詉語不正 觰角上長下大 𥝩開張又縣名 䛋詐 𦟛 十四

不嗎 窊 𧍋 煆許加反又呼嫁反火氣猛三 呀唅呀唅字呼唅反 颬吐氣 齖齖﹅客加反齾一 婼而遮反婼羌國名一 奓才耶反大口一 十五

卅五 覃徒南反十四 鄿﹅城在濟南 潭深水 曇雲布 藫水衣或作𣸮 橝木名亦可染 蟫衣中白虫 譚大﹅又徒感反姓 䜚越﹅走皃 燂大熱 一

壜甖屬 鐔劍鼻又徐林余針二反 [illegible]長味又徒紺反 歁﹅窒 叅倉含反四 驂驂﹅駕 傪好皃 𧽍走皃 南那含反火南七 男子稱字從田力 二

柟木名可作舩 冉人名又古南反 聃耳曼又他甘反 枏枏侍又生兼反 𦪇龜距亦作艕 諳烏含反記亦作諳九 鵮﹅鶉 馣香 𡡢不決 菴小草 腤 三

﹅賁 喑啼無聲又於今反內口 𨢸聲小又於林反 盒覆蓋 含胡南反容物十四 涵泳 梒桃 胎排囊 錎鐵名 醎作醎 淊水澤名 四

霠久雨亦作霠 鋡受盛 臉似瓶有耳又渠斂反 𦨻舩沒 䶃鼠似蜥蜴又工含反 笒竹 圅中實 婪盧含反或作惏四 燣焦色又燣 嵐草得風 五

嵐地名 貪他含反不知足二 探取 簮作含反又側岑反并五 篸所以篸衣又作㦿反 䐶﹅臢 蠶無蓋 鐕釘 蠶昨含反虫三 𢿕取 䠞止 六

躭丁含反淫翫七 眈視近而志遠 妉樂 酖﹅樂酒 媅樂甚 䀡內視 㱽多 龕口含反經﹅一曰龍皃七 戓殺 頷醜皃一頷頰 堪任 䪌和又紅談 七

反 嵁﹅崿又五男反 戡剪﹅ 峆火含反大谷五 䤳面紅香 𥦫不脫冠帶亦作寁 欿貪又呼恬反或歃 毿蘇含反毛長皃二 蓡﹅綏又所金反 弇古南 八

反五 䶃﹅鼠 淦水入船又古暗反 㦑特意又呼兼反公廉二反 蜬者 儑五含反又五紺反三 䆙寐語 嵁﹅崿又苦男反 九

卅六 談徒甘反言語八 郯國名在東海 惔憂 錟長鉾 淡水皃又徒濫反 痰胸上水病 剡刮馬用 𤆍小熱 甘古三反恬六 笘竹 柑﹅橘 苷﹅草藥名 泔 一

米滫 㛤媞 擔都甘反負五 儋人名漢書有田儋 聸耳垂 頕頰緩 𧮰小罌亦儲 三蘇甘反數二 𢒑衣破 藍盧甘反染草八 襤﹅縷亦作繿 𩮜鬖髮 二

跡兒檻持籃龍婪貪又力貪反濫爪組籃ゝ穴淡薄大坩苦甘反坩鉗七䑙他甜反吐舌兒六聃耳漫無輪老子名坍水衝岸壞繭ゝ惹

窞淡窞藍緂色鮮慙昨甘反愍三鏨ゝ鑿鷲鷄又在咸反酣胡甘反樂酒不醉七虧甘白虎蝨桑葉上虫磨和又公含反二反邯阮湘人言炶火上

行亦作鮎鉗甘蛤姏武酣反老女稱一蜬昨三反長面一蚶火談反蚌出會稽四憨癡媣貪妄歛欲又呼濫反笘食甘反竹箠又都頰反一

廿七

陽与章反日氣廿三暘日出暘谷煬釋金錫鈴在馬額揚擧禓道上祭一曰道神又舒羊反昜飛又曲昜縣在交阯羊羚瘍頭瘡蛘虫名徉儴徉徙倚

鸉白鰑馬額赤鱌𥈢搥又子郎反[?]多鴹白鷺詳ゝ狂又似羊反審䍩美目又餘尚反盪杯痒病又似羊反姜反䒋藥草𨍉轣楊

木名一詳似羊反又詳曰姓狂以章反七翔ゝ飛洋水流祥吉ゝ庠養老宮痒病[羊]女鬼良呂張反善十六梁ゝ粱瘤涼小冷粱作粱蜋ゝ米亦

蜣ゝ𩗬北風又力尚反量ゝ數亦量粮食亦作糧踉跳踉輬輼輬車𤸎薄力尚反綡纕醇漿椋牛又力向反椋木名賥賦ゝ香許良反五鄉ゝ

穀氣鄉上鄉腳牛羹皀穀香又方立反商書羊反度十四賁ゝ賈傷哀ゝ蔏ゝ陸殤少死觴酒禓道上祭鷊ゝ鳥塲ゝ耕慞ゝ

饟餉又式尚反䊋煑亦作鬺泃水名又乃見又力京四音𥎊傷又直羊反痾憂思又尺向反房符方反室四防虛度魴ゝ魚鱮鴋澤虞鳥又敷冈反章

諸良反什十一漳水名樟ゝ豫幛ゝ幱彰ゝ采璋雍又止讓反麞似鹿而小鄣邑名在紀蔁ゝ草暲明璋大圭昌處良反盛六

裮被衣不帶倡ゝ優猖ゝ狂閶ゝ闔門鯧魚鮫羌去良反發語端三蜣蜣蜋虫羫西戎牧羊人薑居良反菜十繮牛長脊一曰白脊牛韁

馬路殭白死不朽礓石ゝ壃界亦作疆橿一名檍万年木一曰鋤橿姜人姓蠷蠶白死僵ゝ仆又巨良反長直良反仗八萇ゝ楚似桃萇生草䠆跳ゝ腸

腹ゝ場祭神處塲ゝ道[?]餅又除向反蟑蠰ゝ張陟良反開三餦ゝ餭餳粻食米穰汝陽反禾莖十三攘以手衞又而亮反[?]縣名在南陽郡

蠰疾行蘘ゝ荷似薑瀼露濃獽戎屬禳除殃祭勷劻勷迫兒鬤被髮又女行反又或作鬞瓤瓜內實孃亂又如掌反又女良反二反

[?]ゝ方府長反亦作汸字十坊ゝ昉暗昉好蚄ゝ邡什邡縣在廣漢鴋鴋鳥枋木名又蜀以枋木偃爲鈁鐯屬牥牛匚受物器襄息良

反郡名九廂ゝ序湘水名在零陵箱竹器緗淺黃相視儴ゝ佯纕馬腹帶國語曰懷瓖纕驤馬騰[?]蔥將即良反卅六漿米津鱂

魚鱔蔣菰ゝ草可作薦螀ゝ寒牂侍扶亦作掛瘡楚良反古作創二刅傷刃亡武方反十望看又武放反朢弦望月与日相望臣以日朝君從月從臣芒草名

三 四 五 一 二 三 四 五 六 七 八 九 十 十一 十二 十三 十四

草端 硭ˎ硝藥名 宋屋梁 邙縣名一曰洛北邙 忘遺又武放不記曰ˎ 莔惡又莫郎反 孃女良反娘稱四 𨞢ˎ又如羊反 娘女号 鑲兵 牀士莊反俗作床黃二 疒ˎ又病　十五

ˎ女冗反 莊側羊反通俗作荘四 裝行具又側亮反 妝女人ˎ餅 粧ˎ粉 常時羊反恒六 裳下衣 嘗曾 鋿車輪繞鐵 鱨魚名 鶬鶬鶊 霜所良反露夕四　十六

孀寡婦孀居 驦驌驦馬 鸘鷫鸘西方神鳥 牆疾良反六 檣船柱亦作牀 薔ˎ薇 嬙婦人 戕他國自來殺君 牂強大又在朗反 鏘七將反兵器十二 佯ˎ 瑲　十七

玉聲 和鳴 鶬和鳴 蹌ˎ 蹡行兒 斨斧 搶拒 䠍趨兒 閶門聲和 鴹又尸羊反 牄鳥獸來食 匡去王反正九 筐ˎ籠 蛀大蝦 邼邑名 框棺上　十八

不虞 恇怯 劻ˎ勷迫兒 洭水名在始興 軭車戾 王雨方反往天下之所歸往二 蚟ˎ孫蜻蛚 央於良反七 鴦鴛ˎ 殃禍ˎ 鉠鈴聲 秧ˎ稻又於丈反 泱水流兒 映　十九

哱日 強巨良反ˎ壯七 僵偃又居良反 彊弓有力亦作壃渠又反 鱷鯨魚別名 葁諸良反草名 倀失道兒出禮記 鼙鼓聲 芳敷方反芬三 妨害 汸水名 狂渠王反病　廿

卅八

正作王 䲰往三 車 鸉 唐徒郎反國名二十八 煻ˎ煨火煨字烏回反 糖飴 堂基 䠀鼠一曰三易腸 搪ˎ突 搪ˎ 棠木似梨 蓎女蘿 瑭玉 鎕　廿一

ˎ餳黍膏餳 蓎符蓎竹 螳ˎ蜋 塘陂 螗蟬蜩 毺毦 踼跌又杜浪反或過 闛盛兒又吐郎反 閬門高又力盎反 糖 樣車樣又達庚反 膛殿ˎ　二

字社蹄反 隚隄 鄌地名 甗瓷 鎕ˎ銻瓷 篖 䡟ˎ軖軩 塘陂水 郎魯當反廿四 稂似莠 桹桄桹木名心中出麵大者數百斛出嶺南交州 廊ˎ步 榔檳　三

鋃ˎ鐺 硠ˎ磕 琅頭 鶶ˎ鷞鳥名 浪滄浪又盧宕反 䯁骯䯁股肉 蜋螳蜋 狼虎ˎ 鯨魚 䱢魚脂 琅ˎ玕玉 㝗㝗宸空兒 稂毒藥名 飲 踉ˎ蹌 莨　四

童梁 峎岐峎山名日所入 粮 艆海船 短鋄 駺馬尾白 筤籃 當都郎反正八 鐺ˎ鋃 簹篔ˎ竹 襠衣 璫珠 艡車 𧬄瓜中 蟷蟷蜋亦作蟷　五

倉七岡反因五 蒼青 鶬鳥名 滄水名 鶬鴰 剛古郎反強俗作剛十一 岡山脊正作岡 掆ˎ舉 笐樂器以為之有絃 鋼鐵 綱紀 亢星名 犅牛 堈甕　六

亦甑 魧魚名又胡郎反 郒ˎ 桑息郎反養蠶木俗作桒四 喪亡字或從哭亡曰喪 騂馬色 緗淺黃 康苦岡反泰亦作康字八 穅米皮亦作糠 漮謂之漮 嵻 躴長兒　七

䓖 漮水虛 螗ˎ蜋蜻蛉 荒呼光反田不熟十 𥟰果蓏不熟 肓心上鬲 衁ˎ血 流韓子名 慌蒙又莫郎反 巟ˎ懺 統綖 謊言 亡奔 黃　八

胡光反色二十八 皇大謂天道洵如 璜 遑急 惶悚 潢積水又胡浪反 堭ˎ 煌火狀 餭餦餭餳 騜馬色 艎艅艎吳舟 簧笙ˎ 隍城池 癀病 鄺古國名　九

湟水名在安定 徨彷ˎ 鱑魚名 篁竹叢 篁草木盛 郌縣名在會稽下郵 堭ˎ合殿 媓母 鷬ˎ 翌羽舞 䅣穄 蟥蚜 蝗蟲下孟反 光古皇反明九　十

洸水名又烏光反 珖陌 桄ˎ桹 輄車下橫木 胱膀ˎ 橫長安西北門名又橋名又胡盲反 茪ˎ 僙ˎ武亦作趪 湯吐郎反沸水熱五 鏜鼓聲 蕩水名在鄴 蝪　十一

蛈ˎ 蕩遂蕩馬尾 滂普郎反沲五 鎊削 霶ˎ霈 𣂼量溢又薄庚反 雱雪盛 汪烏光反汪ˎ水量五 鷬雉鳴 尪弱 洸水名又吉皇反 尢曲脛 鵟鳥[illegible]反四　十二

佒體不申皃 咉㕍 姎女人自稱又烏黨反 炕呼郎反煑眩二 斻〻 航胡郎反舩亦作杭十二 笐〻䈬竹又戶庚反 桁桁 行伍 远獸亦作迒 頏〻頡 魧魚名又古郎反 胻〻脛 十三

邟餘邟縣在吳郡 芫東蠶 蚢食葛莱虫 抗今州名又苦浪反 茫莫郎反〻十一 盳不知目不明 汒〻谷名 恾怖 萠遽又武方反 蘉〻勉 幌帛又呼光反 䆿寐語 十四

宋大梁 郱縣名在藍田郡 臧則郎反善四 牂羊 样槌又餘章反 贓〻賄 囊奴當反帒二 蠰〻蠨 傍步光反他八 彷〻徨 膀〻胱亦作肪 蹡踉蹡急行 趽 十五

走旁側又亭名在汝南 稖〻稗穄 䮝馬盛 卬五崗反高六 𩣡千里駒 枊繫馬柱 昂〻舉 茚菖蒲草 𩋔〻履 藏昨郎反一 䯑苦光反骨一 十六

卅九 庚古行反六 鶊鶬〻鳥名 更代又古孟反古作㪅 秔稻或作粳 逕〻 羹和味亦作鬻 坑客庚反坎亦作阬四 劥勍 砊硠 阬塹又口盎反 盲武庚反無目六 蝱虫 鄳 一

䁅〻町縣名在江夏 直視 莔貝母 鄳縣名在義昌 橫胡盲反又古皇反十四 黌學 蝗虫又戶光反 鐄大鍾 瑝玉聲 喤泣聲 鍠鍾聲 䫛〻颸風皃 潢方舟一曰荆州人呼渡津舫為潢 二

䄓禖䄓祭名 鐄織 㤺憕〻 韹皇聲 趪起皃 閍甫盲反宮中門一曰巷門四 祊廣門傍祭名 嗙謌聲 㓁大 諻虎橫反語聲三 喤聲 曠〻晴聲 觬 三

觵古橫反以兕角為酒器通俗作觥三 侊小 [illegible]皿滿亦作橐 彭薄庚反姓十五 澎地名又撫庚反 膨〻脝脹皃 蟛〻蜞似蟹而小 鬇〻鬡髮亂鬡字乃庚反 棚〻閣又步崩反 榜笞打又甫孟反引船 四

䅭程〻祭 搒輔 憉〻悖自強 㪍量溢又普郎反 篣〻籠 蒡隱憝 軯車音 騯馬行 脝許庚反膨〻脝〻四 亨通又普庚反 悙〻憕 湞水名又直耕反 瞠 五

丑庚反直視亦作瞸三 橕〻撥 竀正視 鎗楚庚反俗作鐺二 槍欃槍妖星 傖助庚反傖楚人別種三 𧗾角長兒 鬡〻鬇鬇髮亂兒 霙於京反雨雪雜下八 鉠鈴聲 六

韺六韺湯氏樂名 渶水名出青丘 英俊又於香反稻初生 瑛玉光 楧雀梅 鶧〻鴂 磅撫庚反五 怦〻滿 亨煑又許兩許庚二反 椁木努 澎水聲又薄庚反 平蒲兵反六 評 七

〻量 苹葭〻一曰蒲白 胖牛羊脂 泙谷名 蚲蟀 驚舉卿反恐四 京大古音經通俗作亰 荊楚地 麖〻鹿 明武兵反淨眂字從囧從月四 盟約亦作盟 䳟鸏䳟似鳳 鳴 八

鳥〻 棖直庚反門〻旁木七 盯矃〻直視皃 澄水清定又直陵反 掁〻觸 瞪直視 揨舉 憕〻怳志皃 趟竹盲反趟趨跳躍趟字張交反二 䬅狂風 榮永兵反美六 蠑〻螈蜥蜴別名 九

亦作螢 瑩玉色詩云琇耳琇瑩又烏定反此 瑝拔 嶸崢嶸又戶萌反 禜祭名 兵補榮反戎卒一 兄許榮反一 卿去京反官名一 生所京反出七 笙樂器 牲犧〻 猩〻猩獸名 鉎 十

鐵〻 甥姊妹之子 麈似麞而小 擎渠京反舉八 勍強力 鯨大魚雄曰鯨雌曰鯢亦作鱷 黥墨刑 檠所以正弓 樈鑿柄 𠢰小雞又渠征反 顈〻頸 迎語京反一 十一

行戶庚反征九 衡平〻 筕〻簹竹笪 珩珮上玉 蘅杜〻藥名 䑍孰肉 洐水行 桁林 鶊離黃楚雀 鬤乃庚反鬇鬤三 𣯍犬多毛 [illegible]可作麋纏 十二

賡古行 十三

卅
耕古□反犂一 鏗口莖反亦作鏗十二 聲車鞕 鴏鶬鴏鳥亦作雅又枯堅反 誙莊子曰誙誙如 牼牛脛宋有司空牼 樫橦 桱亦鏗琴聲 輎堅 峌谷 硻堅 臤
堅又口口肝口閒二反 硜硜小人 甍莫耕反屋棟七 甍竹 萌竹牙 氓民亦作甿 嫇嫈嫇 夢苦可為瞢 儚在心 宏戶萌反大亦作宏十二 紘冠卷 紭綱 閎
巷 嶸崢嶸 峵谷中響一曰谷名 耾耳語 翃蟲飛 弘屋響 竑廣 紘輪輻 宏大屋深響 [illegible]壯飛 莖戶耕反草木榦三 䪫樂名 牼牛膝下 朾中莖反伐木聲三 玎
玲玎玲玉 䆀閎大 甖烏莖反瓦器或作罌八 嚶鳥聲 鶯鳥羽文 櫻含桃 嫈嫈嫇新婦兒又於諍反 鸚鸚鴞鳥 罌小聲 鷪春鳥 崢仕耕反山峻亦作峥三
薴箏薴草亂 鬇鬇鬡髮亂 琤玉聲三 錚金聲 棦剌 儜女耕反儜儜五 薴箏薴 譨譻譨小聲 鬡鬡亂 鑏寬 怦普耕反心急兒八 姘齊与
女交罰金四兩曰姘 閛門扉聲 [illegible]牛色駁如星 抨彈 硑磕硑如雷聲或作砰 [illegible]急 伻使 轟車轟呼宏反五 䎕群鳥弄翅 揈擊聲 訇聲 渹水聲又盱駢反
繃甫萌反墨子曰葛以繃之二 絣振繩墨亦作迸 橙直耕反柚屬九 撐撞亦作敦 湞水出南海 [illegible]安審 [illegible]撞 穼突 霐響宏反霐泓水深 譻譻諍 弦室響 輣
拔萌反兵車三 棚棧又蒲崩反 庄平 娙五莖反身長好兒漢武夫人名曰娙娥二 俓急又牛燕反 爭側莖反覺六 箏樂器 [illegible]縈 猙獸名似豹 埩理 [illegible]魚長頭

卅一
清七精反天氣正作清二 圊廁 情疾盈反心意四 晴雲除 請受又在性七井二反 甠雨夜晴見星曰甠 精子清反粹十一 氏秝氏縣名 菁蕪菁 旍旍旗亦作旌 䴖
鵁䴖 蜻蜻蛚 晶光 鼱鼱鼩小鼠 婧竦立又慈性反 聙聽 [illegible]水名在南郡 盈以成反作盈十 嬴美好 瀛大海之兒 籯竹器俗曰竹笭漢
書云遺子黃滿金籯 足 嬴姓秦王 楹柱 贏財長 [illegible]狐也 攍擔 [illegible]鹵大名 營余傾反部三 塋墓域 [illegible]或目又黃 嬰於盈反嬰兒六 瓔珞
纓冠 攖亂 [illegible]地名又一井反 [illegible]頸飾 貞陟盈反正五 禎祥 楨楨陵冬木 鄭地名又直貞反 [illegible]名 檉勅貞反木六 偵偵候 赬赤色亦作[illegible] 酲病酒
又直貞反 𧿹跉𧿹行不正 虰虰蠪亦作[illegible] 成市征反形九 城墉亦作[illegible] 誠信 宬屋容受 郕地名在東平 筬筬織具 [illegible] 盛盛肘又似[illegible]反 晟日
呈直貞反亦六 程期 酲酒病 珵玉名 莛莛 裎佩帶 聲書盈反音通俗作聲二 [illegible]無而響 征諸盈反作延字六 鉦鐃 征忪 征行兒 鯖煮魚煎食曰侯
鯖又於形反 正正翔又之盛反 怔怔忪懼 輕去盈反去重三 鑋金聲 [illegible]足行又瑾頸反 名武幷反正言二 洺水名在廣平 跉跉𧿹 令使又呂鄭反 幷補盈反三 栟栟櫚木名
箳箳篂車轓 傾去營反具一 餳徐盈反飴一 縈於營反繞五 嫈小心態烏莖反 謍聲 [illegible]覆 褮鬼衣又胡坰反 瓊渠營反玉俗作瓊十一 焭獨一曰迴飛兒
睘驚視 惸無兄弟 𢸈博𢸈子一曰投 藑藑茅草名 㷀特 赹獨行無所依 [illegible]草旋兒 [illegible]車聲規 嬛好亦作孆 騂息營反馬赤色四 垶赤土 觲
角弓 [illegible]牛 頸巨成反項又居郢反三 鯹魚名 勁鼠尾草又居盛反

卅二
青倉經反物色正作青從生丹一 經古靈反常三 涇水 鵛鵛鶄 形戶經反身十一 刑刑戮 邢地名

一 二 三 四 五 六 七 八 一 二 三 四 五 六 七 八 九 十一

又丶姓在鄭 桯 林前長杋 鉶 祭器 型 鑄鐵 陘 連山中絕 㑥 成 瓬 酒器亦作瓵甄瓬 㼘 小瓜 鄍 鄉名在密 庭 特丁反雷前十九 停 止丶 䠶 似鼠豹文 亭 客舍 莛 二

莖 葶 丶藶蘼菜 筳 竹丶 聤 耳出汁 霆 雷丶 挺 縣名在膠東 楟 木名 蝏 蝷臥 娗 丶見 䛊 瓴 打 撞丶 鱆 魚名 綎 綬丶 艇 蜀 粤 定息 丁 三

當經反 釘 丶鐵 町 五名 馨 呼形反香三 㲷 言譽 蛵 虰丶 星 桑經反晶光亦作曐亦姓九 腥 豕息肉又先定反 胜 大膏臭亦作鮏 鯹 魚名 程丶 醒 丶酒又所定反 鉎 四

鐵鉎又所庚反 箵 篣箵别 鴛車 猩 犬吠聲 竮 普丁反竛竮行不正或作俜五 甹 丶夆掣曳又匹丁反 頩 色又普冷反 姘 男女會合 㛵丶 使 靈 郎丁反神亦作霊𩄵卅八 柃 丶檻欄木或 五

作櫺 舲 舟有窗亦作艫 齡 年十 囹 丶圄獄名 䴇 羊丶 鴒 鶺鴒鳥名 笭 竹名 螟 蛉 螟蛉小青虫亦作蠕 鈴 似鍾而小 零 雨丶 櫺 窗櫺 伶 樂人 泠 清泠水 瓴 六

丶瓴瓦一曰似瓮有耳 玲 玉聲 酃 地名在湘東又力鼎反 䉖 似瓶有耳 䴇 瘦 聆 以耳取聲 竛 竛竮行不正皃 鴒 䳒鼠 蘦 菜名似葵可茹 笭 丶箐小籠 軨 車闌亦作轜司馬相如說 七

龗 龍丶山神名 䴇 龍皃 岭 深丶 蛉 虫連行又渠巾反 醽 醽醁酒名 苓 伏苓藥名 毿 毛㲨 翎 羽 霝 雨客 嬰 女字 鈴 丶飾 紷 䋼絲百廿 霝 空亦作霻 八

寧 奴丁反靖五 聹 耳聹又乃之反 寍 安 鸋 鴂丶 蠅 螻蛭 汀 他丁反水際平地亦作町十 訂 平 桯 丶碓 綎 綵綬帶綎 聽 聆 廳 屋 町 田處又他頂反 絽 綬亦作經 九

趚 挾頭又他頂反 芋 葝又先冷反 鯖 於形反魚青色頸有枕骨一 冥 莫經反暗冂音扃從日從六通俗作冥十二 榠 丶樝 銘 刻石記功 鄍 晉邑 䫤 眉目間 螟 螟蛉 溟 小 蓂 丶荚瑞草 十

知月 暝丶 大小 嫇 妎 覭 小見又亡狄反 蕶 瓶 薄經反汲水器十三 蛢 以翼飛虫 鼪 鼠子 屛 丶風又必郢反 荓 丶翳雨師名 笄 竹丶 軿 輜丶 洴 水上浮萍 竮 竛竮丶 洴 十一

馬帚草名似蓍 郱 丶城在東莞 田亦作𤰞 䉀 竹器在 帆 䳹又音記 熒 胡丁反光六 蠑 衣開孔 螢 虫 滎 小水 營 或又唯并反 朐 賀丶財丶 扃 古螢反戶外閉關八 駉 駿馬強也 駫 十二

馬肥壯也 坰 郊外林外亦作冋 熲 光又古鼎反 鼩 鼩鼠 絅 急引 冋 象遠界

卅三

尤 羽求反甚七 杫 木名 郵 東萊 疣 結病 沋 水名在高密 訧 過 郵 境上舍 憂 十三 一

於求反愁甚亦作㥑十四 優 丶倡 瀀 丶渥 麀 牝鹿又於虯反亦靡 優 丶遊 擾 打擾 鄾 邑名 幽 小 㤑 不言 嚘 口嚘 耰 覆種 䮋 鼻目間恨 纋 笄中 蔓 二

菜 𢡱 氣逆 劉 力求反名今人姓廿七 留 上正留字 䒾 丶藥名 勠 并力右傳勠力同心 樛 縛殺秦有樛毒 鷚 丶雛 美長 騮 馬 騮 赤馬白腹 紫騮 驊騮周穆王馬 疁 田不耕而火種 [illegible] 三

粹糒 鐂 流 水遊 旒 丶旗亦作斿 飀 高風 瘤 肉起病 榴 石丶 鎏 美金 瑠 丶璃 䶉 食竹根鼠又力久反 懰 䍡又力久反 蟉 蜲蟉又渠糾反 琉 丶 四

懰 怨 䶉 丶 瑠 豆丶 劉 竹聲又力久反 硫 丶黃藥 鶖 飛鸝 秋 七遊反七 䤛 車䤛亦作鞦 鶖 鶖鷺亦作鶖 鰍 魚名 楸 木名 萩 蕭似蒿 篍 吹筩又且燒反 蓷 五

鶵 鰌 鰼丶 䳂 蛀蚁亦作龜丶廿五 猷 以周反謀 悠 遠丶 油 脂丶 由 從亦作峀 猶 犬又尚 攸 所 蝤 水中細草 浟 水流皃 遊 遨丶俗作遊 逌 氣行 㕀 歔㕀手相弄皃 六

㽕 丶豫不定 遯 行 輶 輕車又易受易授二反 蘨 草盛 秞 禾盛 蚰 丶蜒 蝣 蜉丶 櫾 木名出崑崙 庮 久屋木又弋久反亦作𥧌 鴮 鴮鳥 囮 細鳥媒又五戈反亦作𠮩 䍃 臼又翼珠反 七

空柚木更生亦作𥫗 蓅蜉蝣又力周反 稻禝又以帚反 𨗇遺玉又餘九反又余昭二反 邮亭名在高陵 䚀深視 𥫗瓦器 斿十三 斿 瘤病 遒草 𨟻〻 牛語求反大武一 逌即由反又　八

字秋反 鰌囚鳥化爲項上有盡十細骨如鳥毛 𦗭耳鳴 蝤〻蛑似蟹而生大海邊 啾小聲 湫水又子小反溢 𪆫又字秋反聚又東臬 噍〻𩫻聲又才笑反 鬏髮 揫束又字秋反亦䋺 酋秋　九

反長亦作𨢯 愁傲 啾耳鳴 遒迫亦作遒 鷲〻梟 𩠐夜 殍終又子牢反 熍〻燿 鮂魚名亦作 䲡雉射收繫 緧〻 脩息流反脯 羞進亦作膳 修理 滫　十

〻饈〻字 錐𨨼 鞻輕 楢木名 抽勅鳩反拔亦作搊正作㩜五 惆〻悵 瘳病瘥 婤好皃又止由反 𥈞失意視又他狄反 犨赤周反白色牛一 周職鳩反帀亦作 賙 九 州　十一

〻水中河居 洲〻渚 賙瞻 鵃呼鶵聲 舟〻船 婤女字又音抽 雕尻又時惟反 輈車重 雔市流反匹六 酬〻酢或作醻 詶以言荅又時又反 讎 雔鳥 鯈魚又直流　十二

反 柔耳由反 鍒鐵〻 鍒〻 騥馬青驪 葇香葇草 輮〻皮又人有反 蹂踐穀 𥢋前高後下又莫侯反 腬〻 腬肥 鄾鄉名在鄧 收式州反聚又作収一　十三

丘去求反亦作北大阜五 蓲烏蓲草名又去富反 蚯〻蚓 䳕迫又匡䳕反 邱地名 颩匹尤反風吹皃七 秠一稃二米又芳鄙反 衃凝血又匹才反 胚孕一月又普才反 豰坏盛皃又孚不反 醅　十四

醉 鳩居求反 鵤 九 鳩四 鬮鬭取 丩糾繚 䒤草相繚 物居虯反大力四 𦬸秦䒤樂或作 摎居由反 朹亦摎木下垂 疝腹中急病 不甫鳩反又甫救甫負二反一 摟所鳩反索俗作摟字十四　十五

餿餅壞 颼〻颼風皃 溲小便 鎪鏤也鈒也 廋論語曰人焉廋哉 蒐春獵 鱐乾魚 鄒北方國 螋蛷螋蟲 獀廿三 趥不進 獀〻獵 醙白酒 掃　十六

楚尤反手搊三 篘〻酒或作醔 捄〻枸 鄒側鳩反地名亦俗作鄹鄹鄹十 騶〻虞 鯫〻魚 齱〻齵 陬隅 郰鄉名一 緅青赤色 菆麻蒸亦作菆 踙足 䔌草名　十七

棷薪又又垢反 艘〻艘 愁士求反憂二 湫腹中水 休許尤反正俗作加點作烋誤九 貅〻貔 鵂〻鶹鳥 庥廕 脙脊又渠尤反或作髹 髹赤黑 鵂名鳥 貅　十八

鰲歎 瞍汗面 惆去愁反戾一 囚似由反人固在獄五 泅浮亦作汓又餘州反 慒慮又似冬反 苬芝 鮂白鰷 儔直由反侶廿三 躊〻躇 懤〻悵 裯禪被 疇田 紬〻綾　十九

〻江 綢〻繆 稠穊 壽草 檮木名 鯈魚子 籌〻筭 𡱂沓 怞朗 嚋否 颾〻颾 䪮草 紬茶 妯動又遲陵反 殷〻殷 鮋亦作魚又常州反 鄗　二十

在蜀 鵃鳥雉名南方 輈車轅四 張流反 盩〻厔縣在扶風 啁〻噍鳥聲 譸〻張誑亦作侜 裘巨鳩反皮衣卅 求干 銶鑿屬 仇讎 厹地名在臨淮亦作叴又入久反 頄　廿一

頯 蛷〻螋亦作蟊 逑匹 球玉聲 賕〻財 艽地名詩云至於艽野 鼽月令曰鼽嚏多鼽嚏 訄安 芁白芷 殏終 釚弩 梵荊 莍實 欲亭　廿二

朹似李 絿求俗作〻 毬皮裹毛 紈引 俅戴亦作頯 扏〻緩 脙瘠又呼尤反亦作膌 肍肉潸西 怨怨仇 馗迫又去牛反 郝地名 宗裘 逑俗作 浮盧廿一 呼　廿三

吹氣又栩謀反 桴齊人云屋棟 枹鼓槌 箁竹有文 罦車上網或作罘罳 琈玉名 涪水名在巴西 粰〻糠 鴀〻鳩鳥 罘〻罝 鮃魚名 芣〻苢車前 蜉蚍蜉亦蟁　廿四

烰火氣 䍖滅又蒲溝反 鉜鏂〻 雩雨雪雩〻 泭編竹木渡水〻 艀舟 䲡多 謀莫浮反圖十七 霿天氣降地不應又莫貢反 眸目瞳子 牟牛 侔等　廿五

矛戟 鍪兜 鞪々麥 鯥魚名 蝥食穀虫亦作蟊蝥蝨 𩋊々龍 鴾々鴾 劺々劚 苐々草 㲠々醃 侔等亦作侔字今為侔又渠矜反 鬏髮至眉　廿六

卅四 或作髮𥨲滿 侯胡溝反候亦作候十五 猴々猿 糇々糧 鯸鳥羽 喉々咽 篌々箜 帿射布張 頎々顀大言 鍭大箭又胡遘反 鯸々鮐魚 餱乾食 鍭鉛所以　廿七 一

鉗頸 睺半盲又胡遘反 骺骨々 𨩑々谷在成皋 謳烏侯反吟歌或作嘔謳十 樞小兒涎衣 鏂鉗鏂丁 甌々瓦器 膒久脂 鷗水鳥 蓲刺榆 歐々亦々打又陽姓 瞘深目又口　二

投反 剾剜又烏侯反 羺胡羊三 䨲奴溝反 獳子 獳犬怒 樓落侯反臺榭正作樓廿三 婁星名 耬種具 髏髑髏亦作顱 摟取 膢祭名又力于反亦作膢 甌𤬁　三

土瓜 廔麗廔綺窓 剅小穿 嘍々㖃鳴聲 瞜視兒 羺土羺似羊 螻々蛄 蔞々龍 褸衣領 貗求子豕 鄤縣名在南陽 僂傴 慺敬 艛々舟 𨻻　四

縣名 鱅魚名 鞻鞮鞻氏掌夷樂 涑束侯反涑三 摷推又先幺 唊使犬又桑茍反或作嗾 彄弓彄九 摳々衣 剾剜裹又乙侯反 韝射 怐々愚 溝水名在北地又口候反　五

瞘深目又一投反 夠々多 䋀縛 齁鼻息一呼侯反 鯫子侯反堅叢麻田鯫二 緅色 偷託侯反竊四 鍮々石亦作鋀 媮女巧黠又苟且 緰紫 頭度侯反項十 骰　六

剾創足筋 又剜々 投擲 揄々衣 歈歌 鴝々鴝 𪏮麻 窬穿々或作窬 𨡓醬 緰布 齵五侯反一 鉤古侯反曲針十四 剅鎌 溝渠俗作溝　七

褠單衣 韝臂 緱々氏縣在河南又刀劍頭纏絲 篝籠 笱竹 枸杞 鼅鼅似龜 嘔唱 𠱥々 兜 艄船名 篝數名十秭曰篝 句々 龍俗作勾 兜　八

當侯反兜鍪七 侸佔侸垂下兒 吺輕出言或作𦧇 䅐食馬 䈑籠 䁂々眵目汁亦支反亦作覨 豆凝眵 𠛎小 剅裂 剆細斷 𩵋又士垢二反 鯫魚名又子于溝　九

卅五 幽於虬反暗六 呦鹿鳴亦作䬩 怮々憂 瀀又於糾反 麀牝鹿亦 幽々 蚴々蟉又於糾反 幽亦作𢆶 𢇁微 虬渠幽反虯龍又居幽反或作䖙四 觩七 璆玉名 觓角兒 彪甫休反虎文兒四　一

髟髮垂兒又所銜反 驫馬走 樛木下垂 髎居虬反 鏐鄒幽反紫磨金二 蟉螝蟉又力攸反 渠糾二反 滮扶彪反水流一 鎡子幽反生石一 犙山幽反牛三歲一 䝅語虬反魚鳥狀一 颩香幽反風又風颭二　二

卅六 休許彪反美一 加火失一 繆武彪反綢繆又靡幼反一 謅千侯反又䛕又于隹反一 侵七林反漸進正作㑴三 駸馬行 㑴豆 尋徐林反八尺曰十二 鐔劍鼻又餘針徒南二反　三 一

潯傍深 鱏魚名又餘針反 樳木名 鄩古姓 隯小堆阜在三輔 撏取 繜績 鬵釜 灊水名出巴郡 襑衣大又他感反 林力尋反木八 琳玉名　二

淋以水沃物 澿水出兒 霖雨三日 臨抗 痳々病 箖竹名 琛丑林反寶七 棽木枝長又所今反 舿船行 綝善 郴縣名在桂陽 覘私出頭視又丑鴆反 賝　三

斟職深反勺 酙酌 針縫衣具或作鍼 䳡々鷲鳥名 葴竹名 鱵魚名 坩々郭古國 箴規誡 瀸酸䔮草名 黮 黑又居減反 沈除深反沒又式荏 枕反人姓俗以出頭作姓 䀈四　四

㓀水牛 芃草名又丁敢反 霃久陰 碪衣石一 知林反擣 諶氏林反誠亦作訦 忱信 谌行 煁竈 疳 瘎復故病或作疣 任如林反堪五 鵀鳥名 恁々信 壬北方　五

紝機上縷又女林反亦作絍 深式針反遠二 深蒲蒻 淫餘針反久雨十二 婬々蕩 篁竹名 蟫白魚虫 䲔鷂之別名 炎熱 冘行兒從人出冂音 鱘魚名又徐林反　六

卅七

鐔釖鼻又徐林徒南二反 鄩地名 埐貪 心息林反二 杺車釖杺 愔於淫猜二 窨地室又犄禁反 祲妳心反又妳禁二反九 梫木名 兓ㄑ鋭意 埁地又才心反 鐕

高鼻ㄑ 穇ㄑ 鑯錐楔或作鑯 [illegible]魚名 [illegible]昨淫反大魚六 簪ㄑ 梣木名 埐地名又子心反 鬵㧗地亦作鈂 醰甚熟 [illegible]女心反誑佞聲一 琴渠金反樂器十九

㩒急持或作捦 黔黑而黃一曰黔首衆 禽鳥 芩黃芩亦作苓 檎林ㄑ 凜寒狀又力稔反 [illegible]禁又竹甚反 鈙持止又 鵭鳥又渠炎反 紟單被又渠禁反 擒捉 [illegible]

石地秀 稽禾欲 黔音又其廉反 黚黃又渠炎反 黔ㄑ 黔竹 邻亭名 欽去音反四 衾被 嶔ㄑ岑 崟似萬草名 吟魚音反亦作訡五 崟嶔ㄑ

菳ㄑ菜 霠霖雨又牛昝 廞陰又口敢反 歆許金反神食氣三 廞陳車服又虛錦反 [illegible]火盛兒 金居音反銑六 今古 黅黃色 衿小帶又琴禁反

襟袍襦前袂 黔淺黃黑 音於吟反聲七 陰陰ㄑ陽 霒雲覆日兒 瘖瘂 喑於啼無聲又於合反 䤃又於南反 [illegible]跋 森所今反木長兒六

蔘人蔘藥名或作葠 參ㄑ辰 槮樹兒長亦作椮 棽木枝長又丑林反 [illegible]突 岑鋤金反高山五 涔ㄑ陽地名又士監反 [illegible]雨聲 梣青皮木亦作橬 [illegible]

入山深 簪側岑反笄四 [illegible]石似玉 橬連 兂首笄 篸楚今反木齊兒二 槮木長 䌾乃心反織一 [illegible]克針反內視一 鹽余廉反鹹味亦作塩鹽盬

十二 櫩木名 閻里中門 阽壁危 檐屋前 [illegible]鳥離 壛塌 餤進亦作䭙 閻門屋 灩深池 櫩屋招亦作檐 [illegible]病 廉力鹽反儉十五 鎌

ㄑ刀或作鐮 䨴雨久 慊ㄑ惃 簾薄 薕ㄑ薑 蘞白蘞藥名 匳盛器 磏礪亦作䃹 獫犬長喙又虛檢又獫狁 籢鏡ㄑ 覝視 蠊飛ㄑ

臁賁又佇陷反 鬑鬋又勒兼反 砭府廉反以石刺病亦作砭一 籤七廉反牃六 臉臛ㄑ 鹼水和鹽又公斬反 槧削板又公斬反 憸ㄑ詖 僉咸 詹

職廉反有四 占視兆 瞻視 蟾ㄑ蠩蝦蟇 銛息廉反銛利十二 暹進 枮木名 綅白經黑緯 韱似韭而細出五原 襳小襦 纖ㄑ細 嬐

[illegible]美疾又所奄反 孅鋭細 憸利口 彡毛飾又所銜反 攕女手兒又所■反 棎視詹反果名似棎而酸一 苫失廉反草覆三 痁病又都念反 淹於又丑廉反 譫處詹反廉九

姑ㄑ姑輕薄兒 幨帷 襜ㄑ褕蔽膝亦作祆裣 [illegible]衣動兒 𤵖皮剝 姈善兒 惉惉懘又徒頰反 惔憺亦作惔 髯汝鹽反須毛通俗作髥十 蚦蛇出南方腥可為藥

呥唯兒 柟梅 訷多言 蚺蜥ㄑ 䫇美ㄑ 抩持又乃甘反 袡ㄑ纏 [illegible]ㄑ毛 黏女廉反麴一 炎于廉反熱又餘念反一 霑張廉反霑濡字二 沾ㄑ預

覘丑廉反視二 [illegible]於又央廉反 淹英廉反沒四 菴ㄑ閭 崦ㄑ嵫亦作崦嵫又音奄 醃菹又於紺反 腌ㄑ魚以鹽漬魚 㦓丘廉反㦓憸意不安一 䶢語廉反齒差二

噞魚口出水又魚檢反或作噞 尖子廉反上小下大土 熸火滅 殲盡 [illegible]ㄑ啜不廉啜字子俱反 瀸泉出水出 [illegible]百足 䨘小雨又力艷反 [illegible]漬又出 鑯ㄑ鐫

懺拭ㄑ 潛昨鹽反水沈流六 朁縣名在吳興 [illegible]甑 [illegible]漯棃蕡 灊縣名在廬江 螹離 箝巨淹反鎖頭或作鉗亦作拑柑八 [illegible]頭 鉗鐵持 黚

七 八 九 十 十一 十一 十二 十三 十四一 二 三 四 五 六 七 八 九 十 十一

淺黑又黚陽縣在武陵 拑持 鴒白鳥 雂鳥又渠林反 耹音又其林反 厭於鹽反安靜正作猒五 猒飽俗正作猒 嬮和靜 ．．嬒含怒又魚檢反 稖〻〻苗 十二

卅八 燂美又於鵮反徐廉反湯瀹肉或作燖四 蘞山菜 檏采細葉 𩋆巾 添他兼反益三 黇黃色 蟾〻蚺吐舌 髻丁廉反髻髮七 貼耳垂 貼目垂又丁念反 战 十三一

佔〻稱量 詀轉語 帢衣領又丁頰反亦作襵 甜徒兼反甘五 恬〻靖 湉水靖 菾菜名 𦴊藥草 鬑勒兼反鬋䯯四 濂薄亦作溓又理兼反 熑絕 爁 二

謙大不絕苦兼反自足二 歉堅持又呼廉公函二反 兼古甜反并六 縑絹 鶼比翼鳥 稴青稻白米 蒹荻未秀 𦊱網 嫌户兼反心不平二 稴稻不黏又胡緘反 鮎奴兼反魚 三

卅九 拈指取物三名 鉆鉆 馦許兼反氣香六 黇黃色 欿貪欲又呼男反亦作歁 歉持意又公廉公函二反 賺香 䈴痴瘦 蒸諸膺反衆烝字六 烝冬祭又熱 四一

氣上此是承衆字 脀〻熟 𥁕〻癡 烝熱氣 承署陵反次一曰奉二 丞佐 澄直陵反水清定又直庚反四 憕平又竹萌反 懲戒 陵六應反曲阜又欺亦作夌十二 二

淩澀又水名 凌〻冰 陵芰 㥄怜 鯪魚名 綾〻錦 餧馬食穀又力甑反 掕止 夌越 𧺯去又居力反 祾馬福 膺於陵反胷亦作𦙶四 鷹 三

𧕟鳥名寒蟬 憑扶冰反託四 凭依几 淜無舟渡河 磳硱磳又子騰奇嶷二反 冰筆陵反凍三 棚盛箭器又薄登反棧閣也 掤覆矢亦作㧓 蠅余陵反俗作蝿一 四

繩食陵反索九 譝稱 鱦魚名 乘駕 溗波前後相凌 塍畦又埒亦作堘 憴〻譽 騬犗馬 升識承反十合正作五 陞登 勝任又書證反亦㥉 昇日上 五

拼上舉 仍如承反因四 芿陳草 䚮就 杒木名 兢居陵反懔二 矜憐又渠巾反 徵陵陟反召四 癥腹病 旍旌旗桂兒 𢿜〻召 繒帛疾陵反五 鄫 六

國名在瑯琊 䮙馬名 橧豕所寢 竲高兒 凝魚陵反水結二 冰〻堅 興虛陵反起又許膺反二 𨞫地名 稱處陵反知輕重三 偁宣揚美事 爯本稱 殑其矜反二 七

五十 蓤根可縵器物用 殑山矜反殑殑一 僜丑升反醉行兒又曾鄧二反一 硱綺兢反又口本反一 登都滕反上七 璒石似玉 燈〻火 簦長柄笠 㲪〻罽 䔲金䔲草名 八一

豋禮器亦作鐙 楞慮登反方木或作稜五 輘車聲 稜威稜 倰長兒 掕〻抵 僧蘇曾反緇徒正作僧一 崩北騰反類一 增昨滕反加亦作譄九 憎惡 二

曾人姓又昨稜反嘗 矰弋射矢 罾魚網 磳山兒又仕冰反 熷蜀人取生肉以竹中炙 竲巢 䎖〻飛 瞢武登反目不明二 𦾯〻無光又亡贈反 層昨稜反又一 三

昨滕反 朋步崩反五 堋〻射 鵬大鳥 棚〻閣又薄庚筆稜二反 倗輔又普等反 弘胡肱反大通俗作弘二 苰藤苰胡麻 肱古弘反臂二 鞃軾中亦作䡏 薨呼弘反二 四

儚惛迷或作顭 能奴登反又奴代反又奴來反一 滕徒登反國名正作滕十一 騰躍 縢行〻 螣〻蛇或食禾虫 幐囊可帶 藤〻苰草名 謄移書 賸美目又以證反 五

五十一 鼟鼓聲 鰧〻魚 𧈭黑虎 恒胡登反常二 峘〻山北岳名 搄古恒反急淮南子曰大絃絙則小絃絕二 縆大索 鼟他登反鼓聲一 咸胡讒反皆八 鹹不淡或作鹹 函 六一

〻谷闞名 𩦎〻驢縣名 椷栝又古咸反 稴稻不黏又胡兼反亦作䅐 蠊海虫可食 諴至誠感神又五咸反 緘古咸反緘封八 瑊美石次玉 㰹〻慳悋 𨗿〻迷中間者謂非好非惡 二

椷栝不胡緘反 黬黑又上黲林反 黬釜底黑 轞車聲 攕所咸反女手五 櫼木名 縿旌旗旒 霰微小雨 枯木名亦作杉 猎乙咸反大吠又乙陷反 嵒五咸反山高六 顩

長面皃又丘檻反 羬山羊亦作麙 麙羊絶有力 諴和 碞僭差又午金反 欦許咸反笑皃四 蝛似蛤出海中 妗喜 酣酣皃 詀竹咸反詀諵語聲又尺涉反詀讘目語三 鵮鳥啄

物若咸反 酟酟小頭 諵女咸反一 讒士咸反譖作讒九 獑獑猢 鏨小鑿 饞不廉 毚狡兔又士銜反 巉高鼻皃 儳貪 劖劖 酁宋地 鵮若咸

反鳥鵮物又竹咸反或作㪟 敪 銜戶監反馬勒口三 鹻調 颿凡乾乏 鶼屋 巉鋤銜反山險七 嶃嶃品亦作嶄 劖刺 毚舟 鑱犁鐵吳人云士懺反 獑獑猢名又咸反

瀺潛又鋤銜反 嵒山巖二 巖五銜反 巉 欃楚銜反初咸反 攙槍妖星二 鑯鼠黑白 䰇䰇 衫所銜反九 縿帛青色 又昨來反 彡毛長 縿旌旗 髟長髮 芟伐草

黲旌旗所著 䁪 䫲瞻又格懺反 㽉子廉反 監古銜反又古懺反明五 鑑諸以取月水 礛礛䃴青礪石 䘢細切 䁪視

巖語驗反 䶬肅二 嚴 䶬 𩐈虛嚴反 䶬射 䶬胡被二 杴杴作㭨 鑱古 醃於嚴反鹽漬魚 亦作腌字同一 𢾸丘嚴反𢾸歌不齊又丘凡反一

凡符芝反常六 帆船上帆又扶泛反 帆 颿輕又孚 汎 劒反 舤船 舤 䑺船張亦作颿 柉木皮可索 芝匹凡反草浮水皃三 欦多智 氾水名

五十二

切韻卷第二盡

切韻卷第三上聲五十二韻

右卷一万二千一十六字 二千七十舊韻 四千一百廿一訓 卅三或亦 五文古 二文俗 一千三百卅補舊缺訓 一千二百一十五新加韻 二千八百一十二訓 三百六十七或 一十九正 卅一通俗 四文本

十 九 八 七 六 五 四 三 二 一 一 一 三 二 六 五 四 三

卅三感古禫　卅四敢古覽反呂与檻同夏侯別今依夏侯　卅五養餘兩反夏侯在平聲陽唐入聲藥鐸並別上聲養蕩為疑呂与蕩同今別　卅六蕩堂朗反　十一

卅七梗古杏反夏侯靜同今別依呂　卅八耿古幸反李杜与梗迥同呂与靜迥同与梗別夏侯与梗靜迥別今依夏　卅九靜疾郢反呂与迥同夏侯別今依夏侯　卌迥戶鼎反　十二

卌一有云久反李与厚同夏侯為疑呂別今依呂　卌二厚胡口反　卌三黝於糾反　卌四寑七稔反　十三

卌五琰以冉反呂与忝范豏同夏侯与范豏別与忝同今並別　卌六忝他玷反　卌七拯無韻取蒸之上聲　卌八等多肯反　十四

卌九豏下斬反李与檻同夏侯別今依夏侯　五十檻胡黤反　五十一广虞掩反陸無韻目失　五十二范符山反陸無反取凡之上聲失　十五

一董多動反正三　蝀螮〻蝀虹　蓳蔍〻又曰蓳根　蠓莫孔反蠛蠓蟲三　蠓鳥小　朦大　孔康董反後一　敤先揔反摶擊二　檧著桶又蘇公反　侗他孔反直曰長皃三　桶木〻　曈〻曨　一

欲揔作孔反率曙俗作揔九　嵸巃〻山皃　嵸眾立　蓯奉〻草皃　鬆〻角亦作髮　熜熅又青公反　愡屋會又且公反　鞍〻輪　緫眾束　澒胡孔反水浴皃二　汞水銀　蓊　二

阿孔反〻鬱六　滃大水皃　暡日氣盛　䨴〻䨴多　勜屈強皃　翁竹盛　䨴奴動反䨴〻一　琫方孔反佩刀飾亦作鞛四　菶草盛又蒲蠓反　紺小兒履又縺履　俸〻屏　曨力董　三

反曈〻五　襱袴又直隴反亦作祠又來公反　巃〻嵸　〻竉竹器又盧紅反　竉孔〻　動徒揔反搖五　酮酒壞　姛項直皃　眮瞋目又大貢反　挏推引　菶蒲蠓反草盛二　唪　四

二大聲　懵莫孔反心亂皃一　腫之隴反病四　種類生又之用反　踵足後跟亦作𨃷　偅相迹　寵丑隴反愛〻　塎〻塎不安　隴力奉反大坂三　壟丘〻　沈〻塗　擁於隴　五一

反手〻三　𢷾持〻　㝐〻塌又於龍反　宂而隴反散從人通俗作穴八　𣑥不肖一曰愚〻　𠕊劣或作擣茸　䩸稻稍　氄毛鳥毛亦作毴　𤕀〻又而反　𪕊〻鼠　拱拒亦作斛　㲓水牛　䢸椎擣　重　二

直隴反不輕又直龍反直用二反四　鮦魚名又直柳反　憧遲　襱袴又來公反力董反亦作祠　冢大二　塚〻塚墓　奉扶隴反進上一　捧掬〻數隴反一　勇餘隴反武健十　三

甬草花欲發　涌〻泉　踊跳亦作踊　溶水皃　蛹老蠶　塎不安　俑木人送葬　㛚出　傛不安　恐墟隴反懼一　尰時宂反足腫病亦作𤸇一　拱居悚反手抱十二　四

拲恭又居辱反兩手械亦作　峪石水邊　鞏以皮東物又縣名在河南　蛬蟋蟀亦作蛩字　珙〻璧　拲兩手　巩缺　𢪛抱持　𢬵抱　栱懔　鞏　五

〻鮏〻子　鮏鯤魚　悚息拱反怖九　竦敬國語竦善柳悪　慫〻驚　聳〻高　縙絆前足　㩳執亦推　愯〻懼　㧐從〻走皃　駷馬搖銜走又思口二反　洶　六

許拱反洶溶水勢又許恭反一　湩都隴反濁多是此冬字之上聲陸云冬無上聲何失甚一　覂方奉反覆巢或泛一　䳯莫湩反鳩鳥二　𩃅大　𨣥豐　渠隴反穠渠恭反二　䨴亢隴反鳥飛一　𢥞且勇　七

反褌或作㧐總　襱子冢反褌衣一　講古項反教四　港水流　耩〻地　傋〻佬　玤步項反打或作棒四　玤周邑地名　棓大杖　蚌蛤或作蜯亦作硥　㺸烏項反很　八一

一戾　項胡講反頸後二　䀍受錢器　佬武項反佬傋不媚皃二　䳯〻䳯又莫奉反　紙諸氏反所造十五　蔡綸　只詞又諸移反　坻隴坻又當礼反　軹縣名在河南　二一

枳軹〼ㄑ 疻又ㄑ 抵ㄑ掌 汦水名出拘扶山 恀〼 积曲果 泜著 芷正陽縣 坻著 駅鳥如鳥鳥也 抧開 是承紙反無非八 氏是 媞 二

江淮間呼母 𨁈積 踶ㄑ眾 諟ㄑ畜 徥行兒 褆衣服端正下 狏ㄑ狼 靡無非文彼反四 䕷東與全耳又美為反 𥨍孰麻又莫礼反 䊳ㄑ猶邐ㄑ亦作𤢐 彼補靡反此二 三

髀相分解 被皮彼反衾又皮義反二 罷遣有罪又疲薄解二反 毀許委反壞七 燬火亦作娓烜 毇悪口 擊傷 檓木者 毇春撇 䉍春 𪃿鳥吐毛如丸 委 四

於詭反依四 𩨛骨 鵖鷲鳥食 䖴鼠婦 跪去委反拜二 𧿶刖一足 詭居委反詐十 垝ㄑ垣亦作陒 峞又於為反 鮠庋鮕 䤥齒 䫥歐角不齊兒亦作𩑶 䟚又扺 五

九 傿 恑變 蛫蟹 𧍙毀齒之祖 捶短矛 庪上懸 髓息委反骨內行亦作䯝四 嶲越嶲郡 䨪ㄑ靡草弱兒 饝多三 絫力委反 累 六

似小盤中有隔 䇽法者以網人心 枝渠綺反藝作伎五 妓女樂 倚立ㄑ 錡釜又魚倚反 蛾ㄑ蟬 倚侍三 椅ㄑ枳 旖旗又河我反 掎居綺反牽一腳 七

六 剞曲刀亦作剢 庋食閣 觭九奇二反 踦一足亦作踦 攲去 綺綾ㄑ七 婍好亦作㚦 碕ㄑ磯 趌行兒 猗減又去奇反 蟻蛭又於蟹反 八

魚倚反蛾蟻亦作螘七 錡三足鼎一曰兵藏 䕎為蘭錡或作錡 礒碕ㄑ石巖兒 齮齧 檥整舟向岸 亦作艤 羛ㄑ陽鄉在魏郡 鼭作鼓 鼭釜亦作 鄬為委反姓又地名 九

䳜花ㄑ 㾨口咼 闖門亦作闖 蘳人姓又ㄑ復 𠌱不安 寪屋兒 隝鄭地又紅為反 𣘤即委反鳥喙或作嘴通俗作𡺨一 䔺花心 雌一 此正作此 十

斯 佌舞兒亦作𡚺 跐蹈 玼色鮮 泚水清 佽小兒 越淺度 𡕒直大 豸池尔反蟲豸ㄑ十 褫奪衣 禔黏 陊山崩 傂ㄑ又直知反 杝又連 枲子 十一

可 阤落 觽角端不正 鷈解ㄑ又子見反亦作觽 徙斯氏反移正作辿二 璽印別名 酏移尔反酒八 迆迤ㄑ連接兒 匜ㄑ柏杯 袘ㄑ中衣袖 陁引騰曰長 洪 十二

崺丘狀 崺ㄑ沙 杝弋支反 架又離又 㒞不憂事又餘支反 邐力氏反迤連山二 崺ㄑ𡿨 躧所綺反躧步亦作𩌦 𩌦又所解反五 灑ㄑ埽 纚ㄑ韜髮 屣亦作𩌦 䕷ㄑ不斷根 十三

䈂蘺 裨彼九 睤卑婢反 䔊竹器 䋈泰蜀又平斷反 髀ㄑ股 崥山足 俾使 䴽鼠莞 䠋客 爾兒氏反亦作尒 邇近亦作迩二 十四

濔弥婢反ㄑ水七 瀰水流兒亦作洋 芊羊鳴一曰楚姓亦作芈 侎安亦作侎 闢力擿反乃弟反 䔊春草 弭ㄑ弓 婢便俾反女奴二 庳下又音被 或作埤 侈尺尔反奢十一 十五

姼姑ㄑ輕薄兒 鉹甑 垑特土地 哆張口 誃移反 多又直離反 㴓不和又昌為反 𢘅廣 恀ㄑ𢗀 多衣 姼張亦作𧝎 衭衣 豙豕 箷式是反靡亦作𥰝 弛二 豕 十六

賭 紫兹尔反色七 訿ㄑ毀或作訾 呰弱 謹書曰𢡠 謆 濨水名在長沙 茈生薑 呰口毀 批梓又子束 揌側氏反擊五 筆箕又時藥反 𣏕 十七

二水又 嵩小危又資遺反 危之兖反 騹子垂反馬小又 揣初委反度亦作敲又丁果反又尺歠二反 犄隨婢反特滕一 舐食紙反舌取物或作𦧇亦作䑛二 𧊒獸名似狐見則有兵 輢於綺反車騎陸於倚 十八

韻作於綺反之於此韻又於綺反之 音既同反不合兩處出韻失何傷甚一 破匹靡反枝析三 披開 紴水波錦文有紵柯反 諀匹婢反訾 詛訾四 庀具又匹几反 疕甲瘡上 訿具 彼羊捶反雜頭五 十九

五

蓨草木花初出 芛草木初生又惟畢反 豷小豬亦作隊 𤺉創裂 惢心疑一 跬去弭反舉一足亦作趌頍半步二 頍弁皃 狔女氏反犄狔從風皃 柅犄柅 旎旖旎

柔弱 硊魚毀反峗硊石皃四 頠閑習又五罪反 姽好皃又半累反 䳄布穀 趡求累反跟趡一 褫勑豸反衣縈又有尔反一 擨陟侈反揹二 䙊裄 𧝊興倚反去滓一 掜側氏反搴加人也一

㫖職雉反正作旨美四 指手指 恉意 砥礪 視承旨反望見一 美無鄙反從羊從大精好三 羋獸似牛 媄善 鄙方美反邑二 啚

兕徐姊反正作兕似牛青色四 羠羠羊又餘几反 薙燒草又直履反又他計反 芺葛 几居履反曲木 机机杖八 麂獸似麞 屼女山 邔地名

犰獸如兕 鳲赤鳥 [illegible]石墮聲 姊將几反女兄二 秭万億 匕卑履反匕匙八 妣母又甫至反 秕糠糠或作粃 比方又婢四方至二反 𥘵以豚祀司命 沘水名

出廬江灊縣入芍陂今謂之渒水芍音張略反 疕頭瘡 髀傍礼反股外之 軌居洧反法從古作朹音𠤷省非從几八 簋簠簋祭器 晷日晷 厬泉或作氿 頯小頭又巨追反 宄

內 匭匣 氿水涯枯土 洧榮美反水名在鄭 鮪魚名 痏瘡痏 蒴黃皃又下悔反 矢式視反陳三 笶箭 屎糞亦作菌屎 死息姊反止歸一 雉

直几反野雞三 滍水名在魯陽 薙芟又徐姊反一 牝扶履反又毗忍反雌一 履力几反從彳舟又一 水式軌反流津一 壘力軌反墼十 礧礧 猚抗猚 鸓飛生鳥名飛且乳也 藟葛藟

櫐藤 誄行述 耒田器又盧猥反 讄禱亦作讄 灅水名出鴈門 揆度五 楑葵癸反木名 悸悸又視隹反 覣細又聚惟反 湀泉出通川又水名

趡千水反走二 踓趡踓 柅女履反絡絲樹易金柅一 否符鄙反塞方久反七 痞腹內結病 圮岸毀亦作酵 仳離又方ヒ反 殍草木枯落 [illegible]悸裂 [illegible]醉又作罷 [illegible]

伹嚭反蕞一 嚭匹鄙反大三 吡 秠一稃二米又鄉悲反 惢如蘂反草木實節生一 唯以水反諾八 蓶以馬蓷而黃可食 鰖蟹子 遺魚盛皃 壝埒又逵位反

六

嶲愚贛多態又尤卦反 [illegible]弃 踓走皃 歖於几反欬驢鳴一 濢遵誄反汁漬三 噿翠鳥 嶉山狀又醉綏反 黹豬几反鍼縷所紩三 [illegible]剌 夂從後至

[illegible]觿覆反蠶就寬一 跽暨几反長跪亦作𨁚又暨軌反一 䁯許癸反一恚視及許類反一 跽暨軌反上跪亦作𨁚二 郿山名 止諸市反巳九 時祭地又時止反 洔小渚

沚或作 茝香草又昌待反 趾足 址基 阯郡阯郡名 [illegible]計 庤柱 市時止反屋二 恃依 徵陟里反配大一 喜虛里反忻一 以羊止反古作㠯用五 巳止

苢薏苢苡 佁癡 攺大堅 似詳里反類七 祀年一曰祭 姒夏禹姓一曰娣姒 巳辰 耜耒耜 汜音似者在成皐東是曹咎所度水音凡者在襄城縣南汜城是周王出居城曰南汜音𢇛

劒反者在中牟縣汜澤是晉伐鄭師于汜曰東汜三所各別陸訓不當亦作汜字 鈶鋌 紀居以反經四 己身 改女字 己說文 史踈士反記言三 使役又踈事反 [illegible]奔之美者 耳而止反聽五

洱水名出罷谷山又而志反 駬騄駬周穆王馬 [illegible]盛 [illegible]鼠 里良士反五鄰九 裏內 鯉魚名 李似梅又姓 [illegible]病 理直 娌妯娌 俚南蠻屬 [illegible]亭名

在西鄂一曰邑名 始詩止反初一 枲胥里反麻六 [illegible]竹篋曰葸 葈胡葈亦作菓 葸質慤皃 諰言且思之 [illegible]石利 峙直里反從六 痔病 跱躇跱行難進皃 庤

二十 廿一 一 二 三 四 五 六 七 八 九 十 十一 二 三 四 五 六

七

儲置 偫 且亦作時田ㄑ 偫 儲 起 墟里反興六 杞 木苟杞 屺 山無草木亦作岐 玘 珮玉 芑 白梁粟 郘 縣在南郡又渠記反 士 鉏里反一令七 仕 宦 柹 木名 俟 待 七

史反待亦作竢 涘 水涯 卪 戶外 霤 縲 偃 子 即里反生七 虸 ㄑ蚄虫 秄 擁苗亦作耔 梓 木名 仔 克 𣎴 草木盛 杍 材 矣 于紀反詞二 苢 ㄑ 八

擬 魚紀反度五 儗 僭 薿 草盛皃又牛力反 孴 盛 檥 黍稷盛 齒 昌里反齒牙一 恥 勅里反惡俗作耻二 祉 福 剚 初紀反剚聲二 㞒 ㄑ 滓 側李反 九

亦作 笫 牀板又側几反 胏 脯易曰食乾胏亦作𦙶 譩 於擬反恨又於其反二 醷 梅漿 尾 無匪反毛俗作尾四 亹 美皃又音門又亹 覼反俗作亹 浘 十

水流皃 餼 豈 氣狶反無有二 豈 菜 扆 依豈反戶牖閒五 偯 痛哭餘聲 扆 藏 僾 ㄑ狶見不了皃 蟣 居狶反虱四 幾 ㄑ何又既希反俗作幾 十一

磯 木 ㄑ 鬼俗 斐 妃尾反文十二 朏 月未出 蛃 菲 芳尾又芳非反三 悲 鳥如梟又平利反 悱 口悱說 匪 非尾反不 棐 輔 篚 竹器 餥 饋一曰相請食 榧 木名子可食 二

蜚 虫或作蜚又扶沸反 棐 拜 韙 韋鬼反是亦作愇九 煒 光煒ㄑ 暐 暐ㄑ 偉 大 瑋 玉 葦 蘆 椲 木名可屈爲盂 韡 盛皃 鬼 居偉反歸黠無 三

正作 虺 許偉反蛇一 六 娓 齊人 媺 美又忘秘反 靁 雷 䨓 震雷 虫 鮮不想名又除中反 顗 魚豈反靖一 狶 希豈反楚人呼豬三 俙 ㄑ僾 豨 ㄑ鼻又虛几反 磈 於鬼反山 四

石皃 嵬 ㄑ崔山高下曲 膹 浮鬼反臛多汁二 穳 稻紫莖不黏又扶畏反 五

二 語 魚舉反對言十 籞 苑 圉 養馬人 敔 樂器 圄 囹ㄑ 衙 遵飛皃 六

八

衙之 齬 齟ㄑ又魚家反 禦 禁 鋤 鉏ㄑ 篽 盟亦 吕 力舉反陰管十二 旅 師 祣 祭名 膂 脊 穭 筥 箱器亦作篆 稆 自生 梠 櫖 木 二

心不勤 侶 伴ㄑ 启 晉大夫名 秼 苛 絽 絣ㄑ 佇 除吕反待亦作竚十 貯 張目皃 苧 草 紵 布 杼 機ㄑ 羜 五月生羔 宁 器亦作盨 坾 塵 竚 縑 三

宁 門塾閒又直居反 與 余莒反付五 歟 歎 与 與 予 我 藇 ㄑ蕃蕪又除與反或作擧 煮 諸与反湯熟三 陼 丘ㄑ 渚 沚 汝 如与反尔五 胠 魚不鮮 茹 四

熟菜又而恕反 寢 楚人呼寐又仁諸乙庶二反 絮 女黏 暑 舒莒反熱五 鼠 穴虫 黍 黏禾 蠡 蟅 ㄑ蠩虫 癙 病 杵 ㄑ臼 處 昌与反又昌處反 貯 在所又亦作 五

幯 褚 裝衣 忬 知ㄑ 詝 智 䍓 亦作 幝 杼 楜又時渚反 衿 衣 諝 私呂反智亦作偦ㄑ四 稰 穰熟 醑 露皃 糈 祭神米又音所 女 尼與反子 六

ㄑ 粔 ㄑ敉 楮 丑吕反木名二 褚 姓 許 虛呂反然一 巨 其呂反十六 拒 抗 秬 黑黍 距 鳥距亦 炬 火ㄑ 虡 栒ㄑ懸鍾磬木 鉅 名 苣 ㄑ藤胡麻藤字 七

書證反 駏 ㄑ驢畜 蒙 苦菜 莒 莒 齟 斷腫 歫 違 簴 貫 虡 神獸亦作虡 所 踈舉反俗作所五 糈 祭神米又先呂反 醑 盨 戴器 八

足 記又山於反 楚 初舉反國名 礎 柱下石 齼 ㄑ 濋 水名 鱸 鮮 阻 側呂反礙二 俎 豆 齟 鋤呂反ㄑ齬一 咀 慈呂反嚼五 沮 止又七余反 跙 行不 九

進亦趄越 趄 前邪出 租 ㄑ子邪反 於 於許反擧二 膂 肩骨 舉 居許反薦九 莒 草名一曰國名 櫸 木名 筥 ㄑ匡 趄 行皃 篆 ㄑ養 柜 ㄑ柳 邸 十

九

亭在長沙 晃 共舉通俗作昇 敘 徐呂反緒十一 序 叙 漵 水浦 緒 業 杼 泄水 嶼 海中洲 漵 浦名在洞庭 醑 美酒 鱮 魚名亦作鱮 膂 膂屬又餘去反 十一

藇 美皃又以舉反 去 羌舉反又丘據反却正去去三 麩 麦粥汁 紓 緩又所除反又除反又丘據 墅 署与反田又与者反二 紓 莊子云狙公賦杼 皺 七且与反皺皮裂一 苴 子与反履中草又子餘反一 十二

栩 栩栩縣名在馮翊栩栩字都會反況羽反三 麌 虞矩反牝鹿 俁 大 羽 于矩反鳥羽十二 禹 夏 雨 雲雨 宇 四垂亦作寓 瑀 玉 栩 栩陽地名 鄅 國名在瑯琊 頨 孔子 一

頭如反 橋 根木 萬 萬餘粮藥名 郱 亭名在南陽 䨓 雨 聚 慈雨反斂又似喻反鄹二 郱 新豊亭 甫 方主反近十三 脯 乾 斧 斧越 俯 俛 府 公府 簠 二

蜅 小蜅蟹 莆 莆莧時瑞草 郙 亭名又芳沫反 硧 碣 鯆 大 頫 低頭又靡卷反又他叫反 武 無主反止戈為武俗作武十六 舞 萬樂亦作儛 嫵 媚 侮 慢 䍿 三

窻中網 憮 失意皃字或作憮又荒烏反 憮 憐 廡 堂下 珷 珷玞 甒 罌 潕 水名在南陽 鵡 鸚鵡 瞴 微視又妄尤反 母 雄 繁 蕃滋 膴 周原膴膴 父 扶雨反又天 四

乾矩十二 輔 毗 𪖐 頰輔亦作輔 腐 朽 釜 鬴屬 鴋 鳺鴋鳥 鬴 九河名 補 櫝 㕮 咀嚼兒 蚥 蜉蝣 膐 病 滏 滏陽縣 撫 安 孚武反 弣 弓把中 五

殕 食上生毛 拊 拍 絡 絡綿 俌 輔 趙 健或作韵 改 撫 髫 髮兒 柱 直主反楹一 詡 況羽反和九 冔 殷冠 姁 漢高后字娥姁又求俱香句二反 珝 吳有薛珝 六

栩 木名 欨 吹又況于反 呴 呴呴尔 陶 鄉名在安邑 昫 溫又香句反 豎 殊主反立正作豎二 裋 弊布襦亦作褞 庾 以主反倉逾十一 瘐 囚以飢寒死漢書囚囚瘐死獄中 窳 七

器病亦作窳 瘉 病 愈 差 貐 猰貐食人迅走貐如貙音如嬰兒啼見天下大水 楰 鼠梓似山楸而黑 㼌 本不勝末 惥 懼 斞 量 萸 草 主 之庾反執四 麈 鹿屬 八

十

枓 斟水器或作斗 宔 宗廟宔亦作祏 傴 於武反不申二 迂 曲 齲 齒病亦齲一 黈 智主反黈纊二 拄 從傍指合從手 乳 而主反沖二 醹 厚酒 寠 其矩反貧無礼下二 九

貗 貗貐 數 所矩反又所角二反速一 矩 俱羽反或作榘側八 踽 獨行 椇 枳椇 枸 木名出蜀 蒟 蒟醬出蜀又求于俱付二反 聥 張耳有所聞 𣖷 曲枝果 槁 氏 翎 曲羽反又 十

求俱反一 取 七庾反得一 縷 力主反正作縷縷絲十 膢 膢臚縣名在交止臚字洛千反 僂 傴 褸 襤 簍 小筐 嶁 岣嶁衡山別名 漊 雨漊又汝南謂飲酒習之下醉為漊 蔞 草可烹魚又力俱反 十一

遈 小蔞 慺 古姓 縷 思主反紲前兩腳又先酒反一 姥 老母莫補反五 莽 宿草 鏻 鈷又莫朗反 媽 母 慔 愛 土 他古反地四 吐 歐 稌 稻 芏 似莞 十二一

生海邊 杜 徒古反杜棠樹五 𣪊 塞 肚 腹又當古反 埧 堤 䩣 鞸 魯 郎古反國名十三 櫓 城上守禦 滷 鹹 樐 搖動 虜 北虜又辛名 櫓 樵 䲐 二

魚名 艣 所以進船 鑪 釜屬 䓐 草名 杍 木名 廣 庵 鹵 鹵簿 覩 當古反見亦作睹九 睹 詰旦欲明 肚 腹又徒古反 賭 戲 堵 垣 楮 木名亦作柠 三

𢽳 柰皮 帾 帾帾 居 美石又胡古反 古 姑戶反昔十六 鼓 動 鼓 鍾 瞽 無目 股 髀亦作骰 罟 網又胡古反 蠱 蟲毒 估 市稅 盬 河東鹽 鈷 鈷鏻 四

羖 羊 詁 訓詁 盬 器 夃 多買利 沽 屠 妬 敎人左右皃從此 苦 采古反草死一 五 五古反數五 午 日正南 旿 明 伍 人又姓亦作 迕 相干又吾故反 五

薄□□□文〻二 部〻五 粗徂古反不精四 麆大 徂淺亦作粗 觕長角又助角反亦作𪊨 祖則古反宗三 珇圭上起 組〻綬 虎呼古反四 琥發兵符為虎文〻珀 六

戽汲水器又呼故反 滸水岸亦作汻 塢烏古反村〻七 鄔水名縣名在太原 瑦石似玉 誣相毀 䞶走輕 鶘頭中 苦康杜反不甘二 𦬘竹 怒奴古反嗔四 弩 七

砮石可作矢又乃故反 弓牙 努力 戶胡古反十 楛〻矢 扈跋〻 怙恃〻 鄠縣名在扶風 帍巾 祜福 昈文采狀 岵山多草木亦作岵 鳸鳥 芐黃 八

酤一宿酒又古胡古慕二反 婟〻貪 杼 滬書水 䨼𪓰負 居美石 鳸竊脂鳥亦作鶚 普滂古反徧五 溥大 浦水口 誧大又徒布反 𤏸兒 補 九

十一

博古反蔽破三 譜載職亦作 圃園又博故反 薺菜三祖礼反 鮆刀魚 𩢸弱又子西反又茲此反 禮盧啓反體亦作礼十二 䈰竹名 蠡〻吾縣名在涿郡 十一

蠡小船 澧水名在武陵 醴〻酒 鱧魚名 豊行禮之器 [illegible]希 欐小船又力計反 蠡海中大船 蠡算又力西反 體他礼反肩或作軆六 醍〻酒 涕 二

淚〻 涕去淚 緹纁色又音提 䟚橫首杖 頩匹米反傾頭一 濟子礼反水名或作泲又子計反四 罤〻手 癠生而不長 夘事之制 邸都礼反店或作邸十一 三

底下〻曰止 詆〻訶或作詆呾 𦗾耳膿 坻隴坂又支氐反亦作氐垣 抵擲或作拞 牴角觸亦作觝牴 弤弓 䟡隱 軧大車後 堤帶又度嵇反 禰乃礼反祖亦作祢十 四

嬭楚人呼母或作妳姊 闢智尖或作闢又莫氐反 芘草 泥濃〻露 坭地名 髍髲兒 薾茂 檷絡絲〻 鞞 弟徒礼反悌五 娣〻姒 悌 五

愷〻 遞更代俗作遆又亭細反 匙小貌作踶 洗先礼反又蘇典反一 泚千礼反水清淺三 緀帛文 玼色鮮或作玭 啓康礼反開俗作啔九 棨〻戟兵闌 綮戟衣 䭤 六

首至地 卟卜問 晵雨晝晴又苦見反 依開衣領亦作 啟肥腹又公悌反 䠆至 傒胡礼反有所望五 謑恥辱亦作䜁 蒵所以安重舩 僁侍亦作溪 匕 七

亦作稽 有所扶藏 米莫礼反穀實 眯物入目 粎繡文如聚米 洣水名在蔡陵 寐寐不覺又明几反 䉾草〻 陛傍礼反陛階四 梐梐桯行兒 髀〻股又卑婢反 蜌蚌吟 八

十二

一弟反可二 誇磨〻 堄吾體反女牆六 棿不從 晲明亦作唲 睨〻毀又五鷄反 鯢角曲 䘽梳又牛姪反 𢰗補米反毀穀又補計反 蟹水虫五 解曉又佳買反 九

二 澥渤〻 嶰山澗 獬〻豸 妳奴解反乳一 扠側解反擊一 買莫解反市人五 嘪羊聲 𧶠吳人呼苦苣 澅水名在豫章 鷶鶨子 二

反口 庆三 𩫓意難 䐴廢又古諧反 罷薄解反休四 矲〻矮短兒 猈犬短項一曰棄下狗 䥯大鐵杖 擺北買反撥亦作捭一 矮烏解反短兒二 㕞座又於倚反 覎牛買反視一 三

十三

解加買反說議 𧄼莫陵又古隘反 檞松檞 嶰谷名又胡賣反 駭 駭諧楷反驚二 駴擊鼓 楷苦駭反楷模三 𥎊䶒〻 鍇鐵 騃五駭反癡二 娃 四

十四

喜樂兒 挨於駭反打二 唉飽聲 鍇古駭反堅又古諧反一 柺孤買 賄呼猥反財亦作賄四 脂腲〻大腫兒腲字都罪反 爛爛兒又亡罪反 煨大 猥烏賄反 腲〻腇 二

肥弱病鍡〻鑸不平媉〻媙好皃㱬〻㱬不知人偎〻偎病㾯𥓨〻鑸亦作碨碨落猥反或作磊眾石十二㿰㾯〻皮外小起嵔〻嵬山狀磈〻啓大石皃又勒潰反郲儡

〻陽縣在桂陽鑸〻灃水名在古北平郲碨〻郲不平皃碨字胡罪反儽垂皃又力追反頪頭不正纍〻崋鍛徒猥反矛戟下三陮高亦作崔鐨車轄又徒果反

浼武罪反流皃四每頪俗作每浘爛皃又呼猥反罪但賄反組秦始皇改辠二崋〻腇吐猥反腲七瘣重聉〻頪頪字五罪反腲〻皃僓長好

倭倭〻山長𡼦〻山皃瘣胡罪反木病無枝六浘〻浽濁猥〻㾯蒐竹枝節蒐懷羊又蜾螺又胡頪口猥反大頭又大首又口瓦

傀偏〻傀〻腇二餧奴罪反婑〻䫌鳥迴反鮾魚敗或作腇浽〻浘傷頠爪習又五毀反五頠五罪反頭一曰閑聉

隗姓〻𡶒〻𡼵顝頭不正皠七罪反霜雪狀五漼水深亦作淬璀玉色粿粗物皠新琲〻錯罪反珠五百枚亦作蜚二痱〻瘤俻素罪反痛叫一䍴

十五

子罪反崇積二[illegible]面醜又之春反○海呼改反二醢肉醬愷苦亥反樂六颽南風塏地高[illegible]〻美輆〻䡑不平凱〻樂宰作亥反官二[illegible]耳聾載年又

作代反出方言駘徒亥反疲駑九殆危待住迨及怠懈紿言不實嚷〻嚔言不正[illegible]筍軩〻輆乃奴亥反古作迺詞三疓〻病䡇〻挽改古亥

反換亦作改二頦頰〻又胡改反亥胡改反方名四頦頷又胡來反賅奇非常又古來反亦作侅忋恃啡足愷反出唾聲一採倉宰反取古本作采六采文綵〻綾彩〻彫寀

寮〻悇恨茝昌殆反香草一等多改反齊又多肯反二䆀莫亥反禾傷雨又莫代反二梅貪在昨宰反存一佁普乃反不肯一欸於改反相然辭四毐嫪毐秦皇父嫪字浪報反挨

十六

擎〻扆藏倍薄亥反〻多二䓀黃〻草軫之忍反俗作軫十五縝結胗〻皮外小起又之忍反畛田間道賑〻隱〻又之刃反亦作貯鬒髮稹

木密稹緻又之仁反紾衣單㐱黑髮亦作鬒袗之刃反袗絺綌又砛刃石慎事皃顏色酸〻胗目有所恨聄礼記〻於鬼神診〻作脉〻蠢蟲動九尺尹反䐌肥

𪎊〻擾動偆富〻蹖〻雜僢差蠢推蠢出亦作蝽敾〻亂准之尹反古作準平三埻的純緣〻尹余準反官又人姓七允信狁〻玁駿

馬毛逆玧蠻夷充耳預面斜䔲進笋思尹反弱竹亦作箰又作笋竹四隼鳩鳥簨〻簴㨚懸鍾愍悲十閔眉殞反憫作憪閔傷敏〻聰

笢竹中空亦作慜啓不畏死㪱獸如牛黽細〻䡅同下伏兔草潣水流浼〻牝牝牡忍反臏膝骨髕斷足刑猵獺屬又布玄反殞于閔

反沒隕墜亦作殞筠霣星落窘渠殞反急迫七珚玉名菌地〻蕈也箘竹名䐃欲吐䐃脂腹中蜠貝大而險紖直引反亦作𦀌紲二胗腫處

又餘刃反䡅敕忍反又敕私反大笑一引余軫反延八蚓蚯〻亦作螾嚝大笑㧣布行戭長戈亦作戭縯齊武王名演引一曰水門忍而軫反耐事三荵草名

㴎水名在上黨弞式忍反況亦作矧訠〻三哂笑亦作𠯑頤舉目視人緊居忍反亦作緊二脤唇瘡又之忍反盡詞引反斷亦作尽一泯武盡反水皃五敃細理或作暋僶〻俛

通俗作偪竹笢竹膚黽黽池縣在弘農又亡善反通俗作黽暋時忍反水府四蜃〻蛤脤祭餘肉㰰指〻齗宜引反齒三𪘏齒正齴大脣盾

十七

食尹反 楯欄檻 笋千忍反笅一 僯力軫反恥四 䫶少髮皃 犪牛車絕又力進反 嶙山形 樼子忍反盡一 輪力尹反輪一 蹖而尹反毛聚又而勇反一 麡　十

丘隕反東縛 螼丘引反蚯螼蚓虫二 趣行皃又渠人去刃三反 賰式尹反賰富一 輑牛隕反輑軸一 吻武粉反口吻亦作脗五 抆武抆拭 刎刎頸 伆離又武弗反 勿ヽ 粉　十一

方吻反化木如麵二 黺ヽ綵文 憤房吻反怒亦作憤九 濆病 悶 鼢鼠 坋糸又扶悶蒲頓三反 扮握 膹切熟肉 積士精又扶云反 憤滿 獖　二

忿敷粉反怒ヽ 魵蝦別名 惲於粉反厚重七 縕ヽ藏 轒兵車又 醞於云反釀又於問反 榅柱 賱富 鼲魚吻反無富亦作鼲三 趣 走意　三

十八

大 扥于粉反有所失三 蘊ヽ急 癀ヽ面病又尤 隱於謹反正作𢡂十 礟雷聲 癮ヽ外小起 輼ヽ車聲 縕縫衣 濦水名出 急　四

病 乚匿 㥯謹 肙於幾反歸依又 謹居隱反慎十 𧑔 黏 檃 牛 菫菜 槿木似李朝生花夕隕 巹敬 巹酒器婚禮用酌酒 𦕈　一

清 堇黃土 慬慇又渠殷反 赾丘謹反跛皃一 听牛謹反笑一 齓初謹反毀齒男八歲女七歲換齒 近其謹反 近二 晵興近反 腫起 炘熱　二

十九

阮虞遠反 秦 阮三 邧小邑 遠雲晚反 遙二 䪻面不正 偃於幰反 仰十三 旂 旌旗 䳂 鼴鼠 郾縣名 鰋魚名 褗衣領　三

蝘蝘蜓 蝘南郡 湕水名在 揵難 㩦吃 鍵 蹇其偃反 女字二 楗關ヽ亦作鍵 言語偃反 言四 屵 巘山形 甗 大下小　一

齴五板反 齴干露齒又 㦥虛偃反 亦作忓三 攇手約物 蠉ヽ寒 晚無遠反 晏六 娩ヽ婉ヽ 態 挽引 晚色肌 澤 輓無怨反 輓 曼 無願反 鞔 莫安反　二

府遠反 返還亦 覆五 坂大坡 阪 播木名 䡊車耳 卷求晚反 黃豆二 圈 獸欄又其卷反 婉於阮反美 亦作婉十二 菀紫ヽ 藥名 苑園 踠體屈 蜿ヽ蟺亦作　三

蜿田畝 晼田卅 琬圭 倇歡 詋慰又於萬反 宛ヽ然 裷 襁遠反 韏 去阮反 相 綣ヽ 繾ヽ 近皃 彩 䍐作灌 䋖 𡓛 粉 晅 又古 𢅤 綄五 作粗 况晚反 日氣　四

暖大目 晅皃 啼 不正 愃寬閑 心 烜火 韗車ヽ 丘遠反 飯 進 餅 混胡本反 陰陽 未分十三 渾戶昆反 渾ヽ 元又 鯶魚名亦作鯇 緷大束 緯 長也 焜　五

廿

火光 倱ヽ 伅 四凶 掍同 睴視 皃 睔大目又 古遜反 滾流 皃 梱未析亦作 䐊 𡒇 鰥 大 䤃 醹酒 相 泯 忖度二 刌切 細 本布忖反正作本根 畚　一

草器亦作畚 笨ヽ 尊 笨竹裏又 盆本反 損蘇本反四 痒ヽ 瘀寒瘀 字所 革反 膞 屬 顛 腝 切熟肉 更 煑 剸 減五 噂ヽ 沓 萦 草叢 生 僔 聚　二

撙 從 穩 鳥本反一 囷 徒損反 小廩七 盾 視又食 准反 沌 混沌亦 作飩 伅 𠈓 僤 悙 ヽ 笔 𦬆 庉 屋下 藏 鱒 魚名 组本反 魴二 𠌖 軍 大 口 鯀 古本　三

反禹 父八 橐大 東 衮ヽ 衣 緄ヽ 帶織 成章也 惃 亂 錕 車 釭 輥 轂 齊 等皃 硍 高 聲 碅 他本反 ヽ 忙 行 黑 黖 吡 黑 怨 盧本反 怨 淪 又 力均　四

反力 尹反 閫 苦本反 門限八 壼 宮中 道 稇 成 就 悃 至 誠 頵 禿頭 又口沒反 梱 織 踂ヽ 碅 又口沐反 猔 盆本反 守犬六 笨 竹 裏 体 麁 大 麡 靴 車 楯 引　五

十　十一　二　三　四　一　二　三　一　二　三　四　五　一　二　三　四　五

六　五　四　三　二　六一　五　四　三　二　一　三　二　四一　三　二　十一　十

廿一 積ミ穩 濍 草夲反愁悶又ミ頓ミ但二反 佷 痕墾反佷戾一 墾 康佷反耕ミ三 懇 ミ惻誠至 齦 齧 頣 古佷反頰後一 七一

廿二 旱 何滿反亢陽 𡸔 山名在南郡 [illegible] 大目 皔 白 緩 胡管反七 澣 濯亦作浣 覵 大視 篹 ミ篤 [illegible] 綄 人兒胡官反 腨 ミ脆小有 短 都管 一

反不長三 斷 ミ當 [illegible] ミ鱄 篹 算 穌管反數ミ二 篡 羅 款 苦管反歀亦作歀俗數四 窾 空 棵 斷木亦作梡又胡管反 [illegible] ミ襯 餪 乃管反女嫁食三 暖 ミ暄 二

湲 湯又奴館反 纂 作管反集 纘 聚 鄼 百家又子旦在何二反縣名 穳 鋋 椀 烏管反亦作盌二 晼 ミ晼 粄 博管反屑米餅三 瓪 牝瓦又布綰反 [illegible] 三

熱氣又呼半反 管 籥 [illegible] 古纂反 脘 胃府 輨 車轂鐵 盥 洗又古段反 琯 玉 痯 病 輨 車具 斷 徒管反截俗作斷二 毈 履後帖 疃 他管反鹿田迹亦作墥二 四

躐 行速 伴 薄旱反侶三 扶ミ 耦 拌 弃又普般反 卵 落管反鳥胎一 滿 莫旱反平三 懣 憤又亡本二反 [illegible] 竹器 但 徒旱反語第八 蜑 南方夷 袒 ミ裼又大莧反 五

誕 大 潬 水中沙出 䡘 馬帶 襢 免衣 僤 掉又大旦反 坦 他但反平二 闡 ミ闡 亶 多旱反信六 担 ミ笞 笪 蘧蒢又都達反 癉 病 觛 小觶又都爛反 六

狚 ミ獦 嬾 落旱反或作懶二 糷 飦相著亦作糷 笴 各旱反箭笴五 皯 面黑 稈 禾莖亦秆 衦 摩展衣亦作[illegible] [illegible] 草 散 蘇旱反冗眾正散亦作㪔又桑旦反六 七

饊 ミ飦 [illegible] 挑枝竹 繖 ミ絲綾今作繖扇 傘 蓋ミ [illegible] ミ瓚 ミ二 瓚 [illegible] 趲 散走又則幹反 罕 呼稈反希五 [illegible] ミ菜 鷭 雜 广 山崖又呼半反 八

廿三 侃 空旱空旦二反正作侃 侃 上ミ同 攤 奴但反按又他單奴旦二反一 潸 數板反悲涕一 綰 烏板反繫一 板 布綰反薄木五 版 大 昄 牝瓦又博桿反 鈑 金餅 蝂 九一

貨 酢 側板反面面皺 赧 奴板反面赤四 [illegible] ミ酢 㬎 溫濕 戁 慙又人善反 僩 胡板反武兒一曰寬大又姑限反二 僴 木大 睆 戶板反大目四 鯇 魚名 [illegible] 金黄又胡昆反 二

阪 扶板反坂又方晚反 矕 武板反視兒二 [illegible] 子可食 䦊 士板反齒不正一 [illegible] 初板反齺ミ一 [illegible] 五板反齾ミ一 莧 胡板反莞爾笑兒二 睅 大目 眅 普板反目中白一 三

廿四 産 所簡反生 嵼 ミ嵃 汕 魚浮 滻 水名在京兆 撻 以手核物 限 胡簡反礙四 硍 石聲 [illegible] ミ [illegible] 牛很不從牽 [illegible] 武限反無畏視兒一 簡 一

古限反扎六 柬 分別一曰縣名在新寧 暕 明 揀 ミ擇 澗 洗 襇 ミ [illegible] 刬 初限反削三 鏟 平木鐵 丳 炙肉鐵 棧 士限反閣又士免反士晏反六 嵼 山兒 二

輚 車名士所乗 孱 ミ陵縣在武陵郡又鋤連反 戩 ミ [illegible] 毛又士諫反 眼 五限反目亦作兒一 醆 側限反或作盞琖字三 㦃 又色產反有令德 [illegible] 栗 艮 口限反一 三

廿五 銑 蘇典反金ミ七 跣 ミ足 毨 鳥獸秋毛 姺 古國商之諸侯 洗 沽ミ律名 筅 箒箱又所交反 鮮 ミ簡 腆 他典反厚十 淟 ミ涊熱風 [illegible] ミ疃鹿迹 錪 釜 一

琠 玉 靦 見面ミ面慙 圢 坦處 蹎 行 [illegible] 慙 蚕 堅ミ丘蚓 典 多繭反亦作籅 [illegible] 葶藶 [illegible] 頰後 蝘 於殄反守宮虫四 宴 安又於見反 嬿 女字又於見反 二

暥 視又烏見反 殄 徒典反滅 蜓 ミ蝘 繭 古典反蠶ミ出絲自裹 [illegible] 起皮 [illegible] 小束亦作析 垷 塗 筧 以竹通水 [illegible] 拭面亦作挸 趼 行傷 [illegible] 罰 三

廿六

襺纊著袍 峴胡繭反峻嶺十 [月賢]肉急 哯小兒歐乳亦作吘 俔譬喻又苦見反 睍睍〻 [忄然]意難 詪語又古恨反 莧里 纈纖 現見 顯

呼典反明今上諱四 韅在背在曰〻亦作鞙又呼見反 蜆小蛤 抳引戾 撚奴典反以指按物三 涊〻淟 蹨〻蹂 㨵之典反塗二 芇相當又亡寒反 編方繭反又卑連反五 匾

〻匾字湯盤反 緶褰裳 萹〻竹草又正便反 扁署門戶又亦作偏 泫胡犬反光八 [虎貝]獸名似犬多力西國人家養之一曰對爭皃或作贙 鉉鼎耳 玹玉名 鞙〻鞙 [目縣]童子

又下窮反 隕〻阬 旬目搖 辮薄典反編髮四 艑吳船 扁蜀人呼鹽 𣯶毛領 畎古泫反田上渠四 詃〻誘 罥挂 埍女牢 犬苦泫反狗一 [穴堅]口典反四 豤齧地

䰍䅗又口見反 蜸〻蚕寒蚓 獮息淺反秋獵六 尟少 廯廩 癬〻疥 尟〻寡 燹火 演以淺反廣正作演 縯長 衍達又餘見反

踐疾演反蹈亦作俴六 諓諂 餞酒食送又疾箭反 衜踐 𤺥小蟬 俴駟馬不著甲 [耳善]市善反耳門十四 [豙刂]以槌去牛勢 樿木名 饘糜又諸延反

皽皮 襢束 [身亶]倮無蔽或作襢 嬗媥帔 [善頁]倨視 [目善]視止 [亶刂]擊亦作鑽 [木善]木楢 [羽戔]武又摯 醆〻盃 展知演反申五 搌束縛 皽皮寬 輾

〻轉 [珏丑]極巧視之又視戰反 [走尔]居展反蹇又丑㥂反五 [車反]車轢物或作碾 [尸反]柔弱 蹍蹈 跈履 淺七演反不深一 闡昌善反大六 燀燒〻 䵐黃色 [阝單]魯邑

幝緩亦作繟 [糸羨]偏綣又遣箭反 遣去演反送七 繾〻綣 [食遣]黏又進 [門鮮]〻鮮戶籥 𠳋小塊 [臤牛]牛很又胡結反 䊳乾麵餅 善常演反今亦作善正作譱六

墠壇〻 鱓魚似蛇亦作䱇 蟮蚰蚓亦作蟺 單人姓又都寒反 僐姿又布戰反 蹇居輦反跛四 謇吃亦作讓伊蹇字 搴取 縒縮 剪即踐反截九

擮滅 戩福祥正作戩 媊明星又子離反 鬋髮垂 揃切 錢銚又似連反 翦羽生今作翦割 湔洗 蹨人善反〻踐五 戁懼又奴盞反惄 熯敬 [忄然]

物又式善反 輦力演反運六 璉瑚〻 鄻地名在周 僆雙生子 槤〻 [火聯]小熱 件其輦反分次三 鑳〻嘘 鍵管籥 [糸羨]徐輦反又善昌反一 齴魚蹇反齒露二

巘山峯 辯符蹇反詞從言在辡音樹間三 辨判又薄諫反濟事 諞巧言又俾蟬反 緬無兗反遠亦作緬六 沔漢水別名 愐思 勔自強 湎湎酒亦作酾 黽〻池縣名在弘

農又亡忍反或作黽 褊方緬反衣急一 臇姊兗反臛少汁或作𦠆二 [雋鬲]食 雋徂兗反鳥肥肉俗作雋四 吮嗽又徐兗反 𦻏苗〻莢 [疒雋]大蜉 辡方免反罪人相訟三

睘蔽目 [見關]視 兗以轉反州名五 沇濟水別名 㕣山澗閒泥 䒞雀弁草 騡馬毛逆 臠力兗反大臠肉三 孌美好 嬺從 轉陟兗反迴〻一 卷居轉反又居援反二

菤〻耳 圈渠篆反圈獸又求晚反二 [艹圈]鹿藿 輭而兗反柔亦作耎輭八 蝡虫動亦作蠕 㮕紅藍一曰棗名 䓴木耳 碝石次玉 愞弱又奴亂反亦作耎[艹兗]字 媆

好皃 [尸反]弱 舛昌兗反姅剌或作踳五 喘息 荈茗草 腨腓腸 歂揣又初委二反 膞視兗反切肉六 腨〻腸 鄟地名亦作鄟 踹腳跟 歂口氣引又視專反

[卮專]小卮有蓋 篆持兗反〻書六 瑑璧上文 𣲚水名在江夏又徒混反 𡓳耕土卷 𨺩道邊埤 縳案尔雅云十羽為縳 剸旨兗反細割書作剬六 孨孤露可憐又在卷反

四 五 六 七 八一 二 三 四 五 六 七 八 九 十 十一 十二 十三 十四

腰切 危崙小危又之藥反 闗開閉門利 鱄美魚又士免反 選思兗反又思絹反或作僎一 撰士免反述亦作巽三 僎具 鱒魚名 蛸井中虫一 蠉狂兗反又香兗反蛸 十五

三趨走意又𧻓出 梗木名五 辮符善反 辮憂 褊鬢反 緶繫又兩 鯿𩶀 𥬨庄 艑舩 免亡辯反黜七 娩娩 勉勖 俛俯亦作頫 冕冠 鮸魚名 十六

娩生子免身 擅基善反振一 鍉丑善反長六 㫃旌旗柱 蕆備一曰去貨 韉丑井反 蠆騷具又 蚩行 辿安步又丑延反 㫃於蹇反旗偃二 趄走 僊式善反撝二 十七

廿七 嬈女自姿又奴見反 篠蘇鳥反細竹俗作篠四 鮡魚名 謏誘又所六正作謏 橚墨砧又思六反 皎古了反光十二 璬玉佩 憿行縢 皢白 皎月光白詩云月出皎兮 十八一

鐃鐵 皛白又匹白反 皦珠玉白皃 闄 誵紞 曒明亦作暸 袨小 鳥都了反飛禽七 杓絹帛頭 杓垂 懸皃 蔦樹上寄生亦作樢 褭短衣 二

秎禾穗垂 了盧鳥反畢十一 蓼菜亦作蓼 瞭目精朗 髎影髾長皃 撩快又力彫反 蟉小蟉衣重 礞鳥 憔拭 袑襪 鄝地名 憭心朗又力彫反 三

脁吐鳥反月見西方 窱窈窱深遠皃 曉呼鳥反又明亦作曉二 鐃鐵 杳烏皎反邃九 窅深目 窈窈窱又窈窕美皃 㜵裊身弱好皃 騕褭神馬亦作駣 䔆 四

駣長而不動 皀合 葯草長 嬝 嫋奴鳥反戲相擾六 嫋長皃又寧的反 駣騕 褭騕褭 摽擿 裊 皛白三 葯葛苗草亦作葯又胡 五

激 芍蓮中子又且略都歷二反 窕徒了反窈窕四 誂弄俗作挑 嬥獨行皃又徒聊反 掉動又徒弔反 磽苦皎反山田亦作磽一 湫子了反隘又子攸反 蓧蓧似 朴忽高 六

廿八 小私兆反幺一 肇直小反始亦作肁八 兆十億 趙國名 旐旗 狣力 鞉 狣 桃板 鮡魚名 沼之少反水止一 少書沼反不多一 夭於兆反屈三 殀殁 妖於 一

𢹍而沼反 擾動五 繞繚 遶周 嬈戲 擾擾柔 標符小反又平表反三 鰾魚膠 顠子小反 鷵又紹反 又前 醮或作𪎭 昭 梄名 縹沼 數 二

醥清酒 犥牛黃白色 皫鳥變色 䕯竹名 藨 瞟瞭又撫招反 眇亡沼反小七 淼水大 秒禾芒亦作標 杪木末 吵雉鳴 篎小管 三

莇草 紹市沼反續三 佋介 袑袴上 矯居沼反或作矯七 蟜毒虫 䁶目重瞼 敿盾 鱎角長 嬌女字又舉喬反 嬌身 表方小反又方橋反三 四

褾袖端亦作衩 覞目見皃 藨平表反草名可為席或作𦽅七 殍死餓 欲歐又於垢反 芆草又符小反亦作殳又物 獡獪 麃北麋 貓似狐善睡 鳴以沼反雉 五

聲三 漖大水 㴉浩 昭杼曰或作昭 悄七小反心憂二 釥好 勦子小反絕亦作剿六 勦勞又鋤交反亦作巢 摷截 膘脅前又扶了反 濯溢 帆地名 驕巨小反長皃一 六

廿九 繚力小反繞六 燎炙或燎 嬌好 醥面皃 憭慧又音聊 敿長兒 闋於小反隔一 表上書一 巧苦絞反工又苦教反一 槑下巧反動聲四 七一

佼庸人之敵又古巧反 盪器又公巧反亦作攪 蔽竹筍又古飽反 飽博巧反食滿一 獿奴巧反擾亂一曰事又下巧反三 撓攪又乃教反又如紹反 獿大驚 昴莫飽反星五 二

聊日出 茆鳧葵又力有反 媌好皃又莫交反 卯冒 絞古巧反縛九 狡狂 佼女字 攪手動 姣媚妖 盪濁又胡巧反亦作盪 蔽藕根又下狡反 敥 三

卅

文炊木 烄交木烪 爪側絞反ㄑ 瓲玉 貓 璪玉 抓割 叉甲手足 拗於絞反手撥二 見深目 鮑薄巧反魚敗亦魚名三 䶌骨鏃又白骰反 䶍垂地 齩五巧反齧 四

亦作䶔一 煼楚巧反熬亦作炒二 䏁乾亦作焣 梢所絞反長二 㪣攪亦穀 晧胡老反光十二 昊天 暤ㄑ 浩大水 鎬ㄑ京 顥大 鰝大蝦 壕 五一

王釜亦作鐅 鏊細 滈ㄑ渋草 鄗邑 皓白 抱薄浩反挟擁一 老盧浩反耄九 獠ㄑ西南夷亦作獠 轑車軸 橑屋橑蓋前木 潦雨水 橑 二

乾 麨黃 梅黃色 顥皇大 嘐草ㄑ 寂静 討伐三 套長兒 稻他刀反 道徒浩反路三 稻穀 駣馬四歲徒刀反 腦奴浩反髓四 惱 碼ㄑ寶石 三

嫋有所恨 䰄長皃 倒仆八 擣都浩反舂ㄑ 禱築亦作 島海中山 禂馬祭亦作騊 壔土高 禱請又都道反 燾ㄑ病 檮木斷 嫂蘇晧反老稱正 四

作嫂俗作㛮五 燥乾 埽刷 埽除又穢 草七掃反四 懆憂心 㷂ㄑ嘐無人皃 騲馬牝 早子浩反速九 澡洗 藻文 五

藻ㄑ菜 蚤狗虫 鱢魚名 璪玉飾 棗亦棯通俗作棗字 璪玉石似 皂昨早反黑色三 草ㄑ斗櫟實 造七到反修ㄑ又 暠古老反明八 杲日出 稾 六

草稾ㄑ稾又 縞古到反 夰放又胡老反 椒木名 臭白澤又昌石反 豪ㄑ榦 好呼浩反精一 務武道反毒草又地名又亡毒反二 冃重覆又亡報反ㄑ 寶博抱反古 七

作珏琢ㄑ十一 保任 堡障 褓繈ㄑ亦作緥 鴇鳥名亦作鴇 葆草盛又羽葆鼓吹飾 㑭相次 賲有ㄑ 宲藏 䨌羽 䭋馬驄 襖烏浩反短袍九 䯱鬃 趹 八

一曰懊ㄑ 早長 懊惱 媼母 芺苦菜 腴藏肉又鳥到反 轀藏 䵲骨 䴉鳥 麇麇子 考苦浩反成俗作考七 栲木名亦作栲 槁枯 祰禱 丂氣吹舒 九

卅一

殘校 殘擊 頖五老反大面䫇一 哿古我反嘉二 舸舟 火呼果反燬二 炣地名 果古火反木實加草者非七 祼ㄑ獸 輠車暗 裹 十一

芭 蜾ㄑ蠃蟲 剈刈又公臥反 惈敢 埵丁果反堆九 鬌亦鬌小兒前髮 捰稱量 綵冕前垂 朶上木垂 揣摇又初委反量 錁缺 敤試又初委 二

尺齵二反 䅎禾垂皃又丁丸反 鎖蘇果反俗作鏁九 瑣青 璅 溑水名 葰ㄑ人縣在上黨又蘇寡反 䴁ㄑ 筱竹名 損動 惢心疑又才規反 麰麥屑 䣉亭在 三

河南 墮徒果反又他果反十二 垛土 颩長沙人呼颩 種小積 笑竹名 鞍緣 鬌小兒遺髮 隓山高 鰖魚子已生又翼水反 嫷美又許貲反 四

箹竹 嶞 鬌大罪反 妥他果反安五 墮ㄑ俀ㄑ鬌又徒果反 隋祭則藏 椭器 㯐山兒 叵普可反不可二 頗ㄑ能又浦河反 跛布火反跛足亦作彼三 簸 五

ㄑ揚又布箇反 駊ㄑ騀馬行惡之兒 裸郎果反赤體亦作嬴 臝裸 瘰ㄑ癧筋結亦作瘰 蓏果ㄑ 蠃蜾ㄑ虫名 禍胡果反亦作禍二 夥楚人云多 顆枯果 六

反小頭二 騍口過反 坐徂果反俗作坐一 爹徒可反北方人呼父六 柁正舟尾木 陊下阪兒 䫂視皃又失可反 炨炧妻又田者反亦炨 袉衣帶 可枯我反中二 軻ㄑ轗 七

又苦賀反 我五可反己四 騀ㄑ駊 䳘側牙亦作俄 娥差 左則可反ㄑ右一 麼莫可反ㄑ幺細小一 哬呼我反大笑或作嗬三 呵擊亦作敤 頣傾頭視又逵可反 婐 八

烏果反又烏華反二 錗多 婐奴果反婐妠女二 扼橘 閜烏可反欲傾四 椏ゝ 褭ゝ褭木茂亦作褭 旖旗旖又猗蟻反 懷乃可反二 惨嵗 橠勒可反橠樹斜四 九

攞ゝ裂衣 斫擊 砢磊砢衆石 婀五果反好皃又五委反二 卭木節又五戈反 縒蘇可反鮮絜皃一 瑳千可反玉色鮮二 鬌髮好皃 嚲丁可反垂皃三 奲厚 十

卅二

頦醜皃 苛胡可反急一 硰倉顆反碎石三 脞細碎 硝小石 爸蒲可反父ゝ一 猓丁果反一 馬莫下反駿畜三 碼ゝ碯石 罵詈又莫霸反 者 十一

之野反 赭赤 野以者又詞絕二 墅土埜反三 也詞 冶ゝ鑪 雅五下反楚五 疋正又山居反 庌ゝ廳 痆不合 痄痄疨口 盄酒器俗作雅 檟古雅反木名亦作榎八 蝦 二

大一 假借又古詡反 賈人姓 斚以玉爲酒盞 叚ゝ 瘕大瘕病又公詐反 椵柚屬 啞烏雅反不能言一 灺徐雅反又待可反二 下胡雅反不上三 夏中夏又胡駕反 廈舍 三

曰福 寫悉野反轉本曰ゝ四 瀉ゝ水 檎宲 嘼歟 閜許下反大笑聲二 閜大裂 且七也反一 跒苦下反行皃二 䟕跁 社市也反一 捨書也反上二 餡飴 四

姐慈野反羌人呼母一曰嫚三 担取又壯加反才野二反 飷味無 把博下反手捉物二 笆有刺竹又百加反 踝胡瓦反足骨九 稞淨穀 黊鮮明黃又胡卦反 鮭楚冠 跒擊踝 甈瓦 五

大 輠轉又明口罪反 鱢鯉 䠐ゝ麴 寡古瓦反無夫俗作寡二 冎剔肉置骨 若人者反又乾草二 惹亂又奴灼反 鮓側下反米醃魚亦鮺四 痄ゝ痄又士馬反 謯 六

訴 蒫炭龍亦作羨 觰都下反牛角橫一 槎士下反士加反逆斫木四 痄ゝ庌廚舍 奓大目 奲車下反寬大五 撦裂壞 䑜ゝ醜 哆唇垂 撦ゝ擎 䌊 七

卅三

竹下反絮又 絮奴下反縕或作袈又女於反一 髁口瓦反髀骨 另口化反跨步又 硰又凡反好雌黃一 莎蘇寡反醜ゝ一 感古禫反動神靈六 贛竹名 八一

鹹魚名 贛酒味 灨水名在南康 澉豆汁 禫徒感反祭名八 醰滓 黮黕ゝ雲又他感反 霮ゝ䨴雲 窞坎旁入易曰入于坎窞 髧髮垂 萏 二

菡ゝ荷花亦作萏萏 嘾莊子云大甘而嘾 腌鳥感反晴八 黯ゝ黮 揞手覆 晻食 罯魚網亦罨 濶水大至又於甚反 䈄ゝ蹇 黤青黑又烏檻反 腩奴感 三

反黃肉亦作腤四 湳水名在西河 萳竹弱 萳長弱 襑他感反衣大四 醓ゝ醢亦作醓 肒肉汁 嗿衆聲 歜徂感反菖蒲葅三 鰺大魚又才沈反 噆ゝ 憯七感反惨戚六 四

黲頭色又倉敢反 黲ゝ 朁曾 慘好又先感反 噆銜又子臘反 頷五感反頷搖頭二 𡢃含奴 昝子感反人姓三 寁速 揝手動 糂素感反亦作粽四 糣ゝ滓 五

傪ゝ鏒 糝蜜藏木瓜 坎苦感反亦作埳四 歁食未飽 惂恨 篸舞 頷胡感反頤九 𡡆ゝ害惡性 撼動 嘾 淊水和泥 菡ゝ萏亦作 六

菡 轗亦作轗 庵草木實皃 欿欲得貪嘾 壈盧感反坎ゝ五 燣黃焦色 頷面黃膚又離甚反 轗輡 醂桃葅 黕都感反滓垢又丁甚反五 眈 七

卌四

虎視遠 刀近志 扰擊 甌凡甖瓦 祔被 顑呼感反飯不飽 感又呼紺反 敢古覽反正作敢果決三 㪨ゝ欖木名出交阯 澉ゝ饕食無味 覽盧敢反視俗作 八一

覽四 擥手取亦作攬 欖ゝ撖 檻持又力甘反 菼吐敢反荻亦作菿四 緂青黃色亦作緰 嵁又五今反 襤衣 膽都敢反肝ゝ五 紞冕垂飾 芁蕃菁又除 二

卅五 䃭 林石反 鸇 鳥 應 噉 徒敢反食 或作啖四 澹 澹淡 水皃 䈞 竹名 憺 徒濫反 安 又 黲 倉敢反 日暗皃一 㜠 謨敢反 鄉名 在河東猗氏一 饕 子敢反 激饕一 槧 才敢反 削

板又七廉 七廉二反一 埯 安敢反 坑一 㘓 工覽反 可 又工淡反 亦作嚂一 養 餘兩反 畜 亦作羧四 痒 皮痒 瀁 洸瀁 勨 勉勨 像 詳兩反 貌 五 象 似正作鳥 蟓 桑上

繭 橡 木實 亦作樣 襐 飾 襐 獎 即兩反 勸四 蔣 剖竹未去節 又秦丈反 槳 楫 蔣 蜀人姓 兩 力獎反 再 本作兩七 魎 魍魎 亦作蛃 裲 松脂 脼 膎脼 蜽 蛧蜽

緉 履兩 倆 伎倆 𤧚 其兩反 人壯四 弜 弓力 又渠良反 誩 競言 又大紺反 滰 乾漬米 鞅 於兩反 牛項羈八 柍 木名 秧 秧穰 鉠 鈴鉠 怏 纓 胦 無 蚆 色 嘗

詇 早知 氣流 兒 仰 魚兩反 偃仰一 磢 測兩反 瓦石洗物四 剩 皮傷 搶 頭搶地 出史記 漺 淨漺 想 息兩反一 掌 職兩反 守物二 仉 反 氏 𤋲 疎兩反 明 亦䙴四 纕 裲 中

鶉 絞繩 鶉鴨 䥎 半破 敞 昌兩反 闓四 惝 惝怳 氅 鷩鳥毛 𨁸 踞 響 許兩反 亦作嚮五 饗 饗神 食 蠁 蠁蟲 享 福又普 嚮 向 亦作

鏹 居兩反 錢 繈 繈褓 有節四 繦 縲 䌬 䌬 文 直兩反 十尺四 杖 仗 憑 痮 病 裯 丑兩反 通一 壤 如兩反 土七 釀 蕪菁 葙 䑋 肥 人云 蜀 穰

纕 豊 攘 擾 又汝陽反 躟 疾行 又如羊反 孃 亂 又如章 賞 識兩反 酬功二 餳 日西食 亦作鴹 髣 芳兩反 髣髴 古作仿佛三 紡 紡績 鶭 鶭鸅 符方反 罔 文兩

反無亦作囚 囷囸 宅七 網 罻 輞 車輞 亦作棢 菵 草 魍 魍魎 亦蛧 㞷 誑 罔 罔 昉 方兩反 日色三 倣 學 古作似 颿 颿 枉 紆罔反 屈四 汪 門 又烏光反 罔 縣在廬

㪲 倭人居 攜反 坋 曲 侵 往 王兩反 去 古迬一 怳 許昉反 狂 亦作兊二 誑 誐 言 上 時掌反 進一 長 中兩反 生出一 類 丈反 醜二 懷 惡 二 䵂 渠往反 乖二 俇 往

卅六 蕩 堂朗反 大十 像 放 惕 不憂 盪 滌 瑒 玉名 暘 日春 大 簜 竹大 婸 戲 簜 竹 筩 潒 洸 廣 古晃反 闊一 蒜 鼓 無

皮 匡木皮 藴 朗反三 頏 頏頡 磉 柱下石 榜 博朗反 木片五 髈 題 踁 片 毛 鬚 髶 螃 似蝦 蟲 䮟 子朗反 會馬市人 又在古反 俗作駔一 曩 奴朗反 久一 沆

胡朗反 沆瀣氣 二 䟘 直項 曭 他朗反 日不明七 儻 倜儻 又他浪反 傷 長皃 懩 失意 矘 目無精 簜 竹器 帑 金帛舍 莽 莫朗反 又莫古反 草七

亦作䀑 䀑 目無 二 䁠 目無光 䵂 色狀 䗈 莫補反 蛧 大蛇 漭 沆漭 黨 德朗反 衆四 欓 木名 又他黨反 䉻 讜 直言 鄚 地名 朗 盧黨反 明二

諒 㝗 康 虛 空皃 坱 烏朗反 塵埃 吳人云 六 胦 不明 泱 翁 水皃 䀳 濁酒 又烏浪反 姎 女人自稱 我 又烏郎反 䒋 無色皃 慷 苦朗反 慨三 㕩

大又口 廣 䡆 汪 烏晃反 大水一 晃 胡廣反 光六 幌 帷幌 櫎 兵 闌 榥 讀書牀 滉 滉瀁 瀇 擴 打 又黃浪反 又都朗反 衆 髈 普朗反 又吳人云二

卅七 䀯 䒀 慌 虎晃反 懭四 爌 朗 開 㝧 廣 晄 旱熱 䀯 各朗反 又大澤一 奘 在朗反 大一 梗 古杏反 桔梗 藥 正作梗八 挭 大略 哽 咽

郠 邑名 在莒 鯁 剌在喉 亦作骾 綆 井索 埂 堤封 吳人云 䓫 莖 丙 兵永反 南方七 昞 光 亦作炳 日明 怲 憂 邴 邑名在泰山 秉 執 棅 柄 持 𪗴 明

三 四一 二 三 四 五 六 七 八 九 一 二 三 四 五 六 七二 二

警几影反戒七 景日光 境界 璥起 憼敬 蛙蛙 鼃蛙類 影於丙反物陰 境玉光或作璟 擏中擊 鐛飽亦作鐄 省所景反減又息井反五 三

耆灾 瘖瘦 凡 觚執 省 渻水門 永榮丙反長一 皿武永反缶器三 盜戶穴 盟 盟盟又靡京反 憬舉永反遠四 囧光 哭大驚走 四

杏何梗反果二 荇荇菜亦作莕 猛莫杏反剛健 䁅䁅盯視皃 蜢蚱蜢虫名 䵆䵆黽 艋舴艋小舟 䵢字陟格反七 鄳鄳黽縣名在江夏亦作䵆 礦古猛 五

反金璞亦作磺四 麷麷麥地 獷大又居往反廣平縣在魚陽 穬穀芒一曰稻未舂 鄳縣名 盯張梗反盯䁅一 瑒徒杏反玉名一 瞢烏猛反清潔一 打德冷反又都行反 六

卅八 擊一 冷魯打反又魯挺反小寒一 鮩蒲杏反白魚虫一 耿古杏反明二 瞥ㄟ䁅視皃 䁅武幸反瞥ㄟ二 黽ㄟ蛙 幸胡耿反寵 倖ㄟ僥 七，一

卅九 䩑瓶有耳 併蒲幸反且或作竝並 鮩蛤ㄟ亦作鲆 䴵普幸反䴵鴨薄皃 靜疾郢反安正作靜七 睜睜略不悅視 姘ㄟ潔 彰清飾 靖ㄟ和 竫ㄟ 二，一

靜ㄟ 猙獸如狐有翼又側耕反 整之郢反齊一 逞丑郢反疾五 騁馳 悜悜ㄟ意不盡 裎襌衣又除貞反 䩢騬具又祉善反 郢以整反楚地亦作三 梬 二

ㄟ東名 浧泥ㄟ 痙其郢反風強病二 漀寒ㄟ 潁餘頃反水名在汝南二 穎禾末 領李郢反頸後六 嶺山峻峯 柃木名可染 侱雨後侱又丈井反 三

陵險阪 衿衿衣ㄟ 頸巨成反一 餅必郢反粄三 屛蔽亦作帡幈 頃去潁反百畝又少間三 𩓞競 苘ㄟ 檾枲草亦作蕳蔃 井子郢反幽泉正作丼二 四

邴ㄟ地名 癭於郢反病三 廮安一曰廮陶縣名在鉅鹿亦作胛 鄍地名又烏盈反 請七靜反又疾盈反性二反言祈二 睛ㄟ眳 省息井反又所景反謂閤二 睲ㄟㄟ眳視 㥓 五

卌 彌井反悜意不盡 侱又丈井反又力整反二 浧通 迥戶鼎反遠三 同空 炯光 泂古鼎反迥又清六 熲火光 炅光又古惠反姓 䁍目驚 洞冷ㄟ 六，一

蝙ㄟ蠐 茗莫迥反茗草亦作榠可為飲五 嫇ㄟ嫇自持皃 酩ㄟ酊醉 濙ㄟ濙大水皃 眳ㄟ眳晴 頂丁挺反頂顛頭上九 奵ㄟ嫇 酊ㄟ酩 耵ㄟ耵耳垢 鼎ㄟ鐺 二

䔲草名 打擊 顛ㄟ展 葶ㄟ藶毒魚草正作葶 挺徒鼎反出七 艇小舟 鋌金 梃木片 娗長好皃 訂平議 誔訛 珽玉名他鼎反十 圢 三

平 脡脯朐 侹長直 町田ㄟ 頲狹頭又他經反 侹徑 艼蔛又亮靈反 罒小空ㄟ罭 壬善 汫祖醒反汫濙又去挺反一 濙烏迥反小水亦作瀅一 謦去挺反ㄟ欬四 四

廎小堂亦作 汫水名 𣪠酒出 寧ㄟ頂乃挺反三 聹ㄟ耵 薴葶薴蝏蠕虫似蛙 婞下挺反很亦作緈六 鮏魚名 鋞似鍾而長 悻很 脛脚ㄟ又戶定反 五

醒蘇挺反不醉二 箵笭ㄟ 鞞補鼎反刀室一 褧口迥反衣亦作絅又布名三 檾枲屬 烓行竈 剄古挺反斷首二 烴焦臭 頩匹迥反斂容一 笭力鼎反䈑ㄟ 六

卌一 冷小寒又魯打反三 笭ㄟ笭 竝蒲迥反比通作並三 鮩白魚亦作鮃 併立竝 脛五冷反直視一 有云久反不無七 右左對 䳑鳥似雉 友同志 七，一

盍器又余救反小甌貯水器 盍同上水器 栯木服之不□又於六反 柳力久反又作柳木姓 瀏清水 綹卄縷 轊 罶 二

三 魚梁亦作罶 嬼妖 劉力周反 懰竹聲又火爤 䶂似鼠而大 䶂鼬 丑勑久反北方二 杻杻械亦作杽 紐女久反結也六 狃相狎 鈕印鈕 扭手扭 [illegible]智ヽ

四 莥亦作菻 菌實 肘陟柳反 辟二 疛腸痛 朽許久反爛亦作𣎴三 疚病 殠ヽ臭 久舉有反淹時六 九次八 玖玉名 灸灼 韭菜 姕女字 首書久反頭五

五 手前腕 守主 首人初 䫌人頭 産 首象形 醜處久反惡二 醜荻括 湫在久反洩水 濽又子小反二 愀色變 婦房久反服 狀於夫十一 蝜蝜蟲 負背物亦作偩

六 䗱玉ヽ 蝶 阜陵 鳹鵝別名 䔠草香 焊熾 隝化反益 蒇又麻 蟳鼠 缶方久反瓦器九 缹蒸 否不 姤好色又苦栝反 痞病

七 殕餅敗有氣 鴀鳥名 不鳥飛上不下 弗 蹂人久反踐五 楺屈木或作煣 九獸迹 女柳反又 汓水吏 葇蘸ヽ菜不切 糗去久反乾飯屑一 舅強久

八 反母之兄弟七 咎灾 臼舂 齨齒 麔牝麋 鴭鳥名 杲米 紂直柳反馬緧謚法曰賊義損善曰紂也四 紨葛根 酎三重醇酒 鮦鮦ヽ陽縣在汝南郡 腨少腹痛

九 酉与久反西方十三 牖牕 誘ヽ誘 卣中形樽又餘求反 梄積木燎 莠草 羑ヽ里在陽陰獄 進善文王所拘 庮久屋木余周反 蜏朝生暮死又餘救反 輶

十 輕又以周反 䜀襋天下 逌遺玉又余周反 遊言意 滫息有反ヽ麵亦溲字二 縯蚌前兩足又先主反 受植酉反容四 壽年 鄃蜀郡 綬水名在

十一 周反帶佩 綬綬ヽ 𩗣於柳反風三 䱂魚名 懮姿 酒子酉反醉人一 溲ヽ麵一踈有反 帚之久反掃二 鯞ヽ鯫 恒芳酒反小怒二 紑鮮又孚丘反 𢱢側久反持

卌二

一 又子俱反一 厚胡口反不薄亦作垕又作厚五 後前次 后皇后女 郈鄉名在東平 呴吐又呼垢反 母莫厚反 牡牝 某ヽ楳 拇大拇 畝田數

二 䓓草 踽行ヽ 鷗鷗ヽ亦作鷗 罘罔罔作 㭺亲字 部蒲口反伍七 犃又牛短頭 瓿ヽ㼻小甂 𡷕山ヽ嶁 𨦏小㙇 䪭ヽ䭐餅 蔀小 斗

三 當口反十 枓柱上外器五 斗方木 阧峻或作陡 蚪科斗虫名 襡衣袖又上句反 黈他后反黈ヽ六 妵人名有華ヽ 黈冕垂纊亦作黈 鍮貢反 鴰水鳥又大口反

四 鮈魚名 苟古厚反且九 玽石似玉 狗犬 垢塵 笱ヽ 笱ヽ屚縣名在交阯又取魚器 耇黄ヽ 詬恥又古候反 茩芰ヽ 岣ヽ嶁山巔 藕五口反蓮

五 根五 偶合 耦耕 髃骨 甌乳閒 甊ヽ 掊方垢反衣 掊擊上擊二 穀乃口反母虎四 乳 穀 澤十 籔

六 灑米器亦作簍 叟ヽ 嗾使狗聲亦作遳 瞍瞽ヽ 謏誘辭 擻斗ヽ舉物 瞍聰 騪思隴反 摉 橾車轂 吼呼后反牛鳴四 叫亦

七 作 呴吐又吁垢反 蚼蚍蜉又渠俱反 剖普厚反判四 婄婦人皃又普溝反 蔀小鶕 𪇆雀 毆烏口反吐五 毆擊 㧅牛特 歐吐又其表反 樞

八 次表又於侯反 塿盧斗反八 嘍嗹ヽ 甊頻皃 小甖 簍ヽ籠 鏤 謱謰ヽ不解 簍竹皮 嶁岣ヽ山名 走作口反急行一 口苦厚反吻次八 扣擊亦

九 作敂 垢 鉤金飾 叩ヽ頭 訽ヽ可 先相 郈鄉名在藍田 竘健 蔸徒口反草 三 跙水鳥名 鳰他口反 鯫士垢反 一曰人姓漢有鯫生一

卌三 取 倉垢反獲二 掫 縈又側溝反 黝 於糾反黑又益夷反五 怮 憂皃 𪑳 幽靜又於交反 泑 崐崙丘下澤 蟉 蟉又於由反 湫 子了二反又在由反色變一

卌四 糾 居黝反糺〻告二 赳 武皃亦作赳 蟉 渠糾反又力幽力仾二反一 寑 七稔反室正作寑五 寢 臥 梫 木名 蔓 覆 鋟 尒又子廉反 鑙 板 朕 直稔反正

作坅 丘甚反坎一 廩 力稔反倉六 懍 敬 菻 蒿 澟 寒狀又渠今反 醂 藏果 顲 面黃又 盦 來感反 罧 積柴取魚又斯稟反

鼸二 心 恐 醋 子甚反又 䫴 白悅 踸 褚甚反亦作踸一 荏 如甚反菜八 飪 熟食 恁 念 稔 歲熟 栠 木弱 腍 熟 荏

單 羊 精 枕 之稔反承頭木三 煩 頭骨 鬵 長 沈 式稔反亦作瀋人姓九 審 諦 棯 木名 瞫 視皃 諗 告又謀 嬸 下志 眹 瞚〻

席 鴦 大又力 黔 大魚又才感 甚 食枕反大過二 訦 信又持林反 椹 食稔反桑葚 瀋 尺甚反汁三 埁 和脫反 醦 酢 磣 食有

沙 袵 居甚反 噤 渠飲反寒噤 顉 口急 亦 噤 三 顩 切齒 漤 寒 蕈 上又渠飲反一 錦 居飲反文繒一 僸 牛錦反 仰頭二 趁 伍頭 疾行 庫

跦 錦反 寒皃二 瘮 病 稟 筆錦反 供穀一 飲 於錦反 湯二 灁 水火至又於感反 品 披飲反一 㱃 仕廢反 醜皃一 㰝 羲錦反 羲金反一 𣢑 竹甚反 醜 又渠金反一 頗 卿飲

卌五 醃 反容皃一 琰 以冉反 王七 剡 削又縣名在會稽 跌 庄行 庋 庋 棪 木名 繝 繒析 木 䤷 大力冉反 兌失 七 蕍 白〻藥又力瞻反 嬚 女字〻

鐮 廉 溓 靜又理兼反 獫 羊〻 薟 蘞 薄 險 虛檢反五 獫 狁〻 娕 矜性不端良又弃兼反少氣 譣 詖〻 黷 朝 貶 退一 預 丘檢反〻

頷 不平二 嵰 山高 儼 魚檢反敬八 广 因巖為室 嗛 山形似重甑 礹 〻礹 嬐 〻然齊又桑廉反 嬒 重頤又烏兼反 嶮 嶮〻山不平 噞 魚口噞上下皃亦作䲓

儉 巨險反自廉一 檢 居儼反〻挍二 瞼 目〻 黶 於琰反面有黑子〻六 檿 山桑 嬐 婦名 㜸 持又於廉反 冉 而琰反人姓八

姌 長好皃又奴簟反 染 色〻 苒 草盛皃 䑙 竹弱皃 橪 〻濡 舑 弱羽 䑗 漸〻 陝 失冉反縣名在弘農五 睒 暫見亦作䀹 閃 視又式瞻反 陜 不娟

睫 數駒又式涉反 諂 丑琰反又曲媚二 讇 諛 奄 應儉反忽十三 罨 雲狀 郁 國名 掩 取亦作揜 閹 官〻 渰 陰雲亦作䨄 䨄 蓋 揜 掩又於業反 檢

桂 嶮 〻巖山又猗廉反 晻 〻屋 罨 冈又於荅反 裺 裺又於劍反 弇 蓋又古含反 漸 自冉反稍五 磛 〻礹 嶃 〻崒 蔪 麥苗亦作䕭 蹔

〻 進 憸 七漸反思廉反二 詖又 醶 酢〻 鬑 子冉反薄味一 脥 苦斂反腹下一 忝 他點反發語詞三 栖 北地 銛 取〻 淰 乃簟反流皃三

卌六 嫜 弱〻 隒 亭名在鄭 點 多忝反四 玷 玉瑕 者 老人面有黑子 刮 斫亦作詀 簟 徒玷反竹席五 居 閉戶 蕈 菌 橝 屋相又大堪反 驔 馬黃脊

縑 苦簟反猗蔵食處三 歉 食不飽 慊 恨切 穛 盧忝反禾稀一 鼸 下忝反鼠名三 嗛 頰裏貯食 獫 犬吠又胡斬反 嫌 居點反妹身一 翼 明忝反脇並又明氾反正作㬥一

三 二 八 七 六 五 四 三 二 一 七 六 五 四 三 二 二 十一

卌七掭 無反語取蒸之上聲救謝 卌八等 多肯反齊一 倗 普等反不肯一 肯 苦等反可一

卌九鼸 下斬反豆羊生五 減 耗又古斬反 濫 ぐ泉又盧䥫反汎 獵 大嚂物聲 槭 ぐ涂 湛 徒減反水皃又徒感反直沁反二 偡 ぐ然齊物 㢛 苦減反牖一曰小戶亦作㰖三

撖 危ぐ 顆 長面皃又五ぐ 鹻 鹹五檻二反 鹻 古斬反四 鹵 減 損 減 竹名 鹼 鹵七廉反 㲯 士減反 灡 灡一 䜩 初減反 ぐ羹一 臉 力減反 ぐ臘一 闞 火斬反 火

五十 檻 苦ぐ䑞二反二 欿 ぐ笑 摻 所斬反ぐ一 喊 子減反聲一 囝 女減反魚口亦作筃一 㒸 丑減反癡ぐ一 檻 胡黤反欄ぐ八 艦 舩 轞 車 轞 車聲 獵

悪ぐ 壏 堅土 㘈 勇ぐ 臨ぐ 㯻ぐ 幨 㺃 山檻反斬取二 㺃ぐ 犬聲 黤 於檻反青黑三 黯 黕 ぐ出孝子傳 黯 ぐ人名 鹼 初檻反酢漿一 獭 莫檻反小犬吠一

巉 士檻反嶃ぐ二 嵁 絕 五十一广 虞埯反崖室又音儼一 險 希埯反峻遝儼反一 埯 虞广反土覆一 㚡 丘广反崖一

五十二范 符山反人姓又草陸無反語取凡之上聲失四 範 模ぐ 犯 干ぐ 䖃 蜂ぐ 山 丘范反張口一 㞒 明范反䍅蓋又明忝反一 切韻第三卷 盡

切韻第四卷 去聲 五十七韻

右卷一万二千一十四字 二千三百卌二舊韻四千九十七訓卌五或亦二文古一文俗一千七十六補舊缺訓一千二百卌六新加韻二千七百六十七訓三百九十三亦或卌五正廿三通俗六文本字

一送 蘇弄反　二宋 蘇統反陽與用降同夏侯別今依夏侯　三用 余共反　四降 古巷反

五寘 支義反　六至 脂利反夏侯與志同陽李杜別今依陽李杜　七志 之吏反　八未 無沸反

九御 魚據反　十遇 虞樹反　十一暮 莫故反　十二泰 他蓋反無平上

十三霽 子計反李與杜與祭同呂別今依呂　十四祭 子例反無平上　十五卦 古賣反　十六恠 古壞反

十七夬 古邁反無平上李與恠同呂別與會同夏侯別今依夏　十八隊 徒對反李與代同夏侯為疑呂別今依呂　十九代 徒戴反　廿廢 方肺反無平上夏侯與隊同呂別今依呂

廿一震 職刃反　廿二問 無運反　廿三焮 許靳反　廿四願 魚怨反夏侯與慁別與恨同今並別

廿五慁 胡困反呂李與恨同今並別　廿六恨 胡艮反　廿七翰 胡旦反　廿八諫 古宴反李與襇同夏侯別今依夏侯

廿九襇 古莧反　卅霰 蘇見反夏侯陽杜與線同呂別今依呂　卅一線 私箭反　卅二嘯 蘇弔反

卅三笑 私妙反　卅四効 胡教反　卅五号 胡到反　卅六箇 古賀反呂與禡同夏侯別今依夏侯

一 一 二 三二 二 三二 一 一 二 三 四 五 六 七 八 九 十 十一

卌七禡莫駕反　卌八勘苦紺反　卌九闞苦濫反　卌漾餘亮反夏侯在平聲唐入漾宕爲疑呂与宕同今並別

卌一宕杜浪反　卌二敬居命反呂与諍勁徑同夏侯与勁同与諍徑同今並別　卌三諍側迸反　卌四勁居盛反

卌五徑古定反　卌六宥尤救反呂李与候同夏侯爲疑今別　卌七候胡遘反　卌八幼伊謬反杜与宥同呂夏侯別今依呂夏侯

卌九沁七鴆反　五十豔以贍反呂与㮇同夏侯与㮇同今並別　五十一㮇他念反　五十二證諸膺反

五十三嶝都鄧反　五十四陷戶韽反李与鑑同夏侯別今依夏侯　五十五鑑格懺反　五十六嚴魚淹反陸無此韻目失

五十七梵扶泛反

一

送蘇弄反從遣一　鳳馮貢反鸞鳥一　貢古送反獻八　贛賜　湏水名出豫章　虹工縣名沛郡又音絳

䆙小杯　笭杯箈　𧄍蒠苁　櫕格ミ　弄盧貢反翫五　挵ミ贛　䶬磨ミ又盧東反　挊ミ棟縣名在益州　哢ミ　涷多貢反瀑雨又水名出髮鳩山五

凍冰　棟屋　湩乳汁又都綜竹用二反　𩏼歠似羊一角　控苦貢反引四　倥倥ミ偬　悾心　鞚馬ミ　糉作弄反蘆葉裹米五　偬倥ミ　㚇鳥斂足

鯼魚名作鯼　瞛視　甕烏貢反瓨ミ三　齆鼻ミ　䫋瓮　謥千弄反詷言急一　洞徒弄反穴又ミ庭十三　峒崆　胴大腸　詷ミ謥　慟悲深　筒簫

駧馬走　衕街通　迵通　戙遇船纜所繫　眮轉目又大孔反　絧相通　㗢歌大　痛他弄反傷苦二　䔰好又他口反　仲直衆反一　諷方鳳反誦一　焪去諷反火乾物一

夢莫諷反草澤又莫中反五　瞢雲ミ澤名在南郡　鄸邑名在曹　甍ミ䙩疫行　寢寐見事　𧾩ミ夢二　齅香仲反　踔行皃又丘幼反　幪莫弄反ミ穀三　霿天氣下地不應

艨艟又莫紅反　賵孚鳳反賻死亦作賵二　䠮鼓　趥千仲反一　中陟仲反當又陟隆反二　衷中又陟隆反　哄胡貢反唱聲二　鬨兵又胡絳反　齈奴凍反多涕鼻中病二

二

癑病　衆之仲反多又之融反一　銃充仲反銎一　𠝤士仲反韭蜀一　宋蘇統反古國二　謥ミ詷又千弄反　綜子宋反機縷二　𧱏豕ミ　統他宋反管二

三

䵝黃　黃色　雺莫綜反地氣上天不應一　𥑵丘中反隆ミ石聲二　𠳦大聲又戶冬反　用余共反以ミ二　𤰃用或爲庸字公　頌似用反歌三　誦讀　訟ミ

俸房用反秩三　縫衣又房容反　㷻灼龜觀兆　共渠用反同志一　葑方用反蕪根二　封䓍地又方容反　供居用反設又居容反一　雍於用反人姓一　縱子用反又子容反二　瘲病

湩竹用反乳汁又都貢反一　㰍他用反行不正一　䩸而用反𩊄飾或作茸二　䰈ミ鮨　種之用反下稼又之隴反一　重持用反再一　贚良用反貧一　恐區用反疑二　蕙蘭蕩

四

從疾用反隨一　惷丑用反愚又丑江反一　絳古巷反染色四　虹蝃蝀又胡籠　降下亦作夅　洚下又胡冬反　巷胡降反邑街三　衖道或作䢽　閧兵鬭又胡槓反　淙士巷反水所衝一

幢直降反車四　幢后妃車幰　憧憧ミ戇　𥉌視不明又丑江反　胖普降反ミ脹臭一　戇丁降反愚ミ又呼貢反一　䉶又降不耕而種又又江反亦𤭛又子紅反一

十二　十三　十四　十五　十六　十七　一　二　三　四　五　六　七　八　二　三　二　一　二

五

寘 支義反止七 忮 傷害慎心 伎 害詩云鞫人之忒之 觶 爵亦作觗觝 誸 不知 跂 多 伿 惰又神跂反 避 婢義反辟二 比 次又房脂反 惴 之睡反憂心二 睡

杵擊 詈 力智反罵之六 荔 之支又薜荔 離 遠又力知反 珕 刀飾又力計反 䔧 又鷂䔧之 灑 所寄又力計反 豉 是義反鹽豉三 鯷 魚名又徒奚反 禔 黏 積

柴智反又子惜反二 欰 歐 賜 斯義反三 澌 盡 批 內抓後漢書批郎無被抗批 爲 榮偽反又榮危反俗為一 䞈 譊偽反賭亦作𧹞三 攱 居委反戴 庪 毀又居毀反 帔

披義反衣之一 貱 彼義反卦名四 彼 裦論語子西曰彼之哉之 詖 險 䶩 草又補為反 髲 皮義反益髮六 被 服 鞁 裝束之 䩛 弓緣之 備 御之 䘡 褐之

累 羸偽反緣之一 寄 居義反寓二 踦 內四之 [illegible] 畀義反一 芰 奇寄反蔆之六 騎 乘之 掎 積 汥 水庋 輢 之枕 魌 鬼服又音奇 刺

此跂反針之俗作剌九 庣 門邊列木 朿 木芒 莿 針 庛 長尺一寸 䖪 毛虫或作蛓蜩䖪 誐 謀 直 人相依 誎 數 易 以豉反又以益反一 傷 神伎反相輕三

伿 惰之 羅 罽 議 宜寄反言三 誼 人所宜漢有賈誼年盡十八能文洛陽人 義 訓又又宜 譬 匹義反喻二 [illegible] 蜀漢呼水洲 漬 在智反潤五 殨 胔

作骳 觜 之瀰 眥 目之又在計反 羊 積䅗 智 知義反心惠一 倚 於義反又於蟻反一 縋 池累反繩七 槌 鎚槌又直追反 膇 重之病亦作瘇 錘 稱之又直為反 腄

縣名 甄 小口甖又直追反 硾 鎮 吹 尺偽反又尺為反二 吙 吹氣 龡 充垂反習管又 戲 義戲反又香義反 䖙 戲作戲一 企 去智反望四 跂 傾 跂 舉足望視又渠知反 蚑 行喘

息 縊 於賜反自經死之一 翅 施智反鳥羽亦作翄六 施 惠又式枝反 啻 不之 鉹 短矛或作鍦 翨 鳥翮亦作𦐊 螮 米中蟲 屣 所寄反又所綺反履不攝

灑之 掃 韆 屬 曬 暴 餧 於偽反食二 矮 羊相積 觖 窺瑞反望一 偽 危賜反假一 恚 於避反怒一 睡 是偽反寐四 瑞 祥

雉鳥又時規反 種 小積 䮞 舉企反馬強一 䄲 而睡反禾內一 䉱 靡寄反一 𡖐 充豉反慶一 瀢 思累反渭二 䅗 四把 娷 竹恚反諉二 諈 諈之諉 瓗 以睡反玉名二

纗 繐中絕又胡卦反 諉 女恚反累二 𢏳 彼

六

至 脂利反到十 摯 擊 鷙 擊鳥或作鷙 礩 柱下石 鴲 鷙在 䲀 魚之 鞊

亦作輊 悽 怒 𨰪 田器又先列反 贄 國名亦作贄 位 洧冀反列一 郿 美秘反縣名在扶風今音眉七 媚 嫵 魅 魑 篃 竹 娓 從又妄鬼反 媚 冬

生地中 熸 焅 遂 徐醉反十六 彗 帚一曰彗妖星 璲 墓道 䆳 瞷 旞 羽繫旌上亦作旗 璲 玉之 穗 秀稻 檖 楊檖木名子可食 燧 烽之一曰燧人 鐆

亭遂火 澻 田閒小溝 䆌 苗好亦作䆌 蓫 蓫蓧 譢 蠹蚵反 䍁 囊組又 隧 陽 䅗 稻之 醉 將遂反酒昏二 檇 木有所擣又子迴反 邃 雖遂反深

七 祟 禍 誶 言詩云可以誶止 粹 純亦作睟 篲 掃或作彗又囚歲反 㥞 深亦 睟 視兒 類 力遂反狀六 淚 悲 禷 祭名 瓃 玉器又力追反 肆

一 二 三 四 五 六 七 八 九 十 十一 十二 十三/一 二 三 四 五

臨ˎ 𦞦 祭名 秘 鄙媚反亦作祕密十 毖 慎 閟 閉 柒 地名 轡 馬ˎ 柲 矛戟柄 泌 泉皃 鄪 邑名在魯 䀣 直視 棄 忘末 遺 遠位反之八

敗 饋 餉亦作餽 蕢 草器 繢 織餘 櫃 匱ˎ 壝 壇埒又以水反 鞼 ˎ 𩌦 強韋繡亦作韇 濞 匹備反水聲三 嚊 喘聲 齂 盛 [illegible] 氣滿 [illegible] 七

皃 備 平祕反亦俗作俻具十 奰 怒一曰迫 齂 壯大又音濞 糒 糗ˎ 犕 牛具 贔 ˎ屭肥皃 軑 車轄亦作軚 構 木名 [illegible] 鞴 [illegible] 鳥如梟又孚匪反 八

愧 軌位反慙亦作媿謉三 騩 馬色 [illegible] 淫視又渠追反 帥 所類反又所律反二 率 統又所律反 喟 丘愧反大息又苦拜反五 樻 ˎ木腫節可為杖 [illegible] 眣加地 [illegible] 九

髻 𣦸 殪 豷 許位反豕息二 燹 火又息淺 嗜 常利反欲亦作醋三 視 比又神至反亦作眎 眡 ˎ視 利 力至反不鈍五 颲 烈風 澌 臨ˎ 覵 求視又魯帝反 泣 十

臨ˎ 膩 女利反脊肥三 眢 目深皃又一活反 酮 重釀酒 劓 魚器反割鼻刑亦作劓字一 屁 匹鼻反氣洩或作糟一 致 陟利反俗作致十 懫 止 躓 礙頓 疐 不行 十一

𨌑 車前重亦作輊 鷙 馬腳屈 [illegible] 趴又於進反 騺 驟 摯 到 質 ˎ交 弃 詰利反亦作棄三 [illegible] 背身坐牀又口系反 結 ˎ多 寐 蜜二反睡一 緻 直利 十二

反 窒 通俗作緻九 稚 幼ˎ 遲 待又直尸反 稺 晚禾亦作稚 [illegible] 物 [illegible] 當 謘 語諄 緻 履底 治 理大帝諱又直之反 屎 丑利反蔑柄七 誺 不知 嘿 [illegible] 十三

詐 多 跮 踱又丑㥏反 訵 知 四 陰 [illegible] 分蠶 [illegible] 忿戾 冀 几利反中州亦作兾俗冀六 覬 ˎ覦希望 穊 稀ˎ亦作旣 驥 騏ˎ亦作䮺 洎 肉汁又渠器反 懻 強直 臮 十四

其器反與詞六 暨 反 洎 至 垍 堅土 湶 水名 鱀 魚大腸 悸 其季反心動三 寱 熟寐 痵 病 翠 七醉反色三 臎 鳥尾上肉 濢 下漯 十五

二 而至反次一三 貳 副 樲 酸棗 姿 資四反又子怡反三 恣 縱心 㱦 而死復生又七四反 次 七四反亞七 鶿 鳥名 佽 ˎ飛漢武官名 髼 以續所以末絹者 髮 十六

髮 鳩 鳥名 㱦 死復生 懿 乙利反美五 壹 陰 饐 餅傷熟 欭 噫數 撎 舉手 四 息利反數七 肆 陳又極亦𩬱 柶 角上 泗 水名在魯 牭 牛四歲 肆 十七

堇 殔 埋官次下 器 去冀反四二 季 癸悸反末二 覞 視 鼻 毗四反面中岳十 𣬈 近有四音 枇 細櫛 襣 褌ˎ 痹 腳氣不至 祕 祀司命 坒 地相次或作坒又妣 十八

慄 反 自 頎 首 齂 盛又孚二反 芘 草 瞗 許鼻反恚視三 睢 恣ˎ暴戾皃又許葵反 嬉 醜又許葵反 痹 必至反腳冷濕病四 畀 與亦作畀 庇 ˎ蔭 痹 足氣 十九

萃 疾醉反集五 顇 ˎ顦 崪 侍 瘁 病亦作悴 地 徒四反也古作埊一 [illegible] 磅礴 齂 許器反鼻息六 屓 ˎ贔 𧹞 夏后氏有澆ˎ 呬 息又丑致反陰知曰ˎ 覭 見雨止息 二十

咿 呻又大尸反 𨽸 羊至反習七 𣩘 假埋道側 豷 重亦作豷 隶 及又徒戴反 彖 猪名又徒計反 貤 重物次第又神至反 㢊 倉廡 示 神至反指二 謚 易名從益 𦣱 廿一

疾二反從二 嫉 ˎ妒 隊 直類反落二 懟 怨亦作譵 出 尺類反一 轛 追類反車橫軨二 遳 前頡又點反 遺 以醉反又以追反六 𦘔 ˎ清侯出漢書王子侯表 廿二

戀 忘 諮 嗞亦作贅字 蜼 似猴鼻長尾似弥猴雨則到懸其頭又餘救反 蠵 蝉 屍 矢利反以矮一 痓 充至反惡一 𧾷 楚利反衆體一 㱧 火季反又靜𩱛通反一 廿三

七

志 之吏反意四 娡 有莘氏女鯀娶之 㤝 ˎ遠 誌 ˎ認 値 直吏反遇三 植 種又市力反 治 大帝諱 寺 辭吏反官舍三 嗣 繼 飤 食 𧈡 七吏反𧈡一 一

筍相吏反虫篋二 伺〻候 試式吏反考能三 弑逆殺 懺𤞞又昌志反 戠側吏反大齋四 椔木立死又側持反 鷊東方雉名又側持反 事□□□鋤吏反 吏力置

反二 懟〻憂 字疾置反乳滋曰字四 牸牛〻 孳〻尾 芓麻母亦作字 眙丑吏反住視三 佁〻癡不前 魅厲鬼 餌仍吏反十二 珥〻餝 衈開刑

書殺鷄血祭名曰〻 咡口耳吻 刵割耳刑〻 毦氅 洱水名出罷谷又弥尔反 姐女字 聏耳目不相信 聑以性耳告神欲聽 胹筋腱 佴次〻 駛所吏反疾六

使又所里反 浃水名在河南 館年窐 𧳅獸似狸亦作貄 𤷏烈 廁初吏反雜一 異餘吏反奇二 异〻我又退 置陟吏反寘一 事鋤吏反 𢑚

青州謂彈弓三 䬳〻妝 侍時吏反小立三 蒔種〻亦作持蒔蒔 秲種拔 忌渠記反諱亦作諅七 邔縣名在襄陽 惎教一曰謀 綨連針 鱀魚名 誋〻忌

鵋鵋〻 惎綦又渠基反 畁舉又渠基反 熾尺志反盛四 饎熟食亦作𩞄糦 𡏹赤土 幟旗亦作帺 意於記反四 鷾鳥名 鳦深黑 𧯷貪又猗秩反

記居吏反一 亟去吏反數二 唭〻疑反閒見 憙虛記反情好二 咥笑又諸異徒結知吉三反 𩴐魚記反恐四 譺啁 𤭹大甖 儗佁〻不前 萛烏記反連蔕一

八

未無沸反將欲五 味〻滋 菋五〻子藥 頛面前 𥝌饘亦作糜 貴居謂反尊二 瞶極視 謂云貴反十五 胃肚亦作𦞂正䏲 㥜佛〻不安 媦

楚人呼妹 𦨖舩運 緯經〻 渭水名 蝟虫名 煟光大 彙類又虫毛蝟刺如栗 𥧌草木孛亦作彙 蒷類 䫻大風 鮹魚名 緭

繒 䰡魚貴反人姓二 犩牛名又魚歸反 沸府謂反水溶六 疿熱病 誹謗〻 芾小兒又方蓋反 𦘦霞耕 祓蔽膝亦作蕟 費芳味反又多損

〻房味反又音秘五 髴髣〻 胇光 櫕木〻 毇丘畏反細米一 慰於謂反撫九 尉理 畏懼 罻〻網羅 𤢈犬〻 蔚文〻 𤛔

牛名 𧒂飛蟻 𧜖衽 諱許貴反名忌二 卉百草苗從三十 怫扶沸反〻悁又扶物反亦怫鬱十 𧳜獸名似人峻走食人聲如小兒啼披髮面上廣下陝俗呼爲山都

跳刖足 腓病 菲菜名又芳非反又芳未二反 扉草屩 蜚虫亦作𧕚 𢈱隱〻 狒梟羊 𥠉稻不黏又扶匪反 既居未反又其三 曁諸〻縣在會稽

禨福祥又居希反 毅魚既反致果俗作毅四 忍怒 𧱹菜果 豙怒毛 氣去既反息二 气与人古作雲乞又去訖反皆謂雲霧〻 欷許既反歔九 唏

唏 塈〻仰塗 餼生餉亦作槩 愾怒傳〻 摡拭又古戴反 忥静 𩞄飽 𥂁獸似蝟赤尾又音氣 衣於既反着一

九

據居御反準俗作據字八 鋸斧〻又鋸 倨傲〻 踞蹲〻 椐靈壽木 澽乾 𧢂角似鷄亦作䚹 豦豕又求於反 御魚據反制三 馭又駕

語語又魚擧音二 慮力據反思五 勴助 鑢錯亦作鋁 攄〻山 驉人 覰七慮反窺伺三 胆蠅〻亦作蛆 坥蟥場又七余反 𣢾卻據反欠〻五 去不往

正作去 𧺆麦汁反羌擧反 呿卧口聲 胠脅又去魚反 居閑又公畣反 署常據反書〻二 曙曉〻 恕式據反〻心三 庶〻衆 樜木名 著張慮反又持略

反張略三反一 翥 之據反亦作翥四 𪘨ㆍ莲 䭓 大麤 𧑅ㆍ畜 踈 所據反書義一 飫 於據反飽亦作餘九 瘀ㆍ血 鄔 縣名在太原又烏古反 醧 私燕 棜

䲖 無足 淤 水濁又約渠反 扵ㆍ擊 窶 假寐又仁諸如与二反 菸ㆍ臭 遽 渠據反急三 勮 勤務 詎 未 絮 息據反麤綿一 助 鋤據反佐三

耡 稅又仕魚反又作䇹 麆 麤子 怚 子據反心ㆍ二 沮ㆍ洳 詛 側據反呪ㆍ一 洳 而據反沮ㆍ亦作溶二 茹 飯牛 豫 余據反逸十二 預ㆍ 𩦲 安ㆍ馬行疾

譽 毀ㆍ 礜 石ㆍ 輿 車ㆍ又与居反 鸒ㆍ斯鳥 悆 悅 𪊨 大鹿 櫸 舉食者 𡑞 高平 㞐 履屬又徐擧反 女 娘擧反一 筯 直據反或

作箸二 𤸱 痴不達又勅慮反痴音丑之反 楚 初據反心利一 悇 勅慮反憂一 處 杵去反居所 遇 虞樹反逢四 寓 寄亦作庽 㾢 疣

十

禺ㆍ歔 嫗 紆遇反老ㆍ一 樹 殊遇反木ㆍ四 耇 老人行皃 澍 時雨 侸ㆍ主 住 持遇反止亦作尌二 揄 菜垣短板又之句反 附 符遇反依九 坿 白ㆍ之附夫反 祔

祭 䏔 贈死 駙 副馬 鮒 魚名 胕 胇 𢉖 小𠨍有蓋 蚹ㆍ蛇 注 之戍反記九 疰 病 罜 小罟 狂 犬名 鑄ㆍ鎔 馵 白足馬 澍ㆍ雨 𤠖

鄉名在河南 祩 詛 屨 俱遇反七 句 詞 蒟ㆍ醬又其俱反 絇 絲ㆍ 瞿 視皃 郇 邑名 䀠 左右視 煦 香句反溫四 酗 醉怒亦作酌 姁 嫗ㆍ又況羽反

蝁 幺蟲 戍 傷遇反守六 腧 五藏 輸 送又式朱反 踰 馬跳 隃 陵名又式于反 鞧 刀鞘 裕 羊孺反和五 覦 覬ㆍ 諭 譬或作喻 籲 和 龥

面 鶵 而遇反紉亦作孺三 乳 育小又而主反 孺 堅ㆍ 赴 撫遇反亦作趴赴七 娩ㆍ疾 訃 告喪 仆ㆍ偃 簠 祭器又甫宇反 聅 䫫ㆍ 趺 疾 務 武遇

反事十二 婺ㆍ女亦州名 霧 天氣 騖 馳 犛 六月生羊 鶩 雛鷄 䋌 兜ㆍ 嵍 丘 敄 強 楘 長毂 䋷 繫 𦃝 鍪

子句反青赤色二 足 添又資欲反 懼 其遇反畏ㆍ三 具 備 颶ㆍ瘻 芋 羽遇反一名蹲鴟三 雩 雨 䨞 行皃 屢 力遇反一 塿 才句反埰二

聚 積又淨雨反 捒 色句反䈪二 數 色角二反 付 府遇反授六 賦 詩之ㆍ 傅ㆍ訓 阝付 丘名 𩭿 露髻 搏ㆍ擊 娶 七句反取婦二 𡡉 思句

趣 向又七俱反亦作䟲 註 中句反解六 鉒 置又送死人物 駐 立馬 軴ㆍ車 壴 陳樂 𨇨 小步又駈鏤反 軀 主遇反一 蕪 葛注反烏窠二 膢 脽

反少又思翦反一 暮 莫故反日夕五 墓 墳 慕ㆍ戀 募 召ㆍ 慔 勉又亡各反 渡 徒故反越水五 斁 厭一曰終詩云服之無斁 鍍 金ㆍ

十一

度 准又徒各反 蒦 䕎ㆍ 路 洛故反道十 露 滑 潞 縣名 輅 車ㆍ又胡格反 璐 玉名 賂 遺 鷺 白鳥 簬 竹名亦作簵 蕗 䕡ㆍ 瀘

痔 妬 當故反亦妒嫉八 秺 禾束又縣名在濟陰亦作秺 𡛴 美女又竹嫁反 䐠 大腹 𤴤 乳病 託 奠酒 蠹 食桂虫 殬 敗 菟 湯故反𦵡四 吐ㆍ歐

兔 獸毛可為筆 鵵 鴉 顧 古暮反視俗作頋九 雇 賃 稒ㆍ陽縣在五原 故 舊 酤 酒又古胡反 痼 疾 固 堅 錮ㆍ鑄又禁錮 棝 斗 鼫 射鼠

四 五 六 七 八/一 二 三 四 五 六 七 八 九 十 一 二 三 四

誤吾故反錯八 寤寐 忤逆 迕遇亦作啎 晤明 悟覺 梧〃枝 逜五古反又吾 護胡故反救十六 瓠生匏 嫮美好 婟惜 互 五

濩布〃又湯藥反 捇門外行馬 笠所以紡絲 冱寒凝 擭布〃猶分解 頀樂名 鱯魚名 芓草 韄青屬 韄佩刀又於獲反 [illegible] 六

兔冈 訴蘓故反訟告 泝逆流上 愬〃亦作遡 嗉〃鳥 素白 獿生白亦作素 傃經又向 祚昨故反福祥 胙祭餘 阼階 [illegible]魚醬 七

飵相謁食 䖳狙 秨禾稼兒又才各反 笯乃故反盛鳥籠二 奴瞋又奴古反 布博故反五 圃園〃又博古反 抪持又破胡反 制裁衣 蜅螟〃 八

汙烏故反染三 惡恥又烏各反亦作悪 [illegible]相毀亦烏故反 怖普故反懼亦作悑四 鋪設又普胡反正作抪 誧謀又澤古反 痡瘻 厝倉故反置五 措〃舉 九

醋醬〃亦作酢 錯金塗又七各反 [illegible]壅水 袴苦故反脛衣亦作絝五 庫府舍 胯股 酤醋 跨〃跍 捕薄故反捉九 哺食在口 步徐行或作步 十

十三 鞴鞁〃 餔鎛 鮬魚名 芓亂草 舮艇 騁行馬 鮬魚 泰他蓋反安三 忲〃奢 太大 蓋古太反覆正作蓋二 十二一

巧乞或作句亦作匃又古曷反 艾五蓋反草三 豛〃猳豕 鴱巧婦 譪於蓋反美色〃 壒塵 馤香 靄雲狀又於曷反 䁗日色 堨〃清 藹〃也蓋 二

鼲小鼠相銜而行 㮈奴帶反木名亦作奈三 奈如又奴箇反 毻毻〃多毛 大徒蓋反〃浩五 汏濤 軑車鎋亦作軟 鈦〃鉗 駄大鳥名 害胡蓋反傷三 妎妬 三

夆相遮要 帶都蓋反紳三 蹛〃倒 艜艇 貝博蓋反海介虫也古者貝為貝字海中多寶貝十一 沛郡名亦作㳈 狽狼〃亦作狽 犻牛二歲 昁不明又普 四

蓋反 旄〃毛 䟺步行 芾小兒又方味反 茷〃草葉多又符廢反 鋇鋌 鯆魚 霈普蓋反多澤二 怖恨怒 會黃帶反集二 襘限蹟又胡憒反 五

兊杜會反卦四 䩢補 銳矛 綐細紬 儈古兌反合市者十一 膾魚鮮 襘帶結 禬福祭 檜栢葉松身 旝木置石投敵 澮畎水又水 六

名在平陽 鄶國名在滎陽 廥蒭藁藏 擓〃撥 䯤五采束髮 冣作會反極好三 冣〃會凡 糩虫又山芮反 䜜虎外反眾聲四 噦鳥聲 䎕鳥飛 七

鐬鈴聲 [illegible]苦會反麤糠一 酹郎外反酒沃地五 毤馬色 䬇門祭亦作祱又始芮反 頪鮮白 𣩯疫病又力臥反 外吾會反一 祋丁外反〃祤縣 懀 八

烏外反惡四 薈草盛 瞺眉目開 黵淺黑 蕞在外反〃尒一 襊七會反衣遊縫一 旆薄蓋反旗三 䟺〃行不正 軷祭道神又薄葛反 磕苦蓋反浪〃七 九

鶡〃鳴 轄車〃 愒〃貪 犗豕屬 𣪠伐 [illegible]地名 蔡七蓋反地二 䳲鳩 賴落蓋反俗賴賴十二 籟簫三孔 癩病或作癘 瀨湍〃 䊪 十

糲麤米 襰隨壞 犡斗名又力制反 鯻魚名 藾〃蒿 籟蒿又力末反 剌又力末反 爛〃毒 餀海蓋反食臭一 娧他外反好兒二 駾馬行 眛 十一

忘又不明一 竅千外反塞一 濊烏繪反汪〃烏一

十三 霽子計反晴五 隮〃升 濟渡 擠排盪 躋登又即黎反 帝都計反天十八 諦 十二一

審嚏氣歕亦作𪖐 柢根〻或作柢又丁奚反 蔕草木實 螮〻蝀亦作蝃 迏不進 舡艤水戰船 靪補履下 腣〻腹 大〻 僀〻儰 摕 一

取又徒計反 桊急持人亦𢷎 踶踶〻 骴脊 蝭蟬 趧寒〻 嚌在計反嘗至齒七 劑〻分又子隨反 穧刈把數 鱭鱭鰔亦作鮆 眥目際又才賜反亦 二

作臍 懠怒〻 薺妒疾又子奚反 替他計反廢十 剃除或作鬀 稊不耕而種 洟鼻〻亦作鮷 屜屧屐 达大 薙除草又直弌反 涕淚 笓 三

車鞞 殀殀〻 第特計反次廿一 遞〻又徒禮反 鬄髮亦作鬄 綈結〻 睇視 悌順 娣女弟 禘祭名 釱以鑽加足 鷉鳥又徒鷄反 四

棣車〻下 杕盛皃 踶蹋 鶗鴂又徒鷄反 甈屬反 逮及又徒戴反 墆高皃又徒結反 揥取又丁計反亦作揥 諦諦 鯷鮎 鯷〻腩 五

又達鷄反亦作鵜 砌七計反階四 切衆 睽視 聺聰 細稱計反又作納五 些楚音語已詞又蘇箇反 栖鷄所宿 壻女夫或作聟 洒水名在汝南 詣五計反亦 六

作詣 羿能射人或作羿 睨睥〻 栺柎〻殿名 盻恨視又下庚反 睍視 甈破甑 計古詣反革十三 係連 繼紹〻俗作継 繫纏 蓟草名今為 七

鄉 髻綰髮 郟都 檵苟杞 繫狗毒 䡾〻絓 繫茗木 蠟〻蜜蜂 剒〻傷 𦹔胡計反蓧〻八 臈脈 系緒〻 八

妳心不了 禊〻飲 盻視根 閉閉扇又胡介反 瘞小兒病又刹反 契苦計反約〻又苦結反九 栔刻〻己 啟肥腸又苦孔反 繫〻 嬖籬又口買反 契恐〻 九

啟省視 艥〻舟 蠡蟸〻蟖 翳於計反羽葆一曰隱十三 曀陰風 瘞靜〻 枍〻栺 毉塵 殪死 医藏弓弩器 瞖目〻 𢗓豕息 墍 十

天陰塵起 譩諦 窫安 殹擊中聲 謎莫計反隱語 機〻截 閉博計反掩四 嬖愛〻 箅甑〻 𢾀𢿙又補米反 慧胡桂反解十一 憓愛 十一

惠仁作俗惠 蟪〻蛄小蟬 蕙草名 槥木名 譓才智亦作憓 鏸銳 翽羽翽亦作𦒍 儶〻僀 桂古惠反香木五 炅人姓或作炅亦炔 筀竹名 䘆蚰 十二

螇〻曲 殢〻極 嚖虎惠反聲二 暳小星亦彗 媲匹計反配四 睥睨〻 淠水名在汝南亦作渒 濞水聲 薜薄計反〻荔三 䥛竹以理苗殺草又思烈反 醳醬〻 十三

麗魚帝反美廿四 䴡鹿皮或作麗 戾很求 綟僕〻 儷等 䋈綟色或作綟 蠡割 唳鶴〻 蜧大蝦蟇 苂紫草 㑦很 沴妖氣 荔 十四

辟〻 捩琵琶撥 棙櫰亦作欐 蜦神蛇亦作蜧 䕻草木生惡 颲急風 欐木名 覼求視又師蟻反 涖沇又力二反 䍦籬視 悷懍〻 廲小船又力底反 十五

十四

妻七計反嫁女二 摖取 泥奴細反滯又飾二 濘泥〻又乃計反 㰼呼計反氣越皃三 奃肥大 殢極困 祭子例反祀七 際〻畔 穄〻黍 十六、一

鰶魚名 鬔露髮 懲寐言 穄穫又才計反 歲相芮反正作歲三 槥小棺又似歲反 繐疏布又似歲反亦作繐 縛罽〻 衛為翽反姓也六 轊車軸頭鐵 璏劍鼻 二

王莽碎劍璏又直例反為蹶二反 衛竹名 𤛓衛牛蹄 𧗿豚屬亦作衛豚 芮而銳反草生狀三 汭水內 枘圓柄 贅之芮反假肉外肉別生二 叕卜問吉凶〻 啐山芮 三

反小歠 毳此芮反細毛十一 韢橐類又徐醉反 脃肉肥亦作脆 帨佩巾亦作帥 涚溫水又式芮反 蜹虫又祖會反 㓸小 毳重壽又楚歲反 濊飲又頃面反 䈓

斷又乂芮反亦作剸 竁穿地又楚歲反 銳以芮反利五 叡聖或作睿 莌草生狀 蜹毒虫 銴銅生五色又時制反 綴陟制反又丁劣反四 醊祭又力外反 畷兩陌閒道 輟□鈌

稅舒芮反斂六 說ヒ誘 裞衣送死人又他活他外二反 蛻銳皮又他卧反 涚溫水 餟小餟又郎外反亦作鑴 獘毗祭反亦作斃本作獘四 斃死ヒ 幣帛ヒ 獘

歠名 毳楚歲反重二 竁穿壙 彗四歲反掃帚又旋類反四 鏏犬鼎 槥小棺又相芮反 轊車軸頭 蔽必袂反掩二 鄨縣名在牂牁 鷩雉又并滅反

劌居衛反傷三 鱖魚名 劂剞ヒ斷割 袂弥弊反袖襟一 憏所例反殘帛三 鎩矛戟類又所怪反 殺樹ヒ 掣尺制反曳又尺折反或作摯六 瘛小兒驚又胡計反

瘌毒病亦作瘵 狾狂犬 銐除利 懘音不和又尺紙反 制職例反禁十三 䱥魚醬 淛水名 製ヒ作 䐉入意一曰亦作晣 晢星光又旨熱反 猘

蝗ヒ 浙江別名會稽 䈚簞 靳鞞刀 𩚵臭 蹛王莽時ヒ惲 迣迾 逝時制反去九 𥇰牛角豎亦作觢字 噬ヒ齧 誓約 筮

著 澨水名 銴車當 䟷ヒ踰 曳餘制反挽十七 裔邊 玴石次玉 勩勞亦作勚 洩水名在九江 栧檝類 㾜病 𦐇鳥飛 怈明一曰習

又丑世反 詍多言 靾似馬韁贈亡人 𢄼列衣ヒ 笹各板際 袣長ヒ 呭ヒ嘩樂或作詍多言 蕎草ヒ 蕝礼曰蕝ヒ處末蕝 緆於罽反急一曰不盛四 瘞埋ヒ

餲食敗 漓清ヒ 藝魚祭反伎能五 埶種ヒ 寱睡語 槸木相摩亦作㯰 褹袂ヒ 滯直例反淹五 𤤞ヒ豕 𤨗劍鼻 茵補缺 蹛ヒ林 例力制反十六

厲惡一曰姓 礪ヒ石 勵勉 禲無後鬼 癘疫 濿渡水 鮤魚名 蠣牡ヒ虫 櫔木名 䮥馬ヒ馳 㤠餘亦作裂 栵栭 䮋馬奔馬 巁

巍ヒ 犡牛白脊又力帶反 憩去例反息四 愒恐人 藒ヒ車草名 𠩺止息ヒ 世舒制反 勢威ヒ 貰賖又時夜反 猘居厲反狂犬六 罽氈類 瀱

泉出 訐持人短又居謁反 薊ヒ芹 𣮈毛 𤺋竹例反亦寰布 偈其憩反又句一 䬓市芮反當一 䟦丑勢反跳九 傺ヒ侘不得志 晢ヒ𣈆 懘林惕

又達計反 餘馺又丑列反 揥佩飾又都悌反 㑥習 踂渡 趨超亦作趉 劓牛例反去鼻一 絶子芮反子悅反二 䅣裂

十五卦古賣反又體三 挂懸ヒ 詿誤又胡卦反 懈古隘反懶四 解除又加買反 廨公ヒ 薢藥名加買反 隘烏懈反狹二 瘀病聲又於之反 邂胡懈反逅二

解曲 賣莫懈反出貨亦作𧶠一 畫胡卦反圖七 詿凝又古賣反 絓綵結 澅水名在齊 黊鮮黃色又胡寡反 繣紘中絕又尤卦反 差楚懈反二 衩衣ヒ

厓五懈反目際又五佳反一 謑許懈反言怒一 粺傍卦反精米三 稗稻ヒ 䆧比亦反 㾹士懈反病三 眦睚ヒ 柴區落又士皆反薪也 派匹卦反分流四 𠂢

泉分泉支又片 㳬匹丑反 湃水出丹陽 債側賣反徵財一 𡢃苦賣反又空悌反難也二 鄏鄉 曬所賣反曝又所寄丑離反二 灑洒掃又思見反 諣呼卦反疾言一

四 五 六 七 八 九 十 十一 十二 十三 十四 十五 十六 十七 一 二 三 四

廿六 膈竹責反一 辟方責反他一 所方卦反到別一 怪古壞反異作怪六 𣫚毀亦作壞 硅石似玉 㧖訬 [illegible]大 蔽草 噫烏界反吞氣天地氣又於

疑反二 呃不平聲 瘵側界反病三 祭邑名在周 祭周大夫邑名 誡古拜反警十九 戒慎 界境 介大俗作介 屆至 疥瘡 玠圭 家居

忦忦憤 砎鞕 魪魚名 𩣺馬尾結 祄祏又明屆反 [illegible]衣上 悈急 丯草莽 价善 悈飾 髻箸結 [illegible]女界反鉄布襦一 譮補膝

許界反或作欵三 譪譪火懺反 噧高氣多言又他曷反 械胡界反杻七 薤菜 齘切齒怒 [illegible] [illegible]陜 [illegible]敗 閈門扇又胡計反

又古拜反 騃五界反不聽二 怭恐恨又古黠反 𠛗苦壞反第類六 嘳女家 喟歎又丘媿反 蒯苦迴反箭竹又 𣪑大息亦作 蕢籠 拜博怪反跪二 扒

詩云匃匃 湃普拜反滂滂二 浿水出樂浪 壞胡怪反敗二 [illegible]烏瘣 聵五拜反聾二 顡頯顡癡頭 憊蒲界反疲亦作㾾四 韛韋囊吹火 [illegible]壞亦作敗

排舩後頭 眇莫拜反物眼久視二 韎東夷樂 鎩所拜反翦翮又所例反三 [illegible]衣袴縫 殺殺害又所八反 [illegible]客界反熾一 [illegible]知怪反頭聲一 瘥楚芥反病瘉一

十七 夬古邁反決易有夬卦二 獪狡獪亦作狤 快苦夬反憙二 噲漢有樊噲 邁莫話反行二 勱勉 話下快反語語一 敗薄邁反破二 唄嘆 [illegible]烏夬反淺黑二 [illegible]

喘息聲 嘬楚夬反食盡齋二 [illegible]南郡云蓄 芥古邁反菜名又草芥三 𩢒馬行疾 犗犍牛 蠆丑芥反毒虫一 喝於芥反嘶聲亦噎二 餲飯臭又於罽反 [illegible]所芥反喝

十八 之聲破一 咶火夬反息聲一 讗火芥反讗譪亦謹一 啐倉快反嗌又倉憒反一 隊徒對反聚八 䨴雲 駾 薱草盛 [illegible] 濧濡 鐓鐏亦作錞

礈墜 憝憝怨 佩薄背反帶八 珮玉 孛星又蒲沒反 邶國名 偝向背 誖言亂又蒲沒反 悖心亂 [illegible]大過 妹莫佩反女弟九 昧日暗 每

數之 痗病 眛目暗 瑁瑇瑁又盲瞀反 黴點筆又武悲反 莓莓子木名似椹又莫毅反 脢背肉又莫杯反 配普佩反耦四 朏向暑色 嶏山崩聲 妃偶又匹非反

誨荒佩反言訓九 悔改 晦暗 [illegible]易卦 靧洗面或作頮 詯休市 [illegible]大面 [illegible]青黑大清 秏稻屬 對都佩反比本作對三 碓杵臼 轛橫笭或作[illegible]

倅七碎反副五 淬染 焠作刀鋻水 啐嘗入口又先對反 [illegible]磨 晬子對反周年六 祽月祭名 綷會五色 [illegible]會五綵繒 梭推 [illegible]尖容節又祖卧

祖嫁二反 [illegible]烏繢反〻〻苦熱二 扆隱翳 退他繢反亦作退三 [illegible]〻瘣 [illegible]隸又他沒反亦作[illegible]快 憒古對反心亂逃散三 幗女人卷首飾 刉〻刀使利 潰胡對反十一

繢畫 嬇女字 殨肉爛 闠闤 迴曲又胡梅反 膭肥大 僓長皃 讉相欺 詯胡市 螝蠶蛹 塊苦對反土片或作凷二 堁塵又於卧二反

碎穌對反細磨亦作䃀四 誶告 啐馳酒聲 繀織緯 內奴對反裏一 纇盧對反麤纇十 耒〻耜又力軌反 儽極皃 蘱草名似蒲 礧〻硍大皃又落猥反

十九 勵勉 耒耕多草 [illegible]平板 [illegible]縣名在桂陽 [illegible]名縣 背補配反面二 輩俗作輩 磑五對反磨一 代徒戴反更十一 岱山東嶽

五一 二 三 四 五 六 七 一 二 三一 二 三 四 五 六 七 八 九一

黛眉〻 埭以土斷水 逮及又徒帝反 帒囊 瑇〻瑁又徒督反 靆靉〻雲狀 甙甘 酞[illegible] 酨作代 載作代反一年四 再兩〻 [illegible]鮮

戴故國 [禾黑]莫代反木傷雨又莫亥反三 瑁冒圭四寸又莫沃反亦作瑁 脄背肉 賽先代反報四 簺格五 塞邊障又蘇則反 寨寛又先待反 貸他代反假人物

二 儓〻儗癡狀 態意美亦作㑷 溉古礙反灌五 槩平 [亻既]主 扢摩又紇音 摡拭又許氣反 慨苦愛反慷慨亦忾六 愾大息 欬瘶 鎧甲

嘅歎息 閡門下 礙五愛反妨亦作㝵六 閡外閉 儗儓〻又呼愛反 懝惶 禾木曲頭不出又音稽 懝〻騃 愛烏代反心愭六 曖日〻 靉〻靆 薆

草盛亦作薆 僾〻然仿佛見 皭白又子耀反 瀣胡愛反忾〻氣又胡介反四 [忄亥]苦患 劾推〻 [illegible]薤葛 耐奴代反忍六 鼐大鼎 螚小蚜 耏頰又如之反 能

人姓又年來反 戴都代反頂運一 賚洛代反賜七 萊查又落哀反 睞傍視 䚅內視 誺〻誤 瘷癘 逨就又落哀反亦作徠 菜倉代反菘名五 埰

廿

大夫食地 採木名 [髟采]〻髻 [月采]大腹 載在代反下車三 裁製 [氵戚]測也 廢方肺反舍八 癈疾 [貝發]賦斂 橃福 [illegible]

針文織蘆 蕟篨 䑔弋射 肺芳廢反肝三 柿木片 [illegible]暍 穢於肺反惡五 薉荒〻 濊〻貊夷名 饖餅臭 [馬歲]〻驖 吠符廢反大聲三

茷草兒又房吠反 鼣鼠名 喙許穢反口三 [疒彖]困詩云昆夷〻矣 [食彖]飯臭 [illegible]巨穢反斗觸人一 刈魚肺反穀〻四 [illegible]因患成戒 [illegible]虎息

廿一

瞥孚吠反裁見 [illegible]丘吠反〻[illegible] 震職刃反雷九 [illegible]〻鷺鳥名 振動又之仁反 賑贍 娠任身 袗絺綌又之忍反 [illegible]地名又侍真反 [illegible]顔色

〻類順事 [illegible]給 信息晉反言著六 迅疾又私閏反 訊問〻 𩕳腦會亦作囟 阠灑又思見反 卂疾飛而羽不見 遴力晉反行難亦作[illegible]十七 [illegible]惜正作吝 悋

磷薄石 閵鳥名似鴝鵒 𥴦竹名 燐鬼火 藺草 躪〻躒 疄田 瞵視不明 [illegible]〻損 撛扶又力盡反 [illegible]火兒 [illegible]〻 [illegible]

貪〻 [粦頁]〻頑又力畛反 忍而晉反銛十一 刃刀〻 認識〻 肕牢〻 仞七尺 韌柔〻 軔礙車輪 [illegible]眩〻 訒難言 杒木名 牣益 [illegible]枕巾 胤羊晉反繼八

酳酒漱口亦作酌 靷引軸 引前行又以軫反 [illegible]小鼓在大鼓上 [月引]脊肉又直引反 鈏錫〻 濥水脈行地中 疢丑刃反疾二 趁逐〻 印於刃反符三 鮣魚名身上有印

[illegible]鉄又竹四反 儐必刃反相〻正作擯六 擯〻斥 殯〻掩屍 鬢〻髮 [illegible]覶〻又迍人反 [illegible]不相見又己見結反 陣直刃反軍列四 [illegible]脉 [illegible]〻登 敶列又直珍反

慎是刃反謹〻俗作愼 眒式刃反張目一 菣去刃反香蒿可食亦作䔶二 [illegible]行兒 賮似刃反 [illegible] 藎燼燭〻亦作[illegible]進一曰草 璶石似玉 慭魚覲反且一曰傷二 [illegible]大怒 晉即刃反

名亦作進正作晉五 搢〻笏 縉〻雲氏又絳 [illegible]〻蠝似小蚌 進前 鎮陟刃反防〻一 釁許覲反罪俗作衅二 衅牲血塗器或作釁 僅渠遴反飢九 覲見 墐塗

殣埋 瑾玉〻 饉〻饑 廑少 瘽病 [illegible]小 櫬初遴反空棺五 嚫〻施 瀙水名在汝南又七刃反 齔去齒 儭〻裹又七刃反 韻為捃反音和一 峻

二 三 四 五 六 七 八一 二 三一 二一 二 三 四 五 六 七 八 九

和閏反高亦作埈十 濬ㄴ深 浚水名在衛 陖亭名在馮翊 迅疾亦作卂 鵔ㄴ鸃鳥名 晙早又子峻反 弓夋弓人為弓方其俊 睿益 迿出表辭又胡盰反 殉辭閏 十

反以人送死三 徇自衒名行亦作㣔 侚以身送物 攜子峻反爽或作俊十 日ㄴ 餕食餘 畯田ㄴ 駿良馬 㕙狡兔又七旬反 寯才ㄴ 焌火 葰 十一

皮 [illegible]石鼠 舜施閏反聖帝四 蕣木槿 鬊毛亂皃 瞚ㄴ目亦瞤 稕束秆 諄之閏反告之丁寧亦作讃 䏛目鈍 毛ㄴㄴ 訰亂 閏如舜反月餘二 潤 十二

濕氣 順食閏反川從一 巿匹刃反麻片又紡貢反一 親七刃反二氏為婚三 櫬至或作儭 瀙水名入潁 昀九峻反咺二 訽ㄴ欺 攈古音居韻反今音居運反拾或作捃三 捃拾餘日ㄴ 十三

廿二

問無運反言至於彼六 璺ㄴ破 汶水名 紊ㄴ亂 絻喪服亦作免ㄴ 莬新生 運云問反輩七 暈日氣 餫野餉 韗作鼓工亦作鞾又況万反 鄆邑名 一

在 覸聚魯視 瘨疾又尤粉反 訓許運反教言四 臐羊羹 薰香又許云反 鐼鐵類 湓匹問反含水三 忿ㄴ怒 瀵水名 糞府問反又作糞穢五 僨 二

僵ㄴ 奮ㄴ揚 坌掃弃 殯ㄴ死 醞於問反釀又於吻反四 愠怒 緼亂麻亦韞字 藴習又於吻反 捃居運反拾亦作攈三 皸足瘃又居云反瘃音丑格反 三

廿三

豩豨又求物反 郡渠運反古縣一 分扶問反散四 𤻕ㄴ痱腫悶 坋分又房吻蒲頓二反 秎穄 焮許靳反大氣三 痱瘡中膹 脪瘡肉 四一

出又興近反 靳居焮反靳固又姓一 近巨靳反親ㄴ巨隱反一 傿靳於反依人或作㥲四 濦水名在汝南 檼梠 㥯ㄴ囊 沂語靳反濁滓一 二

廿四

願魚怨反情欲四 愿敬善 傆黠 願頭大 怨於願反恨二 䛄從又於阮反 販方怨反鬻貨一 券去願反約四 桊束繩 勸獎 𡙇曲 一

万無販反十千ㄴ 萬舞 輓ㄴ車或作挽 蔓ㄴ草 曼長 晚肥澤又無遠反 轓戰車以遮矢 㬅皮悅又無遠反 鄤邑鄤 贃贈貨 飯符万反食三 二

閞門欂櫨又陵變反 粄ㄴ粉 嬔芳万反ㄴ息一日鳥伏作出十 疲吐亦作䶒 畚一宿酒 奔上大 怑急性 𩔽量又居願反 汳水名在睢陽 䈃小春 娩 三

[illegible]ㄴ說文其義闕 建居万反造一 堰於建反四 鄢地名在楚 匽引物為價 貝又於獻反 嫣長皃 憲許建反法三 獻進 憲意 健渠建反勇一 四

廿五

楦許勸反 韗ㄴ二 韗作鼓工 䉄ㄴ物一居願反 遠于万反又于免反一 甗語堰反甑二 鬳鬲屬 圈臼万反邑名一 慁胡困反悶亂四 溷廁ㄴ 五一

俒全ㄴ 㥵ㄴ 頓都困反止亦作鈍二 扽ㄴ撼 巽蘇困反東南四 潠含水 遜遁 愻ㄴ順 困苦悶反苦於事三 䫴耳門又苦昆反頭無髮 涃水名 二

嫩奴困反弱三 腝ㄴ內 抐ㄴ揾按沒 悶莫困反懣二 懣煩又亡本亡但二反 鐏在困反矛戟足二 䮒魏時張ㄴ人名 睔古鈍反大目四 琯光出 睴視皃 鄆 三

水名 噴普悶反吐氣皃一 鈍徒困反不利三 遁逃 鶨鳥癡 揾烏困反內物水中二 饂相謁食又於恨反 寸倉困反十分二 鑽瓦器又千見反 坌蒲悶反塵ㄴ四 坋分又 四

廿六

扶悶房吻二反 顐五困反禿 饐食又五恨反 論盧寸反講談一 恨胡艮反怨一 艮古恨反卦二 詪語又胡典反 饐五恨反饐一 五一

芝

翰 胡旦反鳥毛亦作鶾九 捍 拒々 扞 以手々亦作忓 鼾 睡々 垾 小堤 釬 以金々亦作銲 汗 熱汗 悍 猛 瀚 海々 閈 里々 䮧 射々 駻 馬尺六 䳚 々 一

鷩別名一曰鶾雉又何旰反亦作鶾字 螒 天鷄虫 忓 善々 豻 縣名 矸 礁々 鵫 馬毛長 𣮁 毛長 玩 五段反習或作翫三 忨 貪 妧 好 段 徒玩反分三 毈 卵壞 二

椴 木名 亂 落段反理亦作乱𠃨𤔔三 灓 絕水渡或作亂 敽 不理 鍛 都亂反打鐵六 腶 腶脩 碫 礪石亦作碬 斷 決斷 瑖 石似玉 踹 足 彖 他亂反彖二 褖 三

后衣 喚 呼段反七 煥 火光 奐 文采 渙 水散 瞣 流沙國名在 喛 口元反又虛 嚾 呼召 筭 蘇段反計二 祘 々 縵 莫半反又莫晏反七 幔 帷々 漫 四

大水 槾 不莳田 獌 狼屬又貒 墁 亦作槾所以塗牆壁 𢾑 々 半 博漫反中分五 絆 羈々 姅 傷孕又普半反 䮛 騎々馬名 料 五升 判 普半反分剖七 泮 々宮 五

洀 水崖 胖 牲半體 牉 々合夫合婦 泮 冰散 姅 傷胎 叛 薄半反背三 𡜗 嫉々無宜適 畔 田畔々 炭 他半反柴燼四 歎 長息 𢿐 々歎無采色 嫬 六

々 婜 換 胡段反五 逭 逃亦逭 肒 䏚 睆 目々 骨漆 漶 漫々不可知 𧸘 子筭反又下㘴二 鑽 錐 惋 驚々烏段反三 腕 手々亦作掔 琬 々琫於阮反 七

貫 古段反穿俗作貫廿 矔 張目 祼 祭々 館 舍々 瓘 玉 鑵 汲水器 灌 澆々 鸛 雀亦作𪇆 爟 叢木或作灌 鑽 鐶 爟 炬火 懽 憂無 八

吉 爟 烽火 錧 車軸頭鐵 遦 行 冠 首飾 觀 々樓 悹 疑々 悺 公緩反憂無告 婠 好兒又於丸反 竄 七亂反逃三 鑹 小矛稍或作穳 爨 九

炊々 按 烏旦反抑六 案 几 晏 晚 鴳 鳥 鄿 里名當陽 案 禾 旦 得案反初晚七 疸 黃病 鴠 鳥鶡鴠 狚 犬名似狼 怛 々 䒟 鳥 舳 小舟 十

但反 笪 笪々 憚 徒旦反憚三 彈 射丸又徒丹反 僤 明又勤 旰 古旦反日晚五 榦 々強 倝 日出光 盰 張目 骭 䯎 岸 五旦反崖也 犴 十一

獄也胡犬 豻 野犬 頇 頭無髮又五旦反 駻 馬 屵 々 厈 五旦 𣄟 色 侃 苦旦反樂亦作侃字五 看 苦寒反視又 衎 樂 軒 乾革又苦寒反 刊 削 漢 十二

呼旦反 暵 日氣 熯 火乾 暵 田地乾 灘 水濡乾 𦸹 耕々 厂 山石之崖 爛 盧旦反火熟亦作爤三 瀾 波又盧丹反 彰 文章 攤 奴旦反按又吐丹反五 十三

灘 水奔 難 患又奴丹反 䐖 溫 幱 巾欄又奴面反着也塗也亦作幱 粲 倉旦反白四 㛑 三女或作㛑 殘 俺又曰一見反 璨 玉光 繖 蘇旦反蓋又蘇但反或作傘四 十四

散 旦又蘇旱反亦作𢿿 𢿿 未束 幓 二幅又所黠反 讚 作幹反稱則十 贊 助 酇 縣名在南陽又作管反在何二反 饡 羹和餅 趲 散走 灒 水濺 嬪 女從 十五

襸 衣好 攢 訟 鬢 髮光澤 嬪 俎粲反不謹一 曰美好兒一 偄 乃亂反弱四 稬 稻亦作穤 懦 弱又乃過反 渜 浴餘汁又奴管反 攢 在翫反一 鑹 口嬈反燒 十六

艾

二鐵久 𩹢 魚撞軍聲 諫 古晏反忠言三 澗 谷亦作磵 澗 鐗 車々鐵 鴈 五晏反陽鳥亦作鴈 鳫 二 贗 偽物 晏 烏澗反晚俗作晏五 騴 馬尾白 鷃 十七·一

雀々 䁙 目相戲 鴳 鴳鴿 訕 所晏反謗又所攀反五 汕 魚乘水上 𤟵 獸名似狼 𦋏 取魚內 䴮 䴮餅麴 骭 下晏反脛骨亦作骭一 慢 莫晏反怠六 謾 欺々 二

縵〻縵 瘍牛馬病又莫駕反 嫚〻惰 米別 患胡慣反始七 擐〻甲 轘車裂人 豢食穀養畜 䍀獸似羊無口 槵無〻木名 繯周環 慣（三）

吉患反四習 或作串三 摜習人 倌主駕馬 宦仕胡慣反同患字一 䜌山患反雙生子又山眷反一 篡楚患反奪一 亂五患反草名亦作亂一 䙛普患反衣〻一 𧒂士諫反虫（四）

名 六 棧〻才道又士限反又士免二反 殘谷在上艾 輚臥車 轏寢車亦作輚 虥〻貓毛又仕板反 柵所晏反〻籬一 姏女患反訟一 鏟初鴈反剷三 𢧵〻殺變 羼（五）

廿九 羊相間又初莧反 娨下鴈反嫳也一 襇古莧反郡三 犴逐虎大 閒廁又古閑反 莧侯辦反菜二 䝱蒪莧反餘 辦亦辦二 瓣〻瓜 盼匹莧（六一）

反美目二 辨白眼視兒 幻胡辦反化一 羼初莧反羊相間初又鴈反一 蔄莫莧反人姓一 袒大莧反衣縫解或作綻組袒又徒旱反一 鰥古盼反寡二 卝小兒束髮象蛾角曰〻（二）

卅 霰蘓見反雨雪雜下亦霓五 先又蘓見反 散散 㪟舍亦㪟 洒洒掃又所賣反 蒨倉見反草盛十 茜草染 䋚載柩車亦作䋚 綪〻色赤青 棈木名 [illegible]（一）

又且爛反 精 倩美好 裕望山谷青又倉先反 𪇊紡錘又忩錢反 絢許縣反文綵亦作約絃四 拘擊又呼宏反 敻深遠又詷政又正作敻 讂流言有所求 縣（二）

黃練反古作寰十一 袨好衣 眩〻目 炫火光 衒自媒亦作衒行且賣也 姰狂又相倫反 頦腮後 贙獸名似犬多力西國人家養之又胡犬反亦作𧇍 眴搖目或旬 迿出表（三）

辭又思俊反 駽鐵驄 睊古縣反視兒十一 讂流言 䚷孔 罥〻綰 羂〻羅 悁〻急 縳絹又直轉反 𧝄車擔 酳下酒 獧跳 [illegible]（四）

電堂見反雷光十 畋平〻兒 甸〻郊 殿堂〻又䩙見反 奠〻設 澱滓亦作靛 淀淺泉 鈿寶〻今通作細字蘓計反字 佃一轅車中〻 窴今作才真亦作闐又徒賢反（五）

瑱他見反玉名二 滇〻澌大水兒又徒賢反 練落見反帛十一 鍊金〻 湅水疾流 揀〻擇 楝木名 𤬪瓜〻 堜博平壗在 萰蒺蔾白斂 潄鐵〻（六）

𧍴輿〻蠶 楝木解理 見古電反睹又戶見反二 鋻鋒焠 晛奴見反日光亦作䁣二 嬿人姓又舒善反 俔苦見反磬又胡甸反二 𠷎日晝雨止 現戶見反遵〻謂三（七）

涀水名在安陵 韃無見反〻〻或作研三 研 趼獸名 宴烏見反安〻 讌〻馬 燕〻鳥或作鷰 嬿女字又於典反 曣視又烏殄反（八）

咽〻嗌 洼大水兒 瀳 薦作見反此出 廌〻字也 徧博見反周〻三 㸤市〻 麪莫見反麥𪌉俗作麵六（九）

瞑〻眩 眄斜視 滇 蠛汗血又莫結反 窅冥合 片普見反析木二 肵 䒓在見反重或作洊二 袸衣小帶 餡馬駼反麼食飽亦作肴 顛呼見（十）

反在背回〻一 殿都見反後二 唸叩呻之聲 緊口見反又口典反一 線私箭反或作綫纏亦作絙一 戰之膳反慴二 顫寒動 繕視戰反補八 鄯（十一）

〻善西域國 擅專 禪封〻 膳食 僐〻作 單〻父又都寒常演二反 彥魚變反美士四 唁弔失國 [illegible] 諺傳言亦作喭（二）

譴去戰反問一 𨵿閒又作𩔖二 䂂畫止 絹吉掾反繒三 狷〻狂褊急 鄄〻城縣在東郡也 瑗王眷反玉名又于願反五 媛美女 援衛護 院垣 𧝎（三）

佩帶 面弥戰反顏前二 偭鄉 釧尺絹反官鐶一 掾以絹反官四 緣幅 扤動 飆小風 騕陟彥反馬上浴二 襢皇后衣亦作袩 㬇人絹反城下田又而兗反一 四
翦子賤反矢七 鬋女鬢垂 葥草名似覆盆 濺水激 錢陸終子 榗木名 煎熬又子仙反 硟尺戰反展繒石一 扇式戰反扉扇四 煽火盛 五
兗又夫延反 偏戲 蝙蝠醜 軀於扇反怒瞋一 眷居倦反戀愛十 睠遠顧 捲西縣在日南 卷書 桊牛拘 餋祭 帣囊 勬勤又健力 六
居貟二反 弮黄豆又丸兗反 鬈蠸 倦渠卷反疲亦作劵六 綣縫 縁靴 僎具或為僎亦作饌 奆餘揉 餋飲亦作饌又仕兗反 襈繒 戀力卷 七
反貪二 嬽好兒 猭丑戀反走草一 變彼眷反化一 䡅所眷反車軸二 孿一乳兩子又山患反 縓七選反絳色又七全反二 艇更視 卞皮變反縣名在魯又姓九 拚 八
播 弁冠 汴水名在陳留 閞門欂 匥蒻 播 昪喜樂 𡵂弁 淀辭選反四泉四 鏇轉軸裁器或作旋又囚玄反 縼長繩繫牛馬放之亦作旋 九
嫙好又以泉反 選息絹反蘭六 潠歃又須筍反 選口含水噴 䉤羨 繏索 𦋺罥歠足亦作蹮 饌士變反食二 襈緣 傳直戀反又丁戀反二 賤 十
在線反下餘二 餞酒食送人又慈演反 羨似面反慕一 楝望之一 騗匹扇反躍上馬一 䡘女箭反水一 囀知戀反韻二 傳郵馬又直戀 𢇍丘弁 十一
反祠之三 𦂊縄 譔作譔 衍餘見反達又以淺反五 演水潛流又以淺反 縯長又以淺反 𨖟移 嗔大笑 便婢面反利一 剸之轉反截又之兗反一 十二

卅二

䐹弔反内和麵穢 嘯蕭弔反亦作歗一 糶他弔反賣八 眺視 趒越 覜見周禮瑑珪以覜聘 咷叫聲 窱深遠 銚銼 絩綵數 一
弔多嘯反閔凶五 伄伄儻不常兒 瘹狂病 釣魚亦作魡 窵窅深兒 叫古弔反亦噭五 譥許 徼小道 憿行僥又古鳥反 激水急又古歷反 尿 二
奴弔反小便或正作屘一 藋徒弔反菜亦作䒬四 銚燒器 掉振 盄草器亦𧇄 竅苦弔反穴二 撽擊 顤力弔反長頭兒六 尥牛脛交 嫽戶又力蕭反 三
弄 料理 嘹宿呼 鐐美金又力彫反 顤五弔反五 獟狂犬 澆寒浞子名 𪖈析鼻 嘄叫 𡧦於弔反又於鳥反二 窔窔窱幽深 姎叫呼 四

卅三

喜一 笑私妙反狭咍亦俗作咲三 肖骨肉相似 鞘刀 照之笑反明及三 詔勅書 陧隄 曜弋笑反耀十一 鷂鷹 摇動 覞普視 一
又昌召反 遙責玉又餘周餘久二反 睔眩或作覦視誤 論誤 趭走 筄屋 藞蔦蘿又帝女花 𡯁行不正 要於笑反又於昭反二 約於笑又於略反 召直笑 二
反呼一 邵寔曜反古國四 劭自強 𠧟到懸鉤 召高又時燒反 嶠渠廟反山道二 轎輿又並奇驕反 剽匹笑反強取七 彯畫 膘置風日內令乾 漂水中打絮 三
亦作漖 僄輕 慓急疾 瞟𥅮闚 噍才笑反嚼又子由反五 誚責 劁刈又在宵反 譙讓又似焦反 趭走 妙弥照反精好一 峭七笑反山峻二 四
篍竹簫洛陽亭長所吹又七由反 燎力照反又力小二反八 尞柴祭天 鐐銀 𡏖周垣 療救 繚炙 熮火兒 翏高飛又力幼反 趬丘召反輕兒二 五

䯤𩫕高 虠牛召反𩫕𩫕一 醮子肖反祭七 釂酒盡亦作樵 𤚔白色 潐盡 䤌小醮 憔行容止 𥇟目冥 庿眉召反皃亦作廟一 驃毗召反驍勇一 六

少失召反二 燒燒爇又失昭反 祧丑召反遠祖廟曰祧一 褾方廟反領巾一 翹渠要反尾二 饒人要反請益三 驃馬名 䚆竝也 七

卅

效胡教反亦作効四 校校尉從木從手非 斆斆 𡥈誤 教古孝反訓六 窖倉窖 挍挍 鉸鉸刀 酵酒酵亦酸 覺睡覺又古學反 孝呼教反盡養六 一

哮喚又呼交反 涍水名在河南 嗃大嗥亦作詨 嗃又呼各反 詨吴人謂叫又居肴反 䳺鷹屬 罩丁教反取魚器或作罩罩䍜罩二 鵯白雉 豹博教反斑獸二 二

爆火列又普駮反 敲苦教反擊又苦交反三 巧巧偽又苦絞反 墩墩磽又苦口交反 貌莫教反儀亦作皃五 軳引 悅惆 皃䝖雜文 貓貓旄 㚁匹皃反起 三

醲或作窌四 炮灼 窌窌地藏又力救反 拋拋車又普交反 趠褚教反行皃二 踔跳 稍所教反漸漸五 潲豕食 削小削 鄁大夫食邑 稍稷種 四

棹直教反舟棹一 橈奴効反木曲又如昭反亦作撓又乃飽如紹二反三 淖泥淖 閙不靜亦作閙 抓側教反爪刺三 𤺥縮𤺥 笊笊籬 皰防孝反面瘡四 鞄剖皮反又普角反 五

鉋鉋刨又薄交反 皰面氣 抄初教反掠或作鈔亦作剿三 魦角上 罺小罔 巢仕稍反棧一 樂五教反愛一 拗乙罩反很又於絞反三 箹竹節 靿韡靿 六

卅五

号胡到反號令四 璈石似玉 號號 諕相欺 導徒到反引十二 翿舞所執亦作翳翢 悼傷 蹈履 盜竊物 纛左纛 燾覆燾又大刀反 一

䆃禾六穗 [illegible]年九十 檮粘 䠷長又乃到反 纙不青不黃 到都導反至二 禱祭 誥古到反書五 郜國名在濟陰 縞素又古老反 告 語又古沃反 二

傲五到反自高皃五 顤長頭 鏊餅鏊 驁馬名又五刀反 㚊陸地行舟人 帽莫報反頭巾亦作帽本作冒字十一 耄老亦作𦒱 三

芼菜食 眊目少精又忘角反 瑁圭名 冒涉又莫北反 瞀細視又許六反 覒視 毷鳥毛盛 媢夫妬婦 嫪慮到反悋物六 潦淹或作勞 四

勞慰勞 嘮嘮又力刀反 𢯷急鹿皃 𦃆施絞於騙 𤻲毒又力彫反 澇水名 操七到反持又七刀反四 造至又昨早反 慥言行急 鄵地鄵 暴薄報反乍也虎五 五

瀑甚雨 菢鳥伏卵 袌衣前襟衣作褱 㚈妵 報博耗反迴信一 漕在到反運穀一 奧烏到反深十 腴肉藏 懊懊悔 饇妬食 隩屋隅 燠熱又於六反 六

墺四墺古文作垙 譳𧩱 駊長 鱮小鰌 㮈鳥聲五 譟呼 瘙疥瘙 鄵鄵 埽除又蘓道反亦掃 鎬苦到反餉軍亦作犒三 七

𩊉相違 顤頭大 竈則到反坎埢俗作灶三 躁動 趮疾 秏呼到反減二 好愛又呼老反 韜他到反臂衣一 臑奴到反三 八

卅六

髿長皃又徒到反 箇古賀反一枚一 賀何箇反慶二 袖作襊 佐作箇反助五 左左右又作何反 䡵副 佐不正 袉衣襌 跢丁佐反小兒行四 九・一

瘅勞 哆語助聲 瘳病 邏盧箇反遊近二 襹婦人衣 坷口佐反坎坷不平皃三 軻孟子名又苦哥反 𢻱居賀反 鹹 攷擊 餓五箇反飢 播 二

補箇反又古文剢孛布三 皵〻揚文布火反 譒□ 貨□□□賄一 臥吳貨反眠一 柰□□反又奴蓋反一 挫□臥反折三 蔢拜失容又子對徂嫁二反 侳安又子過反 三

磨莫箇反斫三 䃺䃺 摩〻按 剉麁臥反斫三 銼蜀人呼鈷鏻 莝斬草 愞乃臥反又弱乃亂反四 堧少土 穤稬 䎡城外隍內地 和胡臥 四

反應哥又胡戈反諧三 倻和 盉調五味 唾託臥反口汁四 毻鳥獸易毛 蜕蟬〻去皮 褙無袂衣又徒臥反亦作䅮 過古臥反又古和反經三 划鎌又公禍反亦作鍋 蝸蠕壞 五

又古和反 破普臥反物毀二 頗語第又普和反 涴泥著烏臥反泥四 汙穢〻又烏故反 堁塵又口對反 踒足跌 惰徒臥反懈〻二 褙無袂衣 馱唐佐反負物一 課苦臥 六

反責功三 髁髀骨或作髁 敤研理又口果反 嬴郎過反瘰懷四 纝〻 癩疫病又力外反 𤸫病 棵丁過反木朵二 婐 膹先卧反 倭 七

卅七

烏佐反痛辭一 柂剢邐反牽車又徒我反一 些蘓箇反語詞一 坐在臥反二 座牀 磋七箇反磨一 歌呼箇反大笑又呼可反一 禡莫駕反祭名七 榪牀頭橫木 八一

鬕婦人結帶 [疒馬]牛馬病又莫晏反 鄢縣名在犍爲 罵惡言 隅〻 駕古訝反增乘十 稼種〻 嫁歸〻 瘕腹病 架〻屋 㨼擧闍 價〻數 二

假休又古雅反 賀〻膠不密 幏布賣 亞烏訝反次六 俹倚 𪒠鳴 婭婚家相謂 晋姓 [?]霸 嚇呼訝反笑聲又呼格反六 罅 三

孔悶兒 唬虎聲 諕誑 [土虖]地在晋 煆赫又許加反 迓吾駕反迎三 訝嗟 犽獸名 詫丑亞反誑一 吒陟訝反〻歎四 奼美女又都故反 灹大聲 四

兒 莼〻黃芩 詐側訝反誑一 醡酒〻亦槃 乍鋤駕反忽五 䄍祭名或蜡 詐〻訴 [?]失容節又祖卧反 溠水名在義陽又作離反 謝似夜反拜恩三 榭 五

臺〻 謝水名 髂口訝反髖骨或作骬骻六 痾驚 歌小兒張口 暇閑又胡訝反 夏時又胡雅反 下向卑又胡雅反 䘥兒〻三 藉以蘭茅地又慈亦反 六

[金夜]〻鏡 夜以謝反夕三 射僕〻 鵺鳥夜名 [走斥]充夜反怒一曰牽又丑格反一 蜡司夜反鹽藏蟹亦作蝑又息余反三 卸除鞍〻馬 蒚笞 柘之夜反木名亦蔗 鷓〻鴣鳥飛向南 七

不向北 蟅虫名 炙〻肉又之石反 蔗甘〻 嗻多語〻〻 唶子夜反歎聲二 借假又子昔反 舍始夜反屋〻四 騇馬名亦作捨 赦〻罪 涻水名出䣠山 射神夜反武藝二 八

麝獸名有香 霸博駕反王亦作䨻四 灞水名 靶轡革 弝弓〻 䩗芳霸反把帊襆二 怕怖 摦胡化反寬亦作㕷五 吴大口 樺木名 華西岳山 檴木名 九

又胡郭亦作㻈 化霍霸反變四 傀鬼化變 匕倒人 諣疾言 跨苦化反越又口寡反一 誜所化反杜一 㹊白駡反獸名似狼亦作狛三 鮊海魚 䅊作田具又蒲巴反亦作杷 䏧乃亞 十

反臟二 拏結亂 笡淺謝反斜逆一 沙色亞反汏物二 廈〻屋 坬古罵反土埵二 謑相誤 窊烏坬反窊一 塗徒嫁反飾又丈加唐都二反三 蛇水母狀如覆笠隨潮上下可捋為膾 十一

卅八

用 秅開張屋 瓦五化反苦屋一 勘苦紺反校四 衉凝血 [?]〻䫲又苦感反 紺古暗反青色八 淦新〻縣在豫章 贛薏苡別名 憾恨又下紺反五 琀〻玉 十二一

涻水和物 唅哺〻 腤食肉不饜 暗烏紺反日無光三 闇冥一日弱 醃菹又於炎反 僋他紺反倧〻癡兒七 撢探取 酉無光又吐念反舌出兒 傝〻㒌不自安又吐盍反 𦢊 二

廿九

嬸憛〻悇諳競言䞘卬倸穢紺反一儑五紺反偡三謲七紺反伺三黲〻鼓田〻黲黮醰徒紺反酒味長四䁼買物逆付錢䃫血凝䁼栝又徒含反䮙丁紺 三

反冠情近前一揝祖紺反斜捶一僋郎紺反一顄呼紺反餅不飽面黄又呼感反一妠奴紺反取一闞苦濫反書邑四瞰視䤷味苦㰹可又工覽反亦作䤷濫盧瞰反汎八 四一

劖刀監〻利酟䤆繿繫舟爁火皃嚂僭差嚂食或作㔋濫瓜菹䁪吐濫反戾人以財賄罪五䰐䤆〻無味䀡候視又勑鑑反澉濤公覽反〻味䤆䰐二 一

鹹味過口䤆呼濫反二䖔虎怒憨下瞰反害又呼甘反五獥大吹聲譀誇誕又呼甲反亦作諴覽大盌蝩瓜憺徒濫反靜四澹水皃脥無或 三

作啖餤淡無味又徒暫慙濫反亦作蹔二鏨小鏨擔都濫反負二䫲〻石大覽漾餘亮反水名在隴西十恙憂又人相問無恙羕長颺物從 四一

卅

風煬炙㨾式羊反詳美目諹謹饈餌養餘上反又林〻山木亮力讓反朗九諒信掠笞一曰強取悢悵緉俊條雙曰緉〻兩書云武王戎車 二

三百〻䬗北風又呂張反喨嘵〻小兒啼無聲皃狀鋤亮反類一讓如狀反推善於人四攘以手却物又汝羊反懹憚穰道餉式亮反饋食亦作饟四傷未成人死又式 三

良反向姓又許亮反愓痛亦作痫又尺善反帳陟亮反帷三脹滿〻漲水大亦作漲悵丑亮反快七暢通鬯巨〻又香韔弓衣又直亮反亦作韔韔草盛 四

脹失志㿬〻向許亮反背五珦玉〻蠁不欠鄕〻屬闢两階間仗直亮反器〻五長多又直良反䩵斫又除香反暘不生又丑亮反韔弓袋又丑亮反 五

亦作醸釀女亮反酘酒亦作穰二醸〻菜匠疾亮反巧工三䳰鳥工雀䢧行兒障之亮反亦作墇郭四嶂峯〻墇塞亦作漳瘴病尚常亮反三上貴烈又時 六

掌反償備〻壯側亮反多力三裝行〻又側良反壯米〻怏於亮反不平心四鞅飽詇知蚗青面䁶其亮反獸取具一唱昌亮反發歌亦作誯一創初亮 七

反始正作物三愴惨〻滄塞醬即亮反以豆成味二將軍師鞆語向反轎〻二仰魚兩反委人又訪敷亮反問二妨〻礙又敷王反妄武放反虚誕五望弦〻遠視 八

又武方反忘不記又武方反諲〻相責汒谷名在京兆況許妨反斯三貺〻䀆〻誑九忘反欺亦作誑又子放反二狂往迋于放反往亦作迬四旺美光王盛又于方反 九

㤜〻誤放府妄反自縱四舫〻船趽曲脛馬鴋鳥常在澤中見人則鳴呼之不去亦雄相息亮反視其好惡又息良反一防扶浪反鎮一疆居亮反殑勁一羌丘亮反三晾目病 十

卅一

䁔陳桓公子名蹡〻行兒一狂渠放反輕為一宕杜浪反洞屋一曰過五踼跌〻行不正碭石又山名縣在梁郡蕩過又徒郎反蕩藺蕩毒草浪 十一

郎宕反水波五閬高門又地名在蜀又力唐反埌冢藺〻蕩蒗〻蕩吭下浪反鳥咽二行〻第盎阿浪反盆二醠酒〻枊五浪反繫馬柱一葬則盎反瑩 二

擴一傍蒲浪反側邊又蒲郎反二徬附行又蒲郎反藏徂浪反隱又庫〻積物二奘大讜丁浪反言中五儻不中當䁮大瓮一曰井甃艡船〻党人姓抗 三

苦浪反以手抗或作㧏亦作抗九閌閬〻炕〻火犺猰犺獸為不時猰字苦結反伉〻儷䡉黄色阬閬又口庚反頏咽又胡堂反亢〻陽旱兒謗補曠反誹二蛢 四

虫名似蝦蟇　儻他浪反悵意　揚搪　曠苦浪反一日遠五　壙墓穴　纊絮　矌目□明　爌光明　儾奴朗浪反緩一　潢胡浪反染色一　㶇打　䛭蒗浪反又息郎反從哭從　五

卌二　二亦作喪一　荒呼浪反草多二　漭無浪反漭浪大野二　㟍不知又莫郎反　汪烏光反水烏一　敬居孟反肅三　竟終畢了　鏡鑒　映於敬反又作暎隱二　䏚頭餙　六一

反寐　競渠敬反爭四　儆⺀愼　誩言　倞強　諱許孟反瞑語一　鞕五勁反牢亦作硬一　慶綺映反賀閤一　更古孟反又古衡反正作㪅一　命眉映反呼通作命一　病皮敬反　二

四　評平言　坪地平亦作垩　枰獨坐板牀一　孟莫鞕反長二　盲萌⺀張失道兒　蝗胡孟反蟲又戶光反二反三　橫非理來　瀇小津　柄彼病反杓棅五　寎　三

驚病又兇命生詠二反　怲憂　鋲堅　邴宋下邑又兵永反　詠為柄反長吟亦作咏四　泳水行不沈不浮亦作䃣　榮祭名又永兵反　醟酗又虛政反　行胡孟反二　絎　四

刺縫　瀙楚敬反冷一　倀猪孟反又丑良反三　偵廉視亦作靚　趟⺀趟　榜補孟反棹人哥二　跰走亦作趟　膨蒱孟反脹兒一　生所更反產三　胜財　鼪鼠　五

卌三　迎魚更反逆一　鋥宅鞕反磨⺀一　諍側迸反諫言　迸北諍反散走一　併蒲迸反一　嫈七諍反又櫻耕一　䁝母迸反䦧亦作𡏦櫻字一　軯車　六一

卌四　呼迸反衆車聲二　輷⺀磕　勁居盛反健二　勁鼠尾又其聲反　政之盛反施教亦作政四　正當又止聲反　証諫　䳌鷄又之盈反　聖式正反　鄭直政反國名二　二一

𤭛子鄭反　逞丑鄭反遲俟一　性息正反　姓氏　令力正反善又力盈反政作令二　詅衒賣　聘匹政反朝問亦作娉二　娉⺀婚　敻虛政反遠正作敻三　詗偵　醟酗　二

摒畀政反除二　併⺀屏　屏防政反隱僻一　倩七政反假二　清⺀溫　淨疾政反明六　穽⺀亦作𡺸　睛⺀賜　靚裝飾　婧⺀　䫆首　盛承政反多亦作晟三　三

卌五　墭壇⺀亦作𨹞　詺武聘反目一　精子性反強又子盈反一　徑古定反蹊五　經⺀緯又古形反　䪫⺀隔　涇通水　桱　寗乃定反邑名三　佞諂　四一

仁如　濘泥　腥息定反豕二　醒酒　脛戶定反腳一　定特經反不移二　𨑃朝⺀　矴丁定反亦作碇六　釘下⺀又　飣貯食又得庭反　顁題　錠錭　奠設　二

徒見反　磬苦定反石三　罄盡　鏧金聲　聽他定反審聞三　汀⺀瀅不遂志　侹⺀桯　靘千定反青黑色二　靚⺀靘　瞑莫定反　鎣烏定反飾　三

卌六　烏迥反二　瀅小水亦作　滎胡定反　零力徑反侯又力丁反一　宥尤救反寬十四　又更　佑佐　右左⺀又于久反　盍杯亦作盍又余久反　祐神助　酭報反　四一

顧亦作　囿園又于六反垣也　侑食勸　姷耦　忧⺀動　𧼮意　䕻⺀草　救久祐反助亦作捄七　灸火灼又居有反　疚病正作疚宂字　究窮　二

𩜹⺀飽　廄養馬舍匹萬　胄直祐反亂十二　胄⺀兜鍪　宙宇⺀　㑇同　酎醇也釀三重也　繇卦辭　籀史⺀造篆書　伷　䄂祝　疛心疾亦作　駎　三

臯兜鍪　懤愁　晝陟救反⺀日二　噣聲又丁豆反亦作咮　狩舒救反冬獵四　獸⺀畜之物名　收獲多　首自陳　臭尺救反氣亦作殠一　岫似祐反山　袖衣長袖亦　四

柚　齅許救反以鼻取氣二　嗅屋亦作嗅　呪職救反詛三　祝之育反祭祠又　椆木名　舊巨救反久二　柩⺀屍　瘦所救反損正作瘦三　漱含水又蘇豆反　鏉　五

鐵銍 皺 側救反面〻四 㵸〻縮 甃 井〻 綯 戲亦作縐 副 數救反貳四 𩯭 假髻又匹刀反 覆 蓋又敷福反 㤜 小怒 簉 初救反充一曰齋二 𦵏 草根 富

府副反貨 畐足四 輻〻輳 鍑 釜而大一曰小釜 當 草 畜 許救反又許郁反二 俞刂 人姓 溜 力救反水〻十二 廖 人姓漢有廖湛 霤 〻中 劉 美好 鷚 鷚子一曰鳥名

餾〻餴 𤚩 力竹反 併力又 㸿〻 㵞 僇 行癡 𩂯〻 迴反 又力 窌 孝反 害又普 翏 力要反 高飛又 秀 息救反 才〻五 繡 文〻 螑 虫名 琇 玉名 宿 星

驟 鋤祐反 走〻馬一 僦 即救反賃 又聚二 稍 春雇稅 亦作 袖 就 疾僦反 從二 鷲 鳥 糅 女究反 雜三 餷 雜餅亦作粈 膆 嘉膳 復 扶富反五 瘦 病 複 再

機持 [illegible] 兩臯閒 衜 重亦作衟 狖 余救反獸名似猨九 鼬 虫名似鼠 槱 積薪燒之 柚 橘〻 輶 輕又以周反 牰 牛黑脊 貁 〻屬 蜼 似獮猴鼻仰雨則懸其頭向下

繒 螑 不知晦朔 虫又余九 㗛〻口 授 承秀反付五 售 賣去 詶 荅又市流反 壽 富年 終 鞣 人又反 車〻四 蹂 踐 煣 使曲 大蒸 鞣 耎皮又如周反 𪖙 牛救反 鼻仰一

卅七 候 胡遘反伺十二 鮜 魚名 郈 地名在晉 逅 邂〻相遇 詬 〻罵 睺 半盲又胡鉤反 䞀 蹇行又蕭北反 鍭 箭鏃又胡遘反 鱟 似蟹虫十二足雨〻相乘而行子可為醬南人重 [illegible] 石 窗

不黑 睺〻瞜 後 貪財器 后 受錢 寇 苦候反賊五 滱 水名 恂〻愁 愚兒 嫯〻瞀 鷇 鳥子 茂 莫候反古作懋亦作𦱼 貿 易 戊〻己 鄮 縣名在會稽

瞀 目不明又妄角反 愁〻恂 衰 㦬 楙 木瓜 媢 女師 懋 勉〻 苺 草實似桑椹可食又亡佩反 萩 細草叢生 楙 草 冃 重覆又亡保反 仆 匹豆反倒又扶北反撫遇

反 語而二不受 敂 豆 徒候反 拔十一 竇 水瀆 逗〻留 酘 酘酒 荳〻蔻 脰 項 郖 地名在弘農 餖〻飣 浢 津名在河東 [illegible] 鞓 車鞁具 鬥 〻豆

六戰 譳〻 譳不能言 噣 鳥口或作咮 𩰠〻 譳 鬭 鄵 襡 衣袖又大口反 耨 如豆反除草四 譳〻詎 檽 不解事 櫌〻柱 瘷 欬〻五 漱 口 湯盥

又所 欶〻氣逆上 鍬〻 鑐 利 嗾 使犬又先侯反 奏 則候反一 透 跳四 他候反 䞍 自投或作 𨁂 語唾不受 亦作敨 漚 於候反又於侯反三 [illegible]

殼反 地名在竟陵 文帝市更 𥜽 頭衣又於部反 遘 古候反遇十四 搆 結累 媾 婚〻 覯 見 購 贖 昫 稟給 彀 張弓〻亦作𢏽 姤 卦名 雊 雉〻 𣪍 取牛羊乳

遘 鮮〻 䃓 罰 句 〻撿亦句 𦳝 積財亦作茸 輳 〻 湊 水會 嗾 使犬 族 〻 腠 膚〻 蔟 太〻律名 楱 橘頹 陋 盧候反

反鄗〻 卷八 漏 屋下 鏤 〻刻 瘻 瘡〻 䕯 姑〻 蘆草藥名 鎘〻 鏤 䁖〻 蔻 豆〻七 呴 呼候反豕聲 [illegible] 詬 恥又 恂〻愁 㖃 恥又

呼垢反 卅八 吼 聲又呼后反 𥈾 蒲候反豕肉醉而二 鞲 衣〻 偶 五遘反又期一 𠠆 昨候反又細切又粗鉤反一 幼 伊謬反小〻一 謬 靡幼反錯亦作謬二 繆 亂 [illegible] 丘幼反又行皃一

卅九 沁 七鴆反水名在上黨二 吣 吐〻 祲 妖氣二 寖 作鴆反又漬 浸 妊 汝鴆反身四 紝 織 鵀 戴〻鳥 任 使又汝鴆反 鴆 直妊反鳥名二 沉

香仲 乣 渠幼反 反一 跙〻踞一

沒 枕 職鴆反又之稔反二 針 刺病 舍 巨禁反 吉下病四 [illegible] 鈐 口閉 噤 □ 禁 居蔭反 限 避諱 改曰有二 [illegible] 格 賃 乃禁反 傭 庇〻一

六 七 八 九 十 十一 一 二 三 四 五 六 七 八 九 十一 二一 二

蔭庇ゝ三□□□窨作廕□□□喑□滲上漏向下二□□□□□□□罧又稟斯反□□□□闖門出二□□□覸又丑心反□□□□覘譖□禁反讒ゝ二讖楚譖反又

五十

ゝ書一椹陟鴆反史記右手ゝ其胷二紞上也ゝゝ吟宜禁反長詠一臨力浸反朝夕哭一豔以贍反美色亦作艷五爓ゝ光焱火華炎熱又于淹反

掞ゝ猶贍市豔反瞷ゝ一染而贍反改色一厭於豔反說文广甘肉犬馬ゝ三撿快又於驗反饜ゝ飽窆方驗反下又方鄧反二砭石針又方廉反驗語窆反

反證二噞ゝ喁閃式贍反闚閃二炶火行皃又他念反㦰子豔反不廉一塹七贍反遶城水又坑ゝ二槧札又昨感反殮力驗反殯ゝ六斂聚又力儉反瀲

五十一

泛一曰水波⿱雨僉雨ゝ小獫長喙瞼市先入占支豔反又支鹽反一䪜充豔反小障泥一覘丑廉反伺候二貼視⿰忄奄於驗反又於豔反一

掭他念反火杖五舔舌出忝辱㸃犬隯亭名在京兆念奴店反愛一店都念反舍十坫埠沾水名在上黨墊ゝ溺䀡目垂又丁兼反唸中ゝ亦作

攸㰴窮又丁頰反玷玉有瑕ゝ⿱雨埶寒埝下又乃剡反⿰石韱先念反電光一磹徒念反⿰石韱ゝ一趝紀念反疾行一酓於念反苦味一僭子念反差一䁙漸念反閉目思一

五十二

兼古念反并二鰜魚名傔苦僭反從ゝ一稴力店反未熟又力點反一證諸譍反驗二烝熱又諸陵反孕以證反懷子五鼆面上黑子賸增益亦作賸

媵送女鱦小魚又時證反乘實證反車ゝ三鱦魚子賸以證反認而證反ゝ物又而振反三扔強牽ゝ艿草不剪譍於證反言對二應ゝ物甑子孕反炊

器三⿰衤曾于襦䬴馬食穀多流下又里甑ゝ反興許應反樂又許陵反三瞢腫起嬹悅勝詩證反亦作勝字四藤胡麻名縢緘䁅美目又大登反眙文證

五十三

反直視一餕里甑反一覴丑證反直視一烝時證反一凴火孕反任几一稱尺證反ゝ譽一嶝都鄧反小坂四鐙即寶ゝ也無足曰鐙有足錠亦甑字也隥ゝ梯磴

ゝ巖贈昨亘反追送一亘古嶝反通亦作恒路五堩ゝ路揯引急⿰魚亘ゝ鱛暅日乾蹭七贈反蹭ゝ二鄧徒亘反姓四蹬ゝ蹭蹬ゝ䲢橐憕亘武

反閟四鱛魚名蕄閟又音登反𨰻重環僜魯鄧反倰凝二殑ゝ鄧馬牛卒死崩方鄧反亦作堋一增子蹭反又作騰反一𥌺思贈反眠新覺一倗父鄧反輔ゝ一

五十四

陷戶韽反沒ゝ三䱤魚名臽臼韽於陷反下入聲三㹱大吹聲又下乙咸反㴸沒水又他刀反醮責陷反以物內水一⿰鹵占都陷反又鹹多一歉口陷反又口咸反一賺佇陷反重

五十五

賫一讒士陷反譖言三儳輕言䧯陷闞火陷反犬聲一⿰鹵臽公陷反鹹一諵佇賺反ゝ諸罵一鑑格懺反鏡二監領ゝ懺楚鑑反自陳四儳雜言

摲投⿰毚凡笢瓮丰無曰ゝ覽子鑑反ゝ高皃危一儆許鑑反ゝ覽一釤所鑑反大鐮一𣺟蒲鑑反亦作湴一⿰臣臽胡懺反下一鑱士懺反穿土具又士咸反一

五十六

梵扶泛反讚ゝ二帆ゝ船上泛敷梵反浮四⿰亻凡輕又扶嚴反⿱氾皿杯亦作⿰瓦乏汎普ゝ亦作氾又扶瀶反劒舉欠反兩刃刀一欠去劒反張口一俺於劒反大ゝ五㛪ゝゝ女有心俗作⿰女弇

⿰言奄匿亦作婞⿰忄奄愛又於驗反裺褔又於檢反⿱艹夏妄泛反草木無ゝ

切韻卷第四盡

三 四 二 三 四 一 二 三 二 三 四 二 三 一 二 二 一 二

切韻卷第五　　入聲凡卅二韻

右卷一万二千七十七字　二千一百五十六舊韻四千四百六十五訓卅一或亦九文古一文俗八百卅八補舊缺訓一千三百卅三新加韻二千一十七訓四百一十六亦或一十九正一十九通俗二文古四文本

一屋烏谷反　二沃烏酷反陽与燭同呂夏侯別今依呂夏侯　三燭之欲反　四覺古岳反

五質之日反　六物無弗反　七櫛阻瑟反呂夏侯与質同今別　八迄許訖反夏侯与質同呂別今依呂

九月魚厥反夏侯与沒同呂別今依呂　十沒莫勃反　十一末莫割反　十二黠胡八反

十三鎋胡瞎反　十四屑先結反李夏侯与薛同呂別今依呂　十五薛私列反　十六錫先擊反李与昔同夏侯与陌同呂与昔別与麦同今並別

十七昔私積反　十八麦莫獲反　十九陌莫白反　廿合胡閤反

廿一盇胡臘反　廿二洽侯夾反李与狎同呂夏侯別今依呂夏侯　廿三狎胡甲反　廿四葉与涉反李呂与怗洽同今別

廿五怗他協反　廿六緝七入反　廿七藥以灼反　廿八鐸徒各反

廿九職之翼反　卅德多則反　卅一業魚怯反　卅二乏房法反呂与業同夏侯与合同今並別

一

屋烏谷反〻舍一　獨徒谷反孤廿一　黷黑　讟謗亦作讀　讀痛又怨　髑〻髏亦作顱　殰傷胎亦作殰　讀誦言　櫝棺或作櫝　牘〻簡　韇弓衣又之蜀反　瓄玉

瀆溝〻亦作瀆　讀〻字　韥箭〻　嬻〻媟　匵〻匱　犢牛〻　䮷〻鳥名　遭〻　䮷野馬　騳〻　黷〻滑　㸿獸如鼠　㹍〻麗　穀古鹿反木十

轂車〻　穀〻木名　瀔水名　谷〻澗　㲉玉名又古學反　㱿足跗　㲉豆　殼〻　㸿獸如豹五尾又余燭反　縠羅〻　斛胡谷反八斗　槲木名

毂〻螻　蔌水草　嚳角聲　㲉〻鹿　礐石聲　哭空谷反哀聲六　㲉卵又苦角反　㲉瓦未燒　㲉鹿〻　陪大阜在扶風　㲉〻餅〻　秃他谷

反無髮又他毒反四　誎〻誣　梀杖指　鵚〻鶖鳥名　速送谷反遲十一　蔌菜〻　餗鼎實亦作䉤　蝀螮〻　樕木名亦作樕　㲉〻聲　欶吮　遬白茅　殐殤〻

樕〻樸　麌〻鹿跡　㲉丁木反〻㲉動物三　䝒衣至地〻　㲉〻斲　祿盧谷反　鹿獸麟斑　漉滲水　轆轆轤縣在張掖又盧各反　睩視兒　䚄笑聲

錄東方音樂　籙〻籚圓　輘木轉　麗几〻　艫舟名　琭石名　簏〻箱　螰螻〻蟲名　㲉〻四　麓山足　碌多石兒　盝去水或作㲉　騼野馬　彔刻木

㚐妻　㯝頭　睩聽　逯行又力屬反　濼水名在濟南又力各反　鏕釜又於口反　磟〻碡　㲉呼木反歐聲　㲉獸名似豹又丁木反　熇熱又火酷反　臛羹〻又何各反

一　二　三　四　五　六　七　八　九　十　一　二　三　四　五　六　七　八

嚛大〻 嗀日出嗀亦 族昨木反 鏃〻鑿字 鏃勒遍反 鏃一作族音一 瘯〻瘯瘃 䃚〻石兒 蔟〻蠶又倉候反 曝蒲木反日乾兒六 瀑〻布懸水 蠓 九

〻蜒 毲〻毛不理 夋行 穙〻禾 扑普木反打六 醭〻白 樸〻禾生 骲蒲鞍反 骲骨鏃又 戳〻 璞〻塊 卜博木反九 僕〻彭國名 轐車伏兔 濮 十

水 蠓昌意 名 婁妻 撲拭 蹼〻足 䗱偏亦 䴸〻 木莫卜反樹十 沐洗 朷〻朴 鶩鳧 霂霢〻小雨 毣思兒一曰毛濕又莫角反 鶩毒草 十一

帽小 艨 鞪詩云五〻良輪 鞪曲輮亦作 蚞蝶〻 福方六反吉土 腷肚 複〻衣 幅絹 輻車邊 復〻優〻又房六反 葍菜 〻葍〻舊 蝠蝙蝠虫 䈏竹實 十二

葍蒲角反〻又 業〻渡 鵖戴勝 伏房六反匐十九 復反 虙〻犧 服衣 茯〻苓 馥香又扶逼反 鞴〻箭 鵩鳥名 鞴〻步靫 箙 十三

旋〻 蘖名 鞎車伏兔 𨍭〻車蓋 复俗作复 鍑釜 䘀見 鈹器 箙盛矢 菔蘆菔菜實 鞍車軾又作鞁 鞁 畐滿又普逼反 縮 十四

所六反短數 茜酒作䔮 㩍〻風 趣〻體不伸 菌字亦縮引九 颩聲 趚〻趟字渠竹反 樎櫪 䎘擊 趣起 謖〻 翻飛鳥 摵到又子六反 謏小又蘇了反正 謏通作謖 六力竹反數十三 十五

陸廣平 戮形〻 勠力并力又勠力抽反 稑種亦作穋 鵱〻鷚野鵝 蓼〻菽 騄〻良馬 鯥魚名 蔍草〻 磟〻碡 坴大塊 淕凝雨 𡋟地 蕈 輂 十六

蝤三〻 垰狀如箱 虫蛤 逐直六反趁七 軸車關 碡〻磟 妯〻娌 舳〻艫 鱁〻鮧 䗃〻蛟 菊〻渠竹反又居六反 撅又十八 掬取亦作 匊手〻物在 鞫窮罪或作究 十七

六反 狗石〻獸名 阮曲岸 鵴鳲鳩鳥亦作鵴 [墨]服衣〻黃桑之 [墨] 椈栢 鶪鳥 鮈魚 諊用法亦 諊〻 畇非畦 臼兩手捧物又居玉反 餉饘 鞠大〻 十八

蒙 麦 琭水外為〻 趜困又渠竹反二 麴馳竹反酒母亦作麯 䴛 匊曲脊又渠六反 孰誰殊六反五 熟成〻 淑美 塾門側堂 璹玉名 俶昌六反始五 柷〻敔樂器 十九

瑚玉大章 坳氣出於地 跾至 育與逐反養十五 毓〻稚 鬻〻賣 綪青經白緯陽所織 〻淯水名 賣〻亦作儥 楕車覆 爛 鋗鴿〻溫器 煜 二十

火光亦作熇 昱日光 矅望 逌〻步 藿山韭 蓿〻草 舁兩手捧物 騊渠六反馬跳躍亦騊九 趜〻趥 鵴魚名 蝌〻蟾蜍別名 鵴〻鵴鳩 鞠〻蹋 廿一

(谷匊)谷在上艾 匊曲脊又丘六反 趜皮丸 黿取育反蟾蜍三 蹴〻蹋 蹵〻䠞 粥之竹反粥糜三 咒州呼鷄聲亦作喌 祝〻巫 肉如竹反 衄鼻血 魳魚子一曰魚名 廿二

叔式竹反父之弟亦作𠬝 儵青黑繒 倏犬走疾 菽豆 透驚又他豆反 虪虎黑 掓拾 鮛鮪 蓄許六反冬菜或作稸七 畜〻養 㛅媚 廿三

鄐晉邢侯邑 蓫羊蹄菜又𧄍力反 慉〻興 䁍細視又目莫報反 竹陟六反非草非木五 築擣 筑箏〻 笁天〻國又當谷反厚 茿萹〻 踀錯 珿初六反齊亦作 廿四

三䟿 直直直兒 蹢廉謹狀 戚子六反迫十三 踧〻踖 慼咨憨 鷲鳥〻也又子合反 摵脚〻 欶欶 蝛笪 槭木可作車 䄎好 緎縮〻 廿五

蚘赤 蝮〻 嘁嘆 朒女六反月朔見東方五 恧慙亦作䏐 忸〻怩 䂮矛刺 蚰蚰蜒 蝮〻芳伏反蛇四 葍草名 覆〻反 復地室亦作𡨋 郁於六反都郅縣在北 廿六

地直 醎 文章戫作彧 燠 熱 栯 々李 噢 咿々悲 墺 々壤 䐿 胃々 薁 蘡々藤名 澳 隈々 䕶 可漉米 彧 聲々 𪊶 溫器又力屋反 稶 黍稷 廿七

惐 慼 愁皃 黬 羔裘縫亦𦅸 緎 肅 息逐反嚴十三 宿 夜止又息救反正作宿 蓿 苜々 夙 早 𤕤 琢玉工又姓々 鷫 々鷞西方神鳥 驌 々驦馬名 蟰 々蛸虫 鱐 廿八

鮯 翻 羽聲 潚 々 摍 擊 䐹 々 𥖄 砥石又思鳥反 目 莫六反眼七 睦 視 穆 和々 苜 宿菜 牧 養 坶 々野牧地名 䰰 細文 圛 子目反圍又子救反二 廿九

二

唷 吐 稸 丑六反積四 蓫 羊蹄 苖 蓨又陳歷反 𣪊 痛 沃 烏酷反肥四 鋈 白金 鯈 魚名 膏 膏膜 毒 徒沃反藥害五 濤 蕭莇草毒 卅一

蝳 蜘蛛 瑇 瑇瑁大龜也 碡 碌々輾車 篤 冬毒反厚四 督 率又察 褶 衣背縫亦作襡䙱 𨫼 々鐵 酷 苦沃反虐五 焅 熱氣 秙 禾熟 嚳 二

帝々亦借 𡶣 山兒 鵠 胡沃反鳥四 鵠 白 隺 高 熇 灼 僕 蒲沃反賤隸三 鏷 々鏷 鏷 兵名 蠿 瀑 先篤反雨聲二 裻 新衣聲亦作褻 梏 古篤反手械五 三

牿 牛馬牢 鵠 鳱鵠似鶴 䅵 地名 告 語又古到反 瑁 莫沃反又莫再反三 帽 門樞橫梁 媢 丈夫妬 熇 大酷反熱三 臛 羹々又呵各反 嚛 食辛酸耐不々 褥 四

三

如沃反小兒衣一 傶 將毒反邑名一曰姓二 𣪠 穿 燭 之欲反明十一 屬 付々又市玉反 矚 視々俗作矚 䌲 綴々 啒 託俗作囑 鸀 々鳿鳥 趜 小兒行兒 蠋 蠶々 五.一

蝎 々 韣 弓衣又徒谷反 䮡 吹氣 玉 語欲反寶玉三 獄 圖 鳿 鸀々 玉 玉 旭 許玉反旦日三 頊 顓々 勖 勉 輂 居玉反舁所乘十 䊢 纏絲 鋦 以鐵縛物 二

挶 持 𦥑 斂手 拲 桔々兩桎又居奉反 輂 輳 暴 舉食者 暴 纏連 蒙 蜀 局 渠玉反棊三 跼 踡々 梮 耕麦地 蜀 市玉反西南夷七 韣 三

弓衣又徒谷反 蠾 蠾蝓虫 獨 々傑動兒 襡 短襦 欘 似柳大葉 斸 著又之欲反 觸 尺玉反突亦作觕三 歜 怒氣 臅 狼々膏 辱 而蜀反恥々十 蓐 草々 褥 四

贕 鄏 郟々地名 縟 文綵 溽 々著 嗕 嗕暑 鄐 大鼎 𩣉 矛 黷 黑始 束 書蜀反縛二 倲 々 欲 余蜀反貪六 浴 沐々 谷 鵒 鸜々鳥 五

鋊 又俞鍾反可以鉤鼎々耳也炭鉤也鑪以銷鐵 輍 車箱 𤞞 獨 躅 直錄反一 錄 力玉反記十三 淥 水名 𧡢 眼曲 綠 色 醁 美酒名 騄 々耳馬名 娽 隨從 菉 六

々蓐草 逯 謹娖又力谷反 籙 圖々 鯥 魚名 趢 々起行兒 䚄 々謯 曲 起玉反紆々三 𩵢 魚名 䒼 蠶薄 瘃 陟玉反寒瘡亦作瘃五 斸 斫 𡤜 謹 七

欘 枝上曲 豕 丑足反豕行又 𧷗 神玉反取本一 足 即玉反脛下一 促 七玉反短四 娖 迫 趗 速 諫 役 續 似足反三 俗 下俚 藚 澤瀉草藥 粟 八

相玉反禾實三 慄 々斯 涑 水名在河南 䩛 封曲反絡牛頭又今音補沃反一 楝 丑錄反 々鰨四 瘃 牛馬所蹋 䠞 小行 豕 豕行又知足反 幞 房玉反帊々一 九

四

覺 古岳反䀿々十三 斛 平斗斛 角 骨 桷 椽々 較 車也直也皃較然易知也 嗀 雙玉 鸑 又於角反馬腹下聲 觷 飾杖頭角 搉 舉又苦角反 鷇 一

樂器 騅 馬白頟 玨 雙玉 嶽 五角反岳亦作岳六 樂 又盧各反五教二反 鸑 鷟々鳥 頷 面前鼻 嶽 拌 犨 白牛 浞 士角反水漬丸 丵 草叢生 二

三　鋜鎖足　灂〻灂　鸑鸑〻　齺齒相近　捔擉〻又〻但吉反　嶌逴　斮口斷亦斲　捉側角反五　穛早熟〻穀　穱稻處種麥亦作穛　燋藥毒

四　燋灼龜木　朔所角反北方八　欶口〻　槊刀〻亦作矟　蒴〻藋草　揱手〻又思聊反　箾舞象　槊木名　削〻纖　斲丁角反亦或作斵斱斮斫破削也

五　涿郡名　諑訴　椓〻擊　斀謹〻　琢攻玉　卓高〻又姓　啄鳥〻又丁木反　倬大　晫明〻　豛擊聲　𧱓豕尾　剝北角反落十　駮馬色　駁〻六

六　斑〻 [illegible]指聲　𦢊彼破　趵足擊聲　䯃骿〻髂　肑豕腹肉　箹足筋鳴　㲠破　邈莫角反遠〻六　藐紫草　眊目少精又亡到反　瞀目不明又亡遘反

七　毣好貌美　雹蒲角反陰氣脅精凝為雹氣結十三　撲相〻　跑秦人言蹴　駁獸名　骲〻箭　鰒魚名　䈏竹名　豹尒〻亦作駮　𦢊高〻　犦又擊

八　𣰳普角反　窇窖〻　皰皮起　皺同上　璞匹角反玉皮十　㩧匹聲又　樸木素或作朴　撲持　攴楚又普卜反　墣塊或作圤　懪心悶　暴自冤

九　扑小擊　靭攻皮之工　殼苦角反甲〻十一　㲉謹〻　搉擊又古學反　確鞕或作碻　㱿皮乾　㲉鳥卵　觳盛脂器　墧高兒　燩火乾　硞固〻

十　嶨情帳兒又口江反　濁直角反渾九　擢拔　濯澣〻　鸐〻雉鳥　嬥直好兒　藋蒴藋　鐲鉦　𤞋獸名　蠗小蚤　渥於角反霑十四　握持　偓〻佺仙人

十一　鷽山鵲　箹小籥　幄大帳　喔鷄聲　約白芷　鸑誇〻　龏燭敲　腛厚脂　䓶芙蒻　剭刑或作䮀　媉好兒　搦女角反四　[illegible]

十二　調弓〻弓曰〻　搙擊　[illegible]搵　逴勑角反遠一曰驚夜四　晫明〻　踔跛亦作逴　戳叔　犖呂角反牛雜色毛一　學戶角反覺五　确磽〻　嶨山多大石

十三　嶨停泉又下巧反　吒許角反怒聲七　豞豕聲　鞏急　翯鳥肥　嗀吐　𦬁〻聲　𨣛酢　娖測角反謹五　𥗼〻礭礭〻　齺齒相近　娕謹恭

五

十四　兒　箹牽帶　質之日反形〻又直九　晊大〻　郅縣名　桎梏　櫍砧行刑用斧櫍　蛭水蛭　隲　騭馬漢有郅都　躓言〻野　礩柱下石　日人質反三　馹

二　驛作郅到又職而反　實神質反一　秩祿五　紩直質反縫　帙書衣或作袠秩　𢧵大〻　鉄飄索　悉息七反俗作悉二　膝脚〻　一於逸反次二　壹專七

三　親日反〻大九　漆水名　鶔鳥名　郪地名在齊　桼〻膝　𣐿似藾　榛木可為杖亦作榛　桼木汁亦作泰　匹〻脫尺　吉居質反善〻三　趌〻趨走兒　䞣走意

四　昵尼質反近四　衵近身衣　䵒黏亦作𪏭　蠠小蚩　逸夷質反失十一　佚樂〻　佾舞〻俗作佾　軼車過又同結反　鎰廿兩　溢滿說文水溢四為溢　劮豫

五　駃馬　駃鵊鼓疾〻　泆淫〻　昳日昳　詰去吉反問二　蛣〻蟩蟲　欯許吉反笑聲三　欪〻出反　𧺝訶又丑出反走兒　抶丑栗反打三　咥笑〻　昳目不明又達結反　栗力質

六　反果十　慄戰〻　凓寒　溧水名在丹陽　颲風兒　𠜹細削　鷅鶹〻鳥名　瑮玉之英華　凓寒〻　䋘綵　䴡麢兒　窒陟栗反塞又丁結反　挃擣〻　庢

七　盩厔縣在扶風　銍刈又縣名在譙郡　咥吐〻　鑋鑋〻　螲蛭蟷　𨗿近且　鰦觖　焌翠恤反火燒一　疾秦悉反急七　嫉〻妒　蒺〻藜　擳拭又子莫反　𢞞

毒𣔽析也 蒺ヽ蟍也 剢初栗反斷也㓹也一 失識質反二 室宮ヽ 垤資悉反六 嚱鼠聲 唧啾ヽ 汒潰水 㨗擿文子列反 蚍蜻 蜜無必反蜂食七 八

謐靜 醯飲盡 榏木ヽ 瞌ヽ不可量 㿻拭器 宓安ヽ 必比蜜反語助廿 畢竟 蓽門 韠織刹 𩊚胡服蔽膝 珌刀上飾 蹕警 滭ヽ沸水皃 九

罼兔罔 鷝鳥 鵯ヽ鵊 觱ヽ栗胡樂 趕止行 鮅鱒 嬶婢母 縪止 滭風寒 彃射 戰盡 樺木名 熚大皃 篳器 䇷弃糞 十

發寒風皃 聿餘律反十 穴 鴥飛皃 燏火光 遹述 鷸鳥名 驈馬緉 潏泧水 矞穿 欥詞 茟竹木初生 卒子聿反又則骨反二 倅 卹辛聿反分賑五 十一

恤憂ヽ 戌亥ヽ 訹謏誘 鸆鳥ヽ 姞巨乙反姓一曰蕺五 佶正 趌直行 鮚會稽獻醬 狤狂 術食聿反六 述修 秫穀名 沭水名 十三

蟊ヽ蠵 鉥長鍼 橘居蜜反甘果四 蕃草 繘汲 䋦ヽ 醑ヽ 崒才卹反山高二 踤ヽ摧 邲毗必反地名在鄭十二 比ヽ次或作坒 柲ヽ 穓 馝香 十四

䩛車束 佖有威儀 鮅魚名 駜馬名 挓ヽ擊 怭慢 繂紒又補佚反紳 飶食香 出尺律反一 趫其聿反走五 僪無頭鬼 趉走皃 撟ヽ狂 十五

趩走意 颰許聿反風皃五 䬿高皃 䫻飛皃 㾝狂走 怴怒 律呂卹反陽管五 寽ヽ捋取今未是 繂縆 膟腹脂 葎蔓草有刺 怵竹律反憂心又丑律 十六

四反 窋在穴皃 㚇短面皃 泏水出皃 朮直律反藥三 茮山薊 炪出 黜丑律反退七 怵ヽ惕 趀走ヽ 跊獸名 怞憂心 歘訶又九一反 炪火光 十七

颮于筆反風ヽ三 汩水流 䢖草 率師出反領六 帥領軍 蟀ヽ蟋 咰ヽヽ飲 衠ヽ循 𨓆遵 筆鄙密反不律二 潷去滓亦淨 密美筆反秘ヽ六 十八

峚山形如堂 蓥荷本下白亦作蔤 㫚不見 汨濁 樒香木 弼房律反輔五 柫ヽ榔重生 佖威儀 怭 駜馬肥 乙於筆反三 鳦ヽ燕 鳥壹 十九

貪又於既反 𠃝魚乙反鳥狀四 貀無知意 𥩠斷 歺水流皃又力折反 䶦在乙反一 茁几律反一 匕尺栗反一 盻義乙反一 絀武出反一 二十

六

物無佛反ヽ七 勿無又帛 芴土瓜 伆離又武粉反 迿遠 昒猶冥 旂州里違旗 弗分勿反不十三 紱綬ヽ 黻黼ヽ 綍大索 茀草之盛皃 韍蔽膝 一

㤸大 第與後 颰風疾 田鬼頭 㭪連枷 䫍燁 哭舞 鬱□□□□ 欝烟氣 饏飴豆又於月反 灪ヽ瀚大水 黫黃黑 蔚草盛 二

尉人姓 鬱芳草釀酒 引文勿反無左辟二 䋨翟衣 屈區物反又人姓四 䳳鵃鶌 出 蛐蛣 倔衢物反七 踀足力 掘ヽ地 崛山短而高 𡲬尾短 襨 三

衣 豕蒙又九 短𣪔運反 佛符弗反像九 彿ヽ髴 坲塵起 岪山曲 刜斫又孚弗反 戭理 咈戾 拂擊手 炥火皃 颰許物反疾風四 欻異起 烼火煨 四

韋ヽ疾 颵王物反風聲 㧻攋 䍿羌人吹角 拂敷物反打ヽ九 髴輪髮 㞶崩聲 茀草多 艴色淺 袚除 髶首飾 刜斫擊聲 乀 五

七

左戾 屈居勿反人姓一 櫛阻瑟反梳別名三 瀄ヽ汨水流 楖ヽ禾重生 瑟所櫛反琴瑟樂器五 飋ヽ颸風秋 蟋蟀ヽ虫名 虱蟣ヽ飲人血虫 璱玉鮮絜皃 六一

八 迄許訖反至七 仡壯 鈘乘輿馬上插翟尾 盵〻蠁又許乙反 忔〻憍 諦語聲 汔水涸 訖居乙反了三 吃語難 魝魚逝 疙魚迄反癡皃三 圪高皃又于 一

九 乞反 虓虎聲 趌其迄反行皃二 䊾鐵 圪于乞反一 乞去訖反二 芞香草 月魚厥反夜明五 刖絕足亦作跀 軏車轅端 杌折 扤動又午骨反 二一

伐房越反閥罪十 筏乘大桴渡水 罰罪 閥閥閱自序 垡耕土 橃木〻 昁春米 坺一臿土 瞂盾 罸〻蘩 越王伐反國名八 粵詞曰 二

鉞〻斧 [illegible]許布 樾樹陰 璏劍鼻又直劌反 娍輕皃 熭曬曝乾 厥居月反其十四 劂剞劂刀 蹶失脚 𠢽强〻 蕨菜〻 𧽶跳〻 瘚逆氣 蟨 三

歎名走則頻 撅拔〻 欮發土 趧踶 鱖魚名 刔短 丮其 噦乙劣反氣逆一字此亦入薛部 𡠣於月反婦人皃二 𩛸飴安豆亦作餐又於勿反 鱖其月反八 四

鷢鳥〻 橛株〻 橜杙〻 𩪩尾本亦作倒〻臀 鐝磨〻 𧽶行〻 𣠽〻株山別 闕去月反二 瀱水名 髮方伐反頭毛四 發疾風 𩖩風寒 韈妄發 五

反矞〻正作懱亦作蠛帓妹韈袜一 颰許月反小風五 狘獸走 泧水皃 跋走皃 𦐼飛皃 謁於歇反言請四 閼歲在卯名曰〻 暍傷熱 黦色壞 歇許謁反三 蠍蠆〻 六

猲〻獢犬亦作獥 訐居謁反四 𧽃走皃 羯〻羊亦作羠 鍻金〻 揭其謁反擔物一 㤜匹伐反一 钀語謁反又五曷反一 七

十 沒莫勃反溺水五 歿死 玫玉名 頞內頭水中又於骨反 旻沉 骨古忽反骴十 縎〻結 鶻鶻鳩又胡八反 榾榾〻木 淈沉 嗗憂 愲心亂 一

蓇〻草 𦙶不賓 䯇膝病 勃蒲沒反辭十三 渤渤海 浡水皃 餑麵〻 埻塵起 馞香 悖〻 艴不悅 挬拔 脖臍 悖逆又 二

浦清反 敦蘩 鶉雉 咄當沒反訶一 突陀骨反穿出四 柮〻杌 踤蹶〻 悖忽 突觸十一 揬揬〻 腯肥〻正作腯 鼵鼠〻 鶟鳥 三

堗竈〻 突耕禾 葖蘆腹 鈯鈍〻 楔鎖植 㐬不孝子亦作𠫓 頞烏沒反五 殟心悶 嗢咽又烏八反 膃肥〻肭 𣢂咽中 忽呼骨反數十四 惚怳〻 四

寣睡一覺 𢡟寢覺 笏所執士楷 𠃵急擲〻字呼結反 啒憂〻 𨓈〻吉器 𤷎狂走 𩗴疾風 搰高〻 緫微〻 𧰿豕屬 曶出氣辭 乁 五

五忽反高皃九 扤動搖 杌樹無枝 屼兀山山皃 𤶗〻病 䑁船〻 拙斷〻 𠨡鶻〻不安 虼〻蛤蟹 𥪯普沒反一 [illegible]勒沒反箭射三石 硉〻兀 𣪻〻敓屼利 窟苦骨反窠 六

十一 顝大頭皃 泏漚麻池 𩑛白禿 矻用力 䞚因突出又胡八反 㧾擊 胐臀 𠢴〻作力 𢴤〻殺 崛屼〻 訥諾忽反鈍遲三 肭膃〻 抐內物水中 七

窣蘇骨反亦作踤三 𪌭磨〻 𪁗鷂〻 猝麁沒反三 扨摩〻 𥿮素〻 捽昨沒反四 椊〻杌以柄內孔 𪘬齚 𧣻角生 麧下沒反九 齕齧又胡結反 八

紇絲〻下 淈〻泥 搰掘地 扢摩又公礙反 䅂〻秸 䯏膝病 捆手推 卒則沒反兵〻三 倅百人 䅤〻粖 鶻胡骨反鳩四 搰掘地又下沒反 䵣地名亦目 九

十一 聲罵 𣐤穿去樹皮 末莫割反木上卅一 秣馬〻 眜易曰日中見〻 頼〻顛健 抹〻摋手摩 佅〻儂肥大 妺〻嬉紂妻 怽〻壞 沬水〻 瀎塗拭 十一

二　䳮鳥名　䴲麵々　𥝩禾禾細屑　眜目不明　𥈼遠視又亡內反　首目不正　鮇魚名又莫決反　䬴馬食穀　䴵麋又亡結反　醿醬　枺靡又亡結反　抹

三　五活反去樹皮二　撥博末反手々十四　癶足々剌　袜蠻夷蔽膝衣　茇根々　鉢器　鵓水鳥　鱍魚掉尾皃　逨走急　髮々鬢多鬢　怖意不悅　茷

四　草々大　𦪙船　䮀大馬怒　帗一幅巾　鬢髮姊末反髮々二　捋遍　括古活反檢十二　𣿖水流　髺結髮　檜柏葉松身曰々　聒聲擾　苦々蔞　佸會亦作适　頢

五　小頭又手括反　䯏々無知兒　适會　葀菝々瑞草　劊斷々　闊苦括反遠三　筈箭　蛞蝦蟆子　活戶括反水流六　栝桐　姡々獪又面醜也　頢小頭又古活反

六　鬠以組束髮　秳舂穀不潰　奪徒活反強取八　敓掠取　脫肉去骨又吐活反　挩解又吐活反　莌草生江南　㾃馬腦傷　䞤皮剝　鮵小鮦　谺呼括反々達大

七　空六　濊水聲　奯大開目　泧濊々　眓視高　枓杍又烏活反　斡轉六　焥火出　䀹目開皃　斡々取物或作擀　䁨目深黑　睕小嫵媚　縮

八　子括反三　攥手把　撮捉又七活反　鏺普活反刈草木九　撥芟々　蹬蹋草之聲々　柿々推　酢酒色　昔目不明　鱍魚掉尾　袡袚　䊓古姓　侻他活反輕四

九　挩解落亦作脫　脫肉去骨　莌[illegible]又[illegible]反　捋盧活反取三　剰削　蛶蚵々　掇多括反拾五　鵽々鳥　毲雀　剟挑取骨　裰閒骨　祋殳又丁外反　剟削又陟劣反　撮

十　七括反々手二　䄷衣縫　跋蒲撥反行十七　跡行刺々々　魃旱々　庺舍　酦酒氣　䣮香氣　軷行將祭名　炦火氣　颰風氣　癹除草　坺一𡎺土　妭天女

十一　射　犮々迴　胈々倒　菝々葀瑞草　鵔大鳥　䥐雄具又方吠反　蹳桒割反跋々六　𣟴慈　薩菩　摋抹々　珊々瑚又穌干反　冊音　怛當割反悲八

十二　悬驚　妲々己紂妻　呾相呵　炟火起　黫莫々縣在五原　靼柔革　笪竹々　闥他達反門十　㒓休々　撻打　躂足跌　澾泥滑　獺水狗噉魚

十三　歇　鯻魚名　噧多言又許介反　笪蒙篨又丁達反　䍳小羔　遏烏割反鎖々七　齃鼻々　堨擁々　閼止又於連　喝止語　𠁷大呼用刀　㝿屋迫　刺

十四　盧達反十三　剌研破亦作刺　𨐹々萬　瘌痨々不調兒　揦手披撥々　列　齾齾聲　𤥛玉名　睸目不正　賴萬又力蓋反　楋木名　瘌庵　𢃳拂

十五　渴苦割反二　𣢖肩　𦢊髆長　揭禾　達陁割反通正作達一　巀才割反又才結反三　㖕嘈々　𪗁齾聲又五割反　嶭五割反高峻巀嶭十　𨏉車載高　屵高山兒

十六　枿伐木餘々　𪗁䶗々　歺殘又五割反　𪗁頭戴亦作蘖々　𪗁々　㖕嘈々　𪗁聲鼓　葛古達反草八　蔼々藤枝竹名　獦々狚獸名似狼　割截　𩤝

十七　馬走　鄗鄉名　轕々轇　匃乞又古賴反　褐胡葛反被也袍也短衣九　毼毛布　鶡鳥名　曷何　蝎虫名　餲餅名　𩨷々骴骨　髂骨堅　楬木轄

十八　䫆許葛反頭々五　猲恐　喝恐白色　𠵆々訶　𩢍犬臭　㨿奴曷反手按三　𤻲々痛　蜡蟲　攃七曷反足動草聲二　縩絹殺

一　十三　黠胡八反黠慧三　齸齾聲　黠麻莖　札側八反札々三　𣦸瘵疾　蚻小蟬　拔蒲八反抽々二　菝々菝根可作飲　𧿘苦八反勁也七　鬜々禿　㓞極巧　䂷剝鶻

碚石狀 槝木虎樂器又名桔 黠黑 滑戶八反泥利五 猾狡 鯝魚名 鶻鶻鵃 螖蟹似蟹而小 八博拔反二 馱馬八歲 寠丁滑反口滿三 娺婠

好 聉聉無所聞知 豽女滑反獸名似貍亦作貀旡前足一 嗗烏八反飲聲四 婠媠 嗢咽又烏沒反笑 歕氣息不利 戯初八反盧利五 蔡草出 鑿亦作 察作詧

榝木名 目祭視 劼古滑反草二 鵽魚名 戛古黠反常也札十二 扴指物 圿垢 秸祭天席 鴶鴶鵴鳥名 楔櫻桃又先結反 鞂稭鞂草亦作

恀恨又公懟反 契剖 樺鼓 鶪鳥 結鐵 秸又公 乚烏黠反 軋輾五 乚山屈曲 擿枝 柲 嫼疾怒 猰猰貐獸 殺所八反煞命四 鎩鎩羽又所界反

椴黃蘗菜 帴二幅又思旦反 㓤帴也 㚫莫八反 偕健兒四 䀛惡視 瞲小骨 黷黑 人名 傄呼八反三 䀐視 鶨息 疢女黠反一 鷍屈二

十三

瞯聉聉無知之兒 勓力八反一 汃普八反水聲一 宊乙八反空二 魛魚名 鮁 鎋胡八反車軸頭鐵八 齧齧聲 鶓烏名 砎礣 瓂石似玉

鑿因突又桑口沒反 菩野 蘵 齧蠈蛣 鵽乙鎋反鳥名四 閶門扉聲 圖駱駝聲 劜力劸 齾吾鎋反刀斧器缺三 鬠髮 鶁 刹

初鎋反惛怔一 瞎許鎋反眼盲亦瞎二 鬠鬝 揭桔鎋反木虎樂器二 石害剎 獺他鎋反唊魚獸一 瘵女鎋反痛一 刮古頒反刮四 鴰鴰 栝檜桐 劀

膒血去惡瘡肉也割也刖也 頞丑刮反強可兒一 頢下刮反面短六 䯏細鱠 敽割畫 舌口中肉 姡面淨 唅息口 鵽丁刮反鳥二 寏莫端有鐵 刖五刮反草殘三

明翦耳又如志反 訶訶 妠女刮反婠小肥二 聉䫒亦作䟴 篡初刮反黃黑短兒二 斳斷又文苅反亦作剸 礣莫鎋反硍二 帓帶 捌百鎋反把一

十四

鶻古鎋反鵃鶻屬 擖刮聲二 藒袪剎反香草二 揭禾舉出居遏反 契鳥古札反一 屑先結反碎八 楔木 撰不 躃蹩旋行

糏米麥破 僁動草聲亦作偝 膌膿中脂 滅瀎 切千結反割四 嚓小語 齧齒 竊淺又私聞 結古屑反繫十四 絜麻一 潔清 鍥

鐮別名又作鍥 桔桔梗 揳揳楔水 趌走兒 鵕鳥名 契清 劓治魚也割也 頡頭傾 袺持衣上衽又公八反 蛣蛣蜣 拮据 節子結

反 土丐瑞信 癤瘡 巀山濫 蝍蝍蛆虫又音即 櫛燭餘 楶屋梁上木 巴高山之 擳拭 阝又理 鬞髮束少小 血呼決反肉九

目衃惡視 窬穿兒 泬寥空兒 疺瘡裹 坹空兒 訡奴呵 闃闃無戶門 茀草 闋苦穴反止四 鴂罌破或作缺 閞戶閉無門

潫適流又苦攜反 玦古穴反珮十八 潏泉出兒又水名出京兆 映目患 譎諫 訣別 觖舌環有 駃駃騠良馬 芵藥 鴂鷤鴂 決穴 赳

馬疾行 褵衣袖 繘縷一條 抉縱弦縋 殃缺 胦孔 髮 貍獸似 疦瘚沉水涙兒 穴胡玦反小空二 袕鬼衣亦袕 抉出四 窞穿兒

瞚目深兒 烓火光烓 姪徒結反廿四 眣目吳 眣目出 胅骨跌 凸肉高起 垤蟻峯 耋老 迭遞 跌踢 絰線麻繩也 驖

二 三 四 五 六 七一 二 三 四 五 六一 二 三 四 五 六 七 八

馬赤黑 𡒊⌒嵲高皃 軼車相過 閃閣⌒城門 駃馬行疾 𢧜利 𨁈𨁈又知七反 咥 䶏 𪘨𪘨聲又竹一反 挃擿 㤸惡性 詄妄

⌒ 苵 戜亦作 鐵他結反或作銕鐵黑金 僣⌒侻又他管反 飻貪食亦作餮 蛈黃⌒蝪 纈胡結反錦⌒ 𦇯 閘⌒閣城門 擷捋取又虎結反 擷⌒縛 頡

⌒齕⌒齧 紇丘乞又 之名 襭以衣 耶 䫌 頞 絜束又公節反 膜⌒膜 㸷牛佷又丘弥反 鼳鼠又胡狄反 涅奴結反黑九 捏手⌒捺 苴菜似蘇 垾

塞 嗗訶 捻亦埋又乃協反 朕腫 篞⌒簫中者 𥓅磬石 截昨結反斷四 𧾲傷出前 𡸫山峯又子結反 巀⌒嶭山高 齧五結反噬九 霓

虹⌒又五鶴反 蜺寒蜩 嵲⌒嶭 槷⌒危 𡾊⌒安皃 闑門⌒ 梘祱又牛米反 嵽山高皃 蔑莫結反廿 懱輕⌒ 䁾目赤 擮⌒楔 蠛⌒蠓

喜亂飛 小虫也 懱悒⌒ 篾竹⌒ 瞖 𥈽目出 𪁬工大不明 𧕿行血 鱴魚名又作鮇 紇⌒細 穫禾 粖靡又亡達反 𪈠

𤌾⌒ 瀎泧 鑖鋋 小鳥⌒鷩 𪇰方結反亦𫄬六 蔽 閉闔 捌挔 㔸大 裞尚禊 噎烏結反食塞喉五 曀⌒ 㩓 窫靜⌒

翳⌒ 蟩⌒蛶蛞名 猌獸 㹤苦結反⌒瑜八 挈提又苦計反 㓞凡⌒ 寘 𡨦實⌒多節目皃 蛪⌒蚼 栔刻絕 鍥斷 齧虎結反肥狀四 䩤

急⌒ 擷捋取又胡結反 䌹束又下結反 撇普蔑反⌒二 鐅江南呼鎣刀 蹩蒲結反足九 撆手擊 𩑈⌒䫌 𪅨⌒不正 馝香⌒香氣 𩛙香⌒ 肸肥

十五

𩚵食 蛂蛂 窒丁結反又陟栗反四 口 窒⌒ 咥咄 目 眰 蛭水虫 𡴃練結反二 綟⌒色 薛私結反古國正作薛十五 紲繫亦作緤 絏 嫊⌒ 㾜

利病⌒ 褻衣亦褻 鍥田器 泄⌒漏 渫⌒療 䗧 牛 禼魚祖 絬堅 𢝶殘帛 齛齝亦齛 齥羊齘 薛斷又魚乙反二 𢟰⌒ 列

呂結反 行十六 迾遮⌒ 蛚蜻⌒虫名 鮤魚名 烈光 洌清 冽寒 裂衣破 茢桃⌒ 颲風雨暴至 鴷啄木鳥 䜲心憂 𨃲膝 鴷

次第馳 姴美 𡿪水流皃亦作𠛱又魚乙反 哲智也陟列反 蜇虫螫 傑人上俊⌒⌒渠列反次万 桀⌒憂 竭渴盡說文作 碣⌒石山 楬有所表識 榤鷄栖

上杙 偈武皃又渠例反 熱如列反 焫燒二 苶疲役 晢旨熱反光六 浙江名源在東陽 折⌒斷 靼柔皮亦靻 𩋾 䏳肝 晣明 舌食列反言本二 揲數又列反

蠥魚列反餘八 蘖麴⌒ 讞正獄 孼妖⌒ 𧑔虫禽妖怪 闑門中礙 㠳山高 櫱草木殘⌒ 朅去竭反來三 揭立舉 愒息 滅亡列

反盡二 搣手⌒ 鷩并列反有⌒雉六 鼈魚⌒四足 虌蕨菜 𣪠大草 憋急性 𪅹⌒⌒ 絕情雪反斷一 蕝子悅反束茅表位又子芮一 雪相絕

反冬雨亦作䨮一 𤿭丑劣反皮破一 悅翼雪反樂五 閱簡⌒ 蛻蟬去皮又他臥反 𧂼草名 娧姚⌒美皃 缺傾雪反少一 噦乙劣反逆氣一 爇如雪反火亦作

焫二 蚋蚊 㕯奴沒反又宫遷 說失爇反宣言一 拙職雪反不巧六 棁梁上梁柱 蝃蝃蛛 頔面秀骨 棳木名 醊鹹菹又昌雪反 歠昌雪反大飲二 醊鹹菹

九 十 十一 十二 十三 十四 十五 十六 十七 十八、一 二 三 四 五 六 七 八 九

輟陟劣反止十 畷田間道 惙˘疲 蹳˘跳 腏骨間肉 叕連˘ 輟車具 罬罬又居劣反 蝃蝃蝀 剟刪又多活反 劣力輟反弱˘八 脟脇肉 十

踤˘蹶跳兒 埒˘馬呼鶏 捋白牛 毵色斑又力外反 瞥芳滅反暫見七 潎漂 憋怒 撆˘擊 瘑枯病 馣香 小 鐅鐅 別 十一

度列反˘體一 別兵列反或作訓二 扒˘擘 轍直列反迹五 徹通 撤發 澈水清澄 ˘徹去 㩪所劣反掃三 啜鳥毛理 鋝二˘為斤 孑居列 十二

反單˘三戟 鋝鉤˘ 趌˘趚跳兒 設識列反施二 蔎香草 旻許劣反舉目五 滅˘烕 翅小鳥飛 颰小風 殘盡 吶女劣反聲不出一 媝˘扶別 十三

反怒二 妜於悅反鼈˘一 蹶紀劣反又居衛反四 蹶豕發地 豕撥 鱍觸˘ 罬又陟劣反 茁側劣反草生兒二 纂䥸黑兒又初刮反 毳七絕反腝而破二 絟細布又采全反 十四

蛬姊列反˘蠿似蟬六 鷦作鶗 鷦小鴟亦 巜˘ 鬣小髮又東髮又在計反 批擿又子一反亦作櫼 殀夫˘死 檓山列反茱萸又山八反一 焆於列反烟火氣兒一 屮丑列反初 十五

草生˘ 鱴魚又丑例反二 蜇許列反喜兒一 啜處雪反嘗一 莂廁別反割斷聲今音測八反一 抴寺絕反拈庆一 十六

廿六錫先擊反賜十 析分亦作㭊 裼袒˘ 晳白色 緆細布亦作𦃃 蜴蜥˘ 蜥˘蜴在草曰蜥蜴在宮曰蝘蜓 淅˘米擇 惁˘敬 蜥˘ 蝀˘蛻 激 一

古歷反濺又古 擊打 墼土 鷁鳥名 藪草又公地反 ˘激迫˘沉 霹普激反˘靂四 劈破˘ 惄急速 𨥞裁木為器 靂閭激反霹 二

˘霤電˘˘州三 趚˘趚行兒又七昔反 酈˘縣名在南陽又力知反 癧˘瘰病 轢車踐˘人又盧各反 瓅珠˘亦作皪 鑠˘鎗 礫砂˘ 秝稀禾 櫪馬槽 櫟木名 三

鬲魚名 萬山縣名在平原又古核反亦作颯鶹字 驪馬色 ˘爽纏 醁˘醱 磿石聲 䟐理 曆象˘ 䤚酒下 櫪捎 䏿腱 四

𧴸鼎 歷˘屧下 劆˘ 鷹鳥名 觻鷄䚕 觻角鋒 櫟˘雜 䔧˘葶 的白˘都歷反指的亦作芍十七 適從又之石始石二反 嫡˘正 甋 五

瓴˘˘ 靮馬韁 鏑箭鏃 馰馬˘ 適水˘ 肑腹下肉 ˘磃 玓˘瓅 杓引˘ 逷至又都叫反 斛量˘ 鼩鼠˘ 芍蓮中子又下子余且略二反 杓 六

柄又市灼反 樕胡狄反擊五 覡男師曰˘女師曰巫 敫蓮實又下了反 槭鍾˘又胡革反 鬲骨˘ 鶃五歷反水鳥或作鷁 艗˘舟亦作艗 鷁綬亦作鷊 鵙石地 七

恐˘ 荻˘道徒歷反亦作 狄北 敵對˘ 翟雉˘ 籊竹竿 迪道 覿見 笛樂器長˘ 糴米入 滌洗 郋名鄉 頔好 苗又蓨 八

他六反 霤雨 犞特牛 滷鹹又鹵亦反 逖他歷反遠十二 倜˘儻 詆˘誂 趯跳兒 剔解骨亦作鬄 惕˘憂 睵視失意 覵覛視亦作靚 九

惄˘歎˘ 蓨篠˘ 炟大˘望見 籊˘竹 績則歷反緝˘三 勣功 積埋 燩去激反乾炒七 擊˘ 擊傍 毄功漢書曰毄苦˘謑 喫啗 ㄠ 十

醫˘˘又五交口 嘐˘二反 皎吹 稍子 惄奴歷反飢憂亦愸三 溺沒水 愵恒憂 寂昨歷反靜˘三 嗷嘆 䚂目亦 覓莫歷反求十六 辟車覆 較 幎覆 十一

覭馬多驚 糸細紙 鼏鼎蓋 冪覆食巾亦作一 汨水在豫章 蛝蝀〻 醟〻酪滓 塓塗 覭小見又莫經反 䈿牽帶 緜覭縋系 十二

白豕黑頭 冖巾〻 辟瓦狄歷反瓴七 鷿鳥名 椑大棺 辟又北激反壁〻 䴙鷉〻鷉類 辟室 綼給又補核反 闃苦鶪反寂〻二 鶪〻 鶪古闃 十三

反邑名在蔡六 鶪伯勞 狊張目 湨水名在河內 鼳似鼠 犑牛 慼倉歷反七 慽〻憂 鼜守夜鼓 鼜夜戒鼓 鏚〻干 戚蟾蠩 覡 十四

十[illegible]

覭〻人 歙許狄反笑聲五 鬩〻鬭 諦私訟 鬲籬屬亦作鬲字 瀏惶恐 鼳胡狄反又胡鼳反似鼠而倉色一 昔私積反正作昝十 惜〻愛 腊脯 十五，一

潟鹹 磶石 舄柱下〻履 蕮〻 措皮甲或作皵 鬄髮鬄 積聚資亦反二 脊背 蹐〻地 迹足〻 借假又資夜反 踖踧 二

鵲〻鵲鳥 鯖魚名 磧積 襀 蟦蟲 貝小 瀐小水 胔背 益伊昔反說文水從皿從橫水從四添亦作益七 謚笑兒 嗌喉上 齸 三

嗌唯 膉胆肉 蕰菜〻母 鄐地名 繹理羊益反廿六 襗重祭名亦作鐸 亦重 弈博〻 奕大 帟幕 譯傳言 懌悅 斁饜 四

驛〻馬 醳苦酒 嶧山名 腋肥〻 掖持〻 液津〻 被縫〻 易變 瘍病相染 蜴蜥〻 埸壇 圛卦 墿道 五

檡〻耕 焲火光 襗袴 睪引 繹 釋施隻反從米十五 釋〻解 檡棗 適樂又之石反 奭 鄅邵公名 郝人姓又呼各反 䁠急視 六

晹日無光 嫡從女嫁〻 釋耕兒 螫虫〻 䁠〻視 冟飾堅柔相著亦適 鬄鬀髮又他的反 奭盜竊懷物從夾 尺昌石反十寸七 赤 七

淙丹 斥〻逐 蚇〻蠖 郝鄉名又呼各反 臭白澤又公老反 滷鹵又思席反 石常尺反 尺〻七 碩大 祏廟主 鉐〻鍮 鴲〻鳥 柘百升斤 鼫鼠 八

隻之石反單曰〻九 適往 炙大燎 墌基 摭拾或作拓 跖足或作蹠 蹠行兒 辟反 被袖 擲直炙反投亦作擿四 擿〻 躑〻躅 九

𧸝土得水又直謫反 皵七迹反皮細起兒七 趚〻行兒 洓水名在北地 刺穿〻又七晉反 趚行卒 裱郗粉 磧汐 席詳昔反十六 夕夜 穸〻 十

宅〻 汐〻潮 鄐鄉名在臨邛 籍秦昔反簿帳 藉〻狼 耤〻田 踖〻踐 塉土 瘠薄 唶縣名在清河 瘠病 藉 膌瘦 䳭 十一

茹草 猎黑虫如熊 擗房益反撫心七 椑〻棺 躃〻倒 闢〻啓 辟弓 骼〻骨弭 澼〻 甓 役營隻反徭〻九 䀧 疫病 鮍魚名 十二

炈喪家竈 䨏〻雨大 鶂鳩〻 豰豬 鈠〻刀 辟必益反君六 鐴〻土犁耳 璧〻 躄跛 璧玉〻正作辟 襞衣〻 躃〻 僻理 僻 十三

芳辟反誤三 癖腹病 辟〻幽 䀖許役反驚視五 瞁眂 瞁視 殈裂 砉〻聲 𪊩食夜反香也二 射亦作䠶又食夜反 𥝩竹益反黏 十四

十八

又竹格反一 彳小步 毋亦反二 帆 凡 穎 麥莫獲反芒穀正作麥 脈血〻 霢〻霂小雨 眽〻斯人視 獲胡麥反得十 畫胡卦反又胡 嫿分畫好兒 十五，一

劃錐刀刻々名 鑊□ 𧬘度 嚄叫亦作咱 蟈古獲反蛙別名五 馘割耳 幗婦人喪冠 膕曲脚中 □ 裂□ 蘗黃々□□ 擘々□ 繴□□絲

帶四 礔翻車 礫餠半生 𥗿蠆 蹟士革反 𨂝玄嫩四 䛢如革反又昨亦反 積仄中種 猎矛獵 責側革反譴々十一 賾々广頭不正皃 簀々牀

幘々冠 嫧鮮好 唶大聲 讀婦亦作嘖 笮矢服 迮迫々或作窄 舴々艋 蚱々蟬 策側革反馬捶亦作敇九 冊蒴或作笧俗作𥳑 嫧健急皃 齰齒

相值 捒扶 債耿 蹟々正 箦々著 茦木竹刺 騞馬聲九 呼麦反破 繣徽々亦違 𩆷飛聲 幗裂帛聲 嚍又許六反 摵裂 摵

裂聲 膕曲脚中 𢤱不慧 礊口革反鞭三 褔褠亦作𧝈 繣紩 𩃬下革反實七 繳衣々又之約反 碣石地 翮羽本 核果 翮翼 搬燒

又胡的反 隔古核反阻十 膈々肎 鬲縣名在平原又落激反 槅車々 革改 愅知亦諽 諽更亦作悍 䨣雨 𩊒首飾 [illegible] 摘陟革反手

取責又丈厄反六 讁責又丈厄反 裼張耳 𢬿(㨖)作持 尾張 碩々䃫 厄烏革反俗作戹十三 搤持亦作扼 軛車々 阸限 呃烏鳴 䪾 ...

覛驚視 啞笑聲又烏陌反 䬣饑又烏陌反 𧇾々 䳁鼠 柂杷亦作槅 蚅蝎 棟所責反木名九 𣹟小雨 霢霢 㾍寒皃

𧙊々須落皃 𢤱 索々 𧇊許逆反 𧇾虎驚又中聲二 檗餠半生又妨亦反 碧淺翠一 䃈 饕 ...

十九

陌莫百反路々十 帞巾頭 袹々複 驀静 貘々白豹能食銅鐵行之強直 蛨蚝々出 貊蠻々亦狛 驀々騎 洦水淺 𦶟冥 貉北方人

磔陟格反張九 蚅々 舴々艋小舟 䵂黏又竹益反或作樀 𩑛顲又丑格反 嫡亦 窩々窟 托攄 乇草葉又丑白反 伯博白反長五 迫急 百

十 栢松々 颿帆々 白傍百反素三 帛熟繒 舶海中大船 鮊白魚名 劇奇逆反俗作劇五 屐屧々 輾車々 𪈸倦 䜑々勞 戟凡劇

戟五 撠持々 戟大々 郤相踦又去逆反姓 𢦏待 索所戟反求又所各反四 𧾌僵仆皃 溹水名在熒陽 磍辟石聲 柵側戟反木三 𨄞亘

䇲國語 矠魚叉 嚄胡伯反大喚一口 嘖側陌反嘖々三 迮陝 笮屋上板 齰鋤陌反齧亦作䶦四 咋唼々多聲亦作諎 濼々水落地 岝々㟯山皃 隙 綌

反小空五 郤人姓俗作郄 綌々絺 𨙸大笑 㟯西方小白 額五陌反五 峉々岝 鮥鯿 詻々教令聲 輻補履亦作𩋺 逆宜戟反不順三 縌綬 巖

呻 客苦陌反賓三 喀吐聲 礊堅 啞烏陌反笑聲二 䬣飢々 虩許郤反懼皃又所責反或𧇊一 坼丑格反裂四 趚半步 頇腦蓋又防陌反 [illegible]開々 護乙百

反佩刀飾一 拍普百反打六 魄魂々 怕憺々靜又蒲各反 皛亦打又胡了反出蜀都賦又莫百反 㝃疾 泊淺々 赫亦四 赫呼格反 嚇恐 赩火色 㦦々慽 垎

胡格反土乾四 趚々 挌拏々 輅車前橫 格古陌反十二 佫至亦作假 鮥鮥々 峉山 䍜 骼骨々 觡鹿々 鴼鳥名 愅更 䲀海魚 𣝕碎麦

二 三 四 五 六 七 八 九 十 一 二 三 四 五 六 七 八 九

蛒蟦螬 敋々擊 諜虎伯反熊々連皃三 㶙水名在東海 㵩々䎭 宅根百反居十 擇々選 澤陂 檡々蔦 鸅鸅鷀 驛々雘 襗袴又余石石

蠌蟦々 毛草菜又竹厄反 齚土得水 虢古伯反國名四 擭一虢反手取 濩々澤縣名在平陽 彟視遽皃又紆縛反亦作彠 踖女白反踐一 嚄于陌反々々讀一 搦

廿

尼白反捉々一 合胡閤反又古沓反同十 迨々遝行相反 郃々陽縣在馮翊 頜々頓 欱々柔又子六反 詥諧 龤龤聲又子荅反 㕉々會 耠耕 褡々擺

閤古沓反小閨十四 鴿々鳥 合三合又胡閤反 鉿々又鋌 鮯魚名 蛤々蚌 佮合 㕉閉又羌據反 㪉々會 匌周帀 拾劒柙又居葉反渠輒二反 恊以席戴穀 韐

韎々大帶又古洽反 韐防汗又公洽反 荅都合反應亦作畣七 踏々踐行惡皃 跋又蘊荅反急 颯風聲又刀合反々寒風 靸小兒履 馺馬行皃 𨇨行皃又且立反 沓徒合

反重々 誻譐 遝迨 揩指 楷柱上枅 涾沸溢 騇々馬行 龖龍飛龍狀 䛞言疾言 蝍蜡蟷 眔目相及 蓫荳々蘆蘢 樏𣘭々果名 碴

春十五 蹹々 錔拉他閤反器物頭十三 遝歠々亦踏 荅菜生水中 嗒安々意伏 踏著地 幍帳上覆 鞜革履 翻飛皃 漯水名在平原 哈莊子云々然似喪

佮合 馨鼓聲又口合反 䶀羊曼爲々 黮伯見晉書 雜但合反物不純白六 䶇斷聲 礫々礫山高皃 雥群鳥 雜戶麗 鄌亭在貝丘 帀遍 咂子荅反

入 䐶蠶又錯口感反 歃鳴又十六反 魳魚名 䡙羊飽 拉盧荅反折亦作㕇六 摺々碟 翻々翻飛皃 菈々蓬 鶕々鷎飛 納奴荅反受五 軜騬皃 衲

子似 軜縣馬內轡係軾前者 魶似鯢無甲 溘口荅反至五 㕎閉戶聲 𢈊有岸 欱不滿又口感反 答容合 姶馬合反美好皃六 瘟短氣 罨四又於儼反

罯覆蓋 䟷跛亦作䟷 鞈車具又於劫反 欱呼合反歠二 疲病 𡹞眾聲五合反二 磼多 趿走皃七合反二 妳

廿一

盍胡臘反何不六 闔閤々 嗑噬々易卦 蓋苫々 譗靜亦作諫 𥴠蒢 臘々月七 鸊擸聲 蠟蜜々滓 鑞錫々 擸折聲 鬣々皮皃

搨揩或作搶 敨都盍反㲚々七 奪大目 搨手打 砝々地 剔相著聲 笚擊々 搭著 荅菜生水中 榻吐盍反合牀十三 𦪇大船 毾毛

々毿 鰈比目魚又別名 鰨魚名似鮎四足 翕々布 傝𠊎亦々 醻𠊎劣 𤞑犬食亦作𤞑𢱤 謵々譫多言 𦐇飛皃 鞳鞈々鐘 搭々摸 塔佛圖 歃呼盍

反大 嚃一 蹋徒盍反踐六 闒門樓上屋 讕々嗑妄言 譫多言皃 䶍々𠙹 鶕鷎 僷私盍反不謹皃二 嗑々䶀魄皃 傝吐盍反惡一 傝五盍反不著事一

䶀才盍反惡二 揸和雜 頡古盍反々車七 譹多言 盇姓漢有々寬饒 嗑多言又呼臘反 闔閉門 鉀々鑪 蠟々蜡 榼苦盍反酒器亦作榼三 磕石

石聲 鼛鼓聲 鰪安盍反魚醬名二 盫覆蓋 𪇰食臘反言聲二 鼛鼓聲 洽侯夾反和八 狹陿古作陝 祫祭名 峽山三 𪙗齒缺

廿二

㾜々 碶石々縣名 䀹相著 恰若洽反同心七 帢巾々亦作帢 掐刺 䁟 劄入亦作劄 帢士服缺四角 𪘨又公合反 夾古洽反十三 郟々鄏地在

十 十一 一 二 三 四 五 六 七 八 九 一 二 三 四 五 六 二

頴川筴著又古協反 韐韎〻韋蔽膝 跲躓礙 裌来絮衣 䀫眼〻 鉿〻 □□ 踣□□ 鹹唯聲又口狎反 鴨〻子 鞅履根 鞅〻 箑　三

七洽反行書三 煠湯〻又与涉反 騒驃馬 眨阻洽反目動三 𡰲薄撰 偛〻偛人皃 插楚洽反亦作揷字六 臿舂去皮亦作㮑舂字 鍤〻鍫 扱取 疌斛斗亦作𨪕　四

又平廉反 笈負書箱又奇蟄反 鼻齁鼻息四 欱呼洽反〻歠 欱小氣逆 噉盛 囲女洽反手取一 霎山洽反小雨三 歃〻立又山輒反亦作唼 萐扇亦萐蒲瑞草亦作萐　五

卄三 劄竹洽反二 蛔斑身小虫 踚烏洽反跛皃二 凹下或作窅 狎胡甲反習七 匣箱 翈翩下短羽 霅眾聲又杜甲反霅陽郡在樂浪 浹〻㴸水相着皃 䖓虎習　六一

榑 柙檻〻 渫又甲反濕三 啑〻啑〻鳥食字所甲反 霅衆聲 甲古狎反鎧六 胛背 梜木理〻亂 押〻韗 碑山側亦作岬 韐韎 鴨烏狎反水鳥六　二

壓鎮 庘屋壞 窜人神脉剌空穴 押今作閘〻署 閘閉門 𧐃初甲反去皮一 翣所甲反 䈉豕母 啑〻呼鳥食 翜病飛又山立反 㥘　三

面呼甲反衣 呷歃〻二 譀誇誕亦作㘎 渫士甲反水名出上黨一 葉与涉反又式涉二反俗作葉八 楪〻榆縣在雲中 捷〻度 鍱鐵〻亦作鍱 煠瀹又丑涉反　四一

卄四 䈎又丑涉反 殜病 㩶細大端又力葉反 接紫葉反交九 睫眼〻 楫舟〻亦作檝從木 婕〻好漢時宮官班孟堅妕也 淁水名 淁㴸 菨荼蒼　二

鰈魚名 攝書涉反追五 灄水名在西陽 睫〻〻動目又式㲋反 𧍫射決亦作䪉 攝𢷎 涉時攝反步渡亦一 獵良涉反取禽十六 鬣〻 䜲 䎕日暗　三

躐踐 䶘齧〻 鬣髮〻 鱲魚名 獵魚牛名壯毛 獵長牲 擸持 儠皃 䶘〻 䶘蹀名 鱲〻谷在上又 鬣〻剺 擸拗首又余涉反亦作攜　四

挾〻羸 捷疾葉反急四 倢出 疌〻邪 䠥山皃 膝直輒反細切肉二 㙞直立反 敀於輒反〻敀二 緤〻緤 敠尼輒反十一 聶又姓　五

而涉反 躡蹈 鑷〻子 籋作䥊 踂正足不相過 𦑀〻以溢不止作𦑀 㘝小煖亦馬行 褋衣皃 㲪〻補 疌捷巧 謵叱涉反小語〻八 聶　六

樹葉動皃 姑輕薄 詀〻讘細語 㒃〻遷 䛢〻態 嗫女子多言又止涉反 惵便 讘而涉反亦作讋四 顳〻顬髻骨 喦多言 㴸 䪞　七

之涉反多言 囁口動皃又而涉反 懾怖皃亦作慴 讋攝耳輒反 攝〻 𦔡良豕 妾七接反女姬政作妾六 踥 𦐉續又魚劫反 鍱鐵　八

桼餝 淁水名 鯜魚名 鍤丑輒反綴衣針四 霅雨 箑䈯又餘涉反 煠小 扱其輒反驢上負扱四 笈負書 拾二反 鉀押又公荅　九

䮠〻鵖比反反 輒陟涉反專五 耴耳垂 䄇〻衣之涉反 鮿魚 拈 曄筠輒反光二 饁餉田 瘱去涉反少氣二 篋盛書器 萐山輒反瑞草六　十

箑扇〻 歃〻血又所洽反 霎小雨又所洽反 唼嗇涉反 歙〻欲 惕居輒反 縶縫三 劫奪 鵖〻鴔又房反反 厭於葉反惡夢正作㱥四 靨輔頰　十一

卄五 㱥持又於琰反 㜸〻女字好 怗他協反安十 帖券 䛸鼓無聲亦作䵝 鉆〻着物 靼〻韋 貼以物徵錢 跕〻蹀又丁協反 蝶小蜡　十二

呫嚐又叱涉反 㡇衣領又丁兼反又亦作極祜 協胡頰反和八 勰思思 挾持 俠任 劦同力 浹浹水凍 綊紅 叶叶言 頰古協反頤七 鋏長劍

筴著又古洽反 莢蓂莢瑞草知月之大小 蛺蛺蜨 唊多言亦作誄 秧穚 愜苦協反心服四 篋箱 㥦快 匧㰼 牒徒協反牘亦正牒廿 喋

使語 躞小走聲 踥躞 諜閒反 堞城上垣 轞車聲 氎細布 褺重衣 疊重 蜨蛺蜨 蕠蘸 㴴牀板 褋禪衣亦作褋

褶袷又時入反 墊下江又都念反 慴慴懾 惗安又蓮廉反 渫泱 鵽鳥如鷃 䳀 厭於協反按二 魘子 鑷奴協反小釘九 苶病劣皃 埝陷下

又都念反 䁍晦冥 諗聲絕 捻指又乃結反 薾箱亦作鑷 鑈正作鍒 念文塞 燮和八 屧屐 躞躞蹀 韘射具 璞石似玉 耴

使 㛸小契 蜨蛺 颭凡聲二 黖黑 䎀丁篋反耳垂皃五 唽多言 㩗打 𥧐下又丁念反 笘竹箠又充甘反 雥在協反草蘆一 浹子協

廿六

反洽二 𡯁凡 㷸呼協反弓張又書涉反三 睫目閉 㛍少氣 緝七入反績亦作縫五 咠咠讃聲 諿和或 䪤鼓聲無 葺補又子立反

十是執反成數三 什篇 拾取 執之入反四 汁液 㶒縣名在北海 㸣 𡜐至又之利反 習似入反學正作九 襲重 隰原亦作隰 䰯覆又子立且立二反

颯颯大風 騽驪馬黃脊 槢堅木 鶍鵖鶍 鰼鰌 褶神執反又徒頰反一 集秦入反聚鳥在木上亦作雧七 輯和 檝舟 慹怖 蕺菜 鏶

鍱亦作鍓 卙詞之集 入尔執反向内二 廿二十 揖伊入反二 挹酌 湒夫入反水俗作濕二 䐑牛耳搖皃 唼姉入反唼字補各反八 潗泉出 䌖合 湒雨下皃

埶草木生 緁緣 蕺負秦山立 茸荿又七入似入二反 及其立反逮五 芨冬夜 笠白芷又力蘩反 笈負書箱又楚洽反 㞗負鍵 縶陟立反絆馬三

霵小雨 馽絆馬 蟄直立反虫三 䏽肉半生半熟 𡰵少皃 立力急反豎八 𪗺聲 粒米 笠雨 𪁒水狗 苙白芷又其立反 砬石藥 𨽻臨

急居立反十一 給供 芨烏頭別名 汲引 伋子思名 級階 彶遽 蒚堇 痧病 皀穀香 鵖鵖鳥又阿及反 岌魚及反高

論論語 澬水流皃 㥛熱 嬆 翖漢有鄐侯 湁色立反不滑 四止相葉五 霅雨聲 㞩不及 戢

皃亦作 泣去急反悲淚二 湆濕欲乾 䑙欲燥又乾一 雭小雨 卅四十 咠 吸許及反呼氣九 歙縣名後漢有 歙舒涉反 翕起

阻立反之六 𩏂淚出皃亦作 䤕角 𠯒衆口 蕺菜名 濈和 戢山名在會稽俗呼之洽反 邑英及反之居六 悒憂 裛香 浥濕 䓃 䬣

食 湆丑立反渫沸二 䨳大雨 熠火皃三 曅 熠熠耀螢火 囚洽反取物一 鵖房及反四 僰黑皃 屖履 䖈重緣

廿七 藥以灼反療病草之惣名十九 躍跳 礿祭名 禴夏祭 鑰闢具 瀹煮 爚光 籥樂器 𡵆岸上見 鸙鴟 鑠銷 嬥

二 三 四 五 六 七 八、一 二 三 四 五 六 七 八 九 十 十一 一

嬳媄䨲仰 蹻登蹻出走 龠舞 趯趯 濼水名 略離灼反又田 䌰紩 掠抄又力尚 䂮人名有锗 蟘出 略視又來各反 蠼亦作蝼

蜉流 脚居灼反亦作腳四 蹻草履 郤節又於 灼之藥反燒十三 斫刀 彴渡水 杓横木 㣿痛 勺周公樂名 酌酒 繳繒 焯火氣 穛五穀又皮

反 礿公酷禪 菥蓂 犳獸名 鼩鼠蜀 爚灼五 爍書藥反 鑠銷 獡犬驚 嫐美好兒 瘧病 若而灼反如十 婼杜 弱惼 鄀

地名在襄陽 箬竹葉 楉榴 蒻荷莖入泥又菜名出蜀 鰯 腝脆 惹諭又如郁反 叒搏桑木 綽處灼反寬三 䐑大脣兒岸脣岸字言懦反 婥約

美好 約於略反契二 葯白芷 却去約反退二 郤地名在河東 虐魚約反酷二 謔虛約反戲一 妁市若反媒六 杓 杓橛 約流星 芍藥 蕭謗亦云芍藥是藥草

又香草可和食芍字張約反藥字良約反又芍陂在淮南七削反又蓮芍縣在馮翊之之草兒 趵胡了反 勺取 汋澤 𥥈丑略反似兔而大亦作𥦪字五 婼叔孫 逴行兒 辵走 䖸又

吁 削息略反析一 斮側略反斬一 爵即略反封四 雀小鳥亦䳺 燋火未然又子肖反 爝在爵反炬 嚼噬亦作噍 爝火 鵲鳥 正鸙六

趞行兒 促良大 踖宋國 芍蓮中子又下了都歷反 碏衛大夫名 噱其虐反笑不止 蹻舉足高又丘兆反 𨄅須臾 谷口上河 卻作谻 腳 䁾大笑

鄉天神又丘良反 嬳態亦作嬳二 䨼視遽兒 縛符钁反繫一 矆許縛反大視二 彏弓弦急又居縛反 篗王縛反亦作𥴟一 钁

反大 貜八 趯大步 钁斸鋤 攫搏 矍驚 躩盤 蠼車 鸜鳥三首 著竹略反箸二 芍藥香草 楉擊 斫亦作楉 鍺

著直略反一 𢡟懼 鄭名 貜大猨見足 廿八 鐸徒各反大鈴十二 剫判木 度忖 踱跳足 澤水冬

之洛從 庹量又徒故反 之音水 襗衣 䆁 懌作怍 釋 莫慕各反無十一 幕帷 鄚縣名 膜肉 鏌鋣 摸

又 㯧莫胡反 瘼病 嗼定 慔勉又云故反 寞寂 落盧各反廿二 烙燒 絡絲 洛水名 珞瓔 酪乳 樂悟又五教反 轢車

所踐 箬籠 硌磊 駱馬白色 雒大白兒 輅生草 剳去節 馲馲駝出北道有肉䩻日行三百里負千斤知水脉駝字度何反 鮥魚名 鼦鼠出胡地可以作裘也 路視又來灼反

䨩大雨 鸈鳥名 濼水名 袼褔 託他各反付十一 袥開衣 袼合大 橐無底囊 魠魚名 籜竹箬皮 柝易曰重門擊柝 侂是 毀 沰逼

蘀葵苯蓄菓草 驝駝 飥餺 作子洛反使四 柞木 䊂精細米 迮起 錯倉各反雜五 厝厲石又七故反 䱜魚名 遻交 縒參

各古落反分四 閣樓 格樹枝 胳腋 恪苦各反亦作愙一 愕五各反驚亦作遌十四 鄂國名 諤直諤 鍔刀刃 崿山崖 鶚鳥 鰐魚名 蕚花

噩歲在酉曰作噩 堮圻 㗁穿 蝉似蜥蜴吞人 顎大面醜 䫣嚴敬 惡烏各反醜亦作悪三 蝁蛇名 堊白上 諾奴各反應聲一 粕匹各反糟十 顆

八 七 六 五 四 三 二 十二 一 十一 十 九 八 七 六 五 四 三 二

面大皃濼陂 膊割肉亦作膞 韝車覆軛 搏擊又方句反 簙簺相塞 畐春 蒦䕶 胉脅 泊傍各反止八 亳國名今州名 箔簾 九

薄不厚一曰草叢 鎛田器也懸鍾虡橫木上也 鱄鮮獸名似人有翼一目 䩔似鯉 䪇下橐鞋 跅蹈 䑌呵各反羹一 鄗縣名 壑谷 蠚螫 郝地名又人姓 十

嗃嗃嗃讒 索繩三 〔蘓〕各反 摸 〔鞢〕釋 涸下各反水竭八 洛澤 鶴似鵠長喙 貉貈 貉類 〔泰〕人姓 洛姓 鼯鼠 貈狐貈亦作貌 十一

昨在各反日十五 酢酬 筰縣名 㲉穿 鑿鏨 筰竹索 柞木名 怍慙 秨禾稼皃又徐故反 䣢地名在蜀臨邛 筰竹皮 怍 十二

㹥䖑 綃竹繩 醋客酬主人又徐 愽補各反從十三 髆胷 爆迫於火 搏手擊 餺飥 鑮似鍾而大四時之聲又步各反 鏄鐘 磗嚗 十三

噍皃亦作䤲 襮衣衿 䵮䴎 蟷螺蛸 䍸獸似羊九尾四耳名䍸䩗字達何反 䙛褌 雈虎郭反揮四 霩雲霄皃 矐驚視 藿豆葉又香草 十四

郭古博反郭本作𩫏十四 崞縣名在雁門 槨棺 彉張亦作彍 擴 艧烏郭反舟三 雘味 䨼薄 蠖蠖 矱胡郭反 刈七 懩心動 㸸落 十五

木名 鑊鼎 爦熱 䨼大雨 㿥痾 廓苦郭反四 鞹皮 𠠚解又口號反 漷水名在魯 十六

芀

職之翼反主官亦作識亦作職六 織緯 紅 膱油敗 蟙蝨虫 蘵草名酸漿 䵂記徽 直除力反正二 犆又徒德反 力良直反壯六 朸縣名在平原 一

屴𡷓山高 仂不懈 泐水凝合皃 炮脝交反平交反 勑褚力反識十 飭牢密 潪水名 趩行聲 拭 式 弋 意想 鳶 鳶鳶亦作鴢 遫張 二

栻局又木名 堇蒴藋別名 陟竹力反昇二 稙早禾 食乘力反進餘二 蝕日月互相掩 息相即反滋生七 郋新縣在汝南 楒木名 瘜惡肉 膓 三

葸菜名 熄玄火 寔常職反是五 湜水清 殖多 植種 埴黏土 識商職反記傳五 式法 拭刷 軾車前 飾裝 䬤 四

䫤許力反大亦四 奭怒皃 畫痛 䵂赤黑 極渠力反之一 崱士力反山皃二 嵯 嶷 匿女力反藏亦作𠥽三 匿病 蝕虫食 愝愧亦作䘌 測愴力反度五 惻 五

愴亦作恖 畟耜嚴利 堲遏遮 𣪠草 億於力反念十二 臆胷 億萬十 繶絛 繶水名 醷梅醬 檍木名 薏苡亦蓮心 蟙小蜂 六

䈥快 𩏀絲履 楅梓屬 鞕互力反皮鞭皃一 色所力反五方氣八 歗小怖 嗇愛 轖馬車上絡革 穡種曰稼□曰穡 薔蔘菜 濇不滑 繬 七

緈紀力反誅六 殛急 恆性 棘衣交領 棘小棗 𦵧𦵧 堇去官又力繩反 弋與職反射十八 翊鄉郡 翌明日 㔴敬 黓黑皃 翼翅亦作䎀䎃 八

麰穀麥糠 雉䴎射 簃䊦翅 姒婦人官夫人名 溟水名在河南 杙木名 㝨□□□ 趩進 選䵂附耳 橍耕 芅羊桃 釴鼎耳 九

即子力反就十二 稷禾 櫻木名 㮶牛名 蝍蛆虫 □又秦悉反 㶼瓦棺 㹥犬生三子 逼 十

彼側反〻近 皕百百 偪水驚皃 颰風〻 圀姓 域筞 …… 域人名漢有孫〻 緎瓦器 黬

□線縫緎作緎黬 洫沉逼反溝八 閾門限 緎衣縫 侐靜〻 旻 …… 堛芳逼反甶十 愊悃 踾蹋地聲 愊

析也判也 鍢飽皃 揊擊聲 稫〻稷禾上穛乾 畐多又房六反 副判 陟□□ …… 昗□□ 揤〻打 仄〻陋 萴藥烏頭艸名 側

傍〻 夭傾頭 矢敧 愎皮逼反很三 腷〻臆不洩 稸丈乾 抑於棘反按二 㘿邑名 嶷魚力反 薿茂皃 鬚矣〻又五其反 堲秦力反一

卌 德多特反三 得取 㝵古文〻 則即勒反軌法一 勒盧德反急七 肋脅 扐著指間 仂礼記祭用數之〻 玏美石次玉 艻蘿〻菜 阞地脉理

忒他則反惡差四 㝵打 慝惡 䁥〻黯欲臥 刻苦德反鄏〻三 克能 剋自強 特徒德反又馳涉反五 貣假 蟘食禾虫 樴杙 蚮蝶蟀

黑呼德反墨色三 潶水名在雍州 默嘿聲 墨莫北反筆〻九 默靜 蟔墨虫名 冒單于名又莫報反 纆索亦作纆 嫼怒皃 䁼視 黯〻聴欲臥 覔

竊目視前皃 賊昨則反大盜三 鰂鰞〻魚名 蠈食苗節虫 塞蘇則反閉亦則塞又蘇載反障二 寨安又先代反 北波墨反對南一 菔傍北反蘆〻八 棘縣名 匐〻匍

𡎺〻塞 趚僵又手豆反 蔔路伏地 䔸黍豆漬菜 䙯農夫賤稱 或胡國反疑四 惑〻迷 蜮虫似鼈而小口中有弩矢含沙射人 𤋳水流 國古或反一主一 餩

卌一 愛墨反噎聲一 䱇乃北反小蚕又乃載反亦作蠈一 業魚怯反基六 鄴縣名 驜馬名 𤗉木片板 𠞰續又直獵反 嶫危 脅虛業反膀〻三 歙〻氣

㢡弓 怯去劫反多恐一 劫居怯反強取五 扱衣領 跲躓又渠業反 鉣帶鐵 拾劒柙 腌於業反鹽漬魚亦作䣍九 罨魚网又烏合反 裛書囊又於及反

殗〻殜不動亦作殗 䅖犂種 敜〻䤿 䱎臭 䩎車具又於合反 𨫊推

卌二 乏房法反貧少一 法方乏反則正作法字一 猲起法反恐受財史記曰恐〻諸侯二 姂好皃妙也

切韻卷第五

十一 十二 十三 十四 一 二 三 四 五 六一 二 三 一

唐寫全本王仁昫刊謬補缺切韻校箋

龍宇純學

刊謬補缺切韻序

第一行刊謬補缺切韻序 刊謬者謂正訛
謬 補缺者謂加字及訓 正上王二有刊字。
下謂字王二無，蓋誤奪。
第一行六万三百七十六字 舊三万三千九
百二十二言 新二万六千四百五十三言 正文六万
二字及注文新字漫漶不能
辨，此从唐氏所寫。又正文下
六字及注文「字上「二、三」二字當
有一誤。
第二行朝議郎行衢州信安縣尉
王仁昫字德溫新撰定 王二無
字德溫及新定五字。王一上去
入三声卷首並同此語。案王三
亦題「刊謬補缺切韻，朝議郎行
衢州信安縣尉王仁昫撰」，然每
与本書及王一大異，疑新定二
字正對王二之本言之。
第三行江東道 道上王二、P二
一二九有南字。唐跋云：「唐時
無江東道，衢州屬江南道，東
蓋南字之誤」。又云：「項跋本作
江東南道，考當時以二十人為
十道巡察使，則每道有二人，
或已如開元末年分江南為東
西二道，衢州正在東道，則此
或江南東道之誤耶？」案當
以後說為是。
第四行觀風察俗 王二、P二一
二九無察字。
第四行政肅令清 王二、P二一二
九政下有先字。
第四行即持斧埋輪 王二、P二一
二九無即字。埋當从王二、P二
一二九作理，持斧理輪，俱用
莊子。輪字王二、P二一二九
誤作輸。
第五行昫祇務守職 祇字王
二、P二一二九作駈。案氐字

唐人俗書作𠀇，与丘形近。
第六行莫不以備書目悅△ 目字
王二、P二一二九作自，當據正。
第七行然若字少△ 若字王二同，
當从P二一二九作苦。
第八行可口口口補缺切韻 王
二、P二一二九並云可為刊謬
補缺切韻，本書可下殘為刊
謬三字。
第九行救俗切清△ 清當从王二、
P二一二九作韻。此切韻二字
猶云反切。
第九行須斯便要省△ 王二、P二
一二九無須字。

第九行韻以部居△ 部字P二一二九
同；王二作韻，誤。
第十行亦用朱書△ 書字王二、
P二一二九作寫。
第十行其字有疑涉△ 王二、P二
一二九無涉字。
第十一行使各區析△ 析字P二一
二九同，王二誤作折。
第十一行豈遇斯甚△ 豈字王二
、P二一二九作莫。
第十一行昀沐承高議△ 王二、P
二一二九議字作旨。
第十二行課率下愚△ 率字王二
、P二一二九作䋁。案率繂

正，俗字。
第十二行仍於韻目具數云爾△
P二一二九同本書、王二八字二
行夾注。
第十二行 所有新加字並朱書其訓即用墨書或朱有正體及通俗者皆於本字下朱書若有數字同所從者唯於通字下注其正及通一字餘類所從皆準此其正通等既非韻數並不入韻數之限也△ 王二、P二一二九無此
夾注。朱下疑奪書字。

陸詞字法言撰切韻序
第一行陸詞△字法言撰切韻序
詞字P二一二九同，兩唐志云：切
韻五卷陸慈撰，姜云：法言兩

詞名字相應，兩唐書作慈，以
音近而誤。（見瀛涯韻輯卷
二十譜部一陸法言切韻考。）
第二三行劉儀同臻　顏外史之推　盧
武陽思道　李常侍若　蕭國子該
辛諮議德源　薛吏部道衡　魏著作
淵彥　之字當从切二入注文。
薛吏部，P二一二九同，切二、
誤薩吏部．魏著作淵彥　切二在
李常侍上，廣韻在盧武陽上。　P二一二
九同本書。又案P二一二九
此八人俱無本名，蓋略之耳
；切二同本書。
第三行同詣法言宿　宿上切二

P二一二九、廣韻並有門字，
當據補。
第三行古今聲調既自有別
切二古上有以字；P二一二九
古今作今古，今上亦有以字，
當據補。　廣韻作以今聲調既自有別。奪古字。
第四行吳楚則傷輕淺　傷上
切二、P二一二九、廣韻並有
時字，當據補。
第四行燕趙則多涉重濁　涉
字切二、P二一二九同，廣韻
作傷，蓋涉上文而誤。
第五行梁益則平聲似去　平
上P二一二九衍「諸家取舍亦復

不同」一句。案此依撥瑣。瀛涯韻輯在平字下，未
詳孰是。
第五行又支章移反　脂旨夷反　魚語居反　虞語俱反　共為不韻。　反字
切二同；撥瑣二一二九作切字，
以下七反字並同，疑誤；瀛涯
韻輯仍是反字。虞語俱反
四字誤奪而增補於側。
第五行尤雨求反　侯胡溝反　雨字
P二一二九、廣韻並作于。切三
尤韻尤字音雨求反，與此合。
切二二反語俱無，當是誤脫。
第七行夏侯詠韻略　詠字廣
韻同，廣韻校勘記云：「切二

作詠是也。擬瑣甲本作夏侯永。
純案瀛涯韻輯字亦作詠。
隋書經籍志有四声韻略
十三卷，夏侯詠撰。」案P
二〇一七亦作詠字。
第七行李△季節音譜　此上廣韻
有周思言音韻一句，切二、P
二一二九、P二〇一七並同本書。
又案本書平上去入四声韻目
言諸家同別，屢稱引呂夏侯
陽李杜諸家，亦獨不及周。
第八行顏△外△史△蕭△國△子多所決
定　切二、P二一二九、P二〇
一七同本書。P二六三八、巴
黎未列號之戌，廣韻作蕭

顏多所決定。
第九行向來論雖△疑處悉盡
難字左側以雌黃塗改，今剎
脫。
第九行何為△不隨口記之　P二六
三八、巴黎未列號之戌，廣韻
無為此字。切二、P二一二九
、P二〇一七俱同本書。
第十行法言即燭下握筆略記
綱△紀　綱上P二一二九衍後字。
第十行後△博問辯△　P二六三八、
P二〇一九、P二〇一七、廣韻無
後字，P二一二九、切三同本書。
辯上切二、P二六三八、P二〇一九、

P二〇一七、廣韻有英字，案P二六三
八、P二〇一七誤作英，　P二一二九
P二〇一九誤作英。
辯下有士字。本書當脫英字。
第十一行於是涉餘學兼從薄
宦△　涉上切二、P二一二九、P
二六三八、P二〇一九、P二〇一七
、廣韻並有更字，當據補。
宦字P二六三八、P二〇一九
俱誤作官，切二誤作宮，P
二〇一七誤作宮。
第十一行丸△訓△諸弟△有文藻即△
須聲韻　切二、P二一二九、P
二六三八、P二〇一九、P二〇一
七、廣韻丸字在有字上，訓

上有私字，當據以補正。弟
上P二一二九有子字，P二六
三八、P二〇一九、廣韻子字
在弟字下。P二〇一七同本書，
疑並誤奪。即字P二〇一九作
則，須下廣韻有明字，自餘
各寫本並同本書。
第十二行疑惑之所質問無從　或
字切二、P二〇一九、P二〇一七同
本書，廣韻作惑。案擬項本P二一二九、P二
六三八亦並作惑，唯瀛涯韻輯
並作或字，未詳孰是。
案或與惑通。
第十三行存者則貴賤禮陽之報
絶交之旨　切二奪則字。

第十四行定為切韻五卷　定下切
二、P二一二九、P二六三八、P二〇
一九、P二〇一七、廣韻並有之
字，當據補。
第十四行未可懸金　P二〇一九同
本書。P二六三八、廣韻作未
得縣金。縣與懸同。P二一二九、P
二〇一七作求可懸金。所引P二一二九為瀛
涯韻輯，擬項求
字作來，疑誤。　切二云柒可
懸金。案，求當是來字之誤。
切二柒當是
求字之誤。
第十六行大隋仁壽元年也　切
二、P二六三八、P二〇一九、P二
〇一七隋字並作隨、P二一二九

、廣韻同本書。案通志氏
族略隨氏下云：「杜伯元孫為
晉大夫，食采於隨，曰隨。
會子孫以邑為氏，至隋以周齊
不遑寧處，故去辵作隋。」
前人多云文帝改隨為隋，當
以作隋為是。惟四本皆作隨
字，似非偶然之誤；或者作
隋者反出後人改易。然文帝
以開皇九年一統，儻於是年
改隨為隋，至仁壽已十又三
年，不應陸氏仍作隨字；
因疑其時猶未改作，或則行
之未久耳。姑存以俟考。又

P二六三八、廣韻無也字。

刊謬補缺切韻卷第一

第一行平聲五十四韻 上去聲此等字旁注於卷第下，与P二〇一一合。又此言平聲五十四韻，下韻目及正文自一東至五十四凡、並與此合。切二云平聲上廿六韻，韻目自一東至廿六山。切三廿六山後別為卷第二，云平聲下廿八韻，韻目及正文自一先至廿八凡，其卷一當云平聲上廿六韻，韻目自一東至廿六山。案今並殘。王二此云切韻平声一，下列韻目自一東至廿五痕。並與本書異。今案本書此下云「右卷一万二千六十三字」，為一東至廿六山字數，後更無廿六先至五十四凡字數及卷二，而凡韻末云「切韻卷第二盡」，於體制至不嚴密，未詳何以如此。王一五支以前殘缺，仙韻第二十八，登韻第五十。其平声自一東至五十四凡中不分卷，當同本書。然凡韻後云：刊謬補缺切韻卷第二，廿八韻。下列先至凡韻，各韻首，與本書亦略異。

第二行右卷一万二千六十三字 二千九百八舊韻四千九百七十訓一十六或亦四文古一文俗一千一百廿二補舊缺訓一千六十八新加韻二千三百五十二訓三百卌二或卌四正卌七通俗二文 右卷一万二千六十三字，此一東至廿六山字數，與前云卷第一平声五十四韻不合。詳見上條。又案此數與注文總數為一万二千八百六十六字不合，六上當奪八百二字。又注文左行或上疑奪亦字，去入声並云亦或，王一上声亦云亦或ㄱ文下當有本字，上去入三声並可証。

第三行一東 德紅反 王二德紅二字在東字上，無反字；下並同。以上去入声韻目推知，王一當同本書。

第四行六脂 旨夷反。呂夏侯与之微大亂雜，陽李杜別，今依陽李杜 旨字王二作章，蓋涉支字音章移而誤；本書与正文脂韻音合。呂字王二同。案本書及王一上声韻目旨下云夏侯与止為疑，呂陽李杜別，今依呂陽夏侯，与此系統不同；去声韻目至下云夏侯与志同，陽李杜別，今依陽李杜，不及呂静。侯字王二無，當係誤奪。之字王二無。案本書及王一上声韻目旨下云夏侯与止為疑，去声韻目至下云夏侯与志同，此之字當不誤。雜字當依王二作雜。二季字當從王二作李，李即陸序李季節。又王二無下杜字，當係誤脫。

第五行九魚 魚下當補語居反三字。王二魚上有語居二字，本書魚韻魚字音語居反。上声韻目語下云呂与虞同，夏侯陽李杜別，今依夏侯陽李杜。去声韻御遇二韻下並無注。王二同本書魚下無注。

第六行十四皆 古諧反 呂陽与齊同，夏侯杜別，今依夏侯杜 王二此下無注。

第六行十五灰 呼恢反 夏侯陽杜与咍同，呂別，今依呂 本書上声韻目賄下云：李与海同，夏侯為疑，呂別，今依呂；去声韻目隊下云李与代同，夏侯為疑，呂別，今依呂。王一並同本書，以彼文推之，李氏灰疑亦同咍。王二此下無注文。

第七行十七真 職鄰反 呂与文同，夏侯陽杜別，今依夏侯陽 王二云夏侯陽杜別，今依夏侯杜。案本書陽下脫杜字，王二杜上脫陽字。

第七行十八臻 側詵反 無上声，呂陽杜与真同，夏侯別，今依夏侯 無上声。王二同。案臻韻亦無去声，此疑奪去字。又王二同下有韻字，盖由誤衍；二侯字王二並無，當係誤奪。

第七行殷 於斤反 陽杜与文同 夏侯与臻同今並別 本書上声韻目隱下云呂与吻同，夏侯別，今依夏侯。以彼文推之，呂静殷疑亦与文同。又案王二斤下無注文。

第八行廿一元 愚袁反 陽夏侯杜与魂同呂別今依呂 本書及王一上声阮下云夏侯陽杜与混很同，去声願下云夏侯与慁別与恨同，案恩下別与二字誤衍，詳去声韻目校箋。 入声月下云夏侯与没同，案没為痕魂二韻之入。 本書魂下又云呂陽夏侯与痕同，疑此文魂下奪痕字。

第十行蕭 相彫反 切三音蘇彫（廣韻同）與正文蕭韻音蘇彫反合，P二〇一七、王一亦音蘇彫（見正文凡韻後韻目）疑此涉上下文相然，相燋二反而誤。

第十行宵 相燋反 宵字切三作宵，案廣韻同。与正文合，當从之。王一亦誤作霄。韻目（見凡韻後。）燋字切三、P二〇一七、王一作焦，与正文合。疑此原亦作焦。

第十一行肴 胡茅反 陽与蕭宵同夏侯杜別今依夏杜 宵當作宵。夏下奪侯字。

第十一行廿六談 徒甘反 呂与銜同陽夏侯別今依陽夏侯 依當作依。

第十三行廿三尤 雨求反 夏侯杜与侯同呂別今依呂 兩求反，与切三正文音雨求反合。切三韻目音而求，而當是雨字之誤。P二〇一七、王一韻目亦音雨求。本書正文及王一、王二、廣韻雨並作羽。又本書所載陸序亦音雨求。P二一二九、廣韻彼雨字作于。

一東

第一行凍 凌水從 二音冰 水當作冰。字又見送韻，注云冰凍。王二此云水也，誤同本書。又案王二、廣韻本紐另有湅字云水名。

切三有涷無凍，涷下云水名。
凍与涷二字，本書涷字見
送韻。
第一行同 徒紅反 二十二 此字與全書
所書二字異形，即行款距離亦
應為一字，蓋一上誤加小點，非二
字也。本紐正二十一字，王二則本紐
二十二字，且其中鍾字為本書所無。
第一行童 古作僮今為童子非 切二、切三
並云古作僕今為童子。P二〇一七
云古作僮僕今為童子。P二〇一六
云古僕字今童子，非字疑後人
增之。參下條。
第一行僮 古作童子今作僕失 切二、王二並
云古作僮子今作僕也。P二〇一七古作
童子今作僮僕。P二〇一六云古僮子
今々僕。失字疑出後增。參上條。
第一行狪 獸名似豕出秦山或從豸作㺯 秦字
當从王二、廣韻作泰。山海經
東山經：泰山有獸焉，名曰狪。
狪或作㺯。
第二行橦 木名花可為布又卓江反 又卓江反
，廣韻云又音幢。江韻橦字見
宅江反，与廣韻合，都江反無
此字，各韻書同。卓字蓋誤。
第二行烔 々旱熱見 重文上當更
有一重文。王二作々々，切二作
烔々，廣韻云熱氣烔烔出字
林。案雲漢詩蘊隆蟲蟲，韓
詩作烔烔，即此所本。
第二行韉 鞁具飾 鞁字廣韻作
鞍，字通。集韻云車鞁具飾。
說文鞍，車駕具也。史記
封禪書云：駕鞁具。
第四行⿰歹冬 殁々 切二、王二、廣韻
並云殁，不重⿰歹冬字。
第四行⿰重刂 鍾鬳 鍾字五利同。
見瀛涯敦煌韻輯。案當作錨，切二、廣
韻並云錨鬳，字林云甑屬。
第五行嵩 通俗作嵩 注文嵩當作嵩。
第五行娀 有娀帝母 帝當作契。
第五行菘 々菜 王二、廣韻並
云菜名，重文蓋出誤增。

第八行蘴 蕪△ 菁 無字當从切二、五刊、廣韻作蕪。

第八行䴵 蕡麦芽△ 風反 芽風反与數隆反音同，誤。五刊云又去。此字又見送韻，音字風反，風疑當是豐字之誤，芽上奪又字。（切韻音系以為反語誤衍，非是。）

第八行楓 木亦作檒△ 亦作檒，集韻同。五刊、廣韻檒字别出，注云檒梵声。集韻檒又為梵字或体，音符風切。

第八行究△ 處隆反 滿五 究字各韻書作充，此誤。

第九行稑 稗△ 切二、王二、廣韻並云稆稗。切二正文字誤稑。

第九行功△ 𠡠△ 勳 勳力二字不辭、王二云勳也王功曰勳從力。本書力上當是奪从字，蓋俗書功字作功，因為校正之辭。五刊字作功，是俗書作功之証。本書今亦作功者，抄者從俗耳，當改作功。

第十行憤 丿△ 憒 王二云憒，無重文。五刊云憒ㄅ。廣韻云憒也。案本書憒誤為憒，重文疑出後增。漢書敘傳上音義云憒，憒也。（又案：爾雅釋言虹、潰也，說文訌、讀也。並即此字。）

第十行蒙 莫紅反草名△ 又覆十七 草當作莫。又本紐十五字而此云十七，蓋誤脱二字。可考者䑃字，詳下䰒蒙字校記。其一不可考。（又案王二此云十一加五，本書或亦十六字，而六誤為七。）

第十行䑃 丿 艨艟戰船△ 又武用 用下脱反字，廣韻云又武用切。唯本書用韻無明母，䑃字又見送韻莫弄反。五刊云又去，与彼合。集韻則用韻亦收此字、音忙用切。（忙原誤作忙、此依考正。）

第十行䰒△ 𩣡△ 子 王二䰒蒙下云馬垂鬣蒙，下出𩣡字云𩣡子。

廣韻亦䮾下云驢子，[髟蒙]下云馬垂鬣。案說文䮾，驢子也。此奪[髟蒙]字注文及正文䮾字。參上蒙字校箋。

第十一行冡 覆或作冡△ 正，注文冡字同形，當有一誤。P二〇一六云亦作冡，蓋冡字俗書如此，

第十一行醠△ 酒△濁 醠當从王二、廣韻作醠，下文盎字即此所從。注文酒濁，王二作洶酒，洶即濁字之誤，可據以乙正。集韻云醲醠濁酒，亦其證。

第十一行霿△ 零 雨 霿字王二同。廣韻、集韻作霿。

第十一行籠 盧紅反籠通俗作篭十八△ 本紐十七字而此云十八，蓋誤脫一字。切二本紐十六字，曨字不見於此；王二、廣韻並有曨字。王二云十五加七，蓋切韻原是十五字，切二曨字居第八，當是陸书原有。本書所脫當即曨字，注文切二云日明、王二廣韻云日欲出。

第十一行櫳 房△ 王二云：案說文房室。廣韻襲下云說文云房室之疏也，亦作櫳。今案說文房室下有之疏二字，王二引說文，室下當有之疏二字。P二〇一六云：「櫳，房[ ]之。」原亦當云房室之疏。本書直云房、疑有誤脫。又案廣雅釋室云：「櫳，舍也。」或即本書所據。案王氏疏証云：櫳為房室之疏，不得直訓為舍。

第十二行龓 頭△ 馬 切二、王二並云馬龓頭，廣韻云龓頭，本書馬下脫龓字或重文。

第十二行瀧 沾漬 涷△ 涷字當从廣韻作涷。王二誤同本書。

第十二行[禾龍] 秉△ 秉下注當从切二、王二補重文，廣雅釋詁四「[禾龍]，稀也」，故云秉[禾龍]。廣韻云黍病。集韻云博雅[禾龍]稀也，一曰禾病。

第十二行礱 礲△瓦 廣韻云築土礱穀，集韻云築土以磨穀

，一曰瓦礱物。玉篇：礱瓦，今
作礱。說文礱，礱也。本書礰
當是礱字之誤。（礰與磿同。
說文磿，石声，與此義不相屬。）
第十三行茳 草名△ 廣韻、集
韻茳即上文茳字。切二、王二
同本書。此一字異体別收之
例。
第十三行𨸝 坻△ 坻當从五刊
、廣韻、集韻作坑。廣雅𨸝
，坑也。
第十三行洚 水不遵其道一曰洚下又江反
王二、五刊云又户冬反，五刊户冬
二字互 廣韻云又户冬下江二切
倒。

。本書冬韻户冬反無此字，江
韻下江反收之，注云又古巷反，
疑此江上奪一下字。（廣韻户冬下江二切並有此字。）故云又户冬下
江二切。王二、五刊字見户冬反
，故云又户冬反。）
第十四行鰫 魚△ 重文不當
有，切二止一魚字。王二、廣韻
云魚名。
第十四行檧 檐△ 重文疑出
誤增，切三檐下正無。（廣韻
云尖頭檐。）
第十四行䡯 檻車載冈△ 冈字當作
囚，切二、王二、廣韻並作囚。
第十五行鏓 大鑿中木△ 說文：

鏓，一曰大鑿平木也。段氏
改平為中云：「馬融長笛賦李
注引說文曰鏓，大鑿中木也」，
此与李注合。玉篇、廣韻云大
鑿，平木器；集韻云一曰大鑿
，一曰平木刳；並誤。
第十五行𢈢 屋中會△又子孔反 屋
中會，玉篇、廣韻同。段氏謂
篇、韻皆誤，說文云屋階中會
也。周氏廣韻校勘記謂當補
階字。案據說文。今按：王二云：
屋階中會也出說文。切二亦云
屋中會也諸出說文，諸即階
字倒誤。

第十五行蜙 蛉青△ 青字王二作
蜻。案蜻蛉古或書青蛉青亭，
本書青字或原作如此。
第十五行通 他紅反 徹四四△ 誤衍一
四字。
第十六行緵 ㄅ△縷 切二、王二
縷下無重文。
第十六行樓△ 搣△ㄅ△ 注文二字不
清，諦審之如此。 唐氏搣字定作滅，不然。
王氏手寫切二与此同；五刊云
俗云提ㄅ搣，亦与此同。惟正文
樓字當作摟。上文已有樓字
，而王二、五刊此字並作摟，並
其證。集韻引字統搣字作搣、
今本誤作搣，此从考正改。 正注文二字並从
手作。
第十六行㲨 飛而斂足又則 貢反，吴△人音
吴字不清，从唐氏所定。
第十六行髮 毛△ 王二云髮
亂，廣韻云毛亂，本書毛下當
有奪文。
第十七行稯 茖△十 茖字王二作
苔，案當作筥。儀禮聘禮
十筥曰稯。
第十七行蓬 薄紅反△ 草反 注文不
清，唐氏定為「薄紅反根草
反五」七字。案根字模糊不
能辨。草下反字誤衍，當有
小點為識。五字亦不能辨，唐
氏定為五字，蓋以所見凡五字
，想當然耳；疑不然。參下韸
字校箋。
第十七行芃 舩ㄅ 蓋△舩 蓋上有
一字之隙，或尚有一字，不能
辨見。
第十七行韸△ 舩車帳 亦作芃△ 王二、
廣韻韸下云鼓声。案詩靈臺鼉鼓
逢ㄅ，即此韸字。 又切二、王二、廣韻
有篷字，注云織竹編箬以
覆舟車，本書此當是誤奪
韸字注文及正文篷字，亦作芃
者；切二、王二、廣韻並芃字

别出，此或由正文誤入；或者
笐當作笎：集韻𥱧字作䉒、
案集韻以篷即下文篷 或体作
字，与王二、廣韻異。
笎，則其比。
第十七行筝 車△△在上 注文
四字俱在右行，左行原應有
字，模糊不能辨。
第十八行檧 蘇公反小籠 又先孔反一 反
下一字不清，依例當如此。

二 冬

第一行彤 徒冬反亦徒丹 音口十五 注
文「徒、從、丹、十、五」五字
俱不甚清晰，音下一字是丹
之直音，已不可辨。
第二行鼕 鼟宮 聲 鼕字从夂
与說文同。集韻亦作鼕。五
刊、王二、廣韻並作鼓。注文
宮當為空，說文云鼟空声。
五刊、廣韻同說文。
第二行赨 口亦 作蛖 亦上一字不清
，唐氏定為赤字。五刊云赤蟲，
廣韻云赤色。亦作蛖者，集韻
同。說文赨，赤色。从赤、蟲省
声。王二此字作赨。廣韻分
赨、𧹞為二，赨下云赤蟲，大誤。
第二行賨 在宗反 西戎 西戎，王
二云西戎税也，廣韻云戎税，說
文云南蠻賦。本書戎下疑奪税
字。唯五刊云國名，在渠州宕渠
山。風俗通云：巴有賨人，剽勇，
高祖募取以定三秦。晉書音
義亦云巴人呼賦為賨，因謂之
賨人。所奪似又不必為税字。切
二云西域，當有誤奪。
第三行慒 謀又似 冬反 本書正切
~~無此音，本書並同。~~ 又似冬反，
王二同；本書及王二字又見尤
韻似由反，亦並云又似冬反（王二
此似字誤作以），唯本韻無似冬
反之音，一等韻例亦無邪母。此
云又似冬反，冬當是由或尤字

之誤，与尤韻云又似冬反為互
注。中古邪從二母往往錯見，尤
韻云又似冬反即此正讀在宋反
也。廣韻此云又似由切，尤韻云
又在冬切，二音互注，不及似冬、
之音，可以為証。詳參拙著
「例外反切的研究」(丙)。

第三行農 奴冬反業田正作 辳亦作欁四 本
紐三字而此云四，蓋誤脫一字。
王二云三加一，切二云三，是陸書
本紐原為三字。切三、王二並有
膿字居第二，當是陸氏之舊，
可據補。王二注云血，切二注云
皿，皿即血字之誤。

第三行𩅽 亦濃ㄅ 多露 重文疑出
誤增。亦濃，謂其字或亦作濃也。

第三行恭 駒冬反 恪六 本紐六字
廣韻入鍾韻，云陸以恭蜙縱
等入冬韻，非也。韻鏡、七音略
恭字並在鍾韻。本書此沿陸书
之舊。

第三行供 祇命 注文兩字一
行，其左似無字。又案祇當作
祗，敬也。

第四行蜙 先恭反蜙蝑 蜙亦作蚣四 廣韻
本紐四字入鍾韻。此沿陸書之
舊，參前恭字條。下文淞字鍾韻淞下
云又先容反，可見廣
韻本紐收鍾韻為是。

第四行淞 水名出吳郡 吳字不
清。王二云出吳郡，廣韻云在
吳，並可據。

第四行淞 凍落又詳容反 凍落，王二
、五刊同。廣韻鍾韻亦同。集韻
引字林作凍洛。洛字本書音下
各反，集韻亦讀与落同。

第四行倯 轉語 五刊云倯，庸轉
語也。案方言三「庸謂之倯，
轉語也。」廣韻謼下云轉語，
誤同此。

第四行樅 七容反木名松葉柏身曰ㄅ樅四
本紐四字廣韻入鍾韻，此沿
陸氏之舊。本書音七容反，

容字在鍾韻。切二、王二云七恭反。曰々樅，不詳。王二、五刊並云木名松葉栢身，無此三字。爾雅、說文並云松葉栢身。此或讀松葉栢身曰樅為句，衍一樅字。或是一曰樅箕之誤。

第四行鏦 矠矛亦作△𨥨 玉篇𨥨為矛字古文。說文鏦或作錄、集韻收之。此𨥨字當是錄字之誤。

第五行⿰石宮 户冬反在△石声□ 切二、王二並云⿰石宮⿰阝⿱夂石石落声，廣韻云⿰石宮⿰阝⿱夂石石落，集韻云石声，此云在石声、在字疑即⿰阝⿱夂石石字之誤，上脫重文。声下當有二字、剝蝕不可見。

第五行⿰阝⿱夂石 □□□□ 注文二行皆不可見、唐氏定為「力宗反⿰石宮⿰阝⿱夂石二」。

三　鍾

第一行蜙 虫△動 切二云虫名。王二云蜙，案即蜙蝑。五刊云虫似蛤。廣韻云蜙螽蟲。並以蜙為蟲名，疑此動字涉下忪字注文「心動」而誤。

第一行蚣 夫△兄 夫字不甚清晰。

第一行衳 □□ 注文二字不清、唐氏定為小褌。

第一行彸 征□□□ 注文大體皆不可見，征字右半尚存，廣韻云征彸行皃。切二、王二同。唐氏定為「征々行皃」，征下為彸字重文、

第一行彸下一字及注文 正文及注文模糊不可見、唐氏定為「橦今作木橦又」。

第一行龍 力鍾反△龗通俗作△龍四 龗當作寵、廣韻云寵也。龍訓寵，見蓼莪詩毛傳，注文龍當作寵。

第二行骼下一字及注文 正文及注文皆不可辨、唐氏定為

「蟠蝟」。

第二行惷　愚丑江反　注文多不清晰，及下唐氏所定尚有亦字，未詳；或亦下尚有憧字，集韻或作憧。

第二行松　詳容反梓道亦作㮤三　梓道不詳。

第二行淞　東落又先容反　落字王二、廣韻同，集韻作洛。詳冬韻校箋。又先容反即冬韻先恭反。此可見本書淞字入冬韻之失。

第三行憧　往來皃　廣韻注云憧憧往來皃，此注應更有一重文。

第三行艟　單舩　單字切二、王二、五刊、廣韻並作戰，是也。

第三行潼　關名又□□□　注文左行不清，唐氏定為徒紅反三字，徒反二字似可辨。

第三行潼下一字及注文　正文及注文多不清，唐氏定為「穜 短矛亦」。左行應更有字。集韻穜又作穜，此或是「作穜」二字。

第三行穜下一字及注文　正文及注文不可辨，唐氏定為「穜褣」。

第三行容　餘封反形　正文容字及注文封字皆不甚清晰，注文左行當更有字，唐氏定為「十九」二字。

第三行溶　水皃　注文皃字不清。

第三行濃　水名出□□□　注文左行不可見，唐氏定為宜蘇山三字。切二、王二、廣韻並云出宜蘇山。

第四行⿰犭庸　猛獸　⿰犭庸即上文⿰牛庸字，說文作⿰牛庸。P二〇一八、廣韻收為一字。王二⿰犭庸下云似牛領有肉……又⿰牛庸。

第四行褣　穜　正文褣及注文穜並當从衣。

第四行樀　篇△　廣韻云樀樀，
木中篇笴。集韻云樀樀，木名
、材中篇笴。此直云篇，失之。
第五行胷　許容反胷△亦作肖八　注文胷
字誤，疑當作膺。
第五行顒　瓦魚容反大△皃亦作顒三　魚上
瓦字不當有，瓦魚二字同疑母
、或即以此而行。各書並云魚容
反。
第六行灘　水名在宋△又以佳△反△　又以佳反
、王二同。脂韻以佳反下無此
字。廣韻、集韻同。蓋灘灘二
字形近，遂誤云如此。灘字音
以佳反。　癰字唐人俗書作癰，與見王二感韻㥯字注文

、与維字最近。
第六行癰△　、辟　癰是下文癰
字，此當作癰。
第七行濃　、△厚　重文疑出誤
增，廣韻云厚也。
第七行重　直容反口口五　注文左行
第一字不清，似疊字。疊下
似有一重文。
第七行鷯　鶵△、鳥　鶵鷯，廣韻
云鶵鷯，本書陽韻鶵下亦云
鷯鶵，此誤倒。
第七行穜△　複亦作緟　正文穜反
注文複並當从衣。
第七行蹱　丑凶反蹤△蹱行三　丑當从

王二作丑。
第七行逢　符容反遇俗作夆△音降誤五　夆
上當有逢字。逢字从夆，夆与
夆異音，故云誤。王二此字正
作逢。
第八行丰　、茸△又伏風△反　又伏風反
、王二同。切二云又扶風反，亦
同。本書東韻扶隆反下無
此字，廣韻同，集韻收之。
第九行䩸△　毴飾　䩸字王二
同，蓋俗書䩸字如此。切二、
廣韻、集韻並作䩸，与說文合。
第十行搑　、△擣　重文疑出誤
增，廣韻云擣也。

第十行襛 〃厚 襛當从王
二、廣韻作襛。注文王二云厚
衣。廣韻云厚衣皃。
第十行蛩 渠容反蛩蟬十一 廣韻、
集韻云秦謂蟬蛻曰蛩。義見
說文。
第十行軼 軸所以支棺 支當从攴
二、王二、廣韻作支。儀禮士喪
禮升棺用軸注：軸，輁軸也。輁狀
如長牀，軸其輪，輓而行。
第十行柳 柜石 王二、廣韻
云柜柳。柜柳見爾雅釋木。
此云柜石，石字蓋涉下文砦
字注文水島山石而誤。

第十一行[火乚] 騶冬反 注文
右行殘缺，末一字當為叉字。
第十一行[鬳皮] 舩〃 各韻書本
紐無此字。鱅下云蜀容反二，
此字字體與全書亦不類，當出
後增。

四江
第二行龐 莫江反厚大口 大下一字
不清，當是九字。
第三行窓 楚江反向正作窻亦作牕四 窻
當作窻。
第三行樅 朾鐘鼓 樅字切三同
。當從王二、廣韻作摐。廣雅

摐、撞也。朾當从切三、王二、廣韻
作打。
第三行穗 矛亦作鏦 此穗字俗
書。
第四行降 伏又苦巷反亦作夅 苦
當从切三、王二作古，降韻音古
巷反。
第四行洚 消又古巷反 消字王二
同，未詳。廣韻云水不遵道
，一曰下也。並見說文。
第四行胮 栢江反胮脹又彭江反或作肨二
栢讀幫母，此當是拍字之
誤。切三、切二、王二、廣韻並
音匹江反。

第五行艂 舡艂 舩 廣韻此字作舡，艂字別音蒲江切。注並云艂舡船皃。案廣雅釋水：艂舡，舟也。曹憲艂音扶江反，舡音呼江反。王氏疏証云艂舡猶肨肛也。本書肨字音蒲江反。此當作舡，艂字當收蒲江反下。又注文舡艂二字互倒。

第五行幢 宅江反 獲幢三 注文幢当从正文作幢。

第六行覩 直視皃目不明又丑巷反 又丑巷反、絳韻字誤屬直降反，詳校箋。

五支

第二行祇 適 又渠䐗反 䐗為俗書豬字（本書豕下云豬）。切二、廣韻云又巨支反。本書祇字又見巨支反下。䐗字原當作脂，為支之声誤。

第二行衼 衹衼胡衣 正文衼及注文衼並當作衼。又衹為衹字俗書。

第三行梔 林蘭〃子 王二云梔子木蘭。切二云梔木林蘭。案謝靈運山居賦：林蘭近雪而揚猗。自注云：林蘭，支子也。支子即梔子。本書是。

第三行菈 榆莢亓薀作 亓薀作、薀作二字誤倒，作字有鉤為識。薀當作薀。說文或体作溫。（集韻或體誤為莅，其後又別出薀字。）

第二行毤 雜 廣韻云毴毤者、毴毛皃。集韻引埤雅毴毤、四剮也。雜字俗書作雜，与毴形近，蓋即毴字之誤。

第二行多 〃又得何反 廣韻此字作𡖔。集韻作多，或作𡖔，注云廣雅多也。案廣雅釋詁三：𡖔，多也。李善西京賦清酤𡖔注引廣雅同。本書注文云多，疑正文字

本作敍，後正文敍壞為多，遂改
注文多字作重文，又云又得何反
耳。集韻字又作多，疑即本之
本書。敍字又讀去声，本書、
王二、廣韻、集韻並同。
第二行移 弋支反 廿五 本紐二十一
字，此云廿五，蓋誤脫四字。王
二本紐廿六，廣韻三十二。
第三行移 扶移 木名 移當从正文及
切二、王二、廣韻作栘。
第三行搋 々歈手相弄又以遮反歈字以周反 麻
韻搋字作擨，幽韻歈字作歈。
第三行匜 杝匜似桸 又羊氏反 桸字誤
、當从廣韻作桸。許羈反桸下云

杓。
第三行移 離加文 移、切二同。王二
、廣韻此字作拸。案廣雅釋詁
二移，加也。与王二、廣韻合。本書
紙韻移介反字作栘，亦从木作；
王二同，廣韻作杝。詳參紙韻栘
字校箋。注文加字切二、王二、廣
韻同。紙韻王二、廣韻亦同。本
書紙韻云架，則与此上栘字同
字。文字當从王二作又。字又訓
離者，說文杝，落也，蓋即離落
之意。
第三行螔 蝓 注文蝓上當有
螔字，螔蝓連語。王二、廣韻

並重螔字。
第三行蛇 詩云委蛇古云噓蛇 是畏音乘遮反二
音乘遮反二，音上當有又字，
二字疑原在反字上，誤脫一音。
本書蛇字又音託何、夷柯二反。
第四行㢋 度亦作庖 亦作庖、庖
不成字，疑當作庖。集韻或体
作庖。
第四行炨 熑 王二云字書
熑炨火不絕皃，廣韻、集韻
並云熑炨火不絕皃。本書熑
下疑脫重文。
第四行傂 々揄亦作僘 傂當作
傂。王二作傂。廣韻、集韻作

㰁。亦作歛者，歛字於形声會意俱不得其解，蓋即歠或㰁字俗誤。廣韻別㰁歛為二字。集韻不收歛字。

第四行簃 閣連邊 小屋 王二云閣邊小屋，廣韻云樓閣邊小屋，字又見直知反下，本書云連閣，切三、王一、王二、廣韻義同。

第五行溈 水名出新陽 又君偽反 溈字不見寘韻，下文君為反下有溈字，偽當是為字之誤。

第五行樓 細器 王二、廣韻、集韻並云田器，細是田字之誤。

第六行倭 慎兒 又烏和反 慎兒，切二、王二、廣韻同。說文云順兒，段注謂廣韻作慎兒，乃梁時避諱所改。

第六行糜 靡為反 粥 亦作糜𪎊 五 糜當作糜。云亦作糜者，礼記問喪「鄰里為之糜粥」釋文作饘，集韻糜字或体作饘。糜當是饘字之誤。𪎊字亦誤，當从王二作𪎊。

第六行縻 縻爵 亦作𤘸 或牛轡 轡當作轡。說文縻，牛轡也。王二引說文。

第六行𪎊 乘輿金耳 又文彼反 𪎊字各書云𪎊爛，乘輿金耳是𪎊字注文。故下文𪎊下云上是𪎊爛。又文彼反，亦下文𪎊字又音，紙韻文彼反下有𪎊字。

第六行𪎊 乘輿金耳 上是𪎊爛 上是𪎊爛謂上文𪎊是𪎊爛字也。參前條。

第七行睢 仰目 又許葵反 葵字當从王二作癸，本書脂韻息遺反睢下云又許癸反，字又見脂韻許維反。

第七行髶 髶當作髶。

第八行垂 小口罌 垂是垂字

俗書，此當作[illegible]或[illegible]。
第八行雖 雅又時惴反 案說文
雖，雖也。氐字俗書作[illegible]，与互
字形近；而互字俗書作[illegible]，遂
有此誤。
第八行帗 巾又芳髮反 月韻帗
帗字。字又見寘韻，音披義反
。王二髮字作髮、廣韻同，
可據改。
第九行鮍 魚々 魚々，切三、
王二同。廣韻亦云魚鮍。案
切二謂魚名是也，義見說文
．（案集韻此引說文云魚名
）諸書蓋本云魚，後衍重文，

廣韻又改鮍字。
第九行畯 耕外舊場亦作畯字 切三、切二、
王二、廣韻並云耕。廣雅釋地疏
証謂玉篇云耕外地也。舊場當是
舊場之誤。哈韻畯下注文「耕外
舊土」譌作耕外土舊，可与此互
參。
第九行旇 旗 注文王二同。
廣韻云旗靡，与說文訓旌旗
披靡合。此但云旗，誤。
第九行被 水組 水字王二同，
當从廣韻作禾。集韻云廣雅
稅也，見廣雅釋詁二。
第九行鑼 抬蜀 抬當作枱，

見說文。
第九行鎣 鋸鉏 王二、廣韻字
作[illegible]，集韻[illegible]或作鎣。
第十行虧 去為反損通俗作虧一 虧
与正文同形，誤。廣韻云俗作
虧，集韻同，當从之。
第十行魃 小兒鬼又渠寄反 兒
字切二、切三、王二、廣韻並作
兒，集韻云童鬼，此誤。
第十一行岐 山名又巨支反亦作𡵉 𡵉
當作𡵉或岐。說文岐古文作
𡵉，从山枝声。此下有枝字，
即枝字。此字或由作𡵉而譌。
第十一行祇 秖々 秖當作衼。

廣韻云衹衼尼法衣，本書章移

反衼下云衹衼胡衣。

第十一行疷 病詩云俾我疷兮 底當作疷。

第十二行蚳 [illegible]亦作[illegible]△蛒 蛒字

不詳，或即蛒字。然爾雅釋

蟲云蜉蝣渠略，方言十一云蜉

蝣，秦晉之間謂之蟝蛒。蛒

字音離灼反，音義俱与此無関。

第十二行犧 許羈反牲十二 犧依下

文義字例之，當作犧。

第十二行㰻△ 々欲貪者見食皃 切三

、切二、廣韻、集韻字並作㰻。

廣韻集韻又見香支切下，亦

作㰻。疑本書从欠是。

第十三行⿰木戲△ 擊 字當从王

二，廣韻作⿰扌戲，从手旁。

第十三行⿰只欠 欶△ 集韻云欶

⿰只欠氣逆也。欶⿰只欠雙声連語。

⿰只欠字又見佳韻，切三、王二、五

刊、廣韻並云欶⿰只欠，本書佳

韻⿰只欠下注云欶⿰只欠（誤作欶吹），

此欶下疑脫重文。

第十三行⿰木戲△ ⿱豕䖵△ ⿰木戲字當

从切二、王二、廣韻作⿰虫戲。⿱豕䖵

字王二与此同，廣韻作⿱彖䖵為

正。

第十三行⿰危支△ 去奇反或△⿰器支△不正々八 ⿰危支

當从切二、王二、廣韻作⿰危支，說文

云从危支声。次行⿰危支下云⿰器支

、即此字。蓋此⿰危支字譌為⿰危支，

遂又添之紐末耳（参見下）。注

文「或⿰器支」或下疑脫作字。集韻

或体作⿰器支。又注云不正々，重文

不當有。切二、王二、廣韻並云

不正。

第十三行觭 角一俯一仰又居△倚△反 又居倚

反，王二同。本書紙韻居綺反下

無此字，廣韻同。周禮春官太

卜觭夢釋文音居綺反，集韻

紙韻舉綺切收之。

第十四行犄△ 武牙 犄當作犄。

武牙，王二同。廣韻、集韻並云

虎牙、此避唐高祖祖父諱改。
第十四行惰 滅又去倚反 滅字上声
紙韻墯彼反下同。王二作惐，廣
韻云惐惰。案本書葅韻惐下注
云惐惰意不安，与廣韻合。此文
滅當作惐，惐下並當重惰字。
第十四行徛 石橋 徛，王二同。廣
雅釋宮云石杠謂之徛。廣韻字
作碕，集韻云碕通作徛。
第十四行攱 器々 此字及注文
當出後增。攱下云去奇反八，
此為第九，知原本無此字。參
前攱字校箋。
第十五行郫 々氏縣左蜀 注文切三

、切二同本書。王二亦同（唯縣下有
名字），廣韻無氏字，云郫縣名
在蜀，無氏字。案漢志無氏字，
說文云郫，蜀縣也。字又見佳韻
，本書、切三、王二、廣韻並云
縣名。集韻此云「說文蜀縣也、
又晉邑名姓」，則「郫氏」与「縣在蜀」
蓋為二義。王二字又見煩移反，
注云姓也又縣名。
第十五行椑 上木交 王二云木
下交、廣韻本紐云木下交皃，
又符支切下云木枝下也。案廣
雅釋木下支謂之椑欐。玉篇
云椑欐、木下枝也。支与枝同、

此文上木交為木下支之誤。本上有釗識其誤倒
第十五行犤 牛又蒲佳反 佳當是
佳字之誤，脂韻無犤字，字又
見佳韻薄佳反。
第十五行提 是支反飛又弟泥八 提字切
二、王二、廣韻並作提是也。詩
小弁云歸飛提提。又泥下當有
反字，字又見齊韻度嵇反。
第十五行匙 匕大 王二、廣韻云
匕，無大字，与說文同。
第十五行眡 目々役 廣韻云
眡眡役目。周氏校勘記云「役
目」二字蓋督字之誤。集韻云
督、眡也。玉篇眡督二字均訓

視、注二眂字蓋誤衍。」案本書昔韻許役反眘、眂也；王一同。此亦譌眘為役目二字。

第十五行⿱艹是　藥名　切二云⿱艹是，草按也，出說文。王二云⿱艹是、草安也；又出茋字，注云藥草。案說文⿱艹是茋異字。茋下云茋母，而王二同。⿱艹是下云草也，与切二、王三所引異；然其為二字則与王二同。廣韻本紐有⿱艹是無茋，⿱艹是下謂「⿱艹是母，即知母草，出字林」，⿱艹是茋二字同音（說文並常支切），蓋自字林誤⿱艹是茋為一字，而本書因之。集韻又從說文分茋⿱艹是為二。

第十五行秖　名　王二、廣韻並云碓衡。集韻注同，謂出字林。此名字當是碓之壞誤，下又脫衡字。

第十五行抵　挑　正注文王二同本書。其餘韻書本紐無此字。（抵字又見紙韻，義為抵掌，各書皆無又切。）集韻本紐秖（誤秖字）下云：字林碓衡，一曰桃也，當与此有関。玉篇秖，上支切，碓衡也。康熙字典引唐韻亦云碓衡，音是支切。本書抵挑當是秖桃之誤。

第十六行籭　柵　呂移反　　呂移反　二字涉上文籭下呂移反而衍。

第十六行𢿱　陣　𢿱當作敶。注文陣字切二同，當从王二、廣韻作陳，陳為敶字俗書。廣雅釋詁三𢿱敶同訓為布。

第十六行蘺　；茳　茳字王一作江、姜書P二〇一一作蒺。案本書江韻茳下云茳蘺。姜書P二〇一一作蒺、疑誤寫；劉氏作江、蓋據廣韻改之。

第十七行纚　；黍稷行皃　廣韻云纚纚、黍稷行列。案纚即詩黍稷離離字。本書重文上當更有一重文。
第十七行穚 二△把 王二云禾二把、
廣韻云長沙人謂禾二把為穚。
此文二上疑脫禾字。
第十七行癹 力△又△脂反 又力二字
誤倒，又上以鈎識之。
第十七行癹△ 引又力脂反 癹當从
脂韻作癹。
第十七行譺 弄言又言△泥反 薺韻
疑母無此字，字見落奚反下。
言字蓋涉上文言字而誤。妻
書P.二〇一一此字殘，泥字作涅，
誤。
第十七行鶹 鳺△ 注文王二同

。廣韻、集韻云鳺鶹自為牝
牡。案鳺鶹出廣雅釋鳥，鳺
下疑脫重文。
第十七行黐△ 黏 各書黐下
云黏，無此字。本書丑知反下
有黐字，云所以黏鳥，王二、
廣韻同，集韻引博雅黏也。
離下云廿六，本紐無脫字，黐
當是黐字之誤。
第十八行⿱此食△ 此字王一為本紐
第二字。
第十八行⿱此鼠△ 王一此下有鼠似
鴟三字，見山海經、說文。此疑
誤脫。

第十九行鄐 〻城縣△在北海 切三、切二
云城名，王一、廣韻云鄐城名。
此縣字當是名字之誤。
第十九行𨙸 谷名在西△縣 在西縣
，王二同。集韻云在西海。
第十九行媊 明△星又子踐反 明字
不甚清楚，似誤作胡而改之。
P二〇一一、王二、廣韻並云明星
（P二〇一一正字誤湔、王二注文
明星二字誤倒） 本書獮韻即
踐反亦云明星，語見說文引
甘氏星經。
第十九行羈 宜△居△反絡頭七 居
宜二字誤倒，居上以鈎識之。

王一絡上有馬字，切二、王二同。
疑此誤奪。
第二十行椅△ 角々 椅當从各書
作椅。
第二十行鶋 々居△ 烏 居字王二、
廣韻、集韻並作鶋。案鶋鶋
出爾雅釋鳥，詩小弁傳鸒、
卑居，並不从鳥作。
第二十行箄 取魚△ 王二云取
魚具、廣韻云取魚竹器。此
注疑有脫文。
第二十行裨△ 蓋△ 裨當从王二
作裨。蓋當从王一作益。益下王
一有亦作裨三字，或体与正文同

形，當誤。集韻或体作陴。
第二十行鞞 牛鞞縣名△ 在蜀 王一、
王二、廣韻並云牛鞞縣在蜀，無
名字。
第二十一行頩 頩△ 類 頩字王
一作頩，姜氏書作顙，類字王
一作美。案頩顙顥蓋並頩字
之誤，頩即鬁字，声類云須鬁
貌也。類美二字不詳所當作。又
案王二、廣韻此下云須鬓半白。
第二十一行陴 符支反城 上女牆△六 牆下
王一有亦作𨸝三字。
第二十一行麪 麪餅△ 麪々△ 麪當
作麪。王二云麪餅、方言十三
云麪、麪也。麪々、不詳。廣
韻靜韻必郢切麪下云、案麪、
出食苑。
第二十一行埤 附，或作裨△ 裨當作
裨。
第二十一行麰 麪々△ 粉麥 麪當从
王二作麪。廣雅釋器麰麪麥謂
之麪。
第二十一行蜱 蛸，或作螕△ 爾雅
釋蟲：蟷蠰其子蜱蛸，注文蛸
上疑奪重文。王二蛸上正有重
文。（案王二字見必移反。）
第二十一行施 為亦作㪭△ 㪭字户
二〇一一誤作𢻱（按此據姜氏所书

劉氏書作㪍，蓋依意改之。）

第二十二行斯 息移反 此廿二 本紐誤脫一字，參下文菥字校箋。

第二十二行撕 養々 撕字當从王二、廣韻作廝。

第二十二行⿸疒虎 疼病痛，又斯齊反 ⿸疒虎字當从切三、王一、王二、廣韻作⿸疒虒。注文切三、王一、王二、廣韻並云瘦⿸疒虒疼痛，本書病即痛字之誤重，疼上奪瘦⿸疒虒二字。

第二十三行⿴行斯 賤役 ⿴行斯當从王一、王二作⿴行斯。又案廣韻、集韻⿴行斯為上文廝字或体。

第二十三行顱 鶄々字 子庭反 王一、王二並云顱顲，廣韻云顲顱頭不正也。顲顲顱三字並从頁，此文鶄當是顲字之誤，而子庭反當為顲字之音。惟本書青韻無此音此字，廣韻同。廣韻此下云顲音精，清韻子盈切下收顲字，注云顱顲頭也。集韻清韻亦收顲字，云顱顲頭不正。泄廣韻以前諸韻書清韻無顲字（本書同），而麥韻側革反並有顛字。切三云顛痛不正，王二云顛癩頭不正，唐韻云顲頭不正，本書云顛广頭不正皃。廣韻、集韻麥韻亦並有顛字，廣韻云顛頻頭不正皃，集韻云頭不正。切三痛字、王二顲字、唐韻顲字、廣韻頳字並顱字之誤（詳後校箋）。是此當以作顛者為是。蓋顛字譌誤作顲，遂從偏旁讀之耳。廣韻集韻更於清韻增顲字，幾乎莫之能辨矣（見廣韻校勘記顛下）。至注文究當云顛顱抑云顱顛則未能詳。

第二十三行謕 謙 謙不成字。廣韻云謕也，玉篇、集韻同。謙當是諦字，涉正文謕字从厂而誤。王二云〻謀、謀字亦誤。

第二十三行甆 甆破聲 王二云

器破、廣韻云甆破。集韻云、

字林甆破也。此獨多聲字，未

詳所據。

第二十三行薪 草生水中 花可食 廣

韻蘄下云草生水中，其花可食。薪

下云蔵薪草似燕麥。集韻並同

。王二蘄下云菜名，出水中，花可

食。薪（字誤作薪）下云案草木

，張揖云似燕麥，徐廣云草生

水、花可食。本書有薪無蘄，

注云草生水中花可食，似從徐

廣。唯移下云廿二，而實止廿一

字，疑此脫薪字注文〻草生水中

花可食則蘄字注文。

第二十四行磃 摩 摩字P二

〇一一同。（此據姜氏所書，劉書

作磨，蓋據廣韻改之）當从王

二、廣韻、集韻作磨。磃、磨也

，見廣雅釋詁三。

第二十四行樆 丑知反 布七 樆當从

各書作摛。答賓戲摛藻如

春華，韋昭云布也。注文布字

姜書P二〇一一作市，劉氏所

書同本書。

第二十四行魑 魅〻 魅下王一有

亦作殃魅四字，殃魅當是殃

魅之誤。說文魅、厲鬼也，与魑

異字。集韻本紐有魅字，而山

海經西山經剛山「是多神䰠」郭

注云亦魑魅之類，故王一以為魑

字或体。又集韻至韻丑二切云

䰠或作殃。

第二十四行离 狑獸 注文第一字

為猛字殘文。廣韻云猛獸。

第二十四行麊 縣名在交阯 麊字

切三、王二、廣韻同。案說文作麊

，云「漬米，从米、尼声。交阯有

麊泠縣」。漢志作麊。

第二十五行璽 王名 璽字王一

作璽、王二作璽。廣韻集韻

作𤦲。

第二十五行羋 羊鳴 皮 說文：羋

，羊名。𧿹皮可以割桼。廣韻集

韻此下引說文（廣韻桼字作𣎼）

。王二云𧿹皮羊。

第二十五行知 陟移反 四 移字王

一作離，王二同本書。

第二十六行蜘 蛛 虫 P二〇一一無

虫字，蛛下有或作䵹鼅四字。

第二十六行䞈 貲 當 䞈字王一同

．王二作貲，廣韻同，云亦作䞈．

案䞈當作䞈，从貝㒼声．集韻

旨韻㒼䞈同展几切。

第二十六行漪 於離反 水波 八 波字姜

書P二〇一一作文，當據正。（案劉

書文作名，當誤。）

第二十六行檹 長 各書本紐

無此字，義亦不詳。集韻有𥝖

字，或体作稦作𥟩，注云禾茂。𥟩

与檹形近，義亦相通，疑即一字。

第二十七行褫 褫 衣 王一、廣韻

褫字作𧜏。案褫𧜏字通。

第二十七行齛 𪗓 齒 注文王一同。

王二云𪗓齒，廣韻集韻云齒𪗓

。萬象名義、玉篇並云齒𪗓見

。王二𪗓字誤，本書當云齒𪗓。

第二十七行誃 別又舒紙反 亦作謻 姜書

P二〇一一又上一字殘，蓋同本書。劉

書口又作離訣，恐以意為之。又

舒紙反各韻書紙韻三等審母

無誃字，字又見紙韻三等穿母

，本書音尺爾反。

第二十七行䶑 𦼮黃 帝桀 廣韻云：

咸䶑黃帝樂名。樂記䶑字作

池，集韻同。此文𦼮字蓋即䶑

字之誤，䶑上又脫咸字。

第二十七行䶒 竹𥳬 亦作箎 案說文

䶒与上文箎同字。王二箎下

云說文作䶒（誤作䶒），廣韻同．

本書不應分為二字．注文竹𥳬

，𥳬當是𥴛字之誤。云亦作箎

，集韻或体作篪。

第二十七行䞋（此傂又除子反）傂（輕薄）

正文䞋傂二字誤倒，王二、廣韻、集韻傂下云此傂，䞋下云輕薄。說文䞋、䞋陟馮，輕薄也。䞋下云此傂，傂即傂字之誤，云又除子反者，廣韻傂下云又息移除爾二切，本書紙韻池爾反下有傂字，注云此ゝ又直知反，子字當是爾字之誤。此韻無傂若䞋字。

第二十七行趍（說文趍趙久王篇為趨字失後人竹之大謬不考趍從多音支声趨從芻声　久當作夂）

、P二〇二誤作亦（此據姜氏所書、劉書作公）、趨字王一誤作趨、人字王一無。多字王一誤脫。音支二字王一同，不詳。

第二十八行羲（厜羲又牛規反）又牛

規反，王二同。案厜羲疊韻連語。厜字音姊規反，故羲字亦讀牛規反。牛規反与魚為反為二類。唯各書支韻正切疑母止一類，本書及王二并同，蓋均失收耳。

第二十八行纚（粗細又息移反亦作纚）細

當作紬，粗紬猶言粗緒。說文纚、粗緒也。廣雅釋詁纚、紬也。纚字姜書P二〇二一殘，劉書作給，則誤。

第二十八行釃（所宜反又山尔反四）四上王一

有下酒亦作䴕五字。切二、切三、王二並有下酒二字，當據補。

第二十九行痿（人垂反又於佳反濕病一曰兩足不能相及）二

於上當有又字。又於佳反、切三、廣韻同。各書佳韻無此字，王二佳字作佳，各書脂韻亦無此字。王二、廣韻字又見於為反，疑於佳為於隹之誤，又於佳反即指於為反之音，脂支二韻反切下字往ゝ而誤也。切二云又於倭反，倭亦佳字之誤。

第二十九行餵（小餟又始銳反）反下王一

有亦作二字，或体殘，姜氏所書

有食旁，集韻或体作鐈，疑本是鐈字。（又案餟字劉書P二〇一一誤朗，銳字姜書P二〇一一作鐃）

第二十九行繡 細繩 注文切三、切二、王一、廣韻並同，王二細字作紉。案細紉蓋並網字之誤（本書網字多誤為細）。惟說文云繡，維網中繩也，此當云網繩。

第三十行惢 善又垂果切 垂當从姜書P二〇一一、王二作朶，字又見哿韻蘇果反。

第三十行規女 盈姿又衢癸反 嫢蓋嫢字俗書如此，旨韻字亦作規女。說文云从規声。

第三十行槻 居隨反木可作牀弓六 可作牀弓，王二云堪作弓，集韻云可作弓、廣韻堪作弓材，本書牀弓疑即弓材之倒誤。

第三十行木頍 小頭 P二〇一一無此字及注，蓋誤奪。

第三十行劑 觜隨反蒙又在細反三 觜隨反，切三、切二、王一、王二同。与上文厜字姊規反同音，廣韻集韻音遵為切，為与規異類，厜劑二字蓋以此別讀。隨字當是「切韻之疏」。 又劑無蒙義。切二、切三、王一、廣韻並作券是也。王二誤与此同。

第三十行蘂 英也 蘂字王一、王二同，廣韻、集韻作蘂、英字王一誤為名字。

第三十行臇 〻膗又子兖反 膗，王一、廣韻作膗，當从之。本書獮韻姊兖反下云膗，膗膗字同。反下王一有亦作[illegible][illegible]四字。

第三十一行衰 楚危反減 減下當有一字。

第三十一行腄 竹垂反瘢胝也二 王二、廣韻、集韻並云瘢胝，詳見說文。此注文二字並誤。 又案本紐下切三、切二、廣韻有腄字，切三云馬小兒子垂反、又子累反一、切二同；廣韻云馬小兒子垂切又之纍切一。王二韻末亦有此字，注文同切三。集韻騹与上文厜字同津垂切，似為重紐。然韻鏡七音略字並見照母三等；又切三、切二、王二此云又子累反，紙韻字並見之累反，廣韻則云又之壘（壘最纍字之誤）切；疑此字本讀照三、照三与精一反切上字亦有互誤之例（詳見拙著例外反切研究一文）。本書則不詳何以獨無此字，或係誤奪。又案注文也字依例不當有。

六脂

第一行胑△ 四胑或作[身只] 切三、切二、王二、廣韻、集韻本紐並無此字。諸書字在支韻，本書字亦見支韻。

第一行栺 朽△木 廣韻云栺栭木名，亦栺栭柱。集韻同。案木可為柱，自非朽木，朽蓋即栭之誤字。

第一行姨 以脂反 母之姊 妹通俗△ 姨十五 俗 下當有作字。

第二行荑 荎△ 廣韻云莁荑，語見爾雅釋草，此誤莁為荎，左行應更有荑 重文。

第二行胅△ 夾△脊骨△ 說文云胂，夾脊肉也。急就篇胂胅胷脅喉咽髃，胂与胅二字。此誤胂為胅。切二、切三並作胂，王二亦誤胅字。又注文夾下重文不當有，切二、切三、王二、廣韻（字作胰）並無，与說文合。骨字當作肉，易艮卦列其夤，夤与胂同，馬注亦云夾脊肉。王二云夾肉，廣韻云夾脊肉，与說文合。切二、切三則亦誤骨字。

第二行眱 孰視△下言 又大奚反 下字當从廣韻作不。本書齊韻云直視，

第二行𢓡△ 移 尸 王二𢓡下云多尸，𢓡下云行平易也。廣韻本紐無𢓡字，𢓡字注同王二。集韻𢓡字注亦同；𢓡下云尸也，一曰

俵之言移也。本書俵當作俵。
第三行䏶 房脂反 比十六 本紐有二䏶
字，下文䏶字注云腹𪗉。案腹
臍字說文从囟比声。此字當作
毗。詩節南山天子是毗，鄭箋
輔也。易象傳比字訓輔也，爾
雅釋詁比字訓俌，故此下注文云
比。切二 切三 王二本紐首字並作
毗 切二 切三無注 王二首字作
毗，注云滿也厚也輔也」（切二、切三
亦作毗，無注）下出肶字云腹
臍，尤本書此字當作毗之証。
廣韻首字作䏶，云「說文曰人臍
也。今作毗，通為䏶輔之䏶」。

下出毗字，云「義見上注」。集韻
同，並与本書異。
第三行比 相次又必復婢四四扶必三反 誤衍
一四字。
第三行𣐊 楣又方奚 奚下當有
反字。切三云又方奚反。
第三行芘 藜芘荊蕃 藜字切三
作藜，切二、王二同本書，廣韻
作蔾。本書齊韻落奚反莉下
云莉芘織荊，藜別為一字，注
云藋。各書同。蕃字切二、切
三、王二並作藩。廣韻同本書
。二字通用。集韻齊韻莉下
云織荊障。

第三行阰 水名 切二沘泜下云
水名（泜字誤衍，旁有小點為
識），無阰字。切三阰下云水名
在楚，無沘字。王二阰下云山名
，沘下云水名在楚。廣韻沘下云
水名在楚，阰下云山名在南楚。
集韻沘下云水名，出廬江天柱
山；阰下云山名，楚詞朝搴阰
之木蘭。本書有阰無沘，与切
二同，阰字義則同諸書沘字，
蓋阰山沘水本同一名，後衍為
二字耳。
第四行𥃩 篦笭 𥃩即䏶字，
此當作𥃩，从网。王二字作𥃩，

廣韻、集韻作𥈯。注文篝笭廣
韻同。笭當作筌。集韻云取蝦具
，引廣雅篝筌謂之笓。
第四行粢　粢餅餅　或作粢　　粢餅餅
當作粢餅餅。切二、切三、王二、
廣韻並云粢飯，餅即飯字。又
下文疾脂反餈下云餅餅，亦作
⿰食齊粢、切二、王二、廣韻並云
飯餅（切三則亦誤餅飰）。並可
証此餅餅二字誤倒。
第四行𧝬　ㄅ縗凶服　亦作䙈　　𧝬字、䙈
字當从廣韻作𧝬、䙈。
第五行飢　居脂反　饑二　　案二當作
三。又案陸氏切韻本紐二字，

無饑字，廣韻四字，亦無饑字
。王二四字，亦無饑字，而飢下云
又作饑。然古書飢饑二字義
確可別，說文即分為二字。故本
書增饑字。
第五行腟　ㄅ⿰月昆　　腟字切二、王二、
廣韻並作脛。切三亦作腟，蓋俗
書脛字如此。
第五行諸　怒　　諸字當从廣韻
作諸，王二誤作請。
第五行鴟　ㄅ夷　草囊　　此字王二、廣
韻、集韻並為鴟字或體。草當
作革，字之誤也。國語吳語、盛
以鴟夷而投之江。注：革囊也。

第五行⿰革辰　笑皃又　敕展反　　又勅展反
，各書獨韻無⿰革辰字。切二、切三云
又勅辰反，王二云又勅辰勅忍二
反，廣韻云又敕辰抽敏二切，集
韻真韻癡鄰切有⿰革辰字（廣韻
及廣韻以前諸韻書真韻均未
收），展當是辰字之誤。又案
集韻獮韻丑展切下有⿰革展字，注
云笑皃。疑即據本書誤切收之。
第六行鄚　取私反縣名　在廣陵六　　鄚
當从切二、切三、王二、廣韻作郪。
第六行覞　諡　視　　覞字廣韻
同，當從王二字作覞。
第六行庯　ㄅ此　　庯字當从

王二、廣韻作𡍯。下文趚字切
二譌為趚、与此同例。注文王二止
一比字（當是此字之誤），廣韻云
此也，集韻云 倉頡篇此也。重
文蓋出誤增。
第六行趚 食卒 注文王二同。
廣韻云說文倉卒也。食當作倉。
第七行蕢 又蒺黎反 切二云蒺
莉，切三云蒺蔾，廣韻同。皆
以蒺蔾為字之義。此文云又蒺
黎反，蔣韻祖粃反下無此字，
反字當由誤衍。 又黎字當作
蔾，下文蔾下云蒺蔾。
第七行垐 以土墻道又才即反亦作𦈢瓷 切三
切三、王二、廣韻、集韻並分垐瓷
為二字。集韻瓷又作𦈢。本書
云垐亦作𦈢瓷者，說文垐或
作堲（本書職韻秦力反字作
堲），禮記檀弓「夏后氏堲周」
注：火熟曰堲，燒土冶以周于棺
。与瓷義通。說文繫傳云：垐
、字書云即今瓷字，同此。
第七行絧 補又同尭反 王二、廣韻
有此字，皆無又切，廣雅釋詁
四絧，補也。曹憲音辭。廣韻
絧字又見之韻似茲切下，此云
又同尭反，疑是句思二字之誤。
第七行資 久雨曰涔資或積 說文
澬，久雨涔澬也。廣韻澬下云
涔澬久雨。此正文及注文資字
並當作澬。
第七行蟦 蝎 廣韻云蝎化
也，集韻云蟲名，蝎化也（二書
蟦字讀精母，集韻又以為蠐
字，後者同玉篇）。本書蓋脫
一化字，王三云蝎虫，亦誤。
第八行泜 水名陳餘死處或作沶 沶
字集韻收為泜字或体。
第八行遟 緩又直利反亦作遲 遟當
作遲，見說文。
第八行秖、 徊又直連反 又直連
反，未詳。仙韻直連反下無

此字，王二、廣韻皆無又切。集
韻字又見灰韻徒回切及齊韻
都黎切。

第八行賍 黃質白點 廣韻云貝
之黃質有白點者，此文語義未
完。

第九行茎 著菋 王二云著味。
案爾雅釋草菋茎藸，釋木
味茎著。說文藸下、菋下並
云茎藸，茎下云茎藸草，疑
本書著上脫重文。

第九行譯 語諢 諢當从王
二、廣韻作諢。

第九行鍐 平木器 此字切三、切
二、王二、廣韻、集韻並作鍐
，無或体，此疑誤。

第九行菘 苐蓩 王二、廣韻
並引說文云苐蓩，此誤苐
為苐。

第九行蓍 莁草 莁當作筮。
莁字義為莁荑。

第九行髫 渠脂反馬項上八 切三、
切二、王二、廣韻上字下並有鬐
字，當據補。

第十行咿 嚘 切三同，王二、
廣韻並云嚘咿，切二云～嚘。案
嚘咿連語，見楚辭卜居。本書
嚘下蓋脫重文。

第十一行秜 稲來年死更生 切三、切二、
王二、廣韻並云稲死來年更生，
疑本書原款稲死二字在前行
末，來年更生在次行首，因誤
如此。

第十一行棃 牛駁文 棃當作
犂。切三、切二亦具誤棃字，
本書蓋即沿切韻之誤。

第十一行恖 悦 恖字訓悦，
未詳。切二、王二、廣韻並引
說文恨也一曰息也。恨悦同從心
旁，兑息形亦差近，疑此悦
是恨息二字之誤。萬象名義
云恨、息、和悦，集韻亦載悦

也」之義，又似本書不誤之証。唯二書皆遠在本書之後（本書作於神龍二年，即公元七〇六年，萬象名義作元和、太和之間，元和元年八〇六年，太和元年為八二七年。）或所據即本書，參見下條。

第十一行𢤶 恨　𢤶當作𢣷，即上文訓悦之𢣷字，說文云从心黎声。蓋上文𢣷字注文譌為悦，遂又增𢣷字訓恨。

第十一行𤿎 徽畫　畫當作畫，集韻云小畫，廣韻之韻里之切下引字統云徽畫也。王二畫字誤作盡。

第十一行葵 渠佳反菜正作芥七　葵正作芥，各書無此語。爾雅釋草芥、楚葵，說文同。芥葵非一字。

第十二行膡 〻臛　臛當作臛。廣韻云臛膡醜也。本書仙韻巨員反臛下云臛膡醜皃。

第十二行追 陟佳反攝三　攝字未詳。孟子「以追蠡」，謂以繩有所縣也（即說文縋字），或即此攝字之義。又疑攝為躡字之誤。

第十二行跰 脚曲　跰當从廣韻作𨂂，字見說文。切三、王二字並作跰，蓋展轉相襲如此。

第十三行蘳 儒佳反葳蘳或作蘳五　蘳當作䝐。說文䝐，艸木實䝐䝐也；蘳，艸木華垂皃。二字音同，義亦相近，故收為一字或体。廣韻䝐字別出。

第十三行桜 白〻木桜木名　切三、切二、王二並云白桜木名，廣韻云白桜木也，此誤重桜木二字。

第十三行檽 染又而樹反　檽字本書遇韻而遇反下同。王二此作㮕，遇韻作檽；唐韻遇韻作檽，字並从木。廣韻本韻作擩，遇韻亦作擩。王一遇韻同，字並从手。段氏周礼漢讀考（見春官大祝）以為字當作擩。

第十三行樓 摧又而專反 樓當从廣韻作樓。切二此字作撋。本書仙韻撋下云亦作摟、並从手作。

第十四行唯 獨又水反 又下脫反切上字。此字又見旨韻以水反。

第十四行讙 就又十隹反 讙當从廣韻作讙。北門詩：室人交徧摧我。釋文云韓詩催作讙、就也。廣雅釋詁三讙、就也。唯曹憲字音子隹反，釋文音千隹子隹二反，並与此讀不同。又十隹反、本書視隹反無此字、廣韻集韻收之。

第十四行蘽 蔓 切三、切二、蔓下無重文。王二云蘽蔂葛蔓、廣韻云蔓草。

第十五行壘 㟴壘山力又罪反 力又二字誤倒，又上以小鉤為識。

第十五行纝 落 切三、切二纝下云亦作纝。此分為二字、王二同。落蓋与絡同，王二同本書。廣雅釋器纝、絡也。廣韻云綢絡，集韻引廣雅。

第十五行荾 胡荾香菜 荾當从王二，廣韻作荾。

第十六行稜 蘆䕡可以香口 宲稜与荾同字。故上文荾字切三作稜。廣韻荾下出稜字，云上同。又引說文曰蘆䕡可以香口、王二同本書（稜譌為稜）。

第十六行逵 渠追反道亦作馗十 馗當作馗。

第十六行踍 曲脛 踍當从王二、廣韻作踦，字見說文。本書居退反下誤作踦。

第十六行額 小頭又居隋反 廣韻額下云小頭（案說文額訓面），王二亦作額字。本書支韻居隋反橨下注云小頭。說文作䫏。

第十七行夅 持 夅當从廣韻作夆，字見說文。王二作夆。

第十七行眉 武悲反正作睂十一 此云十一
而本紐止十字，當係誤脫一字。
陸氏切韻九字（王二云九加六、
切三、切二並云九字）其中楣字
不見於此，蓋即本書所脫。
（又案切二眉下云九而實止八字
，亦奪楣字。疑陸氏切韻一本
誤脫如此。）
第十七行湄 水，亦作⿰氵糜字 ⿰氵糜當
从廣韻作⿰氵麋。字字疑出後增。
第十七行䁼 伺視亦䁼作 䁼作
二字誤倒，作上以鉤識之。
第十七行⿱竹微 竹名，又無非反 ⿱竹微當
作⿱竹徽。

第十七行麋 ⿸麻畐 ⿸麻畐當是
⿸麻畐字之譌。廣雅釋獸麋，
麞也（案廣雅疏證改麋為麇
，說文麇又作麏）。說文⿸麻畐，麞
也。切三、廣韻云鹿屬，王二云鹿。
第十八行萺 々⿱艹⿰女乇 ⿱艹⿰女乇字王二
同。案當从廣韻作⿱艹⿰女乇。⿱艹⿰女乇萺
見廣雅釋草。
第十八行錐 職維反，鋒鐵七 本紐
六字而此云七，當係誤脫一字
。陸氏切韻六字（切三、切二並
云六、王二云六加二。）其中騅字
不見本書，蓋即本書所脫。
切二騅下云馬名，名當作色。切三云

馬倉白雜。王二亦脫騅字，注文
馬色二字誤在騅字下。
第十八行鵻 々⿰具鳥鵖鴔 注文⿰具鳥不
詳何字，或是⿰具鳥字之譌。然⿰具鳥
為伯勞，云鵻即⿰具鳥亦不詳。鵖
鴔廣雅云戴勝，本書屋韻鵖
下亦云戴勝，亦非鵻鳥。疑
鵖當作鳺。詩四牡傳鵻夫不
也，爾雅釋鳥佳其鳺鴀，佳
即四牡詩鵻字。
第十八行睢 坐處，又之流反 睢字
切三、切二、王二、廣韻並作睢。
本書尤韻職鳩反下作睢不誤。
第十八行祁 符悲反，下祁鄗四 祁

字切三、切二、王二、廣韻、集韻並
作邳，与說文合。下文邳䣶二字
各書亦並从丕。蓋俗書亦、或
从不，不復贅。
第十九行秠 黑黍二米△ 廣韻云
黑黍一稃二米。語見說文。
第十九行睢 水名△ 此字又音
息遺反。廣韻息遺切下云水
名，此下云睢盱視皃。王二息
遺反字作濉、云水名，本紐
云仰視。集韻亦宣隹切 云
水名，此引說文仰目之義。与
本書兩讀皆云水名並異。
第十九行眭 眭盱皃△ 廣韻皃

上有健字。本書字又見支韻
許隨反下，亦云眭盱健皃。此
云睢盱皃，於義不完。皃上蓋
脫健字。
第十九行⿸广⿱隹女△ 恣亦作婎 ⿸广⿱隹女字廣
韻同。集韻婎或作⿱㑺女，周氏
廣韻校勘記以⿸广⿱隹女為⿱㑺女字之誤
。案說文有⿸广隹字，此字蓋本作
⿸广女。
第二十行槌 又蠶⿰木寺△馳累反 持字
王二同，當是⿰木寺字之誤。說
文⿰木寺、槌也。本書及王一、王二、
廣韻並云蠶槌。又案本書麥
韻⿰木寺下云亦作持、誤与此同。

第二十行胝 丁私反皮厚俗作胑亦作疷△ 疷
下應有二字。
第二十一行狋 生△肌反犬怒皃又巨員反一
生字當从切三、切二、王二、廣韻
作牛。
第二十一行衰△ 滅又所追反 切二、切三本紐無
此字，廣韻亦無。集韻同本書。王二見牛肌反。

七之
第一行怡 悅又作熙△ 又作熙，各
書無此語。切二本紐有⿱臤女字、
注云悅也。廣韻⿱臤女下引說文悅
樂也，疑此熙當作⿱臤女。
第二行⿰臣凡△ ⿰臣瓦上P二〇一一有舉

字，未詳何字注文。集韻异
下有舉也一訓，然P二〇一二同
本書鏅下有异，似不得為
异字之注。
第二行异 已又反 餘使 使字
王一、王二並作吏，當據改。字
又見志韻餘吏反。（案使字雖
亦見志韻，然通常讀上声，故
當是吏字之誤。）
第三行時 市之 辰三 之下脫反字。
第三行觺 〻岳〻又 五刀反 玉篇
〻觺觺猶岳岳也。觺〻連語
，見楚辭招魂。此文應更重一
觺字。王二、P二〇一一並与此同

。又五刀反，各書刀作力。字又
見職韻魚力反下，刀字誤。
第四行楒 相思 木 切三、切二、王
二、廣韻並云相楒木，王一云楒
木，集韻云相楒木，通作思。
第四行獄 獄獄 相察 廣韻、集韻
字作獄、与說文合。
第四行其 渠之反語第 古作开口一 古作
开、王一云正作其。集韻云古
作丌亓，下一字不清，當从王一
作廾，本紐共二十一字。
第四行萁 豆 莖 萁當作萁、
王一云豆莖，下有亦作踑三字。
廣韻、集韻亦載此或体。

第五行綦 履飾亦綥木 未嫁女所服 綥當
作綼，說文綼為綦字或体。木
當作未。未嫁女所服，語出說文。
第五行璂 弁 餙 餙當从王一作飾
、涉上文而誤。
第六行畁 舉又渠 記反 畁當从
廣韻作𢌿，字見說文。
第七行臑 黃熟亦 作胹烲 烲上王一
有胹字，廣韻集韻並載此体。
第七行耏 多毛說文為而今用 各別通俗作髵
注文說文為而今用各別、切二
云說文作為而字二同。語多譌
奪，其意亦相同。唯今本說文而耏
異字，豈唐人所見不同於今乎。

第七行栖△ 九△ 熟 栖當作𢈪、注文
九當作丸。切三、廣韻丸下有之
字。与說文同。
第八行鵋△ 鵙△ 烏 王一云鵋鵙息
。案爾雅釋鳥鵅鵋鵙、王一鵋鵙
當作鵋鵙、息為鳥之誤。本書
云鵋烏者、郝氏義疏云鵋鵙即怪
鵙、故釋如此。然疑鵙為鵋之誤、
其上或下脫重文。
第八行朞 脺△古作其今△ 通俗作棋△ 脺
是脆字或体、此當作晬、王一作
啐、亦誤。古作其、當作古作棋
、王一云古作棋、是其証。今通
俗作棋、棋疑當作期。

第八行諆 ㄅ△詩云周 爰咨諆△ 注文切二
云諆詩云周爰諮諆，切三云謀
詩云周爰諮謀。案當依切二訂
正、周爰咨諆蓋三家詩耳（諆
誤為重文、蓋以諆謀形近而誤
改、周爰咨謀、蓋後人从毛詩
改之。）
第九行辭△ 獄訟亦△ 作辝△ 辤 ㄅ△訟
切三只一辭字，云又作辤。
切二辭下云理訟，辤下云讓而
不受。王一辭下云獄訟亦作辭
，辤下云別古作辝。廣韻辭
下云辭訟，下出辤字，云上同。
（案此同切三），引說文曰不受也。

案說文：辭、訟也；辤、不受也。或
体作辝。本書既分辭与辤為二
字，當从王一正文辭字作辭、注云
亦作辭，辤下云別亦作辝。
第九行𠢑 ㄅ△剺 切三、切二剺
下無重文，廣韻云剺也。
第九行梩 徙△土輦字出下 韜又都皆反△ 徙
字切三作徙、切二、廣韻作徙，
段氏改廣韻作徙。本書似徙
字。又都皆反、切三、切二、廣韻
並同。各書皆韻知紐無梩字，
集韻皆韻末出梩字、云都皆
。切、木名。廣韻、集韻皆韻知
紐有梩字、注云枯木根（廣韻云

出声類）未審与此有無關係。
第十行耗　毛起又刀臺反　刀字王
一作力，字又見咍韻落哀反下
、刀字誤。
第十行甾　側持反不耕田或作菑十一　此云
十一而本紐僅九字，當是誤脫
二字。詳䎭輜二字校箋。
第十行䎭　一歲田　注文廣韻
、集韻並云耕也，義見廣雅
釋地。爾雅釋地田一歲曰菑。此
云䎭為一歲田，未知所據。或者
本書正文有菑字（案已收菑為
甾或体），此是甾字注文、䎭
下注文誤脫。上文甾下云十一，

本紐有尃字二。
第十行輜　錙ㄅ　輜下切三、切二、
云車又楚治反，廣韻云輜軿車
、錙下並云錙銖。本書誤脫
輜字注文及正文錙字，錙字
注文ㄅ銖又誤倒。
第十一行譆　痛聲亦作誒　譆亦
作誒，切三、切二、廣韻、集韻並
無此語。廣韻、集韻別出誒
字，注引說文可惡之辭。案襄
公三十年左傳譆譆出出，說文
引作誒，蓋即本書所本。
第十一行欪　喜笑　此字當依廣
韻作欪。說文云从欠之声。切三、

切二並作欪，蓋誤不自本書始。
欪字讀在質韻。
第十二行婜　ㄅ善　廣韻云善也
。不重婜字。
第十二行毉　於其反俗通醫三　醫
字非俗体，王一正文作醫、無
俗通醫之語，此疑後人增改。
各書正文或作醫，或作毉。又
王一反下有巫字，切三、切二同本
書。
第十二行噫　恨声　聲下王一有
亦作譩又於擬反七字。本書止
韻譩下云於擬反恨又於其反，
此當从王一補。

第十二行癡 刀之反 騃四 刀字誤
、當依切二、王一、廣韻作丑。
第十二行痴 瘬不達 瘬子直 廉反又勑慮反
子當作字。瘬字本書見御韻
直據反，注云又勑慮反。廉字
疑當是庶字之誤，廉字或作
廉、与庶形近、遂誤庶為廉。
第十三行蚩 尺之反 虫名六 尺字切三
、切二、王一並作赤。
第十三行瞽 告又乃 經反 王一、廣
韻、集韻此字並入本紐。本書
青韻奴丁反下則云又乃之反，
与此異。廣韻青韻云又乃定
切，集韻徑韻乃定切下收瞽

字。王一青韻云又力之反、力乃
形近，蓋即乃字之誤。
第十三行岦 侮 輕 岦字p二〇一
一同，當依廣韻作娄。
第十四行鼒 小鼎 鼒字切
三同，切二、王一作鼐、誤。
第十四行鰦 鮦 鮦字當依
王一作鮂。爾雅釋魚鮂，黑鰦。

八微

第一行𥳽 小雨 各書字並作
溦，本書從竹，蓋涉下文𥳽字
誤衍。
第二行𤡭 動 切二動下無重

文，廣韻云動擬。
第二行幑 幟 幑字切二同，
當从廣韻作徽。說文云从巾微
省声。幟當作幑。
第二行幃 王非反香囊十二 此云
十二，而實止十一字。切二云十
三，湋下有潿鍏二字，王一同。
疑十二本作十三，潿鍏二字即本
書所脫。潿下切二、王一云不流濁
，鍏下云臿（切二誤𦥑）。
第二行𩏇 束 切三、切二、王一
𩏇下無重文，廣韻云束也。重文
疑誤衍。
第三行婓 往來見 一曰醜 往來

皃，切六切三王一同本書。廣韻云斐斐往來皃。案揚雄反離騷：斐斐遲遲而周邁。注云斐斐往來皃，說文亦云往來斐斐也。此當有二重文。切六切三王一並如此。蓋陸氏切韻誤本如此耳。

第三行 𧟄 △裹 裹字切六王一同，廣韻或作裹，或作褢。案裹褢並不詳所出。集韻䙞或作𧟄褢，疑褢是重衣二字之誤，說文䙞，重衣皃也。本書䙞下云重衣，此當沿前人字書韻書之誤。切三本紐無䙞与𧟄，切二二字並收（䙞誤作褘）、韻書之誤，蓋自切二始矣。

第三行 飛 〻△翔 切二、王一翔下無重文，廣韻云飛翔。

第四行 犤 似牛△一曰△白首 一曰白首，切三、王一同。切二云一目白首，廣韻集韻云白首一目，白當是目字之誤，此蓋亦承前書之誤。切三、王一同本書，蓋亦陸氏切韻或本誤如此。又案王一牛字誤作羊。

第四行 騛 〻兔馬而兔△走 走字切二，廣韻同。切三、王一作足，集韻引說文馬逸足也。

第四行 肥 符非反△豐或作△肥八 王一豐下有肌字，或字作正，當據以補正。

第四行 𨛘 聚△石在河東聞喜 聚石當从王一作聚名。切二云縣名，縣即聚字之誤。

第五行 隇 〻陝△𡾰危 𡾰字誤。切三云艱危，切六、王一云難危。（姜書P二〇一一危作厄。）

第五行 媁 美△ 美下王一有皃字，切二同，當補。

第五行 祈 渠希反求十△二 本紐十一字而此云十二，當誤奪一字。王一云十一，旂下有蘄字，注云鬼俗，切三本紐七字，切二亦十一字

、並与王一同，可據補。惟本書刉
下行蘄字，此當云十一。詳下蘄
字校箋。
第五行頎 長△ 長下王一有好
字，切二、切三同，當據補。
第六行刉△ 以血塗門 刉當从切三、
切二、王一作刏。廣韻作刉，本书
居希反下字作刏。
第六行蘄△ 縣名△ 王一、切二無此
字，廣韻同，疑此涉居希反誤
衍。集韻本紐亦有此字，或所
據即本書。參前祈字條。
第六行⿰月幾 頰肉又居希反△又古亥二反 反
又二字不當有，王一云又居希古

亥二反。
第六行玂 犬生一△三子 切二、王一、廣
韻並云犬生一子，語見爾雅。此
誤衍三字。
第六行機 居希反△織具十四 王一、切
二無織字，蓋脫。
第七行幾 △微 切二、王一並
云微，下無重文，此疑出誤增。
第七行譏 祥△ 祥下王一有亦
作儀三字，切二同（案王一、切二
正注文並誤在饑字注文下）。切
三同本書。
第七行⿱幾皿△ 血祭 王一、廣韻並
作⿱幾血，字下从血，當从之。

第七行鐖 釣△金 注文姜書P
二〇一一同。切二釣作鉤（王一同、
恐失真）。廣韻云鉤逆鋩，集
韻同，引淮南子無鐖之鉤不可
以得魚。本書釣當作鉤。
第七行飢△ 饑同 案此字當出後
人所增。既云同饑，則當附饑
下。上文機下云十四，明其原無
此字。切三、王一本紐十四字，廣
韻十六字亦並無飢字；又本
書脂韻分飢饑為二字，亦證
飢饑同字之說不出於王氏。
第八行莃 菟△葵 王一同本書。
切三、切二、廣韻並云菟葵，當

从之。見爾雅釋草。
第八行稀 穊ゝ 切三、切二、王一並
作稀、ゝ穊。宋說文稀，疏也；穊
，稠也。此誤稀為稀，誤穊為穊。

第八行𧼛 ゝ走 切二、王一走下
無重文，廣韻云走也。疑此出
誤增。
第八行衣 服ゝゝ 王一云服袁，
切二同。
第八行𨻻 大依縣在酒泉 大依當
从切三、王一、廣韻作天依。
第九行歸 俱韋反還亦歸一 王一
亦下有作字，切二同。
第九行𩴾 牛又牛畏反 𩴾字王

一作魏，切二同。宋本書未韻𩴾
下云牛名又魚歸反，王一同本書，
是王一誤。

九魚
第一行𢿧 捕魚或作䲜 䲜上王一
有漁魚二体，切二同。
第一行齬 齒不相值 又魚舉 王一
舉下有反字，當據補。字又見
語韻魚舉反。
第二行鋙 鉏ゝ可以止樂 切二、姜書
P二〇一一云鉏鋙（王一作鉏齬），
無可以止樂四字。說文切三云鉏
腳（腳當是誤字）。廣韻云鉏

鋙，亦無此四字。宋說文鋙，鉏
鋙也。或作鋙。本書云可以止樂
者，書皋陶謨合止柷敔，鄭注
「狀如伏虎，背有刻鉏鋙，以物
櫟之，所以止樂」。或即此所據。
然止樂者柷敔，非即取鉏鋙以
為之，終不得於鉏鋙下云所以
止樂，疑出後人妄增。
第二行璖 玉 玉下王一有名
字，切三、切二同本書。
第二行綒 緩 緩不成字，當
作緩。切二、廣韻並云緩。
第二行居 舉魚反或作凥九 或字王
一作亦，其上有止字。切三、切二亦

無止字。
第三行莒 草苴 莒草 王一廣韻
並云苴莒草，上草字不當有。
第三行轆 々輞 切三、切二、王
一輞下無重文，此疑出誤增。
第三行繰△ 履 緣 切三、切二、廣
韻字並作繰。王一作繰，即
繰字之誤。集韻二體兼收。
第四行涤 々拏 々涤 切二、王一並
云々拏之涤。切三云小拏之涤
。案方言五云：杷，宋魏之間
謂之渠拏（廣韻引方言），戴
氏謂廣韻涤即渠之譌外，（
案涤是渠字俗書。五刊拏
下云渠拏，同方言。）此當从切二、
王一作々拏之涤。
第四行鶋△ 鶋鶨 鳥 鶋為鷄鶋
字。切三此作鷄，切二、姜書P二
〇一一、廣韻並作鶨（王一誤鰈）
，當从之。注文鶋鶨字未誤。
第四行蝨△ 獸△ 正、注文切三、切
二、王一同本書。案說文蝨、蝨
蟝也。本書蝨蟝字作蟝。廣
韻本紐有貗字，云貗獀獸名。
此蝨字蓋相當於廣韻之貗。
第四行橾 蕃籬 々栫△ 栫當作栫
。廣雅釋宮橾栫，杝也。廣韻
誤栫為枯，然仍是木旁。
第四行⿺走⿰豦凡△ 小跳 ⿺走⿰豦凡字當依
王一、廣韻作⿺走豦。
第四行⿱艹⿰豦凡△ 菜似 蘇 上文⿺走豦字
作⿺走⿰豦凡，則此當是上文訓菜⿱艹豦
字。廣韻止一⿱艹豦字，注云⿱艹豦菜
似蘇（案見說文）。集韻同。
王一⿱艹豦下云菜，又別出⿱艹⿰豦凡字云
菜似蘇，与本書同誤。
第五行蟝 々蟝△ 蜉蝣 說文蝨、蝨
蟝也。此即說文蝨字，廣韻云
蟝与蝨同。注文蟝當是蟝字
之誤（王一誤蟝）。參上文蝨字
棱箋。
第五行壉△ 姓又壉 玉名 此字及

注文疑出後人所增。上文渠下云強魚反廿，當止於虡字。且本紐前已有璩字云玉，不當更出。王一二十字正、注文及次第並同本書，而無此字，尤為明證。蓋俗書璩作璖，遂增璖字、注文作璩可証。

第五行余　與魚反我亦作予同廿　亦作予同，王一云亦作龠予同余，疑此有奪文。廿一王一云廿三，疑為後人所改，詳懸字校箋。

第五行旟　旍　注文王一云鳥旟，切二云旌幡，切二云旗。

第五行畬　田二歲　二字切三、切二、王一同本書。廣韻二字作三，案易无妄不菑畬虞翻云田二歲曰畬，釋文引說文亦作二歲。今本說文曰三歲治田。

第六行歟　詞未獮亦同與　注文姜書P二〇一一同本書（王一獮字作圜）。未當作末，玉篇歟、語末詞。獮上當脫亦或同字。切二獮下云語助与與同。玉篇獮音余，歎声，廣韻獮字別出云獸名。王一亦又別出獮字，無注文。

第六行妤　婕妤女官　王一女字作婦，官下有亦作伃三字。切二亦引說文云婦官，並收或作伃字。

第六行懸　此上P二〇一一有獮予二字，獮字無注，予下云又余佇反（此據姜氏所書，劉書余作于，蓋誤），案切二亦有此二字，獮下云語助与與同，予下云又餘佇反與余同，別有歟余二字，未云与獮予二字之關係。切三亦有獮字，与歟字別出（二字並無注），而其云与魚反十九，實祇十八字，所脫似即予字。本書無此二字，恐後人據余歟二字注文而刪削。

第六行籅　篆　注文王一云籧，不重籅字。籧即俗書篆

字。集韻云博雅篆也。疑此重
文出後增。
第六行雉　鷄蜀　注文王一同。廣
韻引爾雅鷄大者蜀，蜀子雉。此
當云蜀鷄子。
第七行胥　息魚反相通　俗作胥九　本紐脫
楈字，故此云九而實止八字。詳下
稰字枝箋。
第七行湑　丶露　王一露誤作
路，不重湑字。廣韻云露皃。
案詩蓼蕭零露湑兮傳云湑
湑然露皃。說文一曰露皃。
第七行楈　木名　切三、切二、廣韻
楈下云木名，稰下云落。王一無

楈字，稰下亦云落。此脫正文楈
字及稰字注文。胥下云九可証。
第七行蝑　虫　切三、切二、王一、
廣韻並云蚣蝑虫（切三蚣字作
蚣），此疑有脫文。
第七行揟　取水　玉篇廣韻云
取水具。說文云取水沮。段謂沮即渣字
、篇韻作具誤。
第七行諝　才有之稱又相旅反亦作㥠
有才二字誤倒，有旁以鉤識之。
旅字王一作膂。
第七行疽　七余反　癰十三　癰當作癰。
第七行岨　石山戴土　亦或作宜　戴當从
切三、切二、王一、廣韻作戴。亦

或作宜，王一同。廣韻或体作
砠，集韻或体作砠作碹。
第七行苴　履中籍　籍當从切
二、王一、廣韻作藉。
第八行狙　丶獲　切三、切二、王一獲
下並無重文，廣韻云猿也。
第八行胆　出在肉中俗作蛆又子魚反　案又
子魚反者，謂蛆字又讀此音，
非謂胆字又有此讀也。故各書子
魚反字作蛆，不作胆；切三、切二不
載俗体，遂無又音。廣韻胆下
別出蛆字云俗，胆下遂亦無此
又音。胆与蛆本為二字，俗書以
蛆為胆，非以胆為蛆字，故胆

不從蛆字讀子魚反。
第八行葅　菹　注文切二同，切
三、廣韻菹下有葅字。
第八行䢸　ㄅ此　王一云此，廣韻
云此也，並不重䢸字。
第八行鉏　齬　又士　舉反　正、注文王
一同（士字作仕）。五刊本紐亦鋤
鉏鉏三字，鉏下云人姓。本書齬
字似當作鋙。然語韻鋤呂反
有齟無鉏，又似正文有誤。廣
韻語韻則亦有鉏字。
第九行櫖　勑居反　舒三　字當从切
三、切二、王一、廣韻作攄。攄是
摴字或体，見集韻。

第九行疏　條亦作綖　又所去反　亦作綖
，廣韻綖字別出，注云綖繼。集
韻同。姜書ㄕ二〇一一云亦作縱，
縱當是綖字之誤，与本書同。（王
一縱字作綖，恐是誤寫，本紐下
有綖字。）
第九行䏧　蔬青　䏧是俗書䟽
字。江韻𦖠字作𦖠，与此同。
第十行虛　許魚反空亦作虗　通俗作虛五　虗
是伏羲字，虛字不得作虗。王
一正文作虛，注文云亦作虛，二
体不同。唯姜氏書正文亦作虗
、則未知孰是。然本書正、注文
當是虛与虗之別。

第十一行猪　陟魚反豕正　作豬畜生三　王一
無畜生二字，疑此涉驢字注文
誤衍。
第十一行瀦　水所停　正豬　王一云
水所停曰瀦，切三云水所停作睹
，切三云水所停。案睹与豬同字
，是切三同本書。禹貢大野既
豬，傳云水所停曰豬，可証本
書豬字不誤，王一恐後人不得
其解而改之。
第十一行髗　ㄅ毛　重文疑出
誤增。切三、切二毛下無重文，
廣韻云毛也。
第十一行閭　閈　ㄅ　王一云里，切二

云里々，切三云門。
第十二行驢 罯下 切二云畜，
廣韻云畜也。
第十二行蘆 蘩々 切二、廣韻
此字作蔥，當从之。本紐前有
蘆字。切三亦誤作蘆，注文
蔥蘩，切三、切二同。下文蘩下
本書、切三、切二亦並云蔥蘩
（切二誤蔥為蘆）。廣韻則並
云蘩蔥草，蘩亦作茹。案
詩東門云縞衣茹蔥，東門之
墠云茹蔥在阪，此當云蘩
蔥。切三、切二蔥下蘩下注文
同誤，蓋陸氏切韻誤如此。

第十二行爐 火燒山冢 爐字切
三、切二、廣韻並作熜爐字讀
在模韻，此誤。注文切三、切二、
廣韻並云火燒山界，集韻云山
火日熝。案界字無義，當是
冢字之誤。姜書P二〇一一云
火燒山冢，冢當是冢字之誤
。（劉書王一作山界，疑依廣
韻韋傳。）
第十三行藷 薯芋又章魚反 章魚
反下此字作藷，与藷別。廣
韻本紐無此字（切三、切二同。）集
韻云山海經景山北望少澤多藷
藇（見北山經），或作藷蕷。則

藷藷亦字通。
第十四行瘵 々𤻲 名書無𤻲
字，疑此是瘢字之誤。廣韻
云瘢也，亦不重瘵字。
第十四行蘩 々蔥 蔥々當作
々蔥，詳前蘆字校箋。
第十四行鴐 鴚或作鸐 鴚字廣
韻同。切二作鴚。廣韻校勘記
云：切二作鴚是也。廣雅釋鳥：
鴐鵝也。案切三亦作鴚、本
書疑沿切韻或本之誤。
第十四行𥨍 假寐又乙疾如與二反 字
又見御韻於據反及語韻如與
反，質韻無此字。語韻如與反

下云又仁諸乙㞢二反，此疾字當是㞢字之誤。

第十四行且 子魚反 詞 詞下當有三字。下砠蛆二字並隸本紐。

第十四行砠 山又七余反 七余反下岨即此字。廣韻彼云岨或作砠。

第十五行筌 飲器 切三、切二、廣韻並云飯器，字見說文，飲字誤。

第十五行⿰木虛 〻繫 各書本紐無此字。廣韻、集韻有⿰木虛字，云擊也。字見廣雅釋詁三，曹憲音墟。⿰木虛繫當係⿰扌虛擊二字之誤。繫下重文疑出後增。

第十五行菹 側魚反三 此云三而下無本紐字（參下稌字校箋）。切二菹下云側魚反二，下一字作沮，注云人姓。切三菹下云側魚反三，下有組字，注云姓。案組與沮同（見集韻），切三三當是二字之誤。本書所脫二字，其一當即沮字。又廣韻本紐菹⿱艹⿰禾宜⿰齒虘沮四字，⿱艹⿰禾宜為菹字或体，實亦三字。其⿰齒虘字或亦本書所脫者。惟切三誤二為三，本書或亦實止二字，沿切韻或本誤二為三耳。

第十五行稌 薯蕷藥名 稌字切三、切二、廣韻（正字作藷，注云或作稌）並在蜍字之下，蜍下云署魚反二。本書此上當脫蜍字及注文。

第十五行袽 女余反易曰衣有袽又奴下反亦作絮縕 四 易既濟六四云：繻有衣袽，終日戒。本書引易非易原文。切三、切二並云易曰（切二誤為田）衣有袽。然則此陸氏之舊耳。亦作絮，絮疑本作絮。馬韻絮下云縕亦作袽、袽即袽字之誤。說文作絮。

第十六行帤 幡布 布當是巾字

之誤，切三、切二、廣韻並云幡巾。
第十六行挐 犬多毛 正注文
切三同。切二字作毠，注云犬多毛
又作挐，亦同本書。五刊分毠挐
為二：毠下云犬多毛皃，挐下云渠
挐（見方言）。廣韻毠下云犬多
毛也，挐下云牽引（見說文），
亦分二字。
第十六行蒘 藸蒘草 蒘字廣
韻同。本書麻韻作茹。藸字廣
韻作藸，本書麻韻茹下作藸
。王一、王二麻韻作豬，字通。

十虞

第一行愚 〻癡 切三云癡，不
重愚字。
第一行娛 〻樂 注文切三云樂
，無重文，疑此出誤增。
第一行湡 齊藪名又水名在襄陽 國字
誤作陽，以雌黃塗改。今國字脫
落，仍顯陽字。切三、廣韻並
云水在襄國。
第二行隅 屋角 屋疑廉字之
誤。
第二行齵 齒重又側遊反 倉頡篇
云齒重生，廣韻云齵齒重生。
又側遊反，尤韻側鳩反下無此
字，有齱字，注云齱齵齒偏。

案說文齱齵也，不當齵字亦
音側遊反。疑此云「又齱，〻側
遊反」。
第二行澞 陳夾水曰澞 廣韻
云：爾雅曰山夾水澗，陵夾水澞
（案見爾雅釋山）。此誤陵為陳。
第三行無 武夫反有無十五 本紐
誤脫一字。切三本紐十一字，𥳑
字不見於此。廣韻亦有𥳑字。
蓋即本書所脫。二書並云𥳑，
黑皮竹。
第四行墲 〻冢 注文廣韻云冢
也，不重墲字。
第四行鵐 〻鳥 此蓋本止一鳥

字而誤增重文。廣韻云鳥名。
第四行憮 〻空 重文蓋出誤
增，廣韻云空也。
第五行軒 [革豆] [革豆]當作靼，廣
韻云車環靼。說文云[革官]內環靼
也。靼義為柔革。
第五行肟 〻胎鄉名 正、注文切三
、五刊同。本書下有盱字，二書
亦同。廣韻無肟字，盱下云
舉目、又肟眙縣在楚州。集韻
亦分盱肟二字，盱下引說文張
目之義，肟下云肟眙縣名，通
作盱。盱疑當是盱字之誤。玉
篇肉部亦有肟字，注云許于切

鄉名。案史漢皆作盱眙，蓋唐
宋間盱字亦作肟（眙字恐不作
胎，之韻各書無胎字，集韻
肟下注文仍是眙字。），故有此差
異。注文鄉名，當从切三作郡
名，晉義熙間改縣為郡。五
刊、廣韻並云縣名。
第五行欨 吹欨又呼禹反 吹字廣韻
同。說文：欨，吹也。切三作吹
欨，本書支韻許羈反云吹欨
、与切三同。參支韻校箋。
第五行[礻爪] 大袥衣 [礻爪]字切三
同。廣韻、集韻作[衤瓜]，蓋从衣瓜
声。注文袥字切三同。廣韻、集

韻並作袑，玉篇同。案前漢
書朱博傳：敕功曹官屬多褒
衣大袑，不中節度，自今掾吏
衣皆令去地三寸。大袑衣即大
襠衣，疑本書作袥誤。
第六行稟 巫 巫字誤，當
从廣韻作亩、說文稟、米亩也。
第六行杅 指麾又憶俱反 此字當从
五刊、廣韻作扜。說文扜，指
麾也。憶俱反下字亦誤為杅。
第六行欨 其俱反勤亦作劬廿五 各
書正文作劬，不云欨亦劬字。
本書欨字讀況于、呼禹二反
、義並不訓勤。此疑有誤。又

此云廿五、而本紐凡廿六字，疑後人增一字，參下文臒字校箋。

第六行朐 脯一屈又地名出東海 切三、廣韻一屈二字之間有曰字是也。出字當从切三、廣韻作在。

第七行躍 行皃作躣 作上當有亦字。

第七行⿰弱馬 名鳥足白 切三躍下為⿰弱馬字，注云馬右足白，無⿰弱鳥字。廣韻⿰弱馬下云：馬左足白。爾雅云馬後足皆白本作翑。本書無⿰弱馬字，此字當即⿰弱馬之譌誤。注文名是右字之誤，鳥是馬字之（鳥旁有鈎為識）誤，二字又誤倒。原當与切三同。廣韻云左足，未詳孰是。集韻⿰弱馬字而外又出⿰弱鳥字，云鳥左足白，則亦未審⿰弱鳥是⿰弱馬之譌誤耳。其注文与本書不盡相同，所據或非本書；或即本書又從廣韻改之。

第七行鑺 兵器書云執鑺於西垂 書云執鑺於西垂、切三同本書。此當沿陸書之舊。尚書顧命云一人冕執瞿，立于西垂。

第七行𪓿 □鼅蠾亦作蠾 注文第一字不清，似作⿰⿱穴㸚黽。案⿰⿱穴㸚黽不成字。說文𪓿，鼅蠾。廣韻此下亦云鼅蠾。⿰⿱穴㸚黽當作鼅。

第八行姁 然相樂又況羽反有句二反 然上蓋脫重文。廣韻云姁然樂也。羽下反字不當有。又有句反，有字誤。姁字又見遇韻香句反，不見羽遇反。

第八行趯 走顧反 廣韻云走顧之皃，說文云走顧皃，反字誤。

第八行蒟 芳 廣韻蒟下引爾雅蒟芋熒。說文芋下云芋熒朐也。芳當是芋字之誤，芋下又當有熒字。

第八行絇 救絇 各書絇即扃字，本書扃下亦云亦作絇。爾雅

釋器絇謂之救，郭注云救絲以為
絇，此云救絲与徇下訓履頭飾義
亦無別。或者王氏未審救絲之
義，而别收此字耳。
第八行臞 瘠亦作臞 廣韻臞即
癯字。本書上文已見癯字云少
肉，此不當又出臞字。欨下云廿
五，明此字由後人增之。亦作臞
与正文臞字同形，當誤。
第九行䰭 鬼魅不止 廣韻云鬼
魅声䰭䰭不止也。語出說文。此
文魅下當有声字。集韻云鬼
彪声不止，彪与魅同。
第九行頊 待亦作蠋〻 蠋下不
當有重文。
第九行須 古從彡俗從誤水 案鬢
下云古作須，而此又出須字，蓋
以此字通用義不為頰下毛，遂又
别出。切三同本書。俗從誤水，
誤水二字互倒，水上有鉤為識。
切三此字正從水作湏。
第九行繻 傳〻 注文切三同，廣
韻云傳符帛。然「〻傳」二字語
意不明，疑有譌奪。
第九行嬃 女須屈原姊 注文須亦
當作嬃。切三正作嬃。
第十行隃 陵名又羊朱反又名式注二反 疑
此本作又羊朱式注二反，誤衍反
又名三字。廣韻云又式注式朱
二切，本書遇韻傷遇反下云又式
于反，或此本作又羊朱反又式注口
口二反，而脫二字。
第十行郱 邑〻 邑下不當有
重文。
第十行跦 行兒又直朱二反 又直朱二
反，本韻直朱反下有躕字，集
韻重株切躕与跦同。本書、廣
韻跦躕二字無第三讀。集韻
則跦字又見尤韻張流切。
第十一行殳 捧詩云伯也執殳 捧當
作棒。
第十一行杸 執殳之杸 廣韻云

司馬法執羽從杸（案說文引此語
〻〻之投二字並誤。
第十一行逾 羊朱反越亦作踰通俗作逾三十
正文逾當作逾，故注文云通俗作
逾也。說文俞字从舟，故以逾為
正字。抄者從俗作逾耳。喻下
云又作喻，宥韻俞字作俞，可
見正文是逾字。三十當作三十一
、自下文脫喻字，後人校改如此，
（王一模韻古胡反度都反各廿二
字，因誤脫楓字、酥字遂云廿一
、与此同例）。詳下喻字校箋。
第十一行腴 肥 切三肥下有
重文，廣韻亦云肥腴。

第十二行郘 地名在湶郘 湶字當
依切三、廣韻作涿。
第十二行諛 諂 切三諂下有
重文，廣韻亦云諂諛。
第十二行愉 悅亦作輸 各書不云
愉又作輸。本書遇韻傷遇反
輸下注云刀鞍，亦与愉義不類。
集韻愉或作媮、然女革二字
形不近，無譌誤之理。廣韻
輸字別出，云餘也。字見廣雅
釋詁三。曹憲音臾。王氏疏
證云：「輸者，廣韻云輸，餘也，出
字林。說文愉、正耑裂也，裂
繒餘也。」集韻雙雛切收輸

為愉或体。本書愉下原當有
愉字，因愉与愉形近而誤奪，
亦作輸本是愉字注文。
第十二行揄 歋揄手相弄兒或作邪揄 揄
當作揄，切三及注文可証。
第十二行崳 〻岇次山在鴈門 岇即
次字涉山字而誤，旁有小點為
識。切三、廣韻並云崳次山。
第十三行憘 〻喜 切三云憙，無
重文。未詳。廣韻、集韻並云
憂也，玉篇同。字又見廣韻
，王一、王二、廣韻並云懼，本
書同。憂懼義近。
第十三行蝓 螔蝓蠃又神朱反 蠃

當從切三作蠃，廣韻云蝸牛。
又神朱反、切三同。廣韻無又切
。本韻無床母字、切三、廣韻、
集韻同（廣、集遇二韻各韻書亦無
床母字）。
第十三行牏 築垣梪板 梪字切三、
廣韻並作短，當據正。本書遇
韻持遇反下亦云築垣短板。
第十三行蕍 𦵸蕍，又庚句，亦作蘛 又
庚句，句下脫反字。集韻遇韻
俞戍切下有蕍字，云艸名。本
書及廣韻遇韻則未收此字。
蘛字廣韻同，集韻作藇。案
吳都賦異荂蓲蘛，李注音育，

則當以作蘛為正。廣韻屋韻
亦作蘛。
第十三行渝 變，亦作𦁤 集韻渝
字之外別出𦁤字，注云色隨
落，通作渝。
第十三行臾 臼，又翼卅反 臾不
成字，當从廣韻作臾。本書尤
韻作臾不誤。注文臼亦當从
廣韻作臼。臼上當有抒字。
說文臾，抒臼也。本書小韻以
沼反下云抒臼。參尤韻校箋。
第十四行區 氣俱反 垣陒六 陒不
成字，疑院字之誤。
第十四行驅 馳，亦⿰馬业駈 亦下王

一有作字。⿰馬业字王一無。
第十四行軀 々身 軀字王一在
軀下驅上，本書蓋誤脫而補
之於此。注文王一、切三只一身
字，重文疑出後增。
第十四行珠 圓瑤 瑤字姜書
P二〇一一作珎。
第十四行咮 讋々多咮言也 注文
咮字誤衍。切三、廣韻並云
讋讋多言皃。也字疑即皃
字之誤，本書注文例不用語
尾也字。
第十四行絑 繒純色 廣韻云
繒純赤色、說文云純赤也，純

下當有赤字。
第十五行趨 七朱反疾行俗作趣趍一 俗
上王一有遒字。
第十五行慺 力朱反敬正作慺十二 敬
字切三同。王一作悅，廣韻亦云
悅也。十二王一作十三，膢上有貗
(誤作貗)字，注云貗子。疑本書
誤奪，而校者改如此。廣韻本
紐亦無貗字，集韻引字林云貗
子。
第十五行蔞 ﹅蒿又力矢反 旨韻無
蔞字，矢字誤。本書字又見虞
韻力主反。廣韻字又見力侯切。
疑此矢為侯字之誤。王一正云

又力侯反，唯姜書P二〇一一作又
力短反，侯字恐亦不足據。
第十五行貗 猪求子 注文切三
、王一同。廣韻云求子豬。案左
氏定公十四年傳，既定爾婁豬，
注云婁豬求子豬也。
第十五行膢 祩所以膢遍求 求字
當从王一、廣韻作水。
第十六行膢 膢上王一有貗字。
參慺字校箋。
第十六行扶 附夫又持十六 此云十
六而實止十五字，當是誤脫一字。
切三十字，蚨上有苻字、王一亦
十六字，蚨上亦有苻字，當即

本書所脫。二書並云鬼目草名。
第十六行榑 海外大葉日所出之 葉字
當从切三、廣韻作桑。
第十六行夫 苦夫語端 苦字當
依王一作苦。
第十七行㭱 草李房 李當作
木子二字。王一、廣韻云草木子
房，集韻云草木花房。
第十七行坿 白石英又英付反 王一云
又扶付反，字又見遇韻符遇反。
英字涉上文而誤。
第十七行⿰缶夫 小 ⿰缶夫字王一同。
廣韻作⿰缶夫。注文姜書P二〇一一云
小畚，廣韻云小畚器也。廣雅

釋器𣂚，畚也。P二〇一一畚即畚之
誤書（王一作畚不誤，恐失其真），
此文小下當有畚字。
第十七行蒍 子△~茈 注文王一
同（茈誤為跐），廣韻云蒍茈
草也，集韻云蒍茈草名。子疑
草字之誤，草書草字与子字形
近。
第十七行泭 水中草△茷△ 又扶留反 廣韻
云水上泭漚，說文曰編木以渡也。
本書尤韻云編竹木渡水。此云水
中草茷，草茷疑為箄筏二字之
誤。方言九：泭謂之䈶，䈶謂
之筏。廣雅釋水：䈶、𥶹、筏也

。後漢書岑彭傳乘枋箄下江
關，箄即䈶字。
第十七行䅴 士于△欆穲 俗作䅣二 于下脫
反字。
第十七行雛 鶵子△反 作雛 子字當
是雛字重文之誤，切三、王一並云
鶵々，廣韻作鶵雛。
第十七行敷 撫扶△反 布廿五△ 扶字王
一作夫，切三同。五字王一作六，
當從之。詳箄字校箋。
第十八行鄜 縣名在馮翊△ 俗誤作鄜州 王一
誤字作語，當誤，切三同本書。
第十八行箳 織緯△ 者△ 正注文間王
一有欑字。案切三本紐十六字，

郛下鄗上亦有欑字，注云木名。
廣韻、集韻並收此字，疑本書
誤奪，或所據底本如今王一，抄
者以欑為羡文而刪削之耳。
第十八行猼 翮下羽 又音△鋪 又音鋪、
王一同。鋪字除讀本紐（見上），
又見模韻普胡博孤二反及暮
韻普故反。唯本書模暮二韻
均無猼字，廣韻、集韻亦同。
第十八行紨 紐△麤 紐當作紬，
說文紨一曰粗紬。 切三誤細字，王一同，姜書
P二〇一一
作紨。
第十九行補 欑又扶 用二△反 又扶
用二反、用當作甫，二字疑衍。

王一云又扶甫反，廣韻云又扶甫切。廣韻字又見模韻博孤切。

第十九行頌 須白亦作鬐 頚字見相俞反下，此當从集韻作鬚。須白姜書P二〇二同，集韻云美髮。鬐當作鬐。姜書P二〇二作鬐，集韻同。

第十九行罦 罬又扶尤 尤下脫反字，王一云又扶尤反。本書尤韻縛謀反下有此字。

第十九行諏 子于反謀 六 又子侯反 又子侯反，切三、王一同。本書侯韻子侯反下無此字，廣韻同。集韻收之。

第二十行[山取] 嵎 切三、王一云[山取]嵎，廣韻作[山取]嵎。本書注文二字蓋誤倒。

第二十行嶉 高皃 嶉字王一、廣韻、集韻並作嗺。

第二十行掫 繫 王一、廣韻並云擊、案說文掫、夜戒守有所擊、是擊字所本、作繫誤。

第二十行袟 袍襦之類前襟亦作袟 亦作袟，字与正文同，當誤。姜書P二〇一云亦作扶(王一作帙，疑擴廣韻牽(傅)，廣韻袟又作帙，集韻又或作紩。

第二十行夫 周制以八寸為尺十尺為丈故曰丈夫 大當从王一作丈。

第二十行鈇 鱝 鱝字當从王一、廣韻作鯕。說文云鈇鯕魚，出東萊。

第二十行靬 靬服 切三、王一云般革、廣韻云鞶革、廣雅釋器靬謂之鞶。案般通鞶，此文服是般字之誤。靬字疑原同切三、王一作革。說文靬、䩪內環靼也，靼、柔革也。

第二十一行杅 持又口孤反 杅是杅鏝字、此當从廣韻作扜(參前况于反下杅字校箋)。姜書P二〇二亦誤作杅(劉作扜，蓋據

廣韻牽傳）。注文持王一同，未
詳。五刊云持弓。然扜弓（或作扜
·見呂覽、淮南、山海經。）義謂
張引，不謂握持。方言十二扜、
揚也。揚與持字形略近，持或即
揚字之誤，模韻注云揚。
第二十一行迲 服 服當从王一作
股。說文云迲，股迲也。股下當
重迲字。「廣韻云盤旋，」案說文 股疑當
是般字之誤，隸書般作股。
第二十一行軀 胡矛 注文P二〇一
一同，廣韻云韃也。集韻云字林
韃也，胡人謂之軀。案胡人云韃
為軀，韃為弓矢之服，此云胡矛，

非其義。
第二十一行樞 昌朱反 翕臼三 翕當
作扉，字之誤也。易繫辭樞機
之發，釋文門臼也。
第二十二行筞 筞々 王一筞
下無重文，廣韻云筞策。
第二十二行瞿 左右視 切三、王
一、廣韻、集韻字並作眀，與
說文合，本書原亦當作眀。
第二十二行梂 盛土詩云梂之濡々 正、
注文梂，姜書P二〇一一同（王一
作梂、疑失真），當從廣韻作捄
。濡當从切三、王一作陾，陾為
陑字俗書。廣韻引詩作捄之

陾陾，與今詩同。
第二十三行奭 目邪又許力反 又許
力反，王一同。廣韻無此反切。案
此字說文作奭，許力反字說文作
奭，二字形近，遂有此誤音。本
書職韻許力反怒皃字作奭，廣
韻、集韻、職韻奭下云邪視，並
誤。詳職韻奭字校箋。
第二十三行毹 山虞反氍毹毛三 切
三、王一、廣韻並無毛字。本書氍
下亦云氍毹。此誤衍毛字。

十一模

第二行醬 々醐揄 子醬 揄當从

廣韻作揄。王一專揄子二字。又
酭下王一有酭字大胡反五字。
第二行墲 規度墓地 又音無 墲當依
切三、王一、廣韻作墲，本書虞
韻武夫反字亦作墲。
第二行蔞 醜 上文嫫字說文
作蔞，云蔞母都醜也。廣韻嫫
下云亦作蔞。王一同本書。
第二行[門甫] 薄胡反七 反下王一有[門甫]
[門甫]手足行五字。
第二行㯷 卜剨縣在武威 剨字户關反 剨
剨二字並誤，當依刪韻胡關反
作剨。關是關字之誤。王一云户
關反，廣韻云音還，切三關字

作閞，本書蓋即由閞字而誤。
第三行蒱 大蘭又作蒲 切三正字
作蒲，無或体。姜書P二〇一一同
切三。劉書正字作蒱，同本書。
亦不云或体作蒲。廣韻、集韻蒱
与蒲二字。本書凡蒲字作蒱，真
韻蒪下云蒱秀，即其例。
第三行壷 酒器正作壺 壷當作壺。
第三行餬 寄食亦作䬴 䬴下王一
有𦒄字，為𦒄字之誤。
第三行頶 牛頸下垂或作咕 或作咕，
廣韻、集韻或体作咽。姜書P
二〇一一作咽(自加問號於下)；劉
書作咽，此疑誤。

第四行𪎊 黏𪎊亦作𪍑 𪍑字切
三、王一、廣韻並作黏，見說文，疑
此誤。集韻則亦收𪍑字。
第四行乎 詞 王一詞下有已
声又雲鳥反正作乎从兮厂声厂音
曳十六字。
第四行葫 卜竹 王一竹下無
重文，此當出誤增。
第四行[疒胡] 卜瘦 王一瘦下無
重文，廣韻云[疒胡]瘦物在喉中。
鐸韻廣韻云[疒胡]瘦，本書云[疒胡]
。疑此重文本無。
第四行㯥 東東大銳衣 王一云㯥
大銳上，廣韻云㯥名也，大而

銳上者，見爾雅。本書衣字蓋
涉下文[衤胡]字偏旁而誤。
第四行姑 父姊妹曰〻 王一姑下
云且。
第四行辜 〻罪 切三、王一罪下
無重文，廣韻云罪也。此疑出誤
增。
第五行箛 〻竹 重文不當有。
切三、王一正無。
第五行[卯占] 漢書越巫[卯占]詞在雲陽 [卯占]字
切三、王一並同。廣韻、集韻作[身占]
．案漢書地理志：左馮翊雲陽
有越巫[卯占]鄜祠三所。字亦作[卯占]。
錢大昕曰：从卯从卯皆無意義，

當是[歹古]之訛。至字當从切三作巫
．[卯占]下祠字誤詞而改作，雌黃已
脫，仍顯言旁。
第六行[虛古] 〻息 [虛古]字王一、廣
韻作[虛古]。廣雅（釋詁三）、集韻字
作[虛古]，此蓋作[虛古]而誤。注文重
文疑出誤增，廣雅云[虛古]，息也。
廣韻云[虛古]息。
第六行[竹觚] 〻程 王一云程（案誤
在[虛古]下）無重文。[竹觚]作程解
，未詳。廣韻云方也。廣雅釋
器前條云：[竹艕]、籯、箕、[竹辨]、筥、
籙，[竹觚]也。次條云：篇、章、篤、
程也。疑此誤讀廣雅。

第六行塗 泥〻又丈如反泥飾 泥下王
一云亦作途，不重塗字。又丈如
反、王一云又火如反。各書魚韻無
塗字，當有譌誤。P二〇一一麻韻
有此字，在[木荼]、[阝者]二字之間；二字
本書音宅加反。廣韻、集韻麻
韻並有此字（據考本書麻韻亦
當有此字。詳後麻韻[穴示]字校
箋）。如加二字形近，此當是又
丈加反之誤。
第六行[金山] 〻山 注文當从王一
作〻山。
第六行酴 〻酒 重文當出誤
增，切三云酒，無重文。

第七行犕 〻黃牛 重文當出誤
㹇，切三、王一、廣韻並云黃牛，
不重犕字。
第七行啚 㥶思 㥶下王一有說
文音鄙訓云難意今因循作圖
失十四字。
第七行圖 畫 畫下P二〇一一
有說文書（據姜氏書如此，當
作畫。劉氏作畫，恐不足據）
計難從口音韋從圖（據姜氏
書如此，當作啚。劉書作啚，
恐不足據）〻難意用啚作圖
非十九字。
第七行。瘏 〻𤻲 草菴 瘏當依切

三、王一作瘏。广旁兩点墨色
較淡，蓋曾以雌黃塗掩。
第七行𪁉 烏〻 虎名 王一無虎名二字。
第八行捺 引又他 胡反 捺字廣韻
与捥同字（見上），此當从廣韻
作捺。廣雅釋詁一捺，引也，說
文云臥引。他胡反下亦誤作捺。
引字王一誤為別。
第八行奴 乃胡反 下人六 下人王一作
徒字。廣韻云人之下也。
第八行笯 籠鳥又 女如反 籠鳥當
作鳥籠，此沿陸書之誤。切三、王
一、廣韻並同。參廣韻校勘記
。又女如反，各書魚韻無笯

字，字又見麻女加反。如字當是
加字之誤（上文塗下云又丈如反
如亦加字之誤）。姜書P二〇一一此
云又女胡反（劉書無此反切）尤誤。
第八行呼 荒烏反 嗚八 P二〇一一
嗚字在右行反字下，左行作四
空圍。（此據姜氏書，劉書嗚下
有亦字）第四空圍當是八字；
餘不詳，疑言其或體作某。
第八行膴 無骨腊又武夫 又肝禹二反 下
又字不當有，王一正無。又肝
禹反，王一肝字作所，廣韻俱
羽反所矩反下均無此字，字見
無主反下，各書同。廣雅釋

器曹憲音呼又凶宇（宇譌作字
，據王氏改之）。疑此文肝是盱或
盱字之誤（本書盱胎字作肝）。
集韻字又見麌韻火羽切，注文
引廣雅。
第九行葫　蒜別名　蒜當从王
一、廣韻作蒜。
第九行謼　大叫又呼故二反　又呼故二
反，王一云又呼故反，廣韻云又
火故切。此誤衍二字。又案本書
暮韻無曉母，唐韻韻末增
收此字，音荒故反。
第九行吴　國名又姓俗作吴　王一
無又姓二字，而云通俗作吴。

第九行菩　草名　P二〇一一注殘，
𦡞亦作□三字，姜氏所書作下
一字作「菩」。集韻作菩与莫
，疑即菩字。
第九行㹳　獲〻　切三、王一、廣
韻並云獲㹳，重文疑誤。
第十行梧　桐　注文切三同，王
一桐上有重文。
第十行租　則胡反田稅　則字切三同
，王一作側，蓋誤。稅下當有二
字。
第十行葙　茅藉封諸侯葙以茅　二茅
字當作茅。說文葙，茅藉也。
王一無以茅二字，封字上有二空

圍，疑即以茅二字誤倒。切三以字
下有白字，當據補。說文云：禮
曰封諸侯以土，葙以白茅。
第十行盧　落胡反器通俗作盧廿三　本紐
凡廿四字，此云廿三，前後不符。案
王一亦云廿三，廿三字次第，注文同
本書，而櫨下無爐字。然爐
字切三已有，王一當是誤脫爐
字，其云廿三，似後人據實數改
之。本書三當作四。
第十行鑪　火烝又錢号　火烝二字
語義不明。集韻云一曰火函，
烝函形近，烝當是函字之誤。
姜書P二〇一一云大烝，大即火

字之誤。又錢号三字王一無，名
書並無，不詳。（左傳定公四年
：鑪金初官于子期氏，釋文鑪
金：音慮，氏也，金名。本又作
鑪。豈由此而誤歟。）
第十行壚 黑△田 黑下王一有土
字，切三云黑土，當據補。
第十行籚 △竹；竹 重文不當有
。切三云竹，王一云竹名。
第十一行蘆 葦△ 葦上王一
有重文，切三同本書。
第十一行櫨 柱△，黄；木名 廣韻云
欂櫨柱也又木名，柱下重文疑
誤衍，或當作又。王一止一柱字。

第十一行轤 圓△轉△木△曰轤 切三、姜
書P二〇一一、廣韻並云轒（姜
書P二〇一一誤轒字，王一作轆疑
失真。）轤圓轉木。
第十一行鸕 ；鷀鳥名 王一無名字。
第十二行蘠 樂△名△器 王一云藥草
、廣韻云蘠會藥名。本書樂為
藥字之誤。器字涉上文「蘠、餅
器」而衍。
第十二行盧 廡 盧當从王一
、廣韻作虜。說文虜，廡也。
廣韻云又力古切，本書姥韻
郎古反字作虜不誤。
第十二行⿰盧攴 眂△音△ 注文姜書

P二〇一一云眂音牴，劉書作
眂音牴，廣韻云眂也眂音邸。
案當作眂音牴，眂下當有眂
之重文。眂牴邸三字並讀都禮
反，本書脫文更甚。
第十二行蠦 ⿱妃虫△ ⿱妃虫字誤，
當从王一、廣韻作蜰。爾雅釋
蟲蜰，蠦蜰。
第十二行杍 木名又力△粗反 說文
杍字大小徐並音他乎反。王一、
廣韻与本書同在本紐。集韻
龍都、通都二切均收。注文廣韻
云黄杍木可染也，即上文櫨字。
粗字王一作租，當从之。字見姥

韻郎古反。
第十二行蘓 息吾反荏類 類
下當有「三」字，依稀（似）可見。
第十二行殂 昨姑死反三 死反二
字互倒，反上有鈎為識。又案
王一殂為本紐第二字，首字作徂
，切三同。此蓋因誤書而改之。
第十二行徂 往亦作迋 亦作迋，
迋當作退。王一云亦作退，可
據改。
第十二行柇 泥塲〻草寒反 草字當
从王二作莫。本書莫字或書
作䓍，故誤。
第十三行鮎 魚〻鰂 魚下王一

有名字。
第十三行錺 〻鎊 廣韻錺即
柇字，切三、王一鎊下無重文。
第十三行瑦 石似玉又於古反 古字王
一作故，案字見姥韻烏古反，
王一誤。
第十四行鶘 鶘鵜 鶘為鵜鶘
字，此誤。王一云鵜胡，廣韻
胡字作鶘。
第十四行蝺 蜈蠋 注文王一同。廣
韻云蚅蝺蠋蟲也，大如指，白
色。集韻云蝺蠋蟲名，通作
烏。案尔雅釋蟲蚅，烏蠋。
蜈字義為大蝦蟆，見霽韻[illegible]帝反。

此蜈字當即蚅字之誤，蠋上
當有重文。
第十四行⿰忄亐 引又口孤反 廣韻
、集韻字作扜。本書苦胡反
弙字注云「張弓，又於孤反，
亦作⿰忄亐。」P二〇一一同。案山
海經云扜弓射黃蛇，扜即弙
字。⿰忄亐當从廣韻作扜，說文
忓，憂也，与此無涉。
第十四行嗚 呼〻 此字王一在烏
下，切三同，當移於彼。
第十四行鋪 設又普故反 此字王一
在庯下，切三本紐四字，逋鋪
晡庯次第同王一，無鋪字。此

出王氏所增，應从王一移於彼。
第十四行庯 屋平 切三、廣韻
並云屋上平。集韻云庯庩屋
不平，庩下注同；廣韻庩下
注文亦同。案廣韻此下或体
作陠（各書無此）。廣雅釋詁二
陠，衺也（本書普胡反陠下云
衺）。衺似与不平義通。又案
湘煙錄云：北齊魏收謂庯峭為
難。今造屋勢有曲折者曰庯峭。
溫子昇云：文章好作，逋峭為難。
逋与庯同。蓋庯言平伏，峭言高
起，庯峭猶云起伏耳。本書下文
有捕字，注云捕捈，捈下云伏也
．廣韻同。捕捈与庯庩同音，
伏也与平義亦相通。又廣韻廜
下引通俗文屋平曰廜𢉢，集韻
同。庯庩与廜𢉢並疊韻連語。
（集韻廜与庩同音）又似
庯庩當云屋平。

第十四行鵏 鵏 注文王一云鳺，
廣韻云鵏鳺鳥名。案爾雅釋
鳥鳺，鵏鳺。說文鳺，鵏鳺也。
本書質韻鴃下云鵏鴃。各書無鵏若鳺字
，王一鳺當為鳺字之誤，本書又
誤鳺為鵏耳。
第十五行圩 楊又於娛反 正、注文
圩、楊當从王一、廣韻作扜、揚。
見方言十二。又於娛反，廣韻
字誤作杅。
第十五行弙 張弓又於孤反亦作㤓 㤓
當作扜，見上㤓字校箋。
第十五行麤 行路遠 切三、王
一同本書。廣韻引說文行超

遠也。路當為超字之誤。
第十六行稌 稻又地古反 切三、王
一、廣韻並云又他古反。字又
見姥韻他古反下，徒古反下無
，地當是他字之誤。
第十六行瑹 琈 王一云琈，
不重瑹字，本書疑出誤增，
廣韻云瑹琈玉名，集韻引山
海經小華山其陽多瑹琈。
第十六行梌 銳又達胡反 梌字
王一、廣韻同。當作梌。廣雅
釋詁四梌，銳也。度都反下字
亦誤梌。
第十六行都 丁姑反大邑反四 邑

下反字誤衍，王一云丁姑反大
邑四，可據刪。
第十六行踊 跡馬 切三、王一並
云馬蹀，廣韻云馬蹀跡也。

十二 齊

第一行臍 膍臍亦作齎 齎當
作齌。王一作齌，亦誤。
第一行齏 等又子嵇反 本韻即
黎反無此字，各書同。王一云又
七嵇反，七稽反妻下云亦作齏
。集韻千西切亦有齏字，子
當是七字之誤。
第一行黎 落奚反眾亦作【黎彡】黎十五

奚字王一作嵇，切三同，當據改
。亦作【黎彡】黎，王一作亦作【黎彡】黎
。【黎彡】【黎彡】二字不詳，黎字蓋誤。
第二行廲 〻廔綺窓 廔字當
从廣韻作廔，本書侯韻落侯
反廔下云廲廔綺窗。姜書
P二〇一一誤同。劉書作廔，疑
失真。
第二行藜 藋 藋字當从廣
韻作藋。姜書P二〇一一誤同
（劉書作藋不誤，疑失真）。
第二行筣 〻笓織荊又力底反 切三、廣
韻筣字作莉，笓字作芘，當據
正。本韻脂韻房脂反芘下云

藜芘荊蕃。姜書P二〇一一亦誤
作筣笓（劉書二字不誤，蓋據
廣韻校改）。又力底反，王一同。
本書薺韻盧啟反下無此字，
廣韻同，集韻收之，亦誤作筣
笓，蓋所據即本書。
第三行鯬 〻魚似蛇而黃 P二〇一一
無魚似蛇而黃五字。
第三行妻 七嵇反齎九 嵇下王一有
亦作齏三字。
第三行萋 草盛皃 王一無皃字
，切三同。
第三行緀 文章 P二〇一一
云緀文（此據姜氏書，劉書

縷作緀，疑依意改之)。案縷字無義，廣韻云緀斐文章相錯貌(案巷伯詩傳)，P二〇一一縷當為緀字之誤。疑王韻原作緀斐章。

第四行仾　當愁反下正作低十七　愁字王一作兮，切三同本書。下字王一云低昂，切三同(切三昂字誤卬)。

第四行䏿　脣　廣韻云脣䏿強脂，脣字誤。姜書P二〇一一誤与本書同(劉書作脣，疑失真)。

第四行飥　弓餬　重文疑出誤增，王一無。廣韻云飥餬。

第五行氐　至又丁計反　氐字王一同。上文已有丘字，注云氐羌，正作氐。廣韻氐字一見，注云氐羌，說文至也。集韻氐下云戎種，別出厎字云至。疑此氐字原作厎。又丁計反，王一同。各書霽韻端母無此字，集韻丁計切收氐、厎二字，氐下云東方宿名，厎下云至也。

第五行紙　宰絲　宰當从P二〇一一、廣韻作滓(姜書P二〇一一作滓，劉書誤澤)。

第五行挮　捐勅細反　捐字集韻同，廣韻作指，P二〇一一作損(此从姜書，劉書作指，蓋據廣韻傅會為之)，損當是捐字之誤。說文擿，一曰投也，擿即挮字，故為捐棄之義。勅上當从王一補又字。本書霽韻他計反下無此字，字見祭韻丑勢反。詩君子偕老釋文音勅帝反，字此。廣韻、集韻他計切下收挮字。

第五行䢘　不能行為人所引　䢘字王一、廣韻並作䢘，与說文合，此誤。引下重文不當有。姜書P二〇一一云不能行為人所引(劉書作引)，正無重文。

第五行啼 度嵇反悲 声。四十 案此云
四十而實止三十八字。王一䗖下有
隄字，注云防，亦當嵇反，亦作堤。
切三廿二字，亦有堤字。本書所
脫之一當即堤字，餘一字不可
考。
第五行堤 ～玉 重文不當有。
切三云玉，正無重文，廣韻云玉
名。
第六行媞 好 笑 切三、姜書P
二〇一一、廣韻並云美好。 王一亦作
笑好。 案詩葛屨云好人提提，
楚辭怨世云西施媞媞而不得
見兮，注云好皃。故此云美好

・笑字誤。
第六行題 視又徒計 次亦作䚷 計下
當从王一補反字。次字王一同，
本書霽韻亦云次。說詳霽韻
校箋。
第六行綈 結又徒帝反二十五 二十五
三字當刪。
第六行稊 ～子草 或作苐 注文王一
同。五刊稊字作𦼮，云草～子
本，不詳。廣韻云爾雅𦼮，荑
也。或作稊。別出苐字云草也。
本書𦼮稊異字，𦼮下云荑。王
一同。
第六行銻 鎕銻 青麋 麋字無義，

唐韻鎕下云黍膏，此當是糜
字之誤。姜書P二〇一一正作糜。
王一則作麋 同本書。
第七行騠 駃騠馬名 又丁奚反 又丁奚
反，王一同。本書當嵇反無此字
。集韻收之。切三云又子奚反，
子是丁字之誤。
第七行荑 莠 莠字王一同。
切三作秀，廣韻云荑莠。案
孟子五穀不熟，不如荑稗。荑
與蕛同，與莠字義合，當以作
莠為是。
第七行騠 ～肩又達麗反亦作鵜 霽
韻不得有喻母。騠字又見特

計反、注云又逹鷄反，逹當是
達字之誤。
第七行鷤 鴺鳥又才計反 鴺鳥，五
刊云鷤鴺鳥名、廣韻云鷤鴺
鳥，案廣雅釋鳥鷤鴺，子鴺
也。鴺當是鵜字之誤，其上[illegible]
有重文。 又才計反，霽韻從
母無此字，字見特計反；廣
韻云又音遰，才疑大字之誤。
第七行睇 直視又與支反 睇字王一
同。廣韻本紐無此字。又與支
反王一同。各書支韻無此字，
又見脂韻以脂反，云又大奚反
·支當作脂。

第八行睼 迎視又吐見反 又吐見反、
王一同。本書霰韻他見反此字
誤奪，詳見練字校箋。
第八行謕 轉語又他奚反 注文王一
同。案方言十嘫哰謰謱拏也
。南楚曰謰謱，或謂之支註，或
謂之詀謕，轉語也。此但云轉語
、誤；湯稽反下又加相誘二字，
尤誤。冬韻㣝下云轉語、誤同
此。
第八行趧 趧鞻四夷樂名 王一、廣
韻云趧鞻四夷樂，五刊云趧
鞻四夷樂名，名下重文不當有。
第八行⿰是瓦 瓷 正、注文王一、

五刊同。王一瓷下無重文，疑此
出誤增。廣韻無此字，集韻⿰是瓦
即廣雅⿰是瓦字。案⿰是瓦字曹憲
音弟，本書字見薺韻，各書同
·其義為小瓫（即盆字）。瓷義
為瓶，字林云白瓶長頸。 与瓫不同。
第八行蕛 苵 姜書P二〇二
苵下無重文，爾雅釋草蕛、苵
，此重文蓋出誤增。
第八行⿰忄虒 怍 五刊云作⿰忄虒。
集韻云楚人謂慙曰⿰忄闌⿰忄虒，陌
韻郝格切⿰忄闌下注同。廣韻本紐
無此字；別有⿰忄虒字注云⿰忄虒惟
（字又見呼鷄切下，云⿰忄闌⿰忄虒赤

紙出埤蒼）。廣韻校勘記云：「帷當作怍。廣雅釋器云：「幱幌謂之怍。」玉篇云：「怍，怍幌也。」案集韻慌上有幌字，注云：「博雅幱幌謂之怍，一曰赤紙」。本書鐸韻怍下云幌怍，陌韻咋格反幱下云幱幌紙。廣韻以前韻書無㦨字。廣韻錫韻許激切下有㦨字，注云惶恐。然廣韻㦨字即方言瀾字俗書，方言十云：「瀾沭，征伀，遑遽，江湘之間凡窘猝怖遽謂之瀾沭。」故本書及王一錫韻許狄反並瀾下云惶恐。其實各書均無訓慙怍之㦨字。又本書慌字見支韻弋支反，注云不憂事（與說文同），又餘枳反；紙韻移尔反下又見此字，云不憂事，又餘支反。並不注本韻又切。此文慌怍當是幌怍之誤；陌韻㦨下云㦨慌，慌亦幌字之誤。集韻慌㦨二字下並云楚人謂慙曰㦨慌，蓋因幌幱怍三字並誤从心，又以方言云江湘之間云窘猝怖遽謂之瀾沭，遂坿會如此耳。

第九行椑　撕小樹　又樹栽　椑撕

切三、五刊與此同。案撕當作榹，素鷄反下榹字云椑榹小樹。廣雅釋木：下支謂之椑榹。

第十行鼷　小鼠　鼠小當是小鼠之誤，說文鼷小鼠也，切三云小鼠（此據姜書，王書無小字，鼠字在左側）。

第十行㜎　好女　好字誤，當从五刊、廣韻作奴。說文㜎，女隸也。切三亦誤作好（見姜書，王書無此字），蓋陸書或本如此。

第十行眭　睎眭又古蜀反　各書燭韻見母無此字，字又見古攜反下。本書戶圭反下有蜀字，疑此蜀即蠲字之誤。

第十一行稽　久從禾音鷄古今從禾失

音上禾字當作禾。又古字及步
ゝ二字均未詳。
第十一行楉 ゝゝ楓木 扶杓木 五刊云
楉楓木名、集韻云木名如楓。廣
韻云楉風扶杓木也。
第十一行枡 乗桁 木 切三、廣韻
云承衡木。桁衡字通，乗字誤。
第十一行鏳 ゝ堅 五刊亦云
堅ゝ。廣韻云堅也。案方言二：
「鏳，堅也。吳揚江淮之間曰鏳」。
重文盖出誤增。
第十一行卟 卜以 疑問 疑問二字
誤倒，說文云卜以問疑也。
第十一行翳 翿羽 詞 詞字不當有

，盖涉下醫字注文而衍（案今本
醫在下行首，可見原本款式不如
此。）
第十二行醫 相然 詞 切三、五刊、
廣韻詞上並有㦤字，此疑誤脫。
第十二行婡 撕ゝ 婡字廣韻、集
韻並作婡（並影母、疑母二見）
。注文云婡撕努楔，撕字作㯕。
一从木娃声，一从木斯声，此誤。
第十二行齯 雌ゝ虹老人 齒更生 雌虹
二字是蜺字注文，故以小点識其
誤衍。
第十三行娩 小 兒 切三、五刊小
兒上有嫛娩二字，廣韻云嫛娩。

第十三行觳 ゝ觳又 五礼反 觳觳，
蔣韻觳下注同，觳下注云觳觳。
廣韻此下云䍐觳，䍐即觳字之
誤，蔣韻觳下云觳觳。王二蔣
韻觳下、觳下亦並云觳觳。本書
云觳觳者誤。
第十三行䵷 痡 聲 䵷 痡 色 切三、
五刊、廣韻並䵷下云痡声，䵷下
云黃病色。集韻䵷䵷同字，注
云黃病色，別出欲字云痡声。
第十四行西 素鷄反 十二 棲 日入或 作栖
棲字注文日入二字疑當是
西字注文。切三二字皆無義訓，
盖王氏增之而誤植，或者入下

有脫字。
第十四行⿸疒虒 痠痛 切三、廣韻、
集韻痠下並有⿸疒虒字。
第十四行㾷 病 廣韻㾷同
⿸疒虒字。切三⿸疒虒下云痠⿸疒虒病，廣
雅釋詁一⿸疒虒、病也。集韻亦別出
㾷字，引說文云散声。
第十四行⿱斯言 悲 廣韻悲下有
声字，集韻引說文悲声也。
第十四行剁 剹 剁當从廣韻
、集韻作剹。
第十五行鷉 鸊〻小鳥皮可鑿刀刃 爾
雅釋鳥鷉須鸁，郭注云：「鷉、
鷿鷉，似鳧而小，膏中鑿刀。」
此云皮可鑿刀刃，疑所見膏是膚
字。爾雅釋文鑿作鑿，云今鑿，磨
鑿也。廣雅釋詁三鑿，磨也。本
書云皮蓋不誤。
第十五行⿱卧虎 虎息微 切三、五刊、
廣韻並云卧；集韻云卧也，一曰
虎卧息微。案此字从卧虎，義与
虎無関，虎字疑涉⿱卧虎下虎字
而衍，息上脫卧字。集韻後一說疑所據即本書。
第十五行謕 轉語相誘又徒奚反 五刊、
廣韻並云轉相誘語，集韻云語
相誘。案本書度嵇反下云轉語
，乃誤讀方言之文。此云轉語相
誘，相誘二字顯由妄增，各書
並沿其誤。參見上謕字校箋。
第十五行歒 唾聲曰笑聲 廣韻無此
字，字見霽韻他計切。曰上當有一
字，集韻云唾聲一曰小笑。
第十五行鼙 薄迷反鼓声 聲下
當有一四字。
第十五行椑 圜蓋 椑字當从
廣韻作椑，蓋字亦當从廣韻
作榼。說文椑，圜榼也。切三作
椑圜蓋，蓋切韻或本誤如此。
第十六行剸 〻斫 五刊、廣韻
並云剸斫。本書重文疑出後增。
第十六行鶌 〻鳩名鳥 名鳥二
字誤倒，五刊、廣韻並云鶌鳩

鳥名。
第十六行𪗗 即棃反持又子斯反亦賫 又
子斯反。支韻即移反無此字，字
見脂韻即夷反，注云又子奚反。
當韻此下無又切。支韻亦無此
字。集韻支韻將支切收此字，
注云「歎声。易齎咨涕洟。一曰
女功絲枲之事。」案易萃卦
釋文：齎，徐將池反，王肅將
啼反，並与此合。又此云本紐八
字而實止七字，當是誤脫其一。
切三五字，其中𪗗字不見於此，
廣韻亦有𪗗字，當為本書所
脫。霽韻子計反𪗗下云又即黎

反，尤其明證。切三云祖細。廣
韻云登也，升也，又音霽。切三當
是又祖細反之誤脫。
第十六行齏 𪗗薑蒜為 蒜當作蒜。
第十六行榰 ～榆木堪木作車轂 堪下
木字衍文。切三云堪作車轂。
第十七行訾 茲此反詩云紫～即此字別義同漢書訾字
如此也 茲上奪又字。廣韻云
又茲比切，比即此字之誤（見周氏
書）。本書字又見紙韻茲尔反
（字作訾），又薺韻祖礼反下云
又茲此反。詩云紫紫者，詩小雅
名是皋皋訿訿，傳云訿訿，窳
不供事也。說文訾，窳也。此

云紫紫，未詳所據。
第十七行鉟 利又似奚反 鉟即鉟字
俗書。又似奚反：四等韻無邪
母，此与祖嵇反通。祖嵇反有此字。
第十七行𪗉 𢙣疾又𢙣悌反 𪗉當作
齎。本韻七嵇反下作𪗉，為俗
書省作。霽韻在計反下亦誤作
𪗉。
第十七行醯 醯醯醬醋上白醭字怖僕反
醭當作醭，下文醭字可証。醭
字怖僕反：本書僕字見沃韻
蒲沃反，沃韻無滂母字。廣韻
沃韻同。集韻有滂母，然無醭
字。字並見屋韻滂母。王二、廣

韻、集韻僕字又讀屋韻並毋，
此蓋不誤。
第十八行嵠 小畚 廣韻、集韻
字作蹊。唐人甾字通書作由。
第十八行圭 古攜反十三為一合十二 三
當作圭，五刊、廣韻並引孟子
（子字段改康，詳廣韻校勘記
）云十圭為一合。
第十九行欸 耶又紆往反 耶字
當从廣韻、集韻作邪。又紆往
反，本書養韻紆罔反下有此
字，注云倭人居攜反。（注文有
誤，詳養韻校箋。） 王二養韻
紆兩反下亦有此字，注云侮，

又音居攜反。廣韻此下云又
紆佳反，字見佳韻於佳切下，
注云邪兒又音圭。集韻於佳切
下亦有欸字，注云邪兒，一曰
聲也。本書及王二佳韻無欸
字，廣韻養韻紆往切有数字
，注云倭人。集韻嫗往切亦是
数字訓倭。案：圭声之字入佳
韻齊韻，不入養韻，廣韻、集韻
佳韻作欸，養韻作数是也。王
氏从数欸形近誤為一字，故此下
云又紆往反。亦猶鍾韻灉下云
又从佳反耳。（又疑欸与歎本只
一字，俗書或作欸，或作歎，遂

生娃枉二讀。猶之支韻麡下云
鶄（䴖字之誤）字子庭反。此
類現象，韻書中屢見非一見。）
第十九行𪊨 鹿 觿 𪊨字誤，
當从五刊、廣韻作𪊨。
第十九行𤮊 或窐又戶圭反 或下
疑脱作字。戶圭反下正字作蛙
、注云或作窐。
第十九行睽 苦圭反異又古攜反十
又古攜反，切三、五刊同（切三
古誤作苦）。本書古攜反下
無此字，廣韻同。集韻涓畦
切下收之。
第十九行溪 泉出通川又古比反 又

古比反，切三、廣韻同。本書
旨韻脫見母合口(1)類字，未審
原有此字否。(詳旨韻否字校
箋。) 切三、王一、王二旨韻居誄
反只一癸字，廣韻居誄切癸湀
二字。各書此字又見旨韻葵癸
反下，廣韻見求癸切，同。
第二十行䯜 六畜頊中肉 五刊云
六畜頭骨，廣韻云肩骨，集韻
云六畜頭中骨，本書肉字誤。
第二十行𧑂 蠆々 重文疑出
誤增，廣韻云蠆也。見說文。
第二十行㩗 中鉤，亦作劃 㩗當从
廣韻作㩗。廣韻㩗，檀也，別
為一字。集韻㩗為上文封字
或体。
第二十行攜 戶圭反，十五 本紐十
三字而此云十五，當是誤脫二字。
其一為㰎字，詳酅字校箋。其
一不可考。
第二十行鑴 大錐 注文切三、五
刊同。廣韻云大鐘，或本鐘作
鍾。周氏校勘記云：「切三、五刊
錐蓋鑊之誤，玉篇云鑴大鑊
也。說文云鑊鑴也。」案廣雅釋
器鑴，錐也。疏証云：「內則左
佩小觿，右佩大觿，鄭注云
，觿貌如錐。釋文本或作鑴
」錐字不誤。
第二十一行酅 離心 切三、廣
韻酅下云地名在東平，下有
㰎字云離心；此脫酅字注文
及正文㰎字。
第二十一行嵐 姓，亦作毒 毒字誤
，當从五刊、廣韻作毒，唯二
書嵐毒別為二字。集韻同本
書。
第二十一行⿺辶隹 逶 ⿺辶隹當从五
刊、廣韻作⿺辶巂。逶字賄韻云
⿺辶畏逶，廣韻云⿺辶畏逶行病。廣
韻此下云⿺辶巂⿺辶巂。說文⿺辶巂，⿺辶巂
⿺辶巂也。俗書⿺辶巂作⿺辶樸(本書廢

𥝌反作遷)、疑此遷是遷字之誤。

第二十一行盰 々然能視 又口莧反 盰

然能視、廣韻云盰能視。本

書苦𥝌反下云直視，五刊云盰

然直視。說文云盰、蔽人視也

、一曰直視。

第二十一行眭 深目不 胥規反 不

當作又，五刊云深目，本書字

又見支韻息為反。

第二十一行栘 成西反栘棣木々名 又余氏以支二反

木下不當有重文，切三云栘棣

木名、廣韻云棠棣木也。又余氏

反，切三、廣韻同(切三余字譌作今

)。各書紙韻無此字，集韻演爾

切收之。反下當有一字。

十三 佳

第一行鞵 䩹亦作鞋 䩹不成字、

當从差書S二〇七一、廣韻作䩹(

切三字誤作䩹)。

第一行㥦 䁊㥦心不平 切三云㥦

心不平。廣韻云心不平。五刊云

䁊㥦。集韻慔下云慣慔心不平

(案々慔㥦為二字)，莫佳切慣下

亦云慣慔心不平。案本書無慣

字，廣韻同。䁊字見莫佳反，注

云視皃，為䁊字之誤。此膭字蓋

即䁊字之誤，集韻慣又為䁊之後

起字耳。

第二行媧 姑柴反七 姑柴反，切三同。

王二音姑柴反，柴与柴同音。上文

佳字音古膎反，古膎与姑柴，一切

開口，一切合口。姑柴切合口音，

以姑字定其合口(說詳拙著例外

反切研究一文)。五刊改姑柴為姑

咼，廣韻音古蛙。並合口在下字。

第二行讗 情讕 讗當作讕，从

巂声。凡作巂若巂者均巂字俗

誤，後不贅。注文切三云闌墯、

王二云讕墯、廣韻云讗情，集

韻云惰也。闌字無義，讕字說

文云抵讕，与情墯義亦不相屬

，讕与譪形近，或當以廣韻譪字
為是。五刊云〻爛，亦有誤。
第二行歐　〻㛗　重文王二無，疑此
出誤增。
第二行唱　戾口　唱字切三作喝，
王二、廣韻云喝或作唱。本書嗝
下云火喝反（切三、五刊同），不應無
喝字。疑此本亦作喝，抄者書為
唱字耳。　戾當作戾，說文戾戾
異字。
第三行瘵　〻疵　王二云疵，不
重瘵字。重文疑出後增。
第三行⿱此牛　〻積　王二、五刊、廣
韻並云積。說文⿱此牛，積也。重文

疑出誤增。
第三行鞁　鞴鞁鞴字薄布反也　本書
例不用句尾也字，云某字某反，
名書亦無用也字之例。此當出誤
增。切三云鞴字薄布反，可擾刪）。
第三行䐒　瑕　注文王二同。廣
韻云䐒腵，脯腊，玉篇同。集韻云
脯腵。本書字又見麻韻初牙反，
亦云瑕，廣韻云腵䐒脯也，集韻
云脯腵，萬象名義云䐒腸（本
書遇韻腸下云䐒）。案：穀梁
莊公廿四年傳棗栗鍛脩。釋
文鍛，脯也。公羊傳鍛字作腵。
禮記內則亦云腵脩蚳醢。字並

从段声。唐宋人段叚多誤，故
碬字本書、廣韻並讀翰（換）麻
二韻。本書翰韻都亂反有腵
字，注云鍛脯，廣韻、集韻同。
瑕腵並當為腵字之誤。
第四行萃　錯升　升當作卆。
廣韻云卆雜之皃，集韻云卆雜
皃。
第四行覣　〻姊佳反覣　胡羊二　切三、
王二、五刊、集韻云覣穤胡羊
、此云覣〻誤。廣韻作穤覣，
（侯韻穤下同）亦誤。參周氏
校勘記。
第四行啀　闘大　大當从切三、

王二、廣韻作犬。鬪是鬭俗字。

第四行霂 兩聲又牛林反 雨當作雨，王二、廣韻並云雨声。本書侵韻云霖雨，集韻此同，皆韻云南陽謂霖雨曰霂（本書侵韻霂下云又牛皆反）。案說文霂，霖雨也。南陽謂霖雨曰霂。此云雨声未知所據。

第四行哇 淫声又烏瓜反 切三此字無又切，王二云又烏瓜反，与本書同。本書麻韻無此字，廣韻烏瓜切下收之。唯切三洼下云又烏加反，王二洼下亦云又烏瓜反，本書洼下無又切，而麻韻烏瓜反下有洼字（各書同）。疑此下又烏瓜反係洼下又切誤植。王二沿其誤，廣韻又收之麻韻耳。

第五行崽 山佳反呼彼之稱又山皆反二 又山皆反、切三、王二、廣韻同。本書皆韻無崽母，切三、王一、五刊同。廣韻收之。

第五行欸 欸吹氣逆 欸吹，切三云欸欸、王二、五刊、廣韻云欸欸。本書洽韻呼洽反欸下云氣逆，此文欸吹二字並誤。

第五行扠 丑佳反以拳加人亦作搋々音丑皆反 案搋既是扠字，則當逕云又丑皆反，此全書通例也。切三云以拳加人亦作搋（案當作搋）々字丑佳反一。搋下「々字」二字，大乖体例，當係誤衍。本書恐即由此而云搋音丑皆反。本書皆韻無徹母字，廣韻以前各書同。廣韻皆韻收此字，云丑皆切。唯疑此字或本不讀丑皆反，蓋自本書誤以切三丑佳反為又切，附會為丑皆反，廣韻遂據以收之。王三云丑佳反以拳加人亦搋，無又切，可據。

第五行𧸘 草佳反視皃二 𧸘字切三、五刊同。王二、廣韻作䁆；集韻同，又或体作覵。䁆字見說

文，贖當是賵之譌誤，集韻遂
併會从見耳。草字當从切三、王
二、五刊作萛。本書萛或作草，
遂誤。
第五行諰 所柴反 語一 注文王二
同本書。切三賵下亦有从思之殘
文一字，蓋即此字。所柴反与
上崽字同音，蓋後增字。五刊
、廣韻併入崽下。語下廣韻
、集韻並有失字，未詳！

十四 皆
第一行皆 古諧反 皆正作皆十四 注
文上皆字例不當有，或是釋

義某字之誤。下皆字當作皆。說
文字从白，故曰正作。
第一行階 〻級 切三級下無
重文，疑此出誤增。五刊、廣韻
並云階級。
第一行腊 〻瘦 切三瘦下無
重文，廣韻云瘦也。疑此重文
本無。
第一行薢 〻苦藥名 決明子是 苦當从
切三、廣韻作茩。
第一行㾓 虎 虎字當从切
三、五刊、廣韻作㾓。
第一行鍇 牝瓦 五刊同本書，
廣韻、集韻並云牡瓦。

第二行龤 樂名 注文五刊同。
名字誤，說文龤、樂龢也。廣
韻云樂和龤也。
第二行俳 優從大彳 是俳徊字 大當
是人字略壞，下當更有一從字。
第二行碩 曲頤 又蒲來反 又蒲來
反，灰韻蒲恢反下字作頚。
第三行懷 戶乖反 又胡來反 八 又胡
來反，姜書P二〇一二注文左行作
「又正作懷八」五字（案右行戶乖
二字下殘），當亦有又切，本書灰
咍二韻無懷字，各書同，即集
韻懷字亦無二讀，懷字有來義
、（案五刊、廣韻、並載此義）或

即由釋義而誤。

第四行𦬶 次又却車廂又士佳取私疾離三反

又却車廂，姜書P二〇一云却車東廂（劉書却字在下又字之下）。案東京賦云𦬶于東階，本書車下脫東字。又疾離反，王一同。本書支韻疾移反無此字，各書同。脂韻取私反下云又士諧疾脂士佳三反。疾脂反下有𦬶字，云又士諧士佳取私三反。佳韻士佳反下云又士諧反。皆不云支韻又切，離字疑是脂韻某字之誤。

第四行⿱山豺 山在五林 五林王一同。廣韻、集韻云平林。五字誤。

第四行差 楚皆反簂二 二字王一作三，其赲字以下殘，不可考。

第四行埋 草皆反藏亦作薶三 草字當从廣韻作莫，佳韻賣下莫佳反亦誤草字。

第五行[illegible] 慧 切三、王一慧下無重文，廣韻云慧也。此疑出誤增。

第五行齋 側皆反齋一 注文王一同。切三云齋潔，五刊同。齋字經典通用齊字，非齋為齊義，此文疑有脫誤。廣韻云經典通用齊，集韻收齊為齋字或体。

第五行崴 乙乖反不平狀三 不上王一有崴嵔二字，切三同，此蓋誤奪。

第五行⿰鹵褱 亦作⿰鹵鬼 亦上王一有⿰鹵益字。案⿰鹵益當作⿰鹵盈，⿰鹵盈⿰鹵褱二字並見廣雅釋器（參王氏疏証）。玉篇云⿰鹵盈⿰鹵褱戎狄鹽。本書蓋誤脫⿰鹵盈字。

十五 灰

第一行灰 呼恢反俗作灰四 俗上王一有燼餘從又通五字。

第一行[illegible] 黃白色 切三、王一無此字。五刊、廣韻云相豗擊（案文選木玄虛海賦云磊匒匌而相豗，李善音呼迴反，云相豗、相擊也）。集韻云相擊，字或作挾，義並與本書不同。集韻又有豗字，為虺字或体，注云虺隤馬病。廣韻虺下云虺隤，與說文同，則集韻豗亦即豗字。五刊虺隤字作豗，與豗亦形近。本書豗字云黃白色，當謂馬病色耳（孫炎云玄黃為馬更黃色之病也）。

第一行悝（病一曰悲聲） 切三、王一、廣韻並云一曰悲，無聲字。

第一行[illegible]（[illegible]竹又 苦懷反） 又苦懷反王一同。切三、廣韻無又切，本書皆韻苦淮反無此字，字又見怪韻苦壞反，各書同。懷壞形近，懷或即壞字之誤。集韻皆韻枯懷切下亦收此字，所據蓋即此誤切。

第二行䫻（風伍又 乃罪反） 又乃罪反，賄韻奴罪反字作䫻。

第二行鰃（角曲中） 正、注文王一同。廣韻鰃下云魚也，䚀下云角曲中，集韻同。案說文䚀，角曲中也。隈下云烏恢反七、本紐無䚀文，鰃當是䚀之形誤。廣韻鰃下云魚也，或別有所據，或即由此而生傅會。

第二行瑰（玫瑰火 齊珠） 此字王一在槐字下，切三同。

第二行蚘（人腹 中虫） 切三、王一、廣韻並云人腹中長虫。說文蛕，腹中長虫也。本書虫上當補長字。又王一虫下有正作蛕三字。

第三行邪（鄉名在 雎陽） 邪字王一、廣韻同。五刊作祁、集韻作郲。案邪不成字理，當作郲，與蚘从尤声同。祁郲俱誤。

第三行煤（炱々） 王一云炱々灰集韻炱字杜來反。切三、廣韻

並云炱煤灰集（切三集下有上字），
本書咍韻徒哀反炱下亦云炱
煤．此炱々二字誤倒，下當補灰
集屋三字。
第三行脢 背肉又亡代反 胎經二月又苦背反 脥
脢下云胎經二
月，未詳。切三脢下云衣上白
醭，亦不詳；脥字注文同本書
。王一無脢字，脥字注文同本
書。廣韻脢下云脊側之肉，或
体作脥。案說文脢，背肉也。
本書隊韻莫佩反脢下亦云背
肉。真韻胂下云脢，義亦同。
說文胂，夾脊肉也。又苦背反

苦當是莫字之誤，隊韻苦對
反下無此字，字見莫佩反，各
書同。
第四行莓 々美盛皃 注文王一同
。廣韻云莓莓美田也，當从
廣韻更有一重文。魏都賦云
蘭渚莓莓，左僖廿八年傳云
原田每每。
第四行櫰 木食多力又為乖反 又為乖
反，王一同。字見皆韻戶乖反。
早期反語云匣二母每互用。廣
韻此云又音懷。
第四行罍 酒器或作鑸 鑸上王一
有櫑罍二体。

第四行⿰雷瓦 檼又救反 ⿰雷瓦字王
一同．廣韻、集韻作⿰雷瓦．又救反
，王一云又力救反，此脫力字。
字又見宥韻力救反下，注云
檼又力迴反，王一同；廣韻宥
韻亦作⿰雷瓦、云檼也又力回切。
案方言云⿰每瓦謂之⿰雷瓦，廣雅釋
宮云甍謂之⿰雷瓦。王念孫云：「⿰雷瓦
之言雷也。」⿰雷瓦又讀力迴反者
，蓋俗書譌為⿰雷瓦字，遂從雷
字讀之耳。
第五行轠 轤々不絕 轤轠王
一、廣韻、集韻並云轠轤。案
漢書揚雄傳曰轠轤不絕，此

誤倒。
第五行瑠 名玉 王一、廣韻並
云玉器。案說文瑠，玉器也，名
字誤。
第五行魋 以熊而小 又人名 以字
當从切三、王一、廣韻作似。熊字
廣韻同，姜書P二〇一一、切三並作
羆（案王一亦作熊字）。
第五行頹 秃 頹字切三、王一
同。案此即上文穨字俗書，說
文穨，秃皃。廣韻頹下云同
穨。
第五行撽 棺 覆 撽姜書P二〇一
一同。（劉書作檄，恐失真。）

廣韻作檄，集韻檄或从木，此
從手誤。
第五行讙 諃 諃當作譟，字
之誤也。王一、廣韻並云譟。見
說文。
第六行崔 此回反。人姓。又子雖反。三 又
子雖反，脂韻醉綏反字作嗺。
第六行頧 冠名 注文王一同。
廣韻云毋頧夏冠名，禮記作
追。案儀禮士冠禮云：毋追，
夏后氏之道也。
第六行槌 樀亦作譙 槌樀二字王
一作搥擿（廣韻亦作搥，擿字
誤擿）。案廣雅釋詁四搥、擿

也，本書二字並誤。
第六行榷 昨回反 折四 榷當从
王一作摧。
第六行崔 崔嵬。与人姓崔者同音別 同
音呼別，語不可解。切三、王一云
与人姓崔者字同音別，當从之。
崔為人姓音此回反。
第七行慛 慛傷 切三、王一云
傷，廣韻云傷也。重文蓋出
誤增。
第七行膗 素回反。膗三 膭膗
切三、王一、廣韻並作膗膭，本
書杜回反膭下亦云膗膭，此誤
倒。

第七行桵 擊 桵字當从切三、王一、廣韻作桵。

第七行⿰革崔 鞘 ⿰革崔字王一同。廣韻字作⿰革巂、集韻同。案廣雅釋器⿰革巂謂之鞘，即此所出。

第七行頚 頤曲 頤下王一有又方骸反四字，廣韻云又音悱。案本書皆韻步皆反有碩字，云又蒲來反，王一方疑防字之誤，而本書誤脫。

第七行杯 布回反 盞一 盞，王一云似椀而淺，下有或作盃三字。

第八行胚 芳杯反胚 胎一月 五 切三、廣韻並云懷胎一月。王一同本書。月下王一有匹尤反正作胚六字，匹上當脫又字，字又見尤韻匹尤反。

第八行桅 舩上 幢 舩字王一、切三作舟。

第八行⿰車隹 他回反亦作輡四 王一反下有車盛皃三字，切三亦載此義，當據補。

第八行蓷 草名益知 一名鴟葵 蓷為益知，未詳。王一知作智。爾雅釋草萑蓷，郭云又云益母，釋文引本草一名益明（疑明是母之誤），本書蓋由此而誤。一名鴟葵，亦不詳。姜書P二〇一二云一名鷄葵，王一鷄字作鴟。

第八行⿸尸委 ⿸尸复々 王一⿸尸复下無重文，此蓋出後增。

第九行⿰忄夒 乃回反古之善塗者又奴旦反二 ⿰忄夒字姜書P二〇一二作⿰忄⿱艹夒（王一作⿰忄夒，疑據廣韻改之），廣韻作⿰忄夒，段氏據說文改廣韻作獿。案漢書揚雄傳獿人亡則匠石輟斤而不敢妄斲，獿即⿰巾夒字。莊子徐无鬼郢人釋文引作⿰忄夒，亦从心作，並从巾之誤。本書翰韻字作⿰巾夒，从巾不誤。惟注文云「亦⿰忄夒」，疑出後人所增，詳見校箋。

第九行朘（子回反 赤子陰亦作𡲢峻見老子）𡲢當从廣韻、集韻作㚼。廣韻云㚼字出聲類，峻字見老子。

第九行䅟（粗者）注文王一同。集韻云粗屨不借也，亦作䅟。䅟字本書見他回反下，云䅟〻。此云粗者，蓋謂屨之粗者。

十六　咍

第一行段（殺段 笑聲）正文及注文切三、王一、廣韻並与此同。廣韻校勘記云：「段當是攺字之誤。原本玉篇殘卷云：『攺呼來反，說文咲不壞顏也。廣雅攺咲也。』此注殺段二字亦當從欠作欸攺。切三及敦煌王韻亦誤」。案廣韻此當是沿切三以來諸書之誤。本書咍下云笑亦作攺，王一同，不當又出攺字。且欸是逆氣之義，此不得改殺為欸甚明。集韻云：「段，殺段，剛卯也」。說文攺殺二字下並云殺攺大剛卯。攺字皆書作段。此文段當是攺字之誤，訓作笑聲則誤段為攺耳，當云剛卯也。

第一行殺（段〻）段當从集韻作段，即說文攺字。詳上段字條。

第一行孩（多亦作孩）亦作孩，王一同。廣韻、集韻孩孩異字，孩下訓大。

第二行唉（慢應言又於其反）又於其反，切三、P二〇一一、廣韻同（姜書P二〇一一云又於其反，劉書其字作具，具亦當是其字之誤）。本書之韻於其反下無唉字，各書同，集韻收之。

第二行臺（徒哀反 高九）王一亦云高，疑有脫字。

第二行菭（魚衣濕者 曰濡落）落字切三、王一、廣韻並作菭，當从之。

第三行跆（蹋）王一同。廣韻

云踊跆連手唱歌。集韻云聯
手而歌曰踏跆，此文踊下疑
脫重文。
第三行該 古哀反 市十六 市字當
从王一作帀。
第三行垓 八極又垓 下隄名 名下
王一有在沛郡項羽敗處下亥
反十字。切三亦云在沛郡項羽
敗處，當據補。下亥反，下上
蓋奪又字；然下亥声同，當誤
・姜氏書亥字作文，文字蓋即
亥字之誤。
第三行荄 草根又根 古諧反 下根
字誤衍，切三、王一並無此根字。

第三行劃 木鎌一曰摩 又五哀反 木
字當依廣韻作大，說文劃大鎌
也。切三、姜書P二〇一一並云木
鎌（王一作大鎌，疑失真。）蓋陸
氏切韻或本如此。
第四行胲 足大指 肉毛 注文王一同
，廣韻肉毛二字作毛肉，集韻引
說文無肉字（今說文云足大指毛
也），史記扁倉傳「五色診奇胲」
，正義引顧野王云指毛皮也。
第四行賅 奇非常又改 胡改亦作侅 奇非
常，王一同本書。奇下疑脫重
文，說文云侅，奇侅非常也。廣
韻此云奇侅。上改字誤衍，下

改字下當有反字。王一云又胡
改反，字又見改韻胡改反。
第四行晐 備 晐當从王一、廣
韻作晐。小爾雅廣言晐，備也。
第四行纔 僅 僅下王一有
或作裁三字，切三同。當據補。
第五行才 能 此字王一在
財材之間，切三同，蓋漏脫而
補之於此。又能下王一無重文，
蓋出誤增。
第五行來 落哀反 往十九 往字王
一云回，下有通俗作来四字。十
九當作十八，蓋後人增迷字而
改之。王一云十八可據正。詳下

逨字校箋。又案本紐尊一騋
字，說見徠字校箋。
第五行騋 馬高七尺 尺下王一有
曰騋二字，切三廣韻同本書。
第五行簝 鄉名在扶風又力之反 又
力之反，切三、王一同。本書之
韻理之反下無此字，廣韻收之。
第五行秜 毛起又力咨反亦作穛 又力
咨反，王一同。本書脂韻力脂
反無此字，字見之韻理之反，
各書同；注云又力臺反，咨
字誤。
第五行鶆 鶆鳩 王一云爽鳩
、廣韻云鶆鳩鷹。案爾雅釋

鳥鷹鶆鳩，郭注：「鶆當為鷞
字之誤耳。左傳作鷞鳩是也。」
依郭注則無鶆字，此仍當云
鶆鳩。
第六行貍 貍別名 名下王一有
陳楚江淮間云六字（姜氏書云
作名尓二字）。
第六行睞 耕外土䈥 廣韻云耕
外舊場。集韻云舊場也，休
不耕者，通作萊。案周禮遂
人萊五十畮，注云謂休不耕者。
土䈥二字是舊土之倒誤。支韻畯下
舊場譌作䈥場。
第六行徠 々黸大黑 王一徠下云

還又力代反，騋下云騋黸大黑
、廣韻同。此脫徠字注文即正
文騋字。來下云十九，本紐有
脫字一。
第六行淶 水名出北 此有脫文，王
一云在北地廣□。下一字當作昌
、說文云起北地廣昌東入河。王
一在當作出。
第六行逨 至又力代反 王一本紐
十八字，無此字；徠下云還又力
代反。本書代韻力代反逨下云
就亦作徠。上文已有徠字，不
當別出逨字於此，疑後人據代
韻增之。廣韻前有逨字云至

又力代切、後又有徠字云還又
力代切。則合王一及本書而收之。
第七行職 ㄙ睽 廣韻此下及倉
才切下並云睽也，集韻倉来切
下云一曰睽也，並不重職字。疑
此重文出後增。
第七行猜 倉來反疑作猜三 作猜
二字當有譌誤，未詳。或者正
文原是悏字。集韻或体作憏。
第八行荄 豕白蹄又五哀反 又五
哀反，廣韻無又切。下文五来
反下無此字，字見上文古來反
下，廣韻同。集韻魚開切下
收之。

第九行殪 殺羊出胎一曰癡公哀反 公上
脫又字。
第九行剴 鎌木 切三本紐無此
字，古哀反下注云木鎌又五哀
反，本書沿其誤於彼云木鎌，又
從其又切於此增剴字而亦云木
鎌。詳前校箋。

十七 真

第一行振 震又之忍反 又之忍反
，切三、廣韻云又之刃反。本書
軫韻無此字，切一、切三、王一、王
二、廣韻同。本書、王二、廣韻字
並見震韻，忍當即刃字之誤。

集韻軫韻止忍切則有此字
，云云「襌也。禮振絺綌，通作
袗縝」。案禮記玉藻釋文云云「依
注為袗，之忍反，襌也」。非此訓。
第一行蒖 茚 廣韻云茚也
。周氏校勘記云云「元泰定本明
本作茚是也。集韻云：蒖，艸
名，皃葜也。說文云蒖，皃
葜也。若作茚，於義不合。說
文云：茚，昌蒲也。」案廣雅釋
艸茚，蒖也。疏証云云「玉篇廣雅
並云茚蒖莢實也。（案本書鍾
韻茚下亦云蒖莢實）。玉篇廣
韻又有蒖字云茚也，集韻云

蒖、艸名、鳧葵也，一曰蓂莢實也。蒖字与蓂字形近，疑有誤。但又以為鳧葵，不知何據。豈以鳧葵名茆，茆字形相近而誤說歟。」今案茆茚茆三字形近，集韻所本蓋同本書及廣韻。蒖下訓茚：以茚為茆故曰鳧葵；又認茚為茆，故又曰一曰蓂莢實。蒖字究為何字，不可知；集韻不足為據也。周說誤。

第一行棖　挾振亦作桭　廣韻云屋梠。集韻云屋梠也，兩楹之閒謂之棖。或体作桭。案漢書揚雄傳日月纔經於柍棖，注引服虔曰棖屋梠也。集韻丞真切下棖字注云柍棖屋端（王念孫云漢書柍當作央）。此注文柍棖桭三字並誤从手。

第三行艑　船　切三云舡，廣韻云船艑，集韻云船前桄也。案廣雅釋水艑謂之桄。艑非船名，本書船下蓋脫重文。船艑猶云船桄耳。

第三行陯　阜山　廣韻、集韻並云山阜陯也。案說文陯，山阜陷也。即崘陯本字。阜下當有陷字。切三云山名，尤誤。

第三行惀　思力袞反亦作侖　力上當有又字，字又見混韻盧本反下。

第三行㥚　布蚪又丈句反　㥚當作㡺。

第三行純　常倫反又充允反緣十　又充允反，本書軫韻尺尹反下無此字，字見之尹反，注云緣純。各書同。廣韻之尹切下云又音淳。充字當是之字涉下文允字而誤。

第四行蕁　蒱秀　蒱字切三、廣韻作蒲。本書模韻蒱下云大蒲，亦作蒱，与切三、廣韻諸書異。參見模韻蒱字校箋。

第四行淳　清俗淳　切三云清，

廣韻云濤也，不重淳字。俗下
疑脫作字。
第四行奄 〻大 廣韻、集韻並
云大也。重文疑出誤增。
第四行雞 鷚雞 雞當从廣韻
作雞。鷚雞廣韻云鷚雞晚生
者，本書宥韻力救反鷚下注
云雞子。此鷚字當作鷚。
第五行因 於鄰反十六 於鄰反，
黃侃師以為當改於鄰為於
銀（見所著全本王仁昫刊謬補
缺切韻的反切下字一文），与下
文[illegible]字音於巾反異類。
第五行茵 〻褥 切三褥下無

重文，此疑出後增。
第五行闉 〻城上闍門 切三、廣
韻並云闉闍城上重門。說文闉
，城內重門也，引詩曰出其闉
闍，闍下云闉闍。本書原本
款式闉闍二字當在前行末、城
上門三字在次行首，遂誤如此。
門上當有重字。
第五行駰 馬文又於巾反 又於巾反，
切三同，廣韻亦同。本書於巾反
下無此字，切三、廣韻收之。又案
此下云又於巾反、又可証本紐因下
音於鄰反之疏。參因字條。
第五行梱 就 梱當从廣韻

作捆，說文云捆就也。集韻捆字
收為因字或体，另出梱字云木名
，不詳所據；或即从此誤字附
會為說耳。
第五行茵 車中重席 說文茵，
車重席也。禮記少儀茵席，
注云著褥也。上文已有茵字云
褥，此又出茵字，失之。
第六行絪 〻縕元氣 廣韻烟下
云「烟熅，天地氣。易作絪縕」。
別出絪字云「絪縕麻枲」。本
書上已有烟字云烟熅天地氣。
第六行宸 屋天子所宮 切三、
廣韻並云屋宇天子所居。說

文宸、屋宇也。此文宫是居字
之誤。屋下疑脱宇字。
第七行麎 牡麋 牡字誤。牝
雅釋獸云：麋牡麔牝麎。切
三、廣韻並云牝麋。
第七行辰 重辰 辰不成字，當
从廣韻、集韻作晨。注文廣韻
、集韻云重脣，亦當从之。
第七行仁 如鄰反能三 仁字訓能
、疑有脱誤。
第八行⿱申又 引 ⿱申又不成字。
說文⿱申又，引也。从又，申声。
廣韻作曼。
第八行⿰犭聯 丑玠反三 此云三、本

紐有脱文、詳下縝字條。
第八行縝 狂一曰欲什 切三、廣
韻縝下云縝紛。集韻同，別出
倀字云欲什也，又出狆字云狂
也。玉篇狆下亦云狂。縝字訓
狂与什皆不可考。⿰犭聯下云丑玠
反三、而實止二字，此當有脱文。
第八行鄰 力玠反俗隣 十六 俗
下疑脱作字。
第九行粼 水在石間 粼字廣韻
作粼，同說文。切三同本書，
蓋俗書如此。
第九行麟 麒〻獸亦作⿸鹿云 驎
大鹿 說文麐，牝麒也。經

傳以麟為之。故麟下曰麒麟獸
亦作⿸鹿云。⿸鹿云即麐字俗書。又
說文麟，大牝鹿也。東京賦解
罘放麟，注云大鹿曰麟。則
本書驎字亦當作麟。詩駉
有驒有駱，傳云青驪驎曰
驒，爾雅釋畜同，驎字義為
馬斑文也。切三驎下云騏驎，
麟下云麟鳳；廣韻驎下云騏
驎白馬黑脊，麟下云仁獸；集
韻驎下云馬斑文，麟下云大牡
鹿，麐下云牝騏通作麟。並
与此異。
第九行駗 馬色 駗字切三作駖。

廣韻、集韻同本書。唯集韻駗
下云馬載重難也，不云馬色。案
說文駗，駗驙馬載重難行也。
大徐駗音張人切，小徐章引切。
駗驙二字双声連語，易作屯亶。
与此音義俱異。集韻別有驎字
云馬斑文，見詩傳及爾雅。此
駗字蓋与集韻驎字同，當从
切三作駖，从令為声。驎又作駖
，与鱗或作鈴（見集韻），憐或
作怜同。集韻不從駗字馬色之
義，而仍駗字力珍反之音，亦誤
也。
第九行鱍 魚名 鱍當作鱗
，字見說文。廣韻、集韻作獜鱗。
第九行燐 鬼火又力辰反 廣韻
無此字，炎舛下云鬼火，或体作
燐。案炎舛為鬼火，見說文。王
一、王二震韻燐下並云亦作粦，
蓋當時有此俗体。集韻粦与
燐同，又別出蕣字云艸名似竹
中實通作粼（案爾雅釋草：粼
中堅，義疏云齊民要術引字林
粼竹實中，集韻震韻蕣為
粼字或体），廣雅震韻亦云蕣
、草名，則又別為一字矣。又力辰
反，長當為震字之誤。廣韻
粦下云又力刃切，本書震韻力
刃反有燐字。
第十行鏻 健見又力丁反 廣韻獜
下云獜獜犬健也，別出鏻字，
注同本書。集韻鏻為獜或体，
引說文健也。又力丁反，廣韻
同。本書青韻郎丁反下無鏻
字，廣韻收之。集韻郎丁切
獜字二見，一云犬声，一云犬健，
鏻字見稕韻，注云鏈也，則以
字从金旁，遂改健作鏈。廣韻
震韻鏻下云鏻健。
第十行繗 紹 廣韻、集韻
並云紹也，重文疑出後增。
第十行槿 巨巾反又巨隱三 切三槿

下云：「矛柄。賈誼曰鋤耰棘
矜，作矜」。廣韻穫下云：「矛柄
也。又鉏耰也。古作矜」。本書
蒸韻居陵反有矜字，云又渠
巾反。矜字說文云矛柄，是本
書此字及切三㦸字並穫字之
誤。集韻本紐別出㦸字云未
名，或即據此增之，㦸字本書
及廣韻並在隱韻。又陵下當
有反字。
第十行鈴 虫連行又力丁反 又力丁
反，廣韻同。本書青韻郎丁
反下未收此字，廣韻收之。
第十行𨽥 烈々 烈當作列

。重文疑出後增。廣韻云列
也。見說文。
第十行津 將鄰反際三 際上疑
脫水字。
第十一行瞋 昌鄰反怒亦作謓秘書作[目戌]字三
秘書作[目戌]，今說文作[目戌]。
疑唐人所見与今本異，當以从
成為是。集韻作[目戌]。
第十一行稹 々纑 稹當从廣
韻作鎮。注文重文疑出後增，
廣韻云纑也。
第十二行䖘 獸多力西國人家養之，亦作兩虎爭
說文云䖘，兩虎爭聲。切三
䖘下云兩虎爭，本書作下似脫

䖘字。唯名書䖘字無或体，本
書䖘字在山韻，名書同。切三
䖘當是䖘字之誤。疑此本作
一云兩虎爭。
第十二行㯎 木名白色 切三、廣
韻並云色白。
第十三行珢 石次玉，又公恨反 又
公恨反，本書恨韻古恨反下未
收此字，廣韻收之。
第十四行賓 必鄰反，客作賔七 作
上疑奪俗字。嬪下云：正作嬪。本紐六字而此
云七，当係誤奪一字，未詳所当作。
第十四行顚 頭憤滿 廣韻云
頭憤懣。案方言十二顚、懣也。

注云：謂憒懣也。滿當从廣韻作懣，憒當作憤（錢繹謂廣韻憒是憤字之誤）。

第十四行矉 恨帳 廣韻引說文云恨張目，此有譌脫。

第十四行覸 々覸覷見 又匹刃反 又匹刃反，本書震韻滂母未收此字，字見必刃反，注云又匹人反。王二、S六一七六匹刃反收之。

第十五行梈 木名 梈字廣韻作㮰，与說文合。切三亦作梈，蓋俗書如此。

第十五行洵 水名又詳遵反 又詳遵反，切三同。本書詳遵反未收此字，廣韻收之。

第十五行椮 々杶 重文蓋出後增，廣韻云杶也。

第十五行橯 々圞 說文云橯圞案也。廣韻云承食案也。

第十五行跧 蹙又阻圓二反 又阻圓二反，切三云又阻圓反，廣韻云又阻圓切，二字衍文。又案本書仙韻字音居員反，誤。詳仙韻校箋。

第十五行遂 七旬反遂巡退 退下當有一九字，殘蝕不可見。

第十六行皴 細皮起 細皮二字誤倒。切三、廣韻並云皮細起。

第十六行踆 追亦作蹲 追當从廣韻作退。

第十六行㚇 々倨 廣韻云倨也，見說文。重文疑出後增。

第十六行捘 々扣 注文首字右半从雖黃塗改，今脫落不可見。廣韻云推也，語見說文；廣雅釋詁云按也。並从手夋。未審此究係何字。又重文疑出後增。

第十七行紃 圜采條又食倫反 又食倫反，本書食倫反下無此字，廣韻收之。

第十七行眗 々墾田碑又蕪均反 詩信

南山昀昀原隰，毛傳云：昀昀、墾辟皃，即此所本；而云昀墾田辟，語有譌脫。

第十七行畬 田力均反 力均反，本書力屯反無此字，各書同。廣韻云均也，集韻銑韻胡犬切下云田平均也，疑此是田平均之誤。

第十七行㶟 三泉又俱選反 又俱選反，未詳。本書獮韻無此字，各書同。字又見仙韻昌緣反。

第十七行絠 繞 絠不成字，當从廣韻作緧。廣韻緧、繾也，集韻又引方言繞緧謂之樢裺。

第十七行趭 大皃 各書無此字，當是趬字之誤。廣韻趬，走皃。說文：趬，走皃。讀若紏。紏字見上，故趬字亦收本紐。注文大即走字之壞誤，走或作夳。

第十七行頻 符鄰反 〻十一 重文下當有脫文，疑是數字。

第十八行蘋 大萍又作蕒 蕒當作蕒，說文作如此。

第十八行玭 珠 蠙 珠母 說文玭蠙同字，云夏書从虫賓。切三、廣韻同本書。二字別收，蓋自陸氏如此。宋駿聲分玭蠙二字。謂玭者蠙之珠，蠙者玭之母。陸氏此似故為之區分，然切三及本書先韻楄田反蠙下云蠙珠，則又以為一字。

第十八行顰 〻 顰眉 切三云戚眉，無重文。

第十八行嚬 〻 笑 重文疑出後增，廣韻云笑也。

第十八行𩕲 顰皃 切三、廣韻無此字，當即顰之俗誤，王氏誤收之耳。集韻顰下云車也，又由此顰字从車而生附會。

第十八行觀 鬼皃又必鄰反 各書本紐無觀字。廣韻䰡下云鬼皃。

。字見說文，當从之。又必鄰反，本書必鄰反無𩐼字，廣韻收之。又宋本書必鄰反下有觀字，与此誤字相同。又必鄰反四字當為後人所增。

第十八行繽 敷賓反，亦繽紛 繽紛連語，亦字不當有。紛下當有三字，殘泐不可見。

第十八行䎙 飛兒，亦作⿰鳥羽 廣韻、集韻此字無或体。䎙字作⿰鳥羽（类韻胡溝反下以翭為說文猴字），於字形無說，疑有譌誤。翩字義為疾飛，亦讀滂母，与⿰鳥羽形近，疑即翩字之誤。

第十九行懫 薮兒 廣韻云薮也，集韻云心伏也。集韻又有懫字云衣𢿱兒。宋萬象名義懫字云𢿱兒，玉篇懫字云亂也，蓋与繽同字。本書懫當是懫字之誤，薮當作𢿱。廣韻、集韻、懫下云敬云心伏，似為賓之後起字。然賓字不讀滂母，廣韻又無懫字，恐廣韻所據懫字亦誤作懫，遂就形之所近，改薮為敬，集韻又云心伏耳。

第十九行椿 勑屯反 木名五 本紐脫䲠字，補在楯字下。

第十九行輴 載柩車 亦作軘 柩字當从切三、廣韻作柩。

第十九行櫄 似橁 山海經中山經云：「成侯之山，其上多櫄木。」郭注云：「似樗樹，材中車轅。吳人呼櫄，音輴車。」橁樗二字古多互誤。

第十九行䣨 文倫反，純美二 切三亦云純美，廣韻美下有酒字是也。

第十九行楯 布屯反 又陟倫反 楯當作楯。

第二十行䲠 勑純反，鷹 上杶遺一 鷹字不詳，疑當作鳸，字之誤也。爾雅釋鳥：春鳸鳻鶞。杶下疑有下字、謂上文秕下遺此字。

第二十行朓（面頪又 子罪反）頪不成字、當作顡。說文云朓，面顡也。賄顡子罪反朓下亦誤頪。

第二十行顝（頭 曲）廣韻、集韻並从說文云頭顝顝大也。字又見後居筠反下，注云大，与諸書無異。此云頭曲不詳。

第二十行蝹（〻龍 皃）廣韻、集韻並云蝹蝹龍皃，此應更有一重文。

第二十行囷（去倫反 稟三）稟當从切三作廩。

第二十一行斌（□□反 □質九）此字廣韻為彬字或体，集韻云斌為彬俗体。注文曾經雌黃塗改，第一字為鄙，左半依稀可辨。第二字似旻，質上當是文字，全不可見。唐氏跋云「斌下原為於倫反美好，改為鄙□反文質」，所謂原為於倫反美好，略無痕跡，或唐氏所見原本可辨之如此。

第二十一行彬（〻文）重文疑出後增，廣雅釋詁云彬、文也。

第二十一行份（文質 備）說文份即彬字，廣韻彬下云文質雜半，說文云古文份也；又別出份字云說文曰文質備也。集韻份下收彬字。

第二十一行岻（山名江 水所出）岻即岷字，避太宗諱省作。下文從氏字並同此。

第二十二行閳（〻越又 武云反）閳為閩字之誤，文韻武分反下作閩不誤。

第二十二行鴟（鳥名似翠赤喙 亦作䳢字同）此鴟即鴖字。云亦作䳢，字當作䳢，亦省民為氐耳；氐為氏字，不得从氏。集韻或体作䳢。

第二十二行鉃（稅亦 作䞘）䞘當作䝱。玉篇䝱，本作錉，錉即本書鉃字。集韻䝱下云一曰稅也。

第二十三行忞 息勉強 廣韵云自勉強也，此文息即自字，涉忞字从心而誤。

第二十三行貧 徐巾反之貧一 之當作乏。

第二十三行筠 王麕反竹心二 禮記禮器如竹箭之有筠也。注云筠，竹之青皮也。說文新附云筠，竹皮也。篇海云筠，竹，無心，其堅強在膚。此云竹心，當有誤。

第二十三行縝 細繩 細當作紐，字之誤也。說文云持綱紐。廣韻云繩紐。

第二十三行麕 麕章居筠反亦麏麐三 本書凡例正切之後釋義，此獨義在音前，恐係抄寫之誤。亦麐，未詳。各書無此或体。廣韻麐見語巾切，注云「獸名，似貉而八目，出山海經」。集韻同廣韻。說文字又作麇，未見於此。廣韻集韻收之。

第二十三行頵 大又於筠反 廣韻云大頭，集韻云頭大皃，疑大上或大下脫頭字。參前頵字校箋。

十八 臻

第一行榛 瑟琴音 琴瑟二字誤倒，琴上有鉤為識。

第一行亲 栗々 廣韻云亲栗。詩定之方中云樹之亲栗，左莊廿四年傳：女贄不過亲栗棗脩。並云亲栗。廣雅釋木云亲、栗也。此文疑本止一栗字，重文出後增。

第一行莘 駪臻反地名在獅國十三 獅當作虢。

第一行⿱新女 有⿱新女國氏名 廣韻、集韻並云有⿱新女國名，氏字疑衍，字似有小點，蓋識其誤者。

第一行駪 馬名 名當作多，字
之誤也。廣韻云馬多，說文云
馬衆多皃。
第一行粈 粉䊏 廣韻云粉滓
，當據正。
第二行侊 行聲 當更有一
重文。楚辭招魂往來侊侊
，注行聲也。
第二行䊝 織 重文疑出
後增，廣韻云織也。

十九 文
第二行䒼 青與青雜 下青字當
从切三、廣韻作赤，攷工記云
青與赤謂之文。
第二行紋 綾 切三止一綾字，
廣韻云綾也。重文疑出後增。
第二行䲰 鳥能吐蚊 廣韻、集
韻此下並引爾雅鶉子䲰。文
見爾雅釋鳥。又爾雅釋鳥云
「鶉䲰母」。郭注云：「似烏䳲而
大，黃白雜文，鳴如鴿聲。今
江東呼為蚊母。俗說此鳥常吐
蚊，因以名云。」本書先韻徒
賢反鶉下云䲰母，即本爾雅。
上文蚊下云虫，亦作䲰，此从鳥
為蚊母字，不詳所據。
第二行閿 閿鄉縣名在弘農 閿字
切三同。廣韻作閺，云俗作如此。
第二行㪉 摩上 㪉字當从
廣韻、集韻作㪉。注文廣韻
巾箱、楝亭二本云摩上與此同
，黎本、澤存本上字作也，玉
篇同。集韻云字林𪎌上汁，
一曰以手拭物。案摩當是𪎌
字之誤。義為𪎌上汁，故字从
鬲。一曰以手拭物，疑因㪉字
誤从攴，𪎌又誤摩，遂生附會。
第三行芸 青英可以死復生或作蒷 青英
疑香草二字之誤。廣韻云香草
也。或作蒷，集韻蒷是下文
蕓字或体。

第三行蕓 々薹 注文當从切三、廣韻作々薹。

第三行溳 水名在美陽 在美陽，切三同。廣韻云出南陽，一曰出美陽。周氏云：「水經注云：『溳水出蔡陽縣大洪山。』美陽，說文玉篇均作蔡陽，當據正。」案美蔡字形不近，切三及本書云美陽，蓋傳聞異辭。

第三行憤 悅 動 廣韻云憂也。集韻引說文憂皃，一曰動也。此云憤悅，未詳。

第四行緼 亂麻反又於粉反 麻下反字誤衍。又於粉反，切三、廣韻同。本書吻韻於粉反下無此字，廣韻收之。

第四行輓 輴輓兵車又於粉反 輴字當从切三、廣韻作轒。廣雅釋器：轒輓，車也。符分反下注文未誤。

第五行墳 藉々 藉當从廣韻作籍。切三亦作藉字，蓋陸韻或本如此。

第五行焚 燒亦作賁燌 廣韻焚或作燌，此賁字誤衍。

第五行羒 々羊 重文當出誤墳，切三無。

第五行羵 々豕 廣韻字作豶，切三同本書，集韻豶字或体作羵。重文當出誤墳，廣韻云豕也。說文云羠豕也。

第六行朌 大首 切三無此字，廣韻同本書。案集韻收此為頒字或体是也。本書頒下云魚大首（切三如此，蓋陸氏之舊），蓋就詩「魚在在藻，有頒其首」言之，其實頒字止是大首之義。

第六行橨 枰 廣韻云枰仲木別名，出埤倉。

第六行幩 々飾 重文蓋出後增。詩碩人朱幩鑣鑣，毛傳飾也。廣韻鐼下云飾也。

第七行餽　一蒸餅　正作餴　餴字誤，當作餴。見說文。正字似誤。

第七行㾜　瘽　瘽字廣韻同。周氏云：「玉篇作瘽，段改同。本書刪韻五還切㾜下不誤。」案集韻亦云瘽，本書字又見刪韻，未注義訓。

第七行㲉　侵多　說文㲉，朋侵也。多即朋字之誤。

第七行薫　許云反　香十一　廣韻云香草也，同說文。疑此香下脫草字。

第八行臐　䐨　䐨當作膮。公食大夫禮曰膷以東臐膮牛炙。

第八行熏　火煙　止山　切三、廣韻並無此字。說文熏，火煙上出也。篆文作[篆文]，从屮从黑，隸定作熏。本書熏即熏字之誤，注文止山當作上出。唯本書上已有熏字，不當復出。

第八行獯　㺜北方　胡名　㺜當作獯，其上應有重文。切三云〻獯鬻、北方胡名。

第九行氛　祲妖氣又　符文反　又符文反，符分反下字作氛。

第九行岁　草初生　香分布　岁當作芬，即上文芬字。說文芬字在屮部，从屮分声，或体从艸。芬下又收岁字，當由不知岁即芬字耳。与上文熏下出熏字同誤。切三無此字，廣韻同本書，集韻岁与芬同。

廿　殷

第一行慇　勤〻　勤〻，廣韻云慇懃。本書下文勤下云：勤慇字亦從俗，蓋云懃字俗亦作勤。然疑勤〻為〻勤之誤倒。

第二行勤　其斤反勞勤慇　字亦從俗四　勤慇疑當从廣韻、集韻作慇勤。又勤慇字亦從俗，語疑有譌誤。參上條。

第二行筋 說文從竹肉疑 竹〻物之多 說
文云：「從肉力，從竹。竹，物之多筋
者。」此文語有譌脫。
第二行邡 鄰 注文廣韻云邡
鄰，地名。集韻云地名，一曰鄰也。
第三行圻 〻鄂亦作垠 又語奇反 又語奇
反，各書支韻無此字。字又見微
韻渠希反（正字作畿）及痕韻五
根反（字作垠），痕韻云又語巾反
（本書真韻語巾反未收此字）。切
三此云又語斤反，斤字誤；痕韻
云又語巾語斤二反。

廿一 元

第一行源 泉始亦作灥 灥當从
集韻作厵，見說文。
第一行杬 木名一曰蔵卵 一曰蔵卵
，切三同。廣韻云木名，煎汁藏
果及卵不壞。集韻云皮厚汁赤
，中藏果，則非別為一義。
第一行嫄 姜 姜下當有重文
，切三、廣韻並云姜嫄。
第一行蚖 蠑蚖蜥蜴別名又五丸反 又
五丸反，本書寒韻五丸反無此
字，廣韻桓韻收之。
第三行猿 〻猴 切三云猿猴。
第三行⿰犭番 〻獖 切三獖下無重
文，疑此出後增。

第三行番 〻數又匹柈反 又匹柈反，
柈即盤字（見寒韻盤下注），番
字本書又見寒韻普官反。切三
柈字作拌（王書、姜書並同，十
韻彙編逸錄王書則作柈），寒
韻拌番同音，拌字誤。廣韻云
又盤潘煩三音，本書番字不
与盤字同音，故以柈為下字。（
廣韻桓韻薄官切亦未收番字，
集韻收之。）
第三行幡 〻帤 切三帤下無重
文，此疑出後增。
第三行潘 大波又匹柈反 又匹柈
反，切三同。本書寒韻普官反下

無此字，廣韻、集韻同。本韻附袁
反下又有此字。
第四行𠯑 喚声又和全反 又和全反，
廣韻云又私全切（十韻彙編切三
亦云私全反，然王書、姜書並缺
私字）。三等韻例無匣母，和字
誤。集韻仙韻荀緣切下收此字
、与廣韻合。
第四行㦞 恚又呼亂反 恚當作
恚。方言六：㦞、恚也。翰韻呼
段反下字誤作㦞。
第四行㦞 很亦作㦞 廣韻云恨也
。集韻云博雅㦞諒䛻也，一曰很
也。本書很即很字。（山韻𩔢下

云很視，說文很作狠，即其例。）
集韻一曰很也与此合。
第四行讙 嚻又呼丸反 嚻當作
嚻，廣韻云讙嚻皃也。又呼丸
反，本書寒韻呼丸反無此字，廣
韻桓韻呼官切收之。
第五行燔 亾炙 切三云炙，廣韻
云炙也，此重文蓋出後增。
第六行䪻 蒜百合 蒜當从廣韻作蒜
第六行鷭 鴘鳥似班頸 鷭鴘切
三、集韻同。廣韻鴘字作鳻。似
班頸，當从切三云似鶉班頸。集
韻亦云似鶉。
第六行蠜 蝨蟊 蝨當作蝗若蝗。

第六行鐇 廣斧 切三、廣韻
並云廣刃斧。
第七行璠 璵璠魯之寶玉 璵璠，切
三同。廣韻作璠璵，与說文合。
左傳定公五年云季平子卒，陽虎
將以璵璠斂。亦云璵璠。魯之
寶玉四字出說文（左傳杜注云
美玉），切三及本書蓋即據說
文而言，疑唐人所見說文与今本
異。
第七行藩 □□蕃如非 注文首二
字不清，第一字从艹从歹，尚可
辨見，第二字似作鄉而改之。廣
韻云蕃（黎本如此，澤存本作

蕣，与說文合）苑葉如韭。爾
雅釋草云蕣莌藩，說文莌作
苑，蕣下云苑藩也。
第七行墦 冢 〻 廣韻云冢也，
重文疑出後增。
第七行旛 旐 〻 旐字當从廣韻
作旐。孚袁反旛下云旗〻，即此
義。重文疑出後增，廣韻云旐
也。
第七行蕃 草盛蘕从為蕃屛失 切三
本紐無此字，此云蘕从為蕃屛
失不詳。切三甫煩反蕃下云屛
，下出藩字云籬。本書甫煩
反蕃下亦云屛，下出藩字云

「籬，此是藩屛字」。
第八行袢 絹 絺 袢當作袢。絹不
成字，集韻云：「袢延衣熱。詩蒙
彼縐絺，是紲袢也」。唐人縐或
作㥫，此絹字即縐字之誤。
第八行襎 〻 帊 重文疑出後增，
廣雅釋器：幭、帊、襎、襁、帣、幞
也（也字从王氏疏証補）。
第八行餴 〻 貪 廣韻云貪貪也
，不重餴字。重文疑出後增。
第十行㰼 居言反㰼 蒲采名 八 㰼蒲
，廣韻作㩟蒲。案㰼雩二字每
互譌。本書蒲蒱同字。切三此云
㰼蒲，㰼字从木誤，餘同本書。

又案此云八、而本紐實止七字
。切三本紐六字、其第四字騝
字不見於此。廣韻本紐十二字，
重文而外，多本書者亦即騝字。
蓋即本書所脫。切三云騝，騮
馬黃脊。廣韻同。
第十行靬 就革又下旦反 就字當从切
三，廣韻作靬。又下旦反，切三同
，下更有驪靬縣在張掖數字，
蓋靬字讀下旦反其義如此。本
書翰韻胡旦反無靬字，集韻
侯旰切收之，云馬被具。本書胡
旦反有犴字，云縣名。集韻同，
廣韻則云關名，在巫縣。未

當与此字有無關係。
第十行鞬 馬上盛矢器韆 韆上當有
亦作二字，廣韻、集韻韆同鞬
字。
第十行劇 以力去牛勢 或作揵通 力當从
切三、廣韻作刀。揵當作犍，廣
韻云或作犍。通字疑誤增。
第十行腱 筋肉 一曰 筋頭 二筋字
並當从切三、廣韻作筋。
第十一行⿰食建 鬻亦作飦 ⿰米建鬻行食 ⿰米建下
鬻字誤。廣韻云⿰建鬲為⿰食建字
籒文（案說文無此），集韻亦收
或体作⿰建鬲，此鬻字當即⿰建鬲
字之誤。

第十一行鬻 古 鬻當作
鬻。說文⿰食建字正篆作鬻。
古下疑脫文字，唯說文不云鬻
為古文，此蓋沿橅耳。
第十一行⿱竹腱 渠言反 筋鳴二 筋當
从廣韻作筋。集韻云字林筋
鳴也。
第十一行赶 舉尾 去 說文赶，舉
尾走。集韻引說文。廣韻云獸
舉尾走。去字誤。

廿二 魂
第一行驒 ㄥ騱 野馬 注文切三、廣
韻同。集韻云：山海經太行山

有獸狀如騉駼、四角而距，名曰
驒騱。ㄥ廣韻校勘記云：「驒騱
野馬，說文玉篇作驒騱。本書
齊韻騱下云：「又驒騱，野馬名。
驒音壇ㄥ。案驒字見山海經。
北山經云：「有獸焉，其如麢羊
而四角，馬尾而有距，其名曰
驒ㄥ。是驒乃獸名，非野馬也
。此注因驒驒形近，誤以驒騱
野馬為驒騱野馬。ㄥ案：切三
及本書齊韻騱下並云驒騱野
馬、寒韻驒下亦云驒騱匈奴
畜，似馬而小。山海經驒字注云
音暉。集韻微韻吁韋切下收

驒字、云山海經太行山有獸狀
如麢羊，四角馬尾而有距，名曰
驒。
第二行昆 古渾反兄正作𦊆一夷十 一下
當有曰字。
第二行褌 涼衣亦作幝 涼衣不詳。
第三行轀 車〻 〻下當从切三、
廣韻補輨字。
第三行樠 木名又無袁反 又無袁反
、本書元韻無明母字。廣韻韻
未增此字音武元切。
第三行怟 怟〻不惓 怟是怋字避
諱省作。廣韻集韻並云怋〻不
明。集韻怋字或作惛，本書呼
昆反惛下亦云不明。說文惛，不憭
也。此文惓當是憭字之誤。
第四行顊 頭多彊 廣韻云頭
多彊顊。
第四行鸋 鸋又亡姦反 鸋下應
有重文。廣韻云比翼鳥，爾
雅釋鳥云鸋鸋比翼。
第四行樠 粥凝亦⿱艹滿 各書此字
無或体，集韻字又見桓韻謨官
切，与⿱艹滿字同音。此當是亦音⿱艹滿
而誤脫音字。唯本書寒韻未收
樠字。
第四行蕵 烏蕵 廣韻云烏
蕵草，又蕵蕪酸可食也。烏蕵
、蕵蕪並見爾雅釋草。本書蕵
字誤。
第五行敦 鄉名都昆反俗敦四 鄉名，各
書不載此義，不詳。本書凡例，
反切之下釋義；此在反之上，亦
可異。或者鄉即是都字之誤重
、後又加名字耳。切三此字無義
訓。
第五行⿰享瓦 器似甌瓻 瓻當从廣
韻作瓻。
第五行弴 弓又子孫又或弤 又子孫
、不詳。各書無此語。廣韻云
又丁僚切，本書蕭韻都聊反
下有此字，云又丁昆反。子与丁

形近，孫亦与㒒字形近，疑此又
子孫反是又丁㒒反之譌。或弤
者，弤當作弤。孟子弤朕，趙
注弤，彫弓也。
第五行蜳 蝺 ㄑ 廣韻、集韻
並云蜳蝺蟲名。
第六行肫 豕子亦作豚 廣韻集
韻豚字或作豘，或作⿰犭屯，無作
肫者。說文肫字云面額（本書學
見真韻之純反，云又子罪反），
集韻本紐肫字与飩字同。切三
亦作肫字，無或体。疑或本切
韻涉上文乇及下文窀字誤豚
為肫，王氏遂增亦作豚二字。

第六行窀 犬見穴中 犬字切三、廣
韻作火，集韻同本書。字又見
山韻，本書、集韻云犬、廣韻
云火。未詳所當作。
第六行篣 搒 搒字當从切
三、廣韻作榜。
第六行尻 尻 尻當作尻。
尻當作尻。
第七行⿰瓜屯 ⿰區瓜 廣韻云⿰區瓜⿰瓜屯
瓜名，集韻云⿰區瓜⿰瓜屯瓜屬。案
廣雅釋草⿰風瓜蛌、瓜屬也。張載
瓜賦字作溫屯。本書二字並誤。
又案廣韻、集韻影母收⿰區瓜字，
本書未收。

第七行鵮 鳻又捕姦反 又捕姦
反，本書刪韻無並母字。集
韻刪韻步還切一字作鳻，亦
無鳻字。本書字又見刪韻布
還反，各書同，捕蓋補字之誤。
第七行奔 博昆反疾走正作𡙸三 𡙸
當作𡙸。
第八行鶓 如鶓六尺 廣韻云鶓如
鶓三目六足白身。案此出山海
經北山經，尺為足字之誤。
第八行論 盧昆反說文力旬文盧鈍三反三
切三云「說盧昆反又力旬盧乇
（鈍字之誤）二反」，廣韻云「說也
盧昆切，又力旬、盧鈍二切」。

此文字是又字之誤，句下又字不
當有，鈍下三字當作二。
第八行⿰日頁　〻顐秃無髮皃又苦鈍反　⿰日頁字
當从廣韻作⿰困頁。慁韻苦悶反下
未誤。切三此誤作頓。
第八行髖　髀上又九官反作亦　臗　又
九官反，本書寒韻古丸下無此字
，字見苦官反下，各書同。切語
不得上下字双声，九字誤。作亦
二字互倒、亦上有鉤為識。
第九行殙　病亦作⿰昏頁　殙字當从
廣韻、集韻作殙。⿰昏頁字當从
集韻作⿰昏頁。
第九行黁　晉有□　切三無

此字。廣韻云：「黁、香也。亦人
名，姚與太史令郭黁。奴昆切
」集韻云：「奴昆切、香也」。此既
無反語，注義起自左側，第三
字巳与痕韻痕字相接。且正
文黁字筆跡雖与全書略似，注
文三字則絕異，蓋出後增。尤
韻韻末後人增裒字，注云蒲
溝反，字跡与此相似。

廿三　痕
第一行痕　户恩反瘢　瘢下應
有一四字。
第一行鞎　車〻革前　切三云車

革前，說文云車革前曰鞎，
此行重文。
第一行⿰扌焉　所从平量　⿰扌焉字當从切
三、廣韻作⿰木焉。
第二行跟　足後亦作跟　跟字當
从廣韻、集韻作⿰止艮。
第二行衮　熻亦作⿰火思　⿰火思字當从
廣韻、集韻作煾。廣雅釋詁
煾、熅也。
第二行垠　五根反又語巾反一　又語巾
反，切三云又語巾語斤二反，廣
韻云又語斤切。本書字又見殷
韻語斤反，真韻語巾反下無
此字。切三同。廣韻則語巾切

下亦收此字。

廿四 寒、

第二行豻 貙屬又牛翰反 切三無此字。廣韻本紐亦無此字，字別音俄寒切，緊接於胡安切下。切三及本書本韻無開口疑母字，集韻則見於匣疑二母。本書字又見翰韻五旦反下，無又切。王二翰韻云又胡旦反、字又見胡旦反下（本書胡旦反無此字），為本書此讀去聲。

第二、行萑 〻葦 萑字切三、王一同。廣韻作萑，云俗作雚，雚本自音灌。葦〻當从王一、廣韻作〻葦。

第三行洹 水名 名下王一有在鄴又于原反六字（姜氏鄴字作空圍，原字作煩），切三、廣韻並云在鄴，當據補。本書元韻韋元反無此字，廣韻收。

第三行絙 〻緩 切三云緩，廣韻云緩也。案說文云緩也，字次繸篆之後。段注云：「緩當作綏，玉篇絙下曰綏也。此亦綏之類也。」案段氏所據為大廣益會玉篇，原本玉篇殘卷絙下云說文絙，緩也。其上文繸下引說文綵緌也，綵緌是綵綏之誤，絙下緩字亦當為綏字之譌誤。切三緩字可証今本說文之失。本書綫字蓋又緩字之誤。重文疑出後增。

第三行峘 〻山 廣韻、集韻並引爾雅小山岌大山峘，本書重文不當有。又案朱駿聲氏以為爾雅峘當从亙，岌峘即汲縆。廣韻此云又戶登切。

第三行羦 〻羊 羦字誤。王一、廣韻作羱，集韻或又作羦，本書羦當是羱字誤書。重文當出後增、王一無。
第三行貆 鵞 貆不得為鵞，
廣韻云貉之屬，本書呼丸反下
云貆貉，貉与鵞形不近。爾雅
釋獸貈子貆，郭注云今江東呼
貉為𧳜𧳟，鵞當是𧳜字之誤。
第三行㛹 又如之反 又上王一
有丸屬二字。
第四行莧 小蒲席 莧當从廣
韻、集韻作莞。古丸反下不誤。
第四行𦳝 蒲又胡混反 𦳝字當
从集韻作𦳝。爾雅釋艸：莞苻
蘺。郭云：「今西方人呼蒲為莞
蒲。」說文云𦳝，夫蘺也。又胡

混反，王一同。（姜書P二〇一一胡
作閑，然二字同匣母。）本書混韻
胡本反下無此字，集韻戶袞切收
之。然切語不當上下二字雙聲，
疑或有譌誤。集韻字又見緩
韻戶管切。
第四行萓 葦 王一、廣韻並云
董類。集韻云似董葉大。董即
說文董字。本書葦字誤，重
文蓋亦出後增。
第四行綩 候風羽又胡管反 綩當从
廣韻作綄。
第四行智 井無水曰目精 切三云井無
水，一曰目無精。廣韻同。當

攜補一、無二字。王一譌日月精。
第五行繺 南繺縣名在鉅俗誤作欒 此字
切三、王一並作䜌，當从正。鉅下當
从切三、王一補鹿字。
第五行灤 清水 此字王一在彎
字下，切三本紐八字，無此字，疑
其原不在此。注文王一無水字，廣
韻云：「說文曰漏流也。水沃也。漬
也。」廣雅釋詁二云灤，漬也。
清即漬字之誤。清字姜書P
二〇一一同（劉書作漬，恐失真）。
第五行繺欶 迷或不解 切三、姜書P
二〇一一並云迷或不解（劉書或作
惑，恐以意改之）理，下有一曰欠

皃四字。廣韻亦云迷惑不解理
一曰欠皃，當據訂補。
第五行虉 鳥葵一曰茢詩云言採其薍
茢即茢字，薍亦當作茢。王
一並作茢。又言採其茢下王一有
音力久反亦作虉茅七字，切三云音力久
反，王一音上奪重文。
第五行疊 日旦昏時 疊當作疉
、旦當作且。說文疊，日且昏
時也。王一亦誤旦字。
第五行岏 五丸反巑岏小山皃七 小山
皃，下文巑下云小山，切三同。
王一、廣韻巑下云小山皃。集韻
此云山銳皃。案楚辭九歎登

巑岏以長企兮，注云銳山也。
第五行刓 削作亦园 切三、王
一、廣韻並云圓削，當補圓字。
第六行元鼀 似鼈而大又愚袁反 王一
無而大二字。
第六行飰 餌々 重文疑出後
增，王一止一餌字。
第六行攢 在丸反木叢 攢字當
从切三、王一、廣韻作欑。說文欑
、木叢也。叢下當有三字，王一云三。
第六行巑 々岏小山 王一山下有皃
字，切三同本書。本書岏字注
云小山皃。
第六行欑 補亦作簒 亦作簒、

王一同。廣韻、集韻或体作簒
、簒字未聞又讀平声，此恐誤。
第六行髖 兩膝閒 閒下王一有
又孔昆反或作臗七字，切三同本
書。本書魂韻苦昆反有此字，
注云又九官反亦作臗。
第七行貛 馬名 貛當从切三、王
一、廣韻作驩。此蓋涉下文貆
字偏旁而誤。
第七行貆 貉々 注文切三同。王
一貉字作貈，下有之子又音丸
貈字下各反十字，案貈貉字
通，爾雅釋獸貈子貆。
第七行鸛 々鷒如鵲短尾射之銜矢射人亦作鸛

鵷是鵷雛字，此當从王一、集韻作鵍。

第七行鴅 鳥名人面鳥喙 鴅字切三、集韻同，王一、廣韻作鳽，未詳所當作；或从鳥丹声。鳥名，切三、王一、廣韻、集韻並同。案山海經大荒南經云大荒之中有人名曰驩頭，人面鳥喙，有翼，食海中魚，杖翼而行。鴅即驩字，而云鳥名，誤。參下腸字校箋。啄當作喙，王一、切三誤同，廣韻、集韻不誤。

第七行腸 四凶名 切三無此字，王一、集韻同本書，廣韻字作腸。案腸即上文鴅字，今尚書作驩兜，山海經作驩頭。韓愈孟郊李翺聯句云開弓射鴅吺，鴅吺亦同。故廣韻此云腸兜，古文尚書作鴅；集韻云腸吺，通作鴅，今通作驩。參上鴅字條。

第七行獾 狼亦作犴 犴字當从王一、廣韻、集韻作犿。

第七行湍 湍上王一有貛字，注云野豚。切三本紐七字，末一字作貛，注云野獸，當与貛同。案歡下云呼丸反九，而只八字，當據補。上文驩誤作貛，疑後人妄據以刪此。

第七行貒 〻腞似豕而肥又吐亂反 切三云〻豚似豕而肥，姜書P二〇一云〻喙似豕而肥。案腞喙並豚字之誤。爾雅釋獸貒子貗，郭注云：貒豚也。釋文引字林貒獸似豕而肥。又吐亂反，切三、王一同。本書翰韻他亂反下無此字，廣韻換韻通貫切收之。

第八行煓 漢太上后皇妃 皇上有鉤，謂后皇二字互倒也。然切三、王一並云漢太上皇名，史記索隱引王符云太上皇名煓，是此文

后又為名字之誤。妃字不當有、
可攥切三、王一刪、
第八行鞼上同 王一云黃色又湯
門反。
第八行酸素丸反醋四 丸字切三、
王一並作官。
第八行狻〻猊西國猛獸日行五百里亦狻
切三、王一並云〻猊師子西域猛獸
，無日行五百里五字。亦狻，王一
云或作狻。
第九行帣正〻 王一正下無重
文、此疑出後增。
第九行竱齊又都耎反 又都耎反
，王一同。本書耎字見獮韻（

正字作偄，注云或作耎），陟兖
反下無此字。偄字又見翰韻乃亂
反，都亂反下亦無此字。集韻
獮韻陟兖切及換韻都玩切並
收此字。廣韻此云又之耎切、其
獮韻旨兖切下收之。
第九行鑽借官反又子玩反二 子字
王一作借，切三同。又二上王一有鑽
判二字，切三亦有此二字，當攥
補。唯王書攥義例在又切前。
王一恐係誤倒。
第九行䡇曲轅 轅下王一有亦
作轠䡇四字，轠為轢字之
誤，說文作轢䡇二體，本書盡

誤脫。
第九行官古丸反公九 公字王一
作工，當从之。
第九行莞草名可以為席 王一無可
字，切三云可為席。席字王一作
蓆，為當時俗書，其下有又胡
官反四字。本書胡官反有此字。
第十行貫係俗作貫 係字王一
作穿。俗作貫三字王一無，穿
下云又古玩反，切三亦載此又
切。本書翰韻貫音古段反。
第十行悹憂無告 告下王一
有又公玩反四字、本書翰韻
古段反收悹字。

第十行團 度官反九　反下王一有
圞字，切三同本書。
第十行篿 圓竹器　器下王一有
正作□三字，殘文不詳。說文作
如此，集韻云或省作箽。疑王一
正文本作箽，而注云正作篿。
第十行摶 風々　摶風，切三、王
一同。廣韻、集韻引說文圜也
。集韻又有鱄字，云摶風也。
摶是摶字之誤，說見考正。
案莊子逍遙遊云：摶扶搖羊
角而上，釋文云「摶，徒端反。一
音博」。摶，拍也。摶即摶字
之誤。唐人不能辨此，遂云摶
為摶風。集韻鱄字則專為此
誤字所製。
第十一行⿱雨亘 零露　⿱雨亘字王一
同。廣韻字作⿱雨專，集韻溥
⿱雨專漣⿱雨重同字。⿱雨亘是⿱雨重字之
誤。
第十一行單 都寒反八　王一反下
有雙又常演反人姓七字。切三
云又常演反又市連反。八字王
一作九，鄲下有嘽字，為本書
所無。參下安字校箋、
第十一行鄲 邯鄲縣名　名下王一
有在趙郡三字，切三同。當據
補。
第十一行簞 小筐　筐不成字，
當从切三、王一作筐。
第十一行安　安上王一有嶀字，
注云山名。廣韻云嶀孤山名。
第十二行鄲 地名　名下王一有
在當陽三字，切三同，當據補。
第十二行侒 宴　宴當从王
一、廣韻作宴。
第十二行干 古寒反求十一　本紐
脫戰字，詳下盂字校箋。
第十二行竿 竹々　切三、王一並云
竹梃。
第十二行肝 膓々　王一云心金
藏，切三云々心。

第十二行鴂　〻鵲鳥知來事　來上王一
有未字，切三同本書。事下王一
有鵲字，或作鴩，又口沃反或作
稚雄字，古沃反十七字。切三事
下云鵲或作鴩吉沃反。廣韻云
鵲字或作鴩雄古沃反。案王一
疑原當作鵲字或作鴩〻音古
沃反或作稚，本書當出節略。
第十三行盂　〻盾　盂下王一、廣
韻並云盤，別有戥字（姜書
P二〇一一作戈晕，王一作戥），王
一云盾，廣韻云戥盾。本書此
脫盂字注文及正文戥字，干
下云古寒反十一，是脫一字之

証。重文疑出後增，王一無。
第十三行鄲　地名　鄲字當从
廣韻作鄲。
第十三行癉　風在手足又都彈反　又
都彈反，切三、王一、廣韻同。
彈字本書一与此字同音，一見
翰韻徒旦反。本書都寒反及
翰韻得案反均無此字，廣韻
都寒切下收此字，集韻同，又
換韻得案切亦收此字。
第十三行撣　觸太玄經云撣其名　注
文切三、王一同，廣韻撣下多
繫字。段氏廣韻校本云：撣
、范望注太玄作撣。案范注：

「草，更也。草以手，故从手」与
此大異。
第十三行彈　擊又徒旦反　旦當
作旦，彈字又見翰韻徒旦反。
反下王一有弓字，下疑奪重文
，切三同本書。
第十三行驒　連錢驄馬一曰青驪白文
切三、王一、廣韻驄下並無馬
字。爾雅釋畜青驪驎驒，
郭注云今之連錢驄。當據删。
第十四行聅　軍法矢貫耳　因字
當从廣韻作耳。說文聅，軍法
以矢貫耳也。王一誤耳為目。
又案此字大徐讀恥列切，廣

韻字又見薛韻丑列切。
第十四行唌　〻歎　重文並出
後增。王一歎下無重文，廣韻
云歎也。
第十四行盤　薄官反盂亦作柈十七　盂
字切三、王一同，當是盂字之誤。
上文盂下云盤也。廣雅釋器盂
謂之盤，疏証云：「郭忠恕佩觿
云：盂，盤也。字从于矦之于。」
又此云十七而本紐止十六字，當是
誤脫一字。切三本紐十字，其中
槃字不見於此。王一本紐亦十
七字（姜書十七二字作廿二、王一
作十六，疑並誤），亦有槃字

當即本書所脫。切三、王一槃
字並在磐下磻上，注云大巾。
第十四行磻　〻磎　磎〻，切三
、王一並云磻磎，廣韻云磻溪，
太公釣處；集韻云溪名。磎溪
同字，此磎磻二文互倒。
第十四行⿱髟般　〻頭亂　髮為〻之　之下
王一有又防滿反臥髮曰⿱髟般八
字，切三同，當據補；本書旱
韻薄旱反無此字，各韻書同。
廣韻云又音班，本書刪韻布
還反收之，然其義為半白。集
韻緩韻補滿切有此字，注云
臥髻，義与此合。

第十五行⿱般女　奢　此字王一
在般下蹣上（字誤作婺）。案
切三本紐十字，自盤至搫同本
書，而無⿱般女字。此字當出王氏
所增，不得在彼。
第十五行⿱般鳥　〻鷶　宵飛　鷶字
姜書P二〇一一同，（王一作⿰冒鳥，
疑失真）廣韻作⿰冒鳥，集韻作
鷶。案山海經北山經北嚻之
山⿱般鳥⿰冒鳥，郭云：「般冒兩音，
或作夏（案不詳）也。」集韻号
韻莫報切⿰冒鳥下云⿱般鳥⿰冒鳥。鷶
為鷶⿰危鳥鳥，此作鷶誤。
第十五行蟠　〻木　姜書P二〇

一一云蟠木（王一作鼠負，未審
何以有此差異，廣韻云鼠負
蟲。）案漢書鄒陽傳云蟠木
根柢，本書木蟠二字誤倒。
第十五行看 苦寒反 視五 王一
視上有審字，視下有亦作䫎三
字，䫎字見說文。
第十五行靬 弓衣又 口旦反 王一云
又口旦反，字又見翰韻苦旦
反，當據正。
第十五行刊 削 切三、王一並
云削，重文蓋出後增。
第十五行⿱拜木 槎木 ⿱拜木字當
从廣韻作栞。姜書P二〇二

誤作⿱拜木（王一同廣韻、疑失真。
）。
第十五行臤 堅又間 口耕反 臤字
當从王一、廣韻作臤。王一云又
口間口耕二反，廣韻同。字又
見山韻苦閒反及耕韻口莖
反，口莖反云又口肝口閒二反。
本書間上脫口字，反上脫二字。
第十六行瞞 武安反目 不明十五 此云
十五而本紐實止十四字，當是
誤脫一字。案切三本紐九字，謾
下蹣字不見於此。王一亦十五
字，亦多本書蹣字，字亦在
謾下，當據補。注並云踰牆。

第十六行懣 忘 切三、王一、
廣韻、集韻此字並作慲，与
說文合。慲下从心蓋誤增。說
文另有懣字，義為煩，本書
字見旱韻莫旱反，及混韻
莫本反。）
第十六行鬗 長髮 此字王一
在鰻下。
第十六行鏝 〃釚 亭名 在上 艾 釚
字當从廣韻作釚，廣韻云釚
音求，本書尤韻巨鳩反釚下
云鈠釚亭，鈠即鏝字之誤。
王一此誤作釚。名字王一無。
第十七行⿰酉滿 〃醭 王一醭下

無重文，此疑出後增。
第十七行芇 相當又云弥反 芇
當从王一、廣韻作芇。又云弥
反，姜書P二〇一一同（王一作亡、
疑失真）。廣韻云又亡殄武仙
二反，本書字又見銑韻亡典反
，注云又亡寒反，云當作亡。
第十七行蘭 落干反香草從柬音簡從東非九
柬當為柬之壞損。
第十七行闌 階際木 闌上王一
有欄字，注云木名，當據補；
闌下云落干反九，是其証。切
三本紐七字，亦有欄字，注同。
切三、王一木下並有句闌一曰闌

晚大字，當據補。
第十七行讕 逸言又言誕證讕 切三
云又力誕反証讕，姜書P二〇一一
云又力誕誣讕，（王一誕下有反
字。）廣韻云又力誕切；廣韻旱
韻落旱切下有讕字，云謾讕。
本書力字涉上文誤為言字，誕下
奪反字。唯本書旱韻落旱反
下未收此字。
第十八行嚂 々嗱儖拏 嚂字王一、
廣韻、集韻並作嚂，与方言、廣
雅合。本書豪韻嗱下亦作嚂，
王一、王二同。儖字王一、廣韻同
，本書豪韻嗱下亦同。今方言

郭注字作譇，各韻書正字無
儖字。
第十八行蹦 踰々 王一云踰廣
韻云踰也，重文疑出後增。
第十八行䬳 獸食餘亦作殂 䬳字
當从切三、王一、廣韻作䏼。
第十八行殘盌 盌殘 殘字當从王
一、廣韻作殘盌。切三殘盌字作重
文。本書烏寒反盌下云盌殘
大盌。 太平御覽引李尤安殘銘作安殘，非此之証。
第十八行㪵 穿亦作𣪠 㪵字姜
書P二〇一一同（王一作㪵，疑失
真）。當从廣韻作㪵。𣪠似𣪠
之壞損，王一作𣪠。集韻或体

作㪣。

第十八行帴△ 狀△ 姜書P二○

二一本紐亦六字，前五字同本書，末一字作棧，注云帗（王一棧作帴）。廣韻本紐七字，重文一字，實亦六字，末一字作帴，云帗也。案說文帴一曰帗也。本書巾旁多譌从忄，狀與帗亦形近，帴狀當即帴帗之誤。集韻帴字而外，又有帴字，云帗也。各書無帴字，蓋即據此帴字而以殘字之義附會為說。

第十八行攤△ 々蒱△ 攤字切三、王一同。廣韻作㩶，別出攤字云開也亦緩也。集韻云㩶或从難。注文蒱々切三云攤茴，王一云蒱攤之攤，廣韻云㩶蒱賭博。玉篇云㩶蒱賭錢也。切三茴字疑即蒱字之誤，本書蒱蒱一字，見模韻蒱下；蒱攤二字互倒。

第十八行灘△ 水△名 切三、王一、廣韻並云水灘。當从之；下有一曰歲在申曰涒灘八字，當據補。

第十九行嬗△ 緩 此字王一在痑下。案切三本紐六字，次第同王一而無嬗字，此字當出王氏所增，當依王一移於痑下。

第十九行譠 々謾欺謾 又△几山反 又几山反，王一同。切三此下無又切，廣韻同。山韻本書譠字音九山反，（切三無此字。）廣韻音陟山切。集韻音知山切，又音說山切，云博雅緩也。山韻前有古閑反，不當又有几山反，且與諸声偏旁亦不合。案廣雅釋詁二譠，緩也。曹憲音託山，類篇亦云託山切，託山與他單為化身反切（說詳拙著例外反切之研究）。集韻說即託字之誤。本書二几字疑並丑字之誤。廣韻音

陟山切者，廣韻綟韻孔字音
陟衛切，蓋認几為孔耳。
第十九行䃅 ㄑ䃅言不正 䃅字當
从廣韻作䃅。先韻他前反䃅下
云ㄑ蟬語不正。P二〇一一䃅䃅
誤作蟬䃅。
第十九行㼟 ㄑ胡大甎 胡字切三、
王一同。廣韻作瓳。案廣雅釋
宮：㼟瓳，甎也。疏証云：「眾經
音義卷十三引埤倉云㼟瓳
大甎也，卷四引通俗文云甎
方大謂之㼟瓳」。本書模韻
戶吳反瓳下云㼟瓳，此胡即
瓳字之誤。廣韻則誤為瓳。

段改瓳為瓳。
第十九行嵵 嵵居 時居、姜書
P二〇一一同（王一作峙居）。廣
韻云峙居，集韻同。案集韻
逋潘切下云儲物也。此云峙居
者，儲物之屋也。時字疑誤
（案：爾雅室中謂之時，時字
王篇作峙，峙峙同）。
第二十行䑀 蓏干反 胏脂 胏脂
切三同，王一、廣韻云脂胏。
第二十行跚 ㄑ蹣大 行皃 跚蹣
當从切三、王一云蹣跚。上文薄
官反蹣下云蹣跚。大行皃，切
三、王一並云伏行皃，廣韻云

跛行皃。案大字無義，本書
誤，伏字亦可疑。
第二十行頇 許安反又胡安反一 又胡
安反，各書無此又切。本書胡
安反下無此字，集韻河干切
收之。王一許安反下云顢頇大
面皃，切三義同。（顢字姜書
作顢，廣韻亦誤作顢）
第二十行䖃 北潘反三 反下王一
有部黨二字，切三廣韻注同
，當據補。
第二十行畢 器具又卑密反 又
卑密反，王一密作蜜，當从之
。質韻字見比蜜反。

廿五 刪

第一行訕 ゝ謗 重文蓋出後
增，切三、王一並止一謗字，廣
韻云謗也。
第一行絣 抨纖貫 抨當从廣
韻作枰。
第一行溱 ゝ⿰氵⿱大剡 ⿰氵⿱大剡當依真
韻作⿱大⿰氵剡。
第二行剽 撲剽縣名在武威 撲當
从廣韻作樸，樸韻薄胡反樸
下云樸剽縣在武威。
第二行寰 王者封畿內縣又玄見反 霰
韻黃練反縣下云古作寰。

第二行闤 闠ゝ市門 闠闤，切
三、廣韻並云闤闠，隊韻
闠下王一、王二、唐韻、廣韻亦
並云闤闠。蜀都賦云闤闠
之裏，本書闠闤二字誤倒。
隊韻闠下誤同。
第二行馵 馬一歲又音絃 又音絃，
廣韻云又音弦。案說文「馵，
馬一歲也。讀若弦，一曰若環
」小徐弦作絃。此字讀本紐
，是本說文環字之音。廣韻又
音弦是大徐之本。玉篇云又為
萌切，集韻見耕韻乎萌切下
，是皆小徐之本。本書絃字應

与小徐絃字相當。然絃絃形
近，絃弦音同，小徐絃當即絃
字之誤。本書先韻胡涓反有
⿰馬玄字，云馬一歲。切三，王一，廣
韻，集韻同。⿰馬玄即馵之或体
（參說文馵下段注）。胡涓反
与弦字音但有開合之異，各
書先韻匣母開口無馵若⿰馬玄
字。
第二行瓬 屋牝瓦下 屋牝瓦
下，与今本說文同，是唐人所
見說文如此也。廣韻云屋牡
瓦名，段氏據改說文作屋牡
瓦也。（案皆韻古諧反甑下云

牝瓦，廣韻云牡瓦。）
第三行斑 布還反又百關反亦作班辫八 又
百關反，切三云又方關反，同。
然百關方關与布還音實無
殊，關當是閑字之誤。山韻
斒下云「方閑反，又百閑（閑是
關字之誤，切三云又方蠻反可
証）反」。斒即此字，故斑斕又
作斒斕也。斑斕為疊韻連
語，斑字讀山刪二韻，故斕
字亦讀山刪二韻。說詳山韻
斕下校箋。亦作班，切三、廣
韻、集韻均無此或体。古書
斑斕又作班蘭，又或作璘班

，故此云亦作班。又此云八而本
紐實有九字，疑下文班字為
後人所增，說見班字條。
第三行鴘 大〻鳩 切三云〻大鳩
。廣韻云大鳩。集韻引方言鳩，
秦漢之間其大者謂之鴘鳩，疑
切三行重文，本書又倒在大字下。
第三行朌 瑞瓜 瓜字當从切
三作分，朌即說文班字。本書
下又有班字。
第三行盤 〻蝥 毒虫 廣韻蝥
字作螌，本書尤韻字有蟊蝥
蛑蟊諸体，集韻又收蝥字。
第三行⿱八美 賤事 廣韻云賤

事之皃，段氏據說文改賤字
作賦。集韻引說文賦事也。
第三行班 亦 亦字不詳，班
即上文班字，說文作班。班下云
布還反八，而本紐有九字，下文
頒字切三已有，且為本紐第二
字，廣韻同。疑此字出後增，
頒字蓋書寫漏脫而補於此下。
第三行獌 狼屬又武顢反 又武
顢反，顢為俗書願字。廣韻
云又莫干晚販二切，晚販与此
武願同。本書願韻武敗（販
之誤）反下無此字，廣韻收之。
第四行⿱艹奻 香草名亦作蕳 廣韻

或体作蘭，菅下云或作蕳。

切三無荾字，菅下云或作蕑

・案衆經音義十二引聲類

荾，蘭也。又曰字書与蕳同。

第四行攀 普班反引或作板二 板當

从廣韻作扳。

第四行⿸广帋 五還反一 ⿸广帋當从

切三、廣韻作⿸疒帋。本書文韻

渠云反作⿸疒帋不誤。

第四行豩 呼關反豰豕一 切三、廣韻

本韻無此字此紐。集韻有此

字，音呼關切。關當是闗字之

誤。注引說文二豕也。說文大

徐字音伯貧切，又音呼關切。

第四行摟 几馬反，摟又所山反一 切三、

廣韻本韻無此字。馬字不見

本韻，董同龢師謂此仙韻字

誤書於此；又謂所山二字同紐，

必有一誤（俱見所著全本王仁

煦刊謬補切韻的反切下字一文）

・集韻有此字，在丘顏切下。

廣韻騂字音丘姦切，又有豣

鬜二字音可顏切。

廿六 山

第一行鱞 古頑反又魚名一 鱞當作

鰥，切三此云鰥寡又魚名。本

書又上聲鰥寡二字。

第一行嫺 〻雅 廣韻云嫺雅

，切三止一雅字，本書重文疑

出後增。

第一行⿰馬閑 馬目白 ⿰馬閑字切三、

廣韻作䮃，与說文合。集韻

云或从閑。馬目白，切三同。廣

韻云馬一目白。案爾雅釋畜

、馬一目白瞯，二目白魚。是

目上當有一字（本書魚韻䱇下

云馬二目白）。切三亦無一字，

蓋陸韻或本誤如此。

第一行瞯 人目白瞯 切三、廣韻並

云人目多白。

第一行鷳 白鷳鳥〻 切三云白鷳

鳥，廣韻云白鷳似雉而尾長四五尺。本書閑當作鷳，又誤衍隹文。

第二行慳 苦閑反 悋七 七當作八，蓋自鬝字誤倒，遂改八為七，詳鬝字條。

第二行覵 人名出孟子亦很視或作䨲 或作䨲，各書無此或体。說文䨲，見雨而止息。讀若欶。本書字見至韻許器反，注云見雨止息，無又切。說文覵下云齊景公之勇臣成覵者，今孟子滕文公篇覵字作䦖，此恐有譌誤。集韻或体作覸，別出䨲字云見雨而止息。廣韻本紐無䨲字，疑集韻即據此䨲字而增之。

第二行顅 少髮又苦班反 又苦班反本書刪韻無溪母字，廣韻可顏切鬝下云鬢秃皃；集韻字作鬜，云寡髮也，即此字。廣韻本紐分鬝顅為二，本書亦然，皆據說文收之。參下文鬝字校箋。

第二行⿱臤早 悋堅 廣韻云堅破声，集韻引博雅固確⿱臤早也，見釋詁一。案悋字義不詳。上文慳下云悋，各書同。或即涉上文而衍。

第二行虥 昨閑反虎淺文皃七 昨閑反，切三同。二等韻從母同床母，廣韻云士山切即此音；下云又昨閑切，更出虥字音昨閑切。集韻有鉏山、昨閑二切，並見虥字。此余所謂化身反切也，詳拙著例外反切的研究。七當作六，蓋鬝字倒在此下，遂並鬝字計之。說詳下。

第三行鬝 髮秃 切三、廣韻本紐無此字。廣韻字音苦閑切、云又苦八切。本書黠韻苦八切有此字，無又切。集韻鉏山、丘閑切並有此字。案說文鬝，鬢秃也；顅，鬢

少髮也。二字音義並同。考工
記梓人數目顅脰，故書顅作
牼，鄭司農讀牼為鬜，是鬜
与顅同。鬜声之字例不讀床
母，本書顅字見苦閒反，此
字蓋本在𡿦上，誤倒在下耳。
集韻亦見鉏山切，蓋即沿本書
之誤。上文顅下云又苦班反，廣
韻删韻可顔切收鬜字，集
韻收髟肩字，並此字不當讀
昨閑反之證。
第三行𡑉 門聚 門聚，廣韻
同，集韻云𡑉門聚名。字又見
仙韻，本書亦云門聚，廣韻亦

同。集韻仙韻二見，一云𡑉門
聚名在睢陽，一云聚名在桂
陽。疑本書門上 考正從類篇改睢字。
脫重文。
第三行㺜 五閑 犬鬬 聲 五閑
，原書如此。當是五閑二字，
切三、廣韻並云五閑反，蓋因
閑下反字誤奪，後人遂塗去
之。聲下似有五字，下訮虤㘖
𡇼四字並隸本紐。
第三行虤 虎 奴 奴字當从廣
韻作怒，見說文。
第二行㘖 訟詞亦作狠 亦作狠
，各書無此或体。說文狠，犬鬬

声，与上文㺜字義同。故廣韻
㺜下云亦作狠。集韻㘖字或体
作齗，下云通作㘖。
第四行頑 吴鱞反 鈍々一 鱞當
作鰥。
第四行黰 烏閑反 深黑三 切三云
染黑，廣韻云染色黑也，深
染形近，廣韻、集韻殷下云赤
黑色， 本書殷字未著義訓。 廣韻又出
黫字云黑色，集韻黫与黰
同，云黑也。切三㴱蓋即深字
之誤。
第四行媥 方閑反又百閑 反，媥色不純二 百
閑与方閑同音，又切閑字誤，當

作關。切三云又方蠻反可證。本書刪韻布還反無此字，斑字即此字也。斑下云又百關反，關則為閑字之誤，与此互見。詳見刪韻斑字校箋。斒下奪斕字，切三云斒斕色不純，廣韻同。

第四行彪 虎文又甫巾反 又甫斤反，切三云又甫巾反，廣韻亦是巾字。本書殷韻無唇音字，字又見真韻鄙「旻」反下，注又方閑反，此斤字當即巾字之誤。

第四行斕 力閑反又力蠻反 本韻無闌字，反語不當上下二字同紐，闌當是閑字之誤。切三、廣韻並閑力切可証。又力蠻反，本書刪韻無此字，廣韻同。切三刪韻有斕字，注云斒斕力蠻反又力闌反，闌即閑字之誤。

第四行⿱罒難 唱⿱罒難 㜹狀 ⿱罒難當从切三、廣韻作⿱昌難，唱亦當从切三廣韻作晿，二字並从日。

第五行⿰犭單 究山反 ⿰口並一 ⿰口並當从廣韻作⿰口並。

第五行⿱穴乇 除頑反穴中見犬一 究當从廣韻作窀，魂韻徒渾反下作窀，本書凡屯字作乇。穴中見犬，魂韻云犬見穴中。廣韻、切三、犬皆作火，集韻皆同，本書作犬，未詳。

第五行譠 几山反謾一 几疑丑字之誤，詳見刪韻譠字校箋。

第五行嫚 於⿰魚睘反 媢一 嫚當从廣韻、集韻作嬛，字之誤也。⿰魚睘當作鰥。

廿七 先

第一行躚 蹁躚旋 切三旋下有行字，廣韻云旋行皃。

第一行歬 昨先反進正作歬說文从止舟謂止舟而進或作前四 案說文云不行而進謂之

歬，从止在舟上。此當是概乎言之，非引原文。

第二行蕍　〻蕍藥草又王⿱羽力似黎又子賤反　集韻⿱羽力字作彗，黎字作藜。案爾雅釋草葥，王彗。郭注云似藜。說文蕍，王彗也。⿱羽力字唐人俗書作ヨ，与彗形近，故誤彗為⿱羽力。黎當作藜。又子賤反，線韻子賤反下字作葥。

第二行笘　籠又子田反籤　笘當从廣韻作笘。說文笘，潎絜簀也。讀若錢（錢字在仙韻，与此略異）。本書塩韻昨塩反下作笘不誤。籠字不詳，廣韻引說文云蔽絜簀，或即簀字之誤。倉先反下注云簀。籤字當从廣韻、集韻作籤，上當有亦作二字。

第二行騚　四⿰馬啇白　⿰馬啇當作蹢，蓋商啇形近，又涉正文騚字馬旁而誤耳。爾雅釋畜云四蹢皆白騚。

第二行阡　〻陌亦杜俗又且見反　杜當是⿰千土字之誤。廣韻、集韻云三里田為⿰千土，与此阡陌字義實相通。俗當作裕，霰韻舍（倉）見反裕下云又倉先反，与此云又且見反互見。又案廣韻、集韻不收⿰千土裕二字為阡字或体，与本書異；切三本紐無⿰千土裕二字。

第二行仟　〻人長　人上當有千字，切三、廣韻、集韻並云千人長。

第二行千　進　千字訓進未詳。切三無此字，廣韻無訓進之千；迁下云伺候也，進也，又迁⿺辶⿱艹廾，又標記也。集韻亦無此千字；迁下云撫（考正从類篇改撫字）謂之迁，一曰伺候也，進也，表也。義亦不詳。說文迁，進也。經傳皆以干字為之。疑此或即迁或干字之誤讀。
第三行瀌 水名 瀌字切三同、
廣韻作瀌，与說文合。集韻
云瀌或作瀌。
第三行鞴 安革々 鞴當从切三
、廣韻作韉。
第三行箈 簀亦作籖 又才田反 箈
當作箈，籖當作籤。並詳
前箈字校箋。
第三行葏 草▢ 集韻云：艸
皃，詩葏葏者莪，李舟說」
本書草下一字為墨所掩，原
亦當是皃字。廣韻此字在仙
韻子仙切下，与本書異。集韻
亦見仙韻。
第三行鐽 々蟬語不正 蟬當从
廣韻作鐔，本書寒韻他單
反下作鐔不誤。
~~第三行吞 咱又吐根反 本書根韻~~
~~無此字，字見痕韻吐根反，本~~
~~未吐蓮反，各書同。根當是~~
~~根字之誤。廣韻此本又湯門~~
~~切，蓋即痕韻吐根之音（中本~~
~~痕音可開可合），各書魂韻~~
~~無吞字。~~
第三行堅 古賢反 固十 十下應有
一四字，模糊不可辨。
第四行撼 縣名在東萊 撼字廣
韻、集韻同，切三作㧾，本書
胡千反下亦作㧾。漢志東萊
郡作惤，說文云惤布出東萊。
第四行惤 布々 惤當作惤，
參見上條。切三此誤作惤。
重文不當有，切三、廣韻並云
布名，或是名字之誤。
第四行开 羌別名 切三云羌
別種，廣韻云羌名。
第四行鳽 鳥名又五革反 又五革反，
切三、廣韻同。本書麥韻無
疑母字，王二鞹𪄹二字五革
反，廣韻五革切下收此字。
第四行豣 犬豕一曰豕三歲亦作䝔 名

書此字作研，与說文合。本
書誤从豸。犬當作大。
第四行䶬犴 龍 鬐 䶬犴名書作
䶬，与說文合。
第五行絙 堅 廣韻此字
作緪，集韻同字。法文廣韻
、集韻並云緊也，本書誤。
第五行胘 々 肝 肝々，切三同。
案說文胘，牛百葉也。徐鍇曰
今俗言肚胘也。廣韻云肚胘
牛百葉。集韻引服虔說有
角曰胘，無角曰肚。肝字誤。
第五行弦 有 守 弦當从廣韻
作妶，說文妶，有守也。集
韻作妶。
第五行礥 々難 重文疑出後
增。集韻礥，難也。廣韻礥
、難也（礥下云艱險。集韻礥
或作礥，又別出礥字云一云
難也）。
第五行弦 々急 重文蓋出後
增，廣韻云急也，同說文。
第五行㧥 地名又古賢反 古賢反下
此字作㧥，廣韻、集韻此並作
㧥。參前㧥字校箋。
第六行䉤 々竹 重文當出誤
增。廣韻、集韻並云竹名。
第六行嗹 々嘍煩挐 皃或作謰 嗹
當从切三，廣韻作嗹。
第六行縺 々縷 寒具 第七行
𪌴 々𪍾餅𪍾 字勅走反 餅當从
切三、廣韻作餅。本書厚韻𪍾
下云糫餅。案𪌴𪍾即上云寒
具之縺縷，寒具為寒食之具
、非禦寒之衣物。从糸者恐
是俗書。集韻無縺字，𪌴
下云寒具。切三、廣韻並有
縺𪌴二字。又𪍾字敕走反、
切三云勒□反，勅當是勒字
之誤，𪍾字見厚韻盧斗反。
第七行畇 地名在絳 畇字切三作畇
，集韻同本書。霰韻黃練切

下亦作昀。廣韻作昀，或本作昀（詳見周氏廣韻校勘記）。

第七行填 塞又陟陳反 又壓亦作寘 壓 上又字誤衍，此云陟陳反義為壓也。真韻陟鄰反填下云壓，是其証。切三此云又陟陳反厭，厭即壓字壞誤。

第七行闐 車聲亦嗔作 作嗔二字誤倒，作上有鉤為識。

第七行蟬 蜒蟬又時延反 各書本紐無蟬字，而𦧺下云𦧲𦧺。本書他前反𦧲下注文誤𦧺為蟬，此亦𦧺字之誤耳，注文二字亦並誤从虫。又時延反，仙韻市連反無𦧺字，而与蟬字音同。切三此下無又切，廣韻云又他丹切，本書寒韻他單反下有𦧺字。疑因正文𦧺誤為蟬，遂有此誤音。

第七行滇 汙汙大水皃 廣韻、集韻云滇汙，汙汚字同。集韻考正云：「汚疑當作沔。滇沔淼漫見左思吳都賦，注滇沔水闊無涯之狀。玉篇亦作沔，訓大水皃。」案才說是也。字又見霰韻他見反，注正云滇沔大水皃，又莫見反，沔下云滇沔，丏字俗或作丐（王二、唐韻霰韻滇字注同本書作沔，並參廣韻獮韻沔下及集韻霰韻眄下或体。吳都賦沔亦作沔」，遂誤耳。

第八行磌 闐又之忍反 切三、廣韻本紐無此字。集韻云博雅礎磶磌礩也，一曰石落聲。案公羊僖公十六年傳：「闐其磌然」。釋文云之人反，又大年反，聲響也。後一音与此徒賢反合，集韻云石落声，義与傳文合。本書云闐，誤。又之忍反，各書軫韻無此字，本書字又見真韻職鄰

反，釋文音之人反。忍字疑
誤。
第八行⿰齒頁 牙 ⿰齒頁當从切三、
廣韻作齻。
第八行⿰馬頁 馬項白 馬項白，切
二同。廣韻云馬額白，今戴
星馬。案爾雅釋畜：馰顙白
顛，注云戴星馬也。馰顙同
義，（項）當是頂字之誤。
第八行⿺走頁 走 注文切三同本
書，廣韻云走頓，与說文合。
第九行屓 冡 此字廣韻、
集韻並作⿸厂真、重文疑出後
增，集韻云塚也。

第九行汧 水名在安定 又苦見反 又苦
見反，本書霰韻苦見反下無
此字，廣韻收之。
第九行雃 鳽鳥 二 苦耕反 苦耕
二反，苦上當有又字；反上二
字或係衍文，或係誤脫一音。
本書耕韻口莖反鳽下云又作
雃（案說文雃鳽二字），鳽字
又見本韻古賢反及五賢反
下。古賢反下云又五革反。
第十行麉 麉絕有力 又五年反 注文
多剝損，據殘文補之如此。
又五年反，本書五賢反下無
此字，廣韻同；字並見古賢

反下。集韻則倪堅切下亦有
此字。
第十行蚈 螢火 又古奚亏 蚈字誤，
本書齊韻古嵇反下作蚈、廣
韻此作蚈。亏當作反字。
第十行鳽 鳴 鶄 注文第一字
左半不甚辨。切三、廣韻云
鵁鶄，此當同。爾雅釋鳥鳽
，鵁鶄。
第十行研 摩或作揅 P二〇一一
正文作研，注云摩或作斫木硯
揅（此從姜書，劉書斫作研
、木作本，硯作硯）、依正文作
研字，注文斫當是研字（或

者正文原作研，同本書，注
文斫為研之誤；本當是本
字之誤。
第十行⿱瓩皿△ ⿱殘皿々△ ⿱瓩皿字不詳
所出，切三無此字。重文疑出
後增。姜書P二〇一一注文
左行無字。
第十一行䁟△ 聽住△ 䁟當从王一
、廣韻作䁙。注文王一云作聽
、廣韻、集韻引埤蒼注意而
聽。住作並注字之誤。
第十一行寡△ 々△不見 重文蓋出
後增。王一、廣韻並云不見。
第十一行蹁 蒲田△反七 切三、姜

書P二〇一一此字皆有注釋。
切三云躚蹁，P二〇一一注文左
行首有蹁字，餘殘。反下當
補躚蹁二字。唯躚蹁當作
蹁躚，見南都賦。
第十一行骿 胼骿△ 注文第一
字左半不清，从廣韻補。
第十一行軿 四面屏蔽婦人△ 人下
王一有車又防丁反四字，切三
、廣韻同，當據補。青韻薄
經反有此字。
第十一行駢 駕二馬羅△駢△猶羅△烈
羅駢猶羅烈疑是駢羅猶
並列之誤。甘泉賦云：駢羅

列布，鱗以雜沓兮。注駢猶
併也。西京賦云：列瀛洲与
方丈，夾蓬萊而駢羅。注
駢猶並也。王一無此五字，切
三同。
第十一行瓟 黃瓜亦△作䉧△ 亦作䉧
，王一同。切三、廣韻、集韻無
或体。青韻戶經反䉧下云小
公，各書亦無或体，此疑有誤。
第十一行⿰目并△ 益△々 王一賆
下云益，廣韻、集韻同。廣
雅釋詁一賆，益也。曹憲音
步田反。此文⿰目并當作賆。益
下重文疑出誤增。又桒切三

本紐七字，末一字爲胼，注
云胼胝。前六字同本書，次
第旦同。廣韻前七字同切
三。胼与眪賆字形相近，而
本書無胼字，未審本書何
以不收。
第十二行淵△ 烏玄反 武帝諱 武上
王一有深水二字。切三注云深
水，無武帝諱三字。當據王
一補。
第十二行削△ 剪△曲 此字王一、切
三並在鼓淵上，疑此誤倒。注文
剪下王一有亦作刪三字，集韻
收此或体，又云古作刪。

第十二行蜎 撓△又甌 法△反 又甌法
反，王一、廣韻同（廣韻甌作毆）
。本書銑韻無合口影母字，
廣韻同。集韻增蜎字，云於
法切，井中小蟲。
第十三行邊 布玄反△ 十二 反下
P二〇一一有四垂又楅四字（此
據姜書，劉書作四陲又福。）
第十三行蝙 虫△ 〻蝠 王一云蝙
蝠仙鼠，切三同，當據改。
第十三行編 次又甫連 步△蘭反△ 又甫
連步蘭反，反上當有二字，本
書銑韻薄典反下無此字，字
見方蘭反下。切三此云又甫連

方顯反，王一云又甫連方蘭
二反，可正本書步字之誤。
第十四行稹△ 籬上豆又 垂△蘭反 說文
稹，種概也，字見軫韻之忍
反及真韻職鄰反，籬上豆
非其義，且真声之字，例不讀
長音。廣韻此字作穆，集
韻或作稨，當从之。王一同本
書，切三亦同，其誤蓋自陸氏
而已然。集韻又云或作稹，
積誤既深，遂不能諟正耳。又
垂蘭反，銑韻不當有禪母，
切三、王一並云又北蘭反，廣韻
云又北典切，垂當即北字之誤。

唯本書方繭反下無此字，切三
方顯反有此字，亦誤作積。
廣韻方典切作稨若𥢶。
第十四行像△ 身不正 像字王
一同，廣韻作儳，集韻或体作
傷。案唐人俗書，偏旁象彖字
作彖。
第十四行玄△ 胡涓反 又七 王一云
虛玄。
第十四行懸△ 〻垂 王一云無依
，下並有古縣二字。
第十五行胘△ 牛百葉 此下卩二○
一有胘字（此據姜書，劉書
作胘），當係誤衍。

廿八 仙

第一行毴△ 〻毴 廣韻云毴毴
罽也。案見廣雅釋器，此毴
毴二文誤倒。王一云罽，姜氏
書作肉。
第一行硟△ 以石衦繒 衦當作衦。
說文衦，摩展衣也。
第二行湔△ 洗一曰水名在蜀又子先反 又
子先反，切三、王一同。本書先
韻則前反下無此字，廣韻
收之。
第二行燃△ 燒上從火 切三注文止
一燒字。王一云：「燒，上然，从
火，已是燒，更加火，非。同
梁加木失。」此云上從火，語
義不明，當據王一補。
第二行㸐△ 猓㸐獸名質黑文 切三
同本書。王一無名字，獸下
是白字。廣韻云猓㸐獸名
，似猿，白質黑文。本書名
或為白之譌，或名下脫白字。
第二行燃△ 〻姓 重文當出誤
增。切三、王一並止一姓字，廣
韻云姓也。
第二行𥮋△ 〻竹 重文當出誤
增，王一云竹。
第二行𧃒△ 〻草 重文當出誤

增。王一云草。(案王一正文
誤為蘺字)
第二行延 以然反引九 引下王一有
長字。
第三行筵 々席 重文蓋出誤
增！切三、王一並云席。廣韻云
席也。
第三行𨕚 地名 𨕚當从切三、
廣韻作𨙸。注文王一名下有
在鄭二字，廣韻同。
第三行𧼐 相顧視 此字當从
廣韻作𥈥。說文从目，延声。
王一誤同本書。
第三行𩟒 諸延反正作饘亦作𩟒 六 反下

王一有粥字，切三亦云粥，本書
反下當補粥字。正作饘者，王
一無正作二字，切三云饘同。案
說文𩟒与饘為二字，無所謂
正俗；後世以為一字，故云同也
，當以切三為是，王一有奪文。
第三行襢 搓々 襢字王一同，
當作襢。
第三行梴 々檀香木 廣韻作枬
。王一上文𣃚字作旃，蓋唐人
丹字俗書如此。
第四行鸇 晨風鳥亦作鸇 鸇字
不得或体作鷏。姜書P二〇
一一云亦作鸇字，而正文殘脫

(王一正文作鸇、注文作鸇)，
不詳。集韻或体有鷐字，本
書疑本如此。(案俗書廛字
作厘，与㢆形近。)
第四行邅 張連反又直連持戰二反 三 又
直連持戰二反，王一同。切三
持作治，廣韻持作雉，亦同。
本書直連反下無邅字，各
書同；線韻亦無。直連反
下有𧽢字，或即此字(案廣
韻集韻分為二)。又廣韻線
韵收邅字，音持展切。又王一
又切下有迭邅二字，切三亦
載此義，當據補。

第四行驢 馬載重行難又徒安反白馬黑脊

又徒安反，切三、王一同。本書寒韻徒干反下無此字，廣韻收之。

第四行潺 士連反流兒六 流上王一有潺湲水三字，切三同，當據補。

第四行虥 虎淺文白又士限二反 白當从王一作兒，本書山韻亦云虎淺文兒。又士限二反，王一云□仕限□㠎二反。本書字又見產韻士限反及諫韻士諫反，㠎即諫韻字，本書此誤脫一音。

第四行孱 〻弱 王一云弱，無重文，疑此出誤增。本書山韻昨閑反孱下亦云弱。

第五行埏 門聚 門聚，王一、廣韻同。疑門上脫重文，詳山韻此字校箋。

第五行⿰車單 軒 注文王一同。廣韻云軒輞，集韻云車輞。案廣雅釋器云：⿰車單，輞也。軒與輞異，疑此注文有奪誤。

第五行挻 打瓦又柔挻又丑連反二 切三埏下云打瓦，別出挻字云柔挻，廣韻同。王一同本書。又丑連反，下文丑連反下無此字。集韻抽延切收之。反下王一有從手二字。

第五行煽 盛火兒 盛火二字誤倒。王一云火盛兒，廣韻云火盛也，本書線韻式戰反下亦云火盛兒。兒下王一有又式扇反四字，當據補。

第五行䘸 ⿱夗巾 䘸當从王一、廣韻作䘸。上文以然反下作䘸不誤。

第五行脠 丑連反又式連反一 又上王一有魚醢二字，切三亦載此義，當據補。

第五行辿 緩步又丑連反 此延字俗書。又丑連反，王一同。正切

云丑連反，不得又切亦云丑連反
。切三本紐無此字，韻末補出辿
字，云緩步，丑連反。王一韻末
亦有辿字，注文与切三同。誤
亂之迹，可得而指矣。
第六行蟬 出々正作蟬 重文當
出誤增，王一無。又王一正文
作蟬，無正作蟬三字。
第六行儃 々能 能字王一同。
廣韻、集韻云態，切三云態。
案態字當誤。莊子田子方
「儃儃非不趨」成疏：「儃々，
寬閒之皃。內既自得，故外
不矜持，徐行不趨。」蓋即

所謂態字之義。又重文疑出
誤增，各書不重儃字。
第六行禪 々靜 重文疑出誤
增，切三、王一並云靜，廣韻云
靜也。
第六行纒 連直反繞通 俗作纒八
連直二字誤倒，直上以鉤識
之。又此云本紐八字而實數
止七，當是誤脫一字。王一
本紐亦為八字，次第同。壥
下鄽上有廛（案當作壥）
字，注云「㕓、与壥通」，為本
書所無，當即所脫。
第六行躔 日月行或躔 或躔，

或下疑脫作字，王一或体作躔
、集韻同本書。
第六行壥 一畝半日城市內空地 曰上
脫一字，王一云一曰城市內空
地。切三云与廛同，一畝半，曰
□市內空地。曰上亦脫一字。
第六行鄽 市俗作壥郊鄽作厘從省作鄽字
作上疑脫壥字，壥作厘，
故鄽字从省作鄽。姜書P
二〇一一云市通俗作廛，黑郊
鄽作廛從省作鄽，譌誤尤
甚。
第七行䞡 移又除善反 又除
善反，王一同。本書獨韻無

邅字，廣韻收此字，音除善
切。
第七行嗎 許延反笑皃四 王一無皃
字，笑下云亦作嘍，切三亦云
笑，廣韻同本書。
第七行嫣 長好皃又於建反又於遠反
長好皃，切三同。王一云長皃
好皃，廣韻同。又於建反又
於遠反，切三、王一云又於建於
遠二反。本書願韻於建反
有此字，唯於遠反一音，阮
韻於阮反及願韻於願反下並
無，各書同。集韻阮韻隱𢢽
切下收之，為開口；廣韻、集

韻又見獮韻於蹇切下，皆与
此不合。
第七行翾 〻飛 切三、王一飛
下無重文，此疑出後增。
第七行㕣 輕舉皃十 十字涉下
文誤衍，故旁以小點記識。
第七行漣 〻風動水 切三云〻漪
風動水，王一云〻漪口風水動
，廣韻云漣漪風動水皃。本
書重文下當補漪字，王一風
上一字蓋誤衍（姜氏書作沖
），動水二字誤倒。
第八行鏈 鉛朴又丑連反 反下王一
有亦⿰石連二字。

第八行槤 〻簃 重文蓋出誤
增。王一云簃，廣韻云簃也。
第八行篇 芳便反札六 札上王一
有簡字。下反字蓋涉上反字
誤衍，王一無，可據刪。
第八行翩 〻飛 重文蓋出誤
增。切三、王一並無。
第八行媥 身輕 切三、廣韻云
身枯是也。輕字蓋涉媥字注
文身輕便皃而誤。王一云身正
、亦誤。
第八行萹 筑萹又補殄反 筑萹王
一作茿萹，案當作萹茿。本
書屋韻陟六反茿下云萹茿，

先韻布玄反篇下云篇竹菜。
本書蓋莊上奪重文、又誤莊
為筑字。
第八行便 房連反正作㥈六 王一無
正作㥈三字，房連反下云不悪。
第九行緶 縫々 重文蓋出誤
增，切三、王一並云縫（切三誤
縫），廣韻云縫也。
第九行論 巧言論語去倭人也 ~~[illegible]論~~
~~語無去倭人也之語，衛[illegible]本篇~~
~~本遠倭人，亦不得於此下引本~~
．王一云論語反論倭，見季氏
篇（今本作便佞，說文引便作
諞、蓋古論如此），本書當由

後人妄改。
第九行綿 武連反絮正作緜十 王一
絮上有精字，無正作緜三字。
第九行棉 屋聯棉梠 切三、王一、廣
韻並云屋聯棉，無梠字。案
梠為楣端連棉木，与棉為屋
聯棉義異，此後人妄增，當
擾刪。
第十行柄 木名 柄當从廣韻作
柄。王一誤作杣。
第十行蛃 木名 蛃當作蛃。
木名二字涉上柄字注文而誤
．王一云蟬屋，屋當為蠋，涉
下六字注文渫屋而誤。說文

云蛃、蚆（廣韻引作蛃）蚗，
蟬蠋。
第十行全 聚緣反具亦作仝四 四當
从王一作五，蓋下文奪牷字，
遂改五為四。詳葲字校箋。
第十行葲 華葲 葲上王一有
牷字，注云牲全色。切三本紐
三字，亦有此字，注同王一。當
擾補。又華葲王一同。廣韻
云芉葲，集韻云羊葲，芉
字誤。
第十行揎 手發衣或膊 手發
衣，王一、廣韻同。切三發誤
作撥。膊字當依王一、廣韻

从手。儀禮士虞禮鉤袒，注云如今擐衣也。釋文作擐，云手發衣曰擐。

第十行愃 決△吴人云又況晚△二反 決當从王一、廣韻作快，切三誤作快，然从心不誤。又況晚二反，王一無二字，本書誤衍。

第十行顓 圓面或作△圌 圌字當从王一、廣韻、集韻作團（廣韻分顓團為二字）。

第十一行鐫 子泉反鑽斵亦作鋑通俗作鐫二 斵當从王一、廣韻作斵。

第十一行剶 剶△又且全△反 又且全反，王一同。本書字又見下文此緣反下。廣韻此下云又丑全切，本書丑專反亦有此字。廣韻此緣切下有剶字，集韻剶与剶同。

第十一行縣△ 童子又下犬反 縣當从廣韻作⿰目縣。本書銑韻胡犬反下作⿰目縣不誤。

第十一行壖 而緣反。又奴亂△反三 又上王一有□□堧堧河江邊地又廣垣十一字。□□堧堧疑是亦作⿰目耎堧之壞誤（參集韻），姜氏書無二殘文，堧堧作塻堧，然塻不成字，恐誤。河江邊地，切三、廣韻並云江河邊地。史記河渠書故盡河壖地，集解云緣河邊地。又廣垣，當从切三、廣韻作廟垣。史記漢興以來諸侯王年表廟壖垣，索隱云：廟境外之墟。本書無此，蓋為鈔寫者所刪。又奴亂反，王一、切三並云又而兗奴玩二反，奴玩与本書奴亂同音，當攟補。唯本書獮韻而兗反及翰韻乃亂反俱未收此字。

第十二行橍△ 攉亦作攜△樓又而為△乃△知二反 橍當从王一、廣韻作撋。亦作攜樓，王一同。集韻有擩揳

接箄或俫，無作攜者，此疑誤
。又而為反，王一同。本書支
韻人垂反下無此字，脂韻儒
佳反下有接（誤作棲）字，云
又而專反，与此互見，疑此為
字誤。集韻則儒垂反下亦有
挼字。又乃知反，王一反切下
字殘，上字亦作乃。本書支
韻無泥母字，各書同。哥韻
奴和反有挼字，挼与接同，
此文知當是和字之誤。詩葛
覃釋文接音奴禾反，与此同
音。
第十二行穿 昌緣反 穴過三　穴過

王一云貫又通。
第十二行川 谷俗作巛　王一俗字
作亦，疑是。
第十二行沿 与專反從流而下又作沿十一
又字王一作俗，疑當从之。下文
鉛下云俗作鈆。
第十二行捐 〻弃　重文蓋出
誤增，切三、王一並云弃，廣韻
云弃也。
第十二行弋鳥 鳶正作鳶　王一無
正作鳶三字。鳶當从集韻
作鳶，見說文。（案段氏謂鳶
為鷂字。）
第十二行緣 〻歷　此字王

一在蝝下，切三同，當據乙。
王一無重文，此蓋出誤增。
第十三行蝝 蝗子曰蟻子　切三、
王一、廣韻並云蝗子一曰蟻
子，此曰上脫一字。
第十三行鰥 〻魚　重文不當
有，王一云魚，可據刪。
第十三行脠 〻短　王一脠誤
作腞。注云短。本書誤衍重
文，方言十三脠，短也。
第十三行匲 籅炊　籅當从王一
作籅。方言五：炊籅謂之匲。
第十三行鏇 圓鑪又因絹反　此是
鏇字，說文鏇，圓鑪也。本書

圓誤作員，王一同。
第十四行圓 規又於泓反 又於泓
反，王一同。下文於緣反無此
字。集韻縈緣切收之。廣韻
云又火玄切。本書先韻火玄反
有此字，注又許泓反。字又見
下王权反。
第十四娟 於緣反好皃三 王一好上
有一曰二字。切三亦云一曰好
皃，上當有奪文。蓋陸韻
或本如此，王氏沿其誤。本
書無一曰二字，當由後人刪
削。
第十四行篌 竹々輿 重文蓋

出誤衍，切三P二〇一一云竹與
，與即輿之誤，廣韻云竹輿，
本書房連反亦云竹輿。
第十五行佺 偓佺仚人 仚字當
从切三、王一、廣韻作仙。
第十五行悛 々改 重文蓋出
誤增，切三、王一並無。
第十五行駩 白馬黑脊 脊字
王一同。案切三、廣韻作脣，
是也。見爾雅釋畜。
第十五行筌 取魚竹 切三、王一
同。廣韻竹下有器字。
第十五行譔 善言又士卷反 又士
卷反，王一云又仕卷反，同。

本書線韻士戀反下無此字，
王二收之。
第十六行恮 謹々 王一無重
文，疑出誤增。
第十六行遵 々薄 遵與
遵同，唐人俗書如此。王一
作遵，誤。薄當作簙。方
言五：簙或謂之遵璇。重
文不當有。王一無重文，簙
誤作簿。
第十六行剶 剶又先全反 又先
全反，王一同。本書須緣反
下無剶字，字見子泉反，又
見丑專反，各書同。集韻

則荀緣切，亦收此字。
第十六行栓 丁全 王一無重
文，蓋出誤增。
第十六行專 職緣反精俗作專字六
姜書P二〇二一正文作專，注
文無俗作專字四字（劉書正
文作專，蓋失真。）。
第十六行篿 竹器 姜書P二〇
二器下有楚辭索篗等以筳
篿兮九字，篗等為藑茅之
誤，見離騷（劉書篗等作
藑芋）。切三云楚辭索藑芋
以筳篿兮，無竹器二字。廣韻
同切三、亦不云竹器。案篿義

為圜竹器，通常讀度官反，
楚辭王注云楚人名結草折竹
以卜曰篿，通常讀此音，故
切三、廣韻釋之如此。本書器
下當補楚辭曰索藑茅以筳
篿兮九字。
第十六行鄟 邾婁邑又徒桓反 二
王一婁作鄟，字通。本書寒
韻度官反下云邾鄟之邑。又
徒桓二反，王一無二字，此誤衍。
第十七行轓 無輪車 車下王
一有亦有軽三字，切三同本
書。
第十七行諯 相讓又充絹反 又充

絹反，本書線韻尺絹反無此
字，廣韻收之。王一云又充
絹反，充即充字之誤。
第十七行歂 口氣又視兗反 口氣
，廣韻云字林口氣引也，集
韻引說文同；本書獮韻視
兗反下亦云口氣引，此氣下
脫引字。
第十七行圓 全 團 王一團下
無重文，疑此出後增。
第十八行鐉 丑專反所以鉤門 二 鐉
上王一有恮字，云莊緣反曲卷
一。切三栓上溪下有跧字，注
与王一恮字同。廣韻恮下云

曲卷也莊緣切，同紐跧下云屈也伏也蹴也。案廣雅釋詁三跧伏也，釋言跧𠙶也，故切三作跧字，作悛者不詳。唯本書韻末有跧字，王一同，音當為莊緣反，詳參下跧字校箋。因疑王氏書此本作悛字，故下文增跧字；而本書悛字又誤奪。又切三、王一、五刊鋑字注文門下有樞字，與說文合，當據補。

第十八行乹 渠焉反乹坤天地六 王一云天古作之乹不省与乹同，語當有譌誤。切三云古作乾。

第十八行犍 〻為縣在益州置 切三、王一並云犍為郡在益州。又置字不當有，各書無。

第十九行愆 去乹反罪俗僁五 王一無俗僁二字。

第十九行褰 褰魯言袴又己偃反 又己偃反，各書同。本書阮韻去開口見母字。集韻紀偃切下有褰字，云字林袴也。

第十九行權 巨員反〻常道禾亦作𥨎十九 切三、五刊並云反常合道。姜書P二〇一一亦云□常合道（常上一字殘缺。王一作反，則不殘），此重文是反字重文。禾當是合之声誤，下又脫道字。𥨎字姜書P二〇一一作𥨎（王一闕），俱未詳。又本紐脫爟字，故此云十九而實止十八，詳爟字校箋。

第十九行狋 〻氏縣名在代郡氏字即盈反同 切三、王一無同字，當由誤衍。

第二十行踡 跼〻不行 切三、王一、廣韻並云踡跼不行，本書獨韻渠玉反跼下云踡跼，此文跼踡二字誤倒。

第二十行犈 件黑耳又居万反 又居万反，切三、王一、五刊同。本書

顩頜居丏反下無此字，居顩
反下亦無，各書同。廣韻此
云又音卷，其綫韻居倦切下
有惓字，云又音权。
第二十行蜷　虫形詘▲詰　詘詰二
字誤倒，詰上有鉤為識。
第二十一行趯　曲▲脊　曲脊，王
一同。案說文云行曲脊貌，
疑曲上脫行字。廣韻云曲走皃。
第二十一行椽▲　椽上王一有孉字，
云好皃。本書權下云十九，當
據補。
第二十一行傳　又持戀▲反俗傳▲　又上
王一有於權轉三字，於權二

字不詳，疑涉嬛下注文誤衍
，各書嬛下音於權反（切）。
廣韻傳下云轉也（案見釋名
釋書契），當據王一補轉字、
又俗上王一有通字。
第二十一行孿　呂緣反亦作▲孌四　亦
上王一有綴鷹狗三字，切三云
々綴狗，五刊云々綴又鷹。鷹
字不詳，狗疑拘字之誤，䜌
當作䜌々。
第二十一行癵　々▲病▲　切三、王一、
並云々病，當據正。
第二十一行䜌　南䜌縣在鉅鹿▲又　切三
、五刊云又力丸反、王一又云□丸反

，此又下脫力丸反三字。
第二十一行蠻　々▲蜷▲　王一蜷下
無重文，此出誤增。
第二十二行㫗▲　小▲幘　㫗字王
一同，當作𡨍。幘當从切三、
廣韻作幘，王一誤幘。廣雅
釋器：纗，幘也。曹憲纗音
丘拳反，即此字。集韻收為或
体。切三㫗字作卷，与士冠
礼鄭注合，然恐是㫗字之誤。
第二十二行捲▲　器似升屈木為之
捲當从切三、王一、廣韻作棬。
第二十二行焉　於乾反▲矣乾反氣巳声▲三
王一云於乾反，何又矣乾反語

巳聲三、本書奚上脫何又二
字。又本紐滆下脫蝺字，故
此云三而實止二字，說詳下。
唯切三本紐止一焉字，廣韻焉
關蔫嫣鄢五字於乾切，滆蝺
焉三字有乾切。疑本書此原作
焉於乾反二（切三如此），下又出
焉字云矣乾反氣巳聲三，後
誤合二切為一。集韻滆蝺焉
三字音尤虔切，滆蝺二字亦
見於虔切下，則合本書與廣
韻而收之。
第二十二行滆△ 々蠻△音灣 王一
滆下云水名出河西又於彥反，

蝺下云々蠻音灣。廣韻滆
下云水名出西河也。蝺下云蝺
蠻蟲名（集韻云蝺蠻蟲曲
息皃）。此滆下奪注文及正文
蝺字，焉下云三，是其証。蠻
字亦當从王一、廣韻作蠻，蠻
字見本韻呂緣反下，别是一
字。又案本書删韻烏關反
下無蠻字，廣韻收。
第二十二行嬛△ 於權反 娥眉皃一 嬛
當从王一、廣韻作嬛。
第二十二行跧△ 居員反曲 卷伏三
勬 強健 睠△ 目 眇
本紐三字王一同。切三勬字居

員反，跧字别音莊緣反。廣
韻勬字音居員切，跧睠二
字見莊緣切（案莊緣切首字
作恮）。集韻同廣韻，勬字則
亦見莊緣切下。五刊宜韻有
恮跧等字莊閔（字誤）反，韻
末又有跧睠二字鄒捐反。案
廣雅釋詁三跧伏也，曹憲音
壯拳反，釋言睠瞸也，曹憲
音具權反，本書真韻將倫
反跧下云又阻圓反，可証此誤
合居員反勬字及莊緣反跧
睠為一切。參前鍥字校箋。
第二十二行睠 目 眇 此下王一有辿

丑連反 緩步一 ⿰衤耎 人全反 衣縫 ⿺尢焉 丁全反 一⿺尢焉九
也出說文新加 諸字。案王一丑連反
已收㢟字，此不當重出，詳前
㢟字校箋。⿰衤耎与袻同。切三韻
末增袻字，云襦衣縫人全反
（人字今誤作又），王一既於而緣
反收此字，是亦不當更出。蓋
並後人所增。⿺尢焉字廣韻作⿺尢萑
，云行不正皃丁全切。周氏校勘
記云：「切韻無此字，敦煌王韻
作⿺尢焉，注云出說文。案說文無
⿺尢焉字，五代刻本韻書作⿺尢靁，未
詳」。案此是說文⿺尢是字，形音
義並誤。說文⿺尢是，⿺尢皮不能行

為人所引曰⿺尢是⿺尢巂，从几从爪，
是声。集韻字作⿺几旨，云珍全
切⿺几旨⿺几巂行不正皃，猶略存其
義。五刊字作⿺尢巂（案不如周氏
所引），注云⿺尢西々丁全反，⿺尢巂即
⿺尢巂字之誤，注文又誤為⿺尢西。
此字本讀部兮反（見大徐說文
），音丁全反者，全即兮字之
誤，⿺几是⿺几巂為疊韻連語。
集韻又改類隔為音和。云行
不正者，說文⿺几旨、行不正也。因
⿺几是字誤為⿺几旨（見前引集韻，
本書齊韻當嵇反下誤同），与
⿺几旨形近，遂以⿺几旨字之訓附之

。王一有此字，然其上㢟⿰衤耎二
字既不得為王氏所收，此亦當
出後人增之耳。

廿九 蕭

第一行蕭 蘇彫反草名又縣名在沛郡 三十七
三十二字誤倒，十上有鈎識之
。本紐鮹下奪⿰朔月字，詳下鮹
字校箋。
第一行簫 管 管下王一有
亦作⿰金⿱⺈兆三字，鐃當从集韻作
⿰龠龜。
第一行蠨 蛸々 虫名 蛸々當从
切三、王一、廣韻作々蛸。

第一行⿰風肅 風涼 ⿰風肅字切三、王
一、廣韻、集韻並作⿰風蕭。
第二行箾 舞箾又山草反 箾字
王一同，當从廣韻作箾。史記
吳世家云：見舞韶箾者，見
舜象箾南籥者。又山草反，
王一草字作卓，是也。廣韻云
又音朔，此字又見覺韻所角
反。
第二行翛 々然 然々誤倒，
莊子大宗師云翛然而往。
第二行鮹 魚名羽翼 王一鮹下云
魚，下出翢字，云羽翼㪿
皃亦作䎃。廣韻鮹字入宵韻

，翢下亦云翼㪿皃（案即詩鴟
鴞予尾翛翛字）。本書此誤脫
翢字，羽翼二字又誤在鮹下。
蕭下云十二，是其證。
第二行祧 吐彫反遠祖廟亦作庣九
此云九而本紐實止八字，當是
誤脫一字。王一本紐八字，其中
⿰⿸厂非斗字不見於此，廣韻亦有⿰⿸厂非斗
字。蓋即本書所脫。王一⿰⿸厂非斗
在篠上，注云斗旁耳。
第二行佻 々輕 王一誤脫此字
。切三祧下有佻字，注同本書。
第二行恌 薄輕 切三、王一並云輕
薄，此誤倒。

第二行蓧 々苗 王一云苗下無
重文，此疑出誤增。
第二行貂 都聊反十九 反下王一
有似鼠亦作鼦五字。又本紐
有脫文，故与十九之數不合。詳
下⿰多周⿰夕鳥列三字校箋。
第三行彫 刻俗作雕誤非 王一無
非字，當據刪。
第三行刀 姓 刀字切三、
王一、廣韻並作刁。廣韻云
俗作刀，段氏廣韻校本云：此
本作刀，俗作刁，後人誤易之。
第三行凋 落亦作彫 王一無亦
作彫三字，切三同。

第三行紹 短尾反 反字當从
王一、廣韻作犬。切三云短尾狗。
第三行蛁 々蟟茅中小虫也 小上王
一行亦字，切三、廣韻同本書。
又切二、王一無也字。此出後人
所增，本書例不用句尾也字。
第三行苕 葦花亦作 苕又音迢
正文苕字王一同，疑當作芀。
說文芀下訓葦華，為正字。本
書徒聊反芀下云又音彫，是此
作芀之証。注云亦作苕，王一
苕字作苕，尤其明証。又注文
苕上王一有萵字，葦芀字韓
詩作如此，當據補。又音迢迢

當从王一作迢。
第四行列 取穗亦作剖 王一剖作
剐，當从之。
第四行綢 綢上王一有[舟周]字，
云吳船。本書貂下云都聊反十
九，並刐字重文計之，只得十八
字，當據補。
第四行鳲 々鷯又作聊反 又作聊
反，王一同。本韻無精母字，
各書同。字見宵韻即遙反下
，云又都聊反，此云又作聊反者
，以鷦鷯為鳲鷯耳。詳宵韻
鳲字校箋。又鳲上王一有[舟鳥]字
，云鵃々，當據補。參綢列二

字校箋。
第四行列 同上 王一無此字。
云列与鳲同，各書亦無此。且
本書或体例不別出，疑非原作。
第四行衺 棺中衣 衺字王一
同，當从廣韻作衺。說文䘨、
棺中縑裏，讀若雕。
第四行條 枝々 王一枝下無重
文。
第四行鋚 紖頭銅飾 飾下王
一有或作鞗三字。
第五行䠷 獨行詩云䠷々公子 䠷字
切三同。廣韻作佻，与詩合。
集韻佻或作䠷。

第五行菩　〻茱　重文不當有，切三、王一並無。

第五行芀　葦花，又音彫　都聊反　下字作苕。

第五行嬥　獨行皃，又徒〻反　注文王一同。案此字訓獨行皃，即上文佻之異文。詩佻佻公子，韓詩作嬥嬥。廣韻亦分佻嬥為二，而嬥下引聲類細腰皃。

第五行髫　髮，名　名字王一同。說文云髫，髮多也。名當是多字之誤。廣韻云多髮皃。

第五行卣　草木實卣〻然　廣韻云草木實垂卣卣然，与說文合。王一實下亦無垂字。

第六行梟　名，鳥　名鳥二字誤倒，鳥上有鉤識之。

第六行澆　淺　澆無淺義，疑是渋之譌誤。說文澆，渋也，廣韻云沃也，沃即渋字。切三亦云淺，此亦沿前書之誤耳。

第七行螵　似虵四足水居能食人　王一無水居二字。廣韻云水蟲，似蛇四足能害人也。集韻云獺屬害魚者。案漢書賈誼傳弔屈原賦：偭螵獺以隱處兮。應劭曰，螵獺，水蟲，害魚者也。此云食人，未詳所出。

第七行僥　僞，又五聊反　注文王一、集韻同。切三、廣韻本紐無此字。案僥字訓僞未聞，五聊反下云僬僥短人（正文僥字誤脫，此注文在嶢字下），与說文合。僞或即僬字之誤。

第七行膋　腸間脂，卅一　卅一二字涉聊字注文誤衍，切三云腸間脂。

第七行飉　〻風　重文當出誤增，切三無。

第七行憀 無情賴〻 切三、王一、
廣韻並云無憀賴。情是憀
字之誤，賴下衍重文。
第七行寥 空室△ 切三、王一云
空，無室字。說文廫，空虛
也。室字衍。
第七行窌 穿〻 切三、王一云
穿，下無重文，此誤增。
第七行料 理〻 注文切三同，王
一寥重文，理下有亦作斆三
字，案當作斆。
第八行橑 周短椽又垣力道反 周垣二
字王一無，此涉上墩字注文誤衍。
第八行撩 擊〻 王一無重文，
疑出後增。
第八行廫△ 左氏有辛伯廫△ 王一正注
文廫字並誤作𢊁，氏下無有
字（切三亦無），注文廫下有又
姓力救反蜀書云後有二𢊁
湛〻諸字。切三云左氏辛伯
廫力（又誤字）姓力救反廫湛
廫立是。本書蓋為抄者所刪。
第九行瞭 明目△ 明目，姜書
P二〇一一同（王一注文闕），廣韻
云目明也。周礼春官序官眡
瞭注云瞭，目明者，疑此明
目二字誤倒。
第九行𦼮△ 草器又力△弋反 𦼮字
王一作𦼮，廣韻、集韻同；
本書哥韻落過反下亦作𦼮
。案此云草器，落過反下云盛
土器，則是孟子滕文公虆梩
字。落過反下云又力佳反（參
哥韻此字校箋），本書脂韻
力追反下正有虆字。蓋虆
省作蔂，俗从二糸作𦼮，又
譌作𦼮。虆變作𦼮，猶
纝濕互亂也。唯此字入本韻
，疑有譌誤。歌韻又力佳反
（王二佳作誰。），王一佳譌作
焦，疑即此字入本韻所本。
（案尚書四載欙字淮南作蔂，

，史記作橋。橋僬同韻，或
即力僬反之所由誤也。）又力弋
反，弋當是戈字之誤，廣韻云
又力戈切。
第九行嵺 虛 々 廣韻云崖
虛。案此即說文廫字，寥
下云空屋，亦此字，俗書广為
屵，廣韻遂云崖虛，董韻
嵺字作嵷，与此同。
第十行寮 穼 々 上文憭下云「
同官為憭，字或作寮」，不當
更出此字。蓋王氏一時失檢。
第十行堯 五聊反。或作垚。五 反下
王一有商字，疑是高字之誤，

說文云高也。或作垚，王一云通
俗作尭。又本紐脫僥字，故此
云五而實止四字。詳下嶢字校
箋。
第十行嶢 僬僥 短人 切三嶢下
云山，僥下云雌（僬字之誤）僥
短人。王一嶢下云嶕（嶕字之誤）
嶢山危，僥下云僬僥短人。廣
韻嶢下云嶕嶢山危，僥下云
僬僥。本書奪嶢字注文及正
文僥字。堯下云五聊反五，是
其證。
第十行曉 聲 々 切三声下無
重文，疑此出誤增。

第十行膮 膮 々 注文膮膮，廣
韻云膮膮；本書宵韻撫遙
反膮下亦云膮膮，廣韻同。
此誤倒。
第十一行㤇 憂又 々 於流反 王一、
廣韻並云㤇㤇憂。案廣雅
釋詁云㤇，憂也；釋訓云㤇
々（今譌作㤇，从王氏訂正），憂
也。本書疊詞多誤脫一重文，
（如交韻蕃下云々美盛皃）
疑此亦脫一重文。
第十一行鄡 縣名在鉅鹿 正作鄡
注文鄡當作鄡。王一無正作
鄡三字。

廿 宵

第一行消 々滅 重文疑出误

增。切三云滅。

第二行綃 生絲又蘇彫反 切三云生

絲綃。廣韻云生絲繒。姜書

P二〇一一銷上有反又二字，即

此字注文。視其行欵，右行摩

是四字，本書蕭韻蘇彫反

下亦云生絲綃，此絲下疑脫綃字。

第二行硝 々砒 々下王一有藥

右二字，切三同，當據補。

第二行筲 悪草反 所交反 上反字當作又。

第三行朝 知遥反又直遥二反旦朝五

又直遥二反，廣韻云又直遥

切，二字误衍。旦當作旦，旦

下朝字疑亦誤衍。五字當作

一，此下晁潮鼂朝四字並讀

直遥反。（參下晁字條） 切

三知遥反止一朝字，廣韻增

古文𦩍字，實亦一字。

第三行晁 姓直遥反 切三晁坒下

云人姓直遥反。廣韻晁為

鼂字或体，鼂下云直遥切

五。直遥反為此字正切，依例

本書姓字當在反字之下，其

下當有一四字。參上朝字校

箋。

第三行潮 水々亦作淖 水々王一同

，當从切三、廣韻云潮水。

第三行鼂 々鼂 鼂字上端

及左旁虫字為墨所掩，據

王一及說文定之。

第四行毊 犬聲々犬 犬声當从切

三、廣韻作大磬。爾雅釋樂

大磬謂之毊。本書奇驕

反下云大磬不誤。集韻渠嬌

切下亦误大為犬。

第四行獢 猲獢犬短喙 喙字

當从切三、廣韻作喙。

第四行僑 々驕 僑，俗僑字

。說文僑，驕也。廣韻字在

豪韻蘇遭切下，与說文大徐
蘇遭切合。集韻本韻及豪
韻兼收。又重文蓋出後增，
廣韻集韻並云驕也。
第四行⿳吅頁喬△ 炊氣 ⿳吅頁喬當从
廣韻作⿳吅頁高，从高，見說文。
第四行藃 草△木△盛△肥△ 又許交反 廣
韻云草皃，与說文同。姜書
P二〇一一亦云草皃又許交反。
本書肴韻云禾傷肥，王一、廣
韻同。
第五行⿱嶕巢 〻嶚△巣△ 山高皃 〻嶚
當从切三、廣韻云嶚〻。本書
蕭韻嶚下亦云嶚⿱嶕巢。嶚

下巣字即⿱嶕巢字之誤而重者。
第五行推△ 〻取△ 推字當从廣
韻作⿱推灬，重文蓋出後增、廣
韻云取也。
第五行菬 〻△草 重文誤衍、
說文菬，草也。
第五行驕 舉高反 馬高△八△尺 八 切三、
王一、廣韻並云馬高六尺，与說
文合，八字誤。姜書P二〇一
尺下有名今共用作……從口？
通俗作喬諸字。
第五行嬌△ 矜△女 字〻 切三、姜
書P二〇一一、廣韻並云女字
，本書矜字涉下憍字注文

誤衍。重文亦出誤增。又案
王一嬌字在憍下，切三同本書
。王一誤倒。
第五行憍 矜△〻 切三、姜
書P二〇一一矜（劉書誤作[illegible]
，蓋从廣韻云憐傳會如此）
下無重文。
第六行蕎 草△小△ 支△上△ 廣韻云
藥名一名大戟。集韻云藥
艸大戟也。案爾雅釋草蕎
邛鉅，郭注云今藥草大戟也
。又釋木云小枝上繚為喬，郭
注云細枝皆翹繚上句者名為
喬木。釋文云喬郭音驕（見

釋木的如羽喬(下)。本書云小支
上，是以蕎當爾雅喬字。然
爾雅謂木，非謂草；且未聞
有作蕎者，本書恐誤。集韻
本紐別出喬字，注云木枝上
竦也。
第六行毴 兜鍪上飾 切三、廣
韻飾上有毛字，集韻云胄
顛毛曰毴。
第六行膲 人之心三膲胞 切三、廣
韻並云人之三膲，無心胞二字。
第六行鷦 々鵬鳥名似鳳 切三云
鷦鵬似鳳南方神鳥，廣韻
同。集韻云鷦明神鳥似鳳。

案漢書司馬相如傳云焦明
已翔乎寥廓。楚辭九歎云
從玄鶴与鷦明。廣雅釋鳥
云鷦明鳳皇屬也。說文：
東方發明，南方焦明，西方
鷫鷞，北方幽昌，中央鳳皇
；明明鷞昌皇叶韻。鵬与
鵬字並誤。
第六行椒 檓又子蕭反亦作茱 菽
又子蕭反，切三同。本書蕭
韻無精母，切三、王一、廣韻
同。集韻蕭韻有子幺一切，
未收此字。
第七行鳭 々鷯又都聊反 案爾

雅釋鳥云鳭鷯剖葦。又云
桃蟲鷦，其雌鴱。桃蟲又呼
鷦鷯，与鳭鷯為二物。此云又
都聊反是以鳭鷯鷦鷯為一也
。廣韻收此為鷦字或体，鷦
下云「鷦鵬南方神鳥似鳳，又
鷦鷯小鳥」，誤同此。
第七行饒 如招反多十二 本紐
六字，此云十二者，蓋涉上文
焦下云十二而誤。切三本紐六
字，与本書六字同次第。廣
韻亦止六字，集韻並或体計
之，亦不過九字。不得十二
字而脫其六也。

第七行橈△ 楫又女校反 橈字當从切三、廣韻作橈。方言卷九楫謂之橈。

第八行𦃃△ 瓜 𦃃字當从廣韻、集韻作𦃃。說文云从瓜䌛省声。

第八行傜 役亦作䌛由△或△傜 由為傜役字，未詳。切三傜下云傜役，別出䌛字云由，是也。或下疑脫作字，傜當从廣韻作傜。廣韻巾箱本傜字作傜，与此形最近。參下𨖛字校箋。

第八行𦯬 蒱葉△草名△ 蒱字切三同，廣韻作蒲。案本書蒱蒲同字，見模韻。草名是別一義，廣韻云又草也。切三注文同本書。

第八行蒊 々蘘茷△楚 茷當从廣韻作芠。蒊芠即銚弋。

第九行鰩 鳥翼能飛夜△東△海過△南△海 廣韻云：「々文鰩魚，鳥翼能飛……常游西海，夜飛向北海。」案山海經西山經云：「文鰩魚如鯉，魚身而鳥翼，蒼文而白首赤喙，常行西海，遊於東海，以夜飛。」是此所本，而文有舛誤。

第九行軺 々車名又以△焦反 正切為余招反，不得又切為以焦反。切三以作似，以當即似字之誤。唯本書本韻無邪母，切三、廣韻、集韻同。集韻字見蕉焦切下。廣韻此云又音韶，本書亦招反下有軺字，廣韻、集韻同。

第九行△𨖛 相隨行又翼卅反 𨖛字廣韻、集韻作𨖛，本書尤韻以卅反下同。說文字作𨖛，此蓋作𨖛而譌。上文傜字注文傜誤作傜，廣韻此字日本宋本、黎本均作𨖛，並其例。

第十行蘇 茂亦作蓟 蓟字未
詳，各書無此或体。
第十行嗧 々樂 嗧當从廣韻
作嗂。重文疑出後增。
第十行烑 々光 重文疑出後增。
第十行瘞 座 瘞正當作瘥
、座為瘥字之誤。參周氏廣
韻校勘記。
第十行柖 々牀 重文誤衍。
廣雅釋器云浴牀謂之柖。
第十一行⿰帚己 々擊 ⿰帚己字集韻
作⿰帚巴，与說文合。（說文字見
巴部，云从巴帚，闕。）廣韻
作⿰帚召。大徐此字音博下切，

則从巴字讀音。重文蓋出後
增，廣韻云擊也。
第十一行卲 高又時耀反 卲當
作邵，邵与卲異字。又時耀
反，耀即笑韻曜字（王一曜
下云或作耀）。笑韻寔曜反
召下云「高又時燒反」。
第十一行招 々呼 重文疑出
後增，切三云呼。
第十一行盄 器 盄當从廣
韻作盄。
第十一行弨 々㢮 㢮當作弛
、重文疑出誤增。
第十一行䫿 甫遙反 風十一 䫿當

作䫿。
第十一行摽 或舉 作𢿱又扶小反
摽或作𢿱，切三並同。廣韻
摽下云舉也，又木杪也，又必
小切；無从手之摽字。案：
本書下文有標字，是此作
摽不誤。淮南子要略云摽
舉終始之壇，宋書謝靈
運傳云興會摽舉，摽字
言舉即由標末義引申。然摽
末字亦或假摽字為之。如漢
書王莽傳摽末之功；又管子
侈靡篇云摽然若秋雲之遠
、注高舉皃。並其例。故本

書標下云舉。集韻標下云木杪；標下云擊也，或作𣪍。並与說文合。

第十二行幖 幟頭上 幟當从切三、廣韻作幟。

第十二行標 木又扶小扶表二反 標非木名，木或是末字之誤，或木下脫杪字。又扶小扶表二反，本書小韻符小反平表反俱無此字。集韻婢小切下有此字，云木名。与本書此云木合，蓋即據本書收之，其被表切亦無此字。廣韻方小切有標字，云木末（集韻彼小切無）。

第十三行瓢 符遙反瓢瓠四 切三無瓠上瓢字。

第十三行飄 風亦作颷 颷字誤，集韻卑遙切飄下有飆颮飊諸体，蓋即颷字之誤。

第十三行櫜 𣝗又公混反 正注文廣韻同本書。張氏改櫜為櫜。集韻字作櫜，云說文𣝗大張皃从橐省匋省。案作櫜是。或書作𣝗。𣝗誤作櫜，遂有又公混反之誤音。此与鍾韻灉下云又以佳反同例。又注文𣝗亦𣝗字之義，當从說文云𣝗張大皃。

第十三行蜱 無遙反小虫名 名下當有五字，模糊不可辨。

第十三行苗 武儦反亦茆二 說文茆，艸多葉皃。馬融廣成頌芝茆菫萱，茆為草名。並与苗義不協。此茆字疑即苗字之誤。廣韻云田苗。

第十四行腰 於宵反脊十 切三脊上有重文，當从之。又本紐止九字而此云十，當是誤脫一字。切三七字，其中𧍷字不見於此，疑即本書所脫。切三云𧍷，虫声。

第十四行褸 襻〻 注文左為襻
字，上端曾經雌黃塗改。
第十四行紗 小意急戾 紗當作玅
、說文云从弦省。名書本紐無
此字。集韻字見於喬切，又見
千遙切，与此並異。大徐說文
音於霄切，与本書同。
第十五行邵 鄉名在育陽 切三、
廣韻育作淯，字同。
第十五行喬 奇驕反木高通俗作喬十一
本紐趫下脫僑字，故此云十
一而實止十字。詳下趫字校
箋。
第十五行趫 寄 切三、廣韻

並趫下云善走（切三善誤作
美），僑下云寄。此脫趫字注
文及正文僑字。上文喬下云
奇驕反十一，是其証。又趫下
切三、廣韻並云又去遙反，本書
去遙反有趫字。
第十五行簥 〻客 切三無此
字。廣韻与僑同，僑下云寄
也，客也。參上趫字校箋。重
文蓋出誤增。
第十五行轎 軺又奇召反 軺當
作軺，見廣雅釋詁三。笑韻
渠廟反云軺，不誤。
第十六行鍫 七遙反鍫亦作鐰四 鍫

當作錘，為錘字俗書。（洽韻
臿字作臿）
第十六行幓 斂髮謂之幓頭亦作帑 幓
正當作幧。廣韻正字作幧，
云亦作幓。
第十六行鐎 庥苦雨生壞 庥
當作麻。
第十六行篍 吹筩又且周反 筩字
廣韻作筩，与說文合，此誤
。尤韻篍下誤同。
第十六行祅 〻亦作訞 重文下疑
脫灾字。切三云「亦作妖灾」。
第十六行揆 戲皃亦矢 揆當
作楑。

第十六行媄△ 巧 媄當作媄。
此即上文妖字。上文妖下云訛
詐，故又出媄字云巧。
第十六行蹻 去△遙△反△又 其略反六 去遙
反，廣韻同，切三音去囂反，
与此異類。案此下又有翹趫
二字並音去遙反，翹字音去
遙反，當是群母之誤，切三、廣
韻、集韻、韻圖並為其証。
趫下音去遙反，則切三、廣韻
巨朝反趫下云又去遙反，案切三正
切溪母止一類。与彼合。唯本書趫
字亦見於此下，終無以定此下
音去遙反為非。廣韻本紐末

收趫字，案巨嬌切趫下云又去遙切。趫
字別音起囂切，与切三蹻字
音去囂反互異，未知孰是。
集韻合溪母為一類，案當由不能辨
此是非。 韻鏡三四等俱作蹻字
，皆無從取證。唯七音略三等
作趫，四等作蹻，与廣韻蹻
音去遙及趫音起囂並合。
諸書之異，或當依此為正也
（參下文趫字校箋）。蕭韻許
幺反類及喬下並云又去遙反，
而字並隸本紐，又本紐趬字
笑韻音丘召反，亦与去遙反
之音同類，似均為此去遙反不

誤之証。案集韻其虐反蹻下云又丘堯反，惜誤
用反切下字，不能為此証明也。
第十六行繑 禹所乘 又綺△遙 反
又綺遙反，切三、廣韻均無此又
切。綺遙与去遙音讀無殊，
當有一誤。韻末去遙反橇下
云「又去遙反亦繑」，亦正切又
切同音。疑此遙字及橇之正
切遙字並誤。詳見蹻趫二字
校箋。
第十七行趬△ 起△々 廣韻云行
輕見，集韻云舉趾，義並見
說文。
第十七行趫△ 走 善 字又見下

文、亦音去遙反。詳前蹻字
校箋。
第十七行怊 尺招反又勅朝反。怊悵二
正文怊當从切三、廣韻、集韻作
怊，注文怊悵當从集韻作怊
悵，集韻云怊悵失意。本書
勅宵反怊下注云怊悵，亦此文
譌誤之証。
第十七行杓 北斗 杓當从切三
、廣韻作杓。斗下當有柄字。
切三云北斗柄，廣韻云北斗柄
星，本書甫遙反下亦云北斗柄
星。
第十八行螵 蛸々 蛸々當从廣

韻作々蛸，本書相焦反蛸下
云螵蛸虫。
第十八行翹 去遙反 鳥尾五 切三、
廣韻音渠遙是也。各韻圖
字在群母、
第十九行髎 髖正作髁 正作
髁，正當是俗字之誤。蕭
韻膠下云俗作膠，是其証。
第十九行趫 去遙反又巨朝反三 廣韻
此字音起顤切，七音略字在
三等，遙字疑誤。詳前蹻字
校箋。
第十九行橇 踏擿行又去遙反亦繑又子銳綿蕝二 橇當从
反擿音竹革反作繑

廣韻作橇。史記夏本紀云
泥行乘橇。唯此字不當讀此
音，与繑轎亦非一字。河渠
書云泥行蹈毳，山行即橋
。繑与轎即彼橋字。詳周氏
廣韻校勘記。踏下當有橇
字。河渠書云泥行蹈毳，漢
書地理志顏注引孟康曰：毳
形如箕，擿行泥上。故此云
踏橇擿行。又去遙反，又切
与正切同，當有一誤。詳上文
蹻字校箋。又子銳反者，本
書祭韻子芮反下無此字。
顏注引如淳毳音茅蕝之

蕝，集解引徐廣云橇，史書
或作蕝。集韻祖芮切下收橇
字，下云通作蕝。本書子芮反
下有蕝字。又綿蕝反者，各
書祭韻薛韻（蕝字見祭、
薛二韻）明母並無此字，綿
蕝或即如淳音茅蕝之誤；
索隱橇音昌芮反，集韻充
芮反有橇字，或者綿是穿
母某字之誤。作上當有弃字。
第十九行𢄼 紆 紆當作絝
。𢄼即繑字，見原本玉篇殘
卷及集韻。說文繑，絝紐也。
疑此紆下又脫紐字。萬象名

義𢄼，絝也，則弃無紐字。
廣韻注文誤同本書，正文𢄼
誤作憍，參周氏廣韻校勘記。

卅一 肴
第一行姣 滛 滛當从切三、廣
韻作婬。
第一行猇 聲虎 声下切三有又
縣名在濟南又吾加反又直支
反等十四字，姜書P二〇一一
注左行首有南又五加反五字，
餘並殘，當同切三（劉書作虎
聲又縣名在濟南又五加反，以
濟字居左行首，無殘缺，疑不

可盡信）。本書蓋抄者刪節
如此。又吾加反，不詳。
第一行⿰木肴 桅子 桃 桅字切三、廣
韻、集韻並作桅。案廣雅釋
木桅子，⿰木肴桃也。本書作桅，
与說文合。案說文段注从韻
會改从危声。
第二行酵 沽 廣韻、集韻沽
作沽。沽与酤同，沽或沽字之誤。
第二行交 古肴反，杖過，弃 作⿺辶交道十四
杖過，不詳。道當是遀字之
誤。東西為⿺辶交，衺行為遀，
⿺辶交遀即交錯也。
第二行膠 黏 姜書P二〇一

一黏下無重文，疑此出後增。
第二行鵃 鶴〻鳥名 鶴鵃當从
切三、王一、五刊、廣韻作鵃鶴。
第二行嘐 〻鷚鳴又古包反 重文上
當更有一重文，風雨詩云鷚鳴
膠膠。又古包反与正切古肴
音同，當誤。本書字又見薄
交反（參見下嘐字校箋）。五
刊此云又火交反，集韻虛交
切下有此字。集韻又見披交切。
第三行詨 鳥鳴又詡教反 廣韻云
誇語也，集韻云詨矜誇也。
此云鳥鳴則當与咬為一字。
第三行轂 裛 裛當从五
刊、廣韻、集韻作襄。
第三行轅 兵車 車下王一有
若巢以望敵五字，切三同，當
據補。
第三行墁 陽田在聊城 陽田，
五刊同。集韻云墁陽地名。
聊城廣韻、集韻城並作城。
五刊云在遼東。
第三行鄉 鄉名在南郡 在南
郡，廣韻同。段氏改郡為陽
，与說文合。
第四行鷍 鳴鷍鳥名 鳴字當
从切三、姜書P二〇一一、五刊、廣
韻作鳩。姜書P二〇一一名下
有鳩字知交反五字。
第四行嶤 鳴鷍忤鳥名 嶤，
王一、廣韻、集韻作嶤。鳴
鷍鳥名四字涉上文鷍字注
文誤衍。忤字王一同，廣韻云
悴，集韻云峷。集韻牛交
切下云博雅峷也。案廣雅
釋詁三嶤，悴也。悴峷義
通，集韻蓋依意改之。本書
忤是悴字之誤。
第四行獿 犬多毛又乃勞反 獿
當作獶。豪韻奴刀反下作獶。
第四行猜 蒱猜良馬名又芰 蒱字
切三同，廣韻作蒲。本書蒱

蒲同字。

第五行䘯 袩 䘯字當从王

一作䘯。袩字王一作袵（姜氏書

作衽）。案方言四䘯謂之袩，廣

雅釋器亦云䘯謂之袩（謂之二

字據疏〔證〕補），本書袩字不誤，

第誤从示旁耳。方言四又云

褸謂之衽，褸謂之袩，是王一

義亦未誤，然疑非原作。

第五行摟 呼姊 摟，王一、五

刊、廣韻、集韻並作𥡨。

第五行箱 术名 集韻以箱為

梢字或体，云說文木也。王一

字作箱，云竹器，則与上文管

或箱同字。廣韻無此字。

第六行蝨 盤蝨 虫毒 五刊毒

上有有字，當从之。

第六行鶜 々鴟 鶜當从五

刊、廣韻作鶜。注文鴟々二

字誤倒，廣韻云鶜鴟鳥也。

左氏襄公廿八年傳使工為之

誦茅鴟，爾雅釋鳥狂茅鴟

，茅即此鶜字。廣雅云鵂

鷗鶜鴟鵂也。

第六行虓 許交反虎聲 亦作唬十二 唬

下王一有又作哮大怒五字。

第六行歊 禾傷 肥 禾當从禾

十、廣韻作秉。此云禾傷肥，

宵韻許高反云草木盛肥。

第七行嗃 恚 々暴 暴字切

三、廣韻作謈是也，本書

覺韻蒲角反謈下云嗃謈。

第七行灱 々熇 切三無此字。

廣韻云乾也又熱也。集韻灱

字或体作熇，本書屋沃二韻

熇下不注本韻又切。

第七行𢈉 々闞 呼教反 切三、廣

韻哮下云哮闞，廣韻𢈉下云

𢈉豁宮殿形狀（切三無𢈉

字），此脫𢈉字注文及正文哮

字。虓下云許交反十二，是其

證。又呼教反亦哮字又讀。

效韻呼教反有哮無庨，各
書同；注云又呼交反，亦証
此奪哮字。
第七行猇 虎声亦作哮 猇字
廣韻收為虓字重文。本書
虓下亦云虎声，姜書P二〇二
同本書。亦作哮，姜書P二
〇二一云亦作唬，是也。又宋本
書虓下亦云亦作唬。
第七行包 布交反裹俗作勹二 俗作
勹，勹疑包之壞誤。勹是包
裹正字，非俗体。
第七行胞 胎衣又正交反 正當从
姜書P二〇二一作疋。

第七行胞 匹交反又布交反八 又上王
一云胞胎，切三亦載此義，當
據補。
第八行抛 擲々 抛字右半以
雌黃塗改，剝脫不清。本書
效韻字作抛，云又普交反。
第八行泡 水上浮漚 漚下王一有
又扶交反水名在陽平九字，
切三同，當據補。廣韻薄
交切收泡字。
第八行僇 戚々 姜書P二〇一
一無重文，疑此誤增。五刊戚
下亦有重文。
第八行艺 藥 艺字姜書

P二〇二一同。廣韻作艽。王
一作艽。集韻作苞，或体作艺。
第八行敲 口交反擊七 擊下王一、
切三並有頭字，當據補。
第八行膠 眑膠面不平眑字於交反 眑
當从姜書P二〇二一作眑。本書
於交反下亦作眑，王二、姜書
P二〇二一、廣韻同（廣韻此
眑膠二字並誤从月，王一同）。
第八行[illegible] 恀伏々能兒 能當从
切三、王一、五刊、廣韻作態。
第八行磽 石地亦作墽 磽亦作
墽者，說文磽与墽本是二字，
而墽下云磽也。禮記王制注肥

墝有五等，釋文云本作墽，蓋
二字義同，遂亦通用，非墽本
磽字也。本書效韻苦教反墽
下云墽磽又口交反。既云墽
磽，則不為一字；云又口交反，
又為一字矣。
第九行墝　肥地　墝為瘠土，此
云地肥，誤。或本云地肥墝，而肥
下脫重文。孟子云地有肥磽，
磽与墝同。
第九行聱　五交反聱反　又魚幽反　姜
書P二〇一一聱上有不聽又古
四字。切三云不聽五交反又五
聱反。廣韻云又五聱語彪

二切。本書豪韻五聱反下有
聱字，各書古聱反下無。P
二〇一一古是五字之誤，本書
聱上脫不聽又五四字。
第九行嶅　々嶅　此字王一在嶅
下。又案集韻嶅為下文磝字
或体，廣韻無此字。重文蓋出
後增，王一無。
第九行罺　杪內又楚筲　楚朔二反
杪當从切三、王一、王二、廣韻作
抄。又楚筲楚朔二反，本韻
楚交反及覺韻測角反並無
此字，各書同。集韻有櫟箭
二或体，各書二切下亦無此二字。

本書罺字又見效韻初教反
下。
第九行抓　搯　搯字切三、王
一、王二同。當从廣韻作搯。
第十行趙　々趙跳趙　字竹盲反　跳下
王一、王二有躍字，切三亦有躍
（切三奪跳字），字當據補。
第十行抄　略又初聲反　亦作鈔　又
初聲反，切三、王一、王二、廣韻
聲並作教，五刊云又去，聲
字誤。本書字又見效韻初
教反下。
第十行訬　々懮　懮，姜書
P二〇一一同（王一誤作懮）。懮

同憂字。集韻引說文訬擾
也。重文疑出误増，姜書P二
〇一一無。
第十行⿰鬼堯 々疾 王一、王二無重
文，疑出误增。
第十行庖 薄交反 廚十二 廚上切
三、王一、王二並有食字，當據補，
第十行咆 咆虎聲 虎上切三、王一、
王二有熊字，當據補。
第十一行瓟 以瓠為飲器 注文切
三同。王一、王二以字作似。廣
韻云似瓠可為飲器。
第十一行棓 々手 切三、王一、
王二、廣韻棓並作掊，五刊

同本書，云手々取物。案當
从手作。
第十一行嘐 々不實事 而大語
王一無此字。王二字在庖下狍
上，注云々々不實事。案孟
子盡心下：何以謂之狂也：曰
其志嘐々然，曰古之人，古之
人，夷考其行而不掩焉者也
。此當更有一重文。
第十一行䫜 於交反 頭凹五 凹下姜
書P二〇一一有㕯又面䫜反五
字（劉書䫜字作空圍），不詳
。切三、王二同本書。
第十一行⿰口夭 々昨 多聲 昨當从

切三、王一、王二、廣韻作咋。
集韻亦误作昨。
第十二行眑 々⿰目翏面 不平皃 姜書
P二〇一一無面不平皃四字，⿰目翏
下云又於糺反口靜，王二云々
⿰目翏面不平又於糺反。本書黝
韻於糺反眑下云幽靜又於交
反，此當據P二〇一一補。P二〇
二所殘即幽字。
第十二行梘 捎祠 梘字王一、
王二同，當作梠。注文王一云
々柌；王二云捎柌；廣韻字
作梠，云梠柌鎌柄。案本書
之韻似茲反柌下云鎌柄，此

文祠當是柌字之誤，捎當
即梠字之誤。（集韻則曰木柌
曰梠，梠字譌作梞。類篇
注同，字譌作梞。）
第十二行 㙇 地不平 此下王一
有虠字，云五交反一。王二同。
案切三韻末亦有此字，云五
交反又苦調反一，然切三前
五交反下無此字，故於後增
之，王一既五交反已收此字，不
當更出。此當由後人據切韻
妄增。 本書前五交反有虠字。

卅二 豪

第一行 豪 胡刀反俠亦作豪 通俗作豪十一
二豪字不當相同，姜書P
二〇一一云亦作豪通俗作豪
。本書「亦作豪」豪當作豪。
第一行 號 哭 切三、王一、王二
無哭下重文，此蓋出後增。
第一行 毫 毛 切三、王一、王二
無重文，此蓋出後增。
第一行 嗥 熊虎聲 亦作呺 呺字
王一作獔，廣韻同；又別出獔
字云犬聲同本書。切三、王二作
嘷，王二云俗作。集韻別出呺
字，引莊子萬竅怒呺。
第一行 嶠 山名又胡交反 又上王一

有在弘農二字，王二同本書。
第二行 敖 傲 敖當从王一、王
二、五刊、廣韻作𠢕，重文疑出
後增，王一只一傲字。
第二行 高 古勞反或作高十九 或上
王一有上出二字，或作高王一云
通俗作高，王二亦云俗作高
。又此云十九而止十八字，當是
誤脫一字。姜書P二〇一一本紐
十八字（實數計之如此，高下
脫計數字）。怜上少本書一䫉字
，荅下多本書一萛字。王
二本紐十九字，亦多本書萛
字，蓋即本書所脫。姜書P

二〇一一云葛之白花，廣韻同。
王二云草名似蘭。
第二行𦞦 脂〻 切三、王一脂下
無重文，疑此出後增。
第二行羔 羊〻 切三、王一羊下
無重文，疑此出誤增。
第二行饑 𪎭〻 𪎭字切三同，
當从廣韻作糜，姜書p二〇
一一誤作𪎭。
第二行嵲 山峍 古亭 山為重文
之誤。切三、姜書p二〇一一、王二
並云〻峍古亭，廣韻同。
第二行轒 弢一曰車上 大轒〻 弢
當作弢。重文當出後增。切

三、王一、王二並無。
第三行鼕 鼓長丈 二尺 切三、王一、
王二並云役事鼓一曰大鼓長丈
二尺，當據補。
第三行鷄 鳥名 鳥上王一、切三
有鶤鷄二字，王二同本書。
第三行篙 棹竿 棹當从王一作
棹，棹与櫂同。
第三行怜 句知 正注文姜書
p二〇一一、王二、五刊同，廣韻
字作悋，注云知也局也。集韻
字作悋，注云局知也。案當以
作悋者為正，作悋誤。
第三行䬤 食之不飢 食上王一

有白〻二字，王二同本書。
第三行麔 牝麔 牝麔，姜
書p二〇一一、王二、五刊同，集韻
云牡麔。案爾雅釋獸麋：牡
麔牝麎。又云麔，牡麌牝
麌。說文同。麔或作麔，与
麋形近，遂誤麔為麔麔；
當云牡麋。本書真韻植鄰
反麎下云牡麋，則誤牝為牡
、見真韻麎字校箋。
第三行劳 盧刀反 劬 劬下脫
十四二字，本紐凡十四字。姜書
p二〇一一劬下云十四，十四字悉
同本書。

第四行牢 馬養牛 馬下王一有
從用省取四固從宀者口諸
字。案俗書牢字作窂（見廣
韻、集韻），故引說文以正其失
，而語多譌誤。
第四行醪 酒濁 切三、王一、王
二只一酒字，廣韻同本書。說
文云汁滓酒。
第四行哰 嘮哰 偖拏 嘮字王
一、王二、廣韻同。本書寒韻
亦同；今方言作嘮。偖字王
二同，本書寒韻嘮下同。今
方言作譇。各韻書正字無
偖字。

第五行蒿 呼高反蓬 蒿五九 五下
九字不當有，本紐凡五字。或
係毛下數字誤補於此，參毛
字校箋。
第五行橈 々攪 重文蓋出後
增，切三、王一、王二無。
第五行嬦 耘亦作 茠鎒 鎒上王
一有林字，王二同，當據補。
字見廣雅釋詁三。
第五行毛 莫袍反 膏毫 毫下脫
計數之字。本紐八字，蓋脫一
八字。又案上文蒿下衍一九字
．或係由此誤補。王二本紐九
字，多本書秏字。

第六行堥 前高後下汝 周反亦作嵍 汝上
當从王一補丘又二字。本書尤
韻耳由反堥下云前高後下丘。
第六謠 々鷂 楱舟反 又 切三、王一、
王二鷂上並無重文。又楱舟反
，切三、王一、王二、廣韻並無此又
切，本書尤韻無此字，不詳。
集韻字又音叨号切，亦不見尤
韻。
第六行叨 々濫 重文疑出後
增，切三、王一止一濫字。
第六行犢 牛無子 羊無子 又高來元 牢二反
．牛無子羊無子，王一云牛
羊無子，切三、王二、廣韻同，當

擡改。又高來反，高當是昌
字之誤。切三、王一、王二、廣韻
並云又昌來反，廣韻咍韻收
此字，音昌來切。又元宰反，
元字切三、王二作充，姜書P
二〇一一作九（王一作充）。案元九
並充字之誤，充宰反即脣
韻之尺招反，集韻蚩招切
收此字，詳拙著例外反切的研
究一文。
第七行槄 棺周書云舀乃槄 棺字烏活反[木匋]
槄棺並當从切三、王一、廣
韻作搯捾。反下當是亦作二
字，蓋經補貼而脫失，故略無

痕跡。王一云亦作掏。本書[木匋]
即掏字之誤。
第七行平 進趣 平當从廣
韻作夲若半。王一作半，
王二作夲。
第七行笞 篼牛 篼當从廣
韻作篆、方言十三笞，篆
也。說文篆，飲牛筐。又王一
此字在舀字上。
第七行刀 都勞反五 一釖刀 釖刀
二字互倒，刀上有鉤為識。又
王一無一刀釖二字，切三、王三
同。
第八行騷 蘇刀反摩 動見八 王一

注云愁，王二同。
第八行搔 爮刮 爮刮，廣韻
同。切三、姜書P二〇一一、王二
並云爬刮。各韻書無爮字，
疑即爬字之誤。明梅膺祚字
彙收爮字，云爬刮。所本蓋
即廣韻。
第八行繆 絡繭取絲 絲下王一
有又七聊反深色紺又所銜反
攙垂皃正作纔諸字。切三亦
云又七聊反染色紺又所銜反攙
垂皃，王二亦云又七聊反深色，
本書蓋抄者節略如此。纔或
作綅，俗書纔與繆同，遂有

又所銜反之音，又七聊反，名書
蕭韻無清母字，集韻宵韻
千遙切收此字，云帛如紺色。
第八行鰷 魚名 切三、王一、王
二、廣韻、集韻鰷並作鯈。此
當是涉上鯈字注文鰷字而
誤。鯈魚出山海經。
第八行慅 愁狀 切三、王一、王
二愁下並有恐字，當據補。
第九行陶 徒刀反瓦器 正作匋十九 此云
十九而實數止十七，當是誤奪
二字。王一本紐十九字，其中
壽鋾二字為本書所無；切三
十三字亦有濤字，蓋即本

書所脫。參檮駣二字校箋。
第九行桃 果々 王一云毛果，
當从之。
第九行逃 々走 王一走下無
重文，此疑出後增。
第九行梋 出棺 梋字當从切
三、王一、王二、廣韻作搯，棺字
當从作棺。
第十行檮 杌々 檮杌當作檮
杌。又此上王一有濤字，注云大
波，切三、王二同，當據補。陶下
云十九是其証。
第十行騊 々駼似馬 善陞獻 善陞
獻三字王一無，切三、王二、廣韻

同。爾雅釋獸曰騊駼馬；又
曰騉駼枝蹏趼善陞甗。此
蓋誤騊駼為騉騊而云然。
獻又為巘若甗字之誤。甗
巘同字。西京賦云陵重巘
，獵騉駼。
第十行裪 襦 襦當依王一作
襦，廣韻云襦裪衣袖。
第十行蜪 々蝗子有翅 又勑高反 王一、
王二無重文。爾雅釋蟲蝝，
蝮蜪。說文蝝，復陶也。此
或是重文上脫蝮字。有翅，
王一同，當从王二云未有翅。
見爾雅郭注。又勑高反，本

韻吐高反無此字，廣韻收之。
第十行駣 駣上王一有錭字云鈍。王二亦有此字，注同。當據補。陶下云十九是其証。
第十行翢 翢幢又吐高反 又吐高反，王一、王二同。本書吐高反無此字，廣韻土刀切收之。
第十行萄 此字王一在騊下。切三本紐十三字，末一字為萄，与王一合，當據易。
第十行遭 須 須字切三、王一同，不詳。
第十一行嘈 終又祀牛反 又祀牛反，王一同。本書尤韻似由

反無此字，字見字秋反，云又子牢反。名書同。集韻則徐由切亦收此字。
第十一行輮 日出遭東日明 注文王一云日出方遭東日明，俱不詳。王二云日出，集韻云日出明，廣韻無此字。說文輮下云二東，轉從此闕。
第十一行褿 䘺又才勞反 褿當作褿，䘺當作䘺。說文褿帴也，廣雅釋器褿袚䘺褅也，䘺即帴字。姜書P二〇一一、王二並誤褿作褿。王二䘺誤為棧（P二〇一一注文殘

脫）。廣韻此字作慒。參下慒及褿字校箋。又案王一褿字在慒下，王二同本書。
第十一行慒 籍 慒當从廣韻作慒，籍當从廣韻作藉。慒即褿字。廣雅釋器褿、褅也。疏証云：玉篇褅，小兒衣也。李奇注漢書宣帝紀云：緥，小兒大藉也。藉与褅通。王一、王二慒字皆誤為慒，然注文藉字未誤。褿慒本一字一義（參上條）。此不應別收。廣韻止一慒字。集韻收慒為褿字或体，

又出懵字云慮也，則未審諸書懵字之譌，遂以爾雅說文之義實之，懵字實不入本韻也。（字在冬韻、尤韻。爾雅釋言釋文云懵本作憦。）又籍下重文出後增。王一、王二並無。

第十一行敖 五勞反遊 俗作遨廿 廿字 王一作十五二字。案王一實廿一字，誤囂以下六字為許驕反、遂改廿一為十五（姜書p二○一囂上加圍，是其驗）。本書脫一嫯字，因改廿一為廿。參嫯字校箋。

第十一行謷 不省語又 五交反 不省語，切三、王一、王二、廣韻並同。段氏改廣韻省字作肖。案五刊云不肖語。各書肴韻五交反謷下云不肖。說文謷，不肖人也。朱駿声云肖為省之誤，引楚辭「不聽話言而妄語」為証。

第十二行獒 犬高四尺 王一無高四尺三字，切三同。王二同本書。

第十二行熬 煎 重文蓋出後增。切三、王一、王二並無。

第十二行嫯 王一嫯上有嶅字，云山多小石，切三同。王二亦有此字，注同。當據補。參嶅字校箋。

第十二行鷔 鳥身白赤口 身白二字互倒，白上以鉤為識。王一口下有集所國亡四字，切三同本書。

第十二行鼇 海中大鼈 鼇字切三、王二、五刊同。王一、廣韻、集韻並作鼇，从黽。注文大鼈王一、集韻同。切三鼈字作鱉。王二云文龜，文當是大字之誤。五刊云大龜。廣韻云大鼇，鼇當為鼈字之誤。

第十二行螯 似蟹 王一云蟹

蠹，切三、王二、廣韻同。案螯
為蟹不詳。~~蟹字蠹并猶言蟹~~
~~体字蠹~~。
第十二行菽△ 蘩縷蔓△ 生細草 蘩
縷，王一、王二同。爾雅釋草
菽蘡蘱縷，郭注今蘩蘱也，
縷字亦从草。切三、廣韻則
作蘩縷。
第十二行螯△ 解△ 此字王一
在蟹下。注文王二云蟹々(王
一注文殘脫)，廣韻云蟹大腳
也，玉篇云蟹鈴。本書解
是蟹字之誤，下當更有一
字。王一奪注文。集韻云蟹

大足者(類篇同)，与螯同字。
第十二行類△ 々題 高皃 類字王一
同，當作顡。
第十三行鰲△ 衛△大 夫△名 姜書P
二〇一一奪衛大二字，劉書夫
字又誤作魚。
第十三行嗸 々眾△ 口愁 王一云々々
眾口愁，此當更有一重文。
第十三行鏊 釜△ 々 重文出誤增
．王一、王二並無。
第十三行爊△ 於刀反埋灰△ 火令熟二 爊
字切三、王一、王二、集韻並同。廣
韻字作鏖。案廣雅釋詁四
鏖，熅也。曹憲音烏高反。

字當是从鹿匕為声，麃鏖匕声
絶異也。注文刀為刀字之誤。
大字又似火字，旁有黑點，蓋
經塗改。姜書P二〇一一作大。
切三云埋灰火令熟。當从正。
第十三行鑣△ 銅盆 鑣字切三、
王二、集韻同。姜書P二〇一一
作鏖(王一作鑣)。案當依廣
韻作鏖。說文鏖，温器也，一
曰金器。从金麀声。与麃
声之鑣異字。
第十三行曹 昨勞反△ 姓十一 王一云
府，府下有正字。案正下疑
奪轉字。

第十三行嘈 々喧 切三、王一喧下
無重文,此疑出後增。廣韻則
云喧嘈。
第十三行鏁 鐵剛 析 析當从切
三、王一、廣韻作折。
第十四行䄚 祭豕 先 注文差書
P二〇一一誤作々祭九三字(劉
書作々祭□□)。
第十四行蓸 々草 重文當出
誤增,王一無。
第十四行䄚 袟又旦勞反 旦字
王一作且,當从之。惟本書七
刀反下無此字,王一同。字見作
曹反下(字誤作禮,見前禮
字校箋。王一此亦誤作禮)。
廣韻則七刀切下亦收此字,字
作嘈。
第十四行鷎 々 高 王一高下無
重文,此蓋出誤增。
第十四行。••• 空隙及三小
點,不詳。王一韻末有橐
字,注云普勞反橐張大皃(皃
下脫一字)。王二字在尻下,云
普勞反橐大皃一。正与此隙
同長,疑原是此字正注文,蓋
經剜補而後脫去。
第十四行猱 奴刀反 猴 四 四當云
五,蓋自下文脫瓇字,遂改
五為四。王一本紐五字此下云
五,參下瓇字校箋。
第十四行獶 深毛犬又 了 交反 了當
从王一、王二作乃,字又見肴韻
女交反下。
第十四行巎 山名亦作 峱 峱
上王一有嶩字,廣韻、集韻
並有此或体。峱當作峱。
第十五行瓇 貪 獸 王一、王二、
廣韻瓇下云玉名,王一下出
夒字云貪獸,並与說文合。
廣韻獿下云獸名,集韻夒
或作獿(今誤作獶,注文云
或从夒)。本書脫瓇下玉名

二字及正文㖿字。參猻字條。
第十五行尻 苦勞反。一 一上王一
有髝字，切三、王二並載此訓。
第十五行懆 所以裹髻 又七遙反 懆
當从切三、王二、廣韻作幧。姜
書P二〇一一作幓，本書實韻
七遙反亦作幓，並从巾。又七
遙反，遙字王一、切三並作搖，
王二同本書。

卅三 哥
第一行哥 古俄反。音曲亦作謌。通俗作歌。八
八字當由後人改之。下文牂
是𦨭字注文，舸字亦後人
誤增。詳見各本條。又案切
三、王一、王二本紐並有㚴字，
注云女師。疑本書原亦有此
字，此八字原蓋作七，切三、王一
此並云七。
第一行㤰 々法 切三、王一法下無
重文，此蓋出誤增。
第一行渮 渮上王一有㚴字，
注云女師。王二同。切三亦有
此字，在㤰字上。當據補。參
哥字校箋。
第二行𦨭 所以係舟 牂 𦨭郡名或作舸
切三、王一𦨭下云所以繫舟
牂𦨭郡名或作舸（切三舟字
作船）。此誤牂字為正文。
第二行舸 同上 舸非滒字，上
文𦨭下云或作舸（參上條），此
當由誤衍。
第二行㮴 棺材頭版 王一、切三並
云棺頭，無材版二字。
第二行戈 勾々矛戟 王一、切三、王
二並云句矛戟，無此重文。
第三行輠 車盛膏器亦作楇 楇
當从王一、王二、廣韻作楇。
第三行樏 理 樏當从切三、
王二、廣韻作欙。樏別為一字
。姜書P二〇一一亦誤作樏。
第三行騾 々馬或作驘 驘當

从切三、王一、王二、廣韻作𣎆。

第三行螺△ 水虫△亦作𣎆 虫下王一有螺蜊二字，切三、王二同本書。

第三行⿱艹𣎆△ 草名生水中 ⿱艹𣎆當从王二、廣韻作⿱艹𣎆。

第四行⿰金𣎆△ 鉎⿰金𣎆小釜 或作鬲△ ⿰金𣎆字當从切三、廣韻作⿰金𣎆（切三注文字誤作鐵），說文云从金𣎆声。王一、王二誤同本書。鬲不成字，切三作鬲，亦誤。當作鬲，即下文⿰鬲斗字，參下⿰鬲斗字校箋。

第四行腡△ 手裏々文 切三、王一並云手裏文（姜書P二〇一一作手裏反），王二云手中文，並無此重文。

第四行⿰鬲斗△ 亦⿰金𣎆△又△公△科反△ ⿰鬲斗當作⿰鬲斗，即說文鬲字。切三⿰金𣎆下云或作鬲，鬲即此字之誤。本書⿰金𣎆下仍陸氏切韻之舊，云或作鬲；而此又出⿰鬲斗字，蓋以鬲字譌誤過甚，王氏未及審照，遂又加⿰鬲斗字耳。姜書P二〇一一⿰金𣎆下云或作□，作下一字殘缺，當亦是鬲字。王二⿰金𣎆下云鉎々，又公科反，不更出鬲字，蓋合本書⿰金𣎆及⿰鬲斗下注文而改之。又注文⿰金𣎆當从王一作⿰金𣎆，詳前⿰金𣎆字校箋。又公科反，本書古和反未收此字，王二、廣韻收之。

第四行蕉△ 盛土器△又力△佳反△ 蕉字廣韻同，王一作蔂，王二作蔂。案字本作蘽，省作蔂，俗从二糸作蔂，又譌作蕉。說詳蕭韻蕉字校箋。器上王一、王二有草字。又力佳反，佳字王一作焦，王二作誰。案本書宵韻力昭反無此字，各書同。蕭韻落蕭反下有此字，王一、廣韻、集韻同。又脂韻力追反下有蘽字，各書同。並參蕭韻蕪字條。
第四行⿱山心 題〻 縣名在涿郡 廣
韻校勘記云：⿱山心題縣漢書地
理志在清河郡。⿱山心，段氏改作
芯。別詳王念孫讀書雜志。
案集韻云在清河郡。
第五行蘘 草名可為雨衣与莎別 蘘
當从切三、王一、王二、廣韻作蘘。
第五行梭 織梭亦作⿰木莎 ⿰木莎，廣
韻、集韻作⿰木莎。
第五行痤 昨和反癤三 癤上王
一有重文，切三、王二同，當補。
三當作五，二斜畫諦審之似
猶可見。

第六行囮 細鳥者媒又余周反 細當从
切三、王一、王二作⿰糸冈。
第六行卬 木節 卬當从廣韻
作危，小篆作㔾。姜書P二
〇一一作卬尤誤（王一作卮則不
誤）。
第六行科 苦和反段十一 段上王一
有重文，切三、王二同，當據補。
第六行稞 青麥 切三云青稞
，王一、王二云青稞麥．廣韻
同。此青下脫稞字（原或作
重文）。
第六行蝌 ⿰豆斗〻 ⿰豆斗當作蚪。
第七行牠 牛無角亦作料 料字姜

書P二〇一一、王二同，廣韻字
作⿰牛料，集韻兼收二体。
第七行溇 濁〻 王一、王二濁下
無重文，此蓋出誤增。
第七行蹉 七河反跌六 跌上王一、
王二有重文，廣韻云蹉跌也。
切三同本書。
第七行瑳 玉名 王一、王二、廣
韻並云玉色是也。切三亦作玉、
名，本書蓋沿切韻或本之誤
。名与色字形略近。
第八行傞 〻舞不正 姜書P二
〇一一云〻〻舞不正。案賓
之初筵詩云屢舞傞傞，傳

云不止也。山脫一重文，止誤為正。

第八行齹△ 齒 趺　齹當从王

一作齹。

第八行多 得河△反二　反下王一有

過數二字，切三、王二同本書。

河當从切三、王一、王二、廣韻作何。

第八行傰△ 漢書群盜傰宗　傰字

王一、廣韻同。周云：「漢書

王尊傳作傰。本書登韻步

崩切下作倗。案漢書注蘇林

曰傰音朋，晉灼曰音倍。無

得何切一音。後从傰譌作備

，又由傰譌作傍。字既訛變

，音由字生，去古彌遠。」案

王二字作傍，集韻同，又或

作傍。切三本紐止一多字。

第八行婆△　婆上王一有娑素何反娑

娑三 杪 摩 杪 傞 舞不正又七何反 諸字，

切三、王二同。此以婆娑二字形

近誤脫，當據補。杪當作挱，正當作止，切三不誤。

第八行皤 白頭皃△　皃下王一有

或作皤三字，切三、王二同，當

據補。

第八行緐△ 人姓漢緐延壽 又扶薔反

正注文緐字王一、王三同，當

從廣韻作繁。王一注文緐上

有有字，當據補。

第九行摩 莫何反 搓△ 大△　搓与摩

義不協；切三、王一，廣韻並云

研（与說文同）；此疑涉右行

搓字而誤。大字王一作七，多本

書磨字，參魔字校箋。

第九行魔△　此上王一有磨字，

注云珵石。案磨為珵石不詳。

切三、王二並有此字，切三云：「々

挼此是研從手者是手摩多

脫錯」，王二云々研。本書無磨

字，疑誤奪。

第九行髍△ 瘑 病　髍字王一同，

廣韻、集韻作髍。案上文

磨字云偏病从骨，此當从肉

与磨別。

第九行駞 徒何反駞駞此獸出北道 有肉鞍日行三百里負千 斤知水 脉十六 王一無此獸以下至知
水脉十九字，切三、王二同。
第九行鼉 鼉類又徒 寒反 又
徒寒反，切三、王一、王二同。本
書寒韻徒干反下無此字，集
韻唐干切收之。
第十行袉 裾又達 何反 又達何
反，王一、王二同。案達何反与
正切徒何反音同。廣韻云又
達可切，本書字又見哿韻徒
可反，何當作可。又案自此至
驒六字王一在鼉字下，切三
鼉下接䡐字，次第同王一，而

無此六字，當據王一乙改。
第十行鼧 鼧々 王一、王二鼧
下無重文，此當出誤增。
第十行䡐 負 々 䡐字切三、王
一、王二、廣韻、集韻並作鞁，
字出廣雅釋器，本書誤。注
文負々，王一無重文，切三、王
二、廣韻並云鞁負。廣雅云
囊也，玉篇云馬上連囊。
第十行陀 坡 王一云坡陀。廣
韻云陂陀不平之皃。案廣
雅釋丘陂陁險也，釋詁陂
陀衺也。陀与陁同。本書坡
當作陂，下又脫重文。

第十行跎 馬蹉 尾々 馬尾二字
涉下鞁字注文誤衍。王一無。
第十行鞁 馬尾 注文王一、王二
同，疑尾下脫重文。集韻引
說文馬尾鞁也。廣韻云鞁緧。
第十一行蛇 神 々 蟉當从王
二、廣韻作鼉。王一誤作蟉。
第十一行䁟 殘歲 切三、王一、
廣韻並云殘薉田。（集韻
引說文如此，今說文云殘田。）
此歲當作薉，下又奪田字。
王二薉亦誤歲，田字未脫。
第十一行瘥 小疾 病 此即上文
訓病之瘥字，左昭十九年傳

札瘥夭昏，賈注：小疫曰瘥。周語無夭昏扎瘥之憂，韋注云病。集韻收為一字。注文疾為疫字之誤，切三、王二、廣韻並云小疫病，姜書P二〇一一疫誤作疚（王一作疫，恐不足據）。

第十一行鹺　々鹹　王一、切三並云鹹別名，當據改。

第十一行蒫　實蒫　實下王一有又相邪反四字，切三同本書。案本書麻韻無此字，爾雅釋草釋文云又子邪反，王一相為祖字之誤。廣韻子邪切收此字。

第十一行鄼　縣名又子旦子管二反　廣韻酇下云或作鄼，本音贊。集韻亦收鄼為酇或体。切三有酇無鄼。本書此別出鄼字，王一、王二同本書，蓋王氏失考。下文躦下云亦作⿰足虘：一从贊，一从虘，与此同例。

第十二行佐齹　齹　姜書P二〇一一、王二並云齹䶞，廣韻云齹跌。案說文佐齹，齹差跌皃，即此字。此齹下脫䶞字。

第十二行莪　五歌反草名似斜蒿十　斜字王一同。切三、王二作蒳。廣韻作斜，張改蒳。案詩菁菁者莪正義引義疏云莪似邪蒿而細，是斜字不誤，蒳則為專字耳。本書麻韻蒳下云蒳蒿。

第十二行䳘　鴨々　鴨字切三、王二同。王一作䳗，与鴨同字。

第十二行蛾　嫧䗉々　嫧字涉下文誤衍，旁有小點為識。王一重文下有亦作𧌑三字。

第十二行䫏　々齊　切三、王一、王二齊下無重文，疑此出誤增。

第十二行誐　々善　王一無重文，

疑此出後增。

第十三行娥△美好　此字王一在峨字上，切三同，當據乙。

第十三行痑△馬病，又他單反　又下王一有力極又三字，切三同，當據補。本書寒韻他單反痑下云力極又馬病又託何反。

第十三行它△蛇害人　人下王一有書儀云無它謂此七字。書儀二字不詳。

第十三行羅△盧何反五　反下王一有綺字，切三同本書。

第十三行欏△木椽　椽字右上端不清，當作椽。王一作椽，王二字作檖。爾雅釋木：檖，羅。詩隰有樹檖，傳：檖，赤羅也。說文云椽，羅也。椽与檖同。

第十三行那△諾何反六　反下王一有何又朝那縣在安定八字，切三同，王二、廣韻亦有此二義，當據補。六當云七，蓋下文奪⿰多冄字，遂改為六。詳下梛字校箋。

第十四行⿰牛冊△似牛白尾　⿰牛冊當从王二、廣韻作⿰牛冄，或書作⿰牛冉。切三、王一作⿰牛冊，小誤。

第十四行梛△々多　梛當作梛，或作梛。切三、王二梛下云槎梛，多是⿰多冄字注文。王一無梛字，⿰多冄下云多。此脫槎梛二字及正文⿰多冄字。多下重文蓋出誤增。

第十四行臡△麋鹿亦作⿰目耎　鹿下有脫文。王一、王二並云麋鹿髓醬，廣韻云麋鹿骨醬。本書齊韻奴低反下云醢有骨。王一、王二髓疑是醢字之誤。⿰目耎字姜書P二〇一一同（王一作腝），王二作腝。集韻或体作⿰月畺。本書⿰目耎當是腝字之誤。

第十四行單　除疫人　俗作儺　人下王一
有亦作魌三字，魌當作⿺鬼冀。
又王一俗上有通字。
第十四行河　水〻　王一無重文。
第十四行荷　蓮〻　王一云蓮菜。
第十四行魺　鮔〻　鮔字姜書P
二〇一一誤魱。王二誤鮔，鮔即
䱍字。廣雅釋魚：「鯸鮔魺
䱍鰽魠也。」集韻云廣雅魺
魠也。疏証謂魺下當有也字
，本為二條。此云魺䱍，是王
氏所見廣雅与今本同。
第十四行蚵　蜉作　蚵　蜉字王一
、王二同。廣韻云蜉蠪，均不

詳。廣雅釋蟲云：「蛾蛘、元蚼、
蚼（下蚼字從疏証補）蝝、蟞
蜉、螘也。」蚼与蚵形近，此蚵
下云蜉，疑有譌誤。集韻引
廣雅蚵蠪蜥蜴也（見釋魚
），玉篇、萬象名義同。（後
者蠪誤為龍，蜥誤為蚚，蜴
誤為易。）廣韻蠪字當出廣
雅。作蚵二字亦不詳，王一此字
無或体，各書同。
第十四行訶　虎何反責　或何呵　切三、
王一云或作呵，何字誤。呵下
脱計數之字。王一云五，而柯下
有乙字，當據補。參波字校

箋。
第十五行妸　女字又　於何反　又於何
反，王一、王二同。本書烏何反
此字誤脫，詳鈳字校箋。
第十五行波　博何反　水波四　波上王一
乙字，云反于氣巳舒，王二同，
當據補。唯字當从集韻作丂
，注文于當作丂。說文云丂反
丂也，讀若呵。又波字注文王
一云濤。
第十五行皤　人老色白皃　又薄波反　又
薄波反，本書薄何反下字
作皤。
第十五行紴　錦類　又補靡反　類下

王一有又條二字，切三云又條鬗。王二同本書。又補靡反，王一、王二同。本書紙韻補靡反下無此字，字見匹靡反下。集韻則補靡、普靡二切並收。

第十五行嶓 々冢△山名在隴西△ 冢當作冢。西下王一有或作嶓三字，王二亦收此或体。

第十五行頗 滂何反語第△二 語第不詳，王一同。本書箇韻亦云語第，王一云語節。疑當是語邪之誤。孟子云詖辭知其所蔽，詖与頗同。左氏昭公十二年傳云書辭無頗。

第十五行珂 苦何反馬△二 珮飾 馬珮飾，王一同（珮作佩）。案馬下當有腦字，馬腦与瑪瑙同。廣韻云馬腦，王二云珮飾。

第十六行阿 烏何反△五△ 反下王一有曲字。五字王一作六，此因下文奪婀字，遂易六為五，當據王一改六字，參鈳字校箋。

第十六行娿 婀△娿不決△ 婀當作婀。決下王一有婀字烏含反五字。

第十六行痾 病亦作阿△ 阿字王一、王二、廣韻、集韻並作痾，當从之。

第十六行鈳△ 鈳上王一有婀字，云女字又虎何反，王二同。本書虎何反婀下云又於何反，此當係誤奪。

第十六行詑 譎△詑又吐谷反 譎△字他擊反 譎字王一同（作譎）。案錫韻他歷反下無譎字。廣韻譎作詆（云詑詆，二字互倒），本書他歷反正有詆字，注云詆詑。又屋韻他谷反詑下亦云詆詑，各書同。此云譎詑未詳何由而誤。

第十六行譓 々△慧 王一、王二慧下無重文，此蓋出誤增。

第十七行挼 奴和反 莏一　　莏上

當攈切三、王一、王二補挼字

或重文。本書蘇禾反莏下

亦云挼莏，二字疊韻連語。

第十七行碢 碾輪　　碢字王一、

廣韻、集韻同。注文姜書P

二○一一、集韻同（集韻考正云

輪下奪石字，據宋本及類篇

補），廣韻云碾碢（王一同）。

王二本紐無此字，第二字作墤

，注云「飛塼，亦磚，碾也。」

廣韻別出墤字，云飛塼戲

也。集韻云通作磧磚；亦

別出墤字，云飛甎戲也，並

收磧、砣、甎、瓻，諸或体，又

出磚字，云圜皃。案王二墤

當即本書碢字。

第十七行韡 々韡無反語火戈反又希波反陸無反語

古今 二　　注文切三云々韡無

反語。王一云々韡無反語胡

鞾亦作靴或作𩌦火戈反又

布波反（案布當是希字之

誤）陸無反語何李誣於古

今。案切三三等合口止收一韡

字，故云無反語。本書及王一

三等合口亦止本紐二字，故从

陸氏切韻云無反語。又云火戈

反又希波反者，蓋何李二家

反語，然韡是三等字，（見

韻鏡、七音略。廣韻此字音

許肥切。）戈波是一等字，故

云何李誣於古今。本書奪字

甚多，當依王一補。

第十七行[阝朶] 丁戈反丁果反 小堆亦埵垜一

丁果反丁上當有又字，王一、王

二云又丁果反。本書哿韻丁

果反字作埵。

第十七行欸 去　　去字王一、王

二同。廣韻云欠去，集韻云

气出。

第十八行迦 居呿反 佛名一　　佛字

王一作仙，王二同。

第十八行蛇 袁柯反又吐何 食遮二反一 蛇
字袁柯反，王二同。廣韻、集
韻無此紐。集韻唐何切下收
蛇字，即此字此音（詳拙著例
外反切研究〈文喻四与定節〉
。又吐何反，本韻託何反有它
字，廣韻云說文蛇它同字。
第十八行⿰口過 于戈反一 王一反下有
小人相應四字，王二同。王二云
丁戈反，丁當是于字之誤。集
韻謣字于戈切，注云拒譍，拒
即相字之誤。（廣雅釋詁一
謣、譍也，即此字。）當与本書
⿰口過為一字。惟戈是一等字，于

母例不見一等；此与匣通。廣
韻集韻字正見胡戈切下。
第十八行脞 食和反 脆二 食當从
王一、王二作倉，廣韻音醋伽
切。（廣韻伽為下字疑誤。其
遳下云脃也七戈切，与此字音
義同，應即一字。集韻遳
脞⿰女坐等四字村戈切，又脞⿰女坐二
字醋伽切。前者仍廣韻以
前韻書之舊，後者从廣韻。）
第十八行⿰女坐 訬疾又子和反 又子和
反，王一、王二同。子過反下誤
作挫字，說詳下。
第十八行挫 小又倉和反 挫無小

義，疑當作脞。書堯典元首
叢脞哉鄭注總聚小々之事
，傳云細碎無大略，正義引
馬融注脞小也，与此云小合。
倉和反下有脞字，亦与此云又
倉和反相合。唯集韻本紐有
⿰女坐字云少見，本書倉和反⿰女坐
下云又子和反，与此云又倉和
反互見，故又疑此為⿰女坐字之誤
。王一此字誤作侳。（又案莊
子人間世挫鍼治繲，釋文云
郭祖禾反，与此音合；然義
不為小。）

卅四 麻

第一行車 昌遮反 居△二 居上奪又音二字，王二、廣韻並云又音居。王一作車字，尤誤。

第一行奢 式車反 侈△三 侈上王一有重文，切三、王二同，當據補。

第一行賒 不交△ 注文切三、王二同。姜書P二〇一一交下有亦作昚，不詳。篇海賒字下云不交。

第一行斜 又似嗟反 谷名裦△中 裦 當从集韻作褒。王一、王二並誤作裦（姜書P二〇一一作褒，恐以意為之）。

第二行擨△ 々歈△手相弄 歈字以朱反 擨字當从切三、王二、廣韻从欠作擨。•手上王一有擧字，切三、王二同，當據補。

第二行葤 茱々△ 王一、王二並云茱名，重文誤。

第三行罝 网亦作䍌同△ 同字疑衍。

第三行祖 縣名又似與反△ 又似與反，王二、廣韻同。各書語韻邪母無此字，俱見從紐。本書慈呂反字誤作祖。

第三行譇 詠々△ 王一、王二詠下無重文，此蓋出誤增。

第三行虵 食遮反 虵△一 王一食遮反下云又土何反毒蟲古者草□□□□□□□□□。

第三行華 戶花反 茂△七 王一云美，下有俗作華三字，正文字作華。

第四行鏵 錘△ 案鏵鋘同字。切三鏵下云又作鈠，鈠即鋘之誤。王二鋘下云亦鏵，廣韻、集韻同。本書上已收鋘字。錘當作鍤，字之誤也。方言五：臿，宋魏之間謂之鏵。釋名釋用器：鍤，或曰鏵。

第四行釫 兩刃垂△ 或茉△ 垂當作臿，此与鏵下誤鍤為錘同。說文茉：兩刃臿也。或作鈣。本書苿誤作茉，廣韻、集韻鈣為鍈鏵或体，王二同本書。

第四行瓜 古華反 菰蓏五 五當作六。下文誤脫婐字，遂改六為五。詳見蝸字校箋。

第四行蝸 々牛小螺女 侍又於果反 王二婐下云女侍又於果反，廣韻同。本書哿韻烏果反下有婐字。此正文奪婐字。

第四行譁 諠 々 重文下王一有亦作誇三字。

第五行姱 奢 々 王二奢下無重文。廣韻此云奢皃，別出夸字云奢也（案見說文）。集韻同廣韻。

第五行詉 譇詉語譇 字張家反 語下有奪文。切三、王二並云語不正，本書陟加反譇下亦云語不正，各書同。

第五行拏 絲拏相牽 亦作諵詃 拏當从切三、王二、廣韻作絮。亦作諵詃，各書無此或体。集韻本紐諵下云博雅譇諵拏也。諵拏二字曹憲並音女家反，故本書收為一字。詃當与廣韻詃及集韻詃同字，並詉之變体。詉与拏字通（詳見廣韻詃字校勘記），故本書亦收為拏字或体。

第五行茹 藸 茹 茹字王一、王二、集韻同，廣韻作蒘，本書魚韻女余反亦作蒘。

第五行袽 衣 注文王一、王二同。廣韻衣下有敝字，當从之。易既濟繻有衣袽，虞注敗衣也，說文袽，敝衣。

第六行笳 々卷蘆 葉吹之 切三、王二重文下並有簫字，廣韻同，此誤脫。

第六行猳 々斗 豕 斗當是牡之壞誤。說文豭，牡豕也。

切三云土豕，土亦牡之殘文。

第六行枷　〻瑣，又連枷朾轂　朾當从切三、王二、廣韻作打。轂下王二、廣韻並有具字。

第六行袈　〻裟胡人衣　王一無胡人衣三字，裟下云亦作髦。

第七行迦　不得進　迦當从王一、王二、廣韻作迦。

第八行瑕　玉　玉下有奪文。切三、廣韻並云玉病，王二云玉疵。

第八行鰕　大蝦　蝦字切三、王一、廣韻作鯢（王二作鯢，亦鯢字之誤）是也。爾雅釋魚鯢，大者謂之鰕。

第八行碬　礪石　正、注文王一、王二、廣韻、集韻並同，切三本紐無此字。廣韻校勘記云：「此字從段，已見換韻丁貫切下。此處作碬當删」。案周說是也。本書翰韻都亂反下云碫礪石。

第八行葩　普巴反，草花，俗作葩，二　切三、王二花下有白字。廣韻云花也，又草花白。案說文葩，華也；皅，艸華之白也。俗作葩，王二、廣韻並云亦作皅。

第八行蚆　贏屬，百加反　贏當从集韻作蠃。爾雅釋魚：貝，蚆博而頯。貝与蠃同類，故云贏屬。下伯加反蚆下正云贏屬，百上當有又字。

第八行⿱穴亞　〻宗，姿態皃，宗字宅加反　姿上當依切三、王二、廣韻補作字。

第九行巴　伯加反，大　反下王一有夷類二字，王二同。切三同本書。

第九行豝　牡豕　牡當从集韻作牝。說文豝，牝豕也。唯切三、王一、王二並云豕，疑此由後人增之。

第九行蚆　贏屬　屬下王一、王

二有又普加反四字，本書普巴
反有此字，注云又百加反，當據
補。
第九行䐯 瑕 正、注文佳韻
楚佳反並同。疑瑕為腵字之
誤，說詳佳韻校箋。
第九行𠜾 々蒯 蒯當从廣
韻作蒯、本書佳韻楚佳反下
作蒯不誤。重文疑出誤增，
佳韻無。
第十行裟 々袈 重文下王一有
亦作毟三字，切三、王二同本書。
第十行紗 纑々絹一 纑上當
依切三、王一、王二補曰字。

第十一行蒩 菜楚葵 生水中 菜字
切三、廣韻並作芹。王二云莽，
亦芹字之誤。
第十一行䖑 似指 按 似當从切
三、王一、王二、廣韻作以。
第十一行齇 牙齒不正 王一此字
作齹，注文正下有字合齒在
左（姜書左作右）五字。王二同
本書。案切三本紐四字，無此
字。則此字出王氏所增，不應
書其誤体而注云合作某。蓋
或本誤齇為齹，鈔者不欲逕
改，遂云字合齒在左耳。說
文此作齇。

第十一行柤 取又才野 子野二反 柤字
姜書P二〇一一同（王一作担，恐
失真），當从王二、廣韻作担。
本書馬韻慈野反下作担。又
才野反，集韻似也切收此字，
音實同。（詳拙著例外反切研
究）。本書徐雅反未收；字見
慈野反，然慈是茲字之誤。
第十一行窊 宅加反 窪窊九 窊當
从各書作窊。本書烏加反窪
下亦作窊。又本紐八字（案
衺下秅字亦屬本紐，詳秅
字校箋）而此云九，當有誤
脫。姜書P二〇一一本紐𣘻下

有塗字，王二、廣韻並有此字（王二塗作涂），當據補。（案：本書模韻度都反塗下云又丈如反，如即加字之誤，与此正合。）姜書P二〇一一注云餘又唐都反。餘与餘同。

第十二行躇 跱行難皃 切三、王二跱上並有重文（王二跱誤跨），廣韻跱上有躇字，此誤脫。

第十二行椿 春藏草可為飲用 草下當依切三、王一、王二補葉字。廣韻云春藏葉。姜書P二〇一一飲下無用字，而云巴南人曰葰椿，切三、廣韻同。本書用字疑即南字之誤，當據增。

第十二行膰 之丘 膰上當據姜書P二〇一一補涂字，注云餘又唐都反。詳案字校箋。重文有誤，王一、廣韻云丘名，王二止一丘字。

第十二行袠 又似嗟反不正二 姜書P二〇一一無又字，似嗟反為正切，當據刪。

第十二行秅 秭二 秅字當在袠字上，各書秅字並隸宅加反。本書案下云九，袠下云二，並可証此字誤倒。

第十二行闍 視奢反。德胡反城上重門 德上脫又字。

第十三行髽 莊花反婦人喪冠一 莊當作莊。

第十三行檛 陟瓜反棰二 切三、王二正文同，注文云打。姜書P二〇一一正文作𥜽，注亦云打。𥜽當是檛字之誤。廣韻字作檛，訓棰，与下文筡同字。案說文筡，箠也，檛与筡，名動之異，其實一字。

第十三行筡 箠 切三無此字。姜書P二〇一一作筡，是也。筡与檛實為一字（參前條）。

第十三行舥　蒱巴反或作杷三　或上姜書P二〇一一、王二有㨫字，切三亦釋其義云㨫，當據補。

第十三行琶　樂器　王二、廣韻樂上有琵琶二字，姜書P二〇一一同本書（王一則亦有琵琶二字，未詳何以相異如此。）

第十三行楂　鋤加反亦作槎四　王一、王二亦上有水中木三字，切三亦云水中木，此疑誤奪。

第十四行齇　〻牙　切三、王二並云〻牙，廣韻作齇牙，此誤倒。

第十四行侘　勑加反傺失志皃二　傺上當依切三、王二、廣韻補侘字。

第十四行㚊　纋皃　王二、廣韻並云纋口，說文云㚊脣皃，疑本書纋下脫口字。

第十四行觰　角上長下大　集韻云：說文觰拏獸也。一曰下大者也，或說角上張。本書長是張字之誤。唯切三、姜書P二〇一一、王二、廣韻並云角上廣。疑此由後人改之。

第十四行秺　開張又縣名　張下當从王二、廣韻補屋字，見說文。姜書P二〇一一同本書（王一則張下亦有屋字）。

第十四行䛩　詐〻拏　正、注文王一、王二同本書。切三無此字，廣韻同。集韻收䛩与譇一字。案集韻是也，䛩拏即譇詉。

第十五行呀　哈呀哈字呼哈反　呼哈反，哈當从切三作含。惟本書覃韻火含反下無此字，廣韻收之。

卅五　覃

第一行覃　徒南反及十四　南字切三、王二、廣韻並作含，本書韻目下亦云徒含反，王一同。此疑非原作。

第一行蟫 衣中白虫 虫字切三、
王一、王二並作魚，當據改。
第一行譚 大々又徒感反姓 切三、
王二大下無重文，廣韻云大也
，此重文蓋出誤增。姜書P
二〇一一誤大口（王一則止一大字）
。又徒感反，切三、王一、王二、廣
韻並無又切。本書感韻徒感
反下無此字，廣韻收之。
第一行燂 大熱 大當作火，見說文，切三同本書
第二行⿰甘覃 長味又徒紺反 勘韻徒紺反
字作醰。王二此作醰，注云亦作⿰甘覃。
第二行⿰甚冘 邃々室 王二云々々
室邃，廣韻云⿰甚冘⿰甚冘屋深

皃。案漢書陳勝傳：夥頤
，涉之為王沈沈者。應劭云：
「沈々，宮室深邃之貌也，音
長含反。」与此音義合。此奪
一重文。邃當作邃。
第二行參 倉含反 敬四 敬字當
有譌誤，未詳。
第二行⿺走參 ⿺走覃々走皃 ⿺走覃々當
云々⿺走覃。各書云⿺走參⿺走覃，本書
⿺走覃下亦云⿺走參⿺走覃。
第二行南 那含反 火南七 注文南
字當从王一、王二作方。本書
原似曾以雌黃塗改。
第二行男 子稱字從田力 王一男

作男，無字從田力一語。王二
字亦作男，云々兒。
第三行柟 木名可作舩 王一無可
作舩三字，切三同。
第三行柟 併侍又生兼反 侍當从
王二、廣韻作持。說文抩，拼
持也。又生兼反，王二同。案各
書添韻無此字，添韻亦不
當有審母。廣雅釋詁三抩
，持也。曹憲音而鹽反。本
書鹽韻汝鹽反下有此字，各
書同，此誤。廣韻云又他含切
，各書本韻透母無此字，集
韻又見談韻他甘切下。

第三行⿰冊龜 龜距亦作舺 ⿰冊龜當从廣韻作⿰冊龜，王二作⿰冊龜。舺當从廣韻作舺。

第三行諳 烏含反。託亦作諳。九 注文切三、王二並云記憶。廣韻云記也、憶也。本書託當是記字之誤，託下原或有憶字。諳當从王二作⿰言酓。

第三行婞 々阿女不決 婞字切三同。當从王二、廣韻作婞。

第三行腤 𧴈肉 切三、王一、王二𧴈下並有魚字，當據補（案王一腤字誤在⿰酓音字下）。

第四行⿰酓音 聲小又於林反 又於林反，廣韻同。王一無此又切（案王一⿰酓音字誤作音），本書及廣韻侵韻於吟反下無此字；別有䣢字，本書云又於南反，廣韻云醉聲又於南切，王二云聲又於南反，即此字俗書。廣韻望文生義，於聲上加醉字。集韻从之，別出⿰酓音字云小聲；又於本紐增䣢字，注云醉謂之䣢，儼然一从酉音声之新字矣。

第四行盒 覆蓋 盒當从王二、廣韻作盦。

第四行⿰木函 桃々 ⿰木函字切三、王二、廣韻、集韻並作棓。王二注云亦⿰木函，集韻云通作含（案禮記月令：四月，羞以含桃。）別出⿰木函字，注云替通水具。疑本書⿰木函字涉上文涵字而誤，而王二因之。

第四行⿰月含 排囊柄 正、注文王二同本書，別有肣字，云牛肥頰肉。切三⿰月含肣二字相連，肣下云排囊柄。唯依例當是⿰月含字無注文，非以⿰月含肣為一字。廣韻肣下云排囊柄，又云說文与函同。案說文䃡，治囊𩞤也。段注云：「䃡或譌作朌，而廣韻以排囊柄釋之。」集韻朌下云肥牛脯，或作䑣，𦈘下引說文治囊𩞤，獨不誤。本書䑣當作䃡，𦈲當作排。

第四行𩓾 輔車亦作頤 𩓾當从廣韻作䪴。

第四行洇 水澤名 洇當从廣韻作涵。（案此即上文涵泳字。切三、王二、集韻本紐涵字一見，廣韻亦二見，前者作涵。）名為多字之誤。說文涵，水澤多也。

第五行霻 久雨亦作霻 霻當从廣韻作霻。

第五行脃 似瓶有耳 又渠𩊱反 又渠𨥧反，王二同。本書梵韻無群母。王一字在去声嚴韻，廣韻、集韻同（廣韻韻目作𨼮，集韻作驗）。字並作䃡。本書去声脫嚴韻字誤奪。

第五行𨵭 船没 𨵭字王二作𨵭，廣韻作𨵭。集韻收洽𨵭淊䧟淦溘諸体，無此字；別出𨵭字，云受物器。

第五行圅 衘 圅當作圅。王二衘下無重文。

第五行㦧 焦色 又壈 又壈，各書無此或体。本書㦧字又見感韻盧感反，与壈同音。各書同。此當是壈上脫一音字。

第六行篸 所以篸衣 又作𢡻反 篸當从切三作篸。又作𢡻反，切三、王二同。本書勘韻祖紺反揝字，即此字，詳見勘韻揝字校箋。

第六行䉜 篗 重文蓋出後增，王二無。

第六行蹭 止 重文蓋出後增，王二無。廣韻云止。廣雅釋詁三蹭，止也。

第七行睨 視近而遠志　遠志二字
誤倒，切三、王二、廣韻並云視
近而志遠，見說文。
第七行媅 樂甚　王一無甚字。

第七行覭 內視〻　重文蓋出
誤增。王二、廣韻並云內視
（王二內誤為力）。姜書P二〇一
一右旁一字殘缺，左為視字，
亦無重文。
第七行觬 多〻　重文蓋出誤
增，王二無。廣雅釋詁三觬
，多也。

第七行領 醜皃一 領頓　領字切
三、王二、廣韻、集韻並作領。

一領頓；一下脫曰字；名字書
韻書無頓字，本書廣韻醽
下云頻頓醽，疑即領車之後
起專字。釋名釋形体：頤或
曰領車。
第七行磿 和，又紅談反　磿字
王二作磿，廣韻作磿。案當
作磿。詳見說文甘部磿字
段注。
第八行嵁 崿，又五男反　崿上脫
重文。王二崿上有重文，廣
韻崿上有嵁字，本書五含反
下亦云〻崿。

第八行𪒿 不脫冠帶 麻亦作𪒿　脫當

从王一、王二、廣韻作脫。
第八行欿 貪，又呼怙反，或欿　或下
王一有作字。
第九行㰹 持意，又呼兼、公廉二反　㰹
字王二同。廣韻、集韻作緘。
本書添韻許兼反下亦作緘。
又公廉反，本書鹽韻無見母
，廣韻同。集韻紀炎切下亦無
此字。本書字又見感韻古感
反，各書同。
第九行蜬 言䶂大者　大當从廣
韻作小。爾雅釋魚：〻，䶂小者
蜬。

第九行㒹 五含反，又五紺反，三　㒹字

王一、王二同，廣韻作⿰言熑。集韻
⿰言熑或作⿰亻熑。又案王一、王二五含
反下並釋字義云不惠。王一無
又五紺反四字，王二同本書。

卅六　談

第一行惔　▵〻憂　切三、王二憂
下無重文，此疑出後增。
第一行錟　鋒▵長　鋒為鉾字
之誤。切三、王二並云長鉾，廣
韻云長矛。鉾矛同字。並與
說文合。
第一行甘　古三反　怙▵六　怙當是
甜字之誤。王一云甜味。

第二行⿰畬凡　小罌　亦▵儲▵　亦儲，未詳。
各書無此。史記貨殖列傳：漿
千儋。索隱引孟康曰：罌也。
儋與儲略近，儲疑即儋字之
誤。
第三行籃　籠▵　籠下王一有
屬字，切三同，當據補。
第三行婪▵　貧▵又力貪▵反　王一▵籃下
無此字，濫下出惏字云貪。王
二亦惏下云貪，無婪字。廣韻
集韻亦具是惏字，廣韻云
惏貪兒，集韻云貪惏嗜也。
本書貧為貪字之誤。婪字
通常入覃韻，故云又力貪反，

而各書惏下無又切。疑本書惏誤作婪，遂有此又切。
第三行坩　苦甘反　坩甒▵七　七當作一，
此誤並他酣反六字計之。各書
本紐止此一字。
第三行苒　▵〻慈　王一、廣韻
云慈別名。
第四行⿱穴淡　⿱穴監▵　王二、姜書
P二〇一一⿱穴監下並有重文，廣
韻云⿱穴監⿱穴淡，本書⿱穴監下云〻
⿱穴淡，此脫重文。
第四行鏨　▵〻鏨　重文蓋出誤
增，切三、王一、王二並止一鏨字。
第四行⿱斬鳥　鴜▵又在咸▵反　又在咸
反，王一在作仕，王二作士，在蓋

即仕字之誤。各書咸韻床母無
此字，廣韻此字無又切。此上蟿
字各書又見士咸反，未審有誤
否。
第四行⿸麻日 和又公含反二反 ⿸麻日當
作⿸麻甘，見說文⿸麻甘下段注。又公
含反二反，語有譌誤。廣韻云
又口含古三二切，本書字又見含
韻口含反下，廣韻又見本韻古
三切。
第四行邯 阮湘人言 邯字廣韻同
，當从王二作⿰氵邯。注文王二云或。
集韻引方言云：⿰氵邯，或也。沅澧
之間凡言或如此者曰⿰氵邯如是。案見
方言卷十。廣韻注云江湘人言，戴
氏云言下應脫或字。本書阮當
作沅。
第五行魽 蚶 重文疑出誤增。
第五行⿱斬面 昨三反長面一 昨當从切
三、姜書P二〇一一、王二作作。前
已有慙字音昨甘反。廣韻此亦
誤昨字。
第五行歛 欲又呼濫反 又呼濫
反，王一、王二闞韻呼濫反⿰貝甘下
云亦作歛。本書闞韻呼濫反有
⿰貝甘字。廣韻此正文作⿰貝甘，云亦
作歛。集韻同。
第五行笘 食甘反竹箠又都頰反一 食
甘反，當从王一、王二作倉甘反。
集韻音七甘反。 本書帖韻丁篋反下云又充甘
反，充字以穿三切清一，說詳拙著例外反切的研究。

廿七 陽

第一行陽 与章反日氣廿三 三疑原作四，
以下文奪數字而改之，詳楊字
校箋。
第一行鍚 鈴在馬額 切三、王二並
云兵名，廣韻云兵名又馬額
飾，案左傳桓公二年鍚鸞和
鈴，昭其声也。杜注云鍚，在馬
額，為本書所本，然与下文鍚
字義複，詳參下鍚字校箋。

第一行羊 羘 王一、王二並云羊豕，疑此出後人妄改。

第一行徉 儴徉 徙倚 儴字各書作儴，當从之。

第二行騴 馬額白 切三云馬頭曰騴，王一云馬額曰騴，王二云馬額曰靻。案王一是也，本書曰誤作白，下又奪重文。詩韓奕鉤膺鏤鍚，箋云眉上曰鍚。疏云：「風有子之清揚柳若揚兮，是揚者人面眉上之名，故云眉上曰鍚。騴即詩鍚字，故上文鍚下集韻云通作騴也。（參上鍚字條）廣韻此云馬額上靻，集韻云馬靻。集韻姥韻靻，馬騴也。

第二行眻 搥 又子郎反 眻當从王二、廣韻作牂，搥當从廣韻作槌。方言五槌，齊謂之牂，本書唐韻則郎反牂下云槌。

第二行楊 木名一曰姓 此字切三在揚下禓上。王二在鍚下禓上，鍚下似奪揚字，王一騴下為敭字，注云明見，王二亦有敭字，注同王一。本書蓋上文漏書楊字而補之於此，此又誤奪敭字。

第三行詳 似羊反又詳狂以章反七 又上 王一有詳字，切三亦云「詳似羊反又詳狂以章反」，當據補。

第三行梁 亡廇 亡廇當作宗廇。爾雅釋宮云：宗廇謂之梁。

第三行粱 米亦作梁 梁當作粱。

第三行蜋 蜣 蜣下脫重文或蜋字，切三、王一、王二並云蜣蜋。又王一、切三注文蜋下有又螳蜋一訓，然螳蜋字讀魯當反。王二云又音郎，此當云又音郎螳蜋。

第四行量 亦量 數 王一無重文，亦無亦量二字。名書無此或佚，蓋俗書有如此者。

第四行㾾 薄力尚反 力上脫又字，王二云又力尚反。本書漾韻力讓反無此字，唐韻收之。

第四行粮 牛又力向反 又力向反，王二同。本書漾韻力讓反無此字，王一收之。

第四行賬 賦 王二賦下無重文，此蓋出誤增。

第五行鄉 土邑 土邑，王一云上邑。廣雅釋地十邑為鄉，十上疑並十字之誤。

第五行㠯 𣪊香又才立反 又才立反，姜書P二〇一一同。本書緝韻無鞞母字，字見居立反下；廣韻則亦見彼及切。

第五行鴹 酒 酒下名書有器字，當據補。

第五行禓 道上祭 禓字切三、廣韻作禓，本書与章反同，与說文合。

第五行幃 名書本紐無此字，商下云十四，不當有此字。旁有小點二，蓋志其誤衍者。

第六行將鼎 黃亦作𦎸 𦎸不成字，當从廣韻、集韻作𦎸。說文𦎸，煑也。

第六行泃 水名又乃見又力京四音 泃字王一作洶，王二作洶，廣韻作汈，集韻作汲。案當从廣韻作汈，故字又讀乃見反。說文汈，汈水也。从水，刃声。王一、王二無又以下八字。又乃見反，本書霰韻奴見反無此字，廣韻收之。又力京反，名書庚韻無來母，未詳。云四音，疑有脫誤。集韻汈字又見軫韻爾軫切。廣韻而軫切作涊。又本書銑韻奴典反有涊字，亦即此字。

第六行鍚 傷又直羊反 又直羊反，王一、王二、廣韻並云又且羊反。本書字又見七将反，直良反無此字，各書同。直當是且字之誤。

第六行瘍 憂思又尺向反 又尺向反，尺當从王一作尸。本書字亦見漾韻式亮反；昌母無此字，各書同。反下王一有亦作傷三字。

第六行房 符方反 室四 王一云傍室。

第六行防 虚度 注文不詳，王一、王二云守。

第六行魴 魚鱮 魚鱮二字疑誤倒，魴非鱮也。潎笱詩云其魚魴鱮，故以魴鱮連稱。他書此或云魚，或云魚名。

第七行幛 々幰 各書本紐無此字，當即憛之誤。切三、王二、廣韻憛下云懼，集韻云憛惶懼也。幰即懼字之誤，重文又出誤衍。

第七行彰 采々 王一、王二采（王二作彩）下無重文，此蓋出誤增。

第七行墇 雍又止讓反 雍當从王一、王二、廣韻作壅。

第七行蔁 草々 重文不當有。王一止一草字，王二云草名。

第七行璋 大圭 此字姜書P二〇一一在彰字上，切三、王二次第同王一，本書蓋漏書而補之。

第八行閶 門々閶 閶當作閶。

第八行鯧 魚鮍 注文王二同，廣韻、集韻云鯧鯸魚名。案鯸為鯸鮐魚，廣韻、集韻鯸即鮍字之誤，萬象名義云鮍鯧可証。玉篇鮍下云鯧名，鯧即鯧字之譌。集韻支韻鮍下云說文魚名，一曰破魚。鯧鮍蓋猶言裮披耳。

第九行蜣 蜋虫 蜋上脫重文

切三、王一並云々蜋，王二云々蜋
虫。蜋下姜書P二〇一一有亦作
蝷又渠略反七字，蝷為蝍字之
誤。切三、王二同本書。
第九行羘 西戎牧羊人 人下王一有
从羊从儿，奇字人加犬非十字，切三
、王二祇西戎二字。
第九行薑 居良反 茉十 茉下王一有
亦作薑三字，切三、王二同本書。
第九行殭 白死不朽 白字不詳，
蓋涉殭字注文白死而衍（參下
條）。切三、王二、廣韻並無白字。
第九行𧓈 蠶白死 白字切三、
廣韻、集韻作白。本書原蓋

亦作白字。上文殭下云白死不
朽，白字疑即涉此文誤衍。
第九行長 直良反 仗八 長無仗
義，仗上疑奪又音二字。漾韻
仗長二字同直亮反，姜書P
二〇一一無仗字，反下一字作挺。
第九行萇 萇楚似桃 蔓生草 切三、
王一、王二、廣韻無生下草字，
疑此出誤增。
第十行場 祭神處 處下王一有
又打穀處从易音羊八字，切三
亦有又治穀處四字。
第十行𡏺 道々 重文蓋出誤
增，姜書P二〇一一、王二無。

第十行餦 餦餭餳 餳當从廣
韻作餳。
第十一行蘘 蘘荷葉似薑々 重文
當出誤增。
第十一行孃 亂又如掌女良二反 又如
掌女良二反，劉書P二〇一一云
又女良反，姜書作又如掌反，
蓋祇一又切，然不知何以成此差
異。
第十二行䉶 篔々 重文蓋出
誤增，王一、王二無。
第十二行昉 暗々 昉暗為肪
脂之誤。切三、王一、王二、廣
韻並可証。

第十二行蚄 好々 好當从切三、王二、廣韻作虸。

第十二行枋 木名又蜀从木偃為枋 切三、王二、廣韻、集韻偃下並有魚字，當从之。姜書P二〇一一同本書。 王一則偃下亦有魚字。

第十二行襄 息良反郡名九 郡名，王一云上又邑，王二同（王二邑上奪又字）。九當云十。切三九字，本書增㲄字，九字蓋誤沿陸書之舊。

第十三行廂 亭々 王一云々廊，切三同。

第十三行相 視 此字王一在廂下湘上，王二次第同。切三相字在廂上，當據王一乙正。

第十三行儴 佯々 儴佯各書並作⿰彳襄徉，當从之。本書與章反徉下云儴徉，⿰彳襄亦誤作儴。

第十三行纕 馬腹帶國語曰懷侯纕纓 懷侯纕纓當从切三、王一、廣韻作懷挾纓纕，見國語周語。

第十三行㲄 ⿱冖⿺辶几 ⿱冖⿺辶几字姜書P二〇一一作⿰彳⿺辶攵。王一作⿱冖⿺辶几。集韻云⿱冖⿺辶几也。姜書P二〇一一⿰彳⿺辶攵似⿱冖⿺辶几字之誤，与此⿱冖⿺辶几字亦形近。（又案此字切三無，王二在汝羊反下，廣韻同。王二云因盜，即爾雅釋詁訓因之儴字。釋文云：「儴，樊孫如羊反」，引論語其父攘羊釋之，注云因來而盜曰攘。攘息羊反。」）

第十三行將 即良反并大 并字未詳。王二、廣韻並載行義，并与行形近，或即行字之誤。集韻云送也，又疑是送之壞誤。王一云欲，下更有通俗作将四字。

第十三行鱂 魚鱋 王一云鱋魚名鱂。切三云鱋鱂魚名，廣韻同。王二云鱋鱂魚。當云鱋鰣魚名，本書有脫字。
第十四行蔣 菰々草，可作蔫用 王一無
草，可作蔫用五字，切三同。
第十四行牸 特扶亦作犕 特當从
王一作持。
第十四行瘡 楚良反，古作創二 反下
王一有瘡字，切三亦云瘡楚良
反，當據補。
第十四行亡 武方反，十 反下姜書
P二〇一一有無字。十當作十一，
詳杗字校箋。
第十四行望 看，又武放反 反下王
一有亡失謂有失而出望從亡
望省十二字。切三同本書。

第十四行芒 草端 王一端下有亦
作芒杧四字，芒字當誤。集
韻或体或作秚。
第十五行杗 杗上王一有鋩字，
注云刃端，切三、王二並有此字。
當據補。
第十五行邙 縣名，一曰洛北邙 一曰洛
北邙，王一同。切三邙下有山字，
第十五行忘 遺，又武放反，不記曰々 放下
奪反字。
第十五行萠 惡，又莫郎反 惡字
王一、王二同。案萠有惡義未
詳。廣韻云忘也（段改忘作忙
）。集韻云翌也，（案見說文）

忘也。本書唐韻莫郎反云遽，
義見爾雅。
第十五行瓤 瓜々，又如羊反 王一云瓜
内實，切三、王二同（切三内字誤
少），當據改。
第十五行牀 士莊反，俗作床，簀二 簀字
依例當从王一在俗字上。又俗上
王一有通字。
第十五行疒 病，又女戹反 又
女戹反，本書麥韻無泥母，
廣韻收之。
第十六行妝 女人々飾 王一祇一飾
字，王二同。
第十六行霜 所良反，露々四 王一、

王二、廣韻並云凝露。此云露
夕，語有譌誤，未詳所當作。
夕或即凝之壞誤。
第十七行鸍 鸍鸍西方神鳥 王一
無西方神三字。
第十七行牆 疾良反六 六當從
王一、王二作七，本紐牂字誤在
鏘下，詳見牂字校箋。王一
反下有垣牆亦作廧通俗作
牆九字。俗体誤。
第十七行檣 船柱亦作牀 牀字
集韻作牂，姜書P二〇一一作
採。案字當作牂。
第十七行嬙 婦人 此字王一、切

三、王二並在牆字上，當移乙。
婦人當从切三、王一、王二作婦官。
第十七行奘 強犬又在朗反 奘訓強
大，姜書P二〇一一同。 王一奘作奘。
王二作奘，云妄強犬也。廣韻、
集韻同。案說文奘奘二字，奘
下云妄強犬，奘下云駔大。本書
奘是奘字之誤，大是犬字之誤
。又在朗反，姜書P二〇一一、廣
韻此並云又徂朗反，(王一、王二
朗誤作郎)音同。本書蕩韻
奘下云在朗反大，當是說文
奘字。姜書P二〇一一、廣韻
蕩韻亦止一奘字。說文奘奘

二字並音徂朗切。集韻蕩韻
在朗切下收奘奘二字。
第十七行鏘 七將反兵器十一 鏘為
兵器未聞。王一云鏗鏘，名書
同，當據改。十一當云十，下文
牂字屬疾良反，與此字誤倒
，詳見下條。王一本紐十字同
本書，此下云十。
第十七行牂 弱々 王一、王二、廣
韻、集韻牂字並屬從紐。王
一從紐七字，清紐十字，次第
並同本書。可見本書牂與鏘
字誤倒。又注文王一、王二止一
弱字，本書重文蓋出誤增。

第十七行瑲 和鳴 玉聲 蹌 和鳴 蹌々
切三、王一、王二、廣韻並
瑲下云玉聲，蹌下云和鳴蹌
々。本書瑲下和鳴二字誤衍。
唯蹌々為趨動皃，与和鳴無
涉，瑲々為玉佩鳴聲，似當
於瑲下云和鳴。又王一蹌字注
文蹌蹌下有又疾羊反四字，切
三同。
第十八行蹩 趨皃 切三無此
字，廣韻蹩即上文蹡字。王
一、王二同本書。
第十八行鴹 又尸羊反 王一、王二
又上並有傷字，廣韻亦著此

義。疑當據補。
第十八行框 棺 土 框 不虞 土字
切三同，姜書P二〇一一作上（王
作王）。案當作士。士不虞框，
語出禮記喪大記（案今字作筐
）。切三、王一此上並有禮記曰三
字，當據補。
第十九行央 於良反七 反下王一
有已字。
第十九行映 脖 日 映當从王二、
廣韻、集韻作昳，脖日當从
王二作脖昳。集韻云脖昳，
臍也。廣韻云脖昳，脖即脖
字之誤。靈樞經云肓之原

出於脖昳。本書沒韻蒲沒反
脖下云昳臍，即昳臍之誤。
第廿行強 巨良反 壯七 壯下王一有或
作彊二字。七當云四。下文褚良
反下脫計數之字，遂並計之如
此。切三、王一、王二本紐並四字
，与本書同，是其證。
第二十行僵 橫身又 己良反 良字王一
、切三、切二並作羊，當據改。
第二十行彊 弓有力亦作 壃 渠丈反 亦作
壃，王一或体作弜，集韻同，當
據改。壃為彊字或体。渠上
當據王一補又字，本書養韻
其兩反字作弜。 弜下云弓力 又渠良反。

第二十行蔏 諸良反 草名 諸字
誤，當从切三、王一、王二作藷。名
下脫一三字，切三、王一、王二、
廣韻本紐並三字。
第二十行芳 敷方反 芳三 芳字王
一作香。
第二十行狂 渠王反 病 正作狂三 狂
當作狴。
第二十一行鵟 々鴟 重文蓋出
誤增，王一無。

卅八 唐
第一行糖 々餹 重文蓋出誤
增，切三、王一、王二無。

第一行⿰鼠唐 鼠一曰三易腸 曰字切
三、王二同。當从廣韻、集韻作
月。藝文類聚引梁州記云：增
水北增鄉山有易腸鼠，一月三
吐易其腸。又引博物志云：唐
房升仙，雞狗並去。唯以鼠惡，
不將去。鼠悔，一月三出腸。
第一行搪 々突 搪々 突字王一作
窔，即突字之誤。切三、廣韻、王
二並加手作揬。（切三誤揬、王
二誤捘）搪々二文各書無，當
有訛誤。王二捘下云又傏侯。
第二行簹 筕簹 竹 廣韻竹下
有笪字，本書庚韻戶庚反筕
下亦云筕簹竹笪。案方言五
筕簹，郭注云似籧篨，直文
而粗，江東呼笪。筕簹為竹
席之名，本書誤。切三、姜書
P二〇一一、王二同本書。
第二行螳 蜋々 此字王一在螗
下，⿸鹿毛上。
第二行糖 陂 王一糖下云々牛，
下接塘字云陂亦隄，切三、王二
並糖下云糖牛，塘下云陂。本
書此奪糖字注文々牛及正文塘
字。紐末塘下云陂㦰水，則後
人補之，參下塘字校箋。
第二行⿸鹿毛 毷 毷當作毺，

唐雅釋器𣰰毦，罽也。毦字曹憲音二。廣雅或譌作毦，詳疏証。

第二行踼 跌又杜浪反或湯 王一或下有作字。

第二行闉 盛皃又吐郎反 又吐郎反，王一、王二同。本書吐郎反下字作鏜。 王一鏜下云亦作闉。

第二行閬 門高又力盪反 正、注文王一、王二同。唐韻字作閶，無又切，閬字見魯當切下，云又盧宕切。案本書魯當反無閬字，王一、王二同。宕韻郎宕反閬下云又力唐反，不載此讀，王一同。集韻盧當切下收閬字，此下亦收閬為闉字或体。

第二行橕 車橕又達庚反 又達庚反，王一同。本書庚韻直庚反無此字，字見丑庚反，各書同。又案橕或作樘。 王二此作樘字，集韻庚韻橕為樘或体。 廣雅釋器樘，距也。廣韻庚韻直庚切棠下云距，集韻或作撐。

第三行鎕 〻銻瓷 鎕是鎕字，注文瓷字涉上文甂字注文誤衍。唐韻云鎕銻火齊，見說文。王一誤同本書。

第三行䡐 〻䡇軘輡 輡不成字，當从王一、廣韻作軨。䡐䡇、軘軨一語之轉。王二亦誤輡字。

第三行塘 陂盛水 王一廿八字，及䡐字而止，而糖下有塘字。本書糖下云陂，即塘字注文，此出後人補之，當刪。

第三行郎 魯當反二十四 反下王一有魯邑二字，切三、王二同本書。

第三行桹 桄桹木名心中出麪大者數百斛出嶺南交州 王一、切三、王二並云桄桹句根並木名（王一並字誤作普，切三並字誤在句下），此疑出後人改之。

第四行鋃 鐺々 瑣頭 頭下王一有一曰鐘聲四字，切三同。王二同本書。

第四行髖 骯髖 股肉 肉下王一有骯字苦光反五字。切三同，當據補。

第四行蜋 螳 螳下當有重文。切三、王一、王二並云螳々，廣韻作螳蜋。

第四行琅 玉々玕 玉上王一有名字，王二云玉名，切三云々玕石次玉。

第四行宦 害宦 空皃 害當从切三、王二、廣韻作㝩。本書苦岡反㝩下云宦々。皃下王一有又盧黨反四字，王二同。切三同本書。

第四行莨 粱童 正、注文王一、王二同本書。切三莨字亦同，注文粱作粱。案爾雅釋草：稂，童粱。說文字又作蓈；莨別為一字，注云莨草也。廣韻此下云草名。集韻引說文草也，又別出蓈字，引說文云禾粟之采（誤釆）生而不成者諸之董蓈（誤節）。

第五行艆 海 舩 海下王一、王二有中字，當據補。

第五行峎 岐峎 山冬日所入 岐當从切三、王一、廣韻作峻。淮南天文訓云日冬至峻狼之山。

第五行筤 籃々 重文蓋出誤增，王一、王二無。

第五行簹 竹々 切三、王一、王二云竹名，當从之。

第五行襠 衣 王一云裲襠，切三、王二同。（王二裲誤𧝓）。廣韻云兩襠衣，本書有奪誤。

第五行瓤 瓤々 瓜中 瓤字王一、王二、廣韻作瓤，本書陽韻汝陽反瓤，瓜內實。各書瓤字無或体，此疑誤。

第六行雂 雂鴿 雂字王一、王

二作鸜。案爾雅釋鳥鶅麋
鴰。廣韻脂韻云字林作鸜，
本書脂韻亦作鸜。
第六行剛 古郎反強 俗剛 俗体
与正字同形，當誤。廣韻俗
体作剄，當據正。
第六行崗 山脊正 作岡 王一無正
作岡二字。
第六行掆 舉 々 切三、王一、王
二無重文，此蓋出誤增。
第六行笐 樂器以為 之有絃 以下
當據切三、王一補竹字。
第六行鋼 鐵 々 切三、王一、王
二、廣韻並云鋼鐵。

第六行亢 星名 名下王一有一
日亢父縣名俗加點作亢失十二
字，切三亦云一日亢父縣名，當
據補。
第六行堈 甕亦 々甀 切三、王
一、王二甕下無重文，此蓋出誤
增。又王一無亦甀二字，切三同。
王二同本書。
第七行邟 罌 々 邟當从王一、王
二作瓬。又案切三、廣韻本紐無
此字，集韻与甌同。本書甌即
堈字，重文蓋出誤增，王一、王
二無。
第七行桑 息郎反養蠶 木俗作桒四

正文桑与注文桒字當互易，
廣韻桑下云俗。木下王一有又
榑桑東海神木日所出處十
一字，俗作桒三字王一無。
第七行喪 亡字或從 哭亡日 王一正文
作𠷎，注文無字或從哭亡語，
日字不當有。
第七行⿰馬忘 馬 色 ⿰馬忘當从王一
作⿰馬恵。
第七行康 苦岡反泰亦 作康字八 注文
康當从王一作㝩，或从王二作
康。字字王一無。
第七行㝩 宦 々 注文二字誤
倒。切三、王一、王二並云々宦。

本書宦下云寠宦，寠即窶字之誤。

第七行躴 長皃 躴字王一、王二同。廣韻作躿，云躿躴身長；集韻同。廣韻魯當切下有躴字，云躴躿身長皃。集韻云長身也。案躴躿、躴軆、𩶛鱧一語之轉，躴字當入魯當反，此當作躿。 軆鱧二字見咍韻。

第八行肓 心上鬲 王一無鬲字。廣韻鬲下有下字，集韻同，與今本說文同。段改說文作心下鬲上。切三同本書。王二云心膈上。

第八行盄 血〻 重文蓋出誤增。切三、王一、王二並無。

第八行慌 蒙又莫郎反 慌當作𢅡。王一、王二、廣韻並作𢅡，本書莫郎反同。集韻慌為𢅡或体。

第八行市 幭〻 重文蓋出誤增，王一、王二並無。

第九行皇 大謂大道洎如 洎當从王一作泊。漢書禮樂志云泊如四海之池。

第九行餭 餦餭餳 餳當作餳。

第九行艎 艎艅吳舟 艎艅二字誤倒。當據王一正。本書魚韻與魚反艅下亦云艅艎。

第十行鄓 縣名在會稽下鄓 王一無下鄓二字。

第十行堭 殿合 正注文王一同。上文已有堭字云堂堭，不當又出堭字。廣雅釋宮：堂堭，壂也。太平御覽引作堂皇合殿。廣韻亦云堂堭合殿。切三、王二、廣韻堭字止一見。

第十行翌 羽無 無當从王一作舞。

第十行蟥 蛢瓜虫 瓜虫二字王一無。廣韻云甲蟲，與爾雅郭注合。

第十行蝗 灾虫又下孟反 又下孟反，王一云又胡盲胡孟二反。

第十一行坑 々陌 重文蓋出誤增
，切三、王一、王二並無。
第十一行⿰車黃 車下橫木 此字王一在
胱字下，切三、王二同，當據乙。
第十一行橫 長安西北門名又橋名又胡萌反
又胡萌反，王一萌作盲。案集
韻庚韻盲或作萌。此萌字
非陽韻武方反及本韻莫郎
反之萌字。
第十一行儣 々武亦作趪 廣韻云
儣儣武皃。案江漢詩云武夫
洸洸，此當更有一重文。王一
同本書。
第十行湯 吐郎反沸水熱五 王一、王
二水下無熱字，本書熱旁
小點蓋志其誤衍。
第十一行鏜 鼓声 声下王一有
亦作鼞闛鼟五字，切三、王二
同本書。
第十二行蕩 蓫蕩馬尾 尾下王一
有亦作薚三字。
第十二行鴦 烏郎反四 反下王一
有鴛鴦二字，切三、王二並著
此義，當據補。
第十三行炕 呼郎反黃眩二 眩當
从切三、王二、廣韻作胘。
第十三行筕 々箸竹又戶庚反 筕
箸非竹名，此云竹誤。詳見
前箸字校箋。切三、王一、王二
此並云筕箸竹。又戶庚反四字
王一無。
第十三行桁 柱 王一云械，切三、
王二、廣韻、集韻並同，疑此出後
人妄改。
第十三行迒 獸亦作⿺辶虎 獸下當
从切三、王一補迹字。亦作⿺辶虎字，
疑當作⿺辶更。廣韻、集韻或体
作⿰足更；姜書P二〇一一云亦作
更喚（王一作亦便⿰足更），蓋⿺辶更
⿰足更二字之誤。
第十三行胻 々脛 王一、王二
脛下無重文，此蓋出誤增。

第十四行蚢 食蒿 菜虫 王一云食蒿
菜蠶，當據改。王二曰蠶蟲類
食蒿葉，爾雅釋蟲：蚢蕭
蒿，郭注云食蕭葉者皆蠶
類。
第十四行抗 今州名又 苦浪反 抗字
王一作杭。案抗杭說文同字。
第十四行茫 莫郎反 々十一 切三、王
一、王二重文上並有滄字，廣
韻亦云滄茫，當據補。
第十四行蘉 勉 々 重文蓋出
誤增，王一、王二並無。
第十五行郣 縣名在 藍田郡 王一、
廣韻云鄉名在藍田（姜書
P二〇一一鄉字作郡，疑誤摹）
，當據改。王二亦誤縣名。
第十五行傍 步光反 他八 他字
王一作依，當據正。王一依下有
又蒲浪反四字。八字疑當作
九，詳旁字校箋。
第十五行膀 々胱亦 作肪 肪字
當从王一作髈。說文膀或作髈。
第十五行趽 走 切三、王一、王
二、廣韻並云脚脛曲，與說文
合。此云走，蓋後人改之。
第十六行旁 側又亭名 在汝南 又
亭名在汝南，王一云又亭名在
安南銅陽，王二亦云又亭名。
案說文郣，汝南鮦陽亭。廣
韻、集韻並別出郣字，疑此
正文脫郣字。
第十六行柳 繫馬 柱 柱下王一
有劉備縛督郵者又五浪反
十字，切三同，當據補。王二亦
有又五浪反四字。
第十六行昂 舉 々 、 重文蓋
出誤增，切三、王一、王二並無。
第十六行藏 昨郎 反一 反下王
一有匿通俗作藏（王一正文作
藏，疑正俗体互誤）五字。切
三同本書。
第十六行⿰骨光 苦光反 骨一 王一、

王二、廣韻並云骴髖，本書曾當反髖下亦云骴髖股肉。切三此云〻骨，骨當是髖字之誤，本書又脫重文。

卅九 庚

第一行庚 古行反六 反下王一、王二有西方二字，切三同本書。

第一行鶊 鶬鶊鳥名 王一無鳥名二字，切三、王二同。

第一行更 代又古孟反古作㪅 王一無古作㪅三字，切三同。王二同本書。

第一行逕 徑 徑字切三同，當作徑。切三、廣韻、集韻徑上並有兔字。王一徑上有逸字，王二有莬字，並兔字之誤。爾雅釋獸：兔，其跡迒。說文迒或作逕。

第一行羹美 和味亦作鬻 鬻當作䰢，王一上下更有羹䰢鬻美二体。

第一行阬 𡒄又口盎反 廣韻、集韻阬即上文坑字，王一、王二同本書。

第二行䁘 〻盯直視 䁘當作䁘。

第二行橫 胡盲反又古皇反十四 又上王一有從橫二字，王二同（從字作縱，橫字誤作也）。切三不釋義。四字王一作三，因其下文奪鍠字，後人改之如此。

第二行鐄 鐘大 鐘字王一、王二同，廣韻作鍾。

第三行祊 廣門傍祭名 廣當从王一、切三、王二作廟。名字王一無，切三、王二同。祭下王一有或作鬃三字，切三、王二並無。

第三行嗙 誯聲 誯字王一、王二作謁，廣韻作唱。案字當作誯，誯即唱字。（見漾韻唱字注文）說文嗙，調聲嗙喻也。廣韻云唱，唱當作唱。集韻既引說文之義，又云一曰叱也，蓋誤從廣韻唱字之訓。

第三行嚌 嘖々聲　各韻書字書無嘖字，王一云嚌嘖聲，玉篇同，當是嘖字之誤。

第三行觬 古横反以兕角為酒器通俗作觥三　觬字王一同。廣韻作觵，或体作觥，与說文合。此从兕，蓋當時俗体，或即為觥字之誤。注文觥字，切三、王二正文如此。

第四行侊 小壺　小壺王一同。王二、廣韻云小皃，与說文合。（段云小當作大）山因國語說文云侊飯不及壺飧而誤

第四行罖 网滿示作羃　羃當从王一、廣韻作羃。

第四行棚 閣々又步崩反　閣當从王一作閣。廣雅釋宮棚、閣也，蒼頡篇棚、樓閣也。

第四行榜 笞朾又甫孟反引舩　榜字姜書P二〇一一同，切三、王二、廣韻並作搒。案搒是榜後起字，古字止作榜。唯下文有訓輔之榜，此當作搒。參下搒字校箋。朾當作打。

第五行禣 禓祭　禓上當从切三、王一、王二補一重文。

第五行搒 輔　搒字姜書P二〇一一同，切三、王二、廣韻並作榜。案說文榜，所以輔弓弩，廣雅釋詁四榜、輔也，此當作榜。參上榜字校箋。

第五行篣 籠々　重文蓋出誤增，王一、王二無。

第五行脝 許庚反膨脝々四　重文誤衍，王一、王二並云許庚反膨脝。

第五行亨 通又普庚反　反下王一有「煑又虛掌反獻神雖三音止一字籀文作此亯依隸亨顧野

王从享不繫要為亨加火強生分（於亨）
析不及依本同長音止長音去
豈亦別作字乎也此本是王子春
寓字用」六十六字，語多誤。切
三、王二注文止一通字，本書疑經
後人刪節。
第五行湞 水名又直耕反 湞當从王
一、王二作湞。本書耕韻直耕
反下作湞不誤。又案切三本
紐無此字，廣韻亦無。貞声
之字例不讀曉母，漢書武帝
紀「下湞水」，蘇林音撐柱之
撐，故集韻字又見抽庚切，本
書此下即丑庚反，疑王氏誤

增於本紐下。
第六行鎗 楚庚反俗作鐺二 俗上
王一有々鼎通三字，切三亦云
々鼎，廣韻云鼎類，當依王
一補々鼎二字。
第六行槍 欃槍妖星 槍欃二字
王一同，當从廣韻从木作槍欃，
爾雅釋天云彗星為欃槍。
第六行霙 於京反雨雪雜下八 京字
王一作霙，切三、王二、廣韻同，
當據改。各韻書雜下無下字。
第七行韺 六韺湯氏樂名 六字
切三、王一、王二同。廣韻、集韻
作五。湯氏，切三、王一、王二、廣

韻並云高陽氏，集韻云帝俈
。案廣雅釋樂云六莖五韺。
漢書禮樂志云顓頊作六莖，
帝嚳作五英，白虎通同。樂記
正義大司樂疏引樂緯則云
帝嚳曰六英，顓頊曰五莖。本
書云六韺，蓋後人據此等書
改之。云湯氏者，疑湯上脫高
字，遂附會為湯，當云高辛氏。
第七行渶 水名出青丘 切三、王一、
王二、廣韻丘下並有山字，當補。
第七行英 俊又於香反鞱初生 生下王
一有移英二字，切三同。王二同
本書。

第七行磅 撫庚反五 反下王一有小
石落声四字，切三、王二亦載此
義，當據補。
第七行𢘈 々滿 重文蓋出誤
增，切三、王一、王二並無。
第七行平 蒲兵反六 蒲字王一
作符，切三、王二同。反下王一有
坦字，切三亦不釋義。
第八行蛘 蛘 此是蛘字為墨所掩。
第八行麖 麖 切三、王一、王二
並云獸名，王一並有亦作麠三
字（麖字疑當為麠）。
第八行明 武兵反四 淨晈字 從囧從月
王一淨晈作皎淨，無字從囧從
月五字。
第八行鳴 鳥々 王一云鳥聲。
第九行盯 䁤直視皃 䁤下當从切
三、王一、王二補一重文。本書䁤
下亦云䁤盯直視。
第九行憕 㤠々失志皃 㤠當从
王一、廣韻作[忄弘]，前胡盲反[忄弘]
下云憕[忄弘]。
第九行飄 狂風 狂上王一有䫛
飄二字，王二同，當據補。
第九行蠑 々蚖蜥蜴別名亦作螢
亦作螢，各書無此或體。蠑蚖
字或作蠑，此螢字疑即蠑字
之誤。集韻別出螢字云火蟲
名。
第十行瑩 玉色詩云珫耳琇瑩又烏定反半
反下一字不詳，切三反下無字。
第十行揘 拔 拔字王二、廣
韻同，集韻云擊也。案廣韻
質韻于筆切抰下云揘抰擊
皃。西京賦竿殳之所揘畢，
李善畢音于筆切。拔與抰形
近，疑此拔即抰字之誤。
第十行猩 獸名 々 重文上當
从切三更補一重文。
第十一行麈 似麈而主小 注文而
下似主字（旁似有二小點），未詳。集韻云似麈
而小，王二云如兔而小，廣韻云

獸名，大如兔也。獍此涉麞字誤衍。
第十一行梡△　鑿　柄　梡當从切
三、王二、廣韻作梡。
第十一行勤　小△薤又　渠征反　小當
从切三、王二、廣韻作山。
第十一行頳△　〻△　頸　此字廣雅
釋親曹憲音成，本書字亦
見清韻市征反。重文當出誤
衍，切三、王二並無，廣韻云頸也。
第十二行桁　牀△　牀字王二
作林。案儀禮既夕禮皆木桁
久之，注云所以庪苞筲甕甒
也，即此牀字之義，王一作林誤。
集韻云一曰葬具，義与此同。

第十二行鶊△　鵹黃　楚雀　此字廣韻
讀古行切，王二同本書，集韻此
下反居行切並收。
第十二行䰰△　可作　䌤△纓　䰰當
作䓃䰰。說文字作䒗，云牂
䒗可以作䌤繩。繩字俗書作
繩，本書纓當是繩字之誤。（王二、廣韻並作繩。）
第十三行賡△　古行　□△紅□　此字筆
跡与全書不類，當出後人所增
。注文左行蓋反續二字。
卌　耕
第一行耕　古△□反　犁一　古下一字
諦審是莖字，切三、王二、廣

韻下字並用莖字。
第一行鏗　口莖反亦作鎮△　十二　鎮
當作鎮，字之誤也。各書或体
作鎮。
第一行牼　牛骨宋有　司△空△牼　空當从
切三、廣韻作馬。王二誤同本
書。牼當作牼。
第一行樫△　〻△　撞　樫當从王一、廣
韻作樫。說文樫，擣頭也。重
文蓋出誤增。王二無，廣韻云
撞也。
第一行輎△　堅　輎字王二同。
廣韻作輎，与說文合。集韻
作輎，与廣雅合。　釋詁一輎，堅也。釋

訓顇顇，堅也。
第一行䝨 堅 王二云餘堅也，
廣韻、集韻引說文同。
第一行歐 堅又口口肝口間二反 衍一
口字。
第二行硜 々小人 重文上當
更有一重文，廣韻云硜硜小人
皃。
第二行⿱竹氣 竹々 重文當出誤
增。切三、王二並無。
第二行萌 竹牙 竹字涉⿱竹氣字
注文而誤，切三、王二、廣韻並云
萌牙。
第二行蔥 在心 王二無心字。爾
雅釋訓存存萌萌在也。集韻
云心所在也。
第二行閎 巷 巷下當依切三、
王二補門字。爾雅釋宮衖門謂
之閎。說文閎，巷門也。
第三行嶸 峥々 注文當从切三、
王二作峥々。本書庚韻永兵
反嶸下云峥嶸不誤。
第三行宖 屋響 ⿱穴弘 大屋深響
宖⿱穴弘當是一字。王二⿱穴弘，
大屋深響；無宖字。廣韻
宖，屋響；無⿱穴弘字。集韻
同廣韻。
第三行翃 壯飛 此即上文翃字
，王二翃下云亦翃。注文壯字
未詳。
第三行莖 尸耕反草木榦三 尸當
作户。
第三行玎 玲々玉 注文切三、王
二同。廣韻、集韻玉下有聲字
。案說文玎下玲下並云玉聲，
廣韻是。
第四行甖 烏莖反瓦器或作罃八 或
作罃，王二同。案說文甖罃
二字。廣韻、集韻別出，罃下
引說文云備火長頸缾。集韻
此字或体有作甇者，疑此誤。
第四行嫈 々嫇新婦皃又諍又於營反

切三云又乙諍反，王二云又於營
乙爭（當是諍字之誤）二反，廣
韻云又於營切又乙諍切。本書
字又見諍韻一諍反及清韻於
營反。此諍上奪乙字，諍下奪
反字。
第五行 揨△ 刺　　揨字王二同，
當作揨。廣雅釋詁一揨，刺也，
第五行 儜△ 女耕反 儜ㄑ五　　儜字不
詳，各韻書字書無此字。切
三、王二云困，廣韻云困也弱
也。
第五行 䰍△ ㄑ亂　　字當作
䰍，見說文。注文重文蓋出

誤增，王二無。
第六行 抨 撣△　　撣當从切三作
彈。說文抨，彈也。大徐亦ㄑ
誤撣字。
第六行 礚△　　礚字誤衍，旁有
小點為識。
第六行 羚△ 使　　正、注文王二
同。廣韻羚下云使羊，別出
伻字云使人。集韻羚下云駁
羊名，案本書牲下云牛色駁如星。二
下一字當作曰。　使羊也，別出伻字
云使。案羚訓使或使羊，俱未
詳。
第六行 揹△ 擊 聲　拘△ 擊又盱縣反

集韻拘揹同字，王二同
本書，切三、廣韻無拘字。
第七行 絣 振繩墨 亦作䌱　　䌱當
从廣韻作絣。廣雅釋詁二絣
，絣也。曹憲二字並音布耕反，
第七行 橙 直耕反 柚屬九　　九當云七
，此下奪泓字，遂並為宏反營
宏二字計之。詳下管字校箋。
第七行 椁△ 撞亦作 敦△　　椁字當
从王二、廣韻作榑，敦字當从
作敦。切三字誤作樽。
第七行 敲△ 撞　　切三、王二無此
字。廣韻椁字或体有數字，
當与此為一字。集韻椁字或

体作斆，又别出斆字云挍也，
或体作敲。
第七行䆸　響音烏宏反　䆸泓水深　切三
泓、水深烏宏反三。王二䆸、
響音，泓、烏宏反水深三。廣韻
、集韻並䆸下云䆸宖響音
也，泓下云水深也烏宏切。本
書泓字誤為注文，泓上䆸字
疑誤衍，深下奪三字。下䆸
宖二字各書並隸影紐。
第八行庄　平　王二此字作
庄，廣韻云庄亦作庒，未詳
。集韻本紐無此字。
第八行俓　急又牛燕反　又牛燕
反，王二同。字又見先韻五賢
反下，此燕字讀平声。
第八行爭　側莖反　覺六　覺字
王二作覺。案當作競，俗書
或有作覺者。
第八行鯖　魚長頭　頭字王二
作頸。廣雅釋魚竹頭鯖也。

卌一　清
第一行請　受又在性七井二反　又在
性反，切三、王二同。本書勁韻
疾政反無此字；有靚字，注云
裝飾。廣韻靚下云古奉朝
請亦作此字，王一、王二、唐韻
同。唐韻、廣韻靚下更出請
字。
第一行殅　雨夜晴見星曰殅　殅當作𡖅。
第二行盈　以成反作盈十　盈与正
文盈字無別，疑當作盈。作上
疑脫俗字。
第二行籯　竹器俗曰竹笭漢書云遺子黃滿籯金籯　是
竹下空隙未詳。滿
金二字誤倒，金上有鈎為識。
第三行𤢂　猑之似狐也　本書例不
用句尾也字，疑是色字之誤，
其上或下又奪黃字。切三云似猿
黃色，王二云似狐黃尾（當是
色字之誤），廣韻云似狐色黃。

第三行營　余傾反　部三　切三、王二、廣韻、集韻本紐並有鎣字，注云采鐵。

第三行瞢　或耳目又黃亭反或作覺　或字王二同，本書青韻胡丁反下亦同，廣韻並作惑。案或惑古字通，唯未詳此是否原作。案青韻姜書P二〇一一、王二亦云或，王一則作惑字。或作覺，各書無此或体。集韻別出覺字，云覺然能視也。案廣韻青韻音丁切覺下引淮南子覺然能聽。今淮南字作營，注云營讀疾營之營，是本書覺為營或体之譌。

第四行纓　冠々　々冠二文誤倒，切三、王二並作冠々。

第四行櫻　々亂　重文疑出誤　增，廣韻云亂也。案見廣雅釋詁三。

第四行楨　楨陵冬木　王二云女楨，陵冬樹。切三亦云女楨。廣韻云女楨，冬不凋木也。案山海經東山經太山上多木楨，注云女楨也。此楨上脫女字。

第四行鄭　地名又直貞反　又直貞反，王二同。本書直貞反無此字，廣韻收之。

第四行隕　丘山名　王二、廣韻並無山字，与說文合，此誤衍山字。

第四行檉　勑貞反木六六　上六字當作名，王二、廣韻並云木名。

第四行偵　々候　重文蓋出誤　增，王二無。

第五行跉　跉々行不正　重文誤衍。

第五行頳　々頸　重文蓋出誤　增，廣韻云頸也。

第五行盛　似々貯又逕反　又似逕反，王二云又食正反，廣韻云又時正切。本書徑韻無邪母字，又見勁韻承政反，各書並同。王二用食字，牀禪二母音近五通。
第五行晟 日々 王二、廣韻本紐
無此字。集韻同本書，注云明也。
第六行[illegible] 筵々 [illegible]字王二、
廣韻、集韻並作筳，玉篇同。
廣雅釋器云笭筳，其上二條
為籧篨與筳席，蓋此字所
出。本書从辵作[illegible]，蓋涉
筵字誤衍。重文疑出誤增，
王二無。
第六行聲 書盈反，立音通俗作聲二 立
字涉音字而衍，王二云書盈
反音。
第六行聑 無形而響音 聑字王二、

集韻作聑。廣韻本紐無此字
。案說文古文聞字作䎽，此字
音義未詳。
第六行佂 諸盈反。作延字六 征々伀遽行
兒 佂征二字注文王二同，
廣韻、集韻與本書互異。案
說文延，正行也。或作征。方言
十佂伀，遑遽也。是廣韻、
集韻所本。唯廣韻鍾韻云征
伀行兒，本書同，是佂伀亦作
征伀。作上聲一字。
第六行鯖 煑魚煎食曰侯 鯖又於形反
侯上王二、廣韻並有五字，當
據補。西京雜記謂漢婁護

嘗合王氏五侯所餽珍膳為鯖
，世稱五侯鯖。又於形反，王二
同。本書字又見青韻，音於形
反。切三、王二同。廣韻此下云
又倉經切，字見青韻倉經切
下，與本書異。集韻則於丁、
倉經二切並收。
第七行正 々翔又之盛反 、 翔字王二作
翔。案逆字唐人俗書作逆，
疑俗書翔亦作翔。
第九行輕 去盈反去重三 廣韻云
輕重，本書去字疑作重文，涉
上去字而誤。
第七行[illegible] 々足行又墟頴反 重文

當是一字之誤。左昭廿六年傳
轚而乘於他車以歸。注云一
足行。王二、廣韻此並云一足行
。又墟潁反，本書靜韻去潁
反無此字，各書同。廣韻字又
見徑韻苦定切下。
第八行箳 箵 々 車𨏥 箵字切三、
王二、廣韻同。當從集韻作箵。
本書青韻桑經反箵下云箳
箵別篤車。廣雅釋器云箳
箵蔽篕也。
第八行鍚 徐盈反 飴一 鍚字王
二、廣韻、集韻同，當作餳。
第八行䕯 小心態 烏䕯反 烏上當

有又字。
第八行[illegible] 聲 々 重文蓋出誤
增，王二無，廣韻云聲也。
第八行[illegible] 覆 々 重文蓋出誤
增，王二無，廣韻云覆也。
第八行[illegible] 鬼衣又 胡㧡反 㧡當作
坰。王二誤作均。
第八行瓊 渠營反玉々 俗作瓊十一 王二、
廣韻並云玉名，重文誤。
第八行[illegible] 獨一曰迥 飛皃 迥當
作迴。
第九行擌 博擌子 一曰投 一曰投，
切三、王二同，廣韻投下有子字。
第九行傑 特 傑字王二同，

廣韻、集韻作僒。案此即上文
僒字，當從廣韻作僒。
第九行[illegible] 車擊 規 王二、廣韻
云車轚規，與說文合。本書擊
即轚字之誤。
第十行頸 巨成反 頃又 居郢反三 頃當
作項。

卌二 青
第一行鷄 々 鶏 重文當出誤
增，王二無（鶏字王二誤作鶏）
。爾雅釋鳥云与鷄，鶏。
第一行刑 々 𡚸 重文疑出誤
增，王二無。

第二行停　〻△止　重文疑出誤增，
廣韻云止也。
第二行莛　△莛　莛當从切三作莛
。王二、廣韻云草莛。
第三行梃△　縣名在膠東　梃字廣韻
同，王二、集韻作梃。
第三行娗　〻△見　注文不詳。王二
、廣韻云好皃。案廣雅釋訓娗
娗容也，是王二廣韻所本。說
文云女出病也。
第三行朾△　〻△橦　朾當从集韻
作朾。說文朾，橦也。重文疑出
後增。
第四行阝丁　△五名　五當作丘。

王二、廣韻並云丘名。見說文。
第四行桯　〻△稀　重文疑出誤增
、切三、王二無。廣韻同本書。
第五行篂　簈篂別駕△車　注文切
三、王二同。廣韻車下有轓字。
案續漢書輿服志注引謝承
書云別駕車前有簈星，故云
別駕車轓。本書清韻簈下
亦云車轓，此誤。
第五行甹　〻△夆掣曳又匹丁反　匹丁
与普丁同音，當有譌誤。王二
云又叵丁反，叵与匹亦同声。
案各書此字無二讀。詩小毖
莫予荓蜂，荓字本書見薄

經反（詩釋文音普經反）。或
即此又切所指，則反切上字誤。
第五行俜　〻△使　重文疑出誤增
，王二無，廣韻云使也。
第五行柃　〻檻△際欄木或作櫺　際
上切三、王二並有階字，廣韻亦
云階際欄，當據補。
第六行齡　十△年　十年，切三、王
二云〻年，十當為重文之誤。
第六行螟△　此涉蛉字注文誤衍
，當刪。
第六行瓴　〻甗△瓦一曰似甖有耳　切三、
王二、廣韻甗下無瓦字。案爾
雅釋宮瓴甗謂之甓，廣雅

釋室瓴甋甓也，此云瓦誤，或
即涉瓴甋偏旁而衍。
第七行酃 地名在湘東又力鼎反 又力
鼎反，切三、王二同。本書迥韻
力鼎反無此字，集韻郎鼎切
收之。
第七行竛 竮〻行不正皃 竮〻當
从切三、王二、廣韻作〻竮。本書
竮下云竛竮不誤。
第七行瓴 ⿰瓦冋瓴瓦 ⿰瓦冋字切三
、王二同。當从廣韻作⿰瓦冋，後古
螢反⿰瓦冋下云⿰瓦冋瓴瓦。又案
本書此字右旁句字略為墨
掩，或曾經塗改。

第八行靇 龍〻山神名 靇字王
二同，注文龍〻王二無。廣韻字
作⿰霝鬼，注云山海經曰神名，人
面獸身，或作龗。王二亦云亦
龗。案山海經大荒東經：有
小人國，名靖人，神人面獸身，
名曰犂⿰霝鬼之尸。靇蓋龗字
俗省，注文龍〻誤衍。
第八行岭 〻深 重文疑出誤增，
王二無。
第八行醽 醁〻酒名 吳都賦云飛
輕軒而酌綠醽。本書燭韻醁
、美酒名。醁是綠後起字（案
醽是酃字孳乳）。王二、廣韻
並誤作淥，注云淥酒，則不成酒
名矣。
第八行⿰令毛 ⿰坴毛毛 毛⿰坴毛王二同，
毛疑當作⿰令毛，或毛下奪⿰令毛字
。屋韻⿰坴毛下云⿰令毛⿰坴毛，毛不理。
參銑韻⿰令毛字校箋。
第八行霝 客雨 客當作𩃮。
王二亦誤客字。說文霝，雨零也。
第八行鈴 〻飾 鈴當作䬆、本
書前已有鈴字。注文飾當作
餌、重文盖出誤增。王二云䬆
、餌，廣韻云䬆、餌也，方言
云餌謂之䬆。
第八行紷 綼絲百廿 廿字王二作

廿，當从廣韻作卄。

第九行磬 告又乃之反 又乃之反，各書之韻無泥母。王二云又力之反，各書之韻來母亦無此字。本書字又見之韻尺之反，王一、廣韻同。廣韻此下云又乃定切，集韻徑韻乃定切收之。參之韻此字校箋。

第九行鶵 ㄑ鳹 注文當从王二作ㄑ鳹。爾雅釋鳥云鳹鶵鶵鳹。

第九行蠶 蛭螻 王二、廣韻並云螻蛄，集韻云螻蛙。

第九行程 ㄑ碓 程當从王二、廣韻作程。

第九行經 縊綬亦作 綬字王二同，廣韻、集韻云緩，与說文合，綬字誤。案韻會合經緩為一字，或即據此等誤字耳。

第十行芛 蕍又禿冷反 蕍字王二同，當从迴韻他鼎反作蕍。爾雅釋草蕍芛熒，說文芛下云熒朐。

第十行鯖 於形反魚青色頭有枕骨一 於形反，切三、王三同。本書清韻諸盈反鯖下亦云又於形反。廣韻本韻無影母字，字見倉經切下ㄣ；清韻諸盈切下亦云又倉經切。集韻則於丁、倉經二切並收。

第十行冥 莫經反暗冖音扃從日從六通俗作冥十二 此云十二，則本紐脫一字。切三本紐九字，溟字不見於此，溟上四字為冥榠銘鄍，次第同本書。王二、廣韻亦同。溟字蓋即本書所脫。切三注殘，王二云ㄑ濛小雨又亡冷反。本書迴韻莫迴反字作瀴。

第十一行⿱米巻 漬米 ⿱米巻字王二同，廣韻作⿱米尼，与說文合。集韻同廣韻，又出或体作⿱米鹿。案說文云交趾有⿱米尼泠縣，漢書地理志作𪊨。本書支韻字作𪊨，各書同。

第十一行蛢 从翼飛虫 飛當从切三、廣韻作鳴。見考工記注及說文。

第十一行笄 竹々 重文當出誤增，廣韻云竹名。

第十一行軿 々輜 輜當从王二、廣韻作輺。釋名釋車：無邸曰軿，有邸曰輺。

第十一行萍 水上浮萍 注文萍所从并字畧為墨所掩。

第十一行荓 馬帚草名似蓍 荓字切三、王二同。說文字作荓。本書荓下云荓翳雨師名，切三、王二同（切三荓誤𦱊字），廣韻荓下云荓馬帚似蓍，又荓翳雨師名也。

第十二行䈂 竹器在 亦作𥳑 䈂字王二、廣韻同，段改廣韻䈂作𥳑。案䈂改作𥳑，則本書正體或體同形。䈂當作䈂，由即留字，案參觀堂集林卷六釋由。故誤為田。在字王二無，此涉𥳑字注文而衍。

第十二行軓 𩿭又音犯 案此字正，注文並誤。軓當作軓，𩿭當作𪅆，並从氾。廣韻鑑韻𪅆，鶚𪅆；字彙軓，音梵，鶚𪅆，是其証。唯此字从車亦不詳，疑是粤字之誤。王二字作𩿭，从氏亦誤；从魚而注云魚，則尤誤。又音犯者，此後人據軓字讀音增之。王二無此三字。

第十二行熒 胡丁反光六 熒字韻圖在合口，此音胡丁反者，以胡字定其合口，詳拙著例外反切研究一文。切三、王二同本書，廣韻音戶扃切。

第十二行螢 虫々 重文當出誤增。王一虫下有亦作蠑三字。

第十二行䁝 或又唯并反 或字姜

書P二〇一一、王二同，（王一作慼，恐失其真。）廣韻作慼。參清韻此字校箋。

第十二行 貽 貨々 財々　王一、王二止一貨字，廣韻云貨也。

第十二行 駧 駿馬 強也　駧當从切三、王二作駉。切三、王二無強也二字，此疑後人增之。

第十二行 駫 馬肥 壯也　切三、王二無壯也二字，疑出後人所增。

第十三行 坰 郊外林外 本作冋　郊外林外切三同，王二無林下外字。廣韻云野外曰林，林外曰坰，与爾雅、說文合。本作冋、冋當作冋。

第十三行 冋 象遠界　冋下謂象遠界，此誤讀說文。說文云：「冂，邑外謂之郊，郊外謂之野，野外謂之林，林外謂之冂，象遠界也。冋，古文冂。坰，冋或从土。」云象遠界者，謂冂字形象如此，非釋其字義，義則林外謂之冂也。本書坰下云郊外林外本作冋，此尤不當又收冋字。切三無冋字。王二冋下云象遠界，誤同本書，然坰下未云本作冋，似猶勝本書。

卅三 尤

第一行 睡 縣名在東萊　睡字切三、王一、王二、廣韻並作腄，与漢志合，當从之。本讀寘韻池累反作腄不誤。唯史記秦始皇帝紀正義云：「腄，逐瑞反，或本作陲。」此音羽求反，豈誤陲為郵歟？

第一行 疣 病々 結　病下王一有亦作肬肬四字，王二同。切三同本書。

第一行 憂 於求反愁甚 亦作𢝊十四　十四當作十五，本紐凡十五字。

第二行攙 打塊 槌 攙當从切三、王一、王二、廣韻作欃。

第二行鄒 邑名 名下王一有在鄒二字，切三同。王二同本書。

第二行嘍 䁥 嘍 嘍下切三、王一、王二、廣韻並云嘆，當據補。

第二行欆 霰 種 欆當从王二、廣韻作穰。王一奪此字。

第三行劉 力求反。名今 人 姓廿七 名字不詳，姜書P二〇一一無。廣韻有劉子木名一訓。姓下姜書P二〇一一有木殺亦作鎦五字。

第三行留 上止 畱字 上當作止。劉書P二〇一一云住俗作畄，姜書住字作口連二字，未詳孰是。

第三行蕾 藧々 藥名 藧々二文誤倒，各書並作蕾藧。

第三行勠 并力右傳 勠力同心 右當作左。心下王一有又力逐反四字，切三、王二同，當據補。

第三行摎 縛殺秦 有摎毐 毐下王一有毐字哀亥反，亦作擱八字，切三亦云毐字哀亥反。

第三行鷚 々離鳥 美長醜 鳥下當从各書補少字。

第三行騮 馬白腹 紫々 馬白腹，切三、王一同。案此誤讀爾雅与詩毛傳。爾雅云騮馬白腹騵。詩大明駟騵彭彭，傳云騮馬白腹曰騵。廣韻此云赤馬黑鬣尾，与說文同。王二云赤馬黑腹，腹字誤。紫々二字未詳，王一無，諸書並同。

第三行粇 粰粇 餟 餟字當依切三、王一、廣韻作饊。

第四行流 逝水 逝下姜書P二〇一一有亦作𣹢三字（劉書𣹢字作汓）。

第四行旒 々旗 亦作䋆 々旗切三、王二同，當从廣韻作旗々。

第四行蜉 蛑蜉 又周余反 周余二字互倒，余字有鈎為識。

第四行蟉　力幽反又渠糾反又　力又二字誤倒，又上以鉤識之。王一此云蚴蟉又力幽渠糾二反，本書疑脫蚴蟉二字。

第四行裗　裞之　重文蓋出誤增，王一無。爾雅云衣流謂之裞。

第五行懰　烈之　烈字王一同，王二、廣韻作㤠。案㤠為烈後起字。廣雅釋訓烈烈憂也，集韻引作㤠㤠。漢書外戚傳慄懰不言，注哀愴之意也。重文蓋出誤增。王一、王二並無。

第五行蹓　豆之　重文當出誤增，王一、王二無。

第五行秋　七遊反十　反下王一有時字，切三同本書。

第五行鞧　車鞧亦作鞦緧　鞦字王一作緧，下又有或作鞦字。集韻收緧縬鞧鞦諸体，不載鞦字。

第五行篍　吹筩又且燒反　筩當从王一、廣韻作筩。（案見說文）本書宵韻亦誤作筩。

第六行鰌　鰽之　廣韻、集韻鰌即上文鰍字，王一、王二同本書。重文蓋出誤增，王一、王二無。

第六行䵸　𧊅蚁亦作鼁　蚁當作蚁。爾雅釋魚鼁䵸蟾諸，郭注淮南謂之去蚁。王一、王二誤作蚊。鼀當作鼁，說文鼁或作䵸。

第六行猷　以周反謀之卅五　王一無謀之二字。

第六行悠　遠之　重文蓋出誤增，切三、王一無。

第六行油　脂之　重文蓋出誤增，王一無。

第六行由　從亦作𧥄　𧥄當作𧥄。

第六行猶　大又尚　大字王一同。爾雅釋獸猶，如麂善登木。釋文引尸子猶，五尺大犬也。又說文云隴西謂犬子為猷．此疑大犬或犬子之誤。

第六行遊 遨ゝ俗作遊 王一正文作遊，注文無重文及俗作遊四字（姜書P二〇一一正文作遊字）

第六行歈 擻歈手相弄皃 王一無皃字，下多擻字弋支反一語．

第七行蚰 蝣ゝ蜒 蝣字王一無，此涉下文蝣字而衍，可據刪。

第七行廇 久屋木又弋久反亦[囗繇] [囗繇]是下文囮字或体，囮下云亦廇（當从集韻作庮），則是此字或体，王一、王二此下云亦作廇（即庮字之誤），囮下云亦作[囗繇]，是此互倒之訛。

第七行鵃 ゝ鳥 此字王一、王二並在囮下，本書廇囮二字或体可以互亂，疑原亦廇下次囮字。重文當出誤增，王一、王二無。

第七行囮 細鳥媒又五戈反亦酉 細當作納，字之誤也。王一、王二並作网。廇當作[囗繇]。此与廇字或体互誤，詳上廇字條。

第七行舀 臼又翼珠反 臼字王一同，當从廣韻云抒臼。說文舀，抒臼也。本書小韻以沼反下云抒臼。珠字王一作朱。

第七行[illegible] 空 此字說文作[illegible]。王一同本書。王二作[illegible]。

第八行禉 [illegible]又以帝反 禉字王一、王二同，說文作槱若禉。

第八行[illegible] 遺玉又餘九反余昭二反 字當作[illegible]。說文作[illegible]。又餘九反余昭二反，上反字衍文。王一、王二並云又餘九餘昭二反。本書宵韻余招反無此字，各書同。有韻与久反收。

第八行[illegible] 深視 [illegible]當作[illegible]。

第八行[illegible] 瓦器 [illegible]當作[illegible]。

第八行[illegible] 草 [illegible]當王一、王二作[illegible]。

第九行[illegible] 鳥化為項上有細骨如鳥毛 鳥字切三、王一、王二同，廣韻、集韻

作鳥。為下當从切三、王一、王二、
廣韻補魚字。
第九行蝤 〻蛑似蟹而生大海邊 生大
二字誤倒，切三、王一、廣韻並云
似蟹而大生海邊。
第九行湫 水又子小反溢 又子小反
、王二、廣韻同。（王一云又字秋
反，係鶖字又切之誤。）本書小
韻子小反無此字，字又見篠
韻子了反；切三、王一、廣韻同，
並云又子攸反。疑此小字誤。
集韻則子了、子小二切均收。
第九行䰗 接髮 䰗字王二、
廣韻並作䰗。

第九行揫 束又字秋反亦作鶖 鶖當
从王一作鶖。
第九行酋 字秋反長亦作醔 醔下
當有十二字。本紐凡十一字。參
下緧字校箋。
第十行楢 〻儌 重文蓋出誤
增，切三、王一、王二無。
第十行遒 囙亦作遒 囙疑是固
字之誤，破斧詩四國是遒傳
云固也。王一作周字，与固字形
尤近似。
第十行湭 夜 夜當从王一、
王二作液。
第十行煪 〻燿 燿當从王一、

王二作熮。廣韻云煪熮。又
王一、王二熮下無重文，此疑出
後增。
第十行觹 雉射收繁角亦作 作
下或体王一作觹，當據補。
第十行緧 〻蝤 王一緧下云馬、
紂，下出蝤字云蝤。王二緧下
云馬緧，而蝤下云蝤。本書
脫緧字注文及正文蝤字。蝤
下重文蓋出誤增。王一、王二無。
第十行修 理 理字王一、王
二同。切三作治，當是陸氏原
作。王氏改治為理。
第十一行鏅 鋋 鋋字王一、

王二同，當作鋌。廣雅錯，鋌
也。
第十一行轄 轄 轄字王二作
輕，姜書P二〇一一作輊。（王一
作輊）案作輊是。廣韻、集韻
云轄輊。輊字見至韻力竹反，
轄字彼誤作轄，參至韻校箋。
第十一行抽 勅鳩反拔亦作搊正作擂五
王一無正作擂三字。
第十一行周 職鳩反帀亦作冂舟淍九
冂舟當从王一作舟。
第十一行州 々水中可居 重文王
一無。
第十二行舟 々船 重文盡出
誤增，王一、王二並無。
第十二行脽 尻又時惟反 此字說
文云从隹声。隹声字例不入此
韻，故廣韻字但見脂韻視隹
切，不見於此。切三与廣韻同。
王一、王二、集韻並同本書。參脂
韻本條。
第十二行酬 々昨或作醻 昨當从
切三、王一、王二作酢。
第十二行詶 以言荅又時又反 時字王
一作之，切三、王二、廣韻並同。案
詶又讀之又反者，詶与呪同。
此疑校者見宥韻職救反無
此字，而字見承秀反下，遂改
之為時（案之与時同韻）。
第十三行鞣 々皮又人有反 又人有
反，王一云又人又反，王二云又人
久反。案本書有韻人久反無
此字，字見宥韻人又反，注又
如周反，各書同。本書有及
王二久字並誤。
第十三行嶅 前高後下丘又莫候反 又
莫候反，王一、王二同。本書候
韻無明母，（廣韻增收姆字
，亡候反）字又見本韻莫浮
反，各書同。
第十三行腬 々肥 王一、王二肥
下無重文，此疑出後增。

第十三行鄚 鄉名 集韻或作鄭。切。

第十三行收 式州反取正又作収一 疑又字不當有，正注文二收字當互易。王一正文作收，注文云通俗作収（姜氏書正文作収，注文作收）。

第十四行丘 去求反作北大阜五 作上疑脫正字，王一無作北二字。

第十四行藘 烏藘草名又盎富反 又盎富反，王一盎字作央，富字作留。切三、王二同。本書宥韻無影母，於求反亦無此字，各書同。字見侯韻烏侯反，各書同、集韻又見侯韻於侯切。

第十四行訄 迫又巨訄反 又巨訄反，王一、王二訄作鳩，此涉正文訄字而誤。

第十四行鷇 坏 注文王一、王二同。切三、集韻云：鷇、瓦器未燒，或作坏。（本書鷇字又見屋韻空谷反。廣韻音甫鳩切，又音苦候切。說文鷇讀若筩等同，集韻又音芳無切。）

第十五行鳩 居求反鳩四 反下姜書p二〇一一云鵃五鳩總名亦作句聚。四當云八。物下」又居虯反」誤脫又字，遂分別計數。參物字校箋。

第十五行䦶 鬮取 䦶鬮二字並當从鬥。

第十五行物 居虯反犬力四 物當从廣韻作[丩力]，从力丩声。切三、王一、王二並同本書。居糾反，王一同。切三、王二無。虯字見幽韻，此為又切居上奪又字。大力二字依全書通例當在又居虯反之上，蓋居上誤脫又字而改之。王一亦同本書。四字不當有。（王一亦有四字，姜書p二〇一一則無。）

第十五行茾（秦茾樂或作摎，居由反）茾當作芁，注文茾樂二字當作芁藥，切三、廣韻並可從正。或作摎，當从王一、王二作樛字。居由反，切三、王一同；王二居上有又字，廣韻同。案居求、居由一音，由疑幽字之誤，字又見幽韻，音居虯反。

第十五行疝（腹中急痛）疝字王一無，廣韻作痛。

第十五行不（甫鳩反，弗，又甫救、甫阜二反。一）又甫救反，切三、王一、王二、廣韻同。本書宥韻府副反無不字，集韻收之。阜字姜書P二〇一作友（劉書作九，疑誤），切三同。

第十六行鎪（鏤也，鏉銼也。爾）雅釋器鏤，鎪也。鏉銼也，未詳。集韻侯韻先侯切鎪為鏉字或体，然其義為彫，亦不云銼。切三、王一、王二此下並云鎪馬耳（切三耳誤為皃），廣韻云馬金耳飾，集韻云鏤也一曰馬耳也。廣韻校勘記謂廣韻誤鋑鋑（案當作鋑鋑。）為一字。本書獨不云鎪馬耳，且本書句尾例不用也字，此疑出校者改之。

第十六行廋（論語曰仁焉廋哉）仁字王一同；切三作人，与今論語合。廣韻曰本宋本巾箱本黎本亦並作仁，張改人字。（見廣韻校勘記。）

第十六行⿺走叟（獵不進）獵字涉下獀字注文誤衍，旁有小點為識。

第十六行搊（楚尤反，手搊，三）第十七行⿰木芻（枸）切三、王二無⿰木芻字。搊下切三云手揀；王二云手々，与本書同。王一、廣韻、集韻並有搊⿰木芻二字。王一搊下注文同本書；⿰木芻下枸字

作枸，無重文。廣韻搊字注
文亦同本書；⿰木芻下云板木不
正，未詳。集韻搊下云博雅
搊拘也，⿰木芻下云牛鼻繫繩
具。案廣雅釋器云：「⿰木芻、桊
、枸也。」別無「搊也」之文。疏証
云：「枸猶拘也。今人言牛拘
是也。說文桊，牛鼻中環也
。眾經音義卷四云今江北曰
牛拘，江南曰桊」。是集韻
搊即⿰木芻字。蓋自陸氏切韻
⿰木芻誤作搊，注文如切三者又誤
為手掬，遂更出⿰木芻字。又案
本書⿰木芻下重文並出後增，王

一無。
第十七行鄒 側鳩反地名亦俗 作郰郰•鄹十
鄹字非俗體，疑此本云「亦
作鄹，俗作郰郰」。王一正文作
郰，注文無俗作之語。
第十七行騶 廐禦一 曰騶虞 禦字
王一作御，切三、王二、廣韻同，
語出說文，當據改。
第十七行齱 齵々 偏齱 偏下王
一有或作齺又仕角反七字，王
二同。切三同本書。
第十七行黀 麻莖亦 莖作黀 莖
當从王二作莖，為莖字俗書。
王一作莖。下莖字誤衍，旁以

小點識之。
第十七行蔽 草名々 重文蓋出
誤增，王一、王二並無。
第十八行棷 薪又又 垢反 又又
垢反，王一同。本書字又見厚
韻倉垢反。集韻見厚韻此
苟切，又見有韻楚九切，注文
皆引廣雅柴也。案廣雅雷
憲音又苟反。
第十八行休 許尤反正俗作 加點作烋謬九
正字姜書P二〇一一同，（劉書
作止，疑失本真。）當作止。俗
下作字不當有，王一亦同本書。
第十八行脙 脊腹又渠尤 反或作膌

脊腹，王一、王二同。案爾雅釋詁
臞脙瘠也。郭注：齊人謂瘠
瘦為脙。義疏引玉篇云齊人
謂瘠腹為脙。（案与今玉篇
不同，當是原本）瘠腹當是
瘠瘦之誤。案瘦或作腹，与腹字形近，故誤
腹為腹。本書瘠又誤作脊。案集
韻又承脊腹之文云腹脊之間謂之脙，並誤。
第十八行髤 宋 赤里△ 里當从王一作黑。
第十八行貅△ 鷙獸 廣韻、集韻
貅即上文貔貅字。王一同本書。
第十九行。瞍 汗面 瞍、姜書P
二〇二作瞍，王一作腰，疑失本真。王二作
瞍；廣韻字从肉作腰，正体

作瀴。案當从廣韻作腰。瞍
是瞽瞍字。
第十九行惆△ 去愁反△ 戾一 惆字王
一、王二同，切三作惆。案當从
廣韻作惆。去愁反，切三、王
一、王二同；廣韻音去秋切，亦
同。集韻既与丘字同祛尤
切，又与怓[口柔]等字音尼猷切
；又見幽韻，与區鷚二字同
羌幽切。廣韻重紐試釋以為
幽韻字誤入尤韻，存疑。
第十九行泅 浮亦作浮 又餘州反△ 又
餘州反，王一同。本韻以周反
無此字。廣韻以周切游下云

浮也，与本書此字義同，或作
遊；本書以周反則有遊字。
集韻云泅与攸汓同，本書以
周反有攸汓二字。
第十九行懵 盧又似冬反△ 又似冬、
反，王一同，廣韻云又在冬切。
詳見冬韻懵字校箋。
第十九行儔 直由反 侶廿三△ 王一
釋云類，類下有古作翿三字
。三疑當作二，本紐實廿二字
。王一此云廿二，廿二字与本書
悉合，先後次第亦同。
第十九行幬 帳 々△ 重文並出
誤懤，切三、王一、王二並無。

第十九行裯　襌被襌舟　禪當作襌，下襌字未誤。舟當作丹，上脫音字。王一無襌音丹一語。

第二十行籌　筭々　切三、王一、王二筭下無重文，疑此出後增。

第二十行嚋　否々　廣韻本紐無此字，此云否，未詳。集韻嚋即上文𠷎字，疑否或即咨字之誤。王一、王二同本書，無重文。

第二十行飅　䬕々　王一、王二無重文，此疑出後增。

第二十行妯　動又遅陸反　陸字王一、王二並作六。

第二十行毆　亦作㲉　亦上王一有縣物二字。說文毆，縣物毆擊也。㲉當从王一作𣪊。

第二十行鄐　江々在屬　王一、王二屬作蜀，當从之。說文云鄐，蜀江原地。

第二十一行鷎　南方雉名　雉名王一、王二同，二字誤倒。爾雅釋鳥：雉，南方曰𠷎。

第二十一行厹　地名在臨淮亦作叴又人久反　叴字王一同；廣韻作厹，與說文合。

第二十二行鼽　月令曰多鼽嚏　曰字王一作乂，並因諱改。嚏（案嚏字俗書如此）下王一有亦作歕三字。

第二十二行芁　白芷　芷字廣韻作芷，王一、王二並作茝。集韻云芁，黃艸名。

第二十二行釚　弩　弩下王二有重文，王一云弩釚，廣韻云弩牙。本書弩下脫釚或重文。

第二十二行梵　荆　注文王一、王二同。廣韻云荆梵亭名。集韻云亭名，在新市。一曰荆也。

第二十二行𧮫　殺𧮫亭　殺當

从王一、廣韻作鏝。本書寒韻
武安反鏝下云鏝魭亭名。
第二十三行絿 求俗作々 毬皮裏毛 王
一無俗作以下七字。作下重文不
當有，毬當作毬。本紐末有毬
字，注云俗作，蓋又此處旁注，
後誤為正文（參毬字校箋）。
唯各書並不以毬為絿字或体。
第二十三行执 緩々 王一緩下
無重文，廣韻云緩也。廣雅
釋訓执执，緩也。疑本書重
文出後增。
第二十三行毬 俗作 王一無此
字。疑絿字旁注，後人誤為正

文（參上絿字條）。
第二十三行浮 縛謀反 虛廿一 縛
當作縛。
第二十三行呼 吹氣又捬謀反 又捬
謀反，切三、王一、王二同。本書尤
尤反無此字，集韻披尤切收之。
第二十四行罦 車上輞或作罘罳 罘字
疑當从王一作罳。說文罳或作
罦，本書下有罘字。罳字王
一同，集韻為下罘字或体。說
文罦罳異字。
第二十四行蜉 蚍蜉亦蠹 蠹當
从王一作蠹。
第二十五行裒 減又蒲溝反 減字

王一同，未詳，疑誤從裒字
之義。（猶之混韻盾下訓視，
則誤盾為省）王二云聚，集韻
同（廣韻本紐無此字）。又蒲溝
反，本書侯韻無此字此音。
廣韻收之。參下裒字條。
第二十五行泭 編竹木渡水々 竹
字王一無，王二同。說文云編
木以渡。又王一無重文，此疑衍。
第二十五行雺 天氣降地不應又莫貢反
案送韻莫弄反字作霿。
第二十五行牟 牛 牛下當从切
三、王一、王二補聲字。
第二十六行麰 麥々 切三、王一、

王二並作々麦，本書二文誤倒。

第二十六行甃△ 々隴 此字王一在甃上，切三同。切三、王一、王二、廣韻並云堆甃小隴。本書誤脫堆小二字。

第二十六行鴾△ 鴝△ 鴝字王一、王二作鴒。廣韻云鶉之別名。案鴒鴝並當作鵪，爾雅釋鳥：鴽鴾母。郭注鵪也。集韻云鷂也，亦鵪字之誤。

第二十六行勑 々勵 王一勵下無重文，疑此出後增。

第二十六行苹 々草 廣韻此字為𦳝字或體，與說文合。重文當出誤增，王一、王二並無。

第二十六行醬 々䤋△ 注文王一、王二同。廣韻云醬䤋榆人將醬。說文云醬䤋，榆醬也。本書二文誤倒，侯韻䤋下云醬䤋不誤。

第二十六行件 本亦作△侔子今為件又渠折△反 作字衍文。姜書P二〇一一云本亦侔字（劉書亦字作為）。折疑扵字之誤（扵折並見獮韻，然扵字習見，且扵字不僅獮韻一讀），字見獮韻其輦反。

第二十六行髟敄 髮生△至眉 或作△髳 王一云髮至眉，各書同；與說文合。生與至字形近，蓋即涉至字誤衍。又作上王一有省字。

第二十七行裒△ 蒲△溝反△ 四字字体與全書不類，蓋後人據前文裒下又蒲溝反所增，此音屬侯韻。

卌四 侯

第一行侯 胡溝反侯亦作矦△十五 亦作侯，王一侯作㬋，當依集韻作候。

第一行糇 々△粮 切三、王一、王三粮下無重文，此蓋出後增。

第二行髑△ 骨△々 切三無此字，王
一、王二、廣韻、集韻並同本書。
姜書P二〇一一云髑（王一作骷字，
恐失真），王二云骨，廣韻云骨
髑，集韻云骨端謂之骺髑。
案髑字不詳所出。說文骺，骨
耑也，與集韻骨端之義同。骺
字隸定作骷，與髑形近，疑
髑即骺之誤字耳。說文骭，
骹也。骭骺一語之轉。本書翰
韻骭下云骺，覺韻䯊下云骭
髑，髑並骺之誤，是其例。
第二行謳 烏侯反吟歌 或作△慪△嘔十 或体
作慪與嘔，王一同。切三、廣韻

、集韻無或体；廣韻別出嘔
字，云嘔唲，小兒語。集韻嘔下
云博雅喜也，一曰小兒語，一曰嘔
夷川名；又別出慪字，云悋也。
第二行鏂 鉗△鏂丁 鉆△々 鉗鏂丁，
姜書P二〇一一同。切三、王二鉗
並作鉜，（王一與此同。）本書尤
韻鉜下云々鏂，切三、王一、王二同
；廣韻、集韻尤韻鉜下云鉜
鏂大釘；鉗當是鉜字之誤。
鉆々當作々鉆，上奪又字。切
三、王一並云又鏂鉆。本書鉆
下云鏂鉆所以鉗頸。
第二行甌 器△々 重文蓋出誤

增，切三、王一無。
第二行蓲 榆刺△ 刺當从切三、
王一、廣韻作刺。爾雅釋木蓲
荎，郭注今之刺榆。
第二行歐 々陽姓 亦△々△打 王一無亦
歐打三字，切三、王二同。蓋出
後人所增。
第三行樓 落侯反臺榭 正△作△樓廿三
王一無正作樓三字，王二同。
第三行摟 深△取△ 深取切三、王一、
王二、廣韻云探取，本書深字
誤。集韻引說文云曳聚。爾
雅釋詁亦云摟，聚也。各書
取或當作聚。

第三行膢 祭名又力于反亦作褸 方

當从切三、王一、王三作力，字又

見虞韻力朱反。

第四行剅 小穿 剅字切三、王一、

王二、廣韻同。集韻字作劃，

廣韻别出劃字云剅劃小穿。

廣韻校勘記謂：「剅字音當

侯切，唐人韻書剅為劃字之

譌，廣韻剅字當删。」今案

廣韻當矦切剅下云又音婁，

其本紐收剅字，似非由不經

意出之。廣雅釋詁剅，裂也

，曹憲音多矦反。然切三當

矦反無剅字，字見於本紐，

或是有此一讀。劃字不詳

所出，或即剅讀落矦反之

後起字。

第四行嘍 嗚々唤声 嗚字姜書

P二〇一一同，切三廣韻作鳥。

（王一亦是鳥字）

第四行簍 々籠 切三、王一、王二

籠下無重文，廣韻云籠也，

本書重文疑出後增。

第四行貗 求豕子 豕子二字

誤倒，王一同本書。王二、廣韻

並云求子豬，集韻云求子豕。

詳見虞韻貗字校箋。

第四行鄛 縣鄉名在南陽 縣字

衍文，王一、廣韻並云鄉名。

第四行僂 身軀 王一云軀々，

王二同。

第四行艛 々舟 重文當出誤

增，王一、王二並無。

第五行鱴 魚名 王一、王二並云

鰜，廣韻同本書。案說文

云鱴，魚名，一名鰜。

第五行涑 束侯反浣三 束當从

切三、王一、王二、廣韻作速。

第五行撨 推又先公 推字

王一同，集韻云推也擇也，本

書蕭韻云擇。公下脫反字。

第五行嗾 使犬又桒苟反或作[竹趌] [竹趌]

不成字，當从王一、王二、集韻作
[口造]。本書厚韻作[口造]，亦誤。
第五行怐 指 々 怐字各書作
怐，當从之。
第六行豿 多 々 豿當从王一、
王二、廣韻作豿。重文王一無，
盖出後增。
第六行繁 縛 縛是縛字。
廣雅釋器繁，鮮支，絹也。
說文縛，白鮮卮也。卮今作色，从
段氏改。縛与絹同。王一誤作縛
·廣韻字入尤韻明母，注文
亦誤縛字。

第六行齁 呼侯反齁 鼻息一 切三、

王二齁上有重文，廣韻、集韻
並云齁齁鼻息。此齁上脫
重文。
第六行緅 色 王一本紐二字
，第二字為鯫。王二三字，亦有
鯫無緅。鯫与緅字形近，色
亦与魚字形近，疑本書緅即
鯫字之誤。鯫誤為緅，遂改
注文魚為色字耳。倘本是緅
字，當云青赤色，不當獨言色
也。徂鉤反鯫下云又子溝反，
足證此當有鯫字。王一鯫下云
魚名又士垢士溝二反，王二同。

當據改。

第六行緰 紫 注文切三、王
一同，王二云[此巾]布，集韻云
布名。案說文緰，貲布也。
急就篇服瑣緰[此巾]与繒連
，緰[此巾]皆布名。[此巾]當作貲
若[此巾]。
第六行[俞刂] [區刂][俞刂]足筋 又剜 々 足
筋二字不詳，切三、王一、王二同。
廣雅釋詁四[區刂][俞刂]剮剜也。
集韻烏侯切[區力]下云足觔謂
之[區力]，[區力]字亦不詳所出。[區力]
与[區刂]形近，觔与[角刀]亦形近。
疑[區力]觔即[區刂][俞刂]之誤（案
廣韻筋又誤節），觔上又加（云[區刂][俞刂]足筋（節）

足字耳（案筋与觔同）。故切三、
王二此下不載削𠜾之訓，而集
韻不著足筋之義。王氏因不
解切韻足筋二字之由來，遂增
補一義。剢々二字王一作𠜾刻，
疑當从之。廣韻云又刀𠜾物。
第七行投 々擲 王一云擲物，切
三只一擲字，王二云々擲。
第七行褕 延身衣 延當从王一、
王二作近。史記萬石君傳：取
親中、裙廁褕，身自浣滌。晉
灼曰：今世謂反閉小袖衫為侯
窬。此最廁近身之衣也。集韻
褕下云簇垣短旋，别出褕字

云，𧝝褕短袖襦，一曰近身
衣，与本書異。
第七行歈 々歌 王一無重文
，廣韻云歌也。
第七行鴟 々鴝 重文蓋出誤
增，王一無。廣韻云鴝鴟鴝。
第七行俞𪎌 麻俞𪎌 麻俞𪎌王二
同，王一麻下有一字。廣韻云：
字書麻一絜，說文云𪎌𪎌，或
作𪎌。」
第七行窬 穿々或作窬 姜書P
二〇一一正文作窬，注文無重文
及或作窬三字。王二正文作窬
，注文亦只一穿字。

第七行緰 布 此字王一在䤋
上，王二同。
第七行齵 五矦反一 反下王一、王三
有齱齵二字，切三亦載此義
，當據補。
第七行溝 渠俗作溝 王一無俗作
溝三字。
第八行篝 々籠 切三、王一無
重文，此疑出後增。
第八行句龍 鼈龍似龜 王一字从
龍作句龍，切三、王二、廣韻、集韻
並同，當據改。
第八行句 々龍俗作勾 王一無俗
作勾三字，切三同。疑此出後人增。

第九行吺 輕出言 或作咎 咎字集
韻作告，蓋从朱声，疑當从之。
第九行眍 々眵目汁凝眵字 赤支反亦作䁾
䁾當从集韻作𥆧．說文𥆧，
目蔽垢也。
第九行剅 刨 剅字訓刨不詳。
王一、王二同本書。廣韻、集韻
並云小穿，本書落侯反剅下注
同。廣雅釋言云剅，竘也。本
書齊韻竘下云跔，跔即剅
字。詳見下條。 廣韻彼云竘跔
，裂也。此刨字蓋即竘字涉
剅字从刀而誤。
第九行跔 小裂 跔字廣韻、

集韻為剅字或体，王一、王二同
本書。案廣雅釋言：剅，竘。
本書齊韻古携反竘下云跔，
亦跔剅同字。
第九行鯫 魚名又子溝 又士垢二反
此誤衍一子字，士上又字亦衍．
王一、王二並云又子溝士垢二反
．又案本書子侯反鯫誤作緅。

卌五 幽
第一行幽 於虯反 暗六 六當云七
，本紐脫呦字，詳下泑字校箋。
第一行泑 鹿鳴亦作欲 各書泑
下云澤名在崑崙山下，鹿鳴

字作呦，並与詩及山海經合。
此奪泑下注文及正文呦字。
第一行虬 渠幽反虬龍又居 幽反或作虯 四
又居幽反，切三、王一、廣韻並同
．本書居虯反無此字，集韻
收之。王二云又於幽反，各書於
虯反無，於字誤。
第一行觩 曲 七 七當从王二、廣
韻作七，切三、王一誤為重文。
第一行彪 甫休反 虎文皃 四 本紐三
字，王一、廣韻同．集韻增⿰魚孚字
，云魚名，博雅鱄⿰魚孚鯛也．曹
憲⿰魚孚音副周反。恐非本書所
有，疑四當作三。

第二行樛 居糾反 木下垂 垂字切三、王二同。疑是屈或曲字之誤。爾雅釋木下句曰樛。又垂下當有一字。

~~第十行鏐 巾幽反紫磨金十~~

~~此字及注文原添於蟉字旁側。~~

第二行𧊚蟉△ 𧊚蟉又力攸 渠糾二反 此字原誤作鏐，而以雌黃塗改，今出旁剝落。

第二行䌥 子幽反禾生 石△一 石字切三、王一、王二並作名。廣韻、集韻云禾生也、

第二行風䬍 香幽反風 又風幽二△ 一反 二字誤衍、切三、王二、廣韻並云又風幽反，集韻又見必幽切。

第三行𧩯△ 千△侯△反就又 于△佳反一 千侯反，王二同。切三、廣韻本韻無此字，集韻亦無。案北門詩「室人交徧摧我。」釋文云：「摧，韓詩作𧩯，音千佳子佳二反，就也。」廣雅釋詁三「𧩯、就也。」曹憲音子佳反。崔声之字例不入侯韻，千侯反蓋即千佳反之誤。又于佳反，各書脂韻喻三無此字。于當是子字之誤，王二作千，千亦子字之誤。參脂韻此字校箋。

卅六 侵

第一行尋 徐林反八 尺曰△十二 曰下當有尋字或重文。

第三行𤅊△ 水出皃 霖△ 雨 三△日△ S六一八七（案此殘卷與切三最近）本紐八字同本書，而二字居紐末，下接丑林反之琛。切三亦八字，箖字以下殘缺，亦當是𤅊霖二字。王一琛上為霖字（案其餘殘），是其次第亦與S六一八七同。本書蓋因𤅊臨二字形近而亂，當據乙。又霖下云三日雨，王二同。王一云々雨。S六一八七云大雨，

廣韻云久雨，王一重文及S六一八七大字疑並久字之誤。

第三行臨 抗 々 臨作抗鮮未詳。S六一八七、廣韻云䓀也。抗与䓀形略近，蓋即䓀字之誤。

第三行痳 病 々 重文出誤增，切三、S六一八七、王二並無。

第三行琛 丑林反 寶七 寶上姜書P二〇一一、S六一八七、王二有重文，當據增。

第三行棽 木枝長又所今反 今字王一作金，切三、S六一八七同，當據改。

第三行䁥 私出頭視 又丑鴆反 䁥字廣韻作䁥。段氏據說文改覙。王二作覙，从舟不誤，第又缺彡形耳。

第三行䁉 賣 々目 重文下原似作賣字，後以雌黃塗去。

第四行箴 竹名 箴 誡規 箴下云竹名及箴下云規誡，俱未詳所據。王二同本書。姜書P二〇一一葴字注同，斗字以上殘。S六一八七葴字注亦同，同紐奪一字（案應即箴字，比勘本書可知）。案規誡字古皆作箴，故廣韻箴箴下云箴規，而葴下云酸蔣草。切三亦箴下云規誡，唯切三箴以上字殘，且箴字下接濈字，箴應為葴字之誤，則箴下云竹名及葴下云規誡，蓋自陸書至王書如此。集韻箴下云誡也一曰竹名，則據廣韻及陸書，而葴下云馬藍。

第四行濈 酸蔣 草名 王一蔣字作將，無名字。切三、S六一八七、王二同。廣韻同本書，集韻作蔣漿。案爾雅釋草葴，寒漿，注云今酸漿草。玉篇作蔣字。

第四行沈 除深反沒又式枕反人姓俗以出頭作沋尤四

又或捻枕反，王二云又式稔反。字又見寑韻式稔反，或捻即式稔之誤，枕字未詳。求字亦不詳。

第五行恁 信 切三、S六一八七、王一、王二信下無重文，此疑出後增。

第六行紝 機上縷又女林反亦作䋕 又女林反，廣韻女心切紝下云亦作絍；本書後有絍字，音乃心反。

第六行冗 行見從人出冂音 姜書P二〇一一云行見從人出冂音冎（劉書作從人出門音口，恐失本真）本書音下當有冎字、音上疑脫冂字重文。又P二〇一一冎下有亦作佔又从周反七字。

第七行杺 車杺 𨭖當从切三、S六一八七、王二作鈎。

第七行祲 姊心反又姊禁二反九 又上王一有日旁氣三字，切三、S六一八七、王二亦有此三字，當據補。又姊禁二反，二字誤衍，王一云又姊禁反；切三、S六一八七、王二並云又子禁反。

第七行姺 鋭意 重文王一、S六一八七、王二同，當更有一重文。語出說文。

第八行稯 錐 王二無錐下重文。

第八行攕 揳或作𢷾 攕揳當从集韻作𢷾揳。說文𢷾，楔也。王二誤同本書。

第八行鷭 魚名 魚名二字涉鱨字注文而誤。王二云雞，廣韻云雞之別名。

第八行鯵 昨淫反大魚六 說文鯵，鯵也。一曰大魚為鯵，小魚為鯵。S六一八七、王二、廣韻並引此文。鯵本小魚，鯵之稱，故廣雅字見釋器。本書云大魚，誤。

第八行𡏖 地名又子心反 地下名字

不當有。說文壔，地也。王一正無名字，可據刪。本書姊心反壔下亦無名字。

第九行㲺 禁又竹甚反　㲺當从廣韻、集韻作㲺。本書寢韻字作㲺．姜書P二〇一一誤作毀，王二同本書。

第九行鈙 持止　注文王一同，廣韻、集韻云持也，与說文合。然本書例不用句尾也字，止非也字之誤。

第十行黚 又渠炎反　又上王二有黃黑二字。

第十行岑 父〻　父當从王二、廣

韻作父。

第十行䩕 竹密　密字王二作䈼，案當作䈼。儀禮士喪禮「緊用䩕」，鄭注䩕，竹䈼也。

第十行岑 山欽 岑〻　岑字王二同，S六一八七、廣韻作崟，本書魚音反崟下云山嶔崟，此誤。

第十行吟 魚音反亦作岑齡五　反下王一有永歌二字，王二同，當據補。岑當从王一、王二、廣韻作訡。此蓋涉下文岑字而誤。詳下崟字校箋。

第十一行崟 〻棻　此字王二作岑，廣韻作㟧，集韻同廣韻，

或体作岑。案崟字見去音反，此蓋岑字之誤。上文吟下云或作岑，疑即涉此而誤。又重文蓋出誤增。王二無。

第十一行霃 霖雨又牛皆　皆下當从王二補反字。本書皆韻無疑母，字又見佳韻五佳反。廣韻則亦見皆韻，音擬皆切。

第十一行㪁 崟又口敢反　又口敢反，廣韻同。本書敢韻無此音，字見吐敢反，廣韻又收此字音口敢切。

第十一行今 古　王二云古今，本書古下蓋奪今字或重文。

第十一行衿 小帶又琴禁反 沁韻巨禁反字作紟。

第十二行襟 袍襦前袂 袂下王一有亦作裣三字，蓋後人所增。S六一八七、王二並同本書。

第十二行陽 此字因下文陰字而衍。旁有一小點，蓋誌其誤。

第十二行瘖 〻瘂 S六一八七、王二瘂下無重文，疑此出後增。

第十二行喑 於啼無聲又於含反 於字當从王二、廣韻作極，此涉下於字而誤。

第十二行醅 又於南反 醅字王二、廣韻同，當作䤃。詳見覃韻䤃字校箋。注文又上王二有聲字，本書覃韻云声小。

第十三行槮 樹皃長亦作篸 長皃二字誤倒，長上以鉤為識。

第十三行罙 灾 灾當从王二、五刊、廣韻作突。說文罙，（篆文作罙）深也。一曰竈突。

第十三行岑 鋤金反高山五 S六一八七、王二、廣韻並云山小而高。語見爾雅、說文。

第十三行涔 〻陽地名又士監反 又士監反，S六一八七、王二同。監有平去二讀，本書此字又見銜韻鋤銜反，集韻則并見鑑韻仕懺切。廣韻銜鑑二韻俱未收。

第十三行火 入山深 火當从廣韻作屳。說文云从入从山。

第十四行橬 連 橬字當从王二、廣韻作橬。連字王二作東，並速字之誤。廣韻云速也，集韻云疾也，通作簪。易豫卦朋盍簪注云簪、疾也。釋文云京房作撍，是此字所出。

第十四行先 首笄 說文先即簪字，本書二字注釋無異，不應別出。王二同本書，廣韻同說文。

第十四行㥽　楚今反，木脅兒二　木當
从S六一八七、王二、廣韻作不。不
上諸書有㥽差二字，此疑誤脫。
第十四行[糸南]　乃心反，纖一　乃心反与
前女心反同音，此增加字。王
二、廣韻見女心反下，王二作絍。
本書如林反字作紝，或体作絍。

卌七　鹽
第二行薝　屋前　薝當依S六
一八七、王二作簷。
第二行鷦　離　離上五刊有
重文是也。王二云雜離，雜亦
鷦之誤。廣雅釋鳥鷦離怪

鳥屬也。
第二行[門詹]　門屋　門屋不詳，
王二同本書，或是屋門誤倒。
五刊云門屋々也，亦不詳。說文
云[門詹]謂之樀，樀，廟門也。
第二行[氵閻]　深池　王一[氵閻]下云汙
（姜書作地，恐失真），王二同。
深字似無義，疑為汙或洿字
之誤。
第二行櫩　屋梠，亦作檐　王二、廣
韻並收此為簷字或体。S六
一八七本紐有簷無櫩。本書簷字
誤作薝。梠當从姜書P二〇一一作
梠。廣雅釋宮檐，梠也。

第二行鎌　々刀，或作鐮　王二、廣韻
、集韻或体作鐮，當从之。
第三行慊　々惃　々　慊惃二字當
从切三、S六一八七、廣韻作慊
惃。
第三行匲　盛器　此當从切三、王
二作奩。廣韻作匳，為字正体。
第三行獫　犬長喙，又虛檢，又獫狁　喙
當从切三、王二作喙。下又字
當作反，字又見琰韻虛檢反。
第三行覝　察視　覝當从廣韻
作覝。王二誤作覢。
第四行砭　府廉反，以石刺病，亦作[石巴]一　[石巴]
字廣韻同，周氏校記云玉篇

作砲。宋集韻亦作砲，當从之
·字从包声。
第四行槧 削板又公斬反 又公斬反
，各書蹔韻無槧字。切三、王
二並云又才敢反，切三敢誤作敗，本
書字又見敢韻，音才敢反。此
涉上文鹼字又切而誤。
第四行顩 々咸 切三、王二咸下
無重文，此疑出後增。
第五行蟾 々蠩蟇蝦 蟇蝦二字
誤倒，王一未誤。
第五行襳 小襦，本衫子 五刊云又
衫子。疑當云又衫字。
第五行纖 々細々 切三無重文，

王二云々細。
第五行嬐 繁美疾又彥奄反 注文
王二同，五刊云繁々。廣韻云
斂疾是也，見說文。美字不
詳，或即斂字声誤。
第六行攕 女手兒又所𢦏反 所下咸
字為墨所掩，細審可辨。王
一云又所咸反，字又見咸韻，
音所咸反。王二云又音衫，銜
韻無此字。
第六行痁 病又都念反 又都念
反，切三、王二同。本書添韻都
念反無此字，王一、王二並收。
第六行淒 妗又丑兼反 又丑兼

反，王二云又尹兼反，尹當是
丑字之誤。惟添韻不當有徹
母，本書添韻他兼反亦無此
字，各書同。字又見本韻丑
廉反，云又失廉反，兼疑即廉
字之誤。廣韻元泰定本明本
云又丑廉切，餘本亦並云又丑
兼切，作廉者疑出後人校改。
第七行姡 善兒 注文王一同。
廣韻善下有笑字，與說文合。
第七行惔 惃亦作惔 惃當从王
一作惃。
第七行髯 汝鹽反鎮毛通俗作髯十
鎮當从切三、王一、王二作領。俗

下王一有作字，當據補。
第八行呥 唯△ 兒 唯字王二同，
切三、五刊、廣韻作嗺，是也。
荀子榮辱篇云：亦呥呥而
噍。
第八行⿰冉頁△ 美 々 各書本紐
無此字，集韻為髯字或体。
第八行抩 持又乃 甘△反 又乃甘反，
王二同。本書談韻無泥母，
集韻談韻有乃甘切一讀，然無
此字，字見他甘切下。本書
字又見覃韻那含反，各書同。
第八行袡 △緟 々 緟々不詳，廣
雅釋器：大巾、褘、袡、襜、

袚，蔽厀也，韍謂之縪。袡
字曹憲音尒占反，疑本書緟
即緯或縪字之誤。集韻引
博雅褘袡蔽厀也。
第八行黏 女廉反 、䴴一 王一云黏
䴴，切三、五刊、廣韻同。王二云々
⿰黍胡。本書奪重文，䴴字應不
誤。
第八行冉 毛 々△ 當从王二、廣
韻更有一重文。
第八行炎 于廉反炎熱 又餘念△反一 又
餘念反，王一、王二同。㮇韻不當
有喻母，字又見豔韻以贍反
，注又于淹反。切三云又餘含反

，含又當念字之誤。
第八行霑 張廉反霑 濕△字二 切三、
王一、王二濕下並無字字，說見
下條。
第八行沾 頊△ 々 頊字不詳，王
一、王二同本書，切三作𩓐，當
忝頊字之誤。切三、王二頊下有
字字，本書霑字注文濕下有
字字，蓋別霑沾二字之異用
，疑頊是漬字之誤。
第九行覘 丑廉反 視△二 王一云覘
視，切三、王二、廣韻同，當補
覘字。
第九行淹 英廉反 沒△四 四當云

五。本紐凡五字。
第九行崦 々嶮亦作淹 峰又音奄 峰
當作峰。
第十行噞 魚喁反又魚儉反或作嶮 反
字王一、王二無，字旁有小點，蓋
識其誤衍。本書琰韻字下云
魚口喁上下見。或作嶮，當从
王一、王二及本書琰韻注作⿰魚僉。
第十行尖 子廉反上下小大十一 本紐十
字而云十一，蓋誤脫一字。王一
云十一，鑯上鋟字不見於此；
王二十字，亦有鋟字；本書寑
韻鋟下云又子廉反，是此當
有鋟字。王二云鑽版，王一云鑽

板。案當云爪刻鑽斂板，參
寑韻校箋。
第十行瀸 泉出水出 切三、王二並
云泉出水，無水下出字。爾雅
云泉一見一否為瀸。此行一出
字。
第十行⿱雨⿰幵戈 漬又山廉反 ⿱雨⿰幵戈當从
廣韻作䨘。又山廉反，本書
本韻無此紐，集韻見師炎切，
亦見思廉切。廣韻此云又所咸
切，本書咸韻所咸反有此字，
誤作霎，又見銜韻所銜反。
（案說文云讀若芟）王二云又上
廉反，上當是山字之誤。

第十行鑯 々鐫 王一、王二鐫下
無重文，此疑出後增。
第十一行懺 拭 懺當从王
二、廣韻作⿰巾韱。字見說文。
第十一行潛 昨鹽反水洑流六 洑
字王一、王二並作伏。洑与伏同
。又王一流下有通俗作潛四字。
王二同本書。
第十一行螹 離 離字王二
同，廣韻作⿰虫離。
第十一行箝 巨淹反鎮頭或作鉗亦作拑枯八
枯為箝字或体，不詳。
本書無此。集韻鉗字或体作
鉆，廣韻本紐亦有鉆字。說

文鉆，鐵銸也。疑此枮是鉆
字之誤。又集韻𥲅字或体作
䈴，故又疑枮或是䈴字之誤。
第十二行鴿 白△鳥 白下當依
王一、廣韻補一嗀字。
第十二行猒 飽△俗正作猒 俗字
衍文，旁有一小點為識。
第十二行△：嬸△ 含怒又魚檢反 嬸字
廣韻作嬸，段氏據說文改
嬸。又嬸上兩點不詳。
第十二行穑 苗ㄑㄑ 美又△於鵶反△
又於鵶反，沁韻於禁反有蔭
字。王一蔭下云亦作穑，廣韻
同。

第十三行㯽△ 采△細 菜 㯽當作
㯽，俗書為㰈字。采字王一同，
王二、五刊作菜，當从廣韻、集
韻作木。
第十三行㲦△ 巾 當从王一、王
二、廣韻作𢅅。此下王一有姡字
注云火光反𡜂姡也一曰善美
新加出說文更毛也，王二韻末
亦有姡字，云火光反渠（當為
𡜂）ㄑ一曰美善一，廣韻不別出
此字，而處占切姡下云又許兼
切。王一善美當作善笑，語見說
文，更毛二字未詳，王書句是例
不用也字，疑此出後人增之。又

案集韻𡜂字音火占切，疑𡜂
為姡誤。

卌八 添
第一行蟾△ 吐ㄑ舌 蚺△ 蟾蚺當从
王二、廣韻作蟾蚦。
第一行髻 丁△廉反髻△髮七 廉字
切三同，當是兼字之誤，王二
作兼。髻髮，切三同，王二作
髻鬉，廣韻云髻鬑髮鬢髮
䰐薄，集韻云髻鬑髮䰐。疑
本書髻下奪鬑字，髮下奪䰐
字，王二鬉或又鬉字之誤。
第二行詁 △轉語△ 注文王一、王二、廣

韻同。案方言十：「嘽哰，南楚
曰謰謱，或謂之支註，或謂之
詀謕，轉語也」。謂支註與詀謕
一語之轉，此誤讀方言。 冬韻㣑下、齒
韻謕下云轉語，誤與此同。
第二行㡇△ 衣領又丁頰△反亦作䘵△ 㡇与
䘵當从廣韻作㡇与䘵。又丁頰
反，姜書P二〇一一、王二同。 丁字P二
〇一一誤作子字。 本書帖韻丁篋反無
此字，字見他協反。廣韻則亦
見丁愜切。
第二行帖△ 埥々△ 切三、王一、王二
埥下無重文，此疑出後增。
第二行落△ 藥草 落當从廣韻

、集韻作𦺇。
第二行熑 [忄柔]△輈△絕 [忄柔]輈當从王
二作煣輞。說文熑，火煣車网
絕也。
第三行謙 苷△兼反自卑上 苷當作
苷字之誤也。
第三行㰹△ 堅持又呼廉△公函二反 㰹為
欿字或体，此當从廣韻作𦆭。
持下當从廣韻補意字。王一此
字正文殘缺，注文又上有意字
，本書許兼、古南二反下並云持
意。又呼廉反，本書鹽韻無曉
母；覃韻古南反下云又呼兼
反，字又見下許兼反；廉即兼

字之誤。集韻則鹽韻有火占
切，其下收此字。
第四行𦆭 持意又公廉△公函二反 又公
廉反，詳覃韻㰹欵字校箋。
第四行賺△ 香 賺當从王一、廣
韻作𧹗，王二誤作賺。

卅九 蒸
第一行蒸 諸膺反衆丞△字六 丞字
不詳，當有誤脫。切三、王二衆
下無此二字。
第一行烝 冬祭氣上此是又熱烝△衆字
烝疑當作烝。
第二行脭 熟△々 王二熟下無重

文。

第二行薀 菹 王二菹下無重文。

第二行㾮 㿄 王一、王二㿄下無重文，疑此出後增。

第二行烝 熱氣 上文烝下云又熱氣上，此不當又出烝字。

第二行澄 直陵反水清定又直庚反四 本紐三字而此云四，當係誤脫一字。王一懲下有澂字，云清，當據補。

第二行憕 平又竹萌反 又竹萌反，各書同。本書耕韻中莖反無此字，集韻收之。

第二行陵 六膺反曲阜又㥄亦作勬十二 切三、王二並云六膺反，然本書應字未誤，參下膺字校箋。曲阜，王二、廣韻云大陵，疑是大阜之誤。

第三行淩 瀝又水名 瀝字切三、王一、王二、廣韻並作歷，當从之。

第三行凌 冰 切三、王一、王二冰下並無重文，疑此出後增。

第三行掕 止 此字王一在餧上，王二同本書（案王二其他字次第与本書異）。

第三行稜 馬福 注文王二云福．廣韻云祭名，案廣雅釋天稜，祭也。神靈之福；字又見登韻，注云祭也，福也，靈也。馬字未詳。

第三行膺 於陵反匈亦作膺四 此云四而本紐止三字，蓋誤脫一字。王一鷹下有應字，切三本紐三字，應字居第二；王二亦有應字在第二。本書陵下云六應反，是此奪應字之証。當依切三於膺下鷹上補應字，各書應下云當。

第四行憑 扶冰反託四 託上王一有憑字，切三同。王二同本書。四當云三，此以磳下誤奪正切，遂並磳字計之。詳磳字校箋。

第四行淜 無舟渡河 淜字王二同，

王一作⿰氵冊，當从廣韻作淜。說文云从朋聲。

第四行磳　硼磳，又子騰、奇兢二反　切三本紐無此字，廣韻、集韻同。廣韻字音仕兢切，集韻字音七冰切。王一、王二同本書。案曾声之字例不讀脣音，本書登韻作棱反，磳下云又仕冰反，王一同，与廣韻合，此當是誤奪正切。集韻云七冰切，七蓋士字之誤。又奇兢反，王一、王二同。本書其矜反下無此字，切三、王一、廣韻、集韻同。王二則又見其矜反。案曾声之字亦例不讀牙音，此疑本云硼字綺兢反。綺誤作奇，王二遂誤收其矜反下。硼字音綺兢反，各書同。

第四行冰　筆凌反　凍三　凍上王一有氷字，切三同。王二同本書。

第四行棚　戫箭器，又薄登反，棧閣也　正、注文切三、王一同。（二書閣字並作閤，無也字，當據改。）案詩大叔于田：抑釋掤忌。毛傳云所以覆矢。廣雅釋器掤，矢藏也。字並作掤，与棚二字。疑陸書此原作掤，字誤為棚，遂增又薄登反棧閣諸字，而本書沿之。廣韻本紐有掤無棚，棚下無此音義，集韻同、王二正字誤同本書，其不云又薄登反棧閣，尤為明證。

第四行棚　覆矢亦作弸　此字實不當有，蓋上文掤誤作棚，遂又出此字。切三無。姜書P二〇一一同本書，詳參上棚字校箋。

第五行繩　食陵反　索九　索下王一有俗作繩三字，切三、王二同本書。又此云九而實止八字，蓋誤奪一字。王一乘下溗上有澠字，云水名在齊；切三、王二同，當據補。

第五行溗　波前前後相淩　溗上王

一有滙字，當攗補。詳繩字條。

上前字誤衍，旁以小点為識。淩

字切三、王二作淩。

第五行𢤱△ 譻之 廣韻𢤱為

譝字或体。王一、王二譻下無重

文，疑此出後增。

第五行升 識承反十合 正△作五 作下

奪正体，王二作升。王一無正作

一語，切三同。

第五行勝 任又書證反亦稜△ 稜，

王二或体作務，王一同。（姜書

P二○一一字殘，止餘禾旁）切

三字殘，右旁作劵，集韻云古

作麦，證韻作究。

第六行兢 居陵反 悈△二 悈下王一有

懼字。王二云懼，無悈字。

第六行矜 慇又渠 巾△反 又渠巾

反，參真韻槿字校箋。反下

王一有矛柄亦作穳從今俗從

令失諸誤。

第六行徵 陵陟△反 召四 陟陵二

字互倒，陟旁以鈎為識。

第六行旂△ 旌旗 柱△皃 柱字王一

同；王二作桂，當即柱字之誤。

廣韻無柱下皃字。案說文云旌

旗杠皃。音丑善切。本書字亦

見獮韻丑善反。

第六行敳△ 召 之△ 此即說文古

文徵字。說文作𢼸。廣韻

無此字，集韻收為徵字古文。

王一、王二同本書；召下無重文。

疑此出後增。

第七行氷△ 堅 之 切三、王二、廣

韻並無此字。王一同本書。說

文氷即上凝字。

第七行興 虛陵反起又許△膺反二 膺

當从王一作應，應讀去声。王

二云又去声。

第七行殑 其矜△反 二 反下王一

有殑殑 原誤殊 欲死狀五字，切

三、王二、廣韻並載此義，當

攗補。

第八行䔷　根可纏器物用　王一云根
可緣竹器，切三、王二同，廣韻同
，當據改。
第八行僜　丑升反醉行皃又曾鄧二反一　又曾
鄧二反、王一、王二並云又曾鄧反。
字又見嶝韻魯鄧反，曾即魯字
之誤，二字誤衍。參嶝韻僜字
校箋。
第八行硱　綺兢反又口本反一　硱當从
王一、王二、廣韻作碅。前磳下注
文碅磳，即此字。綺兢反下王一
有碅磳石皃四字，王二同，當
據補。又口本反，混韻字誤脫，
見硱字校箋。

五十　登
第二行名廾　礼器亦作鐙　名廾當
作弇。
第二行棱　盧登反方木或作楞五　棱字
姜書P二〇一一同，當从廣韻作
楞，切三作楞（王一同，疑劉氏誤
書），亦誤。方上王一有四字，切
三、廣韻同，當據補。姜書P二
〇一一棱下有通俗作楞四字，切三
同本書。楞當是楞之俗誤。
第二行棱　抓〻　棱抓當从王一
作棱柧。
第二行崩　北騰反顭一　騰字王

一作滕，切三同，當據改。（登
下增下並用滕字）
第二行增　昨滕反加亦作譜九　昨當从
切三、廣韻作作，下層字音昨
棱反。王一此誤在字。九字當从
王一作十，王一紐末有譄字，詳
譄字條。
第三行曾　人姓又昨棱反嘗　又昨棱
反，昨棱反下奪此字，據王一補
。詳層字條。
第三行矰　戈射矢　戈字切三、
姜書P二〇一一同，王一作弋，恐失本真。
當从廣韻作弋。
第三行竲　蜀人取生肉以竹中炙　切三

無以字，王一同。（姜書P二〇二
有以字，無竹字）。廣韻以字作
於。
第三行䎴 飛 䎴上王一有瞢
字，注云蓖。廣韻亦有此字
，當據王一補。王一無重文，疑
此出後增。
第三行瞢 無光又亡贈反 瞢字
王一同，切三、廣韻、集韻並無
此字。周禮眡祲六曰瞢，鄭
司農云日月瞢瞢無光也，即
此所出；然字从目，此从日誤。
嶝韻武亙反字正作瞢。注文
王一有二重文，當據補。

第三行曾 昨棱反又昨滕反 昨
棱反下王一有重層二字，切三
亦有此義，當據補。又昨滕反
、切三、王一、廣韻並云又作滕
反，昨當是作字之誤。本書作
滕反無此字，集韻收之。又切
下王一有二字，下出曾字云嘗
又作騰反。本書作滕反曾下
云又昨棱反嘗。並當據王一補。
第四行朋 步崩反五 注文切三同，
王一反下有黨又古文鳳今為朋
八字。
第四行棚 閣又薄庚筆棱二反 閣
字原誤作閣，有雌黃塗改之迹

。又筆棱反，切三、王一棱字作
陵。各書本韻幫母無此字，
而切三、王一、本書蒸韻筆陵反
有棚字，棱當為陵字之誤。唯
蒸韻棚當作掤，疑此又切出
後增；廣韻此但云又薄庚切
。參蒸韻棚字校箋。
第四行薨 呼弘反一 反下王一有
諸侯亡三字。切三與本書同。
第五行能 奴登反又奴代反又奴來反一 奴
登反下王一有獸又多技四字，切
三亦不釋義。又奴代反又奴來反，
王一云又奴代奴來二反，切三同，
當據改。

第五行滕 徒登反國名正 滕作十一 作
滕二字互倒，作旁以鉤為識。
第五行縢 囊可帶 帶下王一、
廣韻有者字，切三云囊可帶
香。案離騷蘇糞壤以充幃
兮，王逸注：幃謂之縢，縢，
香囊也。者當是香字之誤，
本書誤脫。
第五行藤 〻苰 草名 苰下切三、
王一並有又字，當據補。廣韻
云又藤蘿。藤苰為胡麻。
第五行謄 美目又以證反 又以證反
，本書證韻無此字，廣韻以
證切收之。王一云又以登反，登

當即證字之誤。
第六行鼟 鼓聲 鼟字王一
同，當从集韻作鼟。鼓字誤
在聲下，旁以鉤為識。
第六行䲢 〻魚 重文當出後
增，王一無。

五十一 咸
第一行凾 〻谷關名 名下王一有
又凾書二字，切三同，當據補
。又案王一此字作凾，注云亦作
凾。切三同本書。
第二行蟰 海虫食可 可字誤在
食下，旁以鉤識之。

第二行𨖼 〻述中間者謂非好非惡
述不成字，當依各書作迠。
第三行椷 栝不胡緘反 不當作
又，王一正作又胡緘反。
第三行黬 黑又上林反 又上林反，
本書侵韻氏林反無此字，字
見黬深反下，云又居咸反，右
書同。王一、王二云又士林反，
各書侵韻鋤金反亦無。上与
士蓋並止字之誤（姜書P二〇
一一作又止林反，未知可據否）。
第三行攕 所咸反女手五 手下切
三、王一、王二、廣韻並有皃字
，當據補。又見下王一云又息廉

反，切三、王二、廣韻同本書。

第三行⿱雨夌 微小雨 ⿱雨夌當从廣韻作⿱雨戔。王一誤⿱雨夬，王二同本書。

第三行猎 乙咸反大吠 又乙臨反 大字王一作犬，切三、王二同，當从之。下反字下當有一字，王一有一字。

第三行嵒 五咸反 山高六 王一山上有嶃嵒二字，高下有又也名三字，切三、廣韻同，當據補。六原同王一當作七，因下文脫黬字而改之，詳⿱虍咸字條。

第三行⿰賴頁 長面皃又丘檻反 又丘檻反，各書同。本書檻韻無此字，各書並有⿰賴頁字云丘檻反，本書當係誤奪。

第四行⿱虍咸 羊絕有力 ⿱虍咸上王一有黬字，云釜底黑，切三四字亦有此字，王二、廣韻並同，當據補。⿱虍咸下云羊絕有力，王一、王二同，廣韻云熊虎絕有力也，或体作麙⿱虍咸，別出⿰犭咸字云羊有力也。案爾雅釋獸：熊虎醜，其子狗，絕有力麙。釋文麙或作⿰犭咸。

第四行諴 和 和下王一有又戲二字。

第四行碞 僭差又午金反 碞當依各書作嵒。又午金反，王一、王二同。本書侵韻魚音反無此字，廣韻收之。

第四行姭 喜皃 注文王一、切三、王二、廣韻並同。本書鹽韻姭下云善皃，王一同。案說文姭下云一曰善笑皃，集韻添韻鹽韻姭下及鹽韻㜶下並云一曰喜笑皃（案㜶字三見，火占切下㜶疑當作姭）。

第四行⿰咸鳥 鳥物苦啄咸反 苦上奪又字。

第五行酟 酟小頭 小頭，王

一、王二、集韻、廣韻云出頭皃。
第五行諵　女咸反一　反下王一有
詀諵二字，切三、廣韻亦載此義
．當據補。
第五行讒　士咸反譖作讒九　譖字
王一無，反下云又士銜反，切三同
。王二有譖字，亦云又士銜反，廣
韻同。當補又士銜反四字、王二
銜韻鋤銜反下收讒字。作上
王一有通俗二字，注文讒疑
當作讒，以兔字有點無點別
其正俗。王一正、注文二字並作
讒。
第五行毚　狡兔又士銜反　又士銜

反，切三、王一、王二同。本書銜
韻鋤銜反無此字，廣韻收之。
第六行嵌　王一無此字，當出
後人所增，大小字跡均與全
書不類。王二、廣韻字見銜韻
。（王二誤山歆）此與尤韻末增
褭字同，字跡亦同。參尤韻
褭字條。

五十二　銜

第一行甉　乾瓦屋　注文王一、
王二、廣韻同。集韻鹻韻鑑
韻並同，云出埤倉，此下則
云瓦施屋，又陷韻云布瓦於

屋。疑乾是施字之誤。
第一行鑱　犁鐵吳人云士銜反　士上王一
有又字，切三同，當據補。
第一行獑　々猢名又咸反　咸上殘
士字。王一、王二云又士咸反。切三
云又七咸反，七亦士字之誤。此字
又見咸韻士咸反。
第二行巖　五銜反山々二　王一無山々
二字，反下云釹广下亦作礹。釹
广下三字不詳。
第二行攙　楚銜反初咸反攙搶妖星二
初上當有又字，切三云又初咸反
。王一此誤為楚咸初咸二反。　各書咸韻
無此紐，廣韻云又士咸切，而士

咸切下有攙字，云又楚銜切。
第二行黬 黬黑白 黶々 黑下王一、
集韻有耳字，王二字見咸韻士
咸反，黑下有身字。重文王一無。
第二行衫 所銜反九 王一反下有
衣纖二字。案切三云々衣，王二
云々衣亦纖，廣韻同切三。本書當
補々衣二字。王一衣上奪重文、衣
下疑脫亦字。
第二行縿 旌 旗 注文王一同，
切三云旗旒。案本書咸韻云
旌旗旒。說文云縿，旌旗之游
也。此誤。
第二行髟 長 髮 此字王一在縿

上。髮下王一有髟々又比遙反
大字。
第三行𩍐 旌旗 所著 旗字王一、
王二作好。案爾雅釋天纁帛縿
，郭注云：縿，衆旒所著。此以
𩍐當爾雅縿字，本書旗及王
一、王二好字並存字之誤。著
下王一有亦作鞔三字，王二同。
案鞔不得同𩍐，當从集韻作𩎓。
第三行𥌒 瞻又格 懺反 正、注文
王一、王二同。切三本紐無此字
，廣韻、集韻同。案監声之
字不當讀此紐，此字經傳皆
以監字為之，實即監字孳乳

，蓋即由古銜反誤增於此。王
一鑑韻格懺反𥌒下云瞻又古
銜反，與此互見，正可見此係
誤收。又案本書鑑韻誤脫此
字，詳懺字條。
第三行𩃎 微雨又 子廉反 𩃎當作
𩃎若𩆷，詳鹽韻此字條。王
一、王二同本書。
第三行鑒 諸以 取月水 鑒諸，
王一、王二、廣韻同。說文亦同；
段注謂當作鑑方諸。周禮司
烜氏注：鑒，取水者，世謂之
方諸。水下王一有又明古作鑑
或作監八字，切三同本書。

第三行礛 礷々礷石青 石字王一
無，切三、王二、廣韻同，當據刪。
又王一礷下有可以攻玉亦作𥖝七
字。切三、王二、廣韻同本書。

五十三嚴
第一行嚴 嚴上當有五十三三
字。
第一行⿱艹嚴 翳射 ⿱艹嚴字切三、王
一同，當从廣韻作⿱竹嚴，說文云
从竹。
第一行醃 於嚴反鹽漬魚 亦作腌字同一
王一無亦作腌字同五字，切三、
王二同。疑此後人增之。

第一行欦 丘嚴反欦歁不 齊又丘凡反一 歁
字切三、王二 原誤歁。、廣韻同，
疑當从姜書P二〇一一、集韻作
歁。(王一字作歁)。又丘凡反，切
三、王一同。本書凡韻無此紐，
(案凡韻欦字應為丘凡反，誤
收匹凡反下。) 鹽韻丘廉反亦無
此字；集韻凡韻丘凡切有此字
。王二、廣韻云又丘广反；本書
广韻有欦字，音丘广反。

五十四凡
第一行凡 凡上當有五十四三字。
第一行杴 木叏可索 可下王二有
為字；王一可字作中。(姜書
P二〇一一此字缺。)
第一行欦 多智 欦字王一、
王二同，原本玉篇同，廣韻作
欲。案正當作欽。此字陳澧切
韻考及周氏廣韻校勘記謂當
音丘凡反。集韻本紐無此字，見
丘凡切下。
第一行沘 水名 沘字王一、王二同
，切三、廣韻無此字。集韻有
沘字，注云水名，蓋即此字，
疑當从之。
第一行切韻卷第二 盡 前云
刊謬補缺切韻卷第一，平声

五十四韻。此云卷二盡，中間不云

卷一卷二起訖。王一此云刊謬補

缺切韻卷第二，廿八韻。下列先

至凡各韻韻目並附反語。詳參

前卷首校箋。

刊謬補缺切韻卷第三

第一行切韻卷第三　切上王一有

刊謬補缺四字，當據補。

第二行右卷一万二千一十六字　二千七十舊韻

四千一百廿一訓廿三或亦五文古二

文俗一千三百卅補舊缺訓一千二

百十五新加韻二千八百一十二訓三

百六十七或一十九正廿一通俗四文

本　舊上王一有七字，正、注文

數字正合。　案王一一千二百一十五

新加韻，二字誤一，

則當以此為　又王一「三百六十七

正。

或」或上有亦字，亦當據補。

本書去入声此並云亦或。又案

王一此行後有「朝議郎行衢

州信安縣尉王仁昫字德溫新

撰定」一行。

第四行八語　魚舉反呂与虞同夏侯陽李杜別今依夏侯陽李杜

虞當从王一作麌。

第六行十四賄　呼猥反李与海同夏侯為疑呂別今依呂

夏侯王一誤作侯夏。

第七行十八隱　於謹反呂与吻同夏侯別今依夏侯

王一奪此夏字。

第八行廿二旱　胡滿反

胡字王

一、王二同，切三、P二〇一七、廣

韻作河字。案本書旱韻字音

何滿反，切一、切三、王一同。（廣

韻音胡笴切。）

第八行廿三產　數板反呂与旱同夏侯別今依夏侯

廿四潸　所簡反陽与銑獮同夏侯別今依夏侯

王一產潸二字互異，切

三、P二〇一七、王二同，當據正。注

文呂与旱同，王一与字誤作同字。

第九行廿五銑　蘇典反夏侯陽杜与獮同呂別今依呂

蘇典反，王一、王二同，切三、

P二〇一七音蘇顯。案王氏避

中宗諱，故改顯為典，詳見正

文銑韻顯字校箋。

第九行廿七篠　蘇鳥反李夏侯与小同呂杜別今依呂杜

李上王一有陽字。案巧

下云陽与篠小同，平声肴下

亦云陽与蕭宵同，又王一去声

嘯下亦云陽李夏侯与笑同；

當據王一補陽字。

第十行廿九巧 苦絞反。呂皓同。陽与篠小同。夏侯並別。今依夏侯
晧上王一有与字，當
據補。
第十行廿二馬 莫夏反 夏
字王一作下，王二、切三、P二〇一七
、廣韻並同，与正文馬韻音合
，本書原亦當作下字。
第十一行廿三感 古禫 禫
下當據王一補反字。
第十一行廿四敢 古覽反。呂与檻同。夏侯別。今夏侯
檻當作檻。
第十一行廿六䈞 堂朗反 䈞
字王一作簜，王二、切三、P二〇一七
同，當从竹。

第十二行梗 古杏反。夏侯与靖同。今別。依呂
靖上王一有与字，當據補。又案
靖字与本書靜字同切，疑夏
侯与呂以靖為韻首。下文耿下
云呂与靖同，夏侯与梗靖迥
別，並作靖字。又王一今字在別
下，亦當从正。別上當有呂字。
第十二行卅八耿 古幸反。李杜与梗迥同。呂与靖同。与梗別。夏侯迥梗別。今依夏 靖下王一
有迥字。案下文靜下云呂与
迥同，入声錫下亦云呂与麦同
，當據補。夏侯迥梗別，王一作
夏侯与梗靖迥並別。案梗下
云夏侯与靖同，此當依王一補

与及靖字。夏下王一有侯字，
亦當據補。
第十三行卅一有 云久反。李与厚同。夏侯為疑。呂別。今依呂
・厚上王一有与字，當據補。
第十三行卅三黝 於糺反 黝當作黝。
第十四行卅五琰 以冉反。呂与忝范頭同。夏侯与范頭別。与忝同。今並別 頭當从王一
作豏。
第十四行卅七拯 無韻。取蒸之上声
韻字王一、王二同，切三、P
二〇一七云無反語。案本書及
切三、王一正文拯下並云無反語
，蓋陸云無反語，王於此改云
無韻。無韻者，猶云無下字

可取也。

第十五行卌九檻 下斬反。李与檻同，夏侯別，今依夏侯 檻當从王一作檻。

第十五行五十一广 虞掩反。陸無韻目，失 掩字王一同，當作埯，韻上王一有此字，當據補。

第十五行五十二范 符山反。陸無取。凡之上声，失 無下王一有反字，与切三云無反合，當據補。P二〇一七云無反語，与正文范下注同。又案王一奪凡字。

一董

第一行董 薡〻，又曰蕅根 根當从廣韻作根。

第一行蠓 莫孔反。蠛蠓，蟲。三 蠛當作蠛，各書並云蠛蠓。

第一行鸈 小鳥 小當作水，字之誤也。切三、王二、廣韻並云水鳥，与說文合。

第一行孔 康董反。後。一 後上當从姜書P二〇一一補乙字。案王一云甚又穴，不知何以成此差異。

第一行檧 箸桶。又蘇公反 檧當从王一、廣韻作檧。本書蘇公反下作檧不誤。

第一行侗 他孔反。直。一曰長皃。三 王一云一曰長大，各書同。說文云大皃。

第二行嵸 衆立 嵸字切三、王二、廣韻作嵸。案此嵸字俗書。蕭韻嵺即嵺（廫）字。

第二行菶 奉〻，草皃 奉字切三、王二、廣韻並作菶，當从之。

第二行鬆 〻角，亦作鬆 集韻或体作鬆。

第二行熜 熅。又青公反 熅當从王二、廣韻作熅。本書東韻倉紅反下作熅。

第二行𢉖 屋會。又且公反 屋會，廣韻同，本書東韻云屋中會。當云屋階中會。詳東韻校箋。

第二行輚△ 〻△輪 輚，姜書P二○
二一、王二同；當从廣韻作輚。輪
下重文姜書P二○二一、王二無，
疑出後增。

第二行澒 胡孔反水△溶皃二 王一云
溶水皃，王二同。又王一溶上有
水銀滓三字，切三此下云水銀
滓胡孔反，王二亦有水銀滓三
字。蓋三字為陸書之舊，王氏
增溶水皃三字，當據補。

第三行䀛 氣盛曰△ 切三、王一、
廣韻並云氣盛皃，本書曰即
皃字之誤。王二云氣盛。

第四行唪 大聲△ 大聲，王二同
。廣韻、集韻云大笑，与說文合。

二腫

第一行踵 足後跟亦作⿰山重△ ⿰山重當作
⿰山重。

第一行沈△ 〻塗 沈當从廣韻
作浝塗。王一、王二作浝，亦誤。
說文云从土浝聲。塗下重文王
一、王二無，疑出後增。

第二行宂 而隴反散從△人通俗作宂八 從
為宀從二字誤書。

第二行⿰酉辱△ 不肖一曰傷〻劣或作揄茸 ⿰酉辱
字切三、王二同，廣韻作⿰酉辱。
案當从集韻作⿰酉辱。

第二行⿰禾茸 稍△稻 稍字切三、王
二作稍，廣韻澤存本、黎本及
集韻作⿰禾茸，廣韻巾箱本作稍
。字又見鍾韻，廣韻云禾稍；
集韻云禾稍，集韻考正謂稍
字宋本及類篇作稍。

第二行氄 鳥毛亦作毴△ 襛△又而反 毴
字王二同，當从集韻作毴。襛
字王二作襛，當是襛字之誤
。而下王二有尹字，當據補。軵
韻而尹反有毴字。

第二行⿰臼冗 〻△亂 重文不當
有，姜書P二○一一、王二並無。

第二行抳 拒亦作軵 拒字廣韻
同。王一作担，蓋亦拒之誤（姜
氏書作括，尤誤）。王二作拌，集
韻作相，疑拒拆並推字之誤。
廣雅釋詁三：抳，推也。淮南覽
冥：軵車奉饟，注：推也。說文
軵，反推車令有所付也。玉篇
抳，推車也。集韻考正則引爾
雅釋言：戎，相也，釋文云或作
抳，以爲抳訓相之擾。釋文云顧如勇反。
第二行重 直隴反不輕又直龍反直用三反四
又直龍反直用三反，當从切三
、王一、王二作又直龍直用二反。
第三行冢 知隴反大二 切三、王二、

廣韻並作知隴。
第三行捧 敷隴反掬掬一 掬与捧
義不協，蓋即涉掬字誤衍。王
二云掬也。
第四行拱 居悚反手抱十二 二當作
三，本紐凡十三字。
第五行拲 兩手械，亦作桊，又居辱反 械
上切三、王二、廣韻並有共字。
亦作桊，桊當从集韻作桊。說
文拲或从木。
第五行峇 水邊石 峇字切三
、王一、王二、廣韻、集韻並作
砻，無異体。俗書砻字作峇
，遂誤耳。

第五行蛬 蟋蟀亦作蛩字 蛩字
王一、王二、集韻同。廣雅釋蟲
作蛬。案从共声，作蛩誤。
第五行珙 鉡 切三、姜書P
二〇一一、王二並無鉡下重文，
此疑出後增。
第五行拜 手兩 注文切三、王二
同。說文：「廾，竦手也。」揚雄
說廾从兩手。」兩手非其義，
當云竦手。
第五行瓵 缺 缺字誤。廣
韻云瓵，瓵即瓨字俗誤，見
廣雅釋器；集韻云瓶；此缺
字蓋瓵或缾字之誤。

第五行巩△ 抱 巩，說文作巩，
隸定作巩，即上文拲字。
第五行輂△ 々△内 輂當从王二、
廣韻作輂。内當作冈。廣韻
作輞。重文王二無。
第六行鮇 鯤魚△子△ 鯤魚子，王
二、廣韻同。廣雅釋魚：鮇，
鯤也。
第六行慫 驚々△ 重文王二無。
廣韻云驚也。
第六行聳 高々△ 切三、王一、王
二高下並無重文。
第六行攏 執亦推△ 亦推，王一
、王二同；集韻或体作㩲。案

說文㩲字从雙省声，推當是
㩲字之誤。集韻注文又云推也
，則又誤諸書「亦推」為釋其義
矣。
第六行從 從△々走皃 從當从王二
、廣韻作從。
第六行騬 馬揺△衘走又思口。二反 馬揺衘
走，王二、廣韻同。廣韻校勘記
云：「公羊定公八年傳注作搖馬
衘走。」案集韻作搖馬衘走。
本書馬揺二字當互易。今何注
作搖，當據此訂正。二字誤衍
，王二云又思口反。
第七行湩 都隴反濁多是△此冬字之上声陸云冬無上声何失

一甚 都隴反者，借三等隴
為下字，与冢音知壠反音異。
廣韻音都䲨反為音和。又此字
誤在是下，旁有鉤為識。
第七行𥷤△ 渠隴反䆮渠恭反。二△ 𥷤當
从廣韻作𥷤。本書鍾韻作𥷤
不誤。二當作一，廣韻本紐亦
止一字。
第七行⿰忄松△ 且勇反。襌或作⿰忄松△。總一 ⿰忄松
當从廣韻作⿰忄松，忪亦當从作
忪，廣雅釋器字作衳。王二誤
同本書。
第八行⿰衤從 子冢反 襌△衣一 襌當从
王二、廣韻作襌，廣雅釋器

裷，禪衣也。

三 講

第一行蚌 蛤，或作蜯，亦作䗯 䗯字王

一、王二作蜕；疑此誤。蜕字

見淮南子說林篇。集韻則有

䗯蜕二體。

第二行䲓 〻頌，又莫奉反 頌字當

从切三作䳟，本書腫韻莫湩

反下云䳟鳥。

四 紙

第一行只 詞，又諸移反 又諸移反

，王二同。本書支韻章移反無

此字，王二收之。

第一行坻 隴坻，又當礼反 正文坻字

切三、廣韻、集韻並作坻，本書

薺韻都礼反字亦作坻。注文

切三、王二、廣韻並云隴坂，本書

薺韻亦云隴坂。

第二行枳 〻剌 注文第一字右半

不清，王二作棘，本書亦似棘

字。唐氏書作刺字。

第二行洔 水名，出枸扶山 水字不清

，據他書補。

第二行恀 怙 注文右半不清

，王二作怙，唐氏所書亦作怙

，然當作怙。爾雅恀、怙，恃也。

第二行積 曲果 王一云曲枝果

，各書同。本書曲字不甚清

晰，諦審猶可辨；曲下有一

字之隙，蓋原亦有枝字。唐

氏書作曲果二字。

第二行泜 著 正 泜字右半及著

字下半日字不清，依諸書補。

正當从諸書作止，見說文。姜

書P二〇一一亦誤止為正。王一作止。

第二行芷 〻陽縣 此字廣韻、集

韻與止同音。陽字不清，依王一補。

第二行鴲 鳥如烏，烏也 鳥也二字王二無

此當出後增，本書不用也字。

第二行氏 是 是字不詳，疑誤。

第三行褆 衣服端下 衣服端下，王二、五刋，廣韻同。段氏依玉篇改廣韻下字為正。

第三行𢓕 々猶遟々亦作𢕟 重文上當从王一、王二更補一重文。𢕟字王二作𢓕，集韻作𢕟。

第三行彼 補靡反此二 此上當依切三補一重文。

第四行罷 遺有罷又平陂薄解二反 又平陂反，各書同。本書支韻符羈反無此字，廣韻收之。（本書有疲字，音義与罷同）

第四行檓 舂椒木者 舂字涉下毇字注文而衍，旁有小點為識。木當為大字之誤。爾雅釋木：檓，大椒。郭注：今椒樹叢生實大者名檓。姜書Ｐ二〇一一云樹大者，為本書木為大字譌誤之証（樹即椒之誤，王二同）。王二云樹文者，文亦大字之誤。

第五行骩 骨曲 骩當从廣韻作骫，見說文。

第五行⿺几咼 鷙鳥食吐毛 ⿺几咼當作⿺丸咼，許委反下作⿺丸咼不誤。

第五行垝 々垣亦作陒⿱宀危又於為反 ⿱宀危字王二作⿱宀危，當从之。本書寘韻⿱宀危下云毀又居毀反。又於為反，本書支韻於為反下無此字，寘韻影母亦無此字。各書並同。王二云又居僞反，本書寘韻詭僞反下有⿱宀危字，云毀又居毀反。於字疑誤。

第五行觤 獸角不齊兒亦作⿰革危 ⿰革危字姜書Ｐ二〇一一、王二同，集韻作⿰羊危。案說文觤，羊角不齊也，故字又从羊作。本書从革，因形近而誤。

第五行跂 抭九僞又反 跂字王二同，當从切三、廣韻作跂。本書寘韻詭僞反作跂不誤。又案切三、王二此字並在垝下觤上。

王一舵字从上殘，而恦字承舵
字，与切三、王二同，當亦同切三，
王二。當據易。抗字切三作抗，
王二作抗，廣韻、玉篇作杭。案
當作杭。爾雅釋天：「祭山曰庪
縣。」釋文云：「庪，本又作攱。公羊
僖公卅一年疏引李巡曰：「祭山以
黃玉及璧，以庪置几上，遙遙
而眂之若縣，故曰庪縣。」方言
七：「伔、抗，縣也。趙魏之間曰
伔，自山之東西曰抗，燕趙之郊
縣物於臺之上謂之伔。」故此云
攱抗。
第六行捲△ 短 矛　捲當从王一、王二、
廣韻作捲。廣韻又曰說文黃木
可染。
第六行庪△ 上 懸　上懸，王二同。
上當為重文之誤，爾雅釋天云
祭山曰庪縣。蓋自上文攱字注
文抗字譌誤，遂又收此字。切三
有攱無庪。詳參攱字校箋。
第六行髓 息委反骨△肉 行亦作膸骨四　肉行
二字有誤。王二云骨汁，行蓋
即汁字之誤。廣韻引說文云
骨中脂。
第六行餚 餹△ 餅　此餹字誤作鎕，蓋
而改之。
第七行徛 △立 ㄑ　重文切三、王一、
王二並無，疑出後增。
第七行蟜 △蟬　姜書P二〇一、
王二蟬下無重文，廣韻云蟬也
，疑此出後增。
第七行猗 旖又河△ 我反　旖字王二
同，猗非旗稱，疑有脫文。廣
韻云猗施旌旗從風皃。又河
我反，河當从王二作阿，字又
見哿韻烏可反，胡可反下無
此字。古書同。
第八行庋 食 閤△　閤當从切三作
閣。王二同本書。
第八行綺 墟彼皮 綺△ㄑ七　切三、王二
綺下無重文。此云七而本紐只

六字，蓋誤脫一字。王二、廣韻本紐並七字，觭字不見於此。王二、廣韻云又丘奇反。本書支韻去奇反觭下云又居倚反，與此互見，本紐所脫也，即觭字。

第八行婍 好亦作裿 好上王一有皃字，切三、王二同，當據補。裿當从王一作裿。集韻云通作裿。

第八行⿰忄奇 減又去奇反 減字王二同，廣韻北宋本、巾箱本、黎本云減⿰忄奇，亦同。案當作⿰忄咸，詳支韻此字校箋。

第九行鼓 釜亦作鈘 鼓當从王二、廣韻作⿰鬲支。

第九行蔿 為委反姓又于戈反九 又干戈反，王二作于戈反。下字為戈，不得上字為干。本書歌韻過字于戈反，無同音字。此字又見五和反下，云又于彼反，各書同。干于二字並誤。

第十行蘤 花々 切三、王二花下無重文，此疑出後增。

第十行闁 門亦作闆 門當从切三、王二、廣韻作𨶚。廣韻引國語「闁門與之言」。

第十行蘧 人姓又々復 蘧復不詳，王二同本書。

第十行蔿 不安 蔿當从廣韻、集韻作𠏿。方言九𠏿謂之杌。

第十行⿰阝為 鄭地又丘為反 又丘為反，本書支韻、寘韻溪母並無此字。王二云又虛為反，字正見許為反下，注云又為詭反，與此互見。丘字誤。

第十行⿱此束 即委反鳥喙或作⿰口束通俗作觜一 ⿱此束當作⿱此朿，見說文。喙當作喙。或体⿰口束與俗体觜當互易。切三正字作觜，云或作⿱此朿。王一同本書。

第十行此 雌氏反斯正作此九 此云九而本紐止八字，當係誤脫一字。王二八字，多本書⿰此馬字；廣韻

九字，亦多嶋字，蓋即本書所
脫。嶋，馬名。見說文。
第十一行㑆 小皃 㑆不成字，當
从王二、廣韻作㑆，見說文。
第十一行𧺽 淺度 度字王二、廣
韻作渡，与說文合。
第十一行豸 池尔反蟲豸〻十 重文
誤衍，切三、王二無。本紐九字
而此云十，或係誤脫一字。王二
本紐九字，廣韻十有二字。
第十一行褫 奪衣 奪字王一同
，當从廣韻作奪。切三作奪，
即奪字小誤。王二誤舊字。
第十一行𥻘 黏〻 切三、王一、王二
黏下無重文。廣韻云黏也，此
疑出後增。
第十一行牠 析薪可 又達反 牠當从
王二作杝。本書哿韻作杝不誤
。廣韻作杝為正体，析字王二同
，當从廣韻作析。詩小弁云析
薪杝矣。
第十二行廌 解〻又子見反亦作豸 又子
見反，王二、五刊同。案四字不
當有。廌字音子見反，別為一
字。本書及王二霰韻作見反
收此字，誤甚。廣韻霰韻無
此字，此下亦無霰韻又切，當从
之。廣韻此云又宅買切。
第十二行迆 邐〻相連接皃 王一無相
連接皃四字，切三、王二同，蓋後
人增之，
第十二行袘 中衣袖 注文切三、王一
、王二同，五刊、廣韻云衣中袖。
案漢書司馬相如傳揚袘戌
削張注云袘，衣袖也，廣雅釋
器袘、袖也，本書支韻弋支反
下云袖，廣韻云衣袖，中字未
詳。論語鄉党加朝服拖紳，
說文引作袘紳。說文拕，曳也
。中字或為曳字之誤。五刊、
廣韻改為衣中，類篇遂云衣
中謂之袘。

第十二行脆 引腸莊子曰長洪々 長
洪，切三、王一、王二同。廣韻作
長宏，与今莊子作萇弘同。
第十三行椸 架又離又弋支反 椸字王
二同。廣韻字作扡，或体作移。
架字王二、廣韻作加。案廣雅
釋詁二：移，加也，与廣韻合。
五經文字引字林椸，架也。則
与本書合。又說文杝，落也。
与此云離亦合。廣韻亦云又離
也。又弋支反，本書支韻字
作移。參支韻校箋。
第十三行邐 力氏反迤邐連山二 迤上
當从切三、王二補重文，上文
迆字下云邐々。山字蓋涉
下文岪字而誤，迆下云相連
接皃。集韻此云岪行連延也。
第十三行躧 所綺反躧步亦作[illegible]又所解反五
又所解反，本書蟹韻無此紐。
廣韻字又見所蟹切下。五當作
六，切三、王一、王二並六字，此因
下奪曬字而改之，詳簁字條。
第十三行簁 不攝根亦作[illegible] 重文
王一同，當从切三、王二、廣韻作
簁。通俗文云簁不著跟曰縰，
本書寘韻作簁，王一同。
第十四行簁 籭々 簁上王一有
躧字，注云視。切三、王二同。本
書霽韻魯帝反躧下云又
師蟻反，此當由誤奪。切三、
王二籭下無重文，疑此出後增。
第十四行俾 卑婢反彼九 彼當為
從或使字之誤。切三、王二云使
人（字作俾，參下俾字校箋。）
廣韻云使也、從也。
第十四行鞞 黍屬又平懈反 鞞當
从切三、王二、廣韻作䵑。
第十四行俾 使 上文俾即此
字。切三俾下云使，無俾字，
王二亦俾下云使，廣韻俾与
俾同。集韻俾下云益，俾下
云使，然亦云俾通作俾。本

書蓋因俾字注文譌誤，遂又收乃礼反亦作闢。案當依說文第十六行豙 豕 豙當作彖

俾字。王二亦出俾字云彼，則襲作闢。擶當从王二、廣韻作𢷾。若豕，即說文彖字。

本書之誤耳。說文云智少力劣，擶下反字當作第十六行弛 式是反廢亦作𢐗弛二 正

第十四行薾 鼠莞 薾當作𦵺又。文弛与注文或体同形，當有一誤

、疒旁兩點墨色較淡，蓋曾以雌第十五行弭 弓 此字王一在。集韻為弛与弛之異。

黄塗掩。渳下𤭛上，切三、王二同，當據易。第十七行呰 弱謹書曰呰窳媮 又姊西徂礼二反

第十四行爾 兒氏反亦作尒尒 反下羨注文王一云弓末，切三、王二同，當謹當从王一、王二作漢；媮下當

書P二〇一一有汝字，切三、王二並據改。又末下王一、王二有亦作从王一、王二補生字。語見漢書

有汝字，當據增。尒下當有二字。弭三字，切三同本書。地理志。

第十四行邇 近亦作迩迩二 二字羨書第十五行庳 下或作𤬁又音被 埤當第十七行批 梓又子米側氏二反 梓當

P二〇一一、王二並在爾上字下，當依各書作埤。又音被，王二同。从王二、廣韻作梓。又子米反

據易。本書前收彼反及寘韻皮義，王二同。（米字誤釆。）本書薺

第十五行闢 力擶反乃弟反 闢字反均無此字。集韻本韻部靡韻子礼反無此字，廣韻收之。

王二、廣韻作闢，本書薺韻切收埤字。第十七行筵 策又時𥷕反 又時𥷕

反，王二同。本書本韻無此紐，
廣韻菙字音時髓切，即此字。
第十七行㶴 二水又資遺反 又資遺
反，王二同。各書脂至二韻合口
精母無此字。廣韻云又音資，
脂韻開口精母亦無。集韻又
見旨韻，音之誄切，云閩人謂
水曰㶴。集韻遺字亦讀旨韻
喻母，唯上字資與之不同。疑閩
人不分精照，遂有此異。
第十八行騹 馬小又子垂反 又子垂反，
王一、王二同。本書支韻無此字，
切三、王二、廣韻並收騹字音
子垂反。

第十八行揣 初委反度亦作敼又丁果反又尺[illegible]二反一
王一、王二無果下反又二字，當從之。
第十八行㹜 隨婢反 㹜腞一 腞當从王
一、王二、廣韻作豚。
第十八行䑛 食紙反舌取物或作舓亦作舐二
舓當作舓。易字於本書為昜字。
第十八行輢 於綺反車輢韻作於綺 輢陸於倚反之於此
輢韻又於綺反之音既同反 不合兩處出韻失何傷甚一
正注文王一同本書。案正文殘缺，注文
餘「此輢韻又作於綺……何傷甚一」諸字。切三前
有倚椅等字音於綺反，後又
有輢字音於綺反。王二輢字
併於倚下，廣韻同。本書注文
云云，亦謂兩反當合為一。其

中三韻字即小韻之義。騎字
當从切三、王二、廣韻作輢。又下
王一有作字，疑此誤脫、
第十九行跛 匹靡反 枝折三 枝字切
三作被，王一、王二作披，廣韻
与本書同。折字各書同。此當
作披析，參周氏廣韻校勘記。
第十九行紴 水波錦文 有補柯反 有補
當从王一、王二、廣韻作又補二
字，字又見哥韻博何反。
第十九行諀 匹婢反 諀訾四 諀當从
切三、王二、廣韻作諀。注文諀
字未誤。
第十九行庀 具又匹几反 又匹几

反，切三、王二同。本書旨韻匹鄙
反無此字，集韻收之。
第十九行訛 䧳具 注文王二、廣
韻云具，無䧳字。案廣雅釋
詁三：訛，具也。疏証云：「訛与庀
同。庀，治之具也。周官遂師：
庀其委積。襄公五年左傳：宰
庀家器。鄭衆杜預注並云庀
，具也。魯語：夜庀其家事。
韋昭注云：庀，治也。」䧳字未
詳。廣韻此上有仳字，注云仳
離別之意。似本書奪一仳字。然
譯下云本紐四字，又似無脫文。
第二十行芛 草木初生 又惟畢反 正、注

文王一、王二同。廣韻云蕍芛葟
華榮。案見爾雅。郭注云今俗
呼草木花初生為芛，音豬，与
上文⿱艹陏字音義並同。⿱艹陏字見
說文，云藍蓼秀，亦与爾雅芛
字義近。切三有⿱艹陏無芛，⿱艹陏字
注同本書。蓋陸氏以⿱艹陏芛同字，
而王氏增芛字。
第二十行頍 弁皃 頍字姜書P
二〇一一同，當从切三、王二、廣韻作頍。
第二十行狔 女氏反猗 〻從風皃 皃下當有三字。
第二十一行硊 魚毀反嵬 〻石皃四 嵬
字各書作磈。
第二十一行姽 好皃又 牛果反 又牛果

反：案果讀上声，則牛果与魚
毀同音，讀去声，則寘韻危
賜反無此字，各書同。王一、王二、
牛字作才。各書紙寘二韻從
母亦無此字。（案：才當是牛字
之誤。）廣韻云又過累反，字
又見過委切下。集韻過委切之
外，又見麻韻吾瓜切。
第二十一行⿰衤敫 衸 ⿰衤敫衸二字
當依王一、王二作襒衸。
第二十一行批 側氏反拳 加人也一 此字王一
在前破上輢下，王二、廣韻亦
在破上（案王二、廣韻併輢字於
於倚反），當擒易。（切三輢下為

彼字，与本書同，然其韻末亦
無𣏀字，自不足據）也字王一、王
二無，本書句尾例不用也字，當
據刪。

五 旨

第一行視 承旨反望見一 王一無見
字，望下云亦作眡，王二同。
第二行𧀒 犍羊又餘几反 又餘几反
，王一、王二同。本韻無此音，名
書同。廣韻云又以脂切，王二、
廣韻脂韻以脂反有此字。疑
几為机字之誤。案几或通作机，然机讀
平声為木名，
不作几字。

第二行雉 燒草又直履反又他計反 依
例當从王一、切三作又直例他計
二反。王二同本書。
第二行几 居履反曲机八 王一云几
杖曲凴。王二云杖曲凴，杖上蓋奪
重文。切三云几杖。
第二行麂 獸似麞 王一云獸名亦
作麐，王二同（案王二云獸名似
麐，似字誤）。切三云獸名。本
書獸下奪名字，似麐麞二字蓋由
後人增之。麐同麂，見說文。
當據王一補。
第三行𠃨 獸如兔 𠃨字王一、王
二、廣韻、集韻同。周氏廣韻校

勘記云：「𠃨當是犱字之譌。犱
見尤韻，此出𠃨字非也。案山海
經東山經云：餘峩之山有獸焉
，其狀如菟……名曰犱狳 仇餘二音
。……」案九声几声之字，唐人
多亂，下文从九諸字王二並从几
，本書軌字亦作軓，即其例。
又案本書尤魚二韻未收犱狳
二字。
第三行⿰舄几 鳥赤 ⿰舄几字王一同，王
二作⿵几舄。案當从廣韻作⿰舄几。注
文王一、王二、集韻同。案詩狼
跋云赤舄几几，傳曰几几，絇皃
。⿰舄几即詩几字，非赤舄之稱，

疑當云赤鴑皃。廣韻云赤鞨
緡也，也字疑為緡字重文之誤。
第三行碊 石墮聲 碊字入本
紐，王一、王二、廣韻同。案說文
碊，碎石隕聲，从石，炙声。本
書陌韻所載反有此字，与炙声
合。各書同。此讀未詳。切三本
紐無此字，集韻亦無。集韻剠
視切下有硃字，注与此同，亦未
詳所據。蓋俗書碊誤為硃，遂
从矢声讀之耳。
第三行妣 母又甫至反 又甫至反
，切三、王一、王二、廣韻同。各書
至韻無此字，集韻又見必至切

下。
第三行比 方又婢四方脂扶必三反 方當从
切三、王二作房，字又見脂韻房
脂反下。
第三行秕 以豚祀司命 豚字王一作
豚，各書同。當據正。
第三行沘 水出盧江灊縣入芍陂名今謂之渒水芍音
張略反 灊當依各書作灊。
第四行髀 股外之旁礼反 之當作又。
姜書P二〇一一、王二並云股外又
旁礼反。
第四行軌 居洧反法從古杂音匭省非從几八 注
文云非從几，則此原當作軌。從
古杂音匭省，語有譌誤。姜書

P二〇一一作從古文杂音匭省，亦
當有誤。說文云軌从九声，匭朹
同字。
第四行晷 日 注文切三、王一、
王二同，廣韻日下有影字。疑
諸書日下奪重文。
第四行𩕢 小頭又巨追反 𩕢當从王一
、廣韻作頯。又此字王一在究字
下。
第五行洧 榮美反水名在鄭四 四字不
清，蓋曾經塗改。
第五行𪏰 黃兒又下悔反 黃兒王一
同，切三云黃白，王二云黃白色
、廣韻云黃色。案說文云青

黄色，皃當是色字之誤。又下悔
反，王一、王二同。隊韻胡對反無
此字，集韻收之。
第五行矢 戎視反 陳三 戎當作式。
第五行死 息姊反 此歸一 王一云亾，王
二云上，蓋亦亾字之誤。本書云止
歸，疑為後人所改。
第六行滍 水者名在 魯陽 者字衍
文，各書無。
第六行薙 茇又徐 姊反一 一字衍
文，各書無。
第六行牝 扶履反 毗 忍反雌一 毗上各
書均有又字，此脫。
第六行[illegible] 力几反 從 千舟反一 從上王

一、王二有跐字，切三同本書。
第六行壘 力軌反 塹十 壘非塹義
，此當有譌誤。塹与壁形略近，
或即壁字之誤。
第六行雅 抗 々 抗當从切三作狖
。廣雅狖，雌也。古文官書云狖作
雌。雌即雅字。官憲音誄。重
文蓋出誤增，切三、王一、王二並無。
第六行鸓 飛生鳥名 飛且乳也 本書例
不用句尾也字，王一無，切三、王
二同，當據刪。
第七行纍 藤 々 切三、王一、王二
藤下並無重文，此疑出後增。
第七行耒 田器又 盧猥反 又盧猥

反，切三、王一、王二同。賄韻落
猥反下並無此字，集韻收之。
廣韻此云又盧對切，本書隊
韻盧對反下有此字，云又力軌
反，各書同。
第七行[illegible] 悸又視 佳反 又視佳
反，王一同。廣韻云又巨佳切。
案各書脂韻視佳反無此字，
字見渠佳反。癸声之字例不讀
齒音，疑視原作示，本讀羣
母，誤改為視。廣韻巨支切示 下云又時至切
，与視 同音。 王二云又待佳反，待疑
侍字之誤，則又改此視字耳。
第七行[illegible] 細又 聚 惟反 又聚惟反

，王一、王二、廣韻同。本書脂韻
無此紐，集韻增此字，音聚惟
切。本書字又見支韻姊規反，云
又衢癸反；集韻又見才規切。
第八行踓△ 蹵〻 切三、王一、王二
蹵下無重文，疑此出後增。
第八行梶 女履反絡絲樹易金梶一 樹字
王一同，當从切三、王二、廣韻作柎
。易下切三、王一、王一有曰字，當
據補。廣韻曰易曰繫于金梶。
第八行否△ 符鄙反塞方△久反七 方上切
三、王一、王二有又字，此脫。又寀
否上切三、王一、王二有癸字。廣
韻癸字亦在此上。切三云居誄

反一，（王二誤誄為履）王一云居
誄反北方一；本書揆下云葵癸
反，當據諸書於此上補癸字。
第八行疢△ 腹内結病 切三、王一、王
二、廣韻、集韻此字作疷，与
說文合；無或体。當據正。病字
切三、王一、王二同，廣韻作痛。
說文云痛也。
第八行圮△ 岸毀亦作△⿱山⿸厂⿰亻色……⿰酉非覆或
作⿸厂⿰亻色△ 說文⿰酉非為圮字或体，
注云毀也。爾雅釋言圮，覆也。
郭注云謂毀覆也。⿸厂⿰亻色當作⿱山⿸厂⿰亻色
，見說文（王一正作⿱山⿸厂⿰亻色，唯姜氏一
作⿱山⿸厂⿰亻色，一作⿱山⿰耳巴，恐未足據耳）。

第八行仳 離△又方△匕△反△ 又方匕反，
切三、王一、王二並云又芳匕反。
匕為下字，不當上字為方，方當
是芳字之誤。惟各書本韻無
此音，匹鄙反下亦無此字，集
韻普鄙切下有此字，与芳匕反
異類。
第八行⿰忄匕△ ⿰忄癸△裂 ⿰忄匕當从廣韻作
⿰忄比，⿰忄癸當从作憏。見說文。
第八行⿱山非 徂△壘△反嶵△一 壘當从
王一、王二作壘。嶵下當依各書
補⿱山非字或重文。
第九行⿰壴舌△ 匹鄙反大三 ⿰壴舌當从王
一、廣韻作⿰鼓舌。切三、王二誤同本

書。
第九行㽧 △ 注文漏書。王一、
王二云破又匹支反，當據補。
第九行秠 一稃二米 又鄉悲反 又鄉悲反
，王一、王二同，廣韻云又孚悲切。
字又見脂韻敷悲反，各書同，
鄉字未詳所由作。疑為拂之誤。
第九行䧺 以馬䧺而黃可食 以當从
切三、王一、王二作似。䧺，切三、
王一、王二、廣韻、集韻並作䧺。
第九行壝 埒又逵位反 又逵位反，
王一、王二同。本書、王一、王二至韻
逵位反收壝字，故此云又逵位
反。（參至韻校箋）。切三此云又

以佳反。廣韻云又音遺，与切三
同。本書字又見脂韻以佳反。
第十行𡢃 愚顡多態 又尤卦反 顡字
王一、王二同，當从廣韻作顡。又
尤卦反，王一、王二、廣韻同。本書
卦韻無此字，廣韻、集韻見胡
卦切下，即此音。
第十行楕 卉 楕當从王一、王
二、廣韻作楕。
第十行歕 於几反歕鱸鳴一 歕字切
三、王一、王二、廣韻並作歕。集
韻云歕或省作歕。
第十行𦅸 胝几反鐵𦅸所紩三 𦅸當从
切三、王一作𦅸。紩下王一有禮有

𣬈昆四字，切三同，當補。
第十行𢿞 刺 王一、王二刺下無
重文，廣韻亦云刺，疑此重文
出後增。𢿞當从廣韻作𢿞。
第十一行𦄫 絺𦄫反䵝就寬一 𦄫當
作𦄫，或从廣韻作𦄫。
第十一行跽 暨几反長跽或作𨁂又暨軌反一 長
下脫跽字或重文。切三、姜書P
二〇一一、廣韻並云長跽，王二
跽字作重文。𨁂當从王一作𨁂
。又暨軌反，說見下跽字校箋。
第十一行瞲 許癸反一恚視又許𩔁反一 瞲
字本書至韻同。姜書P二〇一一、
王二此作瞲，至韻作瞲（王一並作

瞗）。廣韻一作瞒，一作瞞。集
韻並作矊。案字蓋本作瞞，集
韻改作矊，餘並誤。詳至韻校
箋。恚視，至韻同。恚當依各
書作恚。又許類反，王一、王二云
又翊類反，同。至韻本書、王一、王
二並音許鼻反，廣韻音香季切
，与此異類。許鼻反与許癸反類
同，疑此許類反誤。廣韻云又
火季切，可據正。
第十一行跽 暨軌反上跪 亦作𨈇 二 王一、
王二同本書。切三、廣韻、集韻無
此讀。案暨軌反与暨几反同音
，以上字定開口，蓋前人反切，

王氏不解而並收，詳拙著例外
反切研究一文。𡇑字當从王一作
己其。

六 止
第一行止 諸市反 巳九 巳當作已。
第一行時 蔡地 又時止反 蔡字當依
王一及各書作祭。又時止反，各
書同。本書時止反無此字，廣
韻收之。
第二行阯 郊阯 郡名 郊，王一及各
書作交，此誤。切三、王一無名
字，王二同本書。
第二行𧧅 計 此字廣韻在旨

韻職雉切下。案說文：「𧧅，許
也。从言，臣声，讀若指。」是此
字讀音所本，本書誤。王一、王二
同本書。集韻𧧅字同廣韻，此
別出訨字云許，未詳所本，疑
即改本書此字。計當作許，王一
、王二無重文。許誤作許 案与說文誤本
同。
第二行𢈔 柱～ 𢈔，切三、王一、王
二同。當从廣韻作𢈔，書禹貢：
至于厎柱。又案此字釋文音之
履反，集韻与旨同切。
第二行巳 止 巳當作已。
第三行苡 薏～ 苡～ 苡切三、王二作茾

，當从之。
第三行攺 堅△大 大堅，王一、王三同
。廣韻云：「大堅。說文曰毅攺，大
剛卯，以逐鬼魅也。」案大堅之
義不詳。隋以剛堅義同，改堅
為剛。疑此原作大剛卯，剛下卯
字誤奪，後人誤以為剛字隋時
避諱所改，因更作堅。德切攺
下云□岡，岡當是剛之殘文
，即其証。廣韻蓋未加審照，
遂陳二義。集韻云毅攺，大剛
卯也，不載大堅之義。
第三行姒 夏禹△姓一曰娣々 切三、王一、
王二、廣韻並無禹字，當據刪。

第三行汜 音似者在成皐東是曹咎所度水△音△凡者在襄城縣南汜城是周王出居城曰南汜音匹劒反者在中牟縣汜澤△是晉伐師△子△汜曰東汜三所各別陸訓不當△亦作△氾字
案此王氏刊陸書之謬。切三
汜下云：「江有汜。又水名，在河
南成皐縣；一曰潁川襄城縣
；一曰在滎陽中牟縣，流入河。
又符嚴、敷劍反。」王氏以三水所
讀各異，故分別言之。其實
南汜東汜字从巳，與成皐汜
水字非唯讀音不同，字形亦異
，王氏蓋亦未辨。又東汜字釋
文亦音凡，與王氏異。澤字王
一無。師上王一、王二有鄭字，當
據補。子字王一、王二同，當作于
。當下王一有故不錄三字。亦作沿
，王一同，疑為洍字之誤。之韻
獄字本書作獄，是其比。詩江
有汜三家作洍。廣韻或體洍字
而外又收洍字，所本或即本書。
第四行鉛△ 々△鋋 鉛字王一、王二、
廣韻同，集韻作鉊，與廣雅
釋器合。說文鉛與鉊同，此與
鉊同，未詳。集韻別出鉛字
云矛屬，蓋所據鋋又誤為鋋，
遂誤如此。方言九矛，或謂之
鋋；說文鋋，小矛也。重文王
一、王二無，疑出後增。

第四行紀 居以反 經四 切三、王一、王
二並作居似反。經下切三、王一、王
二有紀字。
第四行呂 說文 切三、王一、王二
並云說，廣韻云說也。文字
誤衍。
第四行㛥 香之美者 㛥字當从切
三、廣韻作㛥。
第四行耳 而止反 聽五 聽下王一
有聞字，王二同（誤作門）。
第五行䋙 〻轡盛 重文上當从
王一更有一重文。詩閟宮云六
轡耳耳。
第五行李 似梅 又姓 王一云人姓。

第五行理 直 理字誤書而脫作。
第五行娌 妯 妯下切三、王一、王
二、廣韻並有娌字，本書誤脫。
第五行俚 南蠻 屬 南下切三、王
一、王二、廣韻並有人字。
第六行箈 竹篾 曰箈 注文王一、王
二、切三同，廣韻云竹萌也。案
爾雅釋草云箈箭萌，又云
筍竹萌。說文箈，竹萌也。箈
字又見賄韻徒亥反〻（廣韻此
云又音待〻）注云筍。此云竹篾
，篾蓋同尚書顧命篾席之篾
（馬云纖蒻）。集韻亦云竹篾，
字作箕。

第六行葈 胡〻 亦作莫 葈字切三
、王二、廣韻作草，姜書P二〇一
一、集韻同本書。菓字王二作
葸，姜書P二〇一一、集韻与本
書同。
第六行峙 直里反 從六 從當从王
一、王二作徔。
第七行偫 且亦 作時 且當从王一、
王二、廣韻作具。具上王一有看
眄望而往五字，切三、王二、廣韻
並有此一義，當據補。
第七行畤 儲〻 王一、王二、廣韻
儲下無重文。
第七行杞 木苟 杞 王一云木名，

又苟杞，切三、王二、廣韻並同，當補名又二字。

第七行芑　日△梁　粟　日梁當依廣韻作白梁。切三、王一、王二梁並誤作梁，白字不誤。

第七行邛　縣在南郡又　梁△渠記反　梁字涉渠字誤衍，當依王一、王二、廣韻刪。

第七行士　鋤里反　一命△七　七當依切三、王一、王二作三。俟字以下四字讀漦史反。參俟字校箋。

第七行俟　待△史反待亦　漦作𥻸△竢　上　待字不當有，當依王一、王二刪。

𥻸當作𥻸。竢下當依王二補四字。

第八行戺△　霤　外　戺當从王一、王二作戺。此字廣韻、集韻与士字同切。王一、王二同本書。

第八行綔△　繩　復　綔字王一、王二、廣韻同。周云「此字當為綔字之譌。原本玉篇殘卷綔，胡瓦反。引說文云一曰素絲繩復也。」案集韻作綔，改正从廣雅疏證改作綔。惟此字說文云从户声，讀若阡陌。方言郭音手瓦反，一音畫。廣雅曹音手馬反。本書馬禡卦麥陌五韻無此字而見於此，未詳所本。

第八行子　即里反　生△七　王一云姓生、王二云姪。疑生姪並姓字之誤。王一生字誤衍。

第八行朿△　草△木　㦿　正、注文王一、王二同。案說文：市，草木㦿市市然，讀若輩，朿，止也，从市，一橫止之。俗書从朿之字多作市　本書即　如此、遂誤以市義釋此字。廣韻字在阻史切下，注云止也。說文即里切。集韻祖似、壯士二切並見，注並云止。

第八行葈　蒿　之△　葈字王一同，當从王二、廣韻作葈。蒿下重文蓋出後增，王一、王二並無。

第九行薿 草盛皃，又牛力反 牛字王一作魚，切三、王二、廣韻同，當是陸氏原作。

第九行祉 福〻 切三、王一、王二福下無重文。

第九行剌 初紀反，剌声二 剌字王一同切三、王二作剌；當从廣韻、集韻作剌。剌声，切三、王一、王二、廣韻同。集韻云博雅剌也。案說文云剌，傷也。声字未詳，或即傷字声誤。

第九行⿰此欠 切齒聲 王一、王二、廣韻並無声字，此疑涉上剌字注文而衍，參剌字校箋。

第九行滓 側李反，料亦作莘，三 料字王一作粍，當从王二作粍。臻韻臻反粍下云粍𥦡，𥦡即滓字之誤。亦作莘三，王一同。切三本紐四字，滓下為茅字，注云草，亦作莘。集韻莘，說文羨菜也。或作茅。王二無茅字，此下不云亦作莘，疑此三字原是茅字注文，正文茅字誤奪。王二知滓与莘不同，遂刪亦作莘三字耳。三當云四，蓋後人改之如此。

第十行笫 牀板，又側几反 又側几反，各書同。本書旨韻無此音，各書同。集韻有側几切，而笫字見蒔兕切下，則側字為類隔。

第十行胏 脯易曰食乾胏，亦作𩚁 𩚁當作𩚁。

第十行譩 於擬反，恨，又嘻，又於其反，二 又於其反，各書同。本書之韻於其反無此字，廣韻收之。二字王一、王二作一，無下醷字。

七 尾

第一行尾 無匪反，鬃後毛，俗作𡲵，四 𡲵當从切三作尾。

第一行亹 美皃，又音門，又羲亹反，俗作亹 又音門，王一、王二同。本書魂韻莫奔反無此字。廣韻收之。字作亹

第二行餦 〻△微 王一、王二微下無
重文，廣韻云微也，此疑出後增。
第二行萓 〻△菜 重文當出誤增，
切三、王一、王二 案誤在止韻、 並無。
第二行僾 〻△稀見不了見 稀字切三、
王二同，當从王一、廣韻作俙。希
豈反俙下云僾俙。
第二行幾 〻△何又既希反何俗作幾 幾
讀既希反義為微，下何字蓋涉
上何字而誤，王一云通俗作幾。
注文幾當从王一作幾。
第三行斐 妃尾反文十二 十二當作
五。下文非尾反下脫七字，遂
誤如此。王一、王二此並云五。

第三行朏 月△亦朏 月字切三、王一、
王二同，朏義非月，疑有譌脫；廣
雅釋詁四「朏，明也」，月或即明
字之誤。廣韻云月三日明生之名
，与書傳合。
第三行悱 口〻△說△ 重文上當依
各書更有一重文，論語不悱不發
，鄭注云口悱悱。王一無說字。各
書同，當刪。
第三行匪 非尾反不△ 不下當有七字
，王一、王二並有。
第四行偉 〻△大 切三、王一、王二大
下無重文，廣韻云大也，疑此出
後增。

第四行瑋 〻△玉 重文不當有，
切三、王一、王二並無。
第四行椲 追廷△ 廷當依王一、廣
韻作逆。俗書逆字作逆，遂
誤為廷。
第四行鬼 居偉反歸正△作△黠△無△於△鬼△䰭一
王一無黠以下七字，王二同。正作
䰭，尤不詳。
第五行虺 許偉反虵△大 虵下切三、
王一、廣韻有虺字，王二云虺虵。
六當从王一、王二云五，此誤並
顗字計之。參顗字校箋。
第五行娓 美△又忘△秘反 娓字入此
，王一、王二同本書。廣韻字見

無匪切下。本書至韻美秘反下云又妄鬼反，与廣韻合。集韻詡鬼、武斐二切並見，忘字王一作妄，与至韻又切合，當據改。

第五行虫　鮮介摠名又除中反　鮮當依各書作鱗。又除中反，王一同。案依說文除中反是蟲字。本書東韻直隆反字作蟲，俗書蟲省作虫，故此云又除中反。王二、廣韻無又切。

第五行顗　又魚豈反靖一　王一、王二無又字，可據刪。

第五行齂　〻鼻又虛几反　又虛几反，各書同。本書旨韻無此音，字見紙韻與倚反，各書同。集韻旨韻有許几切一音，並收此字。

第五行磈　於鬼反山石皃二　反下王一有磈硊二字，切三、王二同，當據補。山石皃，王一、王二、廣韻並云石山皃；切三云石出皃，蓋亦石山皃之誤。集韻此云石皃，各書紙韻硊下並云石皃。當从山石皃為是。

第六行䆏　稻紫莖不黏又扶畏反　䆏各依各書作䆏。本書未韻字亦作䆏。

八　語

第一行蘌　苑　蘌字切三、王一同，當从集韻作籞。王二作篽，同說文。菀字當从王一作苑。王二同本書。

第一行圄　圄〻獄　王一無獄字，切三同。王二同本書。

第一行衙　楚辭云遵飛廉之衙　楚上王一有行皃二字，切三、王二同，當補。遵當从切三、王一、王二、廣韻作導。衙下當从諸書補衙字或重文。語見九辯。

第二行齬　齟〻又魚家反　又魚家反，王一、王二同（王二家作加，同。）本書麻

韻五加反無此字，各書同，別有
齖字，注云齖齵齒不正，似非一
字。本書字又見魚韻，與魚字同
音，注云又魚舉反。又案切三衙
下云又五加反。本書麻韻五加反
有衙字，疑又魚家反四字由衙
下誤此。
第二行鋤　鋤△々　鋤字王一、王二
並作鉏，當據正。
第二行籞　⿱殹金△亦 呂△々　⿱殹金字當
依王一、王二作翳。廣雅釋器
籞，翳也。亦呂々，未詳。呂字
疑涉下文而誤。王一云亦作籞，
王二云亦御。

第二行篠　筲△器亦作箘簬　箘不
成字，當作箘。王一作箘，亦
誤。
第二行穭　野△自生△出　野出二字王
一無，切三、徳切、王二同。當出後
人所增。
第二行梠　桶△木　桶字切三、王一、
王二、廣韻同。段氏改廣韻桶
作楄，當从之。又王一楄下有端
字，各書同，當據補。
第二行儢　勴△心不　儢字切三同，
當从王一、王二作儢。勴字王一
作力，切三、王二同，當據改。荀
子非十二子儢儢然，楊注引陸

法言云儢，心不力也。音呂。
第三行盄　器△亦作⿸虍盄　器下王一有
數字，王二同，未詳。說文盄及
⿸虍盄下並云器也。⿸虍盄字王一同。集
韻作⿸虍盄，與說文合，當从之。王
二作⿸虍盄，亦誤。
第三行坾△　塵△々　正、注文王一、王
二同，廣韻無此字。案史記平
準書「富商大賈，或蹛財役貧
」。索隱引「蕭該曰字林貯塵也
，音佇。」与此字音義合。（朱
氏說文通訓定声謂塵為廛字
之誤。）王一、王二塵下無重文。集
韻云積塵也。

第四行藇 々蕃蕪又除與反或作㮙 重文
上當从王一更有一重文，詩楚茨
云我黍與與。又除與反，除呂反
下無此字；除當从王一、王二作徐，
，後徐呂反有藇字，云又以舉
反。或作㮙，㮙當从廣韻作櫸
。王一作㒜，王二作㮙，並誤。
有或作鬻三字。
第四行煑 諸与反湯熟三 熟下王一
第四行陼 々丘 切三、王一、王二無
重文，廣韻云丘也。
第四行渚 々沚 切三、王一、王二沚
下無重文，廣韻云沚也。
第四行茹 熟菜又而恕反 熟菜，王
一、王二同，廣韻云乾菜，俱未
詳。集韻云飤也，一日菜茹。
疑熟与乾並飤字之誤，飤、菜
二義。
第五行寱 楚人呼寐又仁諸乙庶二反
寱當从廣韻作寱，寐當作
寐。見說文。
第五行杵 昌与反擣々臼九 々臼
疑誤倒。王一云只，無擣々臼三
字。九當作二，貯以下七字別為
一紐。王一、王二此並云二。參下
貯字校箋。
第五行處 在所又昌慮反 王一、王二
並云居所，本書御韻同，當據
改。又昌慮反四字王一無，而云
或作処（誤作扏）通俗作處。王二
亦無又昌慮反四字，而云通俗
作處（誤俗處通）。
第五行貯 棺衣亦作帾 貯下
切三云居丁呂反，王一、王二、廣
韻同。各書帾下云棺衣，集
韻帾字或体作𢄍。姜書P二〇一一、王
二帾下並有或体。前者誤淆，後者作著。本書脫
貯字注文及正文帾字。貯下
注文當云丁呂反居八。
第六行帾 々知 王一、王二知下
無重文。
第六行峙 悄載盛黍亦作齡 峙，

王一同，字當作蛀，或是集韻
或体鉒字之誤。幯當作幯，王
一、王二誤同。柰字誤，王一、王三
作米，与說文合，當據正。齝
當作齝。
第六行柠 栩又時渚反 柠當依
王一作杼，即說文予木字。說文
予木，栩也。又時渚反，王一同。本
書署与反下無此字，字見神
與反，各書同。參下紵字校箋。早
期切語船禪二母或通。神與
反諸字集韻並見上与切，無船
紐。
第六行䘢 衣 注文王二同，切

三云獘衣，集韻云敝衣。獘衣
不詳所出。說文褚，卒也。褚通
作䘢，疑本書衣是卒字之誤。
第六行諝 私呂反智亦作惰々々四 重文
王一作諝，為俗書諝字，當从
之。王二云亦諝。四當云五，詳
下醑字校箋。王一云五。
第六行醑 𨢊酒露皃 𨢊為精粗
字，此當从切三、廣韻作𥳐。王
一作箮，亦𥳐之誤。𥳐与漉通
。露皃二字切三、王一、廣韻是
湑字注文，此誤脫正文湑字。
王二醑下云露，亦無湑字，尤誤。
第六行糈 祭神米又音所 王一無又音

所三字，王二云又思呂反。
第七行褚 姓 褚當作褚。
第七行巨 其呂反十六 十上王一有
一工字，王二云大。王一工疑大字
之誤。
第七行粔 𥹋黑黍 黍下王一有亦作
秬三字，王二同。切三同本書。
第七行距 鳥爪 鳥字王一作鷄，
各書同，當从之。
第七行炬 火々々 注文王一、王二同，
廣韻云火炬。
第七行虡 枸々懸鐘磬木 王一無懸
鐘磬木四字，切三、王二同，疑出
後人所增。

第八行蘁 蕒 蘁當从王二作
蘡。集韻作蕒，即上文蘻字
。廣韻蘻下云苦蘻，江東呼
為苦蕒。
第八行所 踈舉反俗作所五 反下王一
有處字，王二同。
第八行齭 齭所 醋傷 齭原誤作齭
而塗改，斤字之跡猶可辨見。
第九行楚 初舉反國名 名下當有
五字。本紐五字，王一、王二同。
第九行䶕 々鮮 䶕當从廣韻
作䶕，見說文。王一、王二並誤。
鮮下重文王一、王二無。
第九行俎 々豆 豆々當从切三、
王二、廣韻作々豆。
第九行跙 行不進亦趄䟽 王一無
亦趄䟽三字，王二同，蓋由後人
增之。
第十行趡 邪出前 趡字王一同
、王二、集韻作趡，廣韻作趡，
本書屑韻昨結反作趡。
第十行租 嫧又子邪反 租當从王
一、王二、廣韻作祖。
第十行篋 蠶養 篋字王一、王
二同，為篆字俗書。集韻篆
下云：俗作篋非是。蠶下王一、
王二並有蠶字，當據補。
第十一行𣅀 共舉反通俗作𢌿 𣅀當
从美書P二〇一一作䁥。𢌿當
从作𢌿。
第十一行序 々叙 王一叙下無重
文。
第十一行緒 々業 王一業誤作葉
下無重文。
第十一行抒 水泄 泄字切三、王
一、王二、廣韻並作渫。廣雅釋
言抒，渫也。此誤。
第十一行醑 美酒 第十二行藇
美皃又以舉反 二字正，注文王一、
王二並同，廣韻醑下云本亦作
藇，集韻醑為藇或体。案詩
伐木云釃酒有藇，傳云藇，

美皃。醧即蘸字。美酒當云酒
美，廣韻云酒之美也是也。
第十二行去 羌舉反又丘據反却正去去三
說文去作厺，王一此云正作厺，
公即厺字小誤，本書去去二
字並誤。
第十二行紽 繸又所除反又除反又丘據 紽
字誤本紐，王一、王二、廣韻、集
韻並同。案本書魚韻疏下云：
亦作紽，又所去反。疋声之字
例不讀溪母，疑所去反所去二
字誤倒，遂收之於此。切三本紐
無此字。（集韻別有紶字云緒，
与此字音義同，諸声備旁与
音合，未詳所據。）注文又除
反三字誤衍，可據王一刪。又丘
據，王一、王二、廣韻並無。疑
是又丘據反之殘，唯各書御韻
溪母無此字。各書疏字有去
声一讀，集韻御韻所摟切疏
下或体作紽，丘字疑是所之壞
誤。
第十二行墅 署与反田又与者反二 又
与者反，本書馬韻字作野。切
三、王一此字作野，切三云俗作
墅，即墅字之誤。二當作一，以
紓下誤脫反語，遂並紓字計
之。切三、姜書P二〇一一、王二此
並云一。參下紓字校箋。
第十二行紓 莊子云狙公賦杼 紓下
切三云緩神與反又式余反二，下
為杼字，姜書P二〇一一、王二
並云神與反又式余反緩二，王二
無緩字。下亦為杼字。本書紓下
注文誤脫，又脫杼字，此注文
杼字可證。（又案集韻本韻
無船紐，紓杼二字與墅字
共上與切，非本書紓在署与反
下之證。）
第十二行眩 七旦与反皶眩皮裂一 且
字誤衍，旁有小點為識。
第十二行苴 子与反覆中草又子餘反一

又子餘反，王一、王二、廣韻同。本書魚韻子餘反無此字，廣韻收之。切三云又七餘反，本書字又見七餘反下，子字或誤。

九 麌

第一行祤 祋々縣名在馮翊祋字都會反況羽反三 況上當从廣韻補又字，廣韻字又見況羽切。三字當刪。此字本在于矩反下，蓋抄寫漏脫而補之於此，後人遂刪況上又字及麌字注文麀下二字，而於此增三字。切三、王一、王二、廣韻字並在瑀下栩上。參麌羽二字校箋。

第一行麌 虞矩反牝鹿 麀下二字後人誤刪，切三、王一本紐並二字。參上祤字校箋。

第一行羽 于矩反鳥々十二 鳥々二字王一、王二作五音。二本作三，祤字漏脫，案補在麌上。後人遂改三字為二。王一、王二並云十三，參祤字校箋。

第一行禹 々夏 王一、王二云夏王。

第一行宇 四垂籀亦作寓 籀當作籀，亦當作文，寓當作寓：王一云籀文作此禹，此禹即寓字之誤。王二云籀文寓。寓字見說文。

第一行祤 々陽地名 祤字王一作栩，切三、王二、廣韻同，當據改。

第一行頨 孔子頭如反々 切三、王一、王二、廣韻並有此字。此字說文云頭妍讀若顧。朱駿声云又誤讀為羽，故廣韻訓孔子頭也。傳會為圩頂之圩。

第二行䨞 々雨 雨々當从王一、王二、廣韻云雨兒，見說文。本書遇韻云雨兒。

第二行聚 慈反斂又似喻反鄹二 王一無斂又似喻反四字，各書遇韻無邪紐，字又見才句反下，注文淨

雨反。各書同。鄹字王一同，集
韻遇韻鄹聚同字，疑此鄹上
奪亦字。
第二行鄹△ 新豊 〻亭 鄹不成字，
王一作鄹，各書同，當从之。
第二行甫 方主反 近十△三 本紐十二字
而此云十三，當是誤脫一字。王
一、王二十三字，多本書黼字；切
三九字，亦有黼字。當據補。諸
書黼字在府字下，注云白黑
文如斧。
第二行斧 〻△越 越當从王一、王二
作鉞。王一、王二無重文，此疑出
後增。

第三行莆 △蒲〻莣 時瑞草 蒲當
依諸書作蒲。
第三行鯆 大△ 大下當从廣韻、
集韻補魚字。王二云魚名，王一
同本書。
第三行頫 低頭又靡卷 反又他△叫△反 又他叫
反，王一無此又音，各書同。本
書嘯韻他弔反下無此字。集
韻收之，注云俯首而聽謂之頫。
第三行武△ 無主反止戈為 △武△俗作△武十六 依
注文，正文武當本作武，王一反
下止一戈字，恐有奪缺。
第三行嫵 〻△媚 嫵〻二文誤倒
。切三、王一、王二並云〻媚，廣韻

作嫵媚。
第四行憮 失意貌字亦作 △憮又荒△烏反 又
荒烏反，切三、王一、王二同，本書
模韻荒烏反下無此字，集韻
收之。
第四行瞴 微視又 妄△尤△反 又妄尤反
、王一、王二同。王二尤誤九，本書尤
韻無此字，集韻迷浮切收之。
見侯韻。
第四行蕪△ △蕃蕪 此字王一在
罨上，王二同。蕪當依王一、王二
作滋。
第四行膴 〻〻 周△京 京當依王一
作原。見詩緜篇。王二誤亭。

第四行父　扶雨反。天乾矩　十二　王一無天乾二字。

第五行酺　頰輔酺　亦作輔　輔疑即頷車頰車之後起專字，參覃韻頷字校箋，唯切三、王一、王二並云頰酺，無此字。亦作輔，王一、王二輔字作頰，當據正。集韻收輔頰較酺諸體，然其注文云或作頰較酺，是輔為頰字之誤。

第五行腐　々杇　王一云杇內，王二同。

第五行鴮　鳥々鴮　烏上切二　王一、王二、廣韻並有越字，當據補。

第五行瘠　病　瘠字各書作府，与方言、說文合。此誤。

第五行弣　弓把中　杷當从王一、王二作把，中下姜書P二〇一一、王二有亦作劒釗一語（P二〇一一釗誤作别，據王二正），切三同本書。

第六行殕　食上生毛　王一毛字作白，切三、王二同（王二白誤為皃），當據改。

第六行拊　拍　此字王一在殕上，切三同，當據乙。

第六行鬐　髮皃　鬐當从王二作鬐。廣韻作鬐，王一作鬏。

第七行煦　亦呈　亦當从王二、廣韻作示。

第七行昫　温又香句反　又香句反，王一、王二同。本書遇韻字作煦。廣韻此作煦，說文昫煦二字。

第七行庾　以主反倉逾十一　逾字王一同，當是逾字之誤。匚字唐時俗体作辶，下文茰作逪，即其例。故此誤逾為逾。注文切三、王二止一倉字（王二誤作食），本書逾當是庾字或体，上疑奪亦字，王一同本書。

第八行貐　猰貐食人迅走貐如貔音如嬰兒啼見　天下大水　王二貐上有又字，見下有則字，當據補。

第八行㼌 本不勝△末 未當作末。
第八行主 之庌△口 執四 之下庚反
二字模糊不能見，王一云之庚
反，各書同。
第九行齲 駈主反齲病亦△⿰牛禹一 ⿰牛禹當
从王二作⿰牛禹。
第九行柱 從傍指合△從手 合從手者
謂從傍指之柱字當从手也。
蓋或書此字作柱，遂有此言。
切三字正作柱。王二無合從手三
字。
第九行乳△ 乳上姜書P二〇二有
「點主井丹京等字從」諸字為
丶字注文(劉書有正文丶字，廣
韻知庚切收丶字)，切三、王二同本
書。
第九行窶 其矩反(貧無禮)△下二 切三、王
一、王二並云(貧無禮，下字不當
有。王一禮下有正作窶(誤今作
窶)三字，本書侯韻樓下云正
作樓，本韻縷下云正作縷，此
下字蓋即正字之誤，下脫作窶
二字。
第十行貗 〻貐 重文當从王一
、王二作子字，爾雅釋獸云貐
子貗。
第十行數 所矩反又所角△二反速一 廣韻
云又所句所角二切，疑此又下脫
所句二字。遇韻色句反下有數
字，注云又色矩色角二反。又所
角反，本書覺韻所角反無此
字，唐韻收之。
第十行矩 俱羽反或作榘△側八 側當从王
二作則。
第十行㩴△ 〻氏 㩴當从王一、
廣韻作楀。
第十行翑 曲羽反又△求△俱反△一 又求
俱反，廣韻其俱反字作⿰羽馬。
案參⿰羽鳥字 一字誤衍。
枝箋。
第十一行縷 力主反正△作縷△〻綫〻十 王一
無正作縷三字，王二同。
第十一行𨻳 羸〻縣名在交止△羸字△洛千△反

浴當从王一、王二作洛。漢志臝
陽縣，孟康音蓮。本書先韻
路賢反無臝字，廣韻有臝
字。上字當从王一、王二、廣韻作阯。
第十一行褸　襤　襤下切三、王二
有重文，廣韻作褸，疑此誤奪
重文。
第十一行嶁　峋々衡山別名　々峋二文
誤倒，各書云峋嶁。
第十一行漊　雨々々又汝南謂飲酒習之下醉為漊
下字王二同，當从廣韻作不。
見說文。
第十二行茵　蔓小　茵字王一、王二、
廣韻同。周云當从玉篇作茵

案此即茵字俗書，集韻亦作
茵。
第十二行縝　此字注文下王一有
豵字，云仕禹反，小豬，亦作豵一，王
二同。

十　姥
第一行媽　々母　王一母下無重
文，疑此出後增。廣韻云母也。
第一行芏　似莧生海邊　莧字切
三、王一、王二同，當从廣韻作
莞。爾雅釋草芏夫王郭注
芏草生海邊，似莞蘭。
第二行𨊠　𩏳　𨊠當从王一、

王二，廣韻作𨊠。釋名釋車：𨊠
𩏳，車中重薦也。
第二行鱄　々魚　此字王一在廣
下鹵上。重文當據王一刪。
第三行鹵　薄々　薄當从廣韻
作簿。切三、王一、王二誤同。
第三行覩　當古反見亦作賭九　賭當
从王一作睹。
第四行帾　幡々　王二幡下無重
文，廣韻云幡也。
第四行古　姑戶反昔々十六　王二昔
下無重文。
第四行皷　動　鼓　々鍾
皷即鼓字，俗以鼓鼓形近，

从皮从与鼓別。此當从王二鼓

下云鐘〻，王二鐘上行動字。鼓下云

動。廣韻、集韻鼓下引說文

郭也，鼓下引說文擊鼓也。

名動之異，与王二同。切三二字

並作鼔，亦誤。

第四行罟 網又古胡反 又古胡反，

切三、王一、王二同。各書模韻古

胡反下無此字，有罛字，与罟

並為魚網。

第四行蠱 毒虫 王一云蠱毒，

王二同。此誤蠱為蟲，又易為虫。

第五行羖 羊 當从王一云〻羊。

第五行盬 〻器 王二器下無

重文，廣韻云器也。

第五行㽁 多質利 質字王二

作貨，疑是。說文云秦以市買

多得為㽁。廣韻字作債。

第五行夗 象人左右蔽兜從此 夗當

作兜。說文云：兜，廱蔽也。

从古文人，象人左右皆蔽形。

第五行五 五古反數五 五當从切

三、王二作吾。

第五行午 日正南 南當从切三、王二作中。

第五行旿 〻明 切三、王二無重文。

第五行伍 人〻又姓亦作仵 注文王一、王

二止五人二字。本書人〻當是

五人之誤。

第五行逜 相干又吾故反 干字王二

同，姜書P二〇一一作午。（王一作

干。）本書暮韻云干，為干字

之誤。廣韻彼云干逜。

第六行簿 □□□文〻二 右行三字

不清，唐氏定為斐五反，斐五二

字恐未確。王一云裴古反，切三、

王二、廣韻同。文〻二字王一作

簿籍，切三、王二同，廣韻亦同，

當據改。又王一籍下有俗作从

艸是薄音□非諸字。

第六行部 五〻 五當从王一作伍。

第六行粗 徂古反不精四 徂古反

不四字不甚清楚，依切三、王一

審定如此，唐氏所書同。
第六行徂△ 淺亦作粗 徂當依王二，
廣韻作徂。
第六行桷△ 長角又助角反亦作斛△ 桷當
依廣韻、集韻作觕。王二誤同本
書。斛字右旁不清，从王二審定
，唐氏書同。
第七行戽△ 洩水器△又呼故反 王一、王
二云洩船中水，切三云渫舟中水
，廣韻、集韻並云舟中渫水
器。渫洩異義。本書洩當作
渫，疑因避諱改之。字又見胡
古反下，注云抒，即渫字之義。
（本書語韻杼下渫誤作泄。）又

呼故反，王一、王二同。本書暮韻
無此音，王一、王二同。唐韻增荒
故反，廣韻荒故切有此字。本書
字又見下胡古反，各書同。廣韻
此云又音戶，與彼合。
第七行鄔△ 水名 王一塢下為鄔字，
次第與切三同，王二亦同。切三無此
字。此字疑出王氏所增，原不當
在此。
第七行鶇△ 頭△中△ 頭中，王二同。案 正文鶇字誤脫，頭中二字在鶇字下。案頭上當有
重文，中當作車。廣雅釋器鶇
頭鸞軥柳車也，即此所本。集
韻云鶇頭柳車也。（王氏疏証

讀柳下句。）廣韻各本云車頭
中也，亦不知中為誤字；澤存
本从玉篇頭中骨改也作骨，尤
誤。萬象名義云軒頭中，軒不
成字，蓋即鶇字作重文「〻」之
誤。集韻又云一曰車首，則亦
誤从諸書耳。
第八行戶 十△ 胡古反 十字不清，
下一字不可見。本紐十七字。案：實十八字，參𡽹字校箋。王二此云十八。 十上
王一有一扇二字。
第八行。𡽹△ 山多草木亦作岵△ 切三、
王二、廣韻𡽹下云山卑而大；
下為岵字，注云山多草木；並

与爾雅釋山合。本書脫嵯字
注文及正文岵字。亦作岵，各書
岵字無或体，當係後人據山多
草木之文增之。
第九行汙妥（貪 乃）汙妥字姜書
P二〇一一、王二同，王一作汙妥，恐失其真。
當作汙妥。見說文，廣韻，集韻
作妥。
第九行𠂤（杼）杼字王二同，當
从王一、廣韻作杼。又俗書杼字作
杼，本書語韻作杼，廣韻云杼俗作浄。本書
杼或由作杼而誤。
第九行誧（大又徒 布反）又徒布反
，本書暮韻徒故反無此字，字

見普故反下。各書同。又案廣
韻模韻博孤切有此字，（与說文
云讀若逋音同）此或是又布徒
反之誤倒。
第十行譜（截職 亦作）作下或体缺，
王二云亦誧，未聞。集韻作誧，
當从之。

十一薺
第一行鮆（魚 ア）王一云魚名，切
三，王二，廣韻同，當據改。
第二行𧓘（小 舩）𧓘當从王二作
𧓘。
第二行欐（小舩又力計反）又力計反，

參齊韻䴡字校箋。
第二行𧓘（海中 大舩）海字姜書
P二〇一一、王二、廣韻並作江，与說
文合，此誤。
第二行蠡（箅又力 西反）箅，當从
姜書P二〇一一、王二、廣韻作
箄。廣韻字作蠡。又力西反，本書
齊韻落奚反字作蠡。
第三行緹（纁色又 音提）又音提，
王二同。本書齊韻度嵇反無，
五刋，廣韻收之。
第三行駄（横首 杖）駄字王二同
·廣韻作馱，与廣雅合，當
从之。

第三行⿱罒齊 手酒 手下當从切三、
王二、廣韻補擠字。周礼酒正注：
清謂醴之泲者。集韻云通作泲。
第三行夘 事之之制 此即小篆
𠨍字，廣韻云說文音鄉。下
之字誤衍。
第四行聹 耳膿 膿當从廣韻作
⿰耳農．埤蒼⿰耳農，耳中声也。
第四行牴 角觸亦作觝牴 或体不當
与正文同，當作牴。
第四行堤 帶又度嵇反 帶當从廣
韻作滯，見說文。又度嵇反，王
二度作竹，本書齊韻度嵇反
無此字，字又見當嵇反下，与王

二合。切三則字見度嵇反，不入當
嵇反。
第五行闌 智岁或作閇又莫氏反 闌當
作闌，見說文。閇亦當作閉。又
莫氏反，紙韻字誤作闌。
第五行檷 絡絲 絲下王二有跌字
，廣韻有檷字，說文云絡絲檷。
第六行遞 更代俗作遰又亭細反 又亭
細反，切三、王二同。本書霽韻
特計反下無此字，王二收之。
第六行𤭛 小瓫作鍉 瓫字切三、王
二作瓫，廣韻同，張改瓫。周
云云作瓫是也。瓫即盆字。方言
五：甂，陳魏宋楚之間謂之𤭛。

郭注：「今河北人呼小盆為𤭛子。」
作上當有亦字，王二云亦鍉。
第六行棨 兵闌〻 切三、王二無
重文，廣韻同。
第六行綮 戟支日戟衣 日上當从切
三、廣韻補一字。戟衣當云衣戟。
漢書韓延壽傳：「建幢棨，注云
有衣之戟也。字又作綮。
第六行䭫 首至地亦作稽 䭫字當从
廣韻作䭫。切三、王二作詣，即
䭫字俗書。
第七行依 開衣領亦作 依不成
字，王二作褱，廣韻、集韻作
依，集韻或体作袳。案說文

移，衣張也。声類云裹，開衣領也，与此義合。作卞或体鈌，王二作闓。廣韻、集韻闓字别出：廣韻云坲蒼与啓亦同，集韻云開門也，通作啓。集韻此字或体作移。

第七行敨△ 肥腹又公悌反 敨字當从王二、廣韻作脊。肥腹，王二、廣韻並云肥腸，本書霽韻同；腹字誤。又公悌反，王二同。本書霽韻古計反無此字，字見苦計反，注又苦礼反。公蓋去字之誤。（去字正作厺，与公形近。）廣韻此云又口系切，与彼合。

第七行謑△ 恥辱亦作謑 謑當从集韻作謑。

第七行茣△ 所以安重舩 茣字切三同，當从王二、廣韻，集韻作筴。茣别為一字，見霽韻。

第七行匕△ 有所挾藏 匕當从各書作匸，見說文。

第八行䉬△ 䉬不覺又明几反 又明几反，本書旨韻無此字；字又見紙韻文彼反，注云又莫礼反。廣韻同。集韻則亦見旨韻母鄙切。王二此云又明孔反，孔即几字之誤。

第八行蘇△ 草 重文不當有，王二無。

第八行陛△ 傍礼反 陛階四 陛階，各書云階陛，此是陛階倒誤。（案說文云升高階。）

第八行梐△ 揩梐行皃 梐字德切、王二同；切三、廣韻作梐，當从之。注文亦當从切三、廣韻作梐枑行馬。揩梐二字蓋涉上陛字注文階陛而誤。（參陛字校箋）周禮掌舍：設梐枑再重。杜子春云，梐枑謂行馬。本書霽韻字作梐，云門外行馬。

第八行蜌△ 蚌 蚌當从王二作蚌。集韻云字林小蛤也。

第九行訡 ⌒⌒譍 王二訡下無重
文，疑此出後增。廣雅云譍言也。
第九行晚 明亦作唵 唵當从王二
作晻，廣韻字作晼。集韻無
或体。
第九行⿰鬼支 ⌒⌒⿰卑支又五鷄反 ⌒⿰卑支當
从王二，廣韻作⿰卑支⌒⌒。下⿰卑支字
注云⿰卑支⿰鬼支。
第九行⿰衤兒 ⌒裗又牛烓反 ⿰衤兒裗當
从王二，廣韻作⿰衤兒裗。廣雅釋
器：衣裗謂之⿰衤兒。
第九行⿰卑支 補米反⿰卑支⿰鬼支又補計反 反下
當有一字，王二云一。

十二蟹
第二行獬 ⌒⌒鮦 切三云獬豸獸
名，集韻同。廣韻云、字林字
樣俱作解廌，廣雅作貀貄，陸
作獬豸也。集韻別出鮭字云
魚名，鮦也。疑此有脫誤。
第二行鷈 ⌒鷉子 廣韻云鷈鷉
鳥名，集韻云博雅鷈鷉子鳺，
鳺誤作鳩，從集韻考正改。 此有誤脫。
第二行𦫳 解口反口戾三 下口字
涉上口字誤衍，切三云戾，廣
韻云戾也，此即說文𦫳字，說文
云读若乖。
第三行猈 犬短項一曰案下狗 犬短項，
切三同。廣韻項作頸，說文云
短脛狗，段氏據改廣韻頸作
脛。案集韻引說文，又別出犤
字云牛短足。犤与猈字蓋一
語之轉。
第三行⿸广奇 ⌒座又於倚反 ⿸广奇當作
⿸疒奇，座當作痤。廣雅釋言：
⿸疒奇，痤也。本書紙韻墟彼反
⿸疒奇下云痤又於蟹反，可證此
文之誤。廣韻字亦作⿸广奇，注
云「坐倚皃，又作⿰身委。」坐倚皃，
不詳所出；或即據本書座字
為訓。⿰身委即矮字，見集韻。
廣雅釋詁二云矬、⿸疒奇，短也。

疏證云痵即今矮字是也。疏
證又謂釋言痤与矬通，故集
韻亦收痵為矮字或体。並痵
為痵字譌誤之證。唯集韻又
别出痵字云倚坐，則積誤已
深，不能諟正耳。又於倚反，
廣雅釋詁釋言曹音並音於綺反，
玉篇音於綺於蟹二音。本書
字又見墟彼反，於綺反無；廣
韻同。集韻紙韻溪影二母並
見。
第四行解 加買反 說議 議疑講
字之誤，下當有四字。
第四行薢 英葠又古隘反 注文疑

有誤脱。爾雅釋草薢若，英
光、注云，或曰葠也，關西謂之
薢若。
第四行㩲 橗松 橗下「㒳」為墨
所掩，從廣韻審定。
第四行嶰 谷名又胡賣反 又胡賣反
，本書卦韻胡薢反胡卦反均
無，各書同。集韻居隘切有此
字。
第四行駭 此字不當有，旁有
小點，識其誤書。

十三 駭

第一行楷 苦駭反 模楷三 模楷當

作楷模。切三云云莫，王二云云
模，次第可証。
第一行鍇 云云鐵 切三、王二鐵下無
重文。
第二行楊 孤買 此字及注文字
跡与全書不類，蓋後人誤增。
廣韻蟹韻楊，乖買切。

十四 賄

第一行〇賄 賄上圜當出後人所
增，蓋空隙後人增楊 孤買 二字，
遂加圜以示韻别。參楊字條。
第一行脂 䐰云云大腫皃 䐰字都罪反 脂字
切三、王二同，當从廣韻作脂。䐰

字都羅反，切三、王二、廣韻同，都羅反收⿰月鬼字。然集韻本紐字作⿰月鬼，都猥切字作⿰月𠂤，与諸書互異，而並与諸声偏旁合。萬象名義⿰月𠂤，竹羅反；⿰月鬼，化羅反。玉篇⿰月𠂤，都羅切；⿰月鬼，火羅切。並同集韻。廣韻⿰月鬼下云亦作⿰月𠂤，是其⿰月𠂤字亦誤端紐。並可証本書及切三、王二、廣韻⿰月𠂤⿰月鬼二字誤讀。又注文⿰月鬼⿰月𠂤，切三、王二、廣韻⿰月鬼下⿰月𠂤下並同；集韻皆作⿰月𠂤⿰月鬼，玉篇同。次第互異，音讀相同；然亦當从集韻乙正。

第一行猥 烏賄反 大声七 大當依各書作犬。

第一行腲 ⿰月委々 肥弱 病 ⿰月委字切三、王二同，廣韻、集韻作腇。本書吐猥反字亦作腇。文選洞簫賦阿那腲⿰月委，李善引埤蒼腲⿰月委肥皃。

第二行⿰歹畏 々⿰歹委不知人 切三無此字，王二、廣韻正、注文同本書。集韻云⿰歹畏⿰歹妥弱也。本書正文無⿰歹委或⿰歹妥字，王二同。萬象名義⿰歹畏下云不知人，同部亦無⿰歹委或⿰歹妥字。本書⿰歹畏字又見胡罪反，注云⿰歹畏⿰歹妥，然為磈⿰石耒之誤；詳見下猥字校箋及郲字校箋。集韻彼云⿰歹鬼⿰歹妥不知皃，為⿰月鬼⿰月未不平皃之誤；疑此文亦磈⿰石耒不平皃之誤。玉篇云碨⿰石耒不平也，碨字音烏罪切，可為其證。本書石旁多譌為歹，鬼畏亦往往而誤，軫韻隕字或体作殞，本韻⿰女妥字注文⿰女畏誤為媿，即其例！集韻云⿰歹畏⿰歹妥弱也者，義与本書腲字注同，蓋亦附會為說耳。

第二行⿺辶畏 々⿺辶委 病⿸广非 ⿸广非當作痱。

第二行⿰石委 々鑘亦作碨 鑘字廣韻作磊，萬象名義、玉篇作礧。本書誤。

第二行碨△ 落猥反，或作磊，累石，十二 碨當从德切、王二、廣韻作碨。

第二行癗 厞々皮外小起 厞字王二同，當从切三、廣韻作痱。

第二行礧 々碚△大石皃 又勒潰反 碚當从切三、王二、廣韻作硌，字之誤也。

第二行郲 偪△々陽縣在桂陽 偪非此字注文，係正文偪字補之於此。碨下云十二可證。王二、廣韻有此字，王二云傀偪子，廣韻云傀偪戲。本書傀下云偪子。

第三行灅 水名在古△北平 古字當从廣韻作右。

第三行郲△ 㱬△郲不平皃 碨△字胡罪反 郲字切三、王一、王二、廣韻同，集韻作郲，以从阝与上文郲陽字別。㱬与碨並當依切三作磈。王一作磈，亦磈字之誤。廣韻字作鄓，集韻作鄓，並可証此从畏之誤。胡罪反下切三、王一、王二並誤作磈，本書誤作㱬。

第五行踦 碎△莫 莫字當从王一、王二、廣韻作萁。

第五行罪 徂賄反網秦始皇改辠△二 自辠當作自辠。下同。

第五行嶵△ 此上王一有自辠字，釋曰古辠。

第五行聉 々顡△癡△頭皃 顡字五罪反 顡字說文作顡。頭字切三、王二同，廣韻此下作瘨，顡下注文或作頭，或作顛，或作瘨。顛与瘨通，又与頭義同，未詳所當作。段氏改顡下為癡顡（參周氏校勘記），恐不然。

第六行㟜△ 山長皃 㟜字各書作崣，當从之。此蓋涉下文磈字衍广旁。

第六行㱬△ 㱬△々 㱬當作磈，㱬當作郲。切三郲下云磈郲不平皃。磈字胡罪反，此云磈，々郲，磈即磈字之誤。郭景純江賦云「玄蠣磈磥而碨[石亞]」。

李善注：「磈磥碨硊不平之貌」。磈磥与磈郲同，郲亦作磥。王一、王二誤同本書。

第六行輠 轉又胡瓦反 轉當从各書作轉。

第六行顝 大首又口瓦口懷二反 瓦字王二作兀。宋本書馬韻口瓦反無此字，字見沒韻苦骨反；灰韻苦回反下亦云又口兀口猥二反。兀与瓦近似，遂誤兀為瓦。集韻苦瓦切亦有此字，則據此誤切收之。

第七行䐸 都罪反 々脂 䐸當作脂，々脂當作䐸脂。詳前脂字校箋。

第七行娞 々媿 媿當作娞，王二、廣韻及本書上文娞字可證。切三亦誤媿字。

第七行䬾 風動又烏迴反 本書灰韻字作䬾。

第七行顡 々聉 顡當作顡。

第八行隗 々姓 重文蓋出後增，王一、王二並無。

第八行嶉 七罪反霜雪狀五 狀上切三、王二、廣韻並有白字，當據補。

第八行䊑 䊑當作䊑。

第八行㵏 々新 㵏當作㵏。王二新下無重文，說文云新也。

第八行琲 鋪罪反珠五百枚亦作𤥀二 鋪字切三、廣韻作蒲，王二作蒱。本書蒲字作蒱，此當从王二作蒱。

第八行倄 素罪反痛叫一 倄字各書同。說文通訓定声引蒼頡訓詁「倄痛而謼也」及通俗文「痛声曰倄」云，倄字亦誤作倄。素罪反，王一同。切三、王二云羽罪反，廣韻于罪切，素字誤。（疑是袁字之誤）集韻字見戶賄切；韻末又出此字，云於倄切，於蓋是于字之誤。叫上王一有而字，切三、王二同，當據補。

第八行崔 子罪反 崇積二 崔疑當

从集韻作㠑。集韻云木蘊

積。姜書P二〇一一同本書，王二、

廣韻誤崔。

第九行䏶 面顇又之春反 顇當作顈

，字之誤也。見說文、

十五海

第一行䐶 亻美 切三無此字，䐶

下云美也明。廣韻䐶下云美、

集韻䐶下引方言明也。案方

言十三䐶，照也，又美也。本書

䐶當是䐶字之誤。重文疑出

後增。廣韻、集韻又別出䐶

字，廣韻云肉美，集韻云肥也。

与萬象名義同，未詳所出。

第一行宰 作亥反 官二 官，王一云冢

宰，切三、廣韻同，此蓋出後人改之。

二當作三，本書及王一並三字。

第二行乃 奴亥反古作迺詢三 詢當是

詞字之誤。

第二行疠 亻病 王二病下無重

文，廣韻云病也。（案廣韻別

音如亥切。）

第二行㜲 亻攬 姜書P二〇一一、

王二攬下無重文、

第三行賅 奇非常又古來反亦作侅 奇下

廣韻有侅字，与說文合。王一、

王二同本書。亦作侅三字王一

無，王二同本書。

第四行愫 亻恨 王一、王二恨下無

重文，廣韻云恨也，疑此出後增。

第五行㡯 亻藏 王一藏下無重文。

十六軫

第一行胗 䏖亻皮外小起又之忍反 䏖

當依各書作𤺋。又之忍反，与

正切同。廣韻云又音緊，本書

字又見居忍反下，注云又之忍

反，之字誤，王二同本書。

第一行鬒 髮 當从切三、王二

云々髮。
第二行稹 緻又之仁反 此字王一在
袗下䪾上，王二同。切三無此字，
稹下接紾。當據王一移彼。
第二行紒 單衣 衣單，切三、王一
同；王二、廣韻云單衣。
第二行㐱 黑髮亦作鬒 說文㐱即
上文鬒字。廣韻㐱為鬒或体。
切三有鬒無㐱。王一鬒下有鬒
此小篆体□前從並作此」諸字。王
二鬒上有鬒字，餘同本書。本書
當補一鬒字。
第二行袗 絺綌又之刃石 礼記曲礼
袗絺綌注袗、單也。論語鄉黨
紾絺綌釋文本又作袗、單也，
袗即上文紒字。切三有紾無袗，
廣韻袗下云玄服。又之刃石，石
當从王一、王二作反。
第二行㐱 顏色㐱鱗慎事見 王一、王
二、廣韻㐱並作䪾。上文袗字又
切反字誤作石，此又涉石字而誤。
㐱鱗亦當从王二、廣韻作䪾鱗，
見說文。
第二行胗 禮記々於鬼神 胗當从王
二作胝，即俗書胝字。禮記
胝於鬼神者，今曲礼字作畛，釋
文無或体。集韻云「或引禮胗于
鬼神亦作胝」。玉篇引埤蒼胝，
告也。
第二行訬 侯々亦作脉々 注文當有
譌誤。王二云々侯脉，廣韻云
侯脉，疑此本作々侯脉亦作
訬，集韻或体作覫，或本作々
侯脉亦作覫。
第三行偆 富々 王一、王二富下
無重文。疑此出後增。
第三行䠓 雜々 王一、王二雜下
無重文，疑此出後增。
第三行䇓 出亦作蠢 䇓字王二同；
王一、廣韻作蠢，与說文合。
第三行敿 亂々 王一、王二亂下
無重文，疑此出後增。

第三行純 △ 緣ㄑㄑ 切三、王二緣下無重文，疑此出後增。

第四行紈 △ 進 紈當从廣韻作紈、

第四行筍 △ 思尹反弱竹亦作篿又作笋△竹四 竹下王一有蒟字，當據補。

第四行槇 △ 懸鍾 悲△ 槇即上文簨字。簨簴所以懸鐘磬也，不應別出。廣韻、集韻並收槇為簨字或体。切一、切二有簨無槇。悲字涉下懸字注文而誤，當依王二作罄。王一、王二同本書，王一注作作懸二字，當有譌誤。

第四行憫 △ 默亦作澗 默當作默若默，字上切三、王二有重文，廣韻有憫字。或体不詳；王二作澗，本紐別有澗字，恐亦誤。集韻或体作憫。

第五行䉉 △ 竹中空亦作△愍 愍當从王二、廣韻作𥳆。爾雅釋草䉉茶中，釋文或作𥳆。

第五行罠 △ 細网 罠當从廣韻、集韻作罷。王二誤罨。

第五行轋 △ 伏兔下草△ 轋字王一、王二同，當从廣韻作轋。草字當从王一、王二作革。

第五行牝 △ 毗忍反雌四 雌下王一有扶履反四字，切三、王二、廣韻同。本書旨韻牝下云：扶履反又毗忍反。雌。當據補。

第五行殞 △ 于閔反沒五△ 本紐四字，王一、王二同，五疑當作四。

第六行隕 △ 墜亦作殞 殞字王二作殞，當从之。

第六行窘 △ 渠殞反急迫七 王一無迫字，切三、切一、王二同，當據刪。七字原誤書，而以雌黃塗改。

第六行菌 △ 地ㄑㄑ蕈△也 蕈也二字切一、切三、王一、王二無，廣韻亦同。本書例不用句尾也字，此當出後人所增。

第六行䐃 △ 腹中脂 腹字王一、

王二同，廣韻、集韻字作腸，未
詳所當作。服虔通俗文云獸脂
聚曰䐃。
第六行紖 直引反亦作靷紖二 反下王一
有牛紖二字，切一、切三並載此義，
當據補。靷上王一有緣字，緣為
絼字之誤（絼字見周禮封人）。集
韻或體正作絼。紖字未詳，王
一同本書。
第七行蚓 蚯々亦⿰虫尔 蚓之或體不
得作⿰虫尔。王一或體作螾，廣韻同。
唯螾與⿰虫尔形不近，疑⿰虫尔為⿰虫人字
之誤。廣韻引字或作⿰弓人。本書
矧下云亦作⿰矢人。

第七行⿰虘戈 長瘡亦作皻 瘡字王一、
王二同，當从廣韻作樝。見說文。
第七行演 引一曰水門 一曰水門，未
詳。王一、王二、廣韻並同。說文一
曰水名，集韻注云水名，疑門即
名之声誤。
第七行蒠 草名 草上王一有隱
蒠二字，切一、切三、王二同，當補。
第八行矧 式忍反況亦作⿰矢人訒三 王一
云亦作訒又作⿰弓矢，⿰弓矢下並有長
字。王二云亦訒⿰弓矢。案⿰矢人與矧
同，詳前蚓字條。訒下當有一⿰弓矢
字。
第八行哂 笑亦作吲 吲字王一作⿰口矢，

上有弞字，王二同（王一、王二弞並誤
作欠）。吲與⿰口矢同（集韻作吲），吲
上當補弞字。
第八行頣 舉目視人 王一、王二、廣
韻並作舉眉視人，本書與說文
合。
第八行緊 居忍反亦作綾 反下王
一有糾急二字，王二云纏急。綾
字王二同，王一作紾。（姜書P二。
一作紾），疑當从集韻作紾。
第八行盡 詞引反漸亦作盡一 詞當是
詞字之誤。切一、切三、王一、王二並
音慈引反，廣韻音慈忍切。詞
當作慈。唯早期切語從邪二母

每每互通，此其一例。

第八行泜 武盡反 水皃五 皃下王一有又彌鄰反四字，切一、切三、王二同，當據補。

第八行畋 細理或作晚 晚當从王一、王三作晚。切一、切三誤同本書。

第九行蝁 蛤 切一、切三、王一、王二蛤下無重文，疑此出後增。

第九行欱 指 王一、王二指下無重文，疑此出後增。廣韻云指而笑，與說文合。

第九行磍 大脣 切一、切三無此字，王一、王二、廣韻同本書。案此字又見藥韻虛灼反下，注云：「大脣皃𡵟磍（原誤岩脣）」，𡵟字音言𢥠反。」字當从脣石声，此讀誤。

第九行盾 食尹反 干 干下王一有盾字，切一、切三、王二同，當據補。又盾下當有二字。王一、王二本紐並二字。

第十行笉 千忍反 笑一 正，注文集韻同。王一、王二注云笑，（姜書P二〇一一作芺。）廣韻云笑皃。案笉字从勻讀千忍反，而義為笑，形音義俱不得其解。本書前于閔反下有筠字，注云：篏、篏即芺字，見爾雅釋草釋文。集韻羽敏切字作笉，（案注云芺也。）疑此笉字即筠字之誤，音千忍反者，千即于字之誤。萬象名義筠字音于忍反。爾雅釋草筠，芺。說文云筠，芺也。姜書P二〇一一此字注文作芺，亦與說文芺字相當。蓋芺譌作芺，遂誤為笑字，（案唐人俗書笑字作芺。）而廣韻笑下又加皃字。集韻疑引切亦出笉字，注云「芺謂之笉，通作听」，笉通作听，則芺當為笑，說文「听，笑貌」也。然千忍反之笉又與疑引切之听相通者，蓋於

笱義為笑不知所本，遂附會為
听耳。切一、切三本紐無此字。
第十行僯 力軫反 恥四　恥上王一有
憐字，王二同。
第十行轔 牛車絕又力進反　轔字王一、
王二、廣韻並作轔，疑此涉注文牛
字而誤。絕下諸書有轔字。又力
進反，各書同。本書震韻無轔
或轔字；廣韻良刃切收轔字
云木名。
第十行嶙 山形 嶾々　嶾，王二、廣韻
作嶾。案嶾嶙疊韻連語，此
即嶾字俗省。
第十行𨖷 而尹反毛聚 又而勇反　𨖷字王
二同，當从王一作𨖷。而勇反下王一
有亦作𣰆𣰆二字，𣰆為𣯍字之誤。
王二同本書。
第十行䌭 丘隕反 束縛　䌭字王二、
王二、廣韻作䌭。周氏引左傳
謂並䌭字之誤。案左傳字作
麇，䌭是麇字俗作，作䌭為
誤字。縛下當有一字。
第十一行螼 丘引反螼 蚓蟲二　王一無
虫字，王二同。
第十一行趣 行皃又渠 人去刃三反　又渠
人反，本書真韻無此字。廣韻、
集韻諄韻收之，音渠人切。三
當从王一、王二作二。
第十一行賭 武尹反 睴富一　睴當作賱。
其上脫重文。王一、王二、並云賭賱
富，本書吻韻賱下同。又案賭
賱廣韻、集韻並云賱賭。參
吻韻賱字校箋。
第十一行𨌈 牛隕反 軸一　此字注
文下王一有巾字，云飢緊反節
一，王二緊字作賢，餘同。王一緊
當是賢之誤。集韻見姜瑟切
，与緊字音頸切对立。廣韻亦
無此字此音。

十七 吻

第一行吻 武粉反口吻 亦作𣈶五　𣈶當

从王一、王二、廣韻作腯。
第一行技△ 式△ 此字王一在刎下，
切一、切三、王二同，當據乙。切三、王
一、王二式並作拭，本書原亦當作拭
字。 式字古或通作拭。
第一行勿 △々 䨱 王一、王二䨱下
無重文，疑出後增。
第二行黺△ 々 䋛文 黺當从廣
韻作黺。
第二行坋 分又扶問 𡊅埴三反 三字當
从王一、王二作二。
第二行𢤱△ 田△穀囊 滿裂 𢤱當从王
一、王二、廣韻作𢤱。田字無義，
王一、王二同，疑當為冈字之誤。
本書网字作冈。廣韻云臧穀
囊滿而裂也。
第二行獖 △々 狗△ 狗當从王一、王二
作狗，重文蓋出誤增，王一、王二
無。廣雅釋嘼狂獖，犬屬。
第三行忿 敷粉反 怒△ 又敷問反二 怒當
从切三、王一、王二作怒。
第三行藴 轒△ 々 藏△ 々 轒二字切
三、王一、王二是韞字注文，藴下
並云藏。廣韻同。本書惲下
云於粉反七，此誤脫正文韞字。
第三行輓 兵△車又 於云反 兵上王一有
轒輓二字，王二同，當補。
第三行榅△ 柱△ 王一、王二正、注
文同本書、集韻作揾，柱也、廣韻
北宋本、巾箱本作揾，柱也，澤
存本、黎本柱字作沒。案當作
揾柱。廣雅釋詁四抐揾搙㧊
柱也，是此字所出。疏証改㧊柱
二字為擩字，云「集韻類篇揾
搙㧊三字注竝引廣雅柱也，則
宋時廣雅本已然」。本書亦云
榅柱，是廣雅之誤，唐時已然。
第三行賱 賰△ 賱△ 富 賱當作賱，
王一、王二並云賰賱。又案廣韻
集韻云賱賰。集韻又有腪字，
注云腪賰，肥也。腪賰與賱賰
當是一語之轉。參彰韻賰字

倸。

第四行䫜 々面急 䫜字王一、王二同，當作顚。說文顚，面色顚顚皃。注文重文上當更有一重文。王一云䫜々面急，王二作々々面急。又急字与色形近，當是色字之誤。

十八隱

第一行隱 於謹反正作㥯十 正作㥯，王一㥯字作爰。案並當是㸒字之誤。說文㸒，有所依據也。通常借隱為㸒，故曰隱正作㸒。唯王一反下云藏，与正作㸒之說不合。又王一爰下有通俗作隱四字。

第一行𩞁 車聲 此字王一在𤸷上，切一、切三同，當據乙。

第一行𤺊 病 王一正注文同本書。廣韻無此字，集韻㥯，憂病也。此𤺊字當即㥯字之俗誤。廣雅釋詁一㥯，哀也。㥯与隱慇字通。下文又有㥯字，云謹，義出說文。

第二行乙 匿 乙當作乚。

第二行菫 々菜 菫當作堇。切一、切三作堇，並与菫字近似，遂有廣韻合菫堇為一之誤。切一、王一、云菜名，切三同本書，重文疑是名字之誤。

第二行槿 木槿似李朝生花夕殞 王一云木槿，無菜以下諸字，切一、切三同。此當出後人改之。

第二行𧄼 瓢酒器婚禮用酌蜀酒 王一用上有所字，無酌蜀酒三字，而下云陸訓巹敎字為𧄼瓢字俗行大失。切一、切三巹下云瓢酒器婚禮用，与王一合。此王氏對陸韻之刊謬，當依王一補此數語，而下刪酌蜀酒三字。

第三行赾 丘謹反跛皃一 王一跛下有行字，廣韻同，當據補。

第三行齓　初謹反齠齓毀齒一男八歲女七歲換齒

王一無齠齓男八歲女七歲

換齒諸字，切三同。此蓋後人增

之。

第三行近　其謹反 迉二　二當作一。

王一本紐亦一字。

第三行脪　興近反 腫起　起下當有

二字。又起下王一有或作㾙三字。

十九阮

第一行偃　於㦥反 仰十三　㦥當作

幰。仰當作仰，仰上當有重文。

切三、王一、廣韻並云偃仰（切三

偃字作重文）。十三當作九，

此誤合居偃反四字計之。參

湕字校箋。

第一行扎　旌旗 柱㨜　柱字不當

有，蓋誤以為扎字而增加（獮韻

扎下云旌旗柱）。切三、王一云旌旗

㨜，廣韻云旌旗之㨜。

第一行䝗　物相 當　切三、王一並云

物相䝗當。廣韻云物相當也。

第一行鼴　名名　名不成字，當

作鼠。切一、切三、王一並云鼠，無

名字。

第二行蝘　蜩螗　蜩下王一有亦蝘

作此四字。

第二行湕　水名在 南郡　王一水上有

居偃反三字，郡下有四字，當

據補。切一、切三並云居偃反。

第二行揵　難　正、注文切三、王一

同。廣韻云難也舉也，集韻云

舉也難也。案揵字訓難未詳。

司馬相如上林賦揵鰭掉尾，注

揵，舉也。

第二行楗　關亦 作鍵　王一無亦作

鍵三字。

第二行言　去偃 反一　言　語偃 反四

名書言字音語偃反，言字音

去偃反，此言言二字誤倒。王

一言字誤奪，言下語偃反下

云言言脣急陸生載此案

切三正云言言脣(急)言言二
字列于切韻事不稽古便涉字祆
留不削除廢覽之者鑒詳其
謬」，當據補。
第二行屵 䐑大 脣皃 皃下王一有
䐑字處灼反一語，切一、切三同，
當據補。
第二行巘 山如甑上大下小 王一無
上大下小四字。廣韻云山形如甑
，亦無此四字。四字蓋後人增之，
第三行幰 虛偃反車幰 亦作忏三 車下
王一有幰字，當據補。廣韻
云帛張車上為幰。
第三行[虫憲] 寒[虫憲] [虫憲]下王一有蚷

蚓蟲二字，切三同，當據補。
第三行娩 娩娩 女態 王二無女態
二字，切三同。二字蓋後人增之。
第三行晩 色肌澤 無怨反 晩當从王
一、廣韻作晩，肌當从王一、廣
韻作肥。本書願韻云脕，肥
澤。無上當有又字。
第三行嫚 皮悅又 無願反 悅當从王
一作脫。廣雅釋詁三云嫚，離
也。廣韻各本亦作悅，張改作脫。
第四行坂 大坡 阪 王一云大坡，
無阪字。廣韻坂為阪字或體，
集韻同。此疑阪上脫亦字。
第四行菀 紫菀 藥名 王一無名字，

切一、切三同，當據刪。
第四行苑 園 園下王一有苑
字，切一同，當據補。
第四行蜿 蜿蟺 亦作蛩 蟺下
王一有蚯蚓二字，切三同，當據
補。
第五行裷 幰又去 遠反 又去遠
反，本書去阮反脫此字，參下
䅚字條。
第五行䅚 去阮反相 近皃禾 王一云
相近皃，皃下無禾字，切三、廣
韻同。本書禾字不當有。皃下
當从王一補一五字。參下䅚字條。
第五行蘿 蘆蔔亦 作蘿 蘿當从

王一、廣韻作蘿。蘿當作虇。爾雅釋草虇釋文本或作蘿。

第五行綣△（粉亦作粗）王一綣上有綣字，注云：慬又於遠反。本書於阮反綣下云又去遠反，与王一同，此當據王一補。粗字王一作粇，集韻或体同，當从之。

第五行暅△（況晚反日氣又古△鄧反五）正注文切一、切三、王一同。集韻此字作暅，收或体作晅作暅。又古鄧反，切一、切三、王一、廣韻同。切三鄧誤作登。案暅正字當从集韻作晅，即說文烜字。易說卦傳曰以烜之，釋文作晅，注云：「況晚反，本又作暅，徐古鄧反」。字本从亘声，俗書亙亦作亘，遂誤晅若暅為暅，而誤古鄧反。此与峘字讀戶登反，俗字作峘，遂又讀戶官反同例。參嶝韻暅字校箋。

第六行咺（兜晆不△正）正當从切三、王一、廣韻作止。止下王一有朝鮮云三字，切三同，當據補。語見方言。

第六行篷△（丘△遠反車△之）篷字當从切三、王一、廣韻作簧，丘字切三、王一、廣韻並作抾，當从之。重文下當有二字，王一云二。

廿　混

第一行混（胡本反陰△陽未分十三）陰上王一有混流一曰混沌六字，切一、切三同，當據補。

第一行鱓（魚名亦作鯤）鯤字王一、集韻並作鯇，此誤。爾雅釋魚鯇，郭注今鱓魚。

第一行緷（大束緷長也）說文云緷，緯也。長字不詳。緯与大束非一義，不得云大束緯長也。切一、切三、王一、廣韻並無緯長也三字，本書例不用向尾也字，此當出後人所增。

第二行倱（化△四凶）化當从切三、

王一作侂。侂，俗書佗字。廣韻作佗。

第二行掍 同々 同々當从切三、王一、廣韻作同。

第二行滖 流皃 滖，王一作瀑，切一、切三、廣韻無此字。集韻亦無，而古本切下有滚字，云大水流皃，或体作混作渾。滖与瀑並滚字之誤。注文皃字王一作泉。

第二行梱 朮折亦作鯤倌 未折二字王一同。朮上疑奪朩字，折當作析。說文梱，完木未析也。廣韻云木朩破也。鯤字王一作⿰角昆，當从之。廣韻、玉篇或体並作⿰角昆字。古文官書云，梱古文鯤同。倌字王一作倌，⿰亻⿱宀衣當即倌字之誤，不詳。廣韻、集韻均無此体。集韻梱与梡同，說文梡，梱木薪也。

第二行本 布忖反正作本根四 王一正文同本書，無正作本三字。

第二行畚 草器亦作畚 畚當从切一、切三、王一、廣韻作畚，畚當从王一、廣韻作畚。

第三行損 蘇本反四 反下王一有毀字，切一、切三同本書。

第三行瘁 々瘶寒瘶字所草反 瘶當作瘶。寒上切一、切三、王一、廣韻並有瘶字，當據補。

第三行僔 衆々 王一衆下無重文，疑此出後增。

第四行撙 從 從字王一同，不詳。疑是挫或促字之誤。戰國策：伏軾撙銜。注云撙，挫也。漢書王吉傳：馮式撙銜。臣瓚云撙，促也。顏注：撙，挫也。廣韻云挫趨。

第四行穩 烏本反一 王一反下有蹂穀聚三字，切一、切三並云治穀聚，廣韻避高宗諱改持穀聚。說文新附云蹂穀聚，与王一同。本書當據王一補。

第四行眘 視又食准反　　視字王一
同，不詳。或誤眘為省而有此義。
尤韻裒下訓減，疑誤裒為裒，
与此同例。
第四行沌 混沌亦坉作坉　　作字誤在
坉下，字有小鈎為識。
第四行愲 貯々　　愲當从王一、廣
韻作㥿。重文疑出後增，王一無。
第四行笓 篦々　　篦字王一同，
廣韻云籧也，集韻云篦也，俱
未詳。說文笓，箅也。𥫗与𥫗
形近，疑即箅字之誤。又案王一
篦下無重文，疑此出後增。
第四行庛 屋下藏　　王一同本書，

集韻云室中藏。
第四行鱒 徂本反魚鱒鮒二　　下魚
字當作鱒。詩九罭：九罭之魚
鱒魴。唯切一、切三、王一此下並云魚
名，仍當據改。
第四行嗶 大口　　廣韻此字在吻
韻，音魚吻切。說文云嗶从單
声。單声之字例不讀從紐，
此恐誤。集韻正字作㖧，或体
作嗶；隱韻牛吻切亦有嗶字，
或体作唔。王一同本書。
第八行䯨 古本反禹父八　　八或當
作九，劉書P二〇一一云九，唯姜
氏書此注殘損，未敢遽信。參

下畽下條。
第五行緄 帶織成章也　　切一、切三、
王一注文上一帶字，廣韻云帶
也。後漢書南匈奴傳緄帶注
云織成布也，蓋即此文所本。然
本書例不用的是也字，疑織
成章也四字出後人所增。
第五行輥 轂齊等皃　　轂字王一
同，當作轂，說文輥，轂齊等皃。
第五行畽 他本反々怨行無廉隅二　　怨
當作惌，畽上王一有丨字，云上下通。
第五行怨 盧本反畽々　　怨當从
廣韻作惌，王一誤同，重文下當依王一補二字。
第五行惀 怨又力均反又力尹反　　怨

字王一同，不詳。集韻引廣雅
思也，疑即思字涉上怨字而誤
。本書真韻惀下云思。又力尹反
本書軫韻無此字，集韻準韻
縷尹切收之，云思，求曉知謂之
惀。力上奪又字。
第六行梱 就成 就下王一有亦作
圝三字。圝當从集韻作䜌。切三、
切一同本書，廣韻亦無或體。
第六行𨂮 磳〻又 口氷反 王一𨂮下
云椽足，硱下云石磳又口氷反
（案石當作硱）。案說文𨂮，豚
足也。𨂮即說文𨂮字，王一椽即
豚字之誤。本書閩下云、而

實止七字，此當是誤脫𨂮字注
文及正文磳字。又口氷反，蕉韻
字誤作硱。
第六行笨 夫〻鹿 夫字王一、廣
韻作夬，當从之。
第六行麇 牝〻 王一麇作麇，
牝下有麻字。集韻云牝麋，別出
麇字，云麻蒸也。俱不詳。廣韻
無麇或麇字。
第六行橎 車弓 橎當作橎。
第七行穳 穩〻 王一穩下無重
文，集韻云穩積穀未簸皃。
廣韻無此字。
第七行𢠽 草木反 愁悶又 亡頓亡但二反

反下當有一字。王一云一。

廿一 很
第一行墾 康很反 耕〻三 切一、切三、
王二耕下無重文。
第一行懇 誠〻惻 誠至 惻字王一同，
當从切一、廣韻作惻。誠至切一、
切三、王一同；廣韻云至誠。

廿二 旱
第一行旱 何滿反 亢陽 陽下當
有四字。王一本紐亦四字。
第一行峄 山名在 南郡 郡當依切
一、切三、王一、廣韻作鄭。

第一行暖 大目 此字廣韻在緩韻胡管切下，集韻緩合並見；開合正字作晘，暖為或体。王一同本書。

第一行緩 胡管反七 反下王一有慢亦作鬆緩四字，切一、切三同本書。

第一行澣 濯亦作浣 浣當作浣，王一不誤。

第一行篹 ゝ筗 筗當从王一、廣韻作筲，廣雅釋器：筲，篹節也。

第一行綄 候風羽又胡官反 綄當从王一、廣韻作絻。

第二行斷 ゝ當 王一云ゝ當。

第二行櫨 籆轉 籆字姜書P二〇二同。王一同廣韻，恐失真。廣韻作籰，集韻作籆。籆与籰同，本書籆當是籆字之誤。俗書簑作篗，与籆極近。

第二行算 蘇管反數ゝ二 王一無重文，數下云亦作匴。三字當在篹下，参下篹字條。

第二行篹 籮 篹字王一同，當从廣韻作篹。儀禮士冠禮各一匴注，古文作篹。

第二行款 苦管反申亦作欵款俗欵四 申字王一同，疑為曲字之誤。

第二行梡 斷木亦作棿又胡管反 梡當从王一作梡。又胡管反，王一同。本書胡管反無此字，廣韻收之。

第二行綰 ゝ襬 襬下王一無重文，此疑误衍。

第二行暖 ゝ暄 王一無重文，暄下有亦作暵三字，切一、切三同。

第三行纂 集作管反 集下奪計數之字。本紐纘下奪儹字。又王一纂下有纂字注云纂組，廣韻亦收纂纂二字，切三纂下接纘字同本書，疑此原云五，或同王一云六。

第三行纘 聚 切三、王一纘下

云承系，廣韻云繼也。下有儹
字，切三、王一云聚，廣韻云聚也。
並与經傳二字義合。本書皆奪
纘字注文及正文儹字。
第三行椀 烏管反亦作盌二 王一云或
作盌，下有盌殘亦作瓮五字。切
三同本書，亦字作或。
第三行晼 睆△ 晼睆當从王一、廣
韻作晼睆。本書前胡管反睆
晼二字不誤。
第三行粄 博管反脣米餅三 脣當
从切一、切三、王一、廣韻作屑。
第三行暵 熱氣又呼半反 廣韻、集
韻本紐無此字，字見呼旱切。案

萁声之字例不讀脣音，此疑
有誤。王一正、注文同本書。
第四行管 古纂反篇△ 篇下當
有七字。王一本紐七字而此云七。
第四行盥 洗又古段反 又古段反，
王一同。本書翰韻古段反無此
字，唐韻收之。
第四行輨 車△具 車下廣韻有轂
字，与說文同。王一同本書。
第四行鞍 僾後怗△ 怗當从王一，
廣韻作帖。
第五行躧 行速△ 王一云行皃，廣
韻同本書，集韻与𨃐同，說文
云躧，跣處也。疑本書速為處

或迹字之誤。銑韻他典反蹪下
云行處，廣韻他典切下跚下云
行迹。集韻蹪跚同字，疑蹪躧
即睬瞳。
第五行趺 耦△ 王一耦下無重
文。此疑出後增。
第五行㦎 憒又亡本△反二 二上王一有
亡頓二字，當據補。字又見恩
韻莫困反下。
第五行篇△ 竹器 篇當依廣韻
作籥。姜書中二〇一同本書。王一
作篇，恐失本真。
第六行僤 掉△又大旦反 掉字王一
同，不詳。疑是厚字之誤。僤

字作孯解，見桑柔詩逢天僤
怒毛傳。又疑為揵字之誤。說
文僤，疾也。集韻云速也。
第六行閰 々閰 廣韻云閑也，
門傍之楔，所以止扉。閰即闑
字之誤。說文閰當作閰。
第六行担 々笞 王一笞下無重
文，疑此出後增。
第七行嬾 落旱反或作懶二 王一反下
有情字，切一、切三並無訓。又懶
上王一有慷字，懶下有通俗作
嬾四字。
第七行䕼 草 草字王一同。
廣韻云衆草莖也，集韻䕼為

稈字或体。本書草下應有莖
字或䕼字重文。
第七行散 蘇旱反冗衆。正散亦作㪔又蘇旦反六
正下王一有作字，當據補。
第八行饊 々餅 餅字王一同，切
一、切三、五刋作餅，當从之。重文切
一、切三、王一無，疑出後增。
第八行繖 々絲繖今作繖翦 今作繖
翦，切三同；王一翦下有字字，當
从之。又案廣韻云今作繖蓋字。
第八行鏾 牙弩 廣韻云弩機
鏾也。集韻云弩機鏾謂之鏾。
王一云弩緣，緣即鏾字之誤。五
刋云弩牙々鏾，亦有鏾字。牙

下當據補鏾字。
第八行𤛫 昨旱反圭々二 王一云有
柄圭。
第八行罕 呼稈反希五 五當作四，此
誤合侃字計之。王一此云四。
第八行䔾 々菜 重文不當有，
切三、姜書P二〇一一無。
第八行鷬 難 難即鷬字。廣
韻無此字，此疑有譌誤。集韻
云鷬、鳥名，蓋即據本書言之。
第九行侃 空旱空旦二反正作侃 旱下
奪反又二字，二字當刪。侃下當
有一字。切一、切三云空旱反又空
旦反一。王一云空旱反正又空旦

反正作侃一，誤衍又上正字。
第九行侃 同上　此當為後人
誤增，偘下云正作侃，不當又云
侃，同上。王一無此三字可証。參
上條。

廿三　潸

第一行版 大　切三，廣韻版下
云說文判；切三說字誤作案。　廣韻、集
韻眅下云大也，亦与毛傳、說文
合。本書版下云大，未詳。
第一行鈑 鉼金 鉼　鉼字右旁
有鉤。案本書凡字誤倒以鉤為
識，然此字涉鉼字誤衍，實不

當有。爾雅釋器鉼金謂之鈑，
廣韻云鉼金，本書鉼金二字誤
倒，當於鉼旁加鉤。
第一行蝂 負　負下當有重文。
爾雅釋蟲：傅，負蝂。王一、廣
韻云蝂負，二字誤倒。
第二行酢 側板反 面皺　面上切一、
切三、王一、廣韻並有酢䣼二字。
皺下王一有一字。並當據補。
第二行䣼 酢　酢下各書或有
重文，或有䣼字　當據補。參上
條。
第二行僩 胡板反武見一曰寬大又姑限反二
胡板反切一、王一同。切三、廣韻云

胡赧反。案此胡板反為開口，与
下晥字音户板反異讀。又姑
限反，切一、切三同。切一姑誤始。　本書
産韻古限反無此字，廣韻收之。
第二行晥 户板反 大目四　此云四而本
紐實三字，蓋誤脫一字，未詳。
廣韻本紐七字，其中睅莞二字
本書增在韻末　餴[illegible]晥二字
為本書所無，疑不出此所奪。集韻
[illegible]与[illegible]同，本書收[illegible]字。
第三行阪 扶板反 坂又方晚反　集韻
坂為阪字或体，本書坂上蓋奪
亦字，王一同本書。參阮韻校箋。
又方晚反，反下當有一字。王一云

一。

第三行蔨 子可食 子上王一、五

刊有染字，廣韻云草可染子

可食。

第三行齤 士板反齤不正一 齒上王

一有齤齭二字，切三同，當據補。

第三行残 初板反齤々一 切一、切三、王

一齤下無重文，切三残字誤奪，注文在齤字

下此疑出後增。

第三行莧 胡板反莧亦笑皃二 僩下

音胡板反，与此音異。此与睆

字音户板反音同，此是增加

字。五刊、廣韻合此与睆等為

一切，莧當依廣韻作莞，或即

作莧。

廿四 産

第一行産 所簡反生 生下當有

五字。

第一行嵼 蹇々 蹇字切一、切三同

、五刊、廣韻作⿰山蹇。案⿰山蹇嵼本

作蹇産。本書獮韻其輦反收

⿰山蹇字，案誤作⿰金蹇 注云々嵼，此疑

原作⿰山蹇。

第一行硍 而石声 王一云石声，無

而字，各書同。此蓋即涉石字

誤衍。

第一行掔 牛很不從牽 注文切一

同。王一很字作掔，切三同。廣

韻云牛掔很不從牽。

第二行睓 明 王一明下無重文，

第二行襉 帬々々 々帬當云帬々

。廣韻云帬襵。

第二行棧 士限反閣又士免反士晏反六 閣

當依王一作閣。切一、王一、五刊閣

上並有棧字或重文，當據補。

又士免反，切一、切三、王一同。本書

獮韻士免反無此字，廣韻收

之。又案本紐五字而此云六，當

有脫誤。王一本紐五字同本書

而此云五。

第三行眼 五限反目亦作皃一 皃字

王一同，當从集韻作巳。

第三行 ⿰忄產（又色產反 有令德） 此字及下⿰㮚產字廣韻音初綰切，集韻音揣綰切。綰字各書在潸韻，七音屬潸韻合口，寫二有⿰忄產字。切一、切三本紐止一醆字。五刊側產反四字亦無此二字，此疑有誤。又色產反，色產二字同紐，當有譌誤。五刊、廣韻、集韻字與產同音，廣韻、集韻又見初限切。

第三行 ⿰㮚產（䃺 栗） ⿰㮚產當从廣韻、集韻作⿰㮚產。

第三行 艮（口限 反一） 五刊狠字音口限反，注云牙狠。廣韻、集韻齦字音起限切，集韻或体作狠，後不贅。

第一行 洗（沽々 律名） 沽字切三、五刊同。當从廣韻作姑，此涉洗字偏旁而誤。

注云齧。姜書P二〇一一韻末有（反齧 作狠）四字，當是齦字注文。本書艮當作齦，注文反下當補齧亦作狠四字。

廿五 銑

第一行 銑（蘇典反 金々七） 蘇典反，王一同，本書及王一、王二韻目並同。切一、切三云蘇顯反，切三、P二〇一七韻目同。案本書顯下云今上諱，是蘇典反為王氏避諱而改，切三典、殄、峴、編、辮並用顯為下字，本書或改繭字，或改典字，

第一行 䈰（箸筩又 所交反） 切一、切三、廣韻、集韻無此字。王一、五刊正、注文同本書。（王一正文殘，姜書P二〇一一有殘文月形。五刊筩誤為筩。） 廣韻本紐有箲字，云洗帚飯具，或作筅；集韻同。集韻又有箾字，云竹器，博雅䈰謂之箾。案方言五：箸筩，陳楚宋魏之閒謂之筲。說文䈰，陳留謂飯帚曰䈰；一曰宋魏謂箸筩為䈰。是本書

籍訓箸箒所本。然箐籍並从肖
声，音所交反，不得又讀蘛典反。
廣雅釋器云籍謂之箾，曹憲
音素典反，故集韻云籍謂之箾。
本書此誤收籍字。又王氏疏證
从箭韻補筅字，云廣雅籍謂之
筅，曹音筅字素典反，箾字屬
下讀，曹音素管反。集韻收箾
字，亦誤。
第一行鮮 々 簡 鮮字入本韻，
王一、五刊同。廣韻、集韻入獮
韻。廣雅曹音先典反，同本書。
簡字王一、五刊同，當从廣韻作
簡。廣雅釋器：簡鮮，籍也。

本書獮韻去演反作簡不誤。
第一行洪 熱 々 㵽 風 熱風不詳，
切三、王一、廣韻同本書。集韻云
博雅洪㵽垢濁也。見廣雅釋
詁三。漢書揚雄傳：紛纍以其
洪㵽兮。音義云俗謂水漿不
寒而溫為洪㵽，亦与熱風義不
合。
第二行蚕 堅 々 丘 蚓 堅當从廣
韻作堅。堅字見下。丘當作蚯。
第二行典、 多繭反亦 篔作敳 作當在
篔字上。敳下當有二字。
第二行宴 安又於 見反 宴當作
宴。切三同本書。

第二行弥 滅 徒典反 滅下當有
二字，依稀似可見。
第三行繭 古典反蠒 口 出 絲 自 裹 裹下
當有九字，模糊不可見。王一蠒云
衣亦作繭蠒。繭為繭字之誤，
爾蠒為俗書繭字。
第三行撚 拭面亦 作挸 此字廣韻
作撚，謂撚字古文如此。集韻
不載此体，疑是撚字俗誤如此。
第三行蕚 罰 罰當从集
韻作蕒，見爾雅釋草。
第四行峴 胡繭反 峻嶺十 繭字劉
書P二〇一一作顯，姜書P二〇一一
作（空）圍。案P二〇一一与本書同出

一本，本書顯下云今上諱，凡陸
氏下字用顯者，王氏改典，若繭，ㄗ
二〇一決不得作顯，蓋劉氏妄依
切三補之耳。（參前銑字校箋）
第四行峴 小兒歐乳 亦作岍　兒歐乳
三字並有殘脫，據王一、廣韻審
定如此。
第四行𤨏 里　𤨏里當依王一、
廣韻作𪐴黑。黑下廣韻有皃
字。王一有白字，白即皃字之誤。
第四行現 丿　此蓋見字殘文。
第五行顯 在背在曰亦作 顯又呼見反　下在字
衍文，旁有二小點為識。
第五行㧗 戾引　戾當作戾。

第五行編 方繭反。又 卑連反五　又上王
一有編緔一曰次第六字，切三亦
載此二義，當據補。
第五行㻒 㻒字 湯嵇反　㻒下當有重文。
第六行㾫 署門戶又 亦作㾫　又字例不當有。
第六行泫 胡犬反 光八　光上切三、
廣韻並有露字。文選詩：花上
露猶泫。又：泫泫露盈條。疑
當據補。
第六行玹 玉名　各書無此字。
王一鉉下䩞上為琄字，切三、廣
韻鉉下亦為琄字，注文並云玉
皃。此蓋涉鉉字誤琄為玹，注
文皃又誤作名字。參下琄字

校箋。
第六行𪊲 童子 𪊲又下𪊲反　又下𪊲
反，王一同。本書先韻胡涓反無
此字，廣韻收。
第七行隕 阬　隕當从王一、廣
韻作隕，阬當作阬，廣韻作
坑。隕，坑也，見廣雅釋詁。王一
阬誤作阬。
第七行琄 玉皃　上文鉉下琄字
誤作玹，注文亦誤玉名，遂於此
增琄字。琄即詩大東鞙字。
第七行㾫 蜀人呼鹽　切三㾫下為
䱿字，注云蜀人呼。廣韻䱿下云
蜀人呼鹽（廣雅釋器：䱿，鹽也。）

本書扁當作⿰齒扁。唯廣韻⿰齒扁下出扁字云「姓也盧醫扁鵲是也」，又方典切」，集韻亦收⿰齒扁扁二字。此似或係脫扁字注文及正文⿰齒扁字。然本書⿰齒扁下云「蒲典反四」；⿰齒扁下接⿰齒扁字，与切三次第同；仍當以扁為⿰齒扁之壞誤。

第七行⿰侖毛 領毛 廣韻云⿰侖毛⿰毛蔑毛領。案須當作⿰令毛。本書青韻⿰令毛下云毛⿰令毛，廣韻云毛結不理。又本書屋韻⿰毛蔑下云⿰侖毛⿰毛蔑毛不理。⿰令毛即禮記內則「羊泠毛而毳羶」之泠字。集韻此云⿰侖毛⿰毛蔑毛不理。

第七行誸 々誘 切下誘下無重文，廣韻云誘也。

第七行⿱穴⿱至土 口典反四 反下王一有不重二字，廣韻、集韻云不動。

第七行狠 齧地 齧地，姜書P二〇一一同。王一地字作也，恐失本真。廣韻、集韻作齧也，与說文合，疑此誤增一也字，後人以本書例不用句尾也字，遂附會為地字。与梗韻⿰麥廣下云⿰麥廣麥地同例。

廿六 獮

第一行尟 寡々 上文尠下云少，尟即此字。說文有尟無尠。切三有尠無尟。

第一行演 以淺反，廣正作演 注文演當作演。脂韻以脂反云寅正作寅，与此同。演下當有三字。切三本紐亦三字。

第一行衍 達又餘見反 又餘見反，字又見線韻餘見反，見為霰韻字。

第二行諓 諞 諓當从廣韻作諞。

第二行餞 酒食送又疾箭反 酒食送，切三、王一同；送下廣韻有人字，本書線韻亦云酒食送人。

第三行皷 皮 皮下廣韻有寬字，集韻引博雅皷嫚皮寬也。

案廣雅無此文，釋詁三云「皻、皽
……皮……離也。」疏證云「廣韻
皻、皮寬也，是離之義也。」本書
知演反皻下亦云皮寬，切三、廣
韻同，疑此皮下奪寬字。
第三行嫱　△篇悏　篇悏，廣韻云
偏悏，當从之。說文嫱，好枝格人
語也。
第三行顴　△視△倨　倨當从廣韻作
倨，見說文。王一作倨，与倨同。又
王一視下有下字。
第三行樓　△木△榴　廣韻云木廇，周
氏校勘記云「廇，元泰定本明本
棟亭本作瘤，与集韻合，當據
正。」案廣雅釋木「樓、㰏、榛也」。
榛為木立死。王云「玉篇云樓，
木瘤也。木病腫謂之樓，因而
死木亦謂之樓。」（又案：齊民要
術注引廣雅樓、㰏、柰也。玉篇，
廣韻亦云㰏，柰也。廣雅釋木又
云：楮榴石榴柰也。石榴二字从疏証補。
或与本書樓下云榴有關。）
第三行㵝　△武又△擊　又擊，廣韻
云又鷙鳥擊勢也。
第四行珏　極巧視之△又△視△戰反　又視戰
反，切三、廣韻同。本書線韻視
戰反無此字，各書同。
第四行趣　△居展反踐又△且㥉反五　居當从
廣韻作尼。又且㥉反，各書震
韻七刃反下無此字，字見丑刃反，
且當是丑字之誤。
第四行燀　燒△々　切三燒下無重
文，廣韻云燒也。
第五行縒　偏縒又△酉△箭反　又酉箭反，
各書線韻無此字。廣韻云又
徐翦切。本書下有縒字，注云
徐輦反又昌善反。箭字誤，酉
与邪通。
第五行饉　黏又△進　進當作嗎。萬
象名義饉下云嗎，黏。玉篇：
饉，嗎也；乾麪餅也。
第五行㹢　牛偲又△胡結反　偲當是

佷字之誤。肴韻云佷，產韻云
牛佷不從牽。廣韻此云牛很不從
牽。王一云牛㝁，尤誤。
第五行糙 乾麵餅 各字書韻
書無此字，切三、廣韻餹下云乾
麵餅。參上餹字校箋。
第六行鱓 魚似蛇亦作䱇 䱇當从
集韻作䱇。
第六行僐 姿又布戰反 布當是
市字之誤，字又見線韻視戰反。
第六行謇 吃亦作𧬄扨謇字 扨當从
阮韻字作扐。集韻扐字别出，
注云力也。謇當作蹇。
第七行鬋 垂髮 垂髮當从廣
韻云髮垂。說文云女鬢垂皃。
第七行錢 銚又似連反 又似連反，
即仙韻昨仙反。從邪二母互通。
第七行湔 王替 湔當从廣韻作
葥，王，亦當从作王。見說文。爾
雅字作葥。
第七行蹨 人善反踐五 此云五而實
止四字，當是誤脫一字。切三三字
蹨下有橪字，注云橪棗木名。
廣韻五字，亦多本書此字，注同
切三。當據補。
第七行㒄 物又式善反 物字不詳，
本書式善反注同。廣韻並引說
文意肥也，集韻又云一曰意急
而懼，一曰戁也。
第八行輦 力演反運六 運當作連。
第八行鑳 嵯 鑳當作𡾊。切
三並注文嵯字亦誤从金，皆涉下
文鑳字而誤。廣韻、集韻鑳為
𡾊字或体。
第八行綫 徐輦反綫又善昌反一 昌善二
字誤倒，昌旁以鉤識之。
第八行齹 魚蹇反齒露二 齹當从切三、
廣韻作齴。
第九行辯 符蹇反詞從言在辡音辯間三
從言在辡音辯間，謂誤殊甚。說
文云辯，从言在辡之間。辡當是
辡之誤。音辯二字不詳，或是言

辩二字誤重，或是音辯之誤。然本書本紐無辩字。廣韻本紐有辩字。

間盡間字之誤。

第九行辩 判又薄諫反濟事 又薄諫反，本書諫韻無此音，各書同。字見襇韻，音薄莧反。廣韻此云又薄莧切，本書諫字誤。

第九行論 巧言又得蟬反 又得蟬反，字見仙韻房連反下，各書同，得蓋符字之誤。廣韻云又符沔切，符善切下亦收此字。

第九行緬 無兗反遠亦作絤六 絤當作緬。

第十行臇 姊兗反臛少汁或作𦠆二 𦠆字廣韻作𦠆，此誤火為乂。

第十行雋 徂兗反鳥肥肉俗作雋四 徂兗反，王二、廣韻同；切三作徐兗反。參下吮字校箋。鳥肥肉，姜書P二〇一一同。王一無肉字，疑失真。當从切三作鳥肉肥。

第十行吮 嗽又徐兗反 又徐兗反，廣韻同。案本書無合口邪母，廣韻、集韻同。切三本紐首字作吮，云徐兗反又徂兗反；以徂兗反為吮字又切，別無徂兗反。集韻此字又見豎兗切。

第十行雋 菖雋菜 雋當从切三、廣韻作雋。

第十一行駀 逆馬毛 廣韻、集韻云馬逆毛，与字林合。

第十一行轉 陟兗反迴迴一 王一反下云動，左行云通俗作□（姜氏書只剩陟兗反通俗作六字）。

第十二行輭 而兗反柔亦作耎輭八 耎當作耎，或當作耎，見說文。俗書耎作耎，書耎作耎。輭當作輭。

第十二行愞 弱又奴亂反亦作耎愞字 愞當作愞，見說文；俗書作愞字。

第十三行㪥 揣又初委二反 又初委二反，廣韻云又初委切。本書字又見果韻丁果反，注云又初委尺𪇰

二反，紙韻初委反云又丁果反又尺
嚲二尺，此蓋誤奪丁果二字。
第十三行踹 腳跟 根△ 腳跟 根字誤衍，
旁有二小點為識。王一、廣韻並云
腳跟。

第十四行隊 道邊 堺△ 堺當从廣
韻作埤。說文云道邊庳垣也。

埤庳字通。
第十四行劓 旨充反細劓 害作劓六 害
當作亦或作又，涉劓字而誤。
第十四行孖 孤露可憐 又在卷反 又在
卷反，王一同。在當从切三作庄，
即莊字，廣韻云又莊眷切。廣韻
線韻收孖字音莊眷切。集韻

字見雛戀切，蓋即據本書誤切
收之；案在於雛為類隔。 韻末出恮字
音子眷切，又出恮字音莊眷切。
恮与孖實為一字。 說文孖，謹也，讀若翦。恮，
謹也。廣雅釋詁四曹憲音子眷反。
孖讀合口則与恮字音義同。
第十五行關△ 開閉門利 關當从
姜書P二〇一一、廣韻作關，見
說文。
第十五行鱄△ 魚名 鱄字切三同。
廣韻、集韻本紐無此字，別有鱓
字；廣韻云魚名，集韻云魚名
無骨。鱄字本書又見旨充反（廣
韻、集韻同，切三旨充反下無）注
又士免反，与此合。又集韻本紐

有鱄字，注云大魚也，詩鱄魴沈
宣讀。案釋文云沈音撰。
第十五行蠉 香兗反蜎三△ 三疑
為二字之誤，姜書P二〇一一、廣韻
本紐並止蠉趯二字。

一有反字，當據補。本書衍韻字
見其聿反，王一同。王二、唐韻、廣
韻並見紐，与此合。
第十六行辨△ 憂 辨當从王一、
作辨。字从心，見說文。
第十六行楄 擊又雨賢反 又雨賢反，
本書先韻無此字，集韻卑眠切
收之，雨蓋甫字之誤。

第十六行艑 ﹅舩 重文疑出誤增。
集韻云船名，本書銑韻云吳船。
第十七行⿰木善 基善反 ⿰木善﹅一 ⿰木善字基
善反，切三、王一同，与前居輦反
疑不同音。廣韻、集韻並与蹇字
同切，則以為增加字。
第十七行犾 犴𤠑 柱 犾當从王一、
廣韻作豣，切三誤作犿。柱字切三、
王一、廣韻同，集韻引說文作杠。
第十七行蒇 備一曰 去貨 蒇，廣韻
作蕆。字見左氏文公十七年傳及
方言卷十二、十三。
第十七行辿 安步又 刃延反 刃當作丑，
字又見仙韻丑連反下。

第十七行⿺走鳥 ﹅走 廣韻、集韻𡵉
字作邊，廣韻云辵也，集韻云走
意，与說文合。然𡵉旁之字不得
讀影母，故兩書字又見先韻布
玄切。以本書作⿺走鳥度之山，似當作
⿺走鳥。集韻阮韻隱幰切⿺走鳥下云
走兒，音義正近。唯⿺走鳥字亦不詳
所出，意者邊誤為⿺走鳥，遂有𡵉
讀耳。案俗書𡵉旁字作鳥，遂誤邊為鳥為⿺走鳥。
第十七行⿰亻然 武善反 物二 注文不詳。說文云意膬。
第十八行嬿 女自姿又 奴見反 自疑為有之誤。

廿七 篠

第一行篠 蘇鳥反細竹 俗作篠四 正、注
文篠字同形，當有譌誤。說文
字作筱，可謂之正；然篠字見
於經傳，不得謂俗。疑注文篠
當作篠；文攵不同，遂別正俗；
猶寅之与寅耳。參獮韻演字校箋。
第一行謏 誘又所六 正作謏 六下奪
反字，字又見屋韻所六反下。正作
謏，謏當作謏。
第一行⿰石肅 墨砥又 思六反 墨砥，廣
韻、集韻云黑砥石。墨當作黑，砥
下疑奪石字。山海經北山經：京山，
其陰有玄⿰石肅。注云黑砥石。本書
屋韻注云砥石。
第一行皎 古了反 光十二。 本紐脫一字，故此云十二而實止十一。詳𨶹字條。
第二行鐃 鐵 鐃字切三、王一、集
韻同；廣韻作鐃，与說文合，當从
之。鐃為樂器名，音義俱別。下
呼鳥反鐃字各書不誤。鐵下王一
有文字，各書同，當據補。說文云
鐵文。
第二行的 白又匹白反 又匹白反，切
三、王一、廣韻同。本書陌韻普伯
反無此字，集韻收之。
第二行𨶹 〻紋 此上王一有恔字，
云憭，當據補。紋下云十二是其
証，𨶹字姜書Ｐ二〇一一、廣韻同；
集韻作𨶹，与說文合。

第二行曒 明亦作暤 暤字集韻作
暤。孜正云：「類篇同，宋本暤作
暤，疑皆暤字之譌。」案疑或暤
字之誤。說文杲，明也。
第二行帞 絹帛頭〻 帛字切三、廣
韻作布。重文疑出誤增，切三無。
第二行㤚 〻垂 切三、姜書Ｐ二〇
一一垂下無重文，此疑出後增。
第三行㩖 快又力彫反 快當从廣韻
作抶。廣雅釋詁一：㩖，取也。
第三行㵳 小衣 衣當作水，廣
韻云水清又小水也。西京賦：擿
㵳瀨。李注云㵳瀨，小水別名。
集韻㵳或作㵳。

第三行礲 重〻鳥 廣韻云礲
帞垂兒，玉篇、集韻云礲鵃石垂
兒。（原本玉篇作礲鳥。）本書
重為垂字之誤，其上或下疑奪
石兒二字。
第三行憔 拭 憔字廣韻、集
韻作幯，當从之。案正當作幯。
第三行衤 被 方言四，小袴謂
之被衤。被為衣被下之稱，此
當是被字之誤，下疑奪重文。廣
韻云袴也。
第三行憭 心朗反又力彫反 朗下衍反
字，旁有小點，蓋識其誤衍者。
又力彫反，本書蕭韻落蕭反下

無，廣韻收之。
第四行朓 吐鳥反，月見西方 才下當
有二字。切三、王一本紐並二字，切
三云二，王一亦脫二字，
第四行鐃 々鐵 王一鐵下無重
文，此當从廣韻云鐵文。參上鐃
字校箋。
第四行杳 烏皎反窔九 窔上王一
有冥字。
第四行偠 々褭身弱好皃 褭字切
三、廣韻、玉篇、集韻並作[亻褭]，當
从之。參下騕、[亻褭]、褭三字校箋。
第四行騕 褭，神馬，亦作[馬幼] 褭字切
三作褭，當从廣韻、集韻作褭；

其上當从諸書有騕字。呂氏春
秋離俗篇、淮南子原道篇、文選
上林賦、思玄賦並云要褭，要或作騕
參下[亻褭]及褭字校箋，亦作[馬幼]者，
各書無此或体。疑下文[長幼]字誤作
[馬幼]（見本書[馬赤]字注文），遂誤以為
騕字或体耳。
第四行[長幼] 々[馬赤]長而不動 [馬赤]當作[長赤]，
王一、廣韻並作[長赤]。切三亦誤作[馬赤]。
參下[馬赤]字校箋。
第五行[犭要] 々 王一云獏屬（見
說文），廣韻云獏類。當據王一改。
第五行嫋 長皃，又寧的反 又寧的反，本
書錫韻奴歷反無此字，集韻乃

歷切收之。王一云又寧伯反，伯疑
當是的字之誤；集韻陌韻昵格
切則亦收此字。案弱声之字例不入陌韻。
第五行[馬赤] [馬幼]々 [馬赤]、[馬幼]當作[長赤]、
[長幼]，王一、廣韻可證。（案段氏改[長赤]
作[長赤]）切三正文[長赤]亦誤从馬，注文
[長幼]字从長不誤。本書上[長幼]字亦可
証此[馬幼]字之誤。又注文々[馬幼]二文
誤倒，各書及本書[長幼]字注文可
證。
第五行[亻褭] 騕々馬 褭 々 偠 王
一[亻褭]下云偠[亻褭]，褭下云騕褭，
廣韻同（切三亦褭下云騕褭），無
[亻褭]字正注文，疑奪）。本書二字

注文互亂，又馬字不當有，參前
驃字校箋。
第五行葯 蔦茈草，亦作藪，又胡激反
葯字切三、廣韻並作葯，疑當从
之。亦作藪，廣韻無此或体，集
韻同本書。案爾雅釋草葯、藪，
注云即蓮實也。本書錫韻胡狄
反藪下云蓮實，則此字當為芍
字或体。參下芍字校箋。
第六行芍 蓮中子，又且略、都歷二反 此字
廣韻、集韻為上蔦茈草字正
文，与爾雅、說文合，蓮中子字
廣韻、集韻作的，或体作葯。案
爾雅釋草云：荷，其中的。又云

的，藪，釋文的或作葯。廣韻、
集韻与爾雅並合。本書以芍為
蓮中子，藥、錫二韻並同；廣韻、
集韻錫韻亦同，未詳所本。
第六行湫 子了反，隘，又子攸反 反下當
有三字，王一云三。

廿八 小
第一行狣 犬有力 注文切三、王一、
廣韻並云羊子，此云犬有力，涉上
狣字注文而誤。
第一行殀 殀於 於旁二小點，識
其誤衍。
第二行擾 而沼反，動，五 王一正文作

擾，注文云馴，下有俗作擾三字。
第二行遶 周之 注文切三云圍，廣
韻云圍遶。字林亦云遶，圍也。
第二行標 符小反，又平表反，三 又平表反，
下平表反下莩即此字。三原當作
四，顠下奪膘字，遂改四為三。參
下顠字校箋。
第三行顠 脅前，又子小反 王一顠下云
髮白皃，亦作䯽，膘下注文同本
書；廣韻顠下云髮白，又孚小切，
膘下云脅前，又孚小反，本書下
膘字注文云脅前，又扶了反，是
此誤脫顠字注文及正文膘字。
脅字原誤作脊而塗改之。又子

小反，王一同。廣韻云又爭小切。本書
皺洺反無此字，字又見子小反下。廣
韻則皺洺、子小均收。集韻同廣韻，
子小反下膘爲髇字或体。案詩車
攻傳釋文云膘或作髇。
第二行麨 尺紹反糗或作麨 麨下當
依王一補三字。
第二行弨 弓〻 切三、王一弓下無重
文，疑此出後增。惟弨非弓名，疑
陸書弓下有脫文，而王氏沿其誤。
說文弨，弓反也。廣韻云弓反曲。
第二行縹 皺洺反青白色八 白字切
三、王一、廣韻並作黃，本書与說
文合。又此云八而本紐實止七字，

蓋誤脫一字。切三六字，撚下有顠
字，爲顠字之誤，注云髮白。廣韻
收顠字，蓋即本書所脫。
第三行杪 木末 此字王一在秒字
上，切三同，當據乙。
第三行篎 管小 爾雅釋樂：
大管謂之簥，小者謂之篎。說
文云小管謂之篎。疑此小管二
字誤倒。王一同本書。
第四行萷 草 草下王一有聲
字，未詳。廣韻云草細，集韻云
草細莖者，
第四行紹 市沼反續三 王一云繼，
切三同。

第四行敿 盾 敿不得逕云
盾。廣韻云盾也，案當是承前書之誤。
段氏於盾上加繫字。
第五行褾 紬端亦作[衤少] 紬當从
切三、王一、廣韻作袖。
第五行覞 目自省見見 自字疑
誤。王一云目察省見。集韻云
目有察省見也。或即有字之誤。
第五行欲 歐又於垢反〻〻 猞 獪〻 麔
牝麋 欲、猞、麔三字入此紐，
王一、集韻同；廣韻有欲猞二
字。集韻三字又見巨小切下。案：
欲声之字例不讀脣音。本書
厚韻欲下云又其表反；廣雅釋

詁四欲、吐也，曺憲亦音其表反，
与集韻入巨小切合。䔳字又見有
韻，与喈字同音，亦讀群母。切三
本紐無此二字，疑王氏誤增於此。
又㺶字注文王一獪下無重文。
（參周氏廣韻校勘記補遺欲㺶
二字本條）
第五行茇 草又符小反 亦作叐又物 物下當
據王一補落字。 案：王一物上又字 作天，姜書P二〇
一一作又，疑
王一誤。
第六行舀 杼臼或作舀 杼當从切三、
王一、廣韻作杼。舀字王一作𦥔，
當从之。
第六行悄 七小反 心憂二 王一云憂心，
切三同，當據乙。
第六行釥 好〻 釥當从王一、廣
韻作釥。好下王一無重文。
第六行勦 子小反絕 亦作剿六 此勦字
當从王一、廣韻作勦。
第六行勦 勞又鋤交反亦作巢 亦作
巢，各書此字無或体。廣韻云
又音巢，切三云又鋤交反。巢
即鋤交反，本書亦作巢三字當
刪。
第六行膘 脅前又扶了反 又扶了反，
各書篠韻無此音。廣韻云又符
小切；本書此字又見本韻符小反
下，詳見前顠字校箋。 注云又子小反；
此當云又扶小反。
第六行濯 瀊 濯當从廣韻作
濼。姜書P二〇一一同本書。王一字作
濼，恐失真。
第七行繚 力小反繞六 王一繞上有
繚字，廣韻同，此疑奪。
第七行嬈 好 嬈當从王一、廣
韻作嬈。好下王一有皃字。
第七行醥 〻面皃 重文上當从
王一更有一重文。廣韻作醥醥。
皃字王一、廣韻、集韻並作白，
當據正。
第七行憭 慧又音聊 又音聊，王
一、廣韻同。（本書篠韻憭下

亦云又力彫反。本書蕭韻落蕭
反無此字，廣韻收之。
第七行皾 長皃 皾字王一同，廣
韻作皾，當从之。

廿九 巧
第二行㺜 奴巧反擾亂一曰事露又下巧反三
又下巧反，切三、王一同。本書下巧反
無此字，廣韻收之。
第二行攪 攪又乃教反又如紹反 王一云
又乃教如紹二反，當从改。小韻而
沼反無此字，集韻收之。
第二行昴 莫飽反星五 第三行晽 日出
P二〇一一本卯第一字為卯，注云莫
飽□□□作夘□，昴為第二字，注云
星。切三同。廣韻亦以卯字為切
首。各書並無晽字，集韻亦無。
此當出後人改之。參下條。
第三行卯 猶冒 P二〇一一此字居切
首，切三、廣韻同。詳前條。
第三行效 交炊 木 敹字王一、廣
韻敹。廣韻校勘記云，當从說文
作敹。炊字王一同，集韻作灼，
与說文合。
第四行抓 劃 劃字王一作刮，
疑當从之。
第四行晃 目深 此晃字，誤作見
而改之如此。
第四行骲 骨鏃又白骹反 又白骹反，
王一骹作角，本書有韻無此字，
字又見覺韻薄角反，疑骹是
骹字之誤。集韻則有韻蒲交
切下亦有此字。
第四行麭 垂地 垂字姜書P二
〇一一同，失其真。 王一作垂，疑當从廣韻
作垂。
第五行䵹 乾亦作熙煭 王一云亦作
䵷鬲。
第五行窶 攪亦𥨊 𥨊字不成字，
當作數；注文𥨊亦當作𥨊，然
云亦數，則正文原疑作數。王一
正文作數，注無亦數二字。

卅 皓

第一行昊 天 王一天下有本作亦又古老反七字，切三同本書。

第一行曎 少 曎，當以切三、廣韻作睤爲正。

第一行顥 大 顥上王一有滈字，云水名在京兆，切三同，當據補。參下皓字條。切三、王一大下無重文，廣韻云大也，疑此出誤增。

第一行壉 土釜 亦作壉 壉字姜書P二〇一一同，當从廣韻作𡒄。注文𡒄，姜書P二〇一一作𡒄，當从廣韻作𡒄。見說文。

第二行𣟴 細 細字王一同，廣韻、集韻作䌹。廣韻云䌹綴，集韻云䌹飾。案，䌹字作絅与細形近。說文云𣟴椒而止也，繫傳云挟書細綴也。（校錄云當云案字書細綴也）萬象名義云細雨止，雨當即說文而字之誤，細字亦不詳。然並可証廣韻集韻䌹是細字之誤，玉篇云說文𣟴⿰丑丑而止也，引說文椒字作⿰丑丑。（案說文云椒从又者，从丑省，疑与此有關）細与⿰丑丑字形近，則疑細亦誤字耳。繫傳云細綴者，綴有止義，細綴蓋同萬象名義云細而止；集韻以綴爲飾義，恐又誤。

第二行皓 白 王一無此字，而滈字不見於本書，亦十二字，案滈字已見切三，皓則爲皓字俗書，是此字必出後人所增。參顥字條。

第二行獠 西南夷 亦作獠 重文上當从切三、王一補𧲣字。

第二行橑 屋々簷前木 木下王一有一曰蓋骨一曰欄七字，切三、廣韻同，當據補。

第三行顉 大 廣 顉字王一、廣韻同。切三、集韻本紐無此字。

集韻古老切有顥字，注云廣大皃；又下老切下有灝字，注云博雅灝灝大也。案廣雅疏証改灝為顥。顥當是顥字之誤，蓋王氏誤增於此，而廣韻沿之。

第三行嘐 草々 寥静　草當从王一，廣韻作嘷。下文嘷下云嘷嘐。

第三套 長 皃　王一無皃字，切三同，廣韻云長也，當據刪。

第三行稻 穀 々　切三、王一穀下無重文，此蓋由誤衍。

第三行駣 馬四歲 徒刀反　徒上奪又字。

第三行腦 奴浩反 髓四　髓上王一有頭字，當補。四原當作五，因惱下奪磁字，後遂改五為四。詳惱字校箋。

第三行惱 碼々 寶石　切三、王一、廣韻並惱下云懊惱，磁下云碼磁寶石，本書誤奪惱字注文及正文磁字。

第四行擣 築亦作 舂々　亦作舂々，王一云亦作舂擣。案舂擣二字是舂擣字之誤，見集韻。本書舂下作重文，尤誤。

第四行禱 請又都 道反　道當从王一作導。

第四行𤸫 病 々　重文蓋出誤增，王一無，廣韻云病也。

第四行嫂 蘓晧反 作㛮 俗 老稱正 作嫂五　㛮當作嫂。

第五行燥 乾正 作⿰火參　正當作俗。集韻云「俗作⿰火參非是」。王一同本書。或正文本從俗作⿰火參，注云正作燥，後互誤。

第五行埽 除又蘓 倒反　倒字王一作到，當从之。案廣韻倒字亦讀去聲。

第五行⿱艹嫂 ⿱艹熬 草　⿱艹熬字王一、廣韻作蔜，与爾雅合，當从之。草字王一無，疑此涉下文而衍。

第五行草 七掃 反四　反下王一有百卉總名四字，切三同本書。

第五行嘷 々嘐無 人皃　嘐當从廣韻作嘐。嘐字見上。王一誤作璆，又誤在皃字上。
第六行蚤 狗虫 王一云狗蚤，切
三同，當據正。又王一蚤下有亦作
口蚤四字。
第六行稟 赤稔 稔當从王一作
稔。爾雅釋木云還味稔棗。
第六行造 修々又七到反 王一無重
文反又切，切三亦止一作字。
第七行芥 放又胡老反 又胡老反，
王一同。本書胡老反無此字，廣韻收之。
第七行臭 白澤又昌石反 臭當作臭。
第七行務 武道反毒又地名又亡毒反二 又
亡毒反，王一、廣韻同。本書沃韻
無此字，字又見屋韻莫卜反，各

書同。疑毒字涉上文毒字而誤，
而廣韻因之。
第七行冃 重覆又亡救反々 又亡救反，
王一同，本書宥韻無此音，字又見
候韻莫候反，注又亡保反。各書宥
韻無此字。重文王一無，當由誤衍。
第八行褓 繈々亦作緥 緥上王一有
保字。
第八行鴇 鳥名亦鴾 鴇當从廣韻
作鴾。亦下王一有作字。
第八行乒 相次 乒當从廣韻作午。
第八行保 有々 王一有下無重文，
此疑出誤增。
第八行鴇 馬駂 鴇當从廣韻作

鴇。馬當从王一、廣韻作鳥，見
爾雅釋畜郭注。
第八行駿 馱髮一曰早長 駿為馱字
俗書，切三同本書。
第九行鵜 鳥々 鵜當从王一、廣
韻作鶘。鳥下重文當出誤衍，王
一無。
第九行栲 木名亦作杬 杬當从王一作
柷。
第九行槁 枯 王一枯下有亦作
熇三字，切三同本書，廣韻集
韻槁字別出。
第九行丂 氣吹舒 吹當从王一、廣
韻作欲，見說文。

第十行殘 拔 殘當作弦。王一同
本書，姜書P二〇一一則作弦。拔下
王一有對字。
第十行殘 擊 殘當从王一作弦。
上已收弦字，此又出弦字，或當時
訓拔之弦与訓擊之弦形体略有
區別。廣韻、集韻僅一見。
第一行頪 五老反大面醜一 頪字王一
作頪，廣韻、集韻作領，别有
𩓝字云瓜蔓。案此字疑當从竹
聲。

卅一 哿

第一行輠 車暗角 暗當从切三、

王一、廣韻作脂。
第二行蜾 々蠃蟲 蠃當从切
三、王一、廣韻作蠃。
第二行髯 亦[illegible]髯小兒前髮 亦下一
字為墨所掩，當是作字。髯蓋
髯字俗書。王一無亦作髯三字，
切三同，本書舉異体例在釋義之
後，此疑後人增之。小兒前髮，切
三同。王一前字作剪，廣韻作翦，
髮下有為髯二字。禮記內則：翦
髮為髯，男角女羈。注：髯，所
遺髮也，前字誤。本書徒果反
髯下云小兒遺髮。
第二行朶 上木垂 木字誤在上字

下，旁以鉤識之。
第二行鉠 鈌 鈌字王一作鈌，
同；廣韻、集韻作鈌，玉篇同。
說文鈌，刺也。
第三行鎖 蘇果反俗作鏁九 反下王
一有鐵鎖二字，切三亦有此義，
當補。
第四行墮 徒果反又他果反十二 又上
王一有落又倭墮髻五字，當據
補，唯此字二義二音，此又字不
當有。切三云落徒果反，又倭墮
髻他果反，是其證。
第四行鞎 䩞跟緣 鞎字切三、
王一同。廣韻北宋本、黎本所據

本亦同（據周氏書）；澤存堂本，巾箱本字作鞻。玉篇正字作㲉，或体作鞻。集韻作鞻；㲉字别与鞻同，音師銜切，義為馬鞘垂皃。疑㲉為㲉之誤，猶之㴅㵐，廣韻作設㱼。

第四行鬌（小兒遺髮）王一無小兒二字。

第四行嫷（美又辝觜反）又辝觜反，王一觜作皆，各書支寘二韻無此字。案廣雅釋詁一：嫷，好也，与才言合；今各本作隋，（案王氏改嫷）即此又辝觜反所從出，觜作皆者誤。廣韻云又吐卧反，王二箇韻、廣韻過韻並有此字。

第五行㠊（山皃）㠊當从王一作陸。即說文𡾰字。

第五行頗（能又浦河反）浦字王一作滂，切三同，當改。

第五行跛（布火反跛足亦作𨁒三）𨁒當从王一作䟶。

第六行駊（駊䮿馬行惡之皃）王一無之皃二字，切三同，當據删。

第六行躶（郎果反赤体亦作𧚧裸夏禹化之解衣所然四）王一𧚧上有𧚧倮二体，無夏至然八字。

第六行㾿（㾿癧筋結亦作瘰）癧字王一、廣韻作瘰，案當作癧。

第六行𧕮（蜾蠃虫名）名下王一有又蜯蠡又盧過反七字。盧上又字疑誤衍，過字平讀。本書哥韻落過反蜾下云或作𧕮，切三此下亦云又盧過，過下奪反字。

第六行禍（胡果反亦作禍）亦上王一有不祐二字。

第七行敤（研理又口過反）理字王一，廣韻同，集韻引說文作治，案此唐人避諱改治為理。

第七行頙（視皃又火可反）頙字入本紐，王一、集韻同。切三無此字，廣韻亦無。案頙从可声，可声之字例不讀舌音，疑「火可反」火誤為大，遂收之於此。廣韻

不從此音是也，字又見歌韻虎何
反，亦讀曉母。参下頤字校箋。
第七行炧 㚇又田者反亦炨 又田者
反，王一田作四，案馬韻無田者
反之音，此字又見馬韻徐雅反，
各書並同。田四二字並因字之誤。
第七行袉 衣帶 袉為衣帶末
閘。王一云袂又達柯反，此或由後
人妄改。
第八行吱 鼙亦作皼 吱當从切三、
王一、廣韻作吱。
第八行頤 傾頭視又達可反 又達可
反，王一同。廣韻云又音訶，疑
火可反火字誤為大，遂收徒可反

下，而於此云又達可反，詳上頤字
校箋。
第八行婐 烏果反又烏華反二 又上王一
有婐妸身弱好五字，切三、廣韻
並有此五字，當據補。
第九行妸 奴果反婐妸女二 王一無女
字，當刪。
第九行𨈜 烏可反欲傾四 𨈜字切三、
王一同，廣韻、集韻作𨈜，与說
文合。
第九行⿰木⿴衣可 々欀木茂亦作⿴衣可 ⿰木⿴衣可欀
當作⿰木⿴衣可欀。茂下王一有盛字，切三
同，當補。⿴衣可當作⿴衣可。
第九行猗 獏⿰犭孝又猗蟻反 獏⿰犭孝，王一

同。⿰犭孝下疑脫兒字，廣韻云⿰犭孝
獏猗兒。
第九行⿰忄⿴衣可 乃可反二 ⿰忄⿴衣可當从切三、王
一作⿰木⿴衣可。反下王一有⿰木⿴衣可欀二字，切
三同本書。
第九行⿰忄多 宬 ⿰忄多當从王一、廣
韻作⿰巾多。廣雅釋器：宬、⿰巾多也。
第九行⿰木磊 勒可反々椏樹斜四 椏當从
王一、廣韻作椏。上文椏下云⿰木磊椏。
切三誤同本書。
第十行攞 裂々 切三、王一裂下無
重文，此疑出後增。
第十行砢 磊々衆石 王一云石衆。
第十行卭 木節又五戈反 卭字姜書

P二〇一一同（王一作卬，疑失真），當韻、集韻並載才言之義，王一云三、王一、廣韻補爲字。
作卮或卬。參哥韻校箋。秦晉之間語。丁果反，王一同。郭第二行㞋 正又山居反 王一止一正字，
第十行𩏂 厚 𩏂字王一同，音于果反，廣韻、集韻字並在胡切三同。又山居反四字蓋後人增之。
當作𩏂。廣韻、集韻爲上文韡果切下，本書丁當是于字之誤。又第二行庌 〻〻廳 切三、王一廳下
字古文。集韻都果切下又有禍字，注云大無重文。
第十一行硝 小石 硝字王一同，當衣也，蓋即據本書附會爲𧟄。第二行瘀 痄瘀口 不合 正，注文
作碩。廣韻、集韻蘇果切下云：王一同。（合字誤在痄下。）切三此
碩，小石。廿二馬 字作庌，注云庌庌不合；廣韻同。
第十一行爸 蒲可反 文〻一 文當作父。第二行野 以者反 埜 三 反字當在者集韻庌下亦云庌庌不相合。本
重文疑出誤增，王一云父子，尤誤。字下，王一云以者反，埜，切三云以者書瘀痄二字當是庌庌之誤，
第十一行禍 丁果反 一 禍字王一、廣反又古作壄。口字爲衍文。唯集韻又別出瘀
韻、集韻並作禍，與方言合，當第二行也 〻〻詞 重文不當有；王一字，云痄瘀病甚，麻韻虛加反
從之。方言一云，自關而西秦晉云詞絕，或即絕字壞誤而改之。又以瘀爲瘕字，恐皆本無其字。
之間凡人語而過謂之過。王一、廣第二行雅 五下反 楚五 楚下當依切據此誤形附會而已。參下痄字

條。
第三行斝 借又古訝反 古字王一作加，
切三同，當據改。
第三行斝 以玉為酒盃 王一云玉爵，
切三同，廣韻亦同，當據改。
第三行叚 大々 王一云本假。案說
文叚下云借，故云本假，當據正。
第三行瘕 病又公詐反 此字王一在
椵下。
第三行炧 徐雅反又待可反一 又上王一有
燭餘二字，切三亦載此義，當補。
第三行下 胡雅反不上三 王一云情屈又
胡訝反又賤稱。
第三行夏 中夏又胡駕反 反下王一有時

又胡下反反也名七字，下字誤。
第四行寫 悉野反轉本四々四 王一無曰
々二字。轉當作轉若轉。
第四行檮 案 檮當从王一、廣
韻作檮。
第四行且 七也反一 也字王一作野，切
三同，當改。王一反下有發詞二字，切
三同本書。
第四行跒 苦下反跒々行皃二 二當作一。
此因下文跁字誤脫，遂並埤字計
之。切三、王一、廣韻本紐並一字。
第四行埤 短人皃 切三、王一、廣韻
埤上有跁字：切三云傍下反二，王
一云傍下反跁跒二，廣韻音同，

當據補。又埤字注文切三、王一云
短人立，本書皃當作立（說文云
短人立埤皃）。
第四行社 市也反一 王一云市者反，
切三同，當改也為者。反下王一有
土神二字，切三同本書。
第四行捨 書也反止二 也字王一作
野，止字王一作釋（姜氏書無釋
字）。
第四行[食多] 飴 飴當从王一作
館。廣韻、集韻云館飫。
第五行姐 慈野反羌人呼母一曰嫚三 慈
野反，切三、王一同。廣韻音茲野
切，集韻音子野切。案此下相字

注云又才野反，明此慈是茲字之誤。集韻又別有姐祖二字音慈野切，然本書慈野反姐祖飷三字，而集韻無飷字，可知其姐字即據此誤切所增。祖字音慈野切，說見下條。

第五行 祖 取又壯加、才野二反 又才野反，麻韻祖誤作相。下云又才野反，王一並同本書。本書正切無才野反，廣韻同，廣韻徐野切下有此字，集韻似也切同。從邪二紐常互通，此才野反即相當於廣韻之徐野切。集韻別有姐祖二字音慈野切，不足為信，說參姐字校箋。

第五行 鮭 楚冠 鮭字廣韻作䱟，集韻、類篇同本書。集韻攷正云：「廣韻䱟胡瓦切，注同。此與類篇並从魚，蓋即鮭字譌文也。」案淮南子主術篇：楚文王好服獬冠，楚人效之。太平御覽服章部總序冠云：淮南子曰楚莊王好䱟冠。是鮭為䱟字譌誤之證。王一此字誤奪，䱟下云楚冠。

第五行 嘌瓦 口大 注文王一同。集韻云䫻大口曰嘌瓦，或省作甈。

第六行 鰈 轉又明罷反 又明罷反，明當从王一作胡，字又見賄韻胡罷反。

第六行 鯉 鯉 鯉字王一同。說文鯉，鱧也。鯉當是鱧字之誤。重文王一無，當出誤增。

第六行 䴹 䵀 䵀下王一無重文，方言十三云䵀也，此疑出誤增。

第六行 凡 五寡反一 反下王一有牝䟣牡䠀亦作瓦七字，切三同本書。

第六行 若 人者反乾草二 若字切三、王一同，廣韻、集韻作若。本書藥韻分若若為二字。

第六行 惹 亂又奴灼反 又奴灼反，

王一同。本書藥韻無此音，字見而
灼反。集韻女略切下亦無此字。奴
當是如字之誤。
第六行痄 〻疨又士馬反 切三本紐無
此字，其士下反為厏字，注云厏厊，
當據正。參見疨厏二字條。廣韻
集韻厏字而外，又收痄字，即因
本書之誤。又士馬反，士下反誤奪
此字，詳厏字條。
第七行槎 士下反士加反逆斫木四 士加反，
士上當从切三、王一補又字。
第七行厏 〻厏厨舍 王一厏下云
厨舍，下有痄字，云〻疨又側下
反。本書槎下云四，當據補。唯切

三槎下一字作厏，注云〻厊，無痄
字。本書五下反疨下云痄疨不合，
為「厊、厏厊不合」之誤；側下反
痄下云〻疨，為「厏、厏厊」之誤。
本紐痄字當即厏字之誤。蓋王
氏未加深考，遂增之此下。此文
厏當从切三作厏，〻厏亦當从切
三作〻厊。厨舍二字不詳所出。舍
与合字形近，恐即由不合二字傳
會而來。
第七行奆 目大 大目二字誤倒，
目當作自。王一云自大，集韻云
奆奆自大。又集韻苦瓦切奆下
亦云奆奆自大。

第七行掿 〻擊 王一擊下無重
文，廣韻云擊也，此疑出誤增。
第七行縿 竹下反絮相着皃一 王一絮
作絮，上有縿字，切三、廣韻同。
集韻縿絮二字下並云縿絮
絲絮相着皃。當據王一改絮為
絮，上補縿字。
第八行絮 奴下反縕或作袽又女於反一 袽
字王一同，當作袽。魚韻女余
反袽下云又奴下反亦作絮縕，
絮即絮字之誤。
第八行髁 口瓦反髁骨 本紐有髁
另二字，骨下當有二字。
第八行另 跨步又口化反 王一此字

作牙，廣韻、集韻作𤘅。案說文
𤘅，跨步也。此誤𤘅為牙，又誤
為另。又口化反：䯞韻苦化反無
此字；跨下云越又口寡反，與此
同字。王一䯞韻跨下云亦作𤘅也。
（廣韻、集韻則分跨、𤘅為二，口
瓦、苦化二切並收跨𤘅二字。）
第八行𥓓 又氏反 好 雌黃 一　又當从王
一、廣韻作叉。

卌三 感

第一行感 古禫反 動 神靈 六　王一無
神字。
第二行△灝 豆 汁　正、注文切三、王
一、王二、廣韻並同。集韻字作瀩，
注云豆瀋也。案說文灝，豆汁也。
从水，顥聲。顥字讀乎老反，故
說文灝字音乎老切，廣韻灝字
亦與顥字同音。司馬相如上林賦
灝溔潢漾，灝溔二字疊韻連
語，亦見灝字不讀此韻。瀩水
之瀩或省作灝，俗又作瀨；案見
王二。景字俗書作景，與章字
形亦近，故誤讀灝同瀩耳。集
韻蓋以顥聲之字不讀此韻，遂
改灝為瀩。
第二行黮 黭〻 雲△又 他△感△反　黭當
依各書作黭·雲下廣韻有黑
字，切三、王一、王二同本書，又他感
反，各書同。本書他感反無此字，
廣韻收之。
第二行萏 菡〻荷花 亦作藺萏△　亦作
藺萏，王一同。切三無藺下萏
字；廣韻、集韻萏字別音胡
感切，與菡字同音，注云花開。
則萏當是菡字或体，本書誤
收。
第三行△腌 烏感反 暗 八　腌字各書
作晻，當从之。
第三行△黭 黮〻　黭當作黭。
第三行罯 魚△網 亦△罨　王一無亦罨
二字，切三、王二同，蓋出後人所增。

廣韻、集韻亦無或体。

第三行痷 〻蹇 王一、王二蹇下無重文。

第三行腩 奴感反羹肉亦作腤四 腤上王一有醃字，王二同。集韻亦有此或体。

第四行萳 弱長 廣韻、集韻長上有草字。

第四行醓 〻醓亦作醓 醓當从廣韻作醓。亦作醓，王一無或体，正文作醓。切三、王二同。醓即醓字俗書、

第四行魿 大魚又才沈反 此字王一在噆下，切三本紐二字，第二字為噆，是當如王一次第。王二同本書。大魚，王一、王二、廣韻同。案說文魿，鰪也。一曰大魚為鰪，小魚為魿。魿為小魚鰪之稱，集韻寢韻士瘁切下云小魚鰪是也。本書侵韻及寢韻並云大魚，同誤。參侵韻鯵字及寢韻魿字校箋。又才沈反，侵韻昨淫反字作鯵。王一、王二、廣韻並云又才枕反，然名書寢韻慈錦反無此字，字見式稔反，集韻字又見士瘁切。

第四行憯 此字漏書，後補之於此。注文未見。切三、王一、王二並云痛，當據補。廣韻云痛也。

第五行黲 瞋色又倉敢反 瞋色，切三，王一、王二同。廣韻云暗色。案：說文黲，淺青黑也。廣雅釋器黲，黑也；又釋詁三黲，敗也。王篇云，今謂物將敗時顏色黲黲也。人盛怒時面色青黑，此云瞋色蓋云怒色，猶之慘慘一詞又為慍怒，又為暗色耳。又瞋与暗字形略近，或者瞋即暗字之誤，本書敢韻黲下云日暗兒。

第五行朁 〻曾 王一、王二曾下無重文。說文朁，曾也。重文疑出误憎。

第五行噆 銜又子臘反 又子臘

反，王二同。廣韻云又子盍切，亦
同。名書盍韻無此音，字見合
韻子答反。
第五行鍞 五感反 傸 鍞搖頭二 傸鍞，
王一云鍞傸，名書同，當从之。參
下傪字校箋。
第五行嬸 奴含 奴 奴當从王一、王二、
廣韻作㛯。見說文。
第五行寁 逮 逮字王一、王二
同，切三作逯。廣韻云速也。案
逮與逯並速字之誤，詩遵大路
不寁故也。傳：寁，速也。爾雅
釋詁同。
第五行糂 桑感反 亦作糝 王一反

下云羔美粮或作糝，亦作餘，王二
廣韻云羔美糂，王一粮即糂字
之誤。
第五行糣 々滓 重文下切三、
王一、廣韻並有糟字，王二糟字在重文上、
當據補。本書糟下云糣滓。
第六行傪 々鍞 々鍞當依名
書作鍞々。廣韻、集韻又有
顉字云鍞顉搖頭皃，又有揬
字云撼揬搖動也。鍞顉即鍞
傪，撼揬與鍞傪亦源出一語。
案撼鍞同音，鍞字或又作顉，見
左氏襄公二十六年傳。集韻鍞
下收顉為
或体。
第六行糁 蜜蔵 木瓜 糁字王一、

王二、廣韻、集韻並作糁，當从
之，切三亦誤作糁。
第六行坎 苦感反 亦作埳四 反下王
一有窞字，王二同。
第六行惂 々恨 惂當作惂。惂
異字，王二恨下無重文，廣韻云
恨也，疑此出誤增。
第六行轗 曲 彝 轗字王二同，
當依廣韻作轗。
第六行婨 々害 悪性 婨字切三、王
一、王二同，當作嬸。
第六行撼 々動 切三、王一、王二動
下無重文，疑此由誤增。
第六行戸 嘾 戸當从廣韻

作乃。王一作户，尤誤。又案此字
王一在㦎字下，切三本紐五字，次
第同王一，而無此字，當據乙。
第六行滔 水和泥 滔字切三、王一、
王二同。此滔字俗書，滔滔本不同
字。
第六行蘊 々蘊蘊亦作蕳 蕳字
王一同，王二作蕳。案並蕳字
之誤。
第七行㦎 亦作䄻 亦上王一、王二
並有癰耳二字，疑此誤脫。廣
韻雍字作壅，集韻云巾攤耳也。
第七行庫 草木實見 庫字王一、王
二作庳，集韻作康。案說文字

作朿。實見，王一、王二作垂實。
第七行欲 欲得貪嘾得難猒 嘾字無
義，蓋誤衍。王一止欲得二字，王
二、廣韻同。貪得無猒四字疑
後人所增。
第七行顑 面黃，痏又離甚反 顑字
姜書P二〇一一、王二作顑，當从
廣韻作顑。痏字王一作痏，
王二作痏。本書寑韻亦云面
黃痏，王一亦云面黃痏。集韻
寑韻云瘠也。聲類云面瘠皃。說
文顑下云面顑顑皃，顑下云飯
不飽面黃起行也。廣韻本韻顑下
云顑顑瘦也。痏痏瘠並當是

瘠字之誤。
第七行黕 都感反滓垢又丁甚反五 又丁
甚反，王一、王二同。本書寑沁二
韻知母無此字，集韻寑韻陟
甚切收之。
第七行眈 虎視遠近志 王一云
虎視近而志遠，与說文合，本
書遠近二字互誤，志字又誤在
近字下；近上一字殘，當是而字。
第八行䘙 祓 注文王一、王二
同。廣韻云埤倉云被緣也，集
韻云緣也。案儀禮士喪禮緇
衾頳裏無紞，注云被識也。紞
䘙字同。本書云被，誤。

第八行顑 呼感反，飯不飽 又呼紺反 飯

不飽，王一、王二同。說文云：顑，飯

不飽面黃起行也。本書勘韻云

飢不飽面黃。又呼紺反，反下當

有一字。

卅四 敢

第一行敢 古覽反，正作 敢，果決，三 敢蓋

𣪊字之誤。說文籀文敢字如此。

第一行覽 盧敢反 覽 視，俗作 四 俗作

覽，原疑作覽，或者正文覽字

原作覽，故云覽字為俗書。此与

寅寅別正俗同例。

第二行擥 手取，亦 作攬 攬當从王

二、廣韻作攬。

第二行𢹲 持，又力 甘反 切三無此字，

當出王氏所增。王二同本書，集

韻𢹲為擥字或体。案，說文擥，

撮持也。廣雅釋詁一：𢹲，取也；

釋詁三：攬，持也，可証二字無別。

第二行芫 藩蕎 林 又除 反 藩蕎，

廣韻云藩芫藩，案爾雅釋

草：藩，芫藩。說文藩，芫

藩也。本書藩上脫重文，蕎

即蕎字之誤。

第三行鶬 鷹 鳥 鷹下王二、廣

韻有福字，段氏改廣韻福字

為禍。山海經海外西經：鶬鳥

鶬鳥，所經國亡。注云：鷹禍之鳥。

第三行憺 安人，又 徒濫反 安人二字

王一同，王二無人字。王一徒上無

又字。案說文憺，安也。王一人字

當是又字之誤，本書又增又

字。

第三行婼 謨敢反，鄉名 在河東猗氏，一 婼字

王一、廣韻、集韻同。切三、王二作

始。廣韻同紐有餡字，亦从臽；

集韻作餡。謨敢反鄉名五字不

清，依切三、王一、王二審定如此。

第三行𩞄 子敢反 澉𩞄，一 子敢反三

字不清，依切三、王一、王二審定如此。

第三行槧 才敢反，削 板，又七廉、七 獻二反，一

槧字殘，原作[illegible]，依切三、王二反
注文補。注文才字不清，依切三、王
一審定。板下切三、王二、廣韻並有
牘字，後二者板字作版。
第四行⿰口感　工覽反，可又工淡反，亦作嚂一　工覽
反，王二同。本書及王一、廣韻闞
韻苦濫反下並云又工覽反，与此
合。然⿰口感當為增加字，与敢同音。
唯廣韻古覽切無此字，字別音
呼覽反；集韻同。字並作喊。廣雅
釋詁三憲音呼感反，亦讀
曉母。方言十二：喊，聲也。郭
音減。減字讀匣見二紐。（參
豏韻喊字校箋）未詳孰是。又

工淡反，王二同。各書闞韻云暫
反無此字，字見苦濫反。

廿五　養

第一行瀁　々洸　洸字切三、王二、
廣韻並作滉。本書蕩韻字作
滉，集韻謂滉或作洸。
第一行勨　勉　勨字訓勉，未
詳。廣韻同本書。王二詳兩反
下注同，廣韻亦同。王二此下云摇
動，廣雅釋詁一勨，動也，是其
所本。集韻勨下云說文緜緩也，
一曰動也，勉也；又別有勸字，注
云勸也，与此字音義俱合。（各

書無勸字，恐即由勨字訓勉
孳乳。）
第一行象　似正作爲　集韻云古作爲。
第二行橡　々飾　王一、王二飾下
無重文，疑此出誤增。
第二行⿱竹秦　剖竹未去節，又秦文反　又秦
文反，切三、王一、王二、廣韻同。諸
書本韻並無從母一音，集韻收
⿱竹秦⿺走秦二字，音在兩切；⿱竹秦字又
見似兩切。從邪二母每每互通，
疑二音並与此又切相當。
第二行兩　力獎反，再，本作兩七　注文兩當
从王二作兩。說文兩字訓再。
第三行勥　其兩反，人壯四　人上王一有

𠡠勥又三字，王二有又字，其上原亦當有𠡠勥二字，疑當據補。壯字姜書P二〇一一、王二並作姓，當从之。廣韻彊下云：姓，前秦錄有將軍強求。

第三行弜 弓力又 渠良反 又渠良反，本書陽韻巨良反下彊字與此同。

第三行詰 競言又 犬紺反 又大紺反，王一同，王二大作火。案本書字又見勘韻他紺反，各書並同，集韻又見闞韻徒濫切，火當是大字之誤。

第三行怏 纓 王二、廣韻、集韻字並作紻，與說文合。注文纓，王二同；廣韻云冠纓，亦同。說文云纓卷也，義謂冠纓曲而繞。

第四行瀞 々淨 王一、王二淨下無重文。此疑出誤增。

第四行𠂦 爪反 𠂦當从廣韻作𠂦，說文云：𠂦，亦丮也。从反爪。此云反爪，疑誤讀說文。

第四行奭 踈兩反明 亦覿四 覿字各書無此或体。集韻云古作奭。王二或体作覿，集韻相氏為甄字或体。

第四行纊 繘絞 中繩 繘當从切三、王二、廣韻作繘。

第五行覚 踞 覚當从廣韻作覚。

第五行嚮 許兩反亦作嚮五 反下王一有声字，切三、王二並有此義，當補。

第五行蠁 々虫 虫下重文當出誤增，切三、王一、王二並無。

第五行嚮 向亦作蚼 亦作蚼，王二同。姜書P二〇一一作珦，（王一作鄉，恐失真）當亦蚼字之誤。案嚮又作蚼，未聞。說文蠁或作蚼。切三蠁下云或蚼，本書此云亦作蚼，蓋由蠁下誤入。

第六行鏹 々錢 錢字切三、王二同。集韻云以繈貫錢。案當都

賦：藏鏹巨萬。注云錢貫也。字本
作繦。廣韻繦下云孟康曰繦，錢
貫也，俗作鏹。又切三、王二錢下無
重文，此疑出誤增。
第六行膙△ 膙△筋 膙當从王二作
膙，注文膙字同。筋當作筋。廣
韻注文云筋頭，集韻云筋強也。
第六行杖 △傷 杖字訓傷，未詳。
集韻云持也，別出技字云傷，亦不
詳。王二杖下云笞。
第六行釀△ 蕪菁葅△々 釀字切三同。
廣韻作釀，与說文、廣雅合，當
从之。又切三、王一、葅下無重文，此蓋
出誤增。

第七行孃 亂又如章△反 章下當有
反字。王二云又如羊反，字又見陽
韻汝陽反下。
第七行囷 文兩反 圝△圖△它七 無亦作冈
各書無圝圖二体，蓋並譌誤。圝
疑當作圝．它當作冂，並見說
文。
第八行䋄 罻△ 罻字王二同，王一
作罻，切三云網罟。
第八行輞 車々亦作祹△ 祹當从王一、
王二、廣韻作棢。
第八行𡷛△ 々誣 𡷛當从王二、廣韻
作㞷。
第八行罔△ 々罟 罔即上文囷字，此

以義分。各書不別出。王一有殘缺，未審有無。
第八行傲 學古作以△ 以字誤，集
韻收放方仿三体，未詳所當作。
第八行汪 々囝△縣在鳫門又烏光反 囝當
依切三、王二、廣韻作陶。
第九行欸△ 倭△人居攜反 欸字王二
同，切三無此字，廣韻、集韻字作
欸，案圭声之字不入此韻，當以廣
韻、集韻為是。注文倭人，倭蓋倭
字俗書，廣韻云倭人，王二云侮又
音居攜反，侮与倭形近而下為
又字，本書人蓋即又字之誤，廣
韻沿之，故集韻云倭也，亦無
人字。唯欸字訓倭訓侮，並不

詳所出。說文敹，抆也。廣雅釋言

抆，妄也。敹與𢽾形近，妄亦與佞

字偏旁相近，疑即由敹字而誤。

（案本書下又有𢽾字。）又居𢹂反，

王二同。二書𢽾譌从圭，遂有此誤

讀。參齊韻𢽾字校箋。

第九行敊 傴曲 敊字王二同，當

从廣韻作𢽾，注文王二、廣韻同，不

詳。說文云攱也。

第九行往 王兩反 去 古 逞一 逞上疑

奪作字。

第九行怳 許昉反 狂 亦作兊二 亦作兊，

王一同。古文官書兊與怳同，漢

書外戚傳惝怳字作敞兊。廣韻、

集韻此字無或体。廣韻梗韻兊

下云[illegible]許永切；集韻云況永切怳

名。

第九行詤 荒 言 注文當从王二、

廣韻作夢言，見說文。案姜書P二〇二

作𦭵言，王一作夢

言，疑失真。

第九行上 時掌反 進一 進上王一有

登字，王二同。

第九行㦛 恧 二 恧字王二同，

廣韻、集韻作𢠘，與廣雅釋詁

三合，此當是恧字之誤。二字不

當有，王二無，蓋恧下誤衍重

文，又譌為二。

第九行㘗 渠往反 乖二 㘗，王二

作乑，當是𨈖字之誤。（本書

梗韻𨈖誤作㘗。）廣韻、集韻並

收𨈖字。唯廣韻、集韻注文引

說文驚走也，一曰往來皃，音俱往

切，與此音義俱異。說文𨈖字訓

乖。集韻收𨈖字，與此下俇字同

求往切，廣韻俇字亦音求往切。

疑本書此脫𨈖字注文及正文

𨈖字，渠往反乖二為𨈖字注文，

王二與本書同。

第一行暘 春 大 大字無義，疑涉

芢 蕩

下簜字注文大竹而衍。廣韻、集

並云舂也。見廣雅釋詁四。
第一行蘇 鼓 反匡木皮 蘇朗反三 無 蘇
當作蘇，从壺。廣韻作蘇亦誤。
參廣雅疏證。 注文切三、王一、廣韻並云
鼓匡木。集韻云鼓柩。案廣雅釋
器，鼓蘇謂之柩。眾經音義卷
二十四云：今江南名鼓匡為蘇。本
書匡上無皮二字及木下皮字蓋
俱誤衍。又案切三、王一、王二、廣韻
本紐首字為頼，頼下云蘇朗反。
本書蘇朗反三字在蘇字義訓之
後，与全書正切居義訓前体例異。
蓋誤書蘇為首字，遂以切語屬
之，當依諸書改。

第二行頼 々 切三、王一、王二頼
下無重文，此疑出誤增。
第三行毿 毛 片 切三、王二毛下並
作重文，廣韻云毛毿，蜀文。本書
片字蓋涉上榜下木片及牓字偏旁
而誤。
第二行鬡 鬡 々 鬡字王二同，
不詳。廣韻云鬡毿亂毛，集韻
云鬡毿髮亂。說文云鬡，䰄也；
䰄下云鬡也，忽見也。
第二行駔 子朗反會馬市人又 在古反俗作𩢍一
又在古反，王二同。本書姥韻徂古
反無此字，廣韻收之，注又徂朗
切。

第二行沆 胡朗反沆 瀣氣二 瀣字切
三、王二同，當从廣韻作瀣。
第三行曭 𥊕目 々 無精 𥊕字切三、
王二、廣韻作瞞。廣韻、集韻𥊕
下云曭䐠月不明兒，蓋与曭
𥊕同一語源，本書似未誤。
第三行帑 舍帛 々 金帛舍 切三、王二、
廣韻並云金帛舍。王二金字誤作無。案
漢書匈奴傳虛費府帑，注藏
金帛之所也。晉書音義：帑，
金帛舍。本書衍々舍帛三字。
第四行瞞 無二 目 無二目，王
二同，廣韻云無一睛，集韻云
無一目曰瞞。切三云無睹目。

第四行睵 無日光 日無二字互此。
倒，日旁以鉤識之。
第四行欓 木名，又他黨反，筩 又他黨
反，王一、王二同。姜書P二〇一一他字作代，蓋失真。
本書他朗反下無此字，有𥳑字，
注云竹器，廣韻、集韻引說文
云大竹筩，與此云筩義相合，然
欓即𥳑字，未詳所本。集韻坦朗
切又收此字，注云木筩，蓋即欓
此所收，筩當作筩（集韻𥳑下
筩亦誤筩。）
第四行朗 盧黨反，明二 䀶 亦作䀶
依通例，明下二字當在䀶字下。
王二正在䀶下，蓋漏脫而誤補於宕韻字作醠。
第五行坱 烏朗反，塵埃 吳人云〻〻六 切三、
王二云下無重文，此當出誤增。
下髈字注云髀吳人云，與此同例。
第五行眏 〻睵不明 眏睵，切三、
王二、廣韻並作映睵。集韻有映
映二字，映下云映睵不明，映下
云日不明。本書眏當是映或映
字之誤。
第五行泱 翁泱水皃 泱當从切三、
王二、廣韻作泱，王二作重文。翁
泱双声連語。
第五行醠 濁酒又烏浪反 又烏浪反，
第五行㦜 大又口𢊻 㦜當从
廣韻作㦜。又口𢊻，𢊻下當據
王二補反字。本書無此正切，廣韻
收㦜字音丘晃切。
第六行軖 䡅 䡅字王二同，
當作䡅。見廣雅釋詁三。
第六行𣟴 丘閑 丘字當从切三、
王二、廣韻作兵。
第六行擋 搥打又黃浪反又都朗反眾〻
擋字入本紐，切三、廣韻、集韻同。
王二云真朗反，又都朗反，搥打也一。
周氏廣韻校勘記云真字疑誤。
案方言十：揔、挩，推也。沅涌澆
幽之語或曰擋。郭璞音晃。廣

雅釋詁三：攩，擊也。曹憲亦音幌。且蕩韻不當有真字紐，王二真朗反當是又切黃浪反之譌誤。又都朗反，本書德朗反黨即此字，集韻底朗切攩下云通作黨也。廣韻此云又吐朗切，他朗切下有此字，注云攩㨪捉打。

第六行髈　普朗反又髈吳人云二　　王二反

下無又字，切三云髈吳人云足朗反，又當是反字之誤重。

第七行䴚　各朗反又大澤一　　又大澤，切三、王二大字作鹽，無又字。廣韻、集韻並云鹽澤。本書大字蓋涉奘下注文大字而誤；又字誤衍，与上髈字注文衍又字同。

廿七　梗

第二行埂　堤封吳人云〻　　重文依例當無，蓋出誤增。切三無，廣韻吳人云也，並其証。

第二行[艹耿]　莖　　此字廣韻、集韻入耿韻，切三同本書。莖上廣韻有芋字，切三云芋[艹耿]。案廣雅釋草：藥、芋也，其莖謂之[艹耿]。

第二行邴　邑名在泰山　　泰當从切三、廣韻作泰。集韻引說文云宋下邑。

第二行寎　明　　寎字云明，不詳。爾雅釋天：三月為寎。明或是三月二字之誤。

第三行警　几影反戒七　　本紐誤衍蛙字，實僅大字，此云七或出後人所改。然璥下云起，似有脫字。詳下璥字校箋。七字又或不誤。

第三行璥　〻起　　璥下云起，當有譌誤。切三、廣韻並云玉名，見說文。切三璥下有擏字，注云抧。擏抧當是檠抧之譌，然抧字与起字形不近。廣雅釋言：驚，起也。義与此同。然驚字各書不入此韻。疑本書起是正弓二字之誤，正文仍是脫檠字。廣韻、集韻檠下云所从正弓。
第三行蛙 此字涉蠻字注文而
衍，旁似有小點識之。
第四行耆 灾 耆當从切三、廣
韻作耆。
第四行暵 大 切三、廣韻此字
作㬥，注云火。本書誤。
第四行哭 驚走 哭字廣韻作
罘，与說文合，當从之。
第五行猛 莫杏反 剛健 健字下脫
七字，誤補於艋字下。參下艋字
校箋。切三本紐五字此云五，廣韻
六字此云六。
第五行晻 盯 視見 晻字當从

切三、廣韻从目作。
第五行艋 舴艋小舟 字陟格反七 反下
不當有七字，此猛下七字誤補
於此。切三反下無字。
第五行鼆 魯邑 廣韻、集韻此
字入耿韻，与黽字同切。案說文
云鼆讀若黽蛙之黽。
第五行鄳 縣名在江夏 亦礦 亦礦，
下文礦下云亦作礦，當即涉彼誤
衍。名書此字無或体。
第六行麷 麦 地 切三、廣韻並
云麷麥，無地字。此由也字附會
為地，与銑韻狠下云郌地同例。
第六行獷 犬 又居往反 廣平 縣在漁陽 獷

下云犬，切三、廣韻同。案說文獷，
犬獷獷不可附也，漢書云獷獷
亡秦，此云犬誤。又居往反，切三、
廣韻同。本書養韻無見母，參哭字校
箋。廣韻俱往切亦無此字，集韻
收之。廣當从切三、廣韻改作獷，
魚字當从作漁。見漢志。縣下切
三、廣韻並有名字。
第六行鄳 縣名 此字及注文誤
衍，鄳旁及名旁並有小點為識。
縣旁當亦有小點，模糊不能辨。
第六行打 德冷反又都行反 一 擊 又
都行反，切三云又都定反，（切三
冷下云又魯定反，与此用定為下

字似非偶然之誤。）廣韻云又都挺
切。案各書庚韻、映韻、宕韻、徑
韻端母或知母並無此字，迥韻丁
挺反有打字，与廣韻合。
第七行鮩 蒲杏反白魚虫一 鮩字
廣韻同，集韻作蛃，与廣雅釋
蟲合。

廾八 耿

第一行耿 古杏反明二 杏當从切
三。廣韻作幸。
第一行黽 △ㄑ蛙 蛙下切三無重文，
切三蛙字誤哇。
第一行幸 胡耿反寵正作△𡴘 𡴘
當作𡴘，下當有三字。
第二行併 蒲幸反且或作△并△並 或作并，
切三，廣韻並作併字。並下當有二
字。
第二行[魚丙] 蛤ㄑ亦作△ 作下或体誤
脫。廣韻或体作[广蚰]、作[广虫]，集
韻蛢下云木蟲名，似蛤。
第二行餅 普幸反餅餲薄兒△ 薄兒
廣韻同。集韻云博雅白也。案廣
雅釋器：餅餲白也。素問風論：
肺風之狀，色餅然白。注云謂薄
白色。本書末韻餲下云白色。疑此
兒字為白字之誤，廣韻沿其
誤耳。又兒下當有一字。

廾九 靜

第一行睜 △眳ㄑ不悅視 眳，切三作
貼，廣韻作眳，集韻作眳。案當
从廣韻作眳。本書迴韻莫迥
反眳下云眳睛。睛与睜同，見
集韻此下。
第二行騁 △ㄑ馳 重文原似誤為二
字而後改之。
第二行郢 以整反楚地亦作△三 作下或体
誤奪，集韻云或省作邦
第三行徎 △雨後△徑又丈井反 切三本
紐無此字，廣韻亦無。集韻收之。
本書丈井反下云又力整反，与此

相應。注文雨後二字不詳，疑或与
从整反涅字有闕。文井反涅即涅
字，与徎同音。本書文井反下注同。
廣韻亦同，集韻並云徑也。說文
云徑行。
第四行陖 險 阪 廣韻、集韻陖
即嶮字，集韻云阪也。廣雅釋丘：
嶮，阪也。
第四行餅 必郢反 𥹸三 本紐餅䴵
二字而此云三，或是誤脫一字、廣
韻多本書餅併䴵三字。
第四行𢸸 竟 𢸸字廣韻作
擷，集韻作擷。案廣韻擷字与
才言令、(見才言十三)重文疑
出後增。
第四行𦱀 枲草亦作蔄蕒 蔄當从
廣韻作苘。
第五行郱 地名 切三、廣韻重
文下有邢字，集韻云郱陘趙魏
地山嶮名、
第五行㿉 安一曰㿉陶縣名 在鉅鹿亦作眲
眲當作䁝。廣韻䁝下云滯氣，
与㿉別。集韻為㿉字或体。
本書收此字或体，蓋誤。
第五行請 七靜反又疾盈疾性二反言祈
又疾性反，詳清韻校箋。言祈，
言字無義，疑是謁字之誤。
第五行睛 昭 晤當从廣韻作
晤，本書迴韻晤下云晤睛。
第五行䁝 昭視 䁝字集韻
丑郢切同。廣韻作䁝，集韻此
亦作䁝，疑當从之。昭字廣韻、
集韻並作照，當从之。
第五行㥢 弥井反㥢悜意不盡 盡下
當有一字。
第六行徎 丈井反雨後徎 又力整反二 雨
後徎，廣韻云雨後徑，本書李
郢反下亦云雨後徑。徑与徑同，
此誤。又力整反，整當作整，俗
書整字。見廣韻。
第六行涅 通 正，注文廣韻
並同。集韻作涅，或省作涅；

玉篇同。涅不成字，當作涅，或作
涅。注文集韻云通流也。

卅 迥

第一行 迥 戶鼎反 遠三　戶鼎反，
切三同。此以上字定合口，詳拙著
例外反切研究。

第一行 泂 古鼎反 迥 又請 六　泂當从
切三作泂，古鼎反，切三同。此以上
字定開合例，詳拙著例外反切研
究。

第一行 [illegible] 目 驚　集韻字作[illegible]，
与說文合。

第二行 蝙 蠕 之　蝙當从廣韻作
蝙。

第二行 瀴 㴵 之 大水皃　瀴字王一
同，切三作溟，集韻同，廣韻收
瀴溟二体。切三㴵下云瀴㴵，集
韻別讀瀴為烟頂切，注同。

第二行 鼎 鐤 之　鐤鼎義不相
涉，疑是鐘字之誤。

第三行 葶 草 正作葶 䕡 毒魚 之　葶
䕡毒魚草，廣韻云葶䕡毒
草，集韻云葶䕡艸名能毒魚，
出熊耳山。案爾雅釋草：葶
葶䕡，或加草作葶䕡。郭云：實
葉皆似芥，一名狗薺。葶䕡非
有毒之草。山海經中山經云：熊
耳之山有草焉，其狀如蘇而赤
華，名曰葶䕡，可以毒魚。本書
下文䕡下云葶䕡，疑此䕡字下
奪又葶䕡三字。

第四行 侳 侳　侳字廣韻作
侳，集韻侳或作侳、

第四行 汫 徂醒反 汫濙 又去挺反 一　醒當
从切三、廣韻作醒。

第五行 廎 小堂 赤 作　作下或体
模糊不可見。姜書P二〇一作
高。當作高，見說文。

第五行 汫 水 名　水名赤詳，王一
同本書。集韻云汫濙小水皃。
本書徂醒反下云汫濙，濙下云

小水。

第五行漀 出酒 注文王一同，王篇亦同。集韻云說文側出泉也。

第五行⿱穴頂 乃挺反 々頂三 頂上有鉤，識其誤倒也。切三、廣韻云頂⿱穴頂，本書頂下同。三原當作四，正文脫⿰虫甯字，後人遂改四作三，參薴字校箋。

第五行薴 葶薴蝙⿰虫甯 々虫似蛙 蝙字以下是⿰虫甯字注文。蝙當作蝸，⿰虫甯即⿰虫甯字之誤，重文誤衍。廣韻薴下云葶薴，蝏下云似蛙，本書古鼎反蝸下云蝸⿰虫甯，案蝸亦誤。作蝙，可證。

第五行婞 下挺反很 亦作緈六 本紐五字而此云六，蓋誤奪一字。切三婞下有涬字，注云瀴涬又逄孔反。（案又切蓋誤從夆声為讀，廣韻無此音。）廣韻婞下亦有涬字。本書莫迥反瀴下云瀴涬大水皃，此當有涬字。

第五行鋞 似鍾而長 正、注文切三同本書，廣韻亦同，集韻鋞下云昷器，鈃下云字林似小鍾而長頸，並与說文合。

第六行醒 蘇挺反 不醉二 王一云醉歇，疑當从改。

第六行箵 笭 々 王一笭下無重文。

第七行竝 蒲迥反比通 作並三 通下王一有俗字，當據補。

第七行⿰魚并 白魚亦 作鮩 王一無亦作鮩三字。

第一行有 云久反 不無七 冊一有 廣韻云有無。

第二行盄 同上 水器 水器二字依倒當無。

第二行栯 木服之不 □又於六反 又上一字不可見。廣韻云不妬，見山海經太室之山，當據補。

第二行瀏 清水 切三、廣韻作水清，當从之。

第二行綹 廿絲為々 注文切三同。王一、廣韻云十絲為綹。集韻云：說文緯十縷為綹。一曰絲十為綸，綸倍為綹。

第三行罶 魚梁亦作䍘 王一䍘下有罶字。

第三行劉 竹声又力周反 此是劉字，原誤作劉，而以雌黃塗改。

第三行⿰風亞 ⿰風幼々 ⿰風幼字右旁幼不清，依廣韻審定。本書下有⿰風幼字。

第三行丑 勅久反北方二 勅久反三字不清，細審如此。廣韻音敕久切。

第三行紐 女久反結也六 切三無也字，案本書例不用句尾也字，蓋出後人增之。

第三行杻 杻々亦作杽 重文模糊不可見，依械字部位及切三、廣韻審定如此。

第三行狃 相狎腸 切三云相狎，廣韻同，腸字不詳。狃字或訓復，案見爾雅釋言。腸或是復字之誤。又案下文㾋下云腸痛，疑此書原缺狃㾋二字相隣，遂誤衍腸字。

第三行扭 木名 扭當从切三、王一、廣韻作杻。

第三行綠 習々 王一習下無重文、廣韻云習也。

第四行㾋 腸痛 注文切三、王二同。廣韻疛下引說文曰小腹痛。或体作㾋。今說文云小腹病。本書腸當是腹字之誤，痛當作病。呂氏春秋情欲篇高注云腹疾，詩小弁惄焉如擣，傳云心疾也，韓詩字作疛。參下⿰月壽字校箋。

第四行朽 許久反爛亦作𣧕三 𣧕當从王二、廣韻作𣧕。

第五行⿰眞首人初產切三、王一、王二、廣韻並作顛，當从之。方言十三：「鼻，始也。嘼之初生謂之鼻，人之初生謂之首。」此更从頁耳。下文顛字即涉此而誤。

第五行⿰首頁人頭象形　⿰首頁當依王一、王二、廣韻作百。參前條。

第五行醜處久反惡二　王一惡上有類又二字，王二亦云醜類也惡也。

第五行⿱艹醜获葀　获字王二作获，案當作茷。廣雅釋草：⿱艹醜茷，葀也。漢書揚雄傳作茇葀，參疏證。集韻不誤。

第五行婦房久反屈狄於夫十一　狄當是伏字之誤。大戴禮本命：婦人，伏於人也。白虎通三綱六紀：婦者，服也，以禮屈服也。服与伏同，皆用声訓。

第六行⿰阝馬戚又麻化反益　王一無又麻化反益五字，王二同（見厚韻末）。案麻化反⿰阝馬字从阜馬声。此即詩駟驖孔阜之後起字：从阜，加馬旁以顯其義。字蓋本如集韻作⿰馬阜，後形与麻化反之⿰阝馬同化，其實非一字。又麻化反益五字或出後人增之。

第六行⿰女缶好色又普来反　又普来反，王二同。案王二本紐字見厚韻。本書咍韻無此音，廣韻收之，音普才切。

第七行亢鳥飛上不下　亢字王二同。案此即下文不字，篆文作𣎵。

第七行厹獸迹又女柳反　又女柳反。王一同；王二柳作久，廣韻作九，並同。本書女久反無此字，廣韻收之。

第七行菜⿱艹釀々菜不切　注文王一、王二、廣韻同。案方言三：蘇，其小者謂之⿱艹釀菜。此云不切，蓋此菜細小，不切而食，遂云耳。惟廣雅釋器云：⿱艹釀，葅也。禮記少儀云：麋鹿為葅，野豕為軒，皆聶而不切。疑此或由讓字而生不切之解，是則誤矣。

第七行糗　去久反乾餅屑一　　乾餅屑，王二同。王一餅字作餅，廣韻作飯，餅即飯字。案餅是飯字之誤。左傳哀公十一年進稻醴梁糗腶脯焉，注云乾飯也。

第八行臼　窊々　　窊字疑誤，或當作窊。

第八行麔　牝麋　　牝字王二、廣韻同；切三作牡，与爾雅、說文合，當从之。

第八行紂　直柳反馬緧謚法曰賊多殺民曰紂也四　　史記殷本紀集解曰：謚法殘忍捐善曰紂。獨斷云殘義損善曰紂。呂氏春秋功名篇注：賊仁多累曰紂。本書例不用也字，疑後人增之。

第八行箹　篘根而死　　篘當从切三、王一、王二、廣韻作竹易二字。

第八行鮦　々陽縣在汝南郡　　王一、王二縣下有名字。郡字王一、王二無，南下云又直隴反。

第八行疛　少腹痛　　少腹痛，王一、廣韻云小腹痛。王二云沙腹痛。集韻云小腹病；陟柳切下疛即疛字。案說文疛字云小腹病，本書少字誤；痛當作病，亦字之誤也。又案說文段注云小當作心。本書宥韻疛下本書云心疾，唐韻云心腹病，廣韻云心腹疾。

第九行卣　中形罇又餘求反　　中形罇，切三、王二、廣韻同。案爾雅釋器：卣，中尊也。郭注不大不小者。

第九行楢　積木燎　　楢字切三同，王二作槱，与詩樸棫及周禮大宗伯字合。說文字作槱。

第九行羑　進善文王所拘々里在陽陰獄　　陽當作湯，見說文。

第十行禉　禱天下以周反　　案此即上文楢字，說文字作槱，或作禉。切三無此字；廣韻槱下云積木燎、栖下云柞栖木，亦非重出。

注文王一、王二云橑天又以周反，本

書下爲又字之誤。

第十行遴 遺王又余周反、余昭二反 遴

字王一、王二同，當作遴。廣韻作

鑑，与說文合。又余周反，反字衍，

王一云又餘周餘招二反。又余昭反，

宵韻無此字。王二云又余照反，笑

韻弋笑反有此字，云又餘周餘久

二反，本書昭當是照字之誤。王

二又云又餘救反，各書宥韻余

救反無此字，救字當誤。

第十行潃 息有反、又麵 亦滫字二 注文

王二同（字字誤作周）。王一云溲麵，

無亦溲字三字，切三、廣韻同。

第十行縝 絆前兩足 又先主反 縝字并

書P二〇一一、王二同。廣韻字作縝，

与說文合。本書廣韻亦作縝。

第十行綏 帶佩 綺々 綺字不詳。

第十一行颱 於柳反 風三 切三、王二

云々飀，廣韻云颱飀。飀与飀

逌。本書飀下云颱飀，集韻云

緒風謂之颱飀。廣韻颱韻云

颱飀風声，集韻同。

第十一行懮 姿 注文姜書

P二〇一一、王二同，不詳。廣韻云

懮受舒遲皃，集韻同。案見詩月

出篇。

第十一行酒 子酉反 醉人一 王一云釀

米津，王二云釀酒汁。

第十一行帚 之久反 掃二 掃下王

一有箒字，王二同，當據補。

第十一行恆 芳酒反 小怒二 怒下王

一有又敷救反四字，王二同，本書

敷救反有此字。

廿二 厚

第一行厚 胡口反 不薄 亦作㫗 又作厚五

各書無㫗字或体，蓋說文㫗

字俗書。

第一行后 皇 女 注文王一同，蓋切

三云妃之意。

第一行畝　數田　數下王一有亦作
畈晦四字。
第二行踇　々行　王一、王二行下無重
文，此疑出誤增。
第二行罙　冈周作　朱字　罙字王一、王
二同。案當作冞。或体朱當作宷，
姜書P二〇一一作宷亦誤，王二誤作
東。說文冞，周行也，或作宷。廣
韻本紐無此字，字入支韻。集韻
字作冞，或体作罧作罙；本書
罧字入夾韻。注文冈周，說文云
周行，小徐本云周也。作上當據
王一、王二補亦字。
第二行甈　小々甈　王一云甈罌。

切三、王二同。爾雅釋器郭注云小
罌。甈當作罌。
第二行峿　々嶁　小垺　廣韻培下云培
塿小阜或作峿。案垺當是坏字
之誤。方言十三：冢，或謂之培，或
謂之坏，自關而東小者謂之塿。
廣雅釋丘：坏、坏……培塿，冢也。故
此曰峿嶁小坏。王一無小坏二字。
第二行錇　器瓦　切三、王二並云小
缶，王一奪此字正、注文。
第二行部　々犢　切三、王一、王二犢
下無重文，此疑出誤增。
第二行斗　當口反十　升器五　王一無
器字，王二同。

第三行襡　衣袖又　上句反　又上句
反，王一、王二同。本書遇韻無此
字，字又見候韻丁豆反，注又
大口反。句字亦見候韻，然上字
不合。廣韻此云又音蜀，本書燭
韻市玉反有此字，與廣韻合。疑
此或有奪文，或者句是蜀字之
誤。集韻遇韻殊遇切收此字，此
似又不誤。
第三行娃　人名　傳　有華々　廣韻傳
上有左字，切三、王一、王二同本書。
昭公廿一年左傳：宋華娃居於
公里。
第四行垢　々塵　王一云惡，王二

同。

第四行詬　恥又古候反　又古候反，王一、王二並云又古候反。各書候韻無此字，集韻居候切收之。廣韻此云又呼候反，本書呼候反有此字。又本書字又見胡遘反，作詢。

第四行若　芰奏名蘚之　奏當从王一、王二作秦。說文蔆，芰也。楚謂之芰，秦謂之薢茩。

第五行颾　盎之　王一盎下無重文，疑此出誤增。

第五行㝅　乃口反母虎四　㝅字王一作穀，廣韻作㝅。案左傳宣公四年楚人謂乳穀，說文引作㝅。母虎誤，王一同本書，廣韻云乳，與左傳、說文合。集韻豰下云虎乳，即出左傳。王一四作三。

第五行⿰氵乳　乳之　注文王一、王二同，不詳。廣韻引說文水也。集韻同，又云一曰酒也。後者見廣雅釋器，此或涉㝅字注文而誤，參見前條。

第五行⿰孰乚　小兒　⿰孰乚字王一、王二作⿰孰乚。案廣韻作小乳，集韻㝅字或體與廣韻同，本書及王一、王二並誤。

第五行隩　衆之　王一無此字，而㝅下云三。王二同本書。

第五行籔　漉米器亦作篓　篓當从王一作篓，又王一篓上有箱字，王二同。

第六行叟　老之　切三、王一老下無重文。

第六行嗾　使狗声亦作造　造字王一同，當从廣韻、集韻作⿰口造。

第六行謏　誘辞之訹　訹當从王一、廣韻作訹。王二誤同本書。

第六行瞍　聡　聰下王一有惣名二字，王二同。廣韻云字林聡揔名也。當據補。

第六行騪　搖衘走又思隴反　搖衘走，王一、王二同，集韻云搖馬衘走。廣韻云馬搖銜走，誤。參腫韻校箋。

第六行吼 呼后反。牛鳴。四 鳴下王一有亦作𤘘四字，切三同本書。

第七行婄 婦人兒。又普溝反 又普溝反，王一、王二同。本書侯韻無此音，廣韻同。集韻侯韻有普溝切，下有此字。

第七行䳝 雀 王一無此字，剖下云普厚反三。王二同本書。

第七行欲 吐。又其表反 正，注文王一、王二同，廣韻無此字。又其表反，詳小韻此字校箋。

第七行樞 次表。又於侯反 樞當从王一、王二、廣韻作𧞣，注文表字亦當从諸書作衣。次第王二同，當从王一、廣韻作次。次衣，涎衣也。見廣雅釋器。侯韻𧞣下云小兒涎衣。

第八行塿 盧斗反。八 反下王一、王二有培塿二字，切三亦有此二字，當據補。

第八行甊 小甖 王一、王二小上有瓿甊二字，切三云瓿甊，蓋陸書云瓿甊，王氏增小甖二字，當補。

第八行簍 籠。々 切三、王一、王二籠下無重文，此疑誤增。

第八行箁 竹皮 切三無此字，廣韻、集韻亦無。廣韻字見侯韻薄侯切，集韻同。集韻字又見本韻蒲口切。疑本書誤收。

第八行走 作口反。急行。一 王一云急趨，王二同，當據改。

第九行蕍 徒口反。圓草褥。三 王一云五，第二字為鋀，云酒器，第三字為揄，云々引。切三本紐三字，順次為蕍鋀揄，王二亦有鋀揄二字。當依王一改三作五，增鋀揄二字。

第九行䀉 水盤名 王一、王二名下有䀉口二字，廣韻云水盤兒也，未詳。

第九行鯫 士垢反士溝反魚名一曰人姓漢有鯫生一

士溝反，士上當依切三、王一、王二補又字。

第十行搬 㯿又側溝反 搬當从王一、廣韻作搬。㯿字未詳，王二、廣韻同，集韻云柴。搬字訓柴，見廣雅釋木。㯿字廣雅釋木云條也，與柴薪義近，或即此㯿字之意，或者㯿即柴字之誤。又側溝反，王一、王二、廣韻同。本書侯韻無此字，廣韻子侯切收之，注云薪別名。

卅三 黝

第一行黝 於糺反黑又益夷反五 又益夷反，切三、王二同，王一、廣韻益作於，亦同。本書脂韻於脂反無此字，有黟字，注云黑木。廣韻、集韻黟黝同字，廣韻黝下云又於九切。案有韻無黝字，案說文黟，黑木也。丹陽有黟縣。段注云：地理志本作黝，師古所據作黝，乃誤本耳。

第一行蚴 〻蟉又於由反 又於由反，王二同。王一殘反切下字。本書尤韻無此字，字見幽韻於虯反，注又於糺反，由字誤。

第一行愀 茲糺反又在由子了二反色變一 茲糺反，切三同。王一、王二茲作慈，聲母不同。廣韻、集韻本韻無齒音，二書此字見有韻，廣韻見在九切，集韻又見子酉切。本書有韻在久反亦有愀字，不見於子酉反，疑此茲當作慈。又在由反子了二反，由下反字衍，切三、王一並無。本書尤韻字秋反及篠韻子了反並無此字，集韻收之。廣韻小韻親小切有此字。

第二行糺 居黝反〻告三 告疑當是結或合字之誤，王一云一紉二，王二云糺繩合。

第二行赳 武皃作赳 作上疑奪

亦字。王一止武皃二字。

第二行蟉 渠糺反又力幽力攸二反 王一

又上有𧏾字，王二有𧏾々二字，當據

王二補。

第一行蔓 々霚 王一霚下無重

卌四 寑

文，廣韻云霚也，疑此出誤增。

第一行鍐 爪刻反又子廉反𩛘板 爪刻𩛘

板，見公羊定公八年傳睋而鍐其

板注，原文𩛘下有歛字。王一同

本書，又子廉反，鹽韻尋此字，

詳鹽韻尖字校箋。

第一行朕 直稔反正作朕 反下王一

有我字。切三亦不載此義。

第二行廩 力稔反倉六 廩當作

稟。倉下王一有亦作亩三字。亦字

王一同，本紐七字，疑醂字出後增，

詳下。

第二行懍 力稔反敬 力稔反三

字誤衍，旁並以小點識之。

第二行凜 寒狀又渠今反 澟字切三

同，當从王一、廣韻作凜。本書

侵韻字作凜。

第二行醂 藏果實 切三、王一本紐

無此字，廣韻、集韻亦無。本書

字並見感韻盧感反，本書盧

感反亦有此字。廩下云六，王一

同，疑此字原不當有。

第二行䫹 面黃，瘖又來感反 䫹字

上殘，正當从炎面。面黃，瘖，王一

瘖字作瘖，並瘖字之誤，說詳

感韻校箋。

第二行醓 火又舒甚 甚下奪反

字，字又見下式稔反，注云又力

甚反。 王一注文誤火舒又力甚反，廣韻遂云火舒。

第二行罧 斯稟反積柴取魚又師隂反二

稟字王一作甚，切三同，當係原

作。又師隂反，王一云又即隂反。

本書侵韻無此字；字又見沁韻，

与滲字同紐，注云又斯稟反，正

切殘缺。王一音所禁反。隂當是

⿰酉盍字之誤，王一即字為師字之誤。
集韻侵韻疏簪切亦有此字，當
即據本書所增。
第三行⿰酉朁　子甚反　⿰女散也　歁酒反二　切三
云口甜，王一云小甜，廣韻亦云
小甜。此云⿰女散也者，廣雅釋詁一
⿰月朁、⿰酉朁，美也，說文媄，好色也，
通作美，字或作⿰女散，周禮師
氏：掌以⿰女散詔王。釋文⿰女散音美。
疏：⿰女散，美也。蓋此文⿰女散也之義。
然⿰酉朁字本言味之甜美，說文美，
甘也，故廣雅云⿰酉朁，美也。媄字
通言美色，与⿰酉朁義似不相合；
且本書例不用句尾也字，王一又不

同本書，疑為後人改之。云歁酒
反者，歁當作⿰酉欠，反字不當有。說
文云⿰酉朁，⿰酉欠酒也。王一無此義，小
甜下云亦作⿰食朁⿰月朁。
第三行⿰甚頁　白愌劣　切三無此字，
王一同本書，廣韻、集韻字入丑
甚切。此下即褚甚反，疑或王氏
誤增。王一白作皃，廣韻云⿰甚頁顡
白愌劣皃，集韻云⿰甚頁顡懦劣
皃。白字義不可通，當作自；王一
作皃，亦白字之誤。
第三行踸　褚甚反　亦作跣一　褚當作
褚。反下王一有踸行無常皃五字，
踸上當有　見說文。切三亦載此義，
重文。

當據補。跣字姜書P二〇一一作
⿰足今，集韻並收⿰足今跣二体。
第三行惗　念々　此字王一在侏
下，切三同，當據易。王一念下無
重文，疑此出誤增。
第四行羊　稍甚　稍甚，王一、廣
韻同。說文：羊，撖也。从干，入一
為干，入二為羊，言稍甚也。此云
羊稍甚，誤。
第四行⿰女覃　下志　下志王一同，廣
韻作志下。案說文云下志貪頑
也。
第四行眣　瞫々　王一眣作眣，
注文瞫下無重文。廣韻、集韻

字並作眣。廣韻校勘記云：「段云：眣不應入此。案敦煌王韻有此字」。今案字當作眣，即說文瞽下云目但有眣之眣字，本書字小誤耳。段云不應入此，誤以為从矢声字耳。

第五行鯵 大魚又才感反亦作魧 大魚 誤，說詳侵韻鯵及感韻鯵字校箋。王一、廣韻同本書。亦作魧，王一同。廣韻、集韻魧字別出，注云魚子。

第五行甚 食枕反大過二 食枕反，与下椹字音食稔反同音。王一此音植枕反，廣韻音常枕反，當从之，切三音損枕反，損即植字之誤。

第五行訦 信又持林反 又持林反，王一持字作恃，廣韻云又市林反。本書持為恃誤，訦字又見侵韻氏林反，各書澄母無此字。

第五行椹 食稔反桑葚亦作𣪘字一 亦作𣪘，王一同。廣韻、集韻無此或体。尔雅釋宮云：椹謂之榩，注斫木質。又孳衍為碪字，義為擣衣石。玉篇：𣪘，擣石也。或即此文椹亦作𣪘所本。

第五行瀋 尺甚反汁 汁下當據王一補一字。

第六行拰 居甚反一 居當从切三、王一、廣韻作尼。反下王一有拰搦二字，切三、廣韻並載此義，當補。

第六行噤 渠飲反寒、唫口急亦唫三 切三云寒、渠飲反口噤。王一云渠飲反寒亦作唫又口急。廣韻、集韻云寒而口閉，唫字別出，注云口急也。案說文噤唫二字，噤下云口閉也，唫下云口急也。唯唫字亦借為噤，故王一云亦作唫又口急，謂唫与噤同，義又為口急也。本書失之，當从王一正。三字王一作四，疑此原亦作四，詳蕈下校箋。

第六行澿 寒、 此字王一屬本紐第四字，第三字作蕈，參下條。王一寒下無重文，疑此誤增。

第六行蕈 慈錦反，菌生木上。又渠飲反。一 王
一此下云菌生木上又慈錦反，字當
渠飲反，瘁上又出蕈字，云慈錦反
菌生木上一。切三渠飲反無此字，瘁
上出蕈字，注同王一。疑本書此字
本當渠飲反，因誤將下一蕈字
注文抄寫於此，遂刪下蕈字，而於
此云又渠飲反。
第六行僸 牛錦反 仰頭二 頭下王一有
皃字，切三、廣韻同，當據補。
第六行瘁 踈錦反 寒皃二 瘁當从王
一、廣韻作瘁。說文瘁，寒病也。本
書臻韻踈臻反下作瘁不誤。又
案王一此上有蕈字，切三同，當補。

詳見前蕈字條。
第七行瘮 病 此字廣韻与瘁
同。王一同本書。案皮日休詩：枕下聞
澌湃，肌上生瘁瘮，切三、王二、唐韻、
廣韻、集韻寢韻瘮下云瘮瘁寒
皃（見或作狀，或作病），本書同，是
瘮与瘁同之証。
第七行飲 於錦反 湯二 王一云啐亦
作歐．歐當作歙。
第七行潛 水火至，又於感反 火當从王一
作大，見說文。本書感韻云水大至
不誤。
第七行品 披飲反一 反下王一有階
級二字。

第七行顉 仕廖反 醜皃一 仕廖反，王
一同。本韻無廖字，當是瘮字之
誤。又案切三無此音此字，廣韻字
音欽錦切，与本書顉字同音。廣
韻顉字音士瘁切，又与本書此字
音同。集韻顉字見牛錦切，玉篇同。
顉字見丘甚切，与本書音同。諸書
注文並云顉顉醜皃，集韻顉字
又見士瘁切，注云醜皃，則又同廣
韻。案顉顉領頌四者同字，（見
集韻凡韻、琰韻。）或又作顉作
顉作頟作頤作頑。漢書揚雄傳
解嘲：顉頤折頞。師古曰：顉，曲
頤也；音欽。文選字作顉。後漢

書周燮傳云生而欽頤折頞，即
以欽為之；或作顩，此顩或頷字
讀溪母之證。（詳參漢書補注）。
又韓詩澤陂：碩大且嬌。薛君
曰：重頤也，字亦作顩，毛詩字作
儼。此又顩字音疑母之證。（亦參
漢書補注）。顩顩頷頷頷頷頷
頤（案偏旁从厂者，涉頤字而增，
頤字可證。）頳顩諸字（案並為
一字），在集韻平上二聲中讀音凡
十次上下，不讀溪母，即讀疑母。若
顩或頷字讀床二，俱不可考。仕
或士字与牛字形近，疑顩或頷
字讀床二者即疑母之誤。

第七行歞　羲錦反又羲金反一　羲錦
反下王一有裘字。案裘上當有重
文。周禮司裘：大喪歞裘飾皮
車。鄭司農云陳裘，鄭玄謂歞
興也。

第七行頗　鄉反容兒飲醜一　切三、
王一無此字此音。廣韻音士𡟯反。
案顩頗同字，音仕𡟯反者，仕
疑牛字之誤。詳前顩字校箋。

四十五　琰

第一行⿰足炎　座行　切三、王一、王二、廣
韻並云疾行，當據改。

第一行⿸广炎　庋　庋字王一、王二
同，當作庋。庋，户鍵也。字見緝
韻其立反。支韻庋下云庋。廣
韻此下云庋庋。

第一行綹　續析木　析當从王一、
王二作析。方言：大：綹，剿續也，
秦晉續折謂之綹。

第一行斂　力冉反聚七　聚下王一、王
二有率字。

第一行嬚　女字〻　重文當出誤
增。王一、王二、廣韻並云女字。

第二行𧰬　羊〻　重文當出誤增，
王一、王二並無。

第二行險　虛檢反五　反下王一有阻
險二字，切三云險阻，當補此二字。

第二行㛗 袴性不端良又弃菜反少氣 袴字切三、王一作姱，上有重文，廣韻亦云㛗姱性不端良，當从之。集韻此下及姥韻姱下並云性不端良謂之㛗姱。姥韻㛗誤姝。又弃菜反，切三、王一、廣韻同。本書葉韻去涉反無此字，而㾜下云少氣，當即此字。切三、王二、五刊、唐韻、廣韻、集韻並同，案，本書怗韻呼協反有㛗字，廣韻、集韻又見苦協切。

第二行譣 謏々 謏字王一、廣韻作詖，當从之。集韻或体作憸。說文憸，險詖也。本書憸下云詖。

第二行顆 丘檢反々 顩不平二 顆字切三、王一同；（王二亦同，見广韻）廣韻亦同。段云當作顆。案此即寑韻頜字，韻鏡校注第三十九轉十一云：「案字當作頜，蓋頜作頜，遂誤為顆耳。集韻頜顆一字，是其証」。

第三行儼 魚檢反 敬八 八當从王一作九，因下文奪顩字，遂改九為八。詳下广字條。

第三行广 广上王一有顩字，云顆顩，切三同。王二、廣韻並收此字（王二見广韻），當據補。

第三行㜝 重頤又烏兼反 㜝字姜書P二〇一一同，王二作嬐（見广韻），案當从集韻作嬐。見儼韻。詩澤陂，碩大且儼，韓詩儼字作㜝，薛君云重頤也。重上王一、王二有二重文。集韻覃韻烏含切㜝与媕同，注云女有心媕媕（案見說文）。又烏兼反，王一、王二同。添韻無此音，字見鹽韻於鹽反，注又魚檢反，兼當為廉字之誤。

第三行噞 魚口喁上下見亦作䲓 王一、王二云魚喁上下見（王一誤見為白），廣韻云噞喁魚口上下兒，集韻引說文云噞喁魚口上下見也（案見新附）。玉篇云噞喁魚口上出皃，本書當依廣韻改，而下字當作出（說文喁下云魚口上見）。

第四行 儉 巨險反 自斂一 王一云二，下有芡字，云鷄頭，切三、王二、廣韻並同（王二見广韻）。當改一為二，補芡字。

第四行 檢 居儼反 ㄑ枝二 王一檢字作撿，下出檢字云書書檢，二字作三。切三、王二同，本書原亦當如此。廣韻上檢瞼二字，檢下云書檢又檢校俗作撿，疑此後人因廣韻改之。

第四行 黶 於琰反 面有黑子 ㄑㄑ大 切三、王一、王二子下無重文，此蓋出誤增。

第四行 𧞫 襝ㄑ 王一止一𧞫字，切三、王二同，當从之。

第四行 婞 婦名 婞當从集韻作婞。廣韻此字見衣檢切。

第四行 醃 酒又於鹽反 醃當从王一、王二、廣韻作醃。注云酒，王一、王二同。廣韻云酒味苦，与說文合。又於鹽反，王一、王二同。本書鹽韻於艷反下無，見㮇韻於今反，廣韻同，集韻於艷切則亦有此字。

第五行 姌 長好皃又奴簟反 又奴簟反，切三、王一、王二、廣韻同。本書忝韻乃簟反無此字，別有嬋字云弱，切三、王一、王二同，即此字。說文姌，弱好皃。廣雅釋訓姌姌，弱也。史記司馬相如傳嫵媚姌弱。索隱，細弱也。音義並与彼合。廣韻嬋下云弱也，又別出姌字云纖細。集韻亦別出，嬋下云說文下志貪頑也，姌下云纖細也。

第五行 苒 草盛皃 王一無皃字，草盛下云又荏苒，王二同。切三止草盛二字。皃字當出後增。

第五行 䭕 ㄑ漸 王一、王二漸下無重文。廣韻云饏䭕味薄。本書漸當作饏，下文饏字云薄味。案饏即說文饏字，說文饏䭕二篆相連，注並云闕。

第五行陜△ 失冉反縣名在弘農五 陜字
切三、王一、王二並作陝。案陜即陝
字俗書，此當从廣韻作陜。
第五行閃 視又式瞻△反 又式瞻反，
王一云又式瞻反。案鹽韻無此字，
字又見豔韻式贍反下，各書同。
本書贍誤為瞻，王一式誤為武。
第五行陵△ 不媢 陵當从廣韻作
陵，見說文。王一誤陵，王二誤陵。
第六行謟△ 丑琰反又曲媢二 此謟字
當作謟。（謟同慆，別為一字。）又
字王一無，蓋即涉反字誤衍。
第六行讇△ 諛 說文讇与上
文謟同字，王二、廣韻並收為一字。

王一同本書。
第六行閹△ 官々△ 王一云官名，
切三云宦官，王二云宫官 見广韻。
第六行⿰方白△ 掩又於業△反 ⿰方白字王一
同，王二作猏。見广韻。 廣韻作狗，
又作⿰犭酉，玉篇同。案集韻作⿰犭因
与廣雅釋器合。廣韻校勘記云
當作⿰犭因，从犾因声。（案疑當是
从囙犾声。）又於業反，王一、王二、
廣韻並同。本書業韻於業反
無此字，有罨字，注云魚网，名
書同，實即此字。參廣雅疏証。 唯本
書此下別出罨字，集韻業韻
亦罨字而外又收⿰犭因字。

第六行⿰木奄 桂△ 桂字王一作桂，
王二作柸。（見广韻。）廣韻云⿰木奄
棶。案廣雅釋木⿰木奄，棶也 據王氏疏
証如此。王一桂字与棶形近，桂桂
柸並棶字之誤。
第七行⿰片奄 屋々△ 省△ 王一、王二、廣
韻並云屋⿰片奄雀，是也，此々屋二文
互倒，雀又誤作省。集韻云屋檐
㡀版。
第七行罨 网々△又於荅反 重文並出
誤墥，王一、王二並無。本書合韻云
网又於儼反，亦無重文。
第七行裺△ 褔△又於劒反 裺褔二
字並當从衣。說文褔謂之裺。

梵韻字不誤。
第七行弇 蓋又古含反 王一無又古
含反四字，王二同（見广韻）。
第七行漸 自冉反精五 冉字王一作染，
切三同。五字王一作四，無槧字。切三
本紐二字，王二五字同本書。
第七行嘵 哰 哰當从王一作
唪，說文嘵，小唪也。
第七行槧 進〻 王二進下無重
文。
第八行憸 七漸反詖又思廉反二 又思廉
反，王一、王二同。本書鹽韻息廉
反無此字，字見千廉反。廣韻息
廉、千廉二切均收。

第八行醶 酢〻 王一、王二酢下無
重文，疑此誤增。

卌六 忝
第一行忝 他點反發語詞三 點字王一、
王二同。切三廣韻音他玷，与本書、
王一、王二、切三、P二〇一七、廣韻韻目
反語合。
第一行栖 鄉名在濟北虵丗 丗當作
丗若丘。
第一行錉 取 錉當从廣韻作
銛。王一、王二誤同。
第一行淰 乃簟反流皃三 流上王一有
水字，切三、王二同，當補。

第二行嬋 弱〻 切三、王一、王二弱
下無重文，疑此誤衍。
第二行點 多忝反四 反下王一有點
畫二字，切三、王二同，當補。
第二行簟 徒玷反竹席五 王一無竹
字，切三同。王二同本書。
第二行店 閉户 户下王一有或作
距三字，切三或体作串，王二作跕，
當从廣韻、集韻作非。本書誤奪。
第三行縑 苦簟反獲藏食處三 縑字
糸旁不清，據切三、王一、王二、廣韻
審定。
第三行獉 大吠又胡斬反 又胡斬反，
王一、廣韻同。本書豏韻下斬反

無此字，有獵字，注云犬齧物声。
獑字又見檻韻胡黷反，（案說文
云獑讀若檻，即此音所本。）注云
悪々。廣韻下斬切有獵獑二字，
獑下云犬吠不止，与檻韻獵下
云悪犬吠不止（王二云悪，又犬不止。）義
同，則獵當即獑字。又案集韻豏韻
作獑，檻韻作獵，
亦与本書合。
第三行㲋　明忝反，𦜝盖又明范反，正作㲋一
㲋字不清，王一作㲋。案當从
廣韻作㲋，見說文。

卌七　㧤
第一行㧤　無反語取蒸之上声救溺亦作㮏拯本作承一

右行有△者原書皆模
糊不清，依王一審定如此。切三亦
云救（依与溺同，今誤作㧤）無反語取蒸之上声。

卌八　等
第一行等　多肯反齊　多原作多，
肯反二字亦模糊不清，據切三、王
一審定如此。
第一行肯　苦等反可一　此下王一有
能字，云奴等反多一，廣韻韻
末亦有能字，注云夷人語，集韻
云夷人語多也。切三同本書。

卌九　豏

第一行濫　泉又盧蹔反汎　蹔字
切三、王一、王二、廣韻並作暫。案
闞韻暫下云亦作蹔，濫字見
闞韻盧瞰反。又案蹔字本書又見琰韻
白冉反，非此所指。汎下王一有濫字，切
三、王二同，當補。
第一行獵　犬齧物声　切三、王一、王二、
廣韻並云犬齧物声，集韻巧
韻齩或作𪙁，云齧骨也。本
書巧韻齩或作𪘂，無齧字。
第一行𥹄　涂　王一、王二涂字
作塗，塗下無重文。廣雅釋
宮𥹄，塗也。涂或（雜）与塗同，此仍
當從王一改涂作塗字。

第一行湛　徒減反水皃又徒感反直沁反二　又徒感反直沁反，王一、王二云又徒感、直沁二反，切三云又徒感反又直沁反，廣韻云又直心切。案本書感韻徒感反無此字，侵寑二韻澄母亦無。集韻徒感切、直禁切、持林切並收。廣韻侵韻直深切有此字，与切三合，本書沁疑心字之誤。

第一行偡　々然齊物　切三、王二、廣韻並云偡然齊整，集韻云偡偡齊整。王一云偡然齊整物。本書奪整字。

第二行撖　々卮　卮當从王一、廣韻作危。王二誤同本書。重文王一、王二無，疑此出後增。

第二行顑　長面皃又五咸反五檻二反　又五檻反，王一、王二五字作丘。本書咸韻五咸反下亦云又丘檻反，五當是丘字之誤。切三、王一、王二、廣韻檻韻並有顑字，本書無，疑誤奪。

第二行鹻　古斬反四　反下王一、王二並有鹹字，切三、廣韻亦並云鹹，當補。

第二行鹼　鹵七廉反　七上當據王一、王二補又字，字又見鹽韻七廉反，注又公斬反。

第二行瀺　士減反腍瀺灂一　切三、王一、王二、廣韻瀺上並無腍字，集韻云瀺灂水声，本書腍字涉下正文腍字及臘字注文而衍。

第二行臘　臘上王一有斬字，注云阻減反斫一。切三、廣韻同，本書屢以斬為反切下字，當據補。

第二行闞　火斬反火檻苦蹔二反二　火斬反下王一、王二並有虎声又三字，切三亦云虎声火斬反又火檻苦暫二反，當據補。又火檻反，本書檻韻荒 案原誤作莫。 檻、反無此字，集韻收之。蹔字王二同，蹔即暫字。切三、王一、廣韻並作暫。參鑑字校箋。
第三行欿 々△笑 切三、王一、王二笑
下無重文，疑此誤衍。
第三行摻 所斬反 々△一 王一無重
文，所斬反下云䡟袂又沙檻反，王
二同。切三云䡟袪所斬反又沙檻反
當據王一改。本書檻韻山檻反
無此字，廣韻、集韻同，集韻韻
末出摻字，云素檻切方言細也
文一。案方言二郭音素檻，素字
類隔。
第三行喊 子減反 声一 子減反，王
一、王二同。廣韻音呼豏切，集韻
音火斬切，與此異。案方言十三：

喊，声也。郭璞音減。減字讀本
韻匣見二母。又廣雅釋詁三喊，
可也。曹憲音呼感反，字讀精
母者未聞。切三無此字，疑子原
作乎，為增加字。廣韻音呼豏
切則與闞字同音。參敢韻喊字校箋。
第三行囡 女減反魚內亦△作△囡一 王一
無亦作囡三字，王二同。
第三行[illegible] 丑減△ 癡々△一 減下當依
王一、王二補反字。癡下重文王一、
王二無。

五十 檻
第一行獑△ 々△悪 獑字切三、王一

同。王二、廣韻作獵，字同。詳系
韻校箋。切三、王一悪下無重文。
第二行[illegible]△ 々△勇 切三無此字，廣
韻、集韻見豏韻下斬切。廣雅
釋詁二[illegible]，健也。曹憲音戶湛
反，與廣韻同。王一、王二同本書，
勇下無重文。
第二行[illegible] 々△[illegible] 王一、王二[illegible]下
無重文。[illegible]當作橝。
第二行[illegible]△ 切三、王一、王二此上有
顜字。王一云丘檻反長面皃，又
五減苦減二反一，切三、王二音義
同，廣韻亦同。本書咸韻豏韻
顜下並云又丘檻反，當據補。

第二行獥 莫檻反 小犬吠一 莫當从切三、
王一、王二作荒。
第三行巉 士檻反 嶄々二 檻當作
檻。王一無嶄巉二字，反下云峻，
王二云峻也，廣韻云峻巉皃。案
集韻豏韻士減切嶄與巉同字，
不得云嶄巉，當从王一改。

五十一 广

第一行五十一 三字當移巉字上。
第一行險 希埯反 峻又 遐儼反一 王一云又
熙儼反，王二云又虛儼反。字又見
琰韻虛檢反，遐為熙字之誤。
第一行埯 虞广反 土覆一 虞广反，王
一同。广下音虞埯反，此誤。廣
韻音於广切是也。
第一行𧮫 丘广反 崖一 𧮫字王
一、王二同，廣韻、集韻作欲，未
詳。欲字本書見豏韻火斬反，
義為笑。王一、王二、廣韻此並云
欠崖，集韻云笑皃。本書崖上
空一字，當作欠。

五十二 范

第一行範 模 々 切三、王一、王二
模下無重文。
第一行犯 于 々 切三、王二于下
無重文。
第一行𧍞 蜂 々 切三、王一、王二蜂
下無重文，此疑出誤增。
第一行切韻第三卷盡 切上王
一有刊謬補缺四字。第三卷，王
一云卷第三（三字誤奪）。案本
書前云卷第二盡，後云卷第
四盡，是此原當同王一。盡字王
一無，而云上声五十二韻。

刊謬補缺切韻第四卷

第一行切韻第四卷　去声五十七韻

切上王一有刊謬補缺四字，第四卷，王一云卷第四，案本書前云卷第一，卷第三，後云卷第五，依例當同王一。

第二行右卷一万二千一十四字　二千三百廿二舊韻　四千九十七訓　卌五或亦二文古一文俗　一千七十六補舊缺訓　一千二百卌六新加韻二千七百六十七　訓三百九十三亦或卅五正廿三通俗六文本字

王一卌字作卅，七字無，三字作二。案依本書，總數為一万二千二十三字；依王一，總數為一万二千零五字，依王一卌字作卅，餘依本書，總數為一万二千一十三字，俱与一万二千一十四字之數不合，後者近是。又案王一無字字，本書上声云四文本，入声云四文本，俱無字字，當依王一刪。

第三行一送　王一此行前有「朝議郎行衢州信安縣尉王仁昫字德温新撰定」一行。

第三行二宋　蘇統反陽与用降同夏侯別今依夏侯

降字王一作絳，當據正。詳見下條。

第三行四降　古巷反

降字王一作絳，王二、P二〇一七同，与正文韻首作絳合，當據正。

第五行十二泰　他蓋反　無平上。

上下王二有聲字。

第六行恠　古壞反

反下王一有夏侯与泰同杜別今依杜十字，當補。

第六行十三霽　子許反　李与杜与祭同呂別今依呂

許當作計。李下与字疑係誤衍。

第六行十四祭　子例反　無平上

上下王一有聲字。

第六行十六恠　古壞反

反下王一有「夏侯与泰同杜別今依杜」十字，當據補。

第七行十七夬　古蓮反　無平上李与佐同呂別与會同夏侯別今依夏

蓮字當从王二、P二

〇一七作邁。恡當作悋。今依夏，夏下當有侯字。

第七行廿廢　方肺反，無平上。夏侯与隊同，呂別，今依呂。上下王一有声字。

第八行顧　魚怨反。夏侯与恩別，与恨同，今並別。王一与此同。案恩下別与二字當出誤衍。平声元下云夏侯杜与魂同，上声阮下云夏侯陽杜与混很同，入声月下云夏侯与沒同，案沒韻不分開合，為魂痕二声之入。又此下云今並別，並其証。

第九行廿八諫　古宴反。李与襉同，夏侯別，今依夏侯。宴當作晏。

第十行卅霰　蘇見反。夏侯陽杜与線同，呂別，今依呂。

王一此云陽李夏侯与線同，夏侯与同，呂杜並別，今依呂杜。案本書平声先下云夏侯陽杜与仙同呂別今依呂，上声銑下云夏侯陽杜与獮同呂別今依呂，王一上声銑下同本書，是本書此云夏侯陽杜与線同呂別今依呂，應無譌誤。王一嘯下云：陽李夏侯与笑同，夏侯与效同，呂杜並別，今依呂杜。疑王一此即涉彼文而誤。

第十行卅二嘯　蘇弔反。反下王一有「陽李夏侯与笑同夏侯与效同呂杜並別今依呂杜」等廿字，當据補。本書上声篠下云：「陽李夏侯与小同，呂杜別，今依呂杜。」系統与此正合。唯夏侯与效同，似当云陽与效同。王一效下云：「陽与嘯笑同，夏侯杜別，」是為其証。

第十一行卅四効　胡教反。反下王一有「陽与嘯笑同夏侯杜別今依夏侯杜」等十四字，當据補。本書平声肴下云：「陽与蕭宵同，夏侯杜別，今依夏侯杜」；上声巧下亦云：「陽与篠小同，夏侯並別，今依夏侯」；並与此系統相合。

第十二行卌漾　餘亮反。夏侯在平声唐，入漾；宕為疑。呂与宕同，今並別。王一云：唐上有陽字，入

下有「声口口口並别去声」八字，入
声下二圜當是藥鐸二字（第三圜
疑不當有），當據補。本書上声養
下云「夏侯在平声陽唐入声藥
鐸並别上声養蕩為疑，呂与蕩
同，今别」，可為比照。
第十三行卅二敬 居命反呂与諍勁徑同夏侯与勁同与諍同徑今並别
呂与諍勁徑同，王
一作呂与凈同勁徑徑並同（凈字
姜書P二〇一一如此，劉書作諍。
案凈即諍，草訣歌云有點方為
水，空挑即是言）。王一凈下同字
疑誤衍，又誤衍一徑字。上声梗
下云夏侯与靖同今别依呂，又耿

下云呂与靖迥同：是呂不以梗同
耿靜迥，入声錫下云呂与昔别
与麦同：亦不以陌同錫麦。此云
敬与諍勁徑同，与上入声系統俱
不相侔。又夏侯与勁同与諍同
徑，王一作夏侯与勁同与凈徑
别，當据正。上声梗下云夏侯
与靖同，耿下云夏侯与梗靖迥
别，可為比照。
第十四行卅六宥 尤救反呂李与候同夏侯為疑今别
注文王一同。案上声有下云「李
与厚同夏侯為疑呂别今依呂」，
平声尤下亦云「夏侯杜与与侯同
呂别今依呂」，此言呂与候同，疑

誤。
第十四行卅八幼 伊謬反杜与宥同呂夏侯别今依呂
夏侯 宥下王一有侯字。案本書
平声尤下云夏侯杜与侯同，疑
當補。
第十五行五十豔 以贍反呂与梵同夏侯与㮇同今並别
呂与梵同，王一同。案上
声琰下云呂与忝范豏同，夏侯
与忝同；入声葉下亦云呂与怗洽
同：疑呂氏去声所同者，不僅豔
梵二韻。㮇當从王一作㮇。
第十五行五十一㮇 他念反 㮇當从
王一作㮇。
第十五行五十二證 諸膺反 膺

當从王一作譍。

第十六行鑑 格懴反 格當从王

一作格。

第十六行五十六嚴 魚淹反陸無此韻自失

淹字王一作俺，誤。自字王一作目

當从之。上声广上云陸無此韻目

失，是其比。

一　送

第一行送　蘓弄反　從遺一　從遺姜書
P二〇一一同。王一從字作空圍。王二、廣韻並
云遣也，無從字。說文云送，遣也。
第一行虹　縣名沛郡　又音絳　沛上王一、王
二有在字，當據補。
第二行箬　答杯　箬當从王一、廣
韻作箁；答當从作答。說文箁，
桮答也。
第二行橧　〻格　王一、王二並橧下
云格，廣韻橧下云格木，無櫝字。
集韻𧷤下云說文小桮也，或作
橧；廣韻橧下亦云說文同𧷤
亦無櫝字。本書橧當是櫝字

之誤，格字亦當作桮。唯櫝字訓
格，不詳所出。說文櫝為𧷤字
或体，注云小桮也。廣雅釋器
𧷤，杯也。桮即杯字，与格形近，
疑格即桮字之誤，廣韻不知格
為誤字，遂加木字耳。案說文格，木長皃。格
非木名，云格木似亦不詞。故集韻不載此義。
重文王一、王二無，疑此出後增。
第二行㤹　〻贑　愚皃　贑字王二、
廣韻同，王一作戇，集韻同。周
氏廣韻校勘記云「當據正。本
韻呼貢切戇憃下云㤹戇憃，愚人」。
案王二呼貢反戇下亦云㤹〻，
重文誤与下文一字合為三字。本
書本韻疑奪戇字，詳銑字校

・箋　与廣韻同・唯集韻呼貢切
戇憃下云或省作贑，絳韻陟降
切下注同，是不必誤。
第二行梇　〻棟縣名　在益州　梇當从
王二、廣韻作梇，說文云益州有
梇棟縣。
第二行哢　口〻　王二作口〻。
第三行潀　乳汁又都綜竹用二反　又都綜
反，本書宋韻無此音，集韻收
此字音冬宋切。王二此云又都潀
竹用二反，潀字當誤，未詳。又案
本書腫韻有此字，注云「都隴反，
是冬字之上声」，（王二、廣韻並
同）而未見於此。

第三行倥 々傯用兒 用字王一、王二、廣韻並作困，當據正。楚辭思古：愁倥偬於山陸。注猶困苦也。後漢書張衡傳注引埤倉：倥偬，窮困也。

第三行㚇 鳥斂足或作駿 各書無此或体，駿是駿騃字，疑當是駿字之誤。集韻或体作騣。

第四行罋 瓶 罋當从廣韻、集韻作罋。王二收罋為上聲字或体。

第五行駧 馬走 馬下王一、廣韻有急字，當據補。（說文云馳馬洞去也。）

第五行迵 遇 遇字不詳。廣韻字作過，集韻同，亦不詳。說文迵，迭也，為通達之義。案說文迭下云一曰达，段氏謂此注文迭是达之誤。太玄經達迵迵不屈，注云通也。玉篇亦云迵，通達也。通与遇過形近，疑遇与過並通字之誤。

第五行䑣 船纜所繫 䑣字右旁模糊難辨，依集韻定之。廣韻誤作戙。

第五行蘣 好又他口反 廣韻本紐無此字，王二、集韻同本書。蘣、好也，見廣雅釋詁一。曹憲音託陋反，亦無此讀。

第六行夢 莫諷反草澤又莫中反五 諷字王一作鳳，王二同本書。

第六行瞢 雲々澤名在南郡 王一無在南郡三字，而云又莫中反，王二、廣韻同本書。疑王一涉上夢字注文而誤。

第六行⿱𦭝走 々⿺麥臭疲行 ⿺麥臭當从王二、廣韻作⿺走臭。疲行，王二、廣韻同。王二⿺走臭下云低頭行。

第六行⿺走臭 香仲反々夢 々夢，當从廣韻、集韻作⿱𦭝走々，本書上文⿱𦭝走下云々⿺麥臭，⿺麥臭即此字之誤。

第六行懞 莫弄反々瞉三 懞當从集韻作幪，見方言四及說文。

第七行賵 孚鳳反賻死亦作圓二 各書
無此或体。集韻云「古作凮」，从
貝凡声，此疑即凮字之誤。
第七行闏 兵又胡絳反 闏當作闀
，見說文。王二、廣韻並誤作闀。兵
下當从王二、廣韻補鬨字，本書
絳韻云兵鬨。
第八行癑 病 王二、廣韻云
痛，与說文合，當从之。
第八行銃 充仲反鍌一 銃上王二有
戇字，注云呼貢反又丁降反
悴三，三為重文及一字之誤，廣
韻崱下收烘戇二字，音呼貢切。
本書絳韻戇下云丁降反愚々
又呼貢反，案正、注文並模糊不清，此從唐氏所
定・疑此上誤奪戇字。
第八行崱 士仲反埀屬一 埀當作
缶，見字林。廣韻云鍤屬，本
書東韻同，東韻鍤誤作鍾。 缶鍤
字通。

二宋

第一行謥 々詷又千弄反 王二、廣韻
本紐無此字，謥字止送韻千弄
反一讀。後漢書和熹鄧后紀輕薄謥詷，章懷太子注
音七洞反，亦無此讀。集韻同本書。
第一行猔 々家 重文當出後增。
第二行䃔 丘中反隆々石声二 丘中反、
廣韻音呼送切，集韻音胡
宋切，韻鏡、七音略並見宋韻
匣母，並与廣韻同。案中字不
入本韻，字見東送二韻。當即宋字
壞誤。丘与户字形近，疑即户
字之誤。字又見冬韻户冬反，
為此讀平声。集韻東韻丘弓
切收此字，疑所據即此誤切。
又案集韻冬韻又收此字音酷攻切，疑亦与此有関。

三用

第一行𩐁 用或為庸字公 𩐁當
从集韻作𩐁，見說文。王二、廣
韻本紐無此字，字見鍾韻餘

封反，廣韻謂即庸字古文，王二書下亦云古文，唯字不在庸字之下，疑誤植。与說文云讀若庸合，集韻鍾用二韻並見。注文公字不詳，當有誤。

第一行訟 〻 言[illegible] 注文第一字曾用雌黃塗改，剝脫難辨，諦審似諍字，王二云爭〻。

第二行縫 紩衣又房容反 注文王二、廣韻云衣縫，集韻云衣會也。俱以縫字此讀為名詞，与本書此云紩衣為動詞異。鍾韻縫下切三、切二、王二、廣韻並云紩，本書同。

第二行捀 灼龜觀兆 王二本紐無此字。廣韻北宋本、巾箱本、黎本並作㨻，澤存堂本作捀。集韻亦作捀，鍾韻同。案史記龜策列傳集解云㨻音逢。本書捀當是捀字之誤，灼龜觀兆，廣韻同。案觀字廣韻作視。集韻云分而數也。本韻及鍾韻並同。案史記龜策列傳云：㨻策定數，灼龜觀兆，變化無窮。索隱云：㨻謂兩手執蓍分而扐之，故云㨻策。捀本揲蓍而分之之稱，本書云灼龜觀兆，誤。集韻云分而數也是也，唯集韻又出㩼字云灼龜坼，則又因此誤釋而孳乳一字。

第二行封 菶也又方容反 菶當作采。

第三行儱 他用反行不正一 正、注文王二同本書。廣韻、集韻儱字音良用切（集韻為躘字或体），本紐字作蹱。廣韻云躘蹱行不正也，集韻云躘蹱不能行也。荀子議兵篇云觸之者角摧，案角鹿埵隴種東籠而退耳。楊倞云：蓋皆摧敗披靡之貌。日知錄卷廿七引舊唐書竇軌傳：「我隴種車騎，未足給公」，及北史李穆傳「籠凍軍士，爾曹主何在，爾獨在此」，皆摧敗披靡之意，与躘蹱行不正義適。集韻朱用切蹱下亦云蹤踵不能行皃，与種字同音。腫韻書勇切有蹤字，注云行正也，當是行不正之誤。疑本書𪁼字音他用反誤。又案他用反，他為類隔，廣韻、集韻云丑用切。

第三行𩌏 而用反 毛飾 或作䩕二 𩌏字王二同；廣韻、集韻作䩕，与說文合，當从之。毛飾廣韻同；王二毛上有𩌏字，与說文合。或作䩕，各書無此或体。王二、廣韻或体作𩌏，集韻又作𩌏作䋸，此疑誤。

第三行鱅 鮎 王二本紐無此字，廣韻、集韻同本書。

第三行蔥 蕳 蕩 蕳蕩當作蕳蕩，蕳蕩二字見宕韻，參宕韻蕩字校箋。廣韻蕩字誤同，蕳誤作蕳。參廣韻校勘記。

第四行從 從用反 隨一 廣韻音疾用切。

第四行𦝫 丑用反 愚 又丑江反一 丑用反，當与前𪁼字音他用反同音，蓋增加字，故廣韻、集韻𦝫踵同丑用切。案𪁼字廣韻、集韻作踵，詳前校箋。

王二此字在𪁼字上，注云𥓓巷反又書容反一，巷是絳韻字，集韻絳韻𦝫同陟降切，王二及本書絳韻收𦝫字音丁降反。當是誤奪正切。

四 絳

第一行絳 古巷反 染色四 王二、廣韻並云赤色。案爾雅釋器：一染謂之縓，再染謂之赬，三染謂之纁。士冠禮注：凡染絳，一入謂之縓，再入謂之赬，三入謂之纁。爾雅李巡注云纁絳一名，廣雅釋器纁謂之絳。本書此云染色，似無脫誤。

第一行虹 蝃蝀又胡籠 籠下當从王二補反字。

第一行洚 下又胡冬反 注文模糊難辨，此从唐氏所定。又胡冬反，冬韻戶冬反無此字，王二、五刊收。

第一行衖 道或作郱 郱字廣韻、集韻並作𨞰，字从二邑，見說文，當从之。

第一行闀 兵鬪又胡楝反 闀當从集韻作鬨。廣韻同本書。鬨當作鬨。

第二行幢 直降反車。四 四當作三，此下奪⿱耆目字，遂並𧢦字計之。王二本紐幢幢憧三字。詳𧢦字校箋。

第二行𧢦 視不明又丑江反 王二本紐無此字，廣韻同。廣韻字見下丑絳切，注文同本書。集韻𧢦為⿱耆目字或體，⿱耆目音丑降切。王二此下亦有⿱耆目字，注云丑降反，直視一。案本書江韻𧢦下云直視皃，目不明，又丑巷反，而本韻無此音，當是此上誤奪⿱耆目字。集韻丈降切亦收𧢦字，則據本書之誤而收之。

第二行胮 普降反〻脹臭一 注文反脹臭三字模糊不清，依王二、廣韻、集韻審定如此，唐氏所寫同。

第二行戇 丁降反愚〻又呼貢反一 正注文皆模糊難辨，此依唐氏所定。王二戇上有戇字，注云丁降反，愚，又呼貢反一。又呼貢反，送韻無此字，疑奪。詳銃字校箋。

第二行稯 又降不耕而種又又江反亦埈又子紅反一 降下當補反字。又子紅反，東韻字作埈。

五　寘

第一行忮 傷害懻心 注文王二云懻又忮害也心也，廣韻云懻忮害心說文很也，集韻云說文很也一曰懻忮強害也。案史記貨殖列傳：種代石北也，人民矜懻忮，好氣任俠為姦。集解：晉灼曰：懻音慨，忮音堅。瓚曰：今北土名彊直為懻中也。漢書

地理志：鍾代石北，民俗懻忮，師
古曰：懻，堅也；忮，恨也。本書至
韻懻下云強直。（又案漢書酷
吏傳周陽由傳：汲黯為忮。注：
忮，意堅也。疑本書懻心之意
如是，王二吉有譌誤。）
第一行伎 害詩云詥人々忒々 詥當从
王二作諫。忒下重文當出誤增。
第一行詨 不知 注文集韻同，廣
韻云快也，王二云狭孟注真々可
為。
第一行伿 情又神跂反 又神跂反見
下神伎反。廣韻云又以智切，字又
見以益切。詳傷字校箋。

第一行比 次又房脂反 王二、廣韻本
紐並無此字，集韻同本書。疑此
誤收，詳至韻比字校箋。
第二行荔 々支又薜盧帝反 薜下疑
奪重文，霽韻荔下云薜々。盧
上疑奪又字。
第二行珕 刀飾又力計反 又力計反，本
書霽韻魯帝反無此字，廣韻
收之。
第二行籙 々篤 篤當从廣韻
作篤。本書禡韻作篤。
第二行[疒麗] 皮黑又力計反 廣韻、集
韻並云瘦黑，与說文合。皮當
是瘦字之誤。又力計反，即說

文讀若隸之音。本書霽韻魯帝
反無此字，疑誤奪，詳彼[疒麗]字
校箋。
第二行鯷 魚名又徒奚反 又徒奚反，
本書齊韻度嵇反無此字，廣韻
收之。王二此云又音是，集韻紙韻
上紙切收。
第三行[足欠] 歐 [足欠]當从王一、王二、
廣韻作[此欠]。
第三行賜 斯義反三 反下王一有与
字，王二同。
第三行枇 肉机後書漢郎無被杭枇 王一、
王二、廣韻、集韻枇並作柭，當
从之。見方言五及後漢書鍾離

意傳。漢書二字誤倒，漢上以鉤
識之。即上王二、廣韻有尚書二
字。
第三行䇲△ 居△委反 戴△ 居上當依廣
韻補又字。戴，廣韻云䇲戴物。
案戴当是戴字之誤。廣雅釋
詁二：䇲，戴也；釋詁三：戴，䇲
也。
第三行䆛△ 毀△又居毀△反 䆛，廣韻
作庪，集韻為或体。又居毀反，
紙韻居委反下有垝字，注云亦
作䆛。䆛即垝字之誤，案爾雅釋
詁垝，毀也。与此下云毀義合。 詳紙韻校箋。
集韻此云䆛通作垝，唯集韻
紙韻古委切又別出䆛字云通
也，未詳所本。
第四行佊△ 衺△論語子西曰佊△△哉△△ 王一、王二
廣韻並誤衺為哀，此獨不誤（集
韻同本書）。又王一、王二無曰字及二
重文，廣韻、集韻同，王二、廣韻
子上有云字。当依王一改。
第四行𢾺△ 裝束△△ 重文下廣韻有
馬字。
第四行備△ 御△△ 王二、廣韻、集韻
本紐並無此字，姜書P二〇一⿰弓皮
下為⿱此衣字，亦無此字。 王一⿰弓皮⿱此衣二字並無。
注文云御亦不詳。
第四行⿱此衣△ 褐△△ 姜書P二〇一
一正文同本書，注文一字，殘作衵。
王一無⿱此衣字。王二本紐無⿱此衣字，字別
音爭義反，義為褐衣不伸；本
紐⿱此皮下云⿱此皮皺皮不伸。廣韻
本紐有⿱此皮字，注云⿱此皮褐，韻末
亦收⿱此衣⿱此皮二字音爭義切，義与
王二同。集韻本紐收⿱此衣⿱此皮二字，
⿱此衣下云衣不帶通作披，⿱此皮下云
皮不展也；又收⿱此衣⿱此皮二字音爭
義切，義並同王二。案依集韻云
衣不帶通作披，此字当讀本紐，
而義為褐，楚辭離騷何桀紂之
昌披兮，王逸云昌披衣不帶之
貌，釋文披亦作被。廣雅釋訓

裮被不帶也。被字常誤為皮義反，案集韻以前韻書被字無平讀，集韻支韻攀糜切收被字，云廣雅裮被不帶也。洪氏楚辭補注引廣雅下亦云被音披，俱以裮被之被讀平調。故本書本紐出⿱此衣字云裮也。然裮被字又或作⿱此衣，不詳所出，且字从此声，亦与被音不合，是其可疑者。王二字音爭義反，与字从此声合，廣雅釋詁四：柴，攣也，曹憲音醉柴反，音与⿱此衣近。醉与爭可視為類隔，則二字声同。攣本義為皮之⿰糸蜀文蹙蹙者，亦言衣襀，故說文云⿱此衣，攣衣也；是⿱此衣与王二⿱此衣云襡衣不伸義亦相同。萬象名義：⿱此衣，壯寄反，⿰衤甾也。⿰衤甾即襡字俗誤。玉篇：⿱此衣，壯寄切，襦襡也。並与王二同。案萬象名義⿱此衣下有袻字，注亦云⿰衤甾。袻即說文繻字。集韻之韻人之切袻，⿱此衣也。⿱此衣正用為襡義。疑⿱此衣即柴字，蓋廣雅柴訓攣，攣為襞積之義，故字又从衣作；又以攣本義為皮襡，故又攣乳為⿱此犮字，本書、王一字見本紐，疑其反語誤奪耳。或者王氏沿⿱此衣他書之誤；案集韻本紐又有⿱此手字，注云積也。⿱此手字說文云从此声，詩車攻助我舉柴，假柴為之。此字各書誤齒音，並与此声相合。集韻此誤當亦承他書之誤。疑某書⿱此手⿱此衣二字同紐，其反語誤奪，遂誤以為皮義反，本書及集韻並承其誤。本書注文襡字又誤作裮。襡字俗書作裮，与裮形近，襡遂誤為裮。玉篇：⿰衤臾，裮也。誤襡為裮，与此譌襡為裮同例。王一注文⿰衤彐即裮字殘文。廣韻既同王二⿱此衣⿱此犮二字音爭義切；又收⿱此犮字於此，案廣韻⿱此犮下云⿱此犮襡，是其⿱此犮即本書⿱此衣字。蓋積誤已深，莫能諟正。集韻乃據本書裮字而云「衣不帶通作披」，幾使本書之誤不可為考矣。又本書重文疑出後增，王一無。

第五行累 羸偽反 緣、一 姜書P二〇一二云口坐，廣韻云緣坐，P二〇一一所殘當即緣字，本書重文當作坐字。

第五行騎 乘 王一無重文，乘

下云又渠宜反，王二同。

第五行刺 此跂反。針々。俗作刾。九 刺當作

刺。

第六行康 門邊 別木 康字正當

作康。注文王一云偏々屋，王二同，

廣韻云偏康舍。廣雅釋器康，

舍也。本書疑後人改之，木字又

疑涉下文木芒而誤。

第六行朿 木芒 朿當作朿。

第六行莿 針 莿當作莿。

第六行戴 毛虫，或作蟣蛔𣰲 戴字入本

紐，廣韻同。 姜書P二〇一一𠩐誠二字之間有殘隙，應是

此字。王二本紐無此字。或体

𣰲字各書無。集韻收蛓蟔蛔

蛓蟔諸体，本書志韻字作蚝，王

一、王二、廣韻同。此疑為蚝或蚝螅

二字之誤。

第六行諴 諆 姜書P二〇一一、

廣韻本紐並有此字，王二無。廣韻又見許記切，集韻又

見志韻許記切。

第六行誎 數 誎當作諫。重

文王二同，姜書P二〇一一、廣韻

作諫。案說文諫，數諫也。即經傳所

用刺諫字。 諫與俗書諫作誎者形

近，疑本書誤諫為誎，遂易作

重文。

第六行易 以跂反，又以益反一 又上王一

有難易二字，王二亦有此二字。

第六行傷 神伎反 相輕三 正，注文王

一同。廣韻、集韻無此紐，傷伿

屍三字屬以跂切。萬象名義、

玉篇、說文大小徐並同廣韻。王

二易傷二字以跂反，亦与廣韻

合，唯王二傷下云相輕侮神易

反亦易，案云亦易，故字与易同音，集韻本紐易為傷

字或体。亦有神易反一音。依王二体

例，凡正切在義訓之上，神易反

当為又切，而神上奪又字。易字

又入昔韻，然各書昔韻無傷字，

神易反当与本書神伎反同

音。本書支義反伿下云又神

跂反，此下正有伿字，亦足徵此

神伎反為不誤。廣韻支義切伿下云又以豉切，亦自相吻合。集韻傷字又見是義切，注云輕也。床禪二母往往相混，見韻鏡校注自序。疑集韻傷音是義切亦與本書神伎反相當。唯本書傷字不音以豉反，疑有誤奪。

第七行伿 亻 情 重文王一無，疑出後增。

第七行罷 罰 罷罰，王一、廣韻並作罷罰，與廣雅釋詁合，字並从曰。本書遇韻罷字不誤。

第七行誼 人所宜漢有賈誼年十八能文洛陽人 王一無年至人九字，王二亦止漢有賈誼四字，此疑出後增。

第七行殨 骨 作骪 或 殨 殨，正當作殨。

第八行齘 〻 瀾 瀾當作爛。西京賦：收禽舉齘。薛注：殺禽獸將腐之名也。

第八行智 智義反 心惠一 注文智當从王一、王二、廣韻作知。

第八行倚 於義反又於蟻反一 又上王一有依字（姜氏書P二〇一一空缺），王二有倚字。

第八行縋 池累反 繩七 縋下王二、廣韻有懸字。案說文縋，以繩有所縣也。左傳三十傳夜縋而出，襄十九傳夜縋納師，昭十九傳子占使師夜縋而登，並縣繩之義，廣雅釋詁縋，索也，恐亦非本書所本。

第八行腄 縣名 名下王一有在東萊三字，王二、廣韻同。

第九行甀 小口甖又直追反 又直追反，王一同。本書脂韻直追反無此字，字見支韻直垂反，注云甖。又馳累反，王二同。廣韻字亦見直垂切，第不載又切耳。疑此追字誤。集韻則脂韻傳追切亦收此字，所據或即本書。

第九行吹 尺僞反唬氣又尺為反二 唬字王一作噓，當从之。

第九行籥 習管又充垂反 籥當从
王一、廣韻作⿱炊龠。支韻昌為反作
⿱炊龠不误。
第九行戲 羲義反謔或作戲一 王一無
或作戲二字。
第九行蚑 行息喘 蚑当作蚑。
第十行縊 於賜反自經死〻一 王一止一
經字，王二云自經也。廣韻云自
經死也。王一疑有奪文，本書重
文不当有。
第十行⿺虫申 米中申虫 申当从王一作
甲。見方言十一郭注。
第十行徙 所寄反履不攝又所綺反四 攝
下王一有根字，廣韻云履不躡跟

，案躡当作攝。通俗文云履不著跟
曰徙，本書紙韻徙下云〻〻不攝
根，此當據王一補根字。
第十一行⿰革徙 履當 紙韻⿰革徙徙同
字，此分為二。
第十一行䍧 羊相積 積字姜書
P二〇一一同，当作⿰羊責，說文云羊
相⿰羊責也。上文⿰羊責下云䍧〻。
第十一行觖 窺瑞反望一 窺当作
窺。
第十一行僞 危賜反假一 此以危字
定其合口，或以賜字改调，与常
例反切不同，说详拙著例外反切
的研究。危賜反，王二同。（姜書

P二〇一一云危僞反，僞字误。王一
僞作睡，未審何以有此差異。）
第十一行恚 於避反怒一 恚字王
二同，王一、廣韻作恚，本書凡恚
字作恚，蓋俗書如此。
第十一行瑞 祥〻 王一云祥符。
第十一行⿰垂隹 雅烏又時規反 雅鳥，
王一、廣韻作雅鳥；王二云鵻；集
韻云鳥名，說文雖也，一曰雅鳥。
本書支韻云雅，王二同，廣韻云
雅鳥，集韻云鳩。案說文雖，
⿰垂隹也；⿰垂隹，鳩也。二字互訓。說文
校録云：「廣韻平声訓雅鳥，去
声訓雅烏，並误。」俗書氏字

作𠀉，𠀉字作乐。乐与牙形近，故
互多误為牙；此又从𠀉互形近，遂
誤[臣隹]為雅，而或加鳥字云雅鳥耳。
（作雅鳥者，鳥当是烏字之誤。）
集韻不知雅為[臣隹]字之誤，遂陳二
義。王二此云鴉，鴉即[臣鳥]字（見廣
韻），獨不誤。
第十二行縻△ 靡寄反△一 王二、廣韻
無此字此紐；王一同本書，並釋
其義云羈。集韻末有靡字，注
云縻詖切偃也曳也散也。案靡
縻二字古通用，廣韻支韻縻下
云亦作靡，集韻靡靡蓋即本書
之縻。又疑集韻靡与反切上字縻誤植。

第十二行[多卩] 充豉反 奓△一 注文王一
同，廣韻云有大奓也，玉篇云有
大度也。案說文[多卩]，有大度也。段氏
从廣韻改度為奓，然說文云字从
尸，恐仍以作有大度為是，參說文義
證。集韻云說文有大度也，一曰奓
也，則二義並陳。
第十二行瀡 思累反 滑△二 滑字王一
作滑，当从之。禮記內則滫瀡以
滑之，注云齊人謂滑曰瀡也。
第十二行娷 竹恚反△ 飢△二 注文王二同，
萬象名義云餧飢，亦同。廣韻
云飢声，玉篇同。集韻娷為下
文諈字或体，別出餧字云飢。案

說文娷，諉也，故集韻為諈或体
，餘並不詳。
第十二行諈 △諉 重文疑出後
增，或与諉字互倒。說文諈，諈
諉，累也。孔子釋文云諈諉錯滞
。王二云之諉。
第十三行纗 絓△中絕△又胡卦反 絓中絕，
王一、廣韻並同。集韻云博雅纗
紳綖帶也，一曰維綱（綱原誤作
網，从考正改。）中繩，一曰弦中絕。
此字又見卦韻，本書、王一亦並云
絓中絕，廣韻云弦中絕，集韻亦
載博雅帶及弦中絕二義。集韻
又見竹恚切，亦云絓中絕。案絓中

絕義不詳所出。說文纗，維綱中
繩也。段注云：「綱者，网之紘也；
又用繩維之。左右皆有繩，而中繩
居要，是曰纗。」紘與絃字形近，
繩與絕字形近，玉篇纗下云維紘
中繩，紘中絕蓋即紘中繩之誤。段
氏改廣韻封韻注作紘中繩。
第十三行彂 彼之 彼當从王一、
廣韻作彼。

六 至
第一行摯 擊 摯字訓擊，未
詳所出，疑涉下鷙字注文擊字
而誤。王一、王二、廣韻並摯下云

國名。摯為國名，見詩大明及國
語周語，當據改。王一國名下有亦
持二字，姜書上一亦字，王二云又摯
持也。廣韻云亦持也、
第一行鷙 擊鳥或作析鳥 或作析鳥，
名書無此或体，疑是俗書鷙字
之誤。姜書P二〇一一擊鳥下有
或字，當亦收或体，殘泐不可見。
第一行鰲 之魚 重文當出後
增，王一無；王二、廣韻並云魚名。
見山海經。
第二行倢 怒 倢當从廣韻正
作懥，此為當時俗書、
第二行贄 國名亦作摯 此字王一、王二

並在摯下鷙上P二〇一二云執（見姜氏
書），王二云禮所執，廣韻亦同。此
因漏書而補之，國名二字又涉摯
字注文而誤（參摯字條）。亦作贄
字 三P二〇一一（見姜氏書）、王二無疑出
後增。說文引虞書摯字作贄。
第二行位 洧冀反 烈一 洧冀反，王
一、王二同，合口音憑上字。廣韻
改于愧切。烈當从王一作列。
第二行管 竹之 重文當出後增。
第三行煟 焅之 焅當作焅，廣
雅釋器：焅謂之煟。
第三行遂 徐醉反 十六 十上王一
有因事二字。

第三行⿰土遂 墓道△ 道下王一有亦作⿰阝⿰豕㠯三字，王二同本書。案本書下有⿰阝⿰豕㠯字，王一有殘缺，未知原亦別出此字否。

第三行禭 賵△ 賵下疑奪重文，姜書P二〇一一云賵禭，（王一賵作贈，蓋失真。）王三作賵〻。

第三行旞 羽繫旌上 亦作旗△ 旗當从

王一作⿰犭遂，見說文。

第三行璲 〻△ 玉 王一無玉下重文，疑此出後增。

第三行穗 稻△ 秀 王一無稻字，秀下云正作采。王二云秀苗。

第三行。⿰阝⿰豕㠯 塞亭邊 上火 此字說文作⿰阝⿰豕㠯，即上文燧字。

第四行澻△ 田間 小溝 澻當从王二、廣韻作遂。周禮考工記匠人：廣二尺深二尺謂之遂。注：田間小溝。後加水而為澻。

第四行⿰亻⿰阝⿱艹豕△ ⿱艹遂 蒢△ ⿰亻⿰阝⿱艹豕字當从王一作⿰阝⿱艹豕。注文王一同，當作蘧蔬。（漢書匈奴傳比疎一，史記作比余一，余疎之異，與此相類。）爾雅釋草：出隧蘧蔬，即此所出。廣韻正文誤⿱竹隊，注文誤作籧篨。集韻⿱艹隊下云艸名似菌，即爾雅隧字，又出⿱艹隊字，或体作⿱竹隊若⿱竹隧，注云⿱竹遂蒢也，則沿諸書之誤。

集韻⿱艹隊字又見隊韻，注云出⿱艹隊蘧疎也。

第四行韢 囊組△ 又齒芮反 囊組，姜書P二〇一一、廣韻同，集韻作囊細。案組細並紐字之誤。說文韢，囊紐也。案集韻字又見雖遂切，亦誤紐為組。

第四行繸△ 〻 稻 王一本紐無此字，餘十五字同本書。上文⿱艹遂遂下云苗好亦作繸，（王二同。）說文繸⿱艹遂同字，此不當別出。廣韻收⿱艹遂為繸或体。

第四行欈 木有所擣△ 又子△迴△反 王一、王二、集韻木上有以字，當據補。又子迴反，王一迴作回，音同。本書

灰韻子回反無此字，字見灰韻昨回
反，注云又子泪反，；又見脂韻醉唯
反，各書同。疑此有奪誤，廣韻云
又遵為切，支韻遵為切無，見悅
吹切下。
第五行誶 言詩云。可以誶止 可當从
王二、廣韻作歌。
第五行彗 帚或作彗 又因歲反 又因歲
反，祭韻因歲反字作篲。
第五行憏 深亦 注文王一同，亦字
蓋承上文邃下云深言之。
第五行睟 視見 王一憏下無此字，
其前有殘缺，未審有無此字，
邃下云七同本書。

第五行淚 悲 王一云悲涕。
第五行隷 臨 王一臨下無重文。
第六行䏿 祭名 名字王一作肉，当
據改。
第六行毖 慎 慎下王一有一曰遠
三字，王二同。
第六行閟 閉 王一、王二閉下無
重文。
第六行粊 地名 正、注文王二同本
書，集韻亦同。廣韻無此字，粊
下云，惡米，又魯東郊地名，說文
作粊，案說文云周書有粊誓，
此云粊地名，蓋即費誓之費。唯
周禮、禮記曾子問鄭注皆云粊

誓，裴駰、司馬貞注史記亦云尚
書作粊，字並从米，此从木，未詳
所據。集本書下别有粊字云惡米。
第七行壝 壝埒又以水反 壝字王一、
王二、集韻同，廣韻本紐無此字。
此字又見脂韻以隹反及旨韻
以水反，字並作壝（各書同），与
周礼大司徒、封人及遂人合。唐
人俗書匚字作辶，或誤為辶
（仙韻遷字本書作遷，王一
誤遷，；王二本紐遺字作遺，並
其例。）此疑誤壝為壝，遂从
遺讀。參旨韻壝字校箋。
第七行隤 強 重文王一無，

疑出後增。廣雅釋詁一及四：贔，
強也。
第七行𤃩 匹備反 水声三 三当作五。
第七行濞 敗兒 濞，王一、廣韻作
濞，集韻作𤃩。
第八行備 平秘反亦俗 作俻具十 亦下
疑奪葡字。王二收葡為備或体，
廣韻、集韻別出葡字云說文
具也。王一無亦俗作俻四字。
第八行嚊 怒一曰迫 王一迫下有亦
作𡀗三字。
第八行贔 肥兒 屭 贔屭，王一
同，廣韻屭作屓，本書許器反
同。說文字作⿸尸自。肥兒，王一、王二

並云肥壯，廣韻云壯士作力兒。
案西京賦巨靈贔屓，薛綜
注作力之兒。吳都賦巨鼇贔屓，
劉淵林注用力壯兒。此云肥兒，不
詳所據。又案，集韻云贔屓鼇也，一曰雌鼇為贔，亦不
詳。
第八行⿰革犬 車軾亦 作⿰革伏 ⿰革犬當从王一、
王二作⿰革伏。此字从伏省。⿰革伏字王一
作⿰革伏，下有鞴紱軷等又並扶福
反九字（並字疑衍）。
第八行⿰片葡 ⿰革葡 模 廣韻云⿰片葡模，
集韻云⿰片葡也，模也，一曰牀橫桄。
萬象名義云⿰革葡墣，玉篇云⿰片葡
模。案⿰革葡不成字；⿰片葡為牀版与

集韻一曰牀橫桄義近，⿰革葡蓋
即牑字之誤，⿰片葡蓋亦牑之誤
字。墣模模義皆不詳，疑為⿰片黃
或橫字之誤。集韻唐韻姑黃切
⿰片黃，牀下橫木也。⿰片黃即橫之孳乳
字。
第九行愧 軌位反慙亦作 ⿰目鬼媿謉三 或体
⿰目鬼字王一、王二、廣韻、集韻並作
⿰身鬼，此誤。廣韻⿰目鬼字別出云大
視，集韻⿰目鬼為⿱歸見字正体。
第九行帥 所類反又 所律反二 所律反
下王一有將帥二字。
第九行樻 木腫節 可為杖 注文王
一同，王二重文上有梧字。案爾

雅釋木：椐，樻。注云腫節可為杖。
第九行䯌 脒加 也 脒當作膝，
為膝字俗書。王二作脒亦誤。王二、
廣韻作膝。
第十行䢔△ 陂 䢔當从廣韻作
陂，見廣雅釋詁、釋言。又案此
字集韻見寘韻，音丘僞切。
第十行𧾒 許僞反 豕息二 許僞反，王
一同；僞當从王二、廣韻作位。唯
本紐二字集韻音許利切，𧾒又
為𧾒字或体，亦為兩口。疑此本以
許字表其兩口，与䠷字同音（本
書𧾒字亦与䠷字同切）誤收
為二。王二此乃云又許冀反，亦失

考耳。（詳拙著例外反切的研究）。
第十行燹 火又息 淺△ 淺下當从
王一補反字。
第十行嗜 常利反 慾 亦作△𨢿二 王一𨢿
上有呩，𨢿下有䐗醋諸体。
第十行視 比又神至 反亦作視 又神至反，
王一同，各書神至反無此字，床
母禪母讀音多有出入，如廣韻
支韻巨支切亦下云又時至切，然
各書亦字見神至切，不見常利
切。疑此亦猶是也。唯王二、廣韻
神至切有眡字，（集韻無）義為
呈；說文眡為視字古文，未審
与此又切相合否。亦作視二字王

一無。
第十行眡△ 々△視 說文眡為視字古
文。王一同本書，視下重文王一無，
疑出後增。
第十行㴍△ 々△臨 㴍當从王二作
滋。王二、廣韻字作莅。重文王一
無，疑出後增。
第十行泣 臨△ 々△ 声 王一云々々声，廣
韻云泣泣水声。案漢書司馬
相如傳：泣泣下瀨，注云声也。本
書臨旁有小點，蓋識其誤者。
第十一行瞎△ 目深皃又 一治反 瞎當从
王一、廣韻作瞎。本書末韻字作
瞎，為瞎字俗書，猶蚤字作蚤。

第十一行㲘 匹鼻反氣洟或作糒一 洟上
王一有下字，王二、廣韻同，當補。
糒字當从王一、王二、廣韻作糒、
見山海經東山經。
第十一行致 陟利反俗致作致十 俗下反
字誤衍，旁有小點識之。陟利
反下王一有遂字。
第十一行躓 礩頓 王一無頓字，王
二同。
第十二行𨏮 車前重亦作輕 輕字誤，
當从王一、廣韻作輊。
第十二行㨖 到 王一云刲，与廣
韻云刲財也義合（案說文云刺
之財至也）。方言十三㨖，到也。是

本書所本。
第十二行弃 詰利反亦作棄三 亦上王
一有捐字。
第十二行屓 背身坐牀又口系反 又口
系反，王一同。本書霽韻苦計
反無此字，集韻詰計切收之。
第十二行結 多々 王一、王二多下
無重文，疑此出後增。
第十二行緻 直利反密通俗作緻九 注
文緻當从王一作緻。
第十三行稚 幼々 王一、王二幼下
無重文。
第十三行諄 語諄 注文集韻
同，王一、廣韻云語諄。說文云

語諄遲也。
第十三行緻 履底 注文王一、王二
同，玉篇亦同。萬象名義云
緰。廣雅釋器云緻謂之緰，本
書獨韻緰下云履底，各韻書
同。獨集韻此下引字林履上有
刺字。
第十三行㞜 丑利反簍柄七 簍字王
一同，正當作簍。七字王一作六
、姜書p二〇二亦作
七，疑以実數傅會。當从之。
詳下嚜字校箋。
第十三行誄 不知 誄字王一、王二、
廣韻並同，与今本方言卷十合。
玉篇字作謀，集韻作謀，為謀

俗体。戴震謂方言誺當作[言桼]。
桼桼俗書作朱，与來作耒形近。
方言[言桼]遂誤誺。上文髖字注文
膝字本書誤脥，王二誤睞，是
其比。
第十三行嚜△ 乙多杲詐 正，注文
王一同。王二、廣韻、集韻本紐
無此字，廣韻杲下云𥫍雙柄也，
又杲嚜多詐。案方言十：「嚜杲，
嬒也。凡小兒多詐而嬒，或謂
云嚜杲」。郭注：嚜音目，廣雅
釋詁二曹音眉北反，列子力命
篇作墨杲。此當是由杲字注
文誤為正文。王一同本書，然杲
下云丑利反六，似本無嚜字。前參
杲字校箋。
第十四行跮△ 𨃰△又丑△慄△反 又丑慄反，王
一同。本書質韻丑栗反無此字，
廣韻收之，注云又丑利切。
第十四行棨△ 分蠡 棨當作殺，為
殺之省。集韻作繺，或体作殺
。王一誤棨，廣韻誤繺。字又
見石韻，音缔復反，本書誤
作繺。
第十四行冀△ 几利反中州亦作冀作△俗冀六
作俗二字誤倒，以鈎識之俗側。
第十四行驥 騏△亦作驥 騏下王一有
驥字，王二有重文，當據補。廣
韻亦云騏驥。
第十五行瀵△ 水名 瀵字王一同，
當从王二、廣韻作瀵。見說文。
第十五行鱀 魚大腸△ 腸當从王
一作腹。爾雅釋魚鱀是鱁，
郭注：鱧似鱓，尾如鯯魚，大
腹。
第十五行瀵 下瀵△ 瀵字王二同
，當从廣韻作瀵。見說文。
第十六行姿△ 資四反又△子△怡△反三△ 王一本
紐無此字，首字為恣，注云資
四反縱二，無又子怡反四字。王二、
廣韻同，集韻亦恣為本紐首
字，本增姿字云婿。本書蓋誤

恣為姿，遂於下文增恣字，改此
注二作三，又增子怡反一音，怡當
作夷，字見脂韻即夷反下，各書
同。
第十六行恣 心縱 王一恣為本紐
首字，注云縱，無心字。參上條。
第十六行㱽 而死復生 又七四反 㱽當从
王一、廣韻作㱽。說文云从次声。
注文而死二字誤倒。
第十六行次 七四反 亞七 七當作八，
此因鬃下脫紻字而改之，詳鬃
字校箋。王一本紐八字同本書，此
姜書P二〇一一
云八。無計數之字。
第十六行鬃 以續所以 未絹者 鬃當

作鬃。王一作鬃，誤，王二作鬃
，廣韻作鬃，並為俗誤。
注文以續所以未絹者，目續字
以下為紻字注文，以字為羨文。
絹當作縜。王一、王二、廣韻鬃下
並有紻字，王一、廣韻云續所未
見者，王二云續所未縜。縜字誤
絹。
諸書鬃下並云以漆塗器，本書
上以字是鬃字注文，下當補漆
塗器三字。
第十六行髮 髮 髮字當从
王一、廣韻作髮。注文王一、廣韻
並云髮，集韻云婦人首服，服
原誤股，从
適作次。案周禮追師：
考正。
追師掌王后之首服，為副編次

。鄭注：次，次第髮長短為之，
所謂髮髢。王一、廣韻注文則當
依此為正。
第十七行㱽 死復生 㱽字當从
王一、王二、廣韻作㱽。
第十七行饐 餅傷熟 餅當从王
一作餅，即飯字。熟字王一、王二、
廣韻並同。案：爾雅釋器食
饐謂之餲。郭注云飯饖臭；釋
文引葛洪字苑云饐臭，又引字
林云飯傷熱溼，熟當是熱字
之誤。詳廣韻校勘記。
第十七行歐 喑 歎 喑下王一、王三、
廣韻有歐字或重文，二字双声

連語，當補。
第十七行檯 擧手　檯當从王一、
王二、廣韻作檯。注文王一同，王三
云擧手下手，廣韻云拜擧手。
段氏改廣韻手字作首。案說文
檯，拜擧首下手也。王二擧手
亦無擧首之誤，本書疑亦有脫
誤。
第十七行四 息利反 數七　七字王一作
九，多本書駟一二字。詳牭器
二字條。
第十七行柶 角上　柶當从王一、王
二、廣韻作柶。上字王一同，廣韻
作匕，王二云匕也又角上。案儀禮
士冠禮角柶，注狀如匕，以角為
之者，欲滑也。周禮玉府，角枕
角柶。本書上即匕字之誤，王二
不能辨，遂以為二義。
第十七行牭　牭上王一有駟字，注
云駟馬。王二、廣韻並有此字，
疑本書誤奪。
第十七行蕼 堇　正，注文王一、
廣韻同。說文蕼，赤蕼也。桂
氏義證云玉篇蕼，堇也，即廣
雅釋草葦字。案釋草云葦，蔡也。曹憲
筆字無音。
第十八行埋 官 次下　官當从王
一、廣韻作棺。次當从王一、廣韻
作坎。小爾雅廣名：埋柩謂之
殔。
第十八行器 去冀反 四一　器上王一
有丨字，注云上下通又他外反。
王二、廣韻並無此字，集韻同
王一。案說文丨，下上通也，引而
上行讀若囟，引而下行讀若退。
此音未詳（玉篇亦音思二切）。
囟與四形近，或即誤從四讀。又
器字注文四當从王一作亖。
第十八行比 近有 四音　有四音，王
一云又必復符脂扶必三反，本
書字又見旨韻卑履反、脂韻
房脂反及質韻毗必反，合比讀

為四音。
第十八行𧜿 ²禪 王一禪下無
重文，疑此出後增。
第十八行坒 地相次，或作𥬨。又毗𢢜反 或
作𥬨，王一同。集韻𥬨為上文枇字
或体。案廣雅釋詁三「坒、𥬨、次
也」，曹憲二字並音毗利反，故本
書云坒或作𥬨。廣雅疏證亦云坒𥬨一字。
第十九行䭫 首 注文王一、廣
韻同。王二云倉頡篇云首子曰䭫
，集韻云犬初生子，一曰首子。周
氏廣韻校勘記據王二、集韻改
廣韻首也為首子。案方言十三
云「䫇、鼻、始也。嘼之初生謂之鼻，
人之初生謂之首。」首字後摯乳為
䫇，此即方言「嘼初生謂之鼻」之
鼻字。本書有韻䫇 案原誤 作顛，下
云人初產，此當云嘼初產，故集
韻云犬初生子。
第十九行瞲 許鼻反 恚視 三 瞲字
本書旨韻同，王一、廣韻作瞲，
姜書P二〇一一作瞲（王二作瞲），與王二同。集
韻作瞲。案此字当从王二作瞲，从
矞為声。本書作瞲，蓋其俗誤；
廣韻作瞲，當又由瞲字而誤。集
韻作𥌳，恐亦誤。案萬象名義目部無瞲若
瞲，瞲下云驚視；玉篇目部瞲，
恚視也，亦不作瞲字。又別出瞲
字云目深皃。集韻瞲字又見支
韻精垂切及術韻翾圭切。
荀子、江賦瞲並為驚視之義，声
類瞲，驚視上也；与此云恚視義
異。萬象名義、玉篇云瞲或作
䁆，萬象名義又別出䁆字云瞋
視，則与此云恚視義合。又案荀子、江賦注
及萬象名義、玉篇瞲字並音術
韻曉母，為此讀入声，音雖異，
蓋仍是一字。
第十九行婎 醜又許葵反 又許葵反
，脂韻許維反催下云仳催醜女，
廣韻催或作婎，又𢈢下云恣亦
作婎。
第十九行畀 与亦作畀 畀當作畀。
王一無亦作畀三字。
第十九行庇 ²蔭 王一、王二蔭下無

重文。廣韻云庇蔭。
第十九行瘁 足氣 王二、廣韻本
紐無此字。注文足氣王一同，集韻
云足气不至病，与說文合，本書
跐四反下亦云足氣不至，此蓋誤
奪不至二字。
第二十行萃 疾醉反 集五 本紐四字
而此五，或有奪字，王一四字同本
書，而此下云四，唯善書無計數
之字，劉氏所書未審可信否。
第二十行坔 徒四反磸礴也古作坔一 王一
云徒四反磸礴一，無也古作坔四
字。案本書向是例不用也字。又
集韻云唐武后作坔。本書據
唐蘭氏所考成于神龍二年，於
武后之世不得云古，四字當出後
人所增。
第二十行呬 息又丑致反陰知日々 又丑致
反，丑利反下作訵。陰知日々，
日當从王一作曰。
第二十一行咿 呻又大尸反 此字王一在
齂上。又大尸反，大當从王一、廣韻
作火，唯本書脂韻無此字此音。
王二脂韻末見，虛伊反呻吟也，屎
為屎字之誤，廣韻作屎。即此字。
第二十一行䌥 重亦作縻 王二本紐
無此字，集韻同。王一、廣韻同本
書。廣雅釋詁四䌥，重也。曹憲
音以豉反，集韻寘韻以豉切收此
字。案：集韻䌥為貤字或体，廣
韻以豉切收貤字。本紐集韻
有貤字，然本書、王一、廣
韻䌥貤為二字。 亦作縻，
王一同。說文䌥為縻字或体，故有
此釋。縻字本書見支、寘二韻
明母。
第二十一行隶 及又徒戴反 又徒戴反，
王一同；廣韻云又音代，亦同。各
書代韻徒戴反無此字，集韻收
之。本書徒戴反有逮字，注云及，
与此音義俱同。
第二十一行彔 猪名又徒計反 彔當从
王一、廣韻作彖。又徒計反，王一、
廣韻同。本書霽韻特計反無

此字，廣韻收之。
第二十一行貤 重物次第 又神至反 又神至
反。神至反此字与自字误合為一，
詳貤字校箋。
第二十一行示 神至反 指二 王一云垂信，
無指字。二當从王一作三，詳下瞖
字校箋。
第二十一行譢 易名 從益 此字王一作
譢，云从益省从益非。王二作謚，
云从言益。廣韻作謚，一本作謚。
集韻作謚，或体作謚。案今本
說文：「謚，行之迹也。从言兮皿，
闕。」此當書抄九十四引說文謚，
行之迹也。从言益声。与王二同。

本書作譢，云从益，並误。
第二十一行瞖 疾二反 從二 各書本
紐無此字，而首字作自。王一自
上有貤字，廣韻同。注云重物次第，
廣神示反。本書羊至反貤下云
又神至反，此當是貤自二字误合。
第二十二行出 尺類 反一 王一反下有生字。
第二十二行遾 前頓又 口點反 王二、廣韻
本紐無此字。王一字作遾。集韻亦
作遾，為迚字或体，亦作跡作
謀。案說文迚，前頓也。賈侍
中說一讀若拾，又若郅。毛氏改迚
為迚，段氏从玉篇改作謀。萬象
名義亦作謀。枼字俗書作枈，

本書遾當从王一作遾。注文前
頓，頓為頓字之误。又口點反，
王一同，萬象名義亦同。各書系
韻無此字，玉篇音口點竹季二切，
案或本點亦作點。各書點韻亦無此字。
第二十二行遺 以醉反又 以追反六 又上王
一有贈字，追字作佳，王二同。
第二十三行瞖 婘亦作 瞖字 王二、廣韻
、集韻並無此字，王一同本書。廣韻
見寘韻以睡切，集韻同，廣雅釋
詁一及釋詁三瞖字曹憲音並同
廣韻。此不詳所出。廣雅釋詁一瞖
瞖，益也。疏證云：瞖者，卷三云瞖
孥也，（案廣雅釋詁三，瞖，譴，孥

也。譴字說文作嬞，紛挐亦多益
之意。本書云譴、嬞亦作醫字，
醫即醫字之誤（王一不誤），疑譴
即廣雅贍字，此猶之廣雅敍、多
也，而後世多為敍字或体；幽、絣
也，而後世幽為絣字或体；坒、鈚，
次也，而後世鈚為坒字或体。（集
韻收不同之字為一字，尤比比皆
是。）唯廣雅贍字書憲音思後
反，本書震韻私閏反亦收贍字
云益。 詳參贍字校箋。 又案廣韻寘
韻譴下云恨也，亦不詳。
第二十三行蜼 卬鼻長尾似獼猴而則到懸其頭又餘救反
王一無似獼猴雨則到懸其頭

九字。
第二十三行屍 矢利反 似皴一 王一云似
皴，廣韻、集韻並云似皴皃，當
依王一改。
第二十三行皾 楚利反 栗侼一 王一音楚
類反，集韻同。廣韻音楚愧反，
並為合口。集韻又音楚委切，亦
為合口，利為依王一作類。
第二十三行侐 火季反靜 又䨪逼反一 火季
反，王一、王二、廣韻、集韻並同。
本書前有瞲字音許鼻反，王一、
王二同，廣韻音香季切，並與此
字音同，則此當是增加字。 參看瞲韻瞲
字校箋。

七 志
第一行[illegible] 此字左側原有司痕
二字，不詳。古書無此，疑與第二行伺字有關。
第一行誌 認之 王一云言意。王
二云墓誌。
第一行治 大帝諱 王一大上有理
字。本書之至二韻治下並云理
大帝諱，當據補。王二、廣韻此
並云理。又諱下王一有又直之反
三字。
第一行蚝 七吏反 虫一 虫上王一有虬字，
虬即蚝之誤，王二云〻虫。
第二行笥 相吏反 虫篋二 王一云篋笥，

王二云々箧，本書虫字涉上蚝字注
文而误。
第二行伺 々候 王一、王二候下無重
文。
第二行熾 犍又昌 志反 熾當从王一、
王二、廣韻作幟。犍字王一作旗，王
二、廣韻並同。
第二行戴 側吏反 大鸞四 側字刀旁不
可見，据各書補。
第二行椔 木立死又 側持反 死字不清，
據王一及諸書審定。
第二行事 □□□ 鉏吏反 注文右行
三字不可見，王一作々刃又，（姜書
P二〇一一刃字作由，疑失真。）廣

韻亦云事刃。案漢書蒯通傳：
不敢事刃於公之腹者。李奇注：東
方人以物臿地中為事，故諸書此云
事刃，本書當是殘々刃又三字。
第二行吏 力反 置二 力字不清，據
王一、王二、廣韻審定。反下王一有
執事二字。
第三行慈 々憂 慈字姜書P二
〇一一同，失其真。王一作慈，疑當从廣韻
作慈。重文王一無。
第三行字 疾置反支 滋曰字四 支當从
王一作文。
第三行芓 麻母亦 作字 麻當作麻。
字當从王一、廣韻作芓。

第三行餌 仍吏反 十二 反下王一有
食亦作鬻四字。
第三行珥 々飾 王一、王二、廣韻
並云耳飾，廣韻或本謂耳為珥。是也。
本書誤耳為珥，遂易為重文。
第三行衈 開書殺雞血 刑祭名曰々 王
一無曰々二字，王二、廣韻同，此出
後人所增。
第四行刵 劓耳 刑々 王一、王二只劓
耳二字，刑々二字疑出後增。
第四行毦 氅 注文王一云氅毦
姜書P二〇一一，氅字作氅。王二作氅々，同。
廣韻云氅毦羽毛飾也。案氅
字不詳，各字書韻書無此字。集

韻云：博雅𣯍㲣罽也。𣰒當是
𣰒字之誤。中華大辭典云𣰒是𣰒字俗書，案当云
俗誤。本書唐韻裲誤作襉，襉
誤為裲，与此誤𣰒為𣰒同例。
𣰒与𣯍同。隋書煬帝大業二年：
「禽獸有堪𣰒毦之用者，殆無遺
類」。四部叢刊本、開明本並作𣰒。通鑑作𣰒，音齒兩反，
隋書原當作𣰒。𣰒毦即𣯍毦。𣰒字从敞
声，敞从尚声；𣯍从廣声，尚声唐
声通，故堂棠从尚声讀与唐同。
𣯍字曹憲音唐，𣰒字各书音
与敞同，蓋並从声為讀，不知為
一字。姜書P二〇一一作𣰒毦，似
耳。
獨不誤。又案依各書注文，本
書𣰒下似奪重文。
第四行洱 水名出罷谷 又弥尒反 又弥
尒反，王一云又而止反。紙韻弥

婢反無此字，廣韻同；有𤀹字，
注云𤀹水，蓋即此音所指。明楊慎雲
山川志云：西洱海亦名𤀹海。集韻則𤀹字而
外，又收洱字。𤀹下云飲也，洱下
云水名，亦似以洱當本書𤀹字。唯
止韻而止反下有洱字，与王一合；注
云又而志反，為互注，疑此又弥尒
反四字為後人所改。
第四行聑 以性耳告神欲聽 性當从
王一、廣韻作牲。
第四行佴 次〻 王一次下無重
文。
第五行使 又所里反 又上王一有拼
字，王二同本書。

第五行𩞄 阜𥨍 𩞄當从廣韻
、集韻作𩞄，王一同本書。王二無此
字。注文𥨍字王一、廣韻作突，廣
韻、集韻本紐別出𥨍字云穴也。
案𩞄𥨍二字並不詳。玉篇𩞄，所
冀切，阜突也」；与說文𩞄字義
訓同。桂馥說文義證謂廣韻
玉篇𩞄即說文𩞄字之譌。案𥨍声之
字省作史，与史形近易亂。王二本
韻正文及質韻鴥下注文駛並譌
作駛，即其例。
更參下條。
第五行𩣡 獸似狸 亦作𩣡 正、或体
王一同；王二、廣韻正文作𩣡，無
或体；集韻𩣡為𩣡或体。案廣
雅釋獸：𩣡，貁也；𩣡，貁也。二條

相連，貕与貐皆貍屬。貕字見肩韻，注亦云獸似貍。參上鱧字校箋。夬与史形近每有譌亂，疑㚇字即由㚇字譌誤，而本書收之。

第五行餕　烈　此字當从廣韻作餕。

第五行异　又退　我歎　我當从王一、王二作𢦏，為哉字俗書。廣韻作哉。

第五行置　陟吏反　寘一　一當从王一、廣韻作二，王一、廣韻同紐有𢐀字，集韻同。本書𢐀字誤在事下，遂改二作一。詳下事𢐀二字校箋。王二云一，下無𢐀字。

第五行事　鉏吏反　反下王一有務字，王二同本書。又記數之字誤奪。王一云二，同紐有餧字，廣韻、集韻同。本書誤事於𢐀上，而餧在𢐀下，此下亦当云二，详下條。王二事下云一，無餧字。

第五行𢐀　青州謂彈弓　三　此字王一、廣韻、集韻並与置字同陟吏反，廣雅釋器：「𢐀謂之彈。」曹憲音致。集韻又見至韻陟利切、声母与王一、廣韻同，唯韻母為異。本書事𢐀二字誤倒，參前事置二字校箋。注文青州謂彈弓，王一、廣韻同，蕭家名義、集韻云彈，玉篇云青州謂彈為𢐀，並与廣雅合。彈𢐀一声之轉，本書彈下云不當有弓字。廣雅疏證云：𢐀者遙擊之名。燕策云荊軻引其匕首提秦王，義与𢐀相近。是亦不當有弓字。三字亦不當有，蓋𢐀字誤在事下，遂使鉏吏反為三字，又誤書三字於此下。

第六行餧　牧　正文王一、廣韻同，集韻作餧。注文王一云牧，廣韻云玉篇嗜食，集韻云糚飾。集韻別出餺字云嗜食、玉篇餺与餧同。王二無此字。案餧字不詳所出，疑即飾之孳乳，原本作餧，篇海類篇作如此。後誤為餧為餧。本書注文牧即妝字俗误，与集韻云粧飾義同；王一牧是妝字之误。王篇云嗜事，不詳所據。字彙補飭，他結切；篇韻：貪食曰飭；則以為即說文飻字。然飭實說文飭字，古飾飭通用，亦可證餝即飾字別構。

第六行侍 時吏反 小立三　小立二字王一作承（姜書作丞）。

第六行蒔 種〃。亦作秲蒔蒔　王一注文止一種字，諸或体疑出後人增之。下文秲字別出，是其証。秲字各書無；集韻收蒔字，与秲形近。

第六行秲 種枝　王一云枝種，即說文「蒔，更別種」之義。枝當作枝。

第六行忌 渠記反。諱。亦作認。七　亦作認，王一同。王二、廣韻並認字別出，注云告誡。七當从王一作九。本紐九字，王一同本書。之韻畀下云又渠記反，可証下文畀是本紐第九字。

第六行鱀 魚名　王一、王二、廣韻本紐並有此字，集韻獨無。案爾雅釋魚：鱀是鱁。釋文：鱀，其冀反；字林作鱁，音既。集韻字見至韻巨至切及未韻居氣切，並与釋文音合。（又或見其既切下。）王二云又其器反，廣韻云又音息，字並又見至韻其器反下；未韻無。本書及王一並与王二、廣韻同。

第六行碁 忌〃　王一無重文，廣韻引說文忌也。

第七行鵋 鵋〃　王一云鳩，鳩即鳩字，不詳。

第七行惎 繫。又渠基反　惎當从王一，廣韻作惎，又渠基反，王一同；廣韻云又音其。本書之韻渠之反綦字即此字，廣韻之韻云綦俗作帺。集韻之韻綦惎同字；本紐惎下云繫也，又別出綦字云纏飾，蓋不知繫即纏繫耳，失之。

第七行畁 欙又渠基反 畁當从
廣韻作畀。
第七行意 於記反四 反下王一有志
字。王二同本書。
第七行黖 深黑 王二、集韻本紐
無此字，王二字見未韻於既反，
集韻同；集韻字又見至韻乙兾
切。王一、廣韻同本書。
第七行戲 貪又猗秋反 王二本紐
無此字，字見至韻乙利反；集
韻同，又見未韻於既切。王一同
本書，廣韻至志二韻並見。案：
方言十：戲，貪也。郭注戲音懿，
王二與郭音合。廣雅釋詁二曹

憲音於既反，集韻亦與曹音合。
本書質韻於筆反戲下云又於
既反，亦與曹音同。至未二韻音
近，故多互見；志韻音遠，此疑
誤收。又猗秋反，秋當从姜書p
二〇一一作秩。王一反切下字作圌。
第八行記 居吏反一 反下王一有憶
字，王二同本書。
第八行唭 〻疑反聞見 疑反二字當
从王一、廣韻作嶷無。廣韻魚記
切嶷下云唭嶷無聞見也。
第八行憙 虛記反情好二 憙當从王二、
廣韻作憙。
第八行咥 笑又諸異徒結知吉三反 正注文

王一同。王二、廣韻、集韻本紐並無
此字。王二噫下云笑，集韻同；廣
韻嬉下云可嬉，均無又切。集韻
至韻虛器切有此字，許四切亦有
此字；廣韻屑韻徒結切咥下云又
火至切，與集韻合。廣韻至韻遺
收此字，王一屑韻云又虛記反，與本書此音合
。本書屑韻無又切。
又諸異反，王一屑韻注同，各書
本韻之吏反無此字，集韻至韻
脂利切有此字，異疑當作冀。又
知吉反，本書質韻陟栗反無此
字，字見丑栗反，各書同。
第八行兾 居記反連皆一 廣韻此字
與異字同羊吏切，注云連翹；集

韻同；又与意字同於記切。王一字
亦別出同本書。案爾雅釋草連
異翹，此蕵即尒雅異字之孳乳，
是蕵本与異同音。本書云馬記
反，馬字當讀矣乾反，為餘吏反
增加字。集韻蓋因馬字又讀
於乾反，遂亦收之於記切下。苢
當从王一作苢，爾雅郭注云一名
連苢。

八　未

第一行味　〻滋　王一云滋甘，恐誤。
第一行䊷　饡亦作粊　䊷字王一同，
廣韻作糦，字見廣雅釋器。此
从禾疑即从米之誤。集韻䊷為糦
或体。粊字王一作粊，廣韻、集
韻作粊，尒与𠂤同，此誤。
第一行貴　居謂反　尊二　謂当作謂。
第一行謂　云貴反　十五　反下王一有
言字。
第一行胃　肚亦作䏶正胃　䏶字姜
書P二〇一一同，劉書作胃。無正胃二字。
第二行蝟　絡〻虫名　王一、王二蝟下
云虫一曰蟚蝟。案蟚蝟不詳。爾雅釋魚螖
蠌小者蟧，郭云即彭螖。疑此誤螖為蝟。集韻
蝟同彙，引說文蟲也。（廣韻同
）別出蜟字云蛒蜟蟲名。李白
詩絡緯秋啼金井闌。蛒蜟即
絡緯，本書云絡蝟，則蝟与緯
蜟同。然王一、王二与此異，疑校
者因蝟不得云蟚蝟而改之。
第二行彙　類ㄡ虫毛䫲剌如果　王一此
字在渭字上，注文止一類字。王二
亦止一類字。䫲字誤衍，字从小
點為識。
第二行𣎵　草木孛亦作𣎵　𣎵字王一
同，當从廣韻、集韻作𣎵。孛
上廣韻有𣎵字。說文𣎵，艸木
𣎵孛之貌。王一同本書。孛誤作李。
第二行鮪　魚名　王一云魚如蛇
（案見山海經）。
第二行緭　〻繒　王一繒下無重文。

第三行沸 府謂反水涫六 涫下王一有
亦作潰、灒四字。
第三行疿 熱病 王一、王二云熱細
瘡，集韻云熱瘍。
第三行誹 々謗 王一、王二並云誹
謗。本書謗字誤又誤倒。
第三行祓 蔽膝亦作襏 祓當从王
一，廣韻作袚。
第三行費 芳味反多損又房味反又音祕五
又房味反，王一同；本書扶沸
反無此字，王一收之。又音秘，王一
同。本書至韻鄙媚反有鄙字，廣
韻費下云費與鄙同。五當从王
一作四；本紐四字，王一同。

第四行髴 髣々 重文下王一有
亦作佛三字。王二同本書。
第四行胇 光 胇當从王一、廣
韻作昲。
第四行欑 々木 王一木下無重文
，此當出後增。
第四行㘰 罽々網羅 注文王一止
一羅字，王二同。
第五行卉 百草從三十 王一云正
作芔從三屮，當據改。
第五行怫 扶沸反々愲又扶物反亦怫鬱十 王一
本紐首字作𩰠。怫為第二字，注
云々愲又扶物反怫鬱，王二同，當
據王一改。

第五行𩰠 獸名似人，峻走食人，声如小兒啼，披髮面上，廣下陝俗呼為山都 𩰠字王一同，當
从廣韻作𩰠。此字王一為本紐首
字，注文云扶沸反獸名十一（無似以下諸字），當據
改。參前條，並參𩰠字條。
第六行菲 菜名又芳非反又芳未二反 又芳
非反又芳未二反，王一、王二云又芳
非芳味二反，本書衍反又二字。又
本書芳味反下無菲字，各書同。
唐韻、廣韻云又妃斐二音，廣韻妃作
·霏。本書尾韻妃尾反有菲字；微
韻芳非反下云又芳尾苻未二反
，切三、切二、王一同；此未字當誤，
王一、王二味字誤同。

第六行屝 屩草 屩字王一作履，王二、廣韻同本書。

第六行蜚 虫，亦作⿱非巾 蜚上王一有翡字，注云〻翠，王二同，唐韻、廣韻並有此字，此疑誤奪。亦作⿱非巾，王一同，未詳。廣韻⿱非巾字別出，云⿱非巾隱、本書下文厞下云隱，即說文厞字，廣韻厞下云隱云陋。集韻⿱非巾為厞字或体，玉篇⿱非巾為厞字或体。疑亦作⿱非巾三字原當在厞下。又王一蜚上有蜚字。

第六行厞 隱〻 王一、王二隱下無重文。

第六行狒 梟羊 此字當收上文⿱吅禺字或体，廣韻、集韻如此，王一同本書。爾雅釋獸：狒狒如人，被髮迅走食人，郭注梟羊也。說文⿱吅禺下引爾雅狒字作⿱吅禺。

第六行⿰禾黄 稻不黏，又扶涯反 ⿰禾黄字本書尾韻同，當从各書作⿰禾冀。

第六行暨 諸〻縣在會稽 稽下王一有又其冀反四字，王二同，唐韻、廣韻亦同。

第七行毅 魚既反，致果，俗作毅四 王一云敢果，唐韻、廣韻云果敢，案左宣二年傳：殺敵為果，致果為毅，故此云致果。王一敢當是致字之誤，唐韻又改果敢耳。

第七行忍 怒 忍字王一在毅字下。

第七行藙 茱果 王一云茱萸，王二、唐韻、廣韻同。案內則三牲用藙，注云煎茱萸也，本書茱果即茱萸之誤。又王一萸下有亦作藾三字（藾誤作藙，據廣韻改。說文作藾。）

第七行豙 怒毛 注文王一同，廣韻云豕怒毛豎也，見說文。

第七行乞 与人，古作雲乞，又去訖反，皆謂雲霧〻〻 王一無皆謂雲霧〻〻五字，王二同；去訖反之乞義非雲氣，當據刪。

第七行欷 許既反 歔九 歔下王一、王
二、唐韻、廣韻有欷字或重文，
當補。九當作十，詳下愾字校箋。
第八行餼 生餉 亦槩 槩當从王一作
槩，見說文。槩上當據王一補作字。
第八行愾 怒傳 王一愾下云大息，
下有鎎字，注云怒。王二、唐韻、
廣韻愾下云大息；亦並有鎎字，
王二、唐韻云怒，唐韻鎎誤餼。廣韻
云怒戰。案說文：「愾，太息也。」
「鎎，怒戰也。春秋傳曰諸侯敵王
所鎎」是諸書所本，（四四）當依王一
改。傳字疑衍，或即春秋傳，而又
有奪文。

第八行摡 拭又古戴反 戴字王一作
載，王二同。
第八行⿱既皿 獸似蝟赤毛。又音氣 又音氣，
王一同。前去既反下無此字，廣韻
收之。赤尾，王一同。山海經北山經
云其狀如彙而赤毛。廣韻、集韻
云赤毛，此誤。
第八行衣 於既反 着一 王一云依，下
有又於機反四字，王一亦云又於機
反，而不載義訓。

九 御
第一行據 居御反㨿俗作據字八 王一居
御反諸字在魚據反及力據反

諸字之後，各韻書同。本書韻
目云九御，此處係誤鈔。又據下王
一無俗作據字四字。
第一行鋸 斧〻又釚 王一云刀鋸，無
又釚二字，王二、唐韻、廣韻並同。
集韻亦無此或体。
第一行倨 傲〻 王一倨字在踞下，
注文無重文。王二、廣韻次第同本
書，王二注文亦無重文。
第一行踞 蹲〻 王一無重文，王二
同。
第一行澽 乾 此字王一作澽，
廣韻、集韻作澽，集韻或体作
瀏。廣雅釋詁二：澽，乾也。本書

魚韻遽字誤遽，与此同例。王一
作遽，尤誤。
第一行觡 角似鷄亦作䚡 角似鷄，王
一同，廣韻鷄下有距字，當據補，
集韻云獸名角似雞距。
第二行語 語又魚擧二音 又魚擧二音，
王一、王二、唐韻並云又魚擧反，語
字無第三讀，二音二字誤。
第二行櫖 〻山 櫖字當从王一、廣
韻作櫖。爾雅釋木諸慮山櫐，
此即爾雅慮字，注文重文誤，王一
作藟，廣韻作櫐。
第二行⿰馬旅 人 王一、廣韻云傳馬，
姜書P二〇一 集韻云傳謂之⿰馬旅。
一無馬字。

廣韻魚韻力居切⿰馬旅，傳馬名。唐
會要：驛傳曰使⿰馬旅。人字誤。
第二行覷 七慮反窺伺三 窺當作覷。
第二行胆 蝍〻亦作蛆 王一或体作
蜡，唐韻、廣韻無或体，集韻同
本書。案周禮蜡氏，釋文音清
預反。說文蜡，蠅胆也。故以蜡為
胆字或体（說文蜡胆二字）。本書
魚韻七余反胆下云虫在肉中俗
作蛆，廣韻亦云蛆為俗体，切三
字作蛆，亦云俗作。蛆為正体者
音子魚反，義為蝍蛆，此云亦作
蛆，蛆疑蜡字之誤。參魚韻胆
字校箋。
第二行㰦 却據反欠〻五 五當从王一作

六。
第二行去 不住厺正作 王一注云離
又却呂反，廣韻同。王二、唐韻亦
並云又却呂反，無義訓。本書疑
後人改之、去字如依說文當作厺，
參語韻來條。
第三行䞍 麦汁反羌擧反 汁下反字當
从王一作又，字又見語韻羌擧反。
第三行署 常據反〻書二 王一釋云記。
第三行曙 〻曉 王一、王二、唐韻
無曉下重文。
第三行庶 衆〻 王一云〻幾。
第三行著 張慮反又持略反張略三反一
王一又上有表記二字，王二同本書。

又持略反張略三反，王一云又持略張略二反，本書誤衍張上反字，二誤作三。

第四行簏△ 〻△筐 簏當从王一、王二、唐韻、廣韻作簏。王一、王二、唐韻筐下無重文。

第四行[食鹿]△ 犬 靡△ 靡當从王一、王二、唐韻、廣韻作糜。

第四行[甾鹿]△ 〻△畚 此即上文[甾鹿]字，由甾一字，詳觀堂集林卷六釋由。不應別出。廣雅釋器：[甾鹿]，畚也。王二、唐韻、集韻有[甾鹿]無[甾鹿]。王一、廣韻誤同本書。畚下王一無重文，廣韻云畚也、

第四行棜△ 鏄△無足 注文王一、王二、唐韻、廣韻同，王二、廣韻鏄作樽，字同。案禮記禮器：天子諸侯之尊廢禁，大夫士棜禁。棜禁皆承樽之器，有足者禁，無足者棜。此云無足鏄，失之。集韻云：「承樽器，如案無足」，獨不誤。

第五行淤 水△濁又 約渠反 水濁王一、王二、唐韻同，廣韻云濁水中泥，與說文澱滓濁泥合。本書魚韻注云淤泥。

第五行窶△ 假寐又仁諸 如与二反 窶當从王一、廣韻作寠。本書魚韻字不誤，語韻誤同此。

第五行菸 〻△臭 王一無臭下重文。

第五行絮△ 息據反 麤△綿一 王一無〻麤字。

第六行耡 稅△又仕魚 反△又作筯 又仕魚反，王一、王二、唐韻、廣韻同。唐韻、廣韻仕字作士，王二誤作土。本書魚韻助魚反無耡字，有鋤及鉏字。詳下文。廣韻別有耡字，注云周禮曰以興耡利甿；集韻同。又作筯，王一同。王二、唐韻作鋤；集韻鋤字作鉏，別有筯字。案孟子滕文公「殷人七十而助」，助者，藉也。此耡字即彼助字。周禮考工匠人鄭注引孟子助字作筯，本書誤。

第六行怚 子據反 心△〻二 注文王一云憍，

王二、唐韻、廣韻並同。王一憍下衍子字。

憍与驕同，說文怚，驕也。當据改。

第六行 頊 ㄙ 安 王一、王二安下無重文。

第六行 ⿱與馬 馬行疾 此字王一在譽字下，王二、唐韻、廣韻次第並同，當據改。

第七行 譽 毀 毀下王一有譽字，當據補。原疑作重文而誤奪。

第七行 鸒 鳥 ㄙ 斯 鳥下王一有亦作鸒雈三字，王二同本書。

第七行 女 女上王二、唐韻、廣韻有嘘字，王一狩下亦有嘘字，王二音虛據反，唐韻同，廣韻音許御切，亦同。王一注文殘，然其嘘字及⿸疒除字行款空隙視之，嘘下當為女觔二字。疑本書狩下女上奪嘘字。

第八行 ⿸疒除 ⿸疒除痴不達又勑慮反 痴昔丑之反 痴下王一、廣韻有⿸疒除字，本書痴字口下有小點，蓋即所補重文。又勑慮反，下勑慮反下無此字，王一收之。

第八行 楚 初據反 心利一 心利，王二同，廣韻云楚利，集韻𢢔下云心利通作楚，並不詳。疑利是剌字之誤，方言二剌，痛也。即苦楚字又讀。苦字亦讀去声。廣韻、集韻諸韻𠜂舉切𢢔下云痛也，正与集韻此作𢢔字合。

第八行 悇 勑慮反 憂ㄙ一 憂上王一有憚字。一字王一作二，下有⿸疒除字，注云痴⿸疒除不達又直庶反。案本書直據反⿸疒除下云又勑慮反，之韻丑之反痴下亦云⿸疒除字直庶反又勑慮反，當依王一改一為二，下增⿸疒除字。

第八行 處 杵去反 居所 所下當據王一補一字。王一所下一上有反字，差書P二〇一一無，王一蓋誤衍。

十 遇

第二行禺 ㄙ獸 重文疑出後增。

第二行樹 殊遇反木ㄙ四 王一云木揔名，唐韻、廣韻同。

第二行芻 老人行皃 芻字王一、王二、唐韻、廣韻並作耉，當从正。

第二行僂 ㄙ立 王一立下無重文，有或作佢三字。

第二行腧 築垣短板又之句反 又之句反，王一同，玉篇亦同；王二、唐韻、廣韻並無又切。本書之戍反無此字，集韻朱戍切收之。

第二行坿 白ㄙ之附夫反 之字當从王一作又，坿字又見虞韻附夫反。

第三行胕 胇 胇當作胏。

第三行䏠 小巵有蓋 王二無此字，姜書P二〇一一、廣韻、集韻同本書。廣韻校勘記云：「案此䏠字當是䏠字之誤。說文：䏠，小巵有耳蓋者。䏠字已見獮韻市兖切下，此䏠字當刪」。案本書獮韻視兖反䏠下亦云小巵有蓋。

第三行注 之戍反記九 之下為戍字，蓋以雌黃點改。王一反下云水注又丁住反注記，唐韻同。王二云水注又涉句反，亦同。

第三行馵 白足馬 王一云馬白足。王二、廣韻云馬後左足白，見爾雅釋畜。疑當从王一改。

第三行澍 ㄙ雨 王一云時雨又殊遇反，王二、唐韻、廣韻並同。

第四行句 詞 王一詞下有絕字。

第四行酗 醉怒亦作⿰酉句 ⿰酉句字王一作⿰酉句，王二、廣韻、集韻同。⿰酉句字見說文，當據改。

第四行姁 嫗ㄙ求俱反又兄羽反 重文當據王一改又字，此字又見虞韻其俱反。

第五行腧 藏五 王一、唐韻、廣韻並云五臟腧，集韻云五臟腧穴，王二同本書。案靈樞經：脉之所注曰俞。素問奇病論：

治之以膽募俞，注：背脊曰俞。腧
即俞字，本穴道之名，當依王一於臟
下增腧字。
第五行趨 跳馬 跳下王一有趨字，
王二同。唐韻、廣韻云馬趨前，
當依王一補趨字。
第五行隃 陵名 又式于反 又式于反
王一云又戍于反，王二云又音輸，
並同。本書虞韻式朱反無此
字，廣韻收之。
第五行裕 和 羊孺反 五 和字不詳，
王一云饒，下有或作袞三字。
第五行覦 覬 々 下王一有又揄
拘反四字，王二云又羊朱反。揄字

与覦同羊朱反，王一揄字疑誤。
第六行燸 㚟 々 燸字王二、唐韻
同，王一、廣韻作擩。案作擩是，
唐韻、廣韻並云擩㚟手進物
也。即仙韻而緣反㨎字。
第六行赴 趨遇反 亦作卧赴 反下王
一有奔字，王二、唐韻同。
第六行嬔 々 疾 嬔字王二、唐
韻同，當从王一、廣韻作嬔。
疾下王一、王二無重文。
第六行籚 祭器 又甫宇反 祭上王一
有々籚二字。又甫宇反，宇似
誤作字而改之。字又見麌韻方
主反下。唯甫字即音方主反，王

一此云又甫于反，廣韻云又甫于
方武二切，宇當為于字之誤。
第六行[illegible] [illegible] 王二本紐無此
字，集韻亦無。王一、廣韻同本書，
廣韻云又音注。又見之戍切。集韻見
朱戍切，又見𣝗遇切。萬象名義
、玉篇並音之付反，与集韻朱戍
切同。注文王一、王二、廣韻、集韻、
玉篇並同，萬象名義云源也呼
也，玉篇亦載源也声也二義，集韵
亦云呼也、
第六行務 武遇反 事 十二 事上王一
有惣字。
第七行婺 女 亦州名 王一無亦州

名三字。
第七行犛 六月 生羊 羊字姜書P
二〇一一、王二、唐韵並同，廣韵作
羔，与說文合。 王一亦作羔，恐失真。
第七行稀 髮 巾 髮字王一、王二、唐
韻、廣韻、集韻並作髮。案說文
稀，髮巾也，本書髮當是髮字
之誤，髮与髮同，作髮者尤誤。
第七行蟱 蟊 蟊字王一作蟊
、廣韻作蟊。蟊蟊同字，字彙
補云蟊亦蟊字。唯蟱為蟊虫
不可為考。廣雅釋蟲：蛷螋，蟱
蛷也。蛷亦作蟊，或省作蟊，与
本書蟊字形近。曹憲蟱音霧，
与本書蟱字同音，疑本書蟊實
蟊字之誤，王一、廣韵又誤作蟊。
集韵云蟊也，蓋不知蟱何以為蟊
，遂泛言之耳。
第八行臞 癯 注文王一同，王二、
唐韻、廣韻並云瘦。本書、廣韻
虞韻云癯為臞字或体。
第八行霸 行 雨 注文王二同，王一
云雨音。 姜書P二〇一一止一雨字。廣韻引
說文水音也。集韻同廣韻，並云
通作羽，謂即五音之羽也。本書云
雨行未詳，雨字或涉下需字注
文而誤。
第八行婁 李遇反一 反下王一有數
正作婁四字。王二亦有數字。
第九行捒 色句反 裝二 裝下王一有
捒字，王二、唐韻、廣韻同，當補。
第九行數 分計又色矩 色角二反 又色
角反，王一、王二、唐韻、廣韻同，本
書虞韻亦云又色角反。覺韻
所角反無此字，唐韻收之。反下
王一有正作數三字。
第九行賦 丘 名 此字王一在摶字
下。
第九行摶 摮 王一無摮下重
文，摮下云又補落反。
第十行趣 何又七俱反亦作販 販當从
王一作取。

第十行𠃊 小步又耻録反 小步，王一同。
王二、廣韻云步止，王一燭韻亦云步
止，並与說文合。又耻録反，王一同。
本書燭韻丑録反無此字，王一收
之。
第十行驅 主遇反一 主遇反，王二同。
主遇与註字音中句同音，主字
誤。唐韻音匡遇反，廣韻音
區遇切。匡為匡字俗書，本書
主即匡字之誤。
第十行蕉 菊注反烏窠二 王二、唐韻、
廣韻並作菆。酉陽雜俎：鷹窠
一名菆，本書作蕉，未知所本。
第十行䏶 膳 䏶當从廣韻
作臅。
第十行𢾕 思勺反少又息蔔反一 𢾕上
王一有足字，注云「案縬字陸以子
句反之此足字又以即具反之音既
無別，故併足」。案王二縬足二字
分立，縬字音子句反，足字在韻
末音即具反，唐韻同，並陸氏之
舊，王一既併足字於子句反下，又
存陸氏之舊而注明其誤，本書
足字見子句反、又王一𢾕字正注
文同本書，廣韻集韻亦同，王二、
唐韻無此字此紐。

十一 暮

第一行募 勇征 勇字不詳，王二
云勇字林，廣求也。
第二行露 滑 注文王一同。募
蕭詩零露湑兮，湑為露皃；此
不得訓為湑。廣雅釋詁二：露，
瀆也。瀆即瀆字，与湑形近，疑
此湑為瀆字之誤。
第三行肒 腹大 大上王一有肒胍
二字，王二、唐韻、廣韻同，當據
補。
第三行託 奠酒爵 注文王一、王二、
唐韻、廣韻同，集韻引說文
奠爵酒。
第三行蠹 食桂虫 注文王二、唐

韻同，唐韻校勘記云：廣韻云食木蟲也；似有疑於文中桂字。案漢書南粵傳桂蠹一器，應劭曰桂樹中蝎蟲也；是此云食桂虫所本。

第四行鵖　鸔　鸔字不詳，集韻引爾雅鸔鵖軌，蓋即鸔字之誤。廣韻云木兔鳥有毛角，本爾雅萑老鵖郭注。酉陽雜俎云：北海有木兔，似鵂鶹也；本書鸔字恐非其義。

第四行瘖　疾　大　大字不清，此从唐氏所寫，當作久；王二、唐韻、廣韻並云久疾。

第五行暗　朗　王二、唐韻只一朗字。

第五行梧　々　枝　王二、廣韻、集韻作梧，集韻別出梧字云魁梧大兒。案古籍多作梧，梧為後起字。

第五行迕　于又吾古反　于當是干字之誤，廣韻云干迕，本書姥韻云相干。

第五行護　胡故反　嫪十六　護義為嫪，未詳。王二、唐韻此字無義訓，王二姻下云嫪惜，唐韻、廣韻姻下云姻嫪戀惜。說文姻，姻嫪也（集韻引說文不重姻字。）声類：姻嫪，戀惜不能去。本書姻下止一惜，疑彼文奪嫪字而誤補於此。

第五行瓠　鮑　生　生字不詳，疑為姓字之誤。唐韻、廣韻注云鮑也，亦姓。王二止一鮑字。

第五行姻　惜　惜上王二有嫪字；上文護下嫪字疑由此誤補於彼，疑此原亦有嫪字。參護字校箋。

第五行㸦　、　差　王一、王二、廣韻並云差互，本書似有重文。

第六行濩　布々又湯藥反　又湯藥反，姜書P二〇一一同。王一湯藥二字並作口。案藥當為樂字之誤，反字誤衍。

周禮大司樂：大夏大濩大武。注：大濩，湯樂也。王二云又湯時樂。

第六行柝 門外行馬 柝當从各書作柝，字見周禮掌舍。

第六行𥫤 所以紡絲 王二、唐韻、廣韻並云所以收絲，說文云可以糾繩也。糾与收同義。

第六行擭 布々猶分解 王二無此字，廣韻、集韻正，注文同本書。張平子東京賦：声教布濩，盈溢天㝢。薛注：布濩猶散被也。布擭當与布濩同。本書上收濩字，注云布濩。

第六行韄 佩刀又於豨反 佩刀集韻注同。廣韻云佩刀飾最也。說文韄，佩刀系也；倉頡篇云佩刀把韋。本書陌韻亦云佩刀飾。刀誤為刃。又於豨反，豨當作狶。陌韻字作韄，音乙百反。陌韻又有一號反一紐，音同，詳陌韻擭字枝箋。

第七行訴 蘓故反訟告 告下當有七字。

第七行愬 行亦作遡 說文愬為訴或体，遡為泝或体。惟古書亦假愬為泝，如西征賦愬黃巷以濟潼是也，故本書別出愬字云行，亦云或体作遡。唐韻同本書，廣韻、集韻改从說文。

第七行𤢺 生白亦作素 𤢺字廣韻同，集韻作𤢺，玉篇同。生白廣韻作牲白，集韻云獸名。

第七行愫 經又向 經字不詳，各書韻不載此義。

第八行䖑 往 䖑當从集韻作虘，見說文。廣韻誤䖑。

第八行奴 瞋又奴古反 奴當从王二、廣韻作怒。

第八行柨 持又破胡反 又破胡反，本書模韻普胡反無此字，見博孤反下，注又補路反。集韻則亦見滂模切。案漢書中山靖王傳塵埃抪覆，顏注音鋪

、鋪字切三、廣韻音普胡反；本書、王二
則亦音博 又本書普故反鋪下
孤反。
云又普胡反正作𢅻；此云又破胡
反，當不誤。
第八行 削 裁衣。 廣韻云裁刀，玉
篇同。集韻云𢧵也一曰裁刀。
第八行 ⿰虫布 蝜。々 蝜⿰虫布，集韻
、玉篇同。廣韻云⿰虫布蝜。萬象
名義蝜下云⿰虫布，⿰虫布下云蝜。
第九行 ⿰言亞 相毀。亦又烏故反 亦又烏
故反，亦下當是奪或体⿰言惡字。
王二正字作⿰言惡；廣韻同，云說
文作⿰言亞，又烏故反与正切同，故
當是古之誤，字又見姥韻烏

古反下。
第九行 鋪 設又普胡反正作。𢅻 𢅻為
鋪正体，各書無此語。然本書
不誤，參前𢅻字校箋。
第九行 誧 謀又。澤古反 又澤古反
、澤當是滂字之誤，字又見姥
韻滂古反。
第十行 ⿰足亏 々踞 廣韻字作跨；
集韻⿰足亏為跨胯或体，義為股
，別出⿰足亏字音於故切，訓為踞。
說文跨字訓踞，本書作⿰足亏疑
誤。跨或与跨同。
第十行 步 徐行。或作⿰扌步 ⿰扌步字不
詳，各書無此。集韻別出⿰扌步字，

注云⿰扌步攄收斂也。又集韻模韻
蓬逋切⿰扌步為荹或体，注云荹
攎收乱草（案並不詳，說文荹，
乱草也。）並与步字無涉。釋
名云步，捕也；如有所司捕務安
詳也。或者俗即因此加手為⿰扌步。
第十一行 ⿰革甫 鞁。々 鞁當从廣韻
作鞁。
第十一行 ⿰魚亏 魚名 ⿰魚亏當从王二、
唐韻、廣韻作鮬，詳下鮬字
校箋。
第十一行 ⿰舟符 ⿰舟延 ⿰舟廷當是⿰舟延
字，廣韻巾箱本、黎本作⿰舟延，
集韻亦作⿰舟延。所據姚氏光緒二年川東官舍本

集韻考正引作艇。然字當作艇，見方言卷九及廣雅釋水、廣韻𦩷存本、符

山堂本作艇。

第十一行䲐 魚 此字當出後人所增，補下云薄故反九，是其證；蓋上文䲐誤為鯆，後人遂增加於此。

十二 泰

第一行蓋 古太反，覆。正作葢。二 正体當作葢。

第二行丐 乞。或作匃，亦作匄。又古曷反 匃當作匃。

第二行藹 於蓋反 美色。九 本紐脫一字，不可為考。王二十字，多本書殕瞹二字。

第二行靄 雲狀。又於曷反。 又於曷反，王二、唐韻、廣韻同；廣韻曷字作葛。本書末韻烏割反無此字，廣韻曷韻收之。

第二行堨 ﹏ 清 清字王二同，不詳。集韻云青土謂之堨；廣韻無此字，㨴下云清謹，亦並不詳。又王二清下無重文。

第二行藹 盖也 本書例不用句尾也字，當云後增。王二無也字。

第三行𣮈 毛𣮈 多毛 𣮈當作毷，字見下博蓋反。俗書東作市，遂誤市為東。

第三行軑 車鎋。亦作軚。 軚當作軚。

第三行害 胡蓋反 復三 復當是傷字之誤，廣韻云傷也。

第四行夆 相遠 要 要下集韻引說文有害字。

第四行帶 都蓋反 紳。三 三原作四，因下文奪䙆字而改之。詳𦨭字校箋。

第四行𦨭 䑵 王二𦨭上有䙆字，注云方言齊人桴也。廣韻𦨭下有䙆字，注云䑵也。𦨭下王二云方言南楚人薄艇也，廣韻云艇船。案方言五：䑵，其橫，宋魏陳楚江淮之間

謂之櫂。方言九：艇長而薄者
謂之艓。（又分別見廣雅釋器及釋水。）本書
蓋艓下奪注文及正文櫂字，槌
當作槌。
第四行貝（博蓋反海介虫也古者貝為貨字海中多寶貝十一）
貝上疑奪貨字，廣韻云古
者貨貝而寶龜。
第四行狽（狼之亦狽）各書字或体。
第四行肺（不明又普盖反）又普盖
反，廣韻云又音霈，本書普
蓋反無此字，唐韻、廣韻收之。
唐韻本紐無此字。
第五行踇（行步）廣韻行下有
蹝跋二字，見說文。

第五行茷（之草葉多又符廢反）茷當
从廣韻作茷，廢韻字誤作茷。
第五行會（黃帶反集二）二字原疑
作三。詳下襘字校箋。
第五行襘（限殃又胡憒反）限當
是除字之誤，廣韻云除殃祭。
又胡憒反，本書隊韻胡對反
無此字，各書同。廣韻此云又古
外切，字又見古穴反下。又廣韻
此下有繪字，（尚書皐陶謨：日月星辰山龍
華蟲作會。釋文會馬鄭作
繪，是繪与會同音。）
繪字又見隊韻胡對反，本書作繢
，字同。疑此襘下或奪繪字，又胡
憒反四字原為繪字又音。

第六行銳（矛）王二、唐韻無
此字，廣韻正注文同本書；集
韻亦同，云或体作鈗。案說文
鋭鈗二字，鋭本義為芒利，鈗
為侍臣所執兵，書顧命（一人冕
執鈗）誤鈗為鋭，故本書此收鋭
字而釋為矛。
第六行襘（帶結）襘云帶結，比承
說文之誤，左昭十一年傳：衣有
襘，帶有結。襘本義為領之交
會。（見漢書五行志。）
第六行㩪（木置右投敵）右當从王
二、唐韻、廣韻作石。
第七行鄶（國名在滎陽）滎當從

唐韻、廣韻作褮。王二字誤為榮。

第七行檜 牧之 廣韻、集韻並云收，牧即收字之誤，見廣雅釋詁三。

第七行㝡 作會反極好三 最凡會 王二、唐韻、廣韻並有冣無㝡，廣韻云冣字俗作㝡。案㝡是冣字俗書，冣㝡本是二字，音義並殊。及南北朝冣字兼有㝡字之義，而冣字廢，（參說文段注）㝡字本讀才句反，而本書收之於此，冣義本為犯而取之，而本書云會凡，皆因當時音義俱亂之故。

第七行[illegible] 虫又山芮反 [illegible]當从集韻作[illegible]，見說文。又山芮反，廣韻同，玉篇又音所芮切，亦同。本書祭韻山芮反無此字，廣韻同。字見此芮反下，王一、廣韻同，本書注云又租會反，姜書P二〇一云又祖會反。集韻則山芮切亦有[illegible]字。

第七行翽 鳥飛 注文王二、唐韻同，王一、廣韻飛下有声字。案廣雅釋訓翽翽，飛也，蓋即本書所本。說文翽，飛声也。卷阿詩翽翽其羽，箋云羽声，是王一、廣韻所本。

第八行[illegible] 馬色 [illegible]當从唐韻、廣韻作[illegible]。王二誤作[illegible]。馬色，王二同，廣韻云馬色斑，唐韻云鳥色，集韻云鳥羽斑色，集韻別出騂字云馬毛斑白。此字又見薛韻，本書云色斑，廣韻云毛色斑，集韻云馬毛雜斑謂之[illegible]。疑唐韻鳥是馬字之誤，集韻因之，而別出騂字。

第九行瞻 眉目閒 注文姜書P二〇一同，王一開字作間，疑失真。廣韻云眉目之間，集韻云眉目間，集韻類篇亦云眉目閒，萬象名義亦云眉目間，玉篇云眉目間

皃，案一切經音義引字書眉目
開皃。
第九行黵 淺黑 淺黑，王一、姜書P二〇
一一注文殘缺。廣韻、玉篇同。說文云淺
黑色，段注以作淺為長。萬象名義云
少黑色。
第九行軑△ 祭道神又薄葛反 軑當
从王二、唐韻、廣韻作軷。本書
末韻蒲撥反未誤。
第九行礚 苦蓋反 浪△々七 浪當从王二、
唐韻、廣韻作硠，子虛賦云硠
硠礚礚。
第十行鶡 鳴△々 鳴當从廣韻作
鴠。廣韻誤作鳴。（見禮記月令、淮南
時則及廣雅釋鳥。）
第十行轄 車 △々 王二、唐韻、廣韻
、集韻並云車声。姜書P二〇一一
愒字左上有声字，當是轄字注
文車声之殘，本書重文誤。
第十行愒 貪 △々 王一、王二貪下
無重文。
第十行蔡 七蓋反 地二 王一云國名
亦作[illegible]。王二亦云國名，廣韻、
集韻並云古作[illegible]。
第十行賴 落蓋反俗 賴△賴十二 注文賴
当是作字之誤。十二当作十一，以
誤衍籟字而後人改之。參籟
字校箋。
第十行[illegible]△ 王一無此字，各書同。此
字因下糲字及注文誤衍，當刪。
第十一行襰△ 隤 壞 襰字王二、唐
韻、廣韻同，萬象名義、玉篇
亦同，集韻字作攋，云博雅隤
也。案廣雅釋言：攋（說文通訓
定声引作襰，未知所本。）隤也。
集韻同紐有攋字，注云毀裂。方言十三：
攋、隤，壞也。應是本書所本。
揚雄太玄亦作攋。（見廣雅疏証。）方
言攋郭音洛旱反，集韻緩韻
魯旱切引方言亦作攋。此各
書作攋，未詳所據。集韻本紐
亦有襰字，注云袜 當是袾字之誤。

襰視詛，亦不詳所據；魯旱切又
有襰字，注云情於祭也，則仍演
攋字之義、案：攋与嬾義通、參廣雅疏證、
第十一行藾△　萵々　藾△　萵又力末反
莿△　又力△末反△　王一藾字正
注文同；藾字亦作藾，注同；無
莿字。案王一第二藾字當作莿。
本書籟亦吉作莿，莿字及注
文出後人所增、本書及王一末韻
盧達反莿下云々萵，又藾下
云萵又力盖反、本書莿字誤奪，詳辣字校箋。
与此正同。唯莿實藾或体，依
例不當別出。王二有莿無藾、唐韻有藾無
莿，廣韻、集韻收莿為藾字或
体、末(曷)韻切三、王二、唐韻、

廣韻並有莿無藾。
第十一行爛々　毒△　姜書P二〇一一
無毒下重文。王一注文作火毒二字，疑失真、
第十一行餀　海盖反　食臭一　臭當从王
一、唐韻、廣韻作臭，見說文。
第十一行眛△　忘艾不明△一　眛字王一
及各書同，段氏據說文改廣韻
作眛。艾下當依王一補反目二字。
一字王一作三，同紐有昧眛二字，眛
下云冥亦作眛，眛下云木名，眛字
或体恐誤。廣韻、集韻並有此二
字，唐韻同本書。
第十二行冣△　干△外反　塞一　冣當作
冣，干當作千。前有襊字音

七會反，此增加字。廣韻、集韻
与襊字同紐，姜書P二〇一一忘
艾反株下有残文作"宀"，當是
此字。
第十二行濊△　烏鱠反　注△烏一　此字音
烏鱠反，与前懀字同音，並增
加字，故廣韻、集韻与懀字同
紐。注字當作汪，字之誤也，廣
韻、集韻並云汪濊深廣、汪濊
連言，見漢書郊祀志及雜蜀父
老文。烏字未詳，蓋即涉烏字
誤衍。

十三霽

第一行隮 ㄑ△升 王一、王二升下云
重文。
第一行濟 △濟 濟下王一有又子
禮反四字，王二、唐韻、廣韻同，
當補。蔣韻子禮反，濟下云又子
計反，音互注。
第一行躋 登又即△ 犂△反 又即犂反，
姜書P二〇一一云又即黎反，音
同。王一即作啚，蓋失真。本書齊韻即
黎反下躋字誤奪，詳齎字按箋。
第二行枑 根ㄑ或作柢 又丁△奚△反 王一無
重文、又丁奚反，王一同。本書齊
韻當秖反無此字，廣韻收之。
第三行䔑 草木 實△ 實下當从王

一、王二補綴字（姜書P二〇一一綴
字作空圍），唐韻、廣韻云草木
綴實。
第二行舡 𦨣水 戰△舩 𦨣上唐韻、廣
韻有重文或舭字。
第二行。艼 下 補 傻 艼字王一同；
廣韻作䓄、集韻䓄為艼或体。
說文字從丁声，廣雅釋詁四曹
憲音□珽反。他書字或音鼎
，或音丁，或音挺。
第二行腑 ㄑ△ 腹 注文姜书P二〇
二作一空圍。 王一作胅腹，疑失真。 廣
韻云胅腹皃，集韻云腑胵胅
腹，本書齊韻當秖反腑下注

文同集韻。案腑胵疊韻連
語，義為大腹皃，此云腹ㄑ，誤。
第二行俤 ㄑ△ 㑴 注文王一止一㑴
字，案㑴儁並当从廣韻、集韻
作儶，俤儶二字疊韻連語，本
書重文出後增，儶上省俤字。
儶字見下胡桂反。
第三行。𢳰 急持人 亦摕 𢳰字姜书
P二〇一一同，王一作𢳰，疑 依廣韻改之。 當
从廣韻作𢳰，說文云从ㄑ示声、集韻
𢳰字而外，亦收
𢳰為或体。
第三行趆 △䞑 趆字王一同，當
作赿，即說文趆字。廣韻作赿。
䞑當从王一作趨，見說文。

第三行嚌　在計反音至齒七　計字王一作詣，唐韻、廣韻同，疑此非原作。

第三行劑　〻分又子隨反　子字王一作姊，唐韻同，王二、廣韻同本書。

第三行齏　鹹亦作齏　齏亦作齏。姜书P二〇一一、王二同，唐韻、廣韻即作齏字。集韻齏下云鹹，引出齏字云博雅醬也。案見廣雅釋器，釋器鹽醬二條、說文鹽，鹹也。

第四行懠　怒〻　王一怒下無重文。

第四行齌　炊疾又子奚反　齌當从廣韻作齌，齊韻即黎反亦誤如此。王一字誤作齋。

第四行替　他計反廢十　廢下姜书P二〇一一下〻有本作普（王一無普字）三字。

第四行穡　不耕而種　穡當从唐韻、廣韻作穡。王一、王二誤穡。

第四行达　大骨　王一、王二、唐韻、廣韻並云足滑，本書二字並誤。集韻引字林滑也，与洞簫賦注所引合。

第四行薙　除草又直氏反　又直氏反，王一同。本書紙韻池爾反無此字、各書同；字見旨韻直几反，氏字誤。字又見徐姊反下，注云又直履反，与彼合。

第四行笅　車笅　笅當作笑、廣雅釋器：笅謂之笑。廣韻、集韻作笑。姜書P二〇一一笑字殘。字同。

第五行殀　殃　殃當从廣韻作殃，廣雅釋詁一殃殀，極也。殃字本書見下古惠反。

第五行遰　迢〻又底蝃反去避　又底蝃反，王一、唐韻、廣韻同，本書都計反無此字，各書同。

第五行締　結〻　王一、王二結下無重文。

第五行睇　視　視下王一有又他稽反四字，當補。本书齊韻湯稽反睇下云視，又徒計反，音互注。

第五行鶗　鴂鳥又徒鷄反　王一云鶗鴂鳥，王二、唐韻同。鴂當作鴂，上

又奪鷄字或重文。本书支韻居
隨反雉下亦云䳇鳩、
第六行棣 串 下 下下當从王一、王
二、唐韻、廣韻補李字。
第六行杕 戚兒 杕當从诸书作杕。
第六行題 次又徒鷄反 次字姜書P
二〇二同，本書齊韻注亦同，不
詳。王二、唐韻、廣韻字作題。王
二云封，唐韻、廣韻無訓。案釋
名釋書契：「書称題，……」亦言
第，因其第次也。」遂誤題之義
為次耳。
第六行𡐩 高兒又徒結反 注文王一同
本書。王一唐韻徒结反𡼏下云𡼏

嵲高兒，墆下云停佇又徒計反。
本書墆下云𡼏嵲高兒，疑彼墆文
當作𡼏，而奪墆字。詳見屑韻墆戴二字校箋。
𡼏文墆下云高兒，或误。廣韻𡼏云
墆貯也又墆翳隱蔽兒，不训高兒。
第六行𢵧 取又丁計反亦作揥 两指急持人 此字
王一在墆上，揥字王一同，丁計反下
亦同（參前揥字條），當作揥，指當从王一作指。
第六行鶗 鴂 又達鷄反 亦作鵜 鵜字
王一作鶙，當从之。廣雅釋鳥：鶙
鶘，鵜也。本書齊韻度嵇反鶗下
云亦作鶙，是其証。案廣韻鶗下云鶗鴂
，鶗鴂或作鶗鴂，或作鵜鴂，當
非本書此鵜字之証。
第七行𦖉 聰 𦖉字不詳所出，

王二、唐韻無此字。王一、廣韻、集
韻同本書，重文王一無。
第七行𠯋 楚音語已詞 又䥪箇反 巳當
作已。
第七行婿 女夫或作壻 壻字唐韻、
集韻同，當从姜書P二〇二作
壻。 王氏唐韻校勘記云：古
通作壻，遂譌為壻。
第七行洎 水名在出汝南 王一、王二並
云出汝南，在字误衍。
第七行詣 五計反亦七 作詣 王一無
亦作詣三字，反下云就。本書
詣當作詣。
第八行羿 能射人 或作䍿 能上王一
有古字，廣韻同，王二、唐韻同

本書。琴當从王一、廣韻作琴，見
說文。
第八行瓶 破 罌 王二、唐韻本紐
無此字，集韻亦無，王二、集韻
字見祭韻去例反，廣韻同本書
王一本紐亦七字，鯢下一字殘脫，疑即此字。亦見去
例切下。案方言五瓶謂之盎，郭
音都罰反，廣雅釋詁二瓶，張也
釋器瓶，瓶，甕也，曹並音去滯。
爾雅釋器康瓠謂之瓶，釋文
音丘例反。並與王二、集韻同，集
韻又從說文音收之牛例切，字
又見九芮切，並與本書異。
第八行薊 草名 今為 鄭 為上王一

有用字。
第九行轚 絓 王一無絓下重
文。
第九行繫 木 耑 繫當从王一作繫
注文王一同，耑上当有繡字，見說
文。
第九行割 係 割字王一、廣韻作
㲉，注同，唯廣韻又曰盡也。王一
係下無重文，王二、唐韻無割若
㲉字，集韻亦無。案割字誤，㲉
字亦不詳所出，疑並㲉字之誤。
萬象名義：㲉，公梯反，係；王篇
亦云係也，唯字音公狄切。集韻他計切有梯
字，而本紐收㲉為繫字或体，是

其証。又案廣雅釋詁三有㲉字，辱也，又繫也，曹音苦
大反，本書字見泰韻苦蓋反，注云伐，集韻云㲉字或体作㲉。
然与此割，或㲉字無涉。又案此字王一在繫
字上。
第十行褉 飲 王一、王二、唐韻、
廣韻並云褉飲，當據改。
第十行盻 恨視 視下王一有又音
戾反四字。
第十行瘈 小兒病 尺制反 尺上當从
王一補又字。
第十行契 苦計反 約 又苦結反 九 又苦
結反，王一、王二、唐韻、廣韻同。
本書屑韻苦結反無此字，切三、
王二諸書並收之。王一殘缺，未詳。九

字王一作十，懸下有䰍字，注殘。疑
本書誤奪而改十為九。
第十行㪃△ 肥腸又苦禮反 㪃字王一同，
當从唐韻、廣韻作膌。
第十行䰍△ 王一此上有䰍字，注殘。
唐韻云說文器中盡，廣韻同。
第十行𩔼 恐々△ 恐下王一無重文。
第十一行㪃△ 省視 㪃當作膌。
第十一行𦩛 舟々△ 重文王一無，當生
後增。
第十一行䖵△ 䖵蜥△ 爾雅釋蟲：䰍
蝨，蟆蜥。本書蝨上當有重文，
蜥當作蚚，上當有蟆字。廣韻
正云䰍蝨蟆蜥，唯蚚誤作蜥耳。

王一云䖵蚚，亦誤。
第十一行⿸疒夾△ 静 ⿸疒夾當从王一作
瘱，見說文。
第十一行医 藏弓弩器△ 注文王一、唐
韻同。廣韻弩下有矢字，与說文
合，王二有矢無弩。
第十一行壇 天陰塵起△ 廣韻無起字，
与說文合。 王一亦無起字，唯姜書P二〇一一注文殘，未能
確信。
第十二行謎△ 莫計反隱語△ 語下當補（此謎字）
二字。 姜書P二〇一一亦無，王一則有，不詳。
第十二行攕 裁々△ 重文王一無。
第十二行㜸 愛々△ 王一、王二愛下
無重文。

第十二行㥣△ 仁作俗惠△ 王一此上有潓
字，云水名，王二、唐韻、廣韻並同，
當據補。慧下云十一，是其証。作俗
二字誤倒，俗旁有鈎為志。
第十三行昋 人姓或作炅亦快△ 快字
唐韻同，當从王一、廣韻、集韻
作炔。王一炔上有作字，當補。
第十四行⿰歹夬 極々△ 王一云殀極，殀
是⿰歹大字之誤。廣雅釋詁一：⿰歹夬、
⿰歹大，極也。本書重文亦當作⿰歹大，
蓋⿰歹夬⿰歹大形近，遂易⿰歹大為重文耳。
前⿰歹大下云⿰歹夬，是其証。
第十四行睥 睨々△ 睨々當从王
一、王二、唐韻作々睨。

第十四行渒 水名在汝南。亦作䈱。 渒當从
王二、唐韻作淠，見說文。王一、廣
韻同本書。亦作䈱，王一同；集韻
別出，云水名在丹陽，亦見說文。
第十四行潷 水聲 聲下王一有又數
備反四字，王二同，唐韻、廣韻云又
芳備反(切)，亦同。
第十四行鏊 竹以理苗殺草。又思烈反 竹當
从王一、王二、唐韻、廣韻作所。
第十四行醳 醬 重文王一無，
當出後增。
第十五行䴡 魚帝反 美廿四 魚當从
王一、王二作魯，廿四，王一作廿五，
此以下文誤奪欐字而改之，詳欐

字校箋。
第十五行丽 鹿皮。或作麗 丽當作丽。
或字王一作本。
第十五行戾 很 求 王一無很字，王二
同，疑此涉侯字注文衍。求字王一云
乖，唐韻、廣韻亦云乖也，當據改。
又王一乖下有亦作盭三字。案本書
盭字別出，王一同。參盭字條。
第十五行綟 僕 王一僕下云亦作
隸，無重文。
第十五行盭 綬色。或作綟 盭字王
一同，當从王二、唐韻作盭，綟下
王一有音力結反四字，王二同本書。
第十五行唳 鶴 俗書鶴字如此。

第十六行𥝢 欐亦作穲 王二、唐韻無
此字，廣韻、集韻亦無，諸書字並
見祭韻。王一同本書。
第十六行⿱艹麗 草木生惡 王一云草
木生惡土，廣韻云草木生惡土。
案廣韻是也，說文⿱艹麗，艸木相
附麗土而生。惡猶壓，惡土猶杜
甫上巳宴集詩言花蕊(蕊)惡枝(紅)，
第十六行⿰麗見 求視。又師蟻反 又師蟻
反，王一、廣韻同。紙韻無此字，疑
奪，詳躧字校箋。
第十六行廲 小船。又力底反 王一欐下
注文与本書同，欐上有廲字注
云瘦黑。又力趐反。廣韻廲字

注同王一，欐下云梁棟之名也又師
禮二音。案說文⿸疒麗，瘦黑，讀若
隸，本書寘韻力智反⿸疒麗下云
皮黑又力計反，薺韻盧啓反欐
下云小船又力計反，並此文欐當
作⿸疒麗，下奪注文及正文欐字之証。
第十七行妻△ 七計反 嫁女二　七計反，与前
砌音七計反音同，此為增加之字。
唐韻妻字、廣韻妻𢭃二字並与
砌字同紐。王一同本書。
第十七行濘 滔滔又 尼訂反　滔字王一
作隱，廣韻亦云濘隱，當从之。又
尼訂反，本書無訂字，字又見徑
韻乃定反下，唐韻、廣韻訂字

正見徑韻。王一云又尼證反，證字誤。
第十七行⿰世欠△ 呼計反氣 越兒三　集韻⿰世欠
此字，字見合口呼惠切，又見祭
韻許罽切。王一、廣韻同本書。
第十七行⿰犭帶 極困　⿰犭帶字音呼計
反，王一、廣韻、集韻同。案說文
懘，極也。⿰犭帶即說文懘字，本書
懘音犆計反。萬家名義⿰犭帶字
亦音大計反。疑大計反大誤作火，
遂收之此紐。玉篇音火計反，康熙字典引玉篇火
字作大，又廣韻⿰犭帶見他計
切，与大計切亦音近。

十四　祭

第一行際 𤱌𤱌　王一無重文，王二

同。
第二行𩯣 露髮　注文王一同，王
二、唐韻、廣韻、集韻並云露髻，
見通俗文。
第二行⿰木彗△ 小棺又 似歲反　⿰木彗當从王一
作槥。
第二行繐 踈布又似歲反 亦作⿰糸彗繐字　踈布，
王一、王二、唐韻同；說文云細踈布。
又似歲反，王一、王二、唐韻同，本
書因歲反無此字，集韻收之。亦
作繐⿰糸彗，王一、王二、廣韻同；說文
繐⿰糸彗二字，⿰糸彗下云蜀細布。又王
一⿰糸彗下無字字，依例當無。
第二行衛 為翽反 姓也六　為翽反，翽

為泰韻字，王一云香歲反，香即為字之誤，𦒖當據改為歲。王二居衛反，歲字誤作劌，又本書例不用句，正與此同例。是也字，疑姓下也字後人增之，王一無。

第二行瑑　劓　王莽碎劓瑑又直　鼻　例反，為厥二反　鼻字不清，王一云劓鼻，各書同。碎下廣韻有王字，唐韻似亦有，王一、王二同本書。例下似反字，又似又字，並不當有。為厥二字不清，王一云又直例為厥二反，今據定之。字又見月韻王伐反。

第三行衛牛　歸　歸字左半不清，依各書審定之，唐氏書亦作歸。

第三行衛希　腞屬亦作衛腞　衛希字王一同，當从廣韻作衛彖。腞字王一作豚，各書同，當據改。

第三行芮　而銳反草生狀三　生狀二字不清，从唐氏所書。王一及各書並云草生狀。

第三行汭　水內　內字王一作曲，廣韻同，疑當从改。

第三行枘　圜哶　注文第二字不清，唐氏書作桙，王一誤作桙。本書汲韻桙下云桙杌以柄內孔。

第三行贅　之芮反假肉外肉別生二　王一云贅肉。

第三行歘　卜問吉凶吉　歘當从各書作歘。注文王一同，下吉字疑曰字之誤。

第三行啐　山芮反小歠　啐芮二字不清，从唐氏所定。各書正文作啐。啐啐正借字。歠下當有一字。唐氏所書亦無。

第四行毳　此芮反細毛十一　此芮反細四字不清，依王一及諸書審定，唐氏書同，

第四行脆　肉肥亦作膬　注文王一、王二、唐韻同，肥下王二有重文，唐韻有膬字。不詳，廣韻、集韻引說文小耎易斷也。說文字作脃，此云肉肥或即肉脃之誤。

第四行帨　佩巾亦作帥　帥下王一有又時

師字四字，不詳。

第四行⿰⿱止木⿱亼虫△ 虫又祖會反　⿰⿱止木⿱亼虫字王一同，當从廣韻作⿰⿱止木⿱叉虫。本書泰韻字亦誤⿰⿱止木⿱亼虫。

第四行⿱毳示△ 重禱又楚歲反　正注文王一同。廣韻字亦作⿱毳示，注文澤存本云重擣，北宋本、巾箱本、黎本擣並作禱。集韻無此字，⿱毳示下云：博雅謝也，一曰數祭。案⿱毳示即⿱毳示之誤，重禱即廣雅謝及說文數祭之義。案廣雅釋詁四⿱毳示禱二字同訓為謝。廣韻澤存本改檮為擣，蓋不知檮為禱誤，遂以說文「讀若舂麥為⿱毳示」及廣雅釋詁四「⿱毳示，舂也」之義為之傅會耳。

第四行⿰氵⿱莫去△ 飲又頃面反　⿰氵⿱莫去字王一同，當从廣韻作⿰氵篡。集韻作⿰氵⿱⺮頁，与說文合。又頃面反，王一頃字作湏。線韻字見息絹反下，本書頃為湏字之誤。

第四行⿱⺮⿰貝斤△ 斷△又△乂△芮反亦作⿱⺮⿰貝刂△　⿱⺮⿰貝斤字下半殘，依王一、廣韻補，然字當作⿱⺮⿰𠂤斤。又乂芮反，王一同；本書楚歲反無此字，廣韻收之。亦作⿱⺮⿰貝刂，王一同；當作⿰算刂。

第五行⿱宀毳△ 穿地又楚歲反　⿱宀毳字當从王一、廣韻作竁，本書下楚歲反下未誤。

第五行綴△ 陟△制反又丁幼△劣反四　王一反各書此字音陟衛反，与擟字音竹例反異音，韻圖綴在合口，制字誤。又丁幼劣反幼字誤衍，旁以小點為識；本書薛韻陟劣反下叕字即此字。集韻叕綴同，王二有綴無叕，廣韻分收，蓋从說文。

第五行醊△ 祭△又力外△反　又力外反，王一同；各書泰韻郎外反無此字。醊酹二字義同（說文餟，祭酹也；又酹，餟祭也，皆以酒沃地之祭，餟与醊同，見王二、集韻。）疑醊字又音力外反，即讀与酹同。酹字見泰字郎外反。

第五行輟□鈌　注文右行字殘。王一、
廣韻云車小鈌，見說文。本書車
字諦審似猶可辨。
第六行說　誘〻　王一作誘說。
第六行祱　衣送死人又他活他外二反　又他
活反，王一、王二、唐韻、廣韻並同。
各書末韻他活反無此字，集韻亦
無。唐韻、廣韻此下又云日月已過
乃聞喪而服曰祱，唐韻無已字。今檀
弓「小功不稅」正注文並作稅字。集
韻他括切稅為挩字或体，禮記
檀弓使子貢稅驂而賻之，釋文
亦音他活反。本書他活反收挩字，
注云解；廣韻挩下云又遺也，並

与稅字義合。又他外反，王一、王二、唐
韻、廣韻亦同。本書泰韻他外反
無此字；廣韻收之，注云送死衣也。
集韻吐外切祱，送死衣；又有稅
字，注云日月已過聞喪而服曰稅。
考正云稅譌挩，據類篇韻會正，
宋本作祱，与下文複。案唐韻引
亦作祱，見上。釋文云稅字徐音他外
反。又史記朱建傳，辟陽侯乃奉
百金往稅，韋昭云衣服曰稅，漢
書字作祱。
第六行蛻　銳皮又他卧反　銳當从廣韻
作蛻，王一、王二、唐韻並作重文。
第六行涚　溫水　水下王一有又此芮
反四字。

第六行弊　毗祭反亦作敝本作敝四　反下王一
有因字，為困字之誤。本作敝，与
亦作敝字同；當从王一作㡀。
第六行斃死　〻　死　王一、王二死下無
重文。
第六行幣　〻　帛　王一、王二帛下無
重文。
第六行獘　獸名　獘當从王一作獘。
見山海經東山經姑逢之山。原今
字作獙。郭音斃。集韻誤獘為斃，云獸名似犬有
文，而別出獙字。
第七行𥼶　楚歲反重二　𥼶字王
一、王二、唐韻、廣韻同，當从集韻
作𥼶。注文重下當从王一補禱

字。王二禱誤為檮，唐韻、廣韻
誤作檮。集韻云欂祭，与重禱
義同。參前𥟖字校箋。又二上王一
有或作𥳐三字，案𥳐字不詳，各書
此字無或体。疑是篏字之誤，淺人
以𥟖字義為舂檮，遂增此字。
（集韻本紐首字作𥳑，注云舂也。
或体作篏）
第七行篲　因歲反掃帚又蕙。類。反四　又蕙類
反，王韻字作彗。
第七行鏏　大鼎　注文王一、王二、唐韻
、廣韻、集韻並同。唐韻別出鏏鼎
字云小鼎　出埤倉，廣韻、集韻
同。案淮南說林篇：水火相憎，

鏏在其間，五味以和。注云鏏，小
鼎。　案以声類求之，疑云小鼎者是。
第七行轊　車軸頭　頭下王一有亦作
雲惠四字，惠當作軎，見說文。雲
即軎之誤。
第八行劊　剖斷割　剖字王一、唐韻、
廣韻同，當从王二、集韻作剖，字
之誤也。又剞劂為曲刀之名，集
韻云剞劂刀也，此云斷割，疑有
脫文。王一、王二、唐韻、廣韻並同
本書。王二劊誤字作剞。
第八行蔱　樧　王一、王二椒下無
重文。
第八行掣　尺制反曳又尺折反或作𣯷六　又尺

折反，王一、王二、唐韻、廣韻同，本
書薛韻無此音，唐韻、廣韻收
掣字，音昌列反，或作𣯷，當从
王一、集韻作摰。廣雅釋詁一摰，引也。
第八行瘛　小兒驚又胡計反　又胡計反。
霽韻字作瘈。
第九行瘌　毒病亦作瘵　毒病，王一、王
二同。唐韻、廣韻云郭璞云瀨
病。案山海經北山經單張之山：
有鳥，名曰白鵺，食之可以已瘌。
郭云瘌，癡病。
第九行猘　狂犬　猘字王一同，當从
集韻作狾，見說文。王二、唐韻、廣
韻字並作狾，見下職例反。廣韻

本紐有獡字，云狂犬別名，集韻收獡為㹊或体。

第九行銐△除利 銐字王一、廣韻同，集韻正体作鋫，銐為或体。王二字見直例反，廣韻、集韻直例切並作銐。萬象名義字音力世反，玉篇銐鋫二字，銐下云除利，鋫下云除草器。

第九行洌△水名 洌字王二、唐韻、廣韻、集韻並作淛，當从之。王一誤涉下文製字為淛。

第九行製△作〻 王一、王二、唐韻作下無重文。

第九行⿰耳制 入意一曰聞 亦作晣 晣當从王一，集韻作⿰耳析。

第九行㹊△〻蝗 王一、廣韻、集韻並云蝗子，當據改。

第十行淅△江別名 會稽 集韻淅為上文淛字或体。（王二、唐韻、廣韻並無此字。）王一同本書。會上王一有在字，當據補。

第十行⿱帶足△王莽時〻憚 此字王一、廣韻同，集韻作⿱帶足，廣韻霽韻都計切同。

第十行逝 時制反 去九 王一本紐八字同本書，而此云八，九或當是八字之誤。唯王二八字，銴上多本書逝字，本書或是銴上誤脫逝字，王一八字亦可能出後人所改。

第十行噬△〻齧 重文王一、王二、唐韻並無。

第十行莁△著 莁當从王一作筮。

第十一行銴△車當 注文王一、王二同，唐韻云車當結，廣韻云車樘結。案廣韻与說文合。段注云：「樘字急就篇釋名作棠，劉熙曰棠，蹀也，在車兩旁蹀幰使不得進卻也。今按其結曰銴，其制未詳，蓋所以系車幰者。」本書下「當」字不詳所據，下疑奪結字。

第十一行⿺走折△〻踰 王一踰下無重文。

第十二行⿰革鬼△似馬鞌 贈亡人 ⿰革鬼字王一同，廣韻作鞢。似當从王一、廣韻作从。廣雅釋器：靾，韋也。集韻靾下引博雅韋也，又別出鞢字云車馬贈亡謂之鞢，誤。

第十二行帇 裂 王一裂下無重文。

第十二行箆 各板際 注文王一同，萬象名義、玉篇並云合板際（萬象名義際下有二字，似術字二字，不詳。）廣韻術字云合板術縫，案廣韻箆下云長，術下云合板術縫並誤。本書各當是合字之誤，集韻箆下云箄，字又見薛韻羊列切，注云枝縫箄。

第十二行䘺 長 王一長下無重文。

第十二行蕎 草 王一草下無重文，此當出後增。廣韻云草名。

第十二行藥 礼曰蕊處末蒸 王一無禮曰蕊藥處末六字。蕊藥處未見曲禮。

第十二行緆 於罽反，急，一曰不戚，四 戚當从王一、王二、廣韻作成，見說文。此蓋涉下四字而誤从四。唯說文云不成，遂急戾也，非与急為二義。王一、王二、唐韻、廣韻並同本書。（唐韻不成二字奪。）集韻引說文。

第十三藹 清 王一重文下有藹字。

第十三行䕭 魚祭反 伎能五 䕭當作藝。

第十三行蓺 種 王一、王二、唐韻種下無重文。

第十三行寱 睡語 寱字王一、唐韻、廣韻同，當从王二、集韻作寱，見說文。語下王一有或作囈三字。

第十三行褹 袂 集韻袂為褹字或体，注云方言複襦謂之筩褹。案見方言四，郭云褹即袂字耳。又同卷無袂衣謂之褠，郭注袂音藝。王一同本書，袂下無重文。

第十三行彘 豕 王一、王二豕下無重文。

第十三行𡑍 劒鼻 鼻下王一有又口厥反四字。此字又見月韻王伐反，注云劒鼻又直例反。

第十三行茵 補鈌 茵字王一同，廣韻、集韻作茵，与說文合。

第十三行例 力制反 十六 反下王一有比字。

第十四行厲 惡一曰姓 一曰姓三字王一無，惡下云亦作厲蠆。

第十四行礪 石々 王一石下無重文，王二云々石。

第十四行禲 無後鬼 鬼下王一有亦作例𠜎四字，例字當 疑當 誤作𠜎。

第十四行蠣 牡々虫 牡當从王一、唐韻、廣韻作牡。

第十四行⿰忄列 餘亦作裂 ⿰忄列字姜書P二〇一一同，王一作⿰忄列，疑失真。當从廣韻、集韻作⿰忄列。

第十四行⿰馬列 奔馬 廣韻⿰馬列為上文⿰馬厲字或体，王二、唐韻有⿰馬厲無⿰馬列，集韻亦⿱列馬⿰馬厲同字，⿱列馬為正体。王一同本書。案說文⿱列馬，次第馳。廣雅釋室⿱列馬，奔也。⿰馬厲當与⿱列馬同。又奔下馬字王一無，与廣雅合。

第十四行⿰山萬 山巍々 王一無重文。

第十五行⿰牛萬 牛白脊又力帶反 ⿰牛萬字王一同，王二、廣韻、集韻作犡，与說文合。本書泰韻落蓋反亦作犡。

第十五行⿰忄萬 恐人 正、注文王一、唐韻同。王二字作愒，注同，廣韻亦作愒，注云爾雅貪也說文息也，力制切⿰忄厲下云恐人。集韻愒為憩字正体，別出⿰忄厲字云恐。王氏唐韻校勘記云：「⿰忄萬字蓋即漢魏律文恐猲之猲，廣韻作⿰忄厲，蓋涉上綴字而誤。」（案集韻力制切出⿰忄列字，或体作⿰忄厲，注云驚；又曷韻郎達切⿰忄厲下云畏也。）案王說是，切三、全王、王一、王二、唐韻、廣韻末（曷）韻猲下云恐，集韻字作愒，注云通作猲。

第十五行餼 止息〻 廣韻、集韻餼愬同字。王二、唐韻有愬無餼。王一同本書。又息下王一無重文，此蓋出誤增。

第十五行世 舒制反 反下王一有三十年太宗諱三七字。三字當據補。王二、唐韻、廣韻並三字。

第十五行勢 戚 王一無戚下重文。

第十五行貣 賒〻又時夜反 又時夜反，王一、王二、唐韻、廣韻同。本書禡韻神夜反無此字，王二、廣韻收之。

第十五行罽 氈類 類下王一有亦作⿰糸罽三字。

第十六行葪 芀實 注文王一云芥實，廣韻云蘮蒘似芹，王二云葪蒘似芹實如大麥。案爾雅釋草蘮蒘竊衣，郭注云「似芹可食子大如麥」，齊民要術十引孫炎云「似芹江淮間食之實如麥」，本書王一芀為芹，或芹字之誤，又並有奪文。

第十六行⿸厥毛 毛布 廣韻⿸厥毛為罽字或体，王一同本書。

第十六行偈 其憩反 尺句一 山字不清，似尺字又似又字，當作重文，廣韻云偈句。唯王一、王二並止一句字，或即涉上文反字而誤衍。

第十六行啜 市苗反 ⿱尚皿一 ⿱尚皿當从各書作嘗。

第十六行踐 丑勢反 跳九 此字王二、唐韻、廣韻、集韻並作跇，王一同本書。跳下王一有亦作⿰⻊斯三字。

第十六行傺 侘〻不得志 〻侘，王一同，王二、唐韻、廣韻並作侘傺，當从之。侘傺楚語，見離騷惜誦。王一無不得志三字。

第十六行⿰扌⿱斤目 瞥〻 王一瞥下無重文。

第十七行⿰飠系 敘又丑列反 敘字王一同，當从廣韻、集韻作敍。廣雅釋器⿰飠業謂之敍。

第十七行⿺走契 趍亦作⿺走世 ⿺走世，王一作起，並誤，當作⿺走世。集韻⿺走世為跇字或体，本書跇作䟕。廣韻趩亦為跇字或体。

第十七行劓 牛例反 去鼻一 劓王一作劓，各韻書同。說文字又作劓。本書誤。

第十七行蕝 子芮反 子悅反二 子芮反，反下王一又束茅表位又五字，當補。

十五卦

第一行薢 薢名加 買反 加上當從王一補又字。

第一行隘 烏懈反 狹二 狹下王一有亦作[illegible]三字。

第一行瘶 病聲又 於之反 瘶字王一、王二作瘶，當从唐韻、廣韻作瘶，見說文。本書之韻於其反作瘶不誤。

第一行邂 胡懈反 逅二 逅上王一、王二、唐韻、廣韻並有解字或重文，當補。王一、王二又有又古賣胡買二反七字。

第二行縿 紘中絕又 尤恚反 紘中絕，王一、廣韻同，本書寘韻注亦同，集韻紘字作弦，段改廣韻作紘中繩，詳寘韻校箋。

第二行差 楚懈 反二 差上王一有嫿字，注云愚贛多能又尤尒反，嫿上紐，廣韻同。案本書畫下云胡卦反七，言韻以水反嫿下云又尤卦反，當據王一補此字。王一注云愚贛多能。贛當作戇，能當作態，見說文。又尤尒反，本書紙韻移尒反無此字，字見言韻以水反，王一、王二同，廣韻、集韻則亦見紙韻移尒切，集韻又見羽委切。又王一楚懈反下有病除又楚宜楚佳二反九字，佳為佳字之誤，王二、唐韻並有此九字，當補。

第三行睚 五懈反目際 又五佳反一 又五佳反，王二、唐韻、廣韻同，王二五誤作仕，姜書P二〇一一又切二字殘，王一作五加，疑失真。各書佳韻五佳反無此字，集韻收之。

第三行譺 許懈反訁怒一 王一云怒言又于媚反，王二、唐韻同，至韻各韻書無此音此字（諭三合口亦無此字）。廣韻云又胡禮切，各書薺韻胡禮反並收。

第三行柴 區落又士皆反薪也 又士皆反薪也，王一無此五字、柴字見佳韻士佳反，皆韻無。本書例不用句尾也字，五字蓋並出後人所增。

第四行𣲡 分泉安又匹丑反 此字當从廣韻作朩。又匹丑反，丑當从王一、廣韻作刃。字又見震韻匹刃反。

第四行漭 水出丹陽 漭當从姜書P二〇一一、唐韻、廣韻作潌，見說文。

第四行𡠗 苦賣反又空悌反難也二 本書例不用句尾也字，此疑出後增。王一注文殘。

第四行𨛬 鄉 王二、唐韻無此字；集韻亦無，字見怪韻苦怪切。王一、廣韻同本書。

第四行曬 所賣反曝又所寄丑離反二 又丑離反，王一、王二、廣韻同，唐韻亦有此音，上字殘。各書支韻丑知反無此字，集韻收。反上當據王一補二字。

又二上王一有亦作緆三字，廣韻同絓緆下云不黏之皃或与曬同。王二、唐韻並同本書，無此或体。

第五行膪 竹賣反一 此字當从廣韻作膪，反下王一有膪肉二字。

第五行𡾰 方賣反伌一 方賣反，与下文庍字方卦反同音，集韻𡾰与庍同卜卦切。王一、廣韻同本書。（唯廣韻庍字在譺下釋上）伌字王一作佹，廣韻作阸，云阸𡾰山形，集韻亦作阸，云山谷阸也。當从之。

第五行庍 方卦反到別一 正、注文王一、王二、唐韻、廣韻並同，唐韻校

勘記云：「此字於形声義均無可
說，集韻有㡿字，注卜卦切，舍別
也，即此字。」又案王二、唐韻、廣韻
此字並在謨下粺上，王一同本書。
疑本書原亦在彼，蓋漏脫而補
之於此，故与方賣反山𡾰字相連，
而未併為一紐。參上條。

十六 恠

第一行恠 古壞反，異作𢙁怪，六 正作二字
誤倒，王一云正作怪。
第一行𣫚 毀，亦作褱 褱當从王一作
壞。
第一行栊 訬 此字不詳所出，王二、

唐韻並無此字，王一、廣韻、集韻
同本書。說文通訓定声云猶亦作
狨（案狨字見禮運篇，与猿猶並
為獸行輕秒急疾之皃）。猶字音
古邁反，与此字音近，疑此即狨
字之誤。說文訬，擾也，一曰猶也。
与此下云訬，集韻（山）云擾也，廣雅釋詁四猶亦訓擾
也，義正相合。又訬下王一無重文。
第一行𧀼 大 王一大下無重文。
第一行薮 草 薮當从王一、王二、
唐韻、廣韻作蔽。草下王一、王三
無重文，此當出誤增。
第一行噫 烏界反，否氣，疑反 天地氣，又於 二
王一無否氣二字。又上王一有又歎

二字。
第二行呃 聲 不平 呃當从王一、唐
韻、廣韻作呃，為呝字俗書。王二
作呝 集韻本紐無此字，別見卦
韻烏懈切。
第二行誡 古拜反 警，十九 警上王一有言
字，王二、唐韻、廣韻同，當補。九
王一作廿，此疑後人改之，詳俗字條。
第二行界 境 境下王一有亦作畍
三字。
第二行乔 大，俗作介 王一云或作𡗢，
通俗作介（大夯字今誤作大夯二
字。說文夰下訓大）。
第三行砯 鞭 鞭當从王一作鞕。

王二、唐韻、廣韻並作硬，鞕与
硬同字。
第三行䄉 祐又明𠕀反 又明𠕀反，
明當从王一，廣韻作胡，字又見
胡界反、誤作詥，詳下校箋。
第三行禬 衣上 上下王一有亦作
襤三字。
第三行慽 急〻 王一急下無重文。
第三行你 你上王一有儿字，注云
人仁寄字人，（人仁當作仁人，寄
為奇字之誤，見說文。）集韻亦
有此字，注云仁人也。本書底本
既同王一，不應中間獨無此字，恐
後人以為奇字人不得讀同介，遂
加刪削。王二、唐韻、廣韻並無此
字。
第三行慽 飾 王二、唐韻、廣韻、
集韻無此字，而慽下云飾司馬法
有虞氏慽於中國，解見說文。本
書慽當是慽字之誤，然上文已
有慽字，當是原作如此蓋誤
收耳。姜書P二〇一一䰗上有飾
字，當為慽字注文。
第三行譮 許界反或作欸三 反下王一、
王二並有怒声二字，唐韻、廣韻
釋同，當補。
第四行譪 譈〻譈字火懺反 譪字王
一同，廣韻、集韻作譪，与說文合。
譈字火懺反，王一同，鑑韻許鑑
反無譈字，唐韻、廣韻收之。
第四行械 胡界反杻〻七 王一云器械，
廣韻云器械又杻械。
第四行蓶 菜〻 重文王一、王二無，
當出誤增。王一菜下有亦作䪁
三字。
第四行齘 頖〻切齒怒頖字于禁反 頖
字于禁反，王一、王二、廣韻同；本
書沁韻無此字此紐，廣韻收之。
第四行㒩 陜〻 㒩字王一同，當
从廣韻作㒩。又陜下重文王一
無。
第四行鐢 果敢 鐢字王二、廣韻

同，王一、集韻作鬆。
第四行詠△ 補膝 𢄼又古拜反 此字王
一、廣韻作祄（姜書P二〇一此字
殘，只賸注文，王一恐依注補），本
書上文祄下云又胡盾反，此云又
古拜反，音互見；本紐七字，無奪
文；詠當是祄字之誤。集韻祄字而外
、又收訴字，注云善言。補字王一、廣韻同，
段氏改作𧙯。案廣雅釋器：衩、
祄、袥、𧙯，膝也。玉篇𧙯，膝裠
祄也。本書昔韻𧙯下云帬衯，衯
即祄字之誤。並此補當作𧙯之
證。案說文小徐引字書云祄，補
郗裠也。本書蓋亦沿字書
之誤。

第五行𦗴△ 五界反 不聽二 𦗴當依各
書作𦗴。
第五行悕 恐△恨又古黠反 恐字王一作
怨，當从之。
第五行𠜾 苦壞反 第△類六△ 第當从王
一、王二、唐韻、廣韻作第，此即說
文𦽌字。六字疑後人校改，原當作
七，詳下條。
第五行嘳△ 家△女 嘳字王一、王二、唐
韻同。家字各書作家，當據
改。唯廣韻、集韻嬇下云女字，
廣韻嘳下云譏他人也，集韻嘳
為喟字或体 見說文。案史記楚
世家陸終生子六人，索隱云：系

本云，陸終娶鬼方氏之妹，謂之
女嬇，是嬇為女字所本。（嬇字
又見隊韻胡對反，注云女字。）嘳
為女字未詳，蓋即嬇字涉下文
喟字从口而誤耳。
第五行𠝹 大息亦作𠟩△ 𠟩字王一作
㓻，集韻以為𠟩字或体，字作㓻。
案當是說文𠝹或𦽌字俗誤。
王二正文字作㓻，無或体。
第五行蕢 𥷜△ 王一𥷜下無重文。
第六行聵 𥀠△二 五拜反 𥀠下王一有
亦作𥀠二字。案𥀠即說文聵
字俗書。
第六行𩕳 𩕳△ 𩕳頭△ 注文王一同，

王二、唐韻、廣韻並引ミ云頭蒯顡
見說文。
第六行憊 蒲界反疲亦作⿸疒備四 ⿸疒備下王一
有備字，
第六行退 壞亦作敗 正，注文王一同，
王二、唐韻、廣韻、集韻並無此
字，廣韻、集韻退字見夬韻，
本書敗字亦見夬韻。
第七行排 舩後頭 排當从王一作
棑。注文王一同，玉篇云舩後棑
木，廣韻、集韻字作𦪌，亦云舩
後𦪌木。
第七行⿰目勿 莫拜反物 眼久視二 物當从王
一、王二、唐韻、廣韻作⿰目勿。集韻

云瞑目遠視。
第七行⿰衤殺 縫衣⿰衤牙 ⿰衤牙字王二、唐
韻同，當从廣韻作⿰衤牙。
第七行顡 知怪反 頭聾一 顡當从王一、
廣韻作顡。頭聾，王一同，集韻
云聲頭聾，俱不詳。廣韻引說
文癡顡不聽明。本書前顡下
云顡顡癡頭。
第七行瘥 楚芥反 病瘉一 王一同本書，
王二、唐韻、廣韻、集韻並無此
字此紐。七音略、韻鏡並与本書
合。

十七夬

第一行邁 莫話反 行二 行下王一有
亦作邁三字。邁當作邁。
第一行敗 薄邁反 破二 破，王一云壞。
第一行唄 ⿰口梵 王一、王二云梵聲。
廣韻云梵音。本書⿰口梵為梵字
之誤，下又脫声字。
第二行芥 古邁反菜名 又草芥三 古邁反
，王二同；此為開口，与夬音古邁
反異。唐韻下字用喝。又案廣韻集韻
無此紐，芥字入怪韻。
第二行駭 馬行疾 正，注文王一、王二
同（唐韻本紐三字，一、三兩字同
本書，中一字殘，疑亦此字）。廣
韻、集韻無此紐此字。案說文駭、

系馬尾，韻書見怪韻古拜反，与
此字義不相涉。集韻文韻敷文
切有駗字，云馬行疾皃。介分二
字形近，往往而亂（如本書昔韻
裓下云帅衯，衯即衸字之誤）。
集韻駗當与此駙字相當，然駗
訓馬行疾，音義無可考。集韻
苦夬切有駃字，注亦云馬行疾，
与此字音近義同，疑此駙与駃
同（尸子云黃河龍門駃流如竹
箭，酉陽雜俎亦云河水色渾駃
流，駃与快音義同）。駙誤為駗，
集韻遂讀敷文切。
第三行譪 火芥反々 譀亦誕一 々譀王

一作譀々，王二、唐韻、廣韻同，本
書怪韻注同，當據改。王一亦上
有譀字火㦸反五字，王二、唐韻、
廣韻並有此音，本書怪韻注同。
本書鑑韻無此字，王一、王二同。唐
韻、廣韻許鑑反收之，亦誕，王一
或体残，餘書此字無或体，集韻
同。怪韻各書亦無此或体，本書
同，當誤。
第三行啐 倉快反喒又 倉憒反一 喒字王
一作喒，當从之。

十八 隊

第一行䨴 黕 雲 黕下王一、王二有

䨴字，唐韻、廣韻黕字作黮，
下亦有䨴字，本書感韻徒感反
霮下云霮䨴雲，當據補。
第一行隊竝 々 枚竝 枚竝字王一、王二同，
盖說文檖字俗書如此，重文王
一、王二無。
第一行濧 々 濡 王一無重文，
第二行懟 々 怨 王一無重文。
第二行佩 々 薄背 帶八 背下當依王一
補反字。
第二行孛 星又蒲 沒反 又蒲沒反，
王一、王二、唐韻、廣韻並同，本
書沒韻蒲沒反無此字，王二、廣
韻收。

第二行諱 言亂又蒱沒反 又蒲沒反，王
一、王二、唐韻、廣韻同，本書沒
韻蒱沒反無此字，廣韻收之。
第二行悖 心亂 亂下王一有又蒲
沒反四字，王二、唐韻同，當補。本
書沒韻蒱沒反有此字。
第二行犻 犬過 大當从王一、集韻
作犬，王二云弗取。案說文字作
犻，云過弗取。
第二行每 亻數 王一、王二、唐韻數
下並無重文。
第三行痗 〻病 王一病下無重文。
第三行瑁 瑇〻又盲瞀反 盲字王一作亡。
王二同，疑此涉下文瞀字增从目。瞀
當作督，俗書瞀字如此。見沃
韻莫沃反。
第三行莓 〻子木名似椹又莫救反 又莫救
反，廣韻云又莫杯切，字又見灰
韻莫盃反下，救當為校字之誤。
王一誤作救。
第三行脢 背肉又莫杯反 此為脢字，偽
旁与全書从月者異形，蓋原誤
書為晦字。
第三行朏 何署色 署字當从王一、
廣韻作曙，唐韻誤同。
第四行𠧩 易卦 王一、王二、唐韻、廣
韻卦下並有上体二字，見說文，當
據補。
第四行詯 休市 王一注殘，羗書
有一休字，廣韻同本書。周氏廣
韻校勘記云：胡對切下詯注云
胡市，本書胡對反注同。
第四行潤 青黑色大清 潤不成字，
當从王一、廣韻作洄，見說文白
當作兒，見說文繫傳。王一無青
黑兒三字。
第四行秏 稲屬 秏當从王一、廣韻
作秏。
第四行對 都佩反比夲作對三 正注文王
一同，疑正体与或体互誤。蓋正
体从俗作對，而注加〻云本作對。
王一、王二、唐韻諸書从對之字

並作劃，並當時俗体。
第五行脺△ 子對反 周年六 脺字各書从
日作睟，當从之。
第五行悴 會五 綵繒△ 繒下王一有亦
作⿰齒卒⿰齒卒四字，⿰齒卒當作⿰齒卒，為俗書
⿰齒卒字。
第五行捘 推々△ 王一無重文。
第六行退 他績反△亦作退△三 王一反下云
却亦作復通俗作退，王二亦云俗
退，當補。
第六行埭△ 肆又他没反 亦作㥚△怢 王一正字
作㥚，注文殘，各書字並作㥚，
不收或体埭字；本書没韻字亦
作㥚．埭字見代韻，与㥚異字。

此蓋正文㥚誤作埭，後人又加㥚
字於怢上。集韻或体作怢。
第六行憒 古對反心亂 逃△散△三 王二、唐
韻、廣韻並憒下云心亂，逃散二
字是下文潰字注文。 王一憒字注殘，潰
下亦云逃散。 本書潰下無釋，蓋奪
漏而誤補之於此。
第六行幗△ 女人卷△首飾 幗字姜書
P二〇一一、王二同， 王一作幗，疑失其真。當
从唐韻、廣韻作幗。 唐韻又擵埤倉收幗
字，注云恨。廣韻、集韻同。 卷字王二作褰，
姜書P二〇一一人下亦是褰字，
首飾二字殘。 唐韻、廣韻並云婦人
褰冠。案褰字作⿱龹衣，与卷形近，

遂誤褰為卷。本書目麥韻幗下亦云婦人喪冠。
第六行潰△ 胡對反 十△一 潰上王一有藬
簂筱三字，藬上云黃色又于鄙
反，簂下云匡亦作槶，筱下云篷
・廣韻亦有此三字，注並同王一。王
二同本書，唐韻亦無。本書旨韻
[illegible]美反藬下云又下悔反。十上王
一有逃散二字，本書漏脫而誤
補於憒下，詳憒字校箋。
第七行闠 闤△々△ 王一、王二、唐韻、廣
韻並云闤々，當从之。蜀都賦
云闤闠之裏。 參刪韻闤字校箋。 又
王一闠下有市門二字，王二、廣韻
同。

第七行迴 曲又胡梅反 此字王一在潰下績上，王二、唐韻、廣韻同，當據移。

第七行詛 胡市 詛當从王一、廣韻作詛。（原本玉篇引蒼頡篇詛，胡市也，荒佩反下作詛不誤。又案姜書P二〇一一此字在蜆下。（蜆字殘，詛上有一蛹字，即蜆字注文蛹字之誤）

第七行堁 塵又於臥二反 又於臥二反，王一、廣韻云又於臥反，本書字又見箇韻烏臥反，注又口對反，王一同，無第三音。王二云又苦臥反，與廣雅釋詁三曹憲音同，唐韻過韻苦臥反有此字，廣韻同。廣韻不見烏臥切。

第八行碎 蘇對反細磨亦作脺四 或体脺字王一同，不詳。集韻脺為脃字或体。

第八行啐 馳酒聲 馳字姜書P二〇一一作駈，（王一作送，蓋誤）王二作駛，疑亦駛字之誤。唐韻、廣韻並云送酒聲。又王一聲下有又倉碎反四字（姜書P二〇二止於殘文倉字）。

第八行繀 織緯 繀當从王二、唐韻、廣韻作繀。

第八行纇 盧對反麁絲十 麁絲二字不清，依王二、唐韻、廣韻當定。又本紐十字，誤重一郲字，此云十，當是後人妄改。

第八行薱 草名似蒲 薱字唐韻同，王二、廣韻、集韻作𦺓，与尔雅合。王二誤薱。

第八行礧 落猥反 碨大皃又 大皃，王一同，本書賄韻云大石皃。

第九行郲 縣名 上有郲字，注云縣名在桂陽，不當更出此字。正注文旁俱有小點，蓋志其誤重。

第九行背 補酟反 𤰞面二 𤰞字不清，此从唐氏所書。

第九行輩 俗作輩 正，或体互誤。

盖正字从俗書作輂，又改注文
輂作輂。

十九 代

第二行瑇 徒督反 瑁 又 又徒督反，
沃韻字作䐢。
第二行靆 靉 雲狀 靉字不清，擄
王二、唐韻、廣韻審定。
第二行酨 䣭 集韻酨為甙字
或体，引博雅䣭甙甘也，（說文
酨字注云酒色，音与職切）廣
韻有甙無酨，王一同本書。
第二行𢧵 作代 𢧵當从王一、
廣韻作戴，見說文。王一此字

在酨字上。注文王一、廣韻云酢．
作代二字當係涉下文戴字注文
而誤，惟此字从戈声，廣雅曹音
昨再祖戴二反，与此異。廣韻云又昨代切。
第二行再 兩 重文疑出後增。
第二行䬈 餴 䬈當作[illegible]，[illegible]不从大瓦。
第三行䅢 莫代反 木傷雨 又莫亥反 三 木當
从王二、唐韻、廣韻作禾。
第三行帽 冒圭四寸 又莫沃反 亦作瑁 瑁非
冒圭字，唯䐢帽字又作瑁耳。
原疑正文作瑁，注文作帽，後人
誤易。
第三行簺 格五 戲名 格當从王二、唐
韻、廣韻作格，漢書吾邱壽

王傳：以善格五召待詔。
第三行寨 寬 又先待反 又先待反，
各書海韻無此字，此字經傳作
塞，字又見德韻蘇則反，注云
又先代反。待當為特字之誤。
寨云寬不詳。說文寒，實也。疑
即實字壞為寬，因傳會為寬。
第三行貸 他代反 假人物 二 二當作三。
第四行態 意美 亦作𢤱 廣韻、集韻
或体作𢤱，見說文。𢤱當是𢤱字
之誤。
第四行㧱 摩 又紇音 紇音當作音
紇。
第五行閡 下門 王二云門，唐韻

云門出說文，王氏校勘記云：說文闓，開也，門當作開。本書下字又出後增。

第五行礙　五愛反。妨　亦作儗　六　亦作儗，各書無此或体，不詳。

第五行儗　僾々又呼愛反　又呼愛反，本書無此紐，廣韻增儗字音海愛切。

第五行懝　惶　集韻懝下云駭也，一曰惶也，或書作懝，本書下有懝字。

第五行禾　木曲頭不出又音稽　又音稽，廣韻同。本書稽韻古嵇反無此字，廣韻收之。

第五行靉　々靆　靆々互倒。

第五行薆　草盛亦作愛　亦作愛，各書無此。廣韻薆下云隱也，亦雅作薆，案方言卷六掩翳薆也，郭注引詩薆而不見說之，毛詩作愛，蓋本書所本。

第六行皭　白又子燿反　各書本紐無此字，王一笑韻皭下云白色，又於慨反，与此合，集韻有皧字注云白色。案皭字見史記屈原列傳及廣雅釋器，屈原傳云皭然泥而不滓，索隱音自若反；廣雅曹憲音在爵反；本書字又見藥韻在爵反，音並同。字从爵声，不當有此讀。集韻作皧字，声韻俱是，然不詳所出。爵字行草与愛形近，疑皭誤為皧，遂從愛讀耳。本書作皭且具又音，尚存誤亂之跡。集韻作皧又無又切体例，遂為二字。

第六行瀣　胡愛反。沆々氣　又胡介反　四　瀣當作瀣，沆字不清，王二、唐韻誤作沉，當从廣韻作沆。又胡介反，本書怪韻胡界反無此字，廣韻收之。

第六行⿺辶芥　薆　蒿　王二、唐韻、廣韻本紐無此字，集韻同本書。案此字見說文，云周禮有⿺辶芥菹。今醯人⿺辶芥字作芥，芥字本書入殷韻，此誤未詳。
第六行耐 奴代反 忍六 本紐五字而
此云六，蓋有奪文，未詳。唐韻
、廣韻多本書能𦣻佴二字，能下
云日無光，佴下云姓。
第七行萊 查又落哀反 查字王二
同。廣韻此宋本，巾箱本亦並
云查，澤存本、黎本云草。周氏
廣韻校勘記以查為草之譌。案
廣韻作查与本書及王二同，作草
者當出後人所改，惟查字不詳，
或涉上文誤為査又譌作查耳。
第八行載 在代反 下車三 下字疑當作上。
第八行㵝 測也 也字當出後增，本書句尾不用也字。

廿廢

第一行檄 木名 檄字王二、廣韻同
・集韻作櫠，与尔雅釋木合，別
出檄字云屋榱頭。案說文檄，海中大船。
本書月韻檄下云木々，為說文大船之義。
第一行簽 針文 鐵蘆 針當作斜，字
之誤也。方言卷五注江東呼簽籧
篨為簽。一切經音義引方言
注江南謂籧篨直文而麤麤者
為笪，斜文者為簽。
第二行簽 篨 王一無此字，廣
韻、集韻為簽字或体，是也。注
文篨上當有簽籧字，並詳上條。

第二行䥯 弋射 王二、廣韻引說
文云弋射收繳具，本書未韻云
雉具，此射下當有一具字。
第二行肺 芳廢反 肝 肝下疑奪
重文。
第二行䀹 晹 晹當从廣韻作
晹，見廣雅釋詁四。
第二行䮩 䮩々 注文互倒，或重文
出後增。廣韻、集韻、玉篇並
云䮩䮩。
第三行茷 草兒又房吠反 茷當从廣
韻作茷。又房吠反，王二云又房
大反，廣韻云又方大切，吠當是
大字之誤。本書泰韻薄蓋反

無此字，博蓋反收之，与廣韻合。集韻蒲蓋切亦收此字。案詩東門之楊：其葉肺肺，釋文音蒲貝反，与茷義同。

第三行餘 飫臭 王二、廣韻並云飯臭，王二云餅臭，餅為餅字之誤，餅即飯字。本書飫是飯字之誤。集韻引爾雅餀謂之餘，餀字与飫亦形近。

第三行衛 王二衛字上接許穢反餘字，廣韻許穢切下亦為衛字，本書衛上不詳何故有此空隙，綣下云綣緣，廣雅曹憲音緣讀同喙，本書未見緣字，不知与此有無關係。

第三行刈 魚肺反 穀々四 穀々當作々穀，王二云々稻。又本紐三字此云四，當係誤奪一字，S六一七六本紐三字，第二字為乂，注云才。王二、廣韻第二字並為乂，注同，疑乂字為陸書原有（案S六一七六新增字云加，如震韻震下云職忍反五加一，刃下云六加一，蓋五与六為陸書原有，此云魚肺反三。），本書刈下奪乂字。

第三行忩 因患 戍戒 S六一七六、王二、廣韻並云因患為戒。

第三行㓹虎 息 虎 廣韻云虎兒，与說文合。息与兒形近，本書息即兒之誤。

第四行䶩 孚吠反 截見 此字音字吠反，當与肺字同音，蓋增加字。集韻亦別出，音普吠切音亦同。王二、廣韻無此字（見下當有一字。）

第四行綣 丘眣反 々緣 眣當是吠字之誤。緣綣見廣雅釋詁二，曹憲綣字音苦穢切，廣韻音丘吠切，（字誤在祭韻）萬家名義、玉篇同。緣下當有一字。

廿一 震

第一行振鷺 々鷺 鳥名 王二云々鷺鳥，廣韻云振鷺鷺，集韻云鷺

羣飛也、案詩周頌振振鷺振鷺
于飛，傳云振振羣飛皃，魯頌
駉振振鷺，傳亦云振振羣飛
皃，振字後加鳥作㩜，本為羣
飛皃。自左思蜀都賦云：鴻儔
鵠侶，㩜鷺鶬鶊，遂有㩜鷺
為鳥名之訓。廣韻云㩜鷺，蓋
亦同本書。王篇云白鷺也，亦以為鳥名。
第一行衫 絺綌 又之忍反 衫注云絺綌
誤，說詳彰韻校箋。廣韻云玄
服，集韻同。
第一行須 顏色 順△事 類 類字王二
同，當作顆。顆字王二、廣韻同，
彰韻作慎，与說文合。見彰下。

第二行信 息晉反 言著△六 六當作七，詳
下阠字校箋。
第二行阠 灑又思見反 王二阠下云亦
雅南方陵，上有汛字，注云灑，
与本書此字注合。廣韻亦汛下
云灑，阠下云八陵，又引爾雅東
方陵阠。本書當是奪阠字注文
及正文汛字。霰韻蘸見反有汛
字，注云洒掃。与此云又思見反正
合。卦韻汛下亦云洒掃又思見反。
第二行卂 疾飛而羽不△見 疾飛而羽
不見，王二、S六一七六、廣韻並同
。案說文卂，疾飛也，从飛而羽
不見。而羽不見四字本言字从飛

之義，此誤讀說文。S六一七六見下有出說
文三字。獨集韻而
上有从飛二字。
第二行遴 力晉反 行難 亦作△賧十七 遴亦作
賧，各書無此。下文又別出賧字，
注云貪，廣韻、集韻並別出賧
字，注同。案遴賧義通，廣雅
釋詁二：遴，貪也。漢書魯恭
王餘傳晚節遴，注貪嗇也。故
此云遴亦作賧。
第三行燐 鬼火△ 火下王一有亦作
粦三字。
第三行躙 蹸△ 蹸字王二、廣韻
並作轥，見轥下。与說文合。
第三行藺 損△ 損字廣韻同。

廣韻校勘記云：「揁，段改作植，是也。廣雅釋器云：『䈬謂之植。』」案集韻此正引廣雅云䈬謂之植。

第三行㨫△ 扶又力盡反 扶字廣韻同，集韻云挻也扶也。案文選潘岳西征賦㨫白刃以萬舞，注云㨫，挻也，扶義不詳，或即挻若拔字之誤。案說文挻，拔也。又案廣韻軫韻亦云扶也，集韻云扶也，挻也。又力盡反，廣韻同。本書軫韻力軫反無此字，廣韻收。

第三行䫃△ 火見 此字誤。說文作閃，云从丙省。廣韻作[illegible]。

第三行[illegible]△ 〻 盭 [illegible]當作[illegible]，見說文。盭即戾蟲字，避諱作此。重文疑出後增。

第三行賍△ 〻 貟 遴下云亦作賍，此又複出，詳遴字校箋。

第四行𩓌△ 〻 須又力盼反 須當作須，字之誤也。

第四行忍△ 而晉反 銛十一 各書本紐首字作刃，無忍字。此忍即刃字之誤，注文銛字是其證。下文又有刃字，當出後人所增，此云十一是其證。

第四行刃△ 〻 刀 上文刃誤為忍，遂又增此刃字。詳見上條。

第四行認△ 〻 識 王一、王二、S六一七六識下並無認字重文。

第四行肕△ 〻 牢 王一、王二牢下無重文。

第四行賬△ 眩 濍 賬當从廣韻作脤。方言卷七漢漫、脤眩、濍也，朝鮮洌水之閒煩濍謂之漢漫，顛眴謂之脤眩。惟此字郭注音瞋，集韻真韻收為瞋字或体，此讀未詳。集韻以[illegible]為脤正体，[illegible]字不詳所出。（集韻此字又讀之刃切，亦同本書誤作賬）又案：依方言，脤眩為疊韻連語，本書眩上應有重文。廣韻注同本書。

第四行[illegible]△ 益 [illegible]不成字，當从王

一反名書作牣。

第五行鶇△ 小鼓在大鼓上 鶇當从廣韻作鶇，即說文𪔳字。

第五行釸△ 錫 王一無錫下重文。

第五行瀶 水脈行地中△ 王二、S六一七六，中下有瀶瀶二文，廣韻同。見說文。

第五行趚△ 逐 王一、王二無重文，

第五行鯽 魚名身上有△印 王一、王二、廣韻並云身上如印，當从之。左太沖吳都賦鯽龜鱕鯌，劉淵林注云：鯽魚長三尺許，無鱗，身中正四方，如印。

第六行檳 厈△ 厈當作斥。

第六行寴 櫬又七人反 櫬當从王一作櫬櫬，見說文櫬篆下。本書真韻必隣反寴下及元韻櫬下並云櫬櫬不誤。又七人反，王一、廣韻同。本書真韻數賓反無此字，字見必隣反，注又七刃反，王一，廣韻同。集韻紕民切收之。

第六行蜆 不相見又亡見△結反 結上見字誤衍，字又見屑韻莫結反，注又裨刃反。

第六行陣 直刃反軍△烈四 烈當从王一作列。

第六行二門△ 登 王一、王二登下無重文。

第六行𨻰 烈△又直珎反 烈當从王一、王二作列。

第七行慎 是刃反謹俗作慎△ 慎下當从王二、S六一七六補一字。

第七行豉 去刃反香蔦可炙△食亦作豎二 炙字似誤作炙而改之。

第七行賮 [illegible]△△似刃反 似刃反，廣韻、集韻音徐刃切，同。王二音疾刃反，王一同（唯姜書反切殘缺，劉氏書恐未足深信）。廣韻云又疾刃切，與王二合。早期韻書中從邪二母往往相通，如薺字本書音徂禮，而王二音徐禮，廣韻未能深究，遂云又疾刃反耳。廣韻

正切無疾刃切，集韻同。琜々四三
字原从雌茧逢改，剎脘難辨，從
王一、王二審定如此。
第七行晉 即刃反地名亦作進正作㬜五 亦
作進，王一同，廣韻、集韻云進也，
義見易序卦及說文。亦作二字疑
一曰之誤。案因細列有進字。
第八行[虫進] 蠷々似小蛘 王一云蟲名，
S六一七六同。王二亦止一虫字，
廣韻云蟲名又蛤蠣。此疑後人
改之。
第八行衅 牲血塗器或作釁 釁當
作釁，釁為俗書，見上文。此云或
不云俗，是其証。王一、S六一六七

正作釁字。又此下王一有口口酔
三字，不詳。S六一七六同本書，
第八行僅 渠遴反飢九 飢當从王一、
S六一七六作饑。
第九行瑾 玉々岁 重文疑出後增。
第九行廑 王一云小屋，廣韻
同，集韻亦云博雅蔭也，一曰小
屋。王二饉下為瘽字，注云々岁
又病，當是誤合廑瘽為一字，
々岁二字原係廑字注文，与本
書同。案說文廑下云少劣之居。
第九行瘽 病々 王一無病下重文。
此當云後增。
第九行[堇少] 小

小字王一同，廣韻、集韻作少。
第九行儭 々裹又七刃反 裹當从王
一、王二、廣韻作裹。
第九行峻 和閏反高亦作埈十 和當从
王一、王二、S六一七六作私。埈上
王一有陖字。
第十行濬 々深 王一、王二無重文。
第十行[弓夋] 弓人為弓方其俊 俊字王一
同，案當作峻。[弓夋]即考工弓人
峻字，故引弓人文以說之。
第十行睧 益 睧當从王一、廣
韻作睧。
第十一行徇 以身送物 送字王一同，
王二、廣韻作從。

第十一行擕△ 子峻反奭 或作儁十 擕當从

王一、王二、廣韻作儁。

第十一行晙△ 早 々 王一、王二早下無

重文。

第十一行𡕒 東郭々東古之△ 狡兔又七旬反 下

東字誤衍，王一正無、新序雜事：

齊有良兔曰東郭𡕒（真韻注

不誤）。

第十一行寉△ 才△々 寉字王一同，當

从廣韻作寯。才字王一同，廣韻

云人中最才，不詳。集韻云博雅

聚也，見廣雅釋詁三。又王一無

才下重文。

第十一行䔋△ 皮 袴 䔋字王一作

䔋，並誤，當作荾、說文荾，

讀若耎，一曰若儁。

第十二行瞬 々目 亦瞚△ 亦下王一有作

字。

第十二行諄 告之丁寧 亦△作△論 論字集

韻作諄，与說文合。王一無亦作

論三字。

第十二行閏 如舜反 閏△餘△二 月餘，王二

作餘月，疑當从之。

第十三行親 七刃反二 氏為婚△三 婚下王一

有相謂曰親家五字。

第十三行昀 九峻反 唁△二 二當从王一

作三，下文攈字屬本紐。 王一、集韻

攈字並与昀

同九峻反。

第十三行詢△ 々欺 王一無欺下重文。

第十三行攈△ 古音居韻反今音居 運反拾或作捃△三

攈字王一同，當作攈，三字不

當有，此字屬九峻反，參昀反

捃字校箋。

第十三行捃△ 拾△餘△ 曰△々 此字及注文出

淺人所增。攈下云拾或作捃，問

韻捃下云拾亦作攈，並此不當

有之証。王一正無此字。案王一攈 字注文捃

下殘缺，然自原書行款視之，（一

見姜書P二〇一一），應無此字。

廿二問

第一行絻 喪服亦 作悗△々 王一無此重

文，當刪。

第一行莵 生新 注文王一同，廣韻生下有草字，集韻云艸新生。

第一行暈 日氣 日下王二有傍字，廣韻云日月傍氣。王一云々氣，當誤。

第二行溢 匹問反含水三 注文王一、王二同，本書恩韻潠下亦云含水，王一、王二同。廣韻云含水潠，与通俗文合。

第二行忿 怒々 王一、王二怒下無重文。

第二行糞 府問反又作糞穢 王一無又作糞穢四字，王二有亦糞二字。

第二行僨 僵々 王一、王二無僵下重文。

第三行奮 揚々 王一、王二揚下無重文。

第三行殯 死々 王一注云殯，廣韻同。說文殯，爛也。与此異。集韻云博雅歺也，疏証於歺下補死字。

第三行緼 亂麻亦韞字 王一無亦韞字三字，王二、S六一七六同。

第三行捃 居運反拾亦作攈 攈字王一同，當作攗。

第三行皸 足家又居云反家音丑格反 二家字王一作瘃，案並瘃之誤。漢書趙充國傳手足皸瘃，惟瘃字原當同王二，廣韻作坼，此由淺人改之。下云音丑格反，是其証。又韻皸下云足坼又居運反坼字丑格反，亦其証。

第四行分 扶問反散四 王一云段別通俗作分三，同紐無秎字。

第四行秎 穧 王一無此字，分下云扶問反三，王二、S六一七六同紐只分𤸰二字。穧當从廣韻作穧，見廣雅釋詁四。

廿三焮

第一行㾹 瘡中腴 腴字王一作腴，王二、S五九八〇、廣韻並云瘡中冷。案說韻許應反譽

下云腫起，此腴字當是膜字之
誤。案集韻此收腴為痲字或体。
第一行腨 瘡肉 出又興近反 S五九
八〇本紐無此字，集韻腨与上文痲
同字。王一、王二、廣韻分收如本書。
案隱韻腨下云腫起，与謹韻腨
字義同，上文痲下云瘡中腴。
第二行近 巨靳反。親 巨隱反一 親下王一
有又字，當據補。
第二行傿 靳於反。依人 或作傿四 靳於互
倒，於上有鈎為識。
第二行㶏 水名在汝南 此字王一在
檼下，S五九八〇同。
第二行檼 棤 正注二字並當从

王一及諸書从木，又名書棤下有
檼字或重文。
第二行㦞 〻褱 褱字王一作裏，
王二作褱，案並褢字之誤，廣雅
釋詁四㦞，褢也；又曰㦞，攀也。
第二行沂 語靳反。濁滓一 沂當从王一、S
五九八〇、廣韻作沂，滓字王一作
澱。

廿四願

第一行愿 善敬 善上王一有一曰二
字，疑當據補。王三云敬也善也。
第一行傆 點 點字王一同，當从
王二、廣韻作黠，見說文。

第一行願 大頭 上已收願字，依例
不當别出，王一同本書，廣韻願
下載欲与大頭一義。
第一行販 方怨反。鬻貨一 怨字王一作
願，王二、S六一七六、S五九八〇、
廣韻並同，當據改。
第一行券 去願反。〻約四 券字王一、王三、
廣韻同，當从S六一七六及S五
九八〇作券。S六一七六云从力者
倦字。
第一行絭 束臂繩 束臂繩，王一、
王二、S六一七六、S五九八〇、廣韻
並同，不詳。集韻云攘臂繩，本
書綫韻亦云臂繩。案說文絭，

纕臂繩也，纕，援臂也。故廣雅釋詁云：絭謂之纕。淮南子原道篇：短袂攘卷，以便刺舟。攘卷與纕絭同。史記滑稽列傳：帣韝鞠𦝫，集解云帣，收衣袖也，帣亦同絭。並絭義當為攘臂繩之証，罥字誤。案離騷既替余以蕙纕兮，又解佩纕以結言兮，纕為佩帶之義，此言絭為束罥繩，或誤廣雅纕字為佩帶之義。

第一行帣韏 曲 帣韏字各書作韏，與說文合，此誤。

第二行万 無敗反 十千十 敗當作販，王一不誤。

第二行晚 肥澤又無遠反 晚當从王一、廣韻作晚。肥字王一作肌，廣韻同，本書阮韻亦云色肌澤，當據正。

第二行𢤦 皮悅又無遠反 悅字王一同，本書阮韻注亦同，廣韻作悅，並誤，當作脫，詳阮韻校箋。又遠下當據王一補反字。

第二行鄚 鄭邑 注文王一同，鄭當作鄚。廣韻云蜀有鄚鄉，說文云蜀廣漢鄉也。

第二行贎 贈貨 贈貨，王一、廣韻同，集韻云貨也，泰祭二韻並同，與說文合。贈字未詳。贈與贎字形近，疑即贎字之誤。廣韻祭韻字作贎，注云贎貨。

第三行閞 門欂櫨又陂變反 欂櫨當作欂櫨，見說文。

第三行粉 粉 王一無粉下重文。

第三行𢍏 量又居願反 𢍏字王一及各書作𢍏，當从之。說文作𢍏。又居願反四字王一無，廣韻同本書。

第三行⿰算攴 舂小 ⿰算攴字音芳万反，王一、廣韻、集韻同。王二本紐無此字，韻末⿰産隹滻⿰算攴三字音又万反。廣韻亦別出⿰算攴字音又万切，集韻同。案說文云⿰算攴从算声，疑不當有此讀，恐王氏誤增，

而廣韻、集韻沿其誤。又案王一
奍下有亦作䨲二字。
第三行娩 𪕊々 王一無重文。又
S五九八〇娩下云俗曰𪕊，不別
出娩字。娩字本書作娩，已見上。
第四行𡖓 說文其義闕 𡖓字王一、
廣韻同，說文从丸作𡖓。
第四行堰 於建反四 反下王一有
堰字，王一、廣韻云堰水，王一
堰下當是奪水字。
第四行䞁 引物為價又於𢧐反 物字王一
同，王二、廣韻作與。 王二字作与，疑是
物字之誤，阮韻 集韻云物相
云物相當。
當。又於𢧐反，於𢧐与於建同

音，𢧐字誤。姜書P二〇一作
𢧐，當是甗字。甗字見線韻，
与王二、廣韻又於面反音合。惟
各書線韻影紐無此字，集韻
同。字見阮韻於幰反，疑本書
𢧐為𪉐字之誤，𪉐本作甗，
見爾雅釋山釋畜及釋名。 姜書P二〇一
甗蓋誤同阮韻𪉐字。
第五行楦 許勸反 韗々二 楦當作楦，
与楥同。王一作楥。
第五行韗 作鼓工 工下王一有又
禹慍反亦作六字。 作下原當有韗字。
第五行𡟞 居願反 々物一 𡟞當作𢀿
即說文𢀿字俗書。

第五行遠 于万反又于免反一 万字王一
作願，王二、S五九八〇、唐韻、廣
韻同。又于免反，王一云又于返
反，与阮韻音雲晚反合，本書
免字誤。 王二云又居宛反，下字亦在阮韻，上字誤。
第五行甗 語堰反 𤬪二 甗當从王
一，廣韻作𤬪。廣韻釋器云𤬪
𤬪也。
第五行圈 臼万反 邑名一 臼當从王一、
廣韻作臼。 案廣韻或本亦誤作臼。

廿五 願
第一行圂 圂々 王一無圂下
重文。

第二行㥾　㥾〻　此即慁字或書，
礼記儒行不慁君王，史記陸賈傳
無久慁公為也，並作慁，廣韻、集
韻慁下云亦作㥾，王一、王二、S六一
七六、唐韻並同本書。
第二行巽　蘇困反　東南四　王一云卦，唐
韻、廣韻同。王二云風体。
第二行遜　〻順　王一、王二順下無重
文。
第二行顛　耳門又苦昆　反頭無髮　王一無頭
無髮三字。
第三行鐏　徂困反矛　戟足二　足字王
一作下，王二同。S六一七六亦同，
下下有銅字；唐韻同，說文云柲
下銅。
第三行琯　出　光　出上王二、唐韻有
重文．王一、廣韻同本書。
第四行噴　普悶反吐　氣皃一　王一無皃
字，王二、唐韻、廣韻同，當據刪。
又王一氣下有亦作歕三字。
第四行遁　逃　逃下王一有亦作
豩辵口遯五字。豩辵當从集韻作
[辶豩]·殘文疑當作遂，見集韻。
第四行搵　烏困反內　物水中二　中字王一作
裹，S六一七六同。王二同本書。
第四行饐　相謁食又　於恨反　又於恨
反，王一、廣韻同，本書恨韻無
此字此紐，王二、廣韻收之。此讀
見方言一郭注及廣雅釋詁二
曹憲音。
第四行坌　蒲悶反　塵〻四　四當云二，此
誤合五困反二字計之。又王一、王二
塵下無重文。
第四行坋　分　扶問房　又　吻二反　正，注
文王一同本書，王二、S六一七六、
唐韻並無此字，廣韻、集韻坋
為坌字或体。注文分字不詳，
本書吻問二韻注同，集韻云
一曰並也。
第五行顐　五困　反禿　禿下當从王一
補二字。
第五行饐　食又五　恨反　王二、S六一

七六、唐韻、廣韻並無此字，王
一字作饐、案當作饐，見方言
卷一及廣雅釋詁二，廣雅曹音
五困反，与此合。恨韻字亦誤饐。
第五行論 盧寸反 講談一 王一寸字作
困，談字作言。又此下王一有昏
奔二字，昏下云呼困反姓暗一，
奔下云甫悶反急赴一。唐韻韻末
亦有此二字，注云增加。王二、S六
一七六並未收。本書魂韻昏下
奔下無又切。

廿六 恨

第一行饐 饐五恨反一 饐字王一作
饐，案當从廣韻作饐。注文饐
下王一有饐字，本書疑奪重文。
方言卷一：相謁而餐，秦晋之
際河陰之閒曰饐饐。

廿七 翰

第一行翰 胡旦反鳥毛 亦作鶾十九 毛字
唐氏書作羽，非。王一亦作毛字。
鶾字王一同，當作鶾。
第一行捍 拒 之 拒字王一作抵、王
二、唐韻、S六一七六同。疑俗書
抵字作抵，遂易為拒。
第一行釬 作銲 正文右旁
及注文右旁全不可辨，从唐氏
所書，王一同。
第一行汗 汁熱 汁字王一、廣韻
作汗，王二、柏刊、唐韻作重文，
本書誤。
第一行閈 之 里 里字不清，據
王一、王二、S六一七六、唐韻審
定。之疑當作門，蓋誤門為閈
，遂易作重文耳。王一、王二、S六
一七六、唐韻並云里門。說文：
汝南平輿里門曰閈，風俗通：
閈，城內郭外里門也。
第一行䠶 之 射 正文䠶字略蝕，
注文射字不清，並依王一、王二、S
六一七六、唐韻、廣韻審定。

第一行騂△尺△馬△六　騂馬二字不清
依王一、王二、S六一七六、唐韻、廣
韻審定。又六上諸書並有高
字，亦當據補。王一尺下有亦作
鶮三字。
第一行雗△鶾△々　鷽別名一曰鶏曰鶾　雗又何旰反亦作字
正文雗及注文々鶮残蝕
依王一、王二、S六一七六、唐韻、廣
韻定之。鷽當从王一、S六一七六
及廣韻作鷽，見說文。一曰鶏
曰雗，王一云一曰鶏一曰雗，S六
一七六云一曰鶏毛曰雗音，並
誤，當作一曰鶏曰雗音，見礼記
曲礼。唐韻云又禮云鶏曰雗音。

又何旰反，旰字見本韻，誤；王一
作干是也。字又見寒韻胡安反，
注云又何旦反，与此互見。本書
旰或是肝字之誤。亦作鶾，王
一同，當作鶾。
第二行忓△々善△　王一云善，無重文。
第二行犴　縣名　縣名，王一、集韻
同，廣韻云關名在巫縣。集韻
別出阡字，云關名在峽中。案
史記楚世家肅王四年蜀伐楚，楚
為扞關以距之。犴即扞字。縣當
作關，字之誤也。
第二行研△々磓△　磓字王一、廣韻、
玉篇同，集韻此云石，居案切下

云磓石。案研為磓義不詳，說
文硟、以石衦繒也，衦字各本作扞，此
从段改。衦、摩展衣也，急就篇
硟、以石輾繒色光澤也。輾衣之
石謂之硟，案延展輾音義並通。故衦
衣之石亦謂之研，（案集韻衦
研二字同居案切。）疑集韻作硟
是。又王一磓下無重文。
第二行玩　五段反習或作翫△三　翫下王一
有亦作貦三字。
第三行亂　落段反理亦作乱△乱亂三　王一無
乱字，各書或体亦無，蓋即涉乱
字而誤。
第三行瑕△　石似玉、　瑕，王一、廣韻

作瑕，當从之。字見說文。惟王二、
唐韻、集韻本紐並無此字，說文
瑕从叚声，叚声之字皆讀影母，
与端母遠隔。玉篇字音烏灌
切，大徐說文音烏貫切，小徐音都
灌切，与萬象名義同。集韻字見烏貫切
下，疑誤烏為鳥，遂收此下。
集韻本紐有瑕字，注云石之似玉
者，則从形之所近，改叚為段，
以与端母之讀相協耳。廣韻澤存堂本
亦作瑕，當是从
集韻改之。
第四行喚 呼段反七 反下王一有
呼字。王二、S六一七六同本書。
第四行喛 羔又虛元反 羔字王一作

急，並誤，當从廣韻、集韻作恚
。見方言卷六。元韻注作恚，即
恚字俗書。
第四行嚾 呼名 嚾字王一同，廣韻
集韻作嚾，為喚字或体。
第四行筭 蒜段反計二 王一云三，
蒜下有祘字。
第四行蒜 々葫 蒜當作蒜。
第四行縵 莫半反又莫晏反七 縵上王一有
祘字，注云明分數。又上王一有
無文二字。說文曰繒無文。
第四行湯 犬水 王一云水大。
第五行墁 亦作摱所以塗牆壁 王一摱下
有々杅二字，塗下有飾字。

第五行數 々 數字王一同，廣韻
集韻作數，周氏廣韻校勘記
云々萬象名義此字从文作數，
當據正。案玉篇、類篇文攴二
部並收，从文是。重文上奪敹
字，王二、廣韻並云敹數，敹字見
下他半反，誤作敹。注云々斆無采
色，斆即數字之誤。
第五行騂 驎々馬名 王一、王二、S
六一七六並云々騂馬皃，廣韻
云騂驎馬行皃。本書驎即騂
字之誤，又与重文互倒，名當作
皃。五旦反騂下云騂々，騂即
騂字之誤。

第五行判 普半反 分剖七 王一云分割。
第六行胖 牲半 体 羊當从王一、廣
韻作半。
第六行牉 合夫 合婦 注文王一同，
王二、唐韻、廣韻無下合字是也，
當據刪。儀禮喪服傳：夫婦牉
合也。
第六行泮 冰散 泮當从王一、王二、
唐韻、廣韻作泮。前收泮字云
泮宮，故此收泮字云冰散。詩 案
匏有苦葉迨冰未
泮，字本作泮。
第六行嫈 嫉嫉無 宜適 嫉當从王一、
王二、廣韻作嬔。他半反嬔下云
嬔嫈。

第六行畔 隴隔 比比 比比不詳，王
一無此二字。
第六行炭 他半反 柴燼四 王一無柴燼
二字，王二、S六一七六同，疑出後增。
第六行敹 敹敹無 采色 敹字王一
作敹，唐韻作敹；當从廣韻
作敹。歎字王一作數，當从廣
韻作數。並參前數字校箋。
第六行嬔 嫈嫈 此字王一在敹上。
案王二、S六一七六本紐炭歎嬔
三字，無嫈，嫈字當出王氏所
增，次第當同王一。
第七行逭 逭逭亦 逃逭 逭當作逭。
重文王一無，S六一七六、王二並止

一逃字，此當出後增。下逃字
當从王一作作，蓋涉上逃字而
誤。
第七行朊 𡡉𡡉 𡡉當从王一、王二、
唐韻、廣韻作𡛌。重文王一、王
二、唐韻無。
第七行穳 子筭反矛 下巫二 下巫，王
一作下丞，不詳。王二、唐韻、
鋋。廣雅穳謂之鋋。廣韻此並云
說文鋋，小矛也。
第七行惋 烏段反 驚三 驚下王一、
王二、唐韻、廣韻、集韻並有
歎字，當據補。
第七行腕 手手亦 作擊 擊當作擥
，見說文。王一誤作擥。

第八行瓘 玉之 王一止一玉字，本書之當是重文之誤，重文又出後增，說文瓘，玉也。

第八行罐 汲水器々 王一、唐韻、廣韻器下無重文，當刪。

第八行灌 澆々 灌上王二、唐韻有癃字，注云病。王一罐下亦有癃字，注同（王一無灌字，當係誤脫）。S六一七六罐下亦有癃字。自此以下殘。案各書本紐諸字次第並與本書同。S六一七六云古段反十六加一，原奪十字，今補。依王二、唐韻計之，自貫至遺十大字，當是陸書之舊，當依諸書補癃字。貫下云廿，下文悺字為注文之誤，合此字正為廿，尤為明証。又案王二注文澆下無重文。

第八行鸛 雀亦作雚 王一、王二、唐韻雀上並有重文，本書蓋誤奪。

第八行權 叢木或作灌 權字誤，當从王一及諸書作樌。

第八行鏆 錍環々 王一、王二、唐韻並無重文。

第八行爟 楚云人火 人云二字誤倒，人上有鈎為識。

第九行錧 車軸頭鐵 鐵下王一有一曰江南人呼犂刃八字，王二、S六一七六、唐韻等並有此語，當補。

第九行冠 首飾 飾下王一有又古桓反四字，王二同。

第九行悹 疑又云公緩反 疑字王一同，王二、唐韻、廣韻、集韻並云憂，見說文。又云公緩反，云即涉公字誤衍，王一無。本書緩韻古纂反未收此字，五刊、廣韻收。

第九行悺 々々瘉々憂無極 王一悹下云疑又公緩反悺々瘉々憂無極，王二、唐韻無悺字，悹下云憂，廣韻、集韻悺悹同字，又廣韻緩韻悹下云悹悹憂無告也，正與王一又公緩反悺悺㥧〻憂無極及本書此注文相合，此字原當是悹字注文。貫下云古段反廿，是其証。（案上文奪㜷字，參前灌字條）又案爾雅釋訓痯痯瘐瘐病也，郭云皆賢人失志懷憂病也。痯與悹通，瘐與㥧同。釋訓又曰懽懽愮愮憂無告也。懽亦與悹通。此云憂無極，極字未詳所本。案廣韻緩韻悹下作告，見上。

第九行鑹　小矛稍　或作䂇　王一云小稍，各書同，矛字誤衍，或作䂇，王一同。案䂇是稍字或体，見覺韻。此誤。

第十行案　般又　几　般當作槃，急就篇云橢杅槃案桮閜盌。

第十行晏　〻晚　王一、王二、S六一七六、唐韻無重文。

第十行郰　里名　當陽　王一云里在當陽，廣韻、集韻並云里名。本書名當為在，或名下脫在字。

第十一行管　〻管　王一、王二、唐韻管下無重文。

第十一行僤　明又勑　旱反　又勑旱反，王一同。本書旱韻他但反無此字，字見徒旱反，注云又大旦反，王一同，集韻則儻旱切亦收此字。

第十一行旰　古旦反　日晚五　五當依王一作六。

第十一行榦　〻強　王一無重文。

第十一行倝　日出　光　倝當依王一、王二、唐韻作倝。

第十一行盰　張目　兒　王一無兒字，廣韻、集韻同，與說文合，當據删。

第十一行骭　骺　骭字王一作骻，注同。唐韻、廣韻字作骭，

唐韻注殘，廣韻云𩩓也。集韻
字亦作骭，以骭為或体，注云說文
體也。案方氏據說文改體為骹
、玉篇亦收骭骭二体，注云脛，
引左傳拉公骭以殺之。案當云公羊，文見
莊公元年。案作骭是也。說文骭、
骹也，骹、脛也，故玉篇云骭脛。
字本从骨，干声。此蓋涉上下文从
倝之字誤為骭，又誤為髒。王
一作髂，尤誤。髂与髁同字，見集韻。
此字又見諫韻下晏反，各書作
骭不誤。注文骺不成字，因舌
后形近，遂誤䯏為骺。䯏本讀古
活反，本書末韻無䯏字，而廣韻收䯏字，說詳廣

韻校箋。說文䯏，骨耑也。段云骨
當是骹字之誤，朱駿声改骨為
骹。說文骹，脛骨也，与此云骭、
䯏正合。廣韻云𩩓者，公羊莊公
元年搚幹而殺之，釋文幹，脇也。
玉篇骭下引之。
第十一行䯇　䯇當从王一、廣韻
作䯇。注文王一、廣韻並云赤色，
亦當从正。
第十一行犴　獄也　胡犬　王一、王二無也
胡犬三字，本書句尾例不用也
字，三字當並出後人所增。也
胡犬三字蓋出後增。
第十二行頊　頭無髮，又五篤反　又五篤

反，王一同，本書末韻五割反無
此字，廣韻曷韻收。
第十二行騂　騂　騂當从王一、王
二、唐韻、廣韻作䮛，䮛字見
博漫反，注云䮛々，騂即此字
之誤。
第十二行𡷪　晉　王一注殘，柏刊
廣韻云晉也，不重𡷪字，王二
云不恭，集韻云廣厚也，一曰不
恭也。案一切經音義四引通俗
文緩脣謂之𡷪碃。本書阮韻
諮偃反𡷪下云𡷪碃大脣皃，
藥韻處灼反碃下云大脣皃𡷪
碃　碃原誤脣字。　𡷪當与𡷪同字。

此云眚、厝，厝字不詳，疑即昏
字之誤。王二、集韻云不恭，當与
厝字無涉，集韻同紐有噯字，
或体作詹，与此字形近，疑以
詹同噯字，故云不恭（論語云
由也噯）。又集韻云廣，厚，亦不
詳；萬象名義、玉篇義並同。或与後眚
之義有關。
第十二行偘 苦旦反。樂亦作侃字。五 五字
王一作四，同紐無刊字，詳下條。
第十二行刊 削 王一無此字，王
二、S六一七六、唐韻、廣韻、集
韻同。此疑出後人增之（揚雄酈
商銘：橫耽愧景，刎頸自獻，
金紫褒表，萬安不刊，刊与献
叶，章樵音古案切）。
第十三行灘 灘上王一有蹦字，
注云呼，當據補（漢下云呼半
反八），是其証。惟此字當从廣
韻作蹦。
第十三行糢 冬耕 注文王一同，玉
篇、萬象名義耒部亦同。柏刊、
廣韻云冬耕地，集韻糢為暵
字或体（本書暵字見上）注云耕
暴田。案說文暵，乾也，耕暴
田曰暵。糢暵並与說文暵同
字。玉篇田部暵下引埤倉云耕
麥地亦作糢。齊民要術云：種大
小麥皆須五月六月暵地。萬象
名義耦下云糢，耦字名
書云耕麥地，本書同。此云
冬耕未詳。冬字与麥 麥皆作麦。
形略近，或有譌誤。
第十三行爛 盧旦反。火熟。亦作殐。三 殐
當从王一作殐。集韻云殐，博雅
敗也。
第十三行攤 奴旦反。按又吐丹反。五 王一
無又吐丹反四字，按下有攤字。
唐韻、廣韻並云按攤。
第十四行幱 巾攔。又奴面反。着也。塗也。亦幱
幱字王一同，廣韻作幭，並誤。
當作幭。詳灰韻幭字校箋。
注文攔字王一、柏刊、集韻同，今

說文作㩜，云以巾㩜之。廣韻字
作㨹，
周氏據王一、柏
又奴回反着也塗
刊改㨹字。
也亦㥈，王一無此十字；本書例
不用句尾也字，當並出後人所
增。回當作回，字又見灰韻乃回
反。（案莊子徐无鬼釋文云韋昭
乃回反）或体从心，即从巾之誤，
亦詳灰韻校箋。
第十四行䋈 三女或作𡝩䋈 𡝩當作
敂。王一作妏。
第十四行𢃇 幏又曰一見反 此字王一在
璨下，王二本紐䋈璨三字，
無𢃇字，疑當从王一乙改。幏當
从王一、柏刊、集韻作幏。方言四：

𢃇、幏、幧頭也。又曰一見反，王一
作又旦見反，並誤；當云又旦見
反，方言郭注音績，字又見霰
韻倉見反。倉原誤作舍。
第十四行繖 蘓旦反蓋又蘓但反或作傘四 王一
無或作傘四字。
第十五行散 分又蘓旱反亦作㪚 㪚當
从王一作㪚，本書旱韻云散亦
作㪚。
第十五行𢿇 未東枲 此即說文𣀔
字。
第十五行讚 作幹反稱則十 稱則，王一
同。王二無則字，反切上字用則，
柏刊、唐韻、廣韻上字並用則字。

第十五行酇 縣名在南陽又作管反在何二反
王一無管下反字，依例當刪。
第十五行饡 羹和飰 食旁不
清，似誤作金而改之。
第十六行攢 訟 注文王一、廣
韻同，不詳，集韻云聚。
第十六行懦 弱又乃過反 又乃過反，
箇韻字作愞。
第十六行攢 在㩋反一 反下王一有
聚字。
第十六行鏉 口煥反燒二 鐵久 燒
鐵久，王一、玉篇、集韻同，集韻
云出埤蒼。廣韻久作炙，萬象
名義作炙。集韻考正云：疑當

作灸、案此即款識之款，字林鍁，刻也，；故五刊、廣韻、集韻字又讀与款同，集韻此又云一曰灼鐵以識篇次，即燒鐵灸（或炙）之義，久字誤。

廿八 諫

第一行鴈 五晏反陽鳥 亦作鴈鴈二 或体鴈字与正文似無別 王一作鳫，王二、唐韻、廣韻亦云或作鳫，當从之。

第一行晏 烏澗反晚 俗作晏五 俗体与正体無別，誤。姜書Ｐ二〇一一正文作旦女，注云正作晏，本書俗体當作旦安。

第一行騴 馬尾白 白上原有一浅色横畫，蓋誤作百而塗去者。

第二行鴳 々鴳 正、注文王一同。王二、唐韻本紐有鷃無鴳，廣韻收鴳為鷃或体，本書鷃下云鷃雀，与郭注尔雅鴳鴳同。左昭十七傳青烏氏，注云鴳鴳也。釋文云鴳亦作鷃。

第二行縵 々縵 王一無重文，縵下云又莫半反。莫為俗書莫字。

第三行嫚 々惰 王一惰下無重文。

第三行米 別 王一此字作尒，集韻作釆，案當作釆。惟王二、唐韻、廣韻釆字並無此誤。說文云讀若辨，廣韻字見襇韻蒲莧切，与說文合。案集韻亦見皮莧切。

第三行患 胡慣反 妨七 王一云八，轘上有宦字。本書宦字補在第三行館下。當移宦字，改此七作八。

第三行豢 食穀 養畜 王一、王二、唐韻、廣韻並云穀養畜，無食字，當據刪。

第三行羛 獸似羊 無口 王一獸下有名字，王二、唐韻、廣韻同。

當補。
第三行慣 古患反。四習 或作串。三 王一反
下無四字，串下三字作四，案反
下四字不當有。然此無由衍四
字，疑串下三字本作四，此即涉
彼而衍，後下四字又改為三。說
參下攢字校箋。
第四行攢 習 人 攢上王一有卄
字，注云鬆角。王二、唐韻、廣
韻並有卄字，當據補。參前
慣字及襇韻卄字校箋。又人字
不當有，此涉下倌字注文誤衍，
參下倌字條。王一止一習字，可
擬刪。參襇韻卄字條。

第四行倌 主駕 馬 倌當从王一、唐
韻、廣韻作倌。注文馬字亦誤，
王一云主駕人，可據正。本書攢
下云習人，人字即涉此而衍。
第四行官 仕胡慣反 同患字一 此字王一
在轘上，以漏書而補之於此，故
云胡慣反音同患字。王一官下
止一仕字。
第四行薍 五患反草名 亦作⿰萑元一 ⿰萑元當
从集韻作⿰萑元。薍与萑同類，
故又从萑作⿰萑元。
第五行棧 才道又士 限反士免二反 才當从
王一、王二、唐韻作木。限下反字
依例不當有，王一正無。

第五行轏 寢東亦 作輚 廣韻、集
韻轏為輚字或体。本書注亦
云亦作輚。王一同本書。東當从
王一、廣韻作車。
第五行柵 所晏反 籬一 前有訕汕
等字音所晏反，此增加字。王
一、唐韻同本書，廣韻併入訕
下。
第六行娨 下鴈反 嫈也一 前有骭
字音下晏反，此增加字。廣韻
、集韻字併在骭下。嫈下用
也字，与全書体例亦不合。

廿九 襇

第一行蘏 餘 莖 莖字王二同，唐
韻作茎，並誤，當从王一作莖．莖
餘者，蘏莖之餘也．詳見周氏廣
韻校勘記。
第一行辦 蒲莧反 亦辦二 王一正文作
辦，注云俗作辦，又下有具字。
第二行羼 初莧反羊相閒 初又鴈反一 又
初二字誤倒，又上以鈎識之。
第二行袒 大莧反衣縫解或作 綻組襢又徒旱反一
大字王二同，旱韻徒旱反亦云
又大莧反。廣韻作文，或体襢
當从王二、集韻作綻。
第二行卝 小兒束髮象 蛾角曰之 比字
善書p二〇一一、廣韻、集韻

並見諫韻古患反下，（案甫田
詩總角丱兮釋文亦音古患反
）与本書異．穀梁昭十九傳云
羈貫成童，是丱与貫同音之
證．本書疑後人誤補之於此，
詳見諫韻慣摜二字校箋．

卅 霰
第一行先 又蘇見反 又上王一有在
前二字，王二同本書．見字王一、
王二作賢，當从之。
第一行廠 廠 舍亦 廠字王一、廣
韻、集韻同．周云當作廠，从
广敝声，王一廠上有作字。

第一行蒨 舍見反 草盛十 舍當从王
一、唐韻、廣韻作倉。
第一行輤 載柩車 亦作箐 柩當為柩
之誤，王一、王二並云載柩車。
車下唐韻、廣韻有蓋字，集韻
云喪車飾，本書誤。禮記雜
記諸侯，……其輤有裧。注云
輤，載柩將殯車飾也。又疏布
輤四面有章，注云輤，其蓋也。
亦作箐，王一同。王二、唐韻、廣
韻、集韻並無此或体，集韻云
通作精。禮記釋文云注与蒨
同，又注文与蒨下（同）釋文云一本作
輤。玉篇云同倩字。又精下云亦作箐輤。

第一行績　赤青色　青赤二字誤倒

、青上有鉤為識。

第一行幣　又且爛反　又上王一有幪

字，此疑誤奪。

第二行襀　裑　正、注文二字並

當从王一、廣韻从衣作。

第二行倩　美好　此字王一在綪下

幣上，案王一此字殘，視其行款當如此。王二、

唐韻亦並在綪下，同紐無幣

字，是此字出王氏所增，次第當

同王一。

第二行絇　許縣反，文絲亦作約絃四　約

字右旁不清，不詳。王二、唐韻

、廣韻、集韻並無此或體。姜書

P二〇一一作約，誤。

第二行奰　深遠又詡政反正作奰　此

字王一在拘上。正作奰，奰當

依說文作奰。王一無此三字。

第二行譃　流言有所求　注文王一、

廣韻同。說文譃，流言也，廣

雅釋詁三譃，求也。

第二行縣　黃練反古作寰十一　古上王一

有古郡二字，（古字疑涉下文

衍，郡下疑奪重文）王二同本

書。

第三行眩　目〻　王一云瞑眩，王

二、唐韻、廣韻同，當據改。

第三行衒　自謀亦作衒行且賣也　王一

賣下無也字，疑此出後增。

第三行頦　[月艮]後　[月艮]字王一同，當

作腮。廣韻、集韻作顋。

第三行贙　獸名似犬多力西國人家養之又胡犬反

亦作贙　王一正文作贙，注云

獸似犬又胡犬反，王二字作贙，

注与王一同。

第四行騆　鐵驄　王一同本書，王二、

唐韻、廣韻並見許縣反。集韻曉匣

並見。案詩魯頌有駜駜彼乘

騆，釋文音呼縣反又火玄反，徐

又胡眄反又音炫。胡眄反及炫

音並与本書同。集韻炫又讀上声，騆亦

同。

第四行罥△ 綰々 此字王一在䍐下，王二、唐韻無此字，甂下為䍐字，罥字以下蓋出王氏所增，次第當同王一。又王一無綰下重文。

第四行䍐△ 羅々 重文王一、王二、唐韻並作罥字，廣韻注云鳥羅。

第四行懁△ 急々 懁字王一同，當从集韻作懁，見說文。急下重文王一無。

第四行縳△ 絹又直轉反 王一同本書，王二、唐韻、廣韻、集韻並無此字，集韻字見線韻規掾切，為絹字或體。案說文縳絹本為二字，惟二字義或相同，讀音亦近，後世遂或以為一字。儀禮聘禮賄用束紡，注云紡，紡絲為之，今之縳也。釋文：「縳，息絹反。案說文白鮮色也，居掾反。聲類以為今正絹字。」又周礼內司服鄭玄注素沙，今之白縳也。釋文亦云縳，劉音絹，声類以為今作絹字。絹字本書見線韻吉掾反。又案此字王一在衛上。

第四行衛△ 車轊△ 衛當从王一、廣韻作衛，見說文。轊字王一作轊，萬象名義同，（周氏廣韻校記引之）說文作搖，廣韻、集韻同說文。段注云：以篆之次第詳之，此篆當亦謂車上一物，而今失傳，車搖當是譌字。

第四行醑△ 下酒 此字見說文，萬象名義、玉篇酉部云以孔下酒，又玉篇瓦部甂下云瓮底孔下取酒也，醑當與甂同字。王一、廣韻、集韻並分收，如本書。王二、唐韻無醑字。

第四行彏△ 觲 王一、廣韻同本書。集韻字見線韻規掾切，與廣雅釋器[illegible]音絹合。

第五行畋△ 平兒 畋當从王一、王二、唐韻、廣韻作畋。平兒，各書同；集韻云平田，与說文合。
第五行毄 堂△々又 覩△見反 王一無重文。
又覩見反，王一、王二覩字作都，
疑此涉下文見字誤从見。
第五行瀫 淳△亦作 瀫△騄△ 王一無瀫字。
騄字王一同，當作騠。廣韻、集韻瀫騠
二字別出。說文本二字。
一在黑部，一在水部。
第五行鈿 寶々今△通作細 字穮△計△反△字 姜
書P二〇一一正文作鈿，注云寶
鈿今通作此鈿又蘇計反。案王一正
文作細，注云寶細今通用作比鈿又穮計反，未詳孰是。案
鈿字通作細，不詳。王二、唐韻、
廣韻、集韻均無此語。
第五行寘△ 今作于寘亦作 闐又徒△賢△反

寘，王二作窴，姜書P二〇一一正文作寘，注作窴
；王一並作窴。字同。又徒賢反，先韻
徒賢反填下云亦作窴，又收
闐字。
第六行塡 他見反 王一名二 二字王一作三，
滇下有睼字，參下條。
第六行練△ 練上王一有睼字，注云
迎視又吐奚反，廣韻同，本書
齊韻度嵇反睼下云又吐見反，當
擣補。王二、唐韻無此字。又此云
又吐奚反，齊韻字見度嵇反湯
嵇反有睇字，集韻田黎切睇与
睼同。
第六行錬 金△々 王一金下有亦作

煉三字。
第六行揀 擇△々 擇下王一有亦作
敕三字。
第六行瓞△ ⿰瓜婁△瓜 注文王一同。王二、
廣韻云瓜瓞。周云：字鏡云：瓞，
瓜樓也，瓜棲也。莊姜齒如瓜
瓞，（案未詳。詩云齒如瓠犀。）
則知瓞者瓜核也。」案此字不
詳所出。李時珍曰：瓠甊，今俗
作瓜⿰瓜婁，廣雅釋草：瓝甊，王
瓜也。詩豳風東山正義引孫
炎爾雅注云：栝樓，齊人謂之
天瓜。瓝甊与栝樓同。集韻此
下云天瓜，与本書云瓜⿰瓜婁蓋合。

又集韻別出瓣字，注云瓜中實通
作瓣，則又与字鏡同。
第六行瀫 鐵△々 說文云辟瀫
鐵。王一瀫字誤奪，萊下云兔荄
白薟鐵，鐵字即此字注文，是
其鐵下無重文。
第七行蝀 奠△ 蠶 奠字王一、廣
韻同，周云玉篇作蝒奠，當據正。
案集韻云蝒螟。 集韻又云博
雅釋詁：陳也。條無此字， 雅陳也。廣
有蝀字，与此字形近。
第七行見 古電反睹又 户△見△反二 又户見
反，下户見反字作現，廣韻現 為見俗
體。
第七行俔 苦見反磬又 胡甸反二△ 王一二

字作一，同紐無𣅝字。
第七行𣅝△ 日晝 雨止 𣅝字王二
同，當从集韻作𣅝，蔣韻康
礼反作𣅝不誤。王一無此字，唐
韻、廣韻同。廣韻見線韻去
戰切，本書去戰反亦有此字，參
見下。
第七行現 遵△ 户見反 謟△三 遵謟，王一
作謟遵。案當云謟尊、儀禮士
相見禮某也願見無由達，注
凡卑于尊曰見，現与見同。廣韻
現為見俗體。
第八行涀 水名在 安△陵 安字王一、王
二、唐韻並作定，廣韻、集韻

蔣韻云在高陵，集韻此云出
馮翊。
第八行𨑨△ 無 々△ 𨑨當从王一、廣
韻作𨑨。重文王一作𨑨，廣韻
止一無字。周云當作無達，見說
文。
第八行趼 獸 名△ 唐韻、廣韻並
云趼骨，集韻引說文云獸足
企。案爾雅釋畜云騉蹏趼
善陞甗，又云騉騱枝蹏趼
善陞甗，本書名字誤。
第八行宴△ 烏見反 安。八 宴字王二、
唐韻同，廣韻作宴，与說文合。
八原當作九，此以下文奪驠字

而改之。参𧬌字校箋。
第八行𧬌 馬名 王一、唐韻𧬌下
云々會，𧬌下有驠字，注云馬名。
王二、廣韻並𧬌下云𧬌會，驠下
云馬名。本書此奪𧬌字注文及
正文驠字。
第八行燕 乙鳥或作鷰 鷰下王一有
案說文燕鷰子字並单作後
加言加鳥通十七字。
第八行䁙 視又烏弥反 䁙字廣韻
作䁙，本書銑韻亦作䁙，上文宴
字作宴，与此同。
第九行廌 作見反此解廌字三 唐韻、廣
韻、集韻無此字。王二同本書，注

云「作見反々擧也說文宅買解々
獸，似牛一角，為黃帝觸邪臣」。姜
書P二〇一一自讌字注文起殘損
，自其行款視之，亦有此字。案
此字本誤宅買池爾二反，此讀
作見反者，蓋誤以薦字所从為
廌声，遂誤讀廌字為薦。参
紙韻池尒反廌字校箋。
第九行廌 此々擧字今作廌々字也 也字
疑出後增，本書句尾例不用也
字。
第九行薦家 畜養 養字王一同，
王二、唐韻、廣韻作食。案此即
上文薦字，說文云廌獸所食艸。

第九行編 市々 案見線韻。 王二、唐韻、廣韻
編与遍同，廣韻云遍為編
俗体。 王一同本書。市當从王一
作巿。重文王一無。
第九行頨 研々 注文王一、王二同。
說文云頭妍，本書仙韻許緣反
下注云妍，此研字誤。
第九行麪 莫見反麥秣俗作麵六 秣字
王一作粖。案說文麪下云麥末，
粖蓋与末𪍿同。廣雅釋器𪍿
謂之麪。
當从之。
第十行宾 冥合 宾當作宾。
第十行⿰食肙 烏縣反饜飽亦作肙還一 亦
作肙，王一同，不詳。疑猒字隸

定作猒，遂有肙猒同字之說。王
二、唐韻、廣韻、集韻並無此或
體。廣韻、集韻別出肙字云小蟲。
還，當作噮，廣韻噮下云噮甘
不猒，集韻云噮噮食甘甚也；呂
氏春秋甘而不噮。　案見呂氏春秋本味篇。
第十一行唸　𠯗呻之聲　𠯗上奪重文，
或者之是重文之誤，原在𠯗上。
廣韻云唸𠯗呻也，與說文合。王
二字作𢠸，注亦云〻屎呻吟也。
案詩板云民之方殿屎。
第十一行緊　口見反又口典反一　口見反，
與前俔苦見反同音，此增加字。
廣韻合為一切。

卅一線
第二行擅　〻專　王二、唐韻專下無
重文。
第二行僐　〻作　說文云作姿態也。
唐韻、廣韻並云廣雅云姿態。
第二行彥　魚變反美士四　四上墨塊似
作曰字而塗去。
第二行甗　〻甑　王二、唐韻甑下
無重文，此蓋出後增。
第二行諺　傳言亦作這唁　傳當从
王二、唐韻作傳。亦作這，未詳。
廣韻、集韻這字並別出，廣韻
云迎也，集韻又云行也。亦作唁，
亦不詳。廣韻、集韻唁字別出。

注云弔失國弔生，或體作喭；
（本書喭下云弔失國。）集韻
此下收或體作喭。
第三行譴　去戰反問一　一當作二，下
俔𥈇二字並隸本紐。蓋俔字
注文反字誤為二，遂改此二字
為一，參見下條。
第三行俔　間又作繭二　王二、唐韻
、廣韻、集韻本紐並無此字，字
見霰韻苦見反，本書字亦見
彼。又作繭二，俔不得又作繭，
二字亦不當有，疑當是又胡繭
反之誤。此字又見銑韻胡繭反，
霰韻苦見反下正云又胡繭反。

第三行⿱⿰石弋日 雨而 晝止 䂾當从廣韻
作晵，見說文。又案王二、唐韻、
集韻並無此字。王二、集韻字見
霰韻苦見反，本書字亦見於彼。
第三行狷 狂々 褊急 急字不清，此
从唐氏所寫，王二、廣韻並云褊
急。
第三行鄄 々城縣在 東郡也 在東郡
也四字不清，諦審之猶可辨見，
唐氏所寫同。也字疑出後增，
本書例不用句尾也字。
第三行瑗 王眷反玉名 又于願反五 又于
願反，王二、唐韻、廣韻同，本書
願韻于万反無此字，各書同，集
韻收之。
第三行⿰阝宛 垣 ⿰阝宛當从王二、唐韻、
廣韻作院。
第四行釧 尺絹反 官鐶一 官字涉下擐
字注文誤衍，旁以小點識之。
第四行捝 々 動 王二、唐韻、廣韻
並無此字，集韻同本書，注云動
也。老子揣而捝之。廣韻見獮韻
以轉切，集韻同。案老子云揣而
銳之，不可長保。河上公釋文作
棁，注云音銳，謂義與銳同。
廣雅釋詁一捝，動也。曹憲音七
選弋芮二反，選字讀獮線二韻，
本書、廣韻並与曹音合。集韻又見
祭韻，与
銳同音。
第四行驏 陟彥反馬上 浴三 上字
當从王二作土，字林云馬臥土中，
（據御覽引）萬象名義、玉篇
並同。唐韻誤作士字。
第四行襢 皇后衣 亦作⿱夗衣 ⿱夗衣當是
䘸字之誤。說文䘸，丹縠衣也。
周礼內司服王后六服，其一為
展服，展与䘸同，釋文音張
彥反。廣韻、集韻並收襢為䘸
字或体。
第四行⿰田耎 人絹反城下田 又而兖反一 又而
兖反，廣韻、王二同，本書獮韻
而兖反無此字，廣韻收之。

第六行睠 遠° 韻 遠當从王二、唐韻作還。

第六行勬 勬°又使°力 居負二°反 又使力居負二反，使力二字不得為勬字之音，各書職韻無此字，使疑健字之誤，仙韻勬下云強健，原蓋作勬又健又居負反，二字出後增。

第七行鲞 黃°豆又九°免°反 又九免反，本書獮韻居轉反無此字，集韻收之，廣韻此云又求晚切，本書阮韻鲞字音求晚反。

第七行僎° 具或為撰 亦作饌 王二、廣韻唐韻無此字，集韻同本書。廣韻見士戀切。

第七行夿° 餘°摣 夿當从集韻作[illegible]，餘為餅字之誤，餅即飯字，見說文。又案此字王二（字誤作[illegible]）廣韻音居倦反。集韻見[illegible]二紐並見。

第七行簒° 飲°亦作饌 又仕°簒°反 王二、唐韻、廣韻無此字，字見士戀反。（王二、唐韻作饌。）本書士變反亦收饌字，集韻同本書。飲字集韻作食。又仕簒反，簒字見諫韻，諫韻無此字此音，各書同。本書下士變反有饌字，簒字或疑簒之誤。（集韻韻末收簒字音芻眷切，恐亦不能證本書簒字不誤。）

第八行簨 所眷反 車°軸二 車上唐韻有重文，廣韻有簨字，當據補。說文云治車軸也。王二同本書。

第八行縓 七選反絳色 又°七°全°反二 又七全反，王二同；本書仙韻此緣反無此字，廣韻收之。

第八行脠° 更視 脠當从廣韻作䀽。 說文此字作道。

第八行拚 揩° 拚義為揩，未詳。王二、唐韻、廣韻並云擊手，集韻引說文云拊手。 說文揩，縺指揩也。 案倉頡篇：「枅，柱上方木，

山東江南皆曰枅，自陜以西曰楷，
亦名枅，亦名楷，亦名欂櫨。」
爾雅釋宮開謂之槉，注亦云：
柱上欂也，亦名枅，又曰楷。此栟
下云楷，或是栟楷二字之誤。惟
王二、唐韻、廣韻本紐一二三四
四字次第並同，本書下又更無
栟字，而有開字與栟同，終疑
不能明。或者栟字誤作栟，王二正誤
作栟。後人遂改注文為楷字，又
誤作栟楷耳。
第九行開 欂門　欂下王二、唐韻、
廣韻並有櫨字，與說文合。唐韻
誤作櫖。尒雅釋宮注云柱上欂。

第九行匜 筍　筍當从廣韻作
筍，見廣雅釋器、匜即士昏禮
笲字，鄭注云竹器有衣者。
第九行猶 犬鬪聲　大當从王二、
廣韻作犬。
第九行峊 弁　峊當作覍，說
文与弁同字，廣韻、集韻並收
為一字。王二亦分收，注云冕也。
第九行淀 辞選反 四泉　四泉當从
廣韻作回泉，王二、唐韻回字
作迴。
第九行鏇 轉軸裁器，或作旋，又因玄反　又因
玄反，先韻無此字此音，字見
仙韻似宣反，注又因絹反，各書

同。
第十行嫙 好，又从泉反　又从泉反，从
當是似字之誤，字見仙韻似
宣反。案正字作䁢，注云亦作嫙。
第十行[illegible] 飲，又須芮反　[illegible]當从廣
韻作篹。集韻作篿，与說文合。
第十行襈 禒　襈字王二、唐韻
同，當从廣韻作襈、禒當作
禒，王二、唐韻並云禒，字同。
第十行傳 直戀反，又丁戀反，二　丁上奪
重文，王二無。
二字，唐韻、廣韻云又直專丁
戀二反，王二云又直戀反又丁戀
反，本書云又丁戀二反，二字誤

倒，以鈎為識。
第十一行餞 酒食送人又庚淺反 又庚淺
反，王二云又食淺反，獮韻以淺
反無此字，亦無食淺反之音，字
又見疾演反下，注又疾箭反，疑
本書庚是疾字之誤，王二則涉
上文酒食送人誤為食字。
第十一行䊵 丘弁反祠ㄑ三 䊵字廣
韻同，周云萬象名義玉篇集
韻均作䊵，當據正。
第十二𨇾 䆼內亦作䆼 䆼字不
詳，集韻顛韻或体同。
第十二行衍 餘見反達又以淺反五 餘見
反，獮韻以淺反下云又餘見反，

与此合，惟見是霰韻字，唐
韻、廣韻下字用線。參拙著倒外反切的
研究。
第十二行湔 水潛流又以淺反 唐韻、
廣韻、集韻並無此字，集韻
收湔字，注云淺流。案說文湔
演二字，各韻書亦不云湔与演
同，然二字形音近似，故亦通用
．如左思蜀都賦演以潛沫，郭
璞江賦潛演之所汩淈，並以
演為湔。本書注云又以淺反，
正指獮韻以淺反下演字。
第十二行便 婢面反利一 婢字王一
作避，廣韻同本書。

卅二嘯
第一行䐹 內和麵蘸弔反 此字當
出後人所增，王一無，廣韻蘸弔
切收此字，注云切肉合糅。內又肉
字之誤。
第一行嘯 蘸弔反亦作歗一 王一亦上
有驍為出声四字。
第一行眺 視ㄑ 王二、唐韻視下
無重文。
第一行趒 越ㄑ 王二、唐韻越下
無重文。
第一行覜 見周礼瑑珪璋以覜聘 見疑
當作視。考工玉人云瑑圭璋

八寸，璧琮八寸，以覜聘。注云

覜，視也。

第一行咷 聲叫 姜書P二〇一一條

上左行有楚聲二字，當是此字

注文，唐韻、廣韻此下並云叫咷

楚聲。說文云楚謂兒泣不止曰

噭咷（又見方言一），當據補咷

楚二字。

第一行錞 錐 錐下王一有錞字。

廣韻同。

第二行弔 多嘯反 問凶五 嘯原當同

王一作嘯字，本書嘯字出後增

也，詳嘯字條。

第二行伄 儅不常見 常字王、篇

同，王二、唐韻、廣韻、集韻並作

當。集韻改正從玉篇改常字。案

集韻宕韻儅下正云不常。本書

儅下云不中當，王二、廣韻云不中，

唐韻云不中儅，不詳所當作。

第二行㾏 病 狂 重文下王一、王

二、廣韻並有星字，當據補。唯

星字不詳，廣雅釋詁四㾏，病

也。（集韻㾏下云狂，別有倜字

，注云倜儻癡皃。儻与獿字

同音，廣雅獿亦云狂。）

第二行嚳 許々 王二、唐韻許下

無重文。

第二行尿 奴弔反小便 或正作屘一 或正作

屘，姜書P二〇一一云正或作溺

作屘。王一或字在溺下，恐誤。案當云

或作溺正作屘，說文尿字从尾

水作𡲫。或下本書奪作溺二

字，屘當作屘。

第三行藋 徒弔反莜 亦作蘿四 藋字

王一、集韻作藋，當从之。

第三行𥂖 草器 亦蓧 蓧當从集

韻作蓧。論語微子篇以杖荷

蓧，（見說文引）今字作蓧。王一

誤作篠。

第三行轚 轚々 王一無重文，S

六一七六、王二亦無。

第三行顤 力弔反々顤 長頭皃大 顤當

作顗。
第三行嫽 戶又力々弄蕭反々 王二
云憭，唐韻、廣韻並云嫽憭，
本書蕭韻嫽下云又力弔反嫽
戾性自是，切三、王一同，此戶當
是戾字之誤。又弄下重文當
僚娭衍。
第四行料 理々 王一云度又落蕭
反，王二同。唐韻亦云々度又音
僚。
第四行嘹 宿呼 宿字王一、廣韻
並作病，集韻蕭韻云噭夜。
第四行顤 五弔反五々五 反下五字
誤衍，旁以小點為識。王一反下

有顗顤二字，王二同。
第四行鼿 折鼻 鼿字王一、廣韻
同，集韻作鼿。本書肴韻亦作鼿，集韻
．同 折當从廣韻、集韻作仰，本
書肴韻云鼻仰。
第四行嘄 叫 嘄字王一及各書
同，段氏據說文及周礼大祝注
改廣韻字作嘄。
第四行官 於弔反隱闇又於鳥反二 官，
姜書P二〇一一同，當从集韻作
窅，見說文。又於鳥反，篠韻烏
皎反無，廣韻收之。本書有窈
字，与此字通，詳下條。
第四行窈 々窱幽深 此字王一作

窔，王二作突，唐韻作突，當
是窔或突之誤。廣韻作窅，
本書窅字廣韻作突。集韻窔窈突
同字。
第四行娎 呼反々狹叫喜一 王二、S
六一七六、唐韻無此字，王一、廣
韻、集韻同本書。案說文云字
从折声，折声之字不當入此韻。
廣雅釋詁一「娎喜也」曹憲音
丈例反（疑是火列之誤。）切三、
王二、唐韻並音許列反，王一、
廣韻、集韻同，本書亦同。說
文、玉篇亦並音許列切。疑列
字漶漫為叫，叫字俗書，見王二、唐韻及

本書此字　遂誤收於此。萬象
注文。
名義音呼燎反，蓋又誤列為
列耳。俗書刅字如此，見本書蕭韻。　狹當
从王一、廣韻作狹，見說文。

卅三　笑

第一行笑　私妙反。咍。亦俗作咲。三　亦俗作
咲，依例俗上無亦字，此或有
奪字，王一云亦作笑咲，又廣韻
俗体作咲，集韻同，又云古作
咲。
第一行照　之笑反。明。及三　及字王一作
反，當誤。廣韻、集韻止一明
字。

第一行隉　隄　字當从王一、廣
韻作隉，重文王一無。
第一行曜　弋笑反。光。耀。十一　王一云光
曜亦作耀，當據補。
第一行搖　動　王一動下無重
文，王二同。
第一行覞　普視。又昌召反　又昌召
反，召字畧壞，与石字極近。
王一云又昌召反。字見下人要反
，反語誤奪，詳下饒及覞字校
箋。
第二行遙　貴玉。又餘周、餘久二反　遙字
王一同，當作遙。說文作䍃。　貴字
王一同，當作遺，尤有二韻不誤。

第二行趡　走　王二、S六一七六、
唐韻無此字，王一同本書。廣
韻黎本、澤存本作趭，巾箱本
作趡。集韻作趯。案史記司
馬相如傳大人賦騰而狂趡，漢
書字作趭，顏注音醮。又漢
書揚雄傳河東賦神騰鬼趡
，顏注趡字音子笑反，又音才
笑反。補注云：「宋祁曰趡，一本
作趭。蕭該音義曰今漢書
鬼趡或作趭字，韋昭慈昭反，
字林音才名反。」故諸書此或
作趡，或作趭。唯此字以見於
大人賦為最早，其辭云：踥蹀

輻轄容以委麗兮，緺繆偃蹇
怵臭以梁倚．糾蓼叫鼻蹋
以艘路兮，蔑蒙踊躍騰而狂
趡。以趡与倚字叶韻，是此字
原不讀子笑才笑慈召諸音；
其正讀當音千水反，或音以
水反，旨韻有此二音，以水反字作踓
、字同。參廣雅釋
室疏証。以紙旨合
韻也．故說文此字亦作趡，云从
隹声。後世蓋趡誤作趭，遂
从焦声為讀，而有子笑才笑
慈召之音，本書又音弋笑反
者，声母則保留以水之讀，韻
毋仍从焦声。（廣雅疏證謂子肖

才名慈昭即千水之轉声，弋召
即以水之轉声，又云凡脂部之
字多与蕭部相轉，非是。）集
韻作趯者，蓋以隹声焦声俱
与此讀不協，故从翟声耳、
第二行筄 屋危 注文王一、玉篇同。
爾雅屋上薄謂之筄，郭注云
屋笮。
第二行要 於笑反稱心又於昭反二 王一無
稱心二字，王二、唐韻同。
第二行約 券又於略反 券當作券。
第三行召 高又時燒反 召字王一、王
二、廣韻作卲，當从之。注文又
時燒反，是其証。

第三行轎 軺又並奇驕反 軺當作
軺。字林軺，轎也。本書漾韻
諂何反軺亦誤作軺。又下並字
姜書P二〇一一同。上文嶠字亦
又見宵韻奇驕反，故此云並。
唐韻沁韻任下云上四字並是
壬音，廣韻云上四字並又音壬，
与此同例。
第三行漂 水中打絮亦作澈 王一
或体作嫖，蓋涉下僄字注文
而誤。S六一七六、王二、唐韻、
廣韻、集韻並無或体。集韻
別出澈字，注云博雅清也。案
廣雅釋詁一澈清也，曹憲音

匹妙反。說文潎字云於水中擊絮。又廣雅釋言漂，潎也，曹憲潎字音匹照反，与漂字音義俱同。本書潎當是潎字之誤。

第四行僄 〻輕 王一輕下無重文，而云亦作嫖僄。

第四行瞟 闇⿰目裁 瞟當作王一作瞟。

第四行譙 讓又似焦反 正、注文王一同，王二、唐韻、廣韻無此字。集韻為誚或体，与說文合。又似焦反，即宵韻昨焦反，本書宵韻無邪紐。

第四行趡 走 王一、集韻同本書，廣韻巾箱本亦同，黎本、澤存本作趭。王二、唐韻無此字。案此字正讀為千水以水二音，此是後来誤讀，詳見前趡字校箋。

第五行燎 力照反又力小二反八 又上王一有照一曰宵田五字，唐韻、廣韻並有此二訓，王二亦云照，當補。二字王一無，王二、唐韻並云又力小反，廣韻同，此誤衍。

第五行鐐 〻銀 廣韻無此字，集韻亦無。王一、王二、唐韻同本書。重文王一、S六一七六、王二並作美字，唐韻云銀之美者。見尒雅釋器，當據改。

第五行⿰夊尞 〻炙 炙下王一云亦作⿰夊尞，無重文。

第五行翏 高飛又力幼反 王二、S六一七六、唐韻、廣韻、集韻並無此字。王一同本書。又力幼反，王一同。本書幼韻無此音，字見宥韻力救反，注又力要反。

第五行趬 丘召反輕兒二 輕上王二、S六一七六、唐韻、廣韻並有衍字，S六一七六衍字以下殘。當據補。

第六行⿰喬亢 〻高不安 王二、唐韻重文下有⿸虍亢字，當據補。下文⿸虍亢下云𪎭々。
第六行釂 酒盡亦作𪎭 𪎭字王一
同，當作𪎭，見說文．王二收為
潐字或体，亦誤作𪎭。
第六行釂 白色 色下王一有又於慨
反四字，本書代韻烏代反釂下
云又子耀反，与此音互注，當从
王一補．唯釂字實不得有於慨反
之音，詳代韻校箋。
第六行潐 盡々 王一盡下無重
文，王二、唐韻同。
第六行⿰禾酉 小醮 ⿰禾酉字王一同，廣
韻、集韻作穛，當从之。醮字
王一同，不詳，疑為醮字之誤。當，

韻云物縮小或作穛，醮字義為
面不光澤。
第六行僬 行容止 止下王一有又
徐姚反四字，徐姚反即宵韻昨
焦反，早期韻書從邪二母，往々
通用，本書昨焦反有僬字。
第六行⿰目爵 目寘 寘當从王一作
冥，廣韻字作瞑。
第七行少 失召反二 失字原不甚
清，又似作矢，王二、S六一七六並
云失召反。
第七行翹 渠要反 尾二 二字姜書
P二〇一一同（劉氏所書作一，疑
依意改）。案同紐無他字，各韻

書並同。廣韻注云尾起，本書
止一尾字，於義未足，疑二上一
畫為重文之誤。
第十行饒 人要反 請益三 三當作一，
下文驃覞二字俱不隸本紐，說
詳下。
第七行驃 馬名 王一馬上有卑
妙反三字，名下有一字，當據補
，唐韻、廣韻上文驃下亦云又
卑笑反。
第七行覞 竝也 王一云昌召反普
視，又弋召反一，集韻亦云昌召
切普視兒一。本書此誤奪反語
，竝也即普視之誤。前弋笑反

覞下云普視又昌召反，是其証。

卅四　效

第一行斆　教〻　王一云學或作効，
王二、唐韻同，當據改。

第一行校　〻榝　挍字姜書P二
〇一一同，　王一作挍，恐失真。　廣韻作校
。案本書及姜書P二〇一一上文校
下並云從木，從手非，而此注
文榝字亦正从木作，校字原疑
作校，抄者隨俗作挍耳。　王二字作
挍，注云榝〻杜近字樣二並从木。
唐韻正注文並从手，王氏校勘
記云當作
校榝。

第一行酵　酒〻　亦酘　王一無亦酘二

字，王二、唐韻同。

第二行哮　嗃又呼交反　又呼交反，王
一、王二同，唐韻云又音虓，亦同。
本書肴韻許交反奪此字，詳
虖字校箋。

第二行嗃　大嘷亦作詨　又呼各反　嘷
當从王一、廣韻作咆哮。

第二行罩　丁教反取魚器或作罩〻䍕箌二
丁教反，王二、唐韻、廣韻云都
教反，王一音如教反，周云如蓋
知字之誤，知教音和切也。案知
字恐出後人改之。重文王一作
箪，當據改。

第二行爆　火列又普駁反　列字誤，
王一、唐韻作烈，當从之。王二、
廣韻作裂。　王二裂下有聲字。　又普
駁反，王一、唐韻同。本書覺韻
匹角反無此字，集韻收之。　王二云又
普教反，各書本韻匹皃反無此
字。廣韻云又音駁，其字又
見覺韻北角切，注
云又北教切。

第三行墽　〻磽又苦口交反　苦字衍
文，常以小點為識。王一云又口交
反。墽又音口交反，詳肴韻磽
字校箋。

第三行悓　慖　王一悓字作幗，
慖字作幗，廣韻、集韻同，案
當从之。釋名釋首飾：簂，齊
人曰幗。廣雅釋器亦云簂謂

之幌。䡖与幗同。
第三行奅 匹皃反起 醾或作奅四 窌
字王一同，當从S六一七六作窌。
史記建元以來侯者年表南奅侯
公孫賀，衛將軍驃騎傳字作窌。
集韻窌下云通作奅。
第四行炮 ㄑ灼 王一灼下無重文，王
二、唐韻同。
第四行䞶 褚教反 行皃二 褚字王二、唐
韻同，當作褚。 王一誤作指。
第四行稍 所教反 漸ㄑ五 重文疑誤，王
二云漸有。 案說文云出物有漸也。 王一注
文殘。
第四行削 小木 注文王一、王二、柏

刊之四、唐韻並作木小。案當
从廣韻云木上小，集韻𣓨下云
剡木殺上。案𣓨即削後起字。考工輪
人云望其輻，欲其削爾而纖
也，注云削，纖殺小皃。
第五行撓 奴效反木曲又如昭反 亦作橈又乃飽如紹二
反 三 正文撓字王一、王二、唐韻
、廣韻並作橈，當从之。亦作橈
，當从王一作撓，他書此字無或体
．蓋撓義或為曲屈，与橈同，故
云亦作撓。集韻此別出撓字，
注云擾也屈也。又乃飽反，巧韻
奴巧反作撓，注又乃教反。又如
紹反，巧韻奴巧反撓下亦云又如

紹反，小韻而沼反無橈或撓字，
集韻收之，二字別出。
第五行淖 ㄑ泥 王一泥下無重文，
王二、S六一七六、唐韻並同。
第五行㵿 ㄑ縮 王一、王二、唐韻
並云縮小，本書重文當是小字
之誤。
第五行靤 剝皮反 普角反 皮下反字
當作又，字又見覺韻匹角反。
第六行鉋 ㄑ刷又 薄亥反 亥字王一
作交，當从正。字見肴韻薄交
反，注云今音白教反。
第六行䰾 角上 正注文王一同，
S六一七六、王二、柏刊之四、唐

韻無此字。廣韻、集韻亦有此字，廣韻云角上浪，集韻云角上見。集韻字又見肴韻初交切，注云角匕。張刻廣韻改角上浪為角匕，所據蓋即為集韻，集韻攷正此亦云「匕譌為上」，據篇韻篇韻蓋指集韻類篇，類篇亦云角匕。正」。惟周氏廣韻校勘記云：「北宋本中箱本景宋本均作角上浪也。案敦煌王韻案即王二。注作角上，萬象名義、字鏡均同。集韻云角上見，是角上二字不誤，張改作角匕，非是。」又小注云倭名類聚鈔卷七角下引唐韻云：觘，角上浪也。案觘字不詳所出。廣韻及倭名類聚鈔引唐韻云角上浪，亦柏利之四同紐有⿰舟少字，注云船不安也，廣韻同，集韻亦有⿰舟少字云舟不寧謂之⿰舟少，疑觘即⿰舟少字之誤，角上浪即舟上浪之誤。舟上浪者，謂浪掠舟而上耳，故為舟不安寧之意。⿰舟少蓋即抄字孳乳。抄，掠也。（掠猶蘇詞驚濤掠岸之掠）⿰舟少衍抄聲，故集韻字又同抄字見肴韻初交切。

第六行篘節竹 節下王一有又於卓反四字，本書覺韻於角反有此字。

廿五号

第一行號 土釜 號當从王一、廣韻作號，集韻作𧇹，見說文。

第一行翿 舞所執亦作翳翢 翿當从王一作翳。

第一行燾 覆，又大刀反 王一覆下無重文，S六一七六、王二並同。

第二行嗸 年九十 此字王一作嗸，王二、唐韻作嗸，集韻同廣雅作嗸。

第二行跳 長又乃到反 下文奴到反

字作髭。

第三行炆 交不然亦作爇 不當从王一、唐韻作朩，或体作爇字不詳。王一或体殘。案本書巧韻古巧反敎下云交炊木，与炆字云交木然義同，廣韻收為炆字或体。敎原誤作敎。集韻敎或作爇，疑此爇是敎（或敎）字涉下傲字而誤。

第三行傲 五到反自高見五 王一無見字。

第三行頪 頭長 王一、王二、S六一七六、廣韻字並作頪，与說文合。說文作贅。唐韻作頪，与本書同，本書豪韻亦作頪。

第三行鏊 餅 王一、S六一七六、王二、唐韻並作餅，當據正。集韻云燒器。

第三行帽 莫報反頭巾亦作帽本作冒字十一 冒字王一作冐，當从之。見說文。字字王一無。

第三行耄 老亦作薹 或体當从柏刊之三，廣韻作薹，說文作薹。王一誤尚老二字。

第四行芼 菜香食 注文王一、王二、唐韻同，唐韻校勘記云：廣韻無香字。案香當作著。廣韻漾韻許亮切著下云著芼食，集韻亦有著字云芼羹。

第四行毴 鳥毛盛 王二、唐韻無此字，王一、廣韻正注文同本書。集韻作毴，或体作毴，注云輕毛。廣韻亦有毴字云鳥輕毛。案說文毴，毛盛也，从毛，隼聲。引虞書鳥獸毴毛。又氄下亦引虞書云鳥獸氄毛。今尚書堯典字作氄，馬注云溫柔皃，亦与集韻云輕毛義近。疑此即毴字，蓋誤从毛字讀之而收於此，猶之㜷字有丸而二音耳。集韻豪韻又收為毛字或体，可証此字之誤。

第五行髝 ⺀髝急𩭽皃 又力刀反 髝

字王一、唐韻同，本書蘓到反

字亦同。王二、廣韻作髞，為

正書。急𩭽皃，王一、王二、唐韻

廣韻並作𩭽急皃，此當係誤

倒。又力刀反，王一、王二云又盧刀

反，唐韻云又音㽜，廣韻云又

音牢，並同。本書豪韻盧刀

反無此字，廣韻收之。

第五行癆 㴋水云服藥毒又力彫反 案說

文云朝鮮謂飲藥毒曰癆，方

言三云凡飲藥傅藥而毒北燕

朝鮮之間謂之癆。此言㴋水，

不詳所據。

第五行𣌭 薄報反乍也虎五 乍也虎

三字無義，王一作古作虣，當

从正。

第六行𧜵 衣前襟衣作褿 下衣字

當从王一作亦。褿當作𧝉。

第六行叓 姓 王二、唐韻、集

韻無此字。王一作叓，廣韻作

叟。案王一都導反有叓字，注

云姓從文。廣韻、集韻𥿃紐並

有叓字，注云姓也出河內。

第六行漕 在到反運穀一 運上王

一、S六一七六、唐韻、廣韻並有

水字，王二亦有水字，惟倒在

運下。當據補。

第七行燠 熱又於六反 王一無又於

六反四字。

第七行墺 四⺀古文作垗 垗字王一

作垗，並誤。說文此字作𡋾。

集韻作垗，与說文近，又收

或体作垗，与本書近似。

第七行𧭈 ⺀告 王一告下無重文。

第七行喿 蘓到反鳥声五 鳥上王一有

羣字，王二、唐韻同，當據補。

第七行譟 𠿿呼 𠿿字王一、王二、唐

韻、廣韻作群，當从正。

第七行髞 ⺀髝 髝字王一、唐

韻同。王二、廣韻作髞，為正体。

第七行埽 除又蘓道反亦掃 王一無

亦掃二字。
第七行鎬 苦到反餉軍 亦作槁三 槁字
王一、王二、廣韻並作犒，案王 二字
•別出，當从正。
第八行竈 則到反坎埢 俗作竈三 坎當是
炊字之誤，王一反下正是炊字。
埢不成字，「子」字墨色較淡，
蓋經雌黃塗改，字疑當作埰。
第八行秏 呼到反 減二 減下王一有
亦作薂三字，各書此字無或体
•廣韻別出薂字，云薂縮也。
故王一云秏亦作薂。
第八行好 愛又呼 老反 王一無愛字，
王二同。

第八行腦 奴到反 三 腦，當作腦
•王一作腦，即腦字俗書。反下王
一有邊皮二字，廣韻注同。
第八行臑 王一注云臂節，廣韻
同。本書注文誤奪，當據補。

卌六 箇
第一行左 〻右又 作何反 又作何反，王
一、唐韻、廣韻並云又作可反，
王二云又作哿反，何字誤。字又
見哿韻則可反下。
第二行邏 盧箇反 遊近二 遊近王二、
S六一七六、唐韻、廣韻並作遊
兵，王一同，姜氏書則同本書，未詳孰是。

當从之。邏解為遊兵，見晉
書音義中。
第二行軻 孟子居貧轗〻故 名〻又苦哥反
又上王一有字子居三字，唐韻、
廣韻同。
第二行破 擊 破字左半不清，
此從唐氏書，王一誤作破。破
訓擊，見廣雅釋詁三，曹音
口餓反，与此合。注文左行似尚
有字，不詳。王一無，唐氏所書
亦無字。
第二行餓 五箇反飢 餓字食
旁不可見，此據注文及唐氏所
書補足。注文四字同行，其左

應更有字，不能詳；王一作五箇反飢無食一
、或即無食一三字。
第二行播 補箇反又古文𢷋字布三 播
字古文作𢻫，見說文。王一反
字三字之間止一揚字。
第二行皺 布火反 〻揚反 揚又二字
漶漫不能辨見，唐氏書如此。
王一、唐韻並云〻揚又布火反。
第三行譜 〻□ 譜字不清，从
唐氏所書及王一、王二、廣韻補
足。注文亦殘，唐氏書作皺，与
王一、姜書P二〇一一作敊，不詳孰是。廣韻同。
見說文。
第三行貨 □□□ 賄一 音切三字均

殘，唐氏書作呼臥反，与王一、王
二、唐韻並同。
第二行臥 吳貨反 眠一 王一無眠字。
第三行奈 □□囡反 奴蓋反一 注文右行
殘，唐氏書作奴箇反又四字，王
一、王二、唐韻並云奴箇反，王一反
下有奈何二字。
第三行挫 □臥反 折三 正文挫字不
清，依諸書補。反切上字唐氏
書作側，与王一、王二同，S六一七六、
唐韻、廣韻並作則。案側字為
類隔，唯本書似是人寫。臥下反
字从唐氏所書補，唐韻云則臥
反，廣韻同。

第三行𡚱 拜失容叉子 劉徂嫁二反 侳
安叉子 過反 此二字正注文皆
不可辨見，並从唐氏補，王一同。
第四行磨 莫箇反 研二 研下王一
有亦作礳二字。
第四行摩 〻按 重文下王一有又
莫波反四字，王二同。
第四行愞 乃臥反弱 乃亂反四 弱下王一
有又字，當據補。
第四行堧 土 少 少字姜書P二
〇一一同，王一作沙，不詳孰是。當从王
二、S六一七六、唐韻作沙。
第四行稬 糯 稌本 王一糯上有作
字，糯下有亦作糯二字。

第五行盉 調五味 王一、S六一七
六、王二、唐韻、廣韻調下無五
字，當刪。
第五行唾 託臥反口汁四 王一云口津。
第五行蛻 蟬蛻去皮 注文王一、王二
同，唐韻云蟬虵去皮，廣韻亦
云蛻去皮。
第五行䙗 無袂衣又徒臥反亦作⿰衤脊 ⿰衤脊字
不詳，姜書P二〇二作⿰衤脊，王一
作䙗，恐失真實。亦不詳。此字說文作
䙗，蓋即䙗字之誤。
第五行划 鎌又公禍反亦作鍋 鍋字王一、
廣韻並作鐹，當从之。方言五：
刈鉤，江淮陳楚之間或謂之鐹

自關而西或謂之鎌，廣雅釋
器字作划。
第六行頗 語第又普和反 第字王一
作節，俱不詳。詳哥韻校箋。
第六行浣 烏臥反泥四 浣字王一、王
二、唐韻、廣韻並作涴，當从之。
泥下王一有著物二字，王二、唐韻、
廣韻同，當據補。
第六行堁 塵又口對反 唐韻、廣韻
字見苦臥反，與廣雅釋三「堁、
塵也」曹憲音合。王一同本書。
集韻並見。
第六行惰 徒臥反懈〻二 王一無重文，
懈下云亦作憜惰。案亦字今奪，憜當

作憜。
第六行䙗 無袂衣 衣下王一有又
他臥反亦作⿰衤脊七字，或体⿰衤脊
字參前䙗字條。
第七行敤 研理又口果反 理字廣韻、
集韻作治，與說文合，唐人避高
宗諱，改治為理。王一同本書。
第七行⿰糹⿱言⿰月丸 〻紃 ⿰糹⿱言⿰月丸字王一同，當
从王二、廣韻作⿰糹⿱言⿰月丸，見說文。紃
字王一同，無重文。廣韻云不訓
也。周云「訓當是紃之譌。」原
本玉篇引說文云不紃也，敦煌
王韻純案即王一。亦作紃，惟脫不字。
不紃者，不匀順也。」案今說文

云不均，原本玉篇又引蒼頡篇
云不勻。勻即匀字之誤。
第七行𨘢 膝中病 𨘢當从王一作
𨘢，脨當从王一作膝，見說文。
第七行膭 先卦臥反 脊膏一 卦字涉臥
字誤衍，其旁从小點識之。脊
字王一、廣韻、集韻並作膭，當
从之。本書沃韻膭下云膏膜。
第八行柂 別羅反 牽車 又徒我反 一 柂當
从王一、廣韻作拖。別字王二、廣
韻並作吐，此誤。又徒我反，王
一同，哿韻徒可反無此字，廣
韻收之，字作拕。
第八行坐 在臥 反二 反下王一有罪

字。
卅七 禡
第二行隲 〻 增 王一增下無重
文。
第二行稼 〻 種 王一云布種。
第二行嫁 〻 歸 王一歸下無重
文。
第二行𢶍 闇擧 此字王一、廣韻
同，王二、唐韻、S六一七六、集韻
並作椴，姜書P二〇一一亦作椴，与劉書異。注
文王一、王二、S六一七六、唐韻、廣
韻並同，集韻云博雅杙也，所以
擧物，案廣雅此字見釋室，
曹憲音都館反。王氏疏證云：

「方言椴，燕之東北朝鮮洌水
之間謂之椴。椴各本譌作椵。」
（案方言椴字郭注音段，注云
椵杙也。各本椴亦譌作椵。）
故集韻考正云：「王本廣雅椴
作椵，与曹憲都館音合，此仍
舊本之誤。」
第三行襾 覆覂覃覈字並從此 襾，王
一、廣韻、集韻並作西。案依說
文此字當作襾。字上王一有等
字。
第三行鏄 孔間兒 孔下一字不清
，似作間，蓋間字之誤。王一云
孔鏄，王二、唐韻、廣韻同，此

當出後人改之。

第四行誶 誑 誶，王一、王二、唐韻、S六一七六、廣韻並作誶。集韻亦作誶，為諕字或体。案此字不詳所出，字从卒从卒，俱与此音不合。說文諕字从言从虎，注云號，亦与此字不同。集韻本紐有詫字，注云告也，字出莊子。（達生篇云：有孫休者，踵門而詫子扁慶子。釋文：詫，敕駕反，又呼駕反，司馬云告也。）史記司馬相如傳：子虛過詫烏有先生。集解引郭璞曰誇也，漢書顏注云誇誑也。本書丑亞反詫下云誑。篆文乇字作千，与卒字俗書作卒形近，疑誶即詫字之譌。

第四行墿 地在晉 地下王一有名字，王二、S六一七六、唐韻、廣韻同，當據補。

第五行[艹姹] 黃芩ㄑ著 著當作著，為著字俗書。

第五行詐 側訝反 誑ㄑ一 一當作二，本紐二字，王一云一，無笮字，當係誤奪，參下條。

第五行笮 酒ㄑ亦醡 此字王二作𨡓，注云或作笮，唐韻、廣韻作笮，廣韻又有醡字云壓酒具，亦當同字。集韻校醡笮苲榨（廣韻亦有此醯𨡓字，別出。）諸体，並与本書異。王一無此字，疑係誤脫。注文云酒ㄑ疑誤，S六一七六云ㄑ酒口，唐韻、廣韻云笮酒器。或体作醡當誤，未詳。

第五行措 祭名 或蜡 蜡上王一有作字，依例當補。

第五行詐 ㄑ詐蹔 詐字王一同，注文姜書P二〇一一云蹔語，蹔字王一作慙，疑失其真。廣韻、集韻作詐，注云說文曰慙語。案原本玉篇殘卷詐下引說文蹔語也。

集韻收詐為詐字或体。本書詐
當作詐，詐當作語，𧩻字疑不
誤。
第五行 嵏 失容節又祖卧反 王二云又
子對祖卧二反，本書隊韻子對
反嵏下云又祖卧徂嫁二反，箇韻
則卧反嵏下云又子對徂嫁二反，
當據王一補。
第五行 㴙 水名在義陽又作離反 此字
唐韻、廣韻見側駕反，与左傳
莊公四年「除涂梁㴙」釋文引
高貴鄉公音側嫁反合。王一同
本書，又作離反，王一同。各書支
韻精母無此字。集韻又宜切收
之。又周礼職方氏「其浸波㴙」釋
文引劉音昨離反，（離疑離字
之誤。）並与此異。釋文又引李音莊加
反，廣韻字又見七何切。
第六行 髂 口訝反髖骨或作骬骰六 六當
从王一作三，詳下暇字校箋。
第六行 暇 閑又胡訝反 暇字S六一
七六、唐韻同，王一、王二、廣韻
並作暇。案暇、暇正、俗字，廣
韻云俗作暇。注文王一云胡訝反
閑容三，王二亦音胡訝反，唐韻、
廣韻音胡駕反（切）。本書誤，當
依王一改。夏下二字並隸本紐，焉
韻夏下云又胡駕反。
第六行 夏 時又胡雅反 王一無時字
，唐韻同。
第六行 藉 以蘭茅地又慈亦反 地上王
一、王二、唐韻、廣韻有重文或
藉字，當據補。
第七行 鍍 〻鏡 集韻此字見禡
謝切，与夜同音。王一、王二、廣韻
同本書。鏡下王二無重文，集韻
云鏡也，王二、廣韻並有鍍字，与
本書同。
第七行 蝑 司夜反鹽藏蟹亦作蝑又息余反三 王
一無亦作蝑三字，王二、唐韻、廣
韻同。
第七行 篙 笞 管字王一、廣韻

作笘，當从竹。廣雅釋器云籥、
章、篇，程也，其前條云笘。
觚也。
第七行鶮 鴇鳥不向 飛向南北 P二○
一一注文殘，自姜書行款視之，
無飛向南不向北六字。
第八行嗻 多語〻〻〻 王一無二重文。
第八行舍 始夜反 暈〻四 王一云室，
無重文。
第八行騇 馬名亦作[牛舍] 馬名，王一、王
二同。唐韻、廣韻云牝馬。案
爾雅釋畜牝曰騇，郭注云草
馬名，草馬者，本書皓韻騲
下云牝馬也。廣雅釋獸云[牛舍]

牸牝雌也。
第八行赦 〻罪 王一云放罪，恐誤。
第八行涻 水名出嚻山 注文王一同。
廣韻引文字指歸嚻上有北字。
案說文亦云出北嚻山，當據補
．北嚻之山見山海經北山經。案山
海經此字作涔。
第八行射 神夜反武藝二 藝下王一
有又神石以謝二反亦作䠶十字，
王二同（石字作亦，䠶誤作夜）。
第九行麝 獸名有香 王一無有
香二字，王二同。
第九行霸 博駕反王亦作覇四 王一正文
作覇，注云把，無亦作覇三字。

霸，把也，為声訓。見白虎通及
風俗通。
第九行灞 靶 弝 王一三字次
第為弝靶灞，王二、唐韻同，當
據乙。
第九行靶 芳霸反帊襆二 靶，當作
帊，此涉上文而誤。把字衍文。
王一、王二、S六一七六、唐韻、廣
韻並帊下云帊襆。
第九行槬 胡化反寬亦作䆪五 䆪當从
王一作䆪，字見廣雅釋詁三，
注云寬也。
第九行崋 西岳山 王一正文誤
崋，注云山西嶽通俗作華。王二

正字作崋，注云西嶽山又作華。
唐韻正文亦作崋，注云⺀山西嶽
又作華、王一正文亦當作崋，注
文山上奪重文。
第九行欂 木名又胡郭反亦作欂 亦反
二字互倒，反上以鉤識之。
第十行匕 倒人 王二、唐韻、廣韻
並云變从到人，語見說文。从倒
人三字，原釋其造字之取意，此
誤。王一注殘。
第十行跨 苦化反越又口寡反一 越下王
一有亦作牛二字。又口寡反，王
一同、馬韻口瓦反字作牛。參
馬韻另字校箋。

第十行杷 作田具又蒲巴反亦作桎 杷，王
一、王二、唐韻、廣韻並作杷，當
从之。字見才言、說文。本書麻韻作
杷不誤，亦作桎三字王一無，各
書無或體。
第十一行笡 淺謝反斜逆一 笡似誤
作笪，當作笡，姜書P二〇一
誤作笪、王一作笪，恐失本真。
第十一行塗 徒嫁反飾又丈加唐都三反三
徒字王一同，唐韻、廣韻上字
用除，此為類隔。又丈加唐都
三反，三字王一作二，當从之。麻
韻宅加反此字誤奪，詳案字
校箋。

第十一行蛇 水母狀如覆笠隨潮上下可將為膾用 王一無狀至用十三字。

卅八勘

第一行䘓 血凝 䘓字唐韻同，
王云當作䘓。王一、王二、廣韻並
作䘓。
第一行⿰鹵臽 苦感反⺀輌又 王一⿰鹵甚下云
鹹，下出埳字云⺀輌又苦感反，
當从之。勘下云苦紺四，是其証。
又案埳字唐韻作鹹，廣韻作
鹹，本書感韻亦作埳。誤為埳，見
坎字注文。
第一行紺 古暗反赤青色八 赤青色，王

一云青赤色，王二、唐韻、廣韻同，當擾改。八當从王一作三，憾从下五字不隸本紐，詳下憾字校箋。

第一行淦（新淦縣在豫章）　淦字王一作淦，各書同。从水，金声。

第一行憾（又下紺反五恨）　王一云下紺反恨五，此誤衍又字，恨五二字誤倒。

第二行䏔（食肉不饜）　䏔當作䑙，饜下王一有亦作𩟗三字，廣韻同本書，集韻或体作䭘。

第二行闇（宜一曰弱）　宜當从王二、唐韻、廣韻作冥。

第二行僋（他紺反俕〻癡皃七）　王一、唐韻、廣韻、集韻並云僋俕癡皃。萬象名義亦並云僋俕，本書〻俕二文互倒。

第二行撢（採取）　撢字王一作撢，各書同，此誤。

第二行西（無光又吐念反舌出皃）　又吐念反，本書㮇韻字作𦧺。廣韻𦧺（西別出），集韻收為一字。

第二行䐶（𡡾）　䐶字王一作䐶，當从之。𡡾當从王一作𡡾。𡡾，美也。廣韻、集韻此云食味美。

第三行諳（競言又乹仰）　王一云又乹仰反，當从之。廣韻云又渠仰渠政二切，本書字又見養韻其兩反。

第三行俕（𦽊紺反一）　反下王一有僋俕癡皃四字，王二、S六一七六同本書。

第三行謲（七紺反伺三）　伺字S六一七六、王二、唐韻並同，新撰字鏡亦同。集韻云相怒使也一曰伺也。相怒使之義見說文。伺字不詳，原本玉篇引說文，不載此義（今本玉篇亦不載伺之義，萬象名義同）伺与相字形近，未審有無譌誤。

第三行䤁（徒紺反酒味長四）　䤁當作醰。

第三行䃣△凝△血△　䃣當从王一作䘑。王一血上有羊字，凝下有亦作𧗱三字，廣韻字作𧗱，注云羊血凝。

第三行瞫　括△又徒△含△反　括字王一同，廣韻亦同。集韻云下視見說文。周云：「括也蓋眡也之誤。玉篇眡，視也。」案周說是也。廣韻此云又徒南切，覃韻徒含切瞫下云眡也，即瞫、眡之誤。案瞫字不詳所出，各韻書徒含反無瞫字，集韻瞫下云視，正與廣韻眡字義合。眡字廣韻云見埤倉，本書黠韻呼八反眡，視也。是此括字譌誤之証。又徒含反，王一同，本書覃韻徒含反無此字，廣韻、集韻收之。

第三行䭾△　丁△紺反冠△情△近△前一　王一、王二、唐韻、廣韻此云䭾，冠幘近前。本書情當是幘字之誤。惟此字不詳所出，冠幘近前亦不詳何義。集韻䭾下云馬睡皃，帎下云冠俯前。周氏廣韻校記因云：「王韻、唐韻蓋脫䭾注及正文帎字，帎字注文遂誤入䭾下。廣韻因之，亦未能訂正。」案集韻帎字亦不詳所出。集韻䭾字又見感韻都感切，注云馬名，是其馬睡皃之義亦不足據。今案萬象名義、新撰字鏡、玉篇馬部並無此字。長旁之字每譌為馬，本書25韻[镸朱][馬幼]二字即[镸朱][镸幼]之譌。疑此字當作[镸冘]，即髧字之省作。詩鄘風柏舟：「髧彼兩髦，實為我儀。」傳云：「髧，兩髦之皃。髦者，髮至眉，子事父母之飾。」箋又引「禮世子昧爽而朝，亦櫛縰笄總拂髦冠緌纓」以說之。新撰字鏡髧下云：「大欠反，上髮至翁垂皃。」翁即眉字之誤。亦與前字形近。此諸書云冠幘近前，蓋即冠幘近眉之譌。冠幘近眉，謂髦上加冠幘而近

於首，即鄭箋所引拂髦冠緌纓
之義、案詳礼記內則注及疏． 集韻髧下
云馬睡皃，益由髧義為髮垂皃
而生附會．魏都賦：髧若玄雲，舒皃从高垂．注云髧，
垂皃．各韻書徒感反髧
下並云髮垂皃。 集韻
髧字又讀都感切，故集韻髧
字亦讀都感切，唯其義又誤為
馬名耳．
第四行撍 祖紺反斜揰一 斜當从王一
作針、唐韻、廣韻簪下云以針
簪物，集韻收撍為簪字或体
·揰字王一同，疑當作插。插，刺
也。
第四行僋 郎紺反一 反下王一有

僋俕非清潔，亦作撢八字。廣
韻云僋俕不淨。撢為或体不詳。

卌九闞
第一行噉 可又工覽反亦作嚂 又工覽反
，本書敢韻工覽反字作噉．可
字王一、廣韻同，（姜書P二〇一一作
呼，未詳孰是。）集韻作呵．案
本書及王二敢韻云亦云可，与
廣雅釋詁三合。廣韻澤存本可
字作呵，十韻彙編校記及周氏
校記並云作可者為非，非是。
第一行濫 盧瞰反，氾八 王一氾下有
濫字，王二、S六一七六、唐韻、廣

韻並同，當據補。
第二行灆 瓜葅 灆當从集韻
作灆．又案此字唐韻、廣韻見
呼濫切，王一同本書． 集韻二見。
第二行賧 吐濫反夷人以財贖罪五 賧字
王一同，當从王二、唐韻、廣韻作
賧．王一五字作四，本紐四字正
注文並同本書，當據改。
第二行⿰鹵監 ⿰鹵臽〻無味 ⿰鹵臽當作⿰鹵臽．
第二行⿰鹵臽 公蹔反〻⿰鹵監二 ⿰鹵臽當作
⿰鹵臽．
第三行賘 呼濫反二 反下王一有乞
戲物或作歛又呼甘反十字，S六
一七六、廣韻並云乞戲物， 王二云戲物，

疑戲上奪乞字，唐韻云
口戲物，所殘蓋亦乞字。 王二、唐
韻、廣韻並云又作歁，王一談韻
火談反歁下云又呼濫反，音与此
互注，本書同，當據王一補。又案
廣韻談韻甝下云戲乞人物，集
韻云戲乞也， 王二云戲陎反乞人
物，陎反二字疑並衍文 蓋當云戲乞物。
•
第三行憨 下瞰反害又呼甘反五 害字
王一、S六一七六、王二、唐韻、廣韻
並同，未詳。集韻云愚也。案爾
雅釋鳥鷏鳩注云，為鳥憨急
群飛，釋文云憨愚也。本書談
韻火談反亦云癡，此疑愚譌作
患（愚字古文作㦬，与患字極近

一，又易作害。
第三行獭 犬吠聲 大當从王一、王三、
唐韻、廣韻作犬。
第三行譀 誇誕，又呼甲反，亦作䛘 王一又上
有東觀漢記曰雖誇譀猶令人
熱十二字 誇字誤奪，人字誤作又，熱下奪又呼二字。
一王二、唐韻、廣韻並有此語，當
據補。
第三行矙 大盆 矙當从王一作
䁠。又案王二、唐韻、S六一七六、
廣韻、集韻並無此字，集韻字
音呼濫切。
第三行䑙 無味，或作㶒 姜書P二
〇一一云或作啖相飲，無無字。王

二、唐韻、廣韻同。集韻云相歁。案
本書無字涉淡字注文誤衍，歁
字疑飲字涉啖字而誤，上奪
相字。
第三行暫 慙濫反，亦作蹔二 反下王
一有少須二字。

卌 漾

第一行漾 餘亮反，水名在隴西。十 十字王
一作九，同紐無養字，詳下養字
條。
第一行恙 憂，人相問無恙 憂下王一云
古者草居為恙所害，故相問曰
無恙，古作羪，蟲害人， 相問曰無四字殘，

㰳王二　王二注同，王二奪㹥字，
補。　蟲害人誤作
蟲害也。疑當補。
第一行羕　長々　王一、王二、S六一
七六、唐韻並云長大，當據改。
第二行煬　炙々　王一炙下無重文，
S六一七六、王二、唐韻並同。
第二行樣　式　樣字王二、S六一
七六、廣韻同，王一、集韻作樣。
案樣、樣正俗字。
第二行眻　美目　目下王一有又餘
章反四字，本書陽韻與章反
眻下云又餘尚反。
第二行諹　讙　讙字王一同，廣
韻云讙也謹也，集韻云字林讙

也。廣韻、集韻字又見陽韻与
章切，廣韻云讙也，集韻云讆
也讙也。案諹即方言慯字之孳
乳。方言卷十云：「媱、此字原誤作婬，此
从盧校本改。慯，遊也，江沅之間謂
戲為媱，或謂之慯，或謂之嬉
」。諹与慯同，故字義為讙為
讆。詩云式燕且讆，孟子云一游一讆，讆与讙並与方
言慯字義合。讙与謹形近，謹即讙
字之誤，而廣韻不能辨。
第二行養　林々山木　又餘上反　王一無
此字，王二、S六一七六同，唐韻、廣
韻、集韻云供養。林養山木義
不詳。

第二行掠　笞一曰強取　取下王一有又
力強反四字，王二、唐韻同本書。本
書陽、養二韻無此字，各韻書同。
王一疑有誤。
第二行悢　悵　王一云悵悢字，王
二云悢々，唐韻云々悢，廣韻云
悢悢悲也，十韻彙編廣韻校記
云：「澤存本巾箱本作悢悢悲也。
案廣雅釋訓悢悢悲，後漢書
陳蕃傳注悢悢猶眷眷也。今
案集韻引廣雅云悢悢悲。本
書悵字誤，又奪重文。
第二行緉　履緉雙　日緉々　緉字王一、
王二、唐韻、廣韻並作緉，重文

不當有，當據王一、王二、唐韻刪。

諸書並云履屐双曰緉，王三緉

字作重文。

第二行兩△ 兩上王一有㹁字，注殘，

王二、唐韻、廣韻並有㹁字，且並

在兩字之上，注云牛色雜，當據

補，与亮下云九數合。

第三行哏△ 咣々小兒啼 無聲兒△ 王一無

兒字。

第三行餉 式亮反饟食△ 亦作饟△四 王一無

食字，饟下有又□章反四字，案

本書陽韻書羊反饟下云饟又

式尚反，疑當从王一刪補。

第四行慯 痛亦作瘍 又△尺姜反 又尺姜

反，陽韻處良反無此字，字見

書羊反，各書並同。書羊反

瘍下云又尺向反，尺為尸字之誤，詳見陽韻校箋。此尺字蓋亦尸字

之誤耳。

第四行悵△ 丑亮反 快七 唐韻、廣韻

云失志，集韻引說文望恨也。

快疑當作怏。

第四行鬯 𠤎々 又香 𠤎字王一、王二、

唐韻、廣韻並作匕，當从之，易

震卦云不喪匕鬯。疑此後人因

秬鬯之語而誤。

第五行脹△ 失志 脹為脹滿字，

見陟亮反，此當从廣韻作悵。

集韻脹為悵字或体。參前悵字校箋。

第五行⿰禾鬯△ 々 齊△ 穧字廣韻作

穧，集韻⿰禾鬯為鬯字或体，不詳。

第五行向 許亮反 背五△ 背上疑奪

重文，五字疑後人所改，原當

作六，詳下響字條。

第五行珦 々△ 玉 重文當出後增

王三無，唐韻、廣韻云玉名。

第五行響 々△ 不 廣韻響下云

非美言也。集韻云響言，苔也，

嚮下云不久也。案嚮字不詳

所出，集韻云苔，則与響同字。

集韻此又別出嚮字云声遠聞。說文嚮，不

久也。疑本書此奪嚮字注文及

正文鄉字，不久二字原是鄉字
之注。
第五行⿰王嚮 々 嚮 ⿰王嚮不成字，當
作嚮，集韻鄉下云一曰嚮也，
案一字攙 与左氏僖公二十八年傳
考正補． 左傳云：鄉役之三月，杜注
注合． 鄉猶嚮也．釋文云鄉本
又作
嚮．
第五行暘 丑亮反 不生又 又上王一有，或
作暢三字。本書丑亮反字作暢。
第五行韔 丑亮反 弓弢又 亦作 韔 弢當
作弢，采綠詩言韔其弓，釋文
云弢也。
第六行障 之亮反亦作 瘴鄣四 瘴字
廣韻、集韻並作瘴，當从之。瘴
字見下。又或体作鄣，今書不載
此條。
第六行嶂 々 峯 王二、唐韻峯下
無重文。
第六行墇 塞亦作漳 漳字王一作
障，本書誤。
第六行尚 常亮反三 反下王一有猶
又署羊反五字。
第六行上 時亮反又 貴烈掌 烈字
不詳，或係列字之誤。
第七行償 々 備 王二、S六一七六
備下無重文。
第七行餕 々 餽 王二、唐韻餽下
無重文。
第七行創 初亮反 始正作刱三 刱當作
刱，見說文。
第七行滄 塞 塞當从王二、唐
韻、廣韻作寒。
第八行將 單 師 師當是帥字之
誤，唐韻云帥，王二、廣韻云將
帥。
第八行⿰車卬 語向反 轎々二 ⿰車卬當从王二、
唐韻、廣韻作⿰車卬。
第八行望 弦々 遠視 又武方反 下一
重文疑當作又字，弦望与遠視
二義。
第九行淮 往 此字廣韻作徃，
段氏从說文改作徃，當从之。集

韻㴔字而外別出滙字云去水
中也，蓋即依本書誤字為說。
第十行舽 舡 舽下王一云並又
補浪反，唐韻、廣韻云並兩
船。唐韻船字作舽，疑船字之誤。史記張儀傳舫船
載卒索隱云 王二云舽又補浪
並兩船。
反，舽下疑原同王一有並字。本書
當據王一補，唯本書宕韻補曠
反無此字，廣韻收之。
第十行鴋 鳥常在澤中見人則鳴呼之不去亦雅
注文見爾雅釋鳥鴋澤虞下
郭注。其有關原文常在澤中
見人輒鳴喚不去。
第十行防 扶浪反 鎮一 扶浪反，浪

是宕韻字。此應与宕韻傍音
蒲浪反異音，廣韻音符況切，
唐韻下字亦用況字。況字原殘作▢，
此依王氏所定。
第十行彊 居亮反 𢐯勁一 彊字廣韻
作彊、集韻作畺，或体与廣韻
同，廣韻云𢐯勁硬也。集韻云
死而不朽，案爾雅釋木彊木釋
文云：字書云死而不朽，本書陽
韻殭下云白死不朽，陳君閣道
碑云車馬殭頓，殭与彊同。
第十行晾 目病 廣韻此字作曉，
注云晾曉目病，力讓切，出晾字，
或体作眼，注云目病。集韻曉為
眼晾或体，力讓切亦收眼字云
說文目病，或体作晾作瘬。

卌一宕

第一行踼 跌踼行不正 又徒郎反 不字王二、
唐韻、廣韻並作失，當从之，行
失正為頓趴之義。
第一行碭 石又山名 縣在梁郡 縣下王二、唐
韻、廣韻並有名字，又縣上王二有亦字，廣
韻有又字。
第一行湯 過又徒郎反 又徒郎反，唐
韻徒郎反踼下云或湯，本書此
湯踼二字別出而並云又徒郎反。
第一行蕩 藺蕩毒草 蕩字當从

正文作蕩，見廣雅釋草。
第二行閬 高門又地名在蜀又力唐反 又力唐
反，王一同，本書唐韻音當反無
此字，字見徒郎反，詳參校箋。
第二行蓎 蕩ˎˎ 唐韻、廣韻蕩
下有渠字，又他浪反下出蕩字云
蓎蕩渠。
第二行行 第ˎˎ 重文疑為後增。
第二行醠 酒ˎˎ 重文疑出後增，
說文云
濁酒。
第三行傍 附行又蒲郎反 又蒲郎反，
本書唐韻步光反無此字，集
韻蒲光切收徬為傍字或体，本
書有傍字，

第三行裝 大駔 裝當从王一、王二、唐
韻、廣韻作奘。
第三行儅 不中當 注文王二、廣韻
云不中，唐韻云不中儅，集韻
云俤儅不常也一曰了也。本書嘯
韻俤下云俤儅不常兒，詳嘯韻
校箋。
第三行瓽 大瓮一曰井甃 大瓮，王二、
唐韻、廣韻同。（廣韻瓮字作
甕）唐韻、廣韻又引說文云大
盆。集韻从說文。案廣雅釋器
瓽，甕也。說文鑑，大盆也。鑑
与甕同，廣雅說文義合。盆字
或作瓫，与瓮字形近易亂。云

大瓮者當即大瓫之誤。
第三行党 人姓 王二、唐韻、廣韻
、集韻並無此字，唐韻、廣韻
瓽下云又姓姚弋仲將瓽耐虎，
集韻亦瓽下云顏師古說亦姓。
党當即瓽字之誤，本書別收，蓋
誤以為从儿別是一字耳。
第三行抗 苦浪反以手抗或作抗亦猰杭九 抗
字誤，當作杭，見說文。王二云又
从木。亦猰杭，各書無此，下犺字
注云猰犺所為不時，此疑誤衍。
第四行犺 猰犺所為不時 猰字苦結反 所為
不時，王二同，唐韻、廣韻云不順。
屑韻猰下切三、王二、唐韻、廣

韻並云不仁。集韻此云說文犍
犬也，本書及集韻廣韻猰下云
猰貐，（猰字又見黠韻烏黠反，
注亦云猰貐）案猰犺連稱，不
詳所出。爾雅釋獸：猰貐類貙
虎爪食人迅走。釋文云猰字亦
作猰，或作窫；貐字或作窳。山
海經海內西經：貳負之臣曰危
危，与貳負殺窫窳。吳都賦劉
逵注引作猰㺄，七命李善注引
作猰貐。又海內南經：窫窳如
龍首食人；北山經：少咸之山有
獸焉，其狀如牛而赤身人面馬
足，名曰窫窳，其音如嬰兒，

是食人。集韻宥韻余救切貐
字或体作狖作貐作犹，貐即
李善引山海經窳字，犹字俗
書作犺，与犺字俗書同。疑猰
窳誤為猰犺，遂收之本紐。諸
書云不仁，亦正与其獸食人之
說協。本書及王二云所為不時
者，物類相感志引孫炎爾雅
猰貐注云：「以人為食。遇有道
君，隱藏，無道君，出食人矣」蓋
其義，唐韻廣韻云不順，則不
得其說而改之耳。
第四行𪌄　黃色　黃色二字不清，
唐氏審定如此，今從之。廣韻亦

𪌄下云黃色。
第四行阬　閬又口庚反　庚反二字不
清，从此唐氏所書。字又見庚韻
客庚反。
第四行頏　咽又胡堂反　反字漶湯不
能辨，依例當有。唐氏所書有
反字。
第五行儻　他浪反悲意　意下當有二
字，漶湯不能見。
第五行曠　苦浪反一曰遠五　前抗下音
苦浪反，此當畀音，曠為合口，王
二、唐韻、廣韻下字並用謗字。云
一曰遠，一上當有奪文，不詳。
第五行曠　朗日□　目下一字不清，

唐氏如作不，廣韻、集韻並作無。
第五行爌 光明 光明二字不清，
唐氏所書如此。
第五行儴 奴朗浪反縷一 朗字誤衍，
字以小點識之。
第五行潢 胡浪反染色一 胡浪反，本
書唐韻胡光反又切同，王二音
乎浪反，亦同。 王二乎誤作呼。 案潢
是合口字，此當與前下浪反音
異。唐韻、廣韻下字用曠，與
潢同合口，一當作二，攩字當
本紐。 唐韻、廣韻本紐首字作攩。
第六行荒 呼浪反草多二 二當作一。
呼浪反，廣韻同，浪是開口字，

此字讀合口。
第六行汪 烏光反水鳥一 本韻無光
字，王二廣光銧三字音姑曠反，
光下云飾，唐韻、廣韻桄光二
字音古曠反，光下注云上色又
古黃反。本書此云烏光反，當
是誤奪一見紐，案荒下云呼浪反二，二字疑
與此有關。 又烏字蓋涉烏字而誤，
廣韻云水臭，集韻云停水臭，
一曰水皃。

卌二敬
第一行敬 居孟反肅三 孟是二等
字，王二下字用命，本書及王一

韻目亦並作居命反，此疑是誤
書，唐韻、廣韻下字用慶，並
與敬字同三等。
第二行諱 許孟反瞑語一 瞑字王一、王
二、唐韻、廣韻並作瞋，當從之。
第二行鞕 五勁反牢亦作硬一 勁非本韻
字，王一下字用孟，王二、唐韻、集
韻同，與鞕字同屬二等。本書誤。
第二行命 眉映反呼通作命一 通作命，
三字不詳。
第二行病 皮敬反疒四 疒字疑
誤。
第二行平 地平亦作坓 或体不成
字，集韻正字作坪，注云或書

作垩，本書疑同。蓋正文既从通
俗作垩字，（王二、唐韻並作垩字
）遂妄改注文作此耳。說文字
作坪。
第三行蝗 胡孟反，蟲。又户光反。二反三 胡字王
一作户、、王二、唐韻同，此与又切
胡盲胡字互倒。王一云又胡盲
户光二反，本書光上當从王一補
盲户二字。
第三行橫 非理求來 求字涉來
字誤衍，旁以小點識之。王一、廣
韻云非理來。
第三行柄 彼病反。杓、標。五 杓當作杓。
標字不詳，疑為亦作棅之誤。

說文柄或作棅，廣韻、集韻並
收此或体。
第三行寎 驚病。又兄命、主詠二反 又兄
命主詠二反，王二字見詖病反下，
注又匡詠反。案尔雅釋天三月
為寎釋文：郭孚柄反，又況病
反，又匡詠反；李陂病反。陂病
与本書彼病同。本書兄當是況
或涉並二母某字之誤，主當作
匡、 匡字俗書如此作。 唯本書只此一
見，集韻皮命、丘詠、鋪病、況
病諸切俱收此字。
第四行泳 水行不沈。不浮。亦作汓。 或体
不詳，諸書均不載此字。

第四行縈 縈名。又永兵反 縈字唐
韻同，王云當作縈。本書庚
韻作縈，此涉上文諸从永之字
而誤。
第四行瞢 亹。又虛政反 瞢當从王
二、唐韻、廣韻作瞢。諍韻
虛政反不誤。
第四行行 胡孟反。二 反下王一有景
迹又胡郎胡庚二反九字。
第五行榜 補孟反。榜人哥。二 廣韻
云榜人船人也。案司馬相如子
虛賦榜人歌，郭注云：榜人，船
長也，主唱聲而歌者也。又張協
七命榜人奏采菱之歌，是此注

所本，惟語焉不清。

第五行趟 走亦作趟　此字集韻入諍韻，音北諍切。廣韻同本書。

第五行生 ㄙ更反 產三　生音生更反，上下字並與習見反切用字例不同，唐韻、廣韻音所敬反，唐韻正文生字殘。

第六行迎 魚更反 迒一　更字王一作敬，廣韻同，迎敬同三等，更屬二等，此或由誤寫。

卅三 諍

第一行諍 側迸反 諫諍　言下當有一字，王二、唐韻、廣韻本紐並止一字。

第一行嫈 一諍反。襉[illegible]亦作䙬 又口耕一　廣韻嫈下云小心態，䙬下云文字集畧云襉錯綵，郭璞江賦云䙬以蘭紅。」王二、唐韻止一䙬字，王二注云證也文采也，證字不詳。唐韻注同廣韻而略有譌奪，集韻嫈下云小心態，無䙬字，案說文嫈，小心態也，玉篇䙬下云裙襉，均不云嫈與䙬同。本書此疑有譌奪。又口耕，又下空隙不詳何字，耕下當補反字，唐韻云又烏耕反，集韻耕韻於莖切下有䙬字，注云閒采、閒譌作閒，此从考正所改。本書烏莖反有嫈字，各書同。

第一行牚 丑迸反 斜柱亦作𣥺樘字一　王二、唐韻、廣韻、集韻無此字。此紐字並見敬韻。王二、唐韻、廣韻並音他孟反，集韻音恥孟切，本書誤收。或体𣥺當作牚或𣥺，字見說文，與樘通用。機疑橖或樘或橕之誤，見集韻庚韻抽庚切樘下。說文樘字云衺柱。

卅四 勁

第一行証 諫婚　婚字未詳，王二、

唐韻並無，廣韻云諫証。
第一行䲳 鷄又之盈反 又之盈反，
廣韻同，本書清韻諸盈反無
此字，廣韻收之。
第一行聖 識正反靈一 靈上王一有
通字。
第二行令 力正反善又力盈反政作令二 政當
作正。
第二行敻 虛正反遠正作敻三 敻當
作敻，見說文。
第三行穽 埳〻亦作𣪠 埳當作
埳。𣪠字王一同，當作𡩡。說文
𡩡，坑也，與此字聲義同。集韻
別出，誤作𣪠。

第三行靚 裝飾 飾下王一有古奉
請亦作此字今古正作請字等十
三字，語當有譌誤。王二云古作
奉朝請字又名也。唐韻云古奉
朝請亦作此字，王二亦當有譌誤。
第三行婧 竫竦立〻 王一、廣韻竦上
並無竫字，此疑誤衍。重文不
當有，王一無，可據刪。
第三行頳 首 注文王一同，首
上疑奪重文。說文云：「頳，好皃。
詩所謂頳首。」廣韻首上有頳字。
第三行盛 承政反多亦作晟墭三 墭字王
一作⿰女盛，疑當从之，本書下別有
⿰女盛字。集韻別出⿰女盛字，注云長

好皃一曰美也。三字王一作二，同
紐無⿰盛瓦字，參下條。
第四行墭 塸〻亦作⿰盛凡 ⿰盛凡 缶器
王一墭下云塸器，不云亦作⿰盛瓦，其
下無⿰盛凡字。唐韻、廣韻同。王二
亦同。器字作重文，同本書。 本書墭下云
亦作⿰盛凡，又別出⿰盛瓦字云缶器，當
出後人所增。
第四行詺 武聘反口〻一 王一云詺目
或作名又武并反，王二云〻目，唐
韻云〻目單作名，本書誤目為
口，又倒在重文上。
第四行精 子性反強又子盈反一 王一無
又子盈反四字。

卌五 徑

第一行經〻緈又 古形反 王一形字作靈，王二、唐韻、廣韻同，當據改。

第一行⿰鬲巠〻 隔 王一隔下無重文。

第一行桱〻 筯〻 桱當从王一、廣韻、集韻作桱，說文桱，桯也；此云筯，筯即箸字，於義不協，王一同本書、方言五：榻前几江沔之閒曰桯，其高者謂之虡·郭注虡字云即筍虡也。筍与筯字形近，此或即筍字之誤。集韻此云桯也。重文王一無。

第一行佞 諂從一仁 曰才從女 上從字涉下從字誤衍，旁以小點識之。王一無從仁女三字。

第二行脛 戶定反 腳一 腳下王一有脛字，唐韻、廣韻同，當補。王二同本書。

第二行定 持徑反不 移〻二 持字王一、王二、並作特，當據改。重文當出誤增，王一無。

第二行■廷〻 朝 此是廷字，蓋誤作而以雌黃塗改之。

第二行矴 丁定反亦 作⿰石奠六 王一無亦作⿰石奠三字，反下云矴石，王二、唐韻、廣韻同。

第二行顁〻 題 王一題下無重文。

第二行錠〻 鋤 注文王一同，不詳。說文錠，鐙也。王二、廣韻云豆有足曰錠，無足曰鐙，集韻載鐙及豆當二義。

第二行奠 設又 徒見反 王一錠下磬上為肑字，注云食，廣韻奠肑二字与飣同，集韻肑為飣或体，本書飣下亦云或作奠，王一奠誤作⿱竹奠·是奠与肑同，唯飣下既云或作奠，此當同王一作肑，注文亦与王一異，疑出後人改之。

第三行聽 他定反 審問三 問字王一作閒，當从之。

第三行汀　〻〻瀅〻不遂志　注文王一、王
二、唐韻、廣韻同。集韻汀下云
汀瀅，不得志皃。汀下云汀瀅，小
水。本書烏定反瀅下云小水。各
書同。廣韻校勘記云：「本書烏
定切下又有瀅字，注云志恨也。
此蓋脫汀字注文及正文汀字，
當據集韻訂正。」案王二烏定
反亦有瀅字，云瀅丁心恨，丁當
是汀字之誤。韓愈詩曲江汀瀅
水平盃，是汀瀅二字言水之証，
周說蓋是。
第三行侹　〻〻徑　徑字王一、唐韻
同、王二、廣韻作侹。王氏唐韻

校勘記云徑當作侹。案侹即徑
字之孳乳。王二、廣韻古定反收
侹字，故此作侹。王一、唐韻及本
書只收徑字，故此作徑。
第三行靘　千定反〻〻䩄青黑色二　靘䩄，
王一、王二同，王一䩄下注亦同。廣
韻、集韻並云䩄靘。
第三行猜　〻〻捽　捽字姜書卩二
〇一同，王一作捽，疑失其真。廣韻作
捽。案當作捽，即捽字俗書。
廣雅釋詁三猜，捽也。集韻云博雅
捽也一曰捽也。考正曰前訓廣雅未見、　又重文王一
無。
第三行䩄　〻〻〻二莫定反　上重文當从

王一作靘。集韻此云䩄靘。參
前靘字校箋。
第三行鎣　烏定反〻飾玉光二　烏定
反，王一、王二、唐韻、廣韻同，集
韻音縈定切，亦同。韻圖字
屬合口。王一云：鎣飾，或作瑩〻
玉光，非鎣飾字。王二、唐韻並云
鎣飾，亦作瑩，廣韻亦收瑩為
鎣字或体。本書飾上當補鎣
字，瀅下云亦作瑩，原當在此玉
字上，蓋添補於旁，後誤抄之
彼下。參下條校箋。
第四行瀅　小水〻亦作瑩　亦作瑩三
字原當在鎣下，王一、王二、唐韻、

廣韻並無此或体，集韻同。詳
前條校箋。
第四行熒　胡定反蹩見一　胡定反，王一
同，此字讀合口，与前脛字户定
反音異，詳拙著例外反切研究，
第四行零　力徑反侯又力丁反一　侯字王
一作隻，侯与隻字皆書形近，當
是隻字之誤，又力丁反四字王一無。
卌六　宥
第一行酶　々報　王一酶下無重文，
王二、唐韻同。
第一行疚　顫亦作𤸇　疚當从王一、王
二、唐韻、廣韻作疚，𤸇亦當从

王一、廣韻作頹。並見說文。
第二行囿　囿又于六反，垣也，養禽獸曰囿苑　王
一六字作目，王二、唐韻、廣韻同，
當據改。又王一無垣也以下諸字，
王二、唐韻同。廣韻云說文曰苑
有垣一曰禽獸有囿。案說文下有字作曰，又
御覽引說文禽上有養字。　惟本書前已訓
囿，例不應更引說文之義，且本
書例不曰某也，諸字當出後人
所增。
第二行忱　々動　注文廣韻同，唐
云、說文云忱不動也，此注動上蓋
脫不字，案集韻引說文云不動也，
第二行蔨　々草　重文當出後增。

第二行遯　謹行　遯當作遯，見
說文。
第三行餟　々飽　餟當作餟，見說
文。
第三行廏　養馬千匹為一々，俗作廐　說文
引周禮曰馬有二百十四匹為廏，
段氏據校人計之謂四當作六。　此云千匹誤。王
一無千以下八字。
第三行冑　々兜鍪　王一無此字，本
書紐末有𦘴字，云兜鍪，王一
同，說文冑或作𦘴，是此當出後
人增之，參下伷字條。
第三行宙　宇々　侗同　侗同二字王一
作同伷，當據改。集韻伷下云行

無極，說文甶字注云毋與所極覆
也。
第三行酎 醇也釀三重也 王一注云々酒，
王二同。本書例不用也字，此當由後
人改之。
第三行繇 啐 卦 卦下王一有兆字，王
二、唐韻、廣韻同，當補。
第三行伷 系 姜書P二〇一一此
下有訌字，為紬字殘文。王二、唐
韻、廣韻並有紬字，注云訓。本
書胄下云直祐反十二，而第二字
為後人妄增，當補此紬字。
第三行疛 心疾亦作𤸷 𤸷當从唐韻
、廣韻作𤸷。

第四行獸 嘼之物名 物當从王一作[illegible]
、為總字俗書。
第四行收 多獲 獲字王一作穫，
廣韻同。
第四行臭 尺救反氣亦作殠一 氣上王一
有臭字，王二同。
第四行岫 似祐反山穴似袖三 似袖二字
各書無，所引蓋声訓，未詳所出。
第五行嘼 々產亦作畜 王一云俗作
畜。王二云俗作畜非，唐韻亦云
俗作畜，此疑出後人改之。又王一
俗上有正作𠱵嘼三字，畜下有又
褚救反四字，又字疑為重文之誤，
意云畜字本讀褚救反，而俗

以為嘼字。
第五行呪 職救反詛三 詛上王一有
呪字，王二、唐韻、廣韻同，當補。
第五行柩 々䆒 王一、唐韻、廣韻
並云㲏柩，此誤倒。
第五行瘦 所救反損正作瘦三 瘦當
从王一作瘦。
第六行㵞 々縮 㵞當从王一、王二、
唐韻、廣韻作㵞。重文王一作
小，王二、廣韻同，唐韻同本書。
廣雅釋詁三㵞，縮也。通俗文
縮小曰㵞皺，重文當為小字之
誤。
第六行綯 戚亦作緅 綯當作綢，

為緆字俗書。

第六行鬐 假鬐又匹刃反 刃字王一、王二、唐韻並作力，當从之。鬐當即副字之孳乳，經傳皆作副字。君子偕老詩副笄六珈，傳云后夫人之首飾，編髮為之。後漢書東平憲王蒼傳假紒注云副，婦人首服，三輔謂之假紒，紒与結髻同字，即其例。故廣雅釋器假結謂之鬐，曹憲音副，韻書副字有三音，本讀其一，職韻芳逼反其二，屋韻芳服反其三。諸書云又匹力反者，与副音芳逼反合；惟職韻未收此字耳，集韻同。廣韻此云又匹六切，亦与副音芳服切同音，其芳福切收此字。

第六行恆 恖小 恖下王一有又充缶反四字。有韻字音芳酒反，充字疑誤。

第六行⿱艹造 初救反充一曰齋二 齋字王一、王二、唐韻、廣韻並作齊，當从之。

第六行⿱艹退 根草 根字王一、廣韻同，不詳。說文云草貌。皃艮二字行隸形近，疑根即貌字之誤。集韻引說文。

第七行鍑 釜而大一曰小釜 大下王一、王二、唐韻、廣韻有口字，當據補。見說文。

第七行蕌 草 蕌當作蕌。草字王一作重文。案說文蕌，蕌也，集韻此下云蕌也，蕌与蕌形近，故王一誤為重文，本書草字恐亦蕌字之誤。集韻草字从說文作𦽍。

第七行畜 許救反又許郁反二 許救反，王一同。王二、唐韻、廣韻許字作丑，當从之。廣韻俞下云又耻呪反，俞字在此下，亦其證。比涉下許字而誤。又上王一有養字，許郁反下王一有又丑六反聚通作蓄座俗十字。俗字疑當在通字下

第七行鷚 鷚子一曰鳥名 王一名下有亦作雛三字，王二、唐韻同本書。

第八行垙 〻⿰土縣 ⿰土縣當从王一、廣

韻作辦。又重文王一無。
第八行覶 攟又力迴反 攟字姜書
P二〇一一同，王一作攟，疑失真。當从廣韻
作攟。又力迴反，王一、廣韻同。
案廣韻迴作回，同。 此誤讀，詳灰韻校
箋。
第八行窌 害又普孝反 害當从王一
作害。
第八行秀 息救反才之五 王一云挩出。
第八行繡 文之 重文王一作繡。
第九行騶 鋤祐反走之馬一 下反字誤
行。走之馬三字當有譌亂，王二
反下為數字。
第九行僦 即救反又聚二 僦上王一

有僦字，廣韻、唐韻同。
第九行稍 舂稚稅亦作粙 粙字王一
同，集韻字作精。集韻稍精二字別出
、精下云亦遍作稍。
第九行鷲 鳥 鳥下王一有名
亦作鳩四字，或体作鳩不詳。王
二、唐韻、廣韻並云鳥名黑色
多子，見說文 無或体。集韻正字
作鷲，或体作䳻，注云亦書作
鷲。疑王一鳩是鷲字之誤。
第九行復 扶富反五 反下王一有從又
扶福反正作復八字，扶字誤作
夫，復誤作復，據王二改。從字
亦疑誤。

第十行齅 兩阜閉 齅當作齅。
王一作齅，姜氏書作齅。
第十行復 重亦作复 復當作復。
見說文。
第十行柚 之橘 重文下王一有又
直目反亦作𣚺七字，王二亦云又
直目反。本書屋韻直六反無此
字，王二同。廣韻收之。
第十行狖 蟲屬 此字王二、廣韻、
集韻並為狖字或体，王一同本
書。蟲字當从王一作禺。
第五行蜼 似獮猴鼻仰兩則懸其頭向下 王二
無此字，王一、唐韻、廣韻、集韻
並同本書。案此字說文云从隹

声。山海經西山經：崦嵫之山有
鳥焉，人面蜼身。郭璞音贈遺
之遺，一音誄；廣雅釋獸書 憲亦音誄。
本書旨韻力軌反、至韻 亦雅
以醉反並收此字。
釋文音餘水反，並与隹声音合。
隹声之字例不読此韻，後安蓋以
蜼与狖同物，遂讀蜼与狖同。
廣雅釋獸云狖蜼，古
注亦多以狖釋蜼字。 王一注文
無猴反兩以下七字，仰下云又余
悸反。
第六行螃 不知晦朔 出又余九。 九下當
據王一補反字。
第六行授△ 承秀反付五 此因漏
脫而補之。

第六行售△ 賣 去 此是售字，姜書
P二〇一一同。
第六行壽△ 富年 終 王一無此字，
未知有無誤奪。王二、唐韻亦無。
第六行輮 人又反 車輞△ 王一云車輞，
各書同。
第六行煣 火蒸△ 使曲 王一蒸下有木
字，廣韻亦云蒸木使曲，當補。

卌七 候

第一行逅 邂△逅 相遇△ 王一無相遇二
字，王二、唐韻、廣韻同，此當由
後人增之。
第一行詬 △詈 罵 王一罵下無重文，

王二、唐韻同。
第一行瞜 半肓△又 胡鉤反 肓當从王一、王
二、唐韻、廣韻作盲。
第一行。趏 蹇行又 蒲北反 趏字本書
德韻傍北反同。王一、廣韻、集韻
此作趏，廣韻、集韻德韻作䞳。
案趏趏並䞳字之誤，䞳与踣
同。左氏襄公十四年傳与晉踣之，
釋文音蒲北反，又音敷豆反，此
䞳字正讀，故廣韻、集韻字又
見匹候切，而廣韻德韻云又孚
豆切。 案本書匹豆反有仆字，亦即䞳字，詳下。 字
又讀本紐者，蓋誤䞳為趏，遂
从右声讀之耳。王二、唐韻本紐

無此字。

第一行鍭 箭又鏃 胡遘反 箭字王一作

候、姜書P二〇二一作 候、未詳孰是。疑當从之，

後漢書南蠻西南夷傳注，鍭

猶候也，候物而射之也。說与此

合。又胡遘反，王一同。遘當是

溝字之誤，字又見候韻胡溝反，

注又胡遘反。

第一行鱟 似蟹十二足兩々相乘 而行子可為醬南人重

鱟當从王一、唐韻、廣韻作

鱟。王一無兩以下十二字。

第一行傚 石不黑 密膜 王一、廣韻

密字作蜜，無不黑二字，集韻

云埤倉石蠠膜一曰石蜜。蠠

与蜜同字，本書作密误。不黑二

字不詳，或即石蜜之誤。

第二行睺 々瞜 貪財 睺瞜當从王

一、廣韻作睺瞜，下盧候反瞜

下云睺々。

第二行寇 苦候反 賊々五 王一無重文。五

字王一作七，詳參下茂字條。

第二行茂 莫候反古作 楙亦作茂十四 茂上王一

有詬訽二字，屬苦候反。詬下

云詈又許遘胡遘二反亦作訽呴，

訽下云喪服。王二、唐韻苦候反五

字同本書，廣韻十字有詬無訽，

集韻並收此二字。又茂字注文王一

古上有草盛二字。亦作茂三字王

一無。

第三行愗 々恂 此字王一在瞀上，

王二、唐韻同，當據乙。

第三行懋 々勉 王一無重文，勉下

云亦作愗。

第三行苺 草實似桑椹 可食又亡佩反 草字

王一作箭。案爾雅釋草葥，山

莓。說文葥，山莓也。王一箭為

葥字之誤，本書恐後人不得其

解而改之。又亡佩反，隊韻字作

莓。

第三行仆 匹豆反倒又 扶北反撫遇二反 又

扶北反，德韻傍北反有踣字，今误

作踣。集韻踣与仆同，此亦收。

超為什或体。王一此云又扶北撫

遇二反，依例當據改。二字王一作

三，當據改。詳參下豆字條。

第四行豆 徒候反 菽十一 豆上王一有⿰豆甫

字，注云豕息又匹于反，廣韻撫

扶反。⿰豆甫下云又妨豆反，音互注，本

書廣韻同，此當據補。一字王一

作二，當據改。詳下脰字校箋。

第四行竇 瀆 水 瀆字王一同，唐

韻、廣韻作竇，王二云水穴。瀆

當作竇。

第四行逗 留 ㄑ 留下王一有近代作

豆音說文丈句反又土豆反十四

字。王二亦云說文丈句反止也，唐

韻云說文音住。

第四行脰 ㄑ 項 此上王一有梪字，

注云𨔵梪亦作豆，王二、唐韻同，

當據補。又王一、王二、唐韻脰字

注文項下無重文。

第四行鬪 丁豆 戰 六 鬪字王一作

鬭。豆下當據王一補反字，戰字

王一無，而云不从門从鬥本鬥通

俗作鬬。

第五行噣 鳥口或作咮 咮下王一有

又丁救反四字。王二、唐韻並載

此又音，當據補。宥韻陟救反

噣下云又丁豆反，音互注。

第五行⿰女豆 譳 ㄑ 此字集韻為⿰言豆

字或体。王一同本書。廣韻字見

田候切，集韻透母亦收。譳下

王一有詁說二字。

第五行斣 鄹 鄹當从王一、廣

韻作斢。

第五行耨 如豆反 除草四 如當从王一、王

二、廣韻作奴。

第五行槈 ㄑ 柱 姜書P二〇一一柱

下無重文，而云亦作耨。劉書 耨字

作空圛。

第五行瘷 蘓豆反 欶ㄑ 五 王一無重文

，五字作六。參下嗽字條。

第六行嗽 ㄑ氣 逆上 王一嗽下云𣢾，

（嗽誤作嗽）下有欶字，云上氣。

⿱此束即觜字，嗾下云⿱此束當有誤

奪。唐韻欶下亦云上氣，無嗾

字。集韻嗾下云吮也，欶為嗽

字或体。集韻嗽下云欬，与本書

瘷同字。

第六行嗾。使犬。又先侯反。 反下王一有

或作嗾三字，本書侯韻束侯反

有此或体，唯誤作簉。

第六行奏。則候反。一 反下王一有

鷔字，王二同本書。

第六行透。他候反。跳四 跳下王一有

又書育反四字，与唐韻式竹反

云又他豆反互音。本書唐韻同，

此當補。

第六行歕。唾〻亦倍。作咅 倍字誤衍，

字以小點識之。

第六行⿰走殳。自投。或作⿰足殳 ⿰足殳字王一、王

二、唐韻、廣韻作⿰足殳，當从之。說

文⿰足殳，縣擊也。縣即遙字。⿰足殳与

投⿰走殳義適，集韻或体作⿰足殳，廣

韻別出⿰足殳字云索𢐤⿰足殳。⿰足殳即投

字⿰足殳字之孳乳。

第六行⿱衣口。語唾不受。衣亦作歕 ⿱衣口當从

王一作杏、此即上文歕下或体

音字，不當更出。注文衣字誤衍，

王一無。

第六行漚。於候反。又於侯反。三 又上王一有

漬字，王二、唐韻同，說文漚，久漬也。

王一今誤作清。當據補。又於侯反，

王一、王二、唐韻同。本書侯韻

烏侯反無此字，王二、廣韻收。

第六行⿱林公。地名在竟陵。又布市、市由反 又布市

由反，王一、王二、廣韻並云又市

由反，王二由誤作田，布字即涉市

字誤衍。唯各書尤韻市流反

無此字，集韻收之。

第七行⿰礻區。頭衣。又於部反 又於部反。

王一同。各書姥韻無此字，此部

字讀厚韻蒲口反，⿰礻區字又見

烏口反，今字誤作摳，參校箋。

第七行構。〻結累 王一無結字

及重文，王二同。

第七行貽　稟給貨財　王一云又貨贈
，王二、廣韻、集韻上稟給二字。
第七行彂　張弓之亦作彀　彂當从王
一、王二作彂。重文及亦作彀三
字王一無，王二同，蓋並出後增。
第七行雊　雉之　王一、王二云雉声，
唐韻、廣韻云雉鳴。
第八行[辶+䆾]　僻邪　[辶+䆾]當从王一、廣
韻作䆾，詩牆有茨中冓之言，
韓詩云中冓，中夜也；謂淫僻之
言也。䆾即詩冓字。廣韻、集
韻注云夜，王一同本書。
第八行句　檢之亦句　王一云句檢，無
亦句二字。

第八行苒　積財亦作苒　王一無亦作
苒三字，而正文作苒。
第八行嗾　使犬聲　王一無聲字，王三、
廣韻同，當出後增。
第八行[鹵+婁]　南夷呼鹽　呼字王一作名。
王二、唐韻、廣韻並同，當据改。
第八行蔟　大之律名　王一名下有又倉
谷反四字，本書屋韻千木反蔟
下云又倉候反，此蓋誤奪。
第八行陋　盧候反鄙之巷八　王一云
鄙耻。
第九行漏　屋下水　水字誤倒，旁
从鉤為識。王一水下有漫字，唐
韻云屋水下，同本書。又王一云一

曰筍扁縣名在交阯亦作扁，王
二、唐韻並載縣名一義，當據補。
第九行鏤　刻　刻下王一有鏤字。
第九行瘻　瘡之　王一、王二、唐韻
瘡下無重文。
第九行蔞　之蔞草藥名　王一云之
蔞藥草，無名字。
第九行䪴　勤　勤當从王一、王二
、唐韻、廣韻作勤，唐韻、廣
韻云出字統。
第九行怐　愁之　王一無重文、
第十行[日+咅]　蒲候反豕肉醬二　[日+咅]字姜
書P二〇一一同，王一作腤，當从
疑失真。
廣韻作腤。

第十行轉 虎衣 轉當从王一、廣
韻作轉．虎亦當从王一、廣韻作
虎。

第十行偶 五遘不反期一 反不二字互
倒，反旁以鈎識之。

卅八 幼
第一行幼 伊謬反小々一 王一、王二、小
下並無重文。
第一行謬 靡幼反錯俗作謬二 俗体當
作謬．王一正字作謬、注云正作
謬。
第一行繆 亂 亂下王一有又
武彪武陸二反七字。

第一行䫲 丘幼反一行皃又香仲反一 王
一行上有䫲踏二字，本書一字
並重文之誤，下奪踏字。王二、
唐韻、廣韻並云䫲踏行皃。
第二行䠗 渠幼反々䫲一 䫲下王一有
醜行二字，廣韻云䠗䫲醜行之
皃。

卅九 沁
第一行祲 作鴆反妖氣二 氣下王一有
正作祲三字，王二同本書。
第一行浸 々漬 重文王一無。
第一行任 使又汝針反 王三同，王一
無使字。又汝針反，王一、王二同。

（王一針誤作計）唐韻云上四字
並是王音，廣韻云上四字並又
音王。
第一行沉 没 没下王一有又直任
反四字，王二、唐韻同、
第二行紟 巨禁反舌下病四 病下王一
有或作噤亦作⿰牜今齡七字，四字
作三，同紐無噤字、王二、唐韻並
云亦作噤，唐韻又收⿰牜今齡二体
，与王二同。
第二行紟 帶々 帶下王一有或
作襟又舉音反紟小帶又居音
反十四字，王二、唐韻並云亦作
襟又舉音反。居音与舉音

同，王一當有誤。

第二行噤 □ 口閉 注文左行一字似有重文。此字王一無，於下云亦作噤，王二、唐韻同，本書殆由後人改之。參於字條。

第二行禁 居蔭反限避蒂 諱改曰省二 王一蒂上有王字，蒂下有家字，唐韻、廣韻同，當據補。

第二行襟 格 正，注文二字當从王一、廣韻作襟格，見方言十三。

第二行僨 乃禁反傭 庇々一 庇字涉下蔭字注文誤衍，旁以小點識之。

第三行蔭 □□□ 庇々三 右行反語三字剝蝕，唐氏書作於禁反，王一、王二、唐韻並作於禁反，王一釋義云厚陰，又云亦作稽又於鹽反。

第三行窨 □□ 作窨 右行剝蝕，唐氏未補。案王一為地室，亦三字。王二、唐韻、廣韻並云地室，無或体。本書當與王一同，惟止二字之隙，蓋誤奪一字。

第三行喑 □ 此字殘蝕不清，唐氏書作喑，與王一、王二、唐韻同，注文唐氏所書無。王一云聲，王二、唐韻、廣韻並同。廣韻聲下有也字。本書此一字亦當作聲。

第四行滲 □□□□□ 上漏向下二 此字右旁殘蝕不清，唐氏書作滲，與王一同。注文右行亦當為五字，唐氏所書無。案王一、王二並云所禁反滲漉二，右行為所禁反滲漉五字，上漏向下四字後人所增。

第三行森 □□□□ 又稟斯反 注文右行四字殘蝕，唐氏書作積柴取魚，與王一同。本書複韻斯稟反下注亦同。又稟斯反，斯稟二字互倒，斯上有鉤為識。唐氏所書斯上無鉤，誤。王一亦稟字作甚。

第三行闖　□□□□　此字从馬門出二

以上漫漶不清，今依王一、王二、唐韻、廣韻補，唐氏書同。注文右行四字殘蝕，唐氏未補。案王一此云「丑禁反□從門出二」，王二云「丑禁反馬從門出見二」，唐韻云「從門出見丑禁反一」，廣韻云「馬出門皃丑禁切二」。本書當是丑禁反從四字，或是丑禁反馬從五字而誤奪其一。

第三行𧡤　□□□視　又丑心反　正文所从見字略有漶漫，字當从廣韻作𧡤。王一作䑰視，王一作彤視，亦誤。注文視上三字殘蝕，唐氏所書作私出頭，与王一、廣韻同。本書優韻亦云私出頭視，義見說文。又王一反下有亦闖二字。

第三行譖　□禁反　讒々一　禁上一字殘蝕，唐氏所書作側，与王一、王二同。禁字王一作讖，王二同，疑此原亦作讖字。

第三行讖　楚譖反又一　々書譖　字漫漶不清，惟言字諦審猶可辨見，唐氏所書如此。王一、王二、唐韻、廣韻並是譖字。又字原不當有，王一、王二、唐韻並無，可據刪。

第四行椹　陟鴆反史記右手々其胸二　椹當从王一、王二、廣韻作椹，見史記荊軻列傳，唐韻誤与本書同，史上王一有擬擊二字，王二、唐韻、廣韻同，當補。

第四行紞　士也々々　注文王一云紞土，王二云土一々，唐韻、廣韻云搖也紞。廣韻地誤作也，此从周改。本書士當是土字之誤，餘未詳。本書例不用句尾也字，也字當誤，或出後增。

第四行臨　力浸反朝夕哭一　此字注文下王一有甚字，注云時鴆反大過又植枕反一。

五十　豔

第一行焱 火又呼赤反 王一無又呼
赤反四字，王二、唐韻、廣韻同。
本書昔韻無此音，許役反下亦
無此字，疑此後人增之。集韻
呼役切有此字。
第二行掞 猶々 重文當從王一作
豔字，廣韻云豔也，王二云光
耀皃。
第二行贍 市艷反賙々一 王一賙下無
重文，而有亦作饍二字。王二、
唐韻不收或体，注云賙也。
第二行染 而贍反改色一 色下王一有
又如檢反四字，王二、唐韻並載
此反切，當補。

第二行猒 於艷反說文广甘肉犬為々三 广
當作厂，說文猒下云笮也，从厂
猒聲，猒下云飽也，从甘肰。肰下
云犬肉也。 猒字經傳以猒為之，此
遂誤引說文猒字之說，又倒
犬肉為肉犬。王一反下曰抑，無
說文以下諸字。
第二行掩 快又於驗反 掩當从王一、
唐韻、廣韻作[忄奄]，注義及又音
可証。王二誤同本書。
第二行饜 飽々 王一無重文，而
云又於簾反，王二、唐韻同，當
从之。塩韻於塩反字作猒。
第二行窆 方驗反下又方鄧反二

下下當从王一、王二、唐韻、廣韻補
棺字。又方鄧反，王一、王二同。唐
韻、廣韻鄧字作亘，亦同。本
書嶝韻方鄧反有𥨍字，集韻
𥨍窆同字。
第三行噞 喁々 喁下王一有亦作
鹼二字。
第三行閃 式贍反闚三 闚下王一有
又舒斂反四字，王二、唐韻同，當
據補。本書琰韻失冉反下云又
式贍反，音互注。
第三行槧 札又昨感反 又昨感反，
廣韻、唐韻云又才敢反。本書字
見敢韻，音才敢反，注云又七廉七

㰤二反。此㰤字誤。王一無此又切。
第四行霰　雨°小　雨下王一有又子
廉反四字。本書塩韻子尖反下
注云又力豔反，与此互見。
第四行驗　市先　入°　姜書P二〇。
一同本書，王一亦有值字入、疑失真。
下廣韻有直字，本書勘韻贉
下云買物逆付錢，集韻彼云贉
或作驗。
第四行占°　支豔反°又支°瞻°反一　占上王一
有潛字，云疾豔反水伏流又
子簾反一，唐韻、廣韻並收此字
音慈豔反（切），唐韻云出音譜。
此字見塩韻昨塩反，王一子字誤。

占字注文王一無又支瞻反四字，
而云訟款又護占田義在漢書
成紀。
第四行譫　充豔反小　障°泥一　泥下王一
有謂之譫子四字。
第四行貼　候　視°　視下王一有又盬
濫反四字，此字又見闞韻吐濫
反，注云又敕豔反，盬字誤。
第四行㤿　於驗反又於豔反一°　一上王一
有或作㤿三字。

五十一　㮇
第一行°㮇　他念反火杖°五　㮇當从王
一、廣韻作㮇。王二、唐韻誤同

本書。杖下王一有亦作棪栝四
字，栝是栝字之誤，棪字不詳。
第一行忝　辱°々　王一辱下無重
文。
第一行念　奴店反愛°一　王一無愛字，
王二同。
第一行店　都念反舍°十　舍上王一有
店字，唐韻、廣韻同，當據補。
十字王一同，十下並當補一字。
本書奪痁字，王一奪玷字，痁
字詳墊字條。
第一行墊°　下°々溺°々　此字當从王一、
王二、唐韻、廣韻作墊，見說
文。注文王一云下又墊江徒協反在

巴郡，王二、唐韻同，當據改。又墊上王一有痁字，注云病又式詹反，王二、唐韻並墊上有此字，注同，當據補。本書鹽韻失廉反痁下云又都念反。第一行唸呻～，亦作吚重文王一作唸字，廣韻作吟。案詩板篇云民之方唸吚，見說文引，毛詩作殿屎。傳云呻吟也。此當从廣韻作吟。蓋吟與唸形近，故或誤為唸，或誤為重文。亦作吚，吚為叩字或体，毛詩作屎，此誤。王一作𠷈，亦誤。集韻此字收殿𢥿歙諸体。

第二行⿱宀埶竊又丁頰反⿱宀埶當从王一、二、廣韻作⿱宀執，見說文。第二行⿱雨埶寒～⿱雨埶當从王二、唐韻，廣韻作⿱雨埶，見說文。重文王一無。第二行埝下又乃刾反刾當从王一作頰，字又見怗韻奴協反。第二行⿰石韱先念反，⿱雨韱光一⿱雨韱上王一有⿰石韱磹二字，王二、唐韻、廣韻同，當據補。第二行磹徒念反，⿰石韱～一磹當作磹。第二行趁紀念反，疾行一行下王一有見字，王二、唐韻、廣韻同，當補。第二行⿱念酉於念反，苦味一⿱念酉當从王

二、廣韻作酓，見小徐說文繫傳。王一、唐韻同本書。第二行僭子念反，差一王一云擬，王二、唐韻載擬差二訓。第三行兼古念反，并二王一無並字，反下云又古嫌反，王二、唐韻同。第三行⿰魚臽魚～名⿰魚臽當从王一作鯰。魚名二字互倒，魚上有鈎為識。王一名下有又陷音三字，王二、唐韻同本書。第三行慊苦僭反，從～一唐韻、廣韻云慊從，王一誤從人。

五十二 證

第一行賸 增益亦作賸 王一無亦

作賸三字。

第二行媵 送女 女下王一有又實

證反四字。

第二行鱦 小魚又時證反 又時證反，

王一無此四字、王二、唐韻同。字

又見實證反，不見時證反下。

王一、王二、唐韻、廣韻並同，集

韻字見石證切，與本書實 案集韻此紐

證反相當。 別有丞鞏諸字音常

證切。守溫不分船禪，此等例

皆足以說明。

第二行乘 實證反車乘三 重文下王

一有又食陵反四字。

第二行譍 於證反言對二 言上王一有

以字，王二、唐韻同，當補。

第二行應 物 王一、王二、廣韻並

云物相應，物下當補相應二字。

第二行甑 子孕反炊器三 器下王一

有亦作䰝𩱧四字。

第三行䙢 于孺 于字王一同，當

从廣韻作汙。見方言卷四。

第三行餕 馬食穀多流下又里亂飤反 流上

王一、集韻有氣字，當據補。說

文云馬食穀多氣流四下。又

亂字衍文，旁以小點識之。王一

亦無此亂字。

第三行興 許應反樂許陵反三 樂下王一

有又字，當據補。

第三行勝 詩證反亦作勝字四 王一反下

云勝負又詩陵反，無亦作勝字

四字，而正文作勝，今誤作艛。 王二、

唐韻並載此訓及又音，當據

補。

第三行𦶴 苣𦶴黑胡麻名 王一無名字，

王二、唐韻同。

第三行榺 織機 機下王一、王二、唐

韻、廣韻有榺字或重文，當

據補。榺為織機之持經者。

第三行眙 丈證反直視 王一、王二

同本書。唐韻、廣韻字作瞪，

注云陸本作眙。
第四行饅 里甑反一 反下王一有馬食穀氣流下又子孕反諸字。
又字今補。
第四行凴 火孕反 任几一 火字當从
王一作皮，任几為凭字之誤。
王一作凭。
第四行稱 尺證反 譻一 王一云銓
衡，廣韻云愜意，又是也，等
也，銓也，度也，並不載此義。稱
譻字說文作偁，本書字見蒸
韻。集韻此別出偁字，注云譻。

五十三嶝

第一行鐙 即膏也無足曰鐙 有足錠亦𨩳字也
王一云寧鐙，王二、唐韻、廣韻
並同。鐙錠字通常讀平声。
此文多用也字，与全書句法不
類，當云後人所改。
第二行亘 古嶝反通亦作恒路五 通下王
一有亙字，王二同。恒字王一作
栢，當从之。說文古文如此。路
字王一無，疑涉下堩字注文誤
衍。王一栢下云又古恒反。
第二行堩 路 王一、王二路下無
重文。
第二行栢 急引 王一云急引，引引
下有又古登反四字，王二、唐
韻、廣韻同，當从王一改。
第二行暅 日乾 王一、集韻同本
書，王二、唐韻、廣韻無此字。
易說卦傳釋文暅，徐古鄧反，
廣雅釋詁三暅，曹音歌鄧，
並与此合。唯此字本作晅，即
說文烜字，讀況晚反，後譌作
暅，遂有此音，詳見阮韻暅
字校箋。
第二行蹭 七贈反 蹬蹭一 蹬蹭，蹬
字下注同。王一、王二、唐韻、廣
韻此下及蹬下並云蹭蹬，當
从正。木玄虛海賦云或乃蹭蹬
窮波。

第二行蹬 蹭々 々蹭當作蹭々，
详前條。
第三行瞢 悶又亡登反 登韻武
登反字作瞢、諦被枝箋。亡
字王一作亡。
第三行僜、魯鄧反 倰㱻二 僜字王一、
王二、唐韻並同。注文王一、王二云
僜蹬，唐韻云僜蹬行皃。廣
韻字作倰，云倰蹬行皃；又徒
亘切出僜字，注云倰僜不著
事。倰字与本書注文倰字相
合；云不著事，亦与本書云㱻
義近。集韻郎鄧切倰下及唐
亘切僜下並云倰僜不親事；又

郎鄧切踜下云踜蹬馬病，与本
書踜字注義近。（集韻亦有踜
字，注云踜蹬困病皃。）
第三行踜 々鄧馬 牛卒死 鄧當从王一、
唐韻、廣韻作蹬，前蹬下云踜
蹬、
第三行崩 方鄧反 亦作堋一 反下王一
有東棺下之四字，王二、唐韻同
、當據補。
第三行增 子贈反又 作滕反一 又上王一
有乘字。案乘當依廣韻作
剩，集韻云賸也，賸与剩同。
說文賸下云物相增加。
第三行䙞 思贈反 眼 新覽一 王一無

䁚字。
第三行倗 父鄧反 轉々一 文當从王
一、王二、廣韻作父。轉亦當从
王一及諸書作輔，見說文。又
轉下重文王一無。

五十四 陷
第一行陷 戶韽反 沒々三 韽當作
韽、王一沒下無重文。
第一行㺌 犬吠声又 下乙咸反 王一無声
下二字，唐韻、廣韻同，此涉
韽字注文誤衍。
第一行淊 沒水又 他刀反 淊當从王一、
王二、廣韻作淊。又他刀反四字

王一無，疑出淺人誤增。
第一行蘸 責陷反以物內水一 責字王一
作滓，王二同。
第一行䶢 都陷反又𪘲䶢多一 都字王一、
王二、唐韻同，廣韻作陟字，為
音和。又字涉反字誤衍，王一無。
第一行歁 口陷反又口咸反一 又上王一有
㘓或作欿四字，王二、唐韻並
云㘓。
第二行儳 輕言 言下王一有又仕
咸反四字。
第二行闞 火陷反犬声一 王二、唐韻、廣
韻、集韻本韻無此紐此字，廣
韻、集韻見鑑韻許鑑切，王一

同本書。大字王一同，案王一注文誤在瞻
下當作犬。
第二行䶣 公陷反鹹一 䶣當作䶣。
第二行諵 儜賺反々語々罵一 々語罵，
集韻云諵謾（原譌作詇，从考
正改）私詈。王一注文自諵字以下
殘，廣韻無義訓。

五十五 鑑
第一行鑑 格懺反鏡二 二字王一作
三，下多一𥌂字，當據改。詳
懺字條。
第一行監 々鑑 王一無重文，鑑
下云又古咸反。王二、唐韻同，

咸字作銜。案作銜是，當據
補。
第一行懺 此上王一有𥌂字，注云
瞻又古銜反，當據補，王一銜
韻𥌂下云又格懺反，与此互注
。本書銜韻同，是其證，參
銜韻𥌂字校箋。
第一行儳 雜言 言下王一有倉
陷反四字，唐韻同。王二又云士
陷反。廣韻云又食陷切。王二
与陷韻音合，本書當補又切。
第二行轞 子鑑反々儼高皃危一 王一、
王二、唐韻、廣韻並云高危皃
，當據乙。

第二行儼 許鑑反 㜝覽一　王一、唐韻並云㜝儼，本書㜝下注文同。此誤倒。

第二行埿 蒲鑑反 亦作湴一　亦字王一作或，上有深埿二字。王二、唐韻、廣韻並載此訓，當據補。唯王二、唐韻云深泥，當从之。集韻云泥淖也。

第二行𤮭 胡懺反 下一　王一、S六一五六並云大瓮續漢書盜伏於𤮭下，S六一五六瓮字作盆，唐韻、廣韻亦云大瓮似瓫續漢書云盜伏於𤮭下，唐韻瓮誤作瓫，似誤作以，𤮭上誤衍覽字。本書下上當依

王一補。

第二行鑱 士懺反穿土具又士咸反一　又士咸反，王二、S六一五六、廣韻咸作銜，當據正。字又見銜韻鋤銜反，注又士懺反。咸韻士咸反無此字，各韻書並同。又案王一無此字，當是誤奪，其鋤銜反注同本書。

五十六 嚴

五十六梵　前韻目下云五十六嚴，五十七梵。嚴下並注云：魚淹反陸無此韻目失。此無嚴韻字，當係誤奪。據王一補之於次：

嚴[1] 魚淹反 [2]醋[3]二 𪘙 齒羞脅 旴淹反[4] 姉[5]一　淹 於嚴反 濕一　敛 丘嚴反 欠崖二　䏦 似瓶有耳

注1：嚴字姜書P二〇一一殘，王一此字疑據韻目補之。韻目云五十六嚴。

注2：重文姜書P二〇一一殘，案當是重文。

注3：二字姜書P二〇一一作三，參第五注。未詳孰是，今定其當是二字。

注4：反字姜書P二〇一一在左行姉字上，未詳孰為原作。

注5：一字姜書P二〇二無，未
詳孰是，今定其當有。

五十七梵　注：五十七三字誤奪，此
從韻目補。
第一行仉　輕又扶嚴反　又扶嚴反，王
一同，嚴韻無脣音，字見凡韻
符芝反，注又孚劍反。
第一行[illegible]　杯亦作[illegible]　[illegible]當从廣韻
作[illegible]。王一誤作眨。
第一行汎　普々亦作汎又扶滏反　注文
汎字王一作渢，當从之。東韻
扶隆反汎下亦云亦作渢。又扶
滏反，滏當从王一作隆。

第一行俺　於劒反大々五　王一大下無
重文。
第一行媕　々女有心俗作魁　重文上當
更有一重文。說文婩，女有心
婩婩也，媕与婩同。參下䛳
字校箋。王一注文止誣婩二字，
廣韻同，（王一誣字誤誣，今依說文正。）當同之。
疑此由後人所改。
第二行䛳　匽亦作婩　匽字王一、廣
韻、集韻同。方言十：婩，揚州
會稽之語也，或謂之惹。郭注
云言情惹也。或謂之䛳。郭注云言誣䛳也。
亦作婩，婩當作婩，婩与媕
同。王一云亦作媕，方言卷六又

云誣䛳，与也。說文媕下云誣
婩。王一、廣韻上文媕下云誣婩
。參前條。
第二行[illegible]　愛又於驗反　又於驗反，
豔韻於驗反字作[illegible]。
第二行葼　妄泛反草木無々　葼字
王一同，當作菱。無字廣韻同
（見釅韻）王一作蕪，當从之。
廣雅釋詁二菱，薉也。重文
姜書P二〇二作葼，廣韻作
葼。
第二行切韻卷第四　盡　P二〇一
一此諸字並殘，有聲五十七韻
五字（見姜氏書），小寫偏右，以

其行款視之，原當作刊謬補缺切韻卷第四 去聲五十七韻，与凡韻後云刊謬補缺切韻卷第二 廿八韻 及范韻下云刊謬補缺切韻卷第三 上聲五十二韻 同例。

刊謬補缺切韻卷第五

第一行切韻卷第五 入聲 凡卅

二韻 此行P二〇一一殘，存補

缺及二韻四字。二韻二字小寫偏

右，以其行款視之，原當作刊

謬補缺切韻卷第五入声卅二韻，

与其上声卷首云刊謬補缺切

韻卷第三上声五十二韻、去声卷首

云刊謬補缺切韻卷第四去声

五十七韻同例。本書平声卷首云刊

謬補缺切韻卷第一，上去声於卷第

下旁注上、去声，並与彼合，此當依

彼補改。又凡字當出误增，本書

平上去卷首韻數上並無，王一同。

第二行右卷一万二千七十七字 二千一百

五十六舊韻四千四百六十五訓卅一或亦九文古一文俗八百卅八補

舊缺訓一千三百卅三新加韻二千一十七訓四百一十六亦或一十九正一

十九通俗二文古四文本 一千三百卅

三新加韻，P二〇一一作一千三百

卅三新加韻；二千一十七訓，王一

作二千七百七十四訓：其正，注文

數字正合，當據正。又P二〇一一

此下別有「朝議郎行衢州信安

縣尉王仁昫字德温新撰定」一

行。

第四行七櫛 阻瑟反呂夏侯与質同今別

注文王一同。案平声臻下云「呂

陽杜与真同，夏侯別，今依夏

侯」，与此云夏侯与質同，系統

不合。

第六行十六錫 先擊反李与昔同夏侯与陌同呂与昔同別与麦同今並別 李与昔同，王

一同。上声耿下云李杜与梗迥

同，不言李以迥与靜同，系統

与此異。夏侯与陌同，王一同。

案上声韻目云夏侯以梗靜為

一，与耿、迥為三；去声云夏侯

以敬勁為一，与諍、徑亦別；並

与此系統不合。呂与昔同別与

麦同，王一作呂与昔同与麦同

。案：王一与上声耿下云呂

与請迴同，系統相合，然此不
云呂与昔麥同，而本書多王一
一別字，別上同字旁有小點，与
全書記識誤衍之例又同，疑此
原作呂与昔別与麥同，王一衍一
同字又誤奪別字耳。不必与上
去声系統合。參去声韻目敬字
校箋。

第七行十九陌　莫白反　百字王
一作白。案切三、P二〇一七、唐韻
、廣韻並同王一。本書陌韻音莫
白反，王二同，切三、唐韻、廣韻
並音莫白。

第八行廿二洽　侯夾反李与押同呂夏侯別今依呂夏侯
押當作狎。

第八行廿四葉　与涉反玄呂与怗洽同今別　玄
字不詳，王一無。疑即涉呂字而
衍、又案王一無洽字，當係誤
脫。上声琰下云呂与忝范豏同
，可為比照。

第九行藥　以灼反　反下王一有呂
杜与鐸同夏侯別今依夏侯等
十二字，當據補。平声陽下云呂杜
与唐同，夏侯別；上去声養及
漾下並云夏侯在平声陽唐入
声藥鐸並別，可為比照。

第九行鐸　徒各反　各字唐韻
、廣韻同，王一作落，切三、王二同。
本書鐸韻亦云徒各反，王二、唐
韻、廣韻並音徒各。

第十行廿九職　之翼反　翼下當
補反字。

第十行廿二乏　防法反呂与業同夏侯与合同今並別
防字王一作房，王二、切三同。本
書後乏韻文乏下亦音房法反，
王二、唐韻、廣韻並同，當依王
一改。

一屋

第一行讟　謗亦作痡又怨　謗字切三、
王二、唐韻、廣韻並作謗，當从
正。

第一行髑 髑亦作△䫂 或体䫂字
不詳，廣韻、集韻或体作䪅。
第一行殰 傷胎亦作△殰 各書無此
或体。集韻云通作𦠆。廣韻、
集韻並有𦠆字，廣韻云卵敗，
集韻云卵內敗。淮南子原道篇
云獸胎不𦠆，本書殰當是𦠆
字之誤。
第一行櫝 棺或作△樜 廣韻禡韻樜
与柘同。說文樜下云樜木，出發
鳩山。山海經北山經以柘為之。
不得為此字或体。玉篇櫝徒
穀反，匱也，木名，又小棺。或
体作樚。本書樜當是樚字之
誤。
第一行韇△ 弓衣又之蜀反 王一此字作
韣，王二、唐韻、廣韻同，燭韻
本書及諸韻書亦並同，疑此
涉上下文从賣字而誤，韣字
見說文。集韻韇与韣同，或
當時有此俗体，或所據即本書。
第一行瓄 △玉 王一云珠，切三、
唐韻、廣韻同，當據改。
第二行遺 橫△ 王一云遺，誤作
遺。切三、王二、唐韻同，王二作
遺，為遺字俗誤，當據改。
第二行遺△ 遺 切三、王二、唐
韻並無此字。廣韻字作遺，
注与本書同，張改注文作媟遺
。集韻字作遺，注云說文媟
遺也。案遺為還義，不詳
所出，从匚之字，唐人俗書作
辶，每譌為辶，本書此字作
遺，与全書从辶字異形，疑本
是匱字，遺亦遺字之誤，蓋
上文匱字注文譌為橫，遂又
增匱字云遺，後又誤如此。
廣韻蓋沿本書之誤耳。玉篇
辵部亦有遺字云還，蓋宋
人所增，不足為據。萬象名義遺下云媟、狎、惕、易、數，不載還義。
第二行皾 滑△之 滑字廣韻同，

不詳。集韻收𣫍為韇字或体，注云說文弓矢韇也今謂之胡鹿。案方言十：所以藏箭弩謂之箙，弓謂之鞬，或謂之𩏂丸。郭音犢。廣雅釋器：𩏂丸，矢藏也。

第二行⿰豸犬 ⿰豸犬如鼠 正、注文廣韻同。周云：「玉篇此字為獨字古文」，集韻作獸，云獸狢獸名如虎而豕鬣古作獃。案本書注云獸名如鼠，疑誤。」案集韻所称，見山海經北山經北囂之山，今字作獨，說文亦於獨下引之。

第三行谷 ⿰山間深 王一云山谷，切三、王二、唐韻、廣韻同。此當由後人改之。

第三行狢 獸如赤豹五尾又余獨反 注文廣韻同。集韻云「山海經北囂之山有獸狀如虎白身馬尾彘鬣名獨狢（案山海經身下有犬首二字）」，說文狢下云獨狢獸也。集韻又有豰字，注云「或曰豰似牂羊出蜀北囂山中犬首而馬尾」（案豰从㱿声，谷㱿声同。豰當是狢字或体，清人治說文者均不達此。）並與此異，本書燭韻狢下云獨。

第四行嚳 聲石 王一嚳下無此字，依王二、唐韻，此字原當在穀下嚳上，蓋漏書而補之。

第四行哭 空谷反哀聲六 王一無哀声二字，切三、王二同。唐韻同本書。

第四行㱿 卵又苦角反 王一無又苦角反四字，王二、唐韻同。

第四行後鹿 結枲 後鹿當从廣韻作後麻，見說文。結疑當作絡。廣雅釋器：後麻、絡，綃也。或為未績枲之誤，廣韻云枲未績者。說文云未練治纑也。

第四行⿱㱿麥 餅麹 ⿱㱿麥當从廣韻⿱㱿夕。

第四行秃 他谷反無髮又他毒反四 又他
毒反，王二同。各韻書沃韻無
透母字。
第五行蔌 菜蔌 重文不當有，
王二無。
第五行樕 木名亦樕 姜書P二〇一
一無亦樕二字，切三、王二同。
第五行轂 聲轂 切三、王一云縠
轂，王二、唐韻、廣韻云縠轂
動物。本書縠下亦云縠轂動
物，穀即轂字之誤。通俗文云
斗藪謂之縠轂，本書聲當
作縠，移重文之上。
第五行殐 歺殗殐 歺當从集韻
作歺，見廣雅釋詁三。
第六行鹿速 鹿跡 此字王一在轂
下。
第六行縠 丁木反縠動物三 縠字
切三、王二、集韻同，當从廣韻作
縠，从㱿，豕声，与說文从豕㱿
声之縠異字，通俗文云斗藪謂
之縠轂，斗藪与縠轂一声之
轉。本書呼木反縠下云又丁木
反，切三、王二、唐韻同，誤甚。（縠當作轂。）
第六行𧝓 衣至地𧝓 衣字廣韻
作𧝓，當从正。重文當云後增。
說文云衣至地也，本書不用世字。
第六行縠 鷇 縠當作穀，鷇
疑當作鷇。說文鷇，擊声也，說
文鷇下云椎擊物。廣韻、集韻
此云擊声。（廣韻字作𣪊，亦見
說文）集韻别有豚字，注云博
雅豰也。廣韻亦有豚字云尾
下竅。
第六行祿 盧谷反祑 祑下計數
之字瀑漉，當是二十五三字。
第六行鹿 獸麟斑 麟斑疑是
麟斑之誤。
第六行漉 滲水 王二云滲漉去水
，唐韻、廣韻並云滲漉。
第六行鱳 得縣在張掖又盧各反 鱳
字切三、王二、唐韻同。唐韻棪

勘記云當作皪。案廣韻、集韻
作皪，与說文、漢志合。又盧各
反，切三、王二同。切三各字誤作谷。唐韻
云又音洛，亦同。各韻書鐸韻
盧各反無皪字。漢志注引孟
康音鹿，又漢書霍去病傳揚
武乎皪得，注引鄭氏亦音鹿，
未聞有洛音。案今漢書此字作皪，然史記索
隱是皪字。說文皪字音盧谷切，
集韻歷各切下有鱳字，注云魚
名，疑此誤皪為鱳，遂又引
鱳字之讀。
第六行䚄 笑聲 注文切三、王一、
王二、唐韻同。王氏唐韻校勘
記云，廣韻云笑視，与說文合。
第七行琭 石名 切三、王二、唐韻、
廣韻並云玉名，集韻云玉皃；
唐韻、廣韻、集韻並引老子琭
琭如玉。
第七行螰 螇々虫 人名 名上不詳
何字，切三、唐韻無，當據刪。
第七行盝 去水或作鹿 鹿當从切
三、唐韻作漉。前漉下云滲水，
王二漉下云滲漉去水，又盝同。
第八行騄 私聽 正注文王一、集韻
同。唐韻、廣韻騄下云騄聽，
似蜥蜴，居樹上，輒下齧人。唐韻
人字誤作又。上樹，垂頭聽，聞哭声
便去。廣韻便作乃。出字林。集韻
別出騄字，亦引字林為說。任
大椿字林攷逸云私聽与上樹
垂頭聽之義相合。
第八行鏕 釜又於口反 注文不清，
唐氏書如此。釜又於三字諦
審猶可辨，反上一字當是刀字。
切三、王二、唐韻本紐並無此字，
廣韻注云鉅鏕郡名。案漢書
只作鹿。集韻云釜名，一曰鉅鏕
縣名。案鉅鹿字作鏕，未詳，
蓋猶展轉之作輾轉耳；云釜
又於刀反則誤。廣雅釋器鏕，
鬴也。鬴与釜同。鏕字說文云

从麀為声，俗書从鹿作鏖，故
有此誤。
第八行镠 礴ㄍ 注文不清，此从唐
氏所書，下直六反蟜下云镠ㄍ。
第八行殼 呼木反 毆聲 殼當从切三、
王二、唐韻、廣韻作殼，毆當从
作毆。說文殼，毆皃。聲下計
數之字不清，案當作六。
第八行豰 獸名似豹 又丁木反 又丁木反，
切三、王二、唐韻同。案丁木反是
豰字，与此異。詳前豰字校箋。
第八行臛 羹ㄍ 又何各反 又何各反，
各韻書鐸韻下各反無此字。廣
韻云又火各切，与字又見鐸韻
呵各反合。

第九行嚛 大啜 啜下廣韻有
声字，廣韻作歠。集韻云歠声。
第九行穀 日出赤 穀當从廣
韻作穀。
第九行銼 ㄍ鑹 勒過反 鑹字上當
擩切三補一重文。此云鑹字
讀音如此。過字平讀。
第九行鏃 作木反 矢末 一作族 音一作
族音，王二云又作族反。案集
韻以前韻書族字無二音，集
韻候韻族字三見，案先奏、千候、則
候三讀。則候切亦無鏃字，集韻
昨木切收鏃為銼字或体，似當

以本書為是。惟集韻此下又收
族為或体。（說文族，矢鋒也，是族与鏃同。）
疑此本云亦作族，本書及王二
並誤。
第九行瘯 千木反ㄍ 瘯病 病下記
數之字漶漫不清，案當是三
字。
第九行蔟 倉候反 ㄍ蠶 又 ㄍ蠶，切
三同；當从王二、唐韻、廣韻作
蠶ㄍ。說文云行蠶蓐也。
第十行樸 ㄍ[illegible] [illegible]當作[illegible]，
廣韻云樸[illegible]也。[illegible]与[illegible]同字。
第十行卜 博木反。九 反下王一有筮
字，王二同本書。

第十一行樸 〻拭 王二、唐韻、廣韻無此字，集韻正注文同本書。案王二、唐韻、廣韻嬟下為樸字，王二云棫樸字林云棗，唐韻、廣韻云棫樸叢生木，唐韻棫字誤作拭，本書此當是樸、棫之誤，集韻不察，遂沿本書之誤耳，集韻嬟下亦有樸字。

第十一行襆 偪亦作纀 偪當作幅。尔雅說文並云裳削幅謂之纀，此恐仍有脫字。

第十一行⿰黽業 〻⿰黽攴 廣韻、集韻云⿰黽業⿰黽攴，本書⿰黽攴下同，此誤。

第十一行杒 桒〻 注文切三、王二、唐韻、廣韻同，集韻云刀治桒。

第十一行鶩 〻鳧 切三、王二鳧下無重文。

第十一行毣 思皃一曰毛濕又莫角 角下當補反字。字又見覺韻莫角反。

第十二行鞪 曲輈亦作楘詩云五楘良輈 詩秦風小戎五楘梁輈，釋文楘，本又作鞪，歷錄也，曲輈上束也。說文鞪，車軸束也，此當云曲輈上束，或曲輈束。又良字當作梁，王二、廣韻並作梁，与詩合。

第十二行腷 〻肚 此字切三、王二、唐韻、廣韻、集韻並作腹，本書誤。

第十二行復 ⿰亻复〻又房六反 復字王二同，切三、唐韻、廣韻、集韻作⿰亻复。集韻云漢法除其賦役也，通作復。又房六反四字切三、王二、唐韻、廣韻並無，疑此本作⿰亻复，後書為復字遂加此音。

第十二行葍 菜〻舊 舊當从廣韻作舊。唐韻作舊，同。切三誤崔乃二字，王二誤作舊。

第十二行蝠 蝙蝠虫 蝙字當在蝠字上。

第十三行虛　乚羲王　切三、王二、唐
韻並無王字，當據刪。
第十三行馥　香又扶逼反　又扶逼
反，切三、王二同。切三逼字誤逼。本書
職韻皮逼反無此字，廣韻收
之。
第十四行璭　車笭閒支箆　支當从
唐韻、廣韻作支，見說文。
第十四行㚆　作故道通俗作复　作當
从廣韻作行，見說文。
第十四行菔　菘紫菜實如小豆芀菔　芀
字不詳，當有譌誤。
第十四行𩊱　車𩋡又作絥𩊱　𩊱當从
廣韻、集韻作𩋨。

第十五行趀　𧼮趀乚體不伸𧼮字渠竹反　越
字切三同，當从王二、唐韻、廣韻
作趜。渠六反𧼮下云乚趜。
第十五行𢹂　擊聲　此字王一在𦑲
下，切三、王二、唐韻同，當據乙。
第十五行謖　乚起　切三、王一、王三、唐
韻起下無重文，此當由後增。
第十五行謏　小又穮了反正通作謏　正
通作謏，通字旁有一小點，蓋
識其誤衍。姜書P二〇一一正文作
謏，注文左行首有一通字，蓋云
通俗作謏。本書疑原同P二〇
一一，因正文隨俗作謏，遂改注文
為正作謏，而尚存一通字。

第十六行𧹞　乚形　形當从切三、王
二、唐韻、廣韻作刑。
第十六行[馬坴]　乚良健馬　注文王二、唐
韻、廣韻同。切三云乚良逸健
馬。集韻云龍馬[馬坴]良馬。案[馬坴]
為良健馬或龍馬[馬坴]良馬俱不
詳。莊子馬蹄篇翹足而陸。
釋文云：「司馬云陸，跳也。字
書作[馬坴]。[馬坴]，馬健也。」此疑有
譌誤。
第十六行蓙　乚草　注文疑後人
改之，唐韻、切三、王二並云蓾蓙
藥名，廣韻云蓾蓙。切三、王三
誤蓾為蔔，唐韻誤蓾為蔔。

第十六行㞷六△ 薡△地 㞷當从王一作㞷，薡當从王一作薡。見說文。

第十六行䡋 輴△三箱 輴字廣韻、集韻同。廣韻云輴䡋車箱，集韻云輴䡋三箱車。王篇䡋下云軸。案輴當作轙，字之誤也。王篇軸蓋亦轙字之誤。本書尤韻息流反轙下云輕，輕即此字之誤。集韻彼云：「轙䡋，載麥三箱車，河南穫麥用之。或說載喪車，非是」。（案廣韻、王篇轙下並云轙䡋載喪車，麥與喪形近，故麥或誤為喪耳。）萬象名義䡋下云輴䡋三箱，轞誤為輴，獨字鑑䡋下云䡋轙三箱，作轙字不誤。（字鑑轙下亦云䡋轙，䡋轙二字並互倒。）廣韻此云輴䡋車箱，蓋轙字既誤作輴，遂从輴字言之。廣雅釋器云輫輴，箱也。

第十七行鱁 鮧△ 々△ 切三、王二、唐韻、廣韻作々鮧，本書二字誤倒。鮧疑與蛦同。脂韻蛦下云[虫逐]蛦，切三、切二、王二同，無鮧字。廣韻、集韻則蛦鮧別出。

第十七行菊 渠△竹反△十八△ 又居△六反撮△又△ 居六反為正切，又字不當有，云撮又渠六反者，菊字無撮義，亦無此又音。切三、唐韻、廣韻菊下為鞠字，切三、唐韻云又渠竹反，廣韻云又渠六切。本書渠六反有鞠字，注云蹋々。此五字當是鞠字注文，撮為蹋字之誤，字涉下掬、取而誤。八字當作九，蓋鞠字誤奪，遂改如此。

第十七行掬 取△亦作𥺍△ 𥺍當作𥺍、廣韻𥺍下云說文撮也，或體作掬。

第十七行鞫 窮罪或作究 六△反△ 切三、王一並云窮罪或作究，無六反二字，王二、唐韻同。六反二字當係誤衍。

第十八行猸 石々 獸名 王一無石猸二字，切三、王二同，疑此出後人增之。

第十八行阬 曲岸 阬當从切三、王二、唐韻、廣韻作阬。

第十八行鶪 鶪鳩鳥 亦作鵴 鵴字廣韻作鵴，与說文合。

第十八行鞫 衣々黃，桑之服，口作鞠 鞫字以雌黃塗改，諦審當作如此。釋名釋衣服鞠衣，黃如鞠華色也。禮記月令天子乃薦鞠衣于先帝，釋文如菊華也。菊華字說文作蘜，故本書鞫下云々衣黃，桑之服。々衣二字互倒，々字以鉤識之。口作鞠三字並以雌黃改之，作上一字不可辨，當是亦或字。

第十八行鯯 魚々 重文不當有。

第十八行諊 用法亦諊々 用法，廣韻作法用，當以本書為是。此即上文鞫字，集韻收為一字。謂用法以窮罪也。諊當作鞫，見說文。重文不當有。

第十八行蘜 々大麦 蘜 說文蘜下云治牆，菊下云大菊蘧麥，此誤。王一同本書。（案姜書P二〇一一作鞠，未詳。）蘜當作蘧。

第十九行垸 水外 為々 垸當从王一作垸。廣韻、集韻為阮字或體。

第十九行麴 困又渠竹反。二 又渠竹反二五字王一無，二字不當有，當由麴下誤書於此。詳下。

第十九行麴 駈竹反，酒母 亦作麯 蘜 諊 當从廣韻作麴，見說文。麴下當有二字，因与麴字形近誤書於彼。參上條。

第十九行匊 曲脊又渠六反 匊字王一作匊，並誤。廣韻、集韻作匊，与說文合。

第十九行璹（玉名△）名字切三、唐韻、廣韻同，集韻作器，与說文合。

第十九行梲（樂△器△ 敔）王一無樂器二字，切三、王二同，疑此由後人增之。

第二十行琳（玉、大章△）章字切三同，王二作璋，當从之。王一亦作璋字，唯姜氏書作文，未詳孰是。唐韻、廣韻云璋大八寸曰瑑，見尔雅釋器。

第二十行綪（青經白緯△ 陽所△織）注文切三、王一、王二、唐韻、廣韻同，重文或作綪字，段氏改廣韻注文綪字作淯，周云漢書地理志南陽郡有育陽縣，育陽後漢書郡國志作淯陽，案說文云帛青經縹緯，一曰育陽染也。集韻引說文。

第二十行賫（作△儥 亦）賫當作賣。重文當从王一作賣，以形与賫近而誤改。儥當作儥。

第二十行梢（爛△ 車覆）爛當从切三、王二、唐韻、廣韻作欄。

第二十一行矔（望）矔字王一同，廣韻作矔，与廣雅釋詁一合。

第二十一行道（步△）俗書雈霍不別。王一步下無重文，此蓋出後增。

第二十一行蒨（草△）王一草下無重文，此蓋出後增。

第二十一行莽（兩手捧物）莽當从廣韻作莽，見說文。

第二十一行騸（渠六反 馬跳躍 亦騸△九）正体或体同，當有一誤。廣韻、集韻正字作騸，或体作騸、騸字見說文。

第二十一行蝌（鼀△ 蟾蜍別名）此字王一在鞠下，切三、王二、唐韻同，當據乙。鼀當从廣韻作鼀。

第二十二行匊（曲脊 又丘六反）匊當作匊，參見前。

第二十二行竈 取育反 蟾蜍三 竈當
作竈。蟾蜍二字王一作蝌、前蝌
下云蟾蜍別名。
第二十二行粥 之竹反 粥糜三 糜字王
二、唐韻同，當从王一、切三作糜。
又案王一、王二云糜粥，切三同本
書。
第二十二行喌 呼雞聲 亦作咮 咮當
从王一、廣韻作咮。
第二十二行肉 如竹反 反下王一云骨
膚三，王二、唐韻反下並有三
字，本書當有三字。
第二十二行衄 鼻血 鼻下王一有
出字，切三、唐韻、廣韻同，當補。

第二十三行倏 犬走 疾 疾下王一
有亦作倐儵翛五字，切三同
本書，王二、唐韻亦無重文，廣
韻別出倐儵翛三字，並云疾。
集韻收倐儵儵同字，又別出
翛字。王一儵當作儵。
第二十三行畜 養 王一無重文，
養下云又丑救許救丑六三反。原作
又丑救反許救畜大反三，當據
依切三、王二、唐韻訂正。
補。
第二十四行慉 興 王一興下無
重文。
第二十四行築 擣 擣下王一
有古築文三字，王二云古箟，

唐韻擣名云又作箟，廣韻築下
出篁字，云古文。集韻收古文
作篁，又云或作筑笄。王一
語有譌誤，本書疑後人不知
所當作而刪去。
第二十四行竺 天竺國又當谷反 厚 竺字
切三、王一、王二同，唐韻、廣韻
作竺，廣韻云俗作竺，又當谷
反，王二谷作穀，音同。本書
丁木反無此字，各書同，廣韻
云又冬毒切，而沃韻冬毒切
收此字。案本書冬毒反有篤
字，注云厚。篤與竺通。本書
反王一谷字並誤用。

第二十四行踶△ 錯△ 王一本紐無此字，各韻書同。竹下云五，是其不當有。下文踶字切三作踶，集韻收踶為𪘏字或体。案廣雅釋詁四：踶，齊也。疏証引漢書申屠嘉傳「𪘏𪘏廉謹」顏注：持整之貌，以為証。本書此字蓋出後人誤增，注文云錯，亦當有誤。

第二十四行踶 初六反 蹏△ 或 𪘏亦作 三 体王一同，集韻為𪘏字或体，𪘏踶字通，參前條。

第二十五行踧 踖△ 々 踖下王一有行而謹敬皃五字，切三、王二、唐韻、廣韻並云行而謹敬，當補行而謹敬四字。

第二十五行慼 咨△ 慗 注文王一同，咨上廣韻有慼字，本書蓋奪重文。方言十：忸怩，或謂之慼咨。王一同本書。

第二十五行嘁 烏△ 々△ 也 又 子合反 烏 字當作嗚，或作歍，說文：𣣋，歍𣣋也；或作嘁。声類：嘁，嗚嘁也。本書合韻子答反字作𣣋，注云嗚。唯王一注云柔，又子合反，本書例不用句尾也字，疑此由後人改之。合韻胡閤反有嘁字，注云柔，与王一此合。

第二十五行摵 脚△ 々 王一摵下云到又所六反，下有𦡃字，注云脚；當據補。上文蹙下云子六反十三，是其証。本書所六反有摵字，注云到，又子六反。埤倉：𦡃，脚𦡃也。

第二十五行⿱⺮⿱就虫△ 笪 ⿱⺮⿱就虫字王一同，廣韻作⿱⺮⿱就直。集韻作⿱⺮⿱就足，与廣雅釋器合。段氏改廣韻字作⿱⺮⿱就足。

第二十五行槭 木可 作△車 注文王一同。車下當有輮字，廣韻車上有大字，車下有輮字，与說文合。

第二十五行𥜧 好△ 𥜧當从王一、

廣韻作䘨。
第二十五行緎 〻縮 王一縮下無
重文。
第二十六行䗁 蠖赤 赤字王一作尺，
廣韻作蚇。蚇与尺同，赤与尺同
音，疑是声误。
第二十六行㗤 嘆 嘆字王一、王
二同，唐韻云說文歎也。案說
文云㗤，嘆也。嘆歎並误。廣韻
各本作嘆，独澤存本誤作嘆。周氏正之。集韻
云歎也一曰無声。歎字沿諸書
之误，無声即嘆字之義。
第二十六行肭 女六反月朔見東方五 肭
字王一、唐韻、廣韻、集韻同。

切三、王二作朒，集韻而六切亦
作朒。
第二十六行恧 慙亦作聏 王一無亦作
聏三字，切三、王二同，唐韻同本
書。
第二十六行䂮 矛刺 刺字王一同，
當从廣韻作刺。矛字廣韻無，
王二云〻刺，說文、廣雅釋詁一
並云刺。
第二十六行蚎 蚰蜒 蚰上王一有〻
蚭二字，廣韻云蚎蚭即蚰蜒也。
第二十六行蝮 蝮上王一有緎字，
注云側六反文一，切三、王二、唐韻
同，當據補。

第二十六行蓄 草名 蓄當作蓄。
第二十六行⿰土复 地室亦作⿱宀復 ⿱宀復字
王一作⿱山復，廣韻作⿱穴復。案說
文⿱穴復，地室也。豳之詩云陶復
陶穴，故字从穴。本書⿱宀復是
⿱穴復之誤，王一作⿱山復亦误。
第二十六行郁 於六反郁地郢縣在北 十五
郁上王一有又又二字，切三、王二、唐
韻同，當據補。
第二十七行棫 文章或作或 或字切
三、王一、王二、唐韻、廣韻並作
或，當从之，說文本作惑。
第二十七行噢 咿〻悲 咿〻，切三、
王一、王二、唐韻、廣韻並作〻咿，

（咿字或省作吚），此誤倒。琴賦云含哀懊咿，注引字林云内悲也，懊与噢同。

第二十七行⿰月奥 △々 胃 切三、王一、王二、胃下無重文。

第二十七行薁 蘡々 藤△名 藤字王一作草，切三、王二、唐韻同，當从之。

第二十七行隩 △々 隈 切三、王一隈下無重文。

第二十七行喊 △々 聲 王一無重文，声下云又呼麦反或作歘；麦韻呼麦反喊下云又於六反或作歘，音五注。本書麦韻亦云又於六反，當據補。

第二十七行鏕△ 温器又力△至△反 鏕，王一作鑣。案當作鏕。廣韻字作鏚，集韻正体作鏌，鏚、鏕為或体。又力至反，王一同；此係誤讀，詳見前。

第二十七行緎△ 黍稷 緎 此字王一、廣韻作⿰糹戓。集韻云緎為⿰糹戓省。

第二十八行⿰黑或 羊△裘縫 亦𪑘緎△ 羊字王一、唐韻同，王二、廣韻、集韻作羔，与說文合，當从之。詩云羔羊之革，素絲五緎。緎下王一有又為逼反四字（又字誤作反，逼下反字誤奪，今訂正。）字又見職韻榮□反。

第二十八行宿 夜止又息救反 正△作△𡨦 王一無正作𡨦三字，切三、王二同。

第二十八行玊△ 琢玉工 又姓△々 玊當作玉，見說文。又姓々，切三、王一、王二並云又人姓，重文當是人之倒誤。

第二十八行鷫 鷞△々 西方神鳥 鷞字王一作鸘，切三同。案鷞、鸘正、俗字。

第二十八行鱐 鮐△ 魚 鮐字王一同，集韻作鮀。

第二十九行㩋 擊△ 重文王一無。

第二十九行睦 視△々 視當从切三、王一、王二、廣韻作䁯，唐韻誤同本書。

第二十九行首　茦宿　切三、王二、廣韻宿
作蓿，上有重文，當並从之。茦字諸書無（唐韻作草。）
第三十行　稸　丑六反　積四　王一積上有
稸字，積下有亦作蓄三字，切三、
唐韻並云稸積，王二云亦作畜，
當據補。

二沃

第一行　鱟　魚名　鱟當从切三、
王二、唐韻、廣韻作鱟。
第一行　毒　徒沃反　藥害五　五字王一作
四，下無礡字。
第一行　蓎　蓎苋草　毒　毒字王
一作蝳，王二云又蝳。案當據

王二正補。
第二行　䐈　大龜也　礡礡帽　礡礡
二字涉下礡字注文誤衍。也字
王一無，當出後人所增，本書例
不用也字。又王一龜下有或作
瑇帽作瑁六字。
第二行　礡　礡礡　轆車　王一無此字，而
毒下云徒沃反四，注文唐韻云
礡礡農器，出埤倉。廣韻、集
韻並云田器。
第二行　篤　冬毒反　竺四　竺下王一有
或作篭三字，篭當作管，說
文管下云竺。
第二行　㯰　率又　察　察下王一有亦

作㯰三字。㯰下云亦作㯰，疑
涉此而誤，當補，參下條。
第二行　襘　衣背縫亦作襘㯰　王一襘
下有襘裻二字。案說文裻，
一曰背縫。又襘，衣躬縫也，當
據補。此㯰字疑涉上文衍。
莊子養生主緣督以為經，非；
督与裻同，恐非此㯰字之証。
第二行　裻　㯰々　䐈告　王一、廣韻、集
韻並云䐈舌，本書二字並誤。
重文亦當出後增，王一無。
第二行　酷　苦沃反　虐五　虐字下端不
清，蓋以雌黃改之，各書此下並
云虐。
第二行　嚳　帝々　亦俈　亦下王一有作字。

第三行⿰白鳥 鳥白 ⿰白鳥當从切三、王二、唐韻、廣韻作⿰白隹，見說文。王一作⿰白霍，俗書如此。

第三行⿰火隺 灼 ⿰火隺即說文燿字，俗書隺與霍同。王一作⿰火霍。

第三行鏷 々鍏 夭名 鍏當作鍏。

第三行蹼 々⿰亯凡 ⿰亯丸當从切三、王一、王二、廣韻作⿰亯丸。唐韻誤同本書。

第三行褩 新衣聲 亦作⿱射衣 王一無亦作⿱射衣三字。

第三行梏 古篤反 手械五 篤字王一作沃，切三、王三、唐韻、廣韻並同，當據改。

第四行⿰告隹 鳿鵠 似鶻 鶻下王一有鳥名二字，切三同。王二、唐韻似上云鳥名，當依王一補。又王一名下有亦作鵠三字。

第四行糕 地名 名下王一有又之藥反四字，王二同。切三、唐韻同本書。藥韻之藥反下又云公酷反。

第四行瑁 莫沃反 又 莫再反 三 又上王一有瑇瑁二字，切三、王二、唐韻並載此訓，當據補。

第四行嚛 食新酸 而不々 新字王一、唐韻、廣韻同，段改廣韻新作辛。見說文。酸而不々四字王一無，王二、唐韻、廣韻同，疑此由後人增之。

第四行褥 如沃反 小兒衣 一 切三、王一、王二、唐韻、廣韻並云内沃反，本書如當是奴字之誤。集韻云奴沃切。衣字廣韻、集韻同，・王一作愛，切三、王二、唐韻同，不詳。本書原亦當作愛字，蓋後人不得其解而改之。巾箱本廣韻小兒衣下有一曰小兒也三字，疑即錄諸書小兒愛之義，展轉又刪愛字耳。

第五行㲉 穿 㲉字王一、廣韻同。周云：「集韻此字作𣪠，」

是也。𣫍字又見鐸韻在各切下」。
案本書鐸韻在各反𣫍下云穿。
惟集韻此下收或体作𣪊，注云或
省，廣韻巾箱本字作𣪊，十韻彙編
校記云巾箱本誤作𣪊，与𣪊尤近，諸書
𣪊當是𣪊之誤。

三 燭

第一行屬 付々又 市玉反 王一正文作
属字，付下云古作屬，無重文。
切三、王二並無重文。
第一行矚 視々俗作矚 王一視下
無重文及俗作矚三字，切三、王
二同，疑出後增。

第一行𦆯 々綴 王一云綴帶，切三、
王二、廣韻同，集韻云襟綴帶，
本書帶字誤作重文。
第二行螐 螐 蠋當从廣韻、
集韻作蠋，螐當从廣韻作螐。
爾雅釋蟲：蚅，烏蠋，王一無此
字，蓋誤奪。
第二行玉 語欲反 寶玉三 王一云珞華，
蓋並後人所補，故有此差異。
切三、王二、唐韻並無訓。
第二行鸀 鸀々玉 王字誤衍，
旁以二小點為識。
第二行頊 々顱 注文切三、王二同
。王一重文下有亦鸕骳三字。

廣韻同，紐有顱字，注云顱顱
出声譜，或体作髗，集韻同。
鸕骳當是顱髗之誤，惟二字
与頊同，不詳所據耳。
第二行鋦 鋦从鐵縛物 鋦，王一、王二、
唐韻、廣韻作鋦若鋦，當从之。
第二行絭 纕辟縄 此字說文云
从𢍏声，𢍏声字例不入未韻，此
讀未詳。切三、王一、王二、S六一五
六、唐韻、廣韻、集韻並同，同
紐有紊字，与絭作紊者形
近，恐即誤从紊字讀之。
第三行臼 手斂 手下王一有又臿
六反四字，王二同。切三、唐韻同

本書。

第三行拲 梏々 而極 又居奉反 反下王一

有亦作茶三字。

第三行𥷛 舉食 者 𥷛字王一同，

當从廣韻作𥷛。

第三行纍 纏 連 纍字王一同，

當从廣韻作纍。

第三行𦃃 素 𦃃 𦃃當从廣

韻作𦃃，說文云从𦃃廾声，𦃃

即素字。

第三行局 渠玉反 棊三 棊下王一有

枰字，當據補。王一又曰亦矜曹。

第四行蠋 虫々 王一無重文，切三、

唐韻同，此當出後增。

第四行[亻蜀] 倲々 動皃 倲々王一作々

倲，各書同，本書倲下亦同，此

誤倒。又王一皃下有又短皃三字，

切三、王二、唐韻同，當補。

第四行襡 襦短 王一云長襦，切

三、王二、唐韻同，見廣雅釋器。

本書當同。廣韻、集韻云短衣。

見說文。

第四行觸 尺玉反 突 亦作捔 三 捔字姜

書P二〇一一同，王一作[牜角]，當 恐誤。

从唐韻、廣韻作[牜角]。

第四行辱 而蜀反 恥々 十 王一無重文，

恥下云又挂，挂疑姓字之誤。

第四行褥 氈褥 王一云氈褥，切

三、王二、唐韻同，當據改。

第四行鄏 郟々 地名 名下王一有在

河南三字，切三、王二、唐韻同，當

據補。

第五行嗕 憐 暑 王一憐下無暑

字，此涉上溽字注文誤衍。廣

韻云噣嗕憐皃。

第五行鬻 大 鼎 鬻字王一同，

當从廣韻、集韻作鬻。見廣

雅釋器。

第五行𢧢 矛 矛字王一同，王

二云戟子。案矛与子並子字

之誤，廣雅釋器云戟，其子謂

之𢧢。集韻云引廣雅，子字

亦誤作子、方氏已正之。廣韻云矛戟
枝，矛字蓋承本書之誤。
第五行鴿 鳴々鳥 王一無鳥字，而
云亦作雒。
第六行鋊 又俞鍾反可以鉤鼎々耳也炭鉤也鑪以銷鐵 注文王一只炭鉤二字，切三、王
二、唐韻同。此又切在注釋之前，又
句尾用也字，俱与本書通例不
合，當非王氏之舊。又俞鍾反，本
書鍾韻餘封反無此字，集韻
收之，可以鉤鼎々耳也，重文不
當有。說文云可以鉤鼎耳。鑪
以銷鐵四字，義与此字無關。
第六行輅 箱車 王一云車枕前，切
三、王二、S六一五六、唐韻、廣韻
並同，當據改。釋名釋車：[illegible]人
謂車枕以前曰縮，兗冀曰育，
集韻云車枕謂之輅，或体作輍
·輍即釋名育字。
第六行狢 獨 王一、王二、唐韻、
廣韻獨下有狢字或重文，當
據補。獨狢，獸名。見山海經北
嚻之山。王一又云又古斛反。
第六行躅 直録反一 反下王一有
躑躅亦作蹢五字，切三、王二、唐
韻並載躑躅之訓，當據補。
第六錄 力玉反記十三 王一云條疏，蓋
並後人所補，故不相同，切三、王二
無訓。
第六行淥 水名 名下王一有在湘
東三字，切三、王二、唐韻同，當據
補。
第七行逯 謹々又姓 力谷反 姓上王一有
又字，切三、王二、唐韻同，當補。
第七行趢 趢々趗行兒 王一此字在録
下，注云行躍。廣韻云趢趗兒
行。本書行兒當是兒行之誤。
東京賦狹三王之趢趗，注云局
小兒。參下趗趢二字條。
第七行諑 々謯 王一諑下無重文。
第七行鮙 魚名 名下王一有又渠竹
反四字，王二同，切三、唐韻同本

書。
第七行笛 蟲 簿 簿字切三、王一、
廣韻作薄，字同。王一薄下有
亦作苗三字。
第七行瘃 陟玉反寒瘡 亦作瘃五 瘃
字王一、唐韻、廣韻作瘃，瘃字
切三、王一、王二同，廣韻作瘃，案
瘃為正体，从豖声，見說文。蓋
俗書譌誤作瘃，又改从录声
作瘃。从豖之字唐人俗書多
誤作豕。
第八行豕 豕行又丑足反 豕字王一
同，當从廣韻、集韻作豕。
第八行贖 神玉反 取本一 取上王一有

輸貨二字。
第八行促 迫 王一、廣韻正注
文同本書，集韻無此字，促下
云迫。
第八行趚 速 趚字王一同，集
韻作趚，為趚字或体。廣韻
趚下云趚速，集韻亦有趚字，
云趚趚小步，或書作趚。案
廣雅釋室趚，犇也。曹音千
續，朱駿声說文通訓定声
需部附錄以為當作趚。案屯部趚
下亦引廣雅此字。 又廣雅釋詁一足走，
急也。本書力玉反趚下云趚
趚行皃，而未收趚字。案趚趚見

張衡東京賦，薛綜注音千木。
第八行諫 役 役字王一作役，案
當作促，說文諫，餔旋促也。廣
雅釋言諫，促也。
第八行續 似足反一 反下王一有接字
，切三同本書。
第八行藚 澤寫草藥 寫字切三作
瀉，与本草合，王一作瀉，說文
云水瀉。
第九行涑 水名在河南 南字當从切
三、王二、唐韻、廣韻作東，說文
云河東有涑水。王一亦作東，姜氏書字殘，
王一東下有又速侯反四字，切三、
王二同，當據補。

第九行轐 封曲反，絡牛頭。今音補沃反一 今音補沃反，王一同本書。切三、王三、唐韻、廣韻並無此又音，本書沃韻無此字此音，唐韻、廣韻、集韻有此讀而無此字。

第九行梀 丑錄反 ～⿰角弱四 梀王一作楝，切三、王二、唐韻、廣韻、集韻並同，無梀字，本書誤。注文⿰角弱字不詳，王一云梀桲木，切三、王二、唐韻、廣韻同，此疑出後人改之。四字王一作五，同紐有亍字，當據改，參趢字條。

第九行趢 小行 趢字王一同，當从廣韻作趢。注文王一同，廣韻云趢趢兒行，集韻云趢趢小兒行。又案王一趢上有亍字，注云步止又竹句反，當據補。遇韻中句反亍下云又耻錄反，是其証。

第九行⿰豕彡 豕行，又知足反 ⿰豕彡當从廣韻作⿰豕彡，王一同本書。

第九行幞 房玉反 帊～一 此字王一在足下促上，切三、王二、唐韻同，此誤脫而補之。

四覺

第一行覺 古岳反 警～十二 王一云又古孝反（知字當在又字上），王二亦云知，切三、王二、S六一五六、唐韻並云又古孝反，疑本書後人改之。十二王一云十一，同紐無珏字，㱿下云或作珏，參珏字條。

第一行桷 椽～ 重文切三同，王一、王二、唐韻並無。

第一行較 丘車也，直也 較然，易知也 王一注文只一直字，王二同，本書例不云某也，此當由後人改之。丘車二字未詳。

第一行㱿 雙～玉 王一玉下有或作珏三字 珏誤作王玉。切三、王二同本書。

第一行觳 飾杖頭角 王一角下有又胡歷反四字，切三、王二、唐韻、

廣韻並云又胡歷反（切），角字並誤作骨
當據補。
第一行 龣 樂器 王一器下有声字，
廣韻同本書。集韻云東方之
音，一曰樂器，通作角。
第二行 騅 馬白頟 騅當从王一、
廣韻作騅。
第二行 玨 雙玉 王一無此字，瑴
下云或作王玉，王玉為玨字之
誤。說文玨与瑴同，依例不當
別出，參覺字條。
第二行 嶽 五角反，或作岳六 岳下王一
有五山名三字，切三、王二、唐韻
同本書。

第二行 樂 又盧各反 五教二反 各下反字
誤衍，切三、王一並云又盧各五
教二反。切三各字誤作合。
第二行 頞 面前鼻 王一只面前
二字，王二云面前頞頞，与說文
合。鼻字不詳，當刪。
第二行 搉 抨 搉當从王一、廣
韻、集韻作搉，抨字王一、廣
韻、集韻同。廣雅釋詁三搉，
抨也。抨字俗書作伻，故誤為
伻。本書徑韻千定反掅，抨
也。抨亦抨字之誤，重文王一無。
廣韻云抨搉，同本書。
第二行 犖 牛白 犖當从廣韻作

犖，見說文。
第三行 浞 士角反，水濕九 王一云八，同
紐無斮字。
第三行 鸑 鸑鷟鳥 鸑鷟字上
端瀑澆不清，唐氏所書如此。
切三、王二、廣韻並作鸑鷟，王一、唐
韻同本書。鳥字王一作鷟，切
三、王二同，當據改。
第三行 齺 齒相近 近下王一有
又側遊反通俗作齺八字，本
書尤韻側鳩反無此字，集韻
收之。
第三行 擉 擉又仕角反 擉字瀑
澆不清，此从唐氏所書，王一、廣

韻並云攙捔。張衡西京賦云
又蔟之所攙捔，為諸体所未。又
下重文誤衍，旁有點以為識。
反下王一有亦作皶三字，廣韻
同。
第三行蔦 速 注文速字不清，
此从唐氏所書。王一、廣韻並云速、
第三行蔪 □齭 亦𦢊 正文右旁滮
滮不可見，注文齭字亦殘，此並
从唐氏所書。王一本紐無此字，各韻
書同。廣韻、集韻字見側角切，
𦢊當是𦢊字之誤，不詳。廣韻
、集韻並無此或体。下比角反收此
字。

第三行捉 側角反五 側角二字不清，
此从唐氏所書。各書並音側角反
下王一有擉字，切三、王二同本書。
第三行穛 早熟穀 熟字不清，此
从唐氏所書，切三、王一、王二、唐韻、
廣韻並作熟字。
第三行穱 稻處種麦 亦作穛 正文穱
及注文稻處種麦均漶漫不清，諦
審猶可辨見。唐氏所書同，亦作
穛，王一同，王二、廣韻、集韻穛
為上文穛字或体。案楚詞招魂
稻粢穱麦，注云：穱，擇也，擇麦
中先熟者。穱与穛並同。
第四行燋 灼龜 木下王一有又

子躍反四字。本書藥韻即略反
燋下云又子角反。
第四行軟 翁口 翁當从切三、王一、
王二、廣韻作嗡。嗡下王一有字
或作嗽四字，切三、王二、唐韻同，當
据補。
第四行削 纖又思聊反 又思聊反，
王一同，本書蕭韻蘸彫反無此
字，字見宵韻相焦反，注云又史
嬰反，各書並同。廣韻此云又
相邀切，与彼合。
第四行箾 舞象 象下王一有箾
字。案即箾字之誤，當据補。史
記吳世家云：見舞象箾南籥

者，是其所本。本書萧韻𥰭下云
𥰭𥰭。字誤作𥰭。又王一𥰭下有又
穮堯反四字，穮上衍蒙字。
第四行斲 纖 王一纖下無重文。
第四行斵 丁角反，亦或作斵 斵斵斵斵破削也 二十
丁字切三、王一、王二同，唐韻、
廣韻用竹字，為音和。反下王一
有理字，切三云治，當據補。破削
也三字王一無，當出後人所增。案本
書例不用也字。
第五行諑 訴 諑當作諑。
第五行椓 擊 椓當作椓，見說
文。切三、王一、王二擊下無重文。
第五行卓 高 又姓 王一無重文及

又姓二字，切三同，疑此出後增。
第五行啄 鳥又 丁木反 又丁木反，切
三、王一、王二、唐韻並同。本書屋
韻丁木反無此字，王二收之。
第五行倬 大 王一大下有亦作
䓴三字。 案此字見三家詩。
第五行晫 明 王一明下無重文。
第五行豥 豥豥字王一作豥，p二〇 姜書
詳孰是。 二作豥，未 唐韻作豥。豥字
見說文，此从干不詳所據。
第五行豝 龍䮃 䮃下王一有亦作
豚三字。 豚字誤作豚。
第五行駮 馬色 駮 六 斑
王一駮下云六駮獸；駮下云馬色

不純，切三、王二、唐韻、廣韻並駮
下云六駮獸，駮下或云馬色，或
云馬色不純，當據正。晨風詩云
隰有六駮，東山詩云皇駮其馬，
說文駮下云馬色不純。
第六行敲 指 聲 敲字切三、王一、王
二、唐韻、廣韻、集韻並作敲，當
从之。 蓋从駮省声。
第六行𤊨 破 彼 彼當从切三、王一、
王二、唐韻、廣韻作皮。山海經
西山經：松果之山有鳥焉，其名
曰螐渠，可以已𤊨。郭注云謂
皮皴起。
第六行𩪘 骼髀 𩪘當从廣韻作

髓。骬骺，姜書P二〇一一云々骺，廣韻云骬骺，王一云骬骺，与姜書P二〇一一異，未詳孰是。集韻云骨耑。案當云骬骺，骬骺一語之轉，本書翰韻骬下云骺，說文骺，骨耑也。詳參候韻骺字及翰韻骬字校箋。

第六行[暴皮] [歹皮]△ [歹皮]當从王一作[夕皮]，下普角反[夕皮]下云[暴皮]、

第六行邈 莫角反△ 遠六△ 王一無重文，切三、王二、唐韻同。又王一六字作七，同紐多一皃字。參貌字條。

第七行懇△ 懇上王一有皃字，注云貌。

第七行雹 蒲角反。陰△氣△轉精凝△為雹△。氣結十三 轉凝當作專。白虎通災變，雹之為言合也，陰氣專精，積合為雹。唯王一此云雨水，切三、王二、唐韻、廣韻同。氷字切三、王二、唐韻誤作水。用說文。此注當由後人改之。

第七行[爪勺]△ 爪々亦作佼△ [爪勺]當依廣韻作[爪勺]，爪當作爪，佼當作[爪交]。

第七行[暴言]△ 々嗃 [暴言]當从切三、王一、王二、唐韻、廣韻作[暴言]。

第七行㩧△ 擊△又普角反△ 王一[暴言]下為犦字，注云封牛又甫教反，王二、唐韻同。切三[暴言]上亦有犦字，注同王一。犎字切三誤作[犎刂]牛，王一、唐韻誤作封。爾雅釋畜犦牛，注云即犎牛也，又唐韻甫字誤作雨。王一本紐末有㩧字，云擊又普角反，本書此字當作犦，因犦與㩧形近，誤將㩧字注文抄於此，當依王一訂正。雹下云蒲角反十三，可證本紐有奪文。參下[暴皮][夕皮]二字校箋。又案諸書云犦又音甫教反，本書效韻博教反無此字，各書同，集韻收之。

第八行窇 窖△々△ 窖當从王一、唐韻、廣韻作窖。又王一窖下無重文。

第八行[暴皮]△ 皮起 [夕皮]△[暴皮] 同上 王一[夕皮]下云[暴皮][夕皮]皮起，案北角反[暴皮]

下王一云皺，本書同。此誤將注文
皺抄為正文，當依王一改正。
第八行璞 匹角反 玉。皮十 王一云璞玉，切
三，唐韻同，王二云玉名。本書皮
字涉上文皺皮皺二字及注文而誤
當依王一改。
第八行擈 匹聲又 聲上切三、姜書
P二〇一一、王二、唐韻、廣韻有擊
字，王一云擊，無声字，与姜書P二〇一一異，疑係誤奪。
當擈補。廣雅釋詁三云擊也。
匹下王一有草字，切三、王二、唐韻
並云又匹革反，王一草即革之誤
當依諸書補革反二字。唯匹革
反是擝字之讀，張平子西京賦

云流鏑擝擈，薛綜注云擝擈
中声也，各韻麥韻普麥反擝
下云射中声，集韻云擝擈中声，
是其証。廣韻云又蒲角切，各
韻書蒲角反有此字，本書彼誤奪，
詳擝字校箋。
第八行犦 牛特 特上王一有牛字，
切三、王二云牛未治，唐韻、廣
韻云牛未劇，集韻同本書。
然王一特上有牛字，特牛之訓
當非王韻之舊。
第八行攴 楚又普卜反 又普卜反。
王一普字作赴。全韻普木反
無此字，有扑字，集韻云扑与

攴同。
第八行。暴 自冕 暴當从王一、
廣韻、集韻作謈。注文王一云自
冤，廣韻云自冤，集韻云大
呼自勉也。案大呼自勉，語見
說文，段氏从廣韻改說文勉作
冤，並引漢書東方朔傳舍人
不勝痛呼謈為証。本書冕
是冤字之誤。
第九行鞄 攻皮之工 工下王一有又蒲
教反四字，本書效韻防孝反
鞄下云又普角反。
第九行㱿 苦角反 甲十一 王一云皮甲、
切三、王二、唐韻、廣韻同，當擈

改。
第九行懃△ 謹△ 懃當作懃，謹下
切三、王一、王二無重文。
第九行䃀 鞕或作磆 磆當从切三、王
一、王二、唐韻、廣韻作磆。磆下
王一有亦作冐三字，廣韻別出
圔字云鞕声，冐字當有譌誤，
廣韻作圔亦不詳。
第九行㲉 䥔脂器 注文王一、廣
韻同，切三、唐韻云成鰭器。切三成誤
作䥔 王二云䥔錢器一曰䥔鰌鱓
。集韻云䥔鱑器。案說文㲉，
䥔鱑危也。鱓与危同，王二鱓為
鱓誤，鰌當是鱑字之誤。切三、唐

韻鰭字与本書脂字亦當並為
鱑字之誤。案說文㲉下有一曰射具一義，此義
無可考，疑因鱑誤為鰌，後人遂
增此訓，說文鰌，𢾭射收繁具
也，集韻於轄覺切㲉下
云射具所以盛𢾭。
第九行硞 固△ 王一固下無重文。
第十行㟧△ 幬帳象 又口江反 㟧字王一
同，當作㟧。又口江反，王一同。
江韻苦江反無此字，集韻收之。
第十行𢷾△ 状 𢷾為擢字之誤
、状為拔字之誤。王一、切三、王二、
唐韻、廣韻並擢下云拔。
第十行䳡△ 鳥 䳡字切三、姜書
P二〇一一同，王一作䳡，与姜書P二〇一一異，疑失
其真 當从王二、唐韻、廣韻作䳡

。重文上切三、唐韻、廣韻有白
字，切三誤作曰。尔雅釋鳥鵫雉郭云今白鵫也。疑
此誤脫。王一同本書。
第十行𧁩△ 藋△ 王一、切三、王二、
唐韻、廣韻此並作藋、蒴藋
，當从之。前所角反蒴下云蒴藋
草。
第十行渥 霑於角反 十四 濡上王一、切
三、唐韻、廣韻並有霑沾字。王二云雨
沾濡，雨沾即霑 當据補。四字
字之誤。
王一作五，此以下文𩅿字誤奪
而改之，詳𩅿字校箋。
第十一行幄 大帳 帳下王一有亦作
楃三字，切三、王二、唐韻同本書。

第十一行葯 白芷々 王一、切三、王二並無此重文，廣韻云白芷也，本書當同。唯廣雅釋草云白芷其葉謂之葯，此不得僅云白芷。

第十一行鷩 諺々 王一鷩下云馬腹下聲，下有嚳字，注云諺。王一嚳字殘缺，姜書P二〇一一殘形作[illegible]口。廣韻亦有嚳鷩二字，嚳下云諺声，鷩下云馬腹下鳴。集韻亦有此二字，注文鳴字作聲，餘同廣韻。此當係誤奪嚳字注文及正文嚳字。本書古岳反鷩下亦云馬腹下声。

第十一行龏 燭敝 王一龏字作龏，注文同。廣韻、集韻正文同，注文廣韻云燭蔽，集韻云殼也。案「龏，愨也」見說文。然說文龏字与此字音義俱不相合。萬象名義、新撰字鑑廿部並有此字，萬象名義作龏，云乙角反燭敫，新撰字鑑作龏，注云乙角反燭毀根也。燭毀根之義似与廣韻相合。惟此字字形無說。方言卷七：熬、聚、煎、儁、鞏，火乾也。龏与鞏字音同，燭与熇字形近，熇与聚同，敝字萬象名義作敫，与熬字亦形近，疑龏与方言鞏字同，燭敝為熇熬之誤。萬象名義又有䓊字，注云乙卓反堅。堅即堅字；䓊与此字同音，本書作䓊，見下。䓊与龏蓋通用。惟方言鞏字郭音拱手，此音不詳所據耳。

第十一行䓊 英蒻 䓊，王一、廣韻作䓊，集韻作䓊，本書當誤。案廣雅釋草英葯蒻，字作葯，与白芷葯字同。

第十一行搦 女角反四 反下王一有亦作皺三字，皺為皺之誤，見集韻。又切三、王二、唐韻此下並訓持，疑本書及王一反下誤奪持字。

第十一行鰯 調弓弓々 弓曰々 王一云屋

角又弓亦作觵，切三云屋角，王二云屋角字林作觵調弓，唐韻云屋角一曰調弓，廣韻同唐韻。本書屋角一義蓋後人刪去，當依王一補。王一弓上奪調字。觩弓曰觩四字，蓋後人所增。

第十二行逴 勑角反遠一曰驚夜四 驚夜，切三同，王一、王二、唐韻並云驚夜，廣韻云驚走。案當从廣韻作驚走。方言二云逴，驚也，自關而西秦晉之間凡蹇者或謂之逴，注云行略逴也。

第十二行晫 ㄑ明 切三、王一、王三明下無重文，唐韻同本書。

第十二行䜝 叔 叔字姜書P二〇一一同，王一作赦，疑失其真。廣韻云䜝叔痛也，字作赦。案廣韻是也。本書屋韻五六反赦下云痛。

第十二行嚳 戶角反 讀五 王一云嚳。

第十二行确 ㄑ磽 重文下王一有亦作埆三字，作上衍桷字。切三、王二同本書。

第十三行鱟水 渟泉又下巧反 王一鱟上有嚳字，注云ㄑ皷，切三、王二、唐韻、廣韻同，並為本紐第四字，當據補。嚳下五字是其明証。渟泉，姜書P二〇一一同。王一渟字作淳，未詳孰是。案爾雅釋山：山上有水埒，夏有水冬無水鱟。郭注鱟下云有渟潦，埒下云有渟泉。

第十三行豹 ㄑ声 豕 豹字切三、王一、王二、唐韻、廣韻同。段改廣韻字作豹。案集韻作豹，各書候韻呼候反作豹不誤，豹是熊虎之子，与狗同。

第十三行㱿 吐 吐下王一有亦作㲉三字。㲉誤作㪅，此從集韻正。

第十三行苑 ㄑ聲 苑字王一同，廣韻作䖘，案字當作䓍，吳都賦：封豨䓍，注云䓍，豨声，呼學切。字从艸，𧆨声，或从𧆨

声。狵娏並音莫江反，注文王一
無重文，廣韻云草声。案此當
云豨声，即上文豞字；正字通云蘢与豞同。
或者草与声為二義。集韻字見
莫江切，注云草名，字从草，本
當与草有関；疑即於角反蘢
字。
第十三行䃯 礚〻〻磕 正文王一、王二、
切三、廣韻同。唐韻誤作碌。集韻亦
同，或体作䃯，䃯字又見北角切。
玉篇䃯䃯不同字，䃯音剥，䃯音
測角切，然並注云石也。
案此字不詳所出，字从剥声讀
測角反，於声母不合，从剃声又於
韻母不合，疑未能明。注文王一

云〻礐，切三、王二、唐韻、廣韻並
云䃯礫，集韻云䃯礫盤石，疑
王一重文下奪礫字，本書當有誤
誤。礚不成字，礚䃯亦不詳。
第十三行娕 謹茦 皃 皃下王一
有或作𡟊三字，切三、王二、唐韻
同本書。

五質
第五行質 之日反形 又直九 王一無
形又二字。九字王一作十，同紐多一
懫字，此蓋誤奪懫字遂改十
作九，參礩字條。
第一行晊 〻大 王一、切三、王二、唐

韻並只一大字。
第一行郅 縣 郁郅 縣下王一有在
北地三字，切三、王二同，當補。
第一行蛭 虫 水 王一云水蛭，蛭下
有又都結反四字，切三、王二同本
書。
第一行騭 駁馬漢 有鄧〻 騭下馬
字原為墨所掩。駁當从交，切三作
駁，尔雅釋畜牡曰騭，郭云今
江東呼駁馬為騭，王一誤駿，姜書
P二〇一一作駿，未詳孰是。王二誤駁，唐韻誤
駁，王氏已校正。廣韻或本誤同本書。
又漢上王一有後字，切三、王二、唐
韻同，當據補。王一漢下又誤衍一書字。

第一行嘖 〻野言△ 王一云〻野人言，
王二、唐韻、廣韻云野人之言，與說
文合。疑王一重文為之字倒誤，本
書又奪人字。
第一行磧△ 磧上王一有憒字，注云塞
，當據補。唐韻、廣韻亦有此字。
第一行日 人質反△三 反下王一有明精
二字，切三同本書。
第一行馹 驛作亦△馹 亦作二字誤倒，
亦上以鉤為識。
第二行蛭 到又職而反△ 反下王一有晉
字從此四字。
第二行實 神質反△一 反下王一有滿
字，切三、唐韻同本書。

第二行秩 直質反祿△五 祿下王一有
或作豑三字。
第二行悉 息七反△俗作悉二 俗上王一有
皆從釆音辨通六字。
第二行膝 脚△⿰骨可 ⿰骨可下王一有亦作
厀三字。
第二行一 於△逸反次△二△二 王一云伊室
反，數名，切三、王二並云憶質反，
無義訓。
第二行七 親日反次六九△ 九當作八，
此以匹下奪切語而妄改。王一云八。
第三行漆 水名△ 名下王一有在岐二
字，切三、王二、唐韻同，當據補。
第三行桼△ 木汁亦作桼 正、注文王一

同，案此桼字俗書，依例不當
重出。
第三行桼 膠△ 膠下王一、切三、王
二、唐韻、廣韻有桼字或重文，
當據補。
第三行匹 配△卌△尺△ 王一配上有譬
吉反三字，卌上有一曰二字，尺下
有一字，並當據補。切三、王二、唐
韻並音譬吉反。
第三行吉 居質反善〻△三 王一善下
無重文。
第三行趌△ 走意 趌字王一、
廣韻並作⿺走戠，當从之。
第四行佾 舞〻俗△作△佾 P二〇一一

重文作𠊱字，此據姜氏書，劉氏所書作俏。不云俗作俏。切三、王二正文作𠊱字，注文云𦏶之。本書注文當由後人增之。

第四行軼　連過又同結反　連當从王一、切三、王二、唐韻、廣韻作車。

第四行鎰　廿兩　此字王一在溢字下，切三、王二、唐韻同，當據乙。

第四行溢　滿。說文水注皿為溢　說文水注皿為溢，此謂依說文益與溢同字。說水益下云饒也，从水皿。皿，益之也。此云水注皿，非說文之意。王一注文止一滿字，切三、王二、唐韻同，說文以下諸字當出後增。

第五行駃　馬疾　疾下王一有又達結反四字。

第五行欯　許吉反笑声三　王一無声字，切三、王二同，當據刪。

第五行咥　笑々　王一、王二、唐韻笑下無重文。

第五行眣　目不明又達結反　明字王一、廣韻作正，与說文合，當从正。

第六行颲　風皃　風上王一、切三、王二有凓颲二字，當據補。

第六行鷅　鷅々鳥名　王一云流離鳥別名，切三、唐韻同，當據補。

第六行凓　寒々　王一、王二寒下無重文。

第六行縹　綵々　王一綵下無重文。

第六行挃　撞々又之逸反　又之逸反，王一同。本書之日反無此字，各韻書並同。詩良耜穫之挃挃，釋文音珍栗反。爾雅釋訓挃挃穫也，釋文云郭音丁秩反。廣雅釋詁一挃刺也，曹憲音知㤝，俱無二音。又反下王一有或作秩又作秷穫聲八字。秩字不詳，疑為眣字之誤，說文云眣，[illegible]也。

第七行㗌　吐　王一㗌字作𡃚，吐字作咄，並當據改。集韻云㗌、博雅咄也。見廣雅釋言。

第七行𪗉　齧　王一云齧堅声

又大结反，疑當據補。本書脣韻
徒结反，云𧽏齧声，又竹一反。
第七行蛭 蛣 蟆 蛭當从王一、廣韻
作蛭。方言十一云蟆蛭謂之蟆
蛣。
第七行昳 䶏 此字當从廣韻、
集韻作瓞。瓞、䶏也，見說文。
瓞字俗書作昳，遂誤為昳。䶏
下王一有又徒结反四字。
第七行疾 秦悉反 急七 王一云疾
又急。
第七行嫉 妬 王一無重文，妬下
云又秦四反，亦作㑵，切三亦云妬
又秦四反。

第七行㑵 毒 王一云毒苦，亦
作嫉。
第八行榛 也 析 王一無也字，此當
出後增，本書例不云某也。
第八行剢 初栗反 斷也 削也 一 王一、切三、
王二、唐韻、廣韻並云剢声。本書
例不用也字，此當出後人所改。又
王一声下有或作刹三字，切三、王二、
廣韻並載此或体，當據補。
第八行失 識質反 二 反下王一有遺
忘二字，切三同本書。
第八行𢬵 擿 又子列反 𢬵當从王一、
廣韻作扻。此字从止。反下王一
有亦作㩉三字。

第八行蜜 無必反 蜂食 七 無字王一作
名，切三、王二作民，食下王一有亦
作蠠蜜三字。
第九行樒 木 重文下王一有樹名
二字，切三、唐韻同，當據補。
第九行䀣 不可量 䀣，王一、集韻
並作䁩。廣韻此作䀣，美畢切
下亦䁩。疑本書此涉上文諸从
必之字而誤。重文上當據王一
更補一重文，廣韻云䁩䁩不測
又量上王一有測字。
第九行宓 安 王一、王二、安下無
重文。
第九行蹕 警 警下王一、切三、

王二、唐韻並有蹕字或重文，當據補。唐韻云漢書曰出稱警入言蹕。又王一注文蹕下有亦作⿰亻畢或作⿰言畢六字，切三、王二、唐韻並無。

第十行觱° 胡樂° 栗 觱字王一同，切三、王二、唐韻、廣韻作觱。案說文字作𧣈。樂下王一有又有勿反四字，切三、王二、唐韻同本書，本書物韻字作觱。

第十行⿺走畢 止行 切三、王二無此字，廣韻与蹕同，王二同本書，前蹕下云警蹕，蹕即止行之義，不當別出。

第十行⿰女畢 婢° 母 ⿰女畢字王一作重文，此即⿰女畢字之誤。唐韻、廣韻云廣疋母也。案見釋親。

第十行芈° 器° 弃冀 芈當作華。器下王一有又方安反四字。寒韻北潘反有此字，注云又畀蜜反。蜜誤作密。

第十行觱 發寒° 見風 注文王一同。發上當有重文。詩豳風七月云一之日觱發。風見二字誤倒，風旁以鉤為識。

第十一行聿 餘律反十 反下王一有始字，切三同本書。

第十一行鴥 飛° 皃 飛下王一、切三、王二有駃字，當據補。駃彼晨風詩傳云疾飛也，駃疾義同。

第十一行遹 述° 述下王一有一曰遵三字，切三、王二、唐韻同，當據補。

第十一行鷸 鳥名° 名下王一有亦作遹鳥三字，切三、唐韻同本書，王二亦無。

第十一行驈° 汲水綆 切三、王二、驈下云黑馬白髀；下為繘字，注云汲綆。王一驈下亦云黑馬白髀，其下無繘字，當係誤脫。本書此誤脫驈字正文及正文繘字。聿下云餘律反十，是其証。

第十一行矞 穿° 穿下王一有又況出三字，出下當奪反字，下許聿反⿰羽戌字集韻与矞同。

第十一行笋 竹°木 初生° 竹字王一、廣

韻並作草，本書紙韻羊捶反下
同，此當是艸字之誤。本書紙韻亦
云草木初生。參紙韻校箋。又王一生下
有又羊箠反四字。
第十一行卒 子聿反又則骨反二 又上王一有
絳字，二上王一有賤役亦作瘁五
字，瘁當是猝字之誤。切三同本
書。
第十一行鮮 鯈 鯈字王一、廣韻、
集韻同。廣雅釋魚，鮮，鯈也；即
本書所出。廣雅鯈字曹憲音
條，王氏疏證訂為鯈字之誤。
第十一行郎 辛聿反分分賬五 此誤衍一
分字，王一云分賬，切三、王二、唐韻並
同。
第十二行恤 〻 憂 王一、切三、唐韻無
憂下重文。
第十二行訹 謏誘 謏下王一、切三、王
二、唐韻、廣韻並有訹字。案謏
訹連語，唐時猶習用。漢書武帝紀怵
於邪說，顏注云今俗猶云相謏訹。本書厚韻蘇
后反謏下云謏訹誘辟，此當係
誤奪。又王一、切三、王二、唐韻誘下
有謏字蘇后反五字，亦當據補。
第十二行鷚 〻 鳥 鷚當从王一、廣
韻作鶹。重文當出誤衍，王一無。
第十二行姞 巨乙反姓一曰燕姑五 姞下不得
又云一曰燕姑，姑當是姞字之誤。
左傳宣公三年鄭文公賤妾曰燕姞。
惟王一云一曰女字，切三、王二、廣韻並
云一曰字，此云燕姑，當出後人改之。
第十二行結 會稽獻醬 王一醬上有結
字，醬下有二升二字。廣韻、唐韻
同。見說文引漢律，當據王一補。
第十二行術 食聿反六 反下王一有
奇藝二字，切三同本書。
第十二行述 修 述上王一有驈字
，注云又以律反。案切三、王二、唐韻
並術下接述字，無此字。廣韻亦術下接
述，唯同紐收驈字。王一驈字當是後人
所增。又修下王一有亦作蹟三字。
不詳。說文籀文作𨓏。

第十二行秫 穀名 名下王一有古作朮三字，切三、王二、唐韻同，當據補。

第十二行沭 水名 名下王一有在瑯玡三字，切三、王二、唐韻同，當據補。

第十三行繘 汲之 切三、王二、唐韻、廣韻並云汲綆，本書餘律反亦云汲水綆，見鷸字枝箋。疑此重文誤。

第十三行⿰酉矞 醬之 王一無重文，此當出後增。

第十三行比 次或作坒之 坒下王一有又鼻脂必履婢四三反八字，切三同，當據補。

第十三行柲 耦之 耦字王一作⿰禾禺，切三、王二、唐韻、廣韻並作偶。集韻云弋柄也，一曰偶也。案柲為弋柄，見考工、方言、廣雅，餘未詳，或疑即柄字之誤。又切三、王二、唐韻並無重文。

第十四行鞑 車束 束下王一有俗用為轡字五字，切三、王二、唐韻同本書。

第十四行佖 有威儀 儀下王一有又房律反四字，切三、王二、唐韻同本書。

第十四行鮩 魚名 正注文王一、切三、唐韻、廣韻、集韻同，王二云魚，當亦同。案此字又見迴韻苹迴反，注云白魚，即廣雅釋蟲蛃字。白魚本是蠹蟲，廣韻梗韻云鮊魚別名，迴韻云白魚名，俱誤白魚為鮊，遂誤鮩為魚名。諸書此云魚名，疑亦同誤。

第十四行駜 馬名 名字王一、切三、王二、唐韻、廣韻並作肥，當从正。詩有駜傳云馬肥彊皃。

第十四行柲 擊之 王一無重文。

第十四行縪 紩又補佚反紳 縪，廣韻、集韻並作縪。王一亦作縪，惟姜書P二〇一一字殘，注文紩字姜書P疑不足據。

二〇一一、集韻同，王一作紷，疑失真。廣
韻作紷。案本書二字並誤，當
作綼紷。青韻郎丁反紷下云
綼絲百廿，此字又見錫韻北激
反，正，注文作綼、紷，並其証。
又補佚反，此是縪字之音，因
綼誤作縪，遂有此讀。姜書
P二〇一一云又補伇反，伇是役
字，然此字不見昔韻，伇亦當
是佚字之誤。王一伇作俢，當誤。又反
下紳字不詳，王一無。又案集韻
綼字而外，又收縪字云縫，疑
即因本書之誤而增之。
第十四行趫 其聿反 走五 王一、切三、

王二、唐韻、集韻走上並有狂字，
）与說文合，當據補。
第十四行僪 無頭鬼 僪字王一、切
三、王二同，唐韻作獝，注云獝
狂無頭鬼。案東京賦「斮獝狂，
注云惡戾之鬼名。康熙字典
云「玉篇僪下引甘泉賦捎夔
魖而抶僪狂，本亦作獝。」（案文
選字作獝。）今本玉篇人部僪
下云狂也，亦作獝，是獝僪字
同，本書下又出獝字，云〻狂。
王一同。
第十四行獝 〻狂 獝字姜書P
二〇一一同。（王一字作獝，疑誤。）案

當作獝，詳上僪字校箋。
第十五行⿺走夐 走意 王二、唐韻字
見居律反下，王一同本書。廣韻
無羣母合口字，居聿切有⿺走夐字。
案本書獮韻香兗反⿺走夐下云又
九出反，王一同，並与王二、唐韻
合。集韻見羣二紐並收。意下
王一有又呼街反四字。
第十五行䬍 許聿反 風皃五 䬍字廣
韻、黎本澤存本同，姜書P二〇
一一作䬍，王一字作䬍，未詳孰是。切三、王
二作䬍。案此當以作䬍為是。廣
雅釋詁四䬍、⿺風戉，風也。曹憲
䬍音呼律，⿺風戉音呼越。（各韻

書月韻許月反有𩙪字，說文𩙪，小風也。𩙪从术声，与从戌声之𩗞同字。參王氏疏証。十韻彙編附黃韻校勘記以為此字當作𩗞，誤。注文風上王一、切三、王二、唐韻、廣韻並有小字，當據補。

第十五行眓△ 高皃 此字王一、切三、王二、唐韻並作眓。廣韻無此字，眿下云深目皃。案說文眓，視高皃。王一、切三、王二、唐韻此並云高視，本書皃即視字之誤，是本書作眓与說文合。惟戌声之字入月韻，不入此韻，疑此字本作眓，今說文亦誤刊耳。說文眓誤作眓，疑与祕書瞋字有關。蓋祕書瞋字誤眓作眓，遂改眓篆作眓耳。參真韻瞋字校箋。

王一視下云亦作𥉕昮眿，集韻亦收𥉕昮眿三体。荀子儒效篇𥉕然視之，楊注云𥉕与礼運獝同，許聿反。眓与𥉕眿相同，獝之𩗞同𩙪，䎍同獝矣。參見𩗞䎍二字校箋。

第十五行䎍△ 飛皃 䎍，王一、切三、王二、唐韻並作䎍。廣韻作䎍，周云當作䎍。集韻亦作䎍，並收𧓍獝䎍諸体。案礼記礼運篇：鳳以為畜，故鳥不獝；麟以為畜，故獸不狘。鄭注：獝狘，飛走之皃。釋文：獝亦作獝，況必反；狘，況越反。文選郭景純江賦：濯翮疏風，鼓翅𦑶䎍。李善𦑶音許聿，䎍音許月，並引礼運鄭注「獝狘飛走之皃」云𦑶与獝同。胡克家考異云：𦑶与獝同，當作𦑶䎍与獝狘同。此字當与礼運𦑶獝及江賦𦑶字相同，故集韻收𦑶獝諸体。集韻又有䎍字，疑𦑶之誤。江賦𦑶䎍連用，䎍字从戌声，各韻書月韻許月反收䎍字。此不當亦从戌声，當以作䎍為是。戌声之字入術韻，戊声之字入月韻，惟二字形近，往往而亂。

第十五行怴△ 怒 怴字王一、集韻同，廣韻作怴。集韻考正怴

下云廣韻作惐誤，是也。參前䬍
䁢𦖋諸字校箋。公羊桓公五年傳
、廣雅釋詁二並作惐。
第十五行孚 捊取今 〻求是 未字切
三作㧊，並當从唐韻、廣韻作
禾。
第十五行綷 縪 縪下王一有亦
作縪𦅺四字。𦅺為縪字俗書，
縪字見說文。切三同本書。
第十五行膟 腹 脂 注文王一、切三、
唐韻同，王二云〻膋腹間脂，
廣韻云腸間脂。案廣韻腹作
腸是也。禮記祭義取膟膋乃
退，注云血與腸間脂也；鄭特牲

取膟膋燔燎升首，注亦云腸
間脂。本書蕭韻膋下云腸間
脂。
第十六行窋 穴 在 穴下王一、切三、王
二並有皃又丁滑反四字，唐韻、
廣韻同，滑誤作骨。當據補。各
書黠韻丁滑反無此字，集韻
收之。
第十六行术 直律反 藥三 藥上王一
有或作茉三字，藥下有名字。
切三、王二、唐韻並同，當據補。
第十六行茉 薊 山 此字王一在怵
下。切三、王二、唐韻不別出，术下
云亦作茉，王一术下亦云或作茉。

薊當作𦺓，見說文。
第十六行怵 惕〻 惕當作惕。
第十六行趉 走〻 切三、王二、唐韻走
下無重文，此當出誤增。
第十六行欻 訶又九 一反 又九一反，王
一同。居質反無此，字見許吉反，
注云又丑出反，各韻書同。廣韻
云又許吉切，與彼合，九字疑誤，或
當作火。
第十六行炪 光 火 光下王一有又呼出
反四字。本書許聿反無此字，王一同，
各韻書並同。
第十七行颮 于筆反 颮〻三 王一、切三颮
下無重文，此當出誤增。

第十七行汩 流水 流下王一有又古沒反四字，切三、王二同，當據補。唯汩与汨二字，此誤。

第十七行蟀 蟋 重文下P二〇二一有亦作䜌虫螄二字，此依姜氏書，劉書無䜌虫字，螄字作螄。䜌虫即蠻字俗書。螄當作[illegible]，見說文。

第十七行响 飲 王一只一重文，廣韻云响飲酒皃，集韻、玉篇云飲也。此字不詳所出。

第十七行衞 循 衞當作衛。

第十七行箻 𥴳 亦 𥴳 或体集韻作篧。案集韻笔与篳同，以華又字又作篳衞之，本書蓋亦誤。

第十八行彇 輔 旁律反 五 律當作律，王一、切三、王二並作律。輔下王一有亦作弜弻弼四字。

第十八行颰 貢 又於既反 既反 又於既反，本書未韻於既反無此字，集韻收之。

第十九行䱐 魚乙反 魚 鳥狀 四 下魚字上切三、王二、唐韻有声䱐二字，疑當補。廣韻作贅䱐，段改贅作贅，周云贅䱐見左思吳都賦，声當是贅字之誤。

第十九行䢇 斷 䢇當从廣韻作䢇。

第十九行𪘏 仕乙反一 反下王一有齰字。

第十九行茁 几律反一 几字姜書P二〇一一同，王一作尢，恐誤。廣韻云徵筆切又鄒律莊月二切。集韻音厥律切，与此合，又音莊出切。反下王一有出牙又口𤔫反大字。

第十九行盻 羲乙反一 盻當从廣韻、集韻作肸。見說文。

第十九行絀 式出反一 廣韻無此音此字；集韻音式聿切，同本書。

六 物

第一行物 無佛反 七 無佛反，切三、王二佛字作弗，与諸書韻目

台。本書韻目亦云無弗反，王一、
P二〇一七同，疑此佛字非原作。重
文上當有奪文，王二、唐韻、廣
韻並云才物，廣韻作萬，王一誤方。疑此
奪才字。
第一行勿 帛 無又 勿下云帛者，周
礼司常云雜帛為物，物与勿同。
說文勿，州里所建旗也，或作㫚。
第一行㫚 遠旗 州里 此即上文訓帛
之勿，遠當作建，詳上條。廣韻
收㫚為勿或體。
第一行紱 綬 切三、王二、唐韻只
一綬字。
第一行綍 索 大 索下王一有亦作紼

二字，王二同，疑當據補。
第一行芾 草之 盛皃 王二云草盛皃，
廣韻、集韻云草木盛也。
第二行第 與 後 王二云㚘華後，
當从之。爾雅釋器：㚘革，前謂
之䩕，後謂之第。
第二行戫 爆 戫當作䬍或炎，
見說文。廣韻作戫，集韻作
𤇾，云或省。
第二行𦐇 兵 舞 𦐇當从廣韻作
翌。兵字誤，或有奪文。兵舞
翌舞二事。
第二行𩰪 □□□ □□ 注文从雌
黃塗改，剝脫不可辨。右行當

是反語三字，切三云迂物反，王
二、唐韻云紆勿反，廣韻亦作
紆勿。左行第一字釋其義，第二
字當作八。
第二行餮 餡豆又 於月反 反下姜書
P二〇一一有亦作登三字。登為
登之誤。
第二行黷 黃 黑 黷字王一作黷，
集韻同。案正當作黷，从冤声。
見說文。毛字王一作果，當據改。
廣韻未黃果色，集韻未黃黑也，
說未未果，有文、未黑下王一有亦作
黷三字。廣韻作黷字，集韻正
体亦作黷。

第三行孑△ 久勿反無 左辟二 說文孓，無
左臂，此誤，廣韻作孑。
第三行屈 區物反又△ 人姓四 切三、王二
並云區物反又居勿反，王二、唐韻、
廣韻久勿反並有屈字，本書反
下有又字，其下當奪居勿反三字，
參下屈字校箋。又案切三、王二本
紐二字，屈下為詘，唐韻、廣韻
三字，屈下亦為詘，當據補，四字
是其証。詘下切三、王二、唐韻、廣
韻並云辟塞、切三塞字誤作蹇。
第三行虫△ 虫△ 此涉下蚍、蛣誤
衍。
第三行蚍 蛣△ 唐韻、廣韻蛣下
有蚍字，与尔雅、說文合。此疑
奪重文。
第四行戲△ 理 戲當从廣韻作戲。
第四行拂△ 擊 手 廣韻、集韻並
無此字。
第四行欻 異△ 忽 異當从王一、切三、
王二、唐韻作暴。
第五行𡴘△ 疾 此字王二、唐韻
、廣韻並作𡴘，見說文。此疑
作卒而誤。
第五行䬍 王物反 風聲 声下當補一三字。
第五行𩭑△ 首 飾 𩭑字廣韻同
。集韻無此字，髴下云說文髴
若似也。（廣韻亦作髴字，云髴
髴。）分物切𩭑下云首飾，或作
髴。案易既濟：婦喪其茀，
釋文：「茀，方拂反，首飾也，馬
同。子夏作髴，荀作紱。」作
𩭑者不詳所據。
第六行屈△ 居△勿△反 人姓一 此与前久
勿反同音，為增加字，參前屈
字條。

七 櫛

第一行㴚 水流 泊△ 泊字切三、王
二、唐韻、廣韻作汨，當从之。㴚
汨質韻字，質韻于筆反汨下
云水流。

第一行䅋 稀禾 重生 稀下王二、唐韻、
廣韻有䅋字，或重文，當據補。
質韻旁律反稀下云々䅋禾重生，
是其証。
第一行瑟 所櫛反琴瑟 樂器五 樂器
五三字不清，諦視當係如此。唐
韻、廣韻並云樂器。
第一行蟀 蟋々 虫名 切三、王二、唐
韻、廣韻正文作蟋，注文作蟀，
廣韻重文作蟋字．當據正。

八 迄

第一行仡 壯 壯下切三、王二、唐
韻並有皃字，當據補。

第一行鈋 乘輿馬上 排翟尾 排當从切
三、唐韻、廣韻作鍤。尾下王三
、唐韻、廣韻有者字，疑當據
補。
第一行。肸 々蠁又 許乙反 肸字切三、唐
韻作肸，本書質韻同，廣韻集
韻作肹，与說文合，當从之。
第一行忔 々憘 憘字唐韻、廣
韻、集韻並作喜，与廣雅釋詁
一合，此涉正文衍心旁。
第一行吃 語難 姜書P二〇一二
⿰魚乞上有亦作訖三字，當是此字
注文。集韻吃或作訖。說文吃，
言蹇難也，訖下云一曰口不便

言。
第一行⿰魚乞 魚逝 王一云遊魚，廣
韻、集韻云魚游，集韻一曰魚名。
案萬象名義云断魚，玉篇云斷
魚，此字不詳所出。逝与斷 萬象名義
断不成字，疑即斷字之誤，玉篇作斷，不作斷。 遊並形
近，逝魚、遊魚、斷魚，蓋即一語
之譌亂，廣韻、集韻云魚遊，又
據遊魚而改之耳。說文魝，楚
人謂治魚也。廣雅釋詁二魝，
割也。山海經中山經蔿首之山：
刉一牡羊獻血，注刉，猶刲也。
又洞庭山：其祠，毛用一雄雞，一
牝豚刉。注刉，亦割刺之名。說

文刋，劃傷也，一曰斷也，剸刋与魭
音近，疑王篇斷魚為劃治魚之義。
第二行䖈 聲 虎 聲字廣韻作皃，
与說文合。
第二行⿰幾乞 ⿰足幾 ⿰足幾當从廣韻作
⿰足幾。
第二行圪 于乞反一 于乞反，切三、
王二、唐韻同，本書魚迄反，下亦
云又于乞反。廣韻、集韻無此音
。集韻乙下音於乞切，同紐有圪
字。

九月

第一行刖 絕足䟭亦作朊跀 唐韻、廣
韻並云斷足刑。切三、王二止一絕字。
第一行杌 折 王二、廣韻、集韻抈
下云折，与說文合，此當係涉上下
文軏扤二字誤从兀，又改手旁
為木。因下文有扤字。集韻別出杌字
云刖木餘。案說文櫱、伐木餘
也，或作𣡌作巿作枿，不作杌
字。集韻薛韻魚列切蘖下亦
收杌体，蓋據本書此誤字附會
為說耳。
第二行閲 閲々 自序 閲々當从王
一、切三、王二、唐韻、廣韻作々閲。
第二行⿰土犬 一垂 土 ⿰土犬當作坺，垂
當作臿。說文坺下云一曰臿土謂
之坺。
第二行⿰盾犬 盾 ⿰盾犬當作⿰盾犮，俗
書盾作盾。
第三行⿰立戈 布 竚 正、注文王二同，切
三、唐韻正文同，注云紵布。廣韻
絨下云紵布，⿰立戈下云竚立。集韻
亦收絨⿰立戈二字。唐韻校勘記云「
此奪⿰立戈字注文及絨字正文」。案
說文「絨，采彰也，一曰車馬飾」；
与條綅縱紃同類。⿰立戈字不詳所
出。偏旁立与糸字行書易亂，疑
⿰立戈竚即絨紵字之誤。切三、唐韻
注文紵字猶不誤也。王說並未允。
第三行⿰女氏 皃 輕 ⿰女氏當从廣韻作娍。

王一亦作娀，唯姜氏書殘，恐未足据。見說文。

第三行瘚 氣 逆 瘚當从王二、唐韻、廣韻作瘚，見說文。

第四行橛 拔 拔字未詳所據。廣雅釋詁三橛，拔也。方言十：楚凡揮棄物謂之拌，或謂之敲，淮汝之間謂之投。郭注拌敲云：今汝潁間語亦然，或云橛也。拔与投形近，疑即投字之誤。集韻云說文有所把也一曰擊也投也，不載拔之訓。

第四行欸 發 生 欸字姜書P二〇一一同，當从廣韻作欻。注文廣韻云發也，姜書P二〇一一無生字，（發字殘），本書生字蓋又涉正文作欸而誤。

第四行趦 跖 趦當作趦，唐韻、廣韻為上文趦字或体，說文趦，蹴也。本書跖即蹴字之誤。蹴，跳也。古或借蹴為跖，義為足蹠或踐履，此則誤蹴為跖。

第四行列 短 列字王一作引，當从廣韻作了。又王一短下有又九勿反四字，本書物韻久勿反作了。

第四行乒 其 乒上王一有亅字，云鉤逆。其下王一有又禾本三字。禾當作木，見說文。

第四行噦 乙劣反氣逆一字 此亦入薛部一 此字廣韻見於月切下，集韻為於月切首字，切三、王二同本書。唐韻無此字，蹷下云於月反三，而同紐只二字，疑原同廣韻餧下有噦字，今本誤奪。切三云居劣反此字亦入薛部。王二云乙劣反氣逆一。切三居當是乙字涉上文居月反而誤。本書字字原當在此字下，可据切三乙改。然劣是薛韻字，薛韻噦字正音乙劣反，此下既云此字亦入薛部，則此劣字當誤。唯下文又有於月反小韻，此當与彼同，故唐韻(?)廣韻等書噦字見於月切下（禮記內則釋文音於月反）。蓋陸書誤亂，本書沿之，至唐韻（或廣韻）始（為）諟正。又案二一字並不當有。

第四行⿱欮女 於月反婦人皃二 婦上切三、王二、唐韻、廣韻並有嬄⿱欮女二字，當據補。

第四行⿰角欮 其月反八 反下王一有以角發物四字，切三、王二、唐韻、廣韻並載此義，當據補。八當作九，詳鷢字校箋。

第五行鷢 鳥々 重文上王一、切三、王二、唐韻、廣韻並有白字，當據補。爾雅揚鷢，白鷢。

第五行㰕 株々 正注文王一、切三、王二、唐韻同，唐韻又云亦摴蒱三採名。唐韻校勘記云：「廣韻作㰕，注云採㰕亦摴蒱三采名」。

第五行⿱欮骨 尾本亦作倒々⿱欮骨 王一⿱欮骨下云尾本亦作⿱欮骨，⿱欮骨上有蹷字，注云倒亦作⿰足闕，切三、王二、唐韻並在⿱欮骨下云尾本，蹷下云倒，本書此誤奪蹷字，⿱欮骨下倒字即蹷字注文，重文出後增。

第五行趧 々行 趧當从廣韻作趉，廣韻云行越，段云：「玉篇趉，行越趉也，此脫二字。」案集韻亦云行越趉也。又集韻或体作趉。說文趉，走也。本書重文或由後增，或其上奪越字。

第五行⿱欮木 株々山別 ⿱欮木當从廣韻、集韻作㰕、廣韻或作㰕。山別，廣韻、集韻云山名。

第五行⿰氵欮 水名 名下切三、王二、唐韻、廣韻、集韻並有在義陽三字。王一正注文並殘，依姜書P二○一一行款視之，原亦當有此三字，當依諸書補。

第五行發 疾風 王一發下云動又舉，下有颰字，注云疾風，當據補。髮下四字是其証，廣韻發下亦為颸字。

第五行汏△風寒 汏當作汰。

第五行饑 妄△反 饑〻正作餼亦作 發 饑△帓△妹△饑△袜一

妄字王一作望，切三、王二、唐韻同，當據改。帓妹袜三字並當从末作，袜字似末誤，王一不誤。

第六行閼 歲在卯名△曰△〻 切三、唐韻但云歲在卯名。王二云單閼歲在卯，廣韻云爾雅云大歲在卯曰單閼，本書曰下當有單字。唯曰單閼三字疑出後人增之。

第六行暍 熱△傷 熱下王一有亦作煬瘍四字，廣韻同。切三、王二、唐韻同本書。

第六行歇 許謁反△三 反下王一有氣洩二字，切三、王二、唐韻並云氣洩，當據補。

第六行蠍 蠆 蚍△〻 王一無蚍〻二字，切三、王二同，當據刪。

第七行訐 居謁反△四 反下王一有又居例反面斥以言八字，切三、唐韻並載此訓及此又音，王二亦有此訓，當據補。

第七行怫△ 匹伐反一 怫當作怫、

第七行轙 語謁反載△高兒△又△五△曷△反一 王一無載兒反又五曷反六字。

十 沒

第一行榾 柏△〻木 頭△箭△筍 頭字王一、王二並作中，王△箭同，當从之。姜書P二〇一一作可，疑誤寫。

第一行鶻 鳩〻又胡八反△ 切三、王一、王二並云又胡八胡骨二反（王一奪骨字），唐韻、廣韻云又搰猾二音。此當補胡骨二三字，下文鶻字音胡骨反。

第一行淈 泥△ 泥下王一有又下沒反四字，下沒反下有此字，疑當據補。

第一行嗢 憂△〻 姜書P二〇一一云〻憂皃又呼骨反，案重文上當更有一重文，集韻云嗢嗢嗢憂

也。見廣雅釋訓。下呼骨反有此
字，疑當據王一補又呼骨反四字。
第二行菑 剮 王一菑字作箛，剮
下云亦作菑，廣韻、集韻亦云菑
或从竹。
第二行勃、蒲沒反 脖十三 王一云猝，唐
韻、廣韻云卒，卒与猝同。集
韻猝或作踤，疑此脖即踤字之
誤。子虛賦云媻姍教窣上乎金
隄。參下窣字校箋。
第二行渤 渤澥海 水皃 海下王一、切
三、廣韻有名又二字，王云渤澥海名水皃
水上奪又字，唐韻云渤澥海水
名又水皃。海下水字疑衍。
當據補。

第二行餑 麫 餑上王一有馞字，
注云馬牛尾一角。切三、王三、唐韻
、廣韻並有馞字，當據補。勃
下云十三，是其証。重文下王一有
亦作𩱻三字。
第二行悖 強 王一強下無重文。
第二行挬 狀 狀當从廣韻、集
韻作拔。見廣雅釋詁三。
第二行脖 𦝫脖 脖𦝫王一同，廣韻
云脖𦝫。張改脖作胦。宋當从集韻
作胦𦝫，𦝫与臍通。參陽韻
胦字校箋。
第二行悖 逆 蒲潰反又 反下
王一有亦作懯三字。

第三行鶟 鶟鵝 注文王一同，不詳。
廣韻、集韻云鶟鶦鳥名，本
書、王一下文鶦下云鶟鶦。鶟与
鶦字形近，疑此即由鶟鶦而誤。
第三行突 他骨反 突出四 突當作宊。
第三行㻎 踈 踈下王一有又他
對反四字。本書隊韻他績反有
此字，注又他没反，疑當據補。
第三行腯 肥 正作腯 注云正作腯。
不當正文亦作腯，疑原作腯，
俗書盾字作盾。見月韻䑿字 及注文盾。
王一正文作腯，注無正作腯三字。
第三行𪖈 鼠 鼠下王一有名
字，切三、王二並云鼠名（名下無

重文乀。
第三行鶟 〻鵠鳥 　鵠當从廣韻、
集韻作鶘、廣韻或誤鶘。見爾雅
釋鳥。唯王一注云鳥名，切三、王
二同，此疑由後人改之。
第四行𥢶 耕禾閒 　𥢶當从廣韻
作𥢶，見廣雅釋地。
第四行䥈 〻鈍 　王一無重文。
第四行㐬 不孝子亦作㐬 　㐬字王一作
𠫓，疑當从之，見說文。
第四行頞 烏沒反五 　王一反下有內
頭水中又莫勃反八字，切三、王
二、唐韻並有內頭水中四字，四
字蓋陸氏之舊，當據補。

第四行歑 咽中 　中下王一、唐韻
有息字，切三、王二有息不利三
字，廣韻、集韻同。唐韻云出
說文，王氏唐韻校勘記云「說
文歑，咽中息不利也，此奪下三
字。」案本書黠韻云氣息不利。
第五行𥧁 所𠩤士揩 　注文疑有奪
亂。
第五行嗢 〻憂 　重文上當更有一
重文，詳前嗢字校箋、
第五行𠥊 古器〻 　𠥊字誤。廣
韻、集韻作𡇢，集韻又云或作𠙷。說文
作𡆹。重文不當有，王一止古
器二字。

第五行㾚 狂走〻 　走下王一有亦作
忽三字。
第五行颮 疾風 　風下王一有亦作
颮三字。
第五行榾 〻高 　此字王一作榾，
並誤。說文作榾，廣韻、集韻
隸定作榾。重文王一無。
第五行總 〻微 　王一無重文。
第五行𢑴 家𢑴 　說文此字作
回希。
第五行曶 出氣辭 　曶當从王一、
廣韻作曶，說文作回。
第六行𤶕 〻病 　王一無重文。
第六行刜 〻船 　廣韻、集韻注

並引說文䑰行不安也。王二引王
篇舟不安也，此當有奪誤。
第六行拙 々斷 各韻書本紐無
此字，拙字亦不訓斷。集韻杌
字或体作柮，此當為柮字之誤.
說文柮，斷木也。
第六行虮 解蛤 解當从廣韻作
蠏。
第六行竧 普沒反一 反下王二有按
物声三字，切三、唐韻、廣韻並
載此義，姜書P二〇一一柭上有
聲字殘文，是當補此三字。
第六行杕 勒沒反 箭射三 杕字唐
韻同，當从王一、王二作柭。

第六行磪 屼々 磪當从王一作
硉。屼字王一同，廣韻、集韻作
矹。 案廣韻、集韻五忽切收矹字，注云硉矹，本書未收。
文選郭景純江賦巨石硉矹以前
却，並从石。集韻硉亦作嵂，屼
与矹並亦通作兀。
第六行𣪍 𣪍々屼 鈌不利 屼字誤衍
，旁有二小点為識。
第六行窟 苦骨反窠一 十 窠字
王一作穴，切三、王二、唐韻並云穴
，當據改。
第七行矻 用力 力下王一有或作圣
三字。 案說文云汝潁之間謂致力於地曰圣。
第七行[illegible] 胡八反 因宊出又 [illegible]字王

一同，當从廣韻作[illegible]。因當从王
一、廣韻作囚，並見說文。又胡八
反，王一、廣韻同。字又見鎋韻
胡八反，惟八是黠韻字，詳鎋
字校箋。
第七行崫 々屼 廣韻、集韻此
下反五忽切屼下並云崫屼。
第七行訥 諸忽反 鈍遲三 王一鈍字作
言，遲下有古奴刮反四字。又王
一下文肭下云亦作□吶或向又
知劣反，原亦當在此下。
第八行窣 蘇骨反亦作踤三 反下王
一有勃窣二字，切三、王二、唐韻
並載此義，當據補。本書勃下

云踤，即此注文踤字之誤。

第八行䴛　△磨々　王一、切三、王二並云磨䴛，當據改。䴛下王一有亦作麨三字。

第八行猝　麁没反三　反下王一有倉猝二字，切三、王二、唐韻並載此訓，當補。

第八行扨△　△孽々　扨當作拗，王一無重文。

第八行紉　△素　素字王一同，廣韻亦同，張改作索。周云：「作素与敦煌王韻合，當據正。」案原本玉篇紉下引字書云：「紉，素也。」張改素作索，蓋本廣雅、集韻。」案萬象名義作素，字鏡及今本玉篇作索。素与索形近易譌，索之訓見廣雅釋詁三，則所謂字書云素，素亦當是索字之誤。澤存本固出張氏所改，然作素者必是誤字。十韻彙編廣韻校勘記云：「素，巾箱本同誤，澤存本作索，案博雅繩索也。」其說是，第不知澤存本出張改耳。

第八行捽　昨没反四　反下王一有手捽二字，切三、王二、唐韻、廣韻並載此義，當據補。

第八行觪　角生△性　性字姜書P二〇一一作姓，王一作始，疑失其真，當从廣韻、集韻作始。

第八行麧△　下没反九　麧當作麧。反下王一有麧糏頭三字，切三、王二、唐韻並載此義，當據補。

第九行淈　泥△々　泥下王一、切三、王二、唐韻、廣韻並有又古忽反二字，本書古忽反下有此字，當據補。

第九行𥝢　△々秸　王一無重文。

第九行尳△　膝病　尳字王一、王二同，當从唐韻、廣韻作尳。說文从九，骨声。

第九行卒　則没反　兵△々三　王一反下云

隸徒又子出反終。切三亦云又子
出反，唯無義訓。
第九行倴 人 百人 人下王一有夯倴
二字，切三、王二、廣韻同，當據補。
第九行䵗 地名 聲 亦耳 黑 注文王一
止耳聲二字，廣韻同。澤存本作耳聲黑
，又出聵字云耳聲。周云
張氏蓋据集韻增改。集韻
云㙾倉地名一曰耳聲黑，又出聵
字云耳聲，又有䵗字云濁垢。
濁垢与聲黑義可相通。然本
書云亦耳聲黑，當有譌奪。
第十行相 穿 去 樹 皮 王一相下云穿，
無去樹皮二字。案廣雅釋詁
三：相、穿也，曹憲音手沒。本

書作相誤。穿下云去樹皮者，末
韻五活反相字注云去樹皮，蓋
後人不考此相為相字之誤，妄
增此三字耳。

十一 末

第一行末 莫割反 木上廿一 一當從王一作
二、詳怽字條。
第一行秣 馬 之 馬下王一有亦作
[illegible]三字。切三、唐韻同本書。
第一行眛 易曰日中見之 易上王一有
星字，切三、唐韻、廣韻同，當
據補。
第一行妹 紂 之 妻 嬉 紂當從王一、切

三、王二、唐韻作桀。
第一行怽 壞 之 王一、切三、王二、唐
韻怽下云忘，下出[土末]字云壞
土。本書此奪怽字注文及正文
[土末]字。重文當從諸書作土字。
第一行沬 水 之 水 重文下王一有「一曰
水名在蜀又武泰反」諸字，切三、
王二、唐韻、廣韻同，或略有譌誤。當
據補。
第二行[走末] 麪 之 王一無重文。
第二行[米幾] 米禾 細屑 禾字廣韻作
和，姜書P二〇一一作末，王一作和，疑
失其真。疑並末字之誤。
第二行[目勿] 遠視 又亡內反 又亡內反，

本書隊韻莫佩反無此字，字見怪韻莫拜反，廣韻此云又莫拜切，集韻隊韻莫佩切收此字，說文大徐音莫佩切，小徐音莫隊反，並與此合。又說文云一曰旦明也，則昒或同眛字，亦與此又音合。

第二行 餗 馬食 穀 此與上文秣同字，依例當收為或体。廣韻、集韻正字作餗，秣為或体。王一同本書。

第二行 [弜鬲] 縻又亡結反 [弜鬲]字王一同，廣韻作[弜毄鬲]，與說文合。縻當从王一作糜。

第二行 粖 靡又亡結反 此字說文為[弜鬲]字或体，依例不當別出。王一同本書。靡當从王一作糜。

第二行 枂 五活反去樹皮一 王一、切三、王二、唐韻、廣韻此字並作枂，當从之。

第三行 撥 博末反手〻十四 王一反下云撥〻。

第三行 癶 足〻剌 注文王一、切三、王二、唐韻同，當从廣韻云足剌癶〻，見說文。

第三行 袚 蠻夷蔽膝衣 袚當从王一、切三、王二、唐韻、廣韻作袚。

第三行 怖 意不悅 悅下王一有又孚伏反四字。

第三行 筏 箄 箄字姜書P二〇一一同，當从廣韻作箄。王一作箄，與姜書P二〇一一異，疑失其真。方言九箄謂之筏，箄與箄同。

第四行 艥 大船 船下王一有亦作艥三字。

第四行 佸 會〻亦作适 王一注文止一會字，各韻書此字無或体。重文及亦作适恐出後人增之。

第五行 [金咠] 〻無知皃 重文上當从王一更有一重文，尚書盤庚云今汝𢡕𢡕。𢡕與[金咠]同，見說文。

第五行 适 會 上文佸下云會

亦作适，依例不當更出适字，云會。王一佸下無亦作适三字，此下云适，王二佸下亦不云亦作适，此下云疾，疾之義見說文。

第五行劊 斷〻 王一無重文。

第五行闊 苦括反 遠三 王一云廣。

第五行筈 箭〻 箭下切三、王二、唐韻、廣韻有筈字或重文，當據補。箭筈者，箭末隱弦之處，与栝括同，王一云箭名，名蓋即筈之誤。

第五行姡 〻獪又 面醜也 王一無又面醜也四字，而獪下云又音刮。獪誤作嬒。本書例不用也字，四字當出後增。

第六行鬠 以組束髮 髮下王一有亦作髻三字。髻當作髺。

第六行奪 徒活反 強取八 王一云失，下有正作奪三字，下文敓下云強取。

第六行敓 掠取 王一云強取，切三、王二、唐韻同，此蓋後人於奪下增強取之訓，切三、唐韻奪下云訓，遂改此強取為掠取。

第六行茺 草生江南 南下王一有又他活反四字。下他活反有此字。

第六行痥 馬腦傷 腦字王一、廣韻作脛，与說文合，當从之。傷字王一、廣韻同，說文作瘍，又云一曰捋傷。

第六行豁 呼括反 空〻 達大 六 豁字王一同，當作豁，或从俗書作豁。

第七行濊 水声 声下王一有亦作濊三字。

第七行泧 〻瀎 泧當作泧，見說文。

第七行眓 視高 眓當作眓，見說文。

第七行𣂁 〻取物 或作擀 王一云或体作括，括下有搯字，切三、王二、廣韻或体並作括，各韻書字書無擀字，當據王一改。集韻别出瀚字，注云取水。
第七行睹 目深黑 黑下王一有又女
利反四字，本書无韻女利反有
此字，注云又一活反。
第七行睕 小嫵媢 · 睕當从王一、廣，
韻、集韻作睕。
第七行繓 子括反三 反下王一有結
字，切三、王二、唐韻並云々結，當
擴補。
第八行鏺 普活反刈草木九 刈上王一、
王二、唐韻、切三有兩刃二字，當
擴補，說文鏺，兩刃木柄，可
以刈草。
第八行撥 々芟 王一、切三、王二、唐
韻無重文。
第八行蹳 蹋草之声々 王一云蹋
草声，無之字及重文，切三、王
二、唐韻同，當擴刪，又案說文
此字作㲼，云以足蹋夷草。
第八行柨 々推 王一、切三、王二、
唐韻無重文。
第八行鱍 魚掉尾 尾下王一有又
音撥三字。
第八行侻 他活反輕四 輕上切三、王二、
唐韻、廣韻並有侻可一曰四字，
當擴補。 王一注文誤奪。
第九行脫 肉去骨 骨下王一有又
徒活反四字。
第九行莌 [illegible]又[illegible]反 四字原以
雌黃塗改，剝脫難辨，當是活
々徒活四字。王一云活莌反又
徒活反，正文莌上有圍，誤，廣
韻云又徒活切，徒活切莌下云
活莌草名。
第九行捋 盧活反取三 王二云手捋
、捋下有亦作寽三字，切三、唐
韻並云手捋，王二云手捋物
也，本書取字蓋後人所改。
第九行剟 削 削下王一、切三、
唐韻、廣韻有剟字或重文，
當擴補。
第九行䯓 挑取骨間骨 下骨字

當从切三、王一、王二、唐韻、廣韻
作肉。
第九行撤　七括反　々々手二　々手二字
誤倒，手旁有鉤以為識，王一、
切三、王二此並云手取，本書重
文當作取字。
第十行褫　衣縺　衣下王一有游
字，本書泰韻七會反下注同，
當據補。
第十行跋　蒲潑反　行十七　王一、切三、王
二、唐韻、廣韻並云跋躠行皃
，切三躠誤作足，王
二奪跋皃二字。　當據補。
本書躠下云跋躠同諸書。七
字姜書P二〇一一作八，下多一

拔字，此由後人改之，詳下犮字
校箋。
第十行跡　行刺　々々　此誤衍一重文。
集韻泰韻收跡為蹞跋或体，引
說文云步行躐跋也。王一右行行
下為跡字，左行一字殘，疑是刺
字。
第十行軷　行將　祭名　王一、切三、王二、
唐韻、廣韻並云將行祭名，當
據正。
第十行坺　一埵　土　埵當从王一作
垂，月韻字誤作垂，土下王一
有或作墢又扶發反七字。
第十行妭　天　女　射　射下王

一有繁字，案山海經大荒北
經：「係昆之山，有人衣青衣，
名曰黃帝女妭。　妭今本作魃，此依郝氏
箋疏改，
下同。　蚩尤作兵伐黃帝，
……黃帝乃下天女曰妭，遂殺
蚩尤。」為天女之訓所本。射繁
二字不詳。說文[角+發]，隿射收繳
具也。本書及王一下文[角+發]下云
隿具；疑射繁二字由彼誤
此。
第十一行犮　迴　々　王一犮上有拔
字，注云又蒲八反，犮下云犬迴。
王二、唐韻犮下云犬走皃，下
有拔字，注云迴拔又蒲八反，

廣韻同。集韻𠬛下引說文走
犬皃，亦有拔字，云回。案諸
書迴拔是迴𢮎之誤，集韻云回，
尤誤。迴拔為唐人習用語，杜確岑參
序云：迴拔孫秀，出於常情。元
積酬翰林白學士詩云：八人稱
迴拔，二郡濫相
知。並其例。　拔即挺拔之
意。王一拔下無義訓，𠬛下迴字
原當是拔字注文，本書此奪
拔字可知，當補拔字云迴拔。
𠬛下當云犬走皃。　犬走皃，參說文段注。
第十一行脥　〻　⿰亻制　⿰亻制字王一同，
⿰亻制下無重文。案說文⿰亻制與倓
同，倓字義為安靜，與脥字
無涉。莊子在宥篇云：堯舜

於是乎股無胈，脛無毛。崔譔
曰胈，𣯬也。漢書司馬相如傳
難蜀父老云：夏后氏躬傶骿
胝無胈，膚不生毛。顏注引
孟康曰胈，毳也。𣯬與𦇇同，說
文𦇇，西胡毳布也，義與毳
通。唐韻、廣韻引韋昭云股上
小毛，與𣯬毳義通。集韻
云膚毳毛。　此⿰亻制字疑當為𣯬字
之誤。
第十一行鴔　大鳥　大字不詳，說
文云鴔鳥。唐韻、廣韻云鳥名
似鳧。鳧為水鳥，疑大為水字
之誤。本書博末反云水鳥。
第十一行𩣡　雄具又方吠反　注文王一

同。上文妭字注文有射繳二字，
疑由此誤彼，詳見上。說文云雄
射收繳具也。
第十一行⿱殺米　〻　⿰米⿱毛心　⿰米⿱毛心當从王一、廣
韻作⿰米⿱毛心。見說文。
第十一行薩　菩　菩下當从王
一、王二、唐韻、廣韻補薩字或
重文。
第十一行怛　當割反悲八　八字王一作
七，無笪字。王一旱韻多旱反笪
下云又都達反，此蓋誤奪，後人
遂改八為七。
第十二行笪　竹〻門　王一無此字。
門字當涉下闥字注文誤衍。

笪義為笞為簸，与門無涉。

第十二行撻 打〻 切三、王一、王二、唐韻無重文。

第十二行獺 水狗 獭魚 獸 王一無獭魚獸三字，狗下云又他鎋反。切三、王二、唐韻、廣韻並止水狗二字。

第十三行笪 篆篨又丁達反 達字王一作誕，案本書當割反及旱韻多旱反並有笪字。

第十三行羍 小羔 羍當从王一、王二作羍，見說文。唐韻誤同本書。

第十三行遏 烏割反 鎮〻七 王一、切三、王二並云遮，唐韻、廣韻亦云遮也絕也，此注當由後人改之。

第十三行齃 鼻〻 重文下王一有亦作頞三字。切三同本書。

第十三行閼 止又於連 連下當从王一、王二補反字。切三同本書。又案本書仙韻於乾反無此字，王一同，廣韻收之。

第十三行歇 大呼用刀 歇字王一、廣韻、集韻並同。字从匚与義無涉，疑本作㰲，从欠遏声，唐人書匚作辶，每与从辶者亂。刀字王一、廣韻、集韻並作力，當从之。

第十三行厔 迫厔 厔當从王一、廣韻作厔，見說文。

第十四行剓 研破亦作剓 剓當从王一作剺。集韻同王一。

第十四行辢 䓞〻 王一、切三、王二、唐韻、廣韻並辢下云辛辢，下有䓞字云䓞䓞，本書此奪辢字注文及正文䓞字。剌下云十三，是其證。

第十四行䶛 齧聲 齧下王一有堅字，廣韻同本書。

第十四行𤦄 玉名 𤦄字王一同，廣韻作瓎。瓎字見說文，集韻云或省作𤦄。

第十四行𩓐 葛又乃蓋反 此即上文
葪字，見泰韻，又上文葪字奪，詳辨字校箋。故王
二、唐韻、廣韻、集韻並無此字。
王一同本書。
第十五行渴 苦割反漿三 漿上王一
有古作渴愒四字。渴當作𣿅，見
說文。切三正云古作𣿅。當據補。
愒疑當作渴，本書漿上當有渴
字或重文。
第十五行𣀮 肩髆 此字王一作𣀮
，廣韻作𢿱，集韻作𣀮。萬象
名義、新撰字鏡、玉篇字並
作𣀮，音蒲葛反，廣韻、集韻
蒲撥切並有𣀮字，義與此同。
案𣀮字不詳所出。說文𢿱字云
脛也，从交声，声義並與此無涉，
或當以作𣀮為是。本書𣀮即
𣀮字之誤，廣韻作𢿱，亦與集
韻略異。惟𣀮字从犮声，與此
音苦割反声母亦殊遠隔，疑
蒲撥反為其正讀，以字或誤作
𢿱，遂从𢿱字声母讀而有此
音耳。𢿱字音口交反。髆當作髆
第十五行𥟖 禾長 長下王一有又
丘孽反四字。廣韻薛韻居列
切收此字。
第十五行達 陁割反通正作逹一 逹
當作逹，見說文。
第十五行𡾊 才割反又才結反三 又才結
反，反下王一有𡾊𡾊山名在扶
風七字，切三、王一並載此義，唐
韻、廣韻同，當據補。說文云
𡾊嶭山在馮翊池陽。
第十五行啈 嘈 啈字王一同，
廣韻嚽下云或作啈，張改啈
作啐。周氏廣韻校勘記云啈
啈並誤，當从廣雅玉篇作啈，
張改作啐尤誤。案集韻收嚽
𪢮啈啐諸体。說文𪢮字
古文作𣓊，此字當是从說文
𢆉字。說文通訓定聲則云竒
亦作啐，誤作啈作𠾉。重文下

王一有声反又五昌反五字，廣韻
云嘈囋鼓声、本書下囐下云
鼓声又五割反，王一同，廣韻、集
韻囐与啐同。
第十五行囐 鼓声又五割反 廣韻、集
韻此為啐字或体，王二此下云嘈
々声、参前條。
第十五行嶭 五割反高峻巀嶭十 王一無
高峻二字，反下云又五結反，切三、
王二、唐韻並云又五結反，無高峻
巀嶭四字，諸書巀下云巀嶭
山名在扶風。本書此由後人改之。
第十六行柎 伐木餘々 切三、王一、唐
韻並無重文。

第十六行㩵 擊々 王一無重文。
第十六行歹 残又几丞反 又几丞
反，王一同。蒸韻居陵反無此字；
集韻收之。
第十六行㰁 頭戴亦作櫱 頭戴
之義不詳，王一、廣韻同。姜書P二0
一一戴字作戴。 說文㰁与上文枿同
字戴疑戴字之誤。說文云古文从木無頭，遂有此釋。
第十六行嗃 々 正文王一同，廣
韻作啐。案即說文嗃字，此又
加从口耳。注文王一、廣韻云啐
啐嘈嘈戒，王一啐作重文，誤奪其一；嘈字誤
・作嘈 廣韻又引說文語相訶
距也之義，本書注文當有奪字。

第十六行啐 嘈々 啐字王一同，
重文下王一有声反又才昌反五
字，說並詳前啐字校箋。
第十六行囐 鼓聲 此即上文啐
字，依例不當重出，詳参前啐
囐二條。
第十六行葛 古達反草八 草上王一
有葛藟蔓三字，切三、王二、唐
韻此並云葛藟，當據王一補。
第十六行騧 馬走 走下王一、切三、
唐韻、廣韻有疾字，當據補。
說文云馬疾走也。王二云馬疾走皃。
第十七行鄗 鄉名 名下王一有在
南陽三字，廣韻同，當補。

第十七行褐 胡葛反。袍也 被也。袒衣九 王一注
云衣褐，切三、唐韻同，王二、唐
韻亦並云衣褐，無袍被之義。本
書例不用也字，當由後人改之。
袒當作粗，字之誤也。説文云一
曰粗衣，王二引字林云麤衣。
廣韻誤作短字。
第十七行髃 骬 肩骨 骬當从王一、
廣韻作骬，見廣雅釋親。本
書虞韻羽俱反骬下云髃骬
缺盆骨，肩字王一、廣韻作肩，
當从之。
第十八行⿰白曷 恐白色 恐字旁有
二小點，識其誤衍。上文猲下

云恐。
第十八行歇 訶 王一無重文，切
三、王二、唐韻同。
第十八行瘵 痛 王一無重文。
第十八行蛆 蛆字姜書P二〇一
同，王一作蛆，疑失真。廣韻巾箱本、
黎本亦同，當从集韻作蛆。
第十八行縩 綃殺 綃字王一同，淮
南要略云所以箴縷縩緞之間
，注云縩，綃殺也。疑綃為綃誤。

十二點
第一行髓 齒聲 注文王一、唐韻
同，切三、王二、廣韻齒字作齸。

第一行札 側八反 刀三 王一云片牘。
第一行殅 瘡疾 殅字切三、姜書
P二〇一一、王二、唐韻同。王一作殌，疑
失真。廣韻作殅，段改作殅，案
此字从必声，集韻正作殅。
第一行拔 蒲八反 抽二 抽上王一有又
蒲撥反四字，切三、王二、唐韻並
同又蒲撥反，當據補。
第一行䛿 苦八反 勁七 七字原當
作八，以下文奪劼字，後人改之
如此，詳下條。王一此正作八字，
唯姜氏所書作七，未詳孰是。
第一行鬝 鬝上王一有劼字，云
用力，切三、王二、唐韻同，當據

補。
第一行勀 巧極 勀當从王一、廣韻作㔞。切三、唐韻、王二並作刋。
第一行刮 鶻剝 注文王一同，切三、王二、唐韻、廣韻並云剝刮．案鶻字不詳，蓋涉下文鶻字而誤。
第二行硈 石狀 狀下王一有亦作矻三字。切三、王二、唐韻同本書。
第二行⿱⺮揭 木虎樂器又名枯 切三、王二、唐韻、廣韻、集韻並無此字，王一同本書。木虎樂器四字模糊不清，此从唐氏所定，又名枯，當作名又枯，枯下奪鍇反二字。王一注云木虎樂器名又枯鍇反，本書字又見鍇韻，音枯鍇反，是其証。又王一反下尚有亦作楷三字。
第二行鶻 鳩鳩 鳩下王一有又古沒反四字，切三同，王二云又古沒胡骨二反，當據補．
第二行蝑 蟚蟚似蟹而小於蟹 王一、切三、王二、唐韻、廣韻並云蟚蝑似蟹而小，無於蟹二字，當據刪。
第二行八 博拔反二 反下王一有一數字。切三、唐韻同本書。
第二行馬八 馬八歲 馬字不清，此从唐氏所書。王一云馬八歲，名書同。
第二行娺 婠婠好皃 婠字右旁不清，此从唐氏所書。王一云婠娺好皃，名書同。
第三行聉 聉聉無所聞知 知下王一有又牛口反四字，此字又見質韻魚乙反。
第三行貀 女滑反獸名。似獲似貍亦作貀无前足一 王一無似獲二字，切三、唐韻並云似貍，當據刪。
第三行⿰齒截 初八反齒利五 ⿰齒截當从王二、切三、唐韻、廣韻作⿰齒截。王二誤⿰齒截。
第三行蔡 草草出作⿱林寸 此字王一作蔡，切三、王二、唐韻、廣韻、集韻同，當从之。說文蔡，艸也，此蔡字當是蔡之孳乳。出字誤，王一作木。惟出与亦字形不近，疑當作古。蔚字王一同，餘書並無或体。集韻綮韻充芮切有蔚字，注云草名；注文二字从考正補。又隶韻七蓋切蔡下引説文云艸也。古文作薗、薗蔚並疑蔚字之誤。尉字作尉，与劌形近。

第四行劀 古滑反 草二 王一、切三、王二、唐韻並云去惡肉。廣韻劀為剮俗体，引説文刮去惡創肉也。本書云草，當出後人妄改。集韻此字作剮，類篇古轄切有劀字，注云草名，不詳所據。

第四行戛 古黠反戟也 常也礼十二 注文王一云轚，切三、王二、唐韻云揩，並與此異。唐韻揩誤指。本書例不用句尾也字，此當出後人改之。

第四行扴 指扴物 注文王一、切三、唐韻同，廣韻扴字作揩，唐韻校勘記云「廣韻云揩扴物也」。周氏廣韻校勘記云「龍龕手鑑扴下云，手指搔扴物也。」其意蓋以作指為是。案易豫卦介於石釋文云馬本作扴，注云扴觸小石声；鄭本作砎，注謂磨砎也。説文扴，刮也。礼記明堂位刮楹達鄉，注云刮，刮摩也。文選西京賦揩枳落李注引字林揩，摩也。廣雅釋詁三摩，揩也。扴揩義同，故此云揩扴物當以廣韻作揩為是。

第四行垢 垢 惡 王一無重文，切三、王二、唐韻、廣韻並云垢圿。

第四行鶷 ∠鶷 鳩名 鳩字王一作鳥，切三同，王二同本書。唐韻云鴶鳩。

第四行鞂 草，亦作秸稭 亦作稭，王一同。上文稭下云祭天席。案稭本稾稭之稱，祭天以為席。切三、王一、王二、唐韻、廣韻並稭鞂別出，王二、唐韻、廣韻又別出秸字云秸稾，集韻合而為一。
第五行悈 恨又公齘反 又公齘反，
王一同。本書怪韻古拜反無此
字，字見五界反下。廣雅釋詁
四曹憲音介，与此合。集韻居
拜切收之。
第五行契 刲 契當从王一作
契、
第五行⿰扌華 ⿰立攴 樺字王一、廣韻
作樺。注文王一同，廣韻、集韻
云鼓。集韻樺誤作樺，本書二字並誤。
第五行⿰契鳥 烏鸎 王一云鳥名，名
下有亦作鶏三字。鶏字不詳
所當作，廣韻、集韻此字無

或体。
第五行袺 衽又公鐵反 注文羞書
P二〇一一同，王一衽字作汪，疑
誤。廣韻衽下有執字，与尔
雅說文合，是也。芣苢詩云薄
言袺之。
第五行軋 烏黠反 轢五 轢上王一、切
三、王二、唐韻、廣韻並有車字，
當據補。
第五行嫼 怒疾 疾字王一、切三、
王二、唐韻、廣韻並作嫉，當據
改。
第五行殺 所八反 煞命四 切三、王二、唐
韻、廣韻並云殺命，當據改。王

一此云言念，不詳。
第五行鎩 烏羽又所界反 羽下王一、切
三、王二、唐韻、廣韻並有病字，
當據補。文選蜀都賦烏鎩
翮，注云殘也。王一無又所界反四
字。
第六行榝 萸茱 萸下王一有亦作
藙又山列反諸字。
第六行㦃 二幅又思旦 二反鄉也帗 二幅，
王一、廣韻同。段改廣韻二作一，
案集韻字作幨，云布二幅謂
之幨，翰韻各書亦云二幅。反
上二字不當有，王一云二幅又思
爛反。鄉以下三字王一無。本書

例不用句是也字，此後人據說文
所增。帔當作帗，說文云帬也一
曰帗也。
第六行黷 人名黑 集韻此字見
怪韻暮拜切，王一、廣韻同本書，
人名二字王一無，廣韻、集韻同。
第六行偖 呼八反三 反下王一有傜
偖二字，切三、王二、唐韻同本書。
第六行痆 女黠反一 反下王一有瘡
痒二字，切三、王二、唐韻、廣韻並
云瘡痛。
第七行聉 聉聉無知之皃 王一無無知
之皃四字。
第七行穵 乙八反空二 此字廣韻、

集韻見前烏黠反，亦見烏八反
、下文魝字廣韻、集韻並見前
烏黠反。此當係增加字，乙八反
与烏黠反同音。
第七行魝 魚名魝魝 注文王一云鯙，
廣韻云魝魝魚名，案廣雅釋
魚鯙，魝也，是王一所本。本書未
收鯙字，此或由後人改之。

十三 鎋
第一行鎋 胡八反車軸頭鐵八 八字屬
黠韻，切三、王一、王二、唐韻、廣韻
並作瞎字，本書韻目下亦云胡
瞎反，當據正。鐵下王一云亦作

轄正作舝。舝為舝之誤。切三
云古作舝。
第一行𪘂 齧聲 此字集韻見黠
韻，与黠同音。王一、切三、王二、唐韻
、廣韻同本書，本書胡八反有
𪘂字，与此字義同。
第一行礣 礣礣 重文下王一有鞕
及礣字暮鎋反六字，切三、王二、
唐韻同，當據補。
第一行瑋 石似玉 瑋當作𤩽
、王一誤作𤩽。
第二行𩭤 因突又口沒反 𩭤字王一作
𩭤，當从廣韻作鬝。王一、廣
韻因字作因，突下有出字，与

說文合，當從之。集韻因亦誤因。

第二行𧎿△ 蛣蜋 𧎿字王一及廣韻巾箱本同，當作𧑓。

第二行閣 門扉△聲 扉字切三、王一同，姜書P二〇二作翁，与王王一異，未詳孰是。二、唐韻、廣韻作翁。

第二行圖 騧騮△聲 聲字王一作鳴，切三、王二、唐韻、廣韻同，此涉上文門扉聲而誤。

第二行九△ 〻勼 此字集韻見黠韻乙黠切。王一、廣韻同本書。

第二行齾 吾鎋反。刀。斧器缺二 王一、切三、王二、唐韻、廣韻並云器缺，無刀斧二字。集韻引說文云缺齾，別出鑡字云器缺，亦無刀斧二字。當據刪。

第二行鸛△ 〻鶷 切三、唐韻、廣韻無此字。王一同本書。王二收[illegible]字，注云[illegible]又古鎋反。集韻並收鸛[illegible]二字。

第二行剎 初鎋反 [illegible]△柱一 [illegible]當作[illegible]，唯此字王一、切三、王二、唐韻並無，當是後增。

第三行瞎 許鎋反。眼盲△。亦[illegible]△ 王一云瞎眼，[illegible]上有作字，切三、王二、唐韻並云瞎眼，當依王一增改。

第三行[illegible] 枯鎋反。木虎樂器△也二 王一、王二、唐韻並云木虎樂器名，本書例不用也字，當改也字作名。名下王一有又苦八反四字。

第三行磍 〻剥△ 注文王一、切三、王二、唐韻、廣韻同，集韻云碣磍勁怒皃。案文選揚雄長楊賦云建碣磍之虡，注引孟康曰剥猛獸為之，故其形碣磍而盛怒也，是集韻所本。云剥磍者未詳，集韻乙轄切磍下云磍磤石地不平，而集韻無磤字，各韻書字書並同。疑磤即[illegible]字之誤，[illegible]与[illegible]同。見集韻。本書覺韻測角反[illegible]下云礚[illegible]，礚[illegible]或即磍[illegible]。此文剥疑[illegible]字之誤，參覺韻

⿰石剝字條。
第三行獺 他鎋反，唌 魚獸一 王一云獸名，
又他達反，切三、王二、唐韻、廣韻
同，當从之。
第三行瘵 女鎋反 瘑〻一 王一、切三、王
二，唐韻瘑下無重文。
第三行剭 膿血去惡瘡肉也、割也、刑也 説文
剭，刹去惡創肉也。周禮瘍醫
剭殺之齊，注云刹去膿血，此云
膿血去惡瘡肉，當有奪誤。刊
字疑當作刹。唯王一注云利，廣
韻同，三也字又與全書例不合。
此當出後人改之。利字不詳，疑
為刹字之誤。

第四行頢 丑刮反，強可皃一 強上王一、
切三、王二、唐韻、廣韻有頢頢
二字，當據補。
第四行頢 下刮反 面短六 王一云短皃，
切三云短面，王二、唐韻、廣韻並
云短面皃。本書面短二字當乙
易，下當補皃字。
第四行髺 繒細 王一、切三、王二、唐
韻、廣韻並云繒細，當據易改。
第四行舌 口中肉 此字説文作舌，
與食列反口舌字迥異，云口中
肉，大誤。王一、切三、王二、唐韻、
廣韻並云塞口，與説文合。此當
出後人改之。

第四行咶 息〻 王一無重文。
第四行鵽 丁刮反 鳥二 鳥下王一有
名似雉又多活反七字，切三、王二
同，當據補。二當从王一作三，
詳下窡字校箋。
第四行窡 策端有鐵 王一窡下
云穴中出，下有錣字云策端
有鐵，此誤奪窡字注文及正文
錣字。
第四行刖 五割反 草殘三 割字在末
韻，當从王一、切三、王二、唐韻、廣
韻作刮。王一反下云去足，又魚
越反，下有⿰歹月字云獸食草殘，
切三同，當依王一改。二字原當

作四。

第五行䏿(翦耳又如志反) 又如志反,誤。志韻仍吏反刵下云割耳刑,字从刀耳會意,耳亦声、又有䏿字注云筋腱,當是从肉耳声:並与此字無関。

第五行妠(女刮反婠々小肥二) 肥下王一有婠字烏八反五字、切三、王二、唐韻同,當據補。又案肥上唐韻、廣韻、集韻有兒字。

第五行⿱取凡(⿰皆凡亦作⿰虫凡) ⿱取凡字王一同,集韻作⿰取凡。考正云:从取得声,此作⿱取凡誤。

第五行⿱竹黑(初刮反黃黑短皃二) 王一止一黑字,切三、王二、唐韻、廣韻同。說文云⿱竹黑,黃黑而白也。一曰短黑。然此當由後人改之。

第五行⿱竹斬(斷又文芮反亦作⿱竹則) ⿱竹斬當作⿱竹斬。又文芮反,文當从王一作又,祭韻此芮反⿱竹斬下亦云又文芮反,廣韻楚芮切收之。亦作⿱竹則,姜書P二〇一一同,王一字作⿱竹剸,疑失真。當作⿱竹剸。

第五行礣(莫鎋反砎二) 砎上當从王一、切三、王二、唐韻補重文或礣字,(切三重文誤作小。)前砎下云礣々。

第五行捌(百鎋反把一) 把上王一、切三、王二並有捌字或重文,當據補。方言五杷,宋魏之間謂之渠挐,杷下郭注云無齒為朳。一本朳作捌。

第六行⿰薛鳥(古鎋反⿰契鳥々鳧蜀) ⿰薛鳥當作⿰薛鳥若⿰薛鳥。鳧蜀,王一云鳥名,名下有⿰契鳥字古屑反五字。王二亦云鳥鳧蜀,又本書蜀下當有二字,誤在擖字注。

第六行擖(刮聲々二) 王一、切三、廣韻無重文,當出後人誤增。二字當在⿰薛鳥字注文蜀字下。

第六行藒(祛刹反香草二) 祛刹反,王一同,反字誤作又字。當与前枯鎋

反𥳑字同音。集韻䳚正與𥳑同
紐，集韻音五瞎切，五字誤。後
有齾字音牛轄切，是其
證。
香上王一有䕸車二字。
第六行䅥 禾舉出 居遏反 居上當據
王一補又字。本書末韻古達反
無此字，字見苦達反。廣韻曷
韻見溪二紐並收。反下王二亦有作
榤二字。
第六行鶡 古札反一 鶡鳥 王一無此字
反注文，各韻書同。切語在義
訓之後，與全書体例不合，當
出後人妄增。古札反即黠韻
古黠反，鶡字正見於彼。

十四屑
第一行㮏 木 重文下王一有亦作
楈栯又古黠反八字。栯字不詳，
或即楈之譌誤。切三、唐韻同本
書。王二亦云又古黠反。
第一行擊 擊擊 不正 姜書P二〇一
一、切三、王二、唐韻、廣韻並云
擊擊不方正，王一作不正方，當誤。當从正。
第一行蹩 蹩蹩旋行 蹩當作蹩若
蹩。王一作蹩字。
第二行䏶 膾中 脂 脂下王一有亦
作二字，集韻或体作䘐。
第二行𡝏 麻一 𡝏 𡝏下王一有
又□結反四字，切三、唐韻同本

書。此字又見胡結反，注云又公
節反。王二云又胡怗反，怗為結
之誤，王一所殘蓋即胡字。
第二行潔 清 王一絜字作潔
，清下有「案說文無此字後俗
相承共用於義無傷亦可通俗
或从氵」音冰」諸字。
第二行鍥 鎌別名 又作鍥 又作鍥，王
一作又口結反。集韻或体作鍥。
第三行楔 榍榍 汲水 楔字切三同，
王一作楔，王二、唐韻、廣韻作
楔。案通俗文作楔，本書蓋
韻橰下云桔橰，此从手誤。
第三行鶡 鶡鶡鳥名 鶡當作

鸛若鸛，名下義書P二〇一有
鸛字公鐯反又古鐯反九字，王一
上鐯字作劃，恐誤。王二云鸛字公鐯反，唐
韻云鸛字古鐯反，切三同本書，
案公鐯与古鐯同音，王一誤衍
一音。
第三行契 清 契當从王一、集
韻作㓞。集韻云艾㓞清也。魯
峻碑云樂於陵灌園之㓞。廣韻
無此字。
第三行剫 治魚也 劃也 王一云劃理
魚，廣韻云劃治魚。本書例
不用也字，此後人據說文廣雅
改之。說文云剫，楚人謂治魚

也。廣雅釋詁二剫，劃也。治
字不作理，是其證。本書之志二韻治下
並云大帝諱，下文以下云理，即避諱所改。
第三行蛈 蠸 蛈字王一作蟆
、廣韻、集韻作蟆、集韻奚結
切有蟆字，注云蟲名，本書王一
當是作蟆之誤。注文蠸當从筌
一、廣韻作蠸。
第三行節 子結反十二 反下王一有
限又木竹之次通俗作節十字，
節疑當作莭。切三同本書。
第四行癤 瘡之 重文下王一有
亦作㾊𤸰四字。切三、王二同本
書。

第四行瀸 山灑 瀸當从切三、王
一、王二、唐韻、廣韻作瀸、山字
王一同，當从切三、王二、唐韻、廣
韻作小。集韻此字在薛韻。
第四行蝍 蝍蛆虫 又音即 又音即，王
一云又子力反，切三同。王一、唐韻
同本書。
第四行岊 高山之卩 重文王一作
節字，与說文合。
第四行㕥 理之 此字廣韻作㐰
、注云說文治也本身六切。本書
云理者，避諱所改。重文疑出後
增。
第五行䀂 瞡䀂 惡視 切三、王二、唐

韻、廣韻並云瞠〻惡皃，當據
改。集韻云瞠䀏視惡皃。
第五行詉 呵奴 奴字王一同，當
从廣韻作怓。廣雅釋詁二詉，
怒也。
第五行閔 闗〻無戶門 闗字王
一、廣韻作闗，當从之。下闗字
下云闗閔無戶門。
第五行闗 戶閔無戶門 上戶字當
从王一、廣韻作重文，或闗字，參
前閔字校箋。
第六行玦 古穴反 玦十八 八字原疑
作九，後人改之如此，詳見疦字
條。

第六行譎 諫〻 諫下王一有亦作
憰三字，切三、王二、唐韻、廣韻同
本書。
第六行鐍 環有舌 舌下王一有
亦作鐍觼四字，切三、王三、唐
韻同本書。
第六行鴂 鸇〻鳥 王一、切三、
鳥下有名春分鳴四字，王一鳴
字誤作鳥。 王二有春分鳴三字，
當據王一補。
第七行紲 縷一條 廣韻云說
文縷一枚也。 其字見胡決切，本紐無此字。
第七行肤 孔 王一孔下有亦作
王一有亦作袂三字。

閴三字。
第七行疦 瘍沉水浪皃 王一皃下
有又翊穴反四字。案說文疦，
瘍也。沉水浪皃四字不詳，廣
韻集韻引說文云瘍也，廣韻瘍誤
作為，無此四字，疑沉本作泬，p二 ○一
一穴字作宂，与 為正文，水浪
宂字形近。
皃為其注文。王一云又翊穴反，
泬字亦見呼決反，集韻本紐
正有泬字，惟收為潏字或体
耳。然說文潏泬固是二字。
第八行焆 火光 焆〻 王一無焆〻二
字。
第八行姪 徒結反 廿四 四王一作五，

此後人改之，當據正，詳下文或字條。

第八行朕 跌骨 跌字王一同，廣韻作朕字，切三、王二、唐韻作重文，當从之。

第八行[illegible] 肉高起 [illegible]字切三、王二作亞，王一、唐韻、廣韻作凸。案當以作凸為是，象肉高起之形，注文切三、王二、廣韻並云高起，無肉字。唐韻云高起皃也，亦無肉字。王一云：「陸云高起。字書無此字，陸入切韻，何考研之不當」，此王氏刊謬之文，本書當由後人改之。

第八行垤 峯蟻 切三、王二、唐韻並云蟻封，當據改。王一云：「此蟻封即高（此高字不詳）詩云鸛鳴於垤言是高處」。言上姜書P二〇一一有高字，旁並有三小點識其誤衍。

第八行經 纏胥 麻繩也 王一、切三、王二、唐韻、廣韻注文只纏經二字，本書例不用句尾也字，胥麻繩也四字當出後人所增之，胥字又誤在重文上。

第九行墆 高皃 ~嵲 此字王一、切三、王二、唐韻、廣韻並作嵽，（切三誤作嵽，注文嵲亦誤作嵲。）案西京賦直墆霓以高居，薛注墆霓高皃，墆霓與嵽嵲同。然注文嵲字从山，五結反嵲下亦云嵽，此原亦當从山作嵽。霽韻特計反墆下云高皃，又徒結反，則因嵽嵲字或作墆，故有此音義，非此作墆不誤之証也。同紐尚有墆字（詳或字條）亦此字原作嵽之證。

第九行軼 車相 相下王一、切三、王二有過又以質反四字，當據補。唐韻、廣韻云車相過又音逸。

第九行⿵門失 ⿵門吉~ 城門 城上王一、王二、唐韻、廣韻並有鄭字，當據補。⿵門吉⿵門失左傳作桔柣。

第九行瓞　瓜〻　重文下王一云亦作
𤬪，切三同本書。
第九行戜　戜上王一有墆字，注
云停仡又徒計反。唐韻、廣韻、
集韻並有墆字，注云貯也止也。
當據補。
第九行跌　跮又知七反　又知七反，
質韻陟栗反字誤作眣。
第九行咥　齧　齧下王一有又
虛記諸異二反七字，本書志韻
虛記反下云又諸異徒結知吉三
反，与王一合，疑當補。異字疑
當作冀，見志韻本字條。
第九行𪘲　齧声又竹一反　聲上王一有

壁字，廣韻同，疑當據補。
第九行詄　妄　妄當从王一、廣
韻、集韻作忘，見說文。忘下
王一有捈字，不詳；廣韻有念
字。
第十行荑　蕛亦作　亦上王一有稊
字，當據補。
第十行鐵　鐵黑金　他結反或作俗　或
字疑衍，俗字旁有鉤者，識其
与作字誤倒。金下王一有四字，當
據補。
第十行儹　他管反　〻侻又　儹字切三、
王一作僭，王二、唐韻、廣韻、集
韻作僣。案作儹是，字从贊声。

又他管反，王一無此又音，各韻
書旱（緩）韻他管反下無儹字，
作管反下有儹字，（參纘字校
箋）此當出後人妄增，又誤作
字為他字耳。
第十行蛈　黃〻蝪　王一無黃字，
廣韻引爾雅曰王蛈蝪，黃為
王字之誤。
第十行闉　城〻門闉　城上王一有
鄭字，當據補。
第十行搮　〻縛　王一、切三、王二、
唐韻無重文。
第十一行齕　齧　齕上王一、切三、
王二、唐韻、廣韻並有頁字，

注云頭（切三頭誤作頚），當據
補。纈下云十四可証。又案齕
下注文切三、王二、廣韻並云齧
与說文合，當从正。
第十一行紇 乞父之名 切三無注文，
疑係誤奪 王二云又下沒反，王一正
字殘，注牘下沒反二字。
第十一行襭 从衣 王一、切三、王二、
唐韻、廣韻衣下有衽盛物三
字，當據補。
第十一行[illegible] 頭邪 [illegible]字姜書
P二〇一一同，當作[illegible]、正作[illegible]。
第十一行膝 膜 膜當从王一、
廣韻作膜。 王一膝字誤奪，注文膜字在膝字下。

見廣雅釋器。
第十一行[illegible] 牛很又丘弥反 又丘弥反，
王一同，廣韻云又口殄切，銑韻
溪母無此字，字見獮韻去演反。
注云又胡結反，廣韻同。集韻銑
韻牽典切亦收此字。
第十一行涅 奴結反黑土 王一云水中
黑土，切三、王二、廣韻、廣韻同，
當據改。
第十一行揑 手捺 王一云捺，無
手捺二字，切三、王二、唐韻同。
唐韻捺誤作捺。 當據刪手捺二字。
第十一行荁 似菜 菻 菻當从王
一、王二、廣韻作菻。切三、唐韻

同本書。
第十二行捻 亦埕又乃協反 埕當作
揑，集韻云按也。
第十二行胅 腫 廣韻、集韻
此字並作胆。案廣雅釋詁二
胅，腫也。胆字未詳所出，惟
曹憲音大結，本書此讀亦未
詳。
第十二行篞 篞中者 篞當作
簥，字之誤也。爾雅釋樂云：
大管謂之簥，其中謂之篞，
小者謂之箹。唐韻云大管曰
簥中曰篞小曰箹，簥正是簥
字之誤。

第十二行巴山 峯又子結反 結字王一作切，切三王二同，唐韻同本書。

第十二行巀 ㄠ嶭山高 巀當作巀，嶭當作嶭。

第十二行霓 虹ㄠ又五鷄反 王一無又五鷄反四字，切三、王二同，此出後增。

第十三行蜺 寒ㄠ蜩 蜩下王一有又牛奚反四字，切三、王二同本書。

第十三行嵲 嵽ㄠ 王一、切三、王二、唐韻、廣韻嵽下並有嵲字或重文，本書嵽下云ㄠ嵲，此當係誤奪。

第十三行𩞾 ㄠ飢不安皃 王一無皃字，安下云亦作隉𪓐。

第十三行闑 門ㄠ 王一云門閫亦作臬。

第十三行蔑 莫結反廿 反下王一有無字，切三、王二、唐韻並載此義，當據補。

第十三行懱 輕ㄠ 王一無重文，切三、唐韻同，王二同本書。

第十三行蠛 蠓ㄠ喜亂飛小蟲也 切三、王二、唐韻、廣韻只蠛蠓二字，P二〇一一此字殘，以姜氏所書行款視之，亦不得有喜以下六字，本書句是例不用也字，六字當係後人據爾雅郭注所增。釋蟲蠓，蠛蠓，郭云小蟲似蚋喜亂飛。

第十四行篾 竹ㄠ 此字切三、王二、唐韻、廣韻並在懱上，王一懱下接䁾字，懱上殘，篾字亦當在懱上，當依諸書互乙。

第十四行覕 不相見又裨刃反 裨當作裨。

第十四行[蔑鳥] 工雀 王一此字在蠛下蠛上。

第十四行莫 大不明 正、注文姜書P二〇一一同。廣韻莫字作莫，大字作火，當从之。見說文。王一同廣韻，疑失莫。

第十四行蠛 血ㄠ行 行當从王一、

廣韻作汙。
第十四行鱵 魚名。又作鮢 王一云又
莫括反，亦作鮢，當據改。本書
末韻莫割反字作鮢，注云又
莫決反。
第十四行紕 細 紕字王一作
絲，唐韻作紉，當从廣韻、集
韻作絅。細字王一、廣韻同，唐
韻作紐。王云廣韻作細是。案萬
象名義、玉篇絅與緬同，玉篇
云又亡結切細也。說文緬，微絲也，
當以作細為是。
第十四行粖 靡又亡達反 靡字王
一同，當从廣韻作糜。末韻誤

同。
第十四行⿰弓𢦏 縻 ⿰弓𢦏字姜
書P二〇一一同，當从廣韻作⿰弓𢦏，
為粖字或体。縻當作糜，末韻
誤同。
第十五行鴓 鳮 繫 重文下當
有肌字，爾雅釋鳥云密肌繫英，
英，釋蟲云密肌繼英。
第十五行⿰弓尚 方結反 亦⿱折弓六 ⿰弓尚當从
王一、廣韻作⿰弓尚，亦上王一有弓
戾二字，切三、王二、唐韻並載此
義，當據補。
第十五行閉 ⿵門监 ⿵門监下王一有
又博計反四字，切三、王二、唐韻、

廣韻並同，當據補。
第十五行捌 ⿰扌必 捌、⿰扌必王一、廣
韻作捌、柲。集韻作捌，收⿰扌必字
為正体，注云捩也；蒲結切⿰扌必下
亦云捩也。案並不詳所出。文字中
木旁与手旁多通作，方言五杷，
宋魏之間謂之渠挐。杷下郭
云無齒曰朳，一本朳作捌。急就
篇捌杷字作捌，本書鎋韻百
鎋反字作捌杷，切三、王一、王二並同，唐韻、廣韻
捌亦作捌。即其例。儀禮既夕礼有
柲，鄭注云柲，弓檠。柲与弼同，
引申而有急戾之義，故集韻云
捩也。又案集韻黠韻布拔切

捌爲扒字或体，注云破也擘也，
廣雅釋詁三扒，擘也。西京賦云徒博之
所撞扒。則疑此當以作捌、扒
爲是。
第十五行⿰黑力 大 注文王一同，萬
家名義亦同。廣韻云大力之皃，
集韻云巨力也。
第十五行裲 袂 裲當从王一、廣
韻作裲。
第十五行窉 静 王一、切三、王
二、唐韻無重文。
第十六行蠮 螉 蠮下王一有亦
作蟨三字，姜書作下殘，王一恐不足據。王蟨
字恐誤，集韻或体作⿰虫燕作蝬。

蝬當作蝬 若蟋。
第十六行猰 苦結反 貐八 八原當作
九，後人改之如此，詳下眞字校
箋。
第十六行挈 提又苦計反 又苦計
反，切三、王二同。本書霽韻苦計
反無此字，集韻收之。
第十六行甈 瓶 瓶下切三、王二、
唐韻、廣韻並有受一升三字。
升或作斗。
第十六行眞 眞多節目皃 此字
注文下切三、王二、唐韻、廣韻並
有契字，注云契闊又苦計反，本
書霽韻苦計反契下云又苦結

反，此當補。
第十六行⿱夵日 虎結反 肥狀四 狀字廣
韻同，切三、王二、唐韻並作壯字，
當从之。霽韻呼計反云肥大。
第十七行擷 持取又胡結反 持當从
胡結反下作捋。
第十七行撇 普篾反 手撇二 切三、王
二、唐韻、廣韻並云小擊，本
書下反字當係撲衍。
第十七行蹩 蒲結反 蹩足九 切三、王
二、唐韻、廣韻並云蹩躠旋
行，本書先結反躠下亦云蹩躠
旋行，此誤。
第十七行⿸疒扁 戾⿸疒扁不正 ⿸疒扁，切

三、王二、唐韻並作癠，當改。
第十八行飶 〻食 食下廣韻有
香字，當據補。詩載芟云有
飶其香。

十五 薛

第一行薛 私結反古國 正作薛十五 結為
唐韻字。切三、王二、唐韻並云私
列反，本書韻目亦云私列反。
然結字不誤，說詳拙著例外反
切研究一文乙之二。
第一行疶 〻利 病 利字切三同，
當从唐韻、廣韻、集韻作瘌。
重文疑出後增，切三、唐韻無。

第二行涞 牛療 切三、廣韻云治
井，王二、唐韻云治牛。唐韻校
勘記云牛當作井。案本書井誤
作牛，治字遂因避諱而改作療
字。

第二行齸 羊嚼 廣韻無此字，
集韻為齥字或体。案尔雅釋
獸：牛曰齝，羊曰齥。郭注云：
食之已久，復出嚼之。又曰今
江東呼齝為齥。依例當如集
韻。
第二行𨻶 齗又魚乙反二 又魚乙反
二，質韻字誤作薛，二字不
當有。

第二行𥻨 〻槃 𥻨當从廣
韻作糕，槃亦當从作褩。見
說文。
第二行列 吕結反 竹十六 結字在唐韻
，切三、王二、唐韻下字為薛，与
薛切語下字互用，本書用結字
為例外反切。詳拙著例外反切研
究一文乙之二。
第四行𡿧 水流皃亦作㓡 又魚乙反 㓡
即列字，說文作㓡。此云𡿧亦作
㓡，疑誤。各韻書此字無或体。
第四行哲 陟列反 智也 也字當出
後增，本書例不用也字。又案
也下當有二字。

第四行桀 々憂 憂當是夏
字之誤。唐韻、廣韻云夏王名。
第五行晳 旨熱反 光六 晳當从
切三、王二、唐韻、廣韻作晢。
第五行靻 柔皮[革豈] 々亦[革析] 靻字切三、
王二、唐韻同，當从廣韻作靼。
[革豈]字不詳，名書止柔皮二字，廣
韻、集韻豬孟切有[革豈]字，注云
張皮也，与此字双声，疑[革豈]与
[革豈]同。
第五行晣 明 王二、唐韻、廣
韻、集韻晣与晢同。廣韻、集
韻别出晣字，注云目明。
第五行揲 數又列反 切三云又尸
列反，王二云又尹列反，集韻式
列切及羊列切並有此字。本書又
下一字未詳所當作。尸尹二字疑有一誤。
第六行孽 魚列反 餘八 切三云庶，
王二云庶子，下並有蘖字云々餘。
疑本書餘字本是蘖字注文，誤
合如此。參下蘖字條。
第六行蘖 草木殘 々 切三、王二、蘖
字在孽字下，注云々餘。本書
孽下云餘，疑誤合蘖字注文
於孽下，遂於紐末增蘖字云
草木殘。切三本紐亦八字，蘖
字而外，其餘次第注文並同本书。
第六行朅 去竭反 來三 來上切三、
王二、唐韻並有重文。唐韻誤作人字。
第六行揭 擧立 切三、王二、唐韻
、廣韻並云高擧，當據改。
第七行搣 手 々 切三、王二、唐韻、
廣韻並云手拔。拔与搣近似，
疑誤拔為搣，遂易為重文。
第七行鷩 并列反 短礼 有々雉 六 切三、
王二並云雉屬，礼有鷩冕。本
書短當為雉字之誤，重文下
雉字當作冕。周礼司服享
先公饗射則鷩冕，注云畫
以雉。
第七行鵂 々鵂 廣韻云鵂鷗。
案山海經南山經，基山有鳥焉，

其狀如鷄，而三首六目六足三
翼，其名曰鵸鵂。鵸誤作鵂，從箋疏
正，鵸鵂言急性，与憋怤一語
之轉，參郭注及箋疏。
廣雅釋地作鷩鵂。本書鵂々
當是々鵂之倒，廣韻不考鵂
為鵂誤，妄改鵸作鷗耳，鵂字
見廣韻甫于反，注云鵸鵂鳥
名三首六足六目三翼。集韻
云山海經基山有鳥名鵸鵂，一
曰鵂鸓別名。基、鵂為基、鵂
之誤，考正已言之；後一義則
沿廣韻之誤。
第七行葩　子悅反東茅巳　表位又子芮一　切三、
王二、唐韻、廣韻並云東茅

表位，与說文合，本書衍巳字，芮
下當从諸書補反字。
第九行㕯　言遟又　奴沒反　又奴沒反，
沒韻諾忽反字作訥。
第九行梲　梁上　梁柱　下梁字切三、
王二作短，當从之，此涉上梁字
而誤。
第九行醊　鹹葅又　昌雪反　醊字廣
韻同，本書下昌雪反亦同。周
云：段改作醊，与集韻合。案
集韻姝悅切亦誤作醊。
第九行醊　鹹　葅　醊當作醊、
詳上條。
第十行腏　骨間　肉　說文云挑

取骨間肉。案廣韻誤解骨間為骨中，遂云骨
間髓，集韻引說文，一曰髓謂之腏。
第十行罬　罝又居　劣反　罬劣二
字不清，此从唐氏所寫。
第十行劣　力輟反　弱々心　本紐七字
而此云八，蓋誤奪一字，未詳所
當作。
第十一行跢　跳々兒　々蹶　注文切三、
王二同本書，唐韻、廣韻引字
統云蹶跢跳跟兒，集韻同。
集韻跟　誤跟、
第十一行埒　々　馬　切三、王二、唐韻、
廣韻此字並屬本紐第二。
第十一行捋　牛　白　捋字廣韻、

集韻作犃，當从之。注文廣韻
引字林，集韻引說文云牛白脊，
白下當補脊字。
第十一行別 皮列反分～體一 體上著
書P二〇一一有非字，王一作空圍。
第十二行䇷 兵列反或作詡二 切三、
唐韻云方列反，王二云變別反，
廣韻云方別切，集韻云筆別
切，別䇷二字韻圖同等，疑列
為別字之誤。
第十二行轍 直列反迹五 轍當作
轍。迹上王一有車轍二字，切三
同，當據補。王二云車迹，唐
韻云車轍。

第十二行徹 ～去 上已收徹字云
通，又有撤字云發。依姜氏書
行款視之，P二〇一一似亦有此字。
第十三行釤 鈎～戟 重文切三、
王二、唐韻、廣韻並作孑字。
第十三行𥄎 許劣反舉目五 目下王
一有使人又七威 威疑域字之誤，此字又見職韻況逼反。
反六字，王二、唐韻並云
舉目使人，与說文合，當據補。
第十三行滅 滅～ 正文滅字王一、
切三、王二、唐韻、廣韻、集韻
並作烕，當从之。
第十三行吶 女劣反聲不出一 聲
上王一有又女𡝰反㗊～六字，

切三、王二並有此五字，廣韻亦有
㗊吶二字，當據補。唯名韻書
物韻無女𡝰反之音，故廣韻
刪又切。
第十三行嫳 扶別反怒二 別字
切三、王二並作列，當从之。別与
此字声母相同，韻亦異類。別下字用
列，為一例外。 切三、王二、唐韻怒上有
～妜輕薄易五字，怒下有皃字，
當據補。又二字當从切三、王二、唐
韻作一。
第十四行蹶 紀劣反又居衛反四 切三、
王二並云又其月居衛二反，唐
韻、廣韻並云又居月居衛二

反，諸書並釋其義云有所犯
突。廣韻突作穾。姜書P二〇一
一𨇨上右行有犯突二字，左行反
上有一二字，並与切三、王二同，當
據補。本書祭韻居衛反及月
韻其月反並無此字，字又見居
月反下。
第十四行𨇨 豕發地 也字王一
作土，切三、王二、廣韻同，當據改。
第十四行⿰角發 觸々 ⿰角發當从王
一、廣韻作𩵽。重文王一無。
第十四行罬 又陟劣反 又上王一有
罬字，當據補。廣韻亦云罬
也。

第十四行茁 側劣反草生皃二 王一無
皃字，生下云又側滑反。切三、王
二、唐韻、廣韻並載此又切，當
據補。唐韻、廣韻並有皃字，切
三、王二同王一。
第十四行膬 七絕反腝而破二 破上王
一有易字，切三、王二、唐韻、廣
韻同，當據補。
第十五行蠽 姊列反々茅蠽似蟬六 々
茅蠽，切三、王二、廣韻作茅蠽，茅
与茅蠽同，此誤倒。爾雅釋蟲云：
蠽，茅蜩。方言十一云：蜩蟧
謂之茅蠽蜩。郭注云江東呼為
茅蠽。

第十五行⿰戴鳥 小鷄亦作鵻 ⿰戴鳥當
从王一作⿰截鳥。
第十五行⿱髟戴 束髮又在計反 ⿱髟戴當
从王一作⿱髟截。又在計反，王一云又
作計反。唐韻、廣韻、集韻䰗
韻字見子計切下，与王一合。本
書在當是作字之誤。
第十五行批 擿又子一反亦作𢵺 擿字
王一作摘，廣韻、集韻同。案
擿或与摘同。
第十五行𣦸 夭々死 王一無重文，
集韻云字林夭死也，廣韻亦云
夭死，當刪。
第十五行焆 於列反烟火氣皃一 王一

云烟氣，切三、王二、唐韻、廣韻並同，當據删火皃二字。

第十五行屮 丑列草生 反初二 草初二字誤倒，草上以鈎識之。生下王一有皃字，切三、王二、唐韻、廣韻同，當據補。

第十六行鮧 𢽳又丑 㓷反 𢽳當从王一作𢽳。

第十六行啜 處雪反 嘗一 王一云樹雪反，切三、王二同。唐韻云殊雪反，亦与樹雪反同。本書原當同王一作樹字，唯集韻歠啜二字同音姝悅切，与本書合。無禪母音，本書此蓋由後人改之。

第十六行𠛻 廁別反 割斷声 今音測八反 一 𠛻當从切三、廣韻作𠞰。

第十六行扢 寺絶反 拈戾一 注文王一同，王二、唐韻、廣韻、集韻並云拈也，廣韻拈誤作枯，集韻又見租悅切，亦云拈也。戾字不詳，王一此下有丿字，注云普折反左戾二，其下更出𢼨字，注云枯寺絶反。案𢼨即此字，唐韻、廣韻正作𢼨，枯即拈字之誤，不音普折反，其𢼨字當出後人增之，故反語在義訓之後，与全書例不合。疑其戾字涉下文左戾而衍，本書此下奪丿字，當依王一補。丿字廣韻、集韻見屑韻。

十六　錫

第一行裼 袒 王一云袒衣，王三、唐韻、廣韻同。切三同本書。

第一行蜴 錯 蜥 此轉鈔誤衍，故蜥下云錯。王一無此字。

第一行蜥 蜴在草曰蜥蜴 在宮曰蝘蜓 王一蜥蜴蟲，無在以下十字，唐韻同，切三亦云蜥蜴蟲名，此後人據說文補之。說文蝘下云在壁曰蝘蜓，在草曰蜥易。

第一行淅 米 擇 王一云釋米，切三、王二、唐韻同。本書重文誤衍，擇當作釋。說文釋，漬米也。

第一行愬 敬 切三、唐韻無此字，王一、王二、廣韻、集韻同本書。案說文愬，敬也，从折聲。經義述聞云說文心部愬字當依玉篇廣韻改作愬。本書無愬字，廣韻、集韻薛韻愬為哲或体，此亦見說文。不云說文訓敬之義，疑王說是。又王一無重文，王二同。

第一行蝀 蟌 蝀字王一、廣韻同，澤存本廣韻作蝀，疑張氏據集韻改之。當从集韻作蝀，字从束声。

第一行激 古歷反 濈又古竅居略二反七 又居略反，王二同。切三、王二但云又古竆反。本書蔛韻居竹反無此字，各書同。惟本書居竹反有尊文一，未知是否此字。參腳字校箋。

第二行擊 拆 打 唐韻云折打，當以本書作拆為是。集韻昔韻吕石切拆下云擊。

第二行墼 土 土下切三、王二、唐韻有重文或墼字，當據補。土墼者，說文曰未燒者也。

第二行藪 草又公地反 此上王一有墩字，注云歌又公弔反，當據補。激下云古歷反七，是其証。又公地反，王一同。本書至韻几利反無此字，各書同。尔雅釋草蘻猶毒，釋文郭音古系反，本書霹韻古詣反有藪字，集韻地字亦見霹韻。說文通訓定声云藪与蘻同。

第二行竅激 泥迫 注文王一云迫阬，集韻云回阬。案方言十三愤、竅（竅數字郭音孔竅，正文竅原疑作竅激）阬也。郭云謂迫阬也，本書泥及王一阬並即阬字之誤。集韻迫字作回，誤。

第二行劈 破 王一無重文，切三同，王二同本書。

第二行釟 裁木為器 釟當从廣韻

作⿰金𠂢。
第二行靂　閭激反。霹〻，雷電。卌三　王
一無雷電二字，切三、王二、唐韻、
廣韻同，當刪。又本紐奪瀝⿰麥歷二
字，故此云卌三而實止卌一字。詳
鎘櫟二條，並參的字條。
第三行趚　〻趚，行皃。又七昔反　趚字
王一、王二、唐韻、廣韻同，切三作
趀。案當作趚。又七昔反，王一
云趚字七昔反，各書同，當从之。
趚字見昔韻七迹反。
第三行酈　〻縣，名，在南陽。又力知反　又力
知反，切三、王二、唐韻、廣韻同。
、本書支韻呂移反無此字，廣
韻收之。
第三行轢　車踐〻人。又盧各反　王一無重
文及人字，切三、王二、唐韻、廣韻
同，當刪。
第三行鎘　〻鎗　切三、王二云鐺〻，
唐韻同本書，廣韻云鎘鎗，王
一云鏑鎘亦作⿰氵磿。案通俗文云
釜有足曰鐺。集韻楚耕切鐺
下云釜屬通作鎗。鎘与鬲同，
故諸書並以鎗字釋之。王一云
鏑鎘亦作⿰氵磿者，切三鎘下有
瀝字，注云滴瀝，唐韻、廣韻
並收瀝字云滴瀝，集韻瀝或
作⿰氵磿，王一當是誤奪瀝字，又
誤合鎘瀝二字注文。當云：「鎘
〻鎗。瀝　滴瀝，亦作⿰氵磿」。本書此下亦
當補瀝　滴瀝，亦作⿰氵磿　諸字，參靂
字條。
第三行秝　稀禾　王一、切三、廣韻
云稀疏，王二云秝稀疏。案說文
云稀疏適也。
第三行櫟　櫟〻　櫟上王一有⿰麥歷字，注
云羖羊。切三櫟上亦有⿰麥歷字，
注云羖⿰麥歷。王二、唐韻、廣韻並
有⿰麥歷字，當依王一補，靂下云
卌三，是其證。
第四行蒚　⿱艹秝山　⿱艹秝當从王一、廣
韻作蒜。

第四行衺。 纏 此字廣韻作褭，集韻作衺。周氏廣韻校勘記云玉篇作䙮，萬象名義作褭。

第四行磿 石声 磿當从王一作歷。

第四行厤 理 王二、廣韻云治，与說文同。此避高宗諱改。

第五行䃯剠 劙 王一無重文。

第五行鳊 鶏鶊 王一此字誤作鳊，注文奪。廣韻無此字。集韻字見陌韻，為鶫字或体，音壑號切，注云角似鷄鴕。

第五行的 都歷反指的 亦作𢎑十七 都歷反，下文鶅荻諸字亦並用歷為下字。然本書閻激反無歷字，王一除殘缺諸字而外亦無歷字，案唐韻歷下云經歷加，蓋陸書閻檄反失收歷字，故本書亦無。切三閻激反首字作歷，當非陸氏之舊。王二、唐韻首字並作靂（同本書），而歷字並在後，是可証也。亦作𢎑，此字从弓作𢎑，姜書P二〇一一誤作約。集韻云𢎑，射質也。通作的。」

第六行馰 馬 重文下王一、王二有「顝白顙」三字，當據補。唐韻、廣韻云馰顝馬白顙。爾雅釋畜云馰顙白顛，說文云馰，馬白顙。

第六行杓 引 王一無重文。

第六行迅 至又都叫反 又都叫反，王一同。唐韻多肅反無此字，廣韻收之。

第六行尉 量 王一無重文。

第六行鼩 鼠 王一無重文，王二同；此當出誤增。

第六行芍 蓮中子又下子余且略二反 芍為蓮中子，与爾雅、說文異，不詳所本。詳見篠韻校箋。又下子余且略二反，姜書P二〇一一無余字，王一下作丁，子字作弓，未詳孰是。 子當是了字之誤，字又見篠韻胡了反。
余字當依王一刪。
第六行杓 柄又市灼反 王一無又市
灼反四字。
第七行撽 胡狄反擊五 王一、王二、唐
韻、廣韻此字作檄，注云符檄。
本書撽當是檄字之誤，注文擊
字後人改之。說文云擊，旁擊手也。
字或書作撽，為此所本。今書撽
字見嘯韻苦弔反及本韻去激
反，本書同。
第七行覡 男師曰々女師曰巫 王一注止
巫覡二字。案唐韻云巫覡男曰
巫女曰覡，廣韻同。疑巫覡二字

為陸書原作，後人加注為別，本
書恐後人改之。
第七行槺 鐘々又胡革反 正文王一、
廣韻同，注文王一、廣韻云鐘槺
。周云々槺，集韻作椴，是也。
注云說文橦椴也，此注鐘槺二
字即橦椴之誤。」案周說是，
本書麥韻下革反椴下云又胡
的反，可證此是椴字之誤。又案
又胡革反，姜書P二〇一一同。王
一云又胡考反，疑从廣韻書之。
第七行鷁 五歷反水鳥或作鶂 鶃
下當有四字，依稀似猶可辨
見。王一四上尚有亦作鵜鷊四字，
王二、唐韻同本書。

第七行艗 々舟亦作榏 榏當从王一
作榏。
第七行鷏 綬亦作䳉 鷏當作鷏
見說文。䳉字王一作鸍，當
擟改。字見尔雅，廣韻字即作
䳉。
第八行荻 徒歷反亦作藡 反下
王一有藡字，切三同本書。藡
字王一作藡，當从之。又藡下
記數之字不清，疑當作十七二
字。參苗字校箋。
第八行籗 竹笋 竿下王一、切三、
王二、唐韻、廣韻有兒字，當
擟補。詩云籗籗竹竿。王一兒下又

有又他歷反四字。
第八行迪 道 王一云進，下有亦
作伷二字。切三亦云進，王二云道
又進。

第八行笛 長々樂器 姜書p二〇一
滌上右行有笛亦二字，左行有
篴字，其上殘，似為樂器二字，王
二、唐韻並云樂器而無長笛二字，
切三云樂，樂下蓋亦奪器字。
第八行郎 名鄉 名下王一、切三、王
二、唐韻、廣韻並有在高陵三
字，當據補。
第八行苗 蓨他六又反 苗上王一
有楸字，注云梧。楸當作楸。廣
韻云〻楸，臧槔。爾雅釋木曰
狄臧槔是也。」釋文槔字樊本
作格，王一梧為格之誤，上當
有臧字。本書原亦當有此字。
又苗字注文蓨字姜書p二〇一
一同，當从廣韻作蓨。王一字作蓨，
疑失真。
第九行⿺辶雷 雨 ⿺辶雷當作⿱雷辶。
第九行趯 跳兒 兒下王一有亦
作⿺辶翟三字，切三同本書。
第九行剔 解骨亦作鬄 鬄下王一
有⿱狄心⿱犳心二字。說文⿱狄心為惕
或体，王一⿱狄心字當誤。
第九行覿 覗視亦作覿 覿字王一
同，集韻作覿。集韻亭歷切
覿亦為覿或体。
第十行愨 々軙 正注文姜書p
二〇一同，唯軙下無重文。廣
韻字亦作愨，注云軙也。王一注云軙，
疑即从廣韻誤作。集韻無此字。案亦不見他韻
廣韻又見苦擊切下，注云敎也。
集韻詰歷切⿱毄心下云敎。周氏
廣韻校勘記據廣韻苦擊
切云敎謂此下軙為敎字之誤。
案愨字不詳所出。集韻不收
此字，而詰歷切⿱毄心下云敎与廣
韻愨下云敎合，疑愨即⿱毄心字
之誤。字本讀溪母，本書誤

收之耳。注文當依本書及姜書
P二〇一一云軟為是。說文𢤱，憊
也。憊為疲劣羸困之義，与軟
字義通。 唐韻慁韻嫩字作嫰，王云：嫰通作嫩，其作
嫩者，則因与嫰相似而譌，是軟
字此誤作軟之比。

第十行 蓨 ㄑ蓨△ 蓨字王一同，
當从廣韻作蓨。

第十行 炟 火 望見△ 注文王一同，廣
韻云望見火皃。案說文云望火
皃，疑本書見即皃字之倒誤，案說
文段注則據廣韻補見字。

第十行 篧 ㄑ竹△ 王一只一竹字，廣
韻云竹竿皃是也。詩籗篧竹
竿傳云長而殺也。

第十行 樌 𣟴△ 樌、𣟴當从王二、
王二、廣韻作樌、𣟴。見廣雅釋
木。

第十行 𢼛 功漢書曰政苦ㄑ淡△ 功政二字王二
並當从王一、唐韻、廣韻作攻。
上攻字亦誤作功。

第十行 𤖰 鬗ㄑ又五交口彫二反△ 交下
王一有亦作𣁉三字。

第十一行 鮫 吹△ 注文王一同，廣
韻、集韻吹下有器字。

第十一行 𢹂 矛△ 𢹂，王一、廣韻
作𢹂，集韻作𢹂、作矜、作殺
切下。此見刑秋 ·案此即釋名釋兵
𢹂字，廣雅釋器作𢹂，本書誤。

第十一行 㦭 憂△恒△ 恒當从王一作
恒，憂下姜書P二〇一一有亦作
𢜩三字。 王一𢜩作𢜩，与廣韻
惄字古文同，周云
𢜩當作𢜩。

第十一行 寂 昨歷反 靜ㄑ三△ 王一無重
文，靜上云或作𡨄，靜下云亦作
誎宋。切三、王二、唐韻並有𡨄
字或体。

第十二行 汨 水在豫章△ 王一水下有
名字，章下有亦作滑淈四字，
切三、王二、唐韻水下並有名字，
當據補。唐韻、廣韻有此二体。

第十二行 蜆 ㄑ蛺△ 蛺字王一、廣韻
同，段改廣韻字作蛺。

第十二行覞 小見又莫經反 反下王一有
亦作䚌䚍四字。廣韻䚌覞別
出，䚌下云䚌䚉黑青，集韻同，
䚌下有一曰闇也一義，与小見 集韻
云微見，義通。王篇䚌下云草木
叢亦作覞。
第十二行莫 䡊帶 廣韻、集韻
莫下云蓂莫，別有筫字，廣
韻云篣筫，集韻云篣筫䡊
帶。案尒雅釋草蓂莫大蕼，
釋文莫音亡歷反。方言九：車
枸簍，其上約謂之篣，或謂之
筫，郭注即䡊帶也，筫音覓；
是廣韻、集韻所本。本書覓

下云十六，冖字出後人所增，合
筫字計之正是十六字，此奪莫
字注文及正文筫字。王一莫字
注殘，下亦無筫字，亦誤奪同
本書。參下冖字校箋。
第十二行䫌 白豕黑頭 䫌字王一
同，當从廣韻、集韻作䫌。
第十三行冖 巾 冪下云覆食
巾本作冖，依例不當複出。王
下冪字注文同本書，而無此
字及注文，本書此字當出後人
所增。覓下云十六，此上已是十
六字、王一無冖字，覓下云十五，五字原疑作六，後人改
之耳。參見莫字條。

第十三行甓 扶歷反 甋七 王一甓
上有甗字，切三、王二、唐韻、廣
韻同，後二者甗上又有瓴甓二字。當據補。
七當从王一作二，鐴以下四字別
為一紐，詳鐴字校箋。
第十三行椑 大棺 棺下王一有又
臂弥反四字，本書支韻府移
反有此字。
第十三行鐴 又北激反 壁 王一云
北激反壁四，當从之。
第十三行辟 室 室下王一有
屏字，姜書P二〇一一室字作空，未詳孰是，然當作
室。當據補。說文辟，牆也，廣
雅釋室辟，垣也，並其証。廣，

韻云室屋，屋即屛字之誤。
第十三行闃 苦鶪反 寂々二 王一無重
文。
第十三行蹊 踞々 重文王一無。
第十四行鵙 伯勞・ 勞下姜書P
二〇一一有亦作雗三字・ 劉書誤作鶪、
第十四行鼷 似鼠 王一、切三、王二
云鼠名在木上，唐韻同，又云秦
呼為小鸜鵒郭璞云似鼠而啼一
歲千斤為殘賊・唐韻校勘記
謂其誤合爾雅鼳鼷為一物，案
爾雅鼳鼠郭注云如鼠而大，蒼
色，在樹木上；又鼷鼠下郭云似
鼠而馬蹄，一歲千斤，為物殘賊

・名書此下云鼠名在木上，而本
書云似鼠，當是後人有意改之。
第十四行鼫 倉歷反七 反下王一有
覿字，切三同本書。
第十四行鼜 守夜鼓 鼜字王
一、切三、王二、唐韻同，集韻作鼜
，謂俗作鼜。
第十四行磬 夜戒鼓 王一同本書，
切三、王二、唐韻、廣韻、集韻並
無此字。鼜下廣韻、集韻收說
文正体作鼜，疑磬即鼜字之
誤。案本書鼜字作鼜。
第十四行規 覞人 規當从王一、廣
韻、集韻作規。人疑重文「々」之

誤，原在覞上。規覞連語，或
作戚施，又或作䶢䶢。王一此
下云瞷，不詳。
第十五行篙 籮篙亦作篙字 王一
無亦作篙字四字，廣韻、集韻
亦無或体。王二正字作篙。
第十五行鼳 胡狄反又胡婭反似鼠而倉色一
前檄字音胡狄反，此為增加字，
廣韻併入檄紐下。王一同本書，
注文王一胡狄反下有鼠字，無胡
婭反下似鼠而蒼色六字。此本
爾雅郭注。

十七　昔

第一行十七……昔 私積反正作昔十七字誤
書作六，以雖黃，改之，剥脫不見。反下王一
有古字，切三亦注云古。王二同本書。
第二行潟 鹹 潟字切三、王二同，
王一、唐韻、廣韻、集韻作潟、鹹
下切三、王二、唐韻、廣韻並有土
字，王一有重文。
第二行蔦 茅 王一云茅苡，
本書茅為茅之誤，下又奪苡
字。唐韻、廣韻云車前草。
第二行棤 皮昔甲或作皵 王一、廣
韻並云皮甲錯。案爾雅釋木
棤皵，郭云謂木皮甲錯，本書
誤。昔旁有小點一，蓋目其為衍
文而識之。皵下王一有潜字，不詳。
集韻別出潜字云隁。
第二行鬄 鬄上王一有焟字，注
云乾；當據補。昔下云私積反
十，是其証。
第二行積 資亦反聚 亦字王一作
昔，切三、王二、唐韻同，當改。聚
上王一有又資賜反三字，切三、王二、
王二、唐韻、廣韻並載此又音；
又聚下王一有十三二字，並當據
補。
第二行迹 亦足 足下王一有亦作
跡蹟踈五字。
第二行踖 踧 王一踧下有踖
皵，見又自昔反七字，切三、王二、唐
韻、廣韻同，切三、唐韻、廣韻自字作秦。
當據補。
第三行鵖 鳥之鳴 鳥下王一有
亦作鶺三字，王二同，切三同本書。
第三行鰿 魚名 名下王一有亦作
鯽三字，唐韻同，切三、王二同本
書。
第三行磧 ⿰石甫 ⿰石甫下王一有磧字，
此疑奪重文。集韻云⿰石甫磧磧
也。
第三行蟦 貝小虫者 王一無虫字，
當據刪。爾雅釋魚：貝，小者
鰿。鰿與蟦同。見廣韻。

第三行膂 旅背 此即上文脊字，說文作如此，不當重出。廣韻、集韻並与脊同，王一同本書。旅字當从王一作膂。

第三行益 伊昔反說文水注皿從橫水從皿添亦作謚七 王一反下云添，無說文至從四十字，反亦作謚三字；切三、唐韻即添字亦無，蓋並出後人所增。說文云饒也从水皿，此亦大意言之耳。

第四行蓋 菜々母 菜字王一、廣韻並作草，當从之。

第四行繹 理羊益反廿六 理字當从王一在反字下，全書通例如此。

第四行奕 大々 大下王一無重文，切三同。

第五行袨 縫々 重文下姜書P二〇一一有衣博二字，劉書無博字、切三、王二、唐韻同本書。

第五行易 䙖 䙖下王一有又盈義反四字，切三、王二、唐韻、廣韻並同，王二盈字作羊。當據補。

第五行場 壇 壇下王一、切三、王二、唐韻、廣韻有場字或重文。壇場連語，本書誤奪。

第五行圛 卦卜 王一云上筮氣。上當是卜字之誤，書洪範云：乃命卜筮，曰雨，曰霽，曰蒙，曰驛，……。本書卦疑本作筮，下又奪氣字。

第六行襗 袴 袴下王一有又除格反四字。本書陌韻棖百反有襗字，注云袴又余石反，与此互注。

第六行睪 引繒 正、注文王一同，廣韻亦云睪，引繒皃；說文曰司視也。案說文睪，司視也；廾部𢍰下云引給也。段據廣韻改給為繒。𢍰下段注云：「篇韻此字皆作睪，非也。睪与𢍰不得合為一字。」本書睪當作𢍰。

第六行釋△ 拖隻反從釆十五 王一此字
作釋，解云清從米，清是漬
字之誤，切三、王二並作釋，解云
漬，下一字乃為从釆之釋，本
書誤。從上亦當補漬字。
第六行釋△ 之 解 王一無重文，解
下云從釆音辨，切三同本書。
王二亦同，唯無重文，案王一從
釆云云，對上文從米之釋字言
之。本書釋下云从米同王一，此亦
當同。
第六行檡△ 栲 東 栲字廣韻作
栲，案漢書司馬相如傳云
栲櫜楊梅。廣雅釋木云
栲櫜檡 當从之。
也。

第六行適 樂又之石反 反上王一有
都歷二字，切三、王一並云又都歷
反、切三之石二字誤作名
之，又誤在又字上。 當補
都歷二字。
第七行嫡 嫁之從女 王一無重文嫁
下云此從女傷俗單作典要。本書
既有從女二字，原亦當有此語、
蓋後人妄事刪削。
第七行曋△ 之 視 王一無重文。
第七行冟△ 餅堅柔相著亦適 亦適
二字王一同，廣韻無此二字。案
說文云讀若適，疑即此亦適二
字所從出。冟當作冟。
第七行夾△ 盜竊懷物從夾 夾當从

廣韻作夾。姜書P二〇一一作夾，
亦誤。物下姜書P二〇一一云從夾
有所□□反古文亦，即說文从
夾有所持之壞誤，下又加云大
古文亦耳。本書夾亦大之誤，
其下蓋又經後人刪削。
第七行赤 丹 染 染字王一作深，
當从之。
第八行庠 之 逐 王一無重文，切三、
王二同。
第八行皃△ 臭 白澤又公老反 皃字誤，
因於旁改作臭。
第八行滷 鹵又思席反 又思席反，
王一同。私積反下無此字，各韻

書同，而濁下云鹹土。滷疑与濁
同字。
第八行石 常尺反 尺〻七 凡石，王一云凝
土，王二同本書。
第八行䳑 〻烏 重文不當有，王一
正無。
第八行鼫 鼠 王一云〻鼠有五
不能，切三同本書。
第九行隻 之石反單 曰〻九 王一無曰
〻二字，P五五三一同。
第九行適 往 往下王一有又施
隻反四字。
第九行墌 碁 碁字王一作基，
切三、王二同、廣韻亦作基，云基

坻。集韻云碁坻，与本書作碁
合、疑碁亦与基同。碁通常為棊字。
第九行擲 直炙反 古作擿四 投、擿
當从王一、切三、王二、廣韻作投、
擿。
第九行麦啇 麦 麸 王一、切三、王二、唐
韻、廣韻並云麸麦啇，當據改。
第九行躑 躅〻 躅下王一、切三、
王二、唐韻並云或作蹢，廣韻、
集韻並收蹢字，切三误 跖。 當據
補。
第十行[智干] 土得水又 直謫反 此字王一
作[智干]，當从集韻作潪，見說文。
廣韻作潪，猶[智干]者作智。又

直謫反，王一謫作謪，字同。本
書麥韻無此音，字見陌韻棖
百反，亦误 [智干]。 王一、廣韻同、集
韻陌韻直格切無此字，而麥韻
有治革切，潪字見其下，与本
書又音合。又案本書麦韻陟
革反謫下云又丈厄
反，廣韻同。集韻治革切
收謫字，可作此参考。
第十行趚 趚〻 竹見 趚當作趚、
此下从策諸字並當从朿，不贅。
第十行刺 穿〻又 七罟反 反下王一有
通俗作刾四字。
第十行趚 竹 卒 王一、廣韻並云倉
卒，与說文合。本書行字误、
第十行[衤束] 衯 翀 衯字王一同，當从

廣韻作祈，見廣雅釋器。
第十行磧 ㄙ沙 ㄙ 此字王一在刺上，
切三、王二同，當播乙。
第十行席 詳昔反 十六 昔字王一
作石，切三、王二、唐韻並作亦。
反下王一有藉字，十六當从王一作
五，此誤合秦昔反十一字計之。
第十行夕 ㄙ夜 王一無重文。
第十一行汋 ㄙ潮 ㄙ 汋當从王一作汐。
第十一行鄑 鄉名在臨邛 邛當从王
一作邛。
第十一行籍 秦昔反 簿帳 帳下當有
十一二字，席下云十六，誤並此
計之。

第十一行藉 ㄙ狼 ㄙ下王一、切三、王
二、廣韻並有又慈夜反四字，當
播補。
第十一行踖 ㄙ踐 王一無重文，踐下
云亦作蹐。切三、王二、唐韻並只一
踐字。
第十一行厝 縣名在清河 切三、王二、
唐韻、廣韻河下並云又七削反。
王一無此字，蓋誤奪。各書藥韻七雀反
無此字，鐸韻倉各反有厝字。
集韻七約切收厝字，注云縣名。
第十一行膌 ㄙ臞 正、注文王一同，
廣韻亦收此字云膌腹。案膌
即上文瘠字，說文作如此。集韻收為

一字。本書及王一臞為臞字之誤，
廣韻腹是膄字之誤。周云為
膄与瘦 瘦誤。
同。
第十一行莋 茹草 注文王一、廣韻、
集韻同。案廣雅釋草有莋菇
，莋字曹憲音昨，莋 此茹字即
菇或作藉姑。
菇字之誤，上當有重文。草下王
一有又財客反四字，本書陌韻鋤
陌反無此字，字見麥韻士革反，
注文菇誤作如，王一同。集韻鐸
韻疾各切收此字，注云莋菇草名。
第十二行檡 ㄙ棺 王一無重文，切
三、王二、唐韻同。
第十二行躃 ㄙ倒 倒字唐韻同，

當从王一、切三、王二、廣韻作倒。又
切三、王二、唐韻無重文，王一、廣韻
云蹡倒。
第十二行殍 死 々 王一無重文，疑
此由後增。
第十二行萆 雨衣 萆當从王一、
廣韻作萆。
第十二行役 營隻反 徭々九 王一正文
作役，注文反下云使正作役。P五
五三一亦云使，正文作役，注云俗
作役。
第十三行炈 裘家 竈 竈下王一
有亦作坄三字，P五五三一亦有
亦作二字。此下殘。

第十三行鎩 刃 排々 切三、姜書
P二〇一一云排，王二云排々。廣韻、
集韻云小矛，即廣雅矛𥎞字 或作殺、
。本書刃字出後增。
第十三行躄 跛 々 重文下王一有
亦作躃三字，切三、王二、唐韻同
本書。
第十三行璧 王々正 作璧 切三、王一、
王二只一玉字。
第十三行襞 衣 々 王一、切三、王二、
唐韻、廣韻並云襞衣，當據乙。
第十三行䴙 理 々 理字王一同，
廣韻作治，与說文同，此避高宗
諱改耳。又王一無重文。

第十四行辟 幽 注文王一同，P
五五三一亦同。王三、唐韻、廣韻、
集韻云牆，与說文合，本書云
幽者，廣雅釋器辟，幽也，曹
憲音匹亦，唯說文辟与辟二
字，辟字訓仄，訓幽者字當作
辟，本書辟字見前之石反，各
韻書同。唐韻、廣韻本紐有
訓牆之辟，無訓幽之辟，蓋辟
辟二字讀音本亦不同，王二則辟
字訓牆而外，又收辟字云々仄又
之石反，集韻同王二、
第十四行眥 眂 王一、集韻作眂
、廣韻云眼，周氏云當作眂，王、

篇𥄉，視也。眂与視同。
第十四行瞑 視 瞑字不詳，注云
視，當即上文瞑字。P五五三一
正作瞑字，然不當別出。姜書
P二〇一一無此字，而瞑下亦云許
役反五，所奪蓋即此字。王一云四，疑据実
數改之。集韻瞑字而外，別收具
字云犬視。
第十四行麝射 食夜反 香也二 王一云食
亦反麝射香又食夜反，切三、王三、
P五五三一、唐韻、廣韻並同，當
據改。也字与全書例不合，當
出後增。
第十四行𥿋 竹益反黏 又竹格反一 反一

二字模糊不能辨，依文例及王
一定之。王一反下有亦作𥿋三字。

十八 麥
第一行麥 莫獲反芒 穀正作麥 麥下當
據有王一補四字。
第二行劃 錐刀 刻之 正文劃字及
注文錐刀二字俱模糊難辨，唐
氏手寫如此，与王一、切三、王二諸
書合。今據以寫定。
第二行鱯 □ 名 鱯名二字俱不
可辨，此從唐氏所寫，注文右一
字當是魚字。王一、切三、王二、唐
韻、廣韻並云「鱯，魚名」。

第二行⿰尋蒦 麦 ⿰尋蒦麦二字俱不
可辨，此從唐氏所寫，王一、切三、
並作「⿰尋蒦、麦」。
第二行嚧 叫 亦作咱 叫字不可辨，此
从唐氏所寫。廣韻云嚧噴叫
也。王一無此字。
第二行蟈 古獲反蛙 別名五 獲反蛙
三字不可辨，此从唐氏所書。王
一、切三、王二、唐韻並音古獲反，
注云螻蟈蛙別名。本書蛙上當
補螻蟈二字。
第二行馘 割 耳 割字漫漶不可
見，此从唐氏所書。王一、切三並云
割耳。

第二行幗　婦人喪冠　婦人二字漫漶不可見，此从唐氏所書。王一、切三、王二、唐韻、廣韻並云婦人喪冠。

第二行膕　曲脚中　曲脚二字模糊不可辨，此从唐氏所書，王一、王二、廣韻並云曲脚中。王一中字殘，切三脚字誤腸，唐韻殘脚字。

第二行□　裂□　正注文並漫漶不可見，裂字从唐氏所書。廣韻䃺下云䃺破，正文疑是䃺字。

第二行蘗　[博][厄][反]黃々二　蘗字略有漫漶，王一云蘗，博厄反，黃蘗，切三、王二、唐韻、廣韻並同。右行當是博厄反三字。

第二行擘　々[分]　擘字略有漫漶，王一、切三、王二、唐韻、廣韻並云擘，分擘，本書右行一字當作分。

第二行繴　[蒲][革][反]絲　帶四　繴字漫漶難辨，唐氏書如此。王一、切三、王二、唐韻、廣韻並云蒲革反，織絲為帶，本書絲下接帶字，而其上只一字之隙，當是反字，右為蒲革二字，而絲上當補織字，帶上當補為字。

第二行糪　餅半生　王一無此字。王二、廣韻、集韻見博厄切。

第二行苲　如草反又昨亦反　如字王一同，當作菇，或作姑。本書昔韻云茹草並誤。詳昔韻校箋。草下反字涉又字誤衍，王一無。

第三行顊　々广頭不正兒　廣韻云顊頻頭不正，周云頻當是𩕲字之誤，支韻𩕲下云顊𩕲頭不正。案周說是，本書广亦𩕲字之誤。切三誤作痛，王二誤作[illegible]；唐韻作[illegible]，畧近。

第三行簀　々牀　重文下王一有亦作槓三字，切三、王二、唐韻同本書。

第四行幘　々冠　王一、切三、王二、廣韻並云冠幘，當[illegible]乙。

第四行咋△ 大聲 此字王一在讀下。

第四行笮△ 矢服 迮迫△或作窄 舴△艋△ 蚱△蟬△ 切三、王二、唐韻、廣韻、集韻無此四字，王一同本書，迮下蚱下重文無，舴下云舴舟。舴當是艋之誤，本書艋下疑奪舟字。

第四行策 側△革反馬捶 亦作△敇九 側字切三、王一、王二並作惻，當从之。前責字音側革反。敇當作敕。說文敕，擊馬也。王一作敕，畧誤。

第四行冊 簡△或作△ 俗作△笧 王一云簡或作冊通俗，此下殘，本書作下蓋奪冊字，俗作笧，疑有奪誤。笧字為古文，非俗書。

第五行蹟 正△ 王一無重文。

第五行筴△ 箸△ 王一無重文。

第五行莿 木竹△刺 王一云草木刺，P五三一亦云草木刺生。

第五行[口或] 又於六△反 王一又上有聲字，反下有或作[或欠]三字。

第六行礊 口革反 鞕△三 鞕字王一、切三、王二、唐韻、廣韻同，廣韻、集韻呼麥切下亦同。廣韻澤存本、黎本此下及呼麥切下並作鞕，巾箱本並作鞭，与早期韻書及集韻合，澤存本、黎本當出後人改之。十韻彙編校記謂巾箱本誤，語可商。集韻攷正云：「說文礊訓堅，玉篇鞕亦訓堅，則作鞕者非。」案方說是。鞕即硬字，疑陸氏避堅字諱作鞕，而諸書沿之，又誤作鞭。又案王一及諸書鞕下有声字，廣韻、集韻呼麥切下如此，廣韻此云鞕皃，集韻此引說文云堅。當據補。

第六行褔△ [衤尃]△亦作[鬲朮] 褔、[鬲朮]當从王一、廣韻作褔、[鬲衣]。[衤尃]字王一、廣韻作[衤尃]，亦當从之。

第六行[革羽] 翼△ 重文王一無。

第六行繳 衣△△ 之△約△反 又△ 王一無又之約反四字，蓋奪。切三、王二、唐韻並有此又音。（杸當从王一作椴）

第六行杸△ 燒 又胡△ 麦 的△反 又胡

的反，錫韻胡狄反字誤作㯕。

第七行䨣 雨 王一、P五三一、廣

韻、集韻正注文同本書，切三、王

二、唐韻無此字，案說文此字云

雨濡革，从雨从革為會意，讀

若膊。霸字从此字為声，此疑

後起誤讀。 集韻鏷韻匹各切收此字，注云說

文雨濡

革也。

第七行𧇊 虎聲 此字當从王一、

廣韻作𧇊，見說文。

第八行謫 責又丈戹反 又丈戹反，

王一、切三、王二、唐韻、廣韻同。王一

謫字誤在古核反下，戹誤作戹。 案各書本韻

戹切無此音，集韻增治革切，謫

字見其下。本書及王一昔韻辟

下云又直謫反，足證實有此讀

、第失收耳。參辟字校箋。

第八行榯 䗶之亦作持 持當从集

韻作犄。脂韻楂下云䗶持，誤

与此同。

第八行戹 烏革反俗作戹十三 反下姜

書P二〇一二有灾字，切三、P五

五三一、王二、唐韻、廣韻並載

此義，當據補。

第八行豟 豕五尺曰之 王一無曰之

二字，尺下云亦作豟，豟字當

誤。集韻或体作豝作貑。

第九行啞 笑聲又烏陌反 又上王一有

或作證三字。

第九行兄 困之 各韻書無此

字，王一作戹，（注文殘）即上文

戹字，依例不當別出，注文困

當作困，蒼頡篇云「戹，困也」。

第九行梔 把亦作樎 正注文梔、樎

當从集韻作梔、搹。說文搹，把

也，或作𢪇。

第十行霂 雨下之之 廣韻霂下云

求也取也好也；下出𩅛字，云𩅛

霂雨下皃，王一霂下云𩅛霂雨下。

本書及王一此並奪霂字注文及

正文𩅛字。棟下云所責反九，是

其證。

第十行⿰木雹 普麥反身 中聲二 身當
从王一、王二、唐韻、廣韻作射。
第十行糪 餅半生。又妨亦反 又妨亦反，
昔韻芳辟反無此字，各韻書同。
本書字又見本韻繴字紐下，王三、
廣韻、集韻見博厄反，集韻字
又見匹麥切及黠韻普八切。案爾
雅釋文云郭音普厄反，施音孚八反。
第十行碧 陂隔反 淺翠一 切三、王二、
唐韻、廣韻、集韻本韻無此
字，王一自糪字注文以下殘，有無未詳。切三、唐
韻、廣韻、集韻昔韻韻末獨
出碧字，切三反語殘，唐韻音
方彳，廣韻音彼役，集韻音兵

彳，音同，並與此異。王二格韻
韻。案即陌 韻末出碧字，音逋逆
反；又集韻陌韻亦收碧字音
筆戟切。案碧為三等字，此以上
字定其等第，詳拙著例外反切
研究乙之二節。
第十行欂 皮碧反 犿二 此字廣韻
、集韻與薄革反繴同切，集韻
昔韻收碧字，欂字亦見昔韻、
音平碧切。又唐韻、廣韻、集
韻陌韻收欂字，唐韻、廣韻音
弻戟，集韻音弻碧，與碧字
王二、集韻入陌韻合。參前條。案
欂為三等字，此以上字定其等

第，詳拙著例外反切研究乙之
二節。犿當作栟，二字當作一，
說詳下。
第十行⿱卧食 嬾 小 ⿱卧食當作⿱卧食，
說文卧部⿱卧食，楚謂小兒嬾⿱卧食
。段云：玉篇作楚人謂小嬾曰
⿱卧食。此有兒，衍字也。本書與玉篇
同。又案此字大徐音尼厄
切，小徐音女革反，P五五三
音女厄反，廣韻、集韻並音
尼厄切，本書小上脫切語。

十九 陌

第一行陌 莫百反 路〻十一 百字王二
同，本書韻目亦同。切三、唐韻、

廣韻此並音莫白，韻目同，王二、P
二〇一七韻目亦同，王一韻目亦云莫
白反。
第一行袹　複之　注文切三、王二、唐
韻、廣韻同，複當作腹。廣雅
釋器：「裲襠謂之袹腹。」集韻引廣雅腹
字不誤。 釋名釋衣服：「帕腹，橫陌
其腹也。」帕袹同。
第一行貘　之白豹能食銅鐵竹之強直　爾
雅釋獸貘白豹郭注云：「能舐
食銅鐵及竹骨，骨節強直。」行
疑當是竹字之誤，行下奪骨字，
之為骨字重文之誤。
第一行蓦　死寂　嗼　蓦當从王一
作蓦，見說文。
第一行貉　北方人　王一本紐無此
字。
第二行磔　陟格反張九　陟字切三同，
當从姜書P二〇一一、王二、唐韻、
廣韻作陟。
第二行舴　小舟　艋　舟下王一有艋
字莫三字，以下殘。當是□反二字。
第二行䵂　黏又竹益反或作䊞　䊞當
作糒。王一昔韻云䵂亦作糒，集
韻麥韻同，廣韻麥韻字作
糒，並其證。
第二行嫡　亦　亦字不詳，當有
譌奪。
第二行杔　欂　杔、欂當作杔、
欂。廣韻云杔，杔欂盛酒器。
集韻云杔欂盛酒具。
第二行乇　草葉又丑白反　又丑白反，
丑格反無此字，見棖百反下，集
韻同。 廣韻本紐及瑒伯切均無此字。
第三行白　傍百反素三　三當作四，此
沿陸書之舊而漏計新增鮊字
耳。 案切三、王二三字，無鮊，唐韻亦增鮊字而此云四加一，
是陸書原為三字。
第三行䚘　倦　䚘字从瓦，王二、切三
廣韻同，段改廣韻从丮，是。
、唐韻从几，亦誤。
第四行㩜　持　切三、王二、唐韻

倶無重文。

第四行郤 相踦又去逆反姓 郤字廣韻、集韻作郄，當从之，見說文。又去逆反姓：綺戟反下無郄字，廣韻、集韻同，而諸書並有郤字云姓，疑五字後人據正文誤字增之。又案本書綺戟反有郤字，郤與郄或同，義為勞倦，廣韻、集韻郤下並云勞極，然與此云姓不合。

第四行卂 持 卂當从廣韻作丮，見說文。

第四行索 所戟反求又所各反四 又所各反，切三、王二、唐韻、廣韻所並作蘇，此當涉上所戟反而誤。

第四行濚 水名在熒陽 熒字唐韻作滎，當从之。切三、王二誤作榮。

第四行碌 碎石声 碎當从王二、唐韻、廣韻作碎。又声上王二有隋字，廣韻有隕字，疑本書誤奪。說文云碎石隕声。

第四行柵 惻戟反木三 切三、王二、唐韻、廣韻並云村柵，當據改。

第四行蹐 豆 王二、唐韻、廣韻並云蹐豆，本書注文右行無字，當據補。

第五行簎 國語魚鼈 語下當有一重文，見周語。切三有簎字。

王二重文誤作云字。

第五行嚄 胡伯反犬喚一 大上切三、王二、廣韻有嚄嘖二字，疑當補。

第六行綌 絺＝ 注文當从切三、唐韻、廣韻作絺＝。

第六行鯜 鰨 切三、王二、唐韻、廣韻並云鰨鯜魚名，本書同（當）。鰨鯜疊韻連語，本書鰨下亦云鰨鯜。

第六行詻 數＝令聲 唐韻、廣韻云鄭玄云詻詻數令嚴，見玉藻言容詻詻注。本書重文上當更有一重文，聲當為嚴字之誤。

第六行䩩 補鞕頭亦作隔 亦作隔，不
詳，各書此字無或体。
第六行縌 綏〻 綏當作綬若綬
。說文云縌，綬維。續漢書輿服
志：縌者，古佩璲也。王二云綬
維。
第七行䪐 腦蓋又防陌反 又防陌反，
前防格反下有此字，然防是陟
字之誤，此誤同，或此出淺人所
增。
第七行韄 乙反佩刀飾一 刀字
切三、王二、廣韻並作刀，當从之
・說文云韄，佩刀糸・韄与韄
同。

第八行魄 魂〻 切三、王二、廣韻
並云魂魄，此誤倒。
第八行怕 憺〻靜又蒲各反 又蒲各
反，鐸韻傍各反有泊字，泊与
此字通，集韻此云通作泊。
第八行皛 亦打又胡了反出蜀都賦又莫百反
廣韻校勘記引李慈銘曰：「案
蜀都賦皛貙氓於葽草，李善
注：皛，胡了切，當為拍。拍，普
格切。蓋以皛為拍之字誤，非皛
可訓拍也。」案切三、王二、唐韻、
廣韻並皛下云亦打。獨集韻云
明也，不取打之義，又莫百反，王
二、唐韻、廣韻同，各書莫白反

無此字，集韻同。
第八行⿰免鬼 〻疾 ⿰免鬼字王二、唐
韻同，王氏云當作⿰免鬼，廣韻作
⿰免鬼。
第八行⿰忄⿵門兒 紙〻⿰忄虎 ⿰忄虎當从廣
韻、集韻作⿰忄虎，参齊韻⿰忄虎字
校箋・紙上廣韻、集韻有夻字。
第九行⿰木客 〻⿱穴車 ⿰木客字切三同、王
二、廣韻作⿰木客，當从之、集韻云
⿰木虒架。
第九行輅 車前横 横下疑奪木
字，唐韻、廣韻云挽車當胸
横木，說文云車軨前横木。
第九行格 古陌反十二 格字切三、

王二同，當从唐韻、廣韻作格。
切三、王二並釋其義云式，本書
反下疑當補式字。
第九行觡 鹿々 切三、王二、唐韻、
廣韻並云鹿角，當據改。
第九行㦬 更 切三、王二、唐韻、
廣韻、集韻本紐不收此字。
第十行謋 虎伯反，然 速皃三 切三、王二、
唐韻然上有重文，當據補。
第十行澤 陂 陂下切三、王二、
唐韻、廣韻有重文或澤字，當
据補。
第十行鸅 鸅 鴹 鸅上當有重
文，說文鸅，鸅虞也。

第十一行乇 草葉又 竹戹反 又竹戹
反，々本書麥韻陟革反無此字，
字見前陟格反下。集韻同。廣韻
全不收此字。
第十一行[illegible] 土得 水 [illegible]當从廣
韻作濌，見說文、昔韻直擲反
誤同。
第十一行虢 古伯反 國名四 四當作一、
此誤合一虢反三字計之。
第十一行擭 一虢反 手取 取下當有
三字。上號字注云古伯反四，誤並
本紐計之。
第十一行嚆 于陌反 々々誇一 此字廣
韻作嚄，与前嚄字同胡伯切。

集韻同廣韻，又別出嚆字音
雩白切，則亦同本書。誇字廣
韻、集韻胡陌切作誇，集韻
雩白切作嗙，嗙与誇同，本書
誤。
第十一行搦 尼白反 捉々一 此字王二、
唐韻、廣韻、集韻並与女白反
蹃字同切，切三蹃字云女白反一
，下接搦字音奴格反，亦分二
切。疑或是開合不同。

廿合

第一行。噈 柔又子六反 切三、王二、
唐韻、廣韻無此字，集韻同

本書。案屋韻子六反下云又子合反，疑或誤子為乎為于，遂收之於此。

第一行⿰齒合 齧齒聲又子答反 又子答反，下子答反無此字，各書同。廣韻、集韻又見他合切，集韻又見葛合切，疑子為于字之誤。

第一行搭 ⿰扌遝 搭、⿰扌遝當从唐韻、廣韻作榙、㯓。二書並云榙㯓果名似李出埤倉。本書徙合反㯓字不誤。注文榙亦誤搭。

第二行鉿 鋌尺 注文王二、唐韻同；切三云尺鋋，廣韻云二尺鋌，當从之。尺鋌誤倒。

第二行拾 斂枷又居業反渠輒二反 拾當从廣韻作拾，渠上反字依例當刪。

第二行极 从席載轂 极當从廣韻作⿰巾及，見說文。

第三行鞈 防汙又公洽反 防汙，廣韻作防捍，案說文、廣雅並云防汗，玉篇云防扞。段氏从篇韻改說文汙作捍。又公洽反，洽當作洽；本書洽韻字誤作⿰革夾。

第三行荅 都合反應亦作畣七 七當作二，此誤並趿以下五字計之。

第三行踏 跛行悪皃 注文切三、王二同，唐韻云跛行悪皃，廣韻云跛行，集韻云跛也。案跛字誤，當作趿，說文踏下云趿也，王二蘇合反趿下云踏趿，玉篇踏下云踏趿，並其證。唐韻跛上奪重文，廣韻又減悪字，集韻省之云跛，幾至不可正矣。悪字不詳，本書趿下云急，与小徐踏下云馺合（萬象名義同），悪字疑當作急，參下⿰馬沓字校箋。

第三行趿 又蘇苔反急 切三、王二、廣韻蘇合反為正切，蘇上無又字，本書誤衍又字。急下當有四字，苔下云都合反七，誤合本紐四字計之。

第三行 颿 風声又力合反 又〻寒風　集韻此字又見落合切，刀當是力字之誤。又〻寒風，當云〻〻寒風。

第三行 駁 馬行皃　切三、王二、唐韻、廣韻並云馬行疾，案方言十三駁，馬馳也。本書皃當作疾，或見上奪疾字。

第三行 [illegible] 行皃又且立反　又且立反，本書緝韻七入反無此字，各書同。廣韻又見初戢切，集韻又見息入色入二切，並与此不合。

第四行 ⿰馬沓 馬行〻〻　切三、王二並云〻駁馬行，廣韻作駁⿰馬沓馬行，集韻云駁⿰馬沓馬行疾，案切三、王二是也。⿰馬沓駁与踏跋一語之轉。集韻踏字亦讀同⿰馬沓，並行疾之意。故說文踏，跋也，小徐跋字作駁。本書下一重文當作駁。

第四行 遾 菈〻 蘆䕷　菈字廣韻作菈，与方言合，當从之。本書盧荅反作菈不誤。䕷當作蕟若蕟。

第四行 [illegible] 搭〻 果名　搭當作榙。唐韻正注文[illegible]榙二字並誤从手。

第五行 媘 安〻 意伏　切三、王二、唐韻只一安字。意伏二字出說文，疑此出後增。

第五行 翻 翻〻 飛皃　切三、王二、廣韻此字作𦐇，本書誤从米，米旁原有墨色，蓋曾以雌黃塗改。

第五行 哈 莊子云〻然似喪　集韻作嗒，或体作荅，注云解体見莊子嗒焉似喪其耦或省，案今莊子齊物論与集韻合，參釋文。本書正文哈字疑誤，（集韻本紐亦有哈字，為齝或体）焉字作然，或者一本如此。

第六行 鼛 鼓声又口合反　又口合反，王二云又口荅反，同，口荅反下無此字，集韻渴合切收之。

第六行 ⿰黑沓 羊曼為〻〻伯見晉書　⿰黑沓字廣韻、集韻同，唐韻作⿰黑沓。

案廣韻集韻別出　唐韻校勘
黯字云積厚。
記引顏氏家訓書證篇謂字
當从重，从黑者，自顧野王玉篇
誤之。又案下一重文當刪。
第六行䕢　篚戶　・　篚當从廣韻、
集韻作篚。
第六行帀　子答反　迊　迊下當有
六字。
第七行歡　嗚又十六反　歡當作歡
、廣韻作歡　嗚當作嗚。說文
、、暑誤。
歡，歍歡也。歍与嗚同。又十
六反，十當是子或千字之誤，本
書字又見屋韻子六反，(作䥶)
注云又子合反。集韻字又見七六
切。
第七行䍧　飽羊　廣韻、集韻云
羊腌。本書飽當是鮑字之誤，
玉篇云羊鮑，声類云魚漬曰鮑
也。
第七行擸　磼　切三、王二、唐韻、
廣韻擸下云敗，下出礑字云礑
磼，本書此奪擸字注文及正
文礑字。拉下云盧答反六，是
其證。
第八行軜　縣馬內轡係軾前者　縣當从
王二、唐韻、廣韻作驂。切三誤驂。
第八行㕑　開戶聲　此字說文作
㕑，本書古沓反亦作㕑，此
疑作盍之誤。盍，古文法字。下
文㕑字廣韻作㕑，即从盍為
声。
第九行蹆　跛亦作㾀　㾀字不詳，集
韻或体作㾀若㾀。
第九行㬤　五合反眾聲二　切三、王二、
唐韻、廣韻此字作㬤，本書口
旁"丿"疑是墨污，或涉下礏
字而誤从石。重文切三、王二、唐韻
、廣韻並無，此當出後增。二當
作三，詳見下條。
第九行礏　磼多皃　多字不
詳，本書磼下云磼礏山高皃。
切三、王二、唐韻、廣韻此並云磼

䃏，下有哈字云魚多皃，唐韻亦有
哈字，唯哈䃏之間有㒗字耳。本書此當是
奪哈字，原与諸書同。

廿一 盍

第一行 譃 靜亦作訷 靜字唐韻、
廣韻同，唐韻並云出淀足加。
王云：「爾雅謐譃靜也，無譃字。
此所據或誤本。」集韻收譃為
嗑字或体，注云說文多言也，或
又作訷，無訓靜之譃。本書古
盍反譃下亦云多言。
第一行 䈪 篕 䈾 篕字王二、唐
韻、廣韻並作篕䉂。篕本筐

篕字，唯集韻求於切下云与䉂
同。此未知有誤否。
第二行 皶 都盍反 黵々。七 七當作八，本
紐有八字。
第二行 鼂 相著声 声下切三、王二、
唐韻、廣韻並有一曰鼂鉤四
字，疑當據補。
第二行 搨 吐盍反合牀十。三 三字王一
作四，欸上有𨠨字而勇反𨠨或作搕茸
諸字，為本書所無，然當為㒗
字注文。切三欸上有搕 搨搸和雜
諸字，搕似搕字与㒗字別出，
然注云搨搸和雜，搨當為攜，
即攜字，則正文搕又不得當本

紐。本書此云十三，同紐不知有
無奪字。
第三行 㒗 搽亦々 𨠨儜劣 搽上當從
切三、王二、唐韻、廣韻補一重文。
又案王一欸上有𨠨字，注云字而勇反
𨠨或作搕茸，當是此字注文。本書腫韻
𨠨下云㒗𨠨劣或作搕茸，諸韻書同。本書此下
未知原有此諸字否。
第三行 狧 犬食亦作𤞣搽 搽當作
狧。集韻狧下云犬食，或体作
㹇。唐人避世字諱，㹇故作搽。
第三行 䤠 鍲 鑞々 鑞字切三、
王二、唐韻、廣韻、集韻並作鑞。
鑞本鍲鑞字，集韻云或与鑞同。

鍾下切三、集韻有鼓声二字，王三、
唐韻有声字，唐韻云鼓聲，此
當補声字。
第四行蹋 蹋上王一有魶字，注云
奴盍反魚名一；切三、唐韻、廣
韻並同。王二亦有魶字，（在歁字
下）正注文並同。當據補。
第四行鈒 〻舤 舤字模糊不
清，從廣韻定之。
第四行倕 私盍反不謹皃二 王二、唐韻、
廣韻不上並有傝倕二字，前二者倕
作重文。疑當補，參下傝字條。
第四行唾 〻垂 醜皃 集韻云唾
唾醜也，一日食皃。玉篇同，廣

韻云唾垂食皃。本書垂下云
悪，此云唾垂，蓋不誤。
第四行傝 吐盍反悪一 王二、唐韻、廣
韻無此字，本書上吐盍反已收此
字，不當於此重出。私盍反倕下
王二、唐韻、廣韻並云傝倕不
謹皃，本書無傝倕二字，又下
文儑下切三、王一、王二、唐韻、廣
韻並云傝儑不著事，本書亦
無傝儑二字，疑由彼誤此。
第四行儑 五盍反不著事一 不上王二、唐
韻、廣韻有傝儑二字，切三不
上有儑字，王一垂上亦有儑一二
字，（二書正文並殘，注亦不全。）

是切三、王一注同諸書，此當補。
第五行捶 和雜 和上王一、切三、王
二、唐韻、廣韻並有擸捶二
字，唯誤作揭。唐韻擸字作擕，當據補。
第五行盍 姓漢有寬饒 盍當作
蓋若蓋，王一作蓋。饒下王一、
切三、王二、唐韻、廣韻並云字
書作郃，當據補。
第五行嗑 多言又呼臘反 又呼臘反，
前呼盍反無此字，各韻書同。
字見胡臘反注云噬〻易卦。又
胡臘反謚字集韻為嗑字或体
，注云多言。疑此呼是乎字之
誤。

第六行鱋 安盍反魚名二 醬 王一、王二、
唐韻、廣韻、集韻並云：鱂魚
名，當據改。
第六行盦 覆蓋 盦當从王一
作盦，見說文。
第六行𠯝 食臘反言声二 食字王一、
廣韻作飠。五刊作千，集韻
作七。言声，王一、廣韻、集韻
並云助𦏁声，五刊云𦏁声，並
當依王一改。
第六行鼛 鼓声 此字王一、五刊、
廣韻並作鼛，集韻作鼛，音
訖盍反。案說文字作鼛。段氏訂為
鼛之誤。

廿二 洽

第一行峽 三山 三下當依切三、
王二、唐韻、五刊補峽字或重文。
第二行㡊 巾亦作帢 帢字王
一同，當作㡊，㡊字當从姜書
P二○一一作㡊，王一㡊字作㡊，
疑失真。
第二行掐 爪刺 掐當作掐，注文
爪刺二字不清，此从唐氏所寫。王
一正云爪刺。切三、王二、唐韻、五刊、
廣韻並云爪掐。
第二行䁊 □□ 此字湯涣不能辨
，此从唐氏所書。王一、切三、王二、廣
韻掐下並為䁊字，注云目陷，本
書注文二字亦殘，可依諸書補。
第二行剳 入亦作䤵 注文四字俱湯
漶不可見，此从唐氏所寫。王一
亦云入亦作䤵。
第二行鹹 又公洽反 正注文並湯
漶不清，唐氏書如此。王一鹹下
有嗛声二字，以下殘。五刊云嗛
声又公洽反，本書又上當補嗛
声二字。
第三行韐 韎韋蔽膝 膝下王一有
又古沓反亦作帢七字。切三、王二、
五刊、唐韻同本書。
第三行眨 眼眨 眨字目旁及
注文眨字不清，此从唐氏所書。

王一亦作眙，云眼眙眕。五刊云〻眼眕
，切三、唐韻、廣韻
並云眼細諳。
第三行飴 □〻 重文在行當有一
字，王一、切三、王二、唐韻、五刊並
云〻餅，廣韻同，可據補。
第三行瘥 □□ □蹄 正、注文俱
漫漶不可見，唐韻所寫作如
此。案王一、切三、唐韻、五刊、廣
韻並云瘥，〻蹄足病，（王一注
云〻蹄牛足病）可據補。
第三行鹹 唯声又 口押反 唯字模糊
不可辨，唐氏所寫如此，案當从
王一、廣韻作嗺。又口狎反，王一
同。狎韻無此音此字，字又見

本韻苦洽反；名韻書並同，五
刊此正云又口洽反，狎字疑誤。
第三行鵮 〻 子 五刊、廣韻云鳥
名，王一亦云鳥名，唯姜書P二○一一注文殘脫，恐未足據。
集韻云鳥名杜鵑也。本書重文
當作鵮。蓋鵮与鵮形近，遂
易為重文耳。
第三行韈 〻 橐 此字王一、五刊、廣
韻並作鞈，當从之。上文韈下云
韈根，此即涉彼而誤。重文王
一無，橐下云又公帀反，本書合韻
古沓反有此字。
第四行屖 〻 薄 楔 楔字切三同，
當从王一、王二、五刊、廣韻作楔。

第四行偛 人兒 〻倡 倡當作偒，即
偒字；下又奪小字。切三、王一、王
二、唐韻、廣韻並云偛偒小人
兒。唐韻偒字作倡。
第四行插 楚洽反亦作揷 揷字六 反
下王一有剌字，切三、王二、五刊
並云剌，當據補。亦作揷插字
，插字与正文同形，當有一誤
誤，王一此云通俗作揷。
第四行鍤 〻 鍫 王一、切三、王三、唐
韻無重文。
第四行蜨 廝亦作鍵 又千〻廉反 又千
廉反，王一同，名韻書盐韻七廉
反無此字。（集韻本紐插而鍤极

反此字並又見葉韻磣歁切。）

第五行䤈△ 盡 此字王一作鼔，

五刊作䤈，廣韻作䤈，並从酉。

集韻本紐無䤈若䤈，眍洽切𢻱

下云盡。案玉篇䤈，大合反，䤈

䤈盡也。大合當是火洽之誤。萬象名義䤈下云火

洽反盡，新撰字鏡䤈下云火洽

反䤈々盡，是其証。

又本書葉韻山輒反䤈字廣韻

集韻並作䤈，是此當以本書作

䤈為是。唯䤈字訓盡不詳所

本。廣雅釋訓云䤈䤈盡也，与

此字形近，疑字書大洽反譌為

火洽反，遂收之於此。曹憲䤈

音徒鼎。

第五行囡 女洽反 手取一 取下王一有

物及又女減女䋈二反八字，切三、

王二、唐韻取下並有物字，本書

緝韻取下亦有物字，當據補。

第五行歃 々血又山輒反 亦作△喢 侯韻

當侯反喢下云輕出言，此云歃

字或体作喢，當有譌誤。萎

書P二〇一一作吹，王一作吹 俱不

詳。集韻或体作哈。

第五行霎△ 山洽反 小雨△三 三字王一同

，並當作四，詳下萐字按箋。

第五行萐△ 翣亦萐莆 瑞草亦△作萎 王一

此字作箑，箑注云翣亦萐

莆瑞草。廣韻箑下云翣之別

名，或体作篓，別出萐字云萐

莆瑞草。案廣韻与說文合，

五刊萐下云瑞草，亦別出箑

字，而注文殘脫。本書葉韻亦

別萐箑為二字，此當是誤合

箑萐為一字，當云：箑 翣亦 箑

萐 亦萐々莆 瑞草 。亦作萎三字

王一無，疑箑下云亦作篓之誤

。萎字見葉韻紫葉反，義為

苦草萎茶。

第六行劄 竹洽反△二 反下王一有

著字，切三、王二並云著，當據

補。唐韻、廣韻云刺著。

第六行蝈 班身小虫△ 虫字廣韻同，

王一作蚉，五刊作蚑，當依王一改。
第六行[足奄] 烏洽反。彼跛兒二 彼字當
作行，在跛字下，此涉下跛字
而誤。王一及各韻書並云跛行
見。
第六行凹 下或作容 容字王一同，
王二、唐韻、廣韻作容，切三作答，當
是作容之誤。又案王一容下有「正作
容」。案集韻或体作此字，別出容字云土墊。案凹
無所從，傷俗尤甚，各之切韻誠
曰典音，陸采編之，故詳其失」等
二十八字、姜書P二〇一一無所字。王氏勘
正陸書之誤，類其書曰刊謬
補缺切韻，本書原當有此文，

蓋後人刪削之耳。

廿三 狎
第一行翈 翻下短羽 下字王一、切三、
王二、唐韻、五刊、廣韻並作上，
當从之。
第一行霅 衆聲又杜甲反。霅陽郡在樂浪 又
杜甲反，王一、唐韻同，切三杜字誤作狀。
字又見下文甲反，杜字類陽。陽
上王一、切三、王二、唐韻、五刊、廣
韻並有霅字，或作重文，當據
補。郡字切三、王一同。唐韻作障
，集韻斬狎切同，廣韻作鄣，張
改作部。又企字王一及各韻書並

作在，當據正。
第一行[冫夾] 〻煠冰相着兒 煠當从王一、
唐韻、五刊作渫。兒字王一無，切
三、王二、唐韻同，此蓋出後增。
第二行啑 啑〻鳥食〻字所甲反 重文
當从王一、切三、王二、唐韻作啑字。
第二行[宀甲] 人神脉刺空穴 王一、切三、王
二、唐韻、五刊，廣韻並云人神脉
刺穴，本書衍空字。唐韻校勘
記云說文云，入脉刺穴謂之[宀甲]。
第三行閘 閘門 注文王一、五刊同。
王二、唐韻、廣韻閘上有開字，与
說文合。
第三行[舂垂] 初甲反去麦皮一 去上王一、

切三、王二、唐韻並有吞字，當據
補。
第三行䕭△ 豕母 䕭字五刊同，王
一、切三、王二、唐韻、廣韻、集韻並
作䕭，与廣雅合。
第三行嗹 々呼鳥食 呼字切三、王
二、唐韻、廣韻作㖕若喋，姜
書P二〇一一作㖕。案本書當作
㖕，避世字諱。 㖕字下云嗹々鳥
食。
第三行翜 病飛又山立反 病當从王
一、五刊作疾。
第四行呷 呼甲反歠々二 王一、切三、王二、
唐韻、廣韻並云喤呷眾聲，

五刊亦云眾聲，此後人改之，當
依王一改。

廿四 葉

第一行葉△ 与涉反又式涉二反俗作菜八 本書
避太宗諱，葉字原當作葉，俗
作菜三字後人所增。王一正無俗
作菜三字。案王一正文字正作菜，唯姜氏書正字殘，
恐未足 又上王一有蒂草木之類
信。
敹於枝莖者又縣名在南陽十
六字。王二同本書，切三有縣名
在南陽五字，二字不當有，王一
正無，切三、王二並云又式涉反。
第一行鍱 鐵々亦作鍱 王一無亦作

鍱三字，切三、王二、唐韻同。
第二行箂△ 又丑涉反 王一無此字，
蓋因与㯰下同云又丑涉反而誤
奪，五刊箂下云々籥，本書
又上不知有無奪字。
第二行殜△ 病 殜字王一同，姜
氏書作殜，与五刊、廣韻、集韻
並作殜合。
第二行擸△ 柶大端又力葉反 擸、柶王
一、五刊、廣韻、集韻作擸、柶。
案儀禮聘禮云以柶兼諸觶尚
擸，又士冠禮加柶覆之面葉，注
云「葉，柶大端，古文葉作擖。」
本書柶當作柶，擸字与儀禮

攕攜並合，然本書仍當同王一
作櫼，參下攕字校箋。
第二行睫　眼々　睫上王一有椄
字，注云續木，切三、王二、唐韻、
廣韻同，（五刊首字作椄，亦云
續木。）當據補。椄下云紫葉
反九，是其証。眼字王一作目，切
三、王二、唐韻並同，當據改。
第二行楫　舟々亦作檝從木　從木二字
無義，王一並亦作檝三字亦無，
切三同。王二云俗作檝，唐韻云
或作檝，五刊云囗囗檝，亦無
從木二字。
第二行婕　班々妤漢時宮官即班孟堅姊也

注文王一只々妤二字，切三、王二、唐
韻、五刊、廣韻並同。本書例不
用也字，此當由後人增改之，好
為妤字之誤。
第二行湕　湫　湫字王一同，姜書
P二〇一二作湫，未詳孰是。當作⿰氵耴。廣韻云
湕⿰氵耴纔有水皃，湕⿰氵耴疊韻
連語。本書而涉反⿰氵耴亦誤湫。
第三行萎　苦茶　注文王一同。荼
上當有重文，尔雅釋草：荼，苦，
萎余。
第三行鯜　魚名　王一無名字，五
刊同。
第三行攝　書涉反追五　五字原當

作七，此後人改之。詳攝字條。
第三行欇　欇上王一有菓歙二
字，菓下云縣名在南陽，歙下云
縣名在新[安]又許[及]反，切三、王
二、唐韻、廣韻並有此二字。案王
二歙字奪，菓下云縣名在新安又許及反、當據
補。本書與涉反葉下云又式涉
反，緝韻許及反歙下云又舒涉
反。
第三行涉　時攝反步渡亦一　亦下王一
有作㴇二字，當據補。
第三行𣌬　日暗　此字王一在躐下，
切三、王二、唐韻同，王一、唐韻字並誤作臘。
當据乙。

第四⿰馬巤△　〻△鬉　⿰馬巤字王一同，即上文鬣字俗誤。（此与條韻⿰馬赤字誤⿰馬赤同例。）說文鬣，鬉鬣鬣也。此注當更有一重文。王一云鬉鬣，亦同本書。五刊有⿰馬巤字，注云馬駿，案爾雅釋畜鬣字舍人注云馬騣，五刊駿即騣字之誤。集韻亦收⿰馬巤字云馬行皃，蓋出之傅會耳。

第四行犣　魚△牛名△牡　魚名二字涉上鱲字注文而衍，旁以小點識之。

第四行⿰毛巤　長毛　毛下王一有亦作巤⿰豸巤四字。

第四行擸△　擇持　此字王一在儠下。

第四行巤△　〻邋　此字王一、五刊、廣韻並作邋，當从之。王一⿰毛巤為⿺辶⿰毛巤字或体，（見注內。）本書⿺辶⿰毛巤字見上。

第四行⿰谷巤　餘△聚名在上艾　餘字不詳，王一無。五刊云谷在上艾，又有⿰谷巤字云聚，當亦⿰谷巤字。廣韻云谷名，集韻云聚名在上蔡一曰谷名，並無餘字。

第四行⿰巤刂　〻△削　王一無重文，五刊同。

第四行擸△　⿰扌四△首又余涉反亦作⿰扌⿱艹冊　擸、⿰扌四二字王一、廣韻並从木作，案⿰扌四字誤，本書擸字与儀禮聘禮「以柶兼諸觶尚擸」及士冠禮注云「古文葉作⿰扌⿱艹冊」合，然上已收擸字，此不當亦从手作，參上擸字校箋。

第五行䟕△　言⿰月丸　此字集韻見怗韻力協切。王一、廣韻同本書。

第五行捷　疾葉反　急△四△　姜書P二〇一一云候。案候是獲字之誤，切三、五刊、唐韻並云獲，本書急字蓋後人改之。四當从王一作五，此後人改之，詳下踕字校箋。

第五行踕　〻業△山皃　王一踕下云嵴有公子踕，五刊云嵴有仲孫踕。下出崨字云〻業山皃。本書當是誤奪踕字注文及正文崨字、業

當作嶫。王一作業亦誤。張平
子西京賦云嵳峩嵲嶫。
第五行𡾊 下入又直立反 又直立反，
切三、王二、唐韻、廣韻同，本書
緝韻直立反無此字，王二、廣
韻收之。
第五行䋭 䌖々 䌖當从王一、廣
韻作䌖。
第五行聑 尼輒反十一 反下王一
有𥉣聑二字，切三、王二、唐韻
同本書。
第六行𨭐 機正作𨭐 注文云正
作𨭐，正文𨭐原當如姜書P
二〇一一、切三作𨭑字。姜書P二
〇一無正作𨭐三字，而機下有
重文，切三、王二同，廣韻云纖
𨭐。纖疑機之誤。 此機下當補一重
文，說文云機下足所履者。
第六行𡗗 々々盜不止从 𡗗當从王
一、王二、五刊、廣韻作𡘋，見說文。
第六行𥇙 小煥亦作燡 煥當从王一、
廣韻作㷰，廣雅釋詁燡，㷰
也。
第六行䌖 䋵々補衣見 䌖當从
王一、五刊、廣韻作䌖。
第六行隶 㨂巧 隶當从廣韻
作𨽸，見說文。
第六行謵 叱涉反小語々八 王一無
重文，切三、王二、唐韻、五刊同。
切三、王二、唐韻語字作言，王一、五刊、廣韻同本書。
第七行詀 讘々細語 語下王一有
亦作呫又他協反七字。切三、王
二、唐韻同本書。五刊云亦作
呫。本書怗韻他協反呫下云
嗇又叱涉反，即指此。疑當據
王一補。
第七行唼 多言又止涉反 又止涉反，
王一止字作山。本韻之涉反無此
字，字見山輒反下，各韻書同，
止當是山字之誤。
第七行慴 㥄 慴當从五刊、
廣韻作㦗。廣韻云㑶㦗小人

皃。佸佪疊韻。王一字誤作懾。
第七行讘 而涉反。亦作聶讋四 反下
王一云詀讘，又孤讘縣在清河，
切三、王二、唐韻、廣韻並同，當
據補。亦作聶讋四字王一無，
各韻無此或体。集韻或体作
囁若㖧。說文聶，附耳私小
語也，与詀讘義同。（史記魏
其武安侯傳：呫囁耳語，集
解云附耳小語声。）廣韻讋
字見之涉切，注云言疾，集韻
同。四字原當作五，此後人改之，
詳下條。
第七行顳 顳上王一有口動皃

二字，以上殘。王二、五刊、廣韻
囁下云口動，本書之涉反囁
下云口動皃又而涉反，此當補。
第七行㖧 多言 㖧字王一同，當
作㖧，見說文。
第七行㵶 㨗 㵶當从王一作㴸。
又案此字廣韻見叱涉切。王一、五
刊、集韻同本書，集韻亦同廣
韻。
第七行讋 之涉反 多言七 七疑當作
八。詳下讋字校箋。
第八行囁 口動皃又而涉反 又而涉
反，切三、王二、唐韻、廣韻同，今
而涉反下無此字，疑係誤奪，境

詳顳字校箋。
第八行讋 之揩 讋上王一有襵
字，注云衣襵，又陟葉反；王二亦
有此字，注同。本書陟涉反襵
下云又之涉反，此當依王一補。讋
下注王一云拾，當从之。廣韻云
拾人語，重文王一無。
第八行聶 𧜟又叱輒反 聶字王
一同，當从五刊作欇，注文𧜟為
楓字之誤。王一注殘，五刊亦誤作机。尒
雅釋木云楓欇欇，前叱涉反
下有𣡽字，亦此當作欇之証。
欇与𣡽同。
第八行襵 之膝 姜書P二〇一

正文作襵，注云褋，無重文。王一
注文作𧞣衣字，姜書偏旁既与
本書合，劉書蓋因廣韻傅
會之，未足　案P二〇一一前已
信耳。
有襵字云衣襵又涉葉反，此
不當又收襵字。集韻本紐有
䯿字，為牒字或体，注云切也，
与本書此字云牒合，本書此
襵字當為䯿之誤，P二〇二
又誤注文牒為牒。參前讋
字條。
第八行豲　梁之良豕　注文廣韻
同。段云：廣疋云梁豲。案
之當是重文之誤，初學記引
纂文云梁州以豕為豲，玉篇

云豲，良豬也。五刊此云梁之
白豕，亦誤重文為之字，又誤
良為白。
第八行妾　七接反女妐政作妾六　政當
作正，妾當作妾。
第九行攢　餅粲　攢當从廣韻
、集韻作攢。五刊誤同本書、
粲字集韻同，孜正云粲字誤。
案廣雅釋詁三粲，食也，廣
韻此云飯食，是粲字不誤。
第九行䨨　霎小雨　五刊、廣韻、
霎上有重文或䨨字。
第九行扱　其輒反驢上負扱四　正、注
文扱並當作极，見說文。切三、王二、

廣韻、五刊並不誤，廣
韻注文极誤版。
第九行拾　鍁押又公荅二反　拾、
押當作柙、柙，見說文。又公荅
二反，合韻古沓反下云又居業
渠輒二反，字又見業韻居怯反
下，此誤奪一音。
第十行鴭　鵖鳥又比及反　鴭字
廣韻同，段氏改作鴔，与說
文合。鵖當从廣韻作鵖，見
說文。又比及反，本書緝韻無
此音。廣韻緝韻鴭字音皮
及切，鵖字音彼及切，集韻
鵖字音逼急切，鵖字音北
及切，与廣韻同；並与本書

異。案本書下文鴗下云又房及反，緝韻亦音房及反。五刊此下云鴗比立反（駈字誤作鶇），鴗下云又北立反，亦与廣韻、集韻鴗字音同。尒雅釋鳥鴗鴮戴任（鵀）釋文鴗，彼及反，郭房汲反，鴮，皮及反，郭北及反。是本書与郭音合。

第十行耴 耳垂 廣韻云耳垂，与說文合。

第十行襵 衣之又之涉反 又之涉反，詳上慹字校箋。

第十行㾜 去涉反少氣二 㾜當从廣韻作瘱。王二、唐韻、五刊並作瘱。說文作㾜。

第十行萐 山輒反蒲瑞草六 蒲字切三、唐韻、廣韻作莆，上有重文或萐字，与說文合，當从之。

第十一行歃 欲帢 歃當作歠，即歠字俗書。案上文㾜字王二、唐韻作瘱，五刊作㾜；又洽韻歃字萬象名義作歃，字鏡、玉篇作歠，可見其演変之迹。

第十一行劫 奪 各韻書本紐無此字，字但見葉韻。

第十一行鴗 鴗又房及反 鴗當作鴗，鴗當作駈，並見說文。

第十一行猒 於葉反惡夢正作猒四 猒當作猒。

廿五 帖

第一行帖 券 券當作券。

第一行跕 丁協反跕跕又 跕字切三同，當从王二、唐韻、廣韻作跕，又丁協反，本韻丁篋反無此字，廣韻收之。

第一行蝶 小蜡 切三、唐韻跕下為蝶字，注云小蜡；王二亦無蝶字，而蝶下云蜡。五刊字作蝶，注云蝶蜡；廣韻同，下出蝶字云小紙曰蝶。集韻同廣韻，蝶下云犬小紙，案犬誤作大，此或體作猲。（本書从考正。

盍韻狢下云犬食，或体作𤜱。）案廣雅釋蟲：蠚蝔，蛘。各韻書合韻蝔下及盍韻蠚下並云蠚蝔，不聞蝶蝔之名。萬象名義蝔下云犬食（玉篇誤犬為大。）与說文狢下云犬食合。本書蝶、蝔當是𧊿、蝔之誤，五刊又誤小字為重文，廣韻又易作蝶蝔耳。

第二行呫　嘗又吒涉反　又吒涉反，本書緝韻吒涉反𠯗下云多言。集韻尺涉切呫下云多言，或体作𠯗。

第二行㡇　衣領又丁兼反，又亦作𧝓袩　㡇當作帆。又亦作𧝓袩，又字疑涉反字誤衍，𧝓袩當作䙕袩。

第二行浹　水凍　之涑　水字當从廣韻作冰。凍下亦有相著二字，集韻云浹渫凍相著，洽韻同，並云出字林。本書狎韻胡甲反亦云浹涑冰相著兒。

第二行鋏　長劍　長下切三、王二、唐韻、廣韻並有鋏字或重文，當據補。又廣韻劒下有名字，案楚辭涉江帶長鋏之陸離兮，注云劍名也。齊策長鋏歸來乎，注云劒把也。

第三行匧　摵　摵當作槭。廣雅釋器匧謂之槭。案說文匧与上篋字同。

第三行牒　徒協反牘　亦正牒廿　亦正牒，當云亦作牒，或云正作牒。然本書避世字諱，從葉為亲，此云亦作牒，當云後人所增。

第四行㲲　細布　細下切三、王二、唐韻、廣韻並有毛字，當據補。

第四行褺　重衣　之之　褺當作褺。切三、王二、唐韻、廣韻無之之，並云重衣，無此二字重文，此當云誤增。
第五行褶 拾又時入反 拾當从
廣韻作袷。又時入反，本書緝
韻是執反無此字。别出褶字
音神執反，切三、王二、唐韻同。
（唐韻騽下云袴騽神執反、
注文与切三、王二褶下云袴褶神執
反同，騽字諸書當似入反，合
韻此誤奪騽字注文及正文褶
字。）廣韻、集韻則並見是執
切下。
第五行墊 下江又都念反 墊當作墊。
注文下江，當作下又々江，說文
墊，下也。漢志巴郡有墊江。

案廣韻墊下云地名在巴中。
第五行慴 懾々 案葉韻懾
下云亦作慴。
第五行擪 於協反按二 靨當 子々
廣韻、集韻無此紐，二字但見
葉韻。切三、王二、唐韻同本書。
第六行籋 箱亦作鑷 廣韻云小箱，
固云：「箱當是箝字之誤。」玉
篇、集韻同訓箝也。」鑷當从
廣韻作釓。
第六行鑷 正作鈼 正下當有亦
字。方言十二鑷，正也，注云
謂堅正也。
第七行嘬 多言 嘬當作叽。

第七行撮 打々 撮當作扎。
第七行窡 下又丁念反 窡當从
廣韻作窡。
第七行笘 竹垂又充甘反 又充甘反，
字又見談韻倉甘反。充甘同
倉甘，詳拙著例外反切研究乙
之一節。
第七行雜 在協反草籃一 切三、王二、
廣韻、集韻並云草籃，當从
之。唐韻誤作籃，合韻廣韻集韻
並云戶籃，本書云戶籃，籃
即籃字之誤。
第八行弽 呼協反弓張又書涉反三 張上
切三、王二有弽字，唐韻、廣韻

云弓弦。

廿六 緝

第一行緝 七入反績 亦作緁五 各書無

此或体。廣韻、集韻別出緁

字云襟緣。案儀禮喪服傳

斬者何，不緝也，又云齊者何，

緝也。緝並同緁。

第一行咠 咠咠 讃聲 讃當作譖，

廣韻云咠咠譖言也。

第一行諿 和或 咠 各韻書此字

無或体。王二咠下云一曰和，与此

同。

第二行習 似入反學 正作九 作下尋

習字，說文習字从白，故云正作。

第三行騽 驢馬 黃脊 驢當从廣

韻作驪，見尔雅釋畜。

第三行褶 神執反又 徒頰反一 褶，神

執反，切三、王二、唐韻並同。唐

韻云騽，袴褶神執反。褶字正注

文与騽字正注文誤合為一。

廣韻、集韻字見是執，似入二切

下，無神執反之音。本書怗韻

徒協反褶下云又時入反，与廣韻

、集韻見是執切合。

第三行集 秦入反聚鳥在 木上亦雧七 鳥

上疑奪羣字。說文云羣鳥

在木上，廣韻引字林云羣鳥

駐木上。

第四行溼 失入反水 俗作濕二 水下切

二、王二、唐韻、廣韻有霑字，

當據補。

第四行⿰口集 姉入反⿰口尃 字補各反八 ⿰口尃

當作⿰口尃。又切三、王二、唐韻、廣

韻並云⿰口尃⿰口集噍兒，⿰口尃字補

各反，重文下當補⿰口集噍兒⿰口尃三

字。

第五行蓺 草木 生 說文生上有

不字。玉篇云草木生兒，同本

書。

第五行⿱艹集 負秦 山立 ⿱艹集當从

廣韻作⿱山集。立亦當从廣韻

作名。

第六行蟄 直立反 虫三 虫上切三、
唐韻、廣韻有重文或蟄字。
第七行急 烝居立反十一 烝字不詳
疑是亟字之誤。然本書切下
釋義，字當在反字下。
第七行皀 鷇香 又阿 又阿二字不詳。
第七行駇 之鴘鳥文 久涉反 駇當
作駇。又久涉反，葉韻駇字見
其輒反，居輒反是鵖字，鵖从
皀声，皀字讀此音，疑此駇為
鵖字之誤，廣韻同本書，蓋
即沿本書之誤，餘書無此字。
第八行泣 去急反 悲泪二 二當作三，詳縣字條。
第八行湒 濕乾 欲乾 王二云肉汁，唐韻、
廣韻云羹汁，此疑涉下文而誤。濕字與說文合。
第八行縣 欲燥 二 此字切三、王二、唐韻、
廣韻並在泣字下，切三無上湒字，
當據乙。一字不必有。
第八行霫 雨 集韻云靁霫
大雨，立入切霫下注同；玉篇同。
本書丑立反霫下亦云大雨。集
韻收或体作霵，而色入切霵下
云小雨；廣韻色立切同。
第八行歙 後漢有來之又 縣名。舒涉反 舒
上當从王二、廣韻補又字，切三、
唐韻同本書。本書葉韻書
涉反此字誤奪，詳見㵉字校箋。
第九行謪 声之 訷 声上切三、
王二、唐韻、廣韻並有語字，
當據補。
第九行翎 漢有之侯 之當作重
文，翎侯為烏孫大臣官號，見
漢書張騫傳顏注，廣韻誤
作侯翎。參見周
書。
第九行澁 色立反不滑從四止相背五 澁
當作澀。
第九行歮 不及 歮當从廣
韻作㵉。文選嵇叔夜琴賦
紛㵉言以流漫，李注云㵉，
不及也。歮即上文澀字。說文
歰，不滑也。
第九行戢 阻立反之六 重文上

當有奪字．六當作七。
第十行膱 涘出皃 亦作䁬 膱字唐
韻同，當从切三、王二、廣韻作
䁬．或体膱字當為睥字之誤，
集韻或体作睥。
第十行戢 山名在會稽 俗呼之洽反 俗
呼之洽反，本書洽韻無此字，
集韻見側洽切。
第十行邑 英及反 六居六 切三、王二並
云英及反六，疑本書原亦作
英及反六，後六下增義訓，又
增六字，或者居上衍六字。
第十行裛 香 々 切三、王二、唐
韻並云々香，廣韻亦云裛衣香

，當攈改。
第十一行湁 丑立反 潗沸二 切三、王二、
唐韻潗上有重文，廣韻有湁
字，當攈補．上林賦云湁潗鼎
沸．說文湁，湁湒沸也。
第十一行煜 為立反 火皃三 三疑原
作二，此後人改之．詳熠字校箋。
第十一行曄 胡輒反 々々 又 又胡輒
反，切三、王二、唐韻、廣韻胡
字作筠，字又見葉韻筠輒反。
第十一行熠 々燿螢 火虫 切三本
紐無此字．王二熠下云為立反
火皃，与切三、唐韻、廣韻煜
字注同，而別無煜字，熠當是

煜字之誤．王二皃下又有於煜 反三字，不詳。
唐韻熠下云々燿，羊入反，為
為立反第三字，然羊上無又字，
又別無熠字音羊入反，唐韻
熠下羊入反原當為正切，字不
當為立反． 王氏唐韻校記煜 下云為立反三，三
當作二，熠下羊入反 廣韻為
反下奪一字．
立切熠下云熠燿螢火又羊入切，
又下出熠字云熠燿螢火羊入
切，与本書及唐韻並合。唯熠
燿双声連語，東山詩釋文熠
音以執，不讀喻三；燿音以
照以灼，亦不載喻三之讀．
疑本書熠字原亦不當為立

反，注文重文上奪羊入反三字，
廣韻遂沿其誤耳。集韻熠
下云弋入切，說文盛光，引詩熠燿
宵行；域及切收熠為曄或体，
注云曄曄光。熠為燁字或
体，不詳所據，然熠燿字不
謂喻三，是亦可證也。
第十一行鴘　方反　反四　方反反，葉
韻居輒反，亦云又方反反、廣
韻音彼反切，集韻音北反切，
与本書異。詳見葉韻駈字校
箋。又四當作一，參下倕字校
箋。
第十一行倕　鬼　黠　劇　集韻此

字音測入切，下文㞼祬二字
廣韻亦音初戢切，唐韻畬
字同。本書云鬼劇黠，劇為
切語上字，原當在鬼字上，下
奪□反二字、又黠下當有三
字。

廿七　藥
第一行燏　火　煜　煜下王二、唐韻
有重文或燏字，當據補。煜
燏雙声連語。煜字音与逐反。
第一行岸　岸上　見人　岸字王二、
唐韻作岸，廣韻作岸，王氏
段氏並云當从說文作岸。注文

唐韻同，王一見下無人字。案人
當是重文之誤，原不當有。
第一行⿰女樂　聲　嫌　類　媄　嫌當作
⿰女樂，廣韻云⿰女樂媄之皃。
第二行踚　々　燈　燈當从廣韻
作登。
第二行掠　抄　々　又　力　尚　尚下奪反
字。字又見漾韻力讓反。
第二行蝶　亦作　蜉　蛤　蚰　々　流　蝶字
唐韻同，當从廣韻作蟟，見
說文。云亦作蛤蚰，上已收蛤字，
依例此不當別出。重文上疑奪
蟲字。說文云蟲蟟也。流當作
⿰虫㐬。

第三行腳　居灼反。𦙶。作腳四。　脛字誤倒在𦙶字下，故旁以鉤識之。腳字曾以雌黃塗改，又本紐三字而此云四，當有奪文。廣韻多本書蹻字（集韻又多一䠊字），又本書錫韻激下云又居畧反，王一同，此未詳所奪何字。

第三行𨚓　節；又於□　𨚓當作郄，為卻字俗書。又於□，不詳。廣韻云又去約切，本書去約反下首字為卻。

第三行斫　刃ㄑ　刃字切三、王二、唐韻、廣韻並作刀，此誤。

第三行繳　繒　繒字切三、王二同，當從唐韻、廣韻作矰。又矰下王二、唐韻有重文，廣韻有繳字，當據補，切三同本書。

第四行簕　籅　簕當從廣韻作䈫，廣雅釋器云䈫、籯，籅也。集韻字作𦺉，云艸名，廣雅䈫籯籅也，誤。

第四行獁　大鶩　大當從王二、唐韻、廣韻作犬。

第五行蒻　荷莖入泥。又菜名，出蜀　泥下唐韻有處字，廣韻有之處二字，切三、王二同本書。案唐韻泥誤作地，切三泥誤作渠，王二入誤作又。

第五行惹　譇。又如邪反　又如邪反，與方言郭音汝邪反合。見卷十。本書麻韻而遮反無此字，集韻收之。

第五行叒　搏桑叒木　搏當從廣韻作榑。

第五行磆　大脣皃。岸脣　岸字言㦄反　岸當從廣韻作屵，岸下脣字亦當從廣韻作磆。本書阮韻屵下云屵磆，大脣皃。

第六行葯　ㄑ藟　藟ㄑ當作ㄑ藟，山海經西山經云其草多葯藟芎藭。

第六行虐　魚約反。酷ㄑ二　王二、唐韻云二，而虐下有瘧字，注云病，當據補。

第六行芍　蕭該云芍　又香草
藥是藥草　可和食
芍字張約反藥字良約反又芍
陂在淮南七削反又蓮芍縣在
馮翊之言也又草　之言也，
鳧茈胡了反
當从唐韻作之若反，廣韻云
之若切。本書之藥反無此字，
唐韻、廣韻同，集韻收之。蓮
芍縣芍或作勺，本書收勺字。
又草鳧茈，唐韻、廣韻並作
又䓊茈草，當从之。
第七行沟　〻　澤　廣韻云瀏沟。
案尔雅釋水井一有水一無水
為瀏沟，是廣韻所本。（本書澤或即瀏字之誤。唯）釋名
釋形体云沟，澤也，有潤澤
也，〻或即本書所出。　疏証云：人身宗

所謂沟者，沟字蓋誤也，疑當作
液。案釋名云沟澤也為用声
訓。然沟澤二字音不近，
阮疑沟為液，蓋是。
第七行㚟　丑略反似兔而大
亦作㚟字五
㚟當从王二作㲋，見說文。
第七行辵　〻　辵　王二、唐韻、廣
韻並云乍行乍止，見說文。
第七行蠚　螫　呼各　又各　各下當補
反字。
第八行削　息略反　斬一　斮　側略反　封
一　爵　即略反　封四　王二、唐
韻、廣韻斮下云斬。王二削下云
刀〻，唐韻、廣韻云刻削。本
書削下斬字涉斮字注文而誤
，斮下注文又涉爵字注文而誤。

第八行雀　小鳥亦　俗鸖　亦俗鸖，當
云俗作鸖，或亦下有奪文。集
韻或体作䳲，又云通作爵。
第八行燋　火未然　又子角反　又子角
反，子字類隔，字見覺韻側
角反。
第八行爝　在爵反靖　淨〻踈皃三　踈字
不詳。
第八行鵲　七雀反亦　正䳲六　亦下
疑奪雚字。
第九行芍　蓮〻中子又下了都歷反　王二
云〻陂在淮南，唐韻、廣韻云
陂名在壽春，唐韻陂名誤破石二字，
与本書市若反注云芍陂在

淮南合，此云蓮中子，未詳所據。蓋後人改之如此。案尒雅釋草：荷，其中的。釋文音丁歷、户了二反，不載此讀。參篠韻芍字校箋。又反上當有二字。

第九行碏 衛大夫名石々 名字疑涉石字誤衍，唐韻、廣韻並云衛大夫石碏。（王二云春秋石碏）

第九行噱 其虐反 嘔笑不止 嘔下當从王二、唐韻、廣韻補重文或噱字。止下當有六字。

第九行蹻 舉足高。又丘堯反 又丘堯反，本書蕭韻苦聊反無此字，字見宵韻去遙反，注云又其略反。集韻則亦見蕭韻牽幺切。

第九行御 須臾 亦倦 御當从廣韻作御。

第九行谷 口上河，或作臄卻 谷當作谷，河當作阿，卻當作啣，並見說文。

第九行瞹 大笑 此字廣韻作腰，注云腰腰大笑。集韻無腰字，腰下云牛舌。案廣雅釋詁一谷，笑也。臄字說文与谷同，腰蓋即臄之俗作。行葦詩云嘉殽脾臄，傳云臄，函也，亦与集韻腰下云牛舌合。本書作腰，誤。

第十行蝍 天神。又丘良反 蝍當从廣韻作蝍。又丘良反，本書陽韻去良反字作蜣，集韻蜣或作蝍。

第十行彏 弓弦急。又居縛反 又居縛反，王二、唐韻、廣韻同。居縛反無此字，廣韻收之。

第十行籆 王縛反 收絲 亦作𧤗一 𧤗當从廣韻作𧤗，見說文。集韻字作𧤗。

第十一行轋 轃車 廣韻云車輞，与廣雅釋器合，疑此轃篤轃字之誤。說文轃，車网也。

第十一行著 竹略反 盖一 著不訓

蓋，盖疑是着字之誤，上奪
俗字。王二著下云俗著，著即
着字之誤。又一當作四，詳見
下條。
第十一行芍　藥香草　又市若反三　三字
不當有，此字讀竹略反。唐韻
、廣韻芍為張略反首字，本書
市若反芍下云芍字張約反，並
其証。
第十一行播　繫　廣韻、集韻
播下云繫，當从之。見廣雅
釋詁三。
第十一行斮　斫亦作䃂鐯　斮字
當从廣韻作斲。集韻字作
斲。
第十二行懼　衢𪇆反又俱𪇆反四　又俱
𪇆反，本書居縛反無此字，各
韻書同。廣韻著下懼上有躩
字，音丘縛反；王二、唐韻亦並
有躩字，音同。疑本書此誤合
躩懼二字正注文為一，躩字
又見上居縛反。
第十二行玃　見足　大玃　足上奪尒
字。尒足釋獸云玃父善顧，
郭注云似獼猴而大。說文此
字作玃，与尒足異，故此云見
尒足。

廿八鐸

第一行剫　彫木　王二、唐韻、
廣韻並云治木，案尒雅釋
器：木謂之剫，玉謂之雕。
彫与雕同，此云彫木者，以避
高宗諱改作耳。
第一行踱　忖々跣足蹋地　忖
旁二小點，誌其誤衍。王二、
唐韻並云々跣足蹋地。
第一行澤　冬之洛從　冰二音冰　洛
下當从唐韻、廣韻補澤字
。洛澤疊韻連語，語見楚
詞。
第二行襗　褻衣　褻字王二同。

本書薛韻褻下云亦作䙝，蓋
唐人俗書如此。
第二行膊 肫々無檢限 肫字廣
韻同，字作肫，段改作肫。
第二行鞾 鞾々 . 々鞾當从廣
韻作鞾々，見釋名、廣雅。
第二行頓 々顢 重文疑出後
增，王二、唐韻只一顢字。或當
从廣韻作々顢。
第二行莫 慕各反 無十一 本紐十字
而此云十一，當是誤奪一字。唐
韻本紐十字，莫幕鄚膜鏌摸
瘼寞諸字次第並同本書。案 唐
韻今只九字 而摸下有漢字，王
、奪一字。

二、廣韻摸下亦並有漢字，疑
即本書所奪。 案王二本紐亦十一字，其中眂漠
膜三字不見本書 諸書並云沙漠。
、与本書異。
第三行慔 勉又云故反 云當作亡，
字又見暮韻莫故反。
第三行樂 憘又五教五反 王二云又
五教五各二反，唐韻云又五角
五教二反、 廣韻同唐韻。 各書五各
反無此字，王二各字誤，本書
反上疑奪角二二字。
第四行駱 馬色 王二、廣韻云
白馬黑鬣鼠，案見尔雅釋畜。 說文
云馬白色黑鬣尾，此有奪文。
第四行䳄 大兒 䳄當作䨼，見

說文。兒字唐韻同，當从王二、
廣韻作白。
第四行䩹 生草 草字王二同，
當从唐韻、廣韻作草。見說文。
第四行駝 々駞出北道有肉鞌 日行三百里負十斤知
水脉駝字 十當作千。 度何反
第四行䶅 鼠出胡地可以作裘也 本書
例不用也字，疑此出後增。（說
文云䶅鼠出胡地皮可以作裘，
亦無也字。）
第五行䨠 雨大 大字不詳。唐
韻、廣韻引說文云雨䨠，今䨠
作霝 王二亦云雨々，疑大字即
重文之誤。

第五行袥 開衣 合大 王二云開衣領
大，唐韻云開衣令大，廣韻云
開衣領。本書合當是令字之
誤。說文繫傳云：「字書袥，張
衣令大也。」集韻袥下云說文衣
衸，別出袥字云開衣令大也。
第五行活 逼 逼字不詳，廣
韻、玉篇並云磓，蓋即磓字之
誤。
第六行蘀 葖本苦 菜草 葖本苦
菜草，此見山海經中山經甘
棗之山。王二此云草木落隋土
地，唐韻云草木菜落，廣韻
亦云葉落，出詩傳及說文。

第六行飥 餺〻〻 廣韻云餺飥，
集韻、玉篇云餺飥餅屬，案方
言十三餅謂之飥。本書餺下亦云〻飥，
此二字誤倒。
第六行作 子洛反 使〻四 重文疑出
誤增。 儀礼鄉飲酒，作相為司正，注：作，使也。
第六行錯 倉〻反 反 賺五 上反字
誤。王二、唐韻並云倉各反，廣
韻亦云倉各切。賺字不詳，唐
韻、廣韻並云鏕別名，唐韻誤作
鑪。賺蓋即鑢字之誤。
第七行鍔 刃 刀 當云刀刃。
第七行鶚 〻鳥 重文當出誤增。
第八行壚 〻折 折當从廣韻作

圻。
第八行楞 〻穽 楞當从廣韻
作楞。
第九行濼 〻波 波字王二同，
當从廣韻作陂。集韻云陂澤。
第九行舀 〻舂 舀當从廣
韻作舀，見說文。
第九行樸 〻蘀 蘀當从
廣韻作蘀。廣雅樸蘀落
也。
第九行胉 脅 脅當从廣
韻作脅。
第十行薄 〻不厚一曰草叢 王二云
〻厚一曰草叢，唐韻云厚

溥，本書不字誤衍。
第十行鎛　田器也。鮮獸名，似人有翼。懸鐘虡橫木上也。
鮮當作鱗，上疑又奪重文。
說文云鎛，鎛鱗也，鐘上橫木上
金華也。又案本書例不用也字，
此注文疑出後人改之。
第十一行嗃　々々讒々崇　讒下重
文當作慝字，尔雅釋訓云謔
謔嗃嗃崇讒慝也。
第十一行韡　々韡　韡々，前韡
下注同，當作韡韡。
第十一行鶴　似鵲，長啄。　啄當从王二、
廣韻作喙。　唐韻同本書。
第十一行秴　黍姓。　姓旁有小點，
蓋誌其誤衍。下俗下云人姓。又
案S六〇一二、廣韻此並云似黍
而小。
第十一行鼦　々鼠　重文當出後
增。
第十一行貈　狐貈，亦作䝨　䝨當从
集韻作貒。山海經扶豬之山
有獸焉，其狀如貉，注云或作貒
古字。
第十二行昨　在各反。日々。十五。　本紐只
十四字，所奪一字不詳。王二十
字，作字不見於此。唐韻十一
字，多本書㸲岝二字。S六〇
一二殘卷十一字，就其可見者，
多本書㸲岝䤩三字。
第十二行鑿　々鑿。　王二、唐韻
鑿下無重文。
第十二行笮　竹索。々　王二無重
文。
第十二行秨　禾穃皃。又徐故反。　又徐
故反，暮韻字見昨故反，邪與
從通。
第十二行䣓　地名，在蜀臨卬。　卬當
作邛。
第十二行筰　竹皮。　竹皮不詳。說
文笮，笮也，即上竹索之笮本
字。廣韻、集韻並收為笮或
体。疑此竹皮二字為筊字之誤。

第十二行帴 𢖾 帴當从廣韻
作帴，唯當云𢖾帴。漢書外戚傳作
赫虒 廣韻云帴帴，亦誤。
第十三行緒 竹 緹 竹字廣韻作
草。玉篇同本書，緒即笮字。
第十三行醋 客酬主人 又徐 徐下
奪□反二字。此字又見暮韻
倉故反，徐字誤。
第十三行鑮 似鍾而大四時之 声，又步各反
又步各反，本書傍各反無此字，
廣韻收之。周礼鎛師，注云
如鍾而大。鎛与鑮同（說文本
二字）。本書傍各反收鎛字。
第十三行鎛 鐘 磬 王二、唐韻、

廣韻並云鐘磬上橫木，是也。
第十四行𪇰 𪇰 重文疑出
後增，廣雅釋獸云𪇰𪇰。
第十四行䮳 獸似羊九尾四耳 名䮳𧴫字達何反
字上當更有一𧴫字或重文。
第十四行𧝓 襌 𧝓當作襌。
廣雅釋詁一襌、𧝓也，為單
薄義。
第十四行霍 虎郭反 揮々四 霍字
唐韻、廣韻作靃，是也。靃霍
本二字，唐人俗書不別。
第十五行郭 古博反郭 本作𩫏□四 𩫏□字
以雌黃塗改，不能詳辨，案當
作𩫏。見說文。

第十五行𢸜 張亦作𢸜 𢸜々 重文
不當有。
第十五行艧 烏郭反 丹三 艧當
作艧，丹當作丹。
第十六行𨝌 苦郭反四 此字涉上
文𨝌字而誤，當依諸書作
鄺。
第十六行劐 解，又口號反 又口號
反，本書陌韻無此字，廣韻
並擭切收之。

廿九職

第一行職 之翼反主官本作 𢧵亦作職六
正注文二職字同，當有一作𢧵。

第一行織 絍緯 絍當作紝，字之誤也。紝字義為輿馬飾。

第一行蘵 草名 酸漿 名下王二、唐韻、S六〇一二並有似字，當據補。尒雅釋草：蘵，黃蒢。郭云：蘵草葉似酸漿。

第一行職 微記 上文已收職字。參職字校箋。

第一行樴 又徒德反 又徒德反，德韻徒德反特字與此同。

第一行扐 縣名在平原 扐字S六〇一二、王二同。當從唐韻、廣韻作朸。說文云平原有朸縣。

第二行岁 山高 之崱 之崱，S六〇一二、王二、唐韻、廣韻、集韻並同，案當作崱岁，詳見余英倫藏敦煌切韻殘卷校記一文。

第二行尥 脛交反 平交反 此字廣韻、集韻作尥，蓋從力声。然尥字不知所出。說文尥，行脛相交也。案集韻此亦云行脛相交。本書廣韻云脛交，即行脛相交省語。疑尥即尥字之誤。本書云反平交反，上反字為又字之誤，尤堪玩味。

第二行拭 卜之 拭當從王二作栻。漢書王莽傳：天文郎按栻於前。顏注云：栻所以占時日。注文S六〇一二同，王二卜下有局字。本書下又有栻字，此與之翼反收二職字同例。唐韻、廣韻栻下云局又木名，同本書下栻字。

第二行侙 意想或作恜侙 王二、S六〇一二、唐韻云意慎侙侙。廣韻云意慎侙。本書想當是慎字之誤，注文侙字當在或字上，下當有一重文。國語云：於其心侙然。參周氏廣韻校勘記。

第二行鶒 鷄之亦作鳩 鷄當从唐韻、廣韻作鸂。王二、S六〇一二字作溪，玉篇作谿，亦作鳩，鳩當是鶒之誤。謝靈運鸂鶒賦云：覽水禽之萬

類、侫莫麗於鸂鶒，廣韻、
集韻或体作鸄。敕、勅正、俗
字。
第四行熄 玄火 玄字王二同，
當从唐韻、廣韻作畜。
第四行䞤 許力反火赤四 火字S六
〇一二、王三、唐韻同，廣韻、集
韻作大。
第五行䫉 怒皃 此字說文作
䫉，漢書賓嬰傳：有如兩
宮䫉將軍，注云怒皃。
說文別有䫉字云目衺也。廣韻
、集韻本紐䫉下云斜視，又本
書廣韻䫉下云又許力反，並誤
䫉䫉為
一字。
第五行盡 痛 盡盡當从王二、

廣韻作盡。
第五行匿 女力反藏亦作□三 作下一
字不清，意逆之當作匿。
第五行溭 愴力反㥶五 王二、唐韻
、廣韻上字並用初字，下文惻下
云愴，此愴字當涉彼而誤。
第六行畟 嚴利耜 重文上當
據廣韻引詩畟畟良耜更
補一重文。
第六行𦾔 草 𦾔當从廣
韻作𦾔。
第六行縧 繩條 條字王二同，廣
韻作絛、索條，或与絛通。周礼
巾車條纓五就，注
云條讀為絛。 廣雅釋器

縧，絛也。
第六行醷 梅醬 醬字王二、S
六〇一二、唐韻、廣韻並作漿，
當从之。見礼記內則漿水醷。
濫注。
第七行畐 快 畐當从廣韻
作啬。下从畐之字並同此。
第七行䩆 丘力反皮鞕皃一 注文唐
韻、S六〇一二同本書。鞕當
从廣韻作鞭。王一鞭字作硬，
同。
第七行歒 怖小 怖字不清，此
从王二、S六〇一二、唐韻、廣韻
定之。通俗文云小怖曰歒。

第七行韉　馬車上　絡草　上當从王二、S六〇一二、唐韻作下。

第七行穡　種曰稼　□曰穡　曰上一字不能辨，當是收或斂字。詩伐檀不稼不穡傳：種之曰稼，斂之曰穡。大雅桑柔稼穡卒痒箋：耕種曰稼，收斂曰穡。

第八行蕀　〻苑　苑〻當作〻苑。蕀苑，遠志也。見爾雅、廣雅釋艸。

第八行棱　去官又力繩反　官字不詳。廣韻云去也，見說文。本書蒸韻亦云去。

第八行弋　与職反射十八　八字不清，此从唐氏所書。

第八行翼　翅亦作䎃　□字不清，似从千旁，各書無此字，不詳。

第九行漠　水名在河南　注文多不清晰，唐氏所書如此，細審均可辨。

第九行杙　木名　正、注文皆湯湯不能辨，此从唐氏所書。

第九行弋月　□□　□　注文湯湯不能辨，唐氏書作弋月鉞八∟，廣韻云缺盆骨也，案廣雅釋親髑骬缺盆弋月也，唐氏所書鉞字即缺字之誤。

第九行𨘭　進　正注文湯湯不清，唐氏所書如此，諦審猶可辨見。

第九行鼏　鼎附耳　集韻鼏下云田器，或作𨘭，鉽下云鼎附耳外謂之鉽。前者見說文，後者見爾雅。玉篇𨘭下云大鼎，廣韻𨘭下云大鼎，別出𨘭字云田器，本書疑不誤，惟不詳所本。史記楚世家吾三翮六翼，索隱曰：謂九鼎也，以翼為之。本書下又收鉽字云鼎耳，

第九行鉽　鼎耳　鼎下當有附字。唯上文已收𨘭字云鼎附

耳，依例不當別出。

第十行即 子力反 就十一 子力二字不清，此从唐氏所書。王二、S六〇一三、唐韻、廣韻並音子力。王二子字壞為工。

第十行蝍 虫々蛆 虫字不清，此从唐氏所書。王二、唐韻、廣韻虫下有又子結反四字。S六〇一三注文殘，左行有又字，是亦同諸書。

第十行□ □又秦悉反 又秦悉反，四字漫漶不清，此从唐氏所書。本書質韻秦悉反揤下云拭又子翼反，廣韻、集韻本紐与質韻從紐重見者亦僅一揤字，此正文當是揤字，注文又字上當是捽或拭字。說文揤，捽也。廣雅釋詁二揤，拭也。（曹憲音子翼）廣韻此云捽也，集韻云捽也拭也，本書質韻云拭，各韻書同。又案本紐即下云子力反十一，此上殘缺者當為三字。王二八字，多本書者鯽⿱即足唧三字。S六〇一三八字，多本書⿱即足禝二字。唐韻九字多本書⿱即足禝畟三字。廣韻十六字，鯽⿱即足唧畟四字而外，又⿰月即䳭二字不見於此。廣韻又有堲字，即本書之郋，又有揤字，云揤裴縣在魏郡。案說文揤下云魏郡有揤裴侯國，漢志同。王二、S六〇一三、唐韻揤下並云揤裴縣，周云廣韻楖揤二字當併為一。末詳本書所殘三字如何。集韻子六反䐈下云⿰月即䐈，詳集韻䐈字校箋。此似應收⿰月即字。王二、唐韻本紐無⿰月即字者，其子六反未收䐈字。

第十行逼 近 彼側反 彼字漫漶不可辨，此从唐氏所書。S六〇一三、唐韻、廣韻並切彼側，王二云彼力反。近字亦不可見，亦从唐氏所書。王二、廣韻並云迫。近下當有五字，蓋亦漫漶耳。

第十一行皕 百々 々百，唐韻、S六〇一三同，重文當从王二、廣韻作二字，說文云二百。

第十一行偪 水驚皃 廣韻偪為
上文逼字或體，別出湢字云湢
汳水驚起勢也，又阻力切汳下注
云湢汳水勢；集韻同。案文選
上林賦云偪側泌瀄，偪側与湢
汳同；史記作湢測。又本書阻力反
無汳字，此當不誤。
第十一行颵 〻風 重文疑出後
增。廣韻云風也，見廣雅
釋詁四。
第十一行域 禜 域禜二字並
从唐氏所書，原文漫漶不能
辨。王二、S六〇一二、唐韻域
下並音禜逼反，無義訓。王

二本紐六字，順序為域罭棫蜮
緎閾。S六〇一三四字，順序為
域罭棫蜮。唐韻五字，順序為
域罭棫蜮[illegible]、其中域罭棫蜮
四字同有，而次第相同；且唐
韻域下云五加一，而其[illegible]下云
出字林加，則域罭棫蜮四字當
為陸氏之舊。本書此下有殘缺
，視其空隙，似殘四字；罭棫
蜮字蓋同諸書，餘一字不詳。
王二、S六〇一三罭下云魚網，棫
下云木叢，蜮下云短狐虫；唐
韻除蜮下無虫字外，餘並同。
第十一行域 人名漢有孫〻 此域

當為琙字殘文，廣韻琙下
云人名漢有公孫琙。案東觀漢記云
玄菟太守公孫琙。本書孫上當有公
字。
第十一行⿰金或 瓦器 瓦器二字不
清，此从唐氏所書。王二、廣韻
、集韻並云瓦器，見說文。
第十一行黬 □絲縫或作緎黬 黬字
从唐氏所書，原文不清。絲縫
二字亦从唐氏所書。絲上疑為
素字，羔裘詩云素絲五緎。
第十二行⿰目攴 此字不清，唐氏
所書如此，注文殘，五刊、廣韻
並云睪目使人。又案此下殘三

字不詳。王二六字，減[illegible]戴三

字不見於此。唐韻五字，多本

書減字，S六〇一三四字，亦多

本書減字。

第十二行堛 芳逼反 凷也 芳凷十

三字不清，此從唐氏所書。王二、

S六〇一三、五刊並云芳逼反凷，

唐韻、廣韻亦並音芳逼，釋

其義云土凷。又案本紐正是十

字。

第十二行愊 析也 判也 本書例不

用也字，此注當出後人改之。

第十三行稫 々稄禾 上穛乾 各韻

書本紐無此字。王二、S六〇一三、

唐韻、五刊、廣韻福下為稫字

，注云々稄禾密滿皃，皃字或有或無。

稄字見本韻，音阻力反。本書稄字

殘，詳下昃字校箋。 本書穛當作稫，

注文稄是稄字之誤，案廣韻或本亦

誤作稯。又案五刊字作𥠯，廣

韻亦或作𥠯，注云一本作此，

𥠯當是本字，与稄

亦形近易譌。 上穛乾

當作密滿皃三字。廣雅釋

詁二穛，乾也。此注文乾字蓋

因正文誤穛字而後人改之。穛

字見彥逼反，注云火乾，各書

同。

第十三行副 判 判字不清，

唐氏所書如此。

第十三行陜 □□ 注文殘，五刊、

廣韻並云地裂亦作隔，集韻

亦云地裂謂之陜或作隔。以本

書空隙視之，不得有「亦作隔」

三字。

第十三行昃 □□ 王二、S六〇一三

、五刊、廣韻昃上有稄字，五刊

字作𥠯，廣韻或 音阻力反，

体同五刊。

昃[illegible]仄萴諸字隸屬之。本

書此上殘文當是此字。又案

昃下注文亦殘，王二、S六〇一三、

唐韻並云日々。

第十四行夨 傾頭 夨 [illegible]

王二、S六〇一三、唐韻、五刊、廣

韻、集韻無夭字，夨下云傾頭
、當从之。夭字讀於喬反，說
文云屈；夨字說文云傾頭。敧
字不詳。
第十四行抑 於棘反 按二 注文諸
字均不清，唐氏所書如此，諦
審皆可辨。
第十四行嶷 魚力反 反下當有
一三字，諦審之似猶可辨見。
第十四行⿱疑角 兵々又五其反 兵當
从五刊作岳，本書之韻語基反
下云「々々岳々」，玉篇云⿱疑角⿱疑角
猶岳岳也。

卅德
第一行德 多特反三 王二、五刊、廣
韻此並音多則，本書韻目同，
切三、王二、唐韻、廣韻韻目亦
並音多則，疑此避武后諱而
改之，韻目則沿陸氏之舊。
第一行㝵 古文 々 重文當作
得字。五刊㝵下云古本得。
第一行仂 礼記祭用數之々 礼字不
清，此从唐氏所書，祭用數之
仂，語見礼記王制。
第二行⿰目悳 欲卧 々⿰黑⿱犬冋 ⿰黑⿱犬冋當从廣
韻作⿰黑⿱犬目。下莫北反⿰黑⿱犬目下云々
⿰目悳欲卧。

第二行特 徒德反又 馳涉反五 涉當
作陟。職韻除力反植下云又
徒德反，植与特同字。
第二行蚮 ⿰虫鹿蟒 ⿰虫鹿當作蟅。
方言十一：蟒，宋魏之間謂之
蚮，南楚之外謂之蟅蟒。
第三行⿰黑⿱犬目 欲卧 々⿰目悳 々⿰目悳，廣韻、
集韻作⿰目悳⿰黑⿱犬目，本書⿰目悳下亦云
⿰目悳⿰黑⿱犬目。
第四行塞 蘓則反閉亦作𡫳 又蘓戴反障二
𡫳字不清，从廣韻定之，
說文作如此。
第四行⿱棘入 縣名 ⿱棘入當从王二、唐韻、
廣韻作⿱棘人，見說文。

第五行趏 偪又手豆反 趏當从
廣韻作趦。又手豆反，手當
从廣韻作乎，匹豆反。仆字与此
同，說並詳候韻胡遘反趏
字校箋。
第五行𠜩 路伏地 廣韻、集韻
𠜩為匐字或体。又注文疑
有訛脫。說文匐，伏地也。
第五行䅥 黍豆潰菜 注文廣韻
同，周云黍上當增治字，說文
云治黍禾豆下潰葉。案本書
避治字諱，疑當補理字。
第五行䵵 水流 䵵當作䵵，
見說文。

廿一 業
第一行驜 馬名 名當从王二、S六
○一三作皃。唐韻、廣韻云驜
々馬高大皃。案詩烝民四牡
業業，傳云言高大也，驜即詩業字。
第一行𠜂 績又直獵反 又直獵反，
名韻書葉韻澄母無此字，字
見七接反，直當是且字之誤。
廣雅曹憲音魚劫且葉，是
其證。
第二行䠖 弓 廣韻云弓䠖
皃。
第二行𧙎 衣領 S六○一三、王二、

唐韻、廣韻此字並作䘷，當从
之。
第二行跲 蹪又渠業反 又渠業
反，廣韻云又巨業切，同。本
書正切無此音，廣韻收之。
第二行拾 押鍁 拾、押當作
拾、柙。
第三行鍮 推 推當作椎，見
廣雅釋詁二。

廿二 乏
第一行法 方乏反則正作法字一 正作
灋字，當有脫誤。
第一行姂 好皃止妙也 止妙也三

字不詳，唐韻、廣韻並云好兒，無此三字。本書例不用也字，疑此出後增。

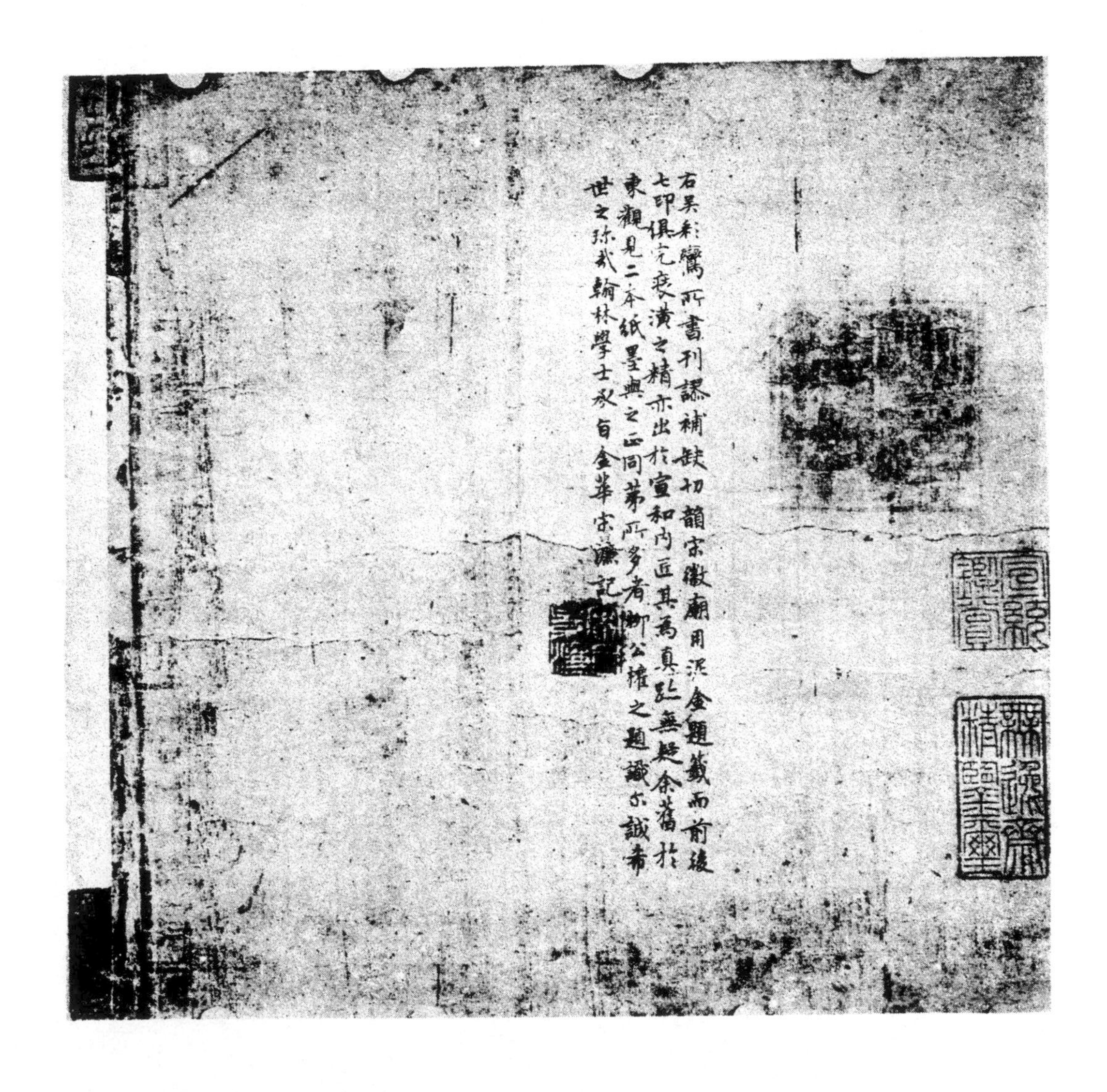

右吳彩鸞所書刊謬補缺切韻宋徽廟用泥金題籤而前後
七印俱完裝潢之精亦出於宣和內匠其為真跡無疑余舊於
東觀見二本紙墨與之正同第所多者柳公權之題識耳誠希
世之珍哉翰林學士承旨金華宋濂記

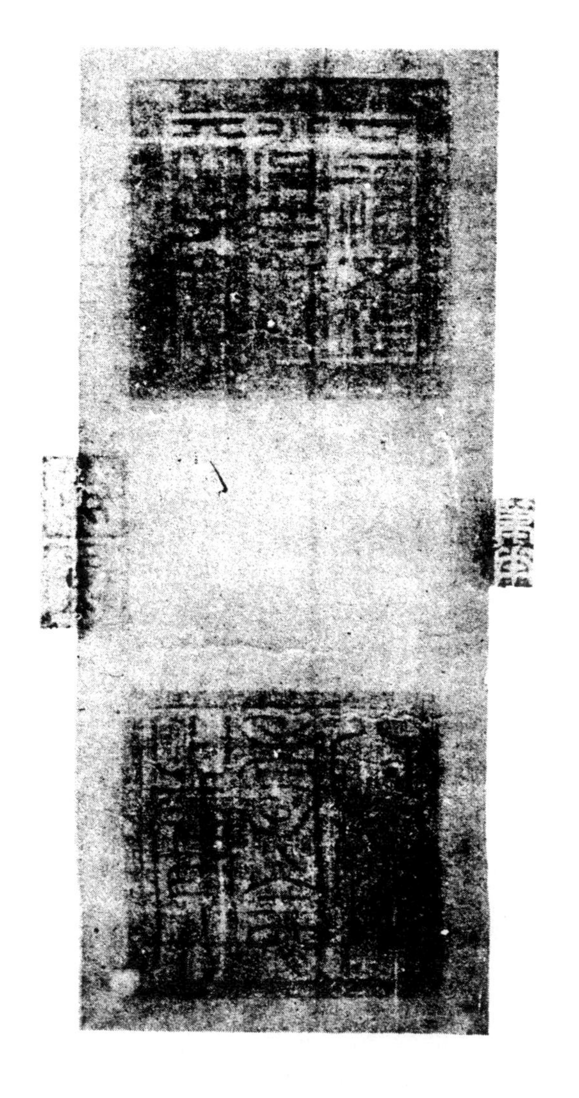

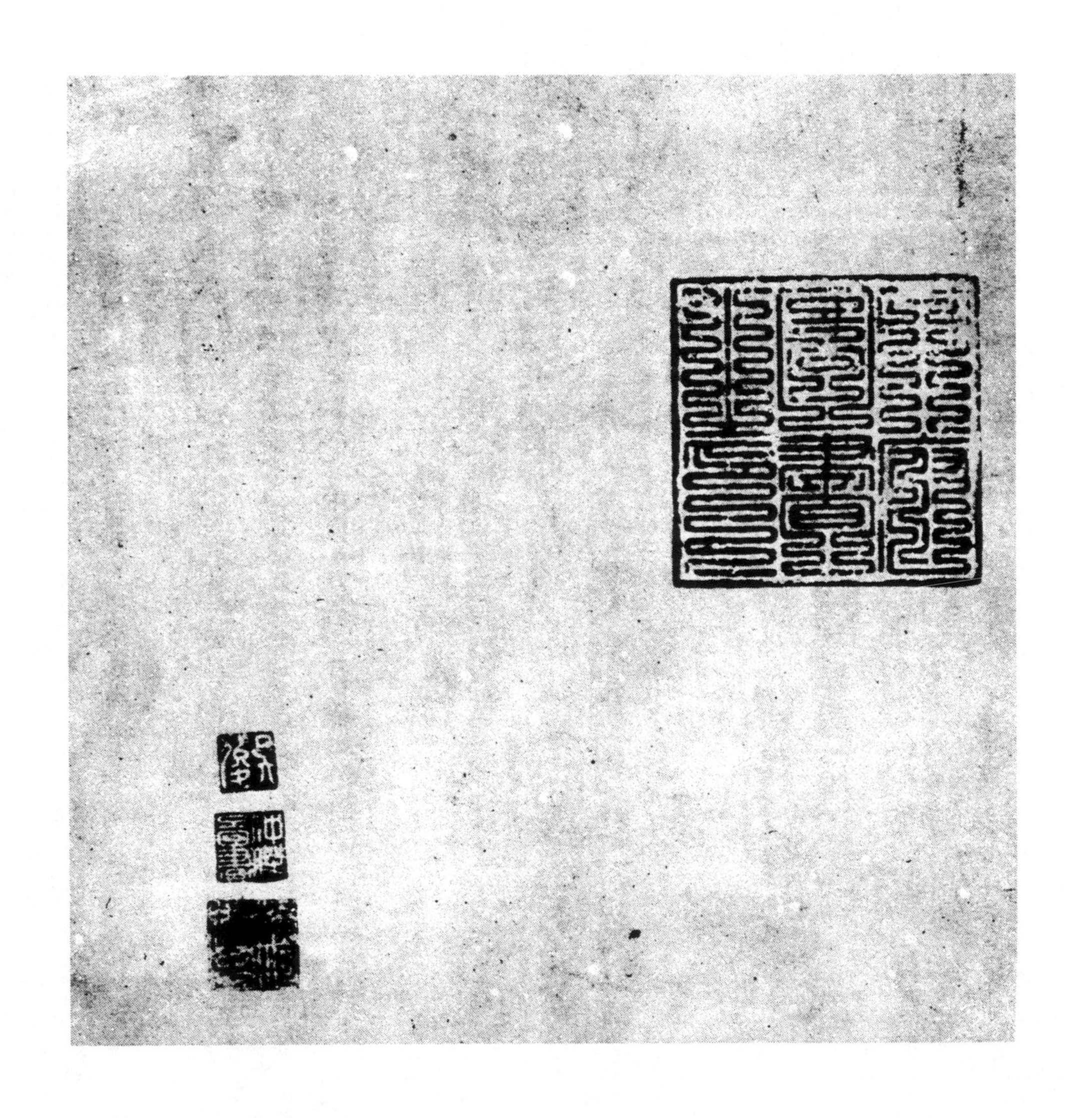

刊謬補缺切韻序 刊謬者謂正訛謬 補缺者謂加字及訓 六万三百七十六字 舊二万三千九百二十二言 新二万六千四百五十三言

朝議郎行衢州信安縣尉王仁昫字德温新撰定

以上標題

少復闕字義可□補缺切韻削舊濫俗添新正典并各加訓啓導愚

蒙救俗切須斯便要省既字該樣式乃備應危疑韻以部居分別清切舊

本墨寫新加朱書兼本闕訓亦用朱書其字有疑涉亦略注所從以決疑謬使

以上叙

總色青黃 又細絹 憁屋中會又子孔反 蜙蜙青蛉 通他紅反徹四

栟櫚 椶椶櫚 騣馬騣 猣犬生三子 豵豕生三子 鯼石首魚 椶滅 𩀄飛而斂足 貢反 吴人音

作孔反 熧 艐船著沙不行 翪飛翔上下 蝬蝬蝑 稯十莒 蓬薄紅反 草五 芃草盛 鬔鬔鬆髮亂 韸鼓聲 亦作芃 篷車上在上 烘呼紅反二

二 魟河魚似鼈 𢡖蘇公反 又先孔反 冬都宗反 時二 苳草名 彤徒冬反 赤丹 十五 疼痛 佟姓 炵火盛貌 又他冬反 鳪鳥名出山海經 鼕鼓聲

憹 悾 恫病 痋 動病 𤞑 㲰 鼕鼓聲 鉵大鉏 爞旱熱 又除中反 赨赤 亦作烔 𪓰龜 又之戎反 賨在宗反 西戎七

農奴冬反 業田 正作農 亦作辳四 儂我 乃公 襛祖 猶有此稱

炂 妹子又 渠龍反 蜙先恭反 蚣蝑 亦作蚣四 淞水名出吴郡 凇凍落 又詳容反 倯 樅七容反 木名松葉柏身 ㄔ樅四 鏦短矛 亦作錝

硿户冬反 石聲二 𠻘呼宗反 隆力宗反 隆 鼜鼓聲 宗作琮反 尊一

鬆鬆亂髮

三 鍾職容反 酒器十 鐘樂器 蚣 忪心動 竹長節 松 𣏿 橦 伀志及 衆 龍力鍾反 亦作龍四 瓏 蘢

蹱小兒行貌 鷫鳥名 舂書容反 椿 橦 蹖 鱅 蝽 惷愚 丑江反 亦 松詳容反 亦作 訟 淞 衝

尺容反 罿網 憧 輴 艟 潼 穜 橦 容 十九 溶 滽 鏞 墉

以上一東二冬三鍾

枳剌〻 咫〻尺 抵〻掌 汃水名出扐扶山 以上四紙 怮怙 䝟曲果 汦著止 芷〻陽縣 坻著

台詩止反在西郊一曰邑名 始初一 枲胥里反麻六 以上六紙止 葸竹箴曰葸 葈胡〻亦作葈 葸質懸皃 諰言且思之 屣石刹 峙直里反從六

簿裴五反竹文〻二 部〻五 粗徂古反亦精四 以上十姥 麤大 徂淺亦作粗 𢷀衣角又動角反亦作㪅 祖則古反宗三 珇圭上起 組〻綬 虎呼古反四 琥發兵符為虎文〻珀

闔於小反隔一 表方矯反上書一

飽博巧反食滿一 𢴨奴巧反擾亂一曰事露又下巧反三

聊日出 茆皃娄又力有反 媌好皃又莫交反 以上廿八小廿九巧 卯猶冒 絞古巧反縛九 狡〻狂 佼女字 攪手動 姣妖媚 𢺁濁又胡巧反亦作鋈 敎福根又下狡反 敎

磣石林反 鷤〻鳥 鷹鳥 噉徒敢反食或作啖四 澹〻淡水皃 以上卅四敢 筡竹名 憺安又徒濫反 黲倉敢反日暗皃一 𡝗謨敢反鄉名在河東猗氏一 𩝨子敢反𩝒餐一 槧才敢反削

卅七拯 無反語取蒸之上聲救溺亦作撜抍今作承一 以上卅七拯卅八等

卅八等 多肯反齊一 倗普等反不肯一 肯苦等反可一

種之用反又之隴反一 重持用反再一

降下亦作夅 洚下江反又胡冬反 巷胡降反邑衚三 衖道亦作𨙻

胮普降反〻脹莫一 戇丁降反愚〻又呼貢反二 𥠁又降不耕而種又又江反亦𢷲又子紅反一

誋不知 敍多 伿情又神敧反 以上三用四絳

胾側吏反大臠四 椹木立死又側持反 鶅東方雉名又側持反 事鉏吏反 吏力置

以上七志

稒~陽縣在五原 故舊 酤酒又古胡反 痼大疾 固堅 錮~鑄又禁錮 棝射鼠斗

梧~枝 逜子叉吾古反

以上十暮

王莽碎劒璏又直例反為歠之反及小毛 毳此芮反細毛十一 歠 衛竹竹名 衛牛蹄 衛帝豚屬亦作衛 芮而銳反草生狀三 汭水內 枘圓柄 贅之芮反假內外肉別生二 叡上閉吉山 吁芮 蕝欲又須而反 䈆 轊車軑

帨佩巾亦作帥

以上十三祭

頪盧對反餘類十 耒~耜又力執反

背補配反四面二 輩俗作軰 磑五對反磨一

靆靉~雲狀 甙甘 酖酷

以上十八隊

廿七

翰胡旦反鳥羽亦作鶾十九 捍~拒 扞以手~亦作仟 鼾~睡 垾小堤 釬~金亦作銲 汗熱汁 悍猛 瀚瀚海 閈里~ 䡅射~ 馯馬尺 䳚~雖

以上廿七翰

狷狂~褊急 鄄~城縣在東郡也 瑗玉名又于願反五

以上廿九線

坷口佐反坎~不平皃三 軻孟子居貧轗~故名~又苦哥反 岢擊 餓五箇反飢~ 播

補箇反又布火反字布三 簸~揚又布火反 譒~敷 貨呼臥反賄一 臥吳貨反眠一 奈奴箇反又奴蓋反一 挫側臥反折三 莝斫莝又粗對反 侳安又子過反

以上卅八箇

伉〻儑 歕黄色 阬閬又口庚反 頏咽又胡當反

曠日不明 爌光明 儴奴浪反餞一

以上卌一宕

蔭於禁反庇〻三 窨作㾘 暗

以上卌九沁

涂上漏向下二 罧積柴取魚又桒斯反 闖門出二 䁥私出頭視又丑心反 譖側禁反讒〻一 讖楚譖反又

以上一屋

鏕金又茨反 磟〻碡 殳呼木反 磬聲 𧰮獸名似豹又丁木反

鋜足鎖 濁〻濃 鷟鸑鷟鳥 齪齒相近 捔擉〻又仕角反 嶌 斮斷亦斷 捉側角反五 穛早熟穀 獡稍虐穫反亦作𤡎 燋蕉毒

以上四覺

硈石狀 䈪木虎樂器又名柷 黠黠 滑戶八反泥刮五 猾狡猾 鰐魚名 鶻鳩〻 螖螖蟹似蟹而小 八博拔反二 馬八歲 窋丁滑反口滿三 叕婠〻

以上十三黠

剗錐刀剗〻 鱯名 䨼 嚍叫亦作㖃 蟈古獲反蛙別名五 馘割耳 幗婦人喪冠 膕曲脚中

以上廿七麥

裂 蘗黄〻二 辟〻 繴絲

以上十五薛

叕連〻 輟中具 罬罬罘居劣反 蠿蛛

庲〻辟 硤〻石縣名 陜相著 恰苦洽反用心七 帢巾〻亦作 帢眉 掐爪刮 䀹 劄入亦作㓣 帢士服缺四角 鹹又公洽反 夾古洽反十三 郟〻鄏地在 袷衣 眨眼〻 跲 餄 瘂 䶝蹄 鵊鳥 鞅〻 筴 根

㢢薄楔 佳〻偈人貞 插楚洽反亦作插揷字六 歃 㪴字

以上廿二洽

𢦏沒反𢧁 隿射繳 蘱翼鷁翔 𡜁婦人官夫人名 潩水名在河南 杙木名 𣦤鉞 𨕗進 𠥲鼎附耳 𦔳耕 芅羊桃 釴鼎耳

䔩〻茿芺反 𦶜去官又力繩反 弋与職反射十八 翊瑀〻郡 翌明日〻 翼飛

即子力反就十二 稷禾 稷木名 揤牛名 蝍〻蛆虫

喞又秦悉反 楖棺 稷七生三子 逼

堛 碧逼反 偪 愊 踾 楅

䘁 稫 域人名漢有 𩏼

䧙 壁 匐 皕 逼近 湢 偪水鷘兒 颮〻風 𡇻姓 域塋

繶作緘 淢溝八 閾門限 緎衣縫 洫清淨 㚇

㗉析也判也 𩟗 鯆兒 揊擊聲 穙〻穙禾上穙乾 畐多又房六反 副判 陟

䩉〻臆意不洩 㮨大乾 抑於棘反按二 𨚫邑名

肋脅 扐著指閒 仂禮記祭用數之〻

冥 撊〻打 仄〻陋

以上廿九職卅德

王韻影印既竣以紙墨昏闇處有未晰孟故宮當局嘉惠來學蘄使盡善盡美屬余為校一過因稍寫其可辨者如上此書原本以兩紙合為一葉故兩面均光滑也書脊黏連又兩面書均與西方書同余嘗為北京大學購得一經疏亦如此故疑此類葉子亦仿於僧徒也故宮舊藏項跋本王韻原記為廿七葉然今殘缺之餘猶得廿八葉向以為疑今乃知原以葉子兩面書今揭開裝為冊負併所缺當得五十四開也此種葉子裝當為書籍由卷變冊之始其後變為蝴蝶裝更後則為今通行之線裝矣

此書字跡之模糊者一由於書脊之黏損如褫下云車缺嘗下云曰開不開車及不開二字今俱不可見再者由於葉口之被磨損蓋繙帮過多之故唐時已重描若干字其字跡惡劣者皆是也凡此兩端今俱補寫其不能辨者仍闕之不敢冗增也舊有以雌黃點定者今多脫落如䳄下亦字舊於論反美好改為鄙口反又䞓所改大半脫落今亦不能詳也𩑭庚有賡字古行反䞓六至有闕字十八二反校語外亦校者所增也此書以朱絲為闌書法近顏平原麻姑仙壇記唐韻校畢附記

年歲終

戰勝之第三年，溥儀竊挾東去之國寶，於兵燹之餘，漸有由估人搜購，流歸故都者。一日，友人于思泊先生告余得見吳彩鸞書唐韻，約余同觀，展卷則赫然宋濂跋本王仁昫刊謬補缺切韻之全帙也。驚喜過於所望。余於二十三年前曾爲上虞羅氏手寫故宮所藏項子京跋本王仁昫刊謬補缺切韻影印行世，十韻彙編收錄，所謂王二者是也。其後劉半農先生自法國抄回敦煌本王韻，刻於敦煌掇瑣中，即彙編所謂王一者。兩本各有殘缺，又頗殊異，魏建功先生疑項跋本是裴務齊所改作也。敦煌所出，又有五代刊本大唐刊謬補闕切韻，似亦非王書。向達先生自歐歸，示余所抄柏林普魯士學院藏吐魯番出土韻書斷片，則與掇瑣本合。今見此本，又復全同，其爲王書，已可確定。蓋廣韻以前，傳世古韻書，以余所見，未有全帙。民國二十六年蘆溝變起，余滯舊都，嘗撰寫切韻反語考。二十八年，間關入滇，避敵轟炸，蟄居湖村，重整舊業，爲新校正本切韻，據敦煌所出切韻，王韻，項跋本王韻，蔣氏本唐韻，參校輯錄，粗具形模。然恒苦傳世諸寫本，各有遺脫，僅以廣韻補苴，心終不安。後方書籍不備，求一十韻彙編，且不能得，寫定全書，徒懷夢想。執意北定中原，得歸故廬，流離顛沛之餘，竟得覩此瓌寶哉。時廠肆索値至昂，余僅得匆匆錄一韻目而已。逾月，馬叔平先生自京師歸來，亟以收購爲請，乃得復歸於故宮博物院，與項跋本同爲寫本書之極觀，促成其事者，思泊力也。叔平先生頗思手寫一通付印，余亦私發此願，人事倥偬，終不易舉。院中影印將成，袁守和先生以書囑余爲跋，以一周爲期，時促不得詳論，畧記所知，以承嘉命，其未賅備，俟諸異日。

此書題「朝議郎行衢州信安縣尉王仁昫字德温新撰定」；王氏事蹟無考。廣韻序錄有關亮薛峋王仁煦祝尙丘孫愐嚴寶文裴務齊陳道固諸家增加字。日本見在書目有切韻五卷，王仁煦撰。倭名類聚抄及淨土三部經音義並有引用。其書見著錄者只此而已。今按此本三十五銑韻字下注今上諱，是王氏必爲中宗時人。又其官階爲行衢州信安縣尉，按天寶元年改衢州爲信安郡，此必在天寶以前也。序云：『大唐龍興，廉問寓縣，有江東道巡察黜陟大使侍御史平侯嗣先者，』按武后末年，傳位中宗，神龍元年，始復國號曰唐，此所謂『大唐龍興也。』二年，選左右臺及內外五品以上官二十人，爲十道巡察使，委之察吏撫人，薦賢直獄，二年一代，考其功罪而進退之，即所謂『巡察黜陟大使』也。然則此書之作，當即在神龍二年（西元七〇六）矣。然唐時無江東道，衢州屬江南道，東蓋南字之誤。項跋本作『江東南道』，考當時以二十人爲十道巡察使，則每道有二人，或已如開元末年分江南爲東西二道，衢州正在東道，則此或江南東道之誤與？長孫訥言爲切韻作箋，時在儀鳳二年，（西元六七七），王氏之作在其後約三十年，當時流傳頗廣，故得遠至敦煌吐魯番俱有傳本。又其後三十餘年而孫愐作唐韻，及其盛行，王韻遂微，五代及宋，郭忠恕徐鉉徐鍇等遂不復道其名氏矣。蓋唐人之用韻書，猶今人之用字典，新編既出，舊者便爲筌蹄。然今日王韻復出，竟爲一千二百餘年前之全帙，而切韻唐韻僅有殘本，古籍顯晦，亦各有幸有不幸也。

王書名刊謬補缺切韻，即於大題下注云：『刊謬者謂刊正訛謬，補缺者謂加字及訓。』序謂：『陸法言切韻，時俗共重，以爲典規，然苦字少復闕字義。』又謂『謹依切韻增加，亦各隨韻注訓，』是其本意尤重在補缺也。其所刊正，合此本與敦煌本，共見十二事；

鞾　鞾鞋，無反語。火戈反，又希波反。陸無反語，何□誣於古今。——平聲三十三歌

广　虞俺反，陸無此韻目，失。——上聲韻目

范　符凵反，陸無反，取凡之上聲，失。——上聲韻目又五十二范

湩　都隴反，濁多。此是冬字之上聲。陸云，冬無上聲，何失甚。——上聲二腫

輢　於綺反，車輢。陸於倚韻作於綺反之，於此輢韻又於綺反之，音既同反，不合兩處出韻，失何傷甚。——上聲四紙

汜　音似者在成皋東，是曹咎所渡水。音凡者在襄城縣南汜城，是周王出屈城日南汜。音匹劍反者在中牟縣汜澤，是晉伐鄭師于汜日東汜。三所各別，陸訓不當，故不錄。——上聲六止

巹　瓢，酒器，婚禮所用。陸訓巹敬字爲巹瓢字，俗行大失。——上聲十八隱

言　語偃反，言言脣急。陸生載此言言二字，列於切韻，事不稽古，便涉字妖

上聲十九阮

嚴　魚淹反，陸無此韻目，失。——去聲韻目

足　案緅字陸以子句反之，此足字又以即具反之，胥既無別，故併足。——去聲十遇

凸　陸云高起，字書無此字，陸入切韻，何考研之不當。——入聲十四屑

凹　下，或作容，正作㿿。案凹無所從，傷俗尤甚。名之切韻，誠曰典音，陸采編之，故詳其失。——入聲二十二洽

綜而言之，陸無广嚴二韻，王氏補之，一也。陸云冬無上聲，王氏補湩字實之，二也。陸無韡范二字反語，王氏補之，三也。此三事雖曰刊謬，實亦補闕耳。惟韡足二韻，反語重出，言詞凸凹四字，字妖傷俗，氾釜二字，訓義不當，此三事則眞可謂刊謬矣。唐代前期韻書，祖述陸氏，每有刊正，並著其由。蔣氏唐韻於𤬪下云：『陸無訓義，』𠐊下云：『陸本作眙，』鰯下云：『陸入格韻，』魏鶴山所見唐韻，於移韻下云，『陸與齊同，今別。』廣韻於恭下云：『陸以恭蜙縱等入冬韻，非也。』㺃下云：『陸作㺃豸，』殆亦取之唐韻者。陸書一萬餘字，王孫等所刊正，不及二十條，可見剖析之精，今日陸書不存，反得藉此以窺體製也。

長孫作箋，不涉韻反，且無韻目陸注。王書略後出，所見陸書，當是別本，故韻目特詳。此本王序後即接陸詞字法言撰切韻序，而無長孫箋語可證也。頃所見敦煌出寫本王韻序文，亦與此同。而項跋本有長孫序而無陸序，此亦裝本亂之耳。陸書一百九十三韻，王增广嚴二韻，爲一百九十五韻，不知爲王氏創作，抑別有所受。其後孫愐於開元三十年作唐韻，見於式古堂書畫彙考者，上聲五十二韻，去聲五十七韻，較切韻多出二韻，似與此同，孫亦未必襲王也。若其加字增訓，長孫以下，無不如此。封氏聞見記謂陸書一萬二千一百五十八字，式古堂本孫愐唐韻序謂今加三千五百字，通舊總一萬五千字，』則所見陸書止一萬一千五百字也。王韻此本與敦煌本均於卷首詳記字數，惜寫者併上下平爲一卷，略去卷二都數一行，不能核實，若僅以上平及上去入三聲合計，則舊韻爲九千四百七十三字，加入下平，當與孫愐所見相近。而此四卷新加者爲四千七百六十二字，加入下平，當有六千餘字，遠較孫愐所加爲多，更以知孫氏之未嘗襲王書也。王氏序云：『舊本墨寫，新加朱書，兼本闕訓，亦用朱寫。』此本於序末又注云：『所有新加字并朱書，其訓即用墨書，』當亦王氏原注。然寫本殊不然，僅於韻目上數字及小韻下字數用朱書，竟不知何爲舊韻，何爲新加也。王靜安先生所書切二切三均注所加字數，蔣氏唐韻亦然，疑長孫訥言本之體製如此。然此本與敦煌本字夾相合，以校切二切三，雖有增加，都在韻末。而故宮舊藏項跋本，其上平聲亦注所加字數，與此不合，且字夾淩獵，韻亦大異，殆裴務齊以長孫本羼雜王本使然也。

此書凡二十四葉，除首葉外，並兩面書，共四十七面，每面三十五行，自四十耕起爲三十六行，所謂葉子也。發覆本殘存四十二面，亦兩面書，與此本頗相似，當是同時抄本也。此書於民字缺筆，顯字亦缺筆，然世下注文帝諱，治下注大帝諱，均未缺筆，未可以定寫書之前後，以字體度之，殆即在太和前後。所謂吳彩鸞韻，傳世至多，歐陽公謂『文字有備檢用者，卷軸難數卷舒，故以葉子寫之，如吳彩鸞唐韻李郃彩選之類是也。』彩鸞者據傳說爲泰和時人，豈葉子寫書，即起於其時耶？此本手揭處多磨損，足見當時檢用之繁。原書當爲册子，頗類今之洋裝書，故近脊處多黏損，下葉之字，往往印於上葉，今爲龍鱗裝者，疑是宋人所改。元王惲玉堂嘉話卷二記吳彩鸞龍鱗楷韻，後有柳誠懸題，共五十四葉，鱗次相積，皆留紙縫，注云天寶八年製。此本宋濂跋云：『余舊於東觀見二本，紙墨與之正同，第所多者，柳公權之題識爾』。即秋澗所見之本也。山谷題跋謂所見有六本，張持義藏本孫愐唐韻三十七葉。魏鶴山所見爲有移韻之唐韻，故爲三十先三十一仙。雲烟過眼錄卷一所載鮮于伯機藏本切韻則爲二十二先二十四仙，疑是韻詮一系之韻書。若式古堂書畫彙攷所載則開元三十年行陳州司法參軍事孫愐所表上之唐韻也。蓋唐宋以後，凡見韻書，即屬之彩鸞，爲人珍玩，反得藉以保存。今所得見者，蔣氏唐韻，故宮項跋本，幷此而三矣。若敦煌吐魯番等地所出，余所見不下三十種，固未有如此本之完好者，即賞其書法，考其紙墨裝潢，已在在足觀爲國寶矣。

然王書之最可貴者，實在韻目，其所注與呂夏侯等五家異同，王靜安先生見項跋本後，作六朝人韻書分部說，以爲必陸氏原注者也。魏建功先生見敦煌本，作五家韻目考，又以爲王氏所注。項跋本僅見上平，敦煌本又多斷爛，排此推測，終異本來，今得此本，所補正者二十餘事，煥若神明，頓還舊觀。今考王於湩下云：『陸云冬無上聲，何失甚，』足證韻

目二冬下所注『無上聲』三字爲陸氏原注，靜安先生之說不誤也。蓋惟广范嚴三目言陸失者，始是王氏所增耳。陸序言『呂靜韻集，夏侯詠韻略，陽休之韻略，李季節音譜，杜臺卿韻略等，各有乖互。……欲更捃選，除削疎緩。顏外史蕭國子多所決定。魏著作謂法言曰：向來論難，疑處悉盡，何爲不隨口記之，我輩數人，定則定矣。法言即燭下握筆，略記綱紀。』又言：『遂取諸家音韻，古今字書，以前所記者定之，爲切韻五卷。』是陸氏所記之綱紀，由顏之推蕭該所決定，亦即此五家韻書之各有乖互耳。長孫作箋，唯在字樣刪解，不錄此注，唐韻廣韻，遞相祖述，陸氏本意，遂不可見，幾乎得兎而忘筌矣。今故參合各本，比錄於左：

平聲	上聲	去聲	入聲
一東	一董　呂與腫同 夏與腫別	一送	一屋
二冬　呂與鍾江別 夏與鍾江別 陽與鍾江同		二宋　夏與用絳別 陽與用絳同	二沃　呂與燭別 夏與燭別 陽與燭同
六脂　呂與之微大亂雜 夏與之微大亂雜 陽與之微別 李與之微別 杜與之微別	五旨　呂與止別 夏與止爲疑 陽與止別 李與止別 杜與止別	六至　夏與志同 陽與志別 李與志別 杜與志別	
九魚	八語　呂與麌同 夏與麌別 陽與麌別 李與麌別 杜與麌別	九御	
十二齊	十一薺	十三霽　呂與祭別 李與祭同 杜與祭同	
十三佳	十二蟹　夏與駭別 李與駭同	十五卦	
十四皆　呂與齊同 夏與齊別 陽與齊同 杜與齊別	十三駭	十六怪　夏與泰同 杜與泰別	
		十七夬　呂與怪別與會同 夏與會別 李與怪同	
十五灰　呂與咍別 夏與咍同 陽與咍同 杜與咍同	十四賄　呂與海別 夏與海爲疑 李與海同	十八隊　呂與代別 夏與代爲疑 李與代同	
		二十廢　呂與隊別 夏與隊同	
十七眞　呂與文同 夏與文別 陽與文別 杜與文別	十六軫	二十一震	四質
十八臻　呂與眞同 夏與眞別			

陽與眞同　杜與眞同

二十殷　夏與臻同　陽與文同　杜與文同

二十一元　呂與魂別　夏與魂同　陽與魂同　杜與魂同

二十二魂　呂與痕同　夏與痕同　陽與痕同

二十五删　呂與山別　夏與山別　陽與山別　李與山同

二十六山　夏與先仙別　陽與先仙同　杜與先仙別

二十七先　呂與仙別　夏與仙同　陽與仙同　杜與仙同

二十九蕭

三十一肴　夏與蕭宵別　陽與蕭宵同　杜與蕭宵別

三十三歌

三十六談　呂與銜同　夏與銜別　陽與銜別

三十七陽　呂與唐同　夏與唐別　杜與唐同

三十九庚

四十耕

十八隱　呂與吻同　夏與吻別

十九阮　呂與混佷別　夏與混佷同　陽與混佷同　杜與混佷同

二十混

二十三潸　呂與旱同　夏與旱別

二十四產　夏與銑獮別　陽與銑獮同

二十五銑　呂與獮別　夏與獮同　陽與獮同　杜與獮同

二十七篠　呂與小別　夏與小同　陽與小同　李與小同　杜與小別

二十九巧　呂與晧同　夏與晧篠小別　陽與篠小同

三十一晧

三十四敢　呂與檻同　夏與檻別

三十五養　呂與蕩同　夏與蕩爲疑

三十七梗　呂與靖別　夏與靖同

三十八耿　呂與靖迥同與梗別　夏與梗靖迥別

二十三焮

二十四願　夏與慁別與恨同

二十五慁　呂與恨同　李與恨同

二十八諫　夏與襉別　李與襉同

二十九襉

二十霰　杜與線別　夏與線同　陽與線同　杜與線同

三十二嘯　杜與笑効別　夏與笑効同　陽與笑同　李與笑同　杜與笑効別

三十四効　夏與嘯笑別　陽與嘯笑同　杜與嘯笑別

三十六箇　呂與禡同　夏與禡別

三十九闞

四十漾　呂與宕同　夏與宕爲疑

四十二敬　呂與諍勁徑同　夏與勁同與諍徑別

四十三諍

八迄　呂與質別　夏與質同

九月　呂與沒別　夏與沒同

十沒

十二黠

十三鎋

十四屑　呂與薛別　夏與薛同　李與薛同

二十一盍

二十七藥　呂與鐸同　夏與鐸別　杜與鐸同

十九陌

十八麥

四十一清　三十九靜 李與梗迥同 杜與梗迥同　四十四勁　十七昔

四十二青　四十迥 呂與迥同 夏與迥別　四十五徑　十六錫 呂與昔陌別與麥同 夏與陌同 李與昔同

四十三尤 呂與侯別 夏與侯同 杜與侯同　四十一有 呂與厚勦別 夏與勦同 李與厚同　四十六宥 呂與候同 夏與候爲疑 李與候同

四十五幽　四十三黝　四十八幼 呂與宥候別 夏與宥候別 杜與宥候同

四十七鹽　四十五琰 呂與忝范豏同 夏與范豏別與忝同　五十豔 呂與梵同 夏與㮇同　二十四葉 呂與怗洽同

五十一咸 夏與銜別 李與銜同　四十九豏 夏與檻別 李與檻同　五十四陷 夏與鑑別 李與鑑同　二十二洽 夏與狎別 李與狎同

五十四凡　五十二范　五十七梵　三十二乏 呂與業同 夏與合同

自孫炎始作反語，李登聲爲聲類，呂靜繼之而爲韻集，潘徽所謂『始判清濁，纔分宮羽』者也。靜不知當晉何時，其兄忱亦嘗作字林以附託說文，殆猶在西晉與？今考陸生所述，灰賄隊與咍海代別，元阮月與魂混沒別，先銑霰屑與仙獮線薛別，實顯井然。至若董與腫同，齊與皆同，眞質與臻櫛同，潸與旱同，巧與皓同，談敢與銜檻同，陽養漾藥與唐蕩宕鐸同，類皆洪細不別，等次未明，猶有三代秦漢之遺。又顏氏家訓論韻集曰：『成仍宏登，合成兩韻，爲奇益石，分作四章，皆不可依信，』則呂書耕與清同，蒸與登同，亦洪細不別之例，而此目中並未箸，僅於三十八耿言呂與靖迥同，與梗別，知所藏異同，亦未盡備也。然支韻爲奇兩類，切韻具存，益石兩章，反語亦別。是知切韻反語，尚多呂氏之遺，雖刊定於隋時，實祖述魏晉。若由此目所注，上跡六朝，追考秦漢，則古音變嬗不難明也。

蓋反語起源至古，蒺藜爲茨，終葵爲椎，急言緩言，已肇其端。宋玉戲太宰屢遊之談，後人以此流遷，習爲諧隱，孫皓時童謠以常子閣爲石子岡，即此類也。漢人譬況取音，孫叔然首創反語，蓋即取諸謠俗，故能家喻而戶曉也。高貴鄉公不解反語，正以其出自俚俗而輕之耳。或以爲梵夾東來譯音觸發，斯不然已。夫反語既作，韻類立分，余嘗取陸生切韻，反復抽繹，始悟反語者反復其語也。胡籠之反語爲盧紅，籠紅爲一類，則東切德紅，同切徒紅，而紅類定矣。陟隆之反語爲力中，隆中爲一類，則蟲切直隆，終切職隆而隆類定矣。東韻一部，乃含紅隆兩章，故陸書凡一百九十三韻，實際韻類，當以反語定之。玉海引韋述集賢記注云：『天寶末，上以自古用韻，不甚區分，陸法言切韻又未能釐革，乃改撰韻英，仍舊爲五卷，舊韻四百二十九，新加百五十一，合五百八十，分析至細』，王靜安先生不解舊韻爲何指，今考詳文義，實即陸氏切韻耳。唐玄宗所言乃韻類，王氏誤爲韻部，遂以韻英爲增部矣。且韻集所以分益石爲兩章者，益本錫類，石本鐸類也。魏晉之時，當尚有別，故反語不同。若眉切武悲，悲切府眉：亦雙反語也，所以自成一章，不與脂類同者，脣音之字，且由微來也。學者以今世語言，範圍古韻，據四等開合，謂周秦漢魏，無大變異，豈足語於此哉？

聲類韻集以宮商角徵羽爲五部，惟時未有四聲，王靜安先生作五聲說，乃以爲陽類一，陰類四也。然以陸氏所注言之，呂書有先銑霰屑，陽養漾藥，即不得謂陽類一也。或以五聲指聲母，即喉牙齒舌脣，此更不然。韻目所示，呂書以韻分，不能以每韻析入喉牙等類也。蓋宮商實指韻部，宮者東冬，商者陽唐，角者蕭宵，徵者咍灰，羽者魚虞，創始者粗疏，故但列五部耳。然其所用反語，本諸口吻，循乎自然，其韻類自極綿密。陽養漾藥，四聲不差，先仙灰咍，各有區別。陸生所据者，非呂氏先知四聲，早定篇目，實由但考反語，即見異同，如切莘爲疏巾，則眞臻不分，反𩓞爲渠由，即尤幽無別矣。

唐初承六朝之舊，故陸德明與玄應所用反語與切韻初無大殊。玄應本於韻集，其書不知誰作，而襲呂氏之名，頗雜采四方之語，所謂『韻集出唐，字盈三萬』者也，及長孫訥言郭知玄等出，切韻大行，乃有刊正之者，增广嚴或儼𠑊二部者，王仁昫與孫愐唐韻也。增諄桓戈準緩果稕換過術曷等十一部者，蔣氏本唐韻也。王靜安先生謂是孫氏天寶十年改訂之本。然前有广嚴或儼𠑊二部，後反無之，若出一人之手，不應矛盾若此，殆不然也。今見伯希和所得二〇一六韻書殘片有天寶十載一序，只存上平韻目二十八韻，已增諄桓，而題曰切韻，乃知天寶之本，實非孫作，且不號唐韻也。或又以蔣本更加儼𠑊兩韻，殆合兩種唐韻爲一者是廣韻所祖也。魏鶴山所見唐韻，上平聲復增移韻，今所見敦煌出五代刋本大唐刋謬補闕切韻有宣韻，夏竦古文四聲韻所据唐切韻實如此，而復有選𢍏兩韻，此蓋切韻一系韻目最多之韻書矣。切韻韻次，盖有所本，如以刪山先仙爲次者，以舊韻或以刪與山同，或以山與先仙同，而陸氏復據呂靜以先與仙別也。陸氏序云：『又支脂魚虞，共爲一韻，先仙尤侯，俱論是切』，足見此皆其用意所在也。故王韻唐韻於陸部次，無所變更。項跋本乃升陽唐於鍾江之次，侵蒸於尤侯之前，登次於文斤，寒先於魂痕，元在先仙之後，佳雜歌麻之間，鹽添覃談降於侯幽之下，其上去入亦俱改次，與舊大異，蓋裴務齊所改者。李舟切韻，降覃談而升蒸登，又以四聲相配，爲徐鉉及廣韻所從。新撰字鏡所引切韻平聲以蒸登爲殿，五代刻本入聲以職德爲殿，此又一系也。要之改易部次，當出天寶以後矣。王韻唐韻於韻字雖有增加，次序未改，間有舛互，傳寫誤耳。項跋本始紊其次，五代刻本則以聲母比次韻字，與陸韻系統大異矣。

若唐人之主秦音者，當以張戩考聲切韻爲最早，與王仁昫時代相近。復有武玄之者，不知何時人，著韻詮，『鄙薄切韻，改正吳音』，日本僧安然所箸悉曇藏中有其韻目，平聲凡五十韻，無脂殷痕刪銜凡等六韻，而多出移岑兩韻。天寶時陳王友元庭堅作韻英，與唐玄宗所改撰者殆是一書也。景審序慧琳一切經音義亦非吳音，而取則於張元二家。唐末李涪刋誤亦嘗切韻爲吳音，而欲以東都音刋正之。蓋唐自中葉以後，西北方言，漸佔優勢，六朝以來，所謂雅言，日以湮滅，惟吳地猶存梗概，故陸法言切韻一系，遂被目爲吳音矣。

然則切韻所論定者，魏晉六朝之音也。唐人所改定刋正者，捃當時之音，或爲西北方言也。今欲考由六朝變爲唐宋音之故，切韻其樞紐也。切韻原本，既不可見，惟長孫箋本，王韻，唐韻，尚與相近。王靜安先生所書切二切三，敦煌所出，今在英倫，蓋即長孫箋本，其加字最少，凡各家所指陸氏原本，多可於此徵信，自與陸書最爲接近。王韻較晚出，加字頗多，然韻目舊注，獨賴之保存，且僅增广嚴兩韻，此外未有更張。唐韻所出更晚，改韻頗多，惟加字有時較少耳。然則王韻之重要，較長孫箋本，猶或過之。况韻書積字而成，反語毫釐必辨，凡有闕誤，不可臆定，故尤重在完袟。長孫箋本以切三爲最完，而猶全缺去聲他卷復有斷爛。敦煌王韻處處殘損，首尾尤甚。蔣氏所藏唐韻只有去入兩聲，且尚不全。項跋本王韻與切韻已大異，似以詳略兩本合抄者，亦多殘缺。其他零星斷片，雖足資考校，更無關大體矣。今見此全袠，庶切韻全貌，可考而知。其有益於音韻之學，自遠駕於已見一切材料之上也。此書自宋時已入內府，千百年來，僅供賞玩。比者刼掠之餘，得免毀滅，若有神物護持之者。然若歸於私人，扃秘篋衍，惟恐知者，稍顯即晦，與毀滅何異。今幸故宮主者，嘉惠此學，影印流通，余故舉其有關學術之大者言之。其與敦煌本異同，當別爲校記。蓋其佳處，王靜安先生所謂後人百思不能到者，殆不可勝記，讀者固可自得之也。民國三十六年十一月九日秀水唐蘭跋。

此卷平聲二十一元蕃下注『草盛，陸以爲蕃屏失』，前失檢。又一先淵字下注武帝諱，亦未缺筆。十二月二十三日校畢追記。

秀威經典

語言文學類　AG0183

龍宇純全集：五

作　　者／龍宇純
責任編輯／廖妘甄
圖文排版／彭君浩
封面設計／蔡瑋筠

出版策劃／秀威經典
發 行 人／宋政坤
法律顧問／毛國樑　律師
印製發行／秀威資訊科技股份有限公司
114台北市內湖區瑞光路76巷65號1樓
電話：+886-2-2796-3638　傳真：+886-2-2796-1377
http://www.showwe.com.tw
劃撥帳號／19563868　戶名：秀威資訊科技股份有限公司
讀者服務信箱：service@showwe.com.tw
展售門市／國家書店（松江門市）
104台北市中山區松江路209號1樓
電話：+886-2-2518-0207　傳真：+886-2-2518-0778
網路訂購／秀威網路書店：http://www.bodbooks.com.tw
國家網路書店：http://www.govbooks.com.tw

2015年4月　BOD一版
定價：15000元

國家圖書館出版品預行編目

龍宇純全集 / 龍宇純著. -- 一版. -- 臺北市 : 秀威資訊科技, 2015.04
冊 ; 公分. -- (語言文學類 ; AG0183)
BOD版
ISBN 978-986-326-312-8(全套 : 精裝)

1. 中國文字 2. 訓詁學 3. 文集

802.207 103027564

讀者回函卡

感謝您購買本書，為提升服務品質，請填妥以下資料，將讀者回函卡直接寄回或傳真本公司，收到您的寶貴意見後，我們會收藏記錄及檢討，謝謝！
如您需要了解本公司最新出版書目、購書優惠或企劃活動，歡迎您上網查詢或下載相關資料：http:// www.showwe.com.tw

您購買的書名：________________________________

出生日期：________年________月________日

學歷：□高中（含）以下　□大專　□研究所（含）以上

職業：□製造業　□金融業　□資訊業　□軍警　□傳播業　□自由業
□服務業　□公務員　□教職　□學生　□家管　□其它______

購書地點：□網路書店　□實體書店　□書展　□郵購　□贈閱　□其他

您從何得知本書的消息？

□網路書店　□實體書店　□網路搜尋　□電子報　□書訊　□雜誌
□傳播媒體　□親友推薦　□網站推薦　□部落格　□其他__________

您對本書的評價：（請填代號　1.非常滿意　2.滿意　3.尚可　4.再改進）

封面設計____　版面編排____　內容____　文／譯筆____　價格____

讀完書後您覺得：

□很有收穫　□有收穫　□收穫不多　□沒收穫

對我們的建議：________________________________

____

____

____

請貼
郵票

11466
台北市內湖區瑞光路 76 巷 65 號 1 樓

秀威資訊科技股份有限公司 收

BOD 數位出版事業部

....

（請沿線對折寄回，謝謝！）

姓　　名：＿＿＿＿＿＿＿＿＿　年齡：＿＿＿＿　性別：□女　□男

郵遞區號：□□□□□

地　　址：＿＿＿＿＿＿＿＿＿＿＿＿＿＿＿＿＿＿＿＿＿＿＿＿

聯絡電話：(日)＿＿＿＿＿＿＿＿＿＿(夜)＿＿＿＿＿＿＿＿＿＿

E-mail：＿＿＿＿＿＿＿＿＿＿＿＿＿＿＿＿＿＿＿＿＿＿＿＿